D1735302

Joss Stirling

Die Macht der Seelen

Finding Sky | Saving Phoenix | Calling Crystal

Joss Stirling

DIE MACHT DER SEELEN

Finding Sky | Saving Phoenix | Calling Crystal

Aus dem Englischen
von Michaela Kolodziejcok

Dieser Sammelband enthält die Einzelbände
›Finding Sky‹, ›Saving Phoenix‹, ›Calling Crystal‹

Ausführliche Informationen über
unsere Autoren und Bücher
www.dtv.de

Von Joss Stirling sind bei dtv junior außerdem lieferbar:
Die Macht der Seelen – Misty Falls
Die Macht der Seelen – Zed's Story
Raven Stone – Wenn Geheimnisse tödlich sind

Ungekürzte Ausgabe
2019 dtv Verlagsgesellschaft mbH & Co. KG, München

Titel der englischen Originalausgaben:
›Finding Sky‹, ›Stealing Phoenix‹, ›Seeking Crystal‹, 2010, 2011 und
2012 erschienen bei Oxford University Press.
All translations are published by arrangement
with Oxford University Press.

Umschlaggestaltung: Carolin Liepins
Innengestaltung: Johanna Basford
Gesetzt aus der Berling
Satz: Fotosatz Amann, Memmingen
Druck und Bindung: Druckerei C.H.Beck, Nördlingen
Gedruckt auf säurefreiem, chlorfrei gebleichtem Papier
Printed in Germany · ISBN 978-3-423-71841-7

Finding Sky

Für Lucy und Emily

Kapitel 1

Das Auto fuhr davon und ließ das kleine Mädchen auf dem Parkplatz zurück. Es trug ein dünnes Baumwollhemdchen und Shorts. Zitternd vor Kälte setzte es sich hin und schlang seine Arme um die Beine, der Wind fuhr in sein helles blondes Haar, das so blass war wie eine Pusteblume.

Du hältst die Klappe, Missgeburt, oder wir kommen zurück und machen dich fertig, hatten sie zu ihr gesagt.

Sie wollte nicht, dass sie zurückkamen. So viel wusste sie, auch wenn sie sich weder an ihren eigenen Namen erinnern konnte noch daran, wo sie wohnte.

Eine Familie ging auf dem Weg zu ihrem parkenden Auto an ihr vorbei, die Mutter trug ein Kopftuch und hatte ein Baby auf dem Arm, der Vater hielt ein Kleinkind an der Hand. Das Mädchen starrte auf den abgewetzten Rasen und zählte die Gänseblümchen. *Wie das wohl ist?*, fragte sie sich. *Im Arm getragen zu werden?* Es war so lange her, dass jemand liebevoll zu ihr gewesen war, dass es ihr schwerfiel hinzusehen. Sie konnte den

Goldschimmer sehen, der die Familie umstrahlte – die Farbe der Liebe. Aber sie traute dieser Farbe nicht, sie brachte nur Schmerzen.

Dann hatte die Frau sie entdeckt. Das Mädchen zog ihre Knie bis ans Kinn, versuchte sich so klein zu machen, dass niemand sie bemerkte. Aber es war zwecklos. Die Frau sagte etwas zu ihrem Mann, drückte ihm das Baby in den Arm, kam näher, setzte sich neben das Mädchen in die Hocke. »Hast du dich verlaufen, Kleines?«

Du hältst die Klappe oder wir machen dich fertig.

Das Mädchen schüttelte den Kopf.

»Sind Mummy und Daddy da reingegangen?« Die Frau runzelte die Stirn; die sie umgebenden Farben nahmen eine zornige Rottönung an.

Das Mädchen wusste nicht, ob es nicken sollte. Mummy und Daddy waren fortgegangen, aber schon vor langer Zeit.

Sie hatten sie nie aus dem Krankenhaus abgeholt, sondern waren zusammen im Feuer geblieben. Das Mädchen beschloss, nichts zu sagen. Die Farben der Frau loderten in tiefem Purpur.

Das Mädchen zuckte zusammen: Sie hatte die Frau verärgert. Diejenigen, die gerade weggefahren waren, hatten also die Wahrheit gesagt. Sie war böse. Sie machte allen immer nur Kummer. Das Mädchen legte ihren Kopf auf die Knie. Wenn sie einfach so tat, als ob es sie gar nicht gäbe, wäre die Frau vielleicht wieder zufrieden und würde weggehen. Manchmal klappte das.

»Armes, kleines Ding«, seufzte die Frau und erhob sich. »Jamal, würdest du bitte noch mal reingehen und Bescheid sagen, dass hier draußen ein verirrtes Kind sitzt? Ich bleibe bei ihr.«

Das Mädchen hörte, wie der Mann beruhigend auf das kleine Kind einsprach, und dann ihre Schritte, als sie zusammen zum Restaurant zurückgingen.

»Hab keine Angst. Deine Familie sucht dich bestimmt schon.« Die Frau setzte sich neben sie und drückte Nummer fünf und sechs der abgezählten Gänseblümchen platt.

Das Mädchen fing an, heftig zu zittern, und schüttelte den Kopf. Sie wollte nicht, dass sie nach ihr suchten – jetzt nicht, niemals.

»Alles okay. Wirklich. Ich weiß, du hast Angst, aber du wirst im Nu wieder bei deiner Familie sein.«

Sie wimmerte und schlug sich schnell eine Hand vor den Mund. *Ich darf keinen Laut von mir geben, ich darf kein Theater machen. Ich bin böse. Böse.*

Aber sie war es gar nicht, die so viel Lärm machte. Sie war nicht schuld. Jetzt schwirrten viele Leute um sie herum. Polizisten in gelben Westen, die so aussahen wie die, die an jenem Tag vor ihrem Haus gestanden hatten. Stimmen, die zu ihr sprachen. Nach ihrem Namen fragten.

Aber der war ein Geheimnis – und sie hatte die Antwort auf die Frage schon vor langer Zeit vergessen.

Kapitel 2

Ich erwachte aus meinem altbekannten Albtraum, als das Auto anhielt und der Motor verstummte. Meinen Kopf hatte ich auf das Kissen gepresst und war noch benommen vom Schlaf, sodass es eine Weile dauerte, bis ich wieder wusste, wo ich war. Nicht an jener Autobahnraststätte, sondern in Colorado bei meinen Eltern. Beim Weiterziehen. Beim Umziehen.

»Und, was sagst du?« Simon, wie Dad lieber genannt wurde, stieg aus dem klapprigen Ford aus, den er in Denver gekauft hatte, und zeigte mit einer theatralischen Geste auf das Haus. Sein grau gesträhnter, brauner Zopf löste sich aus dem Haargummi, so schwungvoll war die Begeisterung, mit der er uns unser neues Heim präsentierte. Spitzdach, Schindelwände und schmutzige Fenster – es sah nicht sonderlich einladend aus. Halb erwartete ich, dass die Adams Family zur Eingangstür hinausschwanken würde. Ich setzte mich aufrecht hin und rieb mir die Augen, um die bohrende Angst zu vertreiben, die nach einem solchen Traum stets bei mir nachwirkte.

»Oh, Liebling, es ist wunderschön!« Sally, meine Mutter, ließ sich durch nichts so schnell entmutigen – Simon nannte sie immer scherzhaft einen Terrier auf der Jagd nach dem Glück: Wenn sie ein Zipfelchen davon zu fassen kriegte, schlug sie ihre Zähne hinein und ließ einfach nicht mehr los. Sally stieg aus dem Auto aus. Ich folgte ihr ziemlich schwerfällig, wobei ich nicht wusste, ob das am Jetlag oder an meinem Traum lag. Die Worte, die mir beim Anblick des Hauses in den Kopf schossen, waren »düster«, »Bruchbude« und »runtergekommen«, Sallys Vokabular unterschied sich von meinem gewaltig. »Ich glaube, das wird ganz toll. Seht euch doch nur mal diese Fensterläden an – das müssen noch die originalen sein. Und diese Veranda! Ich habe mich schon immer auf genau so einer Veranda im Schaukelstuhl sitzen und den Sonnenuntergang genießen sehen.« Ihre braunen Augen strahlten vor Vorfreude und ihre weichen Locken wippten bei jeder Stufe, die sie hinaufstieg.

Ich war nun schon seit meinem zehnten Lebensjahr bei ihnen und hatte mich mittlerweile damit abgefunden, dass meine Eltern beide eine Schraube locker hatten. Sie lebten in ihrer eigenen kleinen Fantasiewelt, in der alte Bruchbuden »malerisch« und Schimmelbefall »stimmungsvoll« waren. Im Gegensatz zu Sally sah ich mich immer in einem ultramodernen Haus auf einem Stuhl sitzen, der *kein* Paradies für Holzwürmer war, und in einem Schlafzimmer, an dessen Fensterscheiben die Eisblumen nicht *innen* wuchsen.

Aber mal abgesehen von dem Haus: Die Berge dahin-

ter waren atemberaubend, imposant hoch ragten sie in den klaren Herbsthimmel hinein, ein Hauch von Weiß auf den Gipfeln. Wie eine zu Stein gewordene Flutwelle am Horizont, die gerade noch rechtzeitig erstarrt war, bevor sie über uns zusammenschlug. Die felsigen Hänge schimmerten rosa im späten Nachmittagslicht und dort, wo sich lange Schatten auf die Schneefelder legten, zeigten sie sich schieferblau. Die waldbestandenen Seiten waren bereits vom Herbstgold der Espen durchwirkt, die sich leuchtend gegen die dunklen Douglas-Tannen abzeichneten. Ich konnte eine Seilbahn erkennen und die kahl geschlagenen Schneisen der steilen Skipisten.

Das mussten die High Rockys sein, von denen ich gelesen hatte, nachdem mir meine Eltern eröffneten, wir würden von Richmond-Upon-Thames, England, nach Colorado in den USA, genauer gesagt in eine kleine Stadt namens Wrickenridge ziehen. Ihnen war dort ein einjähriges Stipendium als Artists-in-Residence in einem neuen Künstlerhaus angeboten worden. Ein ortsansässiger Multimillionär und Bewunderer ihrer Arbeiten hatte es sich in den Kopf gesetzt, dass der Skiort westlich von Denver dringend eine Kulturspritze benötigte – und meine Eltern, Sally und Simon, sollten nun die Injektionslösung sein.

Als mir meine Eltern die ›frohe‹ Botschaft überbrachten, sah ich mir die Website der Stadt an und erfuhr, dass Wrickenridge für seine jährlich fallende Schneehöhe von 750 cm bekannt war und mehr auch nicht. Dort wäre also Skifahren angesagt – allerdings hatten wir uns die Klassenfahrten in die Alpen nie leisten

können und so würde ich meinen Altersgenossen dort Lichtjahre hinterherhinken. Ich malte mir bereits aus, wie ich mich am ersten schneereichen Wochenende am Babyhang bis auf die Knochen blamierte, während die anderen die schwarzen Pisten hinunterbretterten.

Aber meine Eltern waren begeistert von der Vorstellung, inmitten der Rockies zu malen, und ich brachte es nicht übers Herz, ihnen ihr großes Abenteuer zu vermiesen. Ich tat so, als hätte ich überhaupt kein Problem damit, dass ich die Oberstufe in Richmond, auf die alle meine Freunde gingen, verpasste und mich stattdessen an der Wrickenridge High einschrieb. Seit meiner Adoption vor sechs Jahren hatte ich mir einen Platz in der Gemeinde im Südwesten Londons erkämpft; ich hatte Todesangst und Sprachlosigkeit besiegt, hatte meine Schüchternheit überwunden und mir einen Freundeskreis aufgebaut, in dem ich mich gemocht fühlte. Ich hatte die befremdlichen Seiten meiner Persönlichkeit tief in mir vergraben – beispielsweise diese Sache mit den Farben, von der ich geträumt hatte. Ich achtete nicht mehr auf die Aura der Leute, so wie ich es als Kind getan hatte, und ignorierte es, wenn ich es einmal nicht unter Kontrolle hatte. Ich hatte mich normal gemacht – na ja, soweit das möglich war. Jetzt wurde ich ins kalte Wasser geworfen. Ich hatte haufenweise amerikanische Highschool-Filme gesehen und war ziemlich verunsichert, was meine neue Schule anging. Bestimmt hatten gewöhnliche amerikanische Teenager doch auch ab und zu mal Pickel und trugen bescheuerte Klamotten,

oder? Sollten sich die amerikanischen Filme bewahrheiten, würde ich niemals dort hinpassen.

»Okay.« Simon wischte mit den Händen über seine Oberschenkel, die in einer verblichenen Jeans steckten, eine Angewohnheit, aufgrund derer jedes Kleidungsstück, das er besaß, mit Ölfarbe beschmiert war. Sally sah dagegen ziemlich schick aus mit einer neuen Hose und einem Blazer, Klamotten, die sie sich extra für die Reise gekauft hatte. Ich lag mit meinem leicht verknautschten Levis-Look irgendwo in der Mitte zwischen den beiden. »Lasst uns mal reingehen. Mr Rodenheim sagte, drinnen waren schon die Handwerker zugange. Er hat versprochen, dass sie sich so bald wie möglich die Fassade vorknöpfen.«

Darum sah's hier also aus wie auf einer Müllkippe.

Simon öffnete die Haustür. Sie quietschte, fiel aber nicht aus den Angeln, was ich als kleinen Triumph für uns verbuchte. Die Handwerker waren ganz offensichtlich eben erst gegangen – und hatten uns ihre Malerplanen und Leitern, Farbeimer und halb fertigen Wände als Begrüßungsdekoration dagelassen. Ich sah mir die Räume im ersten Stock an und entdeckte ein türkisfarben gestrichenes Zimmer mit einem Doppelbett und Ausblick auf die Berggipfel. Das musste unbedingt mir gehören. Vielleicht war's hier doch nicht so übel.

Mit dem Fingernagel kratzte ich Farbreste von dem alten Spiegel über der Kommode. Das blasse, ernste Mädchen, das mir aus dem Spiegel entgegenblickte, tat dasselbe und starrte mich aus dunkelblauen Augen an. Sie sah in dem schummrigen Licht gespenstisch aus; das

blonde Haar fiel ihr in ungebändigten Locken ums ovale Gesicht. Sie wirkte zerbrechlich. Einsam. Eine Gefangene im Raum hinter dem Spiegel; eine Alice, die es niemals wieder in die echte Welt zurückschaffen würde.

Ich erschauerte. Der Traum verfolgte mich noch immer, zog mich zurück in die Vergangenheit. Ich musste dringend aufhören damit. Alle – Lehrer, Freunde – hatten mir gesagt, dass ich dazu neigte, in melancholische Tagträumereien abzudriften. Aber sie verstanden nicht, dass ich mich, wie soll ich sagen, dem Leben irgendwie nicht gewachsen fühlte. Ich war mir selbst ein Rätsel – ein Bündel von bruchstückhaften Erinnerungen und unerforschten dunklen Abgründen. In meinem Kopf verbargen sich jede Menge Geheimnisse, aber die Karte, die mich zu ihnen führen konnte, war mir abhandengekommen.

Ich nahm meine Hände vom kalten Spiegelglas, drehte mich um und ging die Treppe nach unten. Meine Eltern standen in der Küche, eng aneinandergeschmiegt wie immer. Sie führten die Art von Beziehung, die so innig war, dass ich mich oft fragte, wie sie darin noch Platz für mich gefunden hatten.

Sally umschlang Simons Taille und legte ihren Kopf an seine Schulter. »Nicht übel. Erinnerst du dich noch an unsere erste Bude am Earls Court, Liebling?«

»Ja. Die Wände waren grau und alles rappelte, sobald die U-Bahn unter dem Haus entlangfuhr.« Er küsste ihr Haar. »Das hier ist ein Palast.«

Sally streckte die Hand nach mir aus, um mich in diesen Augenblick mit einzubeziehen. Ich hatte mich in

den letzten paar Jahren darauf getrimmt, ihren liebevollen Gesten nicht zu misstrauen, und so nahm ich ihre Hand. Sally drückte leicht meine Knöchel und erkannte damit stillschweigend an, wie viel Überwindung es mich kostete, nicht vor ihnen zurückzuscheuen. »Ich bin so aufgeregt. Das ist fast so gut wie Heiligabend.«

Sie hatte schon immer eine Schwäche für Bescherungen gehabt.

Ich lächelte. »Darauf wäre ich echt nie gekommen.«

»Jemand zu Hause?« Es klopfte kurz an die Verandatür und schon kam eine ältere Dame hereinmarschiert. Sie hatte schwarzes, mit Weiß durchwirktes Haar, dunkle Haut und an ihren Ohrläppchen baumelten riesengroße dreieckige Ohrringe, die fast bis zum Kragen ihrer mit goldenem Stoff gefütterten Jacke hinunterreichten. Schwer beladen mit einer Auflaufform, warf sie mit einem gekonnten Fußtritt die Tür hinter sich zu.

»Da sind Sie ja. Ich habe Sie ankommen sehen. Willkommen in Wrickenridge!«

Sally und Simon tauschten leicht belustigte Blicke aus, als die Frau wie selbstverständlich die Auflaufform auf den Tisch in der Diele stellte.

»Ich bin May Hoffman, Ihre Nachbarin von gegenüber. Und Sie sind die Brights aus England.«

Wie es aussah, brauchte Mrs Hoffman keinen Gesprächspartner, um eine Unterhaltung zu führen. Ihr Temperament war geradezu beängstigend; ich ertappte mich bei dem Wunsch, mich wie eine Schildkröte in den Schutz meines Panzers zurückzuziehen.

»Ihre Tochter sieht aber keinem von Ihnen beiden besonders ähnlich, was?« Mrs Hoffman rückte einen Farbeimer beiseite. »Ich habe Sie vorfahren sehen. Wussten Sie, dass Ihr Auto Öl verliert? Das wollen Sie bestimmt reparieren lassen. Kingsley von der Werkstatt wird sich das umgehend ansehen, wenn Sie sagen, dass Sie auf meine Empfehlung kommen. Er verlangt sehr faire Preise, allerdings müssen Sie aufpassen, dass er Ihnen den Bringservice nicht in Rechnung stellt – der sollte nämlich inbegriffen sein.«

Simon sah mich mit entschuldigender Miene an. »Das ist ausgesprochen freundlich von Ihnen, Mrs Hoffman.«

Sie machte eine wegwerfende Handbewegung. »Wir legen hier großen Wert auf gute Nachbarschaft. Das müssen wir – warten Sie nur ab, bis der Winter kommt, dann werden Sie's verstehen.«

Sie richtete ihre Aufmerksamkeit auf mich; ihre Augen waren hellwach. »Und du? Hast du dich in der elften Klasse der Highschool angemeldet?«

»Ja, äh, Mrs Hoffman«, murmelte ich.

»Das Halbjahr hat vor zwei Tagen begonnen, aber ich vermute, das weißt du. Mein Enkel ist ebenfalls in der Oberstufe. Ich werde ihm sagen, dass er ein Auge auf dich haben soll.«

Mich überkam die albtraumhafte Vision einer männlichen Ausgabe von Mrs Hoffman, die mich durch die Schule schleuste. »Ich bin mir sicher, das wird nicht …«

Sie schnitt mir das Wort ab, indem sie auf die Auflaufform zeigte. »Ich dachte mir, Sie würden es zu schätzen wissen, Ihre neue Küche mit etwas Hausmannskost ein-

zuweihen.« Sie schnupperte. »Wie ich sehe, hat Mr Rodenheim das Haus endlich renovieren lassen. Wurde auch Zeit. Ich habe ihm immer gesagt, dass dieses Haus ein Schandfleck für die Nachbarschaft ist. Na ja, Sie ruhen sich jetzt erst mal aus, hören Sie, und wir sprechen uns wieder, wenn Sie sich ein bisschen eingelebt haben.«

Sie war weg, bevor wir die Möglichkeit hatten, uns bei ihr zu bedanken.

»O-kay«, sagte Simon. »Das war ziemlich interessant.«

»Bitte, lass das Ölleck gleich morgen reparieren«, sagte Sally in gespieltem Flehen und verschränkte die Hände vor der Brust. »Ich möchte auf keinen Fall in der Nähe sein, wenn sie herausfindet, dass du ihrem Rat nicht gefolgt bist – und sie kommt garantiert bald wieder.«

»Wie ein Schnupfen«, stimmte er zu.

»Sie ist schon … ziemlich amerikanisch, oder?«, sagte ich zaghaft.

Wir prusteten laut los – das Haus hätten wir auf keine andere Weise besser einweihen können.

An diesem Abend packte ich meinen Koffer aus und räumte die Sachen in die alte Kommode, die ich mit Sallys Hilfe mit Schrankpapier ausgekleidet hatte; sie roch noch immer muffig und die Schubladen klemmten, aber mir gefiel der blass-weiße Lasuranstrich. Distressed Look, nannte Sally diesen Stil und erklärte, dass die Kommode absichtlich so hergerichtet worden war, dass sie möglichst abgerissen und alt aussah. Vermutlich

gefiel mir dieser Look deshalb so gut, weil ich das Gefühl kannte, lädiert zu sein.

Ich dachte über Mrs Hoffman und diese seltsame Stadt nach, in die wir gezogen waren. Alles fühlte sich hier so anders an – fremd. Sogar die Luft, die bedingt durch die Höhenlage nie auszureichen schien, sodass ich die ganze Zeit unterschwellige Kopfschmerzen hatte. Draußen vor meinem Fenster, umrahmt von den Ästen eines dicht am Haus stehenden Apfelbaumes, hob sich der dunkle Schattenriss der Berge gegen den fast schwarzen, bewölkten Nachthimmel ab. Die Gipfel saßen über die Stadt zu Gericht, mahnten uns Menschen, wie unbedeutend und vergänglich wir doch waren.

Ich brauchte ziemlich lange, bis ich ausgesucht hatte, was ich an meinem ersten Schultag anziehen würde. Ich entschied mich für eine Jeans und ein T-Shirt von Gap, unscheinbare Klamotten, in denen ich aus der Masse der anderen Schüler nicht hervorstechen würde. Nach weiterem Überlegen kramte ich dann aber einen weiten Pulli hervor mit dem Union Jack in Gold vorne drauf. Ich sollte einfach akzeptieren, wer ich war.

Das war etwas, was Simon und Sally mir beigebracht hatten. Sie wussten, wie schwierig es für mich war, mich an meine Vergangenheit zu erinnern, und drängten mich nie. Sie sagten stets, die Erinnerung käme zurück, sobald ich dazu bereit wäre. Ihnen genügte es vollkommen, wer ich momentan war; ich brauchte mich für meine Defizite nicht zu entschuldigen. Doch das änderte nichts daran, dass ich eine Heidenangst vor dem Unbekannten hatte, das mich morgen erwartete.

Ich kam mir ein klein bisschen feige vor, als ich Sallys Angebot, dass sie mich zur Anmeldung in die Schule begleiten könne, dankbar annahm. Wrickenridge High lag ungefähr eine Meile bergab von unserem Haus entfernt, in der Nähe der Interstate 70 – die Hauptstraße, die die Stadt mit den anderen Skiorten in der Gegend verband. Das Gebäude zeugte vom Stolz der Erbauer auf seine Bestimmung: Der Name war oberhalb der ausladenden Flügeltüren ins Mauerwerk gemeißelt, die Außenanlagen machten einen gepflegten Eindruck. Im Eingangsbereich hing ein Schwarzes Brett neben dem anderen, alle übervoll mit Zetteln, auf denen jede Menge Aktivitäten angeboten wurden, die den Schülern zur mehr oder weniger freiwilligen Teilnahme offenstanden. Ich dachte an das Oberstufenzentrum, das ich in England besucht hätte. Hinter einem Einkaufscenter versteckt, bestehend aus Sechzigerjahrebauten und Raumcontainern, war es ein eher unpersönlicher Ort, den man einfach aufsuchte, ohne sich zugehörig zu fühlen. Allmählich schwante mir, dass *dazugehören* ein wichtiger Aspekt des Lebens in Wrickenridge war. Ich war mir nicht sicher, wie ich das fand. Vermutlich wäre es okay, wenn ich es schaffte, mich in meiner neuen Schule anzupassen, und richtig übel, wenn ich es vermasselte.

Sally wusste, dass ich Muffensausen hatte, aber sie tat so, als würde ich die erfolgreichste Schülerin aller Zeiten werden.

»Sieh mal, die haben hier auch eine Kunst-AG«, sagte sie fröhlich. »Du könntest ja mal Töpfern ausprobieren.«

»Ich bin ’ne Niete in solchen Sachen.«

Sie schnalzte kurz mit der Zunge, denn sie wusste, dass ich recht hatte. »Dann Musik. Wie ich sehe, haben sie hier auch ein Orchester. Oh, sieh doch mal – Cheerleading! Das könnte doch ganz lustig sein!«

»Aber sicher.«

»Du würdest echt süß aussehen in so einem Röckchen.«

»Ich bin dafür aber ungefähr dreißig Zentimeter zu kurz geraten«, sagte ich mit Blick auf die ellenlangen Beine der Mädchen, die das Plakat des Cheerleading-Teams zierten.

»Eine Venus im Handtaschenformat, das bist du. Deine Figur hätte ich gern.«

»Sally, hör auf, so peinlich zu sein.« Warum machte ich mir überhaupt die Mühe, mit ihr zu streiten? Ich hatte nicht die Absicht, Cheerleader zu werden, auch dann nicht, wenn meine Größe kein Hindernis darstellen würde.

»Basketball«, fuhr Sally fort.

Ich verdrehte die Augen.

»Tanz.«

Jetzt war’s nur noch ein Witz.

»Mathe-Club.«

»Du müsstest mich schon bewusstlos schlagen, bevor ich da hingehe«, murmelte ich und brachte sie damit zum Lachen.

Sie drückte kurz meine Hand. »Du wirst schon das Passende finden. Denk dran, du bist was Besonderes.«

Wir stießen die Tür zum Büro auf. Der Empfangs-

angestellte stand hinter dem Tresen, seine Brille hing ihm an einer Kette um den Hals; sie hüpfte auf seinem pinkfarbenen Pulli auf und ab, als er die Briefe in die Postfächer der Lehrer sortierte. Gleichzeitig nippte er an einem Coffee-to-go-Becher.

»Ah, du musst das neue Mädchen aus England sein! Herein, herein!« Er winkte uns näher heran und schüttelte Sally die Hand. »Mrs Bright, ich bin Joe Delaney. Wären Sie bitte so freundlich, ein paar Formulare für mich zu unterschreiben? Und du bist Sky, richtig?«

Ich nickte.

»Die Schüler nennen mich alle Mr Joe. Ich habe ein Begrüßungspaket für dich.« Er drückte es mir in die Hand. Ich sah, dass mir bereits ein elektronisch lesbarer Schulpass mit Foto ausgestellt worden war. Es war das gleiche Bild wie das auf meinem Ausweis, auf dem ich guckte wie ein Kaninchen im Scheinwerferlicht. Na super. Ich hängte mir das Band um den Hals und stopfte die Ausweiskarte unter meinen Pulli, wo sie niemand sehen würde.

Mr Joe lehnte sich vertraulich nach vorne und schickte eine Wolke seines blumigen Parfüms in meine Richtung. »Ich vermute, du kennst dich noch nicht aus damit, wie es bei uns hier so läuft?«

»Nein, noch nicht«, sagte ich.

Er verbrachte die nächsten zehn Minuten damit, mir geduldig zu erklären, welche Kurse ich belegen konnte und welche Noten ich für meinen Abschluss bräuchte.

»Wir haben für dich einen Stundenplan zusammengestellt, der auf den Angaben beruht, die du in deinem

Anmeldeformular gemacht hast. Aber denk dran – da ist nichts in Stein gemeißelt. Wenn du Kurse wechseln möchtest, gib mir einfach Bescheid.« Er warf einen prüfenden Blick auf seine Armbanduhr. »Du hast die Registrierung versäumt, also bringe ich dich am besten zu deinem ersten Kurs.«

Sally gab mir einen Kuss und wünschte mir viel Glück. Von jetzt an war ich auf mich allein gestellt.

Mr Joe zog angesichts einer Gruppe trödelnder Schüler, die am Zuspätkommerbuch herumlungerten, die Stirn in Falten und trieb sie, wie ein Schäferhund eine Herde widerspenstiger Schafe, auseinander, bevor er mich zu dem Geschichtstrakt führte. »Sky, das ist ein hübscher Name.«

Ich wollte ihm nicht erzählen, dass Sally, Simon und ich ihn gemeinsam ausgesucht hatten, als ich vor erst sechs Jahren adoptiert worden war. Davor, als man mich gefunden hatte, war ich nicht in der Lage gewesen zu sagen, wie ich heiße, und nachdem ich jahrelang kein Wort gesprochen hatte, war ich von den Sozialarbeitern einfach Janet genannt worden. ›Einfach-Janet‹, witzelte einer meiner Pflegebrüder immer. Aus diesem Grund hatte ich den Namen umso mehr gehasst. Ein neuer Name hatte mir bei meinem Neuanfang mit den Brights helfen sollen; Janet war mein Zweitname geworden.

»Meinen Eltern hat er gefallen.« Und ich war damals noch zu jung gewesen, um absehen zu können, wie peinlich er gelegentlich in Kombination mit meinem Nachnamen sein würde.

»Er ist niedlich, fantasievoll.«

»Ähm, ja.« Mein Herz wummerte, meine Hände waren feucht. Ich würde das hier nicht vermasseln. Ich würde das hier *nicht* vermasseln.

Mr Joe öffnete die Tür.

»Mr Ozawa, hier ist die neue Schülerin.«

Der japanischstämmige Lehrer schaute von seinem Laptop auf, an dem er gerade Notizen auf dem digitalen Whiteboard bearbeitet hatte. Zwanzig Köpfe drehten sich in meine Richtung.

Mr Ozawa blickte über den Rand der halbmondförmigen Gläser seiner Lesebrille, eine Strähne seines glatten schwarzen Haares verdeckte ein Auge. Für einen älteren Typen war er recht gut aussehend. »Sky Bright?«

Ein Kichern ging durch die Klasse, aber ich konnte schließlich nichts dafür, dass mich meine Eltern damals bei der Wahl des Namens nicht gewarnt hatten. Wie immer hatten ihnen nur schillernd originelle Bilder vor Augen gestanden und nicht meine zukünftigen Höllenqualen in der Schule.

»Ja, Sir.«

»Ich übernehme, Mr Joe.«

Mr Joe gab mir auf der Türschwelle einen aufmunternden Stups und marschierte davon. »Und toitoitoi, Sky.«

Am liebsten hätte ich mich unter dem nächstbesten Tisch verkrochen.

Mr Ozawa klickte eine neue Präsentation mit dem Titel ›Der amerikanische Bürgerkrieg‹ an. »Du kannst dich hinsetzen, wo du magst.«

Ich konnte nur einen freien Platz ausmachen, neben einem Mädchen mit karamellfarbener Haut und Fingernägeln in Rot, Weiß und Blau. Ihre Haare waren umwerfend – eine Mähne kastanienbrauner Dreadlocks, die ihr bis über die Schultern fiel. Mit einem neutralen Lächeln ließ ich mich auf den Stuhl neben sie gleiten. Sie nickte und tickte mit ihren Krallen auf den Tisch, während Mr Ozawa Arbeitsblätter verteilte. Als er sich kurz wegdrehte, hielt sie mir ihre Hand hin. Sie streifte meine mehr, als dass sie sie schüttelte.

»Tina Monterey.«

»Sky Bright.«

»Ja, das hab ich mitgekriegt.«

Mr Ozawa klatschte in die Hände. »Okay Leute, ihr seid also die Glücklichen, die mehr über das Amerika im neunzehnten Jahrhundert erfahren wollen. Na ja, nach zehn Jahren Unterricht in der Mittelstufe gebe ich mich keinen Illusionen mehr hin und gehe davon aus, dass während der Ferien euer gesamtes Wissen aus euren Gehirnen getilgt worden ist. Also, dann fangen wir mal ganz einfach an. Wer kann mir sagen, wann der Bürgerkrieg begann? Und ganz recht, ich möchte auch gern den Monat wissen.«

Seine Augen wanderten suchend über die Klasse hinweg und alle zogen versiert die Köpfe ein. Schließlich blieb sein Blick an mir haften.

Mist.

»Miss Bright?«

Alles, was ich je an Wissen zur Geschichte Amerikas besessen hatte, verschwand wie bei ›Der Unsichtbare‹,

wo der Mann Stück für Stück seinen Anzug auszog, bis nichts als Leere blieb. »Ähm, hier gab es einen Bürgerkrieg?«

Die Klasse stöhnte.

Das hieß dann wohl, dass ich das wirklich hätte wissen müssen.

Ich war froh, dass Tina mich unbeleckte Britin in der Pause nicht einfach im Regen stehen ließ, trotz der armseligen Vorstellung, die ich abgeliefert hatte. Sie bot sich an, mir die Schule zu zeigen. Vieles, was ich sagte, brachte sie zum Lachen – aber nicht etwa, weil ich witzig, sondern weil ich so britisch war, wie sie sagte.

»Dein Akzent ist toll. Du klingst wie diese Schauspielerin, du weißt schon, die aus den Piratenfilmen.«

Klinge ich wirklich so affektiert?, fragte ich mich. Eigentlich hatte ich immer geglaubt, ich wäre dafür zu londonerisch.

»Bist du etwa mit der Queen verwandt?«, scherzte Tina.

»Ja, sie ist meine Großcousine zweiten Grades«, erwiderte ich ernst.

Tinas Augen wurden groß. »Du machst Witze!«

»Eigentlich ... ja, ich mach Witze.«

Sie lachte und schlug sich mit ihrem Hefter gegen die Stirn. »Für einen kurzen Moment hab ich's dir echt abgekauft. Ich hatte schon Angst, ich müsste jetzt vor dir knicksen.«

»Tu dir keinen Zwang an.«

Wir holten uns mittags etwas zu essen aus der Mensa

und trugen unsere Tabletts in den Speisesaal. Eine Wand bestand aus einer Glasfront, die auf den matschigen Sportplatz und den Wald dahinter blickte. Die Sonne war hervorgekommen und brachte die weiß bekrönten Gipfel zum Glitzern. Ein paar Schüler aßen deshalb draußen, in Grüppchen, die sich nach ihren Klamotten unterschieden. An dieser Highschool gab es vier Jahrgänge in den Altersstufen von vierzehn bis achtzehn. Ich war in der Elften, der sogenannten Mittelstufe, ein Jahr unter der Abschlussklasse.

Mit einer Dose Mineralwasser in der Hand zeigte ich auf die Grüppchen. »Also, Tina, wer ist wer?«

Sie lachte. »Weißt du, Sky, manchmal glaube ich, wir sind Opfer unserer eigenen Stereotype, denn wir passen uns an, auch wenn ich es nicht gern zugebe. Wenn man versucht, anders zu sein, landet man in einer Gruppe von Rebellen, die dann doch wieder alle das Gleiche machen. So ist das eben in der Highschool.«

Gruppe klang gut – ein Ort, wo man untertauchen konnte. »Da, wo ich herkomme, ist es genauso. Lass mich raten, sind das da drüben die Sportler?« Solche Typen hatten in allen Highschool-Filmen mitgespielt, die ich gesehen hatte, angefangen bei ›Grease‹ bis ›High School Musical‹ und waren leicht zu erkennen an ihren Trikots, die sie zum Mittagstraining trugen.

»Ja, die Sportfanatiker. Die meisten sind ganz okay – bedauerlicherweise gibt's darunter keine richtig fitten Typen mit Waschbrettbäuchen, nur verschwitzte Teenager. Hier wird vor allem Baseball gespielt, Basketball, Hockey, Mädchenfußball und Football.«

»American Football – das ist so ähnlich wie Rugby, oder? Außer dass sie einen Haufen Schutzkleidung tragen.«

»Ach echt?« Sie zuckte die Achseln. Ich vermutete, dass sie selbst keine große Sportskanone war. »Und was spielst du?«

»Ich bin 'ne ganz gute Läuferin und hab früher ein bisschen Tennis gespielt, aber das war's dann auch.«

»Das klingt okay. Sportler können so langweilig sein. Sie denken immer nur an das eine – allerdings hat das nichts mit Mädchen zu tun.«

Drei Typen gingen an uns vorbei. Sie waren in eine Diskussion über Megabytes vertieft und machten dabei so ernste Mienen, als führten sie Friedensverhandlungen im Nahen Osten. Einer von ihnen spielte mit einem Schlüsselring, an dem ein Memorystick hing.

»Und das sind die Geeks – die Intelligenzbestien, die jedem unter die Nase reiben müssen, dass sie's draufhaben. Ähnlich wie die Nerds, aber mit mehr Technologie.«

Ich lachte.

»Na ja, es gibt noch ein paar andere schlaue Köpfe, aber die tragen es nicht so zur Schau. Die klüngeln nicht so wie die Geeks und Nerds.«

»Aha. Ich glaube nicht, dass ich da irgendwo reinpasse.«

»Ich auch nicht: Ich bin nicht dumm, aber ich hab nicht das Zeug zur Eliteuni. Dann gibt's noch die Künstlertypen – die Musiker und Theaterleute. Die sind mehr mein Ding, weil ich Malerei und Design liebe.«

»Dann solltest du meine Eltern kennenlernen.«

Sie tickte mit den Nägeln einen kleinen Trommelwirbel an ihre Getränkedose. »Gehörst du etwa zu *der* Familie? Das Künstlerpaar, das bei Mr Rodenheim ausstellen wird?«

»Ja.«

»Cool. Ich würde deine Eltern gern kennenlernen.«

Eine Gruppe von Jungen schlurfte vorbei, mit tief im Schritt hängenden Hosen, die aussahen, als würden sie ihnen jeden Moment vom Hintern rutschen.

»Und das hier sind ein paar unserer Skaterboys«, schnaubte Tina abfällig. »Mehr brauche ich dazu nicht zu sagen. Nicht zu vergessen, es gibt noch die Bad Boys; du wirst sie allerdings nie hier bei uns Losern sehen, dafür sind sie nämlich viel zu cool. Wahrscheinlich hängen sie zusammen mit ihren Groupies auf dem Parkplatz rum und vergleichen, keine Ahnung, ihre Vergaser oder so. Aber nur, wenn sie ausnahmsweise mal nicht suspendiert sind. Wen habe ich vergessen? Es gibt noch ein paar Außenseiter, die in keine Schublade passen.« Sie zeigte auf eine kleine Gruppe in der Nähe der Essensausgabe. »Und dann haben wir natürlich noch unsere Skifahrerfraktion, ganz typisch für die Rockys. Meiner Ansicht nach sind das die Coolsten.« Sie musste meinen besorgten Gesichtsausdruck gesehen haben, weil sie hastig hinzufügte: »Du kannst aber mehreren Gruppen angehören – Skifahren und Baseball spielen, man kann in der Theater-AG sein und trotzdem Spitzennoten haben. Niemand muss sich nur auf eins festlegen.«

»Außer die Außenseiter.« Ich warf einen Blick zu den

Schülern, auf die sie gezeigt hatte. Es war nicht wirklich eine Gruppe, eher eine Ansammlung schräger Vögel, die ansonsten niemanden hatten, zu dem sie sich setzen konnten. Ein Mädchen brabbelte leise vor sich hin – zumindest konnte ich nichts erkennen, was darauf hindeutete, dass sie gerade die Freisprechanlage ihres Handys benutzte. Ich spürte, wie mich plötzlich Panik überkam, dass ich irgendwann zu ihnen gehören könnte, falls Tina mich satthätte. Ich hatte seit jeher das Gefühl gehabt, irgendwie anders zu sein; es war nur ein schmaler Grat zwischen mir und den Sonderlingen.

»Ja, lass dich nicht von ihnen stören. Die gibt's an jeder Schule.« Sie zog den Foliendeckel von ihrem Joghurt. »Also, wie war deine alte Schule so? Hogwarts? Stinkreiche Kids in schwarzen Gewändern?«

»Ähm, nein.« Ich verschluckte mich fast vor Lachen. Hätte Tina miterlebt, wie die zweitausend Schüler meiner Gesamtschule in ihrer 45-minütigen Mittagspause versuchten, in der proppevollen Mensa etwas Essbares zu ergattern, hätte sie weniger an Hogwarts als eher an einen Zoo denken müssen.

»Da war es mehr so wie hier.«

»Super. Dann wirst du dich ja bald ganz wie zu Hause fühlen.«

Bevor Sally und Simon mich adoptierten, war ich immer wieder irgendwo neu dazugekommen. Damals war ich von Heim zu Heim gereicht worden wie ein Wanderpokal, den niemand haben wollte. Und jetzt war ich also mal wieder die Fremde. Ich hatte das Gefühl, dass mir das jeder auf den ersten Blick ansah,

wenn ich mit dem Übersichtsplan in der Hand durch die Flure tapste, ohne den leisesten Schimmer, wie die Dinge an dieser Schule funktionierten. Aber wahrscheinlich bildete ich mir das bloß ein und die anderen Schüler bemerkten mich noch nicht mal. Klassenräume und Lehrer wurden zu Orientierungspunkten und Tina war der sprichwörtliche Felsen, an den ich mich festklammerte, wenn es mich hin und wieder in ihre Nähe verschlug. Allerdings versuchte ich das geschickt zu überspielen, denn sie sollte nicht aus Angst, dass ich ihr zu sehr auf die Pelle rücken könnte, vor einer Freundschaft mit mir zurückschrecken. Ich brachte viele Stunden zu, ohne mit jemandem zu sprechen, und musste mich dazu zwingen, meine Schüchternheit zu überwinden und mit meinen Mitschülern zu reden. Dennoch hatte ich den Eindruck, dass ich zu spät gekommen war; die Schüler der Wrickenridge High hatten bereits viel Zeit gehabt, ihre Cliquen zu bilden und sich kennenzulernen. Ich jedoch stand außerhalb des Kreises und schaute von draußen hinein.

Als sich der Schultag dem Ende zuneigte, fragte ich mich, ob mich denn bis in alle Ewigkeit dieses Gefühl verfolgen würde, dass mein Leben ein klein wenig unscharf war, wie die verwaschenen Bilder eines raubkopierten Filmes. Entmutigt und auch ein bisschen deprimiert trottete ich zum Hauptausgang, um mich auf den Heimweg zu machen. Als ich mir einen Weg durch die aus dem Gebäude strömenden Schülermassen bahnte, erhaschte ich einen Blick auf die Bad Boys, von denen Tina beim Mittagessen gesprochen hatte. Sie

standen in einem Fleckchen Sonne auf dem Parkplatz zusammen und sahen tatsächlich so aus, als ob sie schon einiges auf dem Kerbholz hätten. Es waren fünf Jungen, die alle lässig an ihren Motorrädern lehnten: zwei Afroamerikaner, zwei Weiße und ein dunkelhaariger Latino. Man hätte den Typen jederzeit und überall auf den Kopf zusagen können, dass sie Ärger machen würden. Für die Bildungswelt und ihre Vertreter – wir, die braven Schüler, die pflichteifrig erst nach Unterrichtsende aus dem Gebäude marschierten – hatten sie nur ein höhnisches Grinsen übrig. Die meisten Schüler machten einen großen Bogen um sie, wie Schiffe, die den gefährlichen Küstenabschnitt mieden; der Rest beäugte sie neidisch, hörte den Ruf der Sirene und war verlockt, sich zu nähern.

Ein Teil von mir wünschte, ich könnte das auch – so selbstsicher dastehen und dem Rest der Welt den Stinkefinger zeigen, weil alle so verdammt uncool waren. Wenn ich doch bloß endlos lange Beine hätte, schlagfertig wäre und eine Erscheinung, nach der sich die Leute die Köpfe verdrehten. Männlich zu sein war ebenfalls hilfreich: Ich könnte niemals diesen ultralässigen Look so rüberbringen, Daumen in die Gürtelschlaufen gehängt, mit den Stiefelspitzen den Straßenstaub wegkickend. War das ihr natürliches Verhalten oder eine kalkulierte Pose? Übten sie vor dem Spiegel? Ich verwarf diesen Gedanken schnell wieder – so etwas würden nur Loser wie ich machen; ihre Coolness war sicher angeboren, in ihnen herrschte Eiszeit. Der Latino-Typ faszinierte mich besonders – seine Augen waren hinter einer Sonnenbrille verborgen, während er am Sitz seines Motorrads lehnte, ein König mit seinen Rittern. Er hatte sicher nicht mit dem Gefühl zu kämpfen, unzulänglich zu sein.

Ich schaute zu, wie er seine Maschine bestieg und den Motor auf Touren brachte wie ein Krieger, der ein monsterähnliches Schlachtross anspornte. Er verabschiedete sich von seinen Kumpels, dann schoss er vom Parkplatz und die umherstehenden Schülergrüppchen stoben auseinander. Ich hätte viel dafür gegeben, nach einem langen Schultag hinten auf diesem Motorrad sitzen zu können und von meinem Ritter nach Hause kutschiert zu werden. Oder noch besser: die Fahrerin zu sein, die einsame Superheldin, die in ihrer hautengen Ledermontur gegen das Unrecht kämpfte und alle Männer schwachmachte.

Ein selbstironisches Lachen ertönte und würgte meine Gedanken ab. *Hör dir doch nur mal selbst zu!* Ich schalt mich für meine überbordende Fantasie. Krieger und Monster – Superhelden? Ich hatte wohl zu viele Manga-Comics gelesen. Diese Jungs spielten in einer ganz anderen Liga als ich. Ich war noch nicht mal ein Pünktchen auf ihrem Radar. Ich sollte dankbar sein, dass niemand in meinen Kopf hineingucken und sehen konnte, wie überspannt ich war. Manchmal hatte ich eine ziemlich verzerrte Wahrnehmung der Realität und driftete in Tagträumereien ab, die meinen Blick trübten. Ich war einfach nur die gute alte Sky; sie waren Götter: So war die Welt nun mal.

Kapitel 3

In den folgenden Tagen lernte ich die Schule besser kennen, füllte ganz allmählich die blinden Flecken auf meiner Übersichtskarte und fand Schritt für Schritt heraus, wie man hier alles so handhabte. Als ich erst mal den Unterrichtsstoff, der mir fehlte, nachgelernt hatte, stellte ich fest, dass ich mit allen Kursen gut klarkam, auch wenn ein paar Lehrmethoden ungewohnt waren. Es ging wesentlich förmlicher zu als in England – die Schüler durften die Lehrer nicht beim Vornamen nennen und alle saßen separat in langen Reihen hintereinander statt in Paaren –, aber alles in allem hatte ich mich gut eingefunden. Und so wiegte ich mich in vermeintlicher Sicherheit und war vollkommen unvorbereitet auf den Schock, den meine erste Sportstunde für mich bereithielt.

Mrs Green, unsere heimtückische Sportlehrerin, bereitete uns Mittwochmorgen eine kleine Überraschung. Es sollte ein Gesetz geben, das Lehrern so etwas verbietet. Wir hätten wenigstens die Chance kriegen

müssen, uns eine Krankschreibung besorgen zu können.

»Ladys, wie ihr wisst, haben wir sechs unserer besten Cheerleader ans College verloren, darum bin ich auf der Suche nach neuen Talenten.«

Ich war nicht die Einzige, die dastand wie vom Donner gerührt.

»Na kommt, das ist jetzt keine angemessene Reaktion! Unser Team braucht eure Unterstützung. Wir können nicht zulassen, dass Aspen lauter singt und besser tanzt als wir, richtig?«

Yes we can, sang ich leise den Obama-Refrain.

Sie betätigte eine Fernbedienung und der Taylor-Swift-Song »You belong with me« dröhnte aus den Lautsprechern.

»Sheena, du weißt, wie's geht. Zeig den anderen Mädchen die Schritte des ersten Teils.«

Eine hochaufgeschossene, honigblonde Gazelle schritt anmutig nach vorne und begann eine Choreografie vorzutanzen, die für mich höllisch kompliziert aussah.

Seht ihr, ganz einfach«, erklärte Mrs Green. »Jetzt bitte alle aufstellen.« Ich schlich mich in die letzte Reihe. »Du da, die Neue. Ich kann dich nicht sehen.« Ganz genau: Das war der Plan gewesen. »Komm nach vorne. Und jetzt, eins, zwei, drei und kick.«

Okay, ich war kein ganz hoffnungsloser Fall. Selbst mir gelang es, in etwa Sheenas Bewegungen nachzumachen. Trotzdem kam das Unterrichtsende nur quälend langsam näher.

»Jetzt werden wir das Ganze ein bisschen aufpeppen«, verkündete Mrs Green. Na, wenigstens eine hatte hier ihren Spaß. »Holt die Pompoms!«

Auf keinen Fall. Ich würde nicht mit diesen albernen Dingern herumfuchteln. Hinter Mrs Green konnte ich ein paar Jungs aus meiner Klasse sehen. Sie waren von ihrem Trainingslauf zurück und beobachteten uns durch die Fenster der Turnhallencafeteria. Hämisch grinsend. Na toll.

Mrs Green bemerkte, dass sich die Aufmerksamkeit der ersten Reihe auf etwas richtete, was hinter ihrem Rücken geschah, und so bekam sie mit, dass wir Publikum hatten. Lautlos wie ein Ninja-Krieger schlich sie sich an unsere Zuschauer heran und schleifte sie, ehe sie wussten, wie ihnen geschah, in die Halle.

»Wir an der Wrickenridge High sind für Chancengleichheit.« Mit einem schadenfrohen Grinsen drückte sie ihnen Pompoms in die Hand. »Aufstellen, Jungs.«

Jetzt waren wir es, die lachten, als sich die Jungs mit hochroten Gesichtern notgedrungen bei uns einreihten. Mrs Green stand vorne und bewertete unser Können – oder Nichtkönnen. »Hmm, das reicht nicht, das reicht nicht. Ich glaube, wir müssen ein paar Würfe üben. Neil …« Sie wählte einen breitschultrigen Jungen mit kahl rasiertem Schädel aus. »Du hast doch letztes Jahr zum Squad gehört, du weißt, was zu tun ist.«

Werfen klang nicht schlecht. Pompoms rumzuschmeißen war besser, als mit ihnen zu wedeln.

Mrs Green tippte drei weiteren Jungs auf die Schulter. »Meine Herren, ich möchte gern, dass ihr vier nach

vorne kommt. Verschränkt eure Arme ineinander zu einer Art Korb – ja, genau so. Und jetzt brauchen wir das zierlichste Mädchen.«

Nein, ausgeschlossen. Ich duckte mich hinter Tina, die, ihre Hand mit dem Pompom in die Hüfte gestemmt, netterweise versuchte, mir etwas mehr Deckung zu geben.

»Wo ist sie denn hin, das Mädchen aus England? Sie war doch eben noch hier.«

Sheena machte mir und meinem tollen Plan einen Strich durch die Rechnung. »Sie steht hinter Tina, Ma'am.«

»Komm her, meine Liebe. Also, es ist ganz einfach. Setz dich auf ihre verschränkten Arme, dann werfen sie dich hoch in die Luft und fangen dich wieder auf. Tina und Sheena, holt mal eine Matte, nur für alle Fälle.« Offenbar machte ich Augen, so groß wie Untertassen, denn Mrs Green tätschelte mir die Wange. »Keine Bange, du brauchst nichts weiter zu machen, als deine Arme und Füße zu strecken und so zu gucken, als ob du Spaß hättest.«

Ich beäugte die Jungen misstrauisch; sie sahen mich genau an, vermutlich das allererste Mal überhaupt, und schätzten, wie viel Gewicht ich auf die Waage brachte. Dann fasste Neil anscheinend einen Entschluss, denn er zuckte die Achseln und sagte: »Ja, das kriegen wir hin.«

»Auf drei!«, bellte die Lehrerin.

Sie packten mich und schwupps, sauste ich auch schon hoch in die Luft. Mein Kreischen war vermutlich noch in England zu hören gewesen. Jedenfalls stürmte

daraufhin der Basketballtrainer mit den restlichen Jungen herein. Vermutlich dachten sie, es würde gerade ein brutaler Mord geschehen.

Mrs Green würde mich wohl doch nicht für das Squad auswählen.

Ich stand noch immer unter Schock, als ich mit Tina beim Mittagessen saß, und rührte kaum einen Bissen an. Mein Magen hatte sich noch nicht wieder von meinem Höhenflug erholt.

»Bei diesem Wurf geht's ganz schön weit nach oben, was?« Tina schnipste gegen meinen Arm, um mich aus meiner Starre zu lösen.

»Oh. Mein. Gott.«

»Für so ein kleines Persönchen kannst du echt ganz schön viel Krach machen.«

»Das würdest du auch, wenn eine sadistische Lehrerin beschließen würde, dich zu foltern.«

Tina schüttelte ihre Mähne. »Das wird nicht passieren – bin zu groß dafür.« Sie fand das auch noch lustig. »Und, Sky, was hast du mit dem Rest deiner Pause vor?«

Wieder etwas gefasster, kramte ich eine Broschüre aus meinem Begrüßungspaket und legte sie zwischen uns hin. »Ich dachte, ich seh mir mal die Orchesterprobe an. Willst du mitkommen?«

Sie schob die Broschüre mit einem gequälten Lachen beiseite. »Tut mir leid, das musst du allein machen. Sie lassen mich nicht mal in die Nähe des Musiksaals. Scheiben splittern, sobald ich auch nur den Mund zum Singen öffne. Welches Instrument spielst du denn?«

»Verschiedene«, sagte ich.

»Ich will alle Einzelheiten hören, Schwester.« Sie winkte mit dem gekrümmten Finger, um mir die Worte zu entlocken.

»Klavier, Gitarre und Saxofon.«

»Mr Keneally wird vor Freude tot umfallen, wenn er das hört. Eine Ein-Frau-Band! Singst du auch?«

Ich schüttelte den Kopf.

»Puh! Und ich hatte schon gedacht, ich müsste dich jetzt dafür hassen, dass du so widerlich talentiert bist.« Sie stellte ihr Tablett auf dem Geschirrtrolley ab. »Zu den Musikräumen geht's da lang. Ich zeig dir den Weg.«

Ich hatte Fotos auf der Website der Schule gesehen, aber die Musikabteilung war noch viel besser ausgestattet, als ich gehofft hatte. Im Hauptsaal stand ein glänzender schwarzer Flügel und ich konnte es kaum erwarten, darauf zu spielen. Als ich eintrat, waren überall Schüler, ein paar zupften an ihren Gitarren herum, einige Mädchen übten Tonleitern auf der Flöte. Ein großer, dunkelhaariger Junge mit einer John-Lennon-Brille wechselte mit ernster Miene das Blatt seiner Klarinette. Ich schaute mich nach einem Sitzplatz um, der etwas abseits lag und doch eine gute Sicht auf den Flügel bot. Ganz am anderen Ende des Raums war neben einem Mädchen ein Platz frei. Ich hielt darauf zu, doch ihre Freundin pflanzte sich dort hin, bevor ich es konnte.

»Tut mir leid, aber hier ist besetzt«, sagte das Mädchen, als es sah, dass ich wie angewurzelt stehen blieb.

»Ach ja, richtig. Okay.«

Ich hockte mich auf die Kante eines Tisches, wartete ab und vermied es, irgendjemanden anzusehen.

»Hey, du bist Sky, richtig?« Ein Junge mit kahl rasiertem Kopf und kaffeebrauner Haut schüttelte umständlich meine Hand. Er bewegte sich mit der luftigen Anmut der Langgliedrigen. Wäre er in einer meiner erdachten Comic-Geschichten vorgekommen, dann hätte er Elasto-Mann oder so geheißen.

Hör jetzt auf und konzentrier dich, Sky.

»Ähm, hi. Du kennst mich?«

»Ja. Ich bin Nelson. Du hast meine Grandma kennengelernt. Sie hat mir gesagt, dass ich mich um dich kümmern soll. Und, sind alle nett zu dir?«

Okay – er war also überhaupt nicht wie Mrs Hoffman, dafür war er viel zu cool. »Ja, alle waren bisher sehr freundlich.«

Er grinste, als er meinen Akzent hörte, setzte sich neben mich und legte die Füße auf den Stuhl, der vor ihm stand. »Sehr gut. Ich glaube, du wirst dich hier ganz schnell einfinden.«

Was er sagte, war genau das, was ich in diesem Moment hören wollte, da mir gerade die ersten Zweifel gekommen waren. Ich beschloss, dass ich Nelson mochte.

Die Tür flog krachend auf. Und hereinkam Mr Keneally, ein kräftiger Mann mit dem rotblonden Haarschopf eines Kelten und einem Stapel Noten in der Hand. Ich wusste sofort, welche Rolle er in meinem Kopf-Comic spielen würde: der Master of Music, Rächer aller Misstöne. Und ganz sicher kein geeigneter Kandidat für eng anliegende Klamotten.

»Meine werten Damen und Herren«, setzte er an, ohne stehen zu bleiben. »Wie jedes Jahr nähern wir uns Weihnachten mit beängstigender Geschwindigkeit und haben ein großes Konzertprogramm in Planung. Und Sie sollten dann in der Lage sein, die ganze Palette Ihres Könnens zu präsentieren.« Ich konnte deutlich seine persönliche Erkennungsmelodie heraushören: jede Menge Trommeln und enorm viel aufgebaute Spannung, eine auf Touren gebrachte Version der Ouvertüre ›1812‹.

»Orchesterprobe findet mittwochs statt, die Jazzband ist am Freitag dran. Und all die aufstrebenden Rockstars unter Ihnen, die im Musiksaal proben wollen, sollen mich zuerst fragen kommen. Aber was halte ich mich damit überhaupt auf – Sie wissen, wie's läuft.« Er knallte den Notenstapel auf den Tisch. »Nur Sie vermutlich nicht.« Der Master of Music durchdrang mich mit seinem Röntgenblick.

Wie ich es hasste, die Neue zu sein.

»Ich find mich schnell zurecht, Sir.«

»Das ist gut. Name?«

Mit zunehmendem Groll gegen den absonderlichen Namensgeschmack meiner Eltern nannte ich meinen Namen und erntete das übliche Kichern von all denen, die ihn bisher noch nicht gehört hatten.

Mr Keneally runzelte die Stirn. »Welches Instrument spielen Sie, Miss Bright?«

»Ein bisschen Klavier. Ähm, und Gitarre und Tenorsaxofon.«

Mr Keneally federte auf seinen Ballen auf und ab; er erinnerte mich an einen Schwimmer kurz vor dem

Sprung ins Wasser. »Ist ›ein bisschen‹ der britische Ausdruck für ›sehr gut‹?«

»Ähm …«

»Jazz, Klassik oder Rock?«

»Äh, Jazz, glaube ich.« Mir war alles recht, solange es die Noten dazu gab.

»Jazz, glauben Sie? Sie scheinen sich da nicht so sicher zu sein, Miss Bright. Musik, das ist nicht: mal so, mal so; Musik, das ist: leben oder sterben!«

Seine kleine Rede wurde von einem Zuspätkommer unterbrochen. Der Latino-Biker schlenderte in den Raum hinein. Die Hände in den Hosentaschen, marschierte er mit seinen ellenlangen Beinen zum Fenster hinüber und setzte sich neben den Klarinettisten aufs Sims. Ich war mehr als überrascht, dass der Biker überhaupt an irgendwelchen Schulaktivitäten teilnahm; ich hatte geglaubt, er würde über solchen Dingen stehen. Oder war er vielleicht auch nur gekommen, um sich über uns lustig zu machen? Er lehnte am Fensterbrett auf die gleiche Weise wie an seinem Motorradsitz, mit lässig überkreuzten Füßen und einem amüsierten Gesichtsausdruck, so als hätte er das alles schon mal gehört. Und als wäre es ihm völlig egal.

Alles, woran ich denken konnte, war, dass man Typen wie ihn in Richmond vergebens suchte. Dabei war es gar nicht mal sein werbeplakatreifes Aussehen, sondern eher diese rohe Energie, die in ihm steckte, diese aufgestaute Wut, wie bei einem im Käfig gefangenen Tiger. Ich konnte meinen Blick nicht von ihm losreißen. Und ich war nicht die Einzige, der es so erging. Die Atmo-

sphäre im Raum hatte sich spürbar verändert. Die Mädchen setzten sich alle ein klein bisschen aufrechter hin, die Jungen wurden nervös – und das alles, weil dieses gottähnliche Geschöpf geruht hatte, sich zu uns Normalsterblichen zu begeben. Oder war er der Wolf unter den Schafen?

»Mr Benedict, wie liebenswürdig von Ihnen, dass Sie sich uns anschließen«, sagte Mr Keneally mit einer vor Sarkasmus triefenden Stimme. Seine gute Laune von eben war verflogen. Eine kleine Szene stand mir plötzlich vor Augen: Der Master of Music steht dem widerwärtigen Wolfman im Duell gegenüber, bewaffnet mit einer Sprühdose voll Noten. »Wir sind alle hocherfreut, dass es Ihnen gelungen ist, sich von Ihren zweifellos weit wichtigeren Angelegenheiten loszureißen, um gemeinsam mit uns zu musizieren, auch wenn Ihr Auftritt hier etwas verspätet ist.«

Der Junge zuckte ohne ein Anzeichen von Reue mit einer Augenbraue. Er nahm zwei Trommelstöcke in die Hand und drehte sie zwischen seinen Fingern. »Bin ich zu spät?« Seine Stimme klang dunkel, genau so, wie ich sie mir vorgestellt hatte. Der Klarinettist stieß ihn mutig in die Seite, um ihn zur Ordnung zu rufen.

Mr Keneally fühlte sich eindeutig provoziert. »Ja, Sie sind zu spät. Ich glaube, es ist Brauch an dieser Schule, dass man sich bei Lehrern entschuldigt, wenn man nach ihnen zum Unterricht erscheint.«

Die Trommelstöcke hörten auf zu wirbeln, der Junge starrte ihn für einen Moment mit arrogantem Blick an, so wie ein junger Lord einen Bauern mustert, der es

gewagt hat, Einwände zu erheben. Schließlich sagte er: »Tut mir leid.«

Alle im Raum schienen erleichtert aufzuatmen, weil es diesmal nicht zum Eklat gekommen war.

»Tut's Ihnen nicht – aber ich will's dabei bewenden lassen. Seien Sie gewarnt, Mr Benedict: Sie mögen Talent haben, aber ich bin nicht an Primadonnen interessiert, die ihre Musikerkollegen respektlos behandeln. Und Sie, Miss Bright, sind Sie denn wenigstens ein Teamplayer?« Mr Keneally wandte sich mir zu und zerstörte damit alle meine Hoffnungen, dass er mich vergessen hatte. »Oder vertreten Sie die gleiche Haltung wie unser Mr Zed Benedict?«

Eine schr unfaire Frage. Hier tobte eine Schlacht zwischen zwei Giganten und ich stand genau zwischen den Fronten. Ich hatte noch kein Wort mit Wolfman gewechselt und wurde bereits aufgefordert, Kritik an ihm zu üben. Seine Erscheinung flößte sogar extrem selbstbewussten Mädchen leise Ehrfurcht ein. Mein Selbstwertgefühl war sowieso schon im Keller, und so empfand ich blanke Panik.

»Ich … ich weiß nicht. Aber ich war auch zu spät.«

Wolfman streifte mich mit einem Blick und maß mir dann ungefähr so viel Bedeutung zu wie einem Schlammspritzer auf seinen Superboots.

»Dann wollen wir doch mal sehen, was Sie auf dem Kasten haben. Die Jazzband, bitte. Mr Hoffman, Sie spielen das Saxofon, Yves Benedict Klarinette. Vielleicht können Sie Ihren Bruder ja dazu veranlassen, uns am Schlagzeug zu entzücken?«

»Natürlich, Mr Keneally«, erwiderte die John-Lennon-Brille und schoss dem Biker einen finsteren Blick zu. »Zed, komm hier rüber.«

Sein Bruder? Wow, wie war *das* denn bitte passiert? Schon möglich, dass sie sich ein klitzekleines bisschen ähnlich sahen, aber was ihr Auftreten anging, kamen sie von verschiedenen Planeten.

»Miss Bright kann meinen Platz am Klavier einnehmen.« Mr Keneally strich zärtlich über den Flügel.

Ich wollte *wirklich* nicht vor allen spielen.

»Ähm, Mr Keneally, mir wäre es lieber …«

»Setzen.«

Ich setzte mich und stellte die Höhe des Hockers auf meine Größe ein. Wenigstens kannte ich das Stück.

»Lass dich vom Professor nicht einschüchtern«, murmelte Nelson und tätschelte mir kurz die Schulter. »So macht er das mit jedem – er stellt die Nerven auf die Probe, sagt er immer.«

Ich spürte, dass ich mit meinen bereits am Ende war, während ich darauf wartete, dass alle ihre Plätze eingenommen hatten.

»Okay, dann wollen wir mal hören«, sagte Mr Keneally, der im Publikum saß und zuschaute.

Schon mit der ersten Berührung wusste ich, dass der Flügel ein echtes Schätzchen war – perfekt gestimmt, kraftvoll und mit einer großen Klangbreite. Nichts wirkte auf mich so entspannend, wie am Klavier zu sitzen, es schuf eine Barriere zwischen mir und den anderen Leuten im Raum. In die Noten einzutauchen milderte mein Lampenfieber und ich fing an, Spaß zu ha-

ben. Ich lebte für die Musik auf die gleiche Weise, wie meine Eltern für die Kunst lebten. Es ging mir nicht um den Auftritt – eigentlich spielte ich lieber in einem leeren Raum –, für mich ging es darum, Teil der Komposition zu werden, die Noten zu spielen und ihnen den Zauber zu entlocken. Wenn ich mit anderen zusammenspielte, waren sie für mich nicht Menschen mit ihren jeweiligen Charaktereigenschaften, sondern Töne: Nelson, geschmeidig und locker; Yves, der Klarinettist, poetisch, schlau und manchmal witzig; Zed – tja, Zed war der Herzschlag, der die Melodie vorantrieb. Mir kam es so vor, als begreife er die Musik auf ähnliche Weise wie ich, sein Gespür für Stimmungs- und Tempiwechsel war nahezu perfekt.

»Sehr gut, nein, hervorragend!«, rief Mr Keneally, als wir zu Ende gespielt hatten. »Ich fürchte, ich bin gerade aus der Jazzband rausflogen.« Er zwinkerte mir zu.

»Du warst genial!«, sagte Nelson leise, als er hinter mir vorbeiging.

Danach wandte sich Mr Keneally der Organisation der Chor- und Orchesterproben zu, aber es wurde niemand anderes nach vorn gerufen, um zu spielen. Ich wollte meinen sicheren Platz im Schutz des Flügels nicht aufgeben und so blieb ich, wo ich war, starrte auf das Spiegelbild meiner Hände im offenen Flügeldeckel und glitt mit den Fingern über die Tasten, ohne sie anzuschlagen. Ich spürte eine leichte Berührung an der Schulter. Die Schüler verließen gerade den Raum, doch Nelson und der Klarinettist waren hinter mich getreten.

Zed stand ein Stück abseits und machte noch immer ein Gesicht, als wäre er lieber ganz woanders.

Nelson zeigte auf den Klarinettisten. »Sky, das ist Yves.«

»Hallo. Du spielst echt gut.« Yves lächelte und schob seine Brille auf dem Nasenrücken zurecht.

»Danke.«

»Der Idiot da ist mein Bruder Zed.« Er machte eine vage Handbewegung in Richtung des finster dreinblickenden Bikers.

»Komm jetzt, Yves«, brummte Zed.

Yves ignorierte ihn. »Kümmer dich einfach nicht um ihn. Er ist mit jedem so.«

Nelson lachte und drehte sich weg.

»Seid ihr Zwillinge?« Sie entsprachen dem gleichen Typ, mit dem gleichen goldbraunen Teint, aber Yves hatte ein rundes Gesicht und sein schwarzes, glänzendes Haar war glatt. Er sah aus wie ein junger Clark Kent. Zed hatte markante Gesichtszüge, eine kräftige Nase, große Augen mit langen Wimpern und einen dichten Lockenschopf; seine Sorte fand sich eher bei den verrufenen Bad Boys als bei den netten Langweilern. Ein gefallener Held, eine tragische Figur, die zur dunklen Seite übergetreten war wie Anakin Skywalker …

Bleib bei der Sache, Sky.

Yves schüttelte den Kopf. »Bloß nicht! Ich bin ein Jahr älter als er. Ich bin in der Oberstufe. Er ist das Küken der Familie.«

Noch nie hatte ich jemanden gesehen, zu dem diese Beschreibung so wenig passen wollte. Meine Hochach-

tung für Yves stieg gewaltig, da er sich durch seinen Bruder ganz offensichtlich nicht einschüchtern ließ.

»Oh Mann, danke, Bruderherz. Das wollte sie jetzt ganz bestimmt wissen.« Zed verschränkte die Arme und tappte ungeduldig mit dem Fuß auf den Boden.

»Wir sehen uns bei der Bandprobe.« Yves zog Zed mit sich.

»Ja, klar«, murmelte ich und sah den zwei Brüdern hinterher. »Ich wette, ihr könnt's kaum erwarten.« Ich summte passend zu ihrem Abgang eine kleine ironische Melodie und stellte mir vor, wie sie sich Seite an Seite in den Himmel aufschwangen und dem Blickfeld von uns Normalsterblichen entschwanden.

Kapitel 4

An diesem Nachmittag brachte mich Tina mit dem Auto nach Hause, weil sie, wie sie sagte, sehen wollte, wo ich wohnte. Ich glaube, eigentlich war sie nur darauf aus, meine Eltern kennenzulernen. Ihr fahrbarer Untersatz verfügte nur über zwei Sitze vorne, denn Fahrgast- und Kofferraum hatte ihr Bruder, der Klempner war, als Staufläche für sein Werkzeug gebraucht. Man konnte noch immer die Worte *Monterey – Sanitär, Heizung, Installation* auf der Seite lesen.

»Er hat ihn mir geschenkt, als er sich einen Truck gekauft hat«, erklärte sie vergnügt und hupte dabei, um eine Gruppe von Teenagern auseinanderzuscheuchen. »Er ist mindestens noch einen Monat lang offiziell mein Lieblingsbruder.«

»Wie viele Brüder hast du denn?«

»Zwei. Mehr als genug. Und du?«

»Ich hab keine Geschwister.«

Sie plapperte wie ein Wasserfall, während wir uns durch die Stadt fädelten. Ihre Familie klang toll – ein

bisschen chaotisch, aber sehr innig. Kein Wunder also, dass sie solch ein unerschütterliches Selbstbewusstsein hatte.

Sie trat das Gaspedal durch und wir schossen den Hügel hinauf.

»Ich habe bei der Orchesterprobe Zed und Yves Benedict kennengelernt«, sagte ich ganz beiläufig und versuchte den Umstand zu ignorieren, dass ich wie ein Astronaut beim Take-off in meinen Sitz gepresst wurde.

»Ist Zed nicht umwerfend!« Sie schmatzte begeistert mit den Lippen und umkurvte knapp eine Katze, die es gewagt hatte, vor ihr die Straße zu überqueren.

»Ja, vermutlich.«

»Da gibt's nichts zu vermuten. Dieses Gesicht, dieser Körper – was könnte sich ein Mädchen mehr wünschen?«

Jemanden, der sie beachtet?, dachte ich.

»Aber er lässt immer den Megacoolen raushängen – das treibt die Lehrer in den Wahnsinn. Zwei seiner Brüder waren genauso, aber es heißt, er sei der Schlimmste von allen. Ist letztes Jahr fast von der Schule geflogen wegen respektlosen Verhaltens gegenüber einem Lehrer. Allerdings hat keiner von uns Mr Lomas gemocht. Wie sich dann herausstellte, hatte er dafür ein paar von uns zu sehr gemocht, falls du verstehst, was ich meine. Er wurde am Ende des Halbjahres gefeuert.«

»Igitt.«

»Ja, na ja. Es sind sieben Söhne in der Familie. Drei leben immer noch daheim, in einem Haus oberhalb der Stadt, gleich neben der Seilbahnstation. Die älteren Brüder leben in Denver.«

»Seilbahn?«

»Ja, ihr Dad bedient während der Saison die Seilbahn. Ihre Mom ist Skilehrerin. Die Benedict-Jungs gelten als die Könige der Pisten.«

»Es gibt sieben von ihrer Sorte?«

Tina hupte einen Fußgänger an und scheuchte ihn mit wedelnden Händen auf die andere Straßenseite. »Die Benedicts sind einem System gefolgt: Trace, Uriel, Victor, Will, Xavier, Yves und Zed. Vermutlich, damit sie sich's besser merken können.«

»Komische Namen.«

»Komische Familie, aber sehr cool.«

Als wir ankamen, packten Sally und Simon gerade ihre Malutensilien aus. Es war nicht zu übersehen, wie sie sich freuten, dass ich schon so bald eine Freundin mit nach Hause gebracht hatte. Sie machten sich wegen meiner Schüchternheit sogar noch mehr Sorgen als ich.

»Tut mir leid, aber wir können dir nichts weiter als Kekse aus dem Supermarkt anbieten«, sagte meine Mutter und wühlte raschelnd in einer Lebensmittelkiste auf dem Küchentresen. Als ob sie eine von den Müttern wäre, die selbst backten!

»Und da hatte ich auf einen standesgemäßen englischen Afternoon-Tea gehofft«, sagte Tina augenzwinkernd. »Sie wissen schon, mit diesen winzig kleinen Häppchen mit Gurkenscheiben und so kleinen Kuchendingern, die man mit Marmelade und Rahm isst.«

»Du meinst Scones«, sagte Simon. »Tina, Sky hat uns erzählt, du interessierst dich für Kunst? Was hast du denn so über das neue Künstlerhaus gehört?«

»Ich habe das Gebäude gesehen – hammermäßig! Mr Rodenheim hat sich mit dem Haus richtig ins Zeug gelegt.« Tina erhaschte einen Blick auf ein Skizzenbuch, das Sally gerade auspackte. Mit beeindruckter Miene betrachtete sie die Entwürfe etwas eingehender. »Die sind klasse. Kohle?«

Sally legte sich ihren Schal um die Schultern. »Ja, ich benutze gern Kohle für meine Skizzen.«

»Werden Sie auch Unterricht geben?«

»So war es vereinbart«, sagte Sally und warf Simon einen erfreuten Blick zu.

»Da würde ich gern dran teilnehmen, Mrs Bright.«

»Natürlich, Tina. Und bitte nenn mich Sally.«

»Sally und Simon«, fügte Dad hinzu.

»Okay.« Tina legte das Skizzenbuch hin und vergrub die Hände in ihren Hosentaschen. »Und hat Sky die künstlerischen Gene von Ihnen geerbt?«

»Äh, nein.« Sally lächelte mich leicht verlegen an. So war es immer, wenn Leute nachfragten. Wir hatten vereinbart, dass wir niemals vorgeben würden, etwas anderes zu sein als das, was wir waren.

»Ich bin adoptiert, Tina«, erklärte ich. »Mein Leben war etwas kompliziert, bevor ich zu ihnen kam.«

Im Klartext hieß das: ›komplett verpfuscht‹. Mit sechs Jahren war ich an einer Autobahnraststätte ausgesetzt worden; meine leiblichen Eltern hatte man nie ausfindig machen können. Ich war traumatisiert gewesen und noch nicht mal in der Lage, mich an meinen eigenen Namen zu erinnern. In den darauffolgenden vier Jahren hatte ich ausschließlich über Musik kommuniziert.

Keine Zeit, an die ich gern zurückdachte. Tief in meinem Inneren war das quälende Gefühl geblieben, dass mich eines Tages irgendjemand zurückfordern würde, so wie einen bei einer Reise verloren gegangenen Koffer. Ich wollte nicht, dass man mich ausfindig machte.

»Oh, tut mir leid – das war ja wohl ein Fettnäpfchen. Aber deine Eltern sind genial.«

»Schon okay.«

Sie nahm ihre Tasche. »Cool. Ich muss los. Wir sehen uns morgen.« Mit einem vergnügten Winken verschwand sie.

»Ich mag deine Tina«, erklärte Sally und nahm mich in den Arm.

»Und sie findet, ihr seid genial.«

Simon schüttelte den Kopf. »Amerikaner finden Schuhe genial und sie finden jemanden, der sie im Auto mitnimmt, genial: Was machen sie eigentlich, wenn sie auf etwas stoßen, das wirklich von höchster schöpferischer Geisteskraft zeugt? Dann fehlen ihnen die Worte, um das zum Ausdruck zu bringen.«

»Simon, jetzt krieg dich wieder ein.« Sally pikste ihn in die Rippen. »Wie war dein Tag, Sky?«

»Schön. Nein, besser als schön. Genial.« Ich grinste Sally an. »Ich glaube, ich werde hier ganz gut klarkommen.« Solange ich mich von Mrs Greens Cheerleadern fernhielt.

Die Probe für die Jazzband fiel auf das Ende der Woche. In der Zwischenzeit hatte ich keine zufälligen Begegnungen mit den Benedict-Brüdern in der Schule, da un-

sere Kurse offenbar zu ganz unterschiedlichen Zeiten stattfanden. Einmal sah ich Yves aus der Ferne beim Volleyballspielen, aber Zeds Stundenplan überschnitt sich nicht mit meinem.

Aber Tina sah ihn.

Und Nelson warf ein paar Körbe mit ihm. Tapfer.

Aber ich sah ihn nicht. Nicht, dass ich die ganze Zeit nach ihm Ausschau gehalten hätte, versteht sich.

Mir kam allerdings etliches über ihn zu Ohren. Er und seine Familie zählten zu den erklärten Lieblingsklatschthemen. Drei der Benedict-Jungs – Trace, Victor und jetzt auch der jüngste, Zed – waren berüchtigt dafür, dass sie auf ihren Motorrädern durch Wrickenridge brausten, in den ansässigen Kneipen in Prügeleien gerieten und im Ort jede Menge weiblicher Herzen brachen – indem sie kein einziges Mädchen je um ein Date baten. Die beiden ältesten, Trace und Victor, arbeiteten mittlerweile in einer anderen Stadt – ironischerweise im Polizeidienst – und waren wohl ein bisschen zur Ruhe gekommen, aber das änderte nichts daran, dass man sich immer wieder gerne und mit einem wohlwollenden Schmunzeln an ihre früheren Taten erinnerte.

»Schlimm, aber nicht gemein« schien das allgemeine Urteil zu lauten.

Oder wie Tina es anschaulich auf den Punkt brachte: »Wie belgische Schokolade – unheimlich sündhaft und unwiderstehlich.«

Mit einer gewissen Scham stellte ich fest, dass ich mich viel zu sehr für jemanden interessierte, dem ich erst ein einziges Mal begegnet war, und versuchte mir abzuge-

wöhnen, nach ihm Ausschau zu halten. So verhielt ich mich normalerweise nicht, in England hatte ich mich kaum je für Jungen interessiert – und wenn doch irgendein Kandidat Aussichten gehabt hätte, bei mir zu landen, dann wäre das sicher kein Zed Benedict gewesen. Was gab es an ihm schon groß zu mögen? Nichts, nur sein überhebliches Grinsen.

Dass ich ihn derart anziehend fand, machte mich zu einer richtigen Dumpfbacke. Es sprach ja nichts dagegen, dass er der neue Anti-Held meiner Comic-Fantasien war, aber das machte ihn im wahren Leben noch lange nicht zum geeigneten Fokus meiner Aufmerksamkeit. Vielleicht war es aber auch gerade aufgrund der Tatsache, dass er ein paar Nummern zu groß für mich war, so ungefährlich, für ihn zu schwärmen; mehr als das würde zwischen uns nämlich nie passieren, denn eher fiele der Mond vom Himmel, als dass ein Zed Benedict mich bemerken würde.

Unsere Wege kreuzten sich einmal, aber außerhalb der Schule – und ich gab bei dieser Begegnung keine besonders gute Figur ab. Auf meinem Weg nach Hause machte ich einen Abstecher zum Supermarkt, um Milch zu kaufen, und lief dort ausgerechnet Mrs Hoffman in die Arme. Während sie mich ins Kreuzverhör nahm, wie ich denn in den einzelnen Fächern in der Schule so zurechtkam, schickte sie mich wie einen Laufburschen im Laden herum, um Sachen für sie herbeizuholen.

»Sky, Schätzchen, ich hätte gern noch ein Glas Dillsoße«, sagte sie und zeigte auf ein kleines grünes Glas auf dem obersten Regalbord.

»Okay.« Ich schielte nach oben. Das Glas stand für uns beide außer Reichweite.

»Warum nur machen Sie diese furchtbaren Regale immer so hoch?«, sagte Mrs Hoffman ungehalten. »Ich hätte nicht übel Lust, mich beim Geschäftsführer zu beschweren.«

»Nein, nein.« Eine derartige Szene wollte ich mir unter allen Umständen ersparen. »Ich komm da schon ran.« Ich warf einen Blick den Gang hinunter auf der Suche nach einer zufällig irgendwo herumstehenden Leiter, als ich ganz am anderen Ende Zed sah.

Mrs Hoffman erspähte ihn ebenfalls. »Na, sieh mal an; da ist ja einer der Benedict-Jungs, Xav, nein, Zed. Alberne Namen, wenn du mich fragst.«

Ich hatte nicht gefragt, denn ich hegte nicht den leisesten Zweifel, dass mein Name auch nicht gerade ihre ihre Zustimmung fand.

»Sollen wir ihn rufen?«, fragte sie.

Was für eine Spitzenidee: ›Entschuldigung, Mr Groß-Stark-und-Gutaussehend, aber könnten Sie diesem englischen Zwerg hier vielleicht helfen, an die Soße zu kommen?‹

Wohl kaum.

»Schon okay; ich komm da schon ran.« Ich kletterte auf das unterste Regalbord, zog mich auf das mittlere und stellte mich auf die Zehenspitzen. Meine Finger legten sich um das oberste Glas … fast …

Dann rutschte mein Fuß ab und ich landete rücklings auf dem Boden; das Glas flog mir aus der Hand und zerdepperte auf den Fliesen. Die ganze Reihe der Soßen-

gläser geriet gefährlich ins Schwanken, blieb dann aber, o Wunder, auf dem Bord stehen.

»Verdammter Mist!«

»Sky Bright, bitte achte auf deine Ausdrucksweise!«, sagte Mrs Hoffman.

Die Verkäuferin eilte herbei, bewaffnet mit Wischmopp und einem Eimer auf Rädern, den sie hinter sich herzog wie einen kleinen, dicken Hund.

»Das bezahle ich nicht, Leanne«, verkündete Mrs Hoffman prompt und zeigte auf die Sauerei, die ich mit der Soße angerichtet hatte.

Ich rappelte mich umständlich hoch und konnte dabei bereits spüren, wie sich an meinem Steißbein ein blauer Fleck bildete, unterdrückte allerdings den Drang, die besagte Stelle zu reiben. »Das war meine Schuld.« Ich fuhr mit der Hand in meine Tasche und fischte einen Fünfdollarschein heraus. Das war's dann mit meinem Schokoriegel.

»Steck dein Geld ein, Schätzchen«, sagte die Verkäuferin. »Das war ein Versehen. Das haben wir alle gesehen.«

Wortlos schlenderte Zed heran, pflückte mit leichter Hand ein Glas Dillsoße vom obersten Regalbord und legte es in Mrs Hoffmans Einkaufswagen.

Mrs Hoffman strahlte ihn an, vermutlich ohne sich darüber im Klaren zu sein, dass sie gerade den übelsten Rüpel der Schule anlächelte. »Danke, Zed. Dein Name ist doch Zed, richtig?«

Er nickte knapp und warf mir einen leicht spöttischen Blick zu.

Peng – er lähmte seinen Gegner mit einem einzigen Wimpernschlag.

»Wie geht es deinen Eltern, Zed?«

Super! Mrs Hoffman hatte ein anderes Opfer zum Ausquetschen gefunden.

»Es geht ihnen gut«, sagte er und fügte nach einer kurzen Denkpause »Ma'am« hinzu.

Wow, Amerika war echt seltsam! Sogar der böse Stadtrocker hatte ein Mindestmaß an Höflichkeit verinnerlicht – ganz im Gegensatz zu seinem britischen Pendant, dem im Traum nicht eingefallen wäre, irgendjemanden mit Ma'am anzusprechen.

»Und deine Brüder? Was machen die so zurzeit?«

Ich stahl mich mit einem leisen »Tschüs« davon. Ich hätte es nicht beschwören können, aber ich glaubte zu hören, dass Zed leise »Verräter« flüsterte, als ich ging, ein kleines Trostpflaster für meinen peinlichen Sturz direkt vor seiner Nase.

Ich war noch nicht sehr weit gekommen, als ich ein Motorrad hinter mir hörte. Ich blickte über meine Schulter und sah Zed, der eine schwarze Honda geschickt durch den Berufsverkehr steuerte. Offenbar hatte er es besser drauf als ich, Gespräche mit Mrs Hoffman kurz zu halten. Er drosselte das Tempo, als er mich entdeckte, hielt aber nicht an.

Ich ging weiter und versuchte, mir keine Sorgen darüber zu machen, dass es allmählich dunkel wurde und er mir noch immer an den Fersen klebte. Er folgte mir, bis ich unser Gartentor erreicht hatte, dann brauste er los, legte röhrend einen Hochstart hin, dass der Pudel

von nebenan fiepte, als hätte er Elektroschocks bekommen.

Was sollte denn diese Aktion? Einschüchterungsversuch? Pure Neugierde? Ich hielt Ersteres für sehr wahrscheinlich. Ich würde vor Scham tot umfallen, wenn er wüsste, wie oft ich diese Woche an ihn gedacht hatte. Damit musste jetzt Schluss sein!

Es war Freitagmorgen und der lokale Nachrichtensender berichtete nonstop über eine Bandenschießerei in der nächstgrößeren Stadt Denver. Mitglieder einer Familie waren unter Beschuss geraten – und lagen jetzt alle in der Leichenhalle. Das Ganze schien so weit weg von unserer beschaulichen Berggemeinde, umso überraschter war ich, dass allerorts davon gesprochen wurde. Sich Gewalt à la Peng-Peng-Peng vorzustellen, war ja noch annehmbar, aber in der Realität fand ich es einfach nur krank. Ich wollte nichts damit zu tun haben, aber meine Mitschüler waren schlichtweg nicht zu bremsen.

»Sie sagen, es ging dabei um einen geplatzten Drogendeal«, sagte Zoe, eine Freundin von Tina, beim Mittagessen. Sie war ein lockerer Typ und ich mochte sie, vor allem, weil sie nur einen Tick größer war als ich, dank ihrer chinesischen Mutter. »Es wurden fünf Mitglieder einer Familie getötet, darunter auch ein Baby. Wie krass ist das denn bitte?«

»Ich habe gehört, dass die Täter auf der Flucht sind. Sie wurden in ganz Colorado zur Fahndung ausgeschrieben«, setzte Tina hinzu. Ihr älterer Bruder arbeitete im

Büro des Sheriffs. »Brad hat sich für Sondereinsätze gemeldet.«

»Sag deinem Bruder, er soll sich keine Sorgen machen: Falls sie hier aufkreuzen, wird Mrs Hoffman sie sofort zur Strecke bringen.« Zoe brach ihre Selleriestange in der Mitte durch, stippte sie in das kleine Salzhäufchen am Rand ihres Tellers und warf dabei mit der freien Hand gekonnt ihr langes schwarzes Haar über die Schulter. »Ich sehe direkt vor mir, wie sie die Bande k. o. schlägt.«

»Ja, sie bringt sie dazu, um Gnade zu winseln«, stimmte Tina zu.

Mrs Hoffman – Richterin Gnadenlos, die mit ihrem Kochlöffel rigoros für Gerechtigkeit sorgte.

»Glaubt ihr, dass die Täter hierher flüchten?«

Die beiden Mädchen starrten mich an.

»Wie? In Wrickenridge passiert was Aufregendes? Wach auf!«, lachte Zoe.

»Nein, Sky«, sagte Tina. »Keine Chance. Unser Ort liegt am Ende einer Straße, die ins Nirgendwo führt. Was würden die hier denn wollen – es sei denn, sie sind scharf auf eine kleine Skiabfahrt.«

Das war eine gute Frage. Dummerweise kapierte ich erst jetzt, dass sie sich die ganze Zeit über die Vorstellung, dass Wrickenridge in ein Verbrechen verwickelt sein könnte, nur lustig gemacht hatten. Aber zum Glück fanden Zoe und Tina meine Unbedarftheit eher amüsant als peinlich. Da ich hier neu war, hatten sie noch Nachsicht mit mir.

Ich erfand einen Vorwand, um dem Gequatsche von

Mord und Totschlag zu entkommen, und erreichte so fünf Minuten vor Probenbeginn den Musiksaal. Ich hatte den Raum ganz für mich allein und ließ meine Finger voller Genuss über die Tasten des Flügels wandern, spielte Passagen aus Chopins Nocturne. Es half mir dabei, dieses innere Zittern zu beruhigen, das mich überkam, sobald ich an die Schießerei in Denver dachte. Gewalt erfüllte mich immer mit einem Gefühl der Panik, so als würde dadurch der Dämon meiner verschütteten Erinnerungen geweckt – eine Bestie, die ich nicht bekämpfen oder besiegen könnte. Das durfte nicht passieren.

Wir hatten noch kein eigenes Klavier zu Hause und mittlerweile litt ich an ernsthaften Entzugserscheinungen. Während ich durch die Noten glitt, überlegte ich, wie Zed mir wohl heute begegnen würde. Chopin nahm poppigere Klänge an, die unterlegt waren mit der Titelmelodie von ›Mission Impossible‹.

Die Tür flog krachend auf und ich fuhr mit erwartungsvoll beschleunigtem Puls herum, aber es war nur Nelson.

»Hallo, Sky. Yves und Zed sind heute nicht in der Schule.«

Elasto-Mann hüpfte herein und holte sein Instrument aus dem Kasten.

Ich war maßlos enttäuscht – natürlich nur, weil jetzt die Bandprobe ausfallen würde, nicht etwa weil ich das Objekt meiner heimlichen Begierde nicht zu Gesicht bekäme, das zumindest redete ich mir ein.

»Wollen wir trotzdem ein paar Sachen zusammen

ausprobieren?« Ich ließ meine Finger über die Tasten wandern.

Nelsons Mundwinkel zuckten. »An was für Sachen hast du denn da gedacht, Zuckerpuppe?«

»Ähm, bestimmt liegen hier ein paar Stücke rum, die wir mal austesten könnten.« Ich stand auf und durchstöberte den Notenstapel.

Er lachte. »He, du lässt mich ja gerade voll abblitzen!«

»Wie? Was mach ich?« Ich spürte, dass mein Gesicht eine geradezu peinliche Rotfärbung angenommen hatte. »Wie wäre es damit?« Ich hielt ihm das nächstbeste Notenblatt unter die Nase.

Er warf einen Blick darauf. »Musical-Melodien? Ich meine, in ›Oklahoma‹ gibt's ein paar ganz nette Nummern, aber …«

»Oh.« Ich riss das Blatt wieder an mich. Er machte keinen Hehl daraus, dass er sich über mich amüsierte, und das verunsicherte mich umso mehr.

»Mach dich mal locker, Sky. Ich hab 'ne bessere Idee: Warum lässt du mich nicht aussuchen?«

Erleichtert kehrte ich den Partituren den Rücken zu und ging wieder an meinen Flügel zurück, wo ich mich gleich wieder viel selbstsicherer fühlte.

»Mache ich dich etwa nervös?«, fragte Nelson mit ernster Stimme und warf mir einen neugierigen Blick zu. »Um mein Gerede solltest du dich gar nicht weiter kümmern – ich hab doch nur Quatsch gemacht.«

Ich nahm meinen langen Zopf in die Hand und schlang ihn um meine Faust. Ich musste meine Haare flechten, anders waren sie nicht zu bändigen.

»Das liegt nicht an dir.«

»Jungs im Allgemeinen?«

Ich tippte mit meiner Stirn leicht gegen den Flügeldeckel.

»Ist das so offensichtlich?«

Nelson schüttelte den Kopf. »Nein, ich bin nur eine so empfindsame Seele, dass ich solche Dinge bemerke.« Er grinste.

»Ich habe ein paar Probleme.«

Angewidert von mir selbst rümpfte ich die Nase. Ich hatte massenhaft Probleme, die laut des Kinderpsychologen, den ich seit meinem sechsten Lebensjahr aufsuchte, alle ihren Ursprung in meiner ausgeprägten Unsicherheit hatten. Na hallo, als ob ich darauf nicht selbst gekommen wäre; immerhin war ich ausgesetzt worden und alles.

»Ich glaube, ich stehe im Augenblick einfach ein bisschen neben mir.«

»Na, ich bin auf jeden Fall für dich da, denk dran.« Nelson zog das von ihm ausgesuchte Musikstück aus dem Stapel und zeigte es mir. »Bei mir kannst du ganz cool bleiben. Ich hege keine unlauteren Absichten.«

»Wie meinst du das?«

»Keine Ahnung, aber meine Großmutter unterstellt mir immer welche, wenn ich ihrer Meinung nach Mist gebaut habe, und irgendwie klingt's gut.«

Ich lachte und spürte, wie die Anspannung von mir abfiel. »Alles klar – dann werde ich dich bei ihr verpetzen, wenn du dich danebenbenimmst.«

Er tat so, als würde er erschauern. »Selbst du kannst

nicht so grausam sein, Brit-Chick. Okay, wollen wir jetzt den ganzen Tag dumm rumquatschen oder Musik machen?« Nelson schnappte sich sein Saxofon und spielte ein paar Töne.

»Musik.« Ich stellte die Noten auf den Ständer und stimmte in die Melodie mit ein.

Kapitel 5

Ich hatte keine Pläne fürs Wochenende.

Klang das nicht total erbärmlich? Tina und Zoe jobbten samstags in einem Laden in der Stadt und Nelson war nicht da, weil er seinen Vater besuchte, und so gab es niemanden, mit dem ich abhängen konnte. Simon hatte vorgeschlagen, dass wir uns auf die Suche nach einem gebrauchten Klavier machen könnten, aber dieses Vorhaben wurde vom Manager des Künstlerhauses zunichtegemacht, als er Simon und Sally bat vorbeizukommen, um ihre Ateliers herzurichten. Ich hütete mich davor, mich ihnen dabei in den Weg zu stellen. Das wäre so, als stellte man sich zwischen Zucker-Junkies und ihre Schokovorräte. Und so umkreiste ich den Planeten Wrickenridge, ein einsamer Komet auf seiner eigenen Umlaufbahn.

»Komm doch zum Lunch bei uns vorbei«, sagte Sally und drückte mir einen Zwanzigdollarschein in die Hand. »Schau doch mal, was in der Stadt los ist.«

Das war schnell erledigt. Wrickenridge war amerika-

nischer Kitsch in Reinkultur; sogar Starbucks hatte sich als Schweizer Almhütte getarnt. Es gab eine kleine Anzahl von Nobelboutiquen, von denen einige nur während der Skisaison öffneten, ein paar Hotels mit schick aussehenden Restaurants, einen Imbiss, ein Gemeindezentrum und ein Fitnesscenter. Ich blieb eine Weile unschlüssig davor stehen und überlegte, ob sich ein näherer Blick lohnte, war letzten Endes dann aber doch zu schüchtern. Das gleiche Spiel wiederholte sich beim angrenzenden Spa-Bad und beim Nagelstudio. Ich fragte mich, ob sich Tina ihre Fingernägel bei NAGELNEU hatte machen lassen. Meine waren total abgeknabbert.

Ich schlenderte die Hauptstraße hinauf in Richtung Park und freute mich über die von leuchtenden Herbstblüten überquellenden Blumenbeete; weiter ging's am Ententeich vorbei, der im Winter als Eislauffläche diente, bis die Gartenbepflanzung in eine Baumschule mit verschiedenen Hölzern und Sträuchern überging. Ein paar Leute, die im Sonnenschein spazieren gingen, grüßten mich im Vorübergehen, aber die meiste Zeit war ich für mich allein. Ich wünschte, ich hätte einen Hund dabei, um weniger aufzufallen. Vielleicht sollte ich Simon und Sally den Vorschlag machen, einen anzuschaffen. Einen herrenlosen Hund, der ein Zuhause brauchte, weil jemand ihn ausgesetzt hatte – das gefiel mir. Der Haken an der Sache war: Wir wollten eigentlich nur ein Jahr hierbleiben, und das wäre einem Haustier gegenüber etwas unfair.

Ich stapfte einen Pfad hinauf, der mich laut der Übersichtskarte am Parkeingang zu einem Aussichtspunkt mit dem verheißungsvollen Namen ›Geisterstadt‹ führen sollte. Meine Beinmuskeln brannten, als ich endlich an einem Felsplateau anlangte, von dem aus sich ein fantastischer Ausblick über Wrickenridge und den Rest des Tals eröffnete. Der Name hielt, was er versprach: Hier stand eine Reihe verlassener Holzhütten; die Szenerie erinnerte mich an eine Filmkulisse nach Beendigung der Dreharbeiten. Ich las die Inschrift auf der in die Erde eingelassenen Tafel:

Goldrausch-Stadt, errichtet 1873, als der erste Nugget im Eyrie River gefunden wurde. Verlassen 1877. Beim Einsturz des Eagle-Schachtes 1876 starben sieben Minenarbeiter.

In nur vier Jahren hatten die Goldschürfer eine richtige kleine Siedlung erschaffen mit Pensionen, Saloons, Geschäften und Stallungen. Die meisten der dunklen Holzhütten hatten ihre Dächer eingebüßt, aber einige waren noch immer mit Blechplatten abgedeckt, die mit jeder Windböe gespenstisch quietschten. Rostige Ketten baumelten über die Kante des Steilhangs hinweg, schaukelten oberhalb der goldenen Wildblumen, die wie zum Hohn für die verlorenen Träume der Pioniere auf dem Felssims wucherten. Das hier würde eine tolle Kulisse für einen Geisterfilm abgeben – »Die Rache der Goldschürfer« oder so was in der Art. Ich konnte bereits das Leitmotiv hören, untermalt mit dem einsamen Klirren der Ketten und dem dumpfen Heulen des Windes, der durch die verlassenen Gebäude fegte.

Aber es war ein trauriger Ort. Mich bedrückte der

Gedanke an die Goldsucher, die irgendwo hier am Berghang begraben lagen, zerquetscht unter tonnenschwerem Felsgestein. Nachdem ich ein bisschen in den Hütten herumgestöbert hatte, setzte ich mich im Schneidersitz auf eine Bank und wünschte, ich hätte vor meinem Aufstieg daran gedacht, eine Dose Cola und einen Schokoriegel zu kaufen. Colorado war so riesig – alles besaß Größenordnungen, die für jemanden aus England höchst gewöhnungsbedürftig waren. Nebel stieg von den Hängen auf und trennte die sonnenbeschienenen Gipfel vom dunkelgrün bestandenen Bergsockel ab, wie wenn man mit einem Radiergummi ein Bild tilgt. Ich heftete meinen Blick auf einen gelben Laster, der in Richtung Osten die Hauptstraße entlangfuhr. Die Schatten der Wolken glitten über die Felder, wogten über Scheunen und Dächer hinweg, verdunkelten kurz einen Teich, der, als sie weiterzogen, wieder ein blankes Auge wurde, das gen Himmel starrte. Der Himmel wölbte sich über die Gipfel, ein blasses Blau an diesem diesigen Morgen. Ich versuchte, mir die Menschen vorzustellen, die hier oben gelebt hatten, ihre Gesichter dem Berg und nicht der Sonne zugewandt, auf der Suche nach einem Schimmer von Gold. Waren ein paar von ihnen hiergeblieben und nach Wrickenridge gezogen? Stammten einige meiner Mitschüler etwa noch von den Glückssuchern ab, die der Goldrausch einst hierher verschlagen hatte?

Hinter mir knackte ein Zweig. Mit hämmerndem Herzen, den Kopf noch voll von Gespenstern, wirbelte ich herum und sah Zed Benedict an der Stelle, wo der

Weg zwischen den Bäumen hervorkam. Er sah müde aus, mit dunklen Ringen unter den Augen, die letzte Woche noch nicht da gewesen waren. Sein Haar war wirr, so als hätte er ständig darin herumgewühlt.

»Na klasse, das hat mir gerade noch gefehlt«, sagte er mit Sarkasmus in der Stimme und trat bereits den Rückzug an.

Keine Worte, die dazu getaugt hätten, das Selbstwertgefühl eines Mädchens aufzupolieren.

Ich stand auf. »Ich gehe schon.«

»Vergiss es. Ich komme einfach später wieder.«

»Ich wollte sowieso gerade nach Hause.«

Er rührte sich nicht vom Fleck und sah mich einfach nur an. Ich hatte das merkwürdige Gefühl, als würde irgendetwas an mir ziehen, so als wären wir mit einem Faden verbunden, den er langsam einholte.

Ich zitterte und schloss die Augen. Mir wurde schwindlig. »Bitte, lass das.«

»Was?«

»Mich so anzusehen.« Mein Gesicht wurde knallrot. Jetzt würde er mich für vollkommen übergeschnappt halten. Ich hatte mir diesen Faden doch bloß eingebildet. Ich machte auf dem Absatz kehrt, überließ ihm die Bank und stiefelte los in die nächste Hütte, doch er kam mir nach.

»Wie sehe ich dich denn an?«, fragte er und kickte ein Brett beiseite, das im Weg lag. Das ganze Haus ächzte; ein kräftiger Windstoß und es würde bestimmt über uns zusammenbrechen.

»Ich möchte darüber nicht sprechen.« Ich trat an den

leeren Fensterrahmen und blickte hinaus ins Tal. »Vergiss es.«

»Hey, ich rede mit dir.« Er packte mich am Arm, doch dann schien ihm plötzlich etwas einzufallen. »Hör mal, ähm, Sky, so heißt du doch, richtig?« Er hob den Blick zur Decke, so als suche er da oben Beistand, da er selbst kaum glauben konnte, was er gleich tun würde. »Ich muss dir etwas sagen.« Der Wind fuhr unter den Dachüberstand und brachte das Blechdach zum Quietschen. Plötzlich ging mir auf, wie weit entfernt wir von anderen Menschen waren. Er ließ meinen Arm los. Ich rieb mir die Stelle, an der sich seine Finger in meine Haut gebohrt hatten.

Er runzelte die Stirn, schien mit sich zu ringen, ob er überhaupt zu mir sprechen sollte, gab sich dann aber doch einen Ruck. »Es gibt da etwas, das du wissen musst.«

»Was?«

»Sieh dich vor bei Nacht. Geh nicht allein nach draußen.«

»Was meinst du damit?«

»Ich habe neulich Nacht gesehen … Hör mal, pass einfach auf, okay?«

Nein, nicht okay. Dieser Kerl machte einem Angst und Bange.

»Das siehst du ganz richtig.«

Wie? Das hatte ich eben doch nicht laut gesagt, oder?

Er fluchte und trat wütend gegen die schrottreifen Überreste herumstehender Arbeitsgeräte. Eine Kette schwang klackernd hin und her und erinnerte mich

dabei an einen am Galgen baumelnden Körper. Ich schlang die Arme um die Brust, versuchte möglichst wenig Angriffsfläche zu zeigen. Es war meine Schuld. Ich hatte irgendetwas gemacht – keine Ahnung, was –, das ihn verärgert hatte.

»Nein, hast du nicht!«, sagte er scharf. »Nichts von alledem ist deine Schuld, kapiert!« Er dämpfte seine Stimme. »Und ich mache dir gerade einfach nur höllische Angst, stimmt's?«

Ich erstarrte.

»Na schön. Ich gehe.« Er machte auf dem Absatz kehrt und verschwand leise vor sich hin fluchend zwischen den leeren Gebäuden.

Okay, das war ja wohl richtig in die Hose gegangen.

Kapitel 6

Seit Schulbeginn waren drei Wochen vergangen und im Großen und Ganzen gefiel es mir ganz gut auf der Highschool, mal abgesehen von dem mulmigen Gefühl, das mich seit Zeds Warnung begleitete. Was hatte er damit bezweckt? Und was glaubte Zed gesehen zu haben? Und inwiefern hatte das Ganze mit der Tatsache zu tun, dass ich nach Einbruch der Dunkelheit nicht mehr nach draußen sollte? Das Letzte, was ich jetzt gebrauchen konnte, war, dass irgendein übler Typ krankhaftes Interesse an mir zeigte.

Ich versuchte, es aus meinem Gedächtnis zu streichen. Zu viele andere Dinge passierten. Ich hatte ein paar blöde Begegnungen mit Schülern, die sich über meinen Akzent und meine Unwissenheit in Sachen amerikanischer Lebensart lustig machten, aber die meisten behandelten mich freundlich. Einige Mädchen aus meinem Sozialkundekurs, einschließlich der Cheerleaderin Sheena – die ich aufgrund ihrer Vorliebe für blutroten Nagellack heimlich die Vampirbräute nannte –, mopsten mir meinen Schulausweis, nachdem sie mit angehört hatten, wie ich mich bei Tina über mein bekloppteś Foto ausgelassen hatte. Leider waren die Draculettes, was das Foto anbetraf, mit mir einer Meinung und riefen mich von da an nur noch das »blonde Häschen«, was ich ziemlich ätzend fand. Tina gab mir den Rat, einfach darüber hinwegzugehen, und meinte, der Name würde viel eher an mir kleben bleiben, wenn ich deswegen einen Aufstand machte. Also biss ich mir auf die Zunge und hielt ab da meinen Schulausweis streng unter Verschluss.

»Nächste Woche findet ein Aktionstag statt – wir können Rafting wählen«, erzählte mir Nelson am Freitagnachmittag, als er mich nach Hause begleitete. Er war auf dem Weg zu seiner Großmutter, um ihren Rasenmäher zu reparieren. »Magst du mitkommen?«

Ich rümpfte die Nase, als sich mir das Bild von Robinson Crusoe aufdrängte, der ein paar Baumstämme zusammenschnürte. »Rafting – muss man da etwa ein Floß bauen oder was?«

Er lachte. »Wir sind hier doch nicht bei den Pfadfindern, Sky. Nein, ich spreche von brodelndem, tosendem Wildwasser-Nervenkitzel auf dem Eyrie River. Stell dir ein Schlauchboot für sechs bis sieben Personen vor. Der Steuermann sitzt hinten am Ruder, der Rest von uns links und rechts an den Paddeln und kann sich nur mehr schlecht als recht festhalten, während wir durch die Stromschnellen schießen. Du musst es einfach ausprobieren, wenn du zu den Coloradianern zählen willst. Der totale Adrenalinkick.«

Wow, Highschool war tatsächlich etwas anderes als ein Oberstufenzentrum in England – das hier war einfach Extraklasse! Vor meinem geistigen Auge blitzten Bilder auf, wie ich geschickt durch aufgepeitschtes Wasser navigierte, einen Jungen/Hund/verletzten Mann rettete, wie sich die Musik in höchste Höhen schraubte, mit etlichen Streichern unterlegt, spannungsgeladen …

Na, klar doch.

»Gibt's auch eine Anfängergruppe?«

»Nee, du musst die kniffligste Route nehmen, ohne Schwimmweste oder Wildwasserführer.« Nelson lachte, als er meinen Gesichtsausdruck sah. »Logisch gibt's 'ne Gruppe für Anfänger, du Blödi. Es wird dir gefallen.«

Das könnte ich hinkriegen: klein anfangen und dann zur Heldin aufsteigen, sobald ich's richtig draufhatte. »Okay. Braucht man dafür irgendeine spezielle Ausrüstung?«

Er schüttelte den Kopf. »Nein, nur ein paar alte Klamotten. Sky, willst du nicht vielleicht Tina fragen, ob sie auch mitkommen möchte?«

Mein Argwohn war auf der Stelle geweckt. »Warum fragst du sie nicht selbst?«

»Dann glaubt sie, ich würde auf sie stehen.«

Ich lächelte. »Und, tust du es nicht?«

Er rieb sich verlegen den Nacken.

»Ja, aber ich will noch nicht, dass sie's weiß.«

Am Tag des Rafting-Ausflugs war der Himmel wolkenverhangen, die Berge sahen grau aus und es ging ein scharfer Wind. Die Luft war kühl und hin und wieder

nieselte es leicht. Ich hatte einen etwas dickeren Kapuzenpulli angezogen, mein Lieblingsstück mit dem Aufdruck ›Richmond Ruderclub‹, was ich ziemlich lustig fand, wenn man bedachte, dass dieser Fluss hier mit der Themse rein gar nichts gemein hatte. Der Minibus holperte den Waldweg hinunter, der zur Rafting-Schule führte. Die ersten goldenen Blätter fielen von den Espen und trudelten ins Wasser, wo sie in den Stromschnellen ein jähes Ende fanden. Ich hoffte, dass das kein Omen war.

Nach unserer Ankunft in der Rafting-Schule teilte eine Mitarbeiterin Helme, wasserdichte Schuhe und Schwimmwesten an uns aus. Danach versammelten wir uns am Ufer, wo wir von einem groß gewachsenen Mann mit strenger Miene und langem dunklem Haar unterwiesen wurden.

Er hatte das prägnante Profil eines Indianers, mit breiter Stirn und Augen, die jahrtausendealt schienen. Es war ein Gesicht, das dafür gemacht schien, gemalt oder noch besser in Marmor gemeißelt zu werden. Hätte ich ein Lied für ihn komponiert, wäre es eine eindringliche, schwermütige Melodie geworden, so wie südamerikanische Panflötenklänge, Musik für die Wildnis.

»Genial – wir haben Mr Benedict gekriegt, den Vater von Zed und Yves. Er ist der Beste«, flüsterte Tina. »Er ist ein richtiger Crack auf dem Wasser.«

Ich war nicht ganz bei der Sache, denn jetzt, da ich dem reißenden Fluss gegenüberstand, schwand mein Eifer dahin, mich in die Stromschnellen stürzen zu wollen.

Als er unser Geflüster hörte, warf Mr Benedict uns

einen scharfen Blick zu und für einen kurzen Moment sah ich einen Farbkranz, der ihn umgab – silbrig, wie die Sonne auf den verschneiten Gipfeln.

Nicht schon wieder, dachte ich, und verspürte erneut dieses eigenartige Schwindelgefühl. Ich weigerte mich, Farben zu sehen – ich würde sie nicht wieder an mich heranlassen. Ich schloss meine Augen und schluckte, kappte so die Verbindung.

»Meine Damen«, sagte Mr Benedict mit sanfter Stimme, die dennoch über das Rauschen des Wassers hinweg zu hören war, »wenn ihr beide bitte zuhören würdet. Ich komme jetzt zu den lebenswichtigen Sicherheitsmaßnahmen.«

»Alles okay mit dir?«, flüsterte Tina. »Du bist ein bisschen grün um die Nase.«

»Das sind nur … die Nerven.«

»Du wirst das gut hinkriegen, mach dir keine Sorgen.«

Danach versuchte ich, mich auf Mr Benedict zu konzentrieren, aber nur wenige seiner Worte nisteten sich in meinem Hirn ein.

Er beendete seinen kleinen Vortrag mit der Ermahnung, jederzeit seine Anweisungen zu befolgen. »Ein paar von euch sagten, sie würden sich fürs Kajaken interessieren. Wer ist das?«

Neil vom Cheerleadersquad meldete sich.

»Meine Söhne sind gerade draußen auf der Strecke. Ich werde ihnen sagen, dass du eine Stunde nehmen willst.«

Mr Benedict zeigte flussaufwärts zu einer Stelle, an der ich ein Spalier gestreifter Stangen über dem Wasser

hängen sah. Drei rote Kajaks rasten die Stromschnellen hinunter. Es war nicht erkennbar, wer sich in welchem Boot befand, aber alle Fahrer waren offenbar sehr geübt und bewegten sich in beinahe balletthaft anmutenden Bewegungen durchs Wasser, mit Pirouetten und Wendungen, bei denen mir das Herz stockte. Einer aus dem Trio schoss nach vorne. Er schien den anderen gegenüber einen Tick im Vorteil zu sein, erspürte den nächsten Wasserstrudel, die nächste Turbulenz Sekundenbruchteile früher als die anderen. Er sauste unter der rot-weißen Zielmarkierung hindurch, riss die Faust mit dem Paddel in die Luft und sah dabei lachend zu seinen Brüdern, die hinter ihm zurücklagen.

Es war Zed. Natürlich.

Gebannt schauten wir zu, wie die anderen Boote ins Ziel kamen. Zed hatte bereits das Ufer erreicht und wollte gerade aus dem Kajak klettern, als seine Brüder zu ihm stießen. Nach einem derben verbalen Schlagabtausch, in dem ein paar Mal lautstark das Wort »unfair« fiel, gab der größte der Jungen Zed einen kräftigen Schubs und stieß ihn ins Wasser. Zed tauchte unter – aber es war ruhiges Stauwasser und so verschwand er nur für einen kurzen Moment unter der Oberfläche. Er schnappte sich das Bein seines Bruders und zog daran. So widerstandslos, wie der Junge ins Wasser fiel, vermutete ich, dass er mit diesem Angriff gerechnet hatte. Yves stand inzwischen am Ufer, wo er von seinen Brüdern von Kopf bis Fuß nass gespritzt wurde, bevor er sie der Reihe nach aus dem Wasser zog. Dann ließen sich alle lachend und nach Luft ringend zu Boden fal-

len. Es war sonderbar, Zed so gelöst zu sehen; irgendwie erwartete ich von ihm nichts anderes als eine finstere Miene.

»Meine jüngeren Söhne«, sagte Mr Benedict achselzuckend.

Als hätten sie einen Pfiff jenseits unseres Hörvermögens wahrgenommen, blickten die Benedict-Jungs hoch.

»Mach das Raft bereit, Dad. Ich geh mich nur schnell umziehen und bin gleich wieder da«, rief der älteste von ihnen. »Zed übernimmt den Kajaker.«

»Das ist Xav«, sagte Tina. »Er hat dieses Jahr seinen Abschluss gemacht.«

»Ist er wie Zed oder wie Yves?«

»Wie meinst du das?«

Wir trotteten hinter den anderen her in Richtung Anlegesteg.

»Freund oder Feind. Ich glaube, Zed hat mich auf dem Kieker.«

Tina runzelte die Stirn. »Zed hat eine Menge Leute auf dem Kieker, aber normalerweise keine Mädchen. Was hat er denn gemacht?«

»Er … das ist schwer zu erklären. Wenn er mich bemerkt – was nicht oft passiert –, scheint er regelrecht genervt zu sein. Tina, denkst du, das liegt an mir? Hab ich irgendwas falsch gemacht? Liegt's vielleicht daran, dass ich noch nicht so richtig geblickt habe, wie alles hier läuft?«

»Na ja, es kursiert dieses üble Gerücht, dass du lieber Tee als Kaffee trinkst.«

»Tina, ich mein's ernst.«

Sie legte mir eine Hand auf den Unterarm. »Nein, Sky, mit dir ist alles in Ordnung. Wenn er ein Problem mit dir hat, dann ist es genau das: sein Problem. Nicht deins. Ich würde mir darüber nicht den Kopf zerbrechen. Zed führt sich schon seit ein paar Wochen ziemlich merkwürdig auf – irgendwie ist er in allem extremer geworden, wütender, arroganter, das ist uns allen schon aufgefallen.«

Wir unterbrachen unser Gespräch, um Mr Benedicts Anweisungen mitzubekommen, wo jeder sich hinsetzen sollte. »Der Fluss führt seit den Regenfällen der letzten Tage viel Wasser. Der Kleinste und Leichteste muss in der Mitte sitzen, damit wir nicht umkippen.«

»Damit bist wohl du gemeint, Sky-Baby«, sagte Nelson und schubste mich sanft nach vorne.

»Einer meiner Söhne setzt sich mit dem Paddel nach vorne, und du«, er zeigte auf Nelson, »gehst ans andere Ende. Und ihr beiden Mädels setzt euch hinter sie, neben mich.« Er winkte Tina und ein anderes Mädchen aus meiner Schule nach vorne. Beiden drückte er je ein Paddel in die Hand; ich hatte als Einzige keines, da ich in der Mitte saß.

Zed kam zu uns herüber, er hatte seinen Neoprenanzug ausgezogen und war in Shorts und Schwimmweste geschlüpft.

»Xav und Yves übernehmen den Kajaker«, verkündete Zed.

Sein Vater runzelte die Stirn. »Ich dachte, das wäre dein Job.«

»Na ja, ich habe gleich gesehen, dass sich der Typ

dämlich anstellen wird. Yves kann mit so was besser umgehen.«

In diesem Moment kam ich zu dem Schluss, dass Wolfman in seiner Anti-Helden-Ausbildung ganz offensichtlich im Fach Charme gepennt hatte.

Mr Benedict sah aus, als ob er dazu noch ein paar Takte zu sagen hätte, doch er verkniff es sich angesichts der vielen Zuhörer.

Wir nahmen unsere Plätze in dem Rafting-Boot ein. Die neue Aufgabenverteilung unter den Benedict-Brüdern hatte den unangenehmen Nebeneffekt, dass ich neben Zed sitzen musste, mit Nelson auf der anderen Seite. Zed schien mich geflissentlich zu übersehen – ich war Miss Unsichtbar geworden.

»Hey du, das Mädchen in der Mitte – Sky, richtig?«

Ich drehte mich um und sah, dass Mr Benedict mit mir sprach.

»Ja, Sir?«

»Wenn es turbulent wird, hake dich bei deinen Sitznachbarn unter. Ihr beiden hier, die bei mir am Ende sitzen, achtet darauf, dass eure Füße in den Halteschlaufen am Boden stecken, wenn sich das Boot aufbäumt. Sie verhindern, dass ihr ins Wasser fallt.«

Nelson schnaubte abfällig. »Die Jungs sind wohl keiner Sorge wert, was?«

Zed hatte ihn gehört. »Er ist halt der Ansicht, dass Männer auf sich selbst aufpassen können. Hast du damit ein Problem?«

Nelson schüttelte den Kopf. »Nein.«

Das wäre ja ein gefundenes Fressen für Sally, dachte

ich. Für sie als bekennende Feministin wäre Mr Benedict der totale Dinosaurier. Und über Zed wäre sie auch nicht gerade erfreut.

Mr Benedict stieß das Rafting-Boot vom Anleger ab. Mit ein paar kräftigen Ruderschlägen von Zed und Nelson waren wir draußen in der Strömung. Und von nun an wurden die Paddel nur noch zum Steuern benutzt, denn auf diesem Fluss ging es nur in eine Richtung: in halsbrecherischem Tempo stromabwärts. Mr Benedict brüllte Anweisungen, während er das Steuerruder am Heck festhielt. Ich krallte mich an meinen Sitz und erstickte die Schreie in meiner Kehle, als das Raft um einen aus dem Wasser aufragenden Felsbrocken herumschoss.

Sobald wir daran vorbei waren, sah ich, was noch vor uns lag.

»Oh mein Gott! Das überleben wir nicht!«

Das Wasser sah aus, als würde es von einem Riesenmixer auf höchster Stufe durchgequirlt. Gischt flog durch die Luft; Felsen ragten in unregelmäßigen Abständen aus den Fluten heraus, was ein Umfahren in meinen Augen schier unmöglich machte. Ich hatte schon oft gesehen, was mit Eiern in einer Rührmaschine passierte – und in zwei Sekunden wären wir Omelettemasse.

Mit einem gewaltigen Ruck wurde das Boot nach vorne geschleudert. Ich kreischte. Nelson brüllte vor Lachen und schrie »Juhu!«, während er zum Abwehren der Felsen das Paddel schwang. Auf der anderen Seite von mir machte Zed ruhig und gelassen das Gleiche, ohne irgendwelche Anzeichen von Euphorie oder Angst

und ohne zu bemerken, dass ich einen mittelschweren Panikanfall hatte.

»Der Teufelskessel sieht heute recht quirlig aus«, rief Mr Benedict über die Schulter hinweg. »Haltet uns schön in der Mitte, Jungs.«

Der besagte Streckenabschnitt sah mehr als nur quirlig aus. ›Quirlig‹ nannte man Fohlen, die an einem Frühlingsmorgen ausgelassen über die Wiese tollten; das hier war ein wilder Bär im Blutrausch, der seine Winterreserven mit einer Extraportion Körperfett aufstocken wollte. Ein Raft voll mit Menschen schien da genau die richtige Mahlzeit zu sein.

Die Titelmelodie von ›Der Weiße Hai‹ dröhnte in meinem Kopf.

Das Raft stürzte sich in den Teufelskessel, sein Bug dippte für einen Moment ins Wasser und uns traf eine eiskalte Spritzfontäne. Tina kreischte kurz auf und lachte. Wir wurden nach allen Seiten hin und her geworfen. Erst wurde ich gegen Nelson geschleudert, dann gegen Zed. Ich hakte mich bei Nelson unter, traute mich aber nicht, das Gleiche bei Zed zu tun. Nelson tätschelte mir aufmunternd den Arm.

»Und, macht's Spaß?«, brüllte er, während ihm Wasser vom Gesicht tropfte.

»Ja, wenn man es toll findet, jeden Moment tot sein zu können!«, schrie ich zurück.

In diesem Moment blieb die Nase des Bootes zwischen zwei Felsen stecken und der Druck des Wassers schob uns zur Seite. Wellen schwappten über den Rand ins Raft.

»Ich werde uns wieder losmachen!«, rief Mr Benedict. »Alle Mann auf die rechte Seite!«

Er hatte uns dieses Manöver an Land gezeigt – alle mussten sich auf einer Seite des Rafts zusammendrängen, damit sich das Boot ein Stück aus dem Wasser hob. Ich wurde zwischen Nelson und Zed platt gedrückt, während sich Nelsons Paddelstange in mein Kinn bohrte.

»Links!«

Auf sein Kommondo hin sprangen wir alle auf die andere Seite. Das Raft kam frei.

»Alle wieder zurück an die Plätze!«

Auf wackligen Füßen versuchte ich der Anweisung zu folgen, als Zed mich unversehens packte und zu Boden riss. »Halt dich fest oder du fällst rein«, brüllte er mir ins Ohr.

Wasser drang in meine Nase, in Panik strampelte ich mich von Zed frei, genau in dem Moment, als das Raft über eine Stromschnelle schoss. Mit Wucht wurde ich gegen die Seite des Bootes geschleudert, suchte vergebens Halt und glitt über die Kante hinweg ins Wasser.

Kälte – brausendes Wasser – Schreie – Pfiffe. Ich strampelte mich zurück an die Oberfläche. Das Boot war bereits zehn Meter hinter mir, als ich wie ein Espenblatt durch den Teufelskessel gewirbelt wurde.

Lass dich treiben! Der Befehl hämmerte sich in mein Hirn – die Stimme in meinem Kopf klang wie Zed.

Mir blieb nichts anderes übrig, als mich der Strömung hinzugeben. Ich ließ mich möglichst flach im Wasser treiben, damit meine Beine nicht gegen unter Wasser liegende Felsen schlugen. Etwas kratzte an mei-

ner Wade; mein Helm knallte kurz an einen Stein. Schließlich spuckte mich der Strom an einer Stelle mit ruhigem Stauwasser wieder aus. Ich klammerte mich an einen Felsbrocken, mit halb erfrorenen Fingern, die aussahen wie eine weiße Spinne auf dem schroffen Stein.

»Oh Gott, Sky! Alles in Ordnung?«, kreischte Tina.

Mr Benedict steuerte das Boot ganz dicht an mich heran, sodass Zed und Nelson mich aus dem Wasser fischen konnten. Japsend lag ich rücklings auf dem Boden des Bootes.

Zed untersuchte mich kurz auf Verletzungen. »Ihr fehlt nichts. Ein paar Schrammen, aber sonst ist alles in Ordnung.«

Für den Rest der Fahrt war unsere Stimmung merklich gedrückt, der Spaß war zusammen mit mir über Bord gespült worden. Ich fror, hatte kein Gefühl in den Gliedern. Und ich war wütend.

Hätte Zed sich nicht auf mich geworfen, wäre das alles nicht passiert.

Mr Benedict navigierte uns zum Anleger, wo bereits ein Jeep mit Anhänger wartete, um das Boot wieder flussaufwärts zu transportieren. Ohne Zed auch nur ein Mal anzusehen, kletterte ich zurück an Land.

Am Ufer angelangt, nahm Tina mich in den Arm. »Sky, ist wirklich alles in Ordnung?«

Ich rang mir ein Lächeln ab. »Ja, schon okay. Wessen tolle Idee war das noch mal? Und was für eine Schulaktion ist das eigentlich – wir töten eine Engländerin, oder was?«

»Ich dachte schon, wir hätten dich verloren.«

»Weißt du was, Tina: Ich bin für diesen Outdoor-Quatsch von euch Coloradianern einfach nicht gemacht.«

»Klar bist du das. Du hattest einfach nur Pech.«

Mr Benedict und Zed waren mit dem Verladen des Rafting-Boots fertig und kamen zu uns herüber.

»Alles okay mit dir, Sky?«, fragte Mr Benedict.

Ich nickte nur.

»Was ist eigentlich genau passiert?« Die Frage war an Zed gerichtet.

Aber ich polterte als Erste los. »Er hat mich einfach umgerissen und ich konnte mich nicht mehr halten.«

»Ich hab kommen sehen, was passieren würde. Ich hab versucht, sie zu warnen«, konterte Zed.

Ich funkelte ihn böse an. »Wegen dir ist es doch überhaupt erst passiert.«

»Ich hab versucht, es zu verhindern, aber ich hätte dich einfach machen lassen sollen.« Er musterte mich finster, seine Augen waren so kalt wie der Fluss.

»Ja, das hättest du vielleicht tun sollen. Dann würde ich jetzt wenigstens nicht den Kältetod sterben.«

»Schluss jetzt!«, ging Mr Benedict dazwischen. »Sky, steig in den Jeep, bevor du dich erkältest. Zed, wir haben ein Wörtchen zu reden.«

Ich saß in Handtücher eingehüllt da und beobachtete, wie Vater und Sohn miteinander diskutierten, bis sich Zed plötzlich umdrehte und barfuß in Richtung Wald davonstürmte.

Mr Benedict nahm hinterm Lenkrad Platz. »Das Ganze tut mir sehr Leid, Sky.«

»Schon okay, Mr Benedict. Ich weiß nicht, warum, aber Ihr Sohn scheint ein Problem mit mir zu haben.« Ich warf Tina einen Blick zu, der so viel wie ›Hab ich's dir nicht gesagt?‹ bedeutete. »Auf eine Entschuldigung kann ich verzichten, aber vielleicht könnte sich Zed einfach von mir fernhalten. Ich kann es nicht leiden, wenn sich Leute grundlos mit mir anlegen.«

»Falls es dich tröstest, ihm schwirrt zurzeit wahnsinnig viel durch den Kopf.« Mr Benedicts schwermütige Augen folgten seinem Sohn. »Ich habe ihm wohl zu viel zugemutet. Gib ihm eine Chance, es wiedergutzumachen.«

»Siehst du jetzt, was ich meine?«, flüsterte ich Tina zu.

»Ja, das tue ich. Was sollte das Ganze bloß?«

»Ich weiß es nicht, keine Ahnung.« Ich brauchte ganz dringend Tinas Rat. Sie war für mich zum Obi-Wan geworden, während ich die unwissende Schülerin war. Ich hoffte, dass sie die Jungen, oder besser gesagt Zed, besser verstand, als ich es tat.

»Das war echt eigenartig.«

Die Scheibenwischer wedelten mit dem einsetzenden Regen hektisch hin und her: Er hasst mich, er hasst mich nicht, er hasst mich …

»Du hast dich ihm nicht irgendwie aufgedrängt, oder?«, fragte Tina nach einer kurzen Pause.

»Nein, natürlich nicht.« Ich verschwieg ihr, dass ich unzählige Male in der Schule nach ihm Ausschau gehalten hatte. Sie brauchte nicht über meine lächerliche Obsession mit diesem Kerl Bescheid zu wissen. Der heutige Tag hatte mich davon jedenfalls kuriert.

»Du wärst nicht die Erste. Viele Mädchen werfen sich ihm an den Hals, in der Hoffnung, bei ihm zu landen.«

»Dann ist das ganz schön dumm von ihnen.«

»Nach dem, wie er mit dir geredet hat, gebe ich dir recht. In Zed scheint eine Menge Wut zu brodeln, und wenn die mal ausbricht, möchte ich nicht in seiner Nähe sein.«

Kapitel 7

Ich verbrachte den ganzen Abend und einen großen Teil der Nacht damit, über Tinas Warnung nachzugrübeln, allerdings in leicht abgeänderter Form, damit sie zu ihrer neuen Rolle in dem Storyboard passte, das ich mir in Fortsetzung ausdachte: *Er besitzt eine große Kraft, aber der Junge ist voll des Zorns*. Guter Rat, Obi-Tina. Ich war mit Zed schlichtweg überfordert. Der Wolfman konnte mir mitsamt seinem Zorn gestohlen bleiben. Ich spielte das Ganze zwar herunter, aber instinktiv schreckte ich vor derartigen brachialen Emotionen wie den seinen zurück, da ich wusste, dass sie wehtun konnten. Ich hatte das mulmige Gefühl, dass ich früher, bevor ich ausgesetzt worden war, in nächster Nähe einer Person mit heftigen Wutausbrüchen gelebt hatte. Ich wusste, dass schroffe Worte zu Faustschlägen und blauen Flecken wurden. Obendrein war ich wütend auf mich selbst. Was für ein Vollidiot war ich nur, mich in diese Schwärmerei so hineinzusteigern, dass ich schon geglaubt hatte, Zeds Stimme zu hören, als ich in Gefahr gewesen war. Ich musste mich wieder zusammenreißen und die Sache mit Zed ein für alle Mal abhaken.

Ich war voll der guten Vorsätze, als ich am nächsten Morgen zusammen mit Tina den Parkplatz der Schule überquerte – bis ich Zed bemerkte. Er stand mit den anderen Jungs bei den Motorrädern und betrachtete mit verschränkten Armen die Schülerschar, die ins Gebäude strömte. Als er mich kommen sah, taxierte er mich von Kopf bis Fuß, um dann, so als hätte er befunden, dass ich seinen Ansprüchen nicht genügte, gelangweilt zur Seite zu schauen.

»Ignoriere ihn einfach«, raunte Tina mir zu, die alles beobachtet hatte.

Bloß wie? Am liebsten wäre ich zu ihm marschiert und hätte ihm eine geknallt, aber ehrlich gesagt habe ich für derartige Szenen nicht genug Mumm in den Knochen. Vermutlich hätte ich auf halbem Weg zu ihm gekniffen. Ich beschloss, es einfach auf sich beruhen zu lassen.

Na los, tu's einfach!, stachelte meine Wut mich auf. Mädchen oder Mäuschen?

Mäuschen, jedes Mal.

Jedes Mal, außer diesem Mal. Zed Benedict hatte etwas an sich, das wie Öl auf mein Feuer wirkte, und ich stand kurz davor zu explodieren.

»Moment, Tina, bin gleich wieder da.«

Und ehe ich's mich versah, hatte ich auf dem Absatz kehrtgemacht und stiefelte auf ihn zu. Mich überkam eine Aretha-Franklin-Anwandlung – ›Sisters are doing it for themselves‹ schallte laut in meinem Kopf und gab

mir den tollkühnen Mut, der für diese paar Schritte nötig war. Die Absicht, die hinter meinem wutstampfenden Ansturm steckte, schienen die Schüler um mich herum intuitiv zu erkennen, denn alle Köpfe drehten sich zu mir um.

»Was ist eigentlich dein Problem?« Wow, hatte ich das gerade eben wirklich gesagt?

»Wie?« Zed tauchte eine Hand in seine Tasche, holte seine Sonnenbrille heraus und setzte sie auf, sodass ich jetzt in mein eigenes Spiegelbild starrte. Die anderen vier Jungen grinsten mich mit herablassender Verachtung an, so als warteten sie nur darauf, dass Zed mich fertigmachte.

»Ich bin wegen dir beinahe ertrunken und du tust so, als wäre ich schuld gewesen.«

Er starrte mich schweigend an, eine Einschüchterungstaktik, die *beinahe* funktionierte.

»Du hattest an dem Vorfall von gestern eindeutig mehr Schuld als ich.« Aretha verließ mich, ihre Stimme dämpfte sich zu einem Flüstern.

»*Ich hatte Schuld*?« In seiner Stimme schwang Verwunderung darüber mit, dass es jemand wagte, so mit ihm zu sprechen.

»Ich hatte keinen blassen Schimmer vom Rafting, du warst der Experte. Wer hat hier also den größeren Fehler gemacht?«

»Wer ist die wütende Tussi, Zed?«, fragte einer seiner Freunde.

Er zuckte die Achseln. »Niemand.«

Ich spürte den Hieb – und es tat weh. »Ich bin nicht

›niemand‹. Wenigstens bin ich keine arrogante Nervensäge mit dämlichem Dauergrinsen im Gesicht.« *Halt die Klappe, Sky, halt einfach die Klappe.* Ich musste lebensmüde sein.

Seine Freunde fingen an zu johlen.

»Zed, da hat sie dich aber ziemlich treffend beschrieben«, sagte ein Typ mit glatt zurückgekämmtem rotem Haar und musterte mich mit erwachtem Interesse.

»Ja, die ist echt zum Schießen.« Zed zuckte beiläufig mit den Achseln und wies mit einem Kopfnicken auf das Schulgebäude. »Ab mit dir, husch husch ins Körbchen.«

Mit aller Würde, die ich aufbringen konnte, drückte ich meine Bücher an die Brust und marschierte mit Tina an meiner Seite zum Schultor.

»Was war *das* denn bitte?«, fragte sie fassungslos und legte ihre Hand an meine Stirn, um zu prüfen, ob ich Fieber hatte.

Ich stieß laut Luft aus, die ich anscheinend unbewusst angehalten hatte. »Das war ich, wenn ich wütend bin. War ich überzeugend?«

»Äh, einigermaßen.«

»So übel?«

»Nein, du warst gut!«, sagte sie abwiegelnd. »Zed hat's nicht anders verdient. Du solltest dich ab jetzt nur besser unsichtbar machen, sobald er irgendwo auftaucht; es hat ihm nämlich bestimmt nicht gefallen, dass du ihn vor seinen Kumpels bloßgestellt hast.«

Ich vergrub mein Gesicht in den Händen. »Hab ich das wirklich gemacht, sag?«

»Ja, allerdings. Er ist es nicht gewöhnt, dass ihm Mädchen mal ihre Meinung geigen – normalerweise himmeln sie ihn dafür viel zu sehr an. Dir ist schon klar, dass er das begehrteste Date in ganz Wrickenridge ist, oder?«

»Na und, ich würde nicht mit ihm ausgehen, selbst wenn er der letzte lebende Kerl auf diesem Planeten wäre.«

»Autsch, das ist ein bisschen hart.«

»Nein, das ist bloß fair.«

Tina tätschelte mir tröstend den Arm. »Da brauchst du dir keine Sorgen zu machen. Dich würde er in einer Million Jahren nicht anschauen.«

Nach dieser Unterhaltung bewegte ich mich durch die Flure wie ein Einsatzkommando auf Feindesgebiet, um sofort in Deckung gehen zu können, sobald ich Zed irgendwo erspähte. Wenigstens hatte ich mittlerweile ein paar gute Freunde, die mir Rückhalt geben würden, sollte Zed beschließen, sich für meinen Ausbruch mit Spott und Häme an mir zu rächen. Natürlich war da zunächst einmal Obi-Tina, doch auch Zoe, die mit ihrem Sinn für Humor gut in die Rolle einer leicht boshaften Catwoman passen würde, sowie der einmalige Elasto-Mann Nelson zählten jetzt zu meiner Gang. Sie beschützten mich vor den Vampirbräuten Sheena und Co, die mich noch immer piesackten, vermutlich, weil sie spürten, dass ich verwundbar war. Vampirbräute dürstet es nun mal nach Blut. Der kleine Auftritt auf dem Parkplatz machte schnell die Runde und die Leute befanden verständlicherweise, dass ich nicht ganz bei Trost war. Es waren letztlich nur Tina, Zoe und Nelson, die mich vor

einer Randexistenz unter den Außenseitern bewahrten. Vor meinem geistigen Auge sah ich meine drei Beschützer, wie sie sich mit verschränkten Armen zwischen mich und alle Bedrohungen stellten, mit im Wind flatternden Umhängen, getragen von heroischer Musik, die dramatisch anschwoll, und Schnitt!

Ich sollte unbedingt mehr unter Leute gehen. Diese Tagträume nahmen allmählich überhand.

Am letzten Freitag im September teilte mir Tina auf dem Weg zu ihrem Auto unangenehme Neuigkeiten mit.

»Wir müssen alle zum Fußballspiel erscheinen, Jungs wie Mädchen?«, fragte ich entsetzt.

»Ja, das ist so Tradition, immer vorm ersten Schneefall. Das heißt, am ersten Montag im Oktober. Es soll den Gemeinschaftssinn stärken oder so.« Tina machte eine Kaugummiblase und ließ sie zerplatzen. »Und der Trainer kann dabei nach verborgenen Talenten Ausschau halten. Ich persönlich glaube ja, dass Mr Joe hinter der ganzen Sache steckt – dir ist bestimmt schon aufgefallen, dass eigentlich er das Sagen in der Schule hat. Er liebt es einfach, sich als Trainer aufzuspielen.«

Tina schien die Aussicht auf dieses Spiel nicht zu schrecken, mich schon.

»Das ist ja noch schlimmer als eine Zahn-OP.« Trost suchend schlang ich die Arme um den Körper.

»Warum? Ich dachte immer, die Briten sind ganz wild auf Fußball. Wir alle setzen große Hoffnungen in dich.«

»Ich bin die totale Niete in Sport.«

Tina lachte. »Das ist aber jammerschade!«

Nachdem ich Simon angefleht hatte, mir die Abseitsregel zu erklären, ging mir auf, dass ich offenen Auges in die nächste Katastrophe hineinsteuerte. Aber es gab kein Entrinnen. Alle einhundert Schüler unseres Jahrgangs wurden angerufen, sich am Montag bei den Trainern an der Tribüne zu versammeln. Die einzelnen Teams waren per Los zusammengestellt worden. In der irrtümlich gut gemeinten Absicht, bei dem englischen Mädchen heimatliche Gefühle zu erwecken, ernannte mich Mr Joe zum Kapitän von Mannschaft A, die als Erstes gegen Mannschaft B antreten sollte. Und wer war wohl deren Kapitän?

»Okay, Zed, du hast den Münzentscheid gewonnen.« Mr Joe steckte das Geldstück ein und blies in seine Trillerpfeife. Er war hier auf dem Spielfeld voll in seinem Element. »Pro Halbzeit werden fünfzehn Minuten gespielt. Viel Glück.« Er tätschelte mir im Vorbeigehen die Schulter. »Das hier ist deine Chance, Sky. Mach England stolz!«

Ich war mir sicher, dass diese Situation zukünftig in meinen Albträumen auftauchen würde: dicht besetzte Zuschauerränge ringsum und ich, die null Plan hatte, was sie tun sollte. Es erinnerte mich an diese Sorte Traum, in dem man nackt durch die Straßen läuft.

Eine Riesenblamage. In meinem Kopf flehte Duffy um Gnade – ›Mercy‹!

»Okay, Käpt'n.« Nelson grinste mich an. »Wie ist die Aufstellung?«

Die einzigen Positionen, die ich kannte, waren Mittelstürmer und Torwart. Ich stellte Nelson vorne rein und mich selbst ins Tor.

»Meinst du wirklich?«, fragte Sheena. »Bist du nicht ein bisschen zu klein für einen Keeper?«

»Nein, das ist schon okay. Hier hinten bin ich am besten.« Da stehe ich niemandem im Weg, fügte ich im Stillen hinzu. »Und der Rest … ähm … Teilt die verbleibenden Positionen einfach unter euch auf … Jeder soll machen, was er am besten kann.«

Nach dem Anpfiff wurde mir schnell klar, dass ich mich gründlich verrechnet hatte. Eines hatte ich nämlich nicht bedacht: Wurde das gegnerische Team von einem Kapitän angeführt, der aus meiner Verteidigung – deren Spieler zur Hälfte ebenso spielunerfahren waren wie ich – Hackfleisch machte, dann hatte ich als Torhüter plötzlich alle Hände voll zu tun.

Nach fünf Minuten lagen wir bereits 5:0 zurück. Mein Team begann aufzumucken. Hätten mich die Stürmer aus Zeds Mannschaft nur für einen Moment mal in Ruhe gelassen, dann hätte ich in meinem Kasten ein Loch buddeln und mich darin verkriechen können.

Zur Halbzeit hatten wir einen Monsterrückstand von neun Toren. Ich hätte noch das zehnte durchgelassen, aber Nelson bewirkte ein wahres Wunder und erzielte einen Treffer. Meine Mannschaft scharte sich um mich, Mordlust lag in der Luft.

»Taktik?«, schnaubte Sheena.

Ein Meteoreinschlag auf dem Feld, der mein Tor ausradiert? Spontan der Pest zum Opfer fallen? Hör auf, Sky – das war nicht besonders hilfreich.

»Ähm, gut gemacht, Nelson, tolles Tor. Davon wollen wir mehr sehen.«

»Das ist alles? Das ist deine Taktik? Mehr Tore, bitte?« Sheena besah sich ihre Fingernägel. »Herrjeh, da ist mir doch glatt einer abgebrochen. Meint ihr, ich kann als verletzt ausscheiden?«

»Ich spiele zu Hause kein Fußball. Ich wollte nicht Kapitän sein. Tut mir echt leid.« Zerknirscht zuckte ich die Achseln.

»Das ist so peinlich«, knurrte Neil, der bislang immer sehr nett zu mir gewesen war. »Mr Joe hat gesagt, du wärst ein Ass.«

Allmählich war mir zum Heulen zumute. »Dann hat er sich wohl geirrt. Davon auszugehen, dass ich gut Fußball spielen kann, ist in etwa so, als würde man erwarten, dass alle Bayern jodeln können.« Meine Mannschaftskameraden sahen mich mit ausdruckslosen Mienen an. Okay, sie hatten also noch nie was von Bayern gehört. »Passt einfach auf, dass ihr nicht so viele Bälle durchlasst, dann brauche ich auch nicht so viele zu halten.«

»Halten?!«, kreischte Sheena aufgebracht. »Du hast noch keinen einzigen gehalten. Ich fresse meinen Schuh, wenn du mal ’ne Parade hinkriegst.«

Die zweite Halbzeit wurde angepfiffen. Ich joggte über das Spielfeld auf mein Tor zu, als Zed mich aufhielt.

»Was willst du?«, schnauzte ich ihn an. »Willst du mir vielleicht auch noch unter die Nase reiben, was für eine Flasche ich bin? Nicht nötig, das hat meine Mannschaft bereits getan.«

Er blickte auf mich hinunter. »Nein, Sky, ich wollte dir sagen, dass in der zweiten Halbzeit die Seiten getauscht werden und du jetzt da drüben im Tor stehst.«

Du liebe Zeit, ich würde tatsächlich gleich losheulen. Die Handballen auf die Augen gepresst, machte ich auf dem Absatz kehrt, um zum Tor auf der anderen Spielfeldseite zu laufen. An all den spöttisch schauenden Spielern der gegnerischen Mannschaft vorbeizutraben, war der reinste Spießrutenlauf. Ich blinzelte. Zeds Mannschaft war umstrahlt von dem pinkfarbenen Leuchten der Freude; mein Team hatte eine dunkelgraue Aura, mit Rot durchwirkt. Sah ich das alles tatsächlich oder bildete ich es mir nur ein? Schluss damit!

Manchmal war ich echt reif für die Klapse.

Das Massaker – Pardon, das Spiel – ging weiter, bis es für alle, einschließlich der Zuschauer, einfach nur noch peinlich war. Ich schaffte es, keinen einzigen Ball zu halten. Dann brachte Sheena Zed im Strafraum zu Fall und es gab einen Elfmeter. Das Grölen und Johlen auf den Rängen wurde lauter, als dem Publikum aufging, dass sich hier ein klassischer Highschool-Moment anbahnte: Zed, der beste Spieler des Jahres, stand der talentfreien Engländerin gegenüber.

»Na los, Sky, du packst das!«, schrie Tina zu mir herüber.

Nein, das würde ich nicht, aber da sprach eben eine wahre Freundin.

Ich stand in der Mitte meines elenden Tors und schaute auf Zed. Zu meinem Erstaunen wirkte er kein bisschen schadenfroh: Er sah eher so aus, als täte ich

ihm leid – so armselig war ich also. Er positionierte den Ball sorgfältig auf dem Boden und blickte zu mir.

Lass dich nach links fallen.

Da war wieder seine Stimme in meinem Kopf. Ich war unzurechnungsfähig. Ich rieb mir die Augen und versuchte, einen klaren Gedanken zu fassen.

Zed starrte mich an. *Lass dich nach links fallen.*

Oje, jetzt war ich endgültig übergeschnappt, dass ich anfing zu halluzinieren. Ich hegte nicht die leiseste Hoffnung, den Ball zu halten, aber ich würde zumindest einen aufsehenerregenden, wenn auch vergeblichen Hechtsprung hinlegen. Vielleicht knallte ich dabei ja gegen den Pfosten und wurde ohnmächtig – man sollte immer positiv denken.

Zed nahm Anlauf, schoss und ich warf mich mit ausgestreckten Armen und Beinen in die linke Ecke.

Uff! Der Ball traf mich genau in den Magen. Ich krümmte mich vor Schmerzen.

Tosender Jubel erklang – sogar von Zeds Teamkameraden.

»Ich kann's nicht fassen. Sie hat ihn gehalten!«, kreischte Tina und machte mit Zoe ein Freudentänzchen.

Eine Hand tauchte vor meinen Augen auf.

»Alles in Ordnung?«

Zed.

»Ich hab ihn gehalten.«

»Ja, das haben wir gesehen.« Er lächelte und zog mich auf die Füße.

»Hast du mir geholfen?«

»Warum sollte ich so was tun?« Er kehrte mir den Rücken zu, ganz der alte, ruppige Zed, so wie ich ihn kannte. Na toll.

Vielen Dank, o Allmächtiger.

Innerlich aufgewühlt schickte ich den Gedanken einem Impuls folgend in dieselbe Richtung, aus der ich seine Stimme vernommen hatte. Es war, als hätte ich ihm einen Knüppel über den Schädel gehauen. Zed fuhr blitzschnell herum und glotzte mich an – ob entsetzt oder erstaunt, vermochte ich nicht zu sagen. Ich erstarrte, fühlte mich kurz wie gelähmt, so als hätte ich einen Stromschlag bekommen, und unterdrückte den spitzen Schrei in meiner Kehle. Er hatte mich doch nicht etwa gehört? Das war … einfach unmöglich.

Mr Joe kam angejoggt und blies in seine Pfeife. »Gut gemacht, Sky. Ich wusste, dass du's draufhast. Nur noch eine Minute Spielzeit, weiter geht's.«

Wir verloren trotzdem. 25:1.

In der Umkleidekabine der Mädchen spielte ich gedankenverloren an meinen Schnürsenkeln herum; ich hatte keine Lust, mich im Beisein so vieler Leute unter die Dusche zu stellen. Ein paar der Mädchen schauten bei mir vorbei, um Kommentare zu meiner Vorstellung auf dem Spielfeld abzugeben – die meisten fanden es urkomisch, dass ich den Ball von Zed tatsächlich gehalten hatte. Diese eine Aktion schien meine jämmerliche Leistung im Tor wiedergutzumachen. Und Sheenas Freunde zogen sie damit auf, dass sie zum Abendessen gegrillten Schuh essen müsste.

Tina fiel mir von hinten um den Hals und gab mir einen Klaps auf den Hintern.

»Da hast du's Zed aber ordentlich gezeigt! Der wird niemals darüber hinwegkommen, dass du diesen Schuss gehalten hast.«

»Vielleicht.«

Aber was war das mit seiner Stimme in meinem Kopf gewesen? Ich hatte wirklich das Gefühl gehabt, er würde mit mir sprechen – Telepathie, so nannte man das, richtig? Ich glaubte nicht an diesen irren Kram. So wie diese Sache mit den Farben. Ich neigte zu … wie war noch mal das Wort, das mein Psychiater benutzt hatte … Projektionen. Richtig, Projektionen.

»Du glaubst also, ich schaffe es in die Schulmannschaft?«, witzelte ich in dem Versuch, mir vor Tina nichts anmerken zu lassen.

»Ja klar, das steht so gut wie fest – harhar, träum weiter. Aber vielleicht klopft der Leichtathletiktrainer ja bei dir an. Wenn du willst, bewegst du dich wie ein geölter Blitz. Ich habe noch nie jemanden gesehen, der so schnell vom Spielfeld gerannt ist.« Sie stopfte das Sportzeug in ihre Tasche. »Läuft da irgendwas zwischen Zed und dir, worüber ich Bescheid wissen sollte? Mehr als diese Hass-auf-den-ersten-Blick-Sache?«

»Nein.« Ich schlüpfte aus meinen Turnschuhen.

»Er schien gar nicht sauer zu sein, dass du den Elfmeter gehalten hast. Und dann hat er dich während der anderen Spiele die ganze Zeit über angestarrt.«

»Ach echt? Ist mir nicht aufgefallen.« Ich war so eine verdammte Lügnerin.

»Vielleicht mag er dich jetzt.«

»Tut er nicht.«

»Tut er doch. Sag mal, wo sind wir hier eigentlich – im Kindergarten?«

»Keine Ahnung. Ich hab nie einen besucht.«

»Na, das erklärt einiges. Dann musst du natürlich noch viel an infantilem Verhalten ausleben.« Sie schubste mich in Richtung Duschkabinen. »Beeil dich. Ich würde gerne noch vor meiner Examensfeier nach Hause kommen.

Kapitel 8

In den folgenden Tagen hatte ich in der Schule unter dem D-Prominentenstatus zu leiden, den mir mein zufälliger Ballfang eingetragen hatte. Nelson fand es zum Brüllen und ließ keine Gelegenheit aus, über meinen Bekanntheitsgrad Witze zu machen.

»Aus dem Weg, Bürger von Wrickenridge, hier kommt der heißeste Nachwuchs im Frauenfußball!« Er joggte rückwärts vor uns her, als Tina, Zoe und ich auf dem Weg zum Biokurs waren.

»Nelson, bitte«, murmelte ich. Um uns herum ertönte lautes Gelächter.

Tina hatte eine bessere Methode: Sie bohrte Nelson eine ihrer langen Krallen in die Rippen. »Jetzt halt mal die Luft an, Nelson!«

»Bist du ihre Agentin, Tina.«

»Ja, und dir gibt sie kein Interview.«

»Du bist eine hartherzige Frau.«

»Das hast du genau richtig erkannt. Und jetzt verzieh dich.«

»Bin schon weg.« Nelson drehte sich um und rannte zu seinem Kursraum.

»Der Kerl ist eine Mega-Nervensäge«, sagte Tina.

»Er glaubt, er sei lustig«, erwiderte ich.

»Ist er ja auch – meistens«, sagte Zoe, während sie sich versonnen eine Strähne ihres superglatten Haares um den Finger wickelte. »Ich hab immer gedacht, er geht Tina so auf die Nerven, weil er auf sie steht.«

»Sag das noch mal und du bist tot«, warnte Tina.

»Er ist seit der vierten Klasse in dich verknallt und das weißt du.«

»Ich will das nicht hören. Ich höre nicht hin.« Tina machte eine wegscheuchende Handbewegung in Zoes Richtung.

Zoe fühlte sich als Siegerin dieses kleinen Schlagabtauschs und wechselte das Thema. »Und, Sky, kommst du heute mit, das Baseballspiel angucken? Wir spielen gegen Aspen.«

»Wenn ich komme, erklärt mir dann eine von euch, was ich auf dem Spielfeld sehe?«

Zoe stöhnte. »Jetzt sag bloß, du weißt nicht, wie Baseball gespielt wird? Wo hast du eigentlich die ganze Zeit gelebt? Unter einem Stein?«

Ich lachte. »Nein, in Richmond.«

Tina stieß Zoe in die Seite, damit sie mich in Ruhe ließ. »Klar doch, wir erklären dir alles, Sky. Baseball macht Spaß.«

Zoe warf Tina einen verschmitzten Blick zu. »Zed ist in der Mannschaft, weißt du.«

Ich tat so, als interessierte ich mich für einen Flyer,

der vorm Schullabor am Schwarzen Brett hing. »Hätte ich mir denken können.«

»Noch ein Grund, sich das Spiel anzusehen.

»Ach ja?«, erwiderte ich leichthin.

»Das sagen jedenfalls alle.«

»Ich hätte gedacht, das wäre ein Grund, nicht hinzugehen.«

Zoe kicherte. »Ich stehe ja eher auf Yves – diese niedliche kleine Brille und diese Gelehrtenausstrahlung, das macht mich echt schwach. Er ist wie Harry Potter in sexy.«

Ich lachte, so wie es Zoe erwartet hatte, aber mein Hirn ratterte auf Hochtouren. Spekulierten etwa bereits alle über Zed und mich? Warum? Wir waren das unwahrscheinlichste aller Paare der Schule. Nur weil er mir auf dem Spielfeld beim Aufstehen geholfen und mich für den Rest des Nachmittags angestarrt hatte …

»Sieh mal, wer da kommt!«, frohlockte Tina und knuffte mich in die Seite.

Feind von vorne: Zed kam gerade aus dem Labor, mit einem anderen Jungen ins Gespräch vertieft. Ich probierte meine Tarnmethode aus, indem ich mich hinter Tina duckte.

»Hallo, Zed«, sagte Zoe mit mädchenhaft kieksender Stimme.

Ich verging fast vor Peinlichkeit. Es klang, als wären wir eine Horde von Groupies.

»Oh, hallo.« Zeds Blick streifte uns flüchtig, dann sausten seine Augen zurück zu mir, wie ich versuchte, mich zwischen Tina und der Wand unsichtbar zu ma-

chen. Er ließ seinen Freund vorausgehen und trat vor uns hin. »Ich hatte noch keine Gelegenheit, dir zu gratulieren, Sky. Das war eine geniale Parade von dir.«

Zur Hölle mit ihm – er machte sich über mich lustig!

»Ja, das Ganze war ziemlich unglaublich«, sagte ich mit ironischem Unterton.

»Tja, ich sag's ja, da hattest du echt unheimliches Glück.« Zed rückte mir den Riemen meiner Tasche auf der Schulter zurecht.

Mein Magen schlug einen Purzelbaum. Diese Geste von ihm hatte beinahe schon etwas Besitzergreifendes. Was war denn jetzt los? Zed Benedict war *nett* zu mir.

»Hm, und ich sage, dass ich ein bisschen Hilfe hatte.« Ich starrte ihn eindringlich an. Was führte er im Schilde? Hatte er mir tatsächlich gesagt, was ich tun sollte? Es machte mich wahnsinnig, dass ich nicht wusste, was Wirklichkeit und was Einbildung gewesen war.

»Du bist überführt, Zed: Wir wissen alle, dass du dem Ball nicht den üblichen Drall gegeben hast.« Tina lächelte mich besorgt an. Auch sie hatte gesehen, mit welcher Selbstverständlichkeit er meinen Taschenriemen berührt hatte.

Zed riss als Geste der Kapitulation seine Hände hoch. »Ich habe Sky nur in trügerischer Sicherheit wiegen wollen. Das nächste Mal mach ich's ihr nicht so leicht.«

Zoe johlte vergnügt über den leicht flirtenden Unterton. »Wie bitte, Zed Benedict! Da hast du fleißig dein Image als fiesester Kerl unseres Jahrgangs aufgebaut und jetzt willst du uns erzählen, du hättest 'ne Schwäche

für kleine Blondinen, die mit großen Augen einen auf schutzlos machen.«

»Zoe!«, warf ich empört ein. »Stell mich nicht so als Dummbrot hin.«

»Oh, unser Miezekätzchen fährt seine Krallen aus! Ich wusste doch, dass du welche hast!«, sagte Zed grinsend.

»Du würdest genauso reagieren, wenn du so aussehen müsstest wie ich. Kein Mensch nimmt mich ernst.«

Meine Wut wurde noch angefacht, als alle drei vor Lachen laut losprusteten. »Ja, ja, ich bin ein einziger Witz, schon klar.«

»Tut mir leid, Sky.« Tina legte mir beschwichtigend eine Hand auf den Arm, um zu verhindern, dass ich davonstürmte. »Aber du hast so fuchsteufelswild ausgesehen, als du das gesagt hast …«

»Ja, richtig furchterregend«, stimmte Zoe zu und verkniff sich mit aller Macht das Lachen. »Wie Bambi mit 'nem Maschinengewehr.«

»Und nur damit eins klar ist: Keiner von uns hält dich für dumm«, sagte Tina. »Stimmt's, Leute?«

»Ganz sicher nicht«, meldete sich Zoe zu Wort.

»Aber ich muss Zoe recht geben«, sagte Zed mit einem unterdrückten Grinsen. »Das Bösegucken beherrschst du bei Weitem nicht so gut wie ich. Vielleicht sollte ich dir Stunden geben? Pass auf dich auf, hörst du?« Er strich mit seiner Hand leicht über meinen Arm, dann ging er fort und meine Eingeweide tanzten hin und her wie Schmetterlinge.

»Hach, das ist echt ein niedlicher Hintern«, seufzte Zoe und genoss Zeds Rückenansicht.

»Sprich nicht über seinen Hintern«, sagte ich verärgert. Daraufhin fingen sie wieder an zu gackern. »Und hört auf, über mich zu lachen!« Hatte Zed mich eben erneut gewarnt?

»Wir geben uns wirklich Mühe, aber es ist verdammt schwer, wenn du solche Sachen sagst.« Tina stupste mich mit dem Ellbogen an. »Sag uns einfach, dass dieser Hintern dir gehört, und wir gucken nicht mehr hin. Oder, Zoe?«

»Na ja, ich würde vielleicht noch hingucken, aber ich würde mir jegliche Bemerkungen verkneifen«, grinste Zoe und ignorierte, dass bereits alle anderen aus unserem Kurs im Labor verschwunden waren. Mich aufzuziehen machte einfach viel mehr Spaß als Biounterricht.

»Dieser Hintern gehört nicht mir«, brachte ich mühsam hervor.

»Aber er könnte dir gehören. Zed hat eindeutig ein Auge auf dich geworfen.« Zoe schulterte ihre Tasche.

Tina trat einen Schritt zurück und ließ Zoe als Erste in den Raum gehen. »Wir haben nur Spaß gemacht, Sky«, flüsterte sie, »aber mal im Ernst, ich hab das Gefühl, dass Zed irgendwas ausheckt. Ich habe noch nie erlebt, dass er zu einem Mädchen so nett war.«

Ich warf einen prüfenden Blick in den Flur, um sicherzugehen, dass Zed auch wirklich weg war. »Meinst du?«

»Das war nicht zu übersehen. Bei eurer letzten Begegnung ist ja beinahe noch Blut geflossen.«

»Ja, aber er ist immer noch die Arroganz in Person.«

»Und dann noch was …« Zur Verdeutlichung zupfte sie am Schulterriemen meiner Tasche. »Bislang ist er

immer auf Distanz geblieben. Hoffentlich bleibt das so. Er ist nicht dein Typ.«

Ich runzelte die Stirn. »Und wer ist dann mein Typ?«

»Ein anderes Bambi.« Sie lächelte, als ich stöhnte. »Du brauchst jemanden, der zartfühlend ist. Wie ich dich einschätze, stehst du bestimmt auf Romantik, lange Spaziergänge, Rosen, solche Sachen eben.«

»Und so ist Zed nicht?«

»Das muss ich dir ja wohl nicht erst sagen. Wer sich mit ihm einlässt, braucht eine harte Schale, aber du bist weich wie ein Marshmallow.«

Stimmte das? »Vielleicht. Ich weiß nicht, wie ich wirklich bin.«

»Du sollst jetzt vor allem vorsichtig sein.«

Zed hatte das Gleiche gesagt. »Ich weiß nicht, was ich denken soll. So wie er mich behandelt hat, kann er doch nicht ernsthaft glauben, dass ich mich in ihn verknalle.«

»Vergiss das nur ja nicht.«

»Ich glaube nicht, dass er was von mir will.«

Tina warf einen Blick auf ihre Uhr und zog mich am Arm durch die Tür ins Labor. »Ach, wirklich?«

Ich lernte schnell, dass die Wrickenridge Highschool geradezu sportbesessen war. Wenn ich da nur an das alberne Cheerleading dachte. Was trieb einen dazu, in knappe Röckchen gekleidet Pompons schütteln zu wollen? Doch es ging noch weiter: So wurde von allen erwartet, dass sie das Schulteam unterstützten, auch wenn man gar nicht mitspielte. Das war so ganz anders als in England – ich wusste noch nicht mal, ob es an meiner

alten Schule überhaupt eine Schulmannschaft gegeben hatte.

»Okay, beim Baseball geht's also darum, dass die Feldmannschaft versucht, die Schlagmannschaft *out* zu kriegen, um ans Schlagrecht zu kommen, um dann möglichst viele Punkte zu machen, indem ihr Läufer das Feld umrundet?«, fasste ich zusammen und nahm mir eine ordentliche Portion Popcorn. Zoes Vater, der den vom Lehrer-Eltern-Ausschuss gesponserten Imbissstand betreute, hatte uns eine extragroße Portion und eine Runde Getränke spendiert. »Und die Teams wechseln, sobald drei Spieler der jeweiligen Schlagmannschaft *out* sind.«

Tina setzte ihre Sonnenbrille auf und streckte die Beine aus. In unserer Höhenlage herrschten zwar eher kühle Temperaturen, aber die Sonne schien grell. »Du hast es erfasst.«

»Und diese komischen Trikots tragen sie, weil …?« Ich fand, dass sogar Zed Mühe hatte, in den langen weißen Baseballshorts cool zu wirken. Die Spieler sahen in den Klamotten aus wie eine Horde Teenies, die eine Pyjamaparty feiern wollten.

»… es Tradition ist, denke ich mal.«

»Zum Schutz«, konterte Zoe. Wie sich herausstellte, war sie eine kleine Baseballfanatikerin. Hatte ihren eigenen Fanghandschuh und alles. »Die Haut muss bedeckt sein, wenn du über den Boden zur Home Plate rutschst.«

Die Teams wuselten umher. Aspen hatte gerade unseren Schlagmann ausgeschaltet und war jetzt am Zug.

»Und Zed ist unser bester Spieler?«

»Das Zeug dazu hätte er, aber er bringt nicht immer Leistung. Das treibt den Coach halb in den Wahnsinn.« Zoe öffnete ihre Limodose. »Abgesehen von meinem hinreißenden Yves haben alle Benedict-Jungs im Wrickenridge-Team gespielt, doch keiner von ihnen hat sich um ein Sportstipendium bemüht. Trainer Carter versucht jetzt, Zed zu überzeugen – seine letzte Chance bei den Benedicts –, aber Zed lässt sich nicht dazu bewegen, sich richtig reinzuhängen.«

»Hmm.« Ich beobachtete, wie Zed mit den Fingern über den Ball fuhr. Sein Gesichtsausdruck war ernst und konzentriert, und doch irgendwie entrückt, so als lausche er einer Melodie, die kein anderer hören konnte. Sein erster Wurf ließ den Schlagmann alt aussehen. Die Zuschauer johlten begeistert.

»Er ist in Form«, stellte Zoe fest.

»Hi Mädels!« Nelson hüpfte neben Tina auf die Sitzbank und kniff ihr seitlich in den Hintern.

»Mann, Nelson, wegen dir hab ich mein Popcorn verschüttet!«, meckerte sie.

»Komm, ich helf dir beim Aufsammeln«, sagte er und blickte grinsend auf ihre mit Popcorn übersäten Oberschenkel.

»Untersteh dich!« Sie fegte die Körner rasch von ihren Beinen.

»Du verdirbst mir den ganzen Spaß.«

»Da fühl ich mich doch gleich wieder besser.«

Nelson seufzte theatralisch, dann lehnte er sich zurück, um das Spiel anzuschauen. Seit unserem Gespräch im Musiksaal hatte Nelson mein volles Mitgefühl und

ich drückte ihm die Daumen, dass sein unermüdliches Buhlen um Tinas Zuneigung irgendwann Erfolg hätte. Sie machte ihm allerdings wenig Hoffnung.

»Zed ist heute in der Strike Zone«, stellte er fest, als der erste Spieler vom Schlagmal heruntermusste.

»Ja.« Tina bot ihm gedankenverloren von dem Popcorn an. Sie war zu sehr aufs Spiel konzentriert, um noch daran zu denken, dass sie eigentlich sauer auf ihn war.

»Er schaut zwischen seinen Würfen immer hier nach oben zur Tribüne, oder?« Nelson nahm einen Schluck aus Tinas Limodose.

»Ich frag mich nur, warum«, sagte Zoe mit Unschuldsmiene, machte dann aber den Effekt mit einem Kichern zunichte.

»Er weiß doch noch nicht mal, dass ich hier bin.« Ich errötete, als mir aufging, dass es sich so anhörte, als wollte ich behaupten, der Grund für sein Interesse an diesem Tribünenabschnitt zu sein.

Nelson schlug seine Beine übereinander. »Das weiß er genau, Zuckerpuppe, das weiß er.«

»Bleib so.« Zoe machte mit ihrem Handy ein Foto von mir. »Ich will das für die Nachwelt festhalten. Das Mädchen, das die Aufmerksamkeit des großen Zed erlangte. Während wir Einheimischen alle abgeblitzt sind.« Sie zeigte es mir; trotz der Krone, die sie mir mithilfe einer App aufgesetzt hatte, sah ich nur geringfügig besser aus als auf meinem Schulausweis-Foto.

»Er geht nur mit Mädchen von außerhalb aus. Apropos, ich glaube, das da unten ist eine Ex von ihm, Hannah sowieso. Sie ist Kapitän von Aspens Cheerleading-Team.«

Ich verspürte eine total unsinnige Anwandlung von Eifersucht. Das Mädchen hatte umwerfend lange Beine und eine Flut schimmernden rotbraunen Haares – sie war das genaue Gegenteil von mir. Cheerleading, das ich total albern fand, sah bei ihr megasexy aus. Hoffentlich hatte Zed das nicht auch bemerkt.

Aber natürlich hatte er das. Er war schließlich männlichen Geschlechts, richtig? Und sie empfing ihn bestimmt mit offenen Armen.

Tina, Nelson und Zoe erörterten noch immer mein Liebesleben, während ich gegen meine Eifersucht kämpfte.

»Dass sie aus England kommt, macht sie vermutlich exotisch, und das gefällt Zed. Keine aus dem langweiligen alten Wrickenridge«, überlegte Tina.

Zum ersten Mal behauptete jemand, es wäre ein Vorteil, Engländerin zu sein. Ich hatte krampfhaft versucht, mich anzupassen, aber vielleicht war Anderssein doch gut?

»Mir wäre lieber, er würde Sky in Ruhe lassen«, sagte Nelson und gab mal wieder ganz den Beschützer. Jetzt, da ich ihn besser kannte, überlegte ich, ihn in meinem Kopf-Comic als Doktor Defence umzubesetzen.

Tina nickte. »Ja, wir sollten uns gegen ihn verbünden und sie vor ihm abschirmen.«

Zoe pikste sie mit ihrem zusammengerollten Programmheft. »Wie? Und uns so den ganzen Spaß verderben? Überleg doch nur mal – Zed geht mit einem Mädchen aus Wrickenridge aus – das wäre seit dem Goldrauch das Aufregendste, was hier je passiert ist.«

»Wie gut, dass du nicht zu Übertreibungen neigst«, sagte Tina mit unbewegter Miene.

»Niemals!«

»Entschuldigt mal, Leute, aber ich bin anwesend, wisst ihr. Es ist wirklich nett von euch, dass ihr mein Liebesleben plant, aber vielleicht hab ich ja auch eine Meinung dazu?«

Tina hielt mir den Becher mit Popcorn hin. »Und die wäre?«

»Ehrlich gesagt hab ich keine Ahnung … aber ich versuche, eine Antwort zu finden. Wie ich schon mal gesagt habe: Zed und ich, das wird nicht passieren. Ich kann ihn ja noch nicht mal leiden.«

Zoe verdrehte sichtlich die Augen. »Sky, einen Typen wie ihn musst du nicht sonderlich leiden können. Du gehst einfach nur mit ihm aus – ein-, zweimal dürfte genügen, danach wäre dein Image so was von aufpoliert.«

»Wie? Ich soll ihn benutzen?«

»Ja, klar.«

»Zoe, das ist total übel.«

»Ja, ich weiß. Bin ich nicht einzigartig?«

Die Spannung unter den Zuschauern stieg merklich, als der zweite Schlagmann ausschied.

Zoe sprang auf und legte ein kleines Freudentänzchen hin. »Eins muss man ihm jedenfalls lassen: Der Typ ist echt heiß! Der Trainer wird sich die Kugel geben, wenn er ihn nicht dazu kriegt, sich um ein Sportstipendium zu bewerben.«

Nelson stieß einen Pfiff aus. »Das muss er machen. Er kann doch sein Talent nicht so verschleudern.«

Aber dann ging eine Veränderung vor sich. Ich konnte es an Zeds Mienenspiel sehen. Der entrückte Ausdruck in seinem Gesicht verschwand, und er wirkte gleich irgendwie präsenter, fast so, als wäre er ein anderer. Seine Würfe waren nicht mehr länger herausragend, sondern einfach nur gut. Der nächste Schlagmann schaffte es beinahe, ihn vom Spielfeld zu schicken. Die versammelte Wrickenridge-Schülerschaft stöhnte.

»Das macht er immer«, klagte Zoe, »kurz vorm Ziel macht er einen Rückzieher. Er hatte Aspen schon fast in der Tasche und jetzt …?«

Und jetzt wehrten sie sich. Achselzuckend machte Zed am Wurfmal Platz für seinen Teamkameraden und überließ ihm die Ehre, Aspen zu erledigen.

Er hätte es genauso gut geschafft. Davon war ich felsenfest überzeugt. Zed hätte sie durch die Mangel drehen können, aber er hatte entschieden, einen Rückzieher zu machen. So wie Zoe schon gesagt hatte, es war zum Verrücktwerden.

»Warum macht er das?«, wunderte ich mich laut.

»Was meinst du?« Tina zerknüllte das Programm und warf es in den nächsten Mülleimer. »Warum er nie zum vernichtenden Schlag ausholt?«

Ich nickte.

»Weil er das Interesse verliert. Vermutlich ist er einfach nicht mit dem Herzen dabei. Die Lehrer werfen ihm immer vor, er wäre zu arrogant, um an sich arbeiten zu wollen. Drum schwanken seine Leistungen so stark.«

»Vielleicht.«

Aber sicher war ich mir da nicht. Er spielte noch

immer gut, doch ich war überzeugt, dass er nicht sein ganzes Können zeigte. Er spielte absichtlich mit angezogener Handbremse. Ich wollte dahinterkommen, warum.

Wrickenridge gewann gegen Aspen, aber nicht Zed ging als bester Spieler vom Platz, sondern einer vom gegnerischen Team. Zed mischte sich unter seine Mannschaftskameraden, ohne weiter groß aufzufallen. Er ließ sich stürmisch von Langbein-Hannah umarmen, löste sich aber rasch wieder von ihr, um den Spielern des Aspen-Teams die Hände zu schütteln. Ich wusste, dass man beim Spiel nur Teil eines Ganzen war – so funktionierte auch ein Orchester, es ging nicht um Einzelne. Und doch fand ich es seltsam, dass er sich so dagegen sträubte, aus der Masse hervorzustechen. Er hätte der Solist sein können und begnügte sich damit, die zweite Geige zu spielen.

»Soll ich dich nach Hause bringen?«, fragte Tina. »Ich fahre jetzt mit Zoe und Nelson los.«

Meine Freunde wohnten alle am entgegengesetzten Ende der Stadt und Tina nahm mich netterweise immer mit. Aber zu viert auf zwei Autositzen würde es ziemlich eng werden – mal davon abgesehen, dass es verboten war. Und außerdem würde es Tina auch nicht schaden, wenn sie Zoe zuerst absetzte und dann mit Nelson allein wäre …

»Schon okay. Ich möchte gern noch ein paar Schritte gehen. Auf dem Weg kann ich gleich noch für Sally was einkaufen.«

»Okay. Dann bis morgen.«

Die Autos standen Schlange, um vom Parkplatz herunterzufahren. Ich wartete noch, bis der Aspen-Bus die Ausfahrt erreichte und mit einem weiten Schwenk die Kurve nahm. Dann stiefelte ich los und ließ das Getümmel hinter mir. Je weiter ich kam, desto ruhiger wurde es auf den Straßen. Auf der gegenüberliegenden Straßenseite hastete Mrs Hoffman den Hügel hinunter – Richterin Gnadenlos auf einer Mission, umhüllt von einem selbstgerecht strahlenden Blau. Ich rieb mir die Augen und dann sah sie zum Glück aus wie immer. Sie winkte mir im Vorbeigehen zu und ich war froh, dass ich nicht stehen bleiben und mit ihr sprechen musste. Kingsley, der Mechaniker, fuhr in seinem Truck vorüber und hupte.

Im Laden angekommen, wollte Leanne, die füllige Verkäuferin, die ich seit dem Dillsoßen-Vorfall vor ein paar Wochen näher kennengelernt hatte, von mir alle Einzelheiten des Spiels hören. Währenddessen räumte sie meine Einkäufe in eine Tüte. Nach wie vor überraschte es mich, wie viel Anteil die Leute in der Gegend an den Geschicken der Schulmannschaft nahmen. Sie taten gerade so, als wäre es das Team von Manchester United und nicht eine Horde von jugendlichen Amateuren.

»Und wie gefällt's dir in der Schule?« Leanne legte die Eier vorsichtig zuoberst in die Tüte.

»Gut.« Ich schnappte mir einen neuen Comic aus dem Regal und warf ihn in den Einkaufskorb. Meine Eltern verachteten Comics aus tiefster Seele, was ver-

mutlich der Grund dafür war, warum sie mir so gut gefielen.

»Mir ist viel Nettes über dich zu Ohren gekommen, Sky. Man sagt, du seist sehr liebenswert. Mrs Hoffman hat regelrecht einen Narren an dir gefressen.«

»Oh, tja … sie ist … sie ist …«

»Nicht zu bremsen. Wie eine Cruise Missile. Aber es kann nicht schaden, sich gut mit ihr zu stellen«, bemerkte Leanne weise und bugsierte mich zur Tür hinaus. »Du solltest besser zu Hause sein, bevor es dunkel wird, hörst du.«

Schatten lagen auf der Straße wie große Tintenkleckse, die in den Boden sickerten. Ich fror in meiner dünnen Jacke und beschleunigte meinen Schritt. In Wrickenridge wechselte das Wetter oft schlagartig, das brachte das Leben in den Bergen so mit sich. Es war ein bisschen wie mit unserem früheren Nachbarn in Richmond, einem ausgesprochen knurrigen alten Herrn. Ich konnte seine Stimmungswechsel nie vorhersehen – wenn er mir in dem einen Moment noch ein großväterlich-sonniges Lächeln schenkte, konnte es im nächsten Moment übelste Beschimpfungen hageln. Jetzt fing es an zu schneien, auf dem Boden breiteten sich münzgroße Schneematschkreise aus, die den Belag unter meinen Füßen rutschig machten.

Als ich in eine kleine Seitenstraße einbog, hörte ich, wie sich mir jemand von hinten im Laufschritt näherte. Vermutlich war es nur ein Jogger, trotzdem fing mein Puls an zu stolpern. In London hätte ich wahnsinnige Angst bekommen; aber Wrickenridge schien mir nicht

das rechte Pflaster für Straßenräuber zu sein. Trotzdem ging ich auf Nummer sicher und umklammerte die Griffe meiner Tüte, um diese im Notfall als Waffe einzusetzen.

»Sky!« Eine Hand landete auf meiner Schulter. Ich schwang die Tüte mit einem lauten Schrei herum – und sah Zed vor mir stehen. Er wehrte die Tüte ab, bevor sie ihn richtig treffen konnte.

»Ich hätte fast 'nen Herzinfarkt gekriegt!« Ich presste mir die Hand auf die Brust.

»Tut mir leid. Ich hab dir doch gesagt, du sollst aufpassen, wenn du nach Einbruch der Dunkelheit allein unterwegs bist.«

»Du meinst, womöglich springt mich ein Kerl aus der Dunkelheit an und jagt mir einen höllischen Schreck ein?«

Ein Lächeln umspielte seine Mundwinkel und ich musste unwillkürlich an sein Alter Ego, Wolfman, denken. »Man kann nie wissen. In den Bergen laufen jede Menge schräge Gestalten herum.«

»Tja, dafür bist du wohl der beste Beweis.«

Das Lächeln wurde zu einem Grinsen. »Gib mal her, lass mich das tragen.« Er lockerte meinen Griff um die Tütenhenkel. »Ich begleite dich nach Hause.«

Wow, was war denn jetzt los? Hatte man bei ihm eine Charaktertransplantation vorgenommen? »Nicht nötig.«

»Ich will aber.«

»Und du setzt immer deinen Willen durch?«

»So gut wie immer.«

Wir gingen eine Weile schweigend nebeneinanderher. Ich kramte in meinem Hirn nach unverfänglichen Gesprächsthemen, aber alles, was mir einfiel, schien furchtbar läppisch. Nach all dem, was ich mir in meinen wilden Fantasien über ihn ausgemalt hatte, fühlte ich mich in seiner direkten Nähe reichlich unwohl – würde er mich zerfleischen oder freundlich behandeln?

Er durchbrach als Erster die Stille. »Wann wolltest du mir eigentlich erzählen, dass du ein Savant bist?«

Na, das war doch mal ein origineller Gesprächskiller. »Ein was?«

Er hielt mich am Arm fest und wir blieben unter einer Straßenlaterne stehen. Der Schneeregen wurde im hellen Lichtkegel sichtbar, bevor er wieder im Dunkel verschwand. Zed schlug den Kragen meiner Jacke hoch.

»Dir muss doch klar sein, wie unglaublich das ist!« Seine Augen fixierten meine – sie hatten eine faszinierende Farbe, ungewöhnlich für jemanden mit Latino-Wurzeln. Ich hätte sie als ein Mittelding zwischen blau und grün bezeichnet. Die Farbe des Flusses Eyrie an einem sonnigen Tag.

Trotzdem verstand ich nicht, was sie mir gerade sagen wollten. »Wie unglaublich was ist?«

Er lachte; es klang wie ein tiefes Rumpeln in seiner Brust. »Ich verstehe. Du willst mich bestrafen, weil ich so ein Blödmann war. Aber ich hatte dich einfach nicht erkannt. Ich hatte geglaubt, ich würde irgendein Dummchen von auswärts davor bewahren, dass sie abgestochen wird.«

Ich schob seine Hände aus meinem Nacken. »Wovon redest du eigentlich?«

»Ich hatte ein paar Nächte vor unserer Begegnung in der Geisterstadt eine Vorahnung – hast du so was eigentlich auch?«

Dieses Gespräch war mehr als sonderbar. Ich schüttelte den Kopf.

»Du rennst im Dunkeln die Straße entlang – ein Messer – Schreie – Blut. Ich musste dich warnen, nur für alle Fälle.«

Ah, ja … Zugegeben, ich hatte ein paar Probleme, aber *er* war ja wohl ernsthaft gestört. Ich musste zusehen, dass ich schnellstens hier wegkam. »Ähm … Zed, danke, dass du dir Sorgen um mich machst, aber ich muss jetzt wirklich nach Hause.«

»Ja, als ob das so einfach wäre. Sky, du bist mein Seelenspiegel, meine Gefährtin – du kannst nicht einfach so von mir weglaufen.«

»Kann ich nicht?«

»Du musst es doch auch gespürt haben. Ich wusste es in dem Moment, als du mir geantwortet hast. Das war … wie soll ich es beschreiben … als wenn sich ein dichter Nebel lichtet. Ich konnte dich auf einmal wahrhaftig sehen.« Er strich mir mit dem Finger über die Wange. Ich erschauerte. »Weißt du eigentlich, wie gering die Chancen stehen, dass wir einander finden?«

»Uah! Würdest du bitte ein bisschen auf Abstand gehen. Seelenspiegel.«

»Ja, gern.« Er grinste und zog mich näher an sich heran. »Kein Halbleben-Dasein für uns. Ich habe ein paar Tage gebraucht, um den Schock zu verdauen, und seither hab ich auf eine Gelegenheit gewartet, mit dir

zu sprechen, damit ich meiner Familie die Neuigkeit mitteilen kann.«

Er wollte mich so richtig schön verkohlen. Ich legte meine Hände auf seine Brust und schob ihn von mir weg. »Zed, ich hab keinen blassen Schimmer, wovon du da redest. Aber falls du glaubst, ich würde … würde … Keine Ahnung, was du glaubst, aber es wird nicht passieren. Du magst mich nicht, ich mag dich nicht. Finde dich damit ab.«

Er war fassungslos. »Finde dich damit ab? Savants warten ihr ganzes Leben darauf, ihren Gefährten zu finden, und du glaubst, ich kann mich damit abfinden?«

»Warum nicht? Ich weiß noch nicht mal, was ein Savant ist!«

Er schlug sich an die Brust. »Ich bin einer.« Er zeigte mit dem Finger auf mich. »Du bist einer. Deine Begabungen, Sky – sie machen dich zu einem Savant. Kapierst du das nicht?«

Ich dachte mir ja schon reichlich hirnverbranntes Zeug aus, aber das hier übertraf einfach alles, was ich mir je hätte zusammenspinnen können. Ich trat einen Schritt zurück. »Kann ich jetzt bitte die Tüte haben?«

»Was? Das war's? Wir haben gerade die erstaunlichste Entdeckung unseres Lebens gemacht und du willst nach Hause gehen?«

Ich schaute mich kurz nach allen Seiten um, in der Hoffnung, dass irgendjemand zu sehen wäre. Mrs Hofman würde mir genügen. Noch besser wären meine Eltern. »Ähm, ja. Sieht ganz so aus.«

»Das kannst du nicht!«

»Dann sieh mal gut hin!«

Ich riss ihm die Tüte aus der Hand und rannte die letzten Meter bis zu unserem Haus.

»Sky, du kannst das nicht einfach ignorieren!« Er stand unter der Straßenlaterne, Schneegraupel fiel auf sein Haar, seine Hände hatte er zu Fäusten geballt in die Seiten gestemmt. »Du bist mein – das ist so vorherbestimmt.«

»Nein. Bin. Ich. Nicht!«

Ich knallte die Haustür zu.

Kapitel 9

In dieser Nacht machte ich kein Auge zu. Kein Wunder, in Anbetracht des Vorfalls mit Zed. Arroganter Blödmann. Er glaubte offenbar, er brauchte nur zu verkünden, ich sei sein, und schon würde ich in seine Arme sinken. Schon möglich, dass ich auf ihn stand, aber das hieß noch lange nicht, dass ich ihn mochte. Er war unnahbar, schroff und unhöflich. Er würde mich in fünf Minuten zermalmen, wenn ich so dämlich wäre, mit ihm auszugehen.

Und was diesen Seelenspiegel-Quatsch anging – also, das war einfach nur schräg.

Und was zum Teufel sollte ein Savant sein?

Ich stand auf und warf mir einen Bademantel über, meine Gedanken kreisten immer wieder um die Unterhaltung mit Zed und ich kam einfach nicht zur Ruhe. Es gab so vieles, das ich nicht verstand, aber ich fürchtete mich vor den Erklärungen. Das mit dieser Vorahnung war richtig unheimlich gewesen – fast hätte ich ihm geglaubt. Aber ich hatte nicht vor, mein Leben umzu-

krempeln, bloß weil irgendein Kerl geträumt hatte, dass mir etwas zustoßen könnte. Was käme als Nächstes? Womöglich sagte er, ich dürfe nur noch die Farbe Orange tragen, ansonsten würde ich von einem Bus überfahren. Was würde ich dann tun? Als Mandarine in die Schule gehen, weil er's so gesagt hatte?

Nein, das war doch alles nur ein Bluff, damit ich tat, was er wollte.

Aber was wollte er?

Ein kribbliger Schauer überlief mich. In mir stieg das unbehagliche Gefühl auf, nicht allein zu sein. Beunruhigt trat ich ans Fenster und zog langsam den Vorhang zurück, schrille Musik à la ›Psycho‹ im Ohr. Das Herz schlug mir bis zum Hals.

»Aaaahhh!!« Ich sah mich Zed direkt gegenüber. Ich musste mir buchstäblich auf die Zunge beißen, um nicht laut loszuschreien. Er war auf den Apfelbaum vor meinem Fenster geklettert, saß rittlings auf einem Ast und schaute in mein Zimmer. Ich riss das Fenster auf.

»Was machst du hier?«, zischte ich. »Geh da runter, verschwinde!«

»Bitte mich herein.« Er rutschte auf dem Ast näher ans Fenster heran.

»Hör auf – los, runter!« Panisch überlegte ich, nach Simon zu rufen.

»Nein, hol jetzt nicht deinen Vater. Ich muss mit dir reden.«

Ich wedelte abwehrend mit den Händen. »Hau ab! Ich will nicht, dass du hier bist.«

»Ich weiß.« Er ließ davon ab, sich gewaltsam Zutritt zu meinem Zimmer verschaffen zu wollen. »Sky, warum weißt du nicht, dass du ein Savant bist?«

Kurz erwog ich, das Fenster zuzuknallen und damit dieser Romeo-und-Julia-Szene ein Ende zu machen. »Wie soll ich das beantworten, wenn ich die Frage nicht verstehe?«

»Du hast gehört, als ich mit dir gesprochen habe in deinem Kopf. Du hast es Wort für Wort verstanden.«

»Ich … ich …«

Du hast mir geantwortet.

Ich starrte ihn an. Er machte es schon wieder – Telepathie, so nannte man das, oder? Nein, nein, das waren alles nur Projektionen von mir – das passierte nicht wirklich.

»Alle Savants können das.«

»Ich höre rein gar nichts. Ich habe keine Ahnung, wovon du sprichst.«

»Offensichtlich. Aber wieso nicht?«

Ich war vollkommen verstört. Die einzige Strategie, die mir einfiel, war, alles abzustreiten. Ich musste ihn irgendwie von diesem Apfelbaum herunterkriegen. »Ich bin mir sicher, dass das Ganze sehr faszinierend ist, aber es ist spät und ich möchte gern schlafen. Also gute Nacht, Zed. Lass uns ein andermal drüber reden.« Besser gesagt niemals.

»Du willst dir noch nicht mal anhören, was ich zu sagen habe?« Er verschränkte die Arme vor der Brust.

»Warum sollte ich?«

»Weil ich dein Seelenspiegel bin.«

»Hör auf! Ich verstehe nicht, was du damit meinst. Du bist nichts für mich. Du bist grob, kaltschnäuzig, du kannst mich noch nicht mal ausstehen und hast keine Gelegenheit ausgelassen, mich niederzumachen.«

Er vergrub die Hände in seinen Taschen. »So denkst du also über mich?«

Ich nickte. »Keine Ahnung, vielleicht ist das hier ja dein neuester Versuch, mich zu verarschen – so zu tun, als wärst du hinter mir her.«

»Du kannst mich wirklich nicht leiden, stimmt's?« Er lachte gequält. »Na super, mein Seelenspiegel kapiert überhaupt nichts von mir.«

Ich verschränkte die Arme, um mein Zittern zu überspielen. »Was gibt's da groß zu kapieren? Blödmänner sind leicht zu durchschauen.«

Aus Frust über meine kompromisslose Abfuhr machte er eine Bewegung auf mich zu.

Ich wich zurück. »Verschwinde aus meinem Baum.« Mein Finger zitterte, als ich aufs Gartentor zeigte.

Zu meiner Überraschung stellte er nicht auf stur; er musterte mein Gesicht und nickte. »Okay. Aber das ist noch nicht das Ende, Sky. Wir müssen uns unterhalten.«

»Hau ab.«

»Ich geh ja schon.« Mit diesen Worten ließ er sich zum Boden hinab und verschwand in die Nacht.

Vor Erleichterung schluchzend schlug ich das Fenster zu und ließ mich aufs Bett fallen. Fest in die Bettdecke gewickelt, kauerte ich mich zusammen und fragte mich, was hier eigentlich vor sich ging.

Und was ich dagegen tun wollte.

In dieser Nacht kam der Traum wieder, diesmal aber in deutlich mehr Einzelheiten. Ich erinnerte mich an den Hunger – bevor sie mich aussetzten, hatte ich tagelang kaum etwas gegessen, außer Chips und Schokolade. Und davon war mir speiübel. Meine Knie waren schmutzig und meine Haare auf der Seite, auf der ich am liebsten schlief, völlig verfilzt. Mein Mund fühlte sich wund an, meine Lippe war an der Stelle, wo sie innen aufgeritzt war, ganz geschwollen. Wie ich da so im Gras saß, fühlte ich nichts mehr, nur noch die Angst, eine gärende Panik in meinem Magen, die ich nur niederkämpfen konnte, indem ich mich auf die Gänseblümchen konzentrierte. Sie waren so weiß, sogar im Dunkeln leuchteten sie im Gras, die Blütenblätter eingerollt. Ich umschlang meine Knie, verschloss mich wie eines von ihnen.

Der Geruch hier war ekelhaft – Hunde, Autoabgase und Müll. Und ein Lagerfeuer. Ich hasste Feuer. Die Autobahn dröhnte in einem fort; der Verkehr klang verärgert und gehetzt, keine Zeit für ein verlorenes kleines Mädchen.

Ich wartete.

Dann veränderte sich der Traum. Diesmal war es keine Frau mit Kopftuch, die zu mir kam – es war Zed. Er ragte über mir auf und streckte mir die Hand hin.

»Du bist mein«, sagte er. »Ich bin gekommen, um dich zu holen.«

Ich erwachte mit hämmerndem Herzen, gerade als hinter den Bergen der Morgen graute.

Die nächsten Tage in der Schule waren die reinste Tortur. Verglichen mit den ersten Wochen, in denen ich ihm fast nie begegnet war, lief ich Zed jetzt ständig über den Weg. Sein grüblerischer Blick lag auf mir, wenn ich durch den Speisesaal oder über die Flure ging. Ich flehte Tina an, mich mit dem Auto nach Hause zu bringen, und kaum angekommen, ging ich sogar nach nebenan zu Mrs Hoffman, nur damit ich nicht allein im Hause war. Zed machte mich zu einer Gefangenen. Es war eine Sache, den Wolfman von ferne anzuschmachten, aber etwas völlig anderes, festzustellen, dass er mich regelrecht ins Visier genommen hatte.

Am Samstagmorgen klopfte es früh an der Tür. Simon und Sally lagen noch im Bett und so ging ich, in der Erwartung, dass es eine Lieferung fürs Atelier war, mit einem Becher Tee in der Hand hinunter, um aufzumachen.

Es war Zed, mit einem Riesenblumenstrauß in der Hand. Er drückte ihn mir in die Arme, noch ehe ich ihm die Tür vor der Nase zuknallen konnte.

»Lass uns noch mal ganz von vorne beginnen.« Er streckte mir seine Hand hin. »Hallo, ich bin Zed Benedict. Und wer bist du?«

Ich kämpfte noch mit den Blumen; sie hatten meine Lieblingsfarben, violett und blau.

»Na komm schon, dieser Teil ist doch kinderleicht. ›Ich bin Sky Bright und ich komme aus England.‹« Der Akzent, den er aufgesetzt hatte, klang so albern, dass ich spürte, wie mein Widerwille sich in schallendem Gelächter aufzulösen drohte.

»So höre ich mich aber nicht an.«

»Und ob! Also, mach schon.«

»Hallo, ich bin Sky Bright. Ich komme aus Richmond in England.«

»Und jetzt sagst du: ›Wow, die Blumen sind bezaubernd. Wie wäre es mit einer Tasse Tee?‹«

Dieser Akzent musste weg. Ich warf einen Blick über meine Schulter, ob Sally oder Simon schon im Anmarsch waren.

»Sie schlafen.« Zed wies mit einem Nicken ins Haus. »Und?«

»Tja, das sind wirklich bezaubernde Blumen.« Vielleicht mussten wir uns tatsächlich mal unterhalten. Hier zu Hause war es besser als in der Schule. Ich trat beiseite und gab den Weg frei. »Kaffee?« Er schien mir nicht der Typ für eine gepflegte Tasse Tee zu sein.

»Wenn du drauf bestehst.« Er lächelte, für seine Verhältnisse einen Tick nervös, und trat ein.

»Komm mit in die Küche.« Geschäftig hantierte ich mit dem Wasserkocher herum und suchte nach einer Vase für die Blumen. »Warum bist du hier?«

»Liegt das nicht auf der Hand? Ich habe Mist gebaut. Ich möchte mich entschuldigen.«

»Die Blumen sind schon mal ein guter Anfang.« Ehrlich gesagt war es das erste Mal, dass mir jemand Blumen geschenkt hatte. Ich fühlte mich am helllichten Tag und in dem Wissen, dass meine Eltern nur eine Etage über mir in ihren Betten lagen, viel sicherer. Ich wäre diesem Gespräch gewachsen, wenn er sich denn unbedingt entschuldigen wollte. Tina würde bestimmt

eine Eilmeldung draus machen wollen, dass der überragende Zed Benedict vor einem Mädchen zu Kreuze kroch.

Zed schwenkte die Cafetière. »Und wie funktioniert dieses Ding?«

Ich nahm sie ihm aus der Hand und zeigte ihm, wie viel Kaffeepulver man hineingab. »In der Küche kennst du dich wohl nicht so gut aus?«

»Jungs-Familie«, sagte er, als wäre damit alles erklärt. »Wir haben eine Kaffeemaschine – macht super Filterkaffee.«

»Und sie heißt Mum.«

Er lachte. »Vergiss es. Sie lässt sich von hinten bis vorne bedienen.«

Okay, das würde ich hinkriegen: ein normales Gespräch über ganz normale Dinge.

Er nahm seinen Becher und ließ sich am Küchentresen nieder. »Also, erzähl mir was von dir. Ich spiele Schlagzeug und Gitarre. Und du?«

»Klavier, Saxofon und Gitarre.«

»Siehst du, wir können uns unterhalten, ohne dass du in Panik gerätst.«

»Ja.« Ich schaute verstohlen zu ihm hinüber; er beobachtete mich wie ein Bär, der am Eisloch auf der Lauer lag, um sich den nächsten Lachs zu krallen.

»Magst du … jede Richtung oder nur Jazz?«

»Alles querbeet, aber vor allem improvisiere ich gern.« Er klopfte auf den Barhocker neben sich. Ich setzte mich dorthin, ließ aber ein bisschen Abstand zwischen uns. »Ich befreie mich einfach gern aus festen

Vorgaben. Improvisation ist für mich wie ein freier Fall mit den Noten als Fallschirm.«

»Ja, das mag ich auch.«

»Das ist die Musik der Musiker. Vielleicht nicht ganz so eingängig, aber es lohnt sich, wenn man sich drauf einlässt.« Sein Blick sollte mir zu verstehen geben, dass seine Worte eine tiefere Bedeutung bargen. »Ich meine, man muss schon sehr versiert sein, um ein Solo aus dem Ärmel schütteln zu können, ohne sich dabei zum Idioten zu machen. Jeder macht Fehler, wenn er Dinge überstürzt und das Timing missachtet.«

»Schätze schon.«

»Du hast es wirklich nicht gewusst.«

Oje, jetzt fing er wieder mit diesem Savant-Kram an.

Er schüttelte den Kopf. »Und du hast nicht den blassesten Schimmer, warum ich dich letztens gewarnt habe. Du glaubst, ich wollte dir einfach nur Angst machen.«

»Wolltest du doch auch. Dieses Gerede von Messern und Blut ...«

»So war's nicht gemeint.« Er rieb mit dem Daumen über die Knöchel meiner Hand, mit der ich die Tischkante umklammerte. »Es ist echt lustig, mit dir zusammenzusitzen. Bei mir kommt so viel von dir an, als würdest du auf allen Kanälen senden.«

Ich runzelte die Stirn. »Was soll das denn bitte heißen?«

Er streckte seine langen Beine aus und stieß mich dabei sacht an. »Das ist schwer zu erklären. Tut mir leid, wenn ich gemein zu dir war.«

»Gemein? Ich hatte einfach den Eindruck, du wärst allergisch gegen Engländerinnen in Miniaturformat.«

Sein Blick wanderte an mir herunter. »Ach, so nennt man das?«

»Ähm … ja.« Ich starrte auf meine Füße. »Ich warte noch immer auf diesen Wachstumsschub, den Sally mir verspricht, seit ich vierzehn bin.«

»Deine Größe ist super. Ich stamme aus einer Familie von Mammutbäumen, da ist ein Bonsai eine angenehme Abwechslung.«

Bonsai! Wäre er mir vertrauter gewesen, hätte ich ihm dafür einen Knuff in die Seite verpasst. Doch das wagte ich nicht und ließ es ihm durchgehen. »Du willst mir also nicht erklären, welches Problem du mit mir hattest?«

»Heute nicht. Ich hab's schon einmal versaut, da will ich nicht riskieren, es noch mal zu vermasseln, bloß weil ich's nicht abwarten kann. Dafür ist die Sache zu wichtig.« Er nahm meine Hand und boxte sich damit in die Rippen. »Hier – ich hab's verdient.«

»Du bist verrückt.«

»Ja, das bin ich.« Dennoch erklärte er mir nicht, woher er gewusst hatte, dass ich genau das hatte tun wollen.

Zed ließ meine Hand los. »Okay, ich hau dann mal ab. Ich will mein Glück nicht überstrapazieren. Es war schön, dich zu sehen, Sky. Bis bald.«

Ich traute dieser Nummer des geläuterten Fieslings nicht, aber Zed hatte offenbar nicht vor, lockerzulassen. Am Montag wartete er neben Tinas Auto auf mich.

»Hi Tina, wie läuft's so?«

Tina starrte ihn an, dann blickte sie mit erhobener Augenbraue zu mir. »Gut, Zed. Und bei dir?«

»Super. Sky, bist du so weit, nach Hause zu fahren?« Er hielt mir einen Motorradhelm hin.

»Tina bringt mich schon.«

»Es macht ihr nichts aus, wenn ich das übernehme. Ich möchte Sky gern nach Haus bringen. Okay, Tina?«

Tina machte ein Gesicht, als würde es ihr sehr wohl etwas ausmachen, nicht zuletzt, weil sie Zed genauso wenig über den Weg traute wie ich. »Ich habe schon gesagt, dass ich Sky bringe.«

Er hielt mir den Helm hin. »Bitte.«

Zed Benedict sagte ›bitte‹. Es geschahen also doch noch Zeichen und Wunder. Und er bot mir an, meine geheimste Fantasie wahr werden zu lassen: wie ich auf dem Rücksitz einer coolen Maschine von der Schule wegbrauste. Pures Klischee, schon klar, aber es war einfach der Hammer.

»Sky?«, fragte Tina leicht beunruhigt.

Ich fand, so viel Demut sollte belohnt werden. »Schon okay. Danke, Tina. Ich fahre mit Zed.« Ich nahm den Helm.

»Wenn du dir sicher bist …« Sie warf ihre Dreadlocks zurück, eine mir vertraute Geste, die bedeutete, dass ihr unbehaglich zumute war.

Na ja, sicher fühlte ich mich nicht wirklich. »Wir sehen uns morgen.«

»Ja, klar.« Ihr Blick beim Abschied ließ keinen Zweifel daran, dass sie mich später darüber ausquetschen würde, was nach ihrem Verschwinden noch weiter passiert war.

Zed führte mich zu seinem Motorrad. Wir zogen von allen Seiten erstaunte Blicke auf uns.

»Ich bin noch nie auf 'nem Motorrad gefahren«, sagte ich, als ich hinten aufstieg.

»Der Trick ist, sich gut festzuhalten.«

Ich konnte sein Gesicht nicht sehen, aber ich hätte schwören können, dass er breit grinste. Ich rutschte ein Stück nach vorne und legte meine Arme um seine Taille, meine Beine berührten leicht seine Hüften. Er rollte langsam vom Parkplatz und fuhr den Hügel hinauf. Als er aufs Gas drückte, klammerte ich mich fest an ihn. Ich spürte, wie er kurz meine Hand streichelte – eine beruhigende Geste.

»Alles klar da hinten?«

»Alles gut.«

»Magst du noch ein bisschen weiter fahren? Wir könnten hoch in die Berge. Eine halbe Stunde lang ist es noch hell.«

»Ja, vielleicht noch ein kurzes Stück.«

Er fuhr an der Abzweigung, die zu meinem Haus führte, vorbei und die Straße hinauf, die in eine Spitzkehre mündete. Hier oben gab es so gut wie keine Bebauung mehr, nur ein paar Jagdhäuschen und eine Handvoll abgelegener Almhütten. Er bremste an einem Felssporn, an dem sich ein Blick über das ganze Tal eröffnete. Vor uns ging die Sonne unter, tauchte alles in ein buttergol-

denes Licht, das trotz der Kälte die Illusion von Wärme schuf.

Als er die Maschine geparkt hatte, half er mir beim Absteigen und ließ mich für ein paar Minuten die Aussicht genießen. Frost bedeckte schon einige im Schatten liegende Stellen, das Laub, vom Reif weiß berändert, knirschte unter den Füßen. Ich konnte meilenweit sehen – die Berge, die ich den ganzen Tag lang nicht wahrgenommen hatte, drängten sich wieder in mein Bewusstsein und erinnerten mich an meine eigene Bedeutungslosigkeit im Vergleich zu ihnen.

»Und, Sky, wie war dein Tag?«

Eine derart alltägliche Frage von Zed war eine Überraschung: Verwandelte sich Wolfman in einen Pantoffeln apportierenden Pinscher? Wohl kaum. Es fiel mir schwer, ihm zu vertrauen, wenn er sich so *normal* benahm. »Gut. In der Mittagspause habe ich ein bisschen komponiert.«

»Ich habe dich am Klavier sitzen sehen.«

»Und du bist nicht hereingekommen?«

Er lachte und riss die Hände hoch. »Ich bin einfach nur vorsichtig bei dir. Sehr, sehr vorsichtig. Du bist ein beängstigendes Mädchen.«

»Ich?«

»Überleg doch mal. Du reißt mich auf dem Parkplatz vor meinen Freunden in Stücke, parierst meinen besten Elfmeterschuss, verjagst mich aus eurem Apfelbaum – ja, du bist furchterregend!«

Ich lächelte. »Klingt gut.« Supersky.

Er grinste. Er hatte doch wohl nicht meine Gedanken erraten, oder?

»Aber was mir am meisten Angst macht, ist die Tatsache, dass so viel von unserer Beziehung abhängt, und du weißt es noch nicht mal.«

Ich atmete laut seufzend aus. »Okay, Zed, probier noch mal, es mir zu erklären. Diesmal höre ich dir zu.«

Er nickte. »Ich schätze, du weißt nichts über Savants?«

»Über Fußball weiß ich mehr.«

Er musste lachen. »Ich werde dir für den Anfang nur ein paar Dinge darüber erzählen. Lass uns hier mal kurz hinsetzen.«

Zed hob mich hoch, sodass ich mich auf einen umgestürzten Baumstamm setzen konnte und wir auf gleicher Augenhöhe waren.

Seit der Rafting-Tour hatten wir nicht mehr so dicht beieinandergestanden, und mit einem Mal nahm ich sehr bewusst wahr, wie seine Augen über mein Gesicht wanderten. Ich konnte es förmlich auf meiner Haut spüren, beinahe so, als würden mich seine Finger und nicht sein Blick berühren.

»Bist du dir sicher, dass du's hören willst? Denn wenn ich's dir erzähle, musst du es zum Schutz meiner Familie für dich behalten.«

»Wem sollte ich davon erzählen?« Ich klang seltsam kurzatmig.

»Keine Ahnung. Dem *National Enquirer* vielleicht. Oprah. Dem parlamentarischen Ausschuss.« Er lächelte schief.

»Ähm, nein, nein und ganz sicher nicht.« Ich zählte es an meinen Fingern ab und lachte.

 »Okay.« Er lächelte und strich mir eine Haarsträhne

aus der Stirn. Er schien vor Anspannung zu beben, so als müsste er sich beherrschen, als hätte er Angst, loszulassen.

Aus Nervosität griff ich zu meiner üblichen Distanzierungstaktik, indem ich versuchte, mir unsere Begegnung als Comic-Episode vorzustellen, aber diesmal wollte es nicht gelingen. Zed hielt mich im Hier und Jetzt fest, meine Wahrnehmung war wie scharf gestellt. Die Farben – seine Haare, Augen, Klamotten – waren brillant, mehrtonig und hatten einen leichten Glanz. In meinem Kopf lief alles in High Definition ab.

»Savants: Ich bin einer. Alle in meiner Familie sind welche, aber bei mir ist es besonders stark ausgeprägt, weil ich der siebte Sohn bin. Meine Mutter ist auch das siebte Kind.«

»Und das macht es schlimmer?«

Ich konnte jede einzelne seiner Wimpern zählen, die seine atemberaubenden Augen umrahmten.

»Ja, das wirkt sich verstärkend aus. Savants besitzen diese Gabe; du musst dir das wie einen zusätzlichen Gang beim Auto vorstellen, durch den wir schneller sind und weiter kommen als normale Menschen.«

»Klar. Okay.«

Er massierte sanft kreisend mein Knie, es war angenehm. »Es bedeutet, dass wir per Telepathie miteinander kommunizieren können. Menschen, die das Savant-Gen nicht besitzen, nehmen zwar vage etwas wahr, sie verspüren einen Impuls, aber sie hören nicht die eigentliche Stimme. Und genau damit hatte ich gerechnet, als ich auf dem Fußballfeld mit dir gesprochen habe. Ich war

demnach ziemlich überrascht, als du mich verstanden hattest, genauer gesagt hat's mich total umgehauen.«

»Warum?«

»Weil damit klar war, dass du auch ein Telepath bist. Und wenn ein Seelenspiegel telepathisch mit seinem Gefährten spricht, dann ist es so, als würden in einem Haus alle Lichter angehen. Und du hast mich erstrahlen lassen, als wäre ich Las Vegas.«

»Hm, verstehe.« Ich wollte nichts von alledem glauben, doch ich erinnerte mich daran, wie ich bei meinem Sturz ins Wildwasser seine Stimme zu mir hatte sagen hören, ich solle mich treiben lassen. Doch das war bestimmt nur Zufall gewesen; etwas anderes durfte es einfach nicht sein!

Er legte seine Stirn gegen meinen Kopf. Ich machte eine kleine Bewegung, um zurückzuweichen, doch er legte mir seine Hand in den Nacken und hielt mich sanft fest. »Nein, das tust du nicht. Noch nicht. Doch das ist noch lange nicht alles.«

Die Wärme seiner Hand strömte in meinen Nacken und entspannte meine verkrampften Muskeln. »Das habe ich mir fast schon gedacht.«

»Wann hast du Geburtstag?«

Inwiefern war das denn bitte von Bedeutung? »Ähm, erster März. Warum?«

Er schüttelte den Kopf. »Das stimmt nicht.«

»Das ist das Datum meiner Adoption.«

»Ah, ich verstehe. Darum also.« Er strich mit den Fingern zärtlich über die Wölbung meiner Schulter, dann ließ er seine Hand hinabfallen und legte sie auf

meine Hände, die ich fest verschränkt im Schoß hielt. Wir blieben eine Weile lang schweigend so sitzen. Ich erspürte einen Schatten – eine Gegenwart in meinem Geist.

»Ja genau, das bin ich«, sagte er. »Ich will nur auf Nummer sicher gehen.«

Ich schüttelte den Kopf. »Nein, das bilde ich mir doch alles bloß ein.«

Er seufzte gequält. »Ich vergewissere mich doch nur. Ich darf mich bei so etwas wie dem Seelenspiegel nicht irren.« Er wich ein Stück zurück und sofort überkam mich ein Gefühl von Einsamkeit und Verlassenheit. »Jetzt verstehe ich es. Du kommst von einem dunklen Ort her, stimmt's?«

Was sollte ich dazu sagen?

»Du weißt nicht, wer deine leiblichen Eltern sind?«

»Nein.« Ich wurde erneut unruhig; innerlich wand und krümmte ich mich, so wie eine Made, die aus einem Apfel kroch. Er fand zu viel über mich heraus. Menschen an sich heranzulassen tat weh – das musste aufhören!

»Du hast also nie von deiner Gabe erfahren?«

»Nein, weil ich diese Gabe gar nicht besitze. Ich bin total normal. Keine Zusatzgänge hier drin.« Ich klopfte mir auf den Kopf.

»Du hast sie nur noch nicht entdeckt. Aber sie sind vorhanden. Weißt du, Sky, wenn ein Savant geboren wird, dann kommt irgendwo auf der Erde ungefähr zur gleichen Zeit sein Gefährte zur Welt. Das kann gleich nebenan sein oder Tausende von Meilen entfernt.« Er

verschränkte seine Finger mit meinen. »Du besitzt die eine Hälfte der Gabe und ich die andere. Zusammen sind wir ein Ganzes. Vereint sind wir unglaublich stark.«

Ich verdrehte die Augen. »Das klingt wirklich nett, ein hübsches Märchen, aber es kann unmöglich wahr sein.«

»Nein, nett ist das nicht gerade. Überleg doch mal: Die Chance, deine fehlende Hälfte zu finden, ist verschwindend klein. Die meisten von uns sind dazu verdammt, ein Leben in Unvollkommenheit zu führen, obwohl wir wissen, dass es irgendwo da draußen etwas viel Besseres gibt. Meine Eltern gehören zu den wenigen Glücklichen; sie haben dank eines weisen Mannes aus dem Stamm meines Vaters zueinandergefunden. Keiner meiner Brüder hat bisher seine Gefährtin ausfindig gemacht und sie leiden alle darunter. Es treibt einen in den Wahnsinn, zu wissen, dass alles so viel großartiger sein könnte. Darum bin ich auch gleich so mit der Tür ins Haus gefallen. Ich war wie ein Verhungernder, der vor dem angerichteten Buffet steht.«

»Und wenn sie nie ihren Seelenspiegel finden?«

»Das kann verschiedene Folgen haben: Verzweiflung, Wut, Resignation. Mit den Jahren wird's schlimmer. Ich hatte mir deshalb noch keine großen Sorgen gemacht. Ich habe unheimliches Glück, dass mir all diese Ängste erspart geblieben sind.«

Ich weigerte mich, ihm dieses Märchen zu glauben, und flüchtete mich in Flapsigkeit. »Ist doch eigentlich gar nicht so schwierig. Kann man nicht einfach einen

Savant-Partnersuchdienst auf Facebook gründen oder so? Problem gelöst.«

Er lächelte schief. »Als ob wir an so was nicht schon gedacht hätten. Aber entscheidend ist nicht das tatsächliche Geburtsdatum, sondern der Zeitpunkt der Zeugung – und neun Monate danach kann's da natürlich zu großen Abweichungen kommen. Wie viele Menschen auf der Welt sind am selben Tag oder ein paar Tage früher oder später als du geboren worden? Dann muss man noch die Frühchen mit einrechnen und die Babys, die auf sich warten ließen. Da kämen Abertausende infrage. Savants sind rar – es gibt nur einen Savant auf zehntausend Geburten oder so. Und nicht jeder Savant lebt in einem so hochtechnisierten Land wie wir mit Computern und Internet in jedem Haushalt. Und nicht jeder spricht die gleiche Sprache wie man selbst.«

»Ja, ich verstehe.« Vielleicht. Falls ich diese ganze Sache für bare Münze nahm. Was nicht der Fall war.

Er hob mit der Hand sanft mein Kinn an. »Aber obwohl die Chancen gleich null waren, habe ich dich gefunden. Und ausgerechnet auf einem Fußballfeld. Sky Bright aus Richmond in England.«

Das war alles höchst sonderbar. »Und was hat das nun alles zu bedeuten?«

»Für uns beide bedeutet das auf immer und ewig.«

»Du machst Witze.«

Er schüttelte den Kopf.

»Aber ich werde nur ein Jahr hierbleiben.«

»Nur ein Jahr?«

»So ist es jedenfalls geplant.«

»Und was macht ihr danach? Nach England zurückgehen?«

Ich zuckte die Achseln und gab mich gelassen. »Ich weiß nicht. Hängt von Sally und Simon ab. Das wird heftig, denn ich habe ja dann hier ein ganzes Jahr absolviert und in England ist der Lehrplan komplett anders. Ich habe keine Lust, wieder ganz von vorne anzufangen.«

»Dann werden wir einen Weg finden müssen, dass du bleibst. Oder ich komme mit dir nach England.«

»Das würdest du tun?« Mir war überdeutlich bewusst, dass sich seine Finger abermals mit meinen verschränkt hatten. Ich hatte mir nie ausgemalt, wie es wäre, mit einem Jungen Händchen zu halten. Es war schön, aber zugleich auch etwas beängstigend.

»Verdammt, ja. Das ist eine ernste Angelegenheit.« Er verstärkte den Griff seiner Hand und drückte meine Finger leicht zusammen. »Sie nimmt also nicht Reißaus.«

»Was soll das heißen?«

Er hob eine meiner Hände an und steckte sie in seine Jackentasche. Ohne mich loszulassen, lehnte er sich gegen mich und nahm die Aussicht in sich auf.

»Ich hatte den Eindruck, dass du dich am Anfang vor mir sehr in Acht genommen hast. Bis du mich richtig kennengelernt hast. Den netten Zed, nicht Zed, den Blödmann.«

»In Acht genommen?«

»Wolfman, weißt du noch? Du hast gedacht, ich würde auf der dunklen Seite stehen; das habe ich in deinen Gedanken gesehen.«

Er wusste von Wolfman? Erde, tu dich auf und verschling mich – sofort!

»Nee, bloß nicht, ich find's süß.«

Ach du Schande! Ich stöhnte leise.

Er gluckste. Dass mir das Ganze furchtbar peinlich war, genoss er auch noch, diese miese Ratte.

»Ich weiß, manchmal bin ich nicht besonders umgänglich, so wie damals in der Geisterstadt. Ich mache gerade …« Er schüttelte den Kopf. »Es ist zurzeit echt hart für mich. Und manchmal wächst mir einfach alles über den Kopf. Ich habe zu viel um die Ohren.«

Okay, ich kaufte ihm das mit den Seelenspiegeln zwar nicht ab, aber ich musste zugeben, dass er auf geradezu verblüffende Weise in der Lage war, mir Gedanken aus dem Kopf zu pflücken. »Das denkst du dir nicht alles aus? Du tust doch irgendwas, stimmt's? Wie machst du das?« Ich dachte daran, wie er stets schon zu wissen schien, was ich als Nächstes sagen wollte.

»Ich tue eine Menge Dinge.« Die Sonne verschwand hinter dem Horizont und das goldene Licht verblasste. »Und ich würde gern ein paar Dinge mit dir zusammen tun, Sky, wenn du das auch möchtest. Ich hätte von dir nicht so holterdiepolter verlangen sollen, mein Seelenspiegel zu sein – du musst da erst mal hineinwachsen. Für den Rest haben wir schließlich noch ein Leben lang Zeit.«

Ich schluckte. Genau davor hatte mich Tina gewarnt. Was konnte verführerischer sein als ein Junge, der einem erzählte, man wäre wie geschaffen füreinander? Genau das war es, was die miesen Kerle in den Ge-

schichten immer taten, um irgendwelche blauäugigen Mädels einzulullen, oder? Aber diese Gedanken hatten im Moment keinen Platz in meinem Kopf, denn alles, woran ich denken konnte, war Zed, der hier stand mit so viel … tja, Hoffnung im Blick. »Was für Dinge willst du denn tun?«

Er ließ seine freie Hand an meinem Arm hinunterwandern und umfasste mit seinen Fingern meine Hand.

»Lass uns eine Spritztour machen.«

Ich lächelte verlegen. »Genau das machen wir doch gerade.«

»Dann haben wir die erste Sache ja schon mal abgehakt. Als Nächstes gehen wir vielleicht in Aspen ins Kino oder wagen einen Restaurantbesuch in Wrickenridge und lassen uns den ganzen Abend lang begaffen.«

»Kino klingt gut.«

»Mit mir?«

Ich blickte zu Boden. »Ich riskier's. Ein Mal. Aber ich kann dich noch immer nicht sonderlich leiden.«

»Verstanden.« Er nickte ernst, aber seine Augen lächelten.

»Und was diese Seelenspiegel-Geschichte angeht – ich glaube kein Wort davon. Wo bleibt denn da das Recht auf freie Entscheidung? Das ist ja wie eine kosmisch arrangierte Ehe.«

Er zog eine Grimasse. »Dann lassen wir das erst mal außen vor. Eins nach dem anderen. Willst du mit mir ausgehen?«

Was sollte ich sagen? Ich mochte diesen Zed, den, der Blumen schenkte und einen kinderleicht zu haltenden

Elfmeter schoss, damit der Neuen eine Blamage erspart blieb, aber den wütenden, gefährlichen Wolfman hatte ich trotzdem nicht vergessen. »Okay, ich geb dir eine Chance.«

Er hob meine Hand an seinen Mund, knabberte zärtlich an meinen Fingern und ließ mich los. »Dann haben wir jetzt also ein Date.«

Kapitel 10

In den folgenden Tagen haderte ich schwer mit meinem Entschluss. Ein Teil von mir war völlig aus dem Häuschen, dass Zed mich um ein Date gebeten hatte. Ich hatte mich zwar mehr oder weniger dazu breitschlagen lassen, aber es war nur menschlich, dass ich mich geschmeichelt fühlte. So wie Zoe einmal gesagt hatte – jedes weibliche Wesen mit Blut in den Adern würde mit einem Benedict ausgehen wollen. Trotzdem wollte ich es noch nicht einmal meinen engsten Freundinnen erzählen, und zwar in erster Linie, weil ich nicht glauben konnte, dass es wahr war. Ich hatte diesen verrückten Gedanken, dass sich alles, so wie Cinderellas Kutsche, auf einen Schlag in Luft auflösen würde, sobald ich jemandem davon erzählte. Und ich machte mir Sorgen, was Tina dazu sagen würde. Vermutlich irgendwas in Richtung von »Bist du noch ganz dicht?«. Ich befürchtete, sie könnte mich davon überzeugen, dass Zed mich manipulierte, dass er mich nur benutzen und dann einfach in klassischer Bad-Boy-Manier sitzen lassen würde.

Ich wollte an den neuen Zed glauben: dass ich ihn falsch eingeschätzt hatte, dass er auch sanft sein konnte, dass wir ein paar Gemeinsamkeiten hatten und mit der Zeit sogar noch etliche mehr finden würden. Aber es gab auch so vieles zu begreifen: die Geschichte mit den Savants (wie schräg war das überhaupt!), die Seelenspiegel-Nummer, auf die er sich total versteift hatte. Meine größte Angst war jedoch, dass er nur vorgab, mich zu mögen, weil er mich in irgendeiner Weise, die ich noch nicht absehen konnte, brauchte.

Sally merkte, dass ich nicht ganz bei der Sache war, erriet aber nicht den Grund für meine Zerstreutheit.

»Sky, hörst du mir überhaupt zu?«

»Ähm … ja?«, behauptete ich.

»Hast du nicht.«

»Okay, hab ich nicht. Was hast du gesagt?«

»Ich sagte, wir sollten uns für die Eröffnung etwas Hübsches kaufen.« Sie beäugte den überschaubaren Inhalt meines Kleiderschrankes mit stilsicherem Kennerblick. »Deswegen hast du dir Sorgen gemacht, stimmt's? Darum bist du so komisch.«

»Ähm …«

»Und du hast recht: Du hast tatsächlich nichts Passendes zum Anziehen. Wir müssen dir ein neues Outfit kaufen.«

Zur Eröffnung des neuen Künstlerhauses wurde ein hochoffizieller Empfang gegeben. Ganz Wrickenridge würde dort erscheinen – schließlich gab es in puncto Vergnügungen bis zur Eröffnung der Skisaison keine andere nennenswerte Konkurrenz. Und wenn Sally der

Meinung war, dass ich kein geeignetes Outfit besaß, dann sollte ich schleunigst etwas dagegen unternehmen, denn auch Zed würde kommen.

»Ich würde ja gerne, aber wo kann man hier shoppen? Ich habe keinen Bock, bis nach Denver zu fahren.«

»Mrs Hoffman …«

Ich stöhnte.

»… hat gesagt, es gäbe eine sehr nette kleine Boutique in Aspen, das ist nur eine Dreiviertelstunde Autobahnfahrt entfernt.«

Am Ende kam Simon auch mit, da er befand, dass wir seit unserem Umzug nach Wrickenridge zu wenig gemeinsame Familienzeit verbracht hätten. Er lud uns zum Mittagessen in ein italienisches Restaurant ein, dann seilte er sich ab, während Sally und ich in die Boutique einfielen.

»Vielleicht kaufe ich mir auch etwas Neues«, sagte Sally und strich begehrlich über die in einer langen Reihe hängenden Kleider.

»Ach, jetzt kommt's raus!«, neckte ich sie und zog ein rotes Kleid von der Stange. »Hier geht's also gar nicht um mich, sondern um dich. Probier das mal an.«

Nach dreißigminütigem Hin und Her fiel unsere Wahl schließlich auf zwei Kleider, deren Preise Sally zu ignorieren versuchte. Aspen zielte auf exklusive Skigäste ab, auf die A-Liste von Hollywood, und dementsprechend gesalzen waren auch die Preise.

»Betrachten wir es als eine Investition in die Zukunft«, sagte sie und zückte ihre Kreditkarte. »Deins kannst du ja noch mal beim Sommerball anziehen.«

»Abschlussball«, korrigierte ich sie. »Und ehrlich gesagt, ich glaube, es wird von den Eltern erwartet, dass sie dafür noch mal ein neues Kleid springen lassen. Das ist so Tradition hier.«

»Na, dann muss ich eben einfach noch ein paar Bilder verkaufen.« Sie schloss die Augen und unterschrieb die Quittung.

Wir kicherten wie zwei irre Verschwörer, als wir uns am Abend zurechtmachten.

»Sag Simon nichts von den Schuhen«, flüsterte Sally. »Er versteht einfach nichts von der Notwendigkeit eines perfekt abgestimmten Outfits.« Sie biss sich auf die Unterlippe. »Sie waren wirklich furchtbar teuer, stimmt's?«

»Wo stecken meine beiden Mädels?«, rief Simon von unten. »Wir kommen zu spät!«

Sally schwebte als Erste die Treppe hinunter und blieb kurz auf den Stufen stehen, um sich in Pose zu werfen.

Simon schnappte nach Luft.

»Sehe ich gut aus?«, fragte sie und auf ihrer Stirn erschien eine kleine Sorgenfalte.

»Okay, ich habe meine Meinung geändert. Wir bleiben zu Hause.« Er grinste und ließ seine Hand über ihren in Satin gehüllten Rücken gleiten. »Ich hoffe, dass Sky etwas weniger Offenherziges trägt. Wenn sie auch nur ansatzweise so aussieht wie du, bin ich den ganzen Abend lang damit beschäftigt, irgendwelche Jungs zu verscheuchen.«

Dann präsentierte ich mich ihm. Ich hatte mir ein

veilchenblaues, trägerloses Kleid ausgesucht, das mir bis an die Knie reichte. Mein Haar trug ich offen; es fiel mir in weichen Locken über den Rücken und wurde vorne von zwei Glitzerkämmchen zurückgehalten.

Simon schüttelte den Kopf. »Ich glaube, das überfordert mich. Zurück auf eure Zimmer, Mädels.«

Lachend fassten wir ihn rechts und links am Arm und zogen ihn hinaus zum Auto.

»Na, schau dich doch selbst an, ganz der smarte Gentleman in deinem James-Bond-Outfit«, sagte ich zu ihm und rückte seine Fliege zurecht. Für ihn war es eine Frage der Ehre, selbst gebundene Schleifen zu tragen, aber letztlich musste er immer uns bitten, sie für ihn zu binden. »Sally und ich werden die anstürmenden Mädels mit Cocktailstäbchen und Häppchenpiksern in die Flucht schlagen.«

»Ich verlasse mich drauf, dass ihr beide mich verteidigt«, sagte er und zwinkerte mir im Rückspiegel zu.

Das Dach des Rodenheim-Künstlerhauses war den im Hintergrund aufragenden Gipfeln nachempfunden; zwei ungleichförmige Glaspyramiden, blassblau erleuchtet, teilten es in zwei Hälften. In einer klaren, kalten Nacht wie dieser standen die Formen in dramatischem Kontrast zu dem sternenübersäten Himmel. Es hätte beinahe der Bug eines Raumschiffes sein können, das durch die Milchstraße gleitet. Durch die gläserne Eingangstür konnte ich erkennen, dass die Party bereits in vollem Gange war. Mr Keneally, der sich für den Abend mächtig in Schale geworfen hatte, sorgte am Piano im Foyer für dezente Musikuntermalung. Service-

kräfte schlängelten sich durch die Menschenmenge, in den Händen Tabletts mit Snacks, vom raffinierten Sushi bis zu scharfen mexikanischen Dips.

Tina war für den Empfang der Gäste zuständig. Sie machte sich gar nicht erst die Mühe, uns mit Namensschildern auszustatten.

»Wow – einfach nur wow!«, rief sie aus, als sie unser Trio kommen sah. »Ihr seht absolut umwerfend aus!«

»Tja, das tun vermutlich die meisten Leute, wenn sie mit einer Kreditkarte nachhelfen.« Sally lächelte.

»Und Ihre Schuhe!«

»Kein Wort über die Schuhe!«, zischte Sally.

»Was ist?«, sagte Simon.

»Nichts, Liebling.«

»Brauchst du Hilfe?«, fragte ich Tina in der Hoffnung, ich könnte mir einen Abend mit quälendem Smalltalk ersparen, indem ich einfach bei ihr blieb.

Sie scheuchte mich fort. »Wag es ja nicht, Sky! Aber meine Schicht ist sowieso gleich zu Ende. Ich komme danach zu dir.«

Simon heftete sich sogleich einem der herumschwirrenden Kellner an die Fersen und ergatterte ein Glas Mineralwasser für mich und zwei Gläser Weißwein für sich und Sally.

Zwei Minuten später war ich meine Eltern los. Sally war in die Fänge des Kulturreporters aus Aspen geraten und Simon vertiefte sich mit einem jungen, ernsten Studenten aus Denver in eine angeregte Diskussion über Hockneys Kunst und vergaß darüber ganz, wie zutiefst zuwider ihm Veranstaltungen wie diese

eigentlich waren. Ich wusste mit mir nichts so recht anzufangen, schlenderte ziellos umher, wechselte hier und da ein paar Worte, gesellte mich aber nirgendwo dazu.

»Also, das nenne ich doch mal ein sehenswertes Schauspiel!«, rief Zoe aus und leckte sich die Soße von den Fingern. Sie deutete zur Tür. »Der komplette Benedict-Clan ist angerückt – das ist wirklich was Besonderes.«

Da waren sie also, die sagenumwobenen Benedict-Jungs. Jetzt, da sie sich für den Abend in Schale geworfen hatten, konnte ich auch verstehen, warum die Leute ihnen alles Mögliche zutrauten: Sie sahen aus wie eine Riege von Superhelden, wobei man sich nicht sicher sein konnte, ob sie auf der Seite des Guten oder des Bösen standen. Meine Augen erfassten als Erstes Zed, der einfach umwerfend aussah in einem schwarzen Hemd und dazu passender Hose.

Ist was mit meiner Hose? Diese Bemerkung in meinem Kopf wurde von einem frechen Grinsen begleitet.

Nein, gar nicht, sie gefällt mir.

Ach, wirklich?

Wie um alles in der Welt schaffte er es von der gegenüberliegenden Seite des Raumes, mir die Röte ins Gesicht zu treiben? Und wie schaffte er es überhaupt, mit mir zu sprechen? *Verschwinde aus meinem Kopf.*

Ich kann nicht damit aufhören, jetzt, wo ich's mal angefangen habe. Hat dir schon mal jemand gesagt, dass du in diesem Kleid ein Verkehrschoas anrichten könntest?

Ist das gut oder schlecht? Ich musste übergeschnappt sein, einer körperlosen Stimme zu antworten.

Das ist gut. Sehr gut sogar.

Ohne sich unseres Wortwechsels bewusst zu sein, kicherte Zoe leise. »O Mann, Zed guckt dich an, als wollte er dich jeden Moment auffressen! Schweig still, o Herz, schlag nicht so laut!«

Ich wandte ihm die Schulter zu, in dem Versuch, cool zu tun. »Tut er nicht.«

»Na ja, mich guckt er jedenfalls nicht an, jammerschade. Aber was soll's, ich kann ja noch Trace, Uriel, Victor, Will, Xavier und meinem Yves genießen. Sind sie nicht einfach …« Sprachlos machte sie eine hilflose Handbewegung.

»Wer ist wer?«

»Der ganz Große ist Xavier. Er hat gerade seinen Abschluss gemacht. Ihm ist es richtig ernst mit Skifahren. Wenn er so weitermacht, hat er gute Chancen, in der olympischen Nationalmannschaft für Riesenslalom aufgenommen zu werden. Trace arbeitet als Cop in Denver, glaube ich. Er ist der Coole, Souveräne, der aussieht, als könnte er Rasierklingen frühstücken, ohne mit der Wimper zu zucken. Uriel ist auf dem College und promoviert gerade in Forensik. Will ist der bärige, breitschultrige Typ, auch Student, aber ich weiß nicht, welche Fachrichtung. Er ist so ein bisschen der Clown der Familie und kocht nicht so schnell über wie die anderen. Hm, wen hätten wir sonst noch?«

»Victor.«

Zoe tätschelte sich die Brust. »Oh, Victor. Sehr ge-

heimnisvoll. Er hat vor Kurzem die Stadt verlassen und keiner weiß, was er jetzt treibt. Man munkelt, er würde mit Trace zusammen in Denver wohnen, aber da bin ich mir nicht so sicher. Ich glaube, er ist ein Spion oder so was Ähnliches.«

»Wie kannst du dir merken, wer wer ist?«

»Ganz einfach: Trace: tough, Uriel: ungeheuer intelligent, Victor: hm … verdammt geheimnisvoll …«

»Du mogelst.«

Zoe grinste. »Will: Witzbold; Xav: Xtremsport; Yves: immens schnucklig – und Zed überlasse ich dir.« Sie summte das Alphabet-Lied. »Würde man in der Schule das Alphabet anhand der Benedict-Jungs lehren, dann würden alle Mädels durch die Bank weg besser aufpassen.«

Ich lachte. »Ich frage mich, warum sie dieses Wochenende alle in Wrickenridge sind?«

»Eine Geburtstagsfeier? Mr und Mrs Benedict sind übrigens sehr nett – vielleicht ein bisschen sonderbar, aber immer freundlich, wenn man bei ihnen vorbeischneit.« Sie nippte an ihrem Getränk.

»Ich habe Mr Benedict beim Raften kennengelernt.«

»Er ist toll, oder? Seltsam ist nur, warum jemand, der so belesen ist wie Mr Benedict, sein Leben damit verbringen möchte, die Seilbahn zu bedienen. Du solltest mal ihre Bücherregale sehen, die sind vollgestopft mit Zeug, wie es auch meine Schwester im College liest, Philosophie und so 'n Kram.«

»Vielleicht ist er einfach gern draußen an der frischen Luft.«

»Vielleicht.« Sie stieß mich in die Seite. »Aber hier ist jemand, der gerade gar nicht gern draußen an der frischen Luft wäre.«

Zed kam geradewegs auf uns zu. »Hi Zoe, hi Sky.« Er grinste uns breit an.

»Hallo, Zed.« Zoe winkte Yves zu, der von der anderen Seite des Raums zu uns hinübersah. »Sind alle nach Hause gekommen?«

»Wir mussten eine Familienangelegenheit klären. Ihr seht beide toll aus.«

Zoe las unsere Körpersprache, und da sie jemand war, der echte Größe besaß, beschloss sie, sich zu verdrücken. Sie fegte sich lässig ihr langes Haar über die Schulter, dass ihre Armreifen nur so klirrten.

»Danke, Zed. Du siehst auch nicht übel aus. Ich gehe jetzt mal und quatsche ein bisschen mit Yves. Bis später.«

Sie schwebte davon und ließ uns in einer Ecke des proppenvollen Raums allein. Zed stand vor mir und versperrte mir die Sicht auf die Leute, sodass es mir beinahe so vorkam, als gäbe es nur ihn und mich.

»Hallo, du«, sagte er mit tiefer Stimme.

»Ich dachte, wir hätten uns schon Hallo gesagt.« Wow, dieser Junge strahlte vielleicht eine Hitze aus.

»Ich habe davor zu euch beiden, dir und Zoe, Hallo gesagt. Die Begrüßung eben war aber nur für dich bestimmt.«

»Oh.« Ich biss mir auf die Lippe, um mir das Lachen zu verkneifen. »Hallo.«

»Ich hab's ernst gemeint, als ich sagte, dass du umwer-

fend aussiehst.« Er streckte die Hand aus und strich mir eine Haarlocke hinters Ohr. »Wo kommt das denn alles her?«

»In der Schule binde ich die Haare immer zusammen. Die nerven mich sonst zu sehr.«

»Mir gefällt's so.«

»Na ja, du musst sie ja auch nicht jeden Abend bürsten.«

»Da helfe ich dir gerne bei.«

»Oh.«

»Ja, oh.« Er lachte und legte mir den Arm um die Schulter. »Sollen wir uns unter die Leute mischen?«

»Muss das sein?«

»Ja. Ich möchte dir meinen Mom und meinen Dad vorstellen.«

»Hast du's ihnen gesagt?« Auch wenn ich dieses ganze Seelenspiegel-Gedöns zwar nicht glaubte, tat er es ja offenbar schon, darum fragte ich mich, ob er es weitererzählt hatte.

»Nein, ich möchte es ihnen erst sagen, wenn du dich mit der Idee angefreundet hast. Sie werden nicht zum Aushalten sein, wenn ich ihnen die Neuigkeit eröffne.«

War das der wahre Grund oder verschaukelte er mich doch? Spann er ein Netz aus Lügen, um mich darin zu fangen? Ich wusste nicht, ob auf meine Instinkte Verlass war, was ihn anbetraf.

»Was ist mit deinen Brüdern? Kann ich sie auch kennenlernen?«

»Du darfst mit Yves sprechen, da du ihn ja schon kennst und das Unglück damit bereits passiert ist, aber

mir ist lieber, wenn du dich von den anderen fernhältst.«

»Weshalb? Meinst du etwa, sie würden mich nicht mögen?«

»Wie sollte dich jemand nicht mögen?« Er streichelte meinen Arm und ich bekam prompt Gänsehaut. »Darum geht es nicht. Aber sie würden dir bestimmt die allerpeinlichsten Geschichten über mich erzählen und dann willst du nie wieder ein Wort mit mir sprechen.«

»Das ist eher unwahrscheinlich.«

Er blickte mit einem zärtlichen Lächeln zu mir herunter. »Ja, das glaube ich auch.«

Wir blieben bei Mr Keneally stehen und fielen in den Applaus mit ein, der aufbrandete, kaum dass er das Klavierstück beendet hatte. Mr Keneally bedankte sich bei seinem Publikum, dann blieb sein Blick an mir und Zed hängen und er runzelte die Stirn.

»Möchtest du mal spielen, Sky?«, fragte er, vermutlich weil er es für eine clevere Taktik hielt, um uns voneinander zu trennen.

»Nein danke, Sir. Heute Abend nicht.«

Zeds Griff um meine Schulter verstärkte sich. »Soll ich Ihnen vielleicht etwas zu trinken holen, Sir?«

Mr Keneally fiel beinahe die Kinnlade herunter. »Das ist aber sehr nett von dir.« Er musterte uns beide noch einmal. »Schön zu sehen, dass sie so einen guten Einfluss auf dich hat.«

»Die Euphorie des Anfangs«, murmelte ich.

»Ich hätte gern eine Cola.«

»Bin gleich wieder da.« Zed löste sich von mir und

tauchte in die Menge ein, um einen Kellner abzufangen. Es war schon beinahe komisch, wie er sich abstrampelte, um mir zu beweisen, dass er nett und höflich sein konnte, wenn er nur wollte.

Mr Keneally überlegte offenbar krampfhaft, wie er ein heikles Thema zur Sprache bringen könnte. Er schob die Noten auf einen Stapel zusammen. »Und hast du dich gut eingelebt, Sky?«

»Ja, danke.«

»Sind alle nett zu dir?«

»Ja, Sir.«

»Falls du … äh … irgendwelche Probleme mit irgendwem haben solltest, dann weißt du, dass es den Schulberater gibt, nicht?« Master of Music eilte zu meiner Verteidigung – obwohl ich bezweifelte, dass er sich mit Wolfman direkt anlegen würde.

»Ja, das hat mir Mr Joe schon gesagt. Aber mir geht's gut. Wirklich.«

Zed kam zurück. »Eine Cola, Sir. Wollen wir weiter, Sky?«

»Ja, auf Wiedersehen, Sir.«

Mr Keneally lächelte mich besorgt an. »Danke für das Getränk, Zed.« Er setzte sich ans Klavier und begann, Mahlers Trauermarsch zu spielen.

»Will er mir damit irgendwas sagen?«, flüsterte Zed.

»Oder mir. Die Leute können eben nicht verstehen, warum wir zusammen sind.«

»Die können nicht verstehen, warum ich das hübscheste Mädchen im Raum bei mir habe? Dann haben sie keine Vorstellungskraft.« Er lachte, als er sah, dass ich

wieder rot wurde. Er strich mir mit dem Daumen über die Wange. »Du bist echt die Niedlichkeit in Person, weißt du das?«

»Ich hoffe, das ist ein Kompliment.«

»War als eins gemeint. Das wusste ich aber schon damals, als ich dich auf dem Hang gewarnt hatte … Du weißt schon, dass du im Dunkeln nicht mehr rausgehen sollst. Du hast auf mich gehört, oder?«

Ich nickte, da ich nicht wusste, was ich sonst tun sollte. Er schien das sehr ernst zu nehmen.

Zed lächelte und kitzelte mich mit einer Haarsträhne von mir im Nacken. »Diese Warnung auszusprechen ist mir sehr gegen den Strich gegangen, aber ich musste es tun wegen meines Traums – deshalb mache ich mir übrigens immer noch Sorgen –, aber sogar damals schimmerte bereits durch, dass du ziemlich niedlich bist.«

»Das hast du dir aber nie anmerken lassen.«

Seine Lippen kräuselten sich spöttisch. »Ich habe immerhin einen Ruf zu wahren, weißt du. Ich glaube, ich habe mich bereits an jenem Tag auf dem Parkplatz in dich verknallt. Nichts ist so sexy wie eine wütende Frau.«

Ich wünschte mir so sehr, dass er die Wahrheit sagte, aber ich hegte Zweifel.

»Niedlich und sexy? Hört sich nicht nach mir an.«

»Na klar. Wenn ich eine Stimmgabel wäre, dann wärst du das A, das mich zum Klingen bringt.« Er grinste frech.

Ich wurde leicht nervös. »Zed, pst!«

»Was denn? Gefallen dir Komplimente nicht?«

»Doch, natürlich – ich weiß nur nie, wie ich darauf reagieren soll.«

»Du könntest einfach sagen ›Oh, vielen Dank, Zed, das ist das Netteste, was jemals jemand zu mir gesagt hat‹.«

»Hättest du die Güte, diesen schrecklichen englischen Akzent sein zu lassen – das klingt einfach so was von bescheuert bei dir.«

Er warf den Kopf zurück und lachte, zog von allen Seiten Blicke auf uns. Er ergriff meine Hand und küsste meine Handfläche. »Du bist einfach klasse. Weißt du, ich verstehe nicht, warum ich bei dir so eine lange Leitung hatte.«

Ich war noch nicht so weit, über meine Gefühle reden zu können; ich musste die ganze Sache möglichst nüchtern betrachten. »Diese Träume von dir, werden die eigentlich immer wahr?«

Er legte die Stirn in Falten. »Mehr oder weniger. Aber keine Sorge, ich lasse nicht zu, dass dir irgendwas passiert. Ich werde sehr gut auf dich aufpassen, Sky.«

Ich wusste nicht, was ich noch weiter zu solch einer vagen Bedrohung sagen sollte, aber die Vorstellung allein verängstigte mich. Ich wechselte schnell das Thema. »Tina glaubt übrigens nicht, dass du mein Typ bist.« Ich deutete zur gegenüberliegenden Seite des Raums hin, wo Tina stand und sich mit Sally unterhielt. Sie sah in ihrem langen grünen Kleid einfach atemberaubend aus; Nelson lungerte in ihrer Nähe herum, denn ihm war keineswegs entgangen, dass sie heute Abend viele bewundernde Blicke auf sich zog.

»Oh?« Zed machte ein amüsiertes Gesicht. »Und wie sieht dein Typ aus?«

»Willst du Tinas Meinung hören oder meine?«

»Deine.«

Ich betrachtete lächelnd die Spitzen meiner neuen Schuhe, bevor ich einen Blick in sein Gesicht riskierte. Mir flatterten die Knie, aber ich sagte es trotzdem. »So wie's aussieht, ist mein Typ groß, arrogant, aufbrausend und insgeheim sehr lieb.«

»Nee, so jemanden kenne ich nicht.« Seine Augen funkelten.

»Sky, nicht wahr? Wie geht's dir?« Mr Benedict unterbrach uns, nahm meine Hand in seine riesigen Hände und hielt sie für einen Augenblick fest. Seine Hände fühlten sich warm an, tüchtig, von der Arbeit ganz rau. Falls es ihn erstaunte, dass er mich nach unserer letzten gemeinsamen Unterhaltung mit seinem Sohn zusammen sah, so ließ er es sich nicht anmerken. Allerdings hatte ich den Eindruck, dass sein Gesicht ohnehin nur selten verriet, was er fühlte. Im Gegensatz zu ihm war seine Frau Karla ein regelrechtes Energiebündel, mit großen dunklen Augen, einem ausdrucksstarken Gesicht und mit der Körperhaltung einer Flamenco-Tänzerin. Von ihr hatten die Benedict-Jungs auch das südländische Aussehen. Die Art, wie Mr Benedict seinen Arm um sie gelegt hatte, ließ erkennen, dass die beiden eine ganz besondere Kraft verband und sie stille Freude aneinander empfanden.

»Sky.« Zeds Mutter unterbrach meine Gedanken; lächelnd tätschelte sie mir das Handgelenk.

»Freut mich, Sie kennenzulernen, Mrs Benedict.«

»Hat sich unser Junge schon bei dir dafür entschuldigt, wie er beim Raften mit dir gesprochen hat?«

Ich warf ihm einen Blick zu. »Auf seine Art schon.«

»Wie ich sehe, weißt du ihn zu nehmen. Das ist schön. Es ist nicht leicht für ihn.« Mrs Benedict berührte sacht meine Wange, bevor ihre Augen durch mich hindurchzuschauen schienen und sich ihr Blick verschleierte. »Aber du hast so was ja schon selbst gesehen, es sogar mit eigenen Augen miterlebt, was ja noch viel schlimmer ist. Das tut mir schrecklich leid.«

Mir stockte das Herz.

»Mom«, sagte Zed warnend. »Hör auf.«

Sie wandte sich ihm zu. »Ich kann nicht anders, ich sehe es einfach.«

»Doch, du kannst«, sagte er barsch.

»So viel Traurigkeit in solch jungen Jahren.«

»Karla, Sky ist hier, um sich zu amüsieren.« Mr Benedict zog seine Frau von mir fort. »Komm uns besuchen, wann immer du willst, Sky. Du bist stets bei uns willkommen.«

Ich wollte hier weg. Diese Leute bewirkten, dass ich gewisse Dinge wieder *sehen* musste. Das hielt ich nicht aus. Ich hatte diese Gefühle – die Farben – tief in meinem Inneren in einer Kiste verschlossen. Was wollte ich eigentlich ausgerechnet mit Zed Benedict? Wem wollte ich denn etwas vormachen? Ich kam mit Liebesbeziehungen einfach nicht klar – ich hätte es erst gar nicht auf einen Versuch ankommen lassen sollen.

»Tut mir leid wegen eben.« Zed nestelte nervös an

seinem Kragen. »Wollen wir ein bisschen frische Luft schnappen gehen?«

»Sie ist wie du.« Ich spürte, wie ich anfing zu zittern. »Sie hat mich einfach so gelesen; sie weiß zu viel über mich – wie du.«

»Ist ja schon gut.« Er trat näher an mich heran, um mich von den anderen Gästen abzuschirmen. »Denk da nicht weiter drüber nach.«

»Was bin ich eigentlich für euch? Ein offenes Buch?«

»Nein, so ist es nicht. Es ist nicht nur bei dir so.«

»Ich glaube, ich möchte jetzt lieber nach Hause.«

»Ich fahre dich.«

»Nein, schon okay. Ich frage Tina, ob sie mich bringt.« Gerade wollte ich keinen der Benedicts in meiner Nähe haben.

»Es ist nicht okay. Wenn du gehen willst, dann bin ich derjenige, der dich nach Hause bringt. Ich bin jetzt für dich verantwortlich. Ich muss dich beschützen.«

Er gab mir allerdings nicht gerade das Gefühl von Beschütztsein. Ich wich vor ihm zurück. »Lass mich einfach allein. Bitte.«

Tina hatte offenbar den ganzen Abend lang ein waches Auge auf mich gehabt, denn sie war sofort zur Stelle. »Was ist los, Sky?«

»Ich … ich fühl mich nicht so gut.«

Zed schob sich zwischen uns. »Ich wollte sie gerade nach Hause bringen.«

»Ich kann sie fahren«, sagte Tina hastig.

»Nicht notwendig. Ich pass schon auf sie auf.« Er war sichtlich sauer, dass ich vor ihm weglaufen wollte.

»Sky?«, fragte Tina.

Ich schlang die Arme um den Körper. Es war leichter, nicht zu widersprechen. Ich wollte einfach nur so schnell wie möglich nach Hause, selbst wenn das hieß, ein paar Minuten neben Zed im Auto sitzen zu müssen.

»Zed bringt mich. Ich sag nur schnell meinen Eltern Bescheid.«

Ich fühlte mich wie unter Schock, was mir Sally und Simon offenbar auch irgendwie anmerkten, denn sie waren schnell davon überzeugt, dass ich besser nach Hause gehen sollte. Simon musterte Zed kühl, bevor er einwilligte, dass er mich fuhr.

»Das hat dein Vater aber gut drauf«, sagte Zed, als er den Motor des Familienjeeps anschmiss.

»Was?« Ich fühlte mich plötzlich müde – ausgelaugt. Ich lehnte meinen Kopf gegen die Seitenscheibe.

»Diesen Ich-brech-dir-alle-Knochen-Blick. Er hat mir unmissverständlich klargemacht, dass ich so gut wie tot bin, sollte ich auch nur einen Finger an seinen Augenstern legen.«

Ich lachte hicksend auf. »Ja, manchmal ist er etwas überfürsorglich.« So wie Zed.

Wir ließen das Thema auf sich beruhen und Zed fuhr den Hügel hinauf. Ein kleiner Kristall baumelte vom Rückspiegel, er pendelte hypnotisierend hin und her und fing dabei glitzernd das Licht auf.

»Warum nennst du sie bei ihren Vornamen?«, fragte er, in dem Versuch, die Unterhaltung in weniger heikle Gefilde zu steuern.

»Ich bin erst mit zehn Jahren zu ihnen gekommen.

Wir waren uns einig, dass wir uns alle wohler fühlen würden, wenn wir uns mit Vornamen ansprechen. Sie hatten das Gefühl, zu alt zu sein, um mit Mummy und Daddy anzufangen.«

»Wart ihr euch einig oder haben sie es mehr oder weniger so beschlossen?«

Er hatte recht. Ich hätte sie gern Mummy und Daddy genannt, da ich so wie alle anderen Kinder hatte sein wollen, aber das war nun mal nicht ihr Stil.

»Für mich war es okay.«

Er ließ es dabei bewenden. »Meine Mom … Sie ist zu jedem so. Was soll ich sagen? Tut mir leid?«

»Nicht deine Schuld.«

»Ich habe dich zu ihnen hingeschleppt. Das war ein Fehler. Mach dir keinen Kopf wegen dem, was sie gesagt hat.«

»Es ist einfach nicht gerade sehr angenehm, wenn man das Gefühl hat, dass jemand alles über einen erspüren kann.«

»Das brauchst du mir nicht zu erzählen. Ich lebe mit ihr unter einem Dach.«

»Sie sieht bei dir auch Dinge?« Ich fühlte mich gleich ein bisschen besser.

»O ja. Ein Benedict zu sein ist kein Zuckerschlecken.«

Wir bremsten vor unserem Haus. Nur die Verandabeleuchtung war an. Ich war nicht sonderlich scharf drauf, allein ins Haus zu gehen, wollte aber auch nicht, dass Zed glaubte, ich würde ihm eine zweideutige Einladung machen.

»Wir trennen uns dann also hier im Auto. Ein Schritt

nach dem anderen«, sagte er leise, dann beugte er sich vor und küsste mich auf den Mund. Es fühlte sich unglaublich weich an. Ich hatte das Gefühl, mit ihm zu verschmelzen, unter seiner zärtlichen Berührung brach bei mir aller Widerstand zusammen. Viel zu schnell löste er sich von mir. »Wo ist dein Dad? Bin ich schon tot?«

»Das war aber kein Finger. Du sagtest, mein Dad habe dich ohne Worte davor gewarnt, einen Finger an mich zu legen.« Meine Stimme klang, als käme sie aus weiter Ferne. Die Panik verflüchtigte sich und ich fing an, das Hier und Jetzt mit Zed zu genießen.

»Stimmt.« Er zog mir den Mantel ein kleines Stück von den Schultern und fuhr mit den Fingern über meine Haut. »'tschuldige, aber das musste ich einfach tun. Dieses Kleid gehört echt verboten.«

»Hmm.« Zed Benedict küsste mich – konnte das wahr sein?

»Tja, ich mag dich wirklich total gern, Sky, aber wenn ich jetzt nicht aufhöre, wird dein Dad mich unter Garantie umbringen, und das wäre dann das Ende einer wunderbaren Freundschaft.« Er gab mir einen letzten Kuss, dann glitt er aus dem Auto und kam auf meine Seite, um mir beim Aussteigen zu helfen. »Ich mache nur mal eben Licht, dann fahre ich zurück zur Party.«

»Danke. Ich komme nicht gerne in ein leeres Haus zurück.«

»Ich weiß.« Zed nahm mir den Schlüssel aus der Hand und öffnete die Haustür. Ich wartete in der Diele, während er sich kurz einmal im ganzen Haus umsah.

Er blieb unschlüssig auf der Veranda stehen und spielte an seinem Autoschlüssel. »Ich lasse dich nur ungern allein. Versprichst du mir, im Haus zu bleiben?«

»Versprochen.«

»Bist du sicher, dass du klarkommst?«

»Ja, ist schon okay.«

»Und das mit meiner Mutter tut mir echt leid. Wenn es dich irgendwie tröstet – ihre Schwester, Tante Loretta, ist noch schlimmer.«

»Echt?«

»Ja. Kann man sich kaum vorstellen, ich weiß. Ein guter Tipp: Halte dich zu Thanksgiving bloß von unserem Haus fern, zusammen sind sie nämlich nicht zu bremsen.« Er gab mir einen Kuss auf die Nasenspitze. »Gute Nacht, Sky.«

»Gute Nacht.«

Seine Hand lag noch auf meiner Wange, als er einen Schritt zurück machte. »Schließ auf jeden Fall die Tür hinter dir ab.«

Ich drehte von innen den Schlüssel im Schloss und ging nach oben, um mich umzuziehen. Als ich aus dem Fenster blickte, sah ich, dass er noch nicht fortgefahren war. Er saß da draußen im Jeep. Schob Wache, bis meine Eltern zurückkehrten. Er nahm die Gefahr, in der ich angeblich schwebte, sehr ernst – was einerseits beängstigend, andererseits aber seltsam tröstlich war. Zumindest brauchte ich heute Nacht keine Angst zu haben.

Kapitel 11

Mitte Oktober gab es den ersten leichten Schneefall. Die Wälder sahen atemberaubend aus: Das Laub leuchtete in bunten Farben wie das Konfekt in einer Schachtel Quality Street. Sally und Simon verbrachten ihre Tage im Atelier, überschäumend vor Begeisterung angesichts der neuen Herausforderung, al fresco zu malen. Wenn sie so drauf waren, vergaßen sie oft die Dinge des Alltags, selbst wenn sie versuchten, daran zu denken, wie zum Beispiel den Elternsprechtag in der Schule ihrer Tochter oder wann sie zum letzten Mal mit ihr gemeinsam gegessen hatten. Manchmal konnte es dann ziemlich einsam werden – aber wenigstens stand jetzt ein Klavier bei uns zu Hause, das mir Gesellschaft leistete. In Richmond hatte sich ihr Atelier auf dem Dachboden befunden, hier jedoch arbeiteten sie eine Meile entfernt im Künstlerhaus.

Und so entging ihnen auch das kleine Drama, in dessen Mittelpunkt ich mich wiederfand.

Der Wrickenridge-Highschool-Klatsch-und-Tratsch

um die Zed-Benedict/Sky-Bright-Saga lief auf Hochtouren. Ich hielt unbeirrt daran fest, dass wir lediglich miteinander ausgingen; Zed hingegen verfolgte sein Beschütze-Sky-und-sei-ihr-Seelenspiegel-Projekt, aber ich weigerte mich, mit ihm darüber zu sprechen. Es herrschten also stürmische Zeiten. Aber was hatte ich mit einem Jungen wie Zed auch anderes erwartet? Eine Beziehung mit ihm wäre nie unproblematisch.

Tina setzte mich an der Ecke von meiner Straße ab. Den ganzen Weg lang hatte sie mich wegen Zed in die Mangel genommen, da sie mir nicht glauben wollte, dass er durchweg nett zu mir gewesen war, seit er beschlossen hatte, ein neues Kapitel aufzuschlagen und mich davon zu überzeugen, dass wir beide ein gutes Paar abgeben würden.

»Er gibt dir nicht an der Haustür einen Abschiedskuss und geht dann – er gehört nicht zur Sorte ›Netter-Junge-von-nebenan‹«, beharrte sie.

»Tja, aber genau das hat er getan.« Sie ging mir allmählich auf die Nerven. »Er ist viel netter, als man meint.« Wenigstens glaubte ich das.

»Ja, weil er scharf auf dich ist.«

Ich wickelte mir eine Haarsträhne um die Hand und zog ruckartig daran – eine wirkungsvolle Übersprungshandlung, um nicht laut loszuschreien. Jeder, angefangen bei meinen Mitschülern bis hin zu meinen Lehrern, prophezeite, dass meine Beziehung zu Zed in einer Katastrophe enden würde. Nelson war ständig in Sorge um mich und stieß für alle Fälle schon mal finstere Drohungen gegen Zed aus. Mehrere Lehrerinnen hatten

mir durch die Blume zu verstehen gegeben, dass ich mich nicht zu Dingen drängen lassen sollte, die ich noch nicht bereit war zu tun. Dabei quälten mich schon selbst genug Zweifel; sie auch noch von anderen zu hören, nagte gehörig an meinem Selbstvertrauen.

»Wieder mal ganz allein zu Haus, Sky?«, rief Mrs Hoffman, als ich von der Schule heimkam.

»Sieht so aus.«

»Möchtest du kurz reinkommen? Ich habe Brownies gebacken.«

»Danke, aber ich muss … noch Hausarbeiten machen.«

»Dann bringe ich dir was rüber.«

»Das wäre großartig.«

Mittlerweile hatte ich den Bogen raus, wie man mit Mrs Hoffman am besten umging. Man durfte niemals ihr Haus betreten, wenn man nicht mindestens eine Stunde Zeit hatte, da es unmöglich war, sich aus einem Gespräch mit ihr loszueisen, egal, was man auch probierte. Auf eigenem Terrain klappte das hingegen schon besser und Lernarbeiten für die Schule ließ sie als Entschuldigung stets gelten.

Sie verabschiedete sich, als ich mein Aufgabenbuch hervorkramte. Einen ihrer Kekse knabbernd ging ich nach oben in mein Zimmer, um meine Geschichtshausaufgaben fertig zu machen.

Sky, bist du da?

Nach wochenlangem Sträuben hatte ich mir schließlich eingestehen müssen, dass ich ihn tatsächlich in meinem Kopf reden hören konnte. *Zed?* Ich schaute aus

dem Fenster, halb in der Erwartung, draußen sein Auto auf der Straße zu sehen. *Wo bist du?*

Zu Hause. Willst du vorbeikommen?

Wie hast du …? Warte mal: Wieso können wir uns auf diese Entfernung miteinander unterhalten?

Das können wir halt einfach. Willst du kommen?

Ich stand vor der Wahl, ob ich allein zu Hause hocken oder es mit seiner Familie aufnehmen wollte.

Mom ist in Denver. Yves ist bei irgendeinem Hochbegabtentreffen. Es sind nur Dad, ich und Xav hier.

Okay, ich komme vorbei. Ihr wohnt an der Seilbahn, richtig? Ich denke, das finde ich. Ich ging nach unten und nahm meine Jacke vom Treppenpfosten.

Nein! Ich will nicht, dass du allein rausgehst – es wird schon dunkel. Ich komme dich holen.

Ich habe keine Angst vor der Dunkelheit.

Ich schon. Komm, tu mir einfach den Gefallen.

Damit war die Unterhaltung für ihn beendet. Ich setzte mich auf die unterste Treppenstufe und massierte meine Schläfen. Es schien anstrengender zu sein, wenn wir uns über eine größere Entfernung hinweg unterhielten, irgendwie ermüdender. Dazu müsste ich ihn noch genauer befragen.

Zehn Minuten später hörte ich draußen den Jeep. Ich warf mir im Gehen die Jacke über, schnappte meine Schlüssel und rannte aus dem Haus.

»So schnell, wie du hier warst, bist du doch bestimmt gefahren wie der Henker!«

Er grinste mich an. »Ich war schon auf dem Weg zu dir, als ich angerufen habe.«

»Das nennst du anrufen?« Ich kletterte auf den Beifahrersitz und wir fuhren los. »Du solltest dir ein Handy anschaffen, so wie alle anderen Leute.«

»Der Empfang da draußen ist mies – zu viele Berge.«

»Ist das der einzige Grund?«

Seine Mundwinkel zuckten. »Nein. Auf diese Weise bist du mir einfach näher.«

Seine Antwort gab mir zu denken. »Kommunizierst du denn sonst noch mit jemandem auf diese Weise?«

»Mit meiner Familie. Keiner zahlt so wenig Telefongebühren wie wir.«

Ich lachte. »Kannst du dich mit deinem Bruder in Denver unterhalten?«

Er legte seinen rechten Arm auf meine Sitzlehne und streifte dabei kurz meinen Nacken. »Warum so viele Fragen?«

»Tut mir leid, dir das so sagen zu müssen, Zed, aber diese Sache ist nicht gerade normal.«

»Für uns schon.« Er bog in den Weg ein, der an den Skihütten vorbei zu seinem Haus führte. »Ich fahr mal eben rechts ran.«

»Warum? Stimmt was nicht?«

»Nee, alles in Ordnung. Ich bezweifle nur, dass wir im Haus die Gelegenheit kriegen werden, allein zu sein, drum wollte ich dich schnell noch mal küssen.«

Ich rückte ein Stück von ihm ab. »Zed, ist das hier wirklich dein Ernst? Willst du wirklich mit mir zusammen sein?«

Er schnallte sich ab. »Allerdings. Du bist alles, was ich will. Alles, was ich brauche.«

»Ich kapier's immer noch nicht.«

Er legte seinen Kopf an meinen, sein warmer Atem streifte mein Ohr. »Ich weiß. Ich versuche dir so viel Zeit zu geben, wie du brauchst. Ich möchte, dass du mich so gut kennenlernst, dass du mir vertraust … dass du dieser Sache hier vertraust.«

»Und was soll dann die Knutscherei?«

Er lachte leise. »Zugegebenermaßen bin ich in dieser Hinsicht ein bisschen selbstsüchtig.«

Wir trafen draußen vorm Haus auf Zeds Vater, bekleidet mit Arbeitsoverall und einem Werkzeugkasten in der Hand, und seine ganze Haltung strahlte aus, dass er zupackend und handwerklich versiert war, der geborene Ingenieur. Das Haus der Benedicts war ein weitläufiger, vanillefarben gestrichener Holzbau, der unmittelbar neben der Seilbahnstation stand.

»Ach, da bist du ja, Zed.« Mr Benedict wischte seine schmierigen Hände an einem Lappen ab. »Ich habe dich schon kommen sehen.«

Aus irgendeinem Grund sah Zed genervt aus.

»Dad!«

»Du weißt genau, dass wir so was nicht kontrollieren können, es sei denn, wir konzentrieren uns. Du hast vergessen, dich abzuschirmen. Sky, schön, dich zu sehen. Ich glaube, wir sind einander noch nicht richtig vorgestellt worden: Ich bin Saul Benedict.«

Xavier kam ums Haus gejoggt. »Hi!«

»Nicht du auch noch«, stöhnte Zed.

»Was denn?«

»Dad hat Sky und mich *gesehen*!«

»Nicht schuldig. Ich war noch nicht mal in deiner Nähe, aber ich kann mir trotzdem denken, was in dir vorgeht.«

»Untersteh dich!«, sagte Zed warnend.

»Was meint er damit?«, fragte ich verwirrt.

Alle drei Benedicts machten ein betretenes Gesicht. Ich hätte schwören können, dass Sauls Hals hektisch errötete.

»Hast du etwa während der Fahrt mit ihm *gesprochen*?«

»Nicht wirklich.«

»Sie weiß darüber Bescheid?«, sagte Saul mit gedämpfter Stimme. »Woher?«

Zed zuckte die Achseln. »Das ist halt einfach so passiert. Du hast doch gehört, was Mom über sie gesagt hat – sie ist eine Brücke. Schwierig, sie nicht zu überqueren.«

Eine Brücke? Was sollte das denn heißen?

Saul bedeutete mir mit einem Wink, ins Haus einzutreten. »Mein Sohn kommuniziert mit dir per Telepathie, Sky?«

»Ähm … vielleicht.«

»Du hast aber niemandem davon erzählt?«

»Nein. Es hört sich ja auch ein bisschen durchgeknallt an.«

Er wirkte erleichtert. »Uns ist es lieber, wenn die Leute nicht davon erfahren, drum wären wir sehr dankbar, wenn du's für dich behalten könntest.«

»Geht klar.«

»Und du hast kein Problem damit?«

»Doch, schon, allerdings beunruhigt es mich mehr, wenn Zed zu wissen scheint, was ich denke, noch bevor ich es tue.« Und von der Seelenspiegel-Sache wollten wir gar nicht erst reden.

Kleine Fältchen bildeten sich um Sauls Augen – er lachte insgeheim. »Ja, so geht es uns allen mit Zed. Als er noch klein war, hat er auch nie dran geglaubt, dass der Weihnachtsmann durch den Schornstein kommt. Aber mit der Zeit lernt man, damit zu leben.«

Das Haus wirkte sehr einladend: Das Wohnzimmer war ein wilder Mix von verschiedenartigen Gegenständen aus aller Herren Länder, mit Schwerpunkt Lateinamerika. Als ich um die Ecke linste, sah ich eine Abstellkammer, in der sich massenhaft Skiausrüstung stapelte.

»Wow.«

»Ja, das Skifahren nehmen wir sehr ernst, obwohl Zed lieber Snowboard fährt«, sagte Saul mit einem nachsichtigen Lächeln.

»Staatsfeind Nummer eins«, sagte Xavier und tat so, als würde er auf seinen Bruder schießen.

»Können sich Snowboarder und Skifahrer nicht leiden, oder wie?«

»Nicht immer«, sagte Saul. »Fährst du Ski?«

Zed musste die Antwort in meinen Gedanken gelesen haben. »Echt nicht?«

»England ist nicht gerade für ergiebige Schneefälle bekannt.«

»Dad, wir haben hier einen Notfall. Intensive Übungseinheiten, sobald die erste Flocke fällt.«

»Worauf du dich verlassen kannst.« Saul sah mich an und nickte nachdrücklich mit dem Kopf.

»Ich glaube, ich werde mich dabei aber ziemlich blöd anstellen.«

Die drei Benedict-Männer blickten einander an.

Xavier lachte schnaubend. »Ja, stimmt.«

Das war mir alles nicht geheuer – hier gingen eindeutig irgendwelche Dinge vor sich, denen ich nicht so recht folgen konnte.

»Was genau treibt ihr hier eigentlich?«

»Wir schauen nur nach vorne, Sky«, sagte Saul. »Komm in die Küche. Karla hat uns Pizza dagelassen.«

Es gab noch weitere seltsame Momente, während wir das Abendbrot vorbereiteten. Es fing alles ganz normal an, endete aber im kompletten Irrsinn. Saul übernahm das Kommando an der Arbeitsplatte und zeigte sein Können als Salatkoch. Xavier behauptete, dass nicht mal Zed eine Pizza ruinieren könnte, und so überließ er ihm die Aufsicht über den Ofen.

»Sein Problem ist, dass er das Essen bereits angebrannt sieht und sich deshalb gar nicht erst bemüht, etwas dagegen zu unternehmen.« Xavier stellte einen Fuß auf einen Stuhl und massierte seine Wade. »Und wie wird diese hier?«, rief er seinem Bruder zu.

Was meinte er damit?

»Diese hier wird die allerbeste überhaupt«, erwiderte Zed zuversichtlich und schob das Backblech in den Ofen.

»Und, Sky, wie gefällt dir die Schule? Die anderen Schüler sind bestimmt ziemliche Nervensägen, was?« Xavier bewarf seinen jüngeren Bruder mit einer Brezel.

»Ist schon okay. Es ist alles ein bisschen anders als das, was ich bisher gewohnt war.«

»Ja, aber Wrickenridge ist wirklich viel besser als die meisten anderen Highschools. Die meisten Abgänger können sich danach aussuchen, wie's weitergehen soll.«

Ich nahm mir eine Handvoll Knabberzeug, das zwischen uns auf dem Tisch stand.

»Was ist mit dir? Ich hab gehört, du bist ein guter Slalomfahrer. Du hast sogar Chancen auf eine Teilnahme bei Olympia.«

Er rollte mit den Augen und zuckte die Achseln. »Wäre schon möglich – aber ich glaube nicht, dass ich's so weit bringe.«

»Weil du bereits sehen kannst, wie du's vergeigst, und dich deshalb gar nicht erst bemühst, es noch rauszureißen?«

»Autsch!« Er lachte. »Hey, Zed, dein Mädel hier hat eine fiese Ader. Sich an mir zu rächen, nur weil ich dich wegen deiner Kochkünste aufgezogen habe!«

»Sehr gut gemacht.« Zed nickte mir anerkennend zu. »Und hör nicht auf den Mist, den er labert, Sky. Ich kann ganz toll kochen.«

»Ja, genauso toll, wie Sky Ski fährt.«

In diesem Moment schoss eine Zitrone aus der Obstschale empor und traf Xavier genau auf die Nase. Ich sprang von meinem Platz auf. »Was zum …!«

»Zed!«, rief Saul streng. »Wir haben einen Gast.«

Ich konnte noch immer nicht glauben, was ich da gerade gesehen hatte. »Habt ihr hier einen Poltergeist oder so was?«

»Ja, oder so was.« Xavier rieb sich die Nase.

»Würde mir das bitte mal jemand erklären?«

»Ich nicht. Worüber hatten wir gerade gesprochen, bevor ich so grob von einer fliegenden Zitrone unterbrochen worden bin?« Er pfefferte die Zitrone in Zeds Richtung, aber auf halbem Weg plumpste sie einfach zurück in die Obstschale. »Arschkrampe!«, brummte Xavier.

»Ähm … wir haben über dein Skifahren gesprochen.« Ich warf einen Blick zu Zed hinüber, aber der wischte vergnügt vor sich hin pfeifend die Arbeitsplatte mit einem Lappen sauber. Eine Spur zu vergnügt, wohlbemerkt.

»Ach ja, richtig. Ich glaube nicht, dass ich Karriere als Skiprofi machen will. Ich habe noch jede Menge anderer Pläne, was ich mit meinem Leben anfangen möchte.«

»Das kann ich mir vorstellen.« Aber ich war mir nicht sicher, ob ich wusste, was er meinte. Für mich hörte es sich eher nach einer Ausrede an.

»Ich werde als Colorado-Champ der Junioren aussteigen und mich dann ungeschlagen aufs Altenteil zurückziehen.«

»Und dafür sorgen, dass wir es auch ja nie vergessen«, fügte Zed hinzu.

An dieser Stelle geschah etwas Sonderbares mit der Zitrone: Sie zerplatzte.

»Jungs!« Saul klopfte laut auf den Küchentresen.

»'tschuldigung!«, sagten sie zerknirscht wie aus einem Mund. Xavier stand auf, um die Sauerei aufzuwischen.

»Und ich krieg keine Erklärung, hab ich recht?«, fragte ich. Diese Benedicts verwirrten mich gewaltig, aber im Moment war mir einfach nur nach Lachen zumute.

»Nee, von mir nicht. *Er* wird's dir sagen.« Xavier bewarf Zed mit dem Putzlappen. »Später.« Dann stürzte er plötzlich zum Ofen hinüber. »O Mann, Zed, du hast sie anbrennen lassen! Und du hast noch gesagt, es würde die beste aller Zeiten werden.« Er schnappte sich die Backhandschuhe, zog das Blech aus dem Ofen und knallte eine leicht schwarz gewordene Pizza auf den Küchentresen.

Zed schnupperte daran. »Nur ganz leicht angebrannt. Ich werd echt immer besser!«

Xavier gab ihm im Scherz ein paar Luft-Ohrfeigen. »Was bringt es eigentlich, ein Allwissender zu sein, wenn man noch nicht mal Pizza backen kann?«

»Diese Frage stelle ich mir jeden Tag«, erwiderte Zed vergnügt und holte das Pizzamesser aus der Schublade.

Nach dem Essen schlug Zed mir vor, dass wir in dem Wäldchen am Rand der Skipiste spazieren gingen, um die Kalorien des Käsetoppings zu verbrennen.

»Xav hat Abwaschdienst, da ich ja schon gekocht habe, also können wir gehen«, erklärte er, als er mir meine Jacke hinhielt.

»Gekocht? So nennst du das?«

»Okay, dann hab ich eben was zusammengekokelt.«

Er führte mich an der Hand zur Hintertür hinaus. Das Haus hatte keinen nennenswerten Garten, es stand, getrennt durch einen Zaun, am Ende einer Skipiste,

gleich neben der Seilbahnstation. Von hier aus konnte man die Berggipfel nicht sehen, nur den steilen, waldbestandenen Hang, der sich jenseits der Seilbahnstation erhob. Ich atmete tief ein, die Luft war kalt, sie fühlte sich trocken an in meiner Kehle und meine Gesichtshaut spannte. Mir war leicht schwummrig, was ich auf die Höhenlage zurückführte.

»Hoch oder runter?« Zed zeigte auf den Hang.

Am besten, man brachte das Schlimmste schnell hinter sich. »Nach oben.«

»Gute Wahl. Ich habe einen Lieblingsplatz, den ich dir gerne zeigen würde.«

Wir gingen unter den Bäumen entlang. Der Schnee von heute Vormittag war, halb geschmolzen, zum größten Teil von den Ästen heruntergerutscht bis auf eine zarte Schicht, unter der das satte Dunkelgrün der Nadeln hindurchschimmerte. Die Luft war sauber und so klar wie ein funkelnder Kristall; die Sterne hoben sich scharf umrissen gegen den Himmel ab wie kleine Nadelköpfe aus Licht. Wir stapften langsam vorwärts, schlängelten uns zwischen den Bäumen hindurch. Ein Stück weiter höher hatte der Schnee den Bergkamm verweht, der Winter forderte sein Recht.

»Hier unten bleibt der Schnee so richtig erst ab Thanksgiving liegen«, erklärte Zed.

Wir gingen ein paar Minuten Händchen haltend weiter. Zed strich mir sanft über die behandschuhten Knöchel. Ich fand es irgendwie anrührend, dass dieser Junge, der den Ruf weghatte, der härteste Knochen in ganz Wrickenridge zu sein, sich mit solch einem Spaziergang

zufriedengab. Er steckte voller Widersprüche, und das faszinierte mich.

Es sei denn natürlich, Tina hatte recht und er gab nur vor, genau zu der Sorte von Jungen zu gehören, die mir vorschwebte. Nur weiter so, Sky: Verdirb dir ruhig diesen schönen Moment.

Der Schnee lag jetzt knöchelhoch und meine leichten Turnschuhe taugten leider nicht dazu, meine Füße trocken zu halten.

»Das hätte ich mir eigentlich denken können«, brummte ich und schüttelte einen Klumpen Schnee von meiner textilbezogenen Schuhkappe, bevor der Stoff vollkommen nass wurde.

»In praktischen Dingen wie diesen nutzt meine Seherfähigkeit nicht wirklich – tut mir leid. Ich hätte dir sagen sollen, Stiefel mitzubringen.«

Er war manchmal schon ein seltsamer Kerl. »Und, welche Kräfte hast du noch so, außer deinen telepathischen Fähigkeiten?«

»Verschiedene, aber vor allem kann ich in die Zukunft sehen.« Er blieb an einer besonders malerischen Stelle stellen, eine kleine Lichtung im Wald, wo der hohe Schnee noch ganz unberührt war. »Magst du einen Engel machen?«

Er fragte ganz beiläufig, dabei musste ich erst noch verdauen, was er eben gesagt hatte. »Mach nur. Ich halte dich nicht auf.«

Grinsend ließ er sich rücklings zu Boden in den Schnee fallen und wedelte mit Armen und Beinen, um den Abdruck eines Engels zu machen.

»Komm schon – ich weiß doch sowieso schon, dass du's machen wirst.«

»Weil du's sehen kannst?«

»Nö, weil ich das hier mache.« Er setzte sich schnell auf und zog mich, ehe ich wusste, wie mir geschah, zu sich herunter.

Na ja, jetzt, wo ich schon mal im Schnee saß, machte ich selbstverständlich auch einen Engel. Als ich da so auf dem Rücken lag und in die Sterne schaute, versuchte ich, alle sorgenvollen Gedanken, dass ich ein Savant war und mir womöglich von irgendwoher Gefahr drohte, beiseitezuschieben und einfach nur die atemberaubende nächtliche Schönheit des Waldes zu genießen. Ich spürte Zed neben mir, wie er darauf wartete, dass ich einen Schritt weiter auf ihn zu machte.

»Und was kannst du sehen?«

»Nicht alles und nicht jederzeit. Die Zukunft meiner Familie kann ich zum Beispiel nicht sehen beziehungsweise sehr selten. Dafür stehen wir uns zu nahe – es kommt dann zu Interferenzen, aus denen sich zu viele Variablen ergeben.«

»Können die anderen das auch?«

»Nur Mom, Gott sei Dank.« Er setzte sich auf und klopfte sich den Schnee vom Ärmel. »Der Rest besitzt andere Gaben.«

»Hast du meine Zukunft gesehen? In dieser Vorahnung?«

Er fuhr sich mit einer Hand übers Gesicht. »Vielleicht. Aber wenn ich dir jetzt genau sage, was ich gesehen habe, ändert sich damit entweder der Lauf der

Dinge oder aber sie werden dadurch erst in Gang gesetzt – ich kann das nicht mit Sicherheit sagen. Je näher ich einem Ereignis bin, desto klarer wird das Bild. Und mit Sicherheit weiß ich erst zwei bis drei Sekunden vorher, dass etwas Bestimmtes eintreten wird. Und trotzdem kann's total schiefgehen. Genau das ist in dem Raft passiert – dadurch, dass ich in die Situation eingegriffen hatte, habe ich das verursacht, was ich eigentlich verhindern wollte.«

»Du wirst mir also nicht verraten, ob ich eine gute Skiläuferin werde?«

Er schüttelte den Kopf und klopfte mir gegen die Stirn. »Nein, nicht mal das.«

»Gut, denn mir ist lieber, es nicht zu wissen.«

Der Wind raschelte in den Zweigen. Die Schatten unter den Bäumen verdunkelten sich.

»Wie ist das eigentlich? Wie hältst du es aus, so viel zu wissen?«, fragte ich sanft. Er war in vielerlei Hinsicht mein Gegenstück: Ich wusste so wenig über mich selbst und über meine Vergangenheit; er wusste zu viel über die Zukunft.

Zed stand auf und zog mich auf die Füße. »An den meisten Tagen ist es ein Fluch: Ich weiß, was die Leute im nächsten Moment sagen werden, ich weiß, wie ein Film endet oder wie das Spiel ausgeht. Meine Brüder können nicht wirklich nachvollziehen, wie das ist. Und sie wollen auch nicht drüber nachdenken. Wir müssen alle mit unseren jeweiligen Gaben zurechtkommen.«

Kein Wunder, dass er Probleme hatte, in der Schule klarzukommen. Wenn er den anderen immer voraus

war, immer bereits alles wusste, die Geschehnisse aber nicht verändern konnte, musste ihm das Ganze ziemlich sinnlos erscheinen. Das war wie die verbrannte Pizza. Mir brummte schon der Schädel, wenn ich nur darüber nachdachte.

»Das ist mir alles zu abgefahren.«

Er legte den Arm um mich und zog mich dicht an sich heran. »Ja, das glaub ich dir. Aber für mich ist es wahnsinnig wichtig, dass du das alles verstehst, Sky. Weißt du, das ist … ich weiß nicht … vielleicht ist das so wie bei Fahrstuhlmusik. Sie dudelt die ganze Zeit im Hintergrund, aber man hört sie erst, wenn man drauf aufmerksam geworden ist. Und dann gibt's ab und zu einen Tusch und mir stehen die Bilder gestochen scharf vor Augen, und dann laufen ganze Szenen ab. Ich kenne die Leute nicht immer und weiß nicht, was das alles bedeuten soll. Die Zusammenhänge erkenne ich erst viel später. Ich kann versuchen, die Dinge aufzuhalten, aber für gewöhnlich passieren sie einfach, allerdings auf eine Weise, mit der ich nicht gerechnet habe. Ich versuche das Ganze auszublenden – und das gelingt mir auch eine gewisse Zeit, aber sobald ich es vergesse, kehrt es zurück.«

Ich fand, das klang eher nach einer Strapaze als nach einer Gabe. Er war also allen einen Tick voraus, sobald er sich einklinkte.

Dann ging mir ein Licht auf.

»Du verdammter Schummler!« Ich knuffte ihn in die Seite. »Kein Wunder, dass du beim Baseball nicht zu schlagen bist und beim Fußball wie verrückt Tore schießt!«

»Ja, manchmal hat's auch seine Vorteile.« Er wandte mir das Gesicht zu und grinste. »Und du hast auch schon davon profitiert, oder?«

Ich erinnerte mich an meinen Glückselfmeter. »Oh.«

»Ja, oh. Für dich habe ich den perfekten Torrekord geopfert.«

»Wohl kaum – du hast wie viele? Zwanzig Schüsse reingemacht?«

»Nein, im Ernst. Woran erinnern sich die Leute, wenn sie an das Spiel denken? Daran, dass ich viele Tore geschossen habe? Oder daran, dass du den einen Ball gehalten hast? Das wird mich bis in mein Grab verfolgen.«

»Idiot.« Ich gab ihm einen Klaps.

Er hatte die Frechheit, mir ins Gesicht zu lachen. »Jetzt reicht's aber. Dann muss ich dich eben wieder ein bisschen ablenken, damit du mich kein zweites Mal haust.«

Er lehnte sich vor, um mich zu küssen, doch plötzlich hechtete er nach vorn und riss mich zu Boden. Keine fünf Fuß von uns entfernt splitterte ein Baumstamm. Zeitgleich hörte ich einen Knall wie von einem fehlzündenden Auto.

Zed zerrte mich hinter einen umgestürzten Stamm, drückte meinen Kopf nach unten und legte sich schützend halb auf mich. Er fluchte.

»So was war aber nicht vorgesehen!«

»Geh runter von mir! Was war das?« Ich versuchte hochzukommen.

»Bleib unten.« Er fluchte erneut, diesmal in etwas blumigeren Worten. »Jemand hat auf uns geschossen. Ich hole Dad und Xav.«

Ich lag regungslos unter ihm, mein Herz hämmerte.

Krach! Ein zweiter Schuss schlug nicht weit über unseren Köpfen in den Baumstamm ein.

Zed rutschte von mir herunter. »Wir müssen hier weg! Zwäng dich unter dem Stamm hindurch und lauf dann zu der großen Kiefer da drüben.«

»Warum rufen wir ihm nicht einfach zu, dass er auf Menschen schießt?«

»Er ist nicht auf der Jagd nach Wild, Sky, der ist hinter uns her. Lauf!«

Ich quetschte mich durch die Lücke zwischen Boden und Stamm, rappelte mich hoch und rannte los. Ich konnte Zed hinter mir hören – ein dritter Schuss –, dann riss er mich von hinten zu Boden und stieß mir im Fallen seinen Ellbogen ins Auge. Ein vierter Schuss schlug in den Baum vor uns ein, genau auf der Höhe, auf der sich eben noch mein Kopf befunden hatte.

»Verdammt. Tut mir leid«, sagte Zed, während mir Sternchen vor den Augen tanzten. »Den habe ich ein bisschen spät gesehen.«

Besser halb ohnmächtig als tot.

Ja, schon. Tut mir trotzdem leid. Bleib ganz ruhig liegen. Dad und Xav jagen jetzt unseren Jäger.

Ich glaube, er ist nicht allein.

»Was?« Er hob ein kleines Stück den Kopf, um mir ins Gesicht zu sehen. »Woher weißt du das?«

»Keine Ahnung. Ich kann's einfach spüren.«

Zed stellte meine Eingebung nicht infrage und gab diese Information an seinen Vater weiter.

 »Ich habe ihm gesagt, dass er vorsichtig sein soll.« Zed

blieb auf mir liegen, er wollte mich unter allen Umständen aus der Schusslinie halten. »Es könnte eine Falle sein, um ihn hervorzulocken. Wir müssen zum Haus zurück. Hinter dieser Böschung ist ein Wasserlauf. Wenn wir es dorthin schaffen, können wir ungesehen in einem weiten Bogen zurückschleichen. Okay?«

»Okay. Wir kommen wir dahin?«

Zed lächelte verbissen. »Du bist unglaublich, Sky. Die meisten Leute wären spätestens jetzt durchgedreht. Wir kriechen. Wie Eidechsen. Ich geh voran.«

Er glitt bäuchlings über den Boden bis zur Böschungskante, dann rutschte er darüber hinweg und war außer Sicht. Ich folgte ihm und versuchte, nicht darüber nachzudenken, wie es sich wohl anfühlen würde, von einer Kugel im Rücken getroffen zu werden. Es war zu dunkel, als dass ich sehen konnte, was mich da unten erwartete. Ich musste ihm einfach vertrauen. Ich rutschte mit dem Kopf voran ans Ufer hinunter, rollte ein Stück seitwärts und landete mit dem Hintern in eiskaltem Wasser.

Hier lang, meldete sich Zed.

Kapitel 12

In geduckter Haltung führte Zed mich entlang eines kleinen Wasserlaufs, der in den Eyrie mündete, stromabwärts. Er trug Wanderstiefel, aber meine Stoffturnschuhe fanden keinen Halt auf den feuchten Steinen und so rutschte ich immer wieder aus.

Halt dich an meiner Jacke fest, sagte er mir. *Wir sind fast da*.

Der Wasserlauf wurde immer tiefer, während das Ufer zunehmend flach abfiel, bis wir aus der Rinne hinausklettern konnten. Wir kamen an einem Hügel vor dem Haus heraus.

»Spürst du irgendwas?«, fragte Zed.

»Nein. Du?«

»Ich kann nichts sehen. Lass uns schnell zum Haus laufen.« Er drückte meinen Arm. »Auf drei. Eins, zwei, drei!«

Mit schmatzenden Schritten rannte ich über das offene Gelände und durch die Tür ins Haus. Ich hörte das Türschloss hinter mir klicken, ohne dass Zed es berührt hatte.

»Alles okay mit Xav und deinem Dad?«, keuchte ich.

Mit leicht entrücktem Gesichtsausdruck nahm er Kontakt zum Rest seiner Familie auf.

»Es geht ihnen gut, aber sie haben die Jäger verloren. Du hattest recht: Sie waren zu zweit. Sie sind in einem Geländewagen ohne Kennzeichen geflüchtet. In den Bergen gibt's Hunderte von solchen Autos. Dad sagt, wir sollen hierbleiben, bis er zurück ist. Komm, wir sehen uns jetzt mal dein Auge an.«

Zed bugsierte mich in das Badezimmer im Erdgeschoss und setzte mich auf den Rand der Badewanne. Als er mit dem Verbandskasten herumhantierte, bemerkte ich, dass seine Hände zitterten.

Ich legte ihm eine Hand auf den Arm. »Es ist alles in Ordnung.«

»Es ist nicht in Ordnung.« Er riss rabiat eine Packung Wundkompressen auf, sodass alle auf einmal herausfielen und sich auf der ganzen Waschkommode verteilten. »Unser Aufenthaltsort hier sollte eigentlich sicher sein.« Er zitterte mehr vor Wut als vor Schreck.

»Warum sollte es hier nicht sicher sein? Was wird hier gespielt, Zed? Es scheint dich nicht besonders zu überraschen, dass jemand versucht hat, dich zu erschießen.«

Er lachte gequält. »Weil das nur die schreckliche, logische Konsequenz ist, Sky.« Er spülte einen Waschlappen aus und drückte ihn mir seitlich vom Auge aufs Gesicht, die plötzliche Kälte betäubte den pochenden Schmerz. »Halt das mal fest.« Er säuberte meine Schnitte und Kratzer mit einer Kompresse. »Mir ist schon klar, dass du

wissen willst, was hier los ist. Aber es ist für dich und für uns besser, wenn du es nicht weißt.«

»Und damit soll ich mich zufriedengeben? Ich gehe mit dir spazieren, werde beschossen und darf mich dann nicht mal fragen, warum? Explodierende Zitronen kann ich noch hinnehmen ohne weitere Erklärungen, aber das hier ist was anderes. Du wärst um ein Haar getötet worden.«

Ich hatte den Waschlappen losgelassen, aber er presste ihn mir mit leichtem Druck wieder an die Wange. »Ich weiß, du bist wütend auf mich.«

»Ich bin nicht wütend auf dich! Ich bin wütend auf die Leute, die gerade versucht haben, uns umzubringen! Hast du die Polizei verständigt?«

»Darum kümmert sich Dad. Sie sind bestimmt schon unterwegs. Sie werden mit dir reden wollen.« Er nahm den Lappen weg und stieß einen Pfiff aus. »Das ist ja ein nettes Andenken an unser erstes Date. Ich habe dir ein Veilchen verpasst.«

Ich zuckte zusammen.

»Wie bitte? Das hier war ein Date?«

»Ja, na ja, nicht viele Jungs nehmen ihre Mädchen beim ersten Date mit auf die Jagd, bei der sie Zielobjekt sind. Dafür sollte ich wenigstens einen Punkt für Originalität kriegen.«

Ich hatte noch immer nicht verdaut, was er gesagt hatte.

»Das hier war ein Date?«, wiederholte ich.

Er zog mich in seine Arme, sodass mein Kopf an seiner Brust lag. »Das war ein Date – ich wollte, dass

du mich ein bisschen besser kennenlernst, in meinem gewohnten Umfeld, sozusagen. Aber das nächste Mal wird's besser, versprochen.«

»Wie? Dann gibt's Gladiatorenkämpfe, oder was?«

»Gar keine schlechte Idee!« Er kraulte mir das Haar. »Danke, dass du da draußen einen kühlen Kopf behalten hast.«

»Danke, dass du uns da durchgebracht hast.«

»Zed? Sky? Geht's euch gut?« Saul rief aus der Diele.

»Wir sind hier, Dad. Mir geht's gut. Sky hat ein paar Schrammen abgekriegt, aber ansonsten ist sie okay.«

Saul erschien in der Badtür, angstvolle Sorge stand ihm ins Gesicht geschrieben.

»Was ist passiert? Hast du die Gefahr nicht kommen sehen, Zed?«

»Klar, ganz offensichtlich hab ich's kommen sehen. Ich hab mir gedacht: ›Hey, ich könnte mit meiner Freundin einen Spaziergang machen und sie bei der Gelegenheit abknallen lassen.‹ Natürlich hab ich's nicht gesehen – genauso wenig, wie du es gespürt hast.«

»'tschuldige, blöde Frage. Vic ist auf dem Weg hierher. Ich habe deine Mom und Yves zurückgerufen. Trace wird so schnell wie möglich hier sein.«

»Wer war das?«

»Ich weiß es nicht. Die beiden Kellys sind am Dienstag eingebuchtet worden. Es könnte sich um einen Vergeltungsschlag handeln. Aber eigentlich dürften sie unseren Aufenthaltsort nicht kennen.«

Ich drehte mich in Zeds Armen um und blickte Saul an. »Wer sind die Kellys?«

Saul schaute mir zum ersten Mal richtig ins Gesicht. »Sky, du bist ja verletzt! Xav, komm mal bitte her!«

Im Badezimmer wurde es allmählich ein bisschen eng mit all den Benedict-Männern um mich herum.

»Mir geht's gut. Ich hätte nur gern ein paar Erklärungen.«

Xav kam angerannt. »Ihr geht's nicht gut. Ihr Gesicht fühlt sich an, als ob es in Flammen steht.«

Ich öffnete meinen Mund, um zu widersprechen.

»Lass gut sein, Sky. Ich kann fühlen, was du fühlst. Ein Echo davon.« Xav streckte seine Hand aus und legte eine Fingerspitze auf die Wunde. Ich spürte ein leicht schmerzhaftes Prickeln in meiner rechten Gesichtshälfte.

»Was machst du da?«

»Ich versuche zu verhindern, dass du morgen aussiehst wie ein Pandabär.« Er nahm seinen Finger weg. »Das ist meine Gabe.«

Ich betastete vorsichtig mein Gesicht. Obwohl die abgeschürfte Stelle noch immer pochte, hatte der Schmerz deutlich nachgelassen.

»Du hast noch immer eine kleine Schramme. Ich habe nicht alles erwischen können. Den Schmerz kann ich schnell beseitigen, aber für Schürfwunden brauche ich etwas länger – das würde etwa noch mal fünfzehn Minuten dauern.«

»Wir sollten Sky jetzt nach Hause bringen. Sie muss schleunigst von hier fort.« Saul scheuchte uns aus dem Bad.

 »Wird die Polizei sie nicht verhören wollen?« Zed

reichte mir aus einem Korb mit sauberer Wäsche ein Paar trockene Socken.

»Vic kümmert sich drum. Er meint, wir sollten die örtliche Polizei da raushalten; er hat seine Leute drauf angesetzt. Wenn er mit Sky reden will, wird er sie aufsuchen.«

Ein weiteres Fädchen, an dem ich ziehen musste. »Und wer sind seine Leute?« Ich streifte meine Schuhe ab und rieb meine eiskalten Füße.

»Das FBI.«

»Ist das so was wie die CIA – Spione und Ähnliches?«

»Nein, nicht wirklich. Das Federal Bureau of Investigation beschäftigt sich mit Verbrechen, die über die Grenzen einzelner Bundesstaaten hinausreichen, dabei geht's um Schwerverbrechen. Sie arbeiten in Zivil und sind eher Agenten als Polizisten.«

Ich zog das Gummiband aus meinem halb aufgelösten Zopf und fasste mein Haar zu einem Pferdeschwanz zusammen. »Zoe sagt immer, Victor wäre ein Mann voller Geheimnisse.«

Saul warf Zed einen unbehaglichen Blick zu. Ihm missfiel sichtlich, wie viel ich bereits über die Benedicts wusste.

»Aber je weniger von seinem anderen Leben bekannt wird, desto besser, verstanden?«

»Noch ein Benedict-Familien-Geheimnis?«

»Da kommt so einiges zusammen, was?« Saul warf Zed ein Schlüsselbund zu. »Bring Sky mit dem Motorrad nach Hause, aber nicht auf direktem Weg. Wir wollen ihnen schließlich nicht zeigen, wo sie wohnt.«

»Du könntest mich zu meinen Eltern ins Atelier bringen und ich fahre dann mit ihnen nach Hause.«

»Gute Idee. Zed, bitte sag Mr und Mrs Bright, es tut mir leid, dass ich auf ihre Tochter nicht besser achtgegeben habe.«

»Was soll ich ihnen denn erzählen?«, fragte Zed, als er mit mir das Haus verließ.

Saul rieb sich den Nacken. »Ich lasse Victor alles erklären. Er wird wissen, was und wie viel gesagt werden darf. Vorerst erzähl ihnen, dass es ein Irrer war, der im Wald um sich geschossen hat. Sag ihnen, sie sollen es nicht an die große Glocke hängen, bis die Ermittlungsbehörden sich an die Arbeit gemacht haben. Bist du damit einverstanden, Sky?«

Ich nickte.

»Gut. Du hast dich tapfer geschlagen.« Saul küsste mich auf den Scheitel und umarmte seinen Sohn. »Zum Glück sind wir im wahrsten Sinne noch mal mit einem blauen Auge davongekommen. Und danke, Sky, dass du so viel Geduld mit uns hast.«

Ich kletterte hinter Zed aufs Motorrad und klammerte mich an seine Jacke, als wäre es ein Rettungsring.

»Ich werde auf kleineren Straßen in einem weiten Bogen um Wrickenridge herumfahren, um dich zu deinen Eltern zu bringen«, sagte er. »Nur für alle Fälle.«

Die sogenannten kleineren Straßen stellten sich als matschige Buckelpisten heraus; um mir die Fahrt ein bisschen angenehmer zu machen, entwarf ich in lieber alter Gewohnheit in meinem Kopf ein passendes Storyboard: Scheinwerferlicht zerreißt die Dunkelheit – ein

aufgescheuchtes Reh springt beiseite – das Motorrad umkurvt einen umgestürzten Baum – Mädchen klammert sich an Jungen fest. Die Musik würde bedrohlich klingen, treibend – Heavy Metal vielleicht … Aber es funktionierte nicht. Die Gefahr war einfach zu real; ich konnte mich nicht mittels einer Geschichte davon distanzieren, nicht, solange ich eine der Hauptfiguren war.

Ich fühlte mich durchgerüttelt und verdreckt, als wir beim Künstlerhaus ankamen. Mir dröhnte der Kopf.

»Beherrschst du auch diesen Trick, den Xav draufhat?«, fragte ich und drückte fest auf meinen Nasenrücken, nachdem ich den Helm abgesetzt hatte.

»Nein, aber ich kann dir ein Mittel dagegen in der Apotheke besorgen.«

»Schon okay.«

Zed schien sich innerlich zu wappnen und gab einen Stoßseufzer von sich.

»Komm, dann wollen wir mal deinem Vater unter die Augen treten.«

»Kannst du sehen, ob's schlimm wird?«

»Ich versuche, es nicht zu sehen.«

Mein blaues Auge stieß bei meinen Eltern nicht gerade auf Begeisterung, aber die Nachricht, dass wir von einem Verrückten im Wald beschossen worden waren, brachte das Fass zum Überlaufen.

»Sky!«, schrie Sally entsetzt und ihre Stimme hallte von den sauberen weißen Wänden des Ateliers wider. »Wo haben wir dich hier nur hingebracht? So etwas wäre in Richmond niemals passiert!«

»Sie werden mir das vielleicht nicht glauben, Ma'am«,

sagte Zed höflich, »aber so etwas passiert hier normalerweise auch nicht.«

»Du wirst das Haus nicht mehr verlassen, bis dieser Irre gefasst worden ist!«, sagte Sally, strich mir über die Wange und kommentierte meine Schürfwunde mit einem Zungenschnalzen.

»Und warum hast du uns nicht gesagt, dass du heute Abend ausgehst, Sky?«

Simon musterte Zed mit unverhohlener Feindseligkeit, was nicht überraschend war, denn in der schwarzen Lederkluft sah Zed besonders finster aus. Angesichts der Tatsache, dass meine Eltern so gut wie nie zu Hause waren, fand ich Simons Frage allerdings ziemlich absurd. Die Rolle des gestrengen Übervaters stand im krassen Widerspruch zu seiner üblichen Pose des entspannten Künstlers, aber für mich machte er halt gerne eine Ausnahme. Für ihn war ich keine sechzehn, sondern noch immer zehn Jahre alt.

»Das war eine ganz spontane Idee. Ich bin nur zum Abendessen zu Zed und wollte zurück sein, bevor ihr nach Hause kommt.«

Dein Dad nimmt bei mir gerade Maß für die passende Sarggröße, sagte Zed zu mir.

Tut er nicht.

Ich empfange hier aber Bilder in rauen Mengen – und alle sehen verdammt schmerzhaft aus und geben wenig Anlass zu der Hoffnung, dass ich eines Tages noch Vater werden könnte.

»Du hast Hausarrest, Sky, weil du ohne Erlaubnis ausgegangen bist«, brummte Simon.

»Wie? Das ist nicht fair!«

Er reagiert über, weil er Angst um dich hat.

Trotzdem unfair.

»Es tut mir leid, Sir, es ist meine Schuld, dass Sky heute Abend ausgegangen ist. Ich hatte sie gefragt, ob sie Lust hat zu kommen.« Zed versuchte, mich vor Simons Ärger zu schützen.

»Das mag schon sein, aber meine Tochter muss lernen, die Konsequenzen ihrer Entscheidungen zu tragen. Hausarrest. Für zwei Wochen.«

»Simon!«, protestierte ich. Wie peinlich, dass Zed das alles mitbekam.

»Bring mich nicht so weit, vier Wochen draus zu machen, junge Dame! Gute Nacht, Zed.«

Zed drückte mir die Hand. *Tut mir leid. Er wird nicht auf mich hören. Ich geh jetzt besser mal.*

Er verließ das Haus und kurz darauf hörte ich, wie draußen das Motorrad losröhrte. Der Wolfman verdrückte sich.

Vielen Dank auch.

Ich verschränkte die Arme und tappte mit dem Fuß hörbar auf den Boden wie eine gereizte Katze, die ihren Schwanz hin- und herschlägt. Wenn Simon Gestrenger-Vater spielte, war ich Superwut-Sky. »Du erwartest, dass ich zu Hause hocken bleibe, während ihr euch beide hier vergnügt, aber ich soll mit meinen Freunden keinen Spaß haben!«, rief ich aufgebracht. »Das ist so ungerecht!«

»Jetzt werd ja nicht frech, Sky!« Simon warf seine Pinsel ins Spülbecken und drehte so energisch den

Hahn auf, dass das herausschießende Wasser seinen Pulli nass spritzte.

»Das sagst du jetzt nur, weil du weißt, dass du im Unrecht bist! Ich habe mich nicht beschwert, dass du Mr Ozawa am Montag in der Schule versetzt hast – und das war megapeinlich für mich. Ich wusste nicht, was ich ihm sagen sollte. Ich hab dich nicht dafür bestraft, dass du ein mieser Vater bist.«

Simon warf Sally einen verlegenen Blick zu. »Ich habe Mr Ozawa angerufen und mich entschuldigt.«

»Ich weiß ja, dass ihr mich reichlich spät adoptiert habt, aber manchmal glaube ich fast, euch ist glatt entfallen, dass es mich überhaupt gibt.« Ich bereute meine Worte, sobald sie mir über die Lippen waren.

»Sag so was nicht!« Sally schlug sich die Hand vor den Mund, in ihren Augen standen Tränen und ich hatte das Gefühl, schlagartig auf eine Größe von fünf Zentimetern zusammenzuschrumpfen.

»Es ist einfach krass«, fuhr ich fort. Das Loch, in dem ich saß, war zwar mittlerweile schon ziemlich tief, aber ich musste einfach weiterbuddeln. »Es ist krass, dass ihr mir aufs Dach steigt, weil ich euch nicht auf dem Laufenden halte, was ich den ganzen Tag so mache. Dabei habe ich die meiste Zeit nicht den blassesten Schimmer, wo ihr überhaupt seid, und vermutlich ist euch das noch nicht mal bewusst.«

»Das ist nicht das Gleiche«, fauchte Simon, wütend darüber, dass ich Sally verletzt hatte. Vermutlich war auch er gekränkt. Ich war's auf jeden Fall. »Vier Wochen.«

Keine Ahnung, was da in mich gefahren war. Normalerweise platzte mir nicht so schnell der Kragen, aber man hatte auf mich geschossen, ich trug ein Riesenpaket an Benedict-Geheimnissen mit mir herum, ich hatte ein dickes fettes Veilchen und zur Krönung meinte Simon jetzt also, die angemessene Reaktion darauf wäre Hausarrest.

»Das ist doch ein Haufen Bullshit!«

»Sprich gefälligst nicht so mit mir!«

»Ach! Ist dir das zu amerikanisch? Tja, du warst es doch, der mich in dieses verdammte Land geschleppt hat! Ich habe nicht darum gebeten, beschossen zu werden! Ich habe das alles so satt – ich habe euch so satt!« Ich stürmte aus dem Haus und knallte die Tür hinter mir zu. Ich war wütend auf ihn – wütend auf mich selbst. Ich stampfte die Straße hoch, kickte eine leere Dose aus dem Weg und stieß jedes Mal, wenn sie scheppernd aufs Pflaster schlug, einen leisen Fluch aus.

Dann hörte ich schnelle Schritte hinter mir.

»Schätzchen!« Es war Sally. Sie griff nach mir und zog mich in ihre Arme. »Versteh doch, dass dein Vater Angst um dich hat. Du bist noch immer sein kleines Mädchen. Er ist es nicht gewohnt, dich mit so einem erwachsenen jungen Mann zusammen zu sehen. Und er will ganz sicher nicht, dass dich irgend so ein schießwütiger Irrer verletzt.«

Ich fühlte mich total niedergedrückt von der schweren Last der Ereignisse der letzten paar Tage und fing an zu weinen. »Tut mir leid, Sally. Ich hatte es nicht so gemeint – das mit dem miesen Vater.«

»Ich weiß, mein Schatz. Aber wir sind in der Tat miese Eltern. Ich wette, du hattest diese Woche noch keine einzige anständige Mahlzeit – ich weiß jedenfalls, dass ich keine hatte.«

»Ihr seid keine miesen Eltern. Ich bin eine grässliche Tochter. Ihr habt mich aufgenommen und habt euch um mich gekümmert und ich …«

Sie schüttelte mich leicht. »Und du hast uns schon hundertmal mehr gegeben, als wir dir je geben können. Und uns ist noch nie, auch nicht für einen Augenblick, entfallen, dass es dich gibt, auch dann nicht, wenn wir völlig in unsere Arbeit abtauchen. Gib Simon ein bisschen Zeit, sich abzuregen, dann wird er vermutlich sogar sagen, dass es ihm leidtut.«

»Ich hatte Angst, Sally. Man hat auf uns geschossen.«

»Ich weiß, Schatz.«

»Zed war echt super. Er wusste genau, was zu tun war.«

»Er ist ein netter Junge.«

»Ich mag ihn.«

»Ich glaube, dass du ihn nicht nur magst.«

Ich schniefte und kramte nach einem Taschentuch. Ich hatte keine Ahnung, was ich empfand – ich war verwirrt wegen dieser Savant-Geschichte und hegte Zweifel, dass mich irgendjemand so sehr wollen könnte, wie Zed es behauptete; ich musste Schritt für Schritt lernen, ihm zu vertrauen.

»Sei vorsichtig, Sky. Du bist solch eine empfindsame Seele. Ein Junge wie er könnte dich zerbrechen, wenn du dein Herz zu sehr an ihn hängst.«

»Ein Junge wie er?«

Warum wollten eigentlich alle Zed in irgendeine Schublade stecken?

Sie seufzte und führte mich zum Haus zurück. »Er sieht blendend aus, ist wohl aber ein bisschen wild, wie ich so höre. Es passiert nur ganz selten, dass Leute auf Dauer mit ihrer Schulflamme zusammenbleiben – diese Beziehungen sind eher eine Art Übung für später.«

»Wir hatten erst ein Date.«

»Ganz genau. Also steigere dich da bitte nicht so rein. Bleib ganz cool, dann hat er auch weiterhin Interesse an dir.«

Sein Interesse an mir war nicht das Problem – ich war diejenige, die auf Distanz blieb. Aber das war wieder mal so typisch für meine Mum, sich um gebrochene Herzen zu sorgen, wenn Kugeln durch die Luft flogen.

»Und das war jetzt gerade ein Beziehungstipp von Dr. Sally Bright, oder wie?«

»Müssen wir denn tatsächlich noch mal *das* Gespräch führen? Ich dachte, das hätten wir abgehakt, als du zwölf warst.« Sie neckte mich.

»Nein, nein, danke. Ich bin aufgeklärt.«

»Dann vertraue ich dir, dass du auch entsprechend handelst.«

»Du vertraust mir, Simon nicht.«

Sie seufzte. »Nein, er hatte, was dich angeht, schon immer einen ausgeprägten Beschützerinstinkt, weil du als kleines Kind so viel durchmachen musstest. Wenn er könnte, würde er dich in einen Turm einsperren, Grä-

ben drum herumziehen, ein Minenfeld legen und das Ganze mit Stacheldraht umzäunen.

»Hm, dann habe ich wohl Glück, dass ich nur Hausarrest gekriegt habe.«

»Ja, das hast du. Ich denke, ich kann ihn auf zwei Wochen herunterhandeln, aber ganz ohne Hausarrest wirst du wohl nicht davonkommen.«

Kapitel 13

Der drittälteste Benedict-Bruder, Victor, stattete uns einen Besuch ab, nachdem wir bereits zu Bett gegangen waren. Ich konnte hören, wie Simon fluchend nach seinem Morgenmantel suchte. Sally kam mich holen.

»Du schläfst noch nicht?«

»Nein. Was ist los?«

»Das FBI wartet in der Küche. Sie wollen mit dir sprechen.«

Victor war in Begleitung einer weiblichen Kollegin. Er hatte langes, glattes dunkles Haar, das zu einem Pferdeschwanz zusammengebunden war, und trug einen schicken schwarzen Anzug mit silberfarbener Krawatte. Wie sein Vater strahlte auch er große Gelassenheit aus, so als könnte ihn so gut wie kaum etwas aus der Ruhe bringen. Seine Kollegin wirkte dagegen regelrecht nervös. Sie klopfte mit dem digitalen Stift auf ihrem elektronischen Notizblock herum, ein finsterer Ausdruck im falkenähnlichen Gesicht, das kurze braune Haar streng hinter die Ohren gekämmt.

»Sky.« Victor streckte mir die Hand entgegen und lotste mich zu einem Stuhl, der seinem gegenüberstand. Es war befremdlich, dass er sich so benahm, als wäre er der Hausherr. Sally und Simon hatten ihm ohne Murren das Feld überlassen und hielten sich am Rand des Geschehens, während er bestimmte, wo's langging. »Macht es dir etwas aus, wenn ich unser Gespräch aufzeichne?« Er deutete auf den BlackBerry, der auf dem Tisch lag.

Ich warf Simon einen Blick zu. Er schüttelte den Kopf.

»Schon okay. Das macht mir nichts aus.«

Er drückte eine Taste an dem Gerät. »Aufnahme läuft. Vorfall sieben, sieben, acht, Schrägstrich, zehn. Befragung vier. Im Raum anwesend sind Mr Victor Benedict und Ms Anya Kowalski sowie die Zeugin Sky Bright. Die Zeugin ist noch minderjährig. Vernehmung findet in Anwesenheit der Eltern der Zeugin statt, Simon und Sally Bright.«

Mann, das klang ja wie im Krimi.

»Hab ich irgendwas falsch gemacht?«, fragte ich und rieb über den Teefleck auf der Tischplatte.

Victors Gesichtsausdruck wurde weicher und er schüttelte den Kopf. »Außer dass du mit meinem Blödmann von Bruder ausgegangen bist, nein, Sky. Du bist sechzehn, richtig? Wie lautet dein korrektes Geburtsdatum?«

»Ähm …«

Sally mischte sich ein. »Ihr genaues Geburtsdatum ist nicht bekannt, da sie ihre leiblichen Eltern verlor, als sie

sechs war. Wir haben als Geburtstag einfach den Tag gewählt, an dem wir sie adoptiert haben – den 1. März.«

Die Falken-Frau machte sich eine Notiz.

»Verstehe«, sagte Victor und sah mich nachdenklich an. »Also, Sky, ich möchte gerne, dass du mir jetzt in eigenen Worten und so detailliert wie möglich schilderst, was heute Abend im Wald passiert ist.«

Ich schob ein paar Zuckerkörnchen auf dem Tisch hin und her und rief mir das Erlebte wieder ins Gedächtnis, spulte wie bei einem meiner Comics Szene für Szene in meinem Kopf ab, klammerte aus meiner Erzählung lediglich die telepathischen Gespräche zwischen Zed und mir aus. Oh, und den Kuss. Ich fand, dass sie davon nichts wissen mussten.

»Zed hat gesagt, du seist es gewesen, die bemerkt hat, dass es nicht nur ein Schütze war. Woher hast du das gewusst?«, warf Ms Kowalski ein, als ich an genau diese Stelle in meiner Erzählung kam.

Ich fragte mich, ob ich vielleicht behaupten sollte, dass ich ein Geräusch gehört oder jemanden gesehen hatte, beschloss dann aber, bei der Wahrheit zu bleiben.

»Es war so ein Bauchgefühl – Sie wissen schon. Reiner Instinkt.«

»Sky hatte schon immer ausgesprochen gute Instinkte«, fügte Sally übereifrig hinzu, in dem peinlich anmutenden Bemühen, die Behörden bei ihren Ermittlungen zu unterstützen. »Weißt du noch damals, Simon, als sie sich von Anfang an gegen diesen Nachhilfelehrer sträubte, den wir für sie engagiert hatten? Wie sich dann

herausstellte, war er in einen Unfall mit Fahrerflucht verwickelt gewesen.«

Das hatte ich schon wieder vollkommen vergessen – das war vor vielen Jahren passiert. Jedes Mal, wenn ich mit Mr Bagshot zusammen gewesen war, hatte mich ein Gefühl von Panik, ja Schuld, erfasst, fast so, als wäre ich von seinen ausfließenden Emotionen überschwemmt worden.

»Interessant.« Victor verschränkte seine Hände ineinander. »Du hast also nichts gesehen, sondern es nur gespürt.«

»Ja.«

Ich massierte meine Schläfen. Der Kopfschmerz war wieder da.

Victor fuhr mit der Hand in seine Anzugtasche und holte eine Schachtel Aspirin hervor.

»Die hat Zed mir für dich mitgegeben. Er meinte, du würdest vergessen, eine zu nehmen.«

Das hatte er also vorhergesehen, aber nicht, dass man bei unserem Spaziergang auf uns schießen würde? Diese Hellseherei war ja erschreckend lückenhaft. Ich spülte eine Tablette mit einem Schluck Wasser hinunter und erzählte meine Geschichte zu Ende.

»Haben Sie die Täter gefasst, die geschossen haben?«, fragte Simon. Beide, er und Sally, waren leichenblass: Sie hatten bisher weder die Einzelheiten des Vorfalls gekannt noch gewusst, wie dicht die Kugeln eingeschlagen hatten.

»Gibt's irgendeinen Anhaltspunkt, wer das gewesen sein könnte?«

»Zum jetzigen Zeitpunkt nicht.«

»Ist Sky in Gefahr?«

»Es besteht kein Grund zu dieser Annahme.« Victor machte eine kurze Pause. »Ich möchte Ihnen etwas ganz im Vertrauen sagen; Sie sollten das wissen, um für Skys Sicherheit sorgen zu können, aber ich muss Sie bitten, Stillschweigen darüber zu bewahren.«

Einen schreckerfüllten Moment lang dachte ich, er würde meinen Eltern von der Savant-Sache erzählen. Das hätten sie ihm nie im Leben geglaubt.

»Sie können uns vertrauen«, versicherte Simon.

»Meine Familie lebt hier im Rahmen des Kronzeugenprogramms des FBI. Wir befürchten, dass Informationen über ihren Aufenthaltsort durchgesickert sind, und vermuten, dass Komplizen der Leute, die mithilfe meiner Familie dingfest gemacht werden konnten, hinter diesem Anschlag stecken. Die Schüsse galten Zed, nicht Ihrer Tochter, und wir sind der Meinung, dass sie keiner weiteren Bedrohung ausgesetzt ist, solange sie sich von unserer Familie fernhält.«

»Oh.« Sally setzte sich und sackte in sich zusammen wie ein aufblasbares Gummitier, aus dem die Luft entweicht. »Die Ärmsten, unter solch einem Druck zu leben …«

»Werden Sie umziehen müssen, jetzt, da Ihr Aufenthaltsort bekannt ist?«, fragte Simon.

»Wir wollen es nicht hoffen. Wir versuchen, uns möglichst bedeckt zu halten …«

Ich werde als Colorado-Champ der Junioren aussteigen und mich dann ungeschlagen aufs Altenteil zurückziehen,

hatte Xavier gesagt. Er wollte nicht über die Bundesstaatengrenze hinaus bekannt werden. Und Zed hatte es vermieden, als Star auf dem Baseballfeld zu glänzen, um kein Aufsehen zu erregen.

»Aber für solche Aussagen ist es noch zu früh, für die Familie wäre ein erneuter Umzug allerdings ein harter Schlag. Wir wollen uns lieber darauf konzentrieren, die Bedrohung anzugehen und sie einzudämmen, dann sehen wir weiter.«

Mit meiner Fingerspitze malte ich einen Kreis auf die Tischplatte.

»Und falls es im FBI eine undichte Stelle gibt, müssen Sie diese vor einem erneuten Umzug erst mal stopfen, sonst folgt Ihnen das Problem überallhin.«

Victor sah mich scharf an. »Du bist wohl eine ganz Schlaue, Sky, was?«

»Aber ich habe recht, nicht wahr?«

»Ja. Wir können uns an einem Ort, den wir kennen, besser schützen, bis die Lage unter Kontrolle ist.«

»Ich verstehe.«

Er erhob sich und steckte den BlackBerry in die Tasche. »Ja, du verstehst in der Tat, nicht wahr? Du bist ein sehr nettes Mädchen, genau wie Dad gesagt hat. Vielen Dank, dass Sie sich Zeit für uns genommen haben. Sky, Mr und Mrs Bright.«

»Keine Ursache, Mr Benedict«, sagte Simon, als er Victor und Ms Kowalski zur Tür brachte.

Sally setzte sich neben mich an den Tisch. Simon setzte sich auf die andere Seite und ergriff meine Hand.

»Tja«, sagte er.

»Ja.« Ich legte meinen Kopf an seine Schulter. Unser Streit von vorhin war vergeben und vergessen.

»Tut mir leid, Sky, aber wir können dir nicht erlauben, diesen Jungen weiter außerhalb der Schule zu treffen. Du darfst keinen Kontakt mehr zur Familie Benedict haben, bis diese Sache aus der Welt geschafft ist.«

»Das ist nicht fair.«

»Nein, Schatz, das ist es nicht. Tut mir ehrlich leid.«

Da ich Zed nicht mehr in meiner Freizeit treffen durfte, konnte ich es kaum erwarten, ihn in der Schule zu sehen, um in Erfahrung zu bringen, wie es nun für seine Familie weitergehen würde. Als er allerdings die nächsten Tage nicht auftauchte, war ich zutiefst verwirrt. Er ließ mich nicht nur auf meiner Sorge um ihn sitzen, sondern auch auf dem Problem, wie ich meinen Mitschülern mein blaues Auge erklären sollte. Es war einfach nur peinlich – so schlimm, dass ich mich am liebsten klammheimlich in einer Ecke verkrochen hätte.

»Wow, Sky, hast du angefangen zu boxen?«, rief Nelson prompt laut aus, als er mich auf dem Gang entdeckte.

Ich versuchte, das Veilchen unter meinem Haar zu verbergen. »Nein.«

Jetzt schauten mich auch andere Schüler genauer an, so als wäre ich ein sensationelles Ausstellungsobjekt. *Drolliges Mädchen mit blauem Auge* – treten Sie näher, treten Sie ein!

»Wie ist denn das passiert?«

Ich legte einen kleinen Spurt ein, in der Hoffnung,

meinen Kursraum zu erreichen, bevor er mich eingeholt hatte.

»Hey, Sky, mir kannst du's doch sagen.« Nelson hielt mich am Arm fest, seine Miene war plötzlich ganz ernst. »Hat dir etwa jemand wehgetan?«

Ich strich mir das Haar aus dem Gesicht und sah ihm in die Augen. »Ich bin gestern in einen Ellbogen gerannt.«

»Wessen?«

»Zeds. Es ist nicht schlimm.«

»Nicht schlimm, verdammt! Du machst wohl Witze! Wo ist er?« Nelson sah aus, als würde er jeden Moment platzen. »Ich wusste, dass dabei nichts Gutes rauskommen würde. Er sollte besser auf dich aufpassen.«

»Es ist okay.«

»Nein, es ist nicht okay, Sky. Zed ist nichts für ein Mädchen wie dich.«

»Es war ein Unfall.«

»Wie ist es denn genau passiert?« Er versperrte mir den Weg durch die Tür. »Wie bist du in seinen Ellbogen hineingerannt?«

Was sollte ich sagen? Wir wurden von einem Attentäter beschossen? Das wäre so, als würde ich während der Schulversammlung in der Aula eine Ladung Böller anzünden.

»Wir haben im Wald rumgealbert und ich bin irgendwie ausgerutscht und dann mit ihm zusammengeknallt. Nelson, würdest du mich jetzt bitte vorbeilassen? Es ist schon schlimm genug, dass ich so dämlich aussehe, ich will nicht auch noch zu spät kommen.«

Nelson gab den Weg frei. »Aber ich bin auf jeden Fall für dich da, denk dran. Das war vielleicht ein Unfall, aber Zed scheint das nicht weiter zu kratzen, sonst würde er sich jetzt um dich kümmern. Ich werde mir den Typen mal vorknöpfen.«

»Untersteh dich.«

»Nichts kann mich davon abbringen, Sky.«

Jetzt hatte ich also noch eine weitere Sorge am Hals: dass sich Nelson Zed vornahm in dem Irrglauben, er würde mich damit irgendwie verteidigen.

Zed tauchte zwei Tage später auf. Victor brachte ihn und Yves in einer eleganten Limousine mit dunkel getönten Scheiben zur Schule und setzte beide vor dem Haupteingang ab. Ich sah sie nur, weil ich selbst spät dran war, denn ich hatte noch auf Simon warten müssen, der darauf bestanden hatte, mich zur Schule zu fahren. Simon machte sich grundsätzlich immer erst dann auf den Weg, wenn er bereits irgendwo angekommen sein sollte. Das ließ man einem Künstler vielleicht durchgehen, einer Schülerin jedoch nicht.

Als ich die Benedict-Brüder vom Auto ins Gebäude rennen sah, dachte ich, dass sie zwar ein bisschen abgeschlagen, aber ansonsten ganz okay aussahen.

Zed.

Er hörte meine Stimme in seinem Kopf und sah sich um, aber Yves packte ihn an dem einen Arm, Victor am anderen, und gemeinsam zogen sie ihn weiter.

Wir sprechen uns später, antwortete er.

Aber ich wollte jetzt mit ihm reden. Ich musste meine Enttäuschung hinunterschlucken und Mr Joe

aufsuchen, um ihm zu erklären, warum ich es an zwei Tagen hintereinander versäumt hatte, mich zu registrieren.

In der Pause verkroch ich mich in die Bibliothek. Draußen fiel Schnee und die meisten Schüler blieben drinnen, zerstreuten sich auf alle Räume. Ich hatte mich in die Ecke mit den Nachschlagewerken verkrümelt, in der Hoffnung, dort weniger Blicke auf mich zu ziehen. Mein Auge war noch immer eine farbenfrohe Peinlichkeit. Seit ich heute früh einen Blick auf Zed erhascht hatte, plagte mich die Sorge, dass meine Gefühle für ihn womöglich seine Gefühle für mich überholt hatten. Mich machte diese Kleinigkeit, dass sein Leben bedroht war, total fertig, und er hatte es nicht mal für nötig befunden, mich anzurufen, um mich wissen zu lassen, dass es ihm gut ging. Keine meiner telepathisch ausgeschickten Botschaften hatte er beantwortet. Wenn das nicht Zuckerbrot und Peitsche war. Vielleicht war dieser ganze Seelenspiegel-Quatsch nichts weiter als seine Taktik, um ein paar Küsse zu ergattern.

Aber Zed spürte mich in meinem Schmollwinkel auf. Er hatte mich vermutlich bereits in der Bibliothek hocken sehen, noch ehe ich dort angekommen war. Er setzte sich mir gegenüber und sah mich einfach nur an.

Sky, es tut mir leid.

Hey, das ist ein weiterer Vorteil von diesem Gedankengequatsche – man spart nicht nur Telefonkosten, sondern riskiert auch nicht, aus der Bibliothek geworfen zu werden.

Ich zog den Lexikonband P bis Q aus dem Regel und

tat so, als hätte ich brennendes Interesse daran, mehr über Pinguine zu erfahren.

Bist du sauer auf mich?

Nein.

Warum zeigst mir dann die kalte Schulter?

Ich blickte hoch. Er schaute mich unbeirrt an. O Mann, er sah echt gut aus – am liebsten hätte ich mein Gesicht an seiner Schulter vergraben und mich einfach nur an ihm festgehalten.

Tut dein Auge noch weh?

Nee, das hat dein Bruder wieder gut hingekriegt – ich sehe halt einfach nur ziemlich bescheuert aus.

Die Gegend musste erst abgesucht werden, bevor ich kommen durfte.

So was in der Art hatte ich mir schon gedacht.

Ich konnte dir keine Nachricht zukommen lassen, weil wir zu Hause kein Netz haben.

Nein, du brauchst dich nicht zu entschuldigen. Ich verstehe schon.

Tust du das wirklich? Verstehst du wirklich, wie schwierig das alles für mich ist? Ich wollte an jenem Tag so gern bei dir bleiben. Du hast dich mit deinem Vater gestritten, stimmt's?

Ja, aber wir haben uns wieder vertragen.

Du bist sauer, weil ich nicht hier war und du den anderen dein Veilchen allein erklären musstest. Die Leute haben dir deswegen bestimmt ganz schön zugesetzt, was?

Geht so, sie haben halt alle geglotzt. Nelson würde am liebsten Hackfleisch aus dir machen.

Das hätte ich verdient.

Du hast mir das Leben gerettet.

Du hättest überhaupt nicht in Gefahr kommen dürfen. Ich hätte dich nie diesem Risiko aussetzen sollen. Hör mal, können wir nicht irgendwo anders hingehen und richtig miteinander reden?

Ich weiß nicht, ob das so 'ne gute Idee ist.

Er nahm mir das Buch aus der Hand. *Pinguine … wirklich faszinierende Geschöpfe. In welchem deiner Kurse werden die denn gerade behandelt?*

In dem ›Wir-bescheuert-aussehenden-Geschöpfe-müssen-zusammenhalten‹-Kurs.

Er stellte das Buch wieder ins Regal zurück. »Komm mit.«

»Wohin?«

»In den Übungsraum. Ich habe einen reserviert, nur für alle Fälle.«

Zed legte mir den Arm um die Schulter und führte mich aus der Bibliothek.

Auf dem Weg zum Übungsraum begegneten wir Sheena und ihrer Gang, die uns spöttisch lächelnd musterten. Ein Blick von Zed und ihnen verging ihr hohles Grinsen. Als wir den Übungsraum erreicht hatten, überprüfte er erst, ob er leer war, bevor er mich hineinzog und die Tür schloss.

»So ist es schon besser.« Ich stand mit dem Rücken an der Tür und er lehnte sich an mich. »Ich will dich nur mal kurz im Arm halten. Seit dem Vorfall im Wald hatte ich keine Gelegenheit mehr dazu.«

Ich war regelrecht überwältigt von seiner Zärtlichkeit. Seine Umarmung hatte etwas Verzweifeltes an sich, viel-

leicht weil wir beide wussten, wie viel Glück wir hatten, noch zu atmen und uns umarmen zu können.

»Sky, ich könnte es nicht ertragen, wenn dir etwas zustoßen würde«, flüsterte er, während er seine Hände in meinen Haaren vergrub, die ich ausnahmsweise mal offen trug, um darunter meine Kratzer zu verbergen.

»Wieso sagst du das? Wird mir irgendwas passieren? Hast du etwas gesehen?«

»Ich hab dir doch gesagt, dass ich anderen Menschen nicht allzu viel über die Zukunft erzählen darf. Auf diese Weise könnte ich vielleicht genau das bewirken, was verhindert werden soll.«

»Aha – dann sieht meine Zukunft wohl nicht so rosig aus, richtig?«

»Sky, bitte, ich weiß es nicht. Meinst du nicht, dass ich etwas tun würde, wenn es in meiner Macht stünde? Ich weiß nur, dass ich dich in Sicherheit wissen will.«

Es war so frustrierend. Alle diese Andeutungen und schwammigen Warnungen machten mich wahnsinnig. Ein Leben als Savant musste wirklich ätzend sein!

»Ja, das ist es.«

»Du tust es schon wieder! Du liest meine Gedanken! Hör auf damit. Sie gehören mir – die sind Privatsache.« Ich verschränkte die Arme vor der Brust und rückte ein Stück von ihm ab.

»Ich scheine mich die ganze Zeit bei dir zu entschuldigen, aber es tut mir wirklich leid. Deine Gedanken sind für mich klarer lesbar als die der meisten anderen Leute – irgendwie fließen sie aus dir heraus und in meinen Kopf hinein.«

»Und das soll mich jetzt trösten?« Meine Stimme klang leicht hysterisch.

»Nein, aber es ist eine Erklärung. Du könntest lernen, dich abzuschirmen, weißt du?«

»Was?«

»Das gehört zum Grundlagentraining von Savants. Wenn man in einer Familie von lauter Savants lebt, lernt man schnell, sich abzuschirmen.«

»Aber ich bin kein Savant.«

»Doch, das bist du. Und ich glaube, tief in dir drinnen weißt du es auch.«

Ich wickelte mir eine Strähne um die Finger und ballte meine Hand zur Faust. »Hör auf. Ich will das nicht hören.« *Du bist böse. Böse. Machst allen immer nur Kummer.* »Nein, das bin ich nicht!« Ich sprach nicht länger zu ihm, sondern zu den flüsternden Stimmen in meinem Kopf.

»Sky.« Zed ergriff meine Fäuste, die ich an meine Schläfen gepresst hielt. Er nahm sie sanft herunter und zog mich eng an sich heran. Seine Hände fingen wieder an, mich zu streicheln, sie strichen durch mein Haar und legten es mir über die Schulter auf den Rücken. »Du bist wunderschön. Und mir ist noch nie jemand begegnet, der so wenig böse ist wie du.«

»Was siehst du, und was weißt du über meine Herkunft?«, fragte ich mit leiser Stimme. »Du hast Andeutungen gemacht. Du weißt Dinge über mich, die ich nicht weiß.«

Ich hörte ein Seufzen in seiner Brust. »Ich sehe keine klaren Bilder. In die Vergangenheit zu schauen ist eher Uriels Ding, nicht meins.«

Ich lachte kurz auf. »Versteh mich bitte nicht falsch, aber dann hoffe ich, dass ich ihm nie begegnen werde.«

Er schaukelte mit mir im Arm leicht hin und her. Es war wie tanzen ohne Musik, wir folgten demselben Rhythmus.

»Willst du wissen, warum ich nicht angerufen habe?«

Ich nickte.

»Ich durfte nicht. Uns wurde eine Sperre auferlegt. Und ich habe noch mehr schlechte Nachrichten.«

»Wie? Etwas noch Schlimmeres, als dass ein Irrer unterwegs ist, der deine Familie umbringen will? Ich wollte wissen, ob es euch gut geht. Ich wollte unbedingt wissen, ob es dir gut geht.«

»Victor hat uns auf Alarmstufe Rot gesetzt. Das bedeutet, dass wir mit niemandem außerhalb der Familie in Kontakt treten dürfen.«

Ich fragte mich, welchen Stellenwert ich bei ihm besaß. Immerhin hatte er behauptet, ich wäre sein Seelenspiegel.

»Wir wissen nicht, wer womöglich unsere Telefonate abhört. Ich hätte dir vermutlich irgendwie eine Nachricht zukommen lassen sollen, aber ich hatte Angst, Telepathie einzusetzen.«

»Warum?«

»Das ist die schlechte Nachricht. Wir vermuten, dass sie in ihren Reihen einen Savant haben. Sie hätten gar nicht in der Lage sein dürfen, uns so nahe zu kommen. Dads Gabe ist es, Gefahr zu spüren. Er hätte wissen müssen, dass da draußen Attentäter unterwegs waren, es sei denn, sie wurden von einem mächtigen Savant

abgeschirmt. Mit der richtigen Begabung kann man auch telepathische Gespräche abhören. Und ich wollte sie auf keinen Fall auf deine Spur bringen.«

»Also verfügt nicht nur deine Familie über telepathische Fähigkeiten?«

»Nein, wir kennen einige Telepathen und vermutlich gibt's da draußen noch viele, von denen wir nichts wissen. Man kann mit seiner Gabe ebenso Böses anrichten wie Gutes. Es ist verlockend, vor allem für diejenigen, die wegen eines fehlenden Seelenspiegels nicht im Gleichgewicht sind.« Er rieb mit seinem Kinn über mein Haar. »Du bist mein Gegengewicht, Sky. Ich war bereits dabei zu kippen, als ich dich getroffen habe. Ich kann dir gar nicht sagen, was es für mich bedeutet, dass mir diese düstere Erfahrung erspart geblieben ist.«

»Du warst dabei zu kippen?«

»Ja, allerdings! Ohne dich bin ich kein netter Mensch, Sky. Die Vorstellung, mittels meiner Gabe meinen Willen durchzusetzen, egal, ob zu Unrecht oder auf Kosten anderer, fand ich immer reizvoller.« Er machte eine Grimasse, merklich geknickt wegen seines Geständnisses. »Aber du hast mir wieder genug Hoffnung gegeben, um durchzuhalten, bis auch du so weit bist, deine Gabe freizusetzen. Sobald das geschehen ist, besteht für mich keine Gefahr mehr, dass ich jemals wieder so werde, wie ich mal war.«

»Aber noch steht alles auf der Kippe?«

Mir war nicht klar gewesen, dass ich seine Entwicklung behinderte, wenn ich weiterhin so viel zweifelte.

Falls irgendetwas schiefging und er sein Gleichgewicht verlor, wäre es also meine Schuld, da ich nicht den Mumm aufbrachte herauszufinden, was in meinem Inneren verborgen lag? »Was soll ich denn machen?«

Er schüttelte den Kopf. »Nichts. Du brauchst Zeit. Ich mache mir mehr Sorgen um dich als um mich.«

»Aber ich mache mir Sorgen um dich.«

»Danke, aber du sollst erst mal die Zeit haben, die du brauchst, ohne dabei irgendeiner Gefahr ausgesetzt zu sein.«

Savant-Attentäter – sollte es so etwas wirklich geben? Die Kugeln waren jedenfalls verdammt echt gewesen, daran gab's nichts zu rütteln. »Du glaubst also, dass dieser Savant auf die Seite des Bösen übergetreten ist?«

»Ja, er und die Schützen haben gemeinsame Sache gemacht. Vielleicht belauscht er uns ja immer noch – wir wissen es einfach nicht. Es ist schwierig, telepathische Mitteilungen über eine größere Entfernung gezielt an nur eine Person zu schicken. Uns ist so etwas bislang noch nie untergekommen. Allerdings hätten wir damit rechnen können.«

Das Ganze machte ihm sichtlich zu schaffen und es frustrierte ihn, dass er nicht auf alle meine Fragen eine Antwort parat hatte. »Wieso hättet ihr damit rechnen können? Ihr seid doch erst durch diese Zeugen-Geschichte in die Sache hineingezogen worden. Mit dem Ende des Prozesses ist doch auch die Gefahr für euch vorbei, oder?«

»Nicht ganz!« Er machte ein schuldbewusstes Gesicht

und mir schwante, dass er wohl noch nicht alle Karten auf den Tisch gelegt hatte.

»Wir sind nicht nur Zeugen … wir sind Ermittler. Wir sind nicht nur in den aktuellen Prozess verwickelt, wir haben über die Jahre hinweg mit vereinten Gaben schon Hunderte von Straftätern hinter Gitter gebracht. Das ist unser Job sozusagen.«

»Aha. Das heißt im Klartext also, dass ihr ziemlich viele Feinde habt, richtig?«

»Gesetzt den Fall, sie wissen, dass wir für ihre Verurteilung verantwortlich sind, aber das sollen sie ja nie erfahren. Die Informationen, die wir sammeln, werden an die Behörden weitergeleitet, damit sie Beweise zusammentragen können, die vor Gericht standhalten. Unser Platz ist nicht im Zeugenstand, sondern im Hintergrund.«

Es dauerte eine Weile, bis ich das, was er mir erzählte, in seiner ganzen Tragweite erfasst hatte. Sie waren so etwas wie die Geheimwaffe der Gesetzeshüter, bekämpften tagein, tagaus das Böse.

»Wie macht ihr das?«

Er schloss kurz die Augen. »Wir arbeiten zusammen – wir sehen, was passiert ist.«

»Ihr seht es? Ihr seht all diese schrecklichen Sachen … die Morde, die Verbrechen?«

»Es wäre viel schlimmer, wenn wir die Augen davor verschließen würden. Wir würden uns mitschuldig machen, wenn wir nicht helfen würden, die Verbrechen aufzuklären.«

»Aber eure Familie hat darunter zu leiden, stimmt's?«

Er zuckte die Achseln. »Ist doch egal, wenn man bedenkt, wie viel Gutes wir damit bewirken.«

In diesem Moment wurde mir klar, wie mutig und engagiert die Benedicts waren und dass sie darauf verzichteten, ihre Savant-Fähigkeiten zur Durchsetzung eigener Interessen zu nutzen. Sie hätten auch in der Welt umherreisen können auf der Suche nach ihren Seelenspiegeln, aber stattdessen setzten sie alles aufs Spiel, um Verbrechensopfern zu helfen. Aber das bedeutete auch, dass sie nie ein normales Leben führen, niemals aus den Schatten heraustreten könnten; immer wieder müssten sie die hässlichen Taten durchleben, die von den abscheulichsten Verbrechern begangen worden waren. Sie hatten einen sehr steinigen Weg gewählt; ich jedoch hatte nicht das Zeug dazu, so edelmütig zu sein. Ein Großteil meines Lebens hatte sich auf der Schattenseite abgespielt. Ich konnte nicht dahin zurückkehren – noch nicht einmal für Zed.

»Ich habe Angst, Zed.«

»Ich glaube nicht, dass für dich irgendeine Gefahr besteht, solange wir uns außerhalb der Schule nicht zusammen blicken lassen. Ich habe noch nicht mal meiner Familie von dir erzählt. Ich glaube, die einzige Möglichkeit, dich zu schützen, besteht darin, Abstand von dir zu halten. Wenn dieser Savant-Verbrecher wüsste, dass du mein Seelenspiegel bist, würdest du zur Zielscheibe werden.«

»Das habe ich nicht gemeint. Ich habe Angst, dass du verletzt wirst.«

»Wir haben die Sache jetzt unter Kontrolle.«

»Aber ihr müsst euch weiterhin verstecken, stimmt's?«

»Darüber will ich nicht nachdenken.«

»Kann ich irgendwie helfen?«

Er schüttelte den Kopf. »Nur, indem du deine Gabe freisetzt, und wie ich bereits gesagt habe, halte ich das zum jetzigen Zeitpunkt für keine gute Idee.«

»Meine Gabe freisetzen? Was meinst du damit? Ihr Savants sprecht echt in Rätseln.«

Er lachte. »*Wir* Savants meinst du wohl. Und wenn du deine Gabe schon freigesetzt hättest, würdest du dich so erleuchtet fühlen wie ich, wenn ich mit dir zusammen bin.«

Ich schmiegte mich eng an ihn, ließ meine Hände über seine Brust wandern und hatte das Gefühl, dabei Feuerspuren auf seiner Haut zu hinterlassen. Sein Herz schlug schneller. »Mir geht's aber schon ziemlich blendend.«

Er küsste mein Haar, eine so zärtliche Geste, dass mir Tränen in die Augen traten. »Das ist gut – aber wenn wir nicht aufpassen, geraten wir noch beide in Schwierigkeiten.« Er umfasste meine Hände und drückte sie fest an sich.

»Zed, ist das alles wirklich wahr?«

»Ja, das ist es. Deine Gabe wartet nur darauf, dass du sie ergreifst.«

»Ich habe Angst davor.«

Er legte sein Kinn auf meinen Kopf. »Ich weiß. Aber ich kann warten – so lange, wie es nötig sein wird. Komm, setz dich mal für einen Moment auf meinen Schoß.«

Er führte mich zum Schlagzeug hinüber und nahm auf dem Hocker Platz.

»Du willst, dass ich mich hier auf deinen Schoß setze? Da fall ich ja runter.«

»Nicht, wenn du dich mit dem Gesicht zu mir hinsetzt.«

Ich lachte, aber es klang irgendwie traurig. »Das ist doch albern.«

»Vielleicht. Aber mir gefällt's.«

Ich setzte mich so auf seinen Schoß, dass ich meinen Kopf an seine Brust legen und ihn mit den Armen umschlingen konnte.

»Halt dich gut fest, hörst du?«

»Mhm, mhm.«

Er nahm die Drumsticks und begann den Schlagzeug-Part des Songs zu spielen, den wir als erstes Stück zusammen mit der Jazzband gespielt hatten. Ich summte die Melodie mit.

»Jetzt fehlt eigentlich noch der Klang eines Klaviers, aber ich möchte nicht, dass du dich von der Stelle rührst«, flüsterte er in mein Ohr.

»Wir können es uns ja einfach vorstellen.«

Der Beat war langsam und hypnotisch. Beruhigend. Ich schloss meine Augen und lauschte, als er leise die Worte »Halleluja« sang. Er hatte eine schöne Stimme – Tenor, die perfekte Stimmlage.

»Willst du hier einfach nur rumsitzen oder singst du mit?«, fragte er.

»Ich will hier einfach nur sitzen.«

»Bist du heiser, oder was?«

»Nein, ich singe nicht. Das mache ich nie ... es ist jedenfalls schon lange her.«

»Ach komm, außer mir ist doch keiner hier. Und ich werde nicht lachen.«

Mein ganzes Leben lang war Singen ein absolutes No-go gewesen. Ich wollte damit jetzt nicht diesen wundervollen Augenblick zerstören. »Ich höre dir einfach nur zu.«

»Okay. Aber ich werde dich schon noch zum Singen bringen.«

Kapitel 14

Die folgenden Wochen waren für uns beide frustrierend. In der Schule erhaschten wir lediglich ein paar flüchtige Momente, in denen wir allein waren, doch richtig Zeit verbrachten wir nicht miteinander. Wir waren darauf bedacht, nicht als Pärchen aufzutreten, für den Fall, dass irgendwelches Gerede nach außen drang und Zeds Verfolgern zu Ohren kam. Und so log ich, geplagt von schlechtem Gewissen, meine besten Freunde an, wenn sie wissen wollten, was los war. Und dann war da noch Zeds Vorahnung, die Anlass zur Sorge gab – er war wütend, weil er nicht bei mir sein und mich nicht entsprechend beschützen konnte, und ich war nervös und schreckhaft, sobald ich mich draußen im Dunkeln aufhielt. Die ganze Situation setzte uns beiden ziemlich zu.

»Ist irgendwas zwischen Zed und dir vorgefallen, Sky?«, fragte mich Tina eines Tages, als wir den Kursraum für Halloween schmückten.

Ich hängte gerade eine Girlande mit Kürbislampions über dem Whiteboard auf. »Nein.«

»Es hatte echt so ausgesehen, als würde sich zwischen euch beiden was anbahnen, bis er dir das blaue Auge verpasst hat. Steckt vielleicht doch mehr dahinter, als du zugeben willst?«

Ja, ein winziges bisschen mehr. »Was denn zum Beispiel?«

Sie zuckte mit betroffener Miene die Achseln. »Er hat dich doch nicht geschlagen oder so was?«

»Nein!«

»Na ja, ist halt nur so, dass die Benedicts ein bisschen komisch sind. Keiner kennt sie so richtig. Es wird zwar viel über sie geredet, aber soweit ich weiß, ist noch kein Mädchen aus der Schule je mit einem der Jungs ausgegangen. Keine Ahnung also, was für Geheimnisse sie da oben auf ihrem Hügel zu verbergen haben.«

Ich beschloss, mit ebensolchen Kanonen zurückzuschießen. »Meinst du vielleicht die garstige Oma, die sie in den Keller gesperrt haben? Oder die Voodoo-Puppen, die von den verwesenden Hälsen ihrer Opfer hängen?«

Sie machte ein betretenes Gesicht. »Na ja, das natürlich nicht.«

»Zed schlägt seine Freundinnen nicht.«

Sie stürzte sich wie ein Geier darauf. »Ach, dann bist du also doch seine Freundin!?«

Ups. »Nicht wirklich. Ich bin nur eine Freundin.«

»Ich muss gestehen, dass ich erleichtert bin, das zu hören.« Tina drapierte irgendein spinnwebenartiges Material um das Schwarze Brett. »Hast du schon gehört, dass Nelson sich Zed vorgeknöpft hat? Wegen deinem blauen Auge.«

»Das hat er nicht getan!«

»Ja doch, in der Jungs-Umkleide nach dem Basketballtraining.«

»Ich hatte ihm doch aber gesagt, dass es nicht Zeds Schuld war.«

»Nelson hat eben diesen überaktiven Beschützerinstinkt. Das ist dir bestimmt auch schon aufgefallen. Da schlagen die Gene seiner Großmutter durch, die wie ein Argus alles beobachtet, nur dass es sich bei ihm anders äußert.«

»Gab's Verletzte?«

»Nein. Der Coach ist dazwischengegangen. Beide müssen nachsitzen. Und Zed steht mal wieder ganz oben auf der Anwärterliste für einen Schulverweis.«

»Das habe ich nicht gewollt.«

»Was jetzt? Dass sich Jungs wegen dir prügeln? Du solltest dich geschmeichelt fühlen.«

»Das sind doch Idioten.«

»Na ja, es sind eben Jungs. Sich wie ein Idiot aufzuführen gehört zum Programm.«

Ich überkreuzte Zeige- und Mittelfinger. »Also, Zed und ich, wir mögen uns, aber weiter läuft da nichts.« Wenigstens nicht, solange wir noch in Lebensgefahr schwebten.

»Okay, verstehe. Dann bist du ja aus dem Schneider.« Aber ich merkte ihr an, dass sie nicht restlos überzeugt war. »Und hast du Lust, mit uns an Halloween rumzuziehen und um Süßkram zu betteln?«

»Ist das nicht eher was für kleine Kinder?«

»Das hält uns Große aber nicht davon ab, Party zu

machen. Wir verkleiden uns, sehen uns das Spektakel in den Straßen an und dann hängen wir noch bei irgendjemandem zu Hause ab. Mom hat gesagt, dieses Jahr können alle zu uns kommen.«

»Und als was verkleidet ihr euch so?«

»Ach, ganz verschieden, als Hexe, Geist oder Voodoo-Puppe-die-vom-Hals-der-im-Keller-verwesenden-Omi-hängt – so was in der Art eben.«

»Klingt witzig.«

Peinlicherweise war Simon total Feuer und Flamme für die Sache mit dem Halloween-Kostüm. Er benutzte für seine Kunstwerke oft Textilien, und als ich den Fehler machte, ihm von der Halloween-Party zu erzählen, war er nicht mehr zu bremsen. Er nähte einen Skelett-Anzug aus einem phosphoreszierenden Stoff, der gespenstermäßig leuchtete, und bastelte eine täuschend echt aussehende Schädelmaske. Für Sally und sich machte er das gleiche Kostüm noch mal.

»Ihr wollt doch nicht etwa mit mir mitkommen?«, fragte ich erschrocken, als er die Masken am Morgen von Halloween in der Küche präsentierte.

»Natürlich.« Er zuckte nicht mit der Wimper, aber ich bemerkte das Lachen in seinen Augen. »Genau, was sich ein Teenager wünscht: dass die Eltern am ersten Abend nach vierzehn Tagen Hausarrest zur Party einer Freundin mitkommen.«

»Sag mir, dass er lügt!«, flehte ich Sally an.

»Natürlich lügt er. Wir haben uns nur bezüglich der amerikanischen Kostümierungstradition zu Halloween belesen und herausgefunden, dass es unsere Pflicht als

ehrbare Bürger von Wrickenridge ist, die Haustür in möglichst schauriger Aufmachung zu öffnen und dann Karies unter den jüngeren Einwohnern zu verbreiten.«

»Ihr wollt die Süßigkeiten in diesen Kostümen verteilen?«

»Jepp.« Simon tätschelte liebevoll die Schädelmaske.

»Bin ich froh, dass ich nicht zu Hause bin!«

Meine Freunde trafen sich alle um sieben Uhr draußen vor dem Supermarkt, eine wild aussehende Horde von Hexen, Geistern und Zombies. Die Atmosphäre war nahezu perfekt: eine stockdunkle, mondlose Nacht und als i-Tüpfelchen wallte sogar leichter Nebel auf. Zoe hatte sich als Vampir verkleidet, mit rot gefüttertem Umhang und langen weißen Eckzähnen. Tina ging als Zauberer mit einem spitzen Hut, langem Umhang und kleinen aufgemalten Silbersternen im Gesicht. Nelson war als hirntoter Zombie verkleidet – wofür er kein großartiges Kostüm brauchte (ha, ha). Ich fühlte mich ein bisschen unbehaglich in meinem knalleng sitzenden Skelett-Anzug.

Nelson klopfte an meinen Gipsschädel. »Klopf, Klopf, wer ist da?«

»Ich bin's, Sky.«

Er lachte. »Du siehst toll aus. Woher hast du den Anzug? Aus dem Kostümverleih?«

Ich nahm die Maske ab. »Nein, den hat Simon genäht.«

»Krass.«

»Er und Sally sitzen zu Hause rum in genau dem gleichen Kostüm.«

Im Scherz zog er mich in Richtung unseres Hauses. »Echt cool. Komm, lass uns bei euch klingeln!«

Ich stieß ihm mit dem Ellbogen in die Rippen. »Wenn du den anderen diesen Vorschlag machst, ziehe ich dir höchstpersönlich dein totes Hirn zu den Ohren raus und verfüttere es an deine Zombie-Kumpel.«

»Autsch! Sehr anschauliche Drohung – gefällt mir!«

Mich fröstelte leicht in meinem Kostüm. »Könnten wir uns mal langsam in Bewegung setzen, Tina?«

»Ja, los geht's!«

Tina drückte jedem von uns eine Laterne in Kürbisform in die Hand und dann zogen wir los, um uns das Treiben in den Straßen anzuschauen. Kinder in den abenteuerlichsten Kostümen marschierten in Begleitung ihrer Eltern vorbei. Das ursprüngliche Geistermotto schien sich im Laufe der Zeit verselbstständigt zu haben, denn offenkundig sprach nichts dagegen, dass kleine Mädchen ihre Lieblingsprinzessinnen-Kleider anzogen oder kleine Jungs als Spiderman gingen. Im Mittelpunkt stand ganz eindeutig das Horten von Süßkram und nicht das Angst-und-Schrecken-Verbreiten. Ein paar ältere Kids lieferten sich eine Wasserpistolenschlacht, aber die meisten Kinder waren zu sehr damit beschäftigt, sich in den Zuckerrausch zu futtern, als dass sie an Haustüren, die sich beim Anklingeln nicht öffneten, randaliert hätten.

Als wir uns Tinas Haus näherten, tauchte aus dem Nebel ein Werwolf auf, mit riesigen Zottelpfoten und einer Maske, aus deren Ohren Haare sprossen, und schloss sich unserer Gruppe an. In jeder anderen Nacht

hätte sein Erscheinen für Panik gesorgt, aber an Halloween zuckte niemand auch nur mit der Wimper. Der Werwolf schlüpfte durch die Menge und schlich sich an mich heran. Vornübergebeugt knurrte er in mein Ohr.

»Zed?«, kreischte ich.

»Pst. Es soll niemand mitkriegen, dass ich hier bin. Und bitte schick mir auch keine Gedanken rüber für den Fall, dass jemand mithört.«

Ich kicherte. Es war schon beinahe absurd, wie sehr ich mich darüber freute, dass er hergeschlichen war, um mich zu sehen. »Ah, Wolfman, du bist der Meister der Verstellung und hältst alle Schurken zum Narren.«

»Ich falle gar nicht weiter auf, stimmt's? Ich wusste, dass du im Dunkeln hier draußen rumturnen würdest, drum bin ich gekommen.«

An den wahren Horror, der uns in dieser Nacht des gespielten Horrors drohte, hätte Zed mich nicht erinnern müssen. Daher war ich mehr als froh, ihn bei mir zu haben.

Eine Zottelpfote schob sich um meine Taille. »Ich weiß allerdings nicht, ob ich mit deinem Kostüm so ganz einverstanden bin. Hättest du dir nicht einen Umhang oder so was überwerfen können?«

»Mir ist echt kalt. Daran hat Simon nicht gedacht, als er das Kostüm für mich gemacht hat.«

Er schlüpfte aus seinem Mantel und legte ihn mir um die Schultern. »Dein Dad hat das Kostüm gemacht? Reden wir hier über denselben Kerl, der dich einsperren möchte, bis du dreißig bist? Hat er seit unserer letzten Begegnung einen Charakterwandel durchlebt?«

»Das Kostüm ist ein Kunstwerk. Er hat nicht bedacht, wie seine Tochter darin aussehen würde, ihm ging's nur um die Gestaltung. Er und Sally sitzen übrigens zu Hause und tragen genau das gleiche.«

Er gluckste leise.

»Und wissen deine Eltern Bescheid, dass du ausgegangen bist?«, fragte ich.

»Nein, sie sind noch immer der Meinung, wir sollten uns verschanzen und Haus und Hof verteidigen. Offiziell schraube ich also gerade in der Garage an meiner Maschine herum. Xav deckt mich.«

»Und wenn sie was merken? Wie werden sie reagieren?«

Er runzelte die Stirn. »Das kann ich nicht sehen Das ist schwierig bei der eigenen Familie. In einem Haus voller Savants gibt es zig Möglichkeiten, deshalb wird die Zukunft ganz verschwommen. Und mit dir ist es ganz ähnlich: Je näher ich dir komme, desto weniger kann ich über dich sehen.«

»Heißt das etwa, ich könnte dich jetzt beim Skat schlagen?«

»Vermutlich. Aber wahrscheinlich kann ich dir dann auch nicht mehr beim Torhüten helfen – hat alles eine Kehrseite ...«

»Das macht mir nichts. Es ist sowieso nicht so angenehm zu wissen, dass du die ganze Zeit so viel siehst. Das gibt mir irgendwie das Gefühl ... hm, wie soll ich sagen ... in der Zukunft eingesperrt zu sein.«

»Ja, ich find's anders auch besser. Fühlt sich normaler an.«

Wir erreichten Tinas Haus. Sie hatte sich mächtig ins Zeug gelegt: In jedem Fenster grinste ein ausgehöhlter Kürbis und die Veranda war flächendeckend mit Spinnen, Fledermäusen und Schlangen geschmückt. Ihre Mutter öffnete als Hexe verkleidet die Tür, mit ewig langen falschen Wimpern und blutrotem Nagellack. Ich konnte Tinas ältere Brüder hinten im Garten sehen, die trockenes Reisig fürs Lagerfeuer sammelten.

»Lass uns reingehen und eine Weile bleiben, dann schleichen wir uns weg«, schlug Zed vor. »Ich möchte so gerne mal wenigstens für eine Stunde mit dir allein sein. Es bringt mich noch um, dass wir uns in der Schule immer nur so kurz und heimlich sehen, und immer mit der Angst im Nacken, dass jemand hereinplatzt.«

»Okay, aber ich kann nicht allzu früh abhauen.«

»Ich werde mich da drinnen von dir fernhalten. Falls mich irgendjemand in dem Kostüm erkennt, wird er sich nichts dabei denken. Schließlich hat Tina mich auch eingeladen.«

Alle versammelten sich in der Küche. Tinas Mutter hatte für uns einen riesigen Kessel mit Popcorn gemacht sowie grünen Wackelpudding, mit dem wir uns mit verbundenen Augen gegenseitig füttern sollten. Mit der Schädelmaske war das nicht möglich und so setzte ich sie ab. Zed hielt sich im Hintergrund und behielt sein Werwolfkostüm an.

Nelson sollte mich füttern, während Tina ihm Anweisungen gab. Zwangsläufig landete mehr auf mir als in meinem Mund.

»Igitt. Ich brauche jetzt eine Dusche!«, krächzte ich,

als sich der Löffel in meinen Hals bohrte und der Wackelpudding auf meine Brust platschte.

»Apfeltauchen!«, schlug Tina vor. »Das ist fast so gut wie eine Dusche.«

Ich stellte mich zu ungeschickt an, um meinen Apfel aus dem Wasser zu fischen. Zoe war die Beste von uns allen.

»Das liegt an ihrem großen Mundwerk«, erklärte Tina, woraufhin Zoe sie mit Wasser bespritzte.

Ich sollte um Mitternacht zu Hause sein, und da ich noch etwas Zeit mit Zed verbringen wollte, seilte ich mich unter einem Vorwand um 22 Uhr 30 ab.

»Und du kommst allein nach Hause?«, fragte Tina, während sie ihren iPod programmierte, um die Disco zu starten.

»Ja, ich werde nach Hause gebracht.«

»Okay. Dann bis morgen!«

»Danke für die Party. Es war grandios.«

Sie lachte. »Ich liebe deine britische Höflichkeit, Sky. Es war grandios!«, ahmte sie mich nach. Gackernd vor Lachen stürzte sie sich auf Nelson und zog ihn zum Tanzen in die Mitte der Küche.

Ich trat auf die Veranda hinaus, wo Zed bereits auf mich wartete.

»Fertig?«, fragte er.

»Mhm. Wo gehen wir hin?«

»Lass uns in deine Richtung gehen. Auf dem Weg liegt ein nettes kleines Café, das bestimmt noch offen hat.«

»Sind wir da denn in Sicherheit?«

»Ich denke schon. Wir setzen uns an einen Tisch ganz

hinten in der Ecke. Es ist zwar praktisch, dass ich in dem Kostüm nicht weiter auffalle, trotzdem möchte ich nicht den ganzen Abend die Maske tragen.«

Ich hielt ihm den Gipsschädel hin. »Soll ich den jetzt wieder aufsetzen? Irgendwie komme ich mir dämlich vor, wenn ich den aufhabe.«

»Na ja, aber wenn du ihn nicht trägst, könnte man meinen, du möchtest, dass jeder weiß, wer in dem Skelett-Anzug steckt ….«

»Wo du recht hast, hast du recht.« Ich stülpte mir den Schädel über und musste unwillkürlich lachen. »Das ist unser zweites Date, richtig?«

»Genau. Ich hab dir doch versprochen, dass ich das erste toppen würde.« Er verschränkte seine Finger mit meinen: Zottelpfote mit Skelettknochen.

Das Café war rappelvoll mit Eltern, die sich eine Aufwärmpause gönnten, nachdem sie den ganzen Abend mit ihren aufgekratzten Kindern von Tür zu Tür gelatscht waren. Wir mussten warten, bis der Tisch in der Ecke frei wurde.

»Was nimmst du?«, fragte Zed.

»Eine heiße Schokolade mit allem Drum und Dran.«

Als er zurückkam, trug er ein Tablett mit einem hohen Glas, in dem sich auf einer Portion Milch ein Sahneberg mit Marshmallows türmte, daneben lag ein Schokostick zum Einrühren. Für sich hatte Zed eine Tasse schwarzen Kaffee bestellt.

»Du hast ja keine Ahnung, was du verpasst«, seufzte ich genießerisch, den Geschmack von geschmolzenem Marshmallow mit Schokosirup auf der Zunge.

»Ich glaube, für mich ist es ein ebenso großer Genuss, dir dabei zuzusehen.« Er trank einen Schluck Kaffee. »Ich weiß, das ist ein ziemlich schäbiges Date – tut mir leid.«

»Na ja, du kennst mich ja: Ich bin gerade dabei, mir auszurechnen, wie viel du für mich ausgegeben hast. Und das nächste Mal erwarte ich Kaviar in einem Fünf-Sterne-Restaurant.«

»Ich könnte dir noch einen Burger im Imbiss anbieten, wenn du Hunger hast.«

Ich zog ihm eine Pelzpfote von der Hand. »Sei nicht albern. Das nächste Mal lade ich dich ein. Jeder ist mal an der Reihe.«

Er streichelte meinen Handrücken, seine Berührung jagte mir einen kribbeligen Schauer über den Rücken. »Es macht mir nichts aus, die Rechnung zu teilen, aber trotzdem ist es mir lieber, wenn ich für mein Date bezahle. Ich glaube, es würde mir trotzdem nicht gefallen, wenn du für mich bezahlen würdest.«

Ich lachte. »Du kommst aus der Steinzeit, was?«

»Du hast meinen Dad und meine Brüder doch kennengelernt. Das sagt wohl alles.«

Als wir uns auf den Heimweg machten, war es auf den Straßen schon viel ruhiger geworden. Die schneebedeckten Bergspitzen leuchteten im Mondlicht und die Sterne glitzerten als kleine weiße Punkte in einem schwarzen Himmel, so weit weg und doch so klar.

»Da fühle ich mich gleich ganz klein«, sagte ich und stellte mir vor, wie unendlich weit entfernt sie waren.

»Tut mir leid, dass ich dir das jetzt so schonungslos sagen muss, Sky, aber du bist klein.«

Ich knuffte ihn in den Magen und er schnaufte pflichtgemäß »Uff!«, obwohl ich bezweifelte, dass ich ihm auch nur ansatzweise wehgetan hatte. »Hör mal, ich hatte hier gerade einen tiefschürfenden Moment – so eine ›Ist-das-Universum-nicht-überwältigend‹-Erfahrung. Etwas mehr Respekt, bitte.«

Er grinste. »Nicht ganz einfach, solange du ein Skelett-Kostüm trägst. Weißt du eigentlich, dass du im Dunkeln leuchtest? Das hat noch keines meiner Dates getan!«

»Und wen hast du bitte gedatet, Mr Benedict? Tina hat gesagt, in eurer Familie geht man nicht mit Mädchen aus Wrickenridge aus.«

»Das stimmt. Du bist eine Ausnahme. Ich hatte ein paar Dates – die meisten Mädchen stammten aus Aspen.« Er umschlang meine Taille. »Und wie steht es mit dir?«

Mir schoss die Röte ins Gesicht und ich verfluchte mich, dass ich dieses Thema angeschnitten hatte. »Meine Freunde zu Hause in England haben tatsächlich mal ein Date für mich arrangiert. Es war die reinste Katastrophe. Der Typ war so selbstverliebt, das war echt kaum zu glauben.«

»Dann warst du also nur seine Vorzeigeschnitte.«

»Wie bitte?«

»Du solltest nur sein Image aufpolieren.«

»Schätze schon. Wir sind nur zweimal aus gewesen, dann hatte ich die Nase voll. Wie du siehst, sind meine Erfahrungen also sehr begrenzt.«

»Tut mir jetzt nicht leid, das zu hören. Hat dir die Party gefallen?«

»Die Spiele waren total albern, haben aber Spaß gemacht.«

»Ich hatte gehofft, dass du das erwähnen würdest. Mich hat ja besonders fasziniert, was mit dem Wackelpudding passiert ist.« Er küsste meinen Hals. »Wusste ich's doch, du hast ganz zweifellos nicht alles abgewischt.«

»Zed!« Mein Protest war jedoch nur halbherzig – dafür genoss ich seine Aufmerksamkeit viel zu sehr.

»Scht! Ich bin hier gerade beschäftigt.«

Als das ›große Saubermachen‹, wie er es nannte, vorbei war, bogen wir in meine Straße ein. In dem Moment kamen zwei Jungen, verkleidet als Axtmörder, lauthals brüllend aus dem Nebel gerannt. Sie hatten blutverschmierte Hände und in ihren Köpfen steckten Messerattrappen. Einer trug eine Klinge in der Hand.

»Jetzt gibt's ein Blutbad! Tötet den Wolf! Tötet das Skelett!«, schrie er. »Angriff!« Er stürmte auf mich zu, seine Tüte mit Süßkram platzte und die Bonbons verteilten sich überall auf dem Gehweg. Er blieb nicht stehen, seine Blutlust sah sehr überzeugend aus. Das Messer kam auf mich zugesaust und ich versuchte, mich wegzuducken. Ich schrie.

Zed brannte die Sicherung durch. Er packte den Jungen, verdrehte ihm das Handgelenk, sodass das Messer scheppernd zu Boden fiel, stieß ihn nieder und kniete sich auf seine Brust.

»Hör auf, Zed!«, kreischte ich. »Er wollte mir nichts tun, das war doch nur ein Spiel!«

Der andere Junge stürzte sich auf Zed und dann flo-

gen die Fäuste, während alle drei ineinander verknäult durch Kunstblut und platt gedrückte Bonbons rollten. Ich hatte keine Möglichkeit, die Jungs von Zed zu trennen. Mein Schreien und die Flüche der Jungs riefen die Nachbarn herbei.

Mrs Hoffman eilte aus ihrem Haus heraus. »Polizei! Ich rufe die Polizei!« Sie verschwand wieder nach drinnen.

»Nein, nicht! Hör auf, Zed – hör auf!«

Zu allem Übel kamen meine Eltern herbeigerannt.

»Sky, was zum Teufel passiert hier?«, schrie Simon, als er auf mich zulief.

»Mach, dass sie aufhören, Simon. Bitte!«

Simon packte einen der drei hinten an der Hose und zerrte ihn aus dem Knäuel. Der Kerl versuchte noch, sich zu befreien, als ein Polizeiauto in unsere Straße einbog. Kurz heulte die Sirene auf, dann wurde die Straße in kreisendes Blaulicht getaucht. Zwei weitere Nachbarn hatten die beiden prügelnden Jungs erreicht, bevor der Polizist aus seinem Auto steigen konnte; sie trennten Zed von dem zweiten Axtmörder.

Der Polizist warf einen Blick auf den Tumult und seufzte. »Und wer erzählt mir, was hier eigentlich los ist?« Er zückte sein Notizbuch. »Dich kenne ich, Zed Benedict, und das hier sind die Gordano-Zwillinge, richtig? Und wer ist dieses Skelettmädchen?«

»Ihr Name ist Sky. Sky Bright, meine Tochter«, sagte Simon steif. »Sie hat sich nicht geprügelt.«

»Sie sind diese englische Künstlerfamilie, stimmt's?«

»Ja, Sir.«

»Ich kenne diese Burschen – Die Jungs sind in Ordnung«, sagte er mit Blick auf die Zwillinge. »Mit denen gab's noch nie Ärger. Wer hat angefangen?«

Der Blick des Polizisten wanderte zu Zed und mir. Er glaubte bereits zu wissen, wer schuld war.

»Er hat Sky angegriffen.« Zed wischte sich Blut von der aufgeplatzten Lippe.

»Mann ey! Ich hab doch nur Spaß gemacht, Alter. Es ist Halloween, schon vergessen? Zed ist total ausgerastet, Officer Hussein.« Der Axtmörder hielt sich die Rippen.

»Ich nehm euch mit aufs Revier, Jungs. Der Bereitschaftsarzt wird sich das ansehen und dann rufen wir eure Eltern an.«

»In Ordnung, Officer«, stöhnten die Zwillinge.

»Ab ins Auto mit euch.«

Zed warf mir einen verzweifelten Blick zu. Unser heimliches Date stand mitten im Rampenlicht.

»Und nun zu dir, junge Dame. Deine Sicht würden wir auch gerne hören. Vielleicht können dich deine Eltern ja aufs Revier bringen. So wie's aussieht, habe ich nämlich schon alle Hände voll zu tun mit Psychokillern und Werwölfen.«

»Ich bringe sie«, sagte Simon kurz angebunden.

Na toll. Date Nummer zwei endete also auf dem Polizeirevier.

Kapitel 15

Ich traute mich nicht, Telepathie anzuwenden, auch wenn die Verlockung groß war. Simon kochte vor Wut, dass ich ohnehin bezweifelte, irgendeine Nachricht könnte diese Gewitterwolke durchdringen.

»Ich werde dich nicht fragen, weshalb du mit ihm unterwegs warst, bis wir wieder zu Hause sind«, schnaubte Simon, als er mich, das Lenkrad fest umklammert, zum Polizeirevier fuhr.

Das gab ja richtig Anlass zur Vorfreude!

»Aber es sieht nicht gut aus für dich, Sky. Du hast unser Vertrauen missbraucht. Wir haben dich gebeten, dass du dich von ihm fernhältst – zu deiner eigenen Sicherheit.«

Er hatte recht. Natürlich hatte er recht. Aber es war ja nicht so, dass ich das alles von langer Hand geplant hatte. Ich hatte mich spontan dazu hinreißen lassen. Wir hatten geglaubt, genug Vorsichtsmaßnahmen getroffen zu haben, sodass uns ein simples Date in einem Café harmlos erschienen war.

»Und ich hätte nicht gedacht, dass ich meinen Abend damit zubringe, dich zum örtlichen Knast zu kutschieren!«

Ich schlang die Arme um die Knie, mir schwirrte der Kopf.

»Wir versuchen uns in Wrickenridge einen guten Namen zu machen, Sky. Deine Mätzchen sind da nicht gerade hilfreich. Womöglich schickt uns Mr Rodenheim postwendend nach England zurück, wenn wir ein schlechtes Licht auf sein Künstlerhaus werfen.«

Mein Kopf sank auf die Knie. Ich war böse gewesen.

Simon blickte zu mir herüber, beunruhigt durch mein Schweigen.

»Ach, verdammt noch mal, Schatz, tu das nicht.« Er hielt am Straßenrand und streichelte mir über den Kopf. »Ich habe einfach nur große Angst um dich.«

»Tut mir leid.«

»Du gibst mir das Gefühl, ein Monster zu sein. Ich bin sauer, aber eher auf diese blöden Kerle als auf dich. Ich weiß, dass du mit dieser Schlägerei nichts zu tun hattest. Bitte.«

Ich blickte zu ihm hinauf. Bestimmt sah er die Tränen in meinen Augen.

»Ich wollte einfach nur mit ihm zusammen sein.«

»Ich weiß, Schatz.«

»Ist das so falsch?«

»Nein, unter normalen Umständen sicher nicht.«

»Wir sind doch nur in ein Café gegangen. Draußen auf der Straße hatten wir fast die ganze Zeit unsere Masken auf.«

Simon seufzte schwer. »Ach, noch mal sechzehn sein! Und schon endet ein Cafébesuch auf dem Polizeirevier.«

»Zed ist wegen des Vorfalls im Wald total nervös. Dieser Axtmörder wirkte ziemlich echt und ich hab geschrien, ich konnte einfach nicht anders. Zed dachte, ich wäre in Gefahr.«

»Dann hat er also überreagiert. Das kann ich gut nachvollziehen, denn offenbar ist das auch meine größte Schwäche. Dann wollen wir doch mal sehen, wie wir ihn da wieder raushauen können.«

Zed saß im Wartebereich, aber der diensthabende Officer lotste mich durch den Raum, ohne dass ich mit ihm sprechen durfte. Ich wurde in Officer Husseins Büro geführt, als man die Gordano-Zwillinge gerade ihrer Mutter übergab. Insgeheim wünschte ich mir, ich hätte Zeit gehabt, mein Skelett-Kostüm gegen andere Klamotten zu tauschen.

»Nicht ihre Schuld«, murmelte der eine Zwilling.

»Sehen für mich aus wie Gesockse«, sagte Mrs Gordano, die Nase in die Luft gereckt.

»Sky, setz dich.« Officer Hussein schob eine Flasche Wasser zu mir herüber. »Ich glaube, ich habe mir ein umfassendes Bild machen können, möchte aber gerne noch deine Version hören.«

Ich umriss kurz, was sich ereignet hatte, nachdem wir das Café verlassen hatten.

»Was ich nicht verstehe«, sagte Officer Hussein und kratzte sich dabei müde die Brust – er hatte bereits eine

lange Nacht hinter sich und dabei war es gerade mal Mitternacht –, »ist, warum Zed nicht erkannt hat, dass es sich nur um einen Scherz gehandelt hat. Ich meine, er ist ein großer Kerl und fällt über einen Jungen her, der einen Kopf kleiner ist als er. Das kapier ich einfach nicht.«

»Zed Benedict wollte seine Freundin beschützen, Officer«, sagte Simon zu Zeds Verteidigung und überraschte mich damit auf ganzer Linie. »Mag sein, dass er einen Kopf größer ist als der andere junge Mann, aber Sky ist kleiner als jeder Einzelne von ihnen. Er hat in dem Jungen einen Angreifer gesehen, der sie mit einem Messer attackieren wollte. Manchmal kann man nicht mehr klar denken, wenn man sich um jemanden sorgt.«

»Ist jemand verletzt worden?«, fragte ich.

Officer Hussein klopfte auf den vor ihm liegenden Notizblock. »Nichts Ernstes. Bei Ben Gordano sind jetzt zwei Zähne locker, aber das sollte der Zahnarzt wieder richten können. Wird allerdings nicht ganz billig.«

»Vielleicht kann Zed ja die Hälfte der Kosten zuschießen? Das wäre doch eine angemessene Strafe«, schlug Simon vor.

Officer Hussein erhob sich.

»Ja, das klingt gut. Keiner will wegen so was einen Eintrag in die Polizeiakte kassieren.«

Er brachte uns persönlich zum Wartebereich zurück. In der Zwischenzeit war auch Zeds Familie eingetrudelt – seine Eltern, Xav, Yves und Victor, alle waren gekommen – und er musste sich eine Standpauke wegen Ausbüxens und Prügeleien auf offener Straße

anhören. Zed wirkte eher gefrustet als reumütig, war wieder der mürrische Wolfman, so wie ich ihn anfangs kennengelernt hatte. Officer Hussein klatschte in die Hände, um auf sich aufmerksam zu machen.

»Okay, okay, Leute, wir wollen heute noch zum Ende kommen. Ich möchte mich jetzt mit Zed unterhalten, dann können alle wieder nach Hause.« Er nahm Zed mit in sein Büro und ließ mich bei den Benedicts zurück.

Victor ergriff das Wort. »Mom, Dad, das ist Mr Bright, Skys Vater.«

Simon und die Benedicts nickten sich förmlich zu. Ich glaube, Saul fand mich jetzt nicht mehr so nett. Er und Karla sahen eher so aus, als hätten sie wegen mir einen sauren Geschmack auf der Zunge. Nur Xav und Yves lächelten mich freundlich an.

»Mir gefallen eure Anzüge«, flüsterte Xav. »Wollen dein Dad und du einen neuen Trend starten?«

Yves kratzte sich am Kinn. »Faszinierend. Weißt du eigentlich, dass jeder einzelne Knochen anatomisch korrekt ist? Wer immer diese Dinger gemacht hat, denkt wie ein Mediziner.«

Erst da fiel mir auf, dass sich Simon auch noch nicht umgezogen hatte. Er hatte sich zwar einen Mantel übergeworfen, aber darunter blitzte unverkennbar der Beweis hervor, dass auch er leuchtende Stoffknochen am Leib trug.

Ich stöhnte. »Tötet mich jetzt und vergrabt mich später!«

»Und ich dachte, dass das bei einem Skelett bereits passiert wäre.« Xav grinste.

»So was macht hier im Ort schnell die Runde, weißt du.« Yves Augen funkelten hinter seinen Brillengläsern.

»Na, wenn das kein Trost ist.«

Xav rieb sich die Hände. »Ja, alle werden sich darüber das Maul zerreißen, dass Zed in Handschellen abgeführt und in einem Polizeiauto weggebracht worden ist.«

»Er war nicht in Handschellen.«

»Aber er wurde in einem Polizeiauto weggebracht. Wobei die Geschichte mit Handschellen besser klingt. Ihr beide seid jetzt berüchtigt. Ich glaube, Zed wird's gefallen. Poliert mächtig sein Ansehen auf.« Er zog an meinem Flechtzopf, aus dem sich einzelne Strähnen gelöst hatten. »Keine Sorge, Sky, ich werde trotzdem noch mit dir reden.«

»Danke, du bist ein wahrer Held.«

Die Art, wie wir uns von den Benedicts trennten, erinnerte mich an Szenen aus alten Kriegsfilmen, in denen feindliche Gefangene ausgetauscht wurden.

Zed und ich wurden separat voneinander zu den jeweiligen Familienautos gebracht. Er sah aschgrau aus.

Ich fühle mich, als hätte ich eins übergebraten gekriegt. Er wagte einen telepathischen Gedanken, selbst auf die Gefahr hin, dass man uns hörte. *Aber ich kann nicht gehen, ohne dir zu sagen, dass es mir leidtut. Wieder mal.*

Was ist passiert?

Ich habe die Beherrschung verloren, bin ausgetickt – alles wegen meiner verfluchten Gabe. Weißt du, ich habe vor Monaten gesehen, was passieren würde. Ich habe den Messerangriff auf dich gesehen. Mir war nur nicht klar, dass das Ganze lediglich gespielt war.

Aber das ist doch gut, oder? Dann gab es gar keine ernsthafte Gefahr.

Ja, aber im Tausch gegen die in meiner Einbildung heraufbeschworene Bedrohung bist du durch die Attentäter ganz konkret in Gefahr geraten. Herzlichen Glückwunsch und willkommen in der wunderbaren Welt der Benedicts. Ich höre jetzt besser auf zu reden. Dad guckt mich schon so komisch an.

Zed?

Ja?

Pass auf dich auf.

Ja, und du auf dich. Ich hab dich lieb.

Er brach die Unterhaltung ab.

»Sky, geht's dir gut?«, fragte Simon, als er den Zündschlüssel im Schloss drehte. »Du bist ein bisschen blass um die Nase.«

»Mir geht's gut. Ich brauche nur ein wenig Schlaf.«

Simon gähnte. »Zuerst müssen wir beim Boss Bericht erstatten.«

Zed hatte mich lieb – vielleicht. Ich war mir nicht sicher, ob ich ihm glauben sollte. Das Letzte, was ich wollte, war, mich zu verlieben, weil ich mich ganz tief in meinem Inneren daran erinnerte, dass Liebe wehtat.

Unser großartiger Plan, so zu tun, als wären wir kein Pärchen, war durch unseren Abstecher zum Polizeirevier zunichtegemacht. Die Gerüchteküche kochte so heiß, dass ich sie mit Gleichgültigkeit oder Leugnen nicht mehr abkühlen konnte. Zed war das offensichtlich von vornherein klar, denn er suchte mich nach der ers-

ten Unterrichtsstunde auf und schleppte mich ohne jegliche Vertuschungsversuche in den nächsten leer stehenden Raum.

»Alles okay?« Er umarmte mich.

»Bestens.«

»Ich habe alle von diesem wahnsinnig sexy Skelett reden hören. Offenbar musste es auf dem Polizeirevier antanzen, zusammen mit irgend so einem Blödmann, der sich mit zwei Zehntklässlern angelegt hat.«

»Was haben deine Eltern gesagt?«

Er lachte künstlich. »Willst du das wirklich wissen? Ich muss meine Schulden wegen Bens Zähnen mit Zusatzaufgaben bei ihnen abarbeiten und mich bei den Gordanos entschuldigen. Und ich musste schwören, dass ich nicht mehr heimlich abhaue, um dich zu treffen. Ich komme mir vor, als wäre ich wieder neun Jahre alt. Und bei dir?«

»Es war ganz okay. Simon gibt dir die Schuld.«

»Na toll.«

Ich hätte gerne gewusst, ob es Zed tatsächlich ernst gewesen war, als er gesagt hatte, dass er mich lieb habe, aber ich traute mich nicht zu fragen.

Er umarmte mich noch einmal. »Ja, das war mein Ernst.«

»Hör auf, Gedanken aus meinem Kopf zu klauben.«

Er ignorierte meinen Einwand. »Ich glaube, ich habe es bereits von dem Moment an geahnt, als du mich auf dem Parkplatz zusammengestaucht hattest, aber als ich dich letzte Nacht in deinem Skelett-Kostüm auf dem Revier gesehen habe, wie du dich vor der Polizei für

mich stark gemacht hast, da wusste ich es mit Sicherheit.« Er schaute auf mich herunter und nahm mein Gesicht in seine Hände. »Mir ist klar, dass es für dich immer noch schwierig ist, wenn ich dir so etwas sage, aber wir beide sind keine Zufallskonstellation, Sky: Ich empfinde so viel für dich, das erschreckt mich zu Tode. Du bist einfach alles … dein Lächeln, deine Art zu denken, deine Art, verlegen zu werden, wenn ich dich aufziehe, deine Dickköpfigkeit.«

Einerseits wollte ich das alles hören, andererseits auch nicht – wie konfus war das denn? »Du hast bemerkt, dass ich dickköpfig bin?«

»Das ist kaum zu übersehen. Für mich bist du die Melodie, die genau zu meinem Rhythmus passt.« Er hielt mich mit seinem Blick gefangen. »Ich bin in dich verliebt.«

»Wirklich?«

Seine Augen schienen eine Spur dunkler zu werden. »Sky, ich habe noch nie so empfunden und es macht mir Angst.«

»Also, wow. Ähm … vielleicht solltest du versuchen, drüber hinwegzukommen. Ich bin nicht besonders beziehungsfähig.«

»Und ob du das bist. Du musst dich nur langsam dran gewöhnen.« Er schlang seine Arme um mich, sodass ich meinen Kopf an seine Brust legen und seinem kräftigen, gleichmäßigen Herzschlag lauschen konnte.

Ich war total durcheinander. Savants … Seelenspiegel … Letztlich lief alles darauf hinaus, dass ich mich mit Haut und Haaren auf ihn einließ. Ich hatte so viele Jahre

damit verbracht, mich zu schützen, indem ich niemanden an mich herangelassen hatte; konnte ich ihm so uneingeschränkt vertrauen und riskieren, seine Liebe zu erwidern? Was, wenn ich mich in ihn verliebte und meine Gefühle verletzt wurden? Was, wenn ihm etwas zustieß?

»Wie ist eigentlich der Stand der Dinge? Konnte Victor schon die Leute ausfindig machen, die hinter euch her sind, oder weiß er, wer euch verraten hat?«, fragte ich.

Zed ließ mich los und lehnte sich an einen Tisch. Er zog mich an sich heran, sodass mein Rücken seine Brust berührte, schlang von hinten die Arme um mich und legte sein Kinn auf meinen Kopf.

»Er vermutet, dass aller Wahrscheinlichkeit nach Daniel Kelly dahintersteckt.«

Ich drehte den Kopf, um ihm ins Gesicht zu sehen. »Hey, von dem hab ich schon mal gehört. Baut er nicht Wolkenkratzer?«

»Das ist nur ein kleiner Teil seiner Geschäfte. Zurzeit baut er eine Stadt-in-der-Stadt in Las Vegas, einen gigantischen Komplex mit Hotels, Kasinos und Apartments. Allerdings will er damit nur Geld waschen – was niemand auszusprechen wagt, weil man sonst sofort eine Klage nach der anderen am Hals hat. In seinem Imperium hat er die Schlüsselpositionen mit seinen Verwandten besetzt. Ein paar von ihnen sind richtig üble Verbrecher – die reinste Mafia. Zwei seiner Leute haben wir nach einem Mord in Denver festgenommen, wir glauben, die Tat erfolgte auf Kellys Befehl hin, allerdings fehlen uns dafür die Beweise. Die beiden Kerle sind

letzten Monat wegen vorsätzlichen Mordes verurteilt worden. Es war ganz groß in den Nachrichten.«

»Ich erinnere mich, dass in der Schule darüber gesprochen wurde.«

»Vic versucht herauszukriegen, ob sie einen Savant angeheuert haben, aber das ist nicht ganz so einfach. Sie werden nämlich auf keinen Fall mit einem Benedict sprechen und Vics Informanten haben dichtgemacht. Und jetzt hat's Kelly auf uns abgesehen. Will und Uriel gehen beide in Denver aufs College, sie passen aufeinander auf. Der Rest von uns hat Ausgangssperre bekommen.«

Wir verschränkten unsere Finger ineinander.

»Was ist Wills Gabe?«

»Er ist wie Dad und kann spüren, wenn sich Ärger anbahnt. Außerdem ist er ein großartiger Telekinist.«

»Was soll das denn sein?«

»Jemand, der Dinge mittels Gedankenkraft bewegen kann.«

»Beispielsweise Zitronen?«

»Ja.« Er grinste. »Ich hab's viel besser drauf als Xav.«

Die Schulglocke tönte im Flur. »Wenn ich jetzt nicht gehe, fehle ich schon wieder in Mathe.««

»Was für ein Pech! Mir hast *du* gefehlt.«

»Ich muss dann nachsitzen.«

»Dann werde ich auch nachsitzen. Super Idee.«

»Riskiert du damit nicht einen Rauswurf? Tina hat gesagt, du stehst auf der Abschussliste.«

»Nein, das würden sie nicht wagen. Dann schicke ich dich in deinem Knochen-Anzug zum Büro des Rektors. Ich liebe dieses Outfit!«

Als kein Kursteilnehmer in den Raum kam, war klar, dass wir noch eine weitere Stunde für uns hatten.

»Und, wirst du mir jetzt alles über deine Familie erzählen?«

Er setzte sich aufs Fenstersims und half mir hoch, damit ich neben ihm sitzen konnte. »Ja, ist vermutlich langsam an der Zeit, was? Wir alle haben mehrere Fähigkeiten, Telepathie gehört zum Beispiel dazu, aber jeder von uns hat außerdem eine Hauptbegabung. Dad spürt eben Gefahren. Mom sieht in die Zukunft und kann die Gedanken anderer Menschen lesen – sie und ich sind uns am ähnlichsten. Durch die Potenzierung ihrer Kräfte als Seelenspiegel können meine Eltern das Haus perfekt beschützen. Trace kann Gegenstände lesen; wenn er etwas berührt, kann er die Person oder das Ereignis sehen, durch die der Gegenstand an seinen Standort gelangt ist.«

»Ganz schön praktisch für einen Cop wie ihn.«

»Allerdings. Für Cops oder Archäologen. Uriel kann in die Vergangenheit sehen, ich glaube, das sagte ich bereits. Victor kann die Gedanken anderer Menschen beeinflussen …«

»Was?!«

»Ja, er steuert Emotionen und Gedanken. Nicht so toll, wenn man sich plötzlich einverstanden erklärt, den Abwasch zu machen, obwohl er an der Reihe ist. Xav ist ein Heiler. Und Yves beherrscht Energien, er kann Dinge explodieren lassen, Feuer fangen und so.«

»Verdammt! Yves sieht so … na ja, so harmlos und brav aus.«

»Mom sagt, es war echt beängstigend, als er noch klein war, aber jetzt hat er's im Griff.«

»Wie kommt es, dass deine Familie alle diese Sachen kann?«

»Wir können's einfach. Das ist so, als würde ich dich fragen, warum du blaue Augen hast.«

Die Frage war wie ein Eiswürfel, der an meinem Nacken hinabglitt. »Ich denke mal, ich habe sie von meinen leiblichen Eltern geerbt, aber so genau weiß ich's nicht, richtig? Sie haben mich ausgesetzt.«

»Tut mir leid, das war blöd von mir. Ich habe so was in deinen Erinnerungen gesehen.«

»Sally und Simon konnten keine eigenen Kinder bekommen und so haben sie mich bei sich aufgenommen, als alle anderen dachten, ich wäre zu gestört, um für eine Adoption infrage zu kommen. Vier Jahre lang habe ich kein Wort gesprochen, bis sie mich gerettet haben. Sie haben mich mit viel Geduld aus meinem Schneckenhaus hervorgelockt.«

»Sie sind ganz besondere Menschen.«

»Ja, das sind sie.«

»In vielerlei Hinsicht sind sie jetzt deine richtigen Eltern – ich kann Wesenszüge von ihnen in dir erkennen.«

»Was denn zum Beispiel?«

»Du bist so menschenfreundlich wie deine Mom und mit deiner Dickköpfigkeit schlägst du ganz nach deinem Dad.«

»Gut.« Mir gefiel die Vorstellung, dass ich Simons Charakterstärke geerbt hatte. »Er stammt aus Yorkshire. Es wird ihn freuen zu hören, dass es ansteckend ist.«

»Du brauchst dich nicht davor zu fürchten, was du von deinen leiblichen Eltern mitbekommen hast. Wenn ich dich anschaue, sehe ich nichts, dessen du dich schämen müsstest.«

»Dann sieh bloß nicht allzu genau hin.« Ich verschränkte die Arme.

»Mindestens einer von ihnen muss ein Savant gewesen sein.« Er nahm eine meiner Haarlocken und drehte sie spielerisch zwischen seinen Fingern. »Meine Familie stammt mütterlicher- und väterlicherseits von Savants ab. Dads Familie ist teils Ute – das ist ein Indianerstamm. Mom sagt, in ihrer Herkunftslinie gäb's alles Mögliche … Zigeuner und ein paar Iren und einen großen Anteil Mexikaner. Wir Kinder hatten da gar keine andere Chance, als Savants zu werden.«

»So läuft das also?«

»Ja. Meine Eltern haben innerhalb des Savant-Netzwerkes eine tragende Funktion – das ist so was wie das World Wide Web für diejenigen, die eine Gabe besitzen. Mithilfe von Moms Gabe werden Neuzugänge überprüft, um sicherzugehen, dass sie auch aus den richtigen Gründen beitreten wollen.«

»Schurken brauchen sich also nicht zu bewerben?«

Er schüttelte den Kopf. »Daran haben sie wohl auch kein Interesse. Ziel des Netzes ist es, unsere Gaben zum Wohle anderer einzusetzen. Wir halten uns zwar bedeckt, damit wir so normal wie möglich leben können, aber das hält uns nicht davon ab zu helfen, wo wir können.«

»Und du glaubst wirklich, dass ich auch ein Savant bin?«

»Ja, allerdings.«

»Aber ich kann keine Gegenstände mittels Gedankenkraft bewegen.«

»Hast du's schon mal versucht?«

»Ähm, nein. Ich wüsste gar nicht, was ich machen müsste. Ich dachte, ich hätte mal solche Farbkränze gesehen … Ich glaube, man nennt sie Auren … Aber das tu ich schon lange nicht mehr.« Und wenn, würde ich es nicht zugeben.

Wir saßen eine Weile Händchen haltend da und starrten aus dem Fenster. Der Himmel war mit dichten, bleigrauen Wolken verhangen. Es fing an zu schneien, dicke Flocken. Der Wind stieß in Böen hinein, trieb sie in die Schräge, bevor sie weiter zu Boden schwebten.

»Da ist er endlich«, sagte Zed. »Der erste richtige Schnee. Ich würde dir so gern das Skifahren beibringen, aber es wäre für dich zu gefährlich, wenn wir beide uns da draußen auf der Piste tummeln.«

»Ich schätze, das wäre keine so gute Idee.«

»Du solltest Tina fragen, ob sie's dir zeigt. Sie fährt ganz gut.«

»Vielleicht mach ich das. Aber sie wird mich auslachen.«

»Ja, das wird sie.« Er tat es schon wieder – er las die Zukunft.

»Andererseits: Nichts ist so peinlich wie der Skelett-Anzug.«

»Sprich ja nicht schlecht über den Anzug! Den werde ich aufheben und dich anbetteln, ihn bei besonderen Anlässen anzuziehen.«

Ich versetzte mir selbst einen Tritt. Ich durfte mich nicht in diesen Kerl verlieben, aber am liebsten wäre ich in ihn hineingekrochen und für alle Zeit bei ihm geblieben. »Bringst du mir bei, wie man sich abschirmt? Ich will nicht, dass deine Familie jeden Gedanken lesen kann, der mir in den Kopf kommt.«

Er legte einen Arm um mich. »Nein, das wollen wir auf keinen Fall. Ab und zu schnappe ich auch einen auf, weißt du. Ich mag die, in denen du …« Er flüsterte mir den Rest ins Ohr, woraufhin ich vor Scham beinahe tot umfiel.

»Abschirmen – ich muss lernen, mich abzuschirmen«, sagte ich, als meine Wangen aufhörten zu brennen.

Er lachte. »Okay. Die Technik ist total einfach, aber man braucht Übung. Am besten nutzt man Visualisierung. Stell dir eine Wand vor, dann platzierst du dich dahinter und behältst alle Gefühle, Ideen und Gedanken bei dir hinter dieser Mauer.«

»Was für eine Wand?«

»Es ist deine Wand, du kannst sie dir aussuchen.«

Ich schloss meine Augen und stellte mir die Tapete in meinem Zimmer vor. Türkis.

»Das ist gut.«

»Du kannst sehen, was ich sehe?«

»Ein Echo davon. Wenn sich jemand abschirmt, sehe ich das als eine Leerstelle. Und deine ist blassblau.«

»Meine Zimmerwände.«

»Ja, das ist gut. Das ist dir vertraut, dort fühlst du dich sicher. Wenn du diese Wand zwischen dir und einem Eindringling errichtest, wird er es schwer haben, etwas

über dich in Erfahrung zu bringen. Aber sich so abzuschirmen ist anstrengend und hin und wieder vergisst man es auch einfach.«

»Der Savant, der für den Schützen arbeitet … konntet ihr seine Abschirmung durchdringen?«

Zed schüttelte den Kopf. »Darum wissen wir auch, dass er mächtig ist. Entweder das oder er ist längst über alle Berge. Aber das bezweifeln wir.«

»Werden sie's erneut versuchen?«

»Wir glauben schon. Das hoffen wir, denn jetzt, da wir mit ihnen rechnen, besteht auch die Chance, sie zu erwischen, und vielleicht entlarven wir dabei dann auch den Maulwurf beim FBI. Aber genau deshalb solltest du natürlich ganz besonders vorsichtig sein, versprochen?« Er strich mit einem Finger sacht über meine Hand und jagte mir damit einen Schauer über den Rücken.

»Versprochen.«

»Keiner weiß von dir. Nicht mal meine Familie. Du bist zu kostbar, als dass ich dich aufs Spiel setzen darf.«

Tina wunderte sich, warum ich nicht Zed bat, mir Skifahren beizubringen. »Du bist mit einem der besten Skiläufer weit und breit zusammen – und im Übrigen bin ich noch immer stinkig, dass du mir diesbezüglich nicht die Wahrheit gesagt hast – und jetzt willst du, dass ich dir das Skifahren beibringe?«

»Genau.« Wir standen zusammen auf dem Parkplatz der Schule an ihrem Auto. Ich schnappte mir einen Eiskratzer und half ihr, die Windschutzscheibe vom Eis zu befreien.

»Warum?«

»Weil Zed gesagt hat, dass du selbst ein Ass auf der Piste bist. Du bist mein Obi-Wan und ich bin dein treuer Lehrling.«

Sie platzte beinahe vor Stolz über das Lob. »Danke. Ich hätte nicht gedacht, dass er Mädchen wie mich überhaupt wahrnimmt.«

»Er ist nicht so, wie du denkst. Er ist nicht so unnahbar, wie er wirkt. Er hat nur das Problem, nicht so locker sein zu können, wenn andere dabei sind.« Und außerdem ist er die meiste Zeit mit seinen Nerven am Ende, da er im Auftrag des FBI ständig Zeuge schwerster Gewaltverbrechen sein muss, aber das brauchte sie wohl nicht zu wissen.

»Und seit unserem Abstecher zum Polizeirevier sind unsere Eltern auch nicht besonders begeistert davon, wenn wir uns treffen.«

»Mensch, das ist ja wie in der West Side Story!«

Ich fand, der Vergleich hinkte gewaltig. Wenn ich mich recht erinnerte, wurde in diesem Musical keine der beiden Hauptfiguren von einem Attentäter mit übersinnlicher Wahrnehmung gejagt.

»Na schön, ich bring dir das Skifahren bei«, fuhr Tina fort. »Und außerdem will kein Mädchen vor den Augen des Jungen, den sie beeindrucken möchte, in einer Tour auf den Hintern fallen.«

Da war in der Tat was dran. Vielleicht wäre es ja wirklich besser, wenn sie es mir zeigte.

»Gesprochen weise, Obi-Tina.«

Sie lachte. »Nix da! Ich bin derjenige, der rückwärts

spricht … nein, weder noch! Das macht doch dieser grüne kleine Kerl … Master Yoda!«

Ich schlug mir gegen die Stirn. »Du hast recht. Da bleibt mir also nur, zu schmollen und rumzuzicken, während du versuchst, mir irgendwas beizubringen.«

»Versuch mal lieber, einen auf Luke statt auf Anakin zu machen – dann kommt am Ende was Besseres raus. Ich nehme dich Sonntagmorgen mit auf die Piste, wenn du willst, gleich nach der Kirche. Wir sind so gegen elf fertig, also hole ich dich um Viertel nach ab.«

»Super.«

»Hast du irgendwas an Ausrüstung?«

»Nein. Was brauche ich denn?«

»Ach, mach dir keinen Kopf. Du kannst meinen alten Skianzug haben. Aus dem bin ich schon vor Jahren rausgewachsen. Und Skier und Stiefel kannst du dir im Sportgeschäft leihen.«

»Ich kann's kaum erwarten.«

»Du bist bestimmt ein Naturtalent.«

»Ähm.«

»Klar doch. Spüre die Macht, Sky.«

Ich war kein Naturtalent im Skifahren – nicht im Geringsten. Aber ich war sehr begabt darin, auf die Nase zu fallen. Mein Gleichgewichtssinn ließ jedenfalls sehr zu wünschen übrig. Ich war ja schon des Öfteren mit Bambi verglichen worden, aber heute fühlte ich mich tatsächlich so wie das Rehkitz in der Szene, als es sich zum ersten Mal auf die Hufe stellt und seine Beine in alle Richtungen weggrätschen.

»Hast du nicht manchmal auch diese Tagträume«, keuchte ich und spuckte eine Ladung Schnee aus, die mir bei meinem letzten Sturz aufs Gesicht in den Mund gekommen war, »wo du etwas Neues ausprobierst und feststellst, dass du ein verborgenes Talent hast?«

Tina tätschelte mir tröstend den Rücken. »Ständig.«

»In der Realität ist es allerdings nie so …«

Wir standen noch immer am Fuß des Babyhangs. Wie ich sehen konnte, brachte die Seilbahn im Dauerbetrieb die geübten Skifahrer bis an den Gipfel. Am Ticketschalter saß Xav. Es war der perfekte Tag fürs Skifahren – blassblauer Himmel, der Schnee glitzerte verheißungsvoll, die Gipfel lockten. Die Berge waren mild gestimmt und das Wetter zeigte keinerlei Anwandlungen, sich schlagartig zu ändern.

Tina folgte meinem Blick. »Zed ist vermutlich ganz oben. Mr Benedict bezahlt seine Jungs dafür, dass sie die Wochenendschicht übernehmen.«

Wenigstens war er nicht hier, um meine Schlappe mitzukriegen. Ich sorgte schon bei Xav für genug Belustigung.

»Okay, lass uns weitermachen. Denk immer dran, Sky: Es ist gerade mal deine erste Stunde.«

Verzweiflung stieg in mir auf, als ich eine kleine Vierjährige sah, die auf Miniskiern an mir vorbeisauste. Sie benutzte noch nicht einmal Stöcke.

»Du kannst dich nicht mit ihr vergleichen. Sie fällt nicht besonders tief und außerdem sind sie in diesem Alter noch nahezu unzerstörbar. Na komm, noch ein-

mal. Ja, genau so! Skier schön parallel halten. Nein, nein, nicht grätschen!«

»Autsch!« Meine Oberschenkel protestierten unter Schmerzen, als ich beinahe einen Spagat machte.

»Das war gut … Besser.«

»Besser als was?«

»Besser als das Mal davor. Hast du für heute die Nase voll?«

»O ja.«

»Macht's dir etwas aus, wenn ich jetzt mal von ganz oben abfahre?«

»Natürlich nicht.«

»Du kannst ja mitkommen.«

»Machst du Witze?«

»Du könntest mit der Gondel wieder runterfahren. Der Ausblick da oben wird dir gefallen …«

Ich grinste und freute mich, dass sich Tina inzwischen mit der Vorstellung angefreundet hatte, dass Zed und ich ein Pärchen waren. Sie verkniff sich ihre düsteren Prophezeiungen und hatte die Gefahrenstufe von ›Rot‹ auf ›Gelb‹ gesetzt. »Ja, vielleicht ist das eine gute Idee.«

Kapitel 16

Mit geschulterten Skiern stapften wir hinüber zur Warteschlange an der Seilbahnstation. Xav warf Tina einen panikerfüllten Blick zu, als er mich sah.

»Sky, Süße, meinst du nicht, dass es noch ein bisschen verfrüht für eine Gipfelabfahrt ist?«, fragte er.

»Nö, ich hab einfach Lust darauf.« Ich unterdrückte ein Grinsen.

»Tina, du musst ihr das ausreden. Sie kann sich das Genick brechen.«

»Bleib locker, Xav. Sie glaubt, sie hätte verborgenes Talent.«

Er legte eine Hand auf das Ticket. »Du kriegst von mir keins, Sky.«

Ich verdrehte die Augen. »Mann, Xav, ich bin doch nicht total bescheuert. Ich will da nur hoch und die Aussicht genießen. Tina will von da oben abfahren.«

Er lachte erleichtert. »Super. Dann brauchst du nicht zu bezahlen. Aber sicherheitshalber behalte ich deine Skier hier bei mir.«

Tina zeigte ihre Saisonkarte vor und dann stiegen wir in die Gondel. Der Ausblick war atemberaubend. Für eine Sekunde hingen wir über dem Hausdach der Benedicts, dann schwebte die Gondel los, streifte auf ihrem Weg nach oben kurz die Wipfel der Kiefern und dann schaukelten wir über eine Schlucht. Wie Ameisen schwirrten unter uns die Skifahrer auf den Hängen umher, bei ihnen sah das kinderleicht aus. Zehn Minuten später stiegen wir an der Gipfelstation aus. Zed war gerade dabei, die Passagiere für die Fahrt ins Tal in die Gondel einsteigen zu lassen; es waren nur ein paar Ausflügler wie ich. Es würde also nicht lange dauern.

»Hol dir 'nen Kaffee.« Tina schubste mich in Richtung Imbissstand. »Ich treffe dich in einer halben Stunde unten an der Seilbahnstation.«

»Okay. Viel Spaß!«

Sie stieg in ihre Bindungen, stützte sich auf die Stöcke und machte sich auf zur schwarzen Piste.

»Einen Kaffee mit Milch und einen Donut, bitte«, sagte ich zu dem Mann mit verschwitztem Gesicht, der am Stand bediente.

»Fährst du nicht Ski?«, fragte er und überreichte mir den Donut in einer weißen Papiertüte.

»Ich steh heute zum ersten Mal auf Skiern. Und bin leider eine Niete.«

Er lachte. »Ich auch. Darum halte ich mich lieber ans Kaffeeausschenken.«

»Wie viel macht das?«

»Das geht aufs Haus … um deinen ersten Tag auf Brettern zu feiern.«

»Danke.«

Zed joggte von hinten an mich heran, schlang seine Arme um meine Taille und hob mich vom Boden hoch, sodass ich unwillkürlich kreischte. »Wie läuft's?«

»Ich stell mich beim Skifahren total blöd an.«

»Ja, das dachte ich mir schon.« Er wirbelte mich herum. »Ich habe genau eine Minute, bevor die nächste Gondel kommt, gerade genug Zeit, um mal von dem abzubeißen, was du da in der Tüte hast.«

»Ist das deine Freundin, Zed?«, fragte der Imbissbudenbesitzer.

»Ganz genau.«

»Warum sind die besten Frauen schon immer vergeben? Ach ja.« Er reichte mir einen Styroporbecher und zwinkerte mir zu.

Zed führte mich zum Schalterhäuschen der Seilbahnstation. Man hörte das Ächzen und Stöhnen der Mechanik, die die Gondeln antrieb. Ich betrachtete Zeds Gesicht, als er etwas auf der Kontrolltafel überprüfte, besah mir seine breiten Schultern, als er eine Einstellung auf dem Display änderte, seine schönen Hände. Ich hatte nie kapiert, warum meine Freundinnen in der alten Schule so viel Zeit damit verbracht hatten, irgendwelche Jungs anzuschmachten; jetzt war ich dem Club beigetreten. Gehörte dieser umwerfende Typ wirklich zu mir? Schwer zu glauben, dass ich so viel Glück gehabt hatte.

»Woher weißt du, wo die Gondel ist?«, fragte ich Zed, als er geistesabwesend von meinem Donut abbiss. »Hey!«

Er lachte, brachte die Tüte für mich außer Reichweite

und zeigte auf ein Display. Eine Reihe von Lämpchen zeigte an, welche Stelle die Gondel gerade passiert hatte. »Hieran sehe ich, dass ich noch vier Minuten Zeit habe.«

Mit einem Sprung ergatterte ich den Donut und schleckte an der Marmeladenfüllung.

»Du bist eine Naschkatze, was?«

»Schon bemerkt?«

»Die heiße Schokolade mit allem Drum und Dran war ein ziemlich deutlicher Hinweis.«

Ich nahm einen Bissen von dem Donut, dann gab ich ihn Zed zurück. »Hier, kannst aufessen.«

Er schlang ihn hinunter und trank einen Schluck Kaffee. »Igitt! Milch! Das hätte ich mir denken können. Jetzt brauche ich etwas, um den Geschmack zu übertünchen.« Er kratzte sich am Kinn, die Augen auf den Monitor gerichtet. »Ah, ich hab's!« Er beugte sich zu mir hinunter und knabberte an meinen Lippen. Ich spürte, wie mein Körper schlaff wurde und mich eine seltsame Schwere überkam, die mich dazu zwang, ihn zu umklammern, um ihm nicht vor die Füße zu sinken. Er brummte genüsslich und küsste mich noch leidenschaftlicher.

Wir wurden von der Ankunft einer neuen Horde von Skifahrern unterbrochen. Leider waren es fast nur Leute aus unserer Schule, die laut pfeifend gegen die Tür wummerten, als sie sahen, was sich in dem Schalthäuschen abspielte.

»He, Zed, hör auf rumzuknutschen und lass uns raus!«, grölte ein Mädchen aus meinem Biokurs.

»Aus, Platz!«, bellte ein Junge aus der Abschlussklasse.

»Okay, okay«, erwiderte Zed und ließ von mir ab. Er sah eher erfreut als peinlich berührt aus, wohingegen mein Gesicht einer roten Ampel glich.

Als die Skifahrer zu ihren Pisten verschwunden waren, blieb ich noch weitere zehn Minuten bei Zed, dann fuhr ich mit der Seilbahn wieder ins Tal.

»Danke fürs Hochkommen«, sagte Zed, als er mich zur Gondel brachte. »Dir klebt da noch ein bisschen Zucker am Mund.« Seine Lippen berührten zärtlich meinen Mund, dann rückte er meine Jacke zurecht.

»Mhm, ich glaube, ich werde dich noch mal besuchen kommen müssen. Wie's aussieht, gefällt mir das Seilbahnfahren wesentlich besser als das Skifahren.«

»Pass auf dich auf.«

»Ich geb mir Mühe. Und du pass auch auf dich auf.«

Tina bestand darauf, dass ich fleißig weiterübte, bis ich endlich am Wochenende vor Thanksgiving die Babypiste bis zum Ende hinuntereiern konnte, ohne mich einmal hinzupacken.

»Woah!« Tina legte ein kleines Tänzchen hin, als ich es schaffte. »Jedi-Ritter, nehmt euch in Acht!«

Ich kämpfte mich aus der Bindung. »Ich glaube, noch stelle ich keine allzu große Gefahr für das Imperium dar.«

»Es ist ein Anfang. Jetzt wirf nicht gleich die Flinte ins Korn.« Sie nahm ihre Skier in die Hand. An diesem Sonntag herrschte übellauniges Wetter, der Himmel war mit dichten Wolken verhangen. Wir stellten uns an der

Seilbahn an, und als wir an den Schalter traten, sahen wir uns Saul Benedict gegenüber.

»Hi, Tina, hallo, Sky.« Er ließ Tina das Drehkreuz passieren, für mich jedoch bewegte es sich nicht. »Gibt für dich keinen Grund, heute da hochzufahren, Sky«, sagte Saul. »Xav hat Dienst. Ich habe Zed den Tag freigegeben, damit er Snowboarden gehen kann.«

»Oh, okay.«

Die Gondel war zur Abfahrt bereit. Tina winkte mir zu. »Warte hier. Es wird nicht lange dauern, bis ich wieder unten bin. Bei dem scheußlichen Wetter habe ich keine Lust, so lange zu fahren.«

Ich trat einen Schritt beiseite und der Letzte in der Schlange stieg in die Gondel.

»Wir können dich und Zed nicht voneinander fernhalten, was?«, sagte Saul, als er sich auf einer Bank im Wartebereich neben mich setzte. Die Gondel schwebte langsam den Hügel hinauf.

»Sieht so aus.« Ich scharrte mit dem Fuß im Schnee. Ich hatte das eigentümliche Gefühl, dass Saul mir misstraute.

»Wir wollen nur nicht, dass einem von euch etwas zustößt.« Er streckte seine langen Beine aus, eine Geste, die mich an seinen Sohn erinnerte.

»Ich weiß. Aber bisher war doch alles ganz ruhig, oder?«

»Ja, das ist richtig. Wir wissen nicht so recht, was wir davon halten sollen. Ich würde gerne glauben, dass die Gefahr gebannt ist, aber meine Wahrnehmung sagt mir etwas anderes.«

»Sie halten sich also nur im Hintergrund?«

»Das vermute ich. Tut mir leid, dass du in die ganze Sache mit hineingezogen worden bist. Diese Leute wissen, wenn sie ein Mitglied unserer Familie erwischen, dann schwächen sie uns alle.« Ich sah ihn an, wie er mit entschlossener Miene zu den Bergen hinüberstarrte. Er hatte eine beinahe schon aristokratische Ausstrahlung. Ich spürte, dass Saul zu der Landschaft hier gehörte, wie es nur wenige Einwohner taten; er stand im Einklang mit dieser Gegend, war Teil ihrer Melodie. MountainMan, der wie ein Wall zwischen seiner Familie und der Bedrohung stand. »Victor glaubt, dass es ihnen egal ist, wen von uns sie treffen«, fuhr er fort, »Hauptsache, wir sind insgesamt so schwer angeschlagen, dass wir nicht mehr als Team funktionieren. Ich habe für alle eine Ausgangssperre verhängt, nicht nur für Zed. Aber wir können so nicht weitermachen. Unser Job ist hart und unsere Jungs müssen sich frei bewegen und Dampf ablassen können. Das geht so natürlich nicht.«

»Zed hat mir von der Ausgangssperre erzählt. Darum wundert es mich auch, dass er Snowboard fahren darf. Und Xav ist ganz allein da oben auf dem Berg.«

Saul strich mit der Hand über die Seitennaht seiner Hose und schnippte einen Fussel weg. »Mach dir keine Sorgen um die Jungs. Wir haben Sicherheitsposten in Stellung gebracht. Jetzt, da wir wissen, dass dieser Savant sich abschirmt, wissen wir, wonach wir suchen müssen. Bei dem Vorfall im Wald sind wir sozusagen mit heruntergelassener Hose erwischt worden. So was

passiert nicht noch mal. Und was ist mit dir? Bist du auch schön vorsichtig?«

»Ja, das bin ich. Ich bin nie allein draußen unterwegs. Und Sally und Simon wissen, dass wir Leuten, die wir nicht kennen, mit Vorsicht begegnen müssen.«

»Gut. Sei immer auf der Hut.« Wir saßen eine Weile schweigend da. So viele unausgesprochene Worte hingen zwischen uns in der Luft.

»Zed hat es Ihnen gesagt, stimmt's?«

Er streckte seine Hand aus und drückte meine Hand. »Karla und ich wissen es. Und wir könnten nicht glücklicher sein. Wir haben natürlich bemerkt, dass unserem Sohn etwas sehr Bedeutsames widerfahren ist. Und wir glauben, dass er recht hat, wenn er es geheim halten will, bis sich alles aufgeklärt hat. Das ist besser so für alle, für dich, Zed und die anderen.«

»Für die anderen?«

»Sky, ich glaube, du hast noch nicht begriffen, worauf du dich hier eingelassen hast. Du stehst für Zed jetzt an allererster Stelle, so wie Karla für mich. Es wird für die anderen schwer sein, wenn sie sehen, dass er schon am Ende seiner Suche angelangt ist. Es wird ihnen unfair vorkommen, dass ausgerechnet ihm als Jüngstem sein Seelenspiegel in den Schoß gefallen ist, während sie nach ihrem noch immer suchen müssen. Sie werden sich für ihn freuen, aber es ist auch nur menschlich, dass sie gleichzeitig neidisch sein werden.«

»Ich möchte keinen Unfrieden in Ihrer Familie stiften.«

Er tätschelte mir den Handrücken. »Ich weiß. Gib

uns einfach ein bisschen Zeit, diese ganze Geschichte durchzustehen, und am Ende werden sie dich alle mit offenen Armen als eine von uns willkommen heißen.«

»Aber ich weiß noch gar nicht, wie ich dazu stehe. Ich gewöhne mich ja gerade erst mal an Zed; ich habe mir noch keine Gedanken gemacht, was in ein paar Wochen sein wird.«

Saul lächelte mich wissend an. »Du brauchst dir keine Sorgen zu machen, Sky, alles wird sich zu seiner Zeit finden. Du musst einfach bedenken, dass das alles Gottes Werk und naturgegeben ist; du wirst fühlen, was du fühlen musst, wenn du so weit bist.«

Hoffentlich hatte er recht. Meine Gefühle für Zed wurden zwar immer stärker, aber so stark, dass ich bereit dazu wäre, mich für immer und ewig an ihn zu binden, waren sie noch nicht – und genau das erwarteten sie von mir. Ich kannte mich selbst gut genug und wusste, dass ich sofort einen Rückzieher machen würde, sollte irgendjemand versuchen, Druck auf mich auszuüben. Bis jetzt schien Zed Verständnis für mich aufzubringen, aber wie lange würde seine Geduld noch ausreichen?

Ich war sehr enttäuscht, dass ich Zed an diesem Nachmittag nicht zu Gesicht bekam, obwohl ich tapfer unten am Fuß der Pisten ausharrte. Tina kam den Hang hinuntergesaust und kochte vor Wut wegen eines Snowboarders, der mit ihr um ein Haar auf der Piste zusammengeprallt wäre.

»War das vielleicht Zed?«, fragte ich mit klopfendem Herzen.

»Nein, nur so ein Vollidiot mit aufgeblasenem Ego

und null Hirn, auch bekannt als Nelson. Er hat versucht, mich zu beeindrucken.« Sie pfefferte ihre Ausrüstung in den Kofferraum ihres Autos. »Fertig zum Abflug?«

»Ja, okay. Anscheinend konnte er dich ja noch nicht so überzeugen.«

Sie verharrte kurz an der Fahrertür. »Wovon überzeugen? Dass wir füreinander gemacht sind? Ich bitte dich!«

Okay, das schürte jetzt nicht gerade Hoffnungen, aber Tina war sichtlich in Rage und so entschied ich, erneut ein Wort für Nelson einzulegen, wenn sie sich wieder beruhigt hatte. Ich kletterte auf den Beifahrersitz. Tina drehte den Schlüssel im Zündschloss, doch erst nach mehreren Versuchen sprang der Motor endlich an.

»Hey, das klingt ja übel. Heute Morgen hat er noch keine Zicken gemacht.« Sie legte den Rückwärtsgang ein. »Was für eine Schrottkarre!«

»Mhm, damit ist dein Lieblingsbruder wohl gerade degradiert worden, was?«

»Allerdings!«

Langsam tuckerten wir in die Stadt zurück mit dem nervenaufreibenden Gefühl, dass uns das Auto an jeder Kreuzung, an der wir bremsen mussten, absaufen würde.

»Bist du bereit zum Schieben?«, witzelte sie mit finsterer Miene.

Wir hatten es bis zur Main Street geschafft, als sich die Elektrik endgültig verabschiedete.

»Tina, ich glaube, du solltest das Auto in die Werkstatt bringen.«

»Ja, so ähnlich sehe ich das auch.« Sie bog auf den Hof der Tankstelle von Wrickenridge ein. Nur die Zapfsäulen waren geöffnet, die Werkstatt hatte am Wochenende geschlossen. Kingsley, der Mechaniker, stand drinnen an der Kasse und kam heraus, als er das Geräusch des notleidenden Motors hörte.

»Mach mal die Motorhaube auf, Schätzchen«, sagte er zu Tina. Er spähte in den Motorraum und kratzte sich am Kopf. »Klingt so, als wäre der Generator im Eimer.«

Alles klar – na ja, nicht wirklich.

Offenbar bemerkte er unsere ausdrucksleeren Gesichter. »Der Generator lädt die Batterie auf. Ohne die ist kein Saft vorhanden und dann kommt so was dabei raus.« Er zeigte auf das Auto.

»Ein totes Auto.« Tina trat mit dem Fuß gegen den Reifen.

»Nur scheintot – das ist nicht das Ende. Ich reparier's dir morgen.«

»Danke, Kingsley.«

»Ich schieb den Wagen in die Werkstatt. Deine Skiausrüstung im Kofferraum ist da sicher.«

Wir überließen das Auto Kingsleys kundigen Händen und standen ohne fahrbaren Untersatz da.

»Na, das ist richtig super«, schnaubte Tina.

Dagegen kannte ich ein gutes Heilmittel. »Magst du einen Triple-Chocolate-Chip-Muffin?«

Sofort hob sich ihre Laune. »Genau, was ich jetzt brauche. Du bist eine echte Freundin, Sky.«

Wir gingen schnell einen Happen in dem kleinen Café essen. Ich nutzte die Gelegenheit, um Tinas Ärger

über Nelson zu dämpfen, indem ich ihr klarmachte, dass er nicht boshaft war, sondern nur übereifrig, und mit allen Mitteln um ihre Aufmerksamkeit buhlte.

»Vermutlich hast du recht, aber manchmal benimmt er sich einfach wie ein großes Baby«, brummte sie. »Wann wird er endlich erwachsen?«

»Na ja, aber wenigstens ist er doch ziemlich lernfähig.«

Sie grinste hämisch. »Hey, wer ist jetzt Yoda?«

Ich gab mir alle Mühe, einen alten, runzligen Mann zu mimen. »Nelson, freundlich er ist; Chance du musst geben ihm.«

Sie prustete los. »Ach komm, hör auf. Yoda hat doch keinen englischen Akzent.«

Ich hob eine Augenbraue. »Aber davon mal abgesehen, könnte ich glatt als sein Doppelgänger durchgehen, oder wie?«

»Wenn du dir den Schuh anziehen willst.«

»Ihhh! Ich konnte große Mädchen noch nie leiden.«

Als wir das Café verließen, trennten sich unsere Wege. Es dämmerte bereits. Die Straßenlaternen auf der Main Street erwachten flackernd zum Leben und ließen die Schatten ringsum noch dunkler erscheinen.

»Danke für die Skistunden und tut mir leid wegen deinem Auto.« Ich zog den Reißverschluss meiner Jacke zu.

»So was passiert eben. Ich muss jetzt mal sehen, dass ich ein paar Extraschichten im Laden übernehme, damit ich die Reparatur bezahlen kann. Bis morgen, Sky.«

Ich grub in meiner Tasche nach meinem Handy, um Sally und Simon Bescheid zu geben, dass ich auf dem Nachhauseweg war.

»Hallo, Sally? Tinas Auto hat den Geist aufgegeben. Ich laufe von der Main Street aus nach Hause.«

Im Hintergrund hörte ich blecherne Musikklänge. »Aber du gehst doch nicht allein?«, drang Sallys Stimme an mein Ohr.

»Ja, ich weiß, ist nicht ideal. Kannst du mir vielleicht auf halber Strecke entgegenkommen? Ich will nicht den ganzen Weg allein nach Hause laufen.«

»Ich gehe sofort los. Ich treffe dich dann beim Supermarkt. Bleib in der Nähe von anderen Leuten.«

»Okay. Bis gleich.«

Ich schob das Handy in meine Gesäßtasche. Vom Café bis zum Supermarkt waren es ungefähr 500 Meter und ich musste eine Kreuzung mit Ampel überqueren. Ich war froh, dass mein Weg dort entlangführte, denn die Straße war gut beleuchtet und immer sehr belebt. Als ich langsam den Hügel hinaufstapfte, fragte ich mich, was Zed wohl gerade so machte. Mit Anbruch der Dunkelheit hatte er bestimmt mit Snowboarden aufgehört. Würde sein Dad ihm erzählen, dass ich an der Seilbahn gewesen war, in der Hoffnung, ihn zu sehen?

Ich hatte die Kreuzung fast erreicht, als ein Mann von hinten an mich heranjoggte. Ich warf einen kurzen Blick über die Schulter. Groß. Dreitagebart. Sein Kopf war kahl geschoren, abgesehen von einem langen Zopf im Nacken, der ihm bis auf den Rücken fiel. Ich trat ein Stück beiseite, um ihm Platz zu machen.

»Hey, ich glaube, das hast du gerade fallen lassen.« Er hielt mir ein braunes Lederportemonnaie hin.

»Nein, nein, das gehört mir nicht.« Ich drückte meine Tasche an meinen Körper, denn ich wusste, dass mein rotes Portemonnaie irgendwo darin vergraben war.

Er grinste mich an. »Das ist aber seltsam – denn da steckt ein Foto von dir drin.

»Das ist unmöglich.« Verdattert nahm ich ihm das Portemonnaie aus der Hand und klappte das vordere Fach auf. Mein Gesicht starrte mir entgegen. Ein ziemlich aktueller Schnappschuss von mir und Zed auf dem Schulhof. Das Scheinfach war vollgestopft mit Dollarnoten, viel mehr Geld, als ich jemals bei mir trug. »Das verstehe ich nicht.« Ich blickte zu dem Zopf-Typen hoch. Irgendetwas stimmte nicht mit ihm. Ich wich einen Schritt zurück und drückte ihm das Portemonnaie in die Hand. »Das ist nicht meins.«

»Natürlich ist es deins, Sky.«

Woher kannte er meinen Namen? »Nein, wirklich nicht.« Ich fing an zu rennen.

»Hey, und was ist mit deinem Geld?«, rief er und setzte mir nach.

Ich erreichte die Straßenecke, aber es herrschte zu viel Verkehr, als dass ich ohne einen Unfall zu riskieren die Kreuzung überqueren konnte. Mein Zaudern ermöglichte es ihm, mich einzuholen. Plötzlich spürte ich, wie sich etwas in meine Rippen bohrte.

»Dann lass es mich dir mal ganz deutlich erklären, Zuckerschnute. Du wirst jetzt ohne viel Aufsehen zu erregen mit mir in dieses Auto einsteigen.«

Ich holte Luft, um zu schreien.

»Wenn du das machst, erschieße ich dich.« Er rammte mir das Ding, das ich jetzt als Pistole identifizierte, in die Seite.

Ein schwarzer Geländewagen mit getönten Scheiben hielt mit quietschenden Reifen an der Bordsteinkante.

»Steig ein.«

Das alles passierte so schnell, so reibungslos, dass ich keine Chance hatte, mir einen Fluchtplan zu überlegen. Er drückte meinen Kopf nach unten, stieß mich auf den Rücksitz und warf die Tür zu. Das Auto spritzte davon.

Zed! Ich schrie in Gedanken.

»Sie benutzt Telepathie«, sagte der Mann auf dem Beifahrersitz. Er war schätzungsweise Ende zwanzig, hatte kurzes rotes Haar und jede Menge Sommersprossen.

Sky? Was ist los? Zed meldete sich sofort.

»Gut so. Erzähl ihm, dass wir dich geschnappt haben, Süße. Sag ihm, er soll dich holen kommen.« Der Kerl auf dem Beifahrersitz sprach mit einem starken irischen Akzent.

Sofort brach ich die Verbindung zu Zed ab. Sie wollten mich dazu benutzen, die Benedicts aus der Deckung zu locken.

»Sie hat ihn abgeblockt«, sagte der Rothaarige.

Der Widerling auf dem Rücksitz packte mich unsanft am Kragen. Ich sah im Vorbeifahren meine Mum, die draußen vor dem Supermarkt wartete und ihr Handy hervorkramte. Das Telefon in meiner Gesäßtasche klingelte.

»Ist er das?«, fragte der Widerling. »Los, geh ran.«

Womöglich würde er mich den Anruf nicht entgegennehmen lassen, wenn ich sagte, dass es meine Mutter war. Ich holte das Handy heraus, aber er riss es mir aus der Hand und drückte auf ›verbinden‹.

»Wir haben sie. Ihr wisst, was wir wollen. Auge um Auge, Zahn um Zahn, zwei Benedicts für zwei von uns.« Er legte auf und warf das Handy aus dem Fenster. »Wer braucht schon Telepathie. Damit sollte alles klar sein.«

»Das war nicht er … das … das war meine Mum.« Ich fing an zu zittern. Mein anfänglicher Schock schlug in abgrundtiefe Angst um.

»Läuft aufs Gleiche hinaus.« Er zuckte die Achseln. »Dann sagt sie eben den Benedicts Bescheid.«

Ich vernahm ein Gewirr von Stimmen, die versuchten, mich anzusprechen – das war nicht nur Zed, sondern seine gesamte Familie.

Unwillkürlich antwortete ich ihnen. *Helft mir! Bitte!*

Doch dann verklangen die Stimmen und ich verstummte.

»Ich habe einen herzerweichenden Hilferuf von ihr durchgelassen.« Der Rothaarige rieb sich die Stirn. »Aber diese Benedicts bearbeiten mit aller Macht meine Abschirmung. Lasst uns jetzt bloß von hier abhauen.«

Der Typ war also ein Savant.

»Du bist brutal, O'Halloran. Du lässt sie hören, wie das Mädchen ein letztes Mal schreit, und das war's?« Der Widerling lachte.

»Ja, ich find selbst, das war 'ne nette Geste von mir. Treibt einem doch gleich das Wasser in die Augen, oder?« Er drehte sich nach hinten um und zwinkerte

mir zu. »Mach dir keine Sorgen, Süße, sie werden dich schon holen kommen. Die Benedicts lassen doch eine von ihnen nicht im Stich.«

Ich schlang die Arme um die angezogenen Knie, kauerte mich zusammen und versuchte, so viel Abstand wie möglich zwischen mich und die Männer zu bringen. Ich schloss die Augen und suchte nach einem Weg, die Abschirmung zu durchdringen.

»Hör sofort auf damit!«, zischte O'Halloran.

Ich riss die Augen auf. Er funkelte mich im Rückspiegel an. Meine Versuche hatten bei ihm Wirkung gezeigt, allerdings hatte ich von dem ganzen Savant-Kram zu wenig Ahnung, als dass ich wusste, wie ich es mir richtig zunutze machen konnte.

»Gator wird dich fertigmachen, wenn du das noch mal versuchst«, warnte mich O'Halloran.

»Was hat sie angestellt?«, fragte Zopf-Gator.

O'Halloran massierte sich wieder die Schläfen. Die geballten Angriffe von mir und den Benedicts auf seine Abschirmung machten ihm zu schaffen.

»Wir haben hier einen Baby-Savant. Ich habe keine Ahnung, warum sie mit ihren Kräften nichts anzufangen weiß, aber sie birgt welche in ihrem Inneren. Sie ist ein Telepath.«

Der Widerling sah leicht beunruhigt aus. »Und was kann sie noch so?«

O'Halloran zuckte abfällig mit den Schultern. »Nichts, soweit ich weiß. Keine Sorge, sie wird dir nichts tun.«

Gator hatte Angst vor Savants? Dann waren wir ja schon zu zweit. Aber das war gut zu wissen, auch

wenn mich diese Information im Moment nicht wirklich weiterbrachte. O'Halloran hatte recht: Ich war ein Baby-Savant. Und wenn ich mich irgendwie aus diesem Schlamassel hier befreien wollte, musste ich verdammt schnell erwachsen werden.

Wir fuhren seit über einer Stunde Auto. Ich hatte alle Phasen der Angst durchlaufen und verspürte jetzt nur noch stumpfe Mutlosigkeit. Wir waren mittlerweile viel zu weit von Wrickenridge entfernt, als dass uns noch jemand einholen konnte.

»Wohin bringen Sie mich?«, fragte ich.

Gator wirkte überrascht, meine Stimme zu hören. Ich hatte den Eindruck, dass mich keiner der Kerle im Auto wirklich als Person ansah, für sie war ich lediglich Mittel zum Zweck, um an die Benedicts heranzukommen.

»Soll ich's ihr sagen?«, fragte Gator O'Halloran.

Der Savant nickte. Er war still geworden, kämpfte an einer unsichtbaren Front gegen die Benedicts, die verzweifelt versuchten, seine Abschirmung zu durchbrechen.

»Tja, Zuckerschnute, wir bringen dich zu unserem Boss.« Gator holte ein Päckchen Kaugummi aus seiner Brusttasche und bot mir einen Streifen an. Ich schüttelte den Kopf.

»Wer ist Ihr Boss?«

»Das wirst du noch früh genug erfahren.«

»Wo ist er?«

»Da, wo nachher dieser Flieger da landet.« Er zeigte

auf ein Flugzeug, das auf der Rollbahn eines kleinen Flugfeldes wartete.

»Wir fliegen?«

»Bis nach Vegas werden wir sicher nicht laufen.«

Wir kamen neben dem Flugzeug zum Stehen. Gator zerrte mich aus dem Auto und schubste mich die Stufen zur Einstiegstür hinauf. Sobald der Geländewagen davongefahren war, startete das Flugzeug gen Süden.

Kapitel 17

Mein Zimmer lag im obersten Stock eines halb fertigen Wolkenkratzer-Hotels, das an der berühmtesten Straße von Las Vegas stand, dem Strip. Ich wusste so genau, wo ich war, weil keiner versucht hatte, mich daran zu hindern, aus den Panoramafenstern zu schauen. Die Lichter der Kasinos strahlten in den Himmel – Neonpalmen, Pyramiden, Achterbahnen – alles lockte mit groteskem Glamour. Abseits dieses Irrsinns, hinter den glanzloseren Vororten, erstreckte sich die Wüste, dunkel und irgendwie normal. Ich legte meine Stirn gegen das kalte Glas und versuchte den Gefühlstumult in mir zu bezähmen. Meine Gedanken wirbelten durch meinen Kopf wie im Schleudergang.

Nach einem langen Flug waren wir schließlich auf einem Rollfeld gelandet und ich war in ein anderes schwarzes Auto, diesmal eine Limousine, verfrachtet worden. Meine Hoffnung, am Ende des Fluges Gator und O'Halloran los zu sein, wurden mit einem Schlag zunichtegemacht, als wir in eine Tiefgarage fuhren und

ich in den Privatlift des Hotels geschleift wurde. Wir schwebten ganz nach oben zum Penthouse, wo man mich in einem Zimmer allein zurückließ. Beim Gehen sagten sie, ich solle mich schlafen legen. O'Halloran hatte mir erklärt, dass meine Arbeit vorerst getan sei, und mir geraten, mich auszuruhen.

Ausruhen? Ich trat mit dem Fuß gegen den weißen Ledersessel, der am Fenster stand. Diese Fünf-Sterne-Bleibe war für mich nichts anderes als ein Gefängnis. Sie konnten ihren Flachbildfernseher, ihre Jacuzzi-Badewanne und das Himmelbett nehmen und sich das alles sonst wohin schieben. Ich hätte da spontan so einige Ideen.

Da sie mir bislang kein Haar gekrümmt hatten, machte ich mir wegen meines eigenen Schicksals nicht so viele Sorgen. Weit quälender war es zu wissen, dass Zed und meine Eltern gerade durch die Hölle gingen. Ich musste ihnen eine Nachricht zukommen lassen, dass es mir gut ging. Ich hatte bereits versucht zu telefonieren – keine große Überraschung, dass es kein Freizeichen gab. Die Tür war verschlossen und hier oben auf dem Dach des Hochhauses konnte ich lediglich die Aufmerksamkeit der Vögel erregen. Damit blieb also nur Telepathie. Zed hatte mir nie auf meine Frage geantwortet, ob er mit seinen Brüdern in Denver telepathisch kommunizieren konnte, aber er hatte es geschafft, mich von seinem Haus aus über mehrere Meilen hinweg bei mir daheim zu kontaktieren. War es möglich, mit ihm über die große Entfernung von Nevada bis Colorado hinweg in Verbindung zu treten? Ich

war mir nicht mal sicher, wie viele Meilen genau zwischen uns lagen.

Ich rieb mir die Stirn, als ich mich an die Kopfschmerzen erinnerte, die ich allein schon von dem telepathischen ›Ortsgespräch‹ bekommen hatte. Und ich durfte O'Halloran nicht vergessen. Würde er seine Abschirmung auch jetzt noch aufrechterhalten, wo wir außer Reichweite waren? Er wusste, dass ich nur über bescheidene Savant-Kräfte verfügte, rechnete also vermutlich nicht damit, dass ich mich an ein solch ehrgeiziges Vorhaben wagte, aber falls er auf Nummer sicher ging und meine ungeschickten Versuche aufflogen, wäre er stinksauer und würde mich bestrafen.

Feuerwerksraketen stiegen in der Ferne in den Himmel, bestimmt waren sie Teil des Unterhaltungsprogramms eines der anderen Kasino-Hotels. Mein Hotel hieß ›The Fortune Teller‹: Ich konnte das Spiegelbild der rotierenden Kristallkugel auf dem Dach in den Fenstern des Gebäudes gegenüber sehen. Das Hotel war erst in Teilen fertig gestellt. T-förmige Kräne wachten über die Konstruktion – über die Büros, Apartments und Einkaufspassagen, die auf das Ende der Rezession warteten, damit ihre Eisenträger-Skelette endlich ein ansehnlicheres Outfit bekamen. Auf dem Gelände zu meiner Rechten lag Bauschutt herum, der von Unkraut bewuchert war, ein Hinweis darauf, wie lange das Bauvorhaben bereits stockte – etwas, was der Hoteleigentümer, in Anbetracht des Namens ironischerweise, nicht vorhergesehen hatte. Den Tipp eines Savants hätte er vielleicht gut gebrauchen können.

Ich schlang die Arme um den Körper. Ich vermisste Zed mit einer Heftigkeit, die mich überraschte. Im Gegensatz zu meinem Freund wusste ich nicht, was die Zukunft bereithielt. Ich musste das Risiko eingehen, O'Halloran zu verärgern, aber ich konnte meine Erfolgschancen verbessern, indem ich mein Vorhaben auf eine Zeit verlegte, in der er schlief. Ich schaute auf meine Uhr: Es war Mitternacht. Ich würde bis zu den frühen Morgenstunden warten, bevor ich loslegte.

Ich wandte mich vom Fenster ab und betrachtete aufmerksam mein Zimmer auf der Suche nach irgendetwas, was hilfreich für mich sein könnte. Ich hatte meinen Skianzug bereits ausgezogen, da mir darin viel zu warm gewesen war. Ich hatte den Hotelbademantel übergeworfen, brauchte aber dringend etwas anderes zum Anziehen, da ich mich, lediglich mit Skiunterwäsche bekleidet, ein bisschen im Nachteil fühlte. Auf einem der Kissen lag säuberlich zusammengelegt ein Nachthemd. Ich schüttelte es auf: Es war mit dem Hotellogo versehen und sah aus wie eines der Mitbringsel, die man im Souvenirshop erstehen konnte. Ich fragte mich, ob vielleicht noch weitere davon vorhanden waren, und öffnete den Schrank, in dem ich einen Stapel T-Shirts und Shorts fand. Hieß das etwa, dass sie einen längeren Aufenthalt für mich geplant hatten?

Das war alles zu viel für mich. Ich fühlte mich verloren und völlig zerfahren. Die wunderbar gestochen scharfe Wahrnehmung, die ich mit Zed hatte, war dahin und ich verfiel wieder in meine alten, wirren Manga-Bilder, grob gezeichnet und in stumpfer Farbe. Erst jetzt,

da wir Hunderte von Meilen voneinander getrennt waren, wurde mir bewusst, dass es für mich schon selbstverständlich gewesen war, ihn stets in meiner Nähe zu wissen. Auch wenn wir nicht viel Zeit zusammen verbrachten, so hatte ich dennoch immer die Gewissheit, dass er da war. Er erdete mich und nahm allem, was ich über die Savant-Welt erfuhr, den Schrecken. Jetzt waren meiner Angst und meinen wilden Mutmaßungen Tür und Tor geöffnet. Zed war mein Schutz gewesen und nicht die Abschirmungen, die ich versucht hatte, in meinem Kopf zu errichten.

Ohne dass ich mir dessen bewusst gewesen war, hatte er bereits die ganze Zeit als mein Seelenspiegel agiert, auch wenn ich ihn als solchen nicht anerkannt hatte. Jetzt war es zu spät, ihm das zu sagen.

Oder vielleicht auch nicht. Vielleicht konnte ich ihn erreichen.

Erschöpfung überkam mich. Mir verschwamm die Sicht vor Augen, ich fing an zu taumeln und hielt mich an der Schranktür fest. Wenn ich genug Kraft für die Durchsetzung meines Plans haben wollte, brauchte ich ein bisschen Schlaf. Schon ein paar Stunden würden einen gewaltigen Unterschied machen. Schnell zog ich das Nachthemd an, stellte den Wecker neben mein Bett und schlüpfte zwischen die Satinlaken.

Die Neonlichter draußen blinkten noch immer, als ich drei Stunden später vom Schrillen des Weckers aus dem Schlaf gerissen wurde. Ein Polizeihubschrauber kreiste kurz über dem Gebäude, dann drehte er in Richtung Norden ab. Auf der Straße unten rollten weiterhin

Autos und Hotelbusse den Strip entlang, Zocker, die selbst mitten in der Nacht nicht mit dem Glücksspiel aufhören wollten oder konnten. Ich spritzte mir kaltes Wasser in die Augen, um meinen Kopf zu klären.

Okay. Es war an der Zeit herauszufinden, ob sich O'Halloran schlafen gelegt hatte. Ich musste einfach darauf hoffen, dass ihm die Entführung einen anstrengenden Tag beschert hatte.

Zed?

Nichts. Ich durchforschte das Dunkel in meinem Kopf, spürte, dass die noch während der Autofahrt vorhandene dämpfende Decke verschwunden war. Das gab mir Hoffnung, dass O'Hallorans Abschirmung nicht mehr bestand.

Zed? Kannst du mich hören?

Keine Antwort. Ich drückte meine Finger gegen die Schläfen. Konzentriere dich. Vielleicht schlief Zed ja auch?

Nein, das tat er nicht. Er würde ganz sicher nicht schlafen, wenn er wusste, dass ich entführt worden war. Er würde angestrengt auf irgendeine Botschaft von mir lauschen. Vielleicht war mein Vorhaben ein Ding der Unmöglichkeit?

Ich schritt im Zimmer auf und ab, meine Zehen versanken im flauschigen Teppichflor.

Oder vielleicht machte ich ja auch irgendetwas verkehrt? Ich rief mir ins Gedächtnis, was mir Zed über Telepathie erzählt hatte und wie er, ohne es zu wollen, mit mir in Kontakt getreten war. Er hatte gesagt, ich sei eine Brücke.

Vielleicht funktionierte es ja so wie beim Abschirmen, nur in umgekehrter Weise? Sich öffnen und eine Verbindung aufbauen, statt dichtzumachen und Mauern zu errichten?

Ich probierte es erneut, baute in Gedanken eine schmale, gewölbte Brücke zwischen meinem und Zeds Geist. Ich stellte sie mir in Comic-Manier vor, wie sie aus dem Rahmen einer Sequenz herauswuchs und ihren Bogen bis zum nächsten Bild schlug.

Nach einer Stunde Migräne verursachender gedanklicher Anstrengung spürte ich eine Veränderung – einen schwachen Energiefluss.

Zed?

Sky? Seine Gedanken klangen leise, mal hörte ich sie, dann wieder nicht.

Ich bin in Vegas.

Er war bestürzt. *Du kannst doch nicht ... Wie kannst du ... mich ... Vegas?*

Sag du's mir. Du bist der Savant.

... Wunder ...

Mir geht's gut. Sie haben mich ins Penthouse vom Hotel Fortune Teller geschafft.

Ich kann dich ... nicht ... bricht ab.

Fortune Teller. Penthouse.

Mein Kopf schrie vor Schmerz, während ich versuchte, die Brücke aufrechtzuerhalten, aber ich war wild entschlossen, Zed meine Nachricht zu übermitteln.

Ich ... du.

Er hörte mich nicht. Ich wiederholte, wo ich mich befand.

… liebe dich … komme dich holen.

Nein!

Leichter … näher.

Nein, nein. Das ist eine Falle. Die Brücke stürzte zusammen. Ich konnte spüren, wie sie zerbrach, wie sich mir der Magen umdrehte. Mein Kopf wummerte. Nur noch einen Augenblick länger. *Ich liebe dich auch, aber komm nicht hierher. Das wollen sie doch nur.*

Sky! Er merkte, dass die Verbindung abriss, und versuchte, meine letzten Worte zu fassen zu kriegen.

»Zed.« Ich lag auf dem Fußboden, Schweiß rann mir den Rücken hinab, Übelkeit stieg in mir auf. Auf allen vieren krabbelte ich ins Badezimmer und erbrach mich. Ich zitterte am ganzen Körper, fühlte mich aber sogleich ein bisschen besser. Ich schleppte mich zum Bett, fiel mit dem Gesicht nach unten auf die Matratze und verlor das Bewusstsein.

Kapitel 18

Ich erwachte erst am späten Vormittag. Durch die getönten Fensterscheiben sah der Himmel blassblau aus, durchzogen von weißen Wolkenschlieren. Mit schwummrigem Kopf putzte ich mir mit der Hotel-Zahnbürste die Zähne und zog mich an. Mir knurrte der Magen. Ich besah mir den Inhalt der Minibar und nahm einen Schokokeks und eine Flasche Cola heraus, dann setzte ich mich hin und wartete. Mir stand das Wasser bis zum Hals, dennoch herrschte eine merkwürdige Ruhe. Das Auge des Orkans.

Ich wagte es nicht, Zed noch mal zu kontaktieren. O'Halloran war mittlerweile vermutlich schon auf den Beinen und ich wusste zu wenig darüber, wie man eine Abschirmung durchbrach, um es auf einen Versuch ankommen zu lassen. Ich musste einfach hoffen, dass Zed verstanden hatte und nicht hierherkam. Was wir brauchten, war ein Plan, um mich zu befreien, und keine zweite Geisel.

Es klopfte an der Tür. So viel gutes Benehmen hatte

ich von meinen Entführern nicht erwartet. Die Tür öffnete sich und dahinter stand Gator mit einem Tablett in der Hand.

»Raus aus den Federn, Zuckerschnute. Gut geschlafen?«

»Nicht wirklich.«

Er ging über meine Antwort hinweg und stellte das Tablett am Fenster ab. »Frühstück. Iss schnell. Der Boss will dich sehen.«

Ich glaubte zwar nicht, auch nur einen Bissen essen zu können, wollte ihn jedoch nicht unnötig reizen, indem ich mich verweigerte, und nahm den Deckel vom Tablett. Ausgeschlossen, diese Eier würde ich auf gar keinen Fall herunterbringen. Stattdessen nippte ich am Orangensaft und knabberte an einer Toastbrotscheibe. Gator blieb, wo er war. Er stand mit dem Rücken zu mir am Fenster und tat so, als würde er auf die Vögel schießen, die über dem Gebäude herumflogen. Ich hatte ausgiebig Gelegenheit, mir seinen Pferdeschwanz genau anzusehen, den er mit einem Lederbändchen zusammengebunden hatte.

Er wirkte gut gelaunt und – für jemanden, der an einer Entführung beteiligt war – geradezu entspannt. Es kam mir der Gedanke, dass wer auch immer Drahtzieher hinter meiner Entführung war, vermutlich das gesamte Hotel kontrollierte. Ansonsten hätten mich meine Kidnapper nicht so sorglos hier gefangen halten können.

»Ich bin satt, danke.« Ich erhob mich. Die Tatsache, dass ich dem Boss gleich von Angesicht zu Angesicht gegenüberstehen sollte, ließ nichts Gutes erahnen, was

ihre weiteren Absichten anbetraf. Ich versuchte mir ein Szenario vorzustellen, in dem sie mich letztlich *nicht* umbrachten, um ihre Identität zu schützen, aber es gelang mir nicht.

»Okay, dann wollen wir mal.« Er packte mich fest am Oberarm und schleifte mich hinaus auf den Flur. Wir gingen nach links, am Fahrstuhl vorbei und kamen in eine Art Wartebereich. Hinter großen Milchglasscheiben sah ich Leute um einen Konferenztisch sitzen. Gator klopfte ein Mal an, wartete darauf, grünes Licht zu bekommen, dann betrat er mit mir im Schlepptau den Raum.

Die Angst schärfte meine Wahrnehmung für die Umgebung. Ich versuchte, mir so viele Einzelheiten wie möglich einzuprägen für den Fall, dass ich durch irgendein Wunder doch mit heiler Haut davonkäme. Drei Leute saßen an dem Tisch. Mein Augenmerk richtete sich auf den Ältesten in der Runde: ein Mann mit schwarz gefärbten Haaren und einer zweifelhaften Bräune, der rabiat auf den Tasten seines BlackBerrys herumtippte. Sein Anzug sah aus wie ein Designerteil, seine Krawatte ließ jedoch guten Geschmack vermissen – der orangerote Ton biss sich mit seiner Gesichtsfarbe. Er hatte den Platz am Kopf des Tisches. Rechts und links von ihm saßen eine Frau und ein Mann. Die Ähnlichkeit zwischen ihnen war so groß, ich hätte wetten mögen, dass die beiden entweder seine Kinder oder nahe Angehörige waren.

»Hier ist sie, Mr Kelly. Ich werde draußen warten.« Gator gab mir einen leicht Schubs in Richtung Tisch und verließ den Raum.

Mr Kelly saß da, die Fingerspitzen seiner Hände aneinandergelegt, und betrachtete mich eine Weile, ohne ein Wort zu sagen. Die anderen warteten offensichtlich darauf, dass er als Erster das Wort ergriff. Ich hatte keine Ahnung, was hier ablief. Ich wusste nur, dass zwei Mitglieder der Kelly-Familie mithilfe der Benedicts hinter Gitter gebracht worden waren. Wie er da so strotzend von Selbstbewusstsein in diesem Sessel saß, vermutete ich, den berühmten Daniel Kelly höchstpersönlich vor mir zu haben, Chef des Kelly-Firmenimperiums, ein Mann, dessen Gesicht häufiger auf den Seiten der Wirtschaftsmagazine erschien als das von Donald Trump oder Richard Branson.

»Komm her.« Kelly winkte mich zu sich heran.

Widerstrebend ging ich um den Tisch herum.

»O'Halloran sagt, du seist ein Savant?«

»Ich weiß es nicht.« Ich schob die Hände in die Hosentaschen, um mein Zittern zu verbergen.

»Du bist einer. Ich kann's sehen. Es ist wirklich ein Jammer, dass du in diese Geschichte verwickelt worden bist.« Er sah mich mit einem dreisten Grinsen an, bei dem er seine unglaublich ebenmäßigen Zähne entblößte.

Der Mann zu seiner Rechten regte sich. »Dad, bist du dir sicher, dass sich die Benedicts im Tausch gegen sie selbst ausliefern werden?«

»Ja, das werden sie tun. Sie können gar nicht anders, als jemand Unschuldiges wie sie schützen zu wollen.«

Der jüngere Kelly schenkte sich eine Tasse Kaffee ein. »Und die Polizei? Sie wurden mittlerweile doch bestimmt informiert?«

»Sie werden die Spur niemals bis zu uns zurückverfolgen können. Und unser Mädchen hier wird ihnen genau das sagen, was ich ihr befehle, ihnen zu sagen.« Mr Kelly lehnte sich in seinem Stuhl zurück. »Faszinierend. In ihrem Geist gibt es stockdunkle Nischen.«

Erschrocken wich ich einen Schritt zurück. Offenbar sah er sich gerade in meinem Geist um. Zed hatte schon immer gemeint, ich würde anderen Savants zu viel von mir zeigen. So schnell ich konnte, errichtete ich ein paar Mauern.

Er trommelte träge mit seinen Fingern auf den Tisch. »Türkis? Eine ziemlich kitschige Farbe, findest du nicht?«

»Die Abschirmung ist nicht sehr stabil«, bemerkte die junge Frau; sie sah aus wie eine geschmeidige Raubkatze, geschleckt, aber tödlich. »Ich könnte sie für dich einreißen, Daddy.«

»Oh nein, ich will sie nicht gleich brechen.«

Ich verlor den Boden unter den Füßen. Die Benedicts hatten geglaubt, es wäre nur *ein* Savant in die Sache verwickelt; was sie nicht in Betracht gezogen hatten, war, dass die Kellys über die gleichen Kräfte verfügten wie sie selbst. Die ganze Sache war mit einem Schlag sehr viel komplizierter geworden.

»Du fragst dich, was wir mit dir vorhaben, stimmt's, Sky?« Kelly hielt mir eine Hand hin, sein Gesicht in mürrische Falten gelegt. Er sah aus, als wäre er zutiefst verbittert und wollte, dass andere dasselbe erlitten wie er.

Meine Hände blieben in den Hosentaschen vergra-

ben. Eher noch hätte ich eine Schlange berührt, als ihm die Hand zu schütteln.

»Wir werden dich nicht umbringen, falls du das denkst. Du bist nicht unser Feind.« Er ließ seine Hand sinken. »Ich bin Geschäftsmann und kein Mörder.«

»Was haben Sie denn dann mit mir vor?«

Er erhob sich und strich sein Jackett glatt. Er kam auf mich zu, musterte mich dabei wie ein Kunstkritiker ein Exponat bei einer Vernissage. Seine Anwesenheit zerrte an meinen Nerven wie ein disharmonisches Musikstück.

»Wir werden allerbeste Freunde werden, Sky. Du wirst der Polizei erzählen, dass weder ich noch meine Familie irgendetwas mit deiner Entführung zu tun hatten und dass es zwei der Benedict-Jungs waren, die dich für ihre eigenen widerlichen und niederträchtigen Zwecke verschleppt haben.« Er lächelte boshaft. »Du weißt ja, wie schnell Savants auf die schiefe Bahn geraten können … zu viel Macht und zu wenig, was sie bei Vernunft hält. Dass sie bei deinem Fluchtversuch ums Leben gekommen sind, ist keine Tragödie und spart den amerikanischen Steuerzahlern die Kosten für eine lebenslange Unterbringung in einem Gefängnis.«

»Das gefällt mir«, warf der junge Mann ein. »Sie zu schmähen ist noch besser, als sie einfach nur zu töten.«

»Ich dachte mir, dass dir das gefallen würde, Sean. Ich habe dir doch gesagt, du kannst mir vertrauen, dass ich mir eine geeignete Rache für deine Onkel einfallen lassen würde.«

Ich glotzte ihn an. »Sie sind wahnsinnig! Mit nichts,

was Sie tun oder sagen könnten, werden Sie mich dazu bringen, dass ich der Polizei solch eine Lüge auftische. Auch nicht, wenn Sie mir drohen! Und ich werde nicht zulassen, dass Sie Zed oder seine Brüder umbringen! Niemals!«

Kelly fand meinen Wutausbruch amüsant. »So eine drollige kleine Ausländerin, nicht wahr? Faucht und spuckt wie ein junges Kätzchen und wirkt dabei genauso furchterregend wie eins.« Er lachte heiser. »Natürlich wirst du das sagen, was ich dir befehle, Sky. Das ist meine Gabe, verstehst du? Du wirst dich genau an das erinnern, woran ich möchte, dass du dich erinnerst. Das geht allen so. Wie diesem Gefängniswärter, der bald schon meine Brüder auf freien Fuß setzen wird, weil er meint, der Gouverneur habe ihn angewiesen, sie freizulassen. Widerstand ist zwecklos. Ich bin ausgezeichnet darin, Menschen meinen Willen aufzuzwingen. So bin ich reich geworden und dir wird es nicht anders ergehen.«

O mein Gott. Er hatte die gleiche Gabe wie Victor. Aber würde er mich wirklich dazu bringen können, etwas zu tun, was derart unvereinbar mit meinem Charakter war? Ich konnte mir durchaus vorstellen, dass es möglich wäre, ein paar Gefängniswärter zu manipulieren, aber ich würde doch nie im Leben solch eine ausgeklügelte Lüge erfinden, die so offensichtlich im Widerspruch zu den Beweisen stand – oder etwa doch? Könnte ich mich selbst in diesem Maße vergessen und Zed tatsächlich verraten? Meinen Seelenspiegel verraten?

Ich verbarrikadierte diesen Gedanken hinter besonders dicken Mauern. Kelly durfte nicht erfahren, was Zed für mich war – er würde diese Schwachstelle gnadenlos für seine Zwecke ausnutzen, da er genau wusste, was Savants für ihre andere Hälfte tun würden.

Ganz großartig, Sky. Ich trat mir selbst in den Hintern. *Hervorragendes Timing von dir, ausgerechnet jetzt Zed als deinen Seelenspiegel zu akzeptieren*.

Bisher hatte ich einfach nur Angst gehabt, doch jetzt empfand ich blanke Panik. Ich versuchte dennoch, mir nichts anmerken zu lassen.

»Wie ich sehe, glaubst du mir allmählich, dass ich dazu fähig bin.« Kelly schob den BlackBerry in seine Brusttasche. »Aber keine Sorge: Du wirst nicht leiden. Du wirst glauben, dass du die Wahrheit sprichst. Natürlich wirst du in meiner Nähe bleiben müssen, damit sichergestellt ist, dass du so lange bei deiner Version bleibst, bis der Vorfall in Vergessenheit geraten ist, aber das lässt sich bewerkstelligen, nicht, Maria?«

Die junge Frau nickte. »Ja, Daddy. Ich glaube, wir können sie als Zimmermädchen in einem der Hotels unterbringen, wenn sie die Highschool hinschmeißt, um nach Vegas abzuhauen. Tragischerweise werden die Erinnerungen an Wrickenridge zu schmerzlich sein, als dass sie je wieder dahin zurückkehren kann.«

»Aber meine Eltern …« Das war schlimmer als ein Albtraum.

Kelly seufzte heuchlerisch. »Sie werden glauben, dass sie versagt haben, weil sie dich nicht beschützen konnten. Und ich werde sie davon überzeugen, dass sie den

Rat meiner Ärzte befolgen und dir zur Verarbeitung deines Traumas so viel Abstand geben sollen, wie du brauchst. Wir wissen alles über sie und deine Adoption – und wie labil deine Psyche ist. Sie werden viel zu beschäftigt damit sein, ihre Karriere voranzutreiben, um sich allzu große Sorgen zu machen, solange wir ihnen erzählen, dass du glücklich bist – und du wirst ihnen das Gleiche erzählen.«

Woher wusste er so viel über mich? »Sie nehmen mir mein Leben weg.«

»Besser, als dich umzubringen – und das wäre die einzige Alternative.«

Sean stellte sich neben seinen Vater. Er war gut einen Kopf größer, aber viel dicker als dieser, sein Bauch hing in einer Rolle über dem dünnen Ledergürtel, der seine tief im Schritt sitzende Hose oben hielt. Über seiner Oberlippe wölbte sich ein zorromäßiger Schnurrbart, der an jemandem, der nur ein paar Jahre älter war als ich, total lächerlich aussah, so als hätte ihm jemand das Ding im Schlaf hingemalt und er hatte es noch nicht gemerkt.

»Du sagst, sie trägt Dunkelheit in sich?«

Kelly runzelte die Stirn. »Kannst du es nicht spüren?«

Sean ergriff meine Hand und hielt sie sich an die Nase, dann schnüffelte er mit geschlossenen Augen an meiner Handfläche, so als versuchte er, eine schwache Parfümnote wahrzunehmen. Ich versuchte, mich loszumachen, aber sein Griff war zu fest. »Ja, jetzt kann ich es spüren. Köstliche Schichten von Schmerz und Verlassenheit.«

Als er mich berührte, fühlte ich, wie mein Entsetzen wuchs; die gelassene Haltung, die ich mühevoll aufrechtzuerhalten versuchte, wurde zerfetzt wie Geschenkpapier beim Auspacken eines Mitbringsels.

»Warum überlässt du sie nicht mir? Es wäre mir eine Freude, ihre Gefühle abzuzapfen – ich kann spüren, dass sie mir ein stundenlanges Vergnügen bereiten würde.«

Daniel Kelly lächelte seinen Sohn nachsichtig an. »Ist ihre emotionale Energie so stark?«

Er nickte. »So etwas habe ich bisher noch nie erspürt.«

»Dann kannst du sie haben, sobald sie in puncto Benedicts ihren Zweck erfüllt hat. Pass nur auf, dass sie in einigermaßen guter Verfassung bleibt, damit ihre Eltern auch keinen Zweifel daran hegen, dass sie aus freien Stücken hier ist.«

»Dafür werde ich sorgen.« Sean Kelly küsste meine Handfläche, bevor er mich losließ. Mit einem Schaudern wischte ich die Hand an meinen Shorts ab. »Hmm.« Er leckte sich die Lippen. »Du und ich, wir werden uns noch sehr gut kennenlernen, meine Süße.«

»Was bist du?« Ich schlang die Arme um den Körper und wich ans Fenster zurück. Am liebsten hätte ich ihm ins Gesicht geschrien, aber damit hätte ich nur preisgegeben, wie viel Angst ich hatte.

Maria Kelly verdrehte ungeduldig die Augen. »Mein Bruder ist ein Emotionenschürfer – es macht ihm Spaß, den Leuten das Zeug aus den Hirnen zu saugen. Ich hätte ein neues Zimmermädchen gut gebrauchen können, Daddy: Das ist echt nicht fair. Und auch kein gutes Geschäft. Wenn Sean sie erst mal in die Finger kriegt,

wird sie zu nichts mehr zu gebrauchen sein. Die letzte konnten wir gerade mal einen Monat behalten und dann mussten wir sie loswerden.« Ihre Stimme wurde schrill und weinerlich.

»Ich mache es wieder gut, Liebling.« Daniel Kelly setzte der Diskussion mit einer gebieterischen Handbewegung ein Ende. »Und jetzt Schluss damit. Ich muss mich mit unserem Gast an die Arbeit machen. Die Polizei sucht bereits mit Hochdruck nach ihr und unsere Quelle hat berichtet, dass die Benedicts ihr Basislager verlassen haben. Es ist also an der Zeit, dass die Behörden auf ihre Spur gebracht werden. Komm, Sky, ich habe da etwas für dich, an das du dich erinnern sollst.« Daniel Kelly blickte sich nach mir um, aber ich war bereits auf der Flucht. Auf keinen Fall würde ich kampflos zulassen, dass er meinen Geist manipulierte.

»Sean!«, bellte er.

Ich war schneller als dieser Rollmops. Ich stürmte durch die Türen und rannte zu den Aufzügen, in der Hoffnung, dass gerade einer bereitstand. Ein Treppenhaus würde auch genügen. Aber ich hatte vergessen, dass draußen ein Wachposten stand. Ich schaffte es bis in den Flur, als Gator mich zu Fall brachte. Er warf sich auf mich, riss mich zu Boden und quetschte mir die Luft aus den Lungen. Mein Kopf knallte auf die Fliesen, doch ich wehrte mich weiter mit Händen und Füßen, als er mich hochhievte und auf Armeslänge von sich weghielt.

»Hör auf, Zuckerschnute.« Er schüttelte mich. »Wenn du machst, was der Boss sagt, tut dir keiner weh.«

»Bring sie wieder her!«, befahl Kelly.

Gator schleifte mich in den Konferenzraum zurück. »Seien Sie ihr nicht böse, Mr Kelly«, bat er. »Das Mädchen hat einfach nur Angst.«

»Ganz im Gegenteil, ich bin ihr nicht böse; sie tut uns sogar einen Gefallen. Wenn wir sie blutbeschmiert den Behörden übergeben, glaubt man uns noch viel eher. Jetzt lass sie wieder runter.« Kelly sah auf seine protzige Cartier-Uhr. Er behandelte mich mit Eiseskälte, als wäre ich nur ein weiterer lästiger Tagesordnungspunkt, den er endlich abhaken wollte.

Ich versuchte, Gator zu kratzen, damit er mich endlich losließ. »Nein, lass mich in Ruhe!«

Gator stieß mich auf einen Stuhl und fesselte mich mit Kunststoff-Handschellen, die aussahen wie Kabelbinder. Ich konnte mir noch nicht einmal das Blut vom Gesicht wischen, sodass es an meiner Wange hinunterlief und auf meine Brust tropfte.

»Sie steht unter Schock«, sagte Maria angewidert. »Du wirst ihr nicht viel ins Hirn pflanzen können, wenn sie so leer ist.«

Sean schlich von hinten an mich heran, legte mir seine Hände auf die Schulter und atmete tief ein. »Sie ist nicht leer. Ach, köstlich – Angst, rasende Wut und eine schreckliche Vorahnung – was für eine herrliche Mischung!«

Maria schlug seine Hände fort. »Hör auf. Du verstärkst ihre Gefühle. Wir wollen doch nicht, dass sie katatonisch wird.«

»Oh nein, in ihr regt sich noch viel zu viel Widerstand, als dass so etwas passieren könnte.«

Gator trat voller Unbehagen von einem Fuß auf den anderen. »Werden Sie etwa diese Gehirn-Sache mit ihr machen, Mr Kelly?«

Sean hob den Blick. »Ja. Warum?«

»Das finde ich aber nicht richtig«, murmelte Gator.

Maria schubste ihn beiseite. »Ach, mach dich nicht lächerlich! Wir wissen, dass du unsere Kräfte verabscheust, aber denk gefälligst daran, wer dich bezahlt, Gator!«

»Sie hätten mich einfach ein paar von diesen Benedicts abknallen lassen sollen«, brummte Gator.

»Aber du hast nicht getroffen«, erwiderte Maria scharf. »Ich habe jetzt genug davon. Daddy, können wir endlich weitermachen? Ich muss noch die Wäsche-Inventur überprüfen.«

Daniel Kelly griff nach meiner Hand und hielt sie fest umklammert. Ich konnte spüren, wie er sich mit seiner ganzen Präsenz gegen meinen inneren Widerstand stemmte, versuchte, Kontrolle über mich zu erlangen. Übernahme und Fusion – mit solchen Dingen kannte er sich als Geschäftsmann gut aus. Ich errichtete Mauern, stellte mir einen Stapel vor aus Kommode, Bett und allem, was ich nur irgendwie in die Finger bekam, um ihn daran zu hindern, meine Abschirmung zu durchbrechen. Unwillkürlich schnappte ich Bruchstücke dessen auf, was er mir ins Hirn einpflanzen wollte. Er versuchte Bilder auszusäen, von Zed und Xav, wie sie mich zu einem alten klapperigen Auto lockten und dann im Kofferraum einsperrten. Dort beließen sie mich, während sie so taten, als würden sie sich an der Suche nach

mir beteiligen, und fuhren schließlich vor den Augen der Polizei in aller Seelenruhe mit mir davon. Sie hielten mich in einem verlassenen Lagerhaus gefangen, lachten mich aus, weil ich geglaubt hatte, dass Zed mich lieben würde, quälten mich …

Nein! Ich stieß diese Bilder von mir. Die Benedicts hatten das nicht getan – sie würden so etwas niemals jemandem antun. Erinnere dich an die Wahrheit. Gator und O'Halloran. Das Flugzeug. Das Hotel. Denk daran, wo du dich befindest.

Die Benedicts hassen dich. Du spielst einfach nicht in derselben Liga wie Zed – er ist zu cool, zu gut aussehend – das konnte doch nur eine Falle sein. Das hattest du doch schon befürchtet. Er benutzt dich nur. Er und Xav machen das andauernd mit Mädchen. Das musste ein Ende haben, Officer. Ich musste sie erschießen. Es war ihre Pistole, die ich benutzt habe.

Nein, nein, nein! Ich spürte, wie sich mein Hirn aufbäumte. Ich hatte niemanden erschossen.

Das Bild von der Pistole in meiner Hand war aber gestochen scharf, ich konnte sogar meine abgeknabberten Fingernägel sehen.

Das bin nicht ich. Zed und Xav leben. Ich habe sie nicht erschossen. Ich riss die Augen auf. »Sie wollen Zed und seinen Bruder erschießen?«

Daniel Kelly konnte seine Wut darüber, dass ich seiner Kontrolle entglitten war, nicht verhehlen. Sein klobiger Siegelring bohrte sich in meine Wange, dass mir Tränen in die Augen schossen. »Du wirst zwar nicht den Abzug betätigen, aber du wirst glauben, es getan zu haben.«

Die Bilder schwemmten zurück in mein Gehirn, knallrot, tintenschwarz, strudelnde Primärfarben. **Die schwere Pistole in meiner Hand. Zed, den ich getötet habe. Genau wie Xav. Ich war eine Mörderin, auch wenn es aus Notwehr geschah.**

Nein!

Ja. Genau das ist passiert. Ich habe mich in ihnen getäuscht. Die Benedicts sind ein kranker Haufen. Sie quälen die Menschen, die ihnen in die Hände fallen. Sie sind alle krank, krank, krank.

Das alles war falsch. Falsch!

Ich verlor das Bewusstsein.

Jedes Mal, wenn ich in den nächsten Stunden wieder zu mir kam, hatte ich das Gefühl, als würden sich feine Glassplitter in meinen Schädel bohren. Ich konnte nicht klar denken. Ich meinte, mich an verschiedene Sitzungen mit Daniel Kelly erinnern zu können, an seine dunklen Augen, die sich in meinen Geist brannten, während er meinen Kopf eisern in seinen Händen hielt. Manchmal war auch Sean anwesend, ergötzte sich an meiner Verzweiflung und machte alles noch viel schlimmer. Kelly schien wütend, da ich mich noch immer wehrte, aber irgendwann war ich so verwirrt und erschöpft, dass mein Gehirn mich anflehte, dieser Folter ein Ende zu machen und endlich anzuerkennen, was er mir beharrlich als die Wahrheit eintrichterte.

»Erzähl mir noch mal, was passiert ist, Sky«, befahl er mir, gefühltermaßen zum hundertsten Mal.

»Sie … Sie haben mich gerettet.«

Bilder, wie er nach dem Blutbad im Lagerhaus zu mir ins Krankenhaus geeilt kam, flimmerten vor mir auf. Er hatte meinen Eltern beigestanden, hatte mir ein Einzelzimmer besorgt und für meine Eltern das Hotel bezahlt. Er hatte sich gegenüber dieser armen englischen Familie, von der er in den Nachrichten gehört hatte, ausgesprochen großzügig gezeigt.

»Genau. Und wer hat dich entführt?«

»Die Benedicts. Sie sind krank und bösartig.« Nein … Ja. Ich wusste es nicht. »Ich will nach Hause.«

Nein, das willst du nicht. Du willst hier in Vegas bleiben, wo du dich sicher fühlst.

Ein Bild drängte sich in meinen Kopf: ein Raum mit schweren Türen und Gittern vor den Fenstern, in dem mich niemand erreichen konnte.

»Ich fühle mich sicher.«

»Bei den Leuten, die dir geholfen haben. Sean ist so nett zu dir gewesen.«

»Nett. Gator ist nett gewesen. Hat mir Frühstück gebracht. Hat darum gebeten, dass man mir nicht wehtut.«

»Nicht Gator. Mein Sohn Sean. Er wird dir helfen, dass du wieder gesund wirst.«

»Ach ja?«

»Ja, er wird dich von allen quälenden Gefühlen befreien.«

Ich nickte. Das klang gut. Ich wollte nicht mehr fühlen.

Maria betrat den Raum, O'Halloran und Gator folgten dicht hinter ihr. »Ist sie so weit? Das dauert zu lange.

Die Benedicts sind bereits in der Stadt und der Schleimbolzen Victor hat einen Durchsuchungsbefehl für unser Grundstück beantragt.«

Daniel Kelly kniff mich ins Kinn. »Ja, ich glaube, sie ist so weit. Wenn sie noch ein bisschen verwirrt erscheint, ist es nur umso glaubhafter. Bringt sie an ihre Position und dann schickt eine Botschaft an die Benedicts, dass sie sie in dem Lagerhaus auf dem alten Flugfeld finden können. Die beiden Jungen müssen allein kommen oder die Sache wird abgeblasen.«

»Sie werden nicht allein kommen. Das werden die anderen gar nicht zulassen.«

»Sie werden aber so tun, als wären sie allein gekommen, und das genügt. Die anderen werden viel zu weit weg sein, um verhindern zu können, was passieren wird. Wir selbst rufen auch noch die Polizei. Eine Prise ressortübergreifendes Chaos ist manchmal ganz hilfreich.«

Ich hielt mir den Kopf. Das ergab alles keinen Sinn. Es war bereits passiert, oder? Ich war im Lagerhaus gewesen – ich wusste, wer erschossen worden war. An meinen Händen klebte Blut.

Maria lächelte. »Unser kleiner Savant hier hat noch ein bisschen Probleme, alles auf die Reihe zu kriegen.«

»Sie wird ihre Sache schon gut machen. Alles, was sie tun muss, ist mit der Pistole in der Hand dasitzen, während das FBI und die Polizei sich in die Haare kriegen, warum das Ganze so schiefgelaufen ist. O'Halloran, hast du eine Telepathie-Isolierung?«

Er nickte. »Sie wird halten, solange sie ihnen nicht zu nahe kommt.«

»Sorge dafür, dass die Benedicts schnell ausgeschaltet werden. Drück ihr die Waffe in die Hand und hau ab, bevor FBI und Polizei da sind. Ich will, dass sie sich fragen, was zur Hölle da passiert ist.«

»Klar, Boss.«

Kelly ließ seine Knöchel knacken. »Wenn der heutige Tag zu Ende ist, werden alle im Savant-Netzwerk wissen, dass keiner, der sich an meinen Leuten vergreift, ungeschoren davonkommt. In Zukunft werden sie uns in Ruhe lassen. Okay, Sky, wir verabschieden uns jetzt, bis wir uns im Krankenhaus treffen – zum allerersten Mal. Wenn ich es dir befehle, wirst du alles, was seit gestern geschehen ist, vergessen und dich nur noch daran erinnern, was ich dir erzählt habe.«

Beinahe kleinlaut fesselte Gator meine Beine und ließ mich dann in der Mitte des leeren Lagerhauses sitzen.

»Tu einfach, was sie dir sagen, dann ist die ganze Sache im Nu überstanden«, sagte er zu mir und schob mir eine Haarsträhne hinters Ohr.

Ich zitterte, obwohl ich meinen Skianzug trug. Mein Körper verhielt sich, als würde er gegen ein Fieber ankämpfen. Ein paar Meter hinter mir ging Gator hinter einem Kistenstapel in Deckung. Ich konnte hören, wie er das Magazin seiner Waffe überprüfte.

War er hier, um mich zu verteidigen? Ich konnte mich nicht erinnern. Ich war mir nicht einmal sicher, wer er überhaupt war. Was war nur los mit mir? Mein Hirn fühlte sich an wie ein Wattebausch.

Nach einer gefühlten Ewigkeit war am anderen Ende der Halle ein Scharren zu hören. Die Schiebetür öffnete sich ein paar Zentimeter.

»Wir sind's. Wie verlangt, sind wir allein gekommen.« Das war Xav Benedict. Mein Feind.

»Was habt ihr mit Sky gemacht? Geht es ihr gut?« Sein Bruder Zed. Ich kannte ihn, oder? Natürlich kannte ich ihn. Wir waren ein Paar. Er hatte gesagt, er würde mich lieben.

Er liebt dich nicht – er spielt nur mit dir. Die Worte waberten mir durchs Hirn, aber ich wusste nicht mehr, wie ich auf solche Gedanken kam.

Ich schwieg und zog meine Knie an die Brust.

Sky? Bitte antworte mir! Ich werde noch wahnsinnig. Sag mir, dass es dir gut geht.

Zed war ebenfalls in meinem Kopf. Ich konnte mich nirgendwo verstecken. Ich konnte nicht anders und mir entfuhr ein leises Wimmern.

»Xav, das war sie! Sie ist verletzt!«

Xav hielt Zed zurück. »Das ist eine Falle, Zed. Wir machen das wie abgesprochen!«

Sie waren noch nicht in Sicht.

»Sagt uns, was ihr im Tausch für Sky haben wollt, und es gehört euch.«

Zeds Stimme zitterte.

Das alles ergab keinen Sinn. Ich hatte sie erschossen. Warum waren sie dann hier? Warum musste ich diesen Albtraum nochmals durchleben?

»Das sage ich euch, sobald ihr hervorkommt und ich euch sehe«, rief Gator.

»Na ja, wir sind nicht blöd. Du kannst es uns sagen, während wir bleiben, wo wir sind.«

»Wenn ihr nicht mit erhobenen Händen vorkommt, jage ich eurer kleinen Freundin eine Kugel in den Kopf.«

Das stimmte so aber nicht. Ich hatte Zed beim Gerangel die Pistole entrissen und beide Benedict-Brüder erschossen. Ich hatte es selbst gesehen – es war alles hier in meinem Kopf.

»Zed?« Meine Stimme hallte dünn und zittrig durch das leere Lagerhaus.

»Sky? Halte durch, Schatz, wir holen dich da raus.«

Falsch … alles falsch. Meine Erinnerung war wie ein Comic-Strip, in dem die entscheidenden Szenen fehlten. Die Benedicts hatten mir wehgetan – ja, richtig. Hatten mich stundenlang im Kofferraum ihres Autos eingesperrt.

»Geht … weg!«, rief ich mit erstickter Stimme. Ich nahm ganz am anderen Ende der Halle eine Bewegung wahr und sah dann die Fingerspitzen einer Hand, als die Person sich hinter dem Container erhob, hinter dem sie sich versteckt hatte. Es war Zed.

Mein Gehirn schien zu platzen von der Fülle widerstreitender Gefühle und Bilder – Hass, Liebe, Freude, Schmerzen. Die stumpfen Farben im Lagerhaus veränderten sich, wurden mehrtonig und vielschichtig.

Er blickte mir in die Augen. »Sieh mich nicht so an, Schatz. Ich bin jetzt da. Lass mich einfach nur mit dem Mann reden, der dich festhält, dann befreien wir dich.«

Er kam einen Schritt näher.

Wie viele sind es? Ist eine Waffe auf mich gerichtet? Zeds Stimme hallte durch meinen Kopf.

Ich schieße nicht auf Menschen. In meinem Gehirn blinkte das Bild meiner Hände mit der Pistole wie ein Neonschild.

Was ist los mit dir, Sky? Ich kann sehen, was du siehst. Dein Geist verhält sich mir gegenüber irgendwie anders.

»Er hat eine Pistole«, sagte ich laut. »Gator, schieß nicht! Das dürfen wir nicht. Ich habe sie schon getötet, aber sie sterben nicht – sie kommen immer wieder zurück.«

»Still, Sky«, sagte Gator hinter mir. »Und ihr stellt euch gefälligst dahin, wo ich euch sehen kann. Es ist dir doch bestimmt lieber, ich habe euch im Visier als deine Freundin.«

Zed stellte sich gut sichtbar hin. Ich konnte nicht umhin, ihn mit Blicken zu verschlingen; es schien, als würde er im Wechsel zwei verschiedene Masken tragen, mit der einen wirkte er liebevoll und zärtlich, mit der anderen verschlagen und grausam. Sein Gesicht verschwamm und gewann wieder an Konturen.

»Und jetzt dein Bruder. Ich will euch beide sehen können. Tretet ein Stück näher an Sky heran. Wollt ihr euch nicht ansehen, was wir mit ihr gemacht haben?«, sagte Gator höhnisch.

Ich musste mich entscheiden. Was glaubte ich? Den liebenswerten Zed; den grausamen Zed.

Zed ging mit hoch erhobenen Händen zwei Schritte nach vorne. »Ihr wollt nicht sie. Das ist eine Sache zwischen den Kellys und den Benedicts – sie hat damit nichts zu tun.«

Was sollte ich tun? Wem sollte ich glauben? *Sky hat*

gute Instinkte. Das hatte meine Mum gesagt, richtig? Instinkte. Ich hatte mehr als nur Instinkte. Ich konnte die Menschen lesen, ihre Verfehlungen sehen, Gut und Böse voneinander unterscheiden. Ich hatte es vergraben, aber es war dennoch da, tief in meinem Inneren, seit ich sechs war. Ich hatte es weggeschlossen. Aber jetzt musste ich meine Gabe zum Vorschein bringen.

Ich schloss die Augen und suchte in meinem Inneren nach der Tür, hinter der meine Kräfte schlummerten. Ich öffnete meinen Geist.

Meine Wahrnehmungskraft explodierte. Die Sinneseindrücke im Raum waren überwältigend. Ich sah sie als Farbströme. Das Rot großer Erregung und einen Hauch von schwarzer Angst hinter mir; das goldene Glitzern der Liebe, leicht grünlich getrübt vom Schuldgefühl – das war Zed.

Seelenspiegel.

Die Erkenntnis war da, so tief in mir verwurzelt wie die DNA. Wieso hatte ich es nicht gesehen? Mein Körper stimmte sich auf Zeds Klang ein; wir harmonierten perfekt.

Warum aber fühlte er sich schuldig? Ich besah mir das Grün genauer: Zed fühlte sich elendig, weil er es zugelassen hatte, dass ich entführt worden war und dass ich statt seiner so viel durchmachen musste. Er wollte an meiner Stelle dasitzen, mit Blut im Gesicht und an den Kleidern.

Ich wusste nicht, warum in meinem Hirn solch ein Durcheinander herrschte, aber ich wusste jetzt, auf welcher Seite ich stand.

»Zed!«, kreischte ich. »Geh in Deckung!«

Ein Schuss fiel. Zed war dank seiner Fähigkeit, Dinge vorherzusehen, bereits auf dem Sprung gewesen. Ein zweiter Knall. Da war noch ein Schütze – O'Halloran – oben auf dem Dachsparren und versuchte, Xav an der Tür abzuknallen. Statt in Deckung zu gehen, rannte Zed zu mir. Ich schrie – mein Geist spulte eine Version ab, in der er mich attackierte und ich ihn erschoss. Aber meine Hände waren leer. Keine Pistole.

Victor. Alarmstufe Rot! Alarmstufe Rot! Unter Aufbietung all seiner Kräfte stieß Xav den Notruf durch O'Hallorans Abschirmung, sendete auf breiter Frequenz, sodass es alle Telepathen im Umkreis hören mussten.

Zed warf sich schützend auf mich, während ich zusammengekauert dahockte. »Kopf runter, Sky.«

»Nicht schießen!«, bat ich. »Bitte nicht!«

Ich sah Gators Aggressivität und seinen unbedingten Tötungswillen als einen Schwall roter Farbe. Zeds Rücken bot eine perfekte Zielscheibe, doch Gator zögerte aus Angst, die Kugel könnte seinen Körper durchschlagen und mich gleich mit erwischen.

»Nein!« Angetrieben von Verzweiflung nahm ich all meine Kraft zusammen und stieß Zed mit den Beinen von mir herunter. Die Kugel, die seinen Rücken treffen sollte, schlug zwischen uns in den Boden ein und prallte vom Beton ab. Und dann brach die Hölle los. Schüsse krachten; die Türen flogen auf und eine Gruppe von Männern stürzte in die Halle. Sie schrien, dass sie vom FBI wären. Etwas traf mich am rechten Arm. Ein stechender Schmerz durchfuhr mich. Sirenen und noch

mehr Geschrei. Polizei. Schluchzend rollte ich mich ganz eng zusammen.

Inmitten des Tohuwabohus kroch jemand zu mir herüber und legte sich über mich. Zed. Er fluchte, Tränen liefen ihm übers Gesicht. Er presste seine Hand auf die Wunde an meinem Arm.

Nach mehreren Schusssalven verstummten die Waffen. Ich spürte, dass zwei Leute die Halle verlassen hatten – O'Halloran und Gator. Waren sie geflohen?

»Wir brauchen hier einen Sanitäter!«, schrie Zed. »Sky ist verletzt worden.«

Ich lag ruhig da und unterdrückte den Impuls, laut loszuschreien. Nein, sie waren nicht geflohen. Sie waren im Feuergefecht getötet worden, ihre Energie versiegte.

Eine Sanitäterin kam herbeigeeilt.

»Ich kümmere mich um sie«, sagte sie zu Zed.

Er ließ meinen Arm los, mein Blut an seinen Händen. Die Sanitäterin zerriss meinen Ärmel.

»So wie's aussieht, ist es nur ein Streifschuss. Vermutlich durch eine abgeprallte Kugel.«

»Sie sind tot«, murmelte ich.

Zed strich mir übers Haar. »Ja.«

»Was ist mit mir passiert?«

Die Sanitäterin blickte von meiner Wunde am Arm auf und sah mir ins Gesicht. »Hast du dir auch den Kopf gestoßen?« Sie sah das Blut in meinem Haar. »Wann ist das passiert?«

»Ich weiß es nicht.« Mein Blick wanderte zu Zed. »Du hast mich in den Kofferraum deines Autos gesperrt. Warum hast du das gemacht?«

Zed machte ein entgeistertes Gesicht.

»Nein, das habe ich nicht gemacht, Sky. Ist es das, was sie dir angetan haben? O Gott, Schatz, das tut mir so leid.«

»Wir sollten untersuchen, ob sie eine Gehirnerschütterung hat«, sagte die Sanitäterin. »Sprich weiter mit ihr.« Sie verlangte mit einem Handzeichen nach einer Trage. Zed löste meine Fesseln.

»Ich habe dich erschossen«, sagte ich zu ihm.

»Nein, das hast du nicht, Sky. Die Männer haben auf uns geschossen, erinnerst du dich?«

Ich gab auf. »Ich weiß nicht, was ich denken soll.«

»Denke einfach, dass du jetzt in Sicherheit bist.«

Mir stand das Bild eines Mannes mit orangefarbenem Teint vor Augen, der zu mir ins Krankenhaus geeilt kam. Wer war das?

Zwei Sanitäter hoben mich auf die Trage. Zed hielt meine unversehrte Hand, als sie mich zum Krankenwagen schoben.

»Tut mir leid, dass ich dich erschossen habe«, sagte ich ihm. »Aber du hast mich angegriffen.«

Warum sollte mich mein Seelenspiegel angreifen?

Ich sah, wie sich die gesamte Benedict-Familie um meine Trage versammelte. Sie waren alle böse, nicht wahr?

Zed wischte mir Blut von der Wange. »Ich habe dich nicht angegriffen und du hast mich nicht erschossen.«

Das Letzte, was ich von den Benedicts sah, bevor ich in den Krankenwagen geschoben wurde, war ein finster

dreinblickender Saul. Zed versuchte ebenfalls einzusteigen, aber ich schüttelte den Kopf.

»Ich habe ihn erschossen«, sagte ich der Sanitäterin ernst. »Er darf nicht mitkommen. Er hasst mich.«

»Tut mir leid«, sagte die Frau zu Zed. »Deine Anwesenheit regt sie zu sehr auf. Wo sind ihre Eltern?«

»Sie sind in einem Hotel unweit vom Strip abgestiegen«, sagte Saul. »Ich sage ihnen Bescheid. In welches Krankenhaus bringen Sie sie?«

»Ins ›The Cedars‹.«

»Okay, ich komme nicht mit, damit sie sich erst mal beruhigen kann. Wenn Sie meinen, das ist das Beste für sie«, sagte Zed und ließ zögerlich meine Hand los. »Sally und Simon werden gleich bei dir sein. Hörst du, Sky?«

Ich antwortete nicht. Soweit ich mich erinnerte, war einer von uns beiden tot. Vielleicht ich. Ich schloss meine Augen, mein Geist war so überladen, dass ich mich kurz ausklinken musste. Dann war ich weg.

Kapitel 19

Es waren die Geräusche, die mir als Erstes verrieten, dass ich mich in einem Krankenhaus befand. Ich öffnete nicht die Augen, konnte aber die gedämpften Geräusche im Zimmer hören – das Brummen einer Maschine, Gemurmel von Leuten. Und die Gerüche – antiseptisch, fremde Bettwäsche, Blumen. Mit dem allmählichen Wiedererlangen des Bewusstseins stellten sich bei mir auch Schmerzen ein, noch gedämpft durch Medikamente, aber trotzdem spürbar. Mein Arm lag in einer Bandage und ich merkte den Kopfverband, der an meinen Haaren ziepte, und ein Jucken rund um die Einstichstellen der Wundnaht. Mit flatternden Lidern öffnete ich langsam die Augen. Das Licht war zu grell.

»Sky?« Sally stand sofort an meinem Bett. »Hast du Durst? Die Ärzte sagen, du sollst viel trinken.« Sie hielt mir einen Schnabelbecher hin. Ihre Hand zitterte.

»Lass ihr doch noch einen Moment Zeit, Liebling«, sagte Simon und stellte sich hinter sie. »Geht es dir gut?«

Ich nickte. Ich wollte nicht sprechen. In meinem Kopf

herrschte ein Wirrwarr von widersprüchlichen Bildern. Was davon Tatsache, was Einbildung war, konnte ich nicht unterscheiden.

Meinen Kopf mit einer Hand stützend hielt mir Sally den Becher mit Wasser an die Lippen und ich trank einen kleinen Schluck.

»Ist es jetzt besser? Kannst du deine Stimme benutzen?«, fragte sie.

Da waren einfach zu viele Stimmen – meine, Zeds, ein Mann, der sagte, er wäre mein Freund. Ich schloss die Augen und drehte mein Gesicht zum Kissen.

»Simon!« Sally klang verzweifelt.

Ich wollte sie nicht traurig machen. Vielleicht wäre sie ja wieder froh, wenn ich so tat, als ob ich nicht da wäre. Manchmal funktionierte das.

»Sie steht unter Schock, Sally«, sagte Simon tröstend. »Gib ihr ein bisschen Zeit.«

»Aber das letzte Mal, als sie sich so verhalten hat, war damals, als wir sie bei uns aufgenommen haben. Ich kann es in ihren Augen sehen.«

»Scht, Sally. Ziehe bitte keine voreiligen Schlüsse. Sky, du nimmst dir so viel Zeit, wie du brauchst, hörst du? Niemand hetzt dich.«

Sally setzte sich an mein Bett und nahm meine Hand. »Wir lieben dich, Sky. Halte dich daran fest.«

Aber ich wollte keine Liebe. Liebe tat weh.

Simon schaltete das Radio an und stellte einen Sender mit sanfter klassischer Musik ein. Sie umschmeichelte mich zärtlich. In den Jahren, in denen ich immer wieder das Heim oder die Pflegefamilie gewechselt

hatte, war mir Musik zum ständigen Begleiter geworden. Die einzigen Äußerungen, die ich von mir gegeben hatte, waren seltsame selbst gedichtete Liedchen gewesen, die ich gesungen hatte, woraufhin meine Betreuer zu dem Schluss kamen, dass ich nicht ganz richtig im Kopf war. Vermutlich stimmte das sogar. Aber dann hatten Sally und Simon mich kennengelernt und erkannt, dass sie etwas für mich tun konnten. Sie hatten geduldig darauf gewartet, dass ich aus meinem Kokon hervorkam, und nach und nach war es mir auch gelungen. Seither hatte ich keine einzige Note mehr gesungen. Ich konnte ihnen das nicht noch einmal antun.

»Mir geht's gut«, krächzte ich. Ging es mir nicht. Mein Hirn war ein einziger Schrotthaufen.

»Danke, Schätzchen.« Sally drückte meine Hand. »Das wollte ich hören.«

Simon fummelte an einem Blumenstrauß herum und räusperte sich mehrmals hintereinander. »Wir sind nicht die Einzigen, die wissen wollen, ob es dir gut geht. Zed Benedict und seine Familie warten auch schon lange draußen in der Besucherlounge.«

Zed. Meine Verwirrung wurde größer. Panik durchfuhr meinen Körper wie ein Stromschlag. Was ihn anbetraf, war mir etwas Wichtiges klar geworden, aber ich hatte diese Tür schon wieder zugeschlagen.

»Ich kann nicht.«

»Ist in Ordnung. Ich gehe nur schnell raus und sag ihnen Bescheid, dass du wach, aber noch nicht in der Lage bist, Besuch zu empfangen. Aber ich fürchte, dass

die Polizei auch schon darauf wartet, mit dir zu sprechen. Wir müssen sie hereinlassen.«

»Ich weiß nicht, was ich ihnen sagen soll.«

»Sag ihnen einfach die Wahrheit.«

Simon verließ das Zimmer, um den Benedicts Bescheid zu geben. Ich bedeutete Sally, dass ich mich aufsetzen wollte. Erst jetzt fiel mir auf, wie überanstrengt und müde sie aussah.

»Wie lange liege ich schon hier?«

»Du warst zwölf Stunden nicht bei Bewusstsein, Sky. Die Ärzte konnten es nicht erklären. Wir waren in großer Sorge.«

Etwas ließ mich aufblicken. Die Benedicts verließen das Krankenhaus. Zed verlangsamte seinen Schritt, als er an der Glasscheibe zu meinem Zimmer vorbeikam, und unsere Blicke trafen sich. Ich verspürte ein dumpfes Gefühl in der Magengegend. Angst. Er blieb stehen und legte seine Hand auf die Scheibe, so als wollte er sie nach mir ausstrecken. Ich ballte meine Hände über der Bettdecke zu Fäusten. Tief in mir drin konnte ich ein Klingeln hören, schrill, brutal. Der Wasserkrug auf meinem Nachttisch fing an zu vibrieren; das Deckenlicht flackerte; der Summer, mit dem die Krankenschwester herbeigerufen werden konnte, sprang aus der Halterung und knallte auf den Boden. Zeds Ausdruck wurde finster; das Klingeln durchdringend. Dann kam Saul und flüsterte ihm etwas ins Ohr. Zed nickte, warf mir einen letzten Blick zu und ging weiter. Das Klingeln verstummte, riss einfach ab; das Vibrieren hörte auf.

 Sally rieb sich die Arme. »Merkwürdig. Das muss ein

Erdstoß gewesen sein.« Sie befestigte den Summer wieder in der Halterung. »Ich wusste gar nicht, dass Vegas in der Erdbebenzone liegt.«

Ich wusste nicht, ob es an mir oder an Zed gelegen hatte. War er so wütend auf mich, dass er mich am liebsten schütteln wollte? Oder war es meine Angst gewesen, die versucht hatte, ihn wegzustoßen?

Ich fühlte mich benommen und ließ Sally mein Haar für mich bürsten und flechten.

»Ich werde dich nicht fragen, was passiert ist, Schatz«, sagte sie, während sie beim Bürsten darauf achtete, das Haar an meiner Wunde nicht zu straff zu ziehen, »weil du das gleich noch zur Genüge mit der Polizei und dem FBI erörtern musst. Aber ich möchte, dass du weißt, egal, was auch passiert ist, es ist nicht deine Schuld. Niemand wird dich dafür verantwortlich machen.«

»Zwei Männer sind gestorben, richtig?« Meine Stimme klang, als käme sie aus weiter Ferne. Ich sah mir selbst dabei zu, wie ich mit Sally sprach, und hatte mich dabei in Wahrheit tief in meinem Inneren verkrochen, verschanzte mich hinter so vielen Türen und Schlössern, dass niemand an mich herankam. Das war der einzige Ort, an dem ich mich sicher fühlte.

»Ja. Die Polizei und das FBI waren zur gleichen Zeit vor Ort, sie hatten jeweils von verschiedener Seite einen Tipp bekommen – es herrschte Chaos, die linke Hand wusste nicht, was die rechte tat. Die zwei Männer wurden bei der Schießerei getötet.«

»Der eine hieß Gator. Er hatte einen leicht gelockten

Pferdeschwanz. Er war nett zu mir gewesen.« Ich konnte mich nicht erinnern, wie ich darauf kam.

»Dann tut es mir leid, dass er tot ist.«

Es war ein Räuspern an der Tür zu hören. Victor Benedict stand da zusammen mit einem unbekannten Mann in einem dunklen Anzug.

»Dürfen wir hereinkommen?« Victor sah mich mit bohrendem Blick an. Das Beben war nicht unbemerkt geblieben und er schien … na ja, vor mir auf der Hut zu sein, so als wäre ich eine Bombe, die jeden Moment hochgehen könnte.

»Bitte.« Sally erhob sich von der Bettkante und machte den Männern Platz.

»Sky, das hier ist Lieutenant Farstein von der Polizei Las Vegas. Er möchte dir gerne ein paar Fragen stellen, ist das okay?«

Ich nickte. Farstein, ein sonnengebräunter Mann mittleren Alters mit schütterem Haar, zog sich einen Stuhl heran.

»Sky, wie geht es dir?«, fragte er.

Ich trank einen Schluck Wasser. Ich mochte ihn – mein Instinkt sagte mir, dass er aufrichtig besorgt war. »Ich bin ein bisschen verwirrt.«

»Ja, das Gefühl kenne ich.« Er holte einen Block hervor und warf einen Blick auf seine Notizen. »Du hast die Polizeibehörden aus zwei verschiedenen Bundesstaaten und das FBI in Atem gehalten, aber wir sind froh, dass wir dich wohlauf gefunden haben.« Er tippte nachdenklich auf seinen Block. »Vielleicht fängst du am besten ganz von vorne an – erzähl uns, wie du entführt worden bist.«

Angestrengt versuchte ich mich zu erinnern. »Es fing an, dunkel zu werden. Ich war Skifahren gewesen – na ja, genauer gesagt war ich mehr mit Hinfallen als mit Fahren beschäftigt.«

Victor lächelte und sein Gesicht erinnerte mich sehr an das von Zed, wenn sich seine Züge entspannten. »Ja, ich habe gehört, dass du Skifahren lernen wolltest.«

»Tinas Auto hatte den Geist aufgegeben.«

Farstein überprüfte seine Notizen. »Der Mechaniker hat entdeckt, dass jemand an den Batterieanschlüssen herumgefummelt hat.«

»Oh.« Ich massierte mir die Stirn. Danach ging's etwas holpriger weiter. »Dann haben Zed und Xav mich überredet, mit zu ihrem Auto zu kommen. Sie haben mich im Kofferraum eingesperrt. Nein, nein, das haben sie nicht.« Ich presste meinen Nasenrücken mit zwei Fingern zusammen. »Ich sehe zwar vor mir, wie sie's tun, aber es fühlt sich irgendwie falsch an.«

»Sky.« Victor sprach mit tiefer, eindringlicher Stimme. »Was genau siehst du?«

Farstein fuhr dazwischen. »Willst du damit sagen, dass dich die beiden Benedict-Brüder entführt haben, Sky?«

In meinem Kopf machte es klick. Die Bilder liefen in einem Rutsch vor meinen Augen ab, ohne Stottern, ohne Schmerzen.

»Sie haben ganz freundlich getan, aber sie wollten mir wehtun.«

»Du weißt, dass das nicht stimmt, Sky.« Victor war aufgebracht, seine Lippen hatte er fest zusammengekniffen.

Farstein warf ihm einen warnenden Blick zu. »Mr Benedict, bitte unterbrechen Sie die Zeugin nicht. Und in Anbetracht der Tatsache, dass Sie mit den Beschuldigten verwandt sind, möchte ich Sie bitten, den Raum zu verlassen und mir stattdessen einen Kollegen hereinzuschicken, der sich die Aussage unvoreingenommen mitanhören kann.«

Victor schlich zur Tür und blieb, den Rücken uns zugewandt, stehen. »Was sie sagt, ist unmöglich. Ich war mit meinen Brüdern zusammen, Lieutenant; sie hatten mit ihrer Entführung nichts zu tun. *Sky, warum erzählst du so was?*

Ich warf Sally einen verzweifelten Blick zu. »Er spricht per Telepathie mit mir – sag ihm, er soll damit aufhören.« Ich presste die Fäuste an meine Schläfen. »Das tut weh.«

Sally ergriff meine Hände, stellte sich zwischen Victor und mich. »Mr Benedict, ich glaube, es ist besser, wenn Sie jetzt gehen. Sie regen Sky auf.«

Ich wandte mich mit tränenerfüllten Augen an Farstein. »Ich habe sie erschossen, stimmt's?«

»Nein, Sky, du bist nicht schuld am Tod der zwei Männer.«

»Zed und Xav sind tot?«

Farstein warf Sally einen beunruhigten Blick zu. »Nein«, sagte er vorsichtig, »die beiden Männer, die das Lagerhaus überwacht haben, sind tot.«

»Gator und O'Halloran«, sagte ich, als ich mich wieder an sie erinnerte. »Der Savant.«

»Der was?«, fragte Farstein.

Welcher von beiden, Sky?, fragte Victor fordernd.

»Gehen Sie weg!« Ich zog mir die Bettdecke über den Kopf. »Verschwinden Sie aus meinem Kopf.«

Farstein seufzte und klappte seine Notizen zu. »Wie ich sehe, richten wir hier mehr Schaden an, als dass wir helfen würden, Mrs Bright. Wir lassen Sky jetzt in Ruhe, damit sie sich etwas ausruhen kann. Mr Benedict, ich hätte Sie gern kurz gesprochen.«

Victor nickte. »Draußen auf dem Korridor. Geh's in aller Ruhe an, Sky. Es wird alles zurückkommen.«

Die beiden Männer verließen das Zimmer. Ich lüpfte die Decke und blickte in Sallys angstvolle Augen.

»Ich verliere den Verstand, stimmt's?«, fragte ich sie. »Ich kann mich nicht erinnern, und das, woran ich mich erinnere, erscheint mir vom Gefühl her falsch.«

Sie strich mit ihrem Daumen sanft über meine Handknöchel. »Du bist nicht verrückt. Du verarbeitest ein Trauma. Das braucht Zeit. Wir glauben, dass die Leute, die dir das angetan haben, aller Wahrscheinlichkeit nach nicht mehr am Leben sind, dass sie im Kugelhagel getötet wurden. Die Polizei versucht nur, die einzelnen Puzzleteile zusammenzufügen.«

Ich wünschte, jemand würde die Puzzleteile in meinem Kopf zusammenfügen. Meine Gedanken waren wie bunte Fähnchen, die als zerfetzte Überreste einer Party im Wind flatterten.

»Wenn Zed und Xav mich nicht gekidnappt haben, warum glaube ich dann, dass sie es getan haben?«

Thanksgiving kam und ging, der einzige Hinweis darauf war, dass es Truthahn zum Mittagessen gab. In meinem Kopf herrschte noch immer ein heilloses Durcheinander. Ich fühlte mich wie ein Strand nach einer großen Flutwelle – die Trümmer waren ans Ufer gespült worden, nichts war mehr an seinem ursprünglichen Platz, alles war zu Bruch gegangen. Mir war bewusst, dass mich intensive Gefühle durchströmt hatten, aber ich wurde nicht schlau daraus und vermochte nicht zu sagen, was wahr und was falsch war. Ich hatte etwas in mir freigesetzt und dann die Kontrolle darüber verloren – mit verheerenden Folgen.

Die Polizei von Las Vegas hatte jeglichen Verdacht gegen Zed und Xav ausräumen können. Warum also hatte ich sie beschuldigt? Mich plagten schlimmste Gewissensbisse, dass ich sie in diese Sache verstrickt hatte, und ich schämte mich zu sehr, um irgendeinen der Benedicts sehen zu wollen. Meine Eltern mussten mir versprechen, dass sie sie nicht hereinlassen würden – ich konnte ihnen einfach nicht unter die Augen treten. Victor aus dem Weg zu gehen war jedoch unmöglich; er suchte mich mehrmals zusammen mit Farstein auf, um sich zu erkundigen, ob ich mich wieder an etwas erinnerte. Ich entschuldigte mich bei ihm und Farstein für meinen Irrtum, hätte aber verstanden, wenn Victor mich jetzt gehasst hätte.

»Albträume, Miss Bright – genau das war's«, erklärte Farstein in nüchternem Ton. »Sie haben etwas Schreckliches erlebt und jetzt sind Sie verwirrt.«

Er behandelte mich freundlich, doch es war klar, dass

er mich in Bezug auf die Ermittlungen als vollkommen unbrauchbar ansah. Alle waren sich einig darin, dass ich entführt worden war, aber keiner konnte beweisen, dass es neben den zwei Männern in der Lagerhalle noch weitere Täter gegeben hatte. Ich war der Schlüssel, aber ich öffnete ihnen keine Türen.

Als mich Farstein zum letzten Mal besuchte, brachte er mir ein Kartenspiel und einen Strauß Blumen mit. »Bitte sehr, Sky, ich hoffe, dass die dir bei der Genesung helfen.« Er machte die Schachtel mit den Karten auf und mischte das Blatt. »Ich kann mir vorstellen, dass es für dich hier drinnen stinklangweilig ist. Meine Stadt ist für die meisten Leute ein tolles Reiseerlebnis; es tut mir sehr leid, dass du hier solch eine schwere Zeit durchleben musstest.« Er nahm eine Hälfte der Karten vom Stapel und teilte aus.

Victor hielt sich im Hintergrund, beobachtete uns von der Tür aus. »Sie werden das Mädchen doch hoffentlich nicht verderben, Farstein?«

»Man kann Las Vegas doch nicht verlassen, ohne ein Spielchen gespielt zu haben.«

»Ich kenne aber nicht viele Spiele«, gestand ich.

»Dann sollten wir es einfach mit Mau-Mau versuchen.«

»Und wenn ich gewinne?«

»Dann kriegst du die Blumen.«

»Und wenn ich verliere?«

»Dann kriegst du trotzdem die Blumen, musst mir aber eine für mein Knopfloch geben.«

Als Farstein ging, steckte eine Nelke an seinem Revers.

Victor blieb noch da. Er stand am Fenster und schaute hinaus. »Sky, warum willst du Zed nicht sehen?«

Ich schloss die Augen.

»Er ist total fertig mit den Nerven. So habe ich ihn noch nie erlebt. Er gibt sich die Schuld daran, was dir passiert ist. Das Ganze hat ihn komplett aus der Bahn geworfen.«

Ich sagte nichts.

»Ich mache mir Sorgen um ihn.«

Victor zählte zu der Sorte von Menschen, die sich anderen nicht so ohne Weiteres anvertrauten. Er war offenbar sehr beunruhigt. Aber was sollte ich da groß ausrichten können? Ich fand kaum den Mut, morgens aufzustehen.

»Er hatte gestern eine kleine Auseinandersetzung.«

Eine Auseinandersetzung? »Geht's ihm gut?«

»Du meinst wegen des Streits? Ja, ja, da flogen mehr Worte als Fäuste.«

»Mit wem hat er sich denn angelegt?«

»Mit ein paar Typen aus Aspen. Er wollte es nicht anders, Sky. Und um auf deine Frage von eben zurückzukommen: Nein, es geht ihm nicht gut. Er leidet. So als blute er innerlich, dort, wo es seiner Meinung nach keiner sieht.«

»Das tut mir leid.«

»Aber du wirst nichts dagegen unternehmen?«

Tränen brannten in meinen Augen. »Was soll ich denn machen?«

Er hielt mir eine Hand hin. »Hör auf damit, dich vor ihm zu verschließen. Hilf ihm.«

Ich schluckte. Victor hatte etwas Unerbittliches an sich, das es mir unmöglich machte, mich mit meiner Verwirrtheit herauszureden – es war gleichsam beängstigend und verlockend. »Ich werd's … ich werd's versuchen.«

Er ballte eine Hand zur Faust, bevor er sie seitlich an seinem Körper heruntersinken ließ. »Ich hoffe, das machst du auch, denn wenn meinem Bruder irgendwas Schlimmes passieren sollte, werde ich nicht drüber lachen können.«

»Soll das … eine … eine Drohung sein?«

»Nein, nur die Wahrheit.« Er schüttelte sichtlich irritiert den Kopf. »Du kannst die Sache in den Griff kriegen, Sky. Fang damit an, deine Umwelt wieder wahrzunehmen – das wird dir helfen, gesund zu werden.«

Ende November wurde ich aus dem Krankenhaus entlassen, aber meine Eltern hatten sich auf ärztlichen Rat hin entschieden, mich nicht auf direktem Weg nach Hause zu bringen.

»Sie verbindet mit Wrickenridge einfach zu viel Quälendes«, sagte ihnen Dr. Peters, mein Psychiater. »Sky braucht Erholung und absolute Ruhe.« Er empfahl ihnen ein Genesungsheim in Aspen, wo ich ein Einzelzimmer bekam, etwas, was wir uns nur dank eines anonymen Wohltäters aus Vegas leisten konnten, der meinen Fall in den Nachrichten verfolgt hatte.

»Das ist eine Klapsmühle, stimmt's?«, fragte ich Simon unumwunden, als Sally meine wenigen Sachen in die Kommode einräumte. Mein Zimmer lag mit Blick auf den verschneiten Garten. Ich sah dort ein Mädchen,

das immer und immer wieder den Teich umrundete, versunken in ihre eigene Welt, bis eine Krankenschwester erschien und sie mitnahm.

»Es ist ein Erholungsheim«, berichtigte Simon mich. »Du bist noch nicht fit genug, um zur Schule zu gehen, und wir konnten es uns nicht länger leisten, in Vegas zu bleiben, da schien uns das die beste Lösung.«

Sally stand auf und machte die Schublade zu. »Wir könnten zurück nach England gehen, Simon. Vielleicht fühlt sich Sky bei ihren alten Freunden wohler.«

Alte Freunde? Ich hatte mit einigen von ihnen über Facebook Kontakt gehalten, aber die alte Vertrautheit hatte sich, je länger ich fort war, in Luft aufgelöst. Es wäre alles nicht mehr so wie früher, wenn wir zurückgingen.

Simon umfasste mich mit einem Arm. »Wenn es notwendig sein sollte, dann machen wir das, aber eins nach dem andern, hm?«

»Wir müssen heute noch einen Kurs geben«, erklärte Sally. »Aber es wird jeden Tag einer von uns beiden vorbeikommen. Sollen dich deine Freunde aus Wrickenridge besuchen?«

Ich nestelte an der Vorhangkordel. »Was habt ihr ihnen erzählt?«

»Dass du noch immer unter dem Trauma der Entführung leidest. Und dass es nichts allzu Ernstes ist, du aber noch ein bisschen Zeit brauchst, um dich zu erholen.«

»Sie werden denken, dass ich verrückt geworden bin.«

»Sie glauben, dass du leidest … und das tust du ja auch … das sehen wir doch!«

»Ich würde Tina und Zoe gern sehen. Nelson auch, wenn er kommen möchte.«

»Und was ist mit Zed?«

Ich legte meine Stirn gegen die kalte Glasscheibe. Die Geste löste einen Erinnerungsflashback aus – ein hoher Turm, Neonschilder. Ich erschauerte.

»Was ist, Schatz?«

»Ich sehe gerade ein paar Bilder … aber sie ergeben keinen Sinn.«

»Haben sie etwas mit Zed zu tun?«

»Nein.« Tatsächlich nicht, wie mir aufging. Zed war nicht dort gewesen. Und ich hatte mich abgeschottet. Ich hatte Victor versprochen, dass ich es probieren würde. Vielleicht würde es mir Klarheit verschaffen, wenn ich Zed sah. »Ich möchte auch Zed gern sehen – für ein paar Minuten.«

Simon lächelte. »Gut. Der Junge ist schon ganz krank vor Sorge um dich. Er ruft uns jeden Tag an und meist auch jede Nacht.«

»Wie ich sehe, hast du deine Meinung über ihn geändert«, murmelte ich und erinnerte mich plötzlich an den Streit, den wir vor einem Monat wegen Zed gehabt hatten. Hatte Zed mir nicht gesagt, dass er mich liebte? Warum also hatte ich das Gefühl, er wäre mein Feind?

»Na ja, vermutlich muss man jemanden, der offenen Auges in eine Falle rennt, um sein Mädchen zu retten, einfach gernhaben.«

»Hat er das getan?«

»Weißt du das nicht mehr? Er war bei dir, als du verwundet worden bist.«

»Ja, stimmt. Er war da, oder?«

Simon drückte meine Schulter. »Siehst du, es kommt alles zurück.«

Der folgende Tag plätscherte ruhig dahin. Ich las einen Roman und blieb in meinem Zimmer. Meine Betreuerin war eine mütterliche Frau aus Kalifornien, die eine Menge über die Winter in Colorado zu sagen hatte. Sie kam und ging, aber überließ mich die meiste Zeit mir selbst. Gegen fünf Uhr, kurz vor dem Ende ihrer Schicht, klopfte sie an die Tür.

»Du hast Besuch, Schätzchen. Soll ich sie zu dir schicken?«

Ich schlug mein Buch zu, mein Herz raste. »Wer ist es?«

Sie schaute auf ihre Liste. »Tina Monterey, Zoe Stuart und Nelson Hoffman.«

»Oh.« Ich verspürte eine Mischung aus Erleichterung und Enttäuschung. »Klar, lassen Sie sie rein.«

Tina streckte als Erste den Kopf durch die Tür. »Hi.«

Es schien ewig her, dass ich sie zum letzten Mal gesehen hatte. Erst jetzt ging mir auf, wie sehr ich ihre wilde rotbraune Lockenpracht und ihre abscheulich lackierten Fingernägel vermisst hatte.

»Kommt rein. Hier ist nicht viel Platz, aber ihr könnt euch aufs Bett setzen.« Ich blieb mit angezogenen Knien auf meinem Stuhl am Fenster sitzen. Mein Lächeln fühlte sich noch sehr matt an.

Zoe und Nelson folgten ihr, allen stand das Unbehagen ins Gesicht geschrieben.

Tina stellte ein rotes Alpenveilchen auf meinen Nachttisch. »Für dich«, sagte sie.

»Danke.«

»Also …«

»Also, wie geht's euch, Leute?«, fragte ich rasch. Das Letzte, was ich wollte, war, mit ihnen darüber zu sprechen, wie verwirrt ich im Kopf war. »Wie läuft's in der Schule?«

»Gut. Alle haben sich Sorgen um dich gemacht und waren echt geschockt. So was ist in Wrickenridge noch nie passiert.«

Mein Blick wanderte zum Fenster. »Wahrscheinlich nicht.«

»Und wir hatten noch Witze drüber gemacht, dass wir in so einem verschlafenen Kaff leben, in das sich nie irgendwelche Verbrecher verirren. Echt schrecklich, dass du am eigenen Leib erfahren musstest, dass ich damit ganz offenbar total falschlag. Geht's dir denn einigermaßen?«

Ich lachte gequält. »Schau dich doch mal um, Tina: Ich bin jetzt hier, oder?«

Nelson sprang auf. »Sky, wenn ich die Typen erwische, die dir das angetan haben, bringe ich sie um!«

»So wie's aussieht, sind die längst tot. Zumindest glaubt das die Polizei.«

Tina zog Nelson zurück aufs Bett. »Hör auf, Nelson. Erinnere dich bitte daran, was wir gesagt haben: Wir wollen sie nicht aufregen.«

»Tut mir leid, Sky.« Nelson legte den Arm um Tina und küsste sie auf die Stirn. »Danke.«

Was sollte das denn heißen? Ich musste unwillkürlich grinsen – mein erstes aufrichtiges Lächeln seit Langem. »Hey, seid ihr beiden etwa …?«

Zoe verdrehte die Augen und bot mir einen Kaugummi an. »Ja, und wie! Die beiden treiben mich noch in den Wahnsinn. Sky, du musst ganz schnell wieder auf die Beine kommen und auf mich aufpassen, dass ich nicht den Verstand verliere.« Zum Glück machte Zoe Witze übers Verrücktsein – so fühlte ich mich doch gleich wieder ein bisschen normaler.

»Wann, wie?« Ich ahmte Tinas Lieblingsgeste nach – eine halbherzige Imitation, wie sie mit ihren langen Krallen lockte, aber ich versuchte es wenigstens. »Ich will alle Einzelheiten hören, Schwester.«

Tina senkte leicht verlegen den Blick. »Als du, na du weißt schon, verschleppt worden bist, war Nelson einfach unglaublich. Er hat mich vorm Durchdrehen bewahrt. Ich habe mir die Schuld gegeben wegen des Autos und so.«

Nelson streichelte ihren Arm. »Ja, endlich hat Tina mal eine gute Seite an mir gesehen.«

»Ich freue mich sehr für euch – für euch beide. Ihr verdient einander«, sagte ich.

Tina lachte. »Was soll das denn heißen? Ist das so was wie ein chinesischer Fluch, oder so?«

»Nein, du Blödi.« Ich bewarf sie mit einem Kissen. »Das ist ein Kompliment.«

Sie blieben ungefähr eine Stunde lang. Solange wir das Thema meiner Entführung außen vor ließen, ging es mir gut. Ich hatte kein Problem damit, an Dinge

erinnert zu werden, die mit der Schule zu tun hatten, das verursachte keine Schmerzen, keine Verwirrung. Ich hatte das Gefühl, schon wieder fast die Alte zu sein.

Tina warf einen Blick auf ihre Armbanduhr und nickte den anderen zu. »Wir sollten jetzt mal langsam gehen. Dein nächster Besucher kommt um sechs.«

Ich umarmte sie. »Danke, dass ihr das arme, durchgeknallte Mädchen besucht habt.«

»Du brauchst einfach nur ein bisschen Zeit, damit sich alles wieder einrenkt, Sky. Wir kommen übermorgen wieder. Sally sagte, sie glaubt, dass du mindestens bis Ende dieser Woche noch hierbleiben wirst.«

Ich zuckte die Achseln. Zeit war für mich ohne Bedeutung. Ich war aus meiner Alltagsroutine herausgefallen. »Ja, kann sein. Bis bald dann.«

Sie verließen das Zimmer und grüßten irgendjemanden draußen auf dem Flur. Ich trat ans Fenster, um ihnen nachzuschauen, konnte von dort aber nicht den Parkplatz sehen.

Es klopfte leise an die Tür.

Ich wandte mich um, in der Erwartung, Sally zu sehen. »Komm rein.«

Die Tür ging auf und Zed trat über die Schwelle. Er blieb kurz stehen, unsicher, ob er willkommen war.

»Hi.«

Mir wurde die Kehle eng. »H… hi.«

Er holte eine große goldene Schachtel mit roter Satinschleife hinter seinem Rücken hervor.

»Ich habe Schokolade mitgebracht.«

»Na, wenn das so ist, setz dich.« Ich klang vollkommen ruhig, aber in meinem Inneren tobte ein Sturm. Abermals wurde ich von einer Flutwelle von Emotionen überrollt.

Er setzte sich nicht. Er legte die Schachtel aufs Bett, dann stellte er sich neben mich ans Fenster.

»Schöner Ausblick.«

Ich biss die Zähne zusammen und hielt die Tür in meinem Kopf gegen die brandende Welle fest verschlossen. »Ja. Wir Geisteskranken haben immer am Vormittag Auslauf. Ich habe gehört, im Garten würde ein Schneemann stehen, der so aussieht wie die Oberschwester.« Meine Finger zitterten, als ich meine Hände auf das Fenstersims legte.

Eine warme Hand legte sich auf meine und das Zittern hörte auf. »Du bist nicht geisteskrank.«

Ich versuchte zu lachen, aber es missglückte. Schnell wischte ich die Träne fort. »Das sagen mir alle, aber mein Hirn fühlt sich an wie Rührei.«

»Du stehst noch immer unter Schock.«

Ich schüttelte den Kopf. »Nein, Zed, das ist es nicht allein. Ich erinnere mich an Dinge, die gar nicht passiert sind. Mir geistern all diese schrecklichen Bilder durch den Kopf – Bilder von dir und Xav. Aber so seid ihr nicht und ein Teil von mir weiß das auch. Und ich glaube, dass ich euch beide erschossen habe. Ich wache schweißgebadet auf, weil ich im Traum eine Pistole in der Hand halte. Ich habe in meinem ganzen Leben noch keine Pistole angefasst, woher weiß ich also, wie es sich anfühlt, eine abzufeuern?«

»Komm her.« Er zog mich an sich heran, aber ich sträubte mich.

»Nein, Zed, du solltest mich nicht anfassen … ich bin … innerlich zerbrochen.«

Ich will sie nicht gleich brechen. O Gott, wer hatte das gesagt?

Er hörte nicht auf mich und nahm mich fest in die Arme.

»Du bist nicht gebrochen, Sky. Und selbst wenn du's wärst, würde ich dich noch immer wollen. Ich habe keine Ahnung, warum du diese Bilder siehst, aber du tust es, also muss es dafür einen Grund geben. Vielleicht hat dieser Savant, der bei der Schießerei getötet worden ist, irgendwie deinen Geist manipuliert? Wir werden der Sache auf den Grund gehen und dir helfen, koste es, was es wolle.« Er seufzte. »Aber Xav und ich sind nicht in deiner Nähe gewesen, bevor wir dich im Lagerhaus gefunden haben. Glaubst du mir das?«

Ich nickte und tippte dabei mit meinem Kinn an seine Brust. »Ich denke schon.«

Er strich mit seinen Händen über meinen Rücken und massierte meine verspannten Muskeln. »Ich dachte bereits, ich hätte dich verloren. Du weißt ja gar nicht, was es mir bedeutet, dich jetzt im Arm zu halten.«

»Du warst gekommen, obwohl du wusstest, dass sie dich womöglich töten würden.« Dank Simon erinnerte ich mich wenigstens daran.

»Ich hatte eine kugelsichere Weste an.«

»Du hättest trotzdem getötet werden können. Sie hätten auf deinen Kopf zielen können.«

Er nahm mein Gesicht in seine Hände und rieb mit dem Daumen über die Vertiefung zwischen Unterlippe und Kinn. »Das Risiko war es mir wert. Denn ohne dich würde ich zum hartherzigsten, zynischsten Kotzbrocken dieses Planeten werden, noch übler als die Typen, die dich entführt haben.«

»Das glaube ich nicht.«

»Nein, im Ernst. Du bist mein Anker, der mich festhält. Als du mich aus deinem Leben ausgeschlossen hast, bin ich total ins Schlingern geraten.«

Schuldgefühle überkamen mich. »Victor hat mir das schon erzählt.«

Zed runzelte die Stirn. »Ich hab ihm gesagt, er soll dich in Ruhe lassen.«

»Er macht sich Sorgen um dich.«

»Aber du kommst an erster Stelle.«

»Es tut mir so leid, dass ich dich im Krankenhaus nicht sehen wollte. Ich hatte mich so geschämt.«

»Du brauchst dich wegen nichts zu schämen.«

»Du hast gelitten wegen mir.«

»Ich bin ein großer Junge – ich verkrafte so was schon.«

»Du bist in einen Streit geraten.«

»Und ich bin dämlich.«

Ich lächelte und fuhr mit meiner Nasenspitze über den Stoff seines T-Shirts. »Du bist nicht dämlich, du hattest Kummer und warst verletzt.«

»Es ist trotzdem dämlich, es an irgendwelchen Studentenbubis auszulassen, bloß weil sie mich schief von der Seite angesehen haben.« Zed seufzte, als er an sein

eigenes Benehmen dachte. Dann ließ er das Thema auf sich beruhen. »Ich weiß, dass du zurzeit wegen vieler Dinge durcheinander bist, Sky, aber einer Sache kannst du dir sicher sein: Ich liebe dich und würde für dich mein Leben geben, wenn ich dadurch deines retten könnte.«

Tränen standen mir in den Augen. »Ich weiß. Das habe ich gespürt. Ich konnte deine Gefühle lesen. Daher wusste ich auch, dass mir mein Verstand etwas vorgaukelt.«

Er küsste mich auf die Stirn.

»Und ich glaube«, fuhr ich fort, »wenn ich erst mal wieder zu mir gefunden habe, werde ich feststellen, dass ich dich auch liebe.«

»Gut zu wissen.«

Und so standen wir da, beobachteten, wie die Sterne am Himmel erschienen, und hofften beide darauf, dass es nicht mehr lange dauern würde, bis sich die Ursache dafür fand, warum ich so durch den Wind war.

Kapitel 20

Anfang Dezember holten Sally und Simon mich wieder nach Hause. Ein paar ungeduldige Weihnachtsfans hatten schon ihre Lichterketten in Stellung gebracht. Mrs Hoffmans Haus war ein wahres Feuerwerk an Farben, unser Heim hingegen war dunkel, nirgends eine Kerze oder Christbaumkugel in Sicht.

Simon schloss die Haustür auf. »Jetzt, wo du wieder da bist, Sky, können wir endlich mit Dekorieren loslegen.«

»Also sollen wir es geschmackvoll englisch halten oder knallig bunt amerikanisch?«, fragte Sally einen Tick zu fröhlich.

Ich spielte mit, da ich sie in dem Glauben lassen wollte, dass es mir bereits besser ging, als es in Wahrheit der Fall war. »Mhm, kann ich dann so einen aufblasbaren Weihnachtsmann haben, der aus dem Fenster hängt?«

»Na klar, wenn ich die blinkenden Rentiere auf dem Dach kriege.«

Blinkende Lichter … eine Palme, eine Achterbahn.

»Was ist los, Schatz?« Simon legte mir einen Arm um die Schulter.

Das passierte andauernd: Bilder von Gegenständen blitzten vor mir auf – ein Stuhl, ein Flugzeug, ein Bett –, aber ich konnte sie nicht einordnen.

»Nichts weiter. Das war nur so ein komischer Moment.«

Ich hievte meinen Koffer aufs Bett, setzte mich und starrte an die Wände. Türkis. Ich hatte vollkommen vergessen, wie man sich abschirmte. Vermutlich waren die ganze Zeit Gedanken und Gefühle von mir zu Zed durchgesickert, aber er war zu nett gewesen, es mir zu sagen. Irgendwie fehlte mir die Energie, da weiterzumachen, wo ich aufgehört hatte. Er hatte mir erzählt, dass ich ihn kontaktiert hatte, während mich meine geheimnisvollen Entführer gefangen hielten. Offenbar hatte ich behauptet, mich in Las Vegas zu befinden, was ich zunächst nicht so recht glauben konnte. Er meinte, ich hätte versucht, ihm meinen genauen Aufenthaltsort mitzuteilen, jedoch hatte er den Großteil der Nachricht nicht verstehen können. Die Benedicts waren dann zur Tat geschritten und aufgrund meiner Botschaft nach Las Vegas gereist, auch weil die Stadt Daniel Kellys Machtbasis war – das schien kein bloßer Zufall sein zu können. Sie glaubten noch immer, dass es da eine Verbindung gab: Gator, der Mann, der in der Lagerhalle gestorben war, hatte für Kellys Firma gearbeitet, aber die Polizei hatte keinen Zusammenhang zwischen der Entführung und dem Kopf des Unternehmens herstellen können.

Victor war wegen dieser Sache ziemlich angefressen.

Und um dem Ganzen die Krone aufzusetzen, waren die beiden Kellys, die mithilfe der Benedicts verurteilt worden waren, vor ein paar Wochen aus dem Gefängnis entwischt; keiner wusste so genau, wie sie es angestellt hatten.

»Sky, das Essen steht auf dem Tisch!«, rief Sally.

Ich ging nach unten und täuschte größeren Appetit vor, als es tatsächlich der Fall war. Sally hatte mein Lieblingsnudelgericht gekocht und eine Packung Eiscreme gekauft. Wir gaben uns alle große Mühe, damit der Abend nett wurde.

Ich stocherte in meinen Spaghetti herum. »Findet ihr, dass ich wieder zur Schule gehen sollte?«

Simon schenkte Sally Wein nach, dann goss er sich noch einen Schluck in sein eigenes Glas ein. »Noch nicht, Schatz. Ich … ich … dachte mir …«

»Ja?« Sally blickte hoch, als sie das Zögern in seiner Stimme bemerkte.

»Mich hat heute eine Dame aus Las Vegas angerufen – Mrs Toscana. Sie betreibt eins von diesen Kasino-Hotels. Wie sich herausgestellt hat, war sie die heimliche Wohltäterin, die den Aufenthalt im Genesungsheim bezahlt hat.«

»Oh, wie nett von ihr.«

»Das habe ich auch gesagt. Na ja, jedenfalls hat sie unser Portfolio im Internet gesehen und fragt nun an, ob wir eine neuen Job als Kunstberater für die Hotelkette in Betracht ziehen würden. Sie haben Hotels auf der ganzen Welt – Rom, Mailand, Madrid, Tokio, London und an mehreren Orten der USA. Die Laufzeit des Ver-

trages wäre länger als nur ein Jahr und Sky könnte ihre Schule ohne nochmaliges Umziehen an einem Ort zu Ende bringen. Sie erwähnte, dass es in Vegas ein paar hervorragende Schulen gäbe. Sie hat mir sogar schon welche empfohlen.«

Sally drehte das Weinglas in ihren Händen. »Ich weiß nicht, Simon. Wenn wir schon über einen Umzug nachdenken, dann möchte ich zurück nach England. Ich finde nicht, dass unser Abenteuer Amerika bisher ein großer Erfolg war. Und Vegas … na ja, die Erinnerungen, die ich daran habe, sind alles andere als schön.«

Simon wickelte die Spaghetti sorgfältig um seine Gabel. »Ich habe uns zu nichts verpflichtet. Ihr Vorschlag war, dass wir uns eingehender darüber unterhalten und die Möglichkeiten ausloten sollten, bevor wir die Idee verwerfen. Sie hat uns für nächstes Wochenende eingeladen, Sky auch.« Er schob sich die Gabel in den Mund. »Und ich muss sagen, dass das von ihr in Aussicht gestellte Gehalt meine Erwartungen bei Weitem übertrifft.«

»Sky? Was sagst du dazu?«, fragte Sally.

»Oh, ’tschuldigung. Ich habe gar nicht richtig zugehört.«

»Brauchst du einen Tapetenwechsel?«

»Ich glaube nicht, dass ich jetzt schon wieder umziehen möchte.«

»Schaffst du es denn, hier wieder zur Schule zu gehen, auch wenn jeder weiß, was dir passiert ist? Wir könnten es gut verstehen, wenn du lieber irgendwo einen Neustart machen würdest.«

»Könnte ich noch mal in Ruhe darüber nachdenken?«

Simon nickte. »Natürlich. Wir können uns die ganze Sache ja einfach mal anschauen, ohne irgendwelche Zusagen zu machen. Das wird dir eine gute Entscheidungshilfe sein. Schließlich hast du von Vegas ja nicht viel zu sehen bekommen, außer dem Krankenhaus und dieser … dieser Lagerhalle. Vielleicht gefällt dir die Stadt ja.«

»Vielleicht.« Ich schob den Gedanken für den Augenblick beiseite, ich war einfach zu sehr damit beschäftigt, mich wieder ans Zuhausesein zu gewöhnen, um über einen Umzug nachdenken zu können.

Karla und Saul Benedict statteten uns am Samstagmorgen einen Besuch ab. Ich hatte mich seit unserem ersten Zusammentreffen damals in Gegenwart von Zeds Mutter nie ganz wohlgefühlt, aber heute zeigte sie sich von ihrer besten Seite und gab keinen Hinweis darauf, dass sie mich zu ergründen versuchte. Ironischerweise hätte ich gar nichts dagegen gehabt, wenn mir jemand hätte sagen können, was in meinem Kopf vorging, da ich selbst keine Ahnung hatte. Ich erinnerte mich an die Unterhaltung mit Saul über meine Beziehung zu Zed; wären sie noch immer so erpicht darauf, mich in ihrer Familie zu begrüßen, jetzt, da sie wussten, dass ich in Vegas zusammengeklappt war?

Sally und Simon leisteten mir und den Benedicts in der Küche Gesellschaft. Es ging nicht so schräg komisch zu wie im Haus der Benedicts, als ich dort zu Besuch gewesen war. Sie gaben ein paar gestelzte Artigkeiten von sich und plauderten über die geplanten Weihnachts-

konzerte und das Saisongetümmel auf den Pisten. Ich war traurig, dass ich bei den Konzerten nicht mitwirken würde. Die Proben würden ohne mich stattfinden. Schließlich wandte sich Saul zu mir um und kam auf den Grund ihres Besuches zu sprechen.

»Sky, es ist so schön, dich wieder in Wrickenridge zu haben.«

»Danke, Mr Benedict.«

»Du hast Zed erzählt, du hättest falsche Erinnerungen.«

Ich blickte auf meine Hände hinunter.

»Wir glauben, dass wir dir helfen können.«

Simon räusperte sich. »Ähm, wir wissen Ihre Anteilnahme zu schätzen, aber Sky wird von einer hervorragenden Ärztin betreut. Sie kümmert sich um die Behandlung. Ich denke, wir sollten nicht dazwischenfunken.«

»Normalerweise wäre auch nichts dagegen einzuwenden«, sagte Karla mit mühsam verhohlener Ungeduld in der Stimme, »aber wir glauben, dass Skys Problem außerhalb der medizinischen Möglichkeiten liegt.«

Der Blick, den Sally und Simon austauschten, sprach Bände. Sie standen jeglichen Vorgehensweisen, über die sie keine Kontrolle hatten, ablehnend gegenüber; die Benedicts waren nicht die Einzigen, die sich nicht am Zeug flicken ließen.

»Das mag sein, aber Sky ist unsere Tochter und wir entscheiden, was das Beste für sie ist.« Simon erhob sich und gab deutlich zu verstehen, dass für ihn dieser Besuch damit beendet war.

Saul blickte mich unverwandt an. »Wir möchten gern,

dass du ein wenig Zeit mit unserer Familie verbringst, Sky. Alle zusammen sind wir in der Lage, Dinge zu tun, die jemandem in deiner Situation helfen können.«

Die Vorstellung jagte mir Angst ein – aber ich wusste auch, dass mich die Methoden der Ärztin keinen Schritt weiterbrachten, egal, wie optimistisch Simon und Sally auch waren.

»Durch Ihre Familie ist Sky doch überhaupt erst in diesen ganzen Schlamassel hineingeraten!« Simon machte keine Anstrengungen mehr, seinen Ärger zu verbergen. »Hören Sie, Mr Benedict …«

»Bitte sagen Sie Saul zu mir. Wir haben einfach schon zu viel gemeinsam durchgemacht, um so förmlich zu sein.«

Simon seufzte, ihm war der Wind aus den Segeln genommen. »Saul, wir mögen Zed – er ist ein toller Junge, aber höchstwahrscheinlich werden wir gar nicht mehr lange genug hier sein, dass Sky Zeit mit Ihrer Familie verbringen könnte. Bitte, lassen Sie uns jetzt einfach in Ruhe. Sky musste in ihrem jungen Leben schon genug durchmachen; bitte setzen Sie sie jetzt nicht noch unnötig unter Druck, indem Sie irgendwelche Forderungen an sie stellen.«

Sally rang die Hände und verschränkte die Finger fest ineinander. »Wissen Sie, Skys psychische Verfassung ist schon seit ihrer Kindheit nicht sonderlich stabil. Und durch den Kontakt zu Ihrer Familie und Ihren ganz speziellen Problemen ist sie vollkommen aus dem Gleichgewicht geraten – daran tragen Sie keine Schuld. Aber bitte lassen Sie uns jetzt einfach in Ruhe.«

Die Diskussion wurde über meinen Kopf hinweg geführt, fast so, als ob ich Luft wäre.

»Sally, bitte.«

»Das ist schon in Ordnung, Sky. Dafür brauchst du dich nicht zu schämen.«

»Ihre Tochter braucht uns«, sagte Mrs Benedict.

»Tut mir leid, aber das sehe ich anders.« Sally baute sich neben Simon an der Tür auf – ihre Körperhaltung sprach eine eindeutige Sprache. »Wir wissen, was das Beste für Sky ist. Sie ist jetzt seit sechs Jahren bei uns und ich glaube, wir kennen sie besser, als Sie es tun.«

»Hört sofort auf, bitte! Alle!« Ich fühlte mich wie ein Knochen, um den sich eine Meute von Hunden riss. Alle waren so damit beschäftigt, einander zu erzählen, was das Beste für mich war, dass ich mir selbst darüber nicht mal klar werden konnte.

Saul erhob sich vom Tisch. »Karla, wir regen Sky nur auf. Wir sollten besser gehen.« Er warf mir einen Blick zu. »Das Angebot steht, Sky. Denk drüber nach. Um Zeds und um deinetwillen.«

Die Benedicts verschwanden mit steifem Abschiedsgruß und knallenden Autotüren. Ich blieb im Wohnzimmer am Klavier sitzen und ließ meine Finger über die Tasten gleiten. Bildete ich mir das nur ein oder klang das Instrument total verstimmt?

»Also wirklich«, sagte Sally, als sie ziemlich verärgert ins Haus zurückkehrte. »Gibt es eigentlich irgendjemanden in Wrickenridge, der nicht die Weisheit mit Löffeln gefressen hat?«

»Tut mir leid, dass du dir das anhören musstest,

Schatz.« Simon wuschelte mir durchs Haar. »Ich glaube, sie meinen es nur gut.«

»Eigentlich klingt Vegas ziemlich verlockend«, sagte Sally.

Simons Augen leuchteten auf, so wie bei einem Autofahrer, der im dichten Berufsverkehr eine Lücke erspäht, um sich hineinzuquetschen. »Dann rufe ich Mrs Toscana an und vereinbare etwas mit ihr.«

Mir missfiel die Vorstellung, mit Volldampf in ein neues Leben zu starten; ich wollte Zeit haben, um mich wieder in das Leben einzufinden, das ich mir hier aufgebaut hatte. Ich wollte Zeit haben, um herauszufinden, was Zed und mich verband. Und für all das brauchte ich wieder einen klaren Kopf.

Ich schloss den Klavierdeckel. »Können wir nicht mal für eine Minute darüber nachdenken, was Mr und Mrs Benedict gesagt haben? Vielleicht können sie tatsächlich helfen.«

»Tut mir leid, Sky, aber gebranntes Kind scheut das Feuer.« Simon blätterte in seinen Visitenkarten, bis er die des Hotels in Vegas gefunden hatte. »Dass wir in die Angelegenheiten dieser Familie hineingezogen worden sind, hatte katastrophale Folgen. Wir haben nichts dagegen, wenn du Zed hier bei uns triffst, aber du gehst nicht zu ihm nach Hause. Du bist auf dem Weg der Besserung und wir wollen jetzt keine Rückschläge riskieren. Ich erledige jetzt schnell mal diesen Anruf.«

Ich hatte im Moment keine Kraft, um zu streiten, und so gab ich keinerlei Versprechen, sondern stand einfach auf und sagte Gute Nacht. Ich konnte hören, wie Simon

angeregt mit seiner neuen Bekanntschaft sprach, wie er mitteilte, welche Wochenenden noch frei waren und wie sehr wir uns auf den Besuch freuten. Ich wollte nicht nach Vegas zurückkehren; wozu auch? Alles, was ich wollte, war hier.

Ich saß noch an meinem Bettende und schaute aus dem Fenster, lange nachdem sich meine Eltern bereits schlafen gelegt hatten. Der Himmel war klar, Mondschatten tauchten den Schnee in ein ungesund dunkles Blau. Der Winter war eingekehrt, der Schnee lag hoch mit der Absicht, bis zum Frühling dazubleiben. Das Thermometer zeigte Minusgrade, Eiszapfen hingen an den Dachtraufen und wurden täglich länger. Ich kratzte mich an den Armen. Ich ertrug das nicht. Ich wollte schreien und so lange auf meinen Kopf einschlagen, bis ich wieder klar sah. Während ich mir große Mühe gab, so zu tun, als würde es mir bereits besser gehen, hatte ich in Wahrheit das Gefühl, dass sich mein Zustand verschlechterte. Ich klammerte mich an die Vernunft und betrat vorsichtig die dünne Eisschicht, die meinen Geist schützte, aber ich fürchtete, dass ich mir etwas vormachte: Ich war bereits durch die Spalten und Risse im Eis gefallen.

Ich stand jäh auf und trat mit geballten Fäusten ans Fenster. Ich musste etwas unternehmen. Es gab nur einen Ort, den ich aufsuchen konnte, um zu verhindern, dass noch größerer Schaden angerichtet wurde. Ich schnappte mir meinen Morgenmantel und öffnete das Fenster. Ich wusste, dass mein Vorhaben verrückt war, aber ich glaubte ja ohnehin schon, den Verstand ver-

loren zu haben; es war also egal. Ich fluchte insgeheim, dass meine Winterstiefel unten standen, aber ich wollte nicht riskieren, meine Eltern aufzuwecken, und so kletterte ich aufs Verandadach, glitt bis zur Kante hinunter und ließ mich zu Boden fallen. Meine dünnen Turnschuhe waren auf der Stelle durchweicht, aber angetrieben von dem Glauben, dass das, was ich tat, meine letzte Rettung war, kümmerte mich das nicht weiter.

Ich rannte zur Straße hinunter, der Schnee knirschte unter meinen Füßen. Zunächst zitterte ich noch vor Kälte, dann spürte ich nichts mehr. Als ich an unserem in der Garage geparkten Auto vorbeikam, wünschte ich mir, ich hätte meinen Führerschein bereits mit sechzehn gemacht, so wie es in Colorado erlaubt war. Zed hatte mir eigentlich Fahrstunden geben wollen, aber wir waren nie dazu gekommen. Na egal, es waren nur ein paar Meilen quer durch die Stadt. Das würde ich schon schaffen.

Jetzt rannte ich nicht mehr, sondern ging, als ich hinter den Skihütten in die steile Straße einbog, die zu der Seilbahnstation führte. Der Schnee unter meinen Füßen war zu hart gefrorenen Furchen festgetrampelt. Als ich auf meine Zehenspitzen hinunterblickte, bemerkte ich, dass meine Schuhe in Fetzen hingen und meine Füße bluteten. Seltsamerweise scherte mich das nicht sonderlich. Ich näherte mich dem Haus der Benedicts mit Vorsicht, da ich nicht wusste, welche Sicherheitsvorkehrungen sie getroffen hatten. Sie hatten sich für einen Angriff gewappnet und waren sicherlich noch immer auf der Hut. Nach etwa hundert Metern stieß ich plötz-

lich an eine Schranke, keine echte, wohlgemerkt; es war mehr ein Gefühl der Angst, ein inneres Sträuben, das mich zur Umkehr drängte. Ich schirmte mich schnell ab und zwang mich weiterzugehen; mein Wille, zu Zed zu gelangen, war weitaus stärker als mein Fluchtinstinkt. Als ich losrannte, spürte ich, dass ich irgendeine Art von Alarm ausgelöst hatte. Lichter gingen im Haus an, erst oben in den Schlafzimmern, dann unten auf der Veranda.

Was hatte ich mir nur dabei gedacht? Hatte ich tatsächlich geglaubt, ich könnte so ohne Weiteres mitten in der Nacht an ihre Tür klopfen? Wir waren hier in Amerika und nicht in England – hier trugen doch alle eine Waffe mit sich herum. Vermutlich wurde ich von einer Kugel getroffen, bevor ihnen aufging, wer ich war. Schlagartig hielt ich das Ganze für keine so gute Idee mehr. Unschlüssig blieb ich stehen und überlegte, ob ich die Kraft hatte, mich einfach umzudrehen und nach Hause zu gehen.

»Stehen bleiben! Und Hände hoch, sodass wir sie sehen können!« Die Stimme eines Mannes, ich kannte sie nicht.

Wie erstarrt blieb ich stehen – zu durchgefroren, um mich zu rühren oder zu denken.

Ich vernahm das unverkennbare Schnappen eines Gewehrbolzens – ein Geräusch, das ich nur aus Filmen kannte. Vor meinem inneren Auge liefen bekannte Bilder ab: Bugsy Malone – kommen Sie mit erhobenen Händen heraus. Ich unterdrückte einen hysterischen Lachanfall.

»Komm rüber ins Licht, damit wir dich sehen können.«

Ich zwang mich dazu, einen Fuß vor den anderen zu setzen.

»Ich habe gesagt: Hände hoch.«

Ich erhob zitternd meine Hände.

»Trace, das ist Sky!« Zed stürzte aus dem Haus, wurde aber am Arm festgehalten. Sein älterer Bruder Trace, der Polizist aus Denver, wollte ihn nicht weiterlassen.

»Es könnte eine Falle sein«, sagte Trace warnend.

Victor trat hinter mir aus der Dunkelheit hervor. Er hatte sich von hinten an mich herangeschlichen und zielte mit einer Pistole auf meinen Rücken.

»Lass mich los!« Zed versuchte sich zu befreien, aber Saul war Trace zu Hilfe geeilt und sie hielten ihn gemeinsam fest.

»Warum benutzt du nicht einfach Telepathie?«, fragte Saul seelenruhig, so als wäre es das Normalste von der Welt, dass ein Mädchen im Morgenmantel um drei Uhr morgens vor seiner Haustür stand.

Ich schluckte. Mir schwirrten zu viele Stimmen im Kopf herum. »Kann ich hereinkommen? Sie sagten, ich könnte kommen.«

»Ist sie allein?«, fragte Trace Victor.

»Wie's aussieht, ja.«

»Frag sie, nur um sicherzugehen.« Trace ließ das Gewehr sinken. »Wir können uns keine Fehler erlauben.«

»Fass sie nicht an, Victor! Lass sie in Ruhe!« Zed riss sich von seinem Bruder und Vater los und sprang die Verandastufen hinunter.

»Zed!«, schrie Saul.

Aber es war zu spät. Zed war mit wenigen Schritten bei mir und schlang seine Arme um mich. »Ach Schatz, du bist ja halb erfroren!«

»Tut … tut mir leid, dass ich in diesem Aufzug hier aufkreuze«, murmelte ich.

»Hör endlich auf, so verflucht britisch zu sein – du brauchst dich nicht zu entschuldigen. Alles ist gut.«

Saul eilte zu uns, brachte es aber nicht übers Herz, mich von seinem Sohn zu trennen. »Nichts ist gut, bis wir wissen, warum sie hier ist. Sie ist einfach durch unsere Sicherheitszone hindurchmarschiert. Das kann sie nicht ohne Hilfe geschafft haben. So viel Macht hat sie nicht.«

Victor zog mich von Zed weg und durchbohrte mich mit seinem Blick. *Sag uns, warum du hier bist. Hat dich jemand geschickt?* Er setzte seine Gabe ein, mit der er bei seinem Gegenüber den Zwang auslöste zu antworten. Es tat weh. *Sky, du musst es mir sagen.*

»Hört auf, hört auf!« Schluchzend wandte ich mich von ihnen ab und taumelte rückwärts. »Verschwindet aus meinem Gehirn, und zwar alle!« Ich stolperte und landete im Schnee. Dort blieb ich, die Hände an den Kopf gepresst, einfach sitzen.

Zed schubste Victor zur Seite und umarmte mich. Er war außer sich. »Ich bringe sie jetzt ins Haus und es ist mir total egal, was du dazu sagst. Sie ist mein Seelenspiegel und du versuchst besser nicht, mich aufzuhalten.«

Seine Brüder nahmen die Neuigkeit mit geschockten Gesichtern auf, Saul wirkte beinahe geknickt.

»Seht sie euch doch nur mal an, sie ist schon ganz blau gefroren.« Zed stampfte an seiner Familie vorbei und brachte mich in die Küche. Xav saß dort zusammen mit Will, einem der Brüder, die ich noch nicht kennengelernt hatte; sie schauten auf einen Monitor, der auf dem Küchentresen aufgebaut war.

»Da ist sie reingekommen«, sagte Will. Er sah sich die Aufnahme einer Überwachungskamera an. »Niemand sonst in Sicht.«

»Sky, was soll das Ganze?« Xav kam auf mich zu, dann sah er meine Füße. »Autsch, Zed, hast du nicht bemerkt, dass sie blutet? Sie soll sich hier hinsetzen.«

Zed hob mich auf den Tresen und Xav entfernte vorsichtig die Überreste meiner Schuhe. Er schloss die Augen und legte seine Hände auf meine Fußsohlen. Sofort spürte ich ein Prickeln und dann einen Schmerz, als das Gefühl in meine tauben Zehen zurückkehrte.

Victor legte seine Waffe auf den Tresen und holte die Munition heraus. »Will, Xav, da gibt's etwas, was unser kleiner Bruder vergessen hat zu erwähnen.«

Trace schüttelte den Kopf. »Ja. Darf ich euch seinen Seelenspiegel vorstellen?«

Xavs Berührung zwickte kurz, eine Störung des Energieflusses, dann fuhr er fort mit Heilen.

Will stieß einen Pfiff aus. »Im Ernst?«

»Das sagt er zumindest.« Trace warf seinem Vater einen um Bestätigung heischenden Blick zu. Saul nickte.

»Na, wer hätte das gedacht.« Will grinste mich an. Er schien sich aufrichtig zu freuen. »Hast du vielleicht noch ein paar ältere Schwestern, Sky?«

Zed lächelte ihn dankbar an. »Soweit sie weiß, nein – aber wir werden versuchen, das für dich herauszufinden.«

»Und denk auch an den Rest von uns«, sagte Trace mit leicht verkrampftem Lächeln. »Für einige von uns wird die Zeit knapp.«

Saul umfasste die Schulter seines Sohnes. »Geduld, mein Sohn. Du wirst sie schon noch finden.«

»Du bist ganz allein hierher gelaufen?«, fragte Zed, während die Heilung meiner wunden Füße gute Fortschritte machte. »Warum?«

»Ich brauche Hilfe«, flüsterte ich und wünschte mir, ich könnte mich an seiner Brust verkriechen und verschwinden. Er war so warm und ich eiskalt. »Ich brauchte dich.«

Trace und Victor betrachteten mein nächtliches Erscheinen noch immer mit Argwohn. Ich konnte die Wellen von Emotionen wahrnehmen, die von ihnen ausgingen. O mein Gott! Meine Gabe hatte sich wieder eingeschaltet. Das letzte Mal hatte ich in der Lagerhalle Emotionen gelesen, seitdem war ich jedoch innerlich abgestumpft und für Gefühle unempfindlich gewesen; aber hier, umgeben von so vielen Savants, kehrte meine Fähigkeit zurück.

»Deine Brüder müssen wissen, dass ich die Wahrheit sage.« Ich brauchte meine Augen nicht zu öffnen, denn ich konnte erspüren, wo sich alle befanden. Die beiden älteren Benedicts standen an der Tür und hielten noch immer Wache. Ihr Vater hegte gemischte Gefühle – Angst, Sorge um mich und eine gewisse Verblüffung.

Will lehnte am Küchentresen, umstrahlt von einem frischen Frühlingsgrün. Xav konzentrierte sich auf die Heilung meiner Füße, er war umgeben von einem kühlen Blau. Und Zed leuchtete in Gold, die Farbe der Liebe, mit einem zarten lila Rand, der von seiner Verzweiflung sprach, mir helfen zu wollen.

»Du glaubst doch nicht etwa, dass ich von jemandem geschickt worden bin, um euch etwas anzutun?«, murmelte ich und rieb meine Wange an Zeds Sweatshirt.

»Nein, Süße«, erwiderte er und wühlte in meinem Haar.

»Dein Dad hat gesagt, ich könnte kommen.«

»Ich weiß.«

Saul griff nach dem Telefon, das auf dem Tisch lag. »Wie lautet deine Telefonnummer?«

Ich hatte meine Eltern völlig vergessen. »Sie haben keine Ahnung, dass ich weg bin.«

»Dann sollten wir sie besser jetzt wecken und ihnen sagen, dass du in Sicherheit bist, damit sie sich keine Sorgen machen, wenn sie dein leeres Bett entdecken.«

Zed sagte die Nummer an und Saul führte ein knappes Gespräch mit Simon. Ich wusste, dass sie am liebsten sofort ins Auto springen würden, um mich abzuholen, aber das wollte ich nicht, nachdem ich den ganzen Weg auf mich genommen hatte.

»Ich möchte hierbleiben«, flüsterte ich. Dann sagte ich noch mal etwas selbstbewusster: »Ich möchte hierbleiben.«

Saul warf mir einen Blick zu und nickte. »Ja, Simon, ihr geht's gut. Ein bisschen durchgefroren, aber wir

kümmern uns um sie. Sie möchte gerne hierbleiben. Warum kommen Sie sie nicht morgen nach dem Frühstück holen? Wozu sich unnötigerweise mitten in der Nacht aufmachen? Ja, das mache ich.« Er legte auf. »Er kommt morgen früh. Er sagt, du sollst dich ein bisschen ausruhen.«

»Kriege ich wieder Hausarrest?«

Zed strich mir übers Haar.

»Davon hat er nichts gesagt.« Saul lächelte.

»Bestimmt, da könnte ich wetten.«

»Bis du fünfzig bist«, sagte Zed.

»Genau das habe ich mir gedacht.«

Xav ließ meinen Fuß los. »Ich habe für deinen Seelenspiegel getan, was ich konnte.« Er benutzte das Wort mit sichtlichem Genuss. »Sky sollte sich jetzt warm einmummen und schlafen. Die Schnitte sind so gut wie verheilt.«

»Danke.« Zed hob mich vom Tresen herunter und setzte mich auf dem Boden ab. »Ich werde sie für heute Nacht in mein Bett stecken. Mom wird ihr trockenes Nachtzeug borgen.«

Unter Zeds warme Decke gekuschelt, fühlte ich mich kein bisschen müde. Er saß auf dem Fensterbrett, mit der Gitarre in der Hand, und zupfte ein paar sanfte Melodien. Karla hatte missbilligend die Augenbraue hochgezogen, da ich in Zeds Zimmer schlief, aber er war wild entschlossen, mich nicht aus den Augen zu lassen, und so lenkte sie schließlich ein und sagte, sie würde uns vertrauen, dass wir keinen Blödsinn machten.

Zed legte seine Stirn gegen die seiner Mutter, eine Geste, die ich eigentümlich rührend fand, da er so viel größer war als sie. »Sag mir, was du siehst, Mom. Ich habe mich nicht abgeschirmt.«

Karla seufzte. »Ich sehe, wie du über sie wachst und dich wie ein perfekter Gentleman benimmst.«

»Das ist richtig.« Er zwinkerte mir zu. »Manchmal ist es ein Segen, eine Mom zu haben, die die Zukunft sehen kann.«

Als ich ihn jetzt, umrahmt vom dunklen Nachthimmel, betrachtete, dachte ich, noch nie zuvor etwas so Vollkommenes gesehen zu haben.

»Ich liebe dich, Zed«, sagte ich leise. »Dafür brauche ich meine Erinnerungen nicht klarzukriegen, ich weiß auch so, dass ich es tue.«

Er hörte auf zu spielen. »Okay.« Er räusperte sich. »Es ist das allererste Mal, dass du mir das so direkt sagst.«

»Ich habe dir das bestimmt schon mal gesagt.«

»Nein, du hast es angedeutet, aber du bist nie mit der Sprache herausgerückt.«

»Doch, ich liebe dich. Ich bin ein bisschen schüchtern, drum fällt es mir nicht ganz leicht, so etwas zu sagen.«

»Ein bisschen schüchtern? Sky, du bist vermutlich die schüchternste Person, die mir je begegnet ist.«

»Tut mir leid.«

Er stand auf und setzte sich zu mir an die Bettkante. »Das braucht es nicht. Auch das liebe ich an dir. Du glaubst nie, dass dich irgendjemand mögen kann, und dann fällst du quasi aus allen Wolken, wenn du merkst,

dass alle hin und weg sind von dir. Das ist so süß.« Er tippte mit dem Finger an meine Nasenspitze.

»Ich will aber nicht süß sein.«

»Ich weiß, dass du ernst genommen werden willst.« Er machte ein feierliches Gesicht, aber seine Augen lachten. »Und das tue ich auch – ich schwör's.«

»Nein, das tust du nicht.«

»Du glaubst mir nicht?«

Ich schüttelte den Kopf. »Ich kann Emotionen lesen, weißt du.«

Er strich mir das Haar aus der Stirn. »Ich habe vielleicht kein Pokerface, aber ich kann nicht glauben, dass ich so leicht zu durchschauen bin.«

»Nein, du verstehst nicht richtig. Das ist meine Gabe – ich kann lesen, was du fühlst. Meine Gabe, sie ist freigesetzt.«

Er lehnte sich zurück, seine Aura schillerte in Malventönen als Ausdruck, wie fassungslos er war. Ich konnte sehen, wie bei ihm allmählich durchsickerte, was ich gesagt hatte. »Okay. Dann weißt du auch, dass ich es ernst meine, wenn ich sage, dass ich dich liebe. Du weißt, dass du mein Seelenspiegel bist.«

»Ja, aber ich kann auch sehen, wenn du mich wegen anderer Dinge beschwindelst. Die Leute umgibt eine gelbliche Farbwolke, wenn sie lügen.«

»Echt? Das ist aber nicht fair.«

»Na komm, du kannst doch die Zukunft sehen.«

»Nicht immer – und bei dir nur sehr begrenzt.«

Ich lächelte träge. »Dann solltest du in meiner Nähe auf der Hut sein.«

Er strich mit dem Handrücken über meine Wange. »Du genießt es, endlich mal im Vorteil zu sein, was?«

»Ja, ich habe allen etwas voraus.«

»Gott steh uns bei.« Er schubste mich sanft um und streckte sich neben mir lang aus. »Wann hast du's herausgefunden?«

»In der Lagerhalle. Drum habe ich auch gewusst, dass du mir nichts getan hattest, auch wenn mir mein Gehirn das Gegenteil weismachen wollte.« Ich hielt kurz inne. Die Bilder standen mir noch immer lebhaft vor Augen. »Bist du dir sicher, dass ich nicht auf dich geschossen habe – noch nicht mal im Spaß, so wie bei diesem vorgetäuschten Messerüberfall an Halloween?«

Er stöhnte. »Erinnere mich bloß nicht daran. Und ja, ich bin mir sicher. Das würde ich wohl kaum vergessen, oder?«

»Ich bin verrückt, Zed.« Da: Ich hatte es zugegeben.

»Mhm. Und ich bin auch verrückt nach dir.«

Kapitel 21

Ich ging nach unten in die Küche und trug Klamotten, die mir viel zu groß waren: eine Jeans, dazu ein Hemd mit hochgekrempelten Ärmeln und ein Paar von Zeds Wollsocken statt Hausschuhen. Allmählich gewöhnte ich mich daran, dass mich meine Eltern mit diesem schockierten Gesichtsausdruck ansahen, der mir zu verstehen gab, dass sie enttäuscht waren, nur trauten sie sich nicht, mir das in aller Deutlichkeit zu sagen, aus Angst, ich könnte zusammenbrechen.

»Hallo, Schatz, bist du so weit? Können wir nach Hause?«, fragte Simon und klapperte eine Spur zu ungeduldig mit dem Schlüsselbund.

Zed stellte sich hinter mich und stärkte mir ohne große Worte durch seine bloße Anwesenheit den Rücken.

»Ich möchte gern eine Weile hierbleiben. Ich glaube, die Benedicts können mir helfen.« Ich streckte suchend meine Hand nach Zed aus.

Sally legte sich eine Hand an den Hals. »Für wie lange?«

Ich zuckte die Achseln. Ich hasste es, ihnen wehzutun. »Bis ich weiß, ob es funktioniert.«

Karla schloss für einen kurzen Moment die Augen und erspürte die Zukunft. Sie lächelte, als sie mich ansah. »Ich bin mir sicher, dass wir Sky helfen können, Sally. Bitte vertrauen Sie uns. Wir wohnen nicht weit von Ihnen entfernt. Sie können sie in nur wenigen Minuten Autofahrt erreichen, wenn Sie sich um sie sorgen.«

»Schätzchen, bist du dir sicher?«, fragte Simon.

»Ja, das bin ich.«

Sally wollte sich nicht so einfach damit abfinden. »Aber Schatz, was können sie denn für dich tun, das wir nicht können?«

»Ich weiß es nicht. Aber ich glaube, es ist die richtige Entscheidung.«

Sie umarmte mich fest. »Okay, wir werden es versuchen. Du hast ja deinen Freund bei dir, der auf dich aufpasst.«

»Ja, das stimmt.«

Sally nickte. »Okay dann. Und sollte es nicht funktionieren, mach dir keine Sorgen. Wir probieren dann etwas anderes aus, bis wir dieses Problem gelöst haben.«

»Danke.«

Widerwillig machten meine Eltern sich auf den Heimweg und ließen mich bei der versammelten Benedict-Familie in der Küche zurück.

»Ich mag deine Eltern«, sagte Zed mit gedämpfter Stimme und legte einen Arm um mich. »Sie kämpfen echt unermüdlich für dich.«

»Ja, es ist ein großes Glück, dass ich sie habe.« Mir war bewusst, dass wir Publikum hatten. Ich musste noch Uriel richtig kennenlernen – er war der schlanke Dunkelhaarige, der neben Will stand. Beide Benedict-Brüder beäugten mich wie ein exotisches Tier. Zeds Seelenspiegel. Obwohl Uriel von allen Benedict-Männern die am wenigsten imposante Statur hatte, war er derjenige, vor dem ich mich am meisten fürchtete. Er war derjenige, der die Vergangenheit lesen konnte.

Karla klatschte in die Hände. »Nun gut, meine Kleinen …«

Meine Kleinen? Sie war mit Abstand die Kleinste der Familie.

»Frühstück! Trace und Uriel – Teller. Xav – Besteck. Yves und Victor – ihr macht die Eierkuchen. Will – hol den Ahornsirup.«

»Und was macht Zed?«, brummte Yves, als er die Teigschüssel hervorkramte.

Karla lächelte uns an. »Er hat alle Hände voll zu tun, sein Mädchen zu trösten. Und genau das ist auch seine Aufgabe. Setzt euch, ihr beiden.«

Zed zog mich auf seinen Schoß und wir genossen die Show von unseren Plätzen am Frühstückstisch aus. Die wildesten Jungs aus Wrickenridge waren zu Hause lammfromm. Obwohl Trace und Victor bereits gestandene Männer waren, wagten sie es nicht, ihrer Mutter gegenüber frech zu werden, und packten mit an wie alle anderen auch. Sie brauchten ihre Fähigkeiten vor mir nicht länger zu verbergen, und so war es für mich nach kurzer Zeit ein beinahe schon gewohnter Anblick, wie

die Benedicts die benötigten Dinge durch die Luft in ihre Hände fliegen ließen. Es war faszinierend. Ich merkte, dass ich sehen konnte, wie sie es machten. Ihre Kräfte zeigten sich mir als weißer Lichtstrahl, so dünn wie ein Bindfaden. Ich musste mich ungeheuer konzentrieren, um ihn nicht zu verpassen. Ich fragte mich, ob ich das wohl auch konnte. Ich beobachtete, wie Trace ein Ei aus der Schachtel schweben ließ, und stellte mir spaßeshalber vor, dass ich es wie mit einem Lasso einfing. Zu meiner Bestürzung machte das Ei einen unerwarteten Schwenk und sauste direkt auf uns zu. Zed und ich zogen gerade noch rechtzeitig die Köpfe ein. Das Ei platschte an die Wand hinter uns und glitt in einer Schleimspur zu Boden.

»Wer war das?«, quietschte Karla empört. »Xav? Ich dulde nicht, dass du unseren Gast mit Eiern bewirfst!«

Xav zog eine Schmollschnute. »Das war ich nicht. Warum glaubst du immer, dass alles meine Schuld ist?«

»Weil's normalerweise so ist«, erklärte Will ungerührt und gab Xav von hinten einen Schubs, sodass dieser das Besteck auf den Tisch fallen ließ.

»Wer ist das gewesen?«, fragte Karla noch einmal, fest entschlossen, den Schuldigen zu finden.

»Wer immer das war, kann sich jedenfalls auf eine Abreibung gefasst machen«, knurrte Zed und legte beschützend seinen Arm um meine Taille.

»Wer!?«, fragte Karla energisch und stellte eindrucksvoll unter Beweis, dass furchterregendes Aussehen keine Frage der Körpergröße war.

 »Ähm, ich glaube, das war ich«, gestand ich.

Zed fiel die Kinnlade herunter. Und ich fand heraus, dass sich Verblüffung als silbernes Glitzern zeigte.

»Ich habe gesehen, wie ihr die Sachen bewegt habt, und wollte wissen, ob ich das auch kann, und hab mir einfach vorgestellt, das Ei mit einem Lasso einzufangen.«

Will lachte laut los und ließ das Besteck mit einem Handwedeln in Richtung Tisch tanzen, wo sich Messer und Gabel kurz vor mir verneigten, bevor sie sich ordentlich an ihre Plätze legten.

Saul setzte sich an den Tisch. »Du hast es *gesehen*? Was willst du damit sagen?«

Ich konnte spüren, wie meine Wangen rot anliefen. Ich wünschte, ich hätte einen Knopf, mit dem sich meine Neigung zum Rotwerden abstellen ließ. »Ähm, na ja, wenn ihr Dinge bewegt, sehe ich das als eine dünne weiße Linie. Ich vermute, ich spüre die Energie oder so was.«

»Sie kann übrigens auch Emotionen sehen, Dad«, fügte Zed an. »Sie weiß, wenn du lügst.«

»Sehr nützlich.« Victor betrachtete mich mit einem gewissen Kalkül und ich war mir nicht sicher, ob mir das gefiel. Er sandte im Gegensatz zu den anderen nur spärlich Emotionen aus oder es gelang ihm einfach besser, sie abzuschirmen.

Ich wandte meinen Blick von ihm ab. »Heilen ist blau. Als Mrs Benedict in die Zukunft geschaut hat, sind ihre Umrisse leicht verblasst. Bei den anderen kann ich es noch nicht so genau sagen, aber wie's aussieht, kann jede Gabe anhand der Farbe identifiziert werden.«

Was ist mit Telepathie?, fragte Saul.

Ich zuckte zusammen. Mir war das Gefühl, dass jemand in meinen Kopf eindrang, noch immer unangenehm. »Telepathie kann ich nicht sehen – oder zumindest weiß ich nicht, worauf ich achten soll.«

»Telepathie benötigt von allen Gaben am wenigsten Energie, wenn man sich in der Nähe seines Gesprächspartners befindet. Es kann gut sein, dass das Signal zu schwach ist, um es aufzufangen.«

Ich massierte mir die Schläfen und erinnerte mich an die Schmerzen, die ich gespürt hatte, als Zed und ich aus großer Entfernung telepathisch miteinander kommuniziert hatten. Wo war ich noch mal gewesen, als wir das gemacht hatten? Im Lagerhaus? Zed zog mich wieder an sich heran. »Denk da jetzt nicht weiter drüber nach. Ich merke, dass es dir nicht guttut.«

»Warum kann ich mich nicht daran erinnern?«

»Das wollen wir ja herausfinden«, sagte Saul bestimmt. »Aber *nach* dem Frühstück.«

»Was ist eigentlich mit der Schule?« Zed und Yves hätten schon längst weg sein müssen.

»Großer Familienrat … da dürfen wir offiziell schwänzen.« Yves grinste und legte mir den ersten Eierkuchen auf den Teller. Sein Streberimage begann zu bröckeln, als ich sah, wie froh er darüber war, nicht zur Schule gehen zu müssen.

»Wie an diesem Tag im September?« Ich wandte mich an Zed. »Da hattest du an einem Freitag gefehlt.«

»Ach das. Ja. Da hatten wir Trace bei der Jagd nach den Typen geholfen, die im Zuge ihrer Drogengeschäfte diese Familie erschossen hatten.«

Ich erinnerte mich daran, wie erschöpft Zed gewirkt hatte, als ich ihm am folgenden Samstag oben am Hang in der Geisterstadt begegnet war.

»Und in diesen Familienratssitzungen … seht ihr da etwa mit an, was passiert ist?«

»Ja, und unser Erfolg gibt uns recht«, sagte Trace, als er sich mit seinem Teller hinsetzte. »Wir haben dieses Ar…«, er sah, wie seine Mutter die Stirn runzelte, »diesen Armleuchter erwischt. Anfang nächsten Jahres wird ihm der Prozess gemacht.«

»Um uns brauchst du dir keine Sorgen zu machen, Sky«, fügte Zed hinzu, da er wusste, was in mir vorging, auch wenn er nicht wie ich über die Gabe verfügte, Emotionen lesen zu können. »Das ist unser Job.«

»Wir sind ein Familienunternehmen«, sagte Xav und träufelte Ahornsirup auf seinen Eierkuchen. »Und sorgen dafür, dass es im Savant-Netzwerk rundläuft.«

»Und wir sind stolz darauf«, schloss Victor und tippte auf den leeren Platz vor sich. »Wo ist meiner?«

Ein Teller mit einem frischen Eierkuchen schwebte durch die Luft auf ihn zu. Zed legte mir schnell die Hand über die Augen. »Keine Lassotricks!«

Ich lachte. »Versprochen: keine Experimente mehr mit Essen.«

Nach dem Frühstück wurde es dann ernst. Saul schaute kurz bei seinem Angestellten an der Seilbahn vorbei, ob alles in Ordnung war, dann kam er zurück und schüttelte sich den Schnee von den Schuhen.

»Wir sind dann alle so weit«, verkündete er. »Wir versammeln uns im Familienzimmer.«

Zed führte mich in einen Raum am anderen Ende des Hauses, der gleichzeitig das Spielezimmer war. Trace und Victor schoben die Tischtennisplatte beiseite, während Uriel und Yves einen Kreis aus Sitzkissen auf dem Boden verteilten.

»Wir möchten, dass du einfach bei Zed sitzen bleibst«, sagte Saul und nahm mir gegenüber Platz.

»Was passiert jetzt?« Ich war ziemlich angespannt. Worauf hatte ich mich da bloß eingelassen?

»Wir gehen wie bei einer Ermittlung vor.« Trace setzte sich rechts von mir. »Das ist durchaus angebracht, denn wir glauben, dass dem, was mit dir passiert ist, ein Verbrechen zugrunde liegt.«

»Ich fühle mich in der Tat so, als hätte jemand mein Hirn ausgeraubt«, sagte ich.

»Wir alle werden dich mithilfe unserer jeweiligen Gabe lesen – aber keine Angst, wir werden nicht zu übergriffig sein. Wir werden ganz vorsichtig vorgehen und wollen nur erspüren, was die vielversprechendste Spur ist.« Trace blickte Zed an. »Ich muss deine Hand halten, wenn Zed jetzt mal loslassen würde. Ich muss dich berühren, damit meine Gabe wirken kann. Es sollte mir möglich sein zu sagen, wo du dich aufgehalten hast, bevor du in der Lagerhalle gelandet bist. Du brauchst dich nicht zu erinnern; wenn du an jenen Orten physisch anwesend warst, müsste ich dich aufspüren können. Und unser Wunderknabe hier muss als der siebte Sohn das Ganze kanalisieren, da er der Mächtigste von uns allen ist.«

Ich fuhr zu Zed herum. »Ist das wahr?«

»Ja, ich bin quasi der Bildschirm, der die Informationen zeigt. Ich bündele alle Ergebnisse, denn ich sehe jeweils, was die anderen sehen.«

»Und er braucht noch nicht mal Batterien«, scherzte Will, als er sich links von mir hinlümmelte.

Sie machten Witze darüber, aber jetzt konnte ich endlich das Düstere, das ich an Zed ausgemacht hatte, verstehen; es war der Rückhall all des Bösen, das er mitansehen musste. Es waren ja nicht nur seine eigenen Bilder, er empfing auch die der anderen, und so sah er die Dinge von allen Seiten und in deutlicherer Schärfe als der Rest seiner Familie. Kein Wunder, dass er das Gefühl gehabt hatte, in diesem Sumpf zu versinken, bis er endlich einen Anker gefunden hatte.

Uriel, der Zweitälteste, der gerade promovierte, schob Will beiseite.

»Hi Sky, ich hab mich dir noch gar nicht richtig vorgestellt. Ich bin der einzige Vernünftige hier in der Familie.«

»Das kann ich sehen.«

»Meine Gabe besteht darin, Erinnerungen lesen zu können, alles, was in der Vergangenheit liegt. Ich weiß, dass du Angst hast, ich könnte deine Geheimnisse ausposaunen, aber du brauchst dir keine Sorgen zu machen: Ich kann dich nicht dazu zwingen, mir die Vergangenheit zu zeigen. Ich kann nur die Türen öffnen, die du für mich aufsperrst.«

»Ich verstehe.« Zeds Nähe – ich saß vor ihm zwischen seinen Beinen und lehnte mich an ihn –, die Wärme

seiner Brust an meinem Rücken, gab mir Kraft. »Und wenn ich die Tür verschlossen lassen möchte?«

»Dann tust du das. Aber wir glauben, dass du dir allmählich ein umfassendes Bild von deiner Vergangenheit und von den Dingen, die dir widerfahren sind, machen musst, um unterscheiden zu können, was wahr ist und was du dir nur einbildest.«

Ich zog die Stirn kraus. Mir gefiel nicht, wie sich das anhörte.

»Das ist wie in der Musik, Sky«, sagte Zed. »Bei der Orchestrierung eines Stücks verteilt man die Instrumente auf die einzelnen Stimmen. Du spielst schon seit geraumer Zeit die Melodie, aber wir glauben, dass du den Bass oder die Begleitstimme auslässt.«

»Spielst du darauf an, was mir als Kind passiert ist?«

»Ja.«

Dunkle Nischen. *Köstliche Schichten von Schmerz und Verlassenheit.* Wer hatte mich so gleich noch mal beschrieben?

»Wenn du weißt, was sich hinter all deinen Türen verbirgt, wird es für dich auch einfacher sein, sie vor anderen verschlossen zu halten, damit du nicht mehr so leicht zu lesen bist. Und du würdest auf die verschollenen Erinnerungen der jüngsten Ereignisse zugreifen können.«

Das wollte ich unbedingt, egal, wie viel Angst mir die ganze Sache auch machte. »Okay, dann kann's jetzt losgehen.«

Mrs Benedict zog die Vorhänge zu und Yves entzündete mit einem Fingerschnipsen die Kerzen im Raum –

das war der Sohn, der Dinge in die Luft jagen konnte, erinnerte ich mich. Die Kerzen dufteten nach Vanille und Zimt. Im Haus war es sehr still. Wir konnten in der Ferne hören, wie sich die Leute auf den Pisten vergnügten, das Rumpeln der Seilbahn bei der Anfahrt, das Pfeifen des Windes im Geäst der Bäume, aber in diesem Raum, an diesem Zufluchtsort, war alles friedlich. Ich konnte spüren, wie mich die Gaben der Benedicts eine nach der anderen streiften – nur ein zarter Hauch, nichts Beunruhigendes. Zed hielt mich noch immer mit seinen Armen umschlungen. Er war entspannt, unbekümmert.

Xav, der Heiler, ergriff als Erster das Wort: »Sky, in medizinischer Hinsicht ist mit dir alles in Ordnung – ich sehe keine Anzeichen einer psychischen Erkrankung, auch wenn ich deine Not spüren konnte.«

Zed liebkoste meinen Nacken. »Doch nicht plemplem.«

»Ich kann die Zukunft nicht deutlich erkennen«, gab Karla zu. »Es gibt zu viele mögliche Wege, die sich aus diesem Augenblick eröffnen.«

»Aber ich weiß, wo sie in der letzten Zeit gewesen ist«, warf Trace ein. »Sie hat sich in einem Zimmer eines Luxushotels aufgehalten … Satinbettwäsche, viele Gläser … und du hast etwas aus weißem Leder berührt sowie einen dicken, weichen Teppich. Ich kann mit großer Sicherheit sagen, dass du irgendwo festgehalten worden bist, bevor du in die Lagerhalle verfrachtet wurdest. Wenn wir an die Klamotten rankämen, die du anhattest, könnte ich vermutlich noch mehr sagen.«

»Die Gefahr ist noch nicht vorüber«, sagte Saul, der seine Gabe dazu benutzte, unsere Verfolger zu erspüren.

Will nickte. »Ich spüre, dass es nicht nur eine Person ist, die nach dir sucht.«

Ich wandte mich zu Zed um. »Ist das alles bei dir auch so angekommen?«

»Mhm. Ich habe auch noch gesehen, dass es die beiden Kerle aus dem Lagerhaus waren, die damals im Wald auf uns geschossen haben. O'Halloran war ein Savant, der außerordentlich gut im Abschirmen war. Ich frage mich, ob ich deshalb etwas Fremdes in deinem Geist spüren konnte. Hast du das auch gesehen, Uriel?«

Uriel tätschelte mir tröstend das Knie. »Ja, und ich glaube, ich weiß auch, was es ist, obwohl ich nicht weiß, wie es da hingekommen ist. Sky, deine Eltern sind Künstler, stimmt's?«

Ich nickte.

»Du weißt ja bestimmt, dass es in der Kunst seit jeher Übermalungen gab. Das haben bereits die Alten Meister so gemacht und auch bei Fälschungen wird manchmal so vorgegangen. Man nimmt einfach das alte Bild, malt ein neues darüber, und um das ursprüngliche anzusehen, muss man eine Farbschicht abtragen. Tja, das Gleiche hat jemand mit deinem Gedächtnis gemacht.«

»Und was ist das Original und was die Fälschung?«

»Um das herauszufinden, müssen wir zu den Anfängen zurück …«

»Werden alle dabei zusehen?« Es war schon schlimm genug, dass ich mir selbst meine Vergangenheit an-

schauen musste; auf keinen Fall wollte ich das im Beisein von Publikum tun.

»Nein, nur du, Zed und ich werden es sehen«, sagte Uriel, »und wir werden mit keinem darüber sprechen, wenn du es nicht willst.«

Mir widerstrebte das alles gewaltig, aber ich wusste, dass ich keine andere Wahl hatte.

»Hab keine Angst«, flüsterte Zed. »Ich bin bei dir.«

»Okay. Okay. Was soll ich machen?«

Uriel lächelte mir aufmunternd zu. »Entspanne dich einfach und lass mich herein.«

Anfangs lief es noch gut. Ich spürte, wie er sich meine Erinnerungen besah – jene, die beinhalteten, wie ich meine Adoptiveltern kennengelernt und wie mir die Musik bei meinem Weg zurück ins Leben geholfen hatte. Diese Erinnerungen hatte ich nicht in mir vergraben. Angst spürte ich erst, als er die Tür aufstoßen wollte, die noch tiefer ins Innere führte.

Wehr dich nicht dagegen, sagte Zed. *Er wird dir nicht wehtun*.

Aber es war nicht Uriel, der mir Angst machte, sondern das, was hinter der Tür verborgen lag.

Es wird sich nichts daran ändern, wie wir zu dir stehen, egal, was wir zu sehen bekommen, beteuerte er.

Ich spürte, wie mich vonseiten der restlichen Benedicts Wellen des Trostes umspülten; Xav bewirkte, dass sich mein rasender Puls beruhigte.

Ich holte tief Luft. *Okay*.

Uriel stemmte einen Klotz beiseite und plötzlich strömten Bilder hervor wie eine Menschenmenge, die

durch einen schmalen Durchgang aus einem geschlossenen Raum ins Freie drängt.

Eine kalte Nacht. Schäumende Wut in einem Auto. »Ich hab die Schnauze voll von dieser Göre. Sie macht einfach alles kaputt!« Ein Mann hämmerte mit der Hand aufs Lenkrad, während eine hohlwangige Frau ihr Make-up im Spiegel überprüfte. Sie sah ein bisschen aus wie ich, aber sie hatte sehr schlechte Haut, so als hätte sie seit Monaten nicht mehr anständig gegessen. Die dicke Schminkeschicht konnte die unschönen Rötungen nicht verbergen.

»Was soll ich machen? Sie hat nur noch mich als Familie.« Die Frau zog ihren blutroten Lippenstift nach und machte schmatzende Kusslaute.

Eine Tür öffnete sich noch weiter zurück in die Vergangenheit. Andere Lippen, in Kaugummi-Pink, küssten meine Wange. Meine Mami war die Schwester von dem roten Kussmund gewesen. Sie roch leicht nach Parfüm und hatte ein silbriges Lachen. Ihr langes blasses Haar strich über meinen Bauch, als sie sich über mich beugte, um mich zu kitzeln. Ich kicherte.

Es klingelte an der Tür.

»Bleib hier, Püppchen.« Sie setzte mich rasch in das Baby-Reisebett.

Eine polternde Stimme im Flur. Daddy. Wir wollten nicht, dass er uns findet, nicht, Mami? Warum war er hier? Ich umklammerte meinen schlappohrigen Kuschelhasen und lauschte angestrengt.

»Aber du bist nicht mein Seelenspiegel, Ian, das wissen wir beide. Miguel ist es. Ich werde zu ihm gehen und

du kannst mich nicht davon abhalten!« Mamis Stimme klang hässlich. Sie war sehr verärgert, aber sie hatte auch Angst. Ich hatte Angst.

»Was ist mit dem Kind? Was ist mit mir? Du kannst England nicht mit unserer Tochter verlassen!«

»Bisher hast du sie doch nie gewollt … du bist nur eifersüchtig!«

»Das stimmt nicht. Ich werde nicht zulassen, dass du das tust.«

»Ich muss mit ihm zusammen sein. Das solltest doch gerade du gut verstehen.«

»Dann geh! Aber meine Tochter wird bei mir bleiben.«

Sie kamen näher. Ich jammerte. Der Raum war erfüllt von wütendem Rot und dem strahlenden Gold der Liebe. Eine schemenhafte männliche Gestalt hob mich aus dem Bettchen und drückte mich fest an sich. Das Nachtlicht, das aussah wie eine Maus, explodierte, die Splitter der kleinen Glühbirne flogen durch die Luft.

»Maus!«, schrie ich.

Mami zitterte vor Wut. »Du hast deinen Seelenspiegel in jungen Jahren verloren. Es tut mir furchtbar leid, dass Di gestorben ist, Ian. Aber ich habe meinen Seelenspiegel jetzt gefunden, obwohl ich die Hoffnung schon fast aufgegeben hatte, und ich muss zu ihm. Jetzt leg das Kind bitte wieder ins Bett.«

Daddy drückte mich noch fester an sich. Er zitterte. »Warum soll ich derjenige sein, der mit leeren Händen zurückbleibt, Franny? Das werde ich nicht zulassen.« Als sie mich an sich nehmen wollte, sprangen plötzlich meine Bücher aus dem Regal und flogen ihr entgegen.

Der Teppich unter seinen Füßen begann zu qualmen. Ich schluchzte.

»Hör auf damit, Franny. Du steckst noch das ganze verdammte Haus in Brand.«

»Du wirst sie mir nicht wegnehmen!« Mamis Zorn loderte und mein Bett ging in Flammen auf. »Ich werde mein Baby nicht zurücklassen.« Sie streckte die Hände aus und zerrte an meinem Schlafanzug.

In diesem Moment erhob sich das brennende Bett wirbelnd in die Luft, riss sie mit sich und knallte zusammen mit ihr an die Wand.

»Mami!« Ich kniff die Augen zu.

Ich sah meine Eltern nie wieder.

Ein anderes Bild. Tante Kussmund hatte mich aus dem Krankenhaus abgeholt. Ich hatte als Einzige das Feuer überlebt, war wie von magischen Händen getragen aus dem Haus befördert worden, wo man mich zusammengerollt auf einem Stück taufeuchtem Rasen fand. Jetzt wohnten wir in einer Wohnung. Mir war noch immer kalt, mein Kleid war schmutzig. Ich war winzig, reichte mit dem Kopf noch nicht mal bis an die Türklinken. Aus dem Wohnzimmer dröhnte laute Musik; man hatte mir gesagt, ich solle mich dünnemachen, und so versteckte ich mich in der Diele.

»Glotz mich nicht so an!« Das war wieder der Fahrer aus dem Auto; diesmal hatte er einen Freund dabei. Er trat nach mir, als ich mich nicht sofort wegbewegte. Ich huschte zurück, schmiegte mich eng an die Wand und tat so, als wäre ich gar nicht da. Ich beobachtete, wie er dem anderen Mann etwas übergab und dafür Geld erhielt.

»Er hat dich betrogen«, flüsterte ich.

Der zweite Mann ging vor mir in die Hocke. Sein Atem roch abscheulich nach gebratenen Zwiebeln. »Was meinst du, Küken?« Offensichtlich fand er mich drollig.

»Er hat gelogen. Und er freut sich, dass er dich ausgetrickst hat.« Ich schaukelte auf den Fersen vor und zurück, denn ich wusste, dass ich bestraft würde. Aber wenigstens würde ER auch bestraft werden.

»Hey«, sagte ER mit aufgesetztem Lächeln. »Du willst doch nicht etwa auf die kleine Rotzgöre meiner Freundin hören? Was weiß die denn schon?«

Der Zwiebelmann holte das Päckchen wieder aus seiner Jackentasche und drückte es mit den Fingern zusammen. Er lächelte nicht mehr. »Ist das Zeug rein?«

»Hundert Prozent. Ich gebe dir mein Wort.«

»Er lügt«, sagte ich. ER war von einem kränklichen Gelb umstrahlt.

Zwiebelmann hielt ihm das Päckchen hin. »Danke, Küken. Ich will mein Geld zurück. Dein Wort ist keine fünfzig Mäuse wert.«

Der Mann nahm das Päckchen entgegen und beteuerte seine Unschuld.

Dann folgte der Schmerz.

Später hörte ich, wie er dem Arzt erzählte, ich wäre die Treppe heruntergefallen und hätte mir dabei den Arm gebrochen. Ich war ungeschickt. Eine Lüge. Er war böse auf mich gewesen.

Dann saßen wir wieder im Auto. Ein anderer Tag. Wir waren mal wieder am Weiterziehen, bevor irgend-

jemand zu neugierig auf uns wurde. Tante Kussmund war nervös. Sie hatte herumgejammert, dass ER sie wegen mir sitzen lassen würde. Sie konnte mich auch nicht leiden. Ich sah zu viel, sagte sie. Wie eine Hexe. Wie ihre dämliche, tote Halbschwester.

»Wir könnten sie dem Jugendamt in Bristol übergeben und sagen, dass wir mit ihr nicht zurechtkommen.« Tantchen funkelte mich an.

»Regel Nummer eins: Lass die Ämter nie wissen, dass wir überhaupt existieren. Wir gehen nicht zurück nach Bristol – das haben wir hinter uns gelassen.« Er schnitt ein anderes Auto beim Überholen.

»Seit wann das, Phil?«

»Seit die Bullen das ›Cricketer's Arms‹ ham hochgehen lassen.«

Ich starrte aus dem Fenster auf das blaue Schild, auf dem ein kleines Flugzeug abgebildet war. Die Straße führte irgendwohin und erhob sich dann auf einem Jumbojet in die Luft. Wie gern ich fortfliegen würde. Ich fing an zu singen … Leaving on a jet plane …

»Das ist es!« Der Mann setzte den Blinker, fuhr von der Autobahn ab und steuerte eine Raststätte an. »Wir lassen die Missgeburt einfach hier.«

»Wie?« Die Frau starrte ihn fassungslos an.

Der Mann verströmte schleimgrüne Bosheit; ihre Aura war lila mit einem leichten Grünstich. Von dem Anblick der beiden wurde mir übel, ich schaute stattdessen auf meine schmutzigen Shorts.

»Du machst Witze, hab ich recht?«

  »Irrtum. Ich lasse sie hier. Du kannst entweder bei ihr

bleiben oder mit mir mitkommen. Deine Entscheidung.«

»Verdammt noch mal, Phil, du kannst sie doch nicht einfach aussetzen!«

Er fuhr in eine Lücke ganz am anderen Ende des Parkplatzes und warf nervös einen prüfenden Blick in den Rückspiegel. »Warum nicht? Ich kann nicht meinen Geschäften nachgehen, wenn sie in der Nähe ist. Irgendwelche Gutmenschen werden sie schon finden. Sie ist dann deren Problem, nicht unseres, Jo. Sie ist Frannys Fehler. Sie hätte sie loswerden sollen. Sie geht dich – und mich – nichts an.« Er beugte sich vor und küsste sie, seine Aura färbte sich grellgelb, was bedeutete, dass er ihr eine dicke, fette Lüge auftischte.

Die Frau biss sich auf die Lippen. »Okay. Okay. Gib mir einen kurzen Moment Zeit. Himmel, ich brauche was zu trinken. Wird man unsere Spur nicht zurückverfolgen können?«

Er zuckte mit den Schultern. »Unser Nummernschild ist gefälscht. Wenn wir nicht aussteigen, kann uns die Überwachungskamera nicht einfangen. In England kennt sie kein Mensch! Ihre Eltern sind in Dublin gestorben – solange sie nicht auf die Idee kommen, sich im Ausland umzuhören, ist sie ein Niemand. Und wer sollte sie nach all den Jahren überhaupt noch wiedererkennen? Sie spricht nicht mal mehr mit irischem Akzent.«

»Wir lassen sie also hier und jemand anders wird sich um sie kümmern. Ihr wird kein Haar gekrümmt.« Tantchen versuchte sich selbst davon zu überzeugen, dass sie das Richtige tat.

»Aber das wird ganz sicher nicht so bleiben, wenn ich sie mir noch mal vorknöpfen muss. Sie schadet uns doch nur, sie macht uns alles kaputt.«

Die Frau brachte den Mut auf zu nicken. »Okay, lass es uns machen.«

»Wir müssen uns einfach wieder frei bewegen können.« Der Mann drehte sich zu mir um und packte mich vorne am T-Shirt. »Hör zu, Missgeburt, du hältst die Klappe, kein Theater oder wir kommen zurück und machen dich fertig. Kapiert?«

Ich nickte. Ich hatte solche Angst, dass ich fürchtete, mir in die Hosen zu pullern. Seine Aura pulsierte in knalligem Lila, so wie sonst immer, bevor er mich schlug.

Er langte über den Sitz hinweg und machte meine Tür auf. »Steig jetzt aus und setz dich da drüben hin. Und mach ja keinen Ärger.«

Ich schnallte den Gurt ab.

»Bist du dir sicher, Phil?«, wimmerte die Frau.

Er antwortete nicht, sondern zog einfach nur die Tür zu. Dann hörte ich, wie das Auto davonbrauste.

Ich setzte mich hin und zählte Gänseblümchen.

Als ich diesmal die Augen öffnete, befand ich mich nicht auf einem Parkplatz, sondern saß, von Zeds Armen umschlungen, warm und umsorgt auf dem Fußboden im Haus der Benedicts.

»Hast du das gesehen?«, flüsterte ich und wagte nicht, ihn dabei anzusehen.

»Ja. Zum Glück haben sie dich ausgesetzt, bevor er

dich umbringen konnte.« Er fuhr mit seinem Kinn zärtlich über meinen Scheitel, mein Haar verfing sich in seinen Bartstoppeln.

»Ich weiß noch immer nicht, wer ich bin. Ich glaube, sie haben kein einziges Mal meinen Namen genannt.«

Tante Jo, Phil und die Missgeburt – so hatte meine Familie ausgesehen, als ich sechs Jahre alt gewesen war. An den Namen, den mir meine Mutter und mein Vater – Franny und Ian – gegeben hatten, konnte ich mich nicht erinnern. Meine Eltern waren Savants gewesen; sie hatten einander umgebracht, weil sie die Kontrolle über ihre Gaben verloren hatten, und ich war in der Obhut eines Junkies geblieben. Ich fühlte mich von ihnen verraten und war wütend auf sie.

»Ein Wahrheitsfinder macht sich nicht so gut im Haus eines Drogendealers.« Zed umfasste zart meine Handgelenke und öffnete mit sanftem Streicheln meine Fäuste. »Ich hab solchen Abschaum schon gesehen, bevor ich für Trace und Victor gearbeitet habe. Du hattest Glück, dass du von ihnen weg bist.«

Als Kind hatte ich den Drogendeal, den ich in der Diele beobachtet hatte, nicht verstanden, jetzt wusste ich, worum es gegangen war. »Ich habe Phil die Geschäfte versaut – dieser Mann war sein bester Kunde gewesen. Und ich habe es öfter getan.«

»Und er hat dir öfter wehgetan.«

Ich zuckte zusammen. Es war mir zuwider, dass so viel Hässliches aus meiner Vergangenheit vor den Benedicts ausgebreitet wurde. »Ich schätze schon.«

Zeds Wut erstrahlte in Purpur; sie richtete sich nicht

gegen mich, sondern gegen denjenigen, der es gewagt hatte, mir wehzutun. »Ich würde ihn zu gern in die Finger kriegen, damit er mal merkt, was er dir angetan hat.«

»Er war ein bösartiger Mann, der meine Tante nur benutzt hat. Eigentlich war sie ganz in Ordnung – sie konnte mit mir nur nichts anfangen. Ich glaube nicht, dass sie noch immer ein Paar sind.«

»Vermutlich sind die beiden längst tot. Drogen und Dealen bescheren einem kein langes und glückliches Leben«, erklärte Uriel nüchtern.

Ich lehnte mich schlaff zurück an Zeds Brust, erschöpft und zerschunden. Ich brauchte Zeit, um das Gesehene zu verorten und meine Erinnerungen richtigzustellen. Was meine Mutter unserer Familie damit angetan hatte, dass sie wie besessen zu ihrem Seelenspiegel hatte gelangen wollen, musste ich erst einmal sacken lassen. Wie ein hässlicher Fleck breitete es sich über die Beziehung von Zed und mir aus. Ich fühlte mich davon beschmutzt und bedroht.

»Du hast genug gesehen«, sagte Zed. »Wir erwarten nicht, dass du alle Erinnerungen auf einmal hervorholst.«

»Aber wir haben das Fundament gelegt«, erklärte Uriel. »Und darauf können wir jetzt bauen.«

Als ich reihum in ihre Gesichter blickte, war mir klar, dass sie nicht davon ausgingen, heute noch weitere Antworten zu bekommen. Victor und Trace waren von allen am ungeduldigsten, noch mehr in Erfahrungen zu bringen, aber sie versuchten es zu kaschieren.

»Du brauchst eine Pause. Nimm das Mädchen mit

zum Snowboarden, Zed«, sagte Trace. »Wir werden dafür sorgen, dass ihr auf der Piste sicher seid.«

Ich schob die düsteren Erinnerungsbilder mit aller Kraft beiseite. »Verstehst du unter Pause vielleicht, dass ich mit gebrochenen Knochen im Bett liege? Genau das wird nämlich passieren, wenn ich Snowboarden gehe.«

Trace lachte. Sein ernstes Polizistengesicht entspannte sich, als er seinen jüngeren Bruder mit einem liebevollen Lächeln ansah. »Nein, Sky, so hab ich's nicht gemeint. Er wird gut auf dich aufpassen.«

Kapitel 22

Es war ungeheuer befreiend, nach draußen an die frische Luft zu kommen. Meine düsteren Erinnerungen umgaben mich noch immer wie eine Giftwolke, aber der Anblick der makellosen, weißen Hänge blies sie fort – vorübergehend zumindest. Alles funkelte. Wenn ich mich konzentrierte, konnte ich jede einzelne Tannennadel zählen, jeden Zapfen, jede Schneeflocke, so gestochen scharf war meine Wahrnehmung. Heute schüchterten mich die Berge nicht ein, sondern hoben meine Stimmung.

Ich hatte mir einen Skianzug von Karla geliehen, in dem ich aussah wie ein Klops, aber Zed schien mich niedlich zu finden.

»Babyhang?«, fragte ich und atmete dabei laut schnaufend wie ein Drache.

»Nein, zu viele Leute.« Die Hand schützend über die Augen gelegt, betrachtete er den Berg, sodass ich Gelegenheit hatte, ihn in seinem schmal geschnittenen marineblauen Skianzug zu bewundern, wie geschmeidig

und gefährlich er aussah, ein Hai auf der Piste. Sein Board trug er auf einen Rucksack geschnallt auf dem Rücken. Als er mich dabei ertappte, wie ich ihn mit Blicken verschlang, grinste er und ließ neckisch die Augenbrauen auf und ab hüpfen. »Na, gefällt dir, was du siehst?«

Ich rammte ihm den Ellbogen in die Seite. »Halt die Klappe! Du solltest echt mal anfangen, dich in Bescheidenheit zu üben.«

Er lachte. »Das mache ich … wenn du versprichst, mir Unterricht zu geben.«

»Ich glaube, du bist ein hoffnungsloser Fall.«

Doch damit sorgte ich bei ihm nur für einen weiteren Heiterkeitsausbruch. Als er endlich aufgehört hatte zu lachen, legte er den Arm um mich. »Und, Sky, bist du so weit? Weil wir jetzt nämlich da hochgehen. Dort oben gibt es ein friedliches Plätzchen, da wollte ich eigentlich schon damals mit dir hin, als wir im Wald beschossen wurden. Wobei ich glaube, dass es jetzt im tiefsten Winter dort beinahe noch schöner ist. Wir fahren mit der Seilbahn rauf und laufen ein Stück bergab bis zu der Stelle.«

An der Gipfelstation war es viel ruhiger als am Wochenende. Josés Imbissstand war zu und so konnte ich nicht wie sonst immer für einen Donut und einen kurzen Plausch bei ihm haltmachen. Zed führte mich abseits der befahrenen Pisten in den Wald hinein.

»Ist das wirklich eine so gute Idee? Du weißt ja noch, was das letzte Mal passiert ist, als wir in den Wald gegangen sind.«

Er strich mit der Hand beruhigend über meinen

Oberarm. »Dad und Mom haben um das ganze Gelände eine Absperrung gelegt und Trace, Vic und Will sind auf Beobachtungsposten. Es dürfte also nichts passieren.«

»Eine mentale Absperrung?«

»Ja, auf diese Weise werden die Leute ferngehalten, sie glauben plötzlich, dass sie ihre Scheinwerfer angelassen oder dass sie eine Verabredung in der Stadt haben. Apropos, wie hast du's gestern eigentlich angestellt, unsere Sperre zu durchbrechen?«

Ich zuckte die Achseln. »Ich habe sie zwar gespürt, war aber zu verzweifelt, um mich drum zu kümmern.«

»Das hätte dir gar nicht gelingen dürfen. Darum waren Trace und Vic auch so misstrauisch, als du aus heiterem Himmel plötzlich vor unserer Tür standest.«

»Vielleicht ist diese Sperre ja doch nicht so undurchdringlich, wie ihr glaubt.«

»Vielleicht bist du ja stärker, als du's wahrhaben willst. Das werden wir noch herausfinden.«

»Aber bitte nicht jetzt.« Eigentlich wollte ich mich im Augenblick gar nicht eingehender mit der Savant-Thematik befassen – ihre Kräfte beunruhigten mich einfach.

»Nein, nicht jetzt. Jetzt ist Freizeit.«

Wir traten aus dem Wald heraus und es eröffnete sich ein atemberaubender Ausblick auf eine Art Natur-Arena. Vor uns lag eine Senke, die sich, einen sanften Bogen beschreibend, gen Tal neigte. Die Gipfel auf der anderen Talseite überragten den Horizont und sahen aus wie Zuschauer, die sich für eine Vorstellung versammelt hatten.

»Wow.«

»Toll, oder? Es kommen nicht viele Leute her, weil's nirgendwohin führt, aber mir gefällt's. Man kann hier ein bisschen extremboarden, ohne dass einem irgendwelche nervigen Skifahrer in die Quere kommen, so wie mein Bruder.«

»Auf Extremes bin ich nicht vorbereitet.«

»Ich weiß. Wir können auch ganz vorsichtig und langsam machen.« Er warf das Board vor sich in den Schnee. »Bist du schon mal gesurft?«

Ich lachte. »Du weißt wohl nicht so viel über London, was? In Richmond gibt's nicht sehr viele Strandnixen.«

Er grinste. »Was hast du denn den ganzen Tag da gemacht?«

»Wir haben einen großen Wildpark mit Hirschen. Man kann Fahrrad fahren. Und da gibt's noch die Themse, wenn man Rudern mag.«

»Raus mit der Sprache!«

»Ich … äh … bin shoppen gegangen. Darin habe ich eine Goldmedaille. Und dann habe ich natürlich noch Musik gemacht.«

»Dann wird's Zeit, dass du deinen Horizont erweiterst. Renn mal los und dann schlittere ein Stück.«

»Wie?«

»Vertrau mir, mach einfach.«

Obwohl ich mir ziemlich dämlich vorkam, tat ich, was er verlangt hatte.

»Okay, du lenkst also mit dem rechten Fuß.«

»Und woher weißt du das?«

»Weil du mit dem rechten geschlittert bist. So, jetzt

zeige ich dir, wie du dich hinstellen musst.« Er brachte das Board in Position und zeigte mir, wie ich meine Füße darauf platzieren musste. Er legte mir einen Arm um die Taille und wiegte mich hin und her. »Es ist alles eine Frage der Balance.«

»Das ist doch nur ein Vorwand, damit du mich begrapschen kannst.«

»Ich weiß. Super, oder?«

Zu meiner Überraschung stellte ich mich beim Snowboarden viel besser an als beim Skifahren. Ich fiel natürlich trotzdem oft auf die Nase, sah dabei aber eher aus wie ein stinknormaler Anfänger und nicht wie der peinliche Volltrottel, den ich auf Skiern abgegeben hatte.

»Lass mal sehen, ob du's draufhast, Sexy«, neckte ich Zed, nachdem ich mich so viele Male auf den Hintern gesetzt hatte, dass ich für heute genug hatte.

»Okay, Zwerg. Mach's dir da drüben bequem und rühr dich nicht von der Stelle. Ich zeig dir, wie's geht. Ich geh nur noch ein Stück den Hügel rauf.«

Ich saß im Schutz eines Felsvorsprunges und suchte den Hang nach irgendwelchen Anzeichen von Zed ab, doch er schien ziemlich lange zu brauchen, um zum Einstieg der Piste zu kommen.

»Juhu!«

Ein Board schoss über meinen Kopf hinweg, dann landete Zed sechs Meter vor mir und kurvte rasant den Hang hinunter.

»Angeber!« Ich musste unwillkürlich lachen. Ich hätte mir denken können, dass er so etwas machen würde. Es dauerte eine Weile, bis er mit geschultertem

Board zu mir zurückgestapft war, doch er grinste bei jedem Schritt.

»Und, was sagst du?«, rief er.

»Mhm.« Ich betrachtete meine Fingernägel. »Ganz passabel.«

»Ganz passabel! Das war genial!«

»Na ja, da war eben gerade dieser andere Typ, und der hat einen Salto gemacht. Dem habe ich schon zehn Punkte gegeben.«

Er warf sein Board zu Boden und schubste mich in den Schnee. »Ich will auch zehn Punkte.«

»Hm-hm. Nicht ohne dreifachen Axel.«

»Das ist Eiskunstlauf, du Depp.«

»Mein Kerl hat eben aber ein paar von diesen Axel-Dingern gemacht. Er hat die höchste Punktzahl bekommen.«

Zed vergrub sein Gesicht an meinem Nacken und knurrte. »Ich bin dein Kerl. Gib's zu: Es war gar niemand hier.«

Ich kicherte. »Ich kann dir trotzdem keine zehn Punkte für diesen Sprung geben.«

»Und wenn ich dich besteche?« Er küsste mich am Hals und arbeitete sich dabei bis zu meinem Mund hoch, nahm sich ausreichend Zeit, die richtigen Stellen zu treffen. »Und? Wie war ich?«

In der Hoffnung, dass seine Zukunftswahrnehmung gerade auf Stand-by war, sammelte ich heimlich eine Handvoll Schnee auf. »Hm, lass mich mal nachdenken. Mir scheint … dass du noch ein bisschen üben musst!« Bevor er reagieren konnte, stopfte ich ihm den Schnee

in den Kragen, woraufhin er ein für ihn untypisches Krächzen von sich gab.

»Na schön, dann herrscht Krieg!« Er rollte mich auf den Rücken, aber ich strampelte mich frei, rang lachend nach Luft. Ich rannte los, aber er hatte mich nach wenigen Schritten eingeholt und lupfte mich hoch. »Ab in die Schneewehe mit dir.« Er entdeckte eine Stelle, an der sich der Schnee hochtürmte, und versenkte mich halb darin.

»Zu den Waffen!« Schnell formte ich einen Schneeball und zielte auf Zed. Der Schneeball machte in der Luft eine scharfe Kehre und traf mich mitten ins Gesicht.

»Das war unfair!«

Zed bog sich vor Lachen angesichts meiner Entrüstung.

»Jetzt reicht's! Das kann ich auch!« Wie bei dem Vorfall mit dem Ei stellte ich mir vor, dass ich an dem schneebeladenen Ast, unter dem er gerade stand, zog und dann unvermittelt losließ. Der Ast schnellte zurück und Zed wurde mit Schnee überschüttet. Hochzufrieden mit dem Ergebnis rieb ich mir die Hände. »Nimm dies!«

Zed schüttelte sich Eisklümpchen von der Mütze. »Wir hätten dir nie erzählen dürfen, dass du ein Savant bist. Du bist ja gemeingefährlich.«

Ich hüpfte auf und ab und klatschte dabei in die Hände. »Ich bin gefährlich, gemeingefährlich! Juhu, ich bin gefährlich!«

»Aber noch nicht so geübt!« Der Schnee unter meinen Füßen rutschte weg und ich landete wieder rücklings im Schneehaufen, mit Zed über mir, der drohend einen Schneeball in den Händen hielt. »Also, wie war das noch mal mit meinen Snowboardkünsten?«

Ich lächelte. »Definitiv eine Zehn, nein, eine Elf.«

Er warf den Schneeball zur Seite. »Gut. Ich bin froh, dass du's endlich einsiehst.«

Am Nachmittag zog ich mich für eine Weile zurück und spazierte allein durch den Wald hinter dem Haus der Benedicts. Ich wollte mich in Ruhe mit den von Uriel freigesetzten Erinnerungen befassen. Nach dem tödlichen Streit zwischen meinen Eltern – ich ertrug es nicht, weiter darüber nachzudenken – war meine frühe Kindheit ein chaotischer Albtraum gewesen, geprägt von dauernden Ortswechseln, zunehmender Vernachlässigung und einem Mangel an Liebe. Unerträglich aber war es erst geworden, als sich meine Tante mit ihrem Drogen vertickenden Typen zusammengetan hatte.

Was war mit dem Rest meiner Familie passiert?, fragte ich mich. Hatten meine Mutter und mein Vater keine Eltern oder Großeltern, keine weiteren Geschwister gehabt, die mich hätten aufnehmen können? Das Ganze war ein Rätsel und ich fürchtete, dass die Auflösung mich nicht sonderlich froh machen würde. Mit sechs Jahren hatte ich nur eine vage Vorstellung von meiner Lebenssituation, ahnte aber, dass die beiden Erwachsenen, von denen ich abhängig war, nicht verlässlich waren. Ich hatte ein erbärmliches Dasein gefristet; da ich nicht wusste, wie ich sie dazu bewegen konnte,

mich zu lieben, hatte ich mich abgeschottet und damit begonnen, mich leise gegen den Unmenschen Phil zur Wehr zu setzen, der es sich zur Aufgabe gemacht hatte, mir wehzutun.

Im Grunde genommen bewunderte ich mein kindliches Ich dafür, auch wenn ich mir jede Menge Schmerzen hätte ersparen können, wenn ich mich einfach still verhalten hätte.

Ich versuchte krampfhaft, mir mehr in Erinnerung zu rufen. Meinen Namen. Das schien so etwas Banales zu sein, woran ich mich doch erinnern sollte.

»Sky, alles in Ordnung?« Zed fand, dass ich lange genug nachgegrübelt hatte, und war, mit einem Thermobecher bewaffnet, auf die Suche nach mir gegangen.

»Mir geht's gut. Ich denke bloß nach.«

Er reichte mir den Becher. »Du hast lange genug nachgedacht. Hier bitte, ich habe dir einen Kakao gemacht. Nicht so gut wie im Café, ich weiß, aber er wird dich ein bisschen wärmen.«

»Danke, ich kann eine Schoko-Dosis gerade gut gebrauchen.«

Er fasste mich am Ellbogen und führte mich zurück in Richtung Haus.

»Wusstest du, dass Schokolade einen Stoff enthält, der glücklich macht?«

»Für Schokolade brauche ich grundsätzlich keine Entschuldigung.« Ich nahm einen kleinen Schluck und schielte dabei seitlich zu ihm hinüber. In den Haaren, die vorne unter seiner Mütze hervorlugten, hingen ein paar Schneeflocken. Seine Augen waren heute fröh-

lich – wie das blasse Grünblau der seichten Stellen im Fluss, wenn die Sonne darauffiel. »Und du? Hast du vielleicht etwas von diesem Stoff intus?«

»Häh?«

»Weil du so glücklich aussiehst.«

Er lachte. »Nein, das liegt nicht an Schokolade, sondern an dir. Genau das bewirkt ein Seelenspiegel – du machst mich einfach glücklich.«

Nein, das stimmte nicht: Meine Eltern hatten unter Beweis gestellt, dass es zerstörerisch war, einen Seelenspiegel zu haben.

Ich gaukelte Zed vor, dass alles okay war, aber ich konnte mich nicht weiter auf ihn einlassen – das Risiko war einfach zu groß. Diese plötzliche Erkenntnis war so niederschmetternd, dass ich mich auf einmal fühlte, als wäre ich gerade die Piste hinunter über einen Felsvorsprung geschossen und befände mich im freien Fall. Wie sollte ich Zed und seiner Familie erklären, dass ich jetzt, nachdem ich gesehen hatte, was mit meinen Eltern geschehen war, ihre in mich gesetzten Erwartungen nicht mehr erfüllen konnte? Wenn ich diese Bombe platzen ließe, würde es ziemlich hässlich werden. Zed würde mich hassen – ich hasste mich bereits jetzt schon.

Ich empfand wahnsinnige Angst.

Ausgerechnet an diesem Abend beschlossen die Benedicts, ihr Haus weihnachtlich herzurichten. Ich fühlte mich wie Judas beim Abendmahl. Saul und Trace verschwanden auf dem Dachboden und tauchten beladen mit Schachteln voll Weihnachtsdekoration wieder auf.

»Euch ist das ziemlich ernst, was?«, staunte ich und betastete eine wunderschöne gläserne Christbaumkugel, in der ein kleiner goldener Engel schwebte. Das war ich – gefangen in einer Panikblase, unfähig, mich zu befreien.

»Natürlich, Sky«, sagte Karla. »Wir sammeln auf unseren Reisen. Meine Familie im Savant-Netzwerk schickt mir jedes Jahr exklusive Stücke für meine Sammlung. Es wäre eine Beleidigung für sie, wenn wir die Sachen nicht benutzen würden.«

Zed stand hinter seiner Mutter und verdrehte die Augen. »Mom findet, man kann gar nicht genug Weihnachtsschmuck auffahren. Wenn wir hier fertig sind, glaubst du, dass du in der Weihnachtsabteilung von Macy's bist.«

Allerdings gab es bei den Benedicts keine aufblasbaren Weihnachtsmänner. Jedes der erlesenen Stücke war handgemacht und einmalig. Ich entdeckte eine geschnitzte Krippe aus Südamerika, eine Lichterkette aus Glas-Eiszapfen aus Kanada und venezianische, mundgeblasene Christbaumkugeln. Ein Teil von mir sehnte sich danach, Teil dieser weitverzweigten Familie zu sein, deren Mitglieder durch ihre speziellen Gaben zueinandergehörten und sich derart beschenkten, aber ich verdiente es nicht, da ich ihre Lebensweise ablehnte. Ich würde bald mit der Sprache herausrücken müssen – es war nicht fair, mich als eine von ihnen behandeln zu lassen, wenn ich insgeheim schon entschieden hatte, dass meine Zukunft ohne sie stattfinden würde. Aber die Minuten vergingen und ich fand nicht den Mut, etwas zu sagen.

Die ›Jungs‹, wie Karla ihr Mannsvolk nannte, schleppten eine Tanne herbei, die sie auf ihrem Grundstück geschlagen hatten. Sie war doppelt so groß wie ich und reichte bis an die Wohnzimmerdecke. Nach den unvermeidlichen Flüchen über defekte Glühbirnen und fehlende Verlängerungskabel bestückten Saul und Victor den Baum mit Lichtern. Die jüngeren Brüder dekorierten ihn mit Weihnachtsschmuck, Zed nahm mich auf die Schultern, damit ich meine Deko-Auswahl an die oberen Äste hängen konnte. Karla erzählte zu jedem Stück eine Geschichte; entweder handelte sie von der Person, die den Schmuck geschenkt, oder von dem Ort, an dem sie ihn gekauft hatte. Ich bekam den Eindruck einer über den Globus verstreuten Familie, von hier bis nach Argentinien, mit weitreichenden Verästelungen nach Asien und Europa. Meine eigene dreiköpfige Familie nahm sich, verglichen damit, mickrig aus.

»Und jetzt die Weihnachtslieder!«, verkündete Karla, als sie mit einem Tablett, beladen mit Glühwein, heißer Schokolade für mich und Zimtgebäck, zurückkehrte.

Trace gab vor, genervt zu stöhnen und zu meckern. Doch so verschmitzt, wie er dreinschaute, vermutete ich, dass er lediglich die ihm zugedachte Rolle als musikalische Niete der Familie spielte. Geplagt vom schlechten Gewissen und absichtlich ein wenig abseits von den anderen, machte ich es mir auf einem Sitzsack bequem und beobachtete, wie Saul seine Geige stimmte, Zed seine Gitarre aus dem Futteral holte und Uriel seine Flöte vorbereitete. Sie spielten einige traditionelle Weihnachtslieder und ein paar der Melodien klan-

gen so wunderschön, dass ich mich in die Zeit zurückversetzt glaubte, als sie zum ersten Mal erklungen waren. Erst da bemerkte ich, dass Uriel von einem sanften bronzefarbenen Licht umstrahlt war. Er spielte nicht nur die Melodien von einst, er war auch ein Stück weit in die Vergangenheit eingetaucht.

»Wir brauchen einen Sänger«, verkündete Uriel. »Trace?«

Alle lachten.

»Klar doch, wenn ich euch die Vorstellung versauen soll, gerne«, sagte er und rappelte sich hoch. Will zerrte ihn zurück auf seinen Sitzplatz.

»Sky?«, fragte Yves.

Ich schüttelte den Kopf. »Ich singe nicht.«

»Du bist sehr musikalisch ... wir haben doch schon zusammen gespielt«, sagte er.

Ein Anflug von Panik erfasste mich. Am liebsten hätte ich mich irgendwo verkrochen. »Ich singe nicht.«

Uriel schloss für einen kurzen Moment die Augen. »Früher hast du's getan.«

»Aber heute nicht mehr.«

»Warum nicht?«, fragte Zed sanft. »Das liegt doch jetzt alles hinter dir. Du hast dir die Erinnerungen angesehen und kannst sie nun beiseitelegen. Heute beginnt dein Neuanfang.«

Allerdings nicht der Neuanfang, den er im Sinn hatte. Oh Gott, steh mir bei.

Karla reichte den Teller mit Keksen herum und versuchte, die leicht angespannte Atmosphäre aufzulockern. »Lasst sie. Niemand muss singen, wenn er nicht will.«

Aber ich wollte ja. Jenseits der Angst wusste ich, dass es mir als Musikerin sehr gefallen würde zu singen, meine Stimme als Instrument zu benutzen.

»Komm schon, ich sing mit dir zusammen.« Zed streckte seine Hand nach mir aus.

»Singen wir doch einfach alle«, schlug Uriel vor. »›Joy to the World‹?«

»Ich spiele Saxofon«, sagte ich ausweichend. Meine Mum hatte mir mein Instrument vorher noch vorbeigebracht, da sie wusste, wie sehr Musik mich trösten konnte, wenn es mir nicht gut ging.

Und dann zeigt sich, dass die Benedicts nicht nur gute Stimmen hatten, sondern sogar in bester Chorqualität mehrstimmig singen konnten. Selbst Trace trug ein paar Bassnoten bei, ohne sich zu blamieren.

Am Ende schloss Zed mich in die Arme. »Du spielst echt fantastisch Saxofon. Als Instrument kommt es der menschlichen Stimme am nächsten, finde ich.«

Ich nickte. Mein Tenorsaxofon bot mir die Möglichkeit zu singen, ohne es tatsächlich zu tun. Es mochte der menschlichen Stimme sehr nahekommen, aber ich spürte, dass das Zed noch nicht genügte. Er wollte alles von mir und wusste, dass ich mich zurückhielt.

In dieser Nacht überließ mir Zed sein Zimmer und schlief bei Xav. Trotz meiner inneren Anspannung war ich psychisch so erschöpft, dass ich tatsächlich durchschlief, die erste ungestörte Ruhepause, die ich seit meiner Entführung hatte. Als ich am folgenden Morgen erwachte, hatte es mein Hirn geschafft, sich über Nacht neu zu ordnen wie ein Computer beim Defragmen-

tieren. Nachdem ich durch meine Kindheitserinnerungen gestolpert war, fiel mir wieder alles ein, was in Las Vegas passiert war. Kelly hatte mich Stück für Stück auseinandergenommen. Er hatte mich so schlimme Dinge über Zed und Xav glauben gemacht, hatte sein Gift überall in meinem Geist verspritzt – und ich hasste ihn dafür. Aber jetzt hatte ich mich wieder unter Kontrolle; ich konnte die Wahrheit von der Lüge unterscheiden, und das sollte gefeiert werden. Ich konnte es kaum erwarten, meine Entdeckung Zed mitzuteilen.

»Hey!« Ich platzte in Xavs Zimmer, das gleich nebenan lag. Zed schlief noch, eingemummt in einen Schlafsack, auf dem Fußboden. Xav lag lang ausgestreckt auf seinem Bett und schnarchte mit offen stehendem Mund.

»Zed!«

»W… Was?« Er strampelte sich aus dem Schlafsack hoch und riss mich in seine Arme; offenbar dachte er, wir müssten angegriffen worden sein. »Was ist los?«

»Ich weiß, wer mich entführt hat! Ich erinnere mich jetzt an alles.«

Plötzlich ging mir auf, dass ich nur in T-Shirt und Schlüpfer dastand. Hätte ich mir doch bloß noch etwas angezogen!

»Ähm, kannst du Trace und Victor holen, Zed?«, fragte ich. »Ich muss ihnen etwas sagen.«

Zed hatte unterdessen Zeit gehabt, richtig wach zu werden. Er grinste und tätschelte mir den Hintern. »Geh und wirf dir 'nen Morgenmantel über. Ich hole sie aus ihren Betten und dann kommen wir runter in die Küche. Mom und Dad werden das auch hören wollen.«

Woran ich mich erinnerte, erzählte ich allen bei einer Tasse Tee – meine englischen Gewohnheiten traten genau jetzt zutage, wo ich höchst verunsichert war. Die Erinnerungen waren grauenhaft: das Hotel, Daniel Kelly, der mir Bilder eintrichterte, der Sohn, der mich wie ein fetter weißer Hai umkreiste.

Victor nahm das, was ich sagte, auf Band auf und nickte dabei, so als würde ich bestätigen, was er sich die ganze Zeit schon gedacht hatte.

»Noch eine Savant-Familie außerhalb des Netzwerks«, sagte Saul nachdenklich, als ich fertig war. »Eine, in der es keine ausgleichend wirkenden Seelenspiegel gibt. Und sie hatten O'Halloran angeheuert. Klingt für mich, als würde weit mehr dahinterstecken, als wir gedacht haben.«

»Ich kann den Geist anderer auch manipulieren«, sagte Victor und steckte das Aufnahmegerät ein, »aber ich würde nie im Traum daran denken, es in solchem Ausmaß zu tun.«

»Das kommt daher, dass Kelly abgrundtief böse ist und du nicht«, sagte ich. »Ich mein's ernst, wenn ich sage, dass es sich angefühlt hat, als hätte jemand mein Gehirn ausgeraubt. Er hat mich bestohlen und wollte erwirken, dass ich euch hasse.« Ich tastete unter dem Tisch nach Zeds Hand. »Die Bilder geistern mir noch immer durch den Kopf, auch wenn ich weiß, dass sie falsch sind.«

»Hast du schon mal von jemandem gehört, der solch eine Gabe hat wie der Sohn?«, fragte Zed seinen Vater und drückte mir aufmunternd die Hand. »Mir gefällt

nicht, wie er hinter Sky her war und alles noch viel schlimmer gemacht hat.«

Saul rieb sich nachdenklich das Kinn. »Das Volk der Utes erzählt sich von Leuten, deren Nährboden die Emotionen anderer sind. Das sind die Parasiten der Savant-Welt.«

»Und die Tochter, worin besteht ihr Talent?«, fragte Trace.

»Vielleicht hat sie eine Gabe für Abschirmungen, zumindest hatte sie davon gesprochen, meine zu zerstören, aber sie waren sowieso nicht stabil genug, um Daniel Kelly standhalten zu können. Er ist sehr mächtig. Ich habe mich gewehrt, so lange ich konnte.«

»Und das war vermutlich länger, als sie gedacht hatten«, bemerkte Victor. »Und hundertprozentig Erfolg hatte er bei dir auch nicht gehabt, richtig? Du hattest ja die ganze Zeit noch Zweifel.«

»Wirst du ihn festnehmen?«

»Ah.« Er trank einen Schluck Kaffee. »Die Sache ist die, Sky, das sind alles keine Beweise, aufgrund derer ich Kelly festnehmen kann. Er ist ein mächtiger Mann; sein Geld kauft ihm allerorts Schweigen. Kein Richter würde deiner Darstellung glauben, vor allem nicht nach der wirren Version bei der Polizei in Las Vegas, mit der du andere fälschlich beschuldigt hattest.«

»Zed und Xav.«

»Ja. Sie haben die Ermittlungen gegen die beiden zwar eingestellt, weil ich beweisen konnte, dass sie nichts mit deiner Entführung zu tun hatten, aber deine Aussage hat dich als Zeugin unglaubwürdig gemacht.«

»Ich verstehe. Damit war's also völlig für die Katz, dass ich euch das alles erzählt habe?«

»Natürlich nicht. Wir kennen jetzt die Wahrheit und können die einzelnen Puzzleteilchen endlich miteinander kombinieren und uns so ein Bild machen. Es ist für uns von unschätzbarem Wert zu wissen, dass es da draußen andere Savants gibt, die für die dunkle Seite arbeiten.« Er kräuselte amüsiert die Lippen, als er merkte, dass es sich wie nach einem kitschigen Hollywood-Streifen anhörte. »Ja, es gibt auch eine dunkle Seite in der Savant-Welt. Wir hätten in alle möglichen Fallen tappen können, wenn wir ahnungslos geblieben wären. Und es ist sogar möglich, dass auch der Maulwurf im FBI nicht weiß, was sie da treiben. Vielleicht hat sich Daniel Kelly ja einen meiner Kollegen gegriffen und ihn so manipuliert, dass er uns verrät. Ich muss nachprüfen, wer mit ihm Kontakt hatte.«

Ich fühlte mich gleich ein bisschen besser, da ich offenbar doch von Nutzen gewesen war. Ich warf einen Blick auf die Uhr: halb acht.

»Wisst ihr was? Ich möchte heute gern zur Schule gehen.« Ich hätte alles dafür gegeben, mich wieder normal zu fühlen – mit meinen Freunden zusammen zu sein, die weder Gedanken lesen noch verändern konnten und die keine Dinge in die Luft jagten. Außerdem könnte ich so die unvermeidbare große Aussprache mit Zed noch ein Weilchen auf die lange Bank schieben.

»Wie?« Zed rieb sich das stopplige Kinn. »Du hast die perfekte Ausrede, nicht zum Unterricht zu müssen, und willst trotzdem hingehen?«

»Ich mag nicht schwänzen. Das gibt mir das Gefühl, als wäre ich noch krank, als würde ich Daniel Kelly die Oberhand lassen.«

»Na ja, so gesehen müssen wir natürlich zur Schule gehen. Ich sollte mich wohl langsam mal anziehen. Mist, ich habe nicht für meinen Physiktest gelernt, weil ich dachte, ich würde heute hier mit dir zu Hause bleiben.«

Saul runzelte die Stirn. »Wenn du Sky als Vorwand benutzt, dich um deine Schularbeiten zu drücken, Zed …«

Zed sprang auf. »Wir treffen uns in zwanzig Minuten hier unten, Sky.«

»Ich sag nur noch kurz meinen Eltern Bescheid.«

Simon und Sally waren erleichtert, dass ich mich gut genug fühlte, um in die Schule gehen zu wollen.

»Du hattest ja so recht, Liebling«, sprudelte Sally am anderen Ende der Leitung los, »du hattest einen Tapetenwechsel nötig und bei den Benedicts bist du in genau den richtigen Händen.«

»Aber ich komme heute Abend wieder nach Hause.« Seit ich beschlossen hatte, der Savant-Welt ein für alle Mal den Rücken zu kehren, war es für mich einfach zu schmerzlich, weiterhin hierzubleiben.

»Wie schön! Wir haben nämlich eine Überraschung für dich vorbereitet – eine kurze Reise.«

»Nicht etwa nach Vegas?«, stöhnte ich, als mir wieder Simons Vorschlag einfiel.

»Wenn es dir jetzt wieder besser geht, sollten wir die schlimmen Erinnerungen begraben und sehen, was die Stadt sonst so zu bieten hat.«

»Ich möchte aber nicht da hinziehen.«

»Nein, Schatz, das will ich auch nicht. Aber du kennst doch Simon: Er muss die Sache bis zum Ende durchziehen und dann richtet er sich doch nach uns.«

Ich verspürte nicht das geringste Verlangen, in die Stadt zurückzukehren, in der sich die Kellys aufhielten. »Diese Frau, die sich bei Simon gemeldet hat – wer war das gleich noch mal?«

»Mrs Toscana. Sie ist offenbar eine Freundin von Mr Rodenheim.«

»Welches Hotel gehört ihr?«

»Ach, das vergesse ich immer. ›Circus Circus‹ heißt es, glaube ich. Irgend so was in der Richtung.«

Der Name kam mir in keinster Weise bekannt vor, dennoch machte mich die ganze Sache stutzig. Ich beschloss, Victor vorsichtshalber von Mrs Toscanas Angebot zu erzählen. »Okay, Sally, bis später dann.«

Kapitel 23

Ich betrat die Wrickenridge Highschool um halb neun in Begleitung von Yves und Zed. Es fühlte sich komisch an: Ich war zwar nur ein paar Wochen fort gewesen, es hätten aber ebenso gut Monate sein können. Wie nicht anders erwartet, zog ich von allen Seiten verstohlene, neugierige Blicke auf mich. Ich brauchte nicht ihre Gedanken zu lesen, um zu wissen, was in ihren Köpfen vorging: *Da ist sie. Da ist das Mädchen, das entführt worden ist. Soll einen Knacks weghaben. Ist total gaga.*

»Das stimmt nicht, Sky«, murmelte Zed. »Keiner hält dich für verrückt. Sie verstehen deine Situation.«

Wir betraten das Büro, um meine Rückkehr zu melden. Mr Joe stürzte mit einem Satz zum Empfangstresen und riss mich in seine Arme.

»Kleine Sky! Da bist du ja wieder! Wir haben uns alle solche Sorgen gemacht!« Er wischte sich eine Träne aus den Augen und schniefte. An seiner Aufrichtigkeit bestand kein Zweifel, aber er genoss sichtlich den dramatischen Auftritt. »Bist du dir sicher, du bist schon so weit?«

»Ja, Mr Joe.«

Er musterte die Benedicts mit prüfendem Blick. »Und ihr sorgt dafür, dass es ihr gut geht?«

»Ja, Sir«, sagte Zed.

»Gut.« Mr Joe drückte mir eine Karte in die Hand, die ich in meinen Kursraum mitnehmen sollte. »Und jetzt ab mit dir. Du willst doch an deinem ersten Tag nicht gleich zu spät kommen.«

Tatsächlich sah meine Rückkehr folgendermaßen aus: Alle rissen sich ein Bein aus, um mir nur ja beim Wiedereinstieg zu helfen. Sogar Sheena und ihre Vampirbräute waren so nett zu mir, als wäre ich aus Glas, das beim nächsten gehässigen Wort zerspringen könnte. Eigenartigerweise vermisste ich ihre dämlichen Häschen-Kommentare. Ich hinkte in allen Fächern mit dem Stoff hinterher, aber statt ein Problem daraus zu machen, stellten mir die Lehrer Nachholmaterialen zusammen und meine Mitschüler boten mir ihre Hefte und Mitschriften an. Tina hatte ihre Unterlagen bereits für mich kopiert. Mir dämmerte allmählich, dass mich alle mittlerweile doch schon als eine von ihnen ansahen.

In der Mittagspause ging ich mit Zed zur Orchesterprobe. Ich hatte eigentlich vorgehabt, nur zuzuschauen, aber davon wollte Mr Keneally nichts hören. Er pflanzte mich gleich ans Klavier.

»Aber das Konzert ist doch schon nächste Woche!«, wandte ich ein.

Mit einer schwungvollen Geste zog er eine Partitur aus seiner Tasche. »Du hast recht. Noch jede Menge Zeit

also, das Stück zu lernen, das ich für dich ausgesucht habe.«

»Sie wollen, dass ich ein Solo spiele?«

Ich schaute mich im Raum um, in der Hoffnung, von den anderen Schützenhilfe zu bekommen, aber sogar Nelson grinste breit über Mr Keneallys Manöver.

»Das wolltest du nicht? Wozu ein Instrument lernen, wenn man ungehört bleiben will?«, fragte Mr Keneally.

Ich glaubte nicht, dass er verstehen würde, wie gerne ich einfach nur für mich allein spielte, und so sagte ich nichts weiter dazu. »Ich weiß nicht, ob ich mir das schon zutraue.«

»Papperlapp. Wenn man so einen harten Schlag einstecken musste wie du, sollte man gleich Paroli bieten.«

Im Grunde genommen teilte ich seine Sichtweise ja. »Okay, ich seh mir die Noten mal an.«

Mr Keneally ging zu den Geigern hinüber und sprach dabei über seine Schulter hinweg: »Du solltest sie dir nicht nur ansehen, Sky. Dein Name steht schließlich schon im Programmheft. Ich hatte Nelson gesagt, er soll ihn gleich wieder aufnehmen, sobald ich hörte, dass du heute Morgen zur Schule gekommen bist.«

Am Ende des Schultags erwartete Victor uns auf dem Parkplatz, wo er lässig an seinem Wagen lehnte. Er hatte schlechte, wenn auch nicht wirklich überraschende Neuigkeiten für mich.

»Maria Toscana – besser bekannt als Maria Toscana Kelly.« Wir saßen nebeneinander auf der Rückbank seines Autos und er zeigte uns ein Foto von Daniel Kellys

Tochter auf seinem Laptop. »Sie hat einen italienischen Grafen geheiratet, den sie aber vor zwei Jahren verlassen hat, um in Daddys Imperium mitzuarbeiten. Da hatte der Gute wohl noch mal Schwein gehabt, würde ich sagen.«

Mein Instinkt hatte mich also nicht getäuscht. »Sie versuchen, über meine Eltern an mich ranzukommen.«

»Und über dich an uns. Mit den beiden Männern, die wir im Lagerhaus ausgeschaltet haben, haben die Kellys einen Grund mehr, warum sie die Benedicts hassen. Vielleicht ist das ja die Gelegenheit, auf die wir gewartet haben.«

Zed hatte seinen Arm um meine Schultern gelegt. Als ihm schwante, welche Gefahr sich hier zusammenbraute, fuhr er kerzengerade hoch.

»Ausgeschlossen! Du kannst Sky und ihre Eltern nicht dazu benutzen, dass sie dich zu Kelly führen, Vic.«

Victor klappte seinen Laptop zu. »Wir stecken in einer Sackgasse, Zed. Wir wissen ja noch nicht mal, wo die zwei entflohenen Häftlinge stecken, dabei sollte eigentlich die ganze Kelly-Sippe hinter Gittern sitzen. Es ist gelinde gesagt total frustrierend.«

»Was könnte ich deiner Meinung nach denn tun?«, fragte ich.

»Ich dachte mir, wir könnten dich für das Treffen mit Maria Toscana Kelly mit einem Abhörmikro ausstatten.«

»Aber Sky würde offenen Auges in eine Falle rennen!«, protestierte Zed. »Vic, das macht sie auf keinen Fall.«

»Nicht, wenn wir uns gut vorbereiten, dann können wir den Spieß umdrehen und die Kellys dingfest machen. Diese Leute werden erst aufhören, uns zu jagen, wenn wir sie geschnappt haben. Ich denke dabei doch genauso an Sky wie an unsere Familie – Sky ist eine von uns.«

Ich nestelte an den Riemen meiner Schultasche. Ich würde den Benedicts helfen können, wenn ich mich auf Victors Vorschlag einließ. Wenn nichts unternommen würde, könnten sie vermutlich nie wieder frei durchatmen. Es war das Mindeste, was ich tun konnte, denn nachdem mir diese ganze Savant-Sache von Tag zu Tag unheimlicher wurde und meine innere Panik sich immer weiter steigerte, hatte ich beschlossen, die Beine in die Hand zu nehmen und davor davonzulaufen. Das erschien mir einfach am sichersten. Ich müsste Zed mitteilen, dass ich nicht vorhatte, mehr für ihn zu sein als seine vorläufige Freundin. Bald schon würde ich nach England zurückkehren und die Savant-Welt hinter mir lassen.

»Hör nicht auf ihn, Sky«, sagte Zed leise.

»Aber ich kann helfen.«

Er wirkte wild entschlossen. »Ich möchte lieber, dass du in Sicherheit bist und es dir gut geht, selbst wenn das bedeuten würde, dass meine Familie weiter bedroht bliebe.«

»Aber was sollte das denn bringen? Wir würden alle in einer Art Gefängnis hocken – und die Schlüssel dazu hätte Daniel Kelly.«

»Sky, tu mir das bitte nicht an.« Zed legte seine Stirn

gegen meine, seine Verzweiflung schwappte in schwarzen, quecksilbrig glitzernden Wellen zu mir herüber.

Stets wollte er mich beschützen; es war an der Zeit, dass ich mich dafür revanchierte. Ich war nicht die zarte Jungfrau in Nöten, für die er mich hielt, sondern ich konnte selbst für mich sorgen, hatte meinen eigenen Willen. Wenn ich ihm schon nicht als mutige Savant-Gefährtin zur Seite stehen wollte, so konnte ich doch wenigstens alles in meiner Macht Stehende tun, um dazu beizutragen, dass diese Leute seiner Familie nichts mehr anhaben konnten.

»Nein, ich werde es dir nicht antun, aber ich *werde* es tun, für uns alle und weil es das Richtige ist. Ich könnte es einfach nicht mit meinem Gewissen vereinbaren, die Hände in den Schoß zu legen, wenn ich die Möglichkeit habe, etwas an der Situation zu ändern. Wessen Gehirn wird sich Daniel Kelly als Nächstes vornehmen, wenn ihm jetzt nicht das Handwerk gelegt wird?«

»Vic!«, flehte Zed. »Du darfst nicht zulassen, dass ihr etwas passiert.«

Victor nickte ernst. »Das verspreche ich dir. Sie ist eine von uns, nicht wahr? Ihr Wohl liegt mir genauso am Herzen wie unseres. Wir schicken sie auch nicht ohne entsprechende Vorkehrungen in die Höhle des Löwen.«

Zed hegte noch immer Zweifel. In gewisser Hinsicht war er wie meine Eltern, auch er hielt mich für zu zart besaitet, um in der rauen Welt da draußen bestehen zu können. Ich wollte ihm das Gegenteil beweisen. Ich würde das hinkriegen.

»Wie sollen diese Vorkehrungen denn aussehen?«, fragte ich Victor.

Zed wollte noch immer nichts davon hören. »Sky, halt einfach den Rand. Du wirst das nicht machen. Ich habe gesehen, wozu diese Leute fähig sind – ich werde nicht zulassen, dass du da mit hineingezogen wirst.«

Ich boxte ihm in die Rippen – mit Schwung. »Du hast nicht das Recht, mir den Mund zu verbieten, Zed Benedict. Du tust ja gerade so, als müsste man mich in Watte packen. Ich habe auch schon so einiges Schlimmes erlebt – das weißt du nur zu gut.«

»Aber das hier ist anders. Ich will nicht, dass du mit so was in Berührung kommst.«

»Aha, es ist also völlig okay, dass du deinen Kopf mit all diesen Schrecklichkeiten anfüllst, aber ich soll nicht?«

»Ja, genau.«

»Das ist einfach nur blöd und sexistisch.«

»Zed, wir brauchen sie«, warf sein Bruder ein.

»Halt dich da raus, Victor«, fuhr ich ihn an.

»Jawoll, Madam!«

Ich funkelte beide an. »Ich will dir das schon seit einer ganzen Weile sagen, Zed. Du brauchst Hilfe, um mit all dem Mist, den deine Familie in deinem Kopf ablädt, irgendwie klarzukommen. Du bist wütend und frustriert wegen der Verbrechen, die du mitansehen musst, weil du die Bösewichte nicht zu fassen kriegst. Und dann lässt du es an anderen Leuten aus, zum Beispiel an deinen Lehrern …«

Zed versuchte, mir das Wort abzuschneiden. »Warte mal, Sky …«

»Nein, du wartest jetzt mal, ich bin noch nicht fertig. Ich habe am eigenen Leib zu spüren bekommen, was schlimme Erfahrungen in einem anrichten können. Du brauchst Zeit, um wieder einen freien Kopf zu kriegen, Zed, und das ohne die ständige Bedrohung durch die Kellys im Nacken. Und damit du diese Zeit bekommst, werde ich nach Las Vegas reisen und Daniel Kelly in den Hintern treten.«

»Wohl gesprochen, Sky!« Victor applaudierte, während Zed mich finster ansah.

»Und jetzt wieder zurück an die Arbeit«, sagte ich munter. »An welche Art von Schutzmaßnahmen hattest du gleich gedacht, Victor?«

»Wir sind hier noch nicht fertig«, knurrte Zed.

»Doch, das sind wir. Was hast du eben gesagt, Vic?«

Victor grinste seinen Bruder an. »Die Lady hier hat eine Entscheidung gefällt. Wenn ich du wäre, würde ich es gut sein lassen. Sky, ich werde mit dir an deiner Abschirmung arbeiten. Das letzte Mal waren deine Mauern ziemlich klapprig. Schlafzimmerwände, richtig?«

Ich nickte.

»Diesmal werden sie so dick sein wie die Mauern von Schloss Windsor, okay, richtige Schutzwälle?«

Ich lächelte. »Okay.«

»Und ich habe auch schon ein paar Ideen, was du gegen diesen Widerling Sean tun kannst, wenn er wieder an deinen Emotionen rumschnüffelt.«

»Sehr gut!«

Victor tätschelte mir die Hand. »Du gefällst mir, Sky. Du bist eine Kämpfernatur.«

»Ja, das bin ich, oder? Hast du das gehört, Zed? Keine Bambi-Vergleiche mehr. Ich bin ein Rottweiler – und zwar einer mit schlechter Laune.«

»Ein sehr kleiner Rottweiler«, sagte Zed noch immer skeptisch.

Die schwierigste Frage war zunächst einmal, wie weit meine Eltern in die Pläne eingeweiht werden sollten. Als Mutter war Karla dafür, dass wir die Karten offen auf den Tisch legten; ich war dagegen, da ich wusste, dass meine Eltern das Treffen mit Maria Toscana sofort abblasen und die Kellys dann Verdacht schöpfen würden, dass da etwas im Busch war. Victor war meiner Meinung; am Ende kamen wir überein, dass er sich mit Sally und Simon darüber unterhalten sollte, dass die Drahtzieher der Entführung möglicherweise noch frei in Vegas herumliefen, ohne den Namen Maria Toscana Kelly zu erwähnen.

Am Freitagabend, dem letzten Tag vor meiner Reise nach Las Vegas, lag ich zusammengerollt neben Zed auf dem Sofa bei den Benedicts, während er sich im Fernsehen ein Baseballspiel ansah. Eine seiner Hände streichelte meinen Arm, während die andere in eine Schale Popcorn eintauchte. Alle übrigen Benedicts hatten sich zurückgezogen, da sie wussten, dass Zed noch ein wenig Zeit mit mir allein haben wollte, bevor wir am nächsten Morgen nach Las Vegas aufbrachen.

Weniger an den Mysterien des Baseballsports und mehr an ihm interessiert, betrachtete ich die Wölbung seines Nackens, die Linie seines Kinns und die Kontur

seiner Nase. Er war so sagenhaft, tja, das einzige treffende Wort, das mir einfiel, war »sexy«! Es schien nicht fair gegenüber uns Normalsterblichen. Ich dachte, er wäre zu sehr ins Spiel vertieft, um meine Blicke zu bemerken, aber da irrte ich mich. Er fing an zu lachen.

»Sky, hör auf, mich so anzuschmachten!«

»Ich schau dich einfach gern an.«

»Ich versuche hier, Baseball zu gucken – das ist so was wie 'ne heilige Handlung.«

Ich schmiegte mich enger an ihn. Wie lange noch würde ich das tun können? »Ich halte dich nicht ab.«

»Doch, das tust du. Ich kann deinen Blick auf meinem Gesicht spüren, beinahe so, als würdest du mich berühren.«

»Du hast ein sehr hübsches Gesicht.«

»Vielen Dank, Miss Bright.«

»Gern geschehen, Mr Benedict.« Ich wartete einen kurzen Moment, dann flüsterte ich: »Und jetzt musst du sagen: ›Dein Gesicht ist aber auch nicht übel.‹«

Er wendete seinen Blick vom Fernsehbildschirm ab und sah zu mir hinunter. »Gibt's dafür etwa ein Drehbuch? Ist das hier ›Romantik 101‹, oder was?«

»Mhm-hm. Ein Kompliment muss mit einem Kompliment erwidert werden.«

Er zog nachdenklich die Augenbrauen zusammen. »Wenn das so ist, Miss Bright, dann haben Sie ein außerordentlich entzückendes linkes Ohr.«

Ich bewarf ihn mit einer Handvoll Popcorn.

»Hab ich's etwa versaut?«, fragte er mit Unschuldsmiene.

»Ja, das hast du.«

Er rückte die Popcorn-Munition für mich außer Reichweite, schwang seine Beine aufs Sofa und zog mich auf sich drauf, sodass mein Kopf auf seiner Brust lag und unsere Zehen sich berührten. Ich malte mit dem Finger kleine Kreise auf seine Brust und genoss, als er wohlig erschauerte. Er war so anders als ich – muskulös und stark, wohingegen ich zart und zierlich war.

»So ist es besser. Okay, Miss Bright, dann lassen Sie mich Ihnen sagen, dass mir noch nie im ganzen Leben etwas derart Bezauberndes untergekommen ist wie Ihr rechtes Ohr, Ihr linkes Ohr sowie alles Dazwischenliegende. Ganz besonders entzückt bin ich von Ihrem Haar, auch wenn es sich überall hinverirrt.« Er wischte sich eine Strähne von den Lippen.

»Na, wenn Sie auch darauf bestehen, es zu küssen.«

»Ja, ich bestehe darauf. Unbedingt. Ich werde es als mein unveräußerliches Recht in die Verfassung aufnehmen lassen. Ich werde gleich heute Abend einen Brief an den Präsidenten schreiben.«

»Hmm.« Ich drehte meinen Kopf zum Fernseher. »Was sagt eigentlich der Spielstand?«

»Wen kümmert's.«

Na, das war doch die Antwort, die ich hören wollte.

Ein paar Minuten vergingen, in denen wir einfach nur zusammen dalagen. Ich fühlte eine große Ruhe in mir, ungeachtet dessen, was mich morgen erwartete. Ich fühlte mich vollständig. Aber dann musste ich Idiot an diesem Frieden herumkratzen und führte den ersten Riss zwischen Zed und mir herbei. »Zed?«

»Hmm?«

»Findest du nicht, dass dieses Vorhaben, mich nach Vegas zu schicken, ein bisschen, na ja, auffällig ist?«

Ich spürte, wie sich sein Körper spannte. »Wie meinst du das?«

»Die Kellys, zumindest Daniel Kelly und Maria, schienen mir sehr gerissen zu sein. Sie werden sich doch sicher denken können, dass ihr noch immer ein Auge auf mich habt. Sie vermuten doch bestimmt, dass so eine Einladung aus heiterem Himmel euer Misstrauen erregt.«

Seine Finger strichen über meine Wirbelsäule, ein Kribbeln, so wie ein leichter Stromschlag, erfasste meinen Körper. »Ja, da ist was Wahres dran. Und was heißt das?«

Ich zuckte mit den Schultern und wünschte, ich könnte mich voll und ganz diesem schönen Prickeln hingeben, statt mich nur auf meine bangen Gedanken zu versteifen.

»Ich weiß es nicht. Kannst du sehen, was passieren wird?«

Er schwieg eine Weile. »Nein, kann ich nicht. Ich sehe dich in Vegas – Bilderfetzen von einem Kasino –, aber mehr nicht. Wie ich schon sagte, ich kann nicht bestimmen, was ich sehen will, außerdem sind die Ereignisse noch so weit weg, dass es zu viele Variablen gibt, um ein klares Bild zu erhalten.«

»Wenn sie mich nun dazu benutzen, um an deine Familie heranzukommen? Sie werden doch vermuten, dass Victor zu meinem Schutz parat steht. Womöglich

bringe ich meine Eltern und deinen Bruder in große Gefahr.«

»Du hast vergessen, dich selbst zu nennen. Weißt du, ich bin sowieso dagegen, dass du das machst. Wenn du Bedenken hast, ist es noch nicht zu spät für einen Rückzieher.«

»Aber dann würde sich an der Bedrohungslage für deine Familie nichts ändern.«

»Ja, das ist richtig.«

»Das ist nicht fair.«

»Nein, aber ich glaube, dass wir sehr viel Gutes bewirken können, wenn wir unsere Begabungen zusammentun. Es lohnt sich. Kein anderer im Savant-Netzwerk kann das, was wir können.«

Ich stemmte mich auf meinen Ellbogen hoch. »So könnte ich nicht leben.« Ich rutschte von ihm herunter und setzte mich auf die Sofakante. Die Strapazen seiner Arbeit waren mörderisch. Er hatte es zwar nie gesagt, aber ich hätte drauf gewettet, dass ihn Albträume plagten wegen all der Sachen, die er mitangesehen hatte. Was würde er tun, wenn ihm aufginge, dass ich nicht dableiben wollte – dass ich panisch Reißaus nehmen würde, weil mir dieses Seelenspiegel-Konzept noch viel mehr Angst machte als Daniel Kelly.

Offenbar hatte er ein Echo meiner Ängste wahrgenommen, denn er hielt mich am Handgelenk fest, damit ich nicht noch weiter von ihm abrücken konnte. »Ich möchte, dass du glücklich bist. Wir finden einen Weg.«

Nein, werden wir nicht. »Das sagst du jetzt, aber die

Menschen lassen einander im Stich, weißt du.« Es sollte eine Warnung an ihn sein, nicht zu viel Hoffnung in mich zu setzen. »Dinge ändern sich. Ich glaube einfach nicht, dass viele Leute mit ihrer Highschool-Flamme zusammenbleiben.«

Seine Miene verdüsterte sich. »Jetzt bist du aber ziemlich unfair, Sky. Ich spüre ja schon seit ein paar Tagen, dass du wegen unserer Seelenspiegel-Verbindung hin- und hergerissen bist, aber Seelenspiegel kann man mit den üblichen Highschool-Flirts doch nicht vergleichen – das geht viel tiefer.«

Wir waren noch immer miteinander verbunden, aber wir bildeten keine Einheit mehr und daran trug allein ich die Schuld, weil ich diejenige gewesen war, die Abstand geschaffen hatte.

Ich versuchte, erwachsen und vernünftig zu klingen. »Ich finde schon, dass ich fair bin. Ich bin eben einfach realistisch.«

»Siehst du mich so?« Zeds Züge wurden hart, was mir ins Gedächtnis rief, dass er nicht umsonst den Ruf weghatte, Ärger zu machen. »Fühlst du denn nicht dasselbe wie ich? Verschließt du dich noch immer vor deiner Gabe?«

Natürlich fühlte ich dasselbe – und das war es ja gerade, was mir eine solche Heidenangst einjagte. »Ich weiß nicht, was normal ist und was nicht. Ich weiß, dass ich dich liebe, aber das hier kann ich einfach nicht …«, sagte ich und zeigte auf uns beide.

»Ich verstehe.« Er setzte sich auf und rückte ans andere Ende des Sofas. »Tja, während du noch mal darüber

nachdenkst, schaue ich mir einfach den Rest des Spiels an.«

»Zed, bitte. Ich muss darüber sprechen.«

Er ließ die Popcorn-Schale in seinen Schoß schweben. »Wir haben darüber gesprochen. Und bis jetzt sind wir zu dem Schluss gekommen, dass ich einfach nur der Junge bin, mit dem du gehst. Du kneifst und läufst vor dem Wunder, dass wir beide uns begegnet sind, einfach davon.«

Ich rang innerlich die Hände. Ich hatte ihn nicht verletzen wollen, aber ich kämpfte doch auch nur um mein emotionales Überleben. Er verstand einfach nicht, was für mich auf dem Spiel stand.

»Schau, Zed, meine Eltern haben sich wegen des Seelenspiegels meiner Mutter gegenseitig umgebracht. Ich möchte nicht, dass sich die Geschichte wiederholt. Ich habe hier drinnen einfach nicht die erforderliche Kraft dafür«, sagte ich und klopfte mir an den Kopf.

Er nickte kurz. »Ich verstehe. Deine Eltern haben die Kontrolle verloren und darum wird uns das auch passieren. Das ist totaler Schwachsinn, aber das weißt du vermutlich selbst. Wenn du mich fragst, haben sich deine Eltern überworfen, weil ihnen das Schicksal einen üblen Streich gespielt und deine Mom deinen Dad daraufhin einfach sitzen gelassen hat. Stattdessen hätten sie gemeinsam nach einer Lösung suchen müssen, um damit klarzukommen, dass sie ihren Seelenspiegel gefunden hatte. Sie haben einen Fehler gemacht und du hast dafür bezahlt.«

Mir gefiel nicht, wie er meine Mutter dafür kritisierte,

dass sie fortgegangen war. »Ich versuche dir doch nur zu erklären, wie ich mich fühle, Zed.«

»Und was ist damit, wie ich mich fühle, Sky?« In dem Versuch, seine Wut im Zaum zu halten, zermalmte er eine Handvoll Popcorn. »Ich würde über glühende Kohlen für dich laufen. Verdammt noch mal, ich habe mich zwischen dich und die Mündung einer Pistole gestellt. Aber reicht das etwa, um dir zu beweisen, dass ich dich liebe? Dass du diejenige welche für mich bist? Ich weiß nicht, was ich sonst noch tun soll.«

»Bitte sei nicht böse.«

»Ich bin nicht böse. Ich bin enttäuscht.«

Himmel, das war ja noch schlimmer. »Tut mir leid.«

»Ja, okay.« Er tat so, als würde er sich das Spiel anschauen, aber es war ihm anzusehen, wie er zwischen Wut und Gekränktheit hin- und herschwankte.

Ich war völlig fertig. Was hatte ich nur gerade getan? Er hatte mir seine Liebe angeboten – etwas so einmalig Kostbares wie ein Fabergé-Ei, das ich einfach zerschmettert hatte. Von seinem Seelenspiegel abgewiesen zu werden war so, als würde man in zwei Hälften gerissen, aber irgendwie konnte ich nicht anders. Ich tat ihm so weh, weil ich so wahnsinnige Angst hatte. Wie dieser Bergsteiger, der seine eigene Hand abgeschlagen hatte, um sich zu retten: lieber ein Ende mit Schrecken als ein Schrecken ohne Ende, stimmt's? Aber machte ich hier das Richtige oder rannte ich einfach nur wie eine kleine Memme davon?

Verwirrt und verängstigt schaltete ich den Fernseher aus.

»Hey!« Zed griff nach der Fernbedienung.

»Gib mir nur eine Minute, dann kannst du ihn wieder anmachen.« Ich versteckte die Fernbedienung hinter meinem Rücken. »Es tut mir aufrichtig leid. So bin ich eben … ich bin nicht der selbstbewussteste Mensch. Du hast selbst mal gesagt, ich würde immer aus allen Wolken fallen, wenn ich merke, dass mich jemand mag. Aber ich gehe nun mal einfach nie davon aus, dass mich die Leute mögen könnten, geschweige denn lieben. Ich habe eben nicht das Gefühl, sehr liebenswert zu sein, und jetzt siehst du auch, warum. Du hattest einfach ziemliches Pech, dass ausgerechnet ich dein Seelenspiegel bin.«

Zed fuhr sich mit der Hand übers Gesicht und durchs Haar. Er versuchte, seine Gedanken zu sammeln. »Ich mache dir keine Vorwürfe.«

»Das weiß ich. Du hast gesehen, wie's in mir aussieht, die ganze ungeschminkte Wahrheit.« Meine Stimme klang hysterisch. Mein Herz schlug mir bis zum Hals: Ich hatte einen Riesenschlamassel angerichtet, aber ich wollte nicht, dass er glaubte, ich empfände keine starken Gefühle für ihn. Vielleicht schaffte ich es nicht, diejenige zu sein, die er sich wünschte, aber ich konnte ihm beweisen, dass ich ihn liebte. »Du hast gesagt, du hast dich zwischen mich und die Mündung einer Pistole gestellt, um mir zu zeigen, dass du mich liebst. Tja, mir bleibt nur, das Gleiche für dich zu tun. Ich gehe morgen nach Vegas – und das tue ich für dich.«

Er schoss vom Sofa hoch. »Nein, auf keinen Fall!«

Ich warf ihm die Fernbedienung zu, die er reflexhaft auffing. »Ich komme mit diesem ganzen Savantentum

nicht so gut klar wie du und damit müssen wir uns beide wohl abfinden. Ich traue mich einfach nicht, mit dir diese Art von Leben zu führen – ich glaube, das würde mich umbringen.« Ich holte tief Luft. »Aber das, was Victor vorhat, gibt mir wenigstens die Chance zu beweisen, dass ich dich trotz allem liebe.«

Da – ich hatte es gesagt. Ich konnte Zeds Reaktion nicht deuten – seine Gefühle waren verworren und er schwieg beharrlich.

»Also … du kannst jetzt … dein Spiel weiterschauen. Ich werde nach oben ins Bett gehen … mich mal früh aufs Ohr hauen.«

Er streckte eine Hand nach mir aus. »Sky?«

»Ja?«

»Ich liebe dich noch immer – mehr als je zuvor. Ich werde warten, bis du so weit bist.«

Ich spürte, wie mich schwere Schuldgefühle überkamen. Ich würde nie so weit sein.

»Ich möchte nicht, dass du dich für mich in Gefahr bringst.«

Ich verschränkte die Arme. »Ja, so was habe ich mir schon gedacht.«

Er zog mich näher an sich heran und begann meinen Nacken zu kraulen. Eine wohlige Wärme durchströmte mich. »Ich werde mit Victor über deine Bedenken reden. Ich werde darauf bestehen mitzukommen. Kurz vor einem Ereignis kann ich die Zukunft ziemlich klar sehen, selbst mit Störungsfeldern in der Nähe. Falls es Schwierigkeiten geben sollte, werden wir auf diese Weise nicht so überrumpelt.«

»Aus sicherer Entfernung?«

»Aus angemessener Entfernung. Nah genug, um im Notfall zur Stelle zu sein, aber nicht so nah, dass die Kellys ihren Vorteil daraus ziehen können.«

»Okay.« Ich rieb mit der flachen Hand über sein Herz und entschuldigte mich stumm für den Kummer, den ich ihm bereitete. »Damit kann ich leben.«

Kapitel 24

Mit der FBI-Agentin, die ich bereits vor ein paar Monaten kennengelernt hatte, war ein Treffen in einem der Toilettenräume des McCarran-Flughafens in Las Vegas arrangiert worden, um mich mit einem Abhörmikrofon zu präparieren.

»Hi, Sky. Ich bin Anya Kowalski. Erinnerst du dich noch an mich?«, fragte sie und klappte ihren Gerätekoffer auf.

»Ja, natürlich.«

Sie lächelte mich im Spiegel an, ihr seidiges braunes Haar glänzte im Licht der Deckenbeleuchtung. »Wir wissen sehr zu schätzen, was du für uns tust.«

»Könnten Sie sich ein bisschen beeilen? Sally könnte jeden Moment nach mir gucken kommen.«

Sie grinste angesichts meiner besorgten Miene. »Das ist eher unwahrscheinlich. Sie wird gerade von einem Lokalreporter dazu befragt, was sie über das Erscheinungsbild des Flughafens denkt. Der lässt sie so schnell nicht aus den Fängen.«

»Wieso, wer ist das?«

»Einer von unseren Männern.« Sie schob ein winzig kleines Mikro unter meinen BH-Träger. »Das dürfte genügen. Versuch möglichst nicht deine Hand drüber, zulegen oder dagegenzuhauen, zum Beispiel mit deiner Handtasche oder was weiß ich, weil sonst der Mitarbeiter, der auf Lauschposten ist, brutale Kopfschmerzen kriegt.«

»Okay. Das war's? Keine Batterie oder Drähte?

»Nein. Das Ding verfügt über eine kleine interne Stromquelle und hat für 24 Stunden Saft. Keine verdächtigen Drähte.«

»Aber es sendet ein Signal aus, oder?«

»Ja, es überträgt Geräusche. Das, was du hörst, hören wir auch.«

»Kann irgendjemand mithören?«

»Theoretisch schon. Aber nur, wenn er Kenntnis über die FBI-Frequenzen hätte. Bisher gab's in dieser Hinsicht noch nie Probleme.«

»Aber wenn Daniel Kelly sich diese Information bereits von einem Ihrer Leute beschafft hätte?«

Sie verzog das Gesicht. »Dann wäre die Du-weißt-schon-was am Dampfen. Aber vorher würden wir dich und deine Eltern da rausholen, keine Sorge.«

Sally platzte fast vor Stolz, als ich zu ihr zurückkehrte.

»Dieser junge Mann hat sich wirklich für meine Meinung interessiert«, sagte sie. »Er hat mir vollkommen recht gegeben, dass der Flughafen viel zu eintönig daherkommt und man mit der Ausstellung von Kunst-

objekten eine Menge an der Gestaltung verbessern könnte … eine Damien-Hirst-Kuh etwa oder einen Diamanten-Schädel – schließlich sind wir hier in Vegas.«

»Warum denn nicht gleich ganz die Sau rauslassen und das Bett von Tracey Emin hinstellen?«, knurrte Simon, der nicht viel von Installationskunst hielt. »Die meisten Leute, die an Flughäfen rumhängen, sehen so aus, als hätten sie eine Mütze voll Schlaf dringend nötig.«

»Stimmt, daran hatte ich jetzt gar nicht gedacht.« Sally zwinkerte mir zu.

»Ich finde, dass eine von den schmelzenden Dali-Uhren sehr viel passender wäre – Zeit scheint für Reisende eine klebrig zähe Masse zu sein«, sagte ich.

Meine Eltern starrten mich verdutzt an.

»Was?«, fragte ich leicht verlegen.

»Du verstehst ja was von Kunst!«, japste Sally.

»Ja und?«

Simon lachte vor Freude. »In all den Jahren habe ich immer geglaubt, der Funke ist nicht übergesprungen!« Er drückte mir einen laut schmatzenden Kuss auf die Wange.

»Ich werde aber trotzdem keine unschuldigen Leinwände mit Farbe bekleckern«, murmelte ich und war insgeheim froh, dass ich ihnen eine Freude gemacht hatte. Ich fühlte mich ziemlich mies, weil ich sie so nichts ahnend in diesen Schlamassel mit hineinzog.

»Das würden wir von dir auch gar nicht erwarten. Ich meine sogar, mich zu erinnern, dass ich dir ausdrücklich verboten habe, es jemals auszuprobieren. Stell dir doch

nur mal vor, wir würden noch einen weiteren planlosen Künstler in der Familie haben.«

Simon hakte sich jeweils bei Sally und mir unter und führte uns aus dem Flughafengebäude hinaus zum wartenden Auto.

Als ich auf den Rücksitz des Wagens glitt, traf mich wie ein Blitz die Erkenntnis, was ich hier eigentlich gerade machte. Es war zwar nicht dasselbe Fahrzeug, in dem ich zur Lagerhalle gebracht worden war, sondern nur ein harmloses Hotel-Shuttle, trotzdem lief mir ein Schauer über den Rücken.

Zed?

Alles okay, Sky. Victor und ich sind zwei Autos hinter euch. Wir lassen uns jetzt ein Stück zurückfallen, die Verfolgung übernimmt dann ein anderer Agent, aber wir bleiben an euch dran.

Ist es okay, dass wir miteinander sprechen?

Ja, bis ihr das Hotel erreicht. Falls Maria Kelly genau wie O'Halloran eine Expertin für Abschirmungen ist, wir dürfen also kein Risiko eingehen.

Sag mir noch mal, welche Informationen ihr braucht, damit das FBI einschreiten kann?

Sie müssen zugeben, dass sie an deiner Entführung beteiligt waren, oder während eures Aufenthaltes versuchen, irgendeine Straftat zu begehen, z. B. deine Erinnerungen zu verfälschen – was am wahrscheinlichsten ist. Wenn du dann auch noch auf irgendeine Spur von den zwei entflohenen Kellys stoßen würdest, wäre das das Tüpfelchen auf dem i.

 Und wie kriege ich sie dazu? In der Theorie war mir

alles sehr viel einfacher erschienen als jetzt, da ich die Strategie in die Tat umsetzen sollte.

Sie haben die ganze Sache doch extra eingefädelt, um dich hierher zu locken, also müssen sie auch einen Plan verfolgen. Spiele, so weit es geht, einfach ihr Spiel mit. Vermutlich werden sie versuchen, dich von Sally und Simon zu trennen.

Und lasse ich das zu?

Ich merkte, dass Zed bei der Antwort nicht wohl zumute war. *Für sie ist das am sichersten.*

Mach dir wegen mir keine Sorgen.

Ich kann aber nicht anders.

Wir fuhren vor dem Kasino-Hotel ›The Fortune Teller‹ vor.

»Richtig, so hieß es!«, sagte Sally und schnipste mit den Fingern. »Ich wusste doch, dass der Name irgendetwas mit Jahrmärkten zu tun hatte.« Sie strich den farbenfrohen Seidenschal glatt, den sie über ihrem Wollblazer trug. »Sehe ich einigermaßen gut aus, Sky?«

»Sehr professionell.« Insgeheim tat es mir leid, dass sie ihre Bemühungen auf eine Bande Verbrecher verschwendete.

Simon sah man immer sofort an, dass er Künstler war, egal, was er trug. Heute hatte er zu seinem Lieblingsjackett aus schwarzem Denim eine Jeans angezogen, seine Version von einem Anzug.

»Was für ein bemerkenswerter Ort!«, sinnierte er, als wir durch die Lobby marschierten, in der es nur so wimmelte von Spielautomaten und Kellnerinnen in knappen Zigeunerkostümchen. Es war der reinste Jahrmarkt; un-

mittelbar neben teuren Designergeschäften wurde auch jede Menge billiger Plastikschrott verkauft.

»Das ist so unglaublich geschmacklos, dass es in sich schon wieder ein Stück Kunst darstellt.«

Rechts von uns ertönte Gebimmel, dann ratterte ein Münzschwall in den Schoß eines Mannes, der einen glänzenden blauen Jogginganzug trug und völlig aus dem Häuschen schien. Ringsum kehrte für einen kurzen Moment Ruhe ein, als die Zocker zu dem glücklichen Gewinner hinüberspähten, dann ging alles wie gewohnt weiter.

»Diese Gesichter würde ich gerne malen«, sagte Sally und betrachtete eine Frau, die mit zutiefst verzweifelter Miene auf einem Hocker vor einem einarmigen Banditen saß. »Man kann die Hoffnung und die Mutlosigkeit förmlich riechen. Das Fehlen von natürlichem Licht gibt dem Ganzen so eine Unterwelt-Anmutung, findet ihr nicht? Das Land der verlorenen Seelen?«

Unterwelt? Genauer gesagt die Hölle mit den Kellys als teuflische Herrscher.

Ein Hotelpage führte uns zu den Fahrstühlen. »Mrs Toscana erwartet Sie in ihrem Büro«, erklärte er. »Westturm, dritter Stock.«

Der verspiegelte Aufzug beförderte uns ins Zwischengeschoss. Von der Galerie aus überblickte man die Haupthalle des Kasinos, wo an den Poker- und Roulettetischen reger Betrieb herrschte. Da es erst später Nachmittag war, trugen die meisten Leute legere Kleidung und die Atmosphäre war entspannt. Ich hatte James-Bond-Schick erwartet und bekam nun Ausflugsam-

biente. Das Billardtuch war von einem satten Grün, eher die Farbe der fragwürdigen Hoffnung, und die Plastikjetons, die in Wahrheit Millionen von Dollars darstellten, beschworen die Illusion herauf, dass das alles doch nur ein harmloses Vergnügen war. Der Hotelpage führte uns zu einer breiten Flügeltür, an der ein Messingschild mit der Aufschrift ›Geschäftsleitung‹ prangte. Sobald wir hindurchgetreten waren, ließen wir das jahrmarktsgrelle, glitzernde Hoteldekor hinter uns und tauchten ein in Ruhe und Eleganz: ein stilvolles L-förmiges weißes Sofa für Besucher; frische Blumen auf einem niedrigen Glastisch und eine geschmackvoll gekleidete Sekretärin, die uns in Empfang nahm und ins Allerheiligste ihrer Chefin führte.

Das Erste, was mir ins Auge stach, war die lange Reihe von Monitoren, auf denen man das Treiben in den verschiedenen Bereichen des Hotels verfolgen konnte. Es gab Großaufnahmen der Spieltische ebenso wie Weitwinkelansichten der öffentlichen Bereiche. Dann bemerkte ich Maria Kelly, die an dem zum Innenhof hinausgehenden Fenster stand und uns eine Hand entgegenstreckte. Mir sträubten sich die Nackenhaare und ich wollte nicht, dass sie in die Nähe meiner Eltern kam.

»Simon, Sally, ich freue mich so, Sie nach all den Telefonaten endlich persönlich kennenzulernen. Und das muss Sky sein.«

Ihr Lächeln war freundlich, aber ihre Gefühle sprachen eine andere Sprache – ihre Aura war von einem kalten Blau, das Ausdruck von Kalkül war, mit einem Hauch von rötlicher Gewalt. Ich hoffte, dass mein Ge-

sicht nicht den Abscheu spiegelte, den ich bei unserem Wiedersehen empfand. Ich musste so tun, als würde ich mich nicht an sie erinnern.

»Ja, das ist Sky«, sagte Simon. »Vielen Dank für die Einladung.«

Sie bedeutete uns mit einer Geste, dass wir auf den drei Stühlen Platz nehmen sollten, die ihrem Schreibtisch gegenüberstanden. »Ich hoffe, dass Sie dieses Wochenende nutzen können, sich einen Eindruck von meinen Hotels zu verschaffen; welche Klientel wir hier bewirten und welche Art von Kunst ihr gefallen könnte. Wie Sie feststellen werden, reicht unser Zimmerangebot von einfach bis exklusiv und die Vorlieben unserer Gäste sind dementsprechend breit gefächert.«

Dieses Pseudo-Jobangebot war eine einzige Finte – das konnte ich an dem gelben Licht sehen, das sie jetzt umstrahlte. Ihr gefiel es, ein Märchen zusammenzuspinnen, so wie es der Katze gefiel, mit Mäusen zu spielen.

»Ich habe ein umfassendes Programm für Sie zusammengestellt und einer meiner Assistenten ist damit beauftragt, Ihnen Ihren Aufenthalt so angenehm wie möglich zu gestalten. Aber natürlich muss das alles in den Ohren Ihrer Tochter äußerst langweilig klingen.«

»Sky wird uns sehr gerne Gesellschaft leisten«, sagte Sally. »Sie wird nicht stören.«

»Nein, nein, das wird nicht nötig sein. Ich dachte mir, Sie hätte vielleicht Lust zu erkunden, was Vegas für junge Leute zu bieten hat.«

Simon rutschte auf seinem Sitz hin und her. »Also, Mrs Toscana, das ist wirklich sehr freundlich von Ihnen,

aber Sie wissen ja, was Sky kürzlich erst durchgemacht hat; wir wollen sie an einem fremden Ort nicht gern allein lassen.«

»Aber natürlich, darum habe ich auch meinen jüngeren Bruder gefragt, ob er sich etwas Zeit für Sky nehmen könnte. Die beiden werden ein Menge Spaß zusammen haben. Vielleicht können sie sich ja eine Nachmittagsshow ansehen. Der Cirque du Soleil ist atemberaubend, das sollte sie sich auf keinen Fall entgehen lassen!«

Sean Kellys Vorstellung von Spaßhaben war, sich meine Emotionen einzuverleiben und in meinem Kopf Verwirrung zu stiften. Das war also der Plan: mich Sean zum Fraß vorwerfen, während meine Eltern durchs Hotel geschleust wurden. Ich konnte nur hoffen, dass Victor und Zed alles mitbekamen und rechtzeitig einschritten, bevor es zu spät wäre.

»Hast du Lust dazu, Schatz?«, fragte Sally.

»Ja, klingt gut«, erwiderte ich, brachte es aber einfach nicht über mich, Maria zu danken.

»Schön.« Feine Fältchen bildeten sich um Sallys Augen, als sie erleichtert lächelte. »Dann treffen wir uns heute Abend hier zum Abendessen wieder.«

»Wir werden in meinem privaten Speisezimmer essen, wo Sie dann auch die anderen leitenden Angestellten kennenlernen können.« Maria lächelte und entblößte ihre sündhaft teuren Zähne. »Aber vielleicht möchte Sky auch viel lieber mit Sean einen Burger essen gehen. Er wartet draußen auf dich. Ich habe noch ein paar geschäftliche Dinge mit deinen Eltern zu besprechen, Sky. Am besten gehst du schon mal los.«

»Gut.« Sie war so ein Aas; sie schickte mich mit diesem Kotzbrocken los und tat dabei noch so, als würde sie mir einen Gefallen tun. »Wir sehen uns später.«

»Lass dich einfach treiben«, sagte Simon gut gelaunt. »Komm zurück, wenn du genug hast, mein Schatz.«

Zögernd erhob ich mich. Das einzig Gute an diesem Plan war, dass meine Eltern außerhalb der Gefahrenzone wären. Ich vergewisserte mich, dass mein neues Handy in meiner Hosentasche steckte. Victor hatte es mir heute Morgen gegeben und gesagt, er habe seine Nummer für den Notfall eingespeichert. »Ich rufe dich an, wenn ich mit der Besichtigungstour fertig bin, Simon.«

»Lass dir ruhig Zeit, wenn du Spaß hast.« Sally lächelte Maria verschwörerisch an.

Dass es mir Spaß machen würde, war eher unwahrscheinlich, es sei denn, ich würde erleben können, wie man unseren Gastgebern Handschellen anlegte.

Ich hatte vollkommen vergessen, wie abstoßend Sean in natura war. Und das lag nicht an seinem Übergewicht – das hätte ihn auch gemütlich und freundlich wirken lassen können –, sondern an seinen feuchten Händen, seinem schmierigen Lächeln und dem lächerlichen Schnurrbart, der völlig deplatziert aussah.

»Sky Bright? Ich freue mich, dich kennenzulernen.« Er streckte mir eine Hand hin, die ich ergreifen musste, aber so schnell wie möglich wieder losließ.

»Hi. Du bist Sean, richtig?«

»Ja. Maria hat mich gebeten, dass ich mich ein bisschen um dich kümmere.«

Da könnte ich drauf wetten …

»Was möchtest du als Erstes sehen? Die Spieltische?« Er stiefelte vorneweg zu den Fahrstühlen.

»Darf ich denn schon Glücksspiele spielen? Ich dachte, dafür muss man volljährig sein.«

Er zwinkerte mir zu. »Sagen wir's mal so: Das ist eine Sonderregelung nur für dich. Ich gebe dir ein paar Jetons auf Kosten des Hauses und du kannst ein paar Einsätze machen, ohne auch nur einen Cent deines eigenen Geldes zu verlieren. Und ich bin großzügig – falls du gewinnst, darfst du das Geld behalten.«

»Das ist aber sehr nett von dir.« *Von wegen!*

Er brachte mich zu den Kassen, wo er sich Jetons im Wert von eintausend Dollar geben ließ. »Das ist doch schon mal kein schlechter Anfang.«

»Ich kenne die Regeln der Kartenspiele aber nicht.«

»Dann probieren wir's einfach mit Roulette, das ist kinderleicht.«

Die ganze Angelegenheit war ein einziges Roulettespiel. Schwarz oder Rot? Würden wir gewinnen oder die Kellys?

»Okay. Das klingt gut«, sagte ich mit gespielter Begeisterung.

Im Handumdrehen verlor ich die Hälfte des Geldes, dann hatte ich eine kurze Glückssträhne und gewann ein Viertel davon zurück. Ich konnte mir allmählich vorstellen, wie man nach diesem Spiel süchtig werden konnte. Man hatte immer die Hoffnung, dass die nächste Runde zum eigenen Vorteil ausfiele. Besondere Fähigkeiten waren nicht erforderlich, es war reine Glückssache.

»Noch eine Runde?« Sean harkte meine gewonnenen Jetons für mich zusammen.

»Okay.« Ich setzte fast mein gesamtes Geld in einer Außenseiterwette auf das Feld ›Pair‹.

Ich verlor.

»Hui«, seufzte ich und versuchte, mich nicht darüber zu ärgern, dass das Geld jetzt wieder in die Taschen des Hotels zurückfloss. Das war nur Leprechaun-Gold, wie bei Harry Potter.

Setze alles auf die Fünfzehn, meldete sich Zed.

Ich verbarg mein Grinsen hinter vorgehaltener Hand. Beim Glücksspiel war er natürlich unschlagbar. Ich setzte meine verbliebenen Jetons auf die Fünfzehn. Sean schüttelte den Kopf.

»Bist du dir sicher, Sky? Das ist eine sehr riskante Wette.«

»Ja, ich lebe gerne gefährlich.« Ich grinste ihn frech an. Die anderen Leute lächelten nachsichtig über meinen Anfänger-Übermut.

»Also gut«, sagte ein Vorzeigetexaner mit Stetson auf dem Kopf in seinem gedehnten Texas-Akzent, »wenn diese hübsche junge Dame hier sagt, dass die Fünfzehn Glück bringt, dann setze ich mein Geld auch darauf. Fünfunddreißig zu eins – tolle Auszahlungsquote, wenn man gewinnt.«

Angesichts seiner freundlich orange leuchtenden Aura wusste ich, dass er mir in meinem Leichtsinn nur beistehen wollte, damit ich, ganz nach der Devise geteiltes Leid ist halbes Leid, am Ende, wenn ich alles verlieren würde, nicht so niedergeschlagen wäre.

»Vertrauen Sie mir«, sagte ich ihm. »Ich habe ein gutes Gefühl dabei.«

Lachend schob er einen ansehnlichen Haufen Jetons auf die Fünfzehn. Spontan riskierten noch ein paar weitere Spieler einen oder zwei Jetons auf dasselbe Feld zu setzen.

Mit selbstsicherem Lächeln setzte der Croupier das Rouletterad in Bewegung und warf die Kugel gegen die Drehrichtung in den Zylinder.

»Dein erstes Mal, Kleine?«, fragte mein Cowboy und hängte seine Daumen in den Gürtel.

»Ja.«

»Du hast einen hübschen Akzent.«

»Ich komme aus England.«

»Freut mich sehr, dich kennenzulernen. Also, kleine Dame, nicht traurig sein, wenn du dein Geld verlierst … betrachte es einfach als eine Lektion. Ich wünschte, mir wäre eine erteilt worden, als ich in deinem Alter war. Ich könnte jetzt eine nette kleine Immobilie in Florida mein Eigen nennen, hätte ich mein Geld nicht an Orten wie diesem hier verjubelt.«

Ich nickte und lächelte und richtete mein Augenmerk wieder auf das langsamer werdende Rad. Er hatte ja keine Ahnung, dass er seinem Alterssitz gleich einen Schritt näher kommen würde.

Die Kugel hüpfte, klackerte, dann fiel sie in ein Nummernfach. Der Croupier blickte hinunter und schluckte. »Fünfzehn schwarz!«

Alle am Tisch schnappten hörbar nach Luft, außer mir. Dann …

»Ji-Ha!« Der Texaner warf seinen Hut in die Luft. Als Nächstes riss er mich hoch, wirbelte mich einmal im Kreis herum und küsste mich auf beide Wangen. »Das Glück ist eine Dame, und hier steht sie!«

Die Gewinnsummen von uns beiden waren beeindruckend. Ich stand mit fast fünftausend Dollar vom Tisch auf, der Cowboy mit mehreren Hunderttausend, sehr zu Seans Entsetzen.

»Versprechen Sie mir, es für ein Haus in Florida auszugeben?«, fragte ich den Texaner, der sich mir als George Mitchell der Dritte vorstellte.

Ich konnte bereits vor mir sehen, wie er das ganze Geld bei einem weiteren gewagten Wetteinsatz den Kellys wieder in den Rachen warf.

»Versprochen, Kleine. Mehr als das, ich werde die Hütte sogar nach dir benennen. Wie heißt du?«

»Sky Bright.«

»Perfekt. Bright Skies, ich komme.« Er schwenkte zum Abschied seinen Hut und marschierte zu den Kassen, zog dabei im Gehen seine Hose am Gürtel hoch.

Zocker sind eine abergläubische Bande und so wurde ich von allen Seiten mit der Bitte um einen Tipp für das nächste Spiel bestürmt. Sean zog mich am Arm fort.

»Ich glaube, wir sollten jetzt mal losgehen«, sagte er mit leiser Stimme und zornesrot pulsierender Aura.

»Okay. Wie du meinst«, flötete ich.

»Ich werde dafür sorgen, dass du das Geld erhältst. Ist ein Scheck okay?«

»Ähm … aber bitte auf meine Eltern ausstellen. Ich habe noch kein eigenes Bankkonto in den USA.«

»In Ordnung.« Sein fester Griff um meinen Arm war ziemlich unangenehm und deutete darauf hin, dass er allmählich die Kontrolle über sich verlor. Er versuchte, einen Witz daraus zu machen. »Ich muss dich schleunigst hier rausschaffen, bevor du noch die Bank sprengst. Wie wäre es, wenn du zur Abwechslung ein paar unserer Konkurrenten in den Ruin treibst?«

Hieß das etwa, er hatte mich im Verdacht, dass ich mithilfe meiner Savant-Kräfte am Roulettetisch gewonnen hatte?

»Ich glaube, mir reicht's für heute. Anfängerglück und so. Ich will's nicht übertreiben.«

Er hatte sich wieder gefasst und war ganz der Alte. »Okay, dann wollen wir jetzt mal einen Happen essen gehen. Im obersten Stockwerk haben wir ein ausgezeichnetes Restaurant mit Blick über den Red Rock Canyon. Ich gehe nur mal eben schnell deine Jetons abgeben.« Er verschwand in Richtung Kassen, strotzend von Genugtuung. Mir war klar, dass er nicht die leistete Absicht hatte, mir auch nur einen Cent des Geldes zu geben.

Ich konnte nicht widerstehen, mich zu vergewissern, ob Zed noch immer zuhörte, auch wenn es riskant war. Maria Kelly war bestimmt gerade vollauf beschäftigt. *Hörst du mich?*

Ja. Ich muss noch immer wegen des Roulettes lachen – gut gemacht, Schatz. Ich konnte es mir einfach nicht verkneifen, dir diesen Tipp zu geben. Victor fand's nicht so lustig.

Seine Stimme in meinem Kopf zu hören, gab mir

Sicherheit und minderte meine Angst. *Einer meiner glanzvolleren Momente, dank dir.*

Es folgte eine Pause. *Ich muss mich beeilen. Victor sagt, dass Daniel Kelly da oben ist. Vielleicht ist es ja jetzt schon so weit.*

Meinst du, sie werden wieder versuchen, meine Erinnerungen zu löschen?

Wahrscheinlich ja. Aber das lassen wir nicht zu. Denk an deine Abschirmung! Wir gehen jetzt in Position, wir haben ein Team auf der Etage, getarnt als Putzkolonne.

Wo bist du?

Ganz in deiner Nähe. Wir hören jetzt besser auf mit Reden, für den Fall, dass Sean etwas mitkriegt.

Ich glaube nicht, dass er dazu in der Lage ist, aber vielleicht ist ja Maria hier irgendwo in der Nähe. Sie ist von den beiden der mächtigere Savant, würde ich sagen.

Dann müssen wir jetzt Schluss machen. Sei auf der Hut!

Ja, du auch.

Kapitel 25

Die Fahrt im Aufzug ins oberste Stockwerk verlangte mir viel ab. Ich musste verbergen, dass mir vor Anspannung speiübel war, während ich mich noch lebhaft daran erinnerte, was das letzte Mal passiert war, als ich mit Daniel Kelly und seinem Sohn allein gewesen war.

»Und, worauf hast du Appetit? Sie machen ein echt gutes Club-Sandwich«, sagte Sean und rieb sich die Hände. Es fehlte nur noch, dass er einen schwarzen Umhang trug und »Muah-ha-ha« gackerte, und er hätte einen filmreifen Fiesling abgegeben. Für mich war er nur ein armes Würstchen.

»Ähm, ja, das klingt toll.«

»Gefällt dir Las Vegas?«

»Es ist einmalig.«

Er kicherte. »Das ist es auf jeden Fall. Ein riesengroßer Spielplatz für Erwachsene.«

»Gehst du aufs College?«

»Nein. Ich bin gleich ins Familienunternehmen eingestiegen.«

»Hotels?«

»Und andere Branchen.«

Es waren die anderen Branchen, die er bevorzugte – Verbrechen und Gewalt. Ich konnte spüren, dass er von sich selbst meinte, in Daddys Fußstapfen zu treten. Er war ziemlich erbärmlich, hatte nichts von dieser klaren Härte seines Vaters oder seiner Schwester. Er machte mir nur dann wirklich Angst, wenn er damit drohte, meine Emotionen abzuzapfen.

Die Türen des Fahrstuhls öffneten sich auf einem nur allzu vertrauten Flur. Unwillkürlich zögerte ich, bevor ich ausstieg.

»Gibt's ein Problem?«

»Äh … nein, nur ein kurzer Déjà-vu-Moment.«

Er strich sich über den Schnurrbart, um sein Grinsen zu verbergen. »Dieses Gefühl kenne ich. Hör mal, Sky, ich würde dich gerne kurz meinem Vater vorstellen; er ist der Firmenboss. Das dauert nur einen Augenblick. Einverstanden?«

Ich schob meine Hände in die Hosentaschen und senkte kurz den Blick, um mich zu vergewissern, dass das Mikro in meinem Ausschnitt auch wirklich nicht zu sehen war. »Okay.«

Ich tue das für Zed, sprach ich mir selbst Mut zu, als ich Sean ins Konferenzzimmer folgte.

Daniel Kelly wartete am Kopf des Tisches sitzend, so wie an jenem Tag vor ein paar Wochen. »Ah, Sky, schön, dich wiederzusehen.« Er erhob sich und ließ die Tür mithilfe von Telekinesie zuschwingen.

Das Schloss klickte.

Was? Er machte sich noch nicht mal die Mühe zu verheimlichen, dass er ein Savant war.

»Kennen wir uns?«, fragte ich und hoffte, dass mein Erstaunen glaubhaft wirkte.

»Du kannst das Getue jetzt sein lassen. Ich bin mir vollkommen im Klaren darüber, dass dich das FBI geschickt hat, in der vergeblichen Hoffnung, dass wir uns strafbar machen. Aber das wird nicht passieren.«

Warum sagte er das dann? Ich blickte rasch auf meinen Ausschnitt.

»Das Mikro kannst du getrost vergessen. Maria sorgt für entsprechende Störfelder. Sie empfangen nur ein statisches Rauschen. Sean, wo bleiben deine Manieren? Bitte bringe unseren Gast an seinen Platz.«

Sean umfasste meine Schulter und bugsierte mich in einen Stuhl, der separat am Fenster stand.

»Was empfängst du von ihr?« Daniel Kelly stand mit verschränkten Armen da und trommelte ungeduldig mit den Fingern.

»Die eitle Selbstgefälligkeit ist dahin.« Sean atmete tief ein. »Angst, köstliche Angst.«

»Nimm dir, so viel du magst«, sagte sein Vater. »Sie hat schon genug Schaden angerichtet mit ihren Mätzchen vorhin im Kasino.«

Mich schauderte, als sich Sean zu mir herunterbeugte und seine Wange an meiner rieb. Ich fühlte mich wie ein Reifen, in den ein Loch gerissen wurde – die Luft wich heraus. Und alles, was ich von Victor gelernt hatte, löste sich in Nichts auf; ich konnte mich nicht mehr daran erinnern, was ich tun sollte. Die Angst eskalierte; ich

zitterte unkontrolliert. Aber am schlimmsten von allem war, dass ich Zed nicht mehr bei mir spüren konnte. Die furchtbarsten Momente meines Lebens drängten an die Oberfläche: der Streit meiner Eltern, Phils Prügel, die Aussetzung auf dem Parkplatz, der Beschuss im Wald, das Lagerhaus.

»Köstlich!«, murmelte Sean. »Sie ist wie ein alter Wein – intensiv, berauschend.«

Daniel Kelly entschied, dass sein Sohn genug geschwelgt hatte. »Hör jetzt auf, Sean. Ich will sie bei Bewusstsein haben.«

Sean hauchte mir einen verschwitzten Kuss aufs Kinn und erhob sich. Ich fröstelte und fühlte mich ausgelaugt, ein Teil meiner Kraft war zusammen mit den Emotionen abgeflossen. Ich schlang die Arme um den Körper.

Denk nach, befahl ich meinem geborstenen Geist. *Du kannst etwas tun. Schloss Windsor.*

Aber meine Abschirmung war wie ein Kartenhaus, das bei der ersten Erschütterung zusammenfiel.

»Wenn mich nicht alles täuscht, wird das FBI versuchen, Zugang zu diesem Trakt zu bekommen, wir haben also nicht viel Zeit. Bedauerlicherweise wirst du Amok laufen, Sky, deine angeschlagene Psyche hat dich total aus der Bahn beworfen. Du wirst diese Waffe nehmen«, er wies auf eine Pistole, die auf dem Tisch lag, »und damit im Kasino auf unschuldige Menschen schießen. Das FBI wird dich töten müssen, um dich aufzuhalten – du wirst ihr Bauernopfer sein. Ist das nicht poetisch?«

»Das werde ich nicht tun.«

»Doch, das wirst du. Natürlich werden sie die Wahrheit erahnen, aber es wird keine Beweise geben, denn du bist ja tot.«

»Nein.«

»Wie tragisch für die Benedicts.« Er hockte auf der Tischkante und warf einen Blick auf seine Uhr. »Weißt du, Sky, ich bin zu dem Schluss gekommen, dass ich mich am besten an ihnen rächen kann, indem ich sie instrumentalisiere, um sie unschuldige Menschen töten zu lassen. Mit diesem Wissen müssen sie dann leben. Das wird ihnen so schwer zu schaffen machen, dass sie für das FBI nicht mehr zu gebrauchen sind.«

Ich musste mich am Riemen reißen. Victor hatte mir eingebläut, was ich tun sollte, wenn man gewaltsam auf meinen Verstand zugreifen wollte. Und das musste ich jetzt umsetzen, denn schließlich stand diesmal nicht nur mein Leben auf dem Spiel. Ich konnte mir nichts Schlimmeres vorstellen, als für den Tod anderer Menschen verantwortlich zu sein. Er würde mir so etwas nicht antun. Ich würde es nicht zulassen.

Ich umklammerte die Armlehnen meines Stuhls und begann, meine Kräfte aufzurufen. Der Tisch wackelte; eine Glaskaraffe ruckelte an die Kante und krachte auf den Fußboden; die Fensterscheibe bekam einen Riss, der sich bis oben an die Decke fortpflanzte.

»Hör auf!«, sagte Kelly scharf und ohrfeigte mich. »Maria! Sean, mach sie leer!«

Maria stürzte ins Zimmer, als sich Sean erneut über mich beugte. Diesmal spürte ich ihn, bevor er begann, meine Gefühle abzusaugen. Ich sandte eine Woge des Zorns aus, die ihn direkt am Kinn traf. Er prallte zurück.

»Was zum …!« Sean fasste sich an den Kopf, Blut tropfte ihm aus der Nase. »Du kleine Hexe!«

»Maria, tu was!«, befahl Daniel Kelly, als die Paneele von der Decke zu Boden knallten.

Maria reckte mir ihre Hände mit einer Einhalt gebietenden Geste entgegen. Es fühlte sich an, als würde ich mit dem Fahrrad in ungebremster Fahrt einen Hügel hinunter gegen eine Wand rasen. Ich wurde mitsamt Stuhl zurückgeworfen und landete auf dem Boden. Mein Vorstoß war beendet.

»Unser kleines Savant-Mädchen hat offensichtlich geübt, seine Kräfte zu benutzen.« Mit einem lässigen Winken richtete Kelly meinen Stuhl wieder auf. »Aber du glaubst doch wohl nicht im Ernst, dass du es mit uns dreien aufnehmen kannst, oder? Nein, ich sehe es in deinen Augen, dass du noch immer auf deine Kavallerie hoffst, die dich im Galopp retten soll. Aber ich habe schlechte Neuigkeiten für dich: Sie werden nicht kommen. Die gesamte Etage ist abgeriegelt und sie haben keinen Durchsuchungsbefehl. Bis sie den erwirkt haben, wird im Kasino das Drama bereits seinen Lauf genommen haben.« Er nahm meinen Kopf fest zwischen seine Hände und drückte zu. »Und jetzt lehn dich zurück und entspanne dich. Es wird nicht lange dauern.«

Als Nächstes nahm ich wieder wahr, wie ich den Fahrstuhl verließ und die Hotellounge betrat. Ein Klavierspieler saß am Piano und sang schmachtend ein Liebeslied. Aber ich liebte niemanden. Ich wollte sie alle erschießen, oder?

Ich marschierte ins Kasino, die Pistole steckte unter meinem T-Shirt hinten im Hosenbund.

»Hey, da ist ja mein kleiner Glücksbringer!« George Mitchell der Dritte stürzte auf mich zu.

»Was machen Sie noch hier, George?«, fragte ich ihn. Sollte ich ihn auch töten? Ich spürte, wie mir ein Schweißtropfen übers Gesicht lief. Ich wischte ihn weg.

»Ich wollte nur von den Spieltischen Abschied nehmen. Ich habe dir ja geschworen, nie wieder herzukommen, und ich halte mein Wort.«

»Das ist gut, George. Sie sollten jetzt besser gehen.«

»Ja, ich sattle auf und reite nach Hause.« Er tippte sich an die Hutkrempe, dann musterte er mich mit zusammengekniffenen Augen. »Du siehst aber nicht so gut aus, Kleine.«

»Ich fühle mich ein bisschen komisch.«

»Leg dich mal hin und ruh dich aus. Kann ich dir irgendwas bringen?«

Ich rieb mir über die Stirn. Ich wollte jemanden bei mir haben. Zed. Er war in der Nähe.

»Deine Eltern?«

Künstler. Kunst. *Du verstehst ja was von Kunst*. Die Alten Meister. Schichten. Es war wichtig, aber ich konnte mich nicht mehr erinnern, warum. Bilder flatterten mir durch den Kopf, so als würde der Wind in ein Comicheft hineinblasen und wahllos irgendwelche Seiten aufblättern.

»Mir geht's gut. Ich gehe gleich auf mein Zimmer.«

»Mach das, Kleine. Hat mich wirklich gefreut, dich kennenzulernen.«

»Ja, George, mich auch.«

Er drehte mir den Rücken zu und ging breitbeinig davon.

Erschieße ihn.

Nein!

Nimm die Pistole und erschieß ihn.

Meine Hand fasste nach der Pistole im Hosenbund, die Finger schlossen sich um den Griff und zogen die Waffe heraus. Dann schrie jemand – Maria Kelly stürzte zum Sicherheitswachmann und zeigte mit dem Finger auf mich.

»Sie hat eine Waffe!«, kreischte sie.

Ich blickte auf meine Hand hinunter. Tatsächlich. Ich sollte jetzt losrennen und mit dem Ding wahllos herumballern.

Mach schon.

Die Alten Meister. Gefälschte Erinnerungen. Kratze die Schicht herunter.

Der Wachmann löste Alarm aus. Ich stand unschlüssig in der Mitte des Kasinos, während die Zocker ringsum in Deckung gingen. Ein Spielautomat spuckte einen Schwall Plastikmarken aus, aber keiner saß auf dem Hocker davor.

»Mensch, Kleine, du willst doch nicht etwa mit dem Ding schießen!«, rief George zu mir herüber, der Schutz suchend hinter dem Flipper kauerte.

Mein Hirn schrie mich an, endlich loszulegen. Ich konnte nicht anders – ich richtete die Mündung zur Decke und drückte den Abzug. Der Rückstoß war so heftig, dass er mein Handgelenk stauchte. Ein Kron-

leuchter zersprang. Wie hatte ich das tun können? Ich war in einem Albtraum gefangen und hatte weder meinen Körper noch mein Gehirn unter Kontrolle.

Das reicht – jetzt ziele auf die Leute.

Nein, das war falsch. Ich hasste Waffen. Ich starrte hinunter auf das große schwarze Ding in meiner Hand, als wäre es ein bösartiges Krebsgeschwür. Ich wollte sie fallen lassen, aber mein Verstand beschwor mich, das Feuer zu eröffnen.

Dann stürmte das FBI das Kasino und die Wachleute mussten das Feld räumen. Ich gab bestimmt ein merkwürdiges Bild ab, wie ich da so allein in der Mitte des Raums stand, umgeben von zerstreuten Spielkarten und Jetons, mit dem Ticken eines Rouletterades im Hintergrund, ohne Anstalten zu machen, mich zu verteidigen.

»Lass die Waffe fallen, Sky!«, rief Victor. »Du willst das nicht tun. Du bist nicht du selbst.«

Ich versuchte, die Pistole loszulassen, aber meine Finger wollten sich nicht öffnen, mein Gehirn setzte sich über den Befehl hinweg.

Richte die Waffe gegen dich selbst. Drohe, dich zu erschießen, wenn sie näher kommen. Daniel Kellys Worte zwangen die Mündung unter mein Kinn.

»Nicht näher kommen!«, sagte ich mit zittriger Stimme.

Links von mir ertönte ein Schrei. Wachleute hielten gewaltsam meine Eltern zurück, die versuchten, zu mir zu kommen.

»Sky, was tust du da?«, rief Sally, alle Farbe war aus ihrem Gesicht gewichen.

»Komm schon, Schatz, lass die Waffe fallen. Du brauchst Hilfe. Keiner wird dir wehtun – wir holen dir Hilfe«, bettelte Simon verzweifelt.

Aber ihre Worte drangen nicht zu mir durch. Viel deutlicher war das Flüstern, dass ich der Sache ein Ende setzen und die Benedicts dafür bestrafen solle, wie sie mich benutzt hatten.

»Zurück! Keiner kommt auch nur einen Schritt näher!« Mein Finger spannte den Abzug. Es schien keine andere Lösung zu geben.

Dann trat Zed hinter Victor hervor und schüttelte seinen Bruder ab, als dieser versuchte, ihn zurückzuhalten.

»Sie wird nicht auf mich schießen«, erklärte er ruhig, doch seine Aura loderte rot vor Zorn.

War er wütend auf mich? Ich hatte doch gar nichts gemacht, oder doch?

Nein, er war nicht wütend auf mich. Auf jemand anders. Die Kellys.

Zed kam auf mich zu. »Jetzt stelle ich mich schon zum zweiten Mal für dich in die Schusslinie. Allmählich sollten wir uns mal einen anderen Kick überlegen.«

Machte er sich über mich lustig? Ich drohte damit, mich umzubringen, und er riss Witze? So war es nicht geplant gewesen. Die Leute sollten in Panik auseinanderspritzen und ich sollte im Kugelhagel sterben.

»Du solltest nicht hier sein, Zed.« Inmitten dieses Wahnsinns lechzte ich nach irgendetwas, das einen Sinn ergab, und sog seinen Anblick in mich auf: breite Schultern, markante Gesichtszüge, dunkle, blaugrüne Augen.

»Sky, du musst einfach verstehen, dass ich jetzt, wo ich dich gefunden habe, nicht mehr fortgehen werde. Und ganz tief in deinem Inneren willst auch du, dass ich bleibe. Seelenspiegel verletzen einander nicht. Denn das wäre so, als würden wir uns selbst verletzen.«

»Seelenspiegel?« Was tat ich hier eigentlich? Der innere Zwang, den Abzug zu drücken, schmolz dahin wie Eis in der Sonne. Der ganze Auftritt hier fühlte sich falsch an, denn er entsprang nicht meinem Drehbuch. Mein Schicksal, Zed, stand vor mir und seine Liebe zu mir war so stark, dass er sogar riskierte, von mir erschossen zu werden. Seelenspiegel. Die Kellys hatten nicht gewusst, dass ich über eine Kraft verfügte, gegen die sie nicht ankommen konnten; ich war bereits gefunden worden – ich hatte es geschafft, dieses Geheimnis bis zuletzt vor ihnen zu verbergen, als sie bereits alle meine Abschirmungen zerstört hatten. Indem ich meinen Seelenspiegel anerkannte, stieß ich durch die übermalten Schichten meines Geistes hindurch mit einer Wucht, der selbst ein erfahrener Savant nichts entgegensetzen konnte.

Auf einmal war alles sonnenklar. Meine Finger lösten sich vom Griff der Pistole und ich ließ sie zu Boden fallen.

Ich zuckte kurz zittrig mit den Achseln.

»Ähm … was soll ich sagen? Entschuldigung?«

Zed rannte die letzten Meter und riss mich in seine Arme. »Die Kellys hatten dich wohl wieder in der Mangel?«

Ich barg meinen Kopf an seiner Brust. »Ja, das stimmt.

Ich sollte dich bestrafen, indem ich mich selbst umbringe oder mich vom FBI erschießen lasse.«

»Ganz schön clever – aber mein Mädchen kriegen sie nicht klein.«

»Um ein Haar wär's ihnen gelungen.«

»Nein!« Daniel Kelly stürmte in Begleitung von Maria und Sean ins Kasino, begierig auf einen Trostpreis, da ihm der Hauptgewinn durch die Lappen gegangen war. »Ich werde gegen dieses Mädchen Anzeige erstatten. Sie hat meine Gäste mit einer Schusswaffe bedroht, hat mein Eigentum beschädigt und den Spielablauf gestört. Nehmen Sie sie fest!«

Meine Eltern waren ein paar Sekunden vor den Kellys bei mir.

»Was ist hier los, Sky?« Simon machte ein Gesicht, als wollte er jeden Moment auf Mr Kelly losgehen.

»Sally, Simon, darf ich vorstellen – Daniel Kelly und Familie. Sie sind die Drahtzieher hinter meiner Entführung und haben heute Nachmittag versucht, mich einer Gehirnwäsche zu unterziehen, um mich so zu manipulieren, dass ich hier im Kasino eine Schießerei anfange.«

»Das Mädchen ist verrückt. Sie hat bereits einen Monat in einer Nervenheilanstalt verbracht. Sie ist vollkommen unglaubwürdig.« Daniel Kelly zückte seinen BlackBerry und rief seine Anwälte an. »Sie gehört zum Schutz der Allgemeinheit eingesperrt!«

Victor sammelte die Waffe mit einem Taschentuch auf und stopfte sie in eine Plastiktüte.

»Sehr interessant, Mr Kelly, aber ich muss Ihnen widersprechen. Ich glaube, Sky hat recht, wenn sie sagt, dass Sie sie manipuliert haben.«

»Meinen Sie etwa, er hat sie unter Drogen gesetzt oder hypnotisiert oder so was?«, fragte Sally bestürzt.

»Ganz genau, Ma'am.«

»Dafür haben Sie keinerlei Beweise«, höhnte Maria Toscana, die Schulter an Schulter neben ihrem Vater stand. »Wir allerdings haben eindeutige Bilder von der Überwachungskamera, wie dieses Mädchen hier hereinstürmt und wild um sich schießt. Wem von uns beiden wird der Richter wohl glauben?«

»Sky.« Victor grinste wölfisch. »Wissen Sie, ich bin dahintergekommen, dass Sie sich Agentin Kowalski geschnappt haben, als sie Sie damals im Oktober beschatten sollte. Da sie meine Partnerin ist, konnten Sie wohl einfach nicht widerstehen, was? Sobald ich wusste, wer das Leck innerhalb des FBI war, wusste ich, dass Kowalski Ihnen verraten würde, dass wir Sky mit einem Abhörmikro ausgestattet hatten. Kowalski hatte keine Ahnung, welches Spiel Sie mit ihr trieben, was?«

»Ich sage gar nichts dazu«, erklärte Kelly mit zusammengebissenen Zähnen.

»Sehr gut, weil ich noch umso mehr zu sagen habe. Kowalski hatte Sky mit dem Mikro ausgerüstet, das Sie sabotiert haben, aber sie wusste nichts von dem Aufnahmegerät in Skys Handy.« Er zog das Handy aus meiner Gesäßtasche heraus und klopfte mit dem Finger dagegen. »Jedes Wort, das Sie zu Sky gesagt haben, wurde für den Richter und die Geschworenen aufgezeichnet. Ist bestimmt aufschlussreich, sich das anzuhören.«

»Ich verlange meinen Anwalt.«

Victors Grinsen wurde breiter. »Hervorragend. Meine vier Lieblingsworte. Daniel Kelly, Maria Toscana Kelly, Sean Kelly, ich nehme Sie fest wegen Entführung und Verschwörung zum Mord. Sie haben das Recht zu schweigen …«

Sechs Polizisten in Uniform traten vor und legten den Kellys Handschellen an, während Victor ihnen weiter ihre Rechte verlas. Zed führte mich ein Stück abseits, nahm mich fest in die Arme und wiegte mich eine Weile hin und her.

»Klingt das nicht wie Musik in deinen Ohren, wie er ihnen ihre Rechte verliest?«, flüsterte er mir zu und küsste meinen Hals an genau derselben Stelle, die Sean beschlabbert hatte. Doch jetzt war ich in Sicherheit. Ich war zu Hause.

»Ich hoffe, man sperrt sie ein und wirft den Schlüssel zu ihrer Zelle weg.«

»Wenn ich mir so Victors Gesichtsausdruck ansehe, glaube ich, dass er diesbezüglich ziemlich zuversichtlich ist.«

»Wusstest du von dem Handy?«

»Ja, aber ich konnte es dir nicht sagen, sonst wären die Kellys womöglich in deinem Geist auf diese Information gestoßen.«

Ich legte meine flache Hand auf seine Brust und lauschte dem gleichmäßigen Schlag seines Herzens. Zwar zitterte ich noch immer, doch ganz allmählich fiel die Anspannung von mir ab. »Dann sei dir verziehen.«

»Ich hätte mir nie träumen lassen, dass sie so weit gehen und dich dazu bringen würden, etwas Derartiges zu tun, Schatz.« Er zeigte auf das Chaos, das ich im Kasino angerichtet hatte.

»Ich habe gar nichts getan. Na ja, abgesehen von dem zerschossenen Kronleuchter, aber der war doch sowieso eine Beleidigung fürs Auge. Im Grunde genommen habe ich den Leuten nur einen Gefallen getan.«

»Geht's dir wirklich gut?«

»Ja. Das letzte Mal hat mir Uriel geholfen, Wahrheit und Lüge zu trennen; diesmal konnte ich das Unwahre erspüren und dank unserer Seelenspiegelkräfte wurde mir alles ziemlich schnell klar. Allerdings habe ich jetzt einen gewaltigen Brummschädel. Und ich habe das Penthouse ordentlich demoliert …«

»Ja, das haben wir gemerkt. Ich bin schwer beeindruckt. Für deine ein Meter fünfzig und ein paar Zerquetschte hast du übrigens einen ziemlichen Schlag am Leib.«

Ich hob den Blick und sah, wie die Kellys abgeführt wurden. »Man muss sicherstellen, dass Daniel Kelly seine Gabe nicht einsetzt, um sich und die anderen aus dem Gefängnis rauszuholen.«

»Das hat Victor schon auf dem Schirm. Er hat bereits Vorkehrungen getroffen, damit Kelly sich niemanden krallen kann.«

»Und was ist mit den beiden Kellys, die aus dem Gefängnis entwischt sind?«

Zed zerwühlte mein Haar. »Ach, komm schon, Sky, drei Verhaftungen an einem Tag sind für den Anfang

doch nicht schlecht. Die erwischen wir noch früher oder später. Viel wichtiger ist, wann du endlich aufhörst, vor mir wegzulaufen?«

Ich legte meinen Kopf an seine Brust. »Weglaufen?«

»Wir sind nicht so wie deine biologischen Eltern. Wir kriegen hin, dass es funktioniert. Vertrau mir einfach. Bitte.«

Wie wir da so friedlich inmitten des Chaos standen, atmete ich tief diesen Duft ein, den er verströmte, nach würziger Seife und etwas, das durch und durch einfach nur er war. Bei ihm kam ich zur Ruhe. Wie dumm war ich gewesen zu glauben, dass ich ohne ihn überleben könnte. Meine Ängste hatten mich blind gemacht für diese Kostbarkeit, die ich um ein Haar einfach weggeworfen hätte. »Ich glaube, ich habe aufgehört wegzurennen, als du dich vor mich gestellt hast, um mich zu schützen. Ich bin gegen meinen eigenen Schutzwall angerannt.«

Er drückte mir einen Kuss auf den Scheitel. »Und ich rühre mich nicht vom Fleck.«

»Okay, du bist mein Seelenspiegel. Da – ich hab's gesagt.«

Er erschauerte erleichtert. »Und, hat's wehgetan?«

»Ja, sehr.«

»Hast du Angst?«

»Und wie!«

»Brauchst keine zu haben. Grund zum Angsthaben gäbe es nur, wenn wir nicht zusammenblieben.«

Sally und Simon kamen zu uns herüber in Begleitung meines neuen texanischen Freundes.

»Dieser Gentleman hier hat uns erzählt, was passiert ist«, sagte Sally und musterte mich eindringlich.

»Mir geht's jetzt wieder gut, Sally. Victor wird euch alles erklären, sobald er zurück ist.«

George nickte wissend. »Das war das Unglaublichste, was ich je erlebt habe, Mrs Bright. Ich wusste, irgendwas stimmt nicht mit Ihrem Mädel, in dem Augenblick, in dem ich ihre Augen gesehen habe, total leblos. Das erinnerte mich an eine Shownummer, die ich einmal in der Paradise Lounge gesehen habe. Der Hypnotiseur hatte einen Mann aus dem Publikum dazu gebracht, genau wie Elvis zu singen, bis er dann mit den Fingern schnippte und der Spuk vorbei war.« Er zwinkerte mir zu. »Aber dich konnten diese miesen Typen nicht dazu bewegen, etwas zu tun, was gegen dein Gewissen gegangen wäre, stimmt's, Sky?«

»Ich schätze, nein, George.«

»Da siehste mal. Hypnose hat eben auch ihre Grenzen.« Er tätschelte mir großväterlich die Hand. »Und jetzt ruh dich ein bisschen aus, Sky.«

»Und Sie nehmen Ihr gewonnenes Geld und halten sich von den Spieltischen fern.« Ich zeigte auf den Ausgang.

Er tippte sich an den Hut. »Jawohl, Ma'am. In Florida wartet ein Ferienhaus auf mich, das deinen Namen trägt.«

Als er fortgegangen war, wandte ich mich meinem Dad zu. »Und, willst du immer noch nach Vegas ziehen?«

Simon blickte Sally an, dann Zed und mich. »Ich glaube, die Antwort lautet Nein – ein dickes fettes Nein.«

Epilog

Zu meinem großen Entsetzen tauchten Fotos von mir in der Zeitung auf, die mich im Kasino zeigten, wie ich auf den Kronleuchter schoss. Daniel Kellys Verhaftung war so eine Mega-Nachricht, dass jede Einzelheit darüber Schlagzeilen machte. Allerdings fiel die Erklärung, was ich da eigentlich genau machte, begreiflicherweise ziemlich wirr aus; die meisten Berichte stellten mich als FBI-Spitzel dar, der im Rahmen einer Undercover-Ermittlung die verbrecherischen Machenschaften der Kelly-Familie aufgedeckt hatte. Das war zwar eine abenteuerliche Story, aber in der Schule, wo mich jeder kannte, glaubte davon natürlich keiner ein Wort.

»Hey, Sky!«, rief Nelson und sprang mich förmlich auf dem Korridor an. »Was zum Teufel hast du letztes Wochenende in Las Vegas gemacht?«

Die Benedicts und ich hatten uns gemeinsam eine Geschichte zurechtgelegt, die mein merkwürdiges Verhalten erklären sollte. Nelson war der Erste, an dem ich sie ausprobierte.

»Ach das?« Ich lachte dünn. »Unglaublich, was sie in den Zeitungen schreiben, was? Das war doch nur eine gestellte Szene für einen britischen Fernsehsender. Sie hatten mich gefragt, ob ich bei einer Dokumentation über bewaffnete Kriminalität mitspielen würde. Das Timing war allerdings erdenklich schlecht, da wir zur selben Zeit vor Ort waren, als die Hotelmanager verhaftet wurden. Meine Mum sagte, sie hätten gegen irgendwelche Hygiene- und Sicherheitsauflagen verstoßen.«

Nelson schüttelte den Kopf. »Nein, Sky, Süße. Die Kellys sind richtig üble Typen – ihnen wird ein Mordkomplott vorgeworfen.«

»Echt?« Ich riss die Augen auf.

Übertreib's nicht. Zed näherte sich uns von hinten. *Nelson ist kein Trottel. Er geht bestimmt davon aus, dass du das von den Kellys mitgekriegt hast.*

»Wow, das ist ja ein Ding«, sagte ich. »Da hab ich wohl irgendwie was verpennt.«

»Dann wirst du also bald im Fernsehen zu sehen sein?« Nelson verfolgte bereits eine neue Spur.

»Ja. Das ist für eine Kindersendung, sie heißt … ähm … ›Blue Peter‹.«

»Wahnsinn. Sag Bescheid, wenn's gesendet wird, und besorg uns 'nen Mitschnitt.«

»Mach ich.«

Nelson joggte davon und ergatterte sich im Vorbeilaufen von Tina einen Kuss. »Sky kommt ins britische Fernsehen!«, rief er. »Sie ist ein Stuntgirl.«

Na okay, so konnte man die ganze Geschichte natür-

lich auch betrachten. Stuntgirl? Das gefiel mir irgendwie. Bedeutend besser als Geistesgestörte, die in einem Kasino um sich geballert hat.

»Komm schon, Sky, was träumst du denn schon wieder mit offenen Augen?«, fragte Zed und zog mich am Arm weiter.

»Ach, dies und das.«

»Damit solltest du aber schleunigst aufhören und dich lieber aufs Proben konzentrieren. Übermorgen findet nämlich das Konzert statt.«

»Ach du grüne Neune. Das hab ich total vergessen.«

»Na und? Du hast eine FBI-Operation gewuppt, da sollte ein kleines Konzert im Freundes- und Familienkreis für dich doch wohl ein Klacks sein.«

Kleines Konzert? Ähm, Mr Benedict, wir werden nachher noch ein Wörtchen zu reden haben.

Zeds kleines Konzert stellte sich als Riesenereignis heraus, zu dem die gesamte Stadt plus nähere Umgebung in die Aula drängte. Die Stimmung war weihnachtlich. Sheenas Cheerleader trugen Weihnachtsmannmützen auf den Köpfen; die Baseballmannschaft hatte sich für Rentiergeweihe entschieden. Jedes Instrument war mit Lametta geschmückt. Die Computer-Geeks hatten sich selbst übertroffen und zeigten auf dem weißen Bildschirm über der Bühne eine beeindruckende Videopräsentation mit Schulmomenten des vergangenen Jahres. Peinlich war allerdings, dass mein Torwartdebüt als Sonderbeitrag lief. Wobei es echt eine Hammer-Parade gewesen war. Die Eltern der Schüler

kamen miteinander ins Gespräch, man scherzte und tauschte Klatsch aus. Die Benedicts erschienen in voller Besetzung. Zu meiner Freude sah ich, wie Yves mit Zoe schwatzte; ihre Augen leuchteten, weil er ihr so viel Aufmerksamkeit entgegenbrachte. Damit war Zoes Tag eindeutig gerettet. Sally und Simon unterhielten sich angeregt mit Tinas Mutter. Als ich näher kam, hörte ich, dass sie nicht über mich sprachen – ein Seufzer der Erleichterung –, sondern über Tinas künstlerisches Talent.

Meine Freundin winkte mich zu sich heran und ließ mich ihre neuen, silberfarben lackierten Fingernägel begutachten. Tina hatte sich aus Rücksicht auf die Trommelfelle aller Anwesenden freiwillig für den Verkauf der Programmhefte gemeldet.

»Sally hat deiner Mutter gerade angeboten, dir gratis Unterricht zu geben; sie hält große Stücke auf dich«, verkündete ich.

»Echt?« Tina strahlte wie eine Hundert-Watt-Birne. »Dann kriegst du das hier auch gratis.« Sie reichte mir ein Programmheft. »Wie ich sehe, spielst du ein Solo.«

»Nicht wenn ich es schaffe abzuhauen, bevor Mr Keneally mich auf die Bühne schubst.«

»Wag es ja nicht! Ich rechne fest mit dir. Ich habe allen Leuten erzählt, dass unser Stuntgirl der Star der Show ist.«

»Dann werde ich alles dransetzen, dass es kein Schuss in den Ofen wird.«

»Ha, ha.«

Ich runzelte die Stirn. »Hab ich was Falsches gesagt?«

»Schuss – Stuntgirl?«

»Oh. Das Wortspiel war unbeabsichtigt.« Ich grinste. Genau in diesem Augenblick flimmerte über den Bildschirm eine Aufnahme von mir, die zeigte, wie ich auf den Kronleuchter schoss. »Wo zum Teufel haben sie die denn her?«

»Das Internet ist doch manchmal die reinste Pest«, sinnierte Tina tiefgründig, bevor sie sich abwandte und losbellte: »Greift tief in die Taschen, Leute. Alle Einnahmen gehen an das Genesungsheim in Aspen.«

Ich warf einen Blick in das Programmheft und entdeckte meinen Namen ganz oben als Erstes auf der Teilnehmerliste. Umrahmt von kleinen Sternchen.

Das war zu viel des Guten – nichts wie raus hier! Nelson und Tina hatten mich zur Hauptattraktion des Abends gemacht. Ich stürzte in Richtung Ausgang und prallte geradewegs gegen Zeds Brustkorb.

»Willst du irgendwohin, Sky?«, fragte er mit unterdrücktem Grinsen.

»Nach Hause.«

»Aha. Und du willst da jetzt hin, weil ...«

Ich senkte meine Stimme zu einem Flüstern. »Alle werden mich anschauen!«

»Na ja, das liegt irgendwie in der Natur der Sache, wenn man eine Bühne betritt.« Er bugsierte mich zurück in den Backstage-Bereich.

»Nichts auf der Welt bringt mich da raus«, zischte ich, als die Zuschauer ihre Plätze einnahmen.

»Nichts?« Seine Lippen umspielte ein Lächeln.

»Nichts.« Ich stemmte meine Hacken in den Boden.

Er beugte sich dicht zu mir herunter und flüsterte: »Angsthase.«

Ich verschränkte die Arme. »Da hast du verdammt recht. Genau das bin ich.«

Er lachte. »Okay. Wie wär's, wenn ich dir dafür noch mal eine Extrastunde in Snowboarden gebe?«

Das Angstknäuel in meinen Eingeweiden löste sich bei der Erinnerung an unsere unbeschwerte gemeinsame Zeit auf der Piste. Zed wusste immer genau, wie er mir wieder Halt geben konnte. »Wirklich?«

»Ja. Ich verspreche dir sogar, einen Doppelaxel und einen Salto zu machen.«

»Einen dreifachen.«

»Einen dreifachen?«

»Einen Dreifachaxel. Und ich krieg noch 'ne heiße Schokolade.«

Er gab vor, grimmig zu gucken. »Mann, du bist ja knallhart im Verhandeln.«

»Mit Marshmallows. Und Küssen.«

»Das hört sich schon besser an!« Er hielt mir seine offene Hand hin. »Abgemacht.«

Ich konnte es kaum erwarten. Lachend schlug ich ein, und bevor ich widersprechen konnte, führte er mich, begleitet vom Beifall unserer Freunde, hinaus zum Flügel auf die Bühne.

»Keine Sorge«, flüsterte er. »Ich werde nicht weggehen – niemals!«

Ich nahm auf dem Klavierhocker Platz und schlug die Noten auf. Meine Zukunft sah sehr vielversprechend aus … Und sie stand direkt neben mir.

Danksagung

Mit Dank an Leah, Jasmine und die Viehtreiber der Tumbling River Ranch in Colorado. Ich danke auch meiner Familie, dass sie mit mir quer durch die USA gereist ist und eine Wildwasser-Rafting-Expedition in den Rockys gewagt hat.

Saving Phoenix

Für Rachel Pearson

Kapitel 1

Der Junge schien das perfekte Opfer zu sein. Er stand ganz hinten in der Besuchergruppe, die das Londoner Olympiastadion besichtigte, und seine Aufmerksamkeit galt den Baufahrzeugen, die sich die gewaltige Rampe zum Athleteneingang hinaufschoben, und nicht dem Dieb, der ihn ins Visier genommen hatte.

Das Gebäude war fast fertiggestellt und erinnerte meiner Meinung nach stark an einen gigantischen Suppenteller mit Drahtgeflecht in der Mitte, platziert auf einem grünen Tischtuch. Alles, was jetzt noch auf dem Gelände zu tun blieb, waren die Abschlussbepflanzung und ein allerletztes Handanlegen hier und dort, bevor die Welt zu den Spielen anreisen würde. Mitglieder der Community arbeiteten auf der Baustelle und sie hatten mir gezeigt, wo man am besten an den strengen Sicherheitskontrollen vorbeigelangte. Ich war schon öfter hier gewesen, weil Touristen wie diese Studenten leichte Beute waren. Ich hatte jede Menge Zeit, mein Opfer auszuspähen, und es waren nur wenige Leute da, die mir in die Quere

kommen konnten. Wenn ich einen guten Fang machte, könnte ich den Rest des Tages faulenzen oder mich an meinen Lieblingsplatz in der Bibliothek verkrümeln und bräuchte keine Angst zu haben, was wohl passieren würde, wenn ich mit leeren Händen nach Hause käme.

Hinter einen Schaufellader geduckt, beobachtete ich meine Zielperson. Das da musste der Typ sein, den ich mir schnappen sollte; alle anderen waren zu klein und er passte auch zu dem Foto, das mir gezeigt worden war. Mit seinen rabenschwarzen Haaren, dem gebräunten Teint und seiner selbstbewussten Körperhaltung sah er nicht aus wie jemand, dem der Verlust des Handys oder der Brieftasche groß zu schaffen machen würde. Vermutlich war er versichert oder hatte Eltern, die einspringen und den Verlust sofort ersetzen würden. Dieser Gedanke tröstete mich, denn ich klaute keineswegs freiwillig; es war einfach eine Überlebensstrategie. Sein Gesicht war nur zur Hälfte sichtbar, aber er machte irgendwie einen abwesenden Eindruck; er trat von einem Fuß auf den anderen und blickte nicht in dieselbe Richtung wie der Rest der Studenten, die alle aufmerksam den Ausführungen der Fremdenführerin folgten. Das waren doch schon mal gute Voraussetzungen, denn Träumer gaben erstklassige Opfer ab, da sie zu langsam reagierten, um einen auf frischer Tat zu ertappen. Er trug knielange Kaki-Shorts und ein T-Shirt mit dem Aufdruck ›Wrickenridge Wildwasser-Rafting‹. Er sah aus, als würde er viel Sport treiben, darum durfte mir kein Fehler unterlaufen. Sollte er mir hinterherjagen, würde ich ihm vermutlich nicht entwischen können.

Ich band die Schnürsenkel meiner abgeranzten Keds zu und hoffte, dass sie nicht ausgerechnet jetzt rissen. Also, wo waren seine Wertsachen? Ich veränderte leicht meine Position und sah, dass er einen Rucksack über der Schulter hängen hatte. Da mussten sie drin sein.

Ich kam vorsichtig aus meinem Versteck heraus und hoffte, dass ich mich in meinen lässigen Jeans-Shorts und dem Tanktop unbemerkt unter die Gruppe mischen könnte. Es waren meine besten und neuesten Klamotten, die ich erst vor einer Woche bei *Top Shop* geklaut hatte. Ein Nachteil meiner Fähigkeit ist, dass ich ganz nah an mein Ziel heranmuss, um einen erfolgreichen Coup zu landen. Das ist immer der riskanteste Teil der Aktion. Aber ich war gut vorbereitet und hatte einen Baumwollbeutel mitgebracht, den ich in einer Boutique in Covent Garden eingesteckt hatte. Er gehörte zu der Sorte, die Touristen gern als Andenken kaufen, mit einem ›London Calling‹- Aufdruck in affiger Pseudo-Graffiti-Schrift. Ich war recht zuversichtlich, dass ich als gut betuchte Touristin durchgehen würde, solange man meine Schuhe für ein bewusstes Fashion-Statement hielt, allerdings war ich mir nicht sicher, ob ich es hinkriegte, intelligent genug auszusehen, um zu ihrer Gruppe gezählt zu werden. Meinen Informationen nach waren sie alle Teilnehmer einer Konferenz über Umweltforschung oder irgend so 'nen Schlaubergerquatsch, die an der London University stattfand. Ich hatte nie groß eine Schule besucht; meine Bildung bestand aus dem gelegentlichen Unterricht, den mir andere aus der Community erteilten, und dem, was ich mir selbst in der Bibliothek angelesen hatte. Ich wür-

de also nicht wie eine Studentin der Naturwissenschaften daherquatschen können, sollte mir irgendjemand Fragen stellen.

Ich zog mir das Gummiband aus den Haaren und kämmte mir mit den Fingern ein paar lange dunkle Strähnen ins Gesicht, um auf den Bildern der Überwachungskameras, die überall auf dem Gelände verteilt waren, nicht sofort erkennbar zu sein. Ich pirschte mich an zwei Mädchen heran, die etwa einen Meter von meinem Opfer entfernt standen. Sie trugen Shorts und Tanktops wie ich, aber der leichenblassen Haut der Blondine nach zu urteilen, hatte sie diesen Sommer deutlich mehr Zeit in geschlossenen Räumen verbracht als ich. Die andere hatte drei kleine Ringe im Ohr, weswegen meine fünf Piercings hoffentlich nicht weiter auffielen. Die Mädchen warfen mir einen Seitenblick zu und lächelten.

»Hi, tut mir leid, ich bin zu spät«, flüsterte ich. Man hatte mir gesagt, dass sie sich untereinander nicht besonders gut kannten, da sie erst letzte Nacht für ihre Konferenz angereist waren. »Hab ich irgendwas Spannendes verpasst?«

Das Mädchen mit den Ohrringen grinste mich an. »Wenn du Wildblumenwiesen magst, dann schon. Sie haben auf dem Gelände Unkraut ausgesät, zumindest würde mein Opa es so bezeichnen.« Sie hatte einen breiten Südstaaten-Akzent, der von Zucker und Magnolien troff. Ihr Haar war zu engen Cornrows geflochten, bei deren Anblick ich unwillkürlich ›autsch‹ dachte.

Die Blondine beugte sich zu mir herüber. »Hör nicht auf sie. Es ist total faszinierend.« Sie hatte auch einen

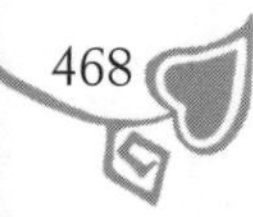

Akzent – Skandinavisch vielleicht. »Sie verwenden für das Dach eine leichte Membran auf Polymerbasis. Ich hab mit dem gleichen Stoff letztes Jahr im Labor rumexperimentiert … Wird also interessant sein, als wie haltbar sich das Ganze jetzt erweist.«

»O ja, das ist echt … cool.« Ich war bereits total von ihnen eingeschüchtert: Sie waren eindeutig Genies und schafften es trotzdem, toll auszusehen.

Die Fremdenführerin winkte die Gruppe weiter und wir marschierten die Rampe hinauf ins eigentliche Stadion. Dem Grund meines Hierseins zum Trotz überkam mich das erhabene Gefühl, nun denselben Weg zu nehmen wie schon bald die olympische Fackel. Nicht dass ich jemals die Chance gehabt hätte, am eigentlichen Ereignis teilzuhaben; meine Träume von einer sportlichen Karriere waren nie aus den Startblöcken herausgekommen. Es sei denn, das olympische Komitee würde den verrückten Einfall haben, Diebstahl zur medaillenwürdigen Disziplin zu erklären – dann standen meine Chancen nicht schlecht. Ein geglückter Raubzug war ein unglaublicher Kick, für das geschickte Zugreifen und die unbemerkte Flucht brauchte man mindestens genauso viel Talent wie fürs Im-Kreis-Rennen auf irgend so einer blöden Bahn! Ja, in meiner Disziplin war ich eine Anwärterin auf die Goldmedaille.

Die quietschvergnügte Fremdenführerin schwenkte ihren Schirm als Aufforderung zum Weitergehen und so betraten wir das große Stadion-Oval. Wow! Bis hierhin war ich bei meinen vorherigen Abstechern auf das Gelände noch nie gekommen. In meinem Kopf ertönte der

Jubel der Menge. Reihe um Reihe der leeren Sitze füllte sich mit den Schattengestalten der zukünftigen Zuschauer. Mir war nicht klar gewesen, dass die Zukunft in gleicher Weise Geister bereithielt wie die Vergangenheit, aber ich konnte sie klar und deutlich sehen. Die Energie sickerte durch die Zeit bis zu diesem ruhigen Mittwochmorgen im Juli.

Ich rief mir wieder meinen eigentlichen Auftrag ins Gedächtnis und rückte unauffällig näher an den Jungen heran. Ich konnte ihn jetzt im Profil sehen: Er hatte die Sorte von Gesicht, wie man es in Mädchenzeitschriften sieht, neben irgendeinem umwerfenden Model. Er hatte in puncto gute Gene voll abgesahnt: eine fein geschnittene Nase, lässig frisiertes tintenschwarzes Haar, dunkle Augenbrauen, zum Sterben schöne Wangenknochen. Seine Augen waren hinter einer dunklen Sonnenbrille versteckt, aber ich hätte wetten können, dass sie riesengroß, schokobraun und gefühlvoll waren – o ja, er war zu perfekt, um wahr zu sein, und dafür hasste ich ihn.

Ich ertappte mich dabei, wie ich den Kerl finster musterte, und war von mir selbst überrascht. Warum reagierte ich so auf ihn? Normalerweise empfand ich nichts für meine Opfer, abgesehen von einem leisen Anflug von schlechtem Gewissen, dass ich ausgerechnet sie herausgegriffen hatte. Ich versuchte immer Leute auszuwählen, denen der Verlust nicht so viel ausmachen würde, ein bisschen wie Robin Hood. Es machte mir Spaß, meine reichen Opfer auszutricksen, aber dabei sollte niemand wirklich zu Schaden kommen.

Dieser Coup fiel ein bisschen aus der Reihe, da ich im

Auftrag handelte; es war eher die Ausnahme, dass man mich bat, eine bestimmte Person zu beklauen, aber ich war froh, dass mein Opfer anscheinend zu der Sorte zählte, die bis zum Anschlag versichert war. Weder er noch ich hatten uns diese Situation ausgesucht, darum war es total irrational, dass ich ihn zu meinem Feind erklärte. Er hatte nichts getan, dass er so was verdiente; er stand einfach nur rum und sah so unbekümmert, frisch und in sich ruhend aus, während ich einfach nur hoffnungslos durch den Wind war.

Die Fremdenführerin quasselte weiter und erläuterte, dass die Bestuhlung so konstruiert worden war, dass man sie später einmal herausnehmen konnte. Was kümmerte mich die Zeit nach Olympia? Ich war davon überzeugt, nicht mal den nächsten Monat zu erleben, geschweige denn die nächsten zehn Jahre.

Ein Flugzeug donnerte im Anflug auf Heathrow Airport über unsere Köpfe hinweg und entstellte mit seiner weißen Spur den klaren Sommerhimmel. Als der Junge den Kopf hob und nach oben schaute, schritt ich zur Tat.

Ich griff nach ihren Mentalmustern …

Sie schwirrten los wie viele bunte Kaleidoskope, die sich ständig verändern. Und dann …

… hielt ich die Zeit an.

Na ja, stimmt nicht ganz, aber genauso empfindet es derjenige, auf den meine Macht einwirkt. Tatsächlich lege ich das Wahrnehmungsvermögen lahm, sodass niemand bemerkt, wie die Zeit vergeht – darum brauche ich auch kleine Gruppen in geschlossenen Räumen. Sonst würden womöglich andere Leute mitkriegen, dass

ein Haufen Menschen zu Wachsfiguren erstarrt ist. Es fühlt sich ein bisschen so an, wie wenn man unter Vollnarkose wegdriftet und dann plötzlich wieder aufwacht, zumindest haben es mir so Mitglieder der Community beschrieben, an denen ich meine Fähigkeit mal ausprobiert habe. Die Community ist sozusagen mein Zuhause, auch wenn es da oft eher wie im Zoo zugeht.

Alle in der Community sind Savants: Menschen mit extrasensorischer Wahrnehmung und Begabung. Savants existieren, weil ab und zu ein Mensch mit einer besonderen Gabe geboren wird, einer speziellen Dimension im Gehirn, die ihm erlaubt, Dinge zu tun, von denen andere nur träumen. Einige von uns können Gegenstände mittels Gedankenkraft bewegen – Telekinese; ich habe ein paar kennengelernt, die mitbekommen, wenn man Telepathie benutzt, und es gibt einen Mann, der in deinen Kopf eindringen und dich dazu zwingen kann, seinem Willen zu gehorchen. Die Kräfte der Savants sind ganz verschieden und vielfältig, aber niemand verfügt über eine solche Gabe wie ich. Das fand ich super; es gab mir das Gefühl, etwas ganz Besonderes zu sein.

Die kleine Gruppe von zehn Studenten und die Fremdenführerin erstarrten in ihren Bewegungen, die Hand der Skandinavierin hielt auf halbem Weg durch ihr Haar inne, ein junger Asiate verharrte mitten im Niesen – das ›Ha‹ blieb ohne das ›tschi‹.

Wie krass: Ich kann sogar eine Erkältung stoppen.

Ich durchwühlte schnell den Rucksack meines Opfers und stieß auf eine Goldgrube: Er hatte ein iPad und ein iPhone. Das waren super Nachrichten, denn beides ließ

sich leicht verstecken und hatte einen hohen Wiederverkaufswert, der sich fast auf den Originalladenpreis belief. Mich überkam das bekannte Triumphgefühl und ich musste der Versuchung widerstehen, mit dem Handy ein Bild von ihnen zu schießen, wie sie da alle so standen, eine Gruppe Achtzehnjähriger, die Stopptanz spielten. Aus Erfahrung wusste ich, dass ich meine Siegesfeier mit hämmernden Kopfschmerzen bezahlen würde, wenn ich sie länger als zwanzig oder dreißig Sekunden auskostete. Ich stopfte meine Beute in den Baumwollbeutel und hängte ihm den Rucksack wieder über die Schulter, genau in der gleichen Position wie vorher – ich habe ein Auge für Details. Aber jetzt, wo ich so dicht vor ihm stand und ihn fast umarmte, konnte ich hinter der Sonnenbrille seine Augen erkennen. Mir stockte das Herz, als ich den Ausdruck darin sah. Es war nicht der dumpfe glasige Blick, den meine Opfer normalerweise zeigten; nein, er war sich voll darüber bewusst, was hier passierte, und in seinen Augen brannte Wut.

Er konnte sich doch unmöglich meinen Kräften widersetzen, oder? Das hatte noch niemand geschafft, noch nicht mal die mächtigsten Savants der Community hatten meine Paralysierungsattacke abwehren können. Ich konzentrierte mich und überprüfte sein Mentalmuster. Es ist mir möglich, Gehirnwellen zu sehen, so wie den Strahlenkranz der Sonne; das ist ein bisschen so, als würde die betreffende Person vor einem runden, ständig farbwechselnden Fenster zu ihrer Seele stehen. Anhand der Farben und Muster erfährt man viel über einen Menschen, erhält sogar Einblicke in seine Sorgen.

Sein Mentalmuster war nicht erstarrt und hatte sich seit meinem Angriff noch mal verändert – kurz vorher hatte es ausgesehen wie ein abstrakter blauer Heiligenschein mit ineinander verwobenen Zahlen und Buchstaben; sein Gehirn regte sich also noch, zwar langsamer, aber er war eindeutig bei Bewusstsein. Der Kranz nahm eine rötliche Tönung an und mein Gesicht tanzte in den Flammen.

Was für eine Scheiße!

Ich ließ den Reißverschluss einfach halb offen stehen und nahm die Beine Richtung Ausgang in die Hand. Ich spürte, wie die Wahrnehmung der Studenten meiner Kontrolle entglitt, viel schneller als sonst, so wie Sand, der einem zwischen den Fingern hindurchrieselt. Ein Teil von mir schrie, dass das nicht möglich sein konnte: Ich verstand mich auf nichts wirklich gut, außer darauf; meine Fähigkeit, den Geist anderer Menschen erstarren zu lassen, war das Einzige, worauf in meinem ganzen chaotischen Leben immer Verlass gewesen war. Ich hatte panische Angst, dass mir das nun irgendwie abhandenkam. In dem Fall wäre ich geliefert. Erledigt.

Mein linker Schuh schlappte mir vom Hacken, als ich aus dem Stadion rannte – der verdammte Schnürsenkel war gerissen. Ich lief auf den Schaufellader zu, hinter dem ich mich vorhin versteckt hatte. Wenn ich es bis dorthin schaffte, könnte ich mich außer Sicht bringen und in der Wildblumenwiese in Deckung gehen. Von da könnte ich zu der Betonröhre robben, mit der ich mein Einstiegsloch zum Baugelände verdeckt hatte.

Ich rutschte aus und verlor meinen Schuh endgültig auf der Rampe, war aber zu panisch, um ihn mir wie-

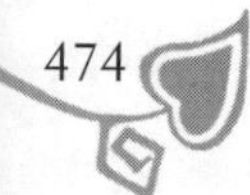

derzuholen. Sonst machte ich nie solche Fehler. Ich zog meine Raubzüge immer durch, ohne irgendwelche Spuren zu hinterlassen.

Ich erreichte den Schaufellader, mein Herz wummerte in meiner Brust wie ein verstärkter Basssound. Die Verbindung riss ab und ich wusste, dass der Rest der Studenten jetzt auch wieder voll bei Bewusstsein war. Aber hatte er es geschafft, meine Paralysierungsattacke schon vorher abzuschütteln und sich mir an die Fersen zu heften?

Der Lärm der Bauarbeiten dröhnte ununterbrochen weiter. Kein Rufen, keine Pfiffe. Ich spähte hinter dem Reifen des Schaufelladers hervor. Der Junge stand oben an der Rampe und ließ den Blick über den Olympiapark schweifen. Er machte kein Tamtam, schrie nicht um Hilfe oder nach der Polizei. Er schaute einfach nur. Das machte mir noch mehr Angst. Das war einfach nicht normal.

Keine Zeit zum Grübeln. Ich duckte mich in das lange Gras und fand den Pfad platt gedrückter Halme, den ich auf dem Hinweg auf der Wiese hinterlassen hatte. Bald würde ich in Sicherheit sein. In diesem Bereich des Geländes gab es weniger Überwachungskameras und verschiedene schwer einsehbare Stellen, wenn man nur wusste, wo. Ich würde also nicht leicht zu orten sein. Ich konnte noch immer davonkommen.

Ich lag bäuchlings im Gras, legte den Beutel neben mir ab und ließ meinen Kopf für einen Moment zu Boden sacken. Das Adrenalin rauschte mir noch immer durch die Adern wie ein außer Kontrolle geratener U-Bahn-Zug. Mir war schlecht. Ich war angewidert von meiner unprofessionellen Panik und hatte Angst, was als Nächs-

tes passieren würde. Ich hatte keine Zeit, weiter darüber nachzudenken; ich musste hier raus, zurück auf die Straße, und das Zeug loswerden, das ich gestohlen hatte.

Mir fiel wieder ein, dass ich im Besitz von zwei sauteuren Gegenständen war, und ich warf einen prüfenden Blick in den Beutel. Darin fühlte es sich warm an – nein, heiß. Ich steckte meine Hand hinein, um nachzusehen, was da los war – so was von dämlich!

Das Telefon und das iPad gingen in Flammen auf.

Wild fluchend zog ich meine Hand zurück und stieß den Beutel von mir weg. Meine Finger taten höllisch weh und es sah aus, als wäre meine ganze Hand verbrannt. Doch es blieb keine Zeit, mir die Wunden genauer zu besehen, denn jetzt brannte der Beutel lichterloh und schickte Rauchzeichen in den Himmel, die verrieten, wo sich der Dieb befand. Ich rappelte mich hoch und lief blindlings und ächzend vor Schmerzen auf den Zaun zu. Ich musste meine Hand unbedingt mit Wasser kühlen. Es war mir egal, ob mich jemand sah; ich musste einfach nur weg von hier.

Mit mehr Glück als Verstand fand ich die Betonröhre und die Lücke im Zaun. Als ich mich durch das Maschendrahtgeflecht zwängte, blieb ich mit den Haaren hängen und musste fest reißen, um loszukommen – eine Verletzung mehr auf meiner immer länger werdenden Liste. Dann humpelte ich, die zerschundene Hand an der Brust geborgen, quer über das Brachgelände zur U-Bahn-Station Stratford und tauchte in der Menschenmenge auf dem Bahnsteig unter.

Kapitel 2

»Tony, Tony, lass mich rein!« Ich hämmerte mit meiner unverletzten Hand gegen die abgewetzte Brandschutztür auf der Rückseite des Gebäudes der Community; die Tür ließ sich nur von innen per Druckstange öffnen und so musste ich warten, bis sich jemand erbarmte und mich reinließ.

Wie ich es mir schon gedacht hatte, schob Tony heute Morgen als Einziger Wache. Die anderen waren unterwegs, um die Reichtümer der Community zu ›vermehren‹. Ich konnte hören, wie er zur Tür schlurfte, sein schlimmes Bein schleifte bei jedem zweiten Schritt über den Boden. Mit einem Rums ließ er sich gegen die Druckstange fallen und zwang sie auf. Die untere Kante der Tür schabte über das rissige Betonpflaster.

»Phee, was machst du denn schon so früh wieder zu Hause?« Er wich ein Stück zurück, um mich durchzulassen, dann zog er die Tür wieder zu. »Wo ist dein Beutel? Hast du ihn irgendwo gebunkert?« Tony, ein kleiner Kerl mit grau melierten Haaren, sonnengebräunter Haut und

Augen wie ein Luchs war für mich in der Community das, was einem Freund am nächsten kam. Vor zwei Jahren hatte er bei dem Versuch, einen Truck in einer Parkbucht in Walthamstow zu knacken, den Kürzeren gezogen, da er nicht bemerkt hatte, dass der Fahrer auf dem Fahrersitz schlief. Der Mann war losgebraust, als er hörte, wie Tonys telekinetische Kräfte am Türschloss zum Einsatz kamen, ohne nach der Ursache des Geräuschs zu schauen. Tony war unter die Reifen geraten und fast gestorben. Seitdem konnte er nur noch einen Arm und ein Bein benutzen, die anderen beiden Gliedmaßen waren zertrümmert und nie wieder richtig verheilt. Den Mitgliedern der Community ist es nicht erlaubt, zum Arzt zu gehen. Laut unserem Anführer müssen wir unsichtbar bleiben.

»Du solltest noch gar nicht zurück sein.« Tony verharrte unentschlossen im Eingangsbereich, als wüsste er nicht recht, ob er mich gleich wieder rauswerfen sollte.

»Ich bin verletzt.«

Er warf einen nervösen Blick über die Schulter. »Aber du stehst noch aufrecht und kannst laufen, Phee … Du kennst die Regeln!«

Ich hatte für heute die Nase voll vom Mich-durchschlagen-Müssen und meine Augen füllten sich mit Tränen. »Ich kenne die verfluchten Regeln, Tony. Mein Beutel hat sich in Rauch aufgelöst, okay? Und ich hab mich verbrannt.« Ich hielt meine von Blasen übersäte Hand hoch. Ausnahmsweise wollte ich mal Mitleid haben und mir nicht anhören, was meine Pflicht war. »Es tut echt schweineweh.«

»Oh, *dashur*, das sieht aber böse aus.« Er ließ für eine Sekunde resigniert die Schultern hängen und bedachte die Konsequenzen, dann straffte er sich. »Ich sollte dich eigentlich nicht reinlassen, aber was soll's? Komm mit, ich seh mir das mal an.«

»Danke, Tony. Du bist ein Schatz.« Sein Entgegenkommen bedeutete mir mehr, als er ahnte.

»Wir beide wissen, dass das noch nicht das Ende vom Lied ist, nicht wenn der Seher davon hört.« Er zuckte verzagt mit den Schultern. »Aber jetzt wollen wir uns erst mal um deine Verletzung kümmern.«

Ich wischte mir mit dem Handrücken die Tränen weg. »Tut mir leid.«

»Ja, ja.« Den Rücken mir zugewandt, machte er eine wegwerfende Handbewegung, eine trotzige Geste angesichts des bevorstehenden Ärgers. »Uns tut es allen leid … die ganze Zeit.« Er schlurfte den übel riechenden Gang hinunter, der teils Keller, teils Leitungstunnel war. Die Community hatte sich in einem der leeren Sozialbauten breitgemacht, die zum Abriss freigegeben waren. Ich glaube, die Lokalbehörden hatten davon geträumt, dass diese hässlichen Exemplare ihres Wohnungsbestandes im Zuge der Olympia-Bebauung geschluckt und vertilgt würden, aber die Wirtschaftskrise hatte diese Träume zunichtegemacht. Man hatte die niedrigen Häuserblöcke leer geräumt, in dem Glauben, dass die von Stütze lebenden Bewohner durch steuerzahlende Angestellte ersetzt würden, aber die Bulldozer, welche die Betonklötze hätten plattmachen und neue, schicke Wohnungen errichten sollen, waren nie ange-

rückt. Stattdessen waren wir vor sechs Monaten hier untergekrochen und hatten unsere eigene kleine Siedlung gegründet. Es war nicht so übel wie andere Quartiere, in denen wir gehaust hatten, denn es gab noch immer fließend Wasser, auch wenn der Strom abgestellt worden war. Die Polizei hatte nach Zahlung von angemessenen Bestechungsgeldern einfach weggeschaut, als wir die verrammelten Wohnungen aufbrachen. Und die harten Jungs aus der Gegend, die das Gelände als Drogenumschlagplatz genutzt hatten, waren von unseren Wachen ruck, zuck verscheucht worden. Wenn hier schon irgendwas Illegales lief, dann wollte unser Anführer auch sichergehen, dass gefälligst *er* davon profitierte. Und so waren wir ganz unter uns, eine Gruppe von ungefähr sechzig Savants und ein dominanter Seher, der die Rolle der Bienenkönigin einnahm, während wir anderen die Arbeitstiere abgaben.

»Rein mit dir.« Tony schob mich in den schrankgroßen Raum, den man ihm zugewiesen hatte. Wegen seiner Verletzung hatte er aus dem ›aktiven Dienst‹ ausscheiden müssen, war aber dank der ›Herzensgüte‹ unseres Anführers noch geduldet. Seine Herzensgüte reichte allerdings nur für diese Bruchbude hier aus. Mir hingegen hatte man ein richtiges Schlafzimmer im obersten Stock zugestanden – das entsprach etwa einer offiziellen Auszeichnung. Und als die Beste meines Handwerks hatte ich den Seher auch noch nie enttäuscht, bis heute.

»Wie schlimm?«, fragte ich vorsichtig und hielt meinen Arm am schmierigen Fenster ins Licht. In der Mitte meiner Handfläche hatten sich lauter kleine weiße Bla-

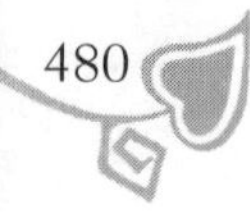

sen gebildet und die Haut an meinem Arm war bis hoch zum Ellenbogen knallrot und wund. Tony sog scharf die Luft ein. »Vielleicht hättest du doch zur Notaufnahme gehen sollen, Phee.«

»Du weißt, das darf ich nicht.«

Er nahm eine Tube Salbe aus seiner Reisetasche, die auf der Matratze lag. Keiner von uns packte je aus, da wir jederzeit abmarschbereit sein mussten. Er betastete mit leichtem Druck meine Haut, dann sah er mich durch halb gesenkte Lider an. »Es sei denn, du hättest vorgehabt, nicht wiederzukommen.«

»Ich … ich kann doch nirgends hin, das weißt du.« Wollte er mich auf die Probe stellen? Der Seher prüfte des Öfteren unsere Loyalität, indem er uns gegeneinander aufhetzte, und außerdem war klar, dass wir Spione in unserer Mitte hatten.

»Ach wirklich? Ein junges Mädchen wie du sollte doch in der Lage sein, ein besseres Leben zu finden als das hier.« Er kramte in seiner Tasche herum und förderte eine Rolle Klebeband zutage – unsere Version eines Wundverbands. Wir lebten wie Soldaten auf Feindesgebiet und waren unsere eigenen Notfallmediziner. »So sollte die Wunde eigentlich sauber bleiben.«

Ich biss mir vor Schmerzen auf die Lippe, als er das Klebeband um meine verletzte Hand und den Arm wickelte, und sah dabei zu, wie die Salbe zwischen Wunde und Deckschicht platt gedrückt wurde. »Gibt es denn noch irgendwas anderes als das hier, Tony? Ich hab noch nie außerhalb der Community gelebt. Der Seher sagt, dass Menschen wie wir da nicht willkommen sind.«

Tony schnaubte verächtlich. »Na klar, und *er* ist ja allwissend.«

So war es mir jedenfalls mein Leben lang vorgekommen. »Warum bist du denn dann noch hier?« Wenn ich schon auf die Probe gestellt wurde, dann wollte ich mich wenigstens revanchieren.

»Ich kann wirklich nirgends woandershin. Ich habe kein Geld und außerdem bin illegal im Land, *dashur*. Wenn sie mich wieder nach Hause schicken, lande ich in Albanien, ein gescheiterter, mittelloser Ex-Autoknacker, der sich nicht allein über Wasser halten kann. Ich habe meine Familie nicht gerade auf die feine Art verlassen, vermutlich erschießen sie mich, sobald sie mich zu Gesicht kriegen.«

Den meisten in der Community erging es so wie Tony – sie waren staatenlos und ohne Wurzeln. Das war nur ein Teilstück der Falle, in der wir alle festsaßen. »Ich bin auch illegal. Ich habe keine Geburtsurkunde, nichts. Ich weiß noch nicht mal genau, wo ich geboren worden bin.«

»Ich war dabei.« Er riss das letzte Stück Klebeband von der Rolle. »Ich glaube, wir waren damals in Newcastle.«

»Echt? So weit im Norden?« Mir war nicht bewusst gewesen, dass Tony schon so lange bei uns war; ich lechzte förmlich danach, dass ein Stück der Lücke gefüllt wurde. »Erinnerst du dich denn noch an meine Mutter?«

Tony zuckte mit den Achseln. »Ja, sie war damals eine der Gefährtinnen des Sehers. Ein hübsches Ding. Du siehst ihr ein bisschen ähnlich. Hast du denn gar keine Erinnerungen mehr an sie?«

Ich schüttelte den Kopf. »Nicht aus jener Zeit – ich erinnere mich nur noch an später, als es schon schlecht um sie stand.« Sie war an Krebs gestorben, als ich acht war, nachdem sie ein Jahr lang vergeblich gegen die Krankheit gekämpft hatte, und alles, woran ich mich klar und deutlich erinnerte, war eine schmerzlich dünne Frau, die mich beim Umarmen fast erdrückte. Zum Glück war ich damals schon alt genug gewesen, um ihre Beitragspflichten zu übernehmen, sodass wir nicht obdachlos wurden. Selbst mit der tödlichen Diagnose Krebs durfte sie keinen Arzt aufsuchen – der Seher hatte es nicht erlaubt. Er hatte mir damals gesagt, Ärzte würden meiner Mutter auch nicht mehr helfen können, wenn schon seine eigenen Heilkräfte den Tumor nicht hatten töten können. Zu jener Zeit glaubte ich ihm, aber heute, neun Jahre später, hatte ich da so meine Zweifel. Mir war es immer so vorgekommen, als hätten seine Heilungskräfte letztlich nur auf die Willenskraft gewirkt. Und meine Mutter hatte bewiesen, dass man entgegen seiner Behauptung nicht über sich hinauswachsen und die Schmerzen ignorieren konnte, wenn der Körper aufgab.

»So, das sollte genügen.« Tony stopfte die Verbandssachen wieder in seine Tasche. »Willst du mir erzählen, wie das passiert ist?«

Ich holte tief Luft und nickte. Ich würde die Geschichte nachher dem Seher erzählen müssen, da war es keine schlechte Idee, sie erst mal an einem Freund auszuprobieren. »Ich war auf dem Baugelände, so wie man es mir gestern Abend aufgetragen hat.«

Tony setzte sich auf die Matratze. Diesen Part kannte er

bereits, da er dabei gewesen war, als bei der Versammlung wie immer die Aufgaben an uns verteilt worden waren.

»Alles lief wie geschmiert … ich hatte das iPhone und das iPad aus seinem Rucksack geholt … ein gelungener Coup.«

Tony pfiff anerkennend.

»Ich hatte es schon so gut wie nach draußen geschafft, als die Teile … ähm … explodiert sind.«

Tony schüttelte den Kopf. »Phee, diese Dinger gehen nicht einfach so in die Luft.«

Ich hielt ihm zum Beweis meine Hand hin. »Seit heute schon. Es war fast so, als hätte der Kerl da Feuerwerkskörper reingetan. Er hat die Sachen irgendwie manipuliert, schätze ich.« Plötzlich kam mir ein Gedanke. »Vielleicht war der Typ ein Terrorist, der einen Anschlag verüben wollte?«

»Nicht, wenn du dir nur die Finger verbrannt hast. Das klingt für mich mehr nach 'nem elektrischen Feuer als nach einer Bombe.« Tony legte die Stirn in Falten.

Mein Gesichtsausdruck spiegelte seinen. »Ich hab vor ein paar Jahren mal etwas über Laptops gelesen, die einfach hochgegangen sind … da war irgendwas mit den Batterien nicht in Ordnung.«

»Ja schon, aber dass das passiert ist, kurz nachdem du's geklaut hat … das kann kein Zufall sein.«

Zu diesem Schluss war ich selbst auch schon gekommen.

Tony kratzte sich am Kinn, schabte mit seiner rauen Hand über die Stoppeln in seinem Gesicht. »Aber er hätte doch gar nicht merken dürfen, dass du ihn abge-

zockt hast, jedenfalls nicht, solange du noch auf dem Gelände warst.« Tony war ein schlauer Fuchs; er kannte die Wirkung meiner besonderen Gabe und hatte sofort die Schwachstelle in meiner Geschichte entdeckt.

Ich kauerte mich am Fuß des Bettes zusammen, müde bis in die Knochen. »Ich weiß. Das war für mich auch ein Riesenschock. Er hat alles mitgekriegt – ich schwör's. Ich hab mein Gesicht in seinen Gedanken sehen können, als ich ihn beklaut habe. Er hat sich der Paralysierung widersetzt, war nicht komplett weggetreten.«

»Phee!« Tony rappelte sich mühevoll hoch. Er war über die jüngsten Ereignisse genauso erschüttert wie ich. »Das kannst du dem Seher nicht sagen! Er wird dich umbringen, wenn er glaubt, dass jemand weiß, wer du bist.«

Meine Kehle wurde staubtrocken. »Das würde … er doch nicht machen, oder?«

Tony lachte heiser auf. »Was glaubst du denn, wo Mitch hin ist, nachdem er letztes Jahr festgenommen und gegen Kaution freigelassen worden war?«

Ich wollte das nicht hören – ehrlich nicht. »Er ist doch nach Spanien gefahren, nicht? Im Auftrag des Sehers.«

»Spanien? Tja, so kann man's auch nennen. Er ist in ein dunkles Grab im Wald gefahren, *dashur*. Der Seher war sehr, sehr wütend auf ihn.«

Ich schlang mir den unverletzten Arm um die Taille und lehnte mich an die Wand. Sie fühlte sich kalt und glitschig an auf meiner nackten Schulter. Ein Teil von mir hatte schon immer das Grauen gespürt, das unterhalb der Oberfläche unseres Lebens mit dem Seher existierte, aber ich hätte gern noch ein Weilchen länger die

Ahnungslose gespielt. Ich fürchtete, dass mir die Angst den letzten Rest Unabhängigkeit und Stolz rauben würde, den ich mir bislang noch hatte bewahren können.

Tony seufzte, als er meinen Gesichtsausdruck sah. »Phee, es gibt nur zwei Wege, um aus der Community herauszukommen – man stirbt oder man verschwindet.«

»Ich dachte, wir könnten gehen, sobald wir unseren Seelenspiegel gefunden haben, unsere andere Hälfte«, sagte ich mit leiser Stimme.

Tony verzog das Gesicht. »Wer hat dir denn dieses Märchen aufgetischt?«

Meine Mutter, aber das würde ich ihm nicht auf die Nase binden. Sie hatte immer gehofft, eines Tages vom Leben in dieser Hölle erlöst zu werden, indem sie in einer der vielen Städte, die wir durchreisten, über ihr Gegenstück stolpern würde. Mom zufolge hatte jeder von uns Savants solch ein Gegenstück, jemanden, der irgendwo auf der Welt genau zur gleichen Zeit gezeugt worden war wie man selbst. Diese beiden Menschen, die im Abstand von mehreren Tagen oder Wochen voneinander geboren waren, suchten ihr Leben lang nach demjenigen, der sie vervollständigen würde. Die Vorstellung, eines Tages meinen Seelenspiegel zu finden, hatte mich meine ganze Kindheit lang mit Hoffnung erfüllt und meine Mutter hatte mir eingeflüstert, dass irgendwo da draußen mein ganz eigener Prinz Charming auf mich wartete. Und falls meine Mutter ihren Seelenspiegel vor mir fände, würden wir die Community verlassen und ich hätte einen Vater, der mich lieben würde wie seine eigene Tochter. Ich hatte mich nie entscheiden können,

welche der beiden Geschichten in Erfüllung gehen sollte. Doch dann war meine Mutter gestorben.

Und mit ihr war ganz langsam auch der Traum von meinem Seelenspiegel gestorben, der Traum von diesem ganz besonderen Menschen, der sich um mich sorgen und mich lieben würde, von dieser Beziehung, die tiefer ging als jede andere normale Liebe. Wenn ich jetzt darüber nachdachte, war das Ganze zu schön gewesen, um wahr zu sein.

»Ich glaube nicht mehr daran, dass es diese Seelenspiegel gibt.« Tony ballte seine gesunde Hand zur Faust. »Es ist zu grausam, immer weiter zu hoffen. Und selbst wenn du deinen finden solltest, der Seher würde dich niemals gehen lassen.«

Ich schloss kurz die Augen und schwelgte noch ein letztes Mal in der Vorstellung, dass ich ein Leben außerhalb der Community führen könnte, zusammen mit jemandem, mit dem ich für immer vereint wäre. Savants ohne Seelenspiegel gehen nie eine feste Beziehung ein – das können sie nicht; sie wechseln von einem Partner zum nächsten, so wie das meine Mutter auch getan hatte. Ich hatte nie so leben wollen, aber es war die Art von Existenz, die ich führen würde. Es war ein kindlicher Wunsch, dass jemand nur darauf wartete, mich zu retten. Und ich musste mich von ihm verabschieden.

»Du hast also zwei Möglichkeiten, Phee – sterben oder abhauen«, fuhr Tony fort. »Bitte, bitte, denk über letztere nach; ich will nämlich nicht dabei sein, wenn der Seher für dich erstere wählt.« Tony trat dicht an mich heran und legte mir seine verkrüppelte Hand auf die Wange.

»Du hast etwas Besseres verdient. Und erzähl ihm nicht, was du mir erzählt hast.«

»Er wird's herausfinden. Das tut er immer.« Aus diesem Grund beherrschte er uns: Der Seher konnte eine Lüge auf hundert Schritt Entfernung riechen. Seine Gabe war mächtig. Er konnte Maschinen mittels Gedankenkraft an- und ausschalten, Elektrizität manipulieren und in den Geist eines anderen Menschen eindringen und ihn so weit steuern, dass er tat, was der Seher wollte, bis hin zum Selbstmord. Mitch hatte vermutlich sein eigenes Grab geschaufelt und war dann auf Geheiß des Sehers hineingesprungen. Unser Anführer verfügte zudem über eine untrügliche Menschenkenntnis und identifizierte einen verräterischen Gedanken, noch ehe man die Chance hatte, ihn in die Tat umzusetzen. Wir wussten schon, warum wir ihm dermaßen bereitwillig dienten.

Tony ließ den Kopf sinken. »Er wird sich nur die Mühe machen nachzuhaken, wenn er dir nicht glaubt, also muss deine Geschichte absolut wasserdicht sein. Du musst deine Abschirmung trainieren.«

»Ich hab's noch nie geschafft, irgendwas vor ihm geheim zu halten.« Ich hatte immer viel zu viel Angst gehabt, etwas dermaßen Aufsässiges zu versuchen.

»Der Seher mag dich. Er wird nicht nach Ungereimtheiten suchen, wenn du ihm dazu keinen Grund gibst. Du musst dir eine neue Geschichte zurechtlegen.« Tony rieb sich die Stirn. »Ich weiß was – erzähl ihm doch, dass diese Touristengruppe nicht zur Führung erschienen ist. Du behauptest einfach, dass es da eine Planänderung gegeben hat. Ich rede mal mit Sean – er hatte heute Dienst

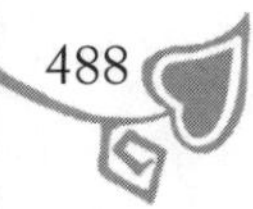

und wird bestimmt dichthalten, wenn du den Verlust morgen wiedergutmachst. Deine Brandwunde musst du natürlich verstecken.« Sean war einer von uns und arbeitete als Wachmann auf dem Olympiagelände.

»Und was habe ich dann den ganzen Tag lang gemacht?«

Tony schritt in dem winzigen Zimmer auf und ab. »Du … du hast dich auf die Suche nach deinem Zielobjekt gemacht, nachdem die Studenten nicht erschienen waren … Sie sind wegen einer Konferenz hier, richtig? Im Queen Mary College?«

Ich nickte.

»Und du hast rausgekriegt, wann morgen für dich der beste Zeitpunkt ist, um zuzuschlagen und Dinge im Wert von mindestens zwei Arbeitstagen zu erbeuten. Mach dem Seher den Mund richtig schön wässrig nach all den Laptops und Handys und prall gefüllten Börsen. Er wird dir einen Tag Zeit geben, damit du dich bewähren kannst.«

Ich strich mir oberhalb der Brandwunde mit der Hand über den Arm. »Aber er wollte, dass ich mir eine ganz bestimmte Person vornehme, und dieser Typ hat mich gesehen. Zweimal hintereinander dieselbe Person abzocken zu wollen, da ist Ärger doch vorprogammiert.«

»Na ja, da wirst du dir natürlich etwas einfallen lassen müssen.« Tony sah nicht mehr mich an, sondern die Risse im Putz an der Decke.

»Was meinst du damit?«

»Ich schätze, du musst einfach dafür sorgen, dass der iPad-Knabe nicht mehr länger darüber nachdenkt, wer

ihn beklaut hat, indem du ihm andere, handfeste Probleme bescherst.«

»Was für Probleme zum Beispiel?«

»Du liebe Güte, Phee, benutz deine Fantasie. Paralysiere ihn und schubs ihn 'ne Treppe runter, verpass ihm eine Gehirnerschütterung, lass ihm 'nen Hammer auf die Hand fallen … irgendeine Idee wirst du ja wohl haben. Bisher hast du deine Gabe nur zum Stehlen benutzt, aber du weißt doch, dass du noch ganz andere Möglichkeiten hast.«

»Aber nachher wird er ernsthaft verletzt!«

»Dann gib dir halt Mühe.« Tony drehte sich empört von mir weg. »Ich sage ja nicht, dass du ihn umbringen sollst – sorge einfach dafür, dass er eine Weile mit anderen Dingen beschäftigt ist. Wenn er seine Zeit bei Ärzten verbringt, wird er sich nicht wegen eines explodierten iPads sorgen. Sieh zu, dass er wieder nach Hause fährt.«

»Ich … ich kann so was nicht.«

Tony riss die Tür auf. Er war mit seiner Geduld am Ende. »Du vergisst, Phee, dass du mich in die Sache mit reingezogen hast, als ich dich ohne Beute hier reingelassen habe. Du musst dafür sorgen, dass die Sache gut ausgeht und morgen wieder alles so ist wie immer – entweder das oder du verschwindest, damit das Ganze nicht auf mich zurückfällt.« Er warf mich praktisch raus, aus Angst, weil wir inzwischen dermaßen viele Regeln gebrochen hatten. »Verschwinde jetzt und überleg dir eine Geschichte für den Rapport morgen. Ich kann dir deine Entscheidungen nicht abnehmen – das ist allein deine Sache.«

Ich war gerade gegen eine dieser Barrieren geprallt, die wahrer Freundschaft im Weg stehen und die Bestandteil des Lebens in der Community waren. Ich dankte ihm mit knappen Worten und ging. Wir versuchten alle zu überleben und standen nur bis zu einem gewissen Punkt loyal zueinander.

Ich hoffte inständig, dass mich niemand sehen würde, als ich die Treppe zu meiner Wohnung hinaufhuschte. Die Lichtverhältnisse und der Geruch wurden merklich besser, je höher man kam. Meine Wohnung lag im fünften Stock, den Rest der Etage nahm der Seher zusammen mit seinem kleinen Trupp von Bodyguards und Günstlingen ein. Sie wären als Einzige um diese Uhrzeit zu Hause, aber ich musste einfach darauf vertrauen, dass sie mit anderen Dingen beschäftigt waren und nicht im Treppenaufgang Patrouille schoben. Der Seher hatte seine Wohnung recht luxuriös ausgestattet und besaß sogar einen eigenen Generator, der vor meiner Tür abgestellt war, sodass alle meine Abende begleitet waren von Motorgebrumm und stinkendem Dieselmief. Mir machte das nichts aus, denn es dämpfte den Lärm der ausschweifenden Partys, die der Seher feierte und bei denen schlimme Sachen passierten. Zum Glück war es mir bislang gelungen, mich davon fernzuhalten. Allerdings fragte ich mich, wie lange noch: Mir war aufgefallen, dass mich der Seher neuerdings so seltsam ansah. Ich zählte zu den wenigen, die in der Community aufgewachsen waren, und die Kinderzeit hatte mir einen gewissen Schutz gewährt; doch jetzt war ich siebzehn und die Sache änderte sich langsam. Ich wollte nicht,

dass der Seher auf mich aufmerksam wurde, mich benutzte und dann wegwarf, wie er es schon mit so vielen anderen Frauen getan hatte.

So wie mit meiner Mutter.

Ich schaffte es bis in meine Wohnung, ohne gesehen zu werden. Sobald ich drinnen war, legte ich die mickrige Kette vor; nicht dass sie irgendjemanden aufgehalten hätte, aber ich fühlte mich sicherer. Die Kunst, mit dem Leben in der Community zurechtzukommen, bestand darin, aus den kleinen Gefälligkeiten, die uns der Seher erwies – und Privatsphäre zählte zu den kostbarsten –, das meiste herauszuholen. Meine Wohnung wurde als Warenlager genutzt: geklaute Elektrogeräte, Weinkisten, Kartons voller Lederjacken. Es roch nach Kaufhaus, nicht nach Zuhause. Mir war ein Schlafzimmer mit einem richtigen Bett gewährt worden, eindeutig ein Zeichen der Anerkennung, denn die meisten von uns schliefen auf Matratzen am Boden. Dieses Privileg genossen sonst nur noch die Bodyguards des Sehers und zwei andere jüngere Mitglieder der Community, beides Jungen, Unicorn und Dragon. Schräge Namen, aber ich sollte da wohl ganz still sein, schließlich hieß ich Phoenix. Die beiden standen dem Seher sehr nahe, sodass ihre Vorzugsbehandlung nicht groß überraschte, meine Privilegien hingegen ließen sich nicht so leicht erklären; vermutlich fand unser Anführer meine Gabe sehr nützlich und einzigartig.

Falls sie überhaupt noch funktionierte. Dem Seher würde es nicht gefallen, sollte er erfahren, dass meine besondere Fähigkeit nicht ausnahmslos Wirkung zeig-

te. Vor dem Coup hatte ich mir gedanklich noch eine Goldmedaille umgehängt, jetzt fühlte ich mich wie ein Läufer, der den schmachvollen letzten Platz belegt hatte. Was auch immer ich dem Jungen noch antun würde, es durfte nie jemand erfahren, dass er in der Lage gewesen war, sich mir zu widersetzen.

Kapitel 3

Neun Uhr abends: die Tageszeit, vor der mir immer graute. Bei Wind und Wetter versammelte sich dann die Community auf dem abgewrackten Spielplatz in der Mitte der Wohnanlage, um dem Seher Bericht zu erstatten. Wie der Papst am Ostersonntag trat der Seher hinaus auf den Laubengang über unseren Köpfen und sah dabei zu, wie seine Handlanger durch die Reihen gingen und die erbeuteten Sachen einsammelten. Danach wurden die Aufgaben für den nächsten Tag verteilt und dann, soweit alles gut war, löste sich die Versammlung auf und wir gingen entweder zurück auf unsere Zimmer oder zogen los, um einen Job zu erledigen.

Soweit alles gut war.

Wenn nicht, wurde der Missetäter für ein Gespräch nach oben zum Seher gebracht. Ich wusste, dass mich sehr wahrscheinlich genau das erwartete: Mit leeren Händen dazustehen würde definitiv zur Folge haben, dass sich der Seher persönlich der Sache annahm.

Ich bereitete mich auf das Treffen vor, indem ich mir

ein langärmeliges T-Shirt anzog, das meine Brandverletzung verdeckte, und mir einen Handverband anlegte, mit dem es so aussah, als hätte ich mich bloß geschnitten – eine Verletzung, die man sich oft bei Einbrüchen zuzog und die keinen Verdacht erwecken würde. Ich warf einen prüfenden Blick auf meine Erscheinung in der Spiegelscherbe, die über dem Waschbecken im Badezimmer hing. Meine gebräunte Haut ließ meine blauen Augen heller erscheinen als sonst; meine schulterlangen Haare hatte ich mir vor einer Woche zurechtgestutzt und jetzt fielen sie mir in verschieden langen, an den Enden ausgefransten Strähnen ins Gesicht. Es sah besser aus, als ich gedacht hatte, in Anbetracht der stümperhaften Ausführung mithilfe einer Nagelschere. Ohne Schminke und mit einer Reihe schlichter Stecker im Ohr sah ich jünger aus als siebzehn – hoffentlich ein Pluspunkt für mich.

Mein Wecker auf dem Nachttisch piepste und mahnte mich, dass es Zeit für den Appell war. Ich machte mich im Laufschritt auf und stieß zu den anderen, die treppabwärts zum Spielplatz rannten. Keiner sagte etwas: Zu diesem Zeitpunkt waren alle immer sehr angespannt; erst wenn die Tortur überstanden war, nahmen wir uns Zeit, um miteinander zu sprechen. Ich schlüpfte an meinen gewohnten Platz neben dem Karussell und setzte mich dort auf den äußersten Rand. Ich sah Tony drüben bei den Schaukeln herumschleichen. Wie immer hielt er sich möglichst im Hintergrund.

Um Punkt neun ließ der Seher per Gedankenkraft die Flutlichter angehen. Eine Wohnungstür öffnete sich im

obersten Stock und unser Anführer trat in einem weißen Anzug hinaus an die Brüstung.

Der Seher – sein richtiger Name war unbekannt. Schwarzes, zurückgekämmtes Haar, ein aufgedunsenes Gesicht mit Doppelkinn, kleine dicke Finger voller Ringe: Er war der typische Herzinfarkt-Kandidat, hatte bislang aber noch nicht mal so viel wie ein Stechen verspürt. Manchmal malte ich mir aus, wie es wäre, wenn er tatsächlich aus den Latschen kippte: Würden wir alle auseinanderrennen wie entflohene Häftlinge oder würde irgendein neuer Tyrann das Ruder übernehmen? Er hatte Dragon und Unicorn in den letzten Jahren auf den Spitzenjob vorbereitet und sich einen Spaß aus ihrem Konkurrenzkampf gemacht. Wenn irgendjemand von uns in seine Fußstapfen treten würde, dann einer von den beiden. Dragon hatte die Fähigkeit, Dinge mit bloßer Gedankenkraft zu bewegen – auf diese Weise hatte er schon die Position ganzer Autos verändert; Unicorn konnte Dinge altern lassen – er ließ Früchte reifen, Pflanzen erblühen und welken – solche Sachen. Ich würde lieber von Dragon attackiert werden: durch einen Raum geschleudert zu werden war in vielerlei Hinsicht reizvoller, als schlagartig um Jahre zu altern.

Die Handlanger des Sehers schwärmten aus, um die Diebesbeute einzusammeln. Sie trugen eine Art Uniform – schwarzes T-Shirt, Lederjacke und -hosen, die im krassen Kontrast zu dem weißen Anzug des Sehers standen. Ich hielt den Blick auf meine Finger gerichtet, pulte an meinem blauen Nagellack herum und hoffte, dass ein Wunder geschehen möge und sie einfach an mir vor-

beigingen. Ich hatte genug Zeit, um mich an den Rand der Depression zu grübeln. Was war das bloß mit uns Savants? Warum waren wir trotz unserer Begabung auf ein dermaßen beschissenes Leben beschränkt? Ich hatte genug Fernsehen geguckt, um zu wissen, dass die meisten Leute in meinem Alter Familien hatten, zur Schule gingen, ein normales Leben führten an irgendwelchen netten Orten. Warum saß ich in diesem Loch fest? Ich hätte liebend gern ein Zuhause, wo es mehr Bewohner als Ratten gibt. Ein Savant zu sein hätte doch eigentlich bedeuten müssen, den Hauptgewinn in der genetischen Lotterie gezogen zu haben, da wir aufgrund einer Laune der Natur mit einer besonderen Beigabe bedacht worden waren, aber irgendwie schienen wir doppelt gestraft zu sein. Erstens waren wir von der alltäglichen Welt um uns herum ausgeschlossen durch eine Begabung, von der andere nichts wissen durften, weil sie uns sonst wie Laborratten sezieren oder aus Angst umbringen würden; zweitens waren wir dazu verdammt, allein zu bleiben, weil uns das Schicksal einen Partner zugedacht hatte, den wir aller Wahrscheinlichkeit niemals treffen würden. Wir waren so wie einer von diesen Lego-Baukästen, bei dem die eine Hälfte der Steine irgendwo auf der anderen Seite der Weltkugel verstreut war.

»Und, Phee, was hast du heute mitgebracht?«

Na toll, mein Glücksstern machte anscheinend Dauerurlaub. Es war Unicorn, der vor mir stehen geblieben war. Hochgewachsen und schlaksig und mit einer gewaltigen Nase erinnerte er mich an eine lang gestreckte Version von Mr Bean mit dem Gemüt von Hitler. Es be-

reitete ihm größte Freude, gegen die schwächeren Mitglieder der Community Strafen zu verhängen; wir alle hielten uns möglichst von ihm fern.

»Oh, hallo Unicorn. Mein Zielobjekt ist heute nicht auf dem Olympiagelände erschienen. Aber ich hab rausgekriegt, wo sich die Truppe morgen im College trifft, und hab vor, sie mir dann da zu greifen.« Klang meine Story einleuchtend genug?

Er rieb sich den Rücken seiner schnabelartigen Nase. »Heißt das etwa, du hast jetzt gar nichts für uns?«

Ich brauchte nicht aufzublicken, um zu wissen, dass unsere kleine Unterhaltung anfing, Aufmerksamkeit zu erregen. Verzögerungen beim Einsammeln der Beute verhießen nie etwas Gutes.

»Heute nicht. Aber morgen schnapp ich mir 'nen richtig fetten Fisch.«

»Oh, Phoenix, du weißt, morgen interessiert den Seher nicht«, sagte er mit gespielt mitleidsvoller Stimme.

»Ich … ich dachte, das geht mal in Ordnung, weißt du. Nur dieses eine Mal.«

Er zog mich am Arm hoch – mein unverletzter Arm, zum Glück. »Komm. Das wollen wir jetzt mal dem Seher erzählen.« Niemand sah mich an, als ich quer über den Spielplatz geschleppt wurde; Schande hat ihre ganz eigene abschreckende Kraft.

»Wie bist du wieder hier reingekommen?«, fragte Unicorn gelassen, als er mit dem Fuß das hüfthohe Tor aufstieß.

Ich wollte meinem einzigen Freund keinen Ärger einbrocken. »Ich hab Tony überredet. Er wollte mich gar

nicht reinlassen, aber dann hab ich ihm erzählt, was ich für morgen geplant habe.«

»Du hättest zum Ausgleich irgendwas anderes klauen können, um dir Ärger zu ersparen.« Er gab mir einen Stoß, damit ich vor ihm die Stufen hinaufging.

Ich schüttelte den Kopf, so als würde mich sein Vorschlag erstaunen. »Aber ich hab gedacht, wir sollen immer den Auftrag erledigen, den wir gekriegt haben, und nichts auf eigene Faust unternehmen.« Das war eine der Regeln der Community.

»Ja, aber es gibt Zeiten, da hält man sich strikt an die Regeln, und Zeiten, da bewegt man sich ein Stück abseits der Piste, kapiert?« Er stieß mir mit der Hand ins Kreuz, als würde ich nicht schnell genug gehen für seine langen Beine. »Mit deiner Begabung würde ich dich den ganzen Tag lang U-Bahn fahren lassen, damit du die Pendler in den Tunneln paralysierst. Keine Ahnung, warum der Seher deine Begabung an so kleine Fische wie die Touristen auf dem Olympiagelände verschwendet.« Er räusperte sich, als ihm aufging, wie aufsässig das Gesagte geklungen hatte. »Aber ich bin mir sicher, er hat dafür triftige Gründe.«

Schritte polterten auf der Treppe, kamen uns immer näher.

»Hey, Corni, wo bringst du Phee hin?« Das war Dragon, der mit seinen roten Haaren und den Sommersprossen weitaus freundlicher aussah, als er in Wirklichkeit war.

Unicorn genoss es, mich zu verpetzen. »Sie hat keine Beute gebracht.«

»Wie?«

»Nix. Null. Nada.«

»Sag mal, Phee, spinnst du, oder was?«

Ich ließ den Kopf hängen und machte einen auf verwirrtes Kind. »Ich war heute umsonst auf der Baustelle und da hab ich mir gedacht, dass ich den Job morgen im College erledige – das heißt, wenn der Seher noch immer diese Studentengruppe ausnehmen will.«

Unicorn forderte mich mit einem Schubs zum Weitergehen auf. »Ja, das tut er. Er will unbedingt das Zeug von dem Typen, auf den er dich angesetzt hat.«

»Aber ich kann ganz viele Sachen von allen kriegen – jeder von denen hat mindestens ein Laptop. Und ausländisches Geld auch.«

Er zuckte mit den Achseln. »Wie auch immer. Erzähl deine Ausreden dem Seher, nicht uns.«

Dragon hielt ihn für eine Sekunde zurück. »Wir reden hier von Phee. Wenn er nun will, dass sie sich selbst bestrafen soll?«

Ich war überrascht, dass Dragon so etwas wie Mitleid mit mir hatte. Zwar waren wir gemeinsam aufgewachsen, aber das ließ uns eher wie Krabben in einem Eimer nacheinander schnappen, als dass es uns zusammenschweißte.

»Ist nicht wirklich unser Problem, oder?« Unicorn scheuchte mich im fünften Stock in Richtung Laubengang. »Ich bezweifle, dass er's bei ihr so weit kommen lassen würde. Blut ist dicker als Wasser.«

Blut?

»Du hast recht.« Dragon stieß einen Seufzer der Erleichterung aus. »Bisher ist er gegen keins von uns Kindern vorgegangen.«

Ich blieb wie angewurzelt stehen und drehte mich zu ihnen um. »Uns Kindern?«

Ich hatte so abrupt angehalten, dass Unicorn gegen mich prallte und mich zu Boden rempelte. Er stolperte über mich und trat auf meine Hand. »Beweg dich, du blöde Kuh. Wenn du ihn warten lässt, machst du's nur noch schlimmer.«

Ich barg meine Hand an meiner Brust – jetzt waren beide lädiert, aber meine Bestürzung betäubte den Schmerz. »Du hast gesagt ›uns Kindern‹.« Ich wollte nicht aufstehen, nicht ohne eine Antwort erhalten zu haben.

»Und? Jetzt sag bloß, dass du's nicht schon geahnt hast. Der Seher duldet keine Kinder in der Community, es sei denn, er glaubt, sie sind von ihm.«

Oh mein Gott. »Mir wird schlecht.« Ich ging auf die Knie, um mich zu übergeben, aber es kam nichts als Galle. Ich hatte seit gestern nichts gegessen, fuhr also langsam auf Reserve.

Dragon packte mich hinten an meinem T-Shirt und zog mich auf die Füße. »Reiß dich zusammen, Phee. Der Seher ist dein Vater und er hat dir deine Begabung gegeben, also solltest du ihm dankbar sein.«

»Er ist nicht mein Vater.« Meine Mutter hatte mir immer erzählt, mein Vater sei ein wundervoller Mann, den sie auf einer romantischen Reise durch Griechenland kennengelernt hatte, kurz bevor sie der Community beigetreten war. Er war groß gewesen, mit dunkelblauen

Augen so wie meine, und attraktiv – ein perfekter Mann, aber kein Savant und somit nicht ihr Seelenspiegel.

Dragon schüttelte mich. »Ist mir scheißegal, wen du für deinen Vater hältst, aber ich will nicht, dass du dir selbst wehtun musst. Also hör auf, dich wie eine Idiotin zu benehmen. Du musst dich vor dem Seher rechtfertigen und darfst jetzt keinen Nervenzusammenbruch kriegen.«

Ich wusste, dass er recht hatte. Wie auch immer die Wahrheit aussah, ich musste sie beiseiteschieben und verbannen und mich später darum kümmern, wie ich es mit vielen anderen Dingen hier tat. »Okay, okay. Gebt mir eine kurze Verschnaufpause.« Ich holte tief Luft. Ein kluges Mädchen würde versuchen, aus dieser Neuigkeit einen Vorteil zu schlagen, und nicht die Nerven verlieren. »Also, wenn ihr … ihr wisst schon … seid ihr dann etwa meine Brüder, oder was?«

Unicorn schnaubte verächtlich. »Halbbrüder, aber das ist nicht viel mehr als ein biologischer Zufall, also kein Grund, deswegen ein Fass aufzumachen.«

»Ja, genau, und hast du schon mal gesehen, wie sich Vogelbabys im Nest verhalten?« Dragon grinste und zeigte mir seine schiefen Zähne. »Wenn du uns in die Quere kommst, fliegst du schneller über den Rand des Nestes, als dir lieb ist.« Er schlug mir auf den Rücken und setzte mich so torkelnd in Bewegung.

Okay, damit war die Sache klar: Meine Vielleicht- oder Vielleicht-auch-nicht-Brüder hatten kein großes Interesse an mir, sondern lediglich Angst, dass es ihnen ähnlich ergehen könnte, wenn mir etwas Schlimmes passierte.

Wir kamen beim Seher an, der draußen vor seiner Wohnungstür stand. Die anderen Savants waren noch immer unten auf dem Spielplatz versammelt, von seinem Blick gebannt. Als er unsere Schritte hörte, drehte er sich zu uns um und seine blassen blauen Augen, zwei winzige Edelsteine in einem glänzenden, fettgepolsterten Gesicht, erfassten mich. Ich verspürte sofort das altbekannte Kribbeln, als er mein Gehirn nach meiner Ausrede durchforstete. Zur Abwehr überschwemmte ich meinen Geist mit Kummer darüber, dass er womöglich mein Vater war, etwas, was selbst ihn aus dem Konzept bringen sollte. Er brach die Verbindung mit einem Lächeln ab – die Sorte von Lächeln, die Dracula aufsetzt, bevor er seine Zähne in eine Ader schlägt.

»Unicorn, verteile die Aufgaben für morgen.« Die Stimme des Sehers war nicht mehr als ein Flüstern, so als würde ihn jemand im Würgegriff halten. »Dragon, bring Phoenix nach drinnen.«

Der einzige Teil im ganzen Gebäude, in dem Renovierungsarbeiten stattgefunden hatten, war seine Wohnung. Die Handlanger des Sehers hatten unter Missachtung jeglicher baulicher Bedenken ein paar Wände eingerissen, um einen weitläufigen Lounge-Party-Bereich zu schaffen. Am Boden lag schimmerndes Parkett aus Eichenholz, geklaut aus einem Baumarkt und von uns verlegt, bevor der Seher hier eingezogen war. An einem Ende des Raums standen drei riesige Ledersofas vor einem gewaltigen Flachbildfernseher. Die aktuellen Freundinnen des Sehers saßen wie hingegossen in den Kissen und nippten an sagenhaft aussehenden Cocktails.

Ich fand es immer schräg, dass er so tat, als befände er sich in einem Penthouse in Manhattan, wenn man draußen das gute alte abgeranzte Mile End erblickte. Das war ungefähr so überzeugend wie eine geklaute Rolex, die man für 50 Lappen auf dem Markt kaufte. Der Seher schwelgte gern in seinen Fantasien und das hier war eine billige Version des Lebens, das er im Fernsehen sah.

Der Seher pflanzte seinen fetten Hintern auf das mittlere Sofa, ein Platz, der bereits eine für ihn passgerechte Kuhle aufwies, da er die meiste Zeit des Tages dort verbrachte. Er winkte mit dem Finger – das Zeichen, dass ich mich nähern sollte. »Phoenix, deine Erklärung.«

Ich blieb vor ihm stehen, am Rand des flauschigen weißen Läufers, aus Angst, ich könnte ihn dreckig machen, wenn ich darauftrat. Ich wollte sein Verlangen, mich zu bestrafen, nicht noch unnötig anfeuern. Meine Geschichte klang sogar in meinen Ohren ziemlich dünn, als ich sie aufs Neue herunterratterte. Dragon hatte sich hinter den Seher gestellt und seinem mürrischen Gesicht war anzusehen, dass es seiner Meinung nach nicht gerade gut lief.

Ich kam zu dem unspektakulären Ende meiner Erzählung, als der Seher einen Finger hob. »Hast du den Jungen gesehen, den du bestehlen solltest?«

Mir war gestern ein Foto der Zielperson gezeigt worden, eine Kopie seines Ausweisbilds. »Ja, von Weitem. Er war leicht zu erkennen. Ich hab ihn gesehen … ähm«, ich dachte über einen Ort nach, der einleuchtend klingen würde, »als er mit den anderen in einen Seminarraum gegangen ist. Er ist sehr groß.«

»Und du glaubst, dass du den Job morgen erledigen kannst? Dass du seine Wertsachen entwenden kannst, so wie ich es verlangt habe?«

Nein, denn seine Sachen waren nur noch ein Haufen verschmorter Elektroschrott.

»Ja, klar.«

Wirklich? Der Seher war auf Telepathie umgeschwenkt. Mir war dieses Gefühl, wenn er im Inneren meines Gehirns herumkroch, total zuwider.

Ja, ganz sicher. Ich antwortete ebenfalls telepathisch und versuchte, meine Gedanken an dem einen Wort festzumachen: ›Vater‹.

Er lächelte wieder und winkte mich näher heran. Ich verstand das als Einladung, den Läufer mit meinen Schuhen einzusauen, und ging zu ihm. Er wies mit dem Finger auf eine Stelle direkt vor sich und wartete. Was jetzt? Ich warf rasch einen Blick zu Dragon. Er bedeutete mir niederzuknien. Meine Knie sackten durch und ich sank vor den Füßen des Sehers zu Boden. Eine schwer beringte Hand tätschelte mir den Kopf.

»Du siehst genau aus wie Sadie in deinem Alter. Ich werde dir bald einen Partner in der Community suchen müssen – jemand, der es wert ist, mit meiner Blutslinie verbunden zu sein.«

Ein eiskalter Schauer lief mir den Rücken hinunter. Ich wollte mir nicht seine Erinnerungen an meine Mutter anhören – und auch nicht seine Zukunftspläne für mich.

»Ich habe mich gefragt, wann dir aufgehen würde, in welcher Beziehung du zu mir stehst. Deine Mutter hat dir eine Menge Flausen in den Kopf gesetzt und du hast

lange gebraucht, bis du zur Einsicht gelangt bist. Ich glaube, es ist an der Zeit, dass du zusammen mit Unicorn und Dragon Teil unserer Dynastie wirst.« Er machte eine Pause, eindeutig in der Erwartung, dass ich die Lücke mit überschwänglichem Dank ausfüllen würde, wo ich doch in Wahrheit die Beine in die Hand nehmen und weit wegrennen wollte.

»Ich … ähm … weiß nicht, was ich sagen soll.« Das entsprach zumindest der Wahrheit.

Er legte mir seine Hand unters Kinn und kniff mich einen Tick zu fest. »Besorg mir die Sachen von diesem amerikanischen Jungen, Phoenix, ich brauche sie. Danach kümmern wir uns um deine Zukunft.«

Hatte ich denn noch eine? »Das mache ich, versprochen.«

Er ließ mich los und ich fasste das irrtümlicherweise als Zeichen auf, mich zu erheben. »Warte. Deine Strafe.«

Ich sank wieder zurück auf die Knie. Im Zimmer wurde es still; die Frauen auf dem Sofa wagten sich nicht zu rühren, kein Eis klirrte in den Cocktailgläsern.

Ein kleiner Wurm kroch in mein Hirn und begann seine schleimige Botschaft in meinen Geist abzusondern.

Du wirst weder essen noch trinken, bis du diese Aufgabe erledigt hast. Du wirst dazu nicht mehr fähig sein. Er sprach die Worte, während er sie mir telepathisch in meinen Geist prägte.

Dragon atmete laut aus. Vermutlich hatte er etwas weit Schlimmeres erwartet. Die Frauen entspannten sich; eine knabberte von den Oliven, die auf der Glasplatte des Couchtisches standen.

Der Seher ließ von mir ab. »Hast du verstanden, Phoenix?«

Ich nickte, die Hand an die Kehle gepresst. Ich spürte bereits, wie der Gedanke an einen Imbiss in mir den Ekel auslöste, den er mir eingepflanzt hatte.

»Dann solltest du morgen besser in aller Frühe aufbrechen. Du willst doch nicht das Frühstück versäumen, oder?« Er kicherte in sich hinein und die Speckrolle an seinem Bauch hob und senkte sich wie eine kleine Insel, die von einem Erdbeben heimgesucht wurde. »Lauf, lauf, Schätzchen.« Er blickte zu dem schwarzen Bildschirm hinter mir und der Fernseher erwachte plärrend zum Leben.

Ich stand auf und hastete aus dem Raum, ließ den Seher mit seinen Anhängern zurück. Man musste kein Genie sein, um sich denken zu können, dass diejenigen, die noch keine Blutsverwandten des Sehers waren, um die Chance wetteifern würden, als mein Partner erwählt zu werden – noch ein Rivale mehr für Unicorn und Dragon. Meine beiden ›Brüder‹ würden über diese Pläne nicht sehr erfreut sein.

Tony drückte sich in den Schatten des Treppenflurs herum. Er war mutigerweise in den fünften Stock hochgekommen, obwohl er sich eigentlich nur im Keller aufhalten sollte. »Alles in Ordnung, Phee?«

Ich nickte, wobei ich ehrlicherweise den Kopf hätte schütteln müssen. Ich teilte nicht wirklich die DNA dieses bösartigen Mannes, oder?

»Du hast ihnen doch nichts von mir gesagt?« Darum war er also hier.

»Unicorn weiß Bescheid, aber er hat deswegen kein Fass aufgemacht. Dem Seher habe ich nichts erzählt, weil es gar nicht zur Sprache kam.«

Tony kratzte sich am Kinn und nickte zufrieden. »Okay. Mit Sean ist auch alles geklärt. Er wird nicht sagen, was auf dem Baugelände los war. Du musst einfach dafür sorgen, dass du morgen mit einem Haufen Beute kommst, abgemacht?«

»Ja, abgemacht.«

Er grinste mich kurz an. »Endlich verbuchen die kleinen Leute auch mal einen Sieg für sich, was?«

So hätte ich es zwar nicht ausgedrückt, aber er sollte getrost seinen Scheinsieg feiern.

»Ja.«

»Gute Nacht.« Er winkte mir zum Abschied, als er die Stufen hinunterschlurfte.

Ich brachte keine Erwiderung heraus: Diese Nacht hatte nichts Gutes an sich. Ich würde hungrig und durstig sein, würde aber nichts dagegen tun können. Allerdings war es vor allem die abscheuliche Enthüllung über meinen Vater, die mir den Schlaf rauben würde. Wenn ich jetzt einen Wunsch frei gehabt hätte, dann hätte ich gewollt, niemals geboren worden zu sein.

Ich öffnete gerade die Tür zu meiner Wohnung, als Unicorn wie aus dem Nichts erschien. Er zog mich rabiat zu sich heran und stieß mich an die Wand, die Hand um meinen Hals. »Was hat Tony gemeint?«

»Dass … dass ich nicht schlimm bestraft worden bin … dass ich eine zweite Chance bekommen hab«, sagte ich rasch, zu ängstlich, um mich gegen seinen festen Griff zu

wehren. So wie's aussah, war heute der zweitschlimmste Tag in meinem Leben – Platz eins ging an den Tag, an dem meine Mutter gestorben war.

Unicorn lehnte sich mit seinem vollen Gewicht auf mich und packte noch fester zu. »Und der Seher will noch immer, dass du dir diesen Jungen schnappst?«

»Ja.« Ich schloss vor Schmerzen die Augen. Gab es einen Zentimeter von meinem Körper, der heute Nacht nicht wehtun würde?

»Warum?«

Woher sollte ich das wissen? Andererseits hatte Unicorn nicht wirklich mit mir gesprochen und so blieb die Frage einfach zwischen uns in der Luft hängen. Er lockerte seinen Griff um meinen Hals und trat einen Schritt zurück.

»Tony hat dich reingelassen.«

Das hatte ich ihm bereits erzählt. »Ja.«

»Liegt dir was an Tony?«

Heikle Frage. Ich antwortete mit einem Schulterzucken.

»Ich weiß, dass du ihn magst. Wenn du Tony aus der Sache raushalten willst, dann zeigst du mir, was du von dem Jungen geklaut hast, bevor du's dem Seher bringst, kapiert?«

Das verstieß gegen die Regeln. Wir händigten unsere Beute immer vor aller Augen bei den Versammlungen aus und trieben keinen Privathandel hinter dem Rücken des Sehers.

Mein Gesichtsausdruck zeigte ihm anscheinend deutlich, dass ich über diesen Vorschlag nicht glücklich war.

Er legte mir wieder seine Hand an die Kehle, strich über die rote Druckstelle. »Bedeutet dir Tony wirklich so wenig? Ich dachte, er wäre dein *Freund.*« So wie er das sagte, klang das Wort wie ein Synonym für Kakerlake.

»Okay, ich werde als Erstes zu dir kommen. Aber tu Tony nicht weh, okay?«

Er nahm seine Hand fort und lächelte. »Als ob ich so was je tun würde.«

Kapitel 4

Mich auf den Campus des Queen Mary College einzuschleusen war einfacher als erwartet. Ich war im richtigen Studentenalter und zur Sicherheit hatte ich mich auch noch mit ein paar Broschüren aus dem Foyer ausgestattet. Niemand beachtete mich weiter, als ich die Eingangstür aufstieß.

»Kann ich Ihnen helfen?«, fragte die Frau am Tisch der Konferenzanmeldung, als ich näher trat. Hoffentlich bemerkte sie weder die dunklen Ringe um meine Augen noch meine Anspannung, während ich mir ein Lächeln abrang. Sie hatte einen Stapel mit Mappen und Plastiknamensschildern in alphabetischer Ordnung vor sich liegen. Mein Blick huschte über die Sammlung und blieb an ›Ann Peters‹ hängen. Ich schaute rasch über meine Schulter, ob auch niemand hinter mir stand, der mich womöglich auffliegen lassen könnte.

»Hallo, ich bin Ann Peters.«

Sie lächelte mich freundlich an und drückte mir ohne ein weiteres Wort eine Mappe und ein Namensschild in

die Hand. Aber andererseits: Niemand, der noch recht bei Trost war, würde sich freiwillig in eine Konferenz über – ich blickte auf den Titel – *Die Wende im Klimawandel?* reinschmuggeln.

Ich unterdrückte ein abfälliges Schnauben, als ich mir den Raum voller Wissenschaftstrottel vorstellte. »Die erste Arbeitssitzung beginnt erst in einer Stunde, aber Sie können gern das Café besuchen oder die Ausstellung in der College-Bibliothek.«

»Ja, danke.« Ich mochte Bibliotheken, sie waren ein Zufluchtsort für mich. Ich klemmte mir den Packen unter den Arm und ging in die Richtung, in die sie gezeigt hatte. Ich war zwar ziemlich sicher, dass sie sich nicht mehr daran erinnern würde, dass ich das Namensschild von Ann Peters bereits genommen hatte und sie sein Fehlen auf einen Irrtum zurückführen würde, aber für alle Fälle wollte ich doch lieber mein Erscheinungsbild ändern. Ich huschte aufs Damenklo und band mir das Haar mit einem braunen Schal hoch. Dann setzte ich meine Lieblingsbrille auf, die mir mit ihrem dicken schwarzen Gestell einen intelligenten Gesichtsausdruck verlieh. Ich war darauf bedacht gewesen, ganz anders auszusehen als gestern, und hatte ein weißes Langarmshirt, eine Strickjacke und einen altbackenen Rock angezogen, die Schuhe mit den dicken Gummisohlen rundeten den Fashion-Desaster-Look schließlich ab. Meine Ohrringe hatte ich herausgenommen. Zum Schluss drehte ich das papierne Namensschild um und schrieb Wendy Barrie auf die Rückseite, der erste Name, der mir in den Sinn gekommen war. Ich wollte auf keinen Fall

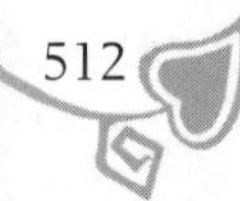

auf die echte Ann treffen und ihren Namen um meinen Hals haben. Ich musterte mich im Spiegel und befand, dass ich als eine vollkommen andere Person durchging: Wendy, die hässliche Schwester von Cinderella, die ihren Schuh verloren hatte.

Und trotzdem, das Make-up musste noch runter. Ich setzte die Brille ab, drehte das Wasser auf, wusch mir die Schminke ab und tupfte mein Gesicht mit einem Papierhandtuch trocken. Jetzt war mein Gesicht nackt. Sogar ich konnte sehen, dass ich ohne Mascara oder Eyeliner verletzlicher und müde aussah. Ich hatte seit vierundzwanzig Stunden kein Auge zugetan und seit zwölf Stunden nicht mehr als einen Schluck Wasser zu mir genommen. Ich musste den Auftrag schnell erledigen oder ich wäre nicht mehr fit genug für einen erneuten Versuch. Mir war jetzt schon klar, dass der Seher enttäuscht sein würde; mein Opfer hatte nicht ausreichend Zeit gehabt, seine Sachen zu ersetzen, und so wäre alles, was ich ihm heute abknöpfen könnte, seine Brieftasche und ein Reisepass – wenn ich Glück hatte. Mein Selbstvertrauen war ordentlich angeknackst. Ich konnte nicht vergessen, dass der Junge gestern meine Paralysierungsattacke abgewehrt hatte; jetzt, da er wusste, womit er rechnen musste, würde ich womöglich nicht mal mehr die paar Sekunden Zeit-Stopp rausschlagen können. Aber ich musste ihm irgendetwas abnehmen, ansonsten würde ich verdursten und diese Vorstellung ließ mich höchst konzentriert bei der Sache sein.

Ich holte tief Luft, um meine flattrigen Nerven zu beruhigen, zog den Übersichtsplan vorne auf dem Kon-

ferenzprogramm zurate und stiefelte dann los in Richtung Bibliothek. Hier konnte ich in aller Ruhe die Konferenzbesucher ausspionieren. Ich fand ein ruhiges Plätzchen in der Umweltrechtsabteilung, zog ein Buch aus dem Regal und stellte es aufgeschlagen vor mich hin, eine Barriere gegen den Rest der Welt. Ich hatte eine gute Sicht auf das Geschehen – ich konnte den Innenhof sehen, wo das Café ein gutes Vormittagsgeschäft mit Kaffee und Croissants machte, und auch die Ausstellung, die sie sich alle ansehen sollten.

Mein knurrender Magen sagte mir, dass ich hungrig war, aber der kleine Wurm in meinem Hirn warnte mich vor dem Essen.

Wie fühlte sich das wohl an, fragte ich mich beim Anblick der sich in der Sonne scharenden Studenten, wenn einem derartige Möglichkeiten offenstanden – Reisen, Freundschaften, Bildung? Die Mädchen, mit denen ich auf dem Baugelände gesprochen hatte, zogen durch mein Blickfeld wie Gazellen in der Steppe, schlank und elegant. Sie gehörten einer anderen Spezies an als ich, erhabene Wesen, die keine Ahnung hatten, was für Glückspilze sie waren. Es gab auch eine Reihe von Elefanten, tollpatschige Jungs, die nicht wussten, wohin mit ihren Gliedmaßen oder wie sie ihren Bücherstapel tragen sollten; von ihnen fühlte ich mich ein bisschen weniger eingeschüchtert. Ein zierlicher Asiate stakste durch die Menge, ein Schreitvogel am Wasserloch, der hier und da etwas aufpickte. Und dann kam der Leopard, streifte umher mit den geschmeidigen Bewegungen einer großen Katze, schüttelte sich lässig seinen Rucksack

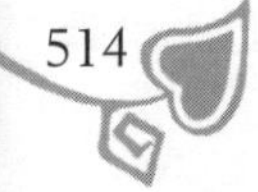

von der Schulter. Ich hatte unbewusst die Luft angehalten und ließ sie jetzt entweichen. Meine Zielperson. Er setzte sich neben die Gazellen und die Blonde gab ihm einen Bissen von ihrem Croissant ab. Sie schwatzten und lachten, verhielten sich total unbefangen. Wie schlossen Leute so schnell Freundschaft? Wussten sie denn nicht, dass man niemandem trauen konnte? Ich beobachtete sie unauffällig, voller Neid angesichts dieses unbeschwerten Miteinanders, aber auch voller Misstrauen. Niemand, den ich kannte, verhielt sich so.

Als die drei ihren Kaffee ausgetrunken hatten, standen sie auf und kamen in meine Richtung. Der Leopard blieb kurz stehen, um etwas zu dem Schreitvogel zu sagen. Ich kauerte mich hinter mein Buch. Es wäre genial, wenn sie hierherkämen, dann könnte ich den Job ohne viel Aufhebens erledigen. Über den Rand des Buches spähend sah ich, dass er seinen Rucksack bei dem asiatischen Studenten gelassen hatte. Ich spürte einen Anflug von Verärgerung. Es war beinahe so, als ob er das mit Absicht tat, nur um mir einen Strich durch die Rechnung zu machen. Du hast also nicht vor, es mir leicht zu machen, Kumpel.

Sie redeten beim Hereinkommen, ihre Stimmen waren bibliotheksgerecht gedämpft. Mir war bereits aufgefallen, wie leer es hier während der vorlesungsfreien Zeit war, die normalen Studenten waren alle in den Ferien und keiner der anderen Konferenzteilnehmer machte Anstalten, aus der warmen Sonne hier hereinzukommen.

Meine drei Zielpersonen blieben vor dem Mitteilungsbrett stehen.

»Yves, hast du schon deine Eltern wegen des iPads angerufen?«, fragte die dunkle Gazelle und tätschelte ihm den Arm.

Yves. So hieß er also. Wie Yves Saint Laurent, der Modeschöpfer. Es wurde ›Iehf‹ ausgesprochen, auch wenn man es mit Y schrieb.

»Ja, gestern Abend. Aber das war schon okay, Jo – zum Glück war es ein Gratisgerät gewesen. Apple hatte es mir zum Testen gegeben. Ist die neue Generation.« Er hatte eine umwerfende Stimme, die mich an geschmolzene Schokolade denken ließ. Ich hätte ihm stundenlang zuhören können.

»Wow.« Sie starrte ihn bewundernd an. Mich überkam das seltsame Verlangen, sie mit einer Ohrfeige aus ihrer schwärmerischen Verzückung zu reißen.

»Ja, es sollte eigentlich ein Geheimnis sein.« Er wich einen kleinen Schritt zurück, ein bisschen in Verlegenheit gebracht, dass sie ihm dermaßen viel Aufmerksamkeit schenkte. »Es wurde ja zerstört und nicht gestohlen. Das Unternehmen würde es schlimmer finden, wenn der Dieb mit dem Teil entkommen wäre. Sie werden verärgert sein, aber nicht mit mir.«

Zumindest erklärte das, warum sich der Seher unbedingt die Sachen des Jungen unter den Nagel reißen wollte: das brandneue Modell eines Apple-Gerätes war bestimmt ein Vermögen wert.

Die Skandinavierin blieb vor einem Foto von schmelzenden Eisbergen stehen. »Das war so gemein von der Diebin – warum rennt sie mit deinem Rucksack weg und verbrennt ihn dann? Das ist einfach nur fies.«

Er zuckte mit den Achseln. »Man weiß nie, warum jemand was tut. Vermutlich war sie auf Drogen und total high.«

Niemals. Ich hatte so schon genug Probleme und keinen Bedarf an einem dermaßen zerstörerischen Hobby.

Jo machte ein finsteres Gesicht. »Aber sie war echt gut – ich hab überhaupt nicht mitgekriegt, wie sie's gemacht hat. Du, Ingrid?«

»Nein. Das war alles echt seltsam. Hey, seht euch das an.« Sie zog sie mit sich mit zu einem Anschlagbrett auf der anderen Seite des Raums. Als sie mir die Rücken zugekehrt hatten, nutzte ich die Gelegenheit und stand auf, um zu gehen.

Ich spazierte hinaus in den Sonnenschein und beobachtete das Treiben im Café, überlegte, ob es ein geeigneter Ort für den Coup wäre. Ich gelangte schnell zu dem Entschluss, dass da zu viele Leute waren und der Laden außerdem von Hunderten von Büros überschaut wurde. Würde vielleicht die gute alte Taschendiebmethode ›Zugreifen-und-wegrennen‹ funktionieren? Die Kopfhörerstöpsel in den Ohren, das Gesicht in die Sonne gelegt, saß der junge Asiate mit dem Rucksack da wie eine Henne auf dem Ei. Ich konnte mir genau das Geschrei und Gezeter vorstellen, das ich verursachen würde, und außerdem war ich zu weit vom Ausgang entfernt, um einen sicheren Abgang vom Campus hinzulegen. Ich würde warten müssen, bis sie in einen geschlossenen Raum gingen. Ich blätterte durch das Programmheft und sah, dass sie um 11 Uhr Seminare in den ›Kursräumen‹ hatten. Ich hatte zwar nie ein College

besucht, aber den Filmen nach, die ich so gesehen hatte, mussten Seminare kleinere Veranstaltungen sein als Vorlesungen. Ich konnte maximal dreißig Personen auf einmal paralysieren, also schien das meine beste Chance zu sein. Zuversichtlich, dass mich in meiner Verkleidung niemand mit der Diebin von gestern in Verbindung bringen würde, folgte ich den Studenten und nahm an der Einführungsvorlesung teil. An meinem Platz in der letzten Reihe saß ich wie auf dem Oberdeck eines Busses und schaute auf die Leute da unten hinunter, ohne zu hören, was gesagt wurde, aber mit dem prickelnden Gefühl, heimliche Einblicke in ihr Leben zu erhaschen.

Nach dem Vortrag verließ das Publikum den Saal und alle diskutierten, welcher Arbeitsgruppe sie sich als Nächstes anschließen wollten.

»Ich gehe zu ›Wissenschaftliche Beweisführung‹«, erklärte Gazelle Jo forsch. »Wie sieht's mit euch aus? Ingrid?«

»Ich glaube, ich gehe zu ›Einwirkungen des Menschen‹.« Ingrid wandte sich mit hoffnungsvollem Blick an Yves, der seine Sonnenbrille durch eine niedliche randlose Lesebrille ersetzt hatte.

Niedlich? Reiß dich am Riemen, Phee.

»Ich schau mal bei ›Folgen fürs Ökosystem‹ rein. Wir treffen uns also später, okay?« Er bog links in den Korridor ab. Beide Mädchen standen da wie begossene Pudel. Ich hätte um ein Haar laut aufgelacht; es war dermaßen offensichtlich, dass sie den schnuckligsten Jungen der ganzen Konferenz am liebsten auf Schritt und Tritt ver-

folgt hätten. Yves jedoch war anscheinend nicht traurig darüber, dass er ihren unübersehbaren Anstrengungen, sich ihn als Konferenz-Flirt zu angeln, für eine Weile entkommen konnte; ich schloss daraus, dass er unsicher war, wie er mit dermaßen unverhohlenen Signalen weiblichen Interesses umgehen sollte. Armer, großer, gut aussehender Kerl, feixte ich in mich hinein, als ich ihm hinterherging.

Wir Ökosystemler (ich hatte mich gerade selbst in die Gruppe gewählt) nahmen unsere Plätze in einem kleinen Raum in einem der älteren Campus-Gebäude ein. Ich saß hinter meiner Zielperson in der Nähe des Fensters. Wir befanden uns im ersten Stock mit einem Balkon, der auf eine Rasenfläche und einen weißen Glockenturm hinausblickte – ein bisschen Schick des neunzehnten Jahrhunderts an der Mile End Road. Einen flüchtigen Blick auf meine Welt – auf die Autos, Taxis und Fußgänger – gleich da auf der anderen Seite der niedrigen weißen Mauer erhaschen zu können, gab mir ein Gefühl von Sicherheit. Ich würde erst loslegen können, wenn alle eingetrudelt waren, um Unterbrechungen zu vermeiden. Ich zählte die hereinkommenden Leute und kriegte es allmählich mit der Angst zu tun, als es bereits fünfundzwanzig waren. Schweiß lief mir den Rücken hinunter. Es würde noch ein Dozent kommen und wir waren schon fast am Limit.

Und dann beschloss er, freundlich zu sein.

Yves drehte sich zu mir um und lächelte. Er hatte vermutlich entschieden, dass ich ein harmloses weibliches Wesen war, weil ich ihn noch nicht wie alle anderen

Mädchen, denen er je begegnet war, nach seiner Telefonnummer gefragt hatte.

»Hi, ähm …« Er schielte auf mein Namensschild. »Wendy. Du bist heute erst angekommen, stimmt's?« Seine Stimme hatte einen sanften, humorvollen Unterton, der mich wie eine zufriedene Katze schnurren lassen wollte.

»Ja.« Meine Stimme war ein Flüstern – nicht meine Schuld, schließlich hatte ich seit einer Ewigkeit nichts getrunken.

»Bist du mit ihm verwandt?«

»Wie bitte?«

Er zeigte mit seinem Bleistift auf meinen Namen. »Mit J.M. Barrie. Du weißt schon, *Peter Pan und Wendy*?«

Das wusste er? Dieses Wissenschaftsgenie wusste, dass in der Erstausgabe des Buches beide Namen im Titel genannt worden waren? Ich dachte, bloß Außenseiter wie ich, die in den düsteren Winkeln der Bibliothek herumspukten, hatten Interesse an solch zweifelhaftem Zeug. Aber er musste eine Antwort bekommen. Ich konnte ihn nicht die ganze Zeit anglotzen wie ein gestrandeter Fisch.

»Ähm … nein. Schön wär's.«

»Von welcher Schule kommst du?« Er betrachtete mich, als würde er überlegen, wo wir uns schon mal begegnet waren.

Ich stürzte mich auf den ersten Ort, der mir in den Sinn kam. »Newcastle … ähm. Die Schule für Mädchen.«

»Newcastle. Das ist in Nordengland, nicht?«

»Jepp.« Wendy würde nicht ›Jepp‹ sagen. »Ja, das liegt in der Nähe der Grenze zu Schottland.«

»Bin noch nie da gewesen.« Was für eine Erleichterung! Bei meinem Glück hätte es mich nicht gewundert, wenn er einen Haufen Verwandte in meiner Geburtsstadt gehabt hätte. »Gehst du da auch aufs College?«

»Ähm … ja.« Ich überlegte krampfhaft, welchen Ort er vermutlich nicht kennen würde. »Aberdeen.«

»Oh, cool. Die haben da eine großartige Abteilung für Geowissenschaften, die wegbereitende Sachen auf dem Gebiet der Mineralölgewinnung machen. Hast du ihren neuesten Artikel über die CO_2-Speicherung gelesen?«

Nein. »Ja, klar. Darum habe ich mich ja auch hier beworben. Ich, Miss Geowissenschaften. Minimalölgewinnung … ist ein echt faszinierendes Thema.« Halt die Klappe, Phee.

Yves sah mich skeptisch an. »*Mineral*öl, meinst du.«

»Sorry, kleiner Versprecher. Mineralöl.«

Er sah noch immer zweifelnd aus. »Welches Fach hast du belegt?«

»Geowissenschaften.« Pah, so leicht ging ich ihm nicht auf den Leim.

»Ja, aber du musst dich ja auf irgendwas spezialisieren, oder?«

Ach ja? »Na ja, ich dachte, ich konzentriere mich erst mal auf den Geo-Bereich.« Das klang total dämlich. »Ich meine, auf Geografie.« War das Bestandteil der Geowissenschaften? Ich hatte keinen blassen Schimmer.

Meine Antwort schien ihn zufriedenzustellen. Ich fühlte mich wie jemand, der gerade noch durch heftiges Bremsen einen Autounfall verhindert hatte. Die Reifen kreischten noch immer in meinem Kopf.

»Ich werde im Herbst Umweltwissenschaften in Berkeley anfangen, aber ich werde auch Kurse in Geografie belegen. Wir haben also viel gemeinsam.« Er drehte sich wieder nach vorne um, als die Dozentin den Raum betrat.

Ach ja? »Äh … ja, das ist wirklich interessant, Berkeley.«

Er blickte über seine Schulter nach hinten. »Kalifornien.«

Seiner erwartungsvollen Miene nach zu urteilen, musste ich das anscheinend wissen. »Ja klar. Hab ich schon von gehört. Natürlich hab ich das.«

Na bitte: Ich hatte ihm soeben den Beweis geliefert, dass Wendy eine totale Hohlrübe war, die auf keinen Fall Geografie studieren sollte, da sie nicht mal wusste, wo Berkeley lag.

Die Dozentin, eine junge Inderin, stellte sich vorne an das Pult und breitete die Hände aus. Ich war wie gebannt von dem Klimpern ihrer Armreifen. Ich trug so was nie, weil es mich beim Klauen stören würde.

»Hallo zusammen. Ich heiße Dr. Sharma. Ich kann euch gar nicht sagen, wie sehr ich mich freue, dass sich so viele von euch für diesen Kurs entschieden haben.«

Ich freute mich nicht: Ich hatte zweiunddreißig Personen im Raum gezählt. Ich hatte noch nie versucht, dermaßen viele auf einmal zu paralysieren.

»Ihr alle seid von euren Colleges und Schulen ausgewählt worden, weil ihr zu den Besten zählt – ihr seid die Wissenschaftler der Zukunft. Und wie ihr wisst, zählt das Thema ›Folgen für das Ökosystem‹ zu den

spannendsten Forschungsfeldern überhaupt. Jetzt wollen wir erst mal mit einer kleinen Vorstellungsrunde anfangen und uns ein bisschen besser kennenlernen.«

Das wollten wir auf keinen Fall! Ich musste die Sache zu Ende bringen, bevor die Reihe an mich käme. Ich schloss die Augen und streckte mich nach den Mentalmustern der Menschen im Raum aus. Die meisten schwirrten in kühlen Blau- und Grüntönen umher, Bildsequenzen von Bergen und Flüssen blitzten dazwischen auf, bei ein paar Mädchen war Yves' verträumtes Gesicht zu sehen; meine Zielperson bewegte sich in einer Schwarz-Weiß-Zone und das Bild von mir, so wie ich gestern ausgesehen hatte, tauchte immer wieder darin auf.

Verdammt noch mal, er kam mir auf die Schliche, Misstrauen durchbrach in orangefarbenen Flammen das Schwarz-Weiß.

»Du da, das Mädchen ganz hinten – tut mir leid, ich kenne eure Namen noch nicht –, geht's dir gut?«

Ich schlug die Augen auf. Dr. Sharma sah mich auffordernd an. Die sorgfältig zusammengesammelten Muster stoben davon wie Schäfchen, die aus dem Pferch fliehen. Ich nickte.

»Gut, denn normalerweise nicken meine Studenten erst ein, wenn mein Vortrag etwas fortgeschritten ist, und nicht bevor ich überhaupt angefangen habe.«

Das Publikum lachte höflich.

»Ja … ähm … sorry«, sagte ich zögerlich.

»Können wir anfangen? Vielleicht möchte sich ja der junge Mann in der Sitzreihe vor dir mal kurz vorstellen?«

Yves wurde aus seinen Gedanken gerissen. »Ja, Dr. Sharma, gerne.«

Ich hätte ihm ja gern zugehört, aber es gab Wichtigeres für mich zu tun. Ich streckte meinen Geist nach ihren Gedankenfäden aus, holte sie ein und dann …

Zeit-Stopp.

Es funktionierte – eine Sekunde lang. Jemand sträubte sich mit aller Macht, versuchte sich aus meiner Falle zu befreien. Ich brauchte gar nicht lange rumzuschauen, um zu wissen, wer derjenige war. Ich hatte keine Zeit, seine Tasche zu durchsuchen; ich schnappte sie mir einfach und rannte los, stolperte über die ausgestreckten Beine des Jungen auf der anderen Seite des Gangs.

Wie kannst du nur? Der Protest hieb in meinen Geist wie ein Eispickel. Ich krachte gegen die Tür, hielt mir den Kopf. Mein ganzer Körper sirrte von der telepathischen Botschaft. So etwas hatte ich noch nie erlebt. Es war, als hätte er meine persönliche Wellenlänge herausgekriegt und würde mit markerschütternder Lautstärke einen Song spielen, der extra für mich geschrieben worden und dermaßen eindringlich war, dass ich ihn nicht ausblenden konnte. Ich wollte antworten, spürte das Verlangen, etwas zu erwidern, aber wie hätte ich das tun können? Ich beklaute ihn gerade, richtig?

Meine Verbindung zu den Mentalmustern der anderen im Raum wurde brüchig und alle kamen zu Bewusstsein. Sie sahen mich an der Tür am Boden kauern.

»Wie hast …?« Dr. Sharma blickte verblüfft zwischen meinem Stuhl und der Tür hin und her. In ihrer Wahrnehmung sah es vermutlich so aus, als hätte ich den

Raum dazwischen wie ein Superheld mit einem Satz überwunden.

Yves hielt sich nicht wie alle anderen groß mit Glotzen auf. Er sprang über den Tisch hinweg, um mich zu stellen. Der Schock setzte mich wieder in Bewegung und ich stürzte aus dem Raum, sprintete den Korridor hinunter. Was war da gerade eben passiert? Ich würde nicht vor ihm davonlaufen können, also müsste ich mir etwas anderes überlegen. Ich schoss in den nächsten leeren Raum hinein und rannte zum Fenster. Erster Stock bloß. Meine Welt lag nur einen Fünfzigmetersprint von hier entfernt, wenn ich es nach unten schaffte, ohne mir einen Knöchel zu brechen. Ich riss das Fenster auf und kletterte aufs Sims, sein Rucksack hing über meiner Schulter. Nicht schnell genug. Eine Hand packte meine Wade.

Wer bist du? Was willst du von mir?

Seine Gedankensprache ließ mein Innerstes erzittern. Ich konnte mein Gehirn nicht in Gang bringen. *Geh weg. Geh einfach weg!*

Er verharrte kurz, dann verstärkte sich sein Griff um mein Bein, als er versuchte, mich zurück in den Raum zu ziehen. *Wie machst du das? Du … bist anders. Sprich noch mal mit mir.*

Verpiss dich!

Er hatte die Frechheit zu lachen, sein ganzes Verhalten schlug von Ärger in Heiterkeit um. *Du bist es – ich wusste, dass du's bist!*

Ich hatte keine Ahnung, für wen er mich hielt, und hatte auch nicht vor dazubleiben, um es herauszufinden. Diese seltsame Intimität unserer Gedankenunterhaltung

versetzte mich in Panik. Ich trat fest zu und dankte Wendy und ihren Waldbrandtretern, als ich ihn im Magen traf, aber der blöde Ami ließ einfach nicht los.

Na, na, Wendy. So aber nicht. Er rang mich am Fenster zu Boden und beendete meine Gegenwehr, indem er sich mir auf den Rücken pflanzte. »Den nehme ich, danke.«

Er riss mir seinen Rucksack von der Schulter und schleuderte ihn weg, außerhalb meiner Reichweite. Keine gute Entwicklung. Das roch nach Polizei und Knast. Ich lag ganz still da, für den Augenblick besiegt. Erbittert ging mir auf, dass ich es in einer Zelle nicht lange machen würde, da ich meinen Auftrag nicht erfüllt hatte. Vermutlich würde ich morgen bereits tot sein, wenn ich nicht bald etwas trank.

»Bitte, ich muss dir irgendwas klauen.« Das klang erbärmlich, aber mir blieb nichts übrig, als zu betteln.

»Dazu kommen wir später.« Yves legte mir behutsam eine Hand auf den Kopf. Er war im Moment sehr viel klarer bei Verstand, als ich es war. »Wer hätte gedacht, dass mein Seelenspiegel eine Diebin ist?«

Ich erstarrte. *Seelenspiegel?* Er machte wohl Witze! Das war ein Märchen.

»Du weißt also, was das bedeutet?« Er strich mir über den Nacken und mir lief ein Schauer über den Rücken. Mein Körper erkannte ihn, obwohl mein Geist noch immer schrie, dass ich verdammt noch mal von hier wegmusste. »Ich frag nur nach, denn vielleicht weißt du's auch nicht. Der Seelenspiegel meines Bruders hatte keine Ahnung. Du bist ein Savant?«

Ich hörte Geräusche draußen auf dem Flur. Der Rest der Seminargruppe hatte sich offensichtlich auf die Suche nach den zwei abhandengekommenen Studenten gemacht.

Schritte näherten sich unserem Raum. »Wollen wir ihnen einfach erzählen, dass das alles bloß ein blöder Scherz war, wenn ich dich jetzt loslasse?«

Ich nickte wieder und plante bereits, ans Fenster zu hechten, sobald er lockerlassen würde.

»Aber du musst mir versprechen, dass du keine Dummheiten machst. Wie zum Beispiel vor mir zu fliehen.«

Verdammt. »Okay.«

Wenn wir beide die ganze Aktion als blöden Scherz verkauften, würde mir das wenigstens ein bisschen Zeit verschaffen.

Seine Hand glitt nach unten und ergriff meine, stieß an den Verband.

»Bin ich das gewesen?«

Ich antwortete nicht.

»Tut mir echt leid. Ich konnte dich nicht so einfach meine Sachen nehmen lassen – sie haben mir gar nicht gehört. Aber ich hab zugegebenermaßen die Beherrschung verloren. Ich muss mein Temperament echt in den Griff kriegen oder meine Begabung läuft total aus dem Ruder. Du hast mich gestern stinksauer gemacht.«

Ach, er hatte also keine Freude daran gehabt, mich in Brand zu stecken? Ich hatte sein Mentalmuster gesehen; ich wusste, dass er es genossen hatte, den hinterhältigen Dieb auszutricksen.

Er fasste mich am Ellenbogen und half mir auf die Füße in dem Moment, als die Tür aufflog.

»Was ist hier los?« Dr. Sharma stand in der Tür und war außer sich.

Yves stellte sich schützend vor mich. »Bitte entschuldigen Sie vielmals, Dr. Sharma. Wendy und ich sind alte Freunde und wir haben diesen Running Gag, dass sie mir immer die Tasche klaut.« Er zuckte mit den Schultern. »Fing mal mit Schokoriegeln an, die sie mir in der Grundschule gemopst hat, und mittlerweile sind's ganze Rucksäcke. Total kindisch, ich weiß.«

»Ich bin sehr enttäuscht von euch beiden. Das ist keine Konferenz für Kinder, sondern für Erwachsene. Benehmt euch eurem Alter entsprechend!«

Yves spürte, dass ich leicht taumelte, und schlang mir seinen Arm um die Taille. »Natürlich. Entschuldigen Sie bitte vielmals.«

»Dann können wir jetzt ja zurück in den Seminarraum und uns endlich an die Arbeit machen.« Sie rauschte davon und ihre weit geschnittene türkisfarbene Jacke wehte hinter ihr her wie ein Umhang.

»Ich kann da nicht wieder rein«, zischte ich Yves zu.

»Doch, das kannst du. Um zwölf gibt's eine Pause; dann reden wir.«

»Ich habe keine Ahnung von dem Zeug, über das ihr da quatscht.«

Er feixte. Für ihn war die ganze Situation offenbar ein Riesenspaß, während ich gerade den übelsten Albtraum erlebte. »Ja, das hab ich mir schon gedacht. Miss Geowissenschaften.«

Mir wurde kurz schwarz vor den Augen. Ich schüttelte den Kopf.

»Geht's dir gut?«

Nein, ging es nicht. Dieb. Seelenspiegel. Wirrkopf. Ich war so durstig, dass ich nicht mehr klar denken konnte. Ich leckte mir die ausgetrockneten Lippen.

Yves schleppte mich zurück in den Seminarraum, lachte die Bemerkungen zu unserem plötzlichen Abgang einfach weg. Er warf mit Entschuldigungen um sich wie ein wohlwollender Lord, der Goldmünzen ans gemeine Volk verteilte – großzügig und mit vollen Händen. Er zog mich auf den Sitz neben sich, hielt mich weiterhin am Arm fest.

»Hast du zufällig Handschellen dabei?«, flüsterte er mir leise zu. Sehr witzig.

Ich legte meinen Kopf auf die Tischplatte und Dr. Sharma fuhr mit ihrem Vortrag fort. Zum Glück hatte sie nach dem befremdlichen Heiterkeitsausbruch zweier ihrer Studenten die Idee einer Vorstellungsrunde abgehakt.

Eine Flasche tauchte vor meiner Nase auf. *Trink.*

Ich kann nicht.

Warum nicht? Ich habe sie noch nicht mal aufgemacht.

Bitte, ich muss etwas von dir stehlen!

Ohne den Blick von mir zu nehmen, steckte Yves die Wasserflasche zurück in seine Tasche und nickte mir zu. *Das ist mein Wasser. Egal, was du tust, nimm es mir ja nicht weg.*

Ich langte nach unten und schnappte mir die Wasserflasche. Ich drehte den Verschluss auf und nahm einen

großen Schluck. Das fühlte sich herrlich an, dermaßen gut, dass ich die Flasche in einem Zug leerte.

Yves schüttelte stumm den Kopf. *Du bist echt seltsam.*

Ich zerknüllte die Plastikflasche. *Und du etwa nicht?*

Kapitel 5

Yves stand nicht auf, als alle anderen am Ende des Seminars den Raum verließen, und so blieb ich auch an meinem Platz sitzen. Dr. Sharma ging als Erste, mit dem Hinweis, dass die Panini in der Kantine gar nicht so übel wären, man müsse nur rechtzeitig da sein. Wir saßen schweigend da, beobachteten, wie sich die anderen durch die Tür nach draußen schoben, in Gedanken schon beim Mittagessen.

Auch ich dachte daran. Neben allem anderen war ich in erster Linie hungrig. Und müde, so furchtbar müde. Ich hatte soeben erfahren, dass das Märchen wahr war. Seelenspiegel existierten – und dieser Junge hier war meiner. Ich hatte mir immer vorgestellt, dass mich diese Entdeckung in einen Glückstaumel versetzen würde, so als hätte ich das Gewinnlos in der Lotterie gezogen, doch stattdessen fühlte mich einfach nur leer und traurig. Ich wusste, ich würde ihn nicht haben können. Ich war das Kind ohne einen Penny in der Tasche, das sein Gesicht an der Scheibe des Süßwarenladens platt

drückte. Blicken wir den Tatsachen ins Auge: Ich war eine Verbrecherin, die nie eine Schule besucht hatte; er war der Klassenbeste und alles an ihm war mustergültig und blitzsauber. Er lebte in den Staaten und ich lebte in einem schäbigen besetzten Haus, dessen Adresse ich mir gar nicht erst zu merken brauchte. Er war anständig und hatte eine Zukunft vor sich; ich hatte eine enge Beziehung zur Community, die sich nicht so einfach beenden ließ, und einen neu entdeckten Vater, der mich nicht aus den Krallen lassen würde.

Der Seher verfügte über verschiedene Kanäle, Dinge in Erfahrung zu bringen. Es war kein Leichtes zu sagen ›ich gehe weg‹. Tony hatte mir vorgeschlagen, ich könne verschwinden, aber ich hatte keinen blassen Schimmer, wie ich das anstellen sollte. Im Umfeld der Zielperson zu bleiben, die ich als Letztes hatte ausrauben sollen, wäre jedenfalls unglaublich dämlich. Jeder, der mich suchte, würde bei meinem letzten bekannten Job ansetzen, und das würde den Seher direkt zu Yves führen.

Ich verdiente ihn einfach nicht und konnte ihn nicht in meinen Schlamassel mit hineinziehen.

»Sollen wir mit unseren Namen anfangen?«, fragte Yves sanft. Er nahm meine verbundene rechte Hand in seine. »Ich bin Yves Benedict. Ich komme aus Wrickenridge in Colorado.« Er machte eine Pause, aber ich füllte die Lücke nicht aus. »Das ist in Amerika. In den Rockies.« Noch immer nichts. »Ich habe sechs Brüder und ich bin der sechste. Mein kleiner Bruder Zed hat seinen Seelenspiegel vor ein paar Monaten gefunden.«

  Das klang nett. Eine große Familie. Brüder. Er hatte ein

schönes Leben. Ich freute mich für ihn. Er könnte dahin zurückgehen.

»Und was ist mir dir? Ist Wendy dein echter Name?«

Ich zupfte das Namensschild ab. Meine Verkleidung war jetzt sinnlos. Ich konnte die Worte, die ich geschrieben hatte, nicht erkennen, weil sich meine Augen mit Tränen füllten.

»Hey, hey, was ist denn los?« Er zog meinen Kopf an seine Schulter – das fühlte sich wundervoll an. »Dass ich dich gefunden habe, ist das Beste, was mir je passiert ist. Verstehst du? Freust du dich denn nicht wenigstens ein kleines bisschen, dass ich es bin?«

Wie süß von ihm zu denken, ich wäre traurig, weil sich mein Seelenspiegel als der liebste, attraktivste Junge, der mir je begegnet war, herausgestellt hatte. Mir gefiel, dass er sich nicht klar darüber war, wie anziehend er auf Mädchen wirkte. Das Ganze wäre weniger schmerzvoll, wenn er sich als ein pickelgesichtiger Spacko mit der Persönlichkeit einer Briefmarke entpuppt hätte.

»Hör mal, ich weiß, dass das ganz schön viel auf einmal ist. Lass dir Zeit. Mir ist klar, dass ich ein bisschen besserwisserisch rüberkomme – du weißt schon, weil ich dich mit dem Mineralöl korrigiert habe und so.«

Als ob das irgendeine Rolle spielte. Es war mir egal, ob er sich über mich lustig machte – ich hatte vorgegeben, so zu sein wie er und die anderen Studenten, und verdiente es nicht besser.

Seine Hand rieb mir den Nacken. »Wir haben zugegebenermaßen einen ziemlich schlechten Start hingelegt.«

Ich stieß ein ersticktes Lachen aus. »Du meinst, weil ich deine Sachen geklaut habe?«

Er hörte nicht auf, die empfindliche Haut im Nacken zu streicheln. »Ja, na ja, aber ich habe dir auch wehgetan, als ich meine Sachen in Brand gesteckt habe. Das tut mir total leid. Was hat der Arzt gesagt?«

Ich konnte dieser Schwäche nicht nachgeben – ich musste mich von ihm lösen. Ich schob ihn von mir weg und stand auf, wischte mir mit dem Verband über die Augen. »Alles in Ordnung.«

Er zog mein Handgelenk zu sich heran und entdeckte das Klebeband.

»Du warst gar nicht beim Arzt, stimmt's?« Der Ton seiner Stimme verdunkelte sich; seine Mentalmuster färbten sich wieder rot und orange, mein verbrannter Stoffbeutel drehte sich in den Flammen wie ein Kebabspieß.

»Leute wie ich gehen nicht zum Arzt.« Ich versuchte, meine Hand loszumachen.

»Jetzt schon.« Er stand auf und zog mich mit sich. Pech für mich und meine Fluchtpläne, dass seine Unsicherheit Mädchen gegenüber zu schwinden schien, sobald er eine Mission als Retter hatte. »Komm, ich erkundige mich, wo die nächste Notaufnahme ist. Wenn das Narben gibt, könnte ich mir das nie verzeihen.«

»Ich werde da nicht hingehen. Ich kann nicht.«

Er drehte sich zu mir und sah mich an. Vor lauter angestrengter Selbstbeherrschung zuckte ein Muskel in seinem Gesicht und ich fragte mich, ob er jetzt wohl irgendwas in Flammen aufgehen lassen würde; immerhin hatte er mich gewarnt, dass seine Fähigkeit manchmal

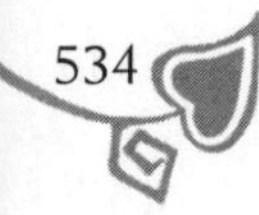

mit ihm durchging, wenn er sauer war. »Wendy, mach jetzt keinen Fehler. Ich will dir ja gerne verzeihen, dass du versucht hast, mich zu beklauen – zweimal, um genau zu sein –, aber wenn du dich weigerst, zum Arzt zu gehen, bleibt mir leider nichts anderes übrig, als dich der Polizei zu übergeben, damit du dort von qualifiziertem medizinischem Personal versorgt werden kannst.«

Na hör sich den mal einer an! So viele lange Wörter, die alle zeigen sollten, dass er viel gebildeter war als ich. »Lass mich verdammt noch mal in Ruhe. Du hast nicht die geringste Ahnung von mir und meinem Leben, kommandierst aber schon herum.«

Er tippte mir gegen den Arm, überragte mich mit seinen einen Meter achtzig wütender Männlichkeit. Eigentlich hätte ich Angst kriegen müssen, aber mein Bauchgefühl sagte mir, dass er mir nicht wehtun würde. Vielleicht würde irgendetwas angekokelt werden, aber diesmal wäre es nicht meine Hand. »Du irrst dich gewaltig. Ich habe sehr wohl Ahnung von dir: Du bist mein Seelenspiegel. Und das steht in meinem Leben jetzt an erster, zweiter und dritter Stelle. Und wie sieht es bei dir aus?«

Ich verbarg mein Gesicht in den Händen, wollte am liebsten laut schreien vor Frust. »Geh … einfach weg!«

Anscheinend brachte ich ihn im wahrsten Sinne zur Weißglut, denn neben seiner rechten Hand fing ein Papierstapel an zu schwelen. »Ich kann dich nicht in Ruhe lassen. Es ist einfach nur dämlich von dir, deine Gesundheit so leichtfertig aufs Spiel zu setzen.« Er bemerkte das Feuer und erstickte es schnell mit einem Buch aus seiner

Tasche. »Verdammt noch mal, guck dir mal an, wozu du mich treibst!«

»Ich? Diese Feuersache ist ja wohl dein Problem, nicht meins.«

Er holte tief Luft und kam dann offenbar zu dem Schluss, dass uns gegenseitige Beschimpfungen jetzt nicht weiterbringen würden.

»Sieh mal, ich muss bei dir bleiben. So läuft das nun mal mit den Seelenspiegeln, das weißt du doch. Meinst du etwa, ich bin begeistert davon, dass ausgerechnet meiner eine Diebin ist? Ein weiblicher Langfinger, der seine Begabung dazu benutzt, andere Leute auszunehmen?« Ich zuckte zusammen, doch er merkte es nicht, da er zu beschäftigt war, die Enttäuschung über sein Schicksal zu bejammern. »Zur Hölle, nein! Ich habe von diesem Augenblick geträumt, aber in meiner Vorstellung war diese Begegnung begleitet von … ich weiß nicht … Mondschein und Rosen und nicht von Magentritten und Sachbeschädigung im Wert von mehreren Tausend Dollar. Das Mindeste, was du also tun könntest, ist, deine Verletzung verarzten zu lassen, wenn ich's dir sage.«

Natürlich verachtete er mich. Ich verachtete mich selbst. Ich hätte mich nie von seiner Liebenswürdigkeit einlullen lassen und etwas anderes erwarten sollen.

Ich kratzte die Reste meiner zerfetzten Ehre zusammen. »Ich habe meine Verletzung versorgt, so gut es ging. Du brauchst dir deswegen keine Sorgen zu machen.«

Meine Stimme war tonlos, denn in Gedanken beschäftigte mich bereits die Frage, was jetzt als Nächstes passieren würde. Ich würde Tschüs sagen, mich irgendwie

heimlich davonmachen und dann zur Community zurückkehren, um dort zu berichten, dass die Zielperson nur eine Flasche Wasser bei sich gehabt hatte und seine Sachen bei einem abgefahrenen Unfall draufgegangen waren. Das würde knallermäßig gut ankommen. Ich würde meine nächste Strafe kassieren und dann … und dann … An diesem Punkt ließ mich meine Vorstellungskraft im Stich. Der Seher würde mich entweder umbringen oder mich mit einem seiner Anhänger verheiraten. Ich würde keine Einwände erheben, kein Wort sagen. Keiner würde Verdacht schöpfen, dass ich meinen Seelenspiegel gefunden hatte; es war die einzige Möglichkeit, ihn zu schützen. Yves könnte wieder in sein Flugzeug steigen und wegfliegen und ein erfolgreicher Wissenschaftler werden oder was weiß ich. Vielleicht wäre er nicht ganz so glücklich, wie wenn sich sein Seelenspiegel als Gazelle und nicht als plündernde Ratte herausgestellt hätte, aber er würde trotzdem ein lebenswertes Leben führen.

Er stand zwischen mir und der Tür, die Arme vor der Brust verschränkt. »Das reicht nicht, Wendy. Ich habe meine Sachen in die Luft gehen lassen und dich dabei verletzt, also bin ich auch dafür verantwortlich, dass alles wieder in Ordnung kommt.«

»Du bist nicht für mich verantwortlich.«

Er lächelte verkniffen. »Genau das bin ich.«

Ich änderte meine Meinung. Er war nicht liebenswürdig; er war ein Arschloch. »Tja, danke. War nett, dich kennenzulernen. Ich muss jetzt wirklich los.« Ich stiefelte Richtung Ausgang.

»Du kannst nicht gehen.«

Ich blieb stehen und starrte auf die Brandschutzregeln an der Innenseite der Tür. »Wie willst du mich denn aufhalten? Mich zu Boden rempeln? Oh, ich vergaß, das hast du ja schon gemacht.«

Die Tür öffnete sich, bevor ich sie erreichte. Ich trat einen Schritt zurück. Jo und Ingrid steckten ihre Köpfe durch den Spalt.

»Yves, wo bleibst du denn?«, fragte Jo. Ihre Miene wurde säuerlich, als sie mich sah. »Oh, hallo, sorry, stören wir etwa?«

Yves hob seinen Rucksack auf und hängte ihn sich über die Schulter. »Wendy hat sich die Hand verbrannt. Ich habe ihr angeboten, sie zum Arzt zu bringen, damit das ordentlich versorgt wird.« Ingrid rümpfte die Nase, als sie meinen Do-it-yourself-Verband sah. »Das sieht schmerzhaft auf. Du Ärmste. Sollen wir mitkommen?« In ihrem Mentalmuster konnte ich sehen, dass ich so willkommen war wie ein dritter Hund bei einem Kampf um einen Knochen.

»Nicht nötig, sagt einfach den Konferenzorganisatoren Bescheid, wo wir hin sind, falls sie fragen«, fuhr Yves dazwischen, bevor ich überhaupt meinen Mund aufmachen konnte. »Bis später!« Yves fasste mich am Arm und zog mich mit sich. Allmählich ging er mir echt auf den Wecker: Ich war verletzt – er kannte das Heilmittel. Ich war sein Seelenspiegel – er verlangte, dass ich ihm gehorchte. Bestand seine Familie nur aus solchen arroganten Idioten oder hatte ich einfach Pech gehabt?

Wir kamen zum Empfangstresen. Ich ging lediglich mit ihm mit, weil er mich näher an den Ausgang heranbrachte. Ich plante bereits meine Flucht.

»Entschuldigen Sie bitte.« Yves wandte sich mit seinem liebenswerten Killer-Lächeln an die Dame mit den Mappen. »Meine Freundin hat sich gestern verbrannt und das sollte sich unbedingt mal ein Arzt ansehen. Gibt's hier irgendwo in der Nähe ein Krankenhaus?«

Die Dame war viel zu alt für ihn und hätte es eigentlich besser wissen müssen, doch sie plapperte los und plusterte sich, bis sie schließlich ihre Notfallliste gefunden hatte. »Das Royal London in der Whitechapel Road. Eine Station mit der U-Bahn.« Sie kicherte – ohne Mist! »Ihr könnt auch hinlaufen, wenn es ihr Zustand zulässt.« Sie malte mit dem Finger einen Kreis in die Übersichtskarte; es hätte mich ehrlich nicht überrascht, wenn sie auf die Rückseite ihre Telefonnummer gekritzelt hätte.

Er errötete, befremdet von ihrer übereifrigen Reaktion. »Danke. Wir nehmen uns einfach ein Taxi.« Er führte mich im Polizeigriff aus dem Gebäude.

Als wir draußen waren, schubste ich ihn von mir weg. »Es reicht jetzt. Welchen Teil von ›Ich gehe nicht zum Arzt‹ hast du eigentlich nicht verstanden?«

»Den ›nicht‹-Teil.« Er verbiss sich ein Lächeln, das ich ohnehin nicht erwidert hätte. »Hör mal, Wendy, was kann denn ein kleiner Abstecher zur Notaufnahme groß schaden?«

Ich starrte sehnsüchtig auf den Verkehr, der gen Osten stadtauswärts strömte, in die entgegengesetzte Richtung von uns. Ich war so nahe dran. »Ich bin nicht blöd, falls

du das glauben solltest. Ich kann einfach nicht da hingehen.«

Er fuhr sich voller Frust mit der Hand durchs Haar. »Wendy, warum kommt es mir so vor, als würdest du jeden Moment deinen Feenglanz verstreuen und davonfliegen?«

Ich schüttelte den Kopf und schlang mir die Arme um den Körper. Er irrte sich gewaltig; er war derjenige, der mir Feenglanz anbot, Peter Pan wollte mich für ein Happy End ins Nimmerland der Seelenspiegel bringen. Aber er kam zu spät. Gestern Abend war ich erwachsen geworden und wusste jetzt, dass solche Träume nicht existierten; meine Realität war ein Leben mit den geldgierigen Piraten von Captain Hook und nicht, heile Welt im Baumhaus zu spielen.

Er legte einen Finger an mein Kinn und hob meinen Kopf hoch. »Wendy, rede mit mir. Lass mich dir helfen. Es tut mir leid, was ich da drinnen gesagt habe, aber ich war wütend. Ich benehme mich wie ein Idiot, wenn mein Temperament mit mir durchgeht – frag meine Brüder. Es nervt mich tierisch, dass ich es nach all den Jahren des Trainings noch immer nicht geschafft habe, meine Gefühle ganz in den Griff zu kriegen.« Er lächelte mich reumütig an. »Aber vielleicht kannst du's mir ja dieses Mal nachsehen, weil es doch der Tag ist, an dem ich meinen Seelenspiegel getroffen habe, hm?«

Ich nickte. Ich wollte auf seinen schmeichelnden Ton eigentlich nicht reagieren, konnte aber nicht anders. Alles in mir verlangte danach, mich diesem Kerl in die Arme zu werfen, ungeachtet der Warnung meiner Vernunft.

»Wendy, ich kann nicht ertragen, dass du Schmerzen hast, wenn wir etwas dagegen tun könnten.«

Und ich konnte nicht ertragen, dass er mich länger bei meinem falschen Namen nannte. »Phee. Mein Name ist Phee.«

Er lächelte und zum ersten Mal, seit wir den Seminarraum verlassen hatten, strahlten seine braunen Augen Wärme aus. »Einfach nur Phee?«

»Das ist die Abkürzung von Phoenix.«

»Noch irgendwelche anderen Namen?«

Ich hatte ihn nie benutzt, aber vermutlich sollte ich den Namen meiner Mutter nehmen. »Corrigan.«

»Mhm, Phoenix Corrigan, du bist also allergisch gegen Krankenhäuser?« Er verlagerte sein Gewicht auf das andere Bein und wartete auf eine Antwort.

Ich fand, dass diese Erklärung ausreichend war. Ich nickte.

»Eine Arztpraxis?«

»Ist das Gleiche.« Lenkte er etwa tatsächlich ein? Alles, was es gebraucht hatte, war ein kleines Zugeständnis meinerseits und schon wurde er handzahm?

Er holte sein Handy hervor. »Ich habe eine Idee. Rühr dich nicht von der Stelle.« Er wählte eine Nummer aus seiner Kontaktliste aus und hielt sich das Telefon ans Ohr. Ich spannte meine Muskeln, bereit, gegebenenfalls das Weite zu suchen. »Hey, Xav, hast du mal eine Minute Zeit? Wo bist du? Ich hab ein kleines Problem. Können wir uns in etwa einer halben Stunde in der Wohnung treffen? Okay. Ja, ich weiß, ich bin eine Nervensäge. Sag ihr, du rufst später zurück. Mhm. Ja, vertrau mir – das

willst du nicht verpassen.« Er beendete das Gespräch und grinste mich an. »Problem gelöst.«

»Mit wem hast du gerade gesprochen?« Ich rieb mir die Arme, verspürte einen kribbelnden Anflug von Argwohn, dass ich beobachtet wurde. Ich schaute mich um, konnte aber niemanden entdecken. Allerdings gab es hier jede Menge Möglichkeiten, sich zu verstecken – in Hauseingängen, Buswartehäuschen … Tony? Bestimmt sorgte er sich, ob ich mich auch an meinen Teil unserer Absprache hielt. Unicorn oder Dragon, die mich kontrollieren wollten? Die Schlappe von gestern hatte mir nicht gerade das Vertrauen des Sehers eingebracht, deshalb rechnete ich halb damit, dass er mich heute beschatten lassen würde.

»Mit meinem Bruder Xav. Er ist mit mir zusammen hier in London.«

»Xav?« Ich zwang mich dazu, mich auf das zu konzentrieren, was Yves mir erzählte.

»Ja, meine Eltern hatten sich irgendwie in den Kopf gesetzt, ihre Kinder in alphabetischer Reihenfolge zu benennen, angefangen mit Trace und endend mit Zed. Xavier ist mein nächstälterer Bruder. Wir haben unseren Eltern gesagt, dass sie besser mit A hätten anfangen sollen, dann würden wir Alan, Ben und David heißen, aber das fanden sie zu langweilig. Mom und Dad sind manchmal so – du weißt schon … aus Prinzip anders eben.« Er legte eine Pause ein, anscheinend ging ihm auf, dass er abschweifte. »Xav ist ein Heiler, allerdings würde man das nicht meinen, denn sein Verhalten Kranken gegenüber lässt schwer zu wünschen übrig. Ich bringe dich zu ihm.

Du wirst also keinen Fuß in eine Arztpraxis setzen müssen.« Er blieb an der Bordsteinkante stehen und winkte ein Taxi heran. Es kam sofort eines angerauscht – dieser Junge war ein Glückspilz.

»Bitte bringen Sie uns zum Barbican.«

Ich stieg ohne viel Aufhebens ins Taxi ein; ich war beruhigt, denn das Barbican kannte ich gut: ein Betonlabyrinth voller Kunst- und Kulturstätten, Laufgänge, Tunnel und schicker Wohnungen, bestens geeignet, um abendliche Theater- und Konzertbesucher zu beklauen. Ich könnte meine Brandwunde verarzten lassen und hätte trotzdem gute Chancen, mich von dort aus dem Staub machen zu können.

Yves streckte seine Beine in den geräumigen Fußraum vor der Rücksitzbank aus. Ich war noch niemals zuvor Taxi gefahren; es fühlte sich richtig dekadent an, so wie etwas, das nur reiche Leute taten. Ein Fahrradfahrer in eiscremefarbenen Shorts sauste vorbei, zischte mitten durch den Verkehr wie ein Stein, der über die Wasseroberfläche hüpft.

»Er ist total genervt«, fuhr Yves fort. Er hielt die Unterhaltung in Gang, da ich es ganz offensichtlich nicht tat. »Er hat den ganzen Vormittag lang eine Mitarbeiterin des Globe Theatre angebaggert und jetzt, wo's für ihn ganz vielversprechend aussah, muss er sie abservieren.«

»Das sollte er nicht tun – jedenfalls nicht für mich.«

»Natürlich sollte er das tun. Du gehörst zu mir und damit bist du quasi ein Familienmitglied. Wir stecken in einer ernsteren Notlage als er.« Yves legte mir seinen

Arm um die Schultern. Etwas in meinem Inneren bekam einen Riss und die Sehnsucht nach seiner Wärme sickerte heraus. Ich versuchte es zu ignorieren, saß steif an das Rückpolster gelehnt. »Hast du keine Geschwister?«

Für ihn war alles so einfach. Er griff sich eine vollkommen Fremde heraus und stellte sie seiner Familie vor, bloß weil wir aufgrund einer Laune der Natur auf einem bestimmten genetischen Level zusammenpassten. Ich zog mich noch ein bisschen tiefer in mich zurück wie eine Schildkröte in ihren Panzer.

»Ich wünschte, Sky wäre jetzt hier«, murmelte er leise vor sich hin und blickte durchs Fenster auf den Verkehr, der sich langsam durch die Stadt wälzte. »Sie würde helfen können.«

Ich hatte mir geschworen, keinen Mucks zu sagen, aber meine Neugierde (oder war es etwa Eifersucht?) gewann die Oberhand. »Wer ist Sky?«

Er zog mich näher zu sich heran, in der Hoffnung, ich würde mich entspannen, aber ich blieb stocksteif. »Das ist der Seelenspiegel meines jüngeren Bruders. Sie ist Britin.«

»Oh.« Vermutlich gehörte sie zu der Sorte von Mädchen ›hübsche englische Rose‹, die ich immer am Bahnhof Liverpool Street sah, wenn sie zu irgendwelchen Musikfestivals unterwegs waren, mit ihren Gummistiefeln und Rucksäcken und Denim-Shorts, und dabei so unerträglich glücklich darüber zu sein schienen, jung und frei zu sein. Sky hätte auf einen Blick erkannt, dass ich Abschaum war.

»Sie kann die Gefühle von Menschen lesen. Sie ist

wirklich sehr intuitiv. Und sie hat als Kind echt üble Sachen erlebt. Ich glaube, sie würde dich besser verstehen als irgendein anderer von uns.«

Na klar doch. »Aber sie ist nicht hier?«

»Nein, sie ist mit Zed und ihren Eltern in Urlaub.«

Na, wer sagt's denn: Sky hatte Eltern. Sie war also domestiziert, ich war wild.

Das Taxi bog in eine der Unterführungen unterhalb des Barbican Centre ein.

Der Fahrer streckte eine Hand aus. »Wir sind da, Junge. Das macht sechs Pfund vierzig.«

Yves zog einen Zehner aus seiner Brieftasche und gab ihm fast achtlos den Schein. »Wirst du mir etwas von dir erzählen, Phee? Ich möchte gerne wissen, wo du herkommst.«

Nicht zu fassen – er stieg aus dem Taxi aus, ohne auf sein Wechselgeld zu warten. Ich zog ihn zurück und schob meine Hand in die Lücke zwischen den beiden Vordersitzen, um die Münzen einzufordern. Der Fahrer schnaubte verächtlich und drückte Yves das Geld in die Hand. »Du kannst ihm doch nicht drei sechzig als Trinkgeld geben.«

Yves warf das Geld zurück in die Münzschale aus Plastik. »Doch, kann ich. Lass es gut sein, Phee – das ist keine große Sache.«

Noch immer fassungslos über diese sinnlose Geldprasserei, krabbelte ich hinaus auf den Bürgersteig. Autos sausten vorbei und der Lärm hallte laut im Tunnel wider, sodass weitere Einwände auf taube Ohren gestoßen wären. Unsere Unstimmigkeit wegen des Trinkgelds

zeigte nur einmal mehr, wie verschieden wir waren. Was hatte ich bei ihm verloren?

Folge mir. Yves streckte mir eine Hand hin und erwartete, dass ich sie ergriff.

Ich hatte die Nase voll davon, herumgeschubst, hierhin geschleppt und dahin gestoßen zu werden. *Zeige mir den Weg, mein Herr und Gebieter.*

Als Antwort auf meine sarkastische Bemerkung hob er eine Augenbraue. *Ich bin froh, dass du zur Einsicht gelangt bist. Ich will nur das Beste für dich.*

Sagt Mr Arrogant, oder was?

So meinte ich das nicht. Er schüttelte den Kopf, schalt sich stumm. *Ich will nur das Richtige tun, mache aber anscheinend alles falsch*.

Dann lass mich gehen.

Das wäre eine Katastrophe. Bitte, gib mir eine Chance. Seine Unsicherheit im Umgang mit Mädchen kam wieder zum Vorschein; er nahm meine Einwilligung nicht mehr als selbstverständlich hin und das ließ mich mehr als alles andere einknicken.

Okay. Bis meine Hand versorgt ist. Dann sehen wir weiter. Er grub einen Schlüssel aus seiner Jackentasche und führte mich eine kurze Treppe hinauf zum Eingang des Shakespeare Tower, eines riesigen Wolkenkratzers aus Sichtbeton. Als ich nach oben schaute, wurde mir schwummrig, als ob das ganze Ding jeden Moment auf uns herabstürzen würde. Er rief den Aufzug, dann steckte er den Anwohner-Schlüssel in den entsprechenden Schlitz, sodass wir ins zwanzigste Stockwerk hochfahren konnten.

»Ich dachte, du lebst in Amerika?«, fragte ich.

»Die Wohnung gehört einem Freund meines Bruders.« Er trommelte ungeduldig gegen die Kabinenwand, während die Ziffern auf der Anzeige nacheinander aufleuchteten.

»Von welchem? Wilbur? Walt?«

Er lächelte. »Knapp daneben ist auch vorbei. Victor. Ich habe keinen Bruder, der Wilbur oder Walt heißt – nur Will. Der wird dir gefallen.«

»Wenn ich mal Kinder habe«, (was nicht passieren würde), »werde ich ihnen schlichte Namen geben. Namen, die so gewöhnlich sind, dass keiner mit der Wimper zuckt, wenn sie sich in der Morgenversammlung in der Schule melden oder … sich einen Bibliotheksausweis ausstellen lassen.«

Er lachte ein bisschen befangen. »Ja, ich weiß genau, was du meinst. Ich wurde von den Deppen in der ersten Klasse immer gehänselt, dass ich einen Mädchennamen hätte – du weißt schon: Eve. Meine Eltern hatten für ihre Söhne Namen ihrer Vorfahren ausgesucht, die aus aller Herren Länder stammten. Die meisten Savant-Familien sind ziemlich international. Und ich durfte darunter leiden. Phoenix zu heißen war in der Schule bestimmt auch eine ziemliche Qual, schätze ich mal. Bis es dann auf einmal cool war, anders zu sein.«

Ich zuckte mit den Schultern. »Da kann ich nicht mitreden. Ich bin nie zur Schule gegangen.«

Der Aufzug hielt an und machte *Pling!*, ein heller Klang wie die Glocke am Ende einer Boxrunde. Dann glitt die Tür auf.

»Wie … aber man muss doch in England auch zur Schule gehen? Jeder muss das.« Er trat hinaus in einen mit Teppich belegten Korridor.

»Mhm.« Er wusste wirklich gar nichts von den Außenseitern der Gesellschaft.

»Aber du bist doch gebildet. Du hast *Peter Pan* gelesen.«

»*Und Wendy*. Ich hab ja auch nicht gesagt, dass ich nie Unterricht hatte. Wenn man will, kann man eine Menge lernen.« Wenn es einen nach Wissen dürstete und man verzweifelt Anteil an der normalen Welt haben wollte. Mom hatte mir alle Grundlagen beigebracht, bevor sie starb. Als sie nicht mehr da war, schlich ich mich jeden Tag nach erledigter Arbeit in die Kinderbuchabteilung der Stadtbibliothek. Mithilfe meiner Begabung schlüpfte ich unbemerkt an der zur Statue erstarrten Mitarbeiterin am Tresen vorbei und las der Reihe nach alle Bücher in den Regalen. Heutzutage konnte ich die Erwachsenenabteilung aufsuchen, ohne dass jemand meine Anwesenheit hinterfragte. Auf diese Weise hatte ich meinen Kopf mit jeder Menge Zeug angefüllt.

»Vermutlich schon.« Er steckte den Schlüssel ins Schloss der letzten Tür am Ende des Korridors und trat ein. Die Wohnung war eine von diesen ganz in Weiß gehaltenen, die zwar toll in irgendwelchen Magazinen aussahen, aber grässlich zum Drinwohnen sein mussten: weißer Teppich, weiße Möbel, afrikanische Schnitzarbeiten als dunkle Akzente und eine teure Sound-Anlage.

»Hey, Xav, wir sind's!«

Offenbar wusste er, dass sein Bruder bereits da war,

was die Vermutung nahelegte, dass er telepathisch mit ihm kommuniziert hatte. Xav kam aus dem Raum zu unserer Rechten, er trocknete sich gerade die Hände an einem schwarzen Handtuch ab. Die Ähnlichkeit mit seinem Bruder war auffallend, auch wenn sein Haar länger war und im lässigen Surferstyle bis über den Kragen hing, während Yves eine Kurzhaarfrisur trug. Er hatte nichts von einem Geek an sich, aber ich beging nicht den Fehler, seine Intelligenz zu unterschätzen. Ich spürte, dass ich hier zwischen zwei äußerst schlaue, Respekt einflößende Savants geraten war. »Hi Phee. Ich hab hier drinnen schon alles vorbereitet. Schwester, bringen Sie bitte die Patientin herein.«

»Du hast ihm von mir erzählt?«, zischte ich und weigerte mich, das Badezimmer zu betreten. Ich wollte erst wissen, worauf ich mich hier eigentlich einließ.

»Nur deinen Namen und dass du dich an einem Feuer verbrannt hast.« Yves stupste mich sanft zwischen die Schulterblätter. »Mit dem Rest wollte ich erst rausrücken, wenn er deine Hand versorgt hat. Nicht dass er zu abgelenkt ist. Komm jetzt, wir wollen den Herrn Doktor doch nicht warten lassen.«

Xav hatte für mich einen Hocker ans Waschbecken gestellt. Yves guckte mir über die Schulter, als sein Bruder vorsichtig meinen Ärmel hochschob und den Verband entfernte. Xav sagte eine Weile lang nichts, während er meinen Arm drehte, um die hässlichen weißgelben Blasen auf meiner Handfläche zu untersuchen.

»Mensch, Yves, ich dachte, du hättest mit dieser bescheuerten Zündelei endlich mal aufgehört.«

»Jetzt reite nicht auch noch drauf rum. Du weißt, dass ich mir alle Mühe gebe.« Yves' Temperament fing an zu brodeln.

»Das muss in einem Krankenhaus behandelt werden.« Xav funkelte seinen Bruder an.

»Sie will da nicht hin.«

Jetzt funkelte er mich an. »Du bist ein Dummkopf, weißt du das? Ich kann dir helfen, aber ich weiß nicht, wie tief die Wunde ist. Tut's denn weh?« Seine Berührung hatte etwas Linderndes.

Ich biss mir auf die Unterlippe und nickte.

»Versteh mich nicht falsch, aber das ist gut.« Xav zwinkerte mir zu und entschärfte so die Dummkopf-Bemerkung. »Wenn's nicht wehtut, ist das nämlich ein Warnzeichen, dass Nerven betroffen sind.« Er legte seine Hand auf meine. Ich traute ihm nicht und suchte nach seinen Mentalmustern; ich sah, wie er zu einem beruhigenden Blau überwechselte. Ich konnte meinen Arm in seinen Gedanken sehen, Schicht für Schicht, Knochen, Sehnen, Nerven, Muskeln und Haut, wie eine Illustration aus einem Anatomiebuch. Er versuchte wirklich, mich zu heilen. Ich fragte mich, wie viel mich das kosten würde.

Yves schob sich an uns vorbei und verschwand in die Küche, vor sich hin murmelnd, dass er etwas zu trinken und ein paar Sandwiches vorbereiten würde. Die Ruhe nach dem Chaos der letzten vierundzwanzig Stunden war für mich Erholung pur. Ich spürte, wie die Anspannung von mir abfiel. Ich hatte einen Seelenspiegel. Mich hatte diese Entdeckung mit solcher Panik erfüllt,

dass ich mir keine Zeit genommen hatte, darüber nachzudenken. Ich hatte mich benommen wie eine Pestkranke, die versuchte, sich um jeden Preis von den Gesunden abzuschotten. Vermutlich wäre das nach wie vor das Beste, doch ich musste mir in Ruhe meine nächsten Schritte überlegen. Ich war erst seit ungefähr einer Stunde mit ihm zusammen und trotzdem fühlte es sich schon dermaßen gut an, in seiner Nähe zu sein, dass ich ihn bereits vermisste, kurz nachdem er den Raum verlassen hatte. Obwohl er mir mordsmäßig auf die Nerven ging, mochte ich ihn. Wir fühlten uns zueinander hingezogen, selbst wenn wir uns stritten. Dann vielleicht sogar noch stärker.

»Fühlt es sich schon ein bisschen besser an?« Xav ließ meinen Arm los.

Die Blasen waren eingetrocknet und klebten flach auf der sich neu bildenden Haut, die nicht mehr gerötet war. Ich krümmte die Finger und stellte fest, dass das schmerzhafte Spannungsgefühl, das mich seit gestern plagte, fast weg war. »Das ist ja der Hammer!«

»Schön, dass ich dir helfen konnte.« Er nahm eine Bandage aus einem Erste-Hilfe-Kasten. »Ich mache das noch auf deine Blasen, aber der Rest des Arms dürfte jetzt in Ordnung sein.« Er befestigte das Verbandszeug mit Klebeband, dann trat er einen Schritt zurück und rieb sich die Schläfen.

»Alles in Ordnung mit dir, Herr Doktor?«

Er lachte. »Schlimme Kopfschmerzen. Die kriege ich immer, wenn ich meine Fähigkeiten zu stark beanspruche.«

»Das kenne ich.« Mir waren die Worte herausgerutscht, bevor mir klar war, was ich da eigentlich sagte.

Xav schien nicht weiter überrascht, dass ich ein Savant war. »Und was ist deine Begabung? Feuerlöschen offenbar nicht.«

Ich gab vor, meinen neuen Verband zu begutachten. »Dies und das.«

»Sie kann die Zeit anhalten – oder sie verlangsamen.« Yves war in der Tür aufgetaucht, um nachzuschauen, ob wir fertig waren.

»Cool.« Xav warf den alten Verband in den Mülleimer. »Und praktisch.«

»Ja, deshalb ist sie auch eine der raffiniertesten Diebinnen, die ich je in Aktion gesehen habe.«

»Halt die Klappe!«, zischte ich, empört darüber, dass er das einfach so hinausposaunte.

»Ach ja, und sie ist mein Seelenspiegel. Essen ist fertig.« Nachdem er die Bombe hatte platzen lassen, ging Yves zurück in die Küche.

Xav war sprachlos. Er starrte mich an, als hätte ich gerade eine Bruchlandung mit meiner fliegenden Untertasse hingelegt.

»Phee, Xav, beeilt euch oder ich esse alles alleine auf!«, rief der Idiot aus der Küche.

Xav tätschelte mir unbeholfen die Schulter. »Du hast mein Mitgefühl. Aber tröste dich, er benimmt sich zwar manchmal wie ein Blödmann, aber er ist der Nette in unserer Familie. Du hättest es also noch viel schlimmer treffen können.«

Kapitel 6

Als Xav aus dem Badezimmer ging, sagte ich, dass ich einen Moment allein sein wolle, und schloss die Tür ab. Dann ließ ich mich zu Boden sinken und legte meinen Kopf auf die Knie. Noch nicht einmal nagender Hunger würde mich aus diesem Raum herauslocken können. Hätte ich Yves' Fähigkeit besessen, dann hätte ich den Teller mit Sandwiches explodieren lassen und dafür gesorgt, dass die Pampe in seinem Gesicht landete. Aber ich besaß bloß eine Begabung, die bei ihm nicht so recht funktionierte, sodass ich nicht mal genug Zeit herausschinden könnte, um zu türmen.

Ein Klopfen an der Tür. »Phee, ist alles okay da drinnen?« Yves.

Ich schlug mit meinem Kopf sacht gegen die hölzernen Wandpaneele hinter mir. »Tut mir leid, dass ich damit einfach so rausgeplatzt bin. Ich erzähle meinen Brüdern alles – wir stehen uns sehr nahe. Aber ich hätte daran denken sollen, wie sich das für dich anfühlt.«

Jepp, das hättest du.

»Es macht ihm nichts aus, wenn's mir nichts ausmacht … die Sache mit dem Klauen, meine ich.«

Schön für ihn. Mensch, ich hatte das alles dermaßen satt. Yves musste noch einiges über den Umgang mit Mädchen lernen, wenn er glaubte, dass diese Erklärung als Entschuldigung ausreichte. Eine Flammenzunge schnellte unter der Tür hindurch und zog sich zu einem kleinen Feuerball zusammen. Wollte er mich jetzt ausräuchern? Ich schrie auf und krabbelte rückwärts, aber dann sah ich, dass der Läufer noch nicht mal angesengt war.

»Für dich«, sagte Yves leise.

Der Feuerball drehte sich immer schneller, dann teilte er sich in drei verschiedene Kugeln in Gelb, Grellweiß und Blau – drei kleine Planeten, die einander umkreisten. Plötzlich flackerten sie auf und nahmen die Form von Blumen an. Sie kamen an meinen Füßen zum Erliegen, wie Seerosen auf einem Teich, bevor sie verloschen und nur noch ein schwacher Rauchgeruch zurückblieb. Sie hatten keinerlei Spuren hinterlassen, noch nicht mal Brandflecken auf dem Boden, da, wo sie gelegen hatten.

Ich war sprachlos: Noch nie hatte mir jemand Blumen geschenkt. Das war fantastisch gewesen; mir war nie in den Sinn gekommen, irgendetwas Schönes mithilfe meiner Fähigkeit zu erschaffen. Bestimmt hatte Yves lange üben müssen, um das so hinzukriegen.

»Komm raus, wenn du so weit bist«, sagte er und zog sich in die Küche zurück.

Ich saß ein paar Minuten lang da und strich mit meiner Hand über die Stelle auf dem Läufer vor mir. Mich

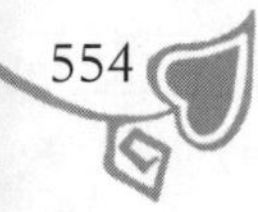

in Yves' Badezimmer zu verrammeln war keine besonders gute Idee: Irgendwann würde ich herauskommen müssen. Je länger ich es hinausschob, desto schwerer würde es mir fallen. Ich öffnete leise die Tür und trat in den Flur.

Die Küche lag schräg gegenüber vom Bad. Ich konnte die Jungs reden hören, aber sie konnten mich nicht sehen. Ich hatte keine Skrupel, sie zu belauschen – ich musste wissen, was sie wirklich von mir dachten, bevor ich beschloss, was ich als Nächstes tun würde.

»Weißt du, kleiner Bruder, da gerätst du ein Mal in deinem tadellosen Streberleben in Schwierigkeiten und dann gleich so was … mehr fällt mir dazu echt nicht ein.« Xav schenkte sich ein Glas Wasser ein. »Hätte es jetzt Zed, Trace oder Vic getroffen, dann hätte ich das ja noch verstanden – aber du?!«

»Wir suchen uns unsere Seelenspiegel schließlich nicht aus.« Yves hörte sich weiter weg an; vermutlich stand er auf der anderen Seite des Raums.

»Bist du dir sicher, dass sie dein Seelenspiegel ist? Ich meine, sie sieht nicht aus wie dein Gegenstück, nicht so wie bei Sky und Zed.«

»Ach, komm schon, bei den beiden lag es auch nicht gerade auf der Hand – sie sind erst allmählich zusammengewachsen.« Yves schlug einen verhaltenen Ton an. »Und genau so wird's bei uns auch sein.«

»Das hoffst du. Nimm's mir nicht krumm, Yves, aber du hast noch nicht viele Mädchen gedatet und da kam mir halt so der Gedanke, dass du da vielleicht irgendwas … missverstanden hast.« Ein Knall ertönte und ich

hörte, wie Xav fluchend ein paar Flammen ausschlug. »Mensch, das war mein Donut, den du da gerade atomisiert hast.«

»Geh mir nicht auf den Wecker, Xav! Bloß weil ich nicht der Superchampion im Seriendaten bin wie du! Ich weiß, was ich empfinde, wenn ich mit einem Mädchen zusammen bin, und ich sage dir, das hier ist etwas ganz anderes. Als sie mir telepathisch geantwortet hat, hat es klick bei mir gemacht. Mehr als das … mein innerer Schwerpunkt hat sich zu ihr hin verschoben, verstehst du?«

»Nein, versteh ich nicht. Ich hab meinen Seelenspiegel ja noch nicht gefunden, richtig?«

»Sorry.« Eine Schranktür knallte.

»Kein Problem, macht mir nichts aus. Sie … ist nicht gerade das, was ich erwartet habe. Sie sieht ein bisschen seltsam aus – diese ulkige Brille und die Oma-Klamotten … Ich hab immer gedacht, zwischen Seelenspiegeln gäbe es eine gewisse Chemie.«

»Ja, vielleicht.« Ein Stuhl scharrte über den Boden. »Gestern hat sie ganz anders ausgesehen. Ich bin mir nicht sicher, was ihr wahres Ich ist. Ich stecke da jetzt jedenfalls bis über beide Ohren drin. Sie hat einen ganzen Sack voller Probleme. Aber sie erzählt mir nichts von sich: Alles, was ich bisher erfahren habe, ist ihr Name und dass sie nie zur Schule gegangen ist.«

»Und dass sie eine Profi-Diebin ist – diesen kleinen Informationsschnipsel wollen wir mal nicht vergessen. Und wenn man bedenkt, aus welchem anderen Grund wir noch hier sind, findest du es da nicht ein bisschen

seltsam, dass sie ausgerechnet dich als Opfer rausgepickt hat?«

Welcher *andere* Grund? Ich wich an die Wand zurück.

»Ja, ich weiß. Wir müssen sie dazu befragen. Das mache ich auch, aber zurzeit ist alles so furchtbar kompliziert. Sie vertraut mir nicht. Wann kommt Vic von seinem Treffen mit dem Scotland Yard zurück?«

»Gegen sechs. Du hast fünf Stunden Zeit, um rauszukriegen, ob sie ein Sicherheitsproblem darstellt oder nicht. Ansonsten müssen wir sie von Vic überprüfen lassen.«

»Das wird ihr aber nicht gefallen.«

Verdammt richtig. *Ihr* gefiel ganz und gar nicht, wie sich das anhörte. *Ihr* war klar, dass sie mit der Erwähnung der Polizei so schnell wie möglich hier rausmusste. Ich schlich leise rückwärts und hoffte, dass die Geräusche meiner Schritte vom Teppichboden verschluckt würden. Die Wohnungstür war verschlossen und verriegelt. Ich würde es schaffen, alle Schlösser zu öffnen bis auf das oberste, das für mich außer Reichweite war. Ich schaute mich nach etwas zum Draufstellen um, aber in dieser Schickimickiwohnung gab es keine normalen Gebrauchsmöbelstücke, bloß an der Wand befestigte Glasborde.

»Wo geht's denn hin?« Yves erschien in der Küchentür und beobachtete meine immer verzweifelter werdenden Versuche, an das oberste Schloss ranzureichen.

Er hatte kein Recht dazu, mich hier gefangen zu halten. »Nach Hause.« Ich sprang hoch und meine Finger berührten den Riegel, ohne ihn bewegen zu können.

Yves kam seelenruhig näher. »Und wo ist dein Zuhause? Das hast du mir noch gar nicht erzählt.«

»Richtig – ich hab's nicht erzählt.« Ich trat gegen die Tür und hinterließ eine schwarze Abriebspur auf der makellosen Lackierung.

»Du hast ja noch gar nichts gegessen.« Yves langte über meinen Kopf hinweg und zog den Riegel zur Seite.

»Keinen Hunger.« Unglaublich – er ließ mich gehen!

Das ist eine Lüge.

Wie? Bist du jetzt auch noch Gedankenleser?

Nein, aber ich kann die Energie eines Menschen spüren und deine ist auf einem bedenklich niedrigen Level. Jeder hat eine einzigartige Energiesignatur und anhand deiner sehe ich, dass du keine Reserve mehr hast. Wann hast du zum letzten Mal was gegessen?

Ich zuckte mit den Schultern. Vor einer Ewigkeit. »Ich hole mir etwas auf dem Nachhauseweg.«

Er drehte sich um, ging wieder Richtung Küche und sagte dabei über seine Schulter hinweg: »Du brauchst den Schlüssel für den Aufzug.«

»Dann nehme ich eben die Treppe.« Zwanzig Stockwerke – vielen Dank auch, Kumpel.

»Fürs Treppenhaus brauchst du auch einen Schlüssel, es sei denn, du willst Feueralarm auslösen«, rief mir seine körperlose Stimme zu.

Ich marschierte in die Küche und streckte den beiden am Küchentresen sitzenden Jungs meine Hand entgegen. »Kann ich bitte den Schlüssel haben?«

Yves klatschte mir ein Sandwich auf die Handfläche. »Iss!«

Mein Magen krampfte sich beim Anblick des rosa Schinkenrandes zusammen. »Ich bin Vegetarierin.«

Xav nahm das Sandwich schnell wieder weg und Yves ersetzte es durch eine Vollkornscheibe mit Käse und Tomate. »Bitte, iss!«

Mir ging die Masche, die sie hier abzogen, gewaltig gegen den Strich. Ich stiefelte zum Fenster, hockte mich dort auf den Heizkörper und aß kleine Bissen von dem Sandwich. Zum Glück ließen sie mich in Ruhe, während ich es wegputzte. Sie benahmen sich wie Zoowärter eines gefährlichen Tieres, das sie nicht weiter provozieren wollten. Wütend kehrte ich ihnen den Rücken zu. Gut, dass ich keine Höhenangst hatte, denn die Aussicht von hier oben war atemberaubend: Ich konnte bis zum Olympiastadion und dem Besucherpark schauen. Von hier oben war es ein hübscher Anblick: ein grüner und ein weißer Fleck mitten in dem müden Großstadtdschungel von East London, mit seinen sich wie Lianen dahinschlängelnden Straßen und Gleisen. Wenn ich ganz genau hinsah, konnte ich sogar die Siedlung ausmachen, die wir gerade behausten – ein keksfarbener Termitenhügel. Es fiel mir schwer, das mein Zuhause zu nennen, aber ich würde dorthin zurückgehen müssen, oder?

Ich aß den letzten Bissen Sandwich und klopfte mir die Hände ab. »Gehst du zurück zur Konferenz?«

Yves schüttelte den Kopf. »Ich muss mich jetzt um wichtigere Dinge kümmern.«

»Jo und Ingrid werden bitter enttäuscht sein.«

»Jo und Ingrid?« Xav lachte. »Und da hab ich immer

gedacht, auf diesen Konferenzen tummeln sich nur Typen, die aussehen wie die Schlauberger aus *Thunderbirds*. Ich hab dich total unterschätzt, Bruderherz. Ich hätte in der Schule echt besser aufpassen sollen.«

»Es besteht keine inverse Korrelation zwischen Schönheit und Intelligenz«, gab Yves zurück.

»Huu, da drückt sich aber einer gewählt aus.« Xav warf eine Pommes auf ihn. »Sorry, aber 'ne Dumpfbacke wie ich braucht 'ne Übersetzung.«

Yves verdrehte die Augen. »Hübsche Mädchen können auch schlau sein. Genau genommen sind sie das sogar ziemlich häufig.«

Das war echt daneben: Sie frotzelten miteinander, als ob nichts Besonderes los wäre. Hallo – hier sitzt eine Fremde mit euch im Raum.

»Noch ein Sandwich?« Yves hielt mir einen Teller hin.

»Nein, ich bin fertig.«

»Du hast noch Hunger.«

»Lass …«, ich nahm beide Hände hoch, »… mich einfach in Ruhe, okay? Ich muss jetzt los.«

Yves warf seinem Bruder einen Blick zu. »Mach uns bitte einen Kaffee, ja? Phee und ich müssen reden. Wir sind im Wohnzimmer.«

»Nein, sind wir nicht. Phee wird jetzt nämlich die Flatter machen. Den Schlüssel, bitte.« Ich hielt ihm meine ausgestreckte Hand entgegen und wackelte auffordernd mit den Fingern.

»Vielleicht ist dir eine Tasse Tee lieber?«, fragte Xav seelenruhig.

»Fuck. You.« Ich ging zum Tresen und kippte die Schale mit Kleingeld und anderem Krimskrams aus, suchte nach dem Schlüssel.

»Bevor du das ganze Haus auf den Kopf stellst, solltest du wissen, dass jeder von uns nur einen Schlüssel hat, und den tragen wir immer bei uns.« Yves schlenderte aus der Küche ins Wohnzimmer.

»Wenn du jetzt irgendjemandem an die Gurgel willst«, sagte Xav, als er den Wasserkessel befüllte, »wär's mir echt lieber, du schnappst dir meinen Bruder.«

Sie spielten mit mir und ich hasste das. Wutschnaubend stampfte ich Yves hinterher. Kaum hatte ich das Wohnzimmer betreten und meine Lungen mit Luft gefüllt, um loszubrüllen, sprang er mich von hinter der Tür an, schubste mich aufs Sofa und hielt mit seinem Körper meine Hände unten. Ein abtrünniger Teil von mir wollte ihm die Arme um den Hals schlingen und ihn küssen, aber der größere, empörte Teil versuchte, sich schreiend zu befreien.

Yves machte jede Gegenwehr mit der simplen Methode zunichte, sich mit seinem vollen Gewicht auf mich zu legen. »Okay, anscheinend ist das ja die einzige Möglichkeit, dich zum Zuhören zu bewegen, also von mir aus!«

Ich schloss die Augen, aber ich hatte seine Mentalmuster schon längst gesehen, die in ihrer hitzigen Intensität meinen eigenen vermutlich sehr ähnelten. In seinem Geist sah ich, dass er hier keinen schrägen Annäherungsversuch abzog, sondern zielgerichtet den schnellsten Weg verfolgen wollte, meine Fluchtversuche zu beenden. Die Tatsache, dass sich dieser Vollkörperkontakt zu etwas ganz anderem entwickelte, war für ihn über-

raschend. Er stützte sein Gewicht auf seine Unterarme – verlegen, aber entschlossen.

»Wir können uns entweder wie zivilisierte Menschen bei einer Tasse Kaffee unterhalten oder wir machen's auf die harte Tour.«

»Harte Tour?« Ich zuckte unwillkürlich zusammen. Im Zusammenleben mit dem Seher hatte ich schon zu oft erfahren, was das bedeutete. Ich hatte ja gewusst, dass Yves zu lieb gewesen war, um wahr zu sein. Wenn man nur tief genug bohrte, kam bei jedem das Monster zum Vorschein. »Bitte, ich … ich rede ja mit dir. Aber bitte tu mir nichts.«

Die Anspannung wich aus seinem Körper und er legte seine Stirn an meine. »Phee, ich würde dir doch niemals etwas tun. So was darfst du nicht mal denken.« Er rutschte von mir herunter, sodass ich mich aufrecht hinsetzen konnte. »Ich meinte damit, dass wir warten müssten, bis Vic nach Hause kommt. Er ist der Drittälteste in der Familie und versteht sich darauf, Leuten Antworten zu entlocken – das ist seine Begabung. Aber keiner von uns würde dir auch nur ein Haar krümmen; wir wollen dir nur helfen.«

Yves fuhr sich mit den Fingern durchs Haar, eine typische Geste, wenn er ratlos zu sein schien. Ich machte es ihm aber auch nicht gerade leicht.

»Tut mir leid«, flüsterte ich.

Er nahm seine Brille ab und kniff sich in den Nasenrücken. Ohne seine Brille, die den intellektuellen Look verstärkte, wirkte er verletzlicher und jünger – ein bisschen so wie ich ohne Make-up.

»Hör mal, ich weiß, dass ich im Umgang mit dir Fehler mache, aber wenn du mir nichts erzählen willst, passiert das logischerweise. Du kannst mir vertrauen, das musst du mir glauben. Mir ist klar, dass du aus schwierigen Verhältnissen kommst: Willst du mir nicht ein bisschen davon erzählen? Was ist mit deinen Eltern? Werden sie Probleme machen? Wissen sie nicht über Seelenspiegel Bescheid?«

Ich zupfte an einem losen Faden in meinem grässlichen Rock. »Meine Mutter ist vor neun Jahren gestorben.«

»Oh, das tut mir leid.« Er räusperte sich. »Bei wem lebst du denn jetzt? Bei deinem Vater?«

Ich lachte heiser auf. »Vielleicht.« Mehr sagte ich nicht dazu.

»Phee …«

»Okay, schon gut. Ich lebe mit einer Gruppe von Savants zusammen, sozusagen. Wir bleiben nirgendwo lange.«

»Wer kümmert sich um dich? Ich meine, seit deine Mutter tot ist.«

»Du machst Witze, oder?« Meiner Erfahrung nach nahm sich niemand fremder Leute Kinder an. »Ich hab mich natürlich um mich selbst gekümmert. Dank meiner Begabung konnte ich immer für meinen Unterhalt aufkommen.«

»Was meinst du damit?«

»Ich muss die Sachen ranschaffen, die man mir in Auftrag gibt. Wie eine Art Miete.« Er nahm meine Hand, aber ich zog sie zurück.

»Okay, Oliver, allmählich kriege ich eine gewisse Vorstellung. Also, wer ist dein Fagin?«

Ich schnaubte abschätzig über die Oliver-Twist-Anspielung: Wir waren weit entfernt von einer fröhlichen Truppe singender Waisen. »Du meinst wohl eher Bill Sikes, was?« Mist, das hatte ich jetzt nicht gesagt, oder?

Aber Yves hatte diesen Köder sorgfältig ausgelegt und hakte sofort nach. »Du hast also vor jemandem Angst. Und er zwingt dich, für ihn zu stehlen?«

Ja … und nein. Natürlich hatte ich Angst: Ich konnte mich nicht an einen einzigen Tag erinnern, an dem ich ohne Furcht vor dem Seher gelebt hätte, aber ich war auch nicht der rotwangige drollige Oliver Twist, der völlig schockiert mit ansah, wie sein Freund ein Taschentuch stahl. Ich wusste genau, was ich tat, wenn ich etwas klaute, und oft machte es mir sogar Spaß – das würde ihn bis ins Mark erschüttern. »Yves, akzeptiere einfach, dass meine Welt anders ist als deine. Du verstehst nicht, wie das für mich ist.«

»Nicht, wenn du's mir nicht erklärst.«

Xav betrat den Raum, in der Hand ein Tablett mit zwei Kaffeebechern, Milch und Zucker. »Ich bin in der Küche, falls ihr mich braucht«, murmelte er. Sicher mehr an seinen Bruder gerichtet als an mich.

»Danke, Xav.« Er reichte mir einen Becher und dann die Milch. Ich goss mir davon ein, bis der Kaffee karamellfarben war, dann schaufelte ich Zucker dazu. Wenn ich auf Zack sein wollte, musste ich schleunigst meine Reserven aufstocken.

»Phee, ich muss wissen, warum du ausgerechnet mich beklauen wolltest. Und das gleich zweimal hintereinander, gestern und heute. Das könnte wichtig sein.«

»Ach so, ja. Hab ich dir eigentlich schon gesagt, dass es mir leidtut? Du warst bloß ein Job, das ging nicht gegen dich persönlich.«

»Was für eine Art Job?«

Würde es schaden, wenn ich ihm erklärte, wie es dazu gekommen war? Nicht, wenn ich keine Namen erwähnte. »Man hat mir dein Foto gezeigt und gesagt, ich solle deine Wertsachen stehlen. Ich schätze, da war jemand scharf auf dein ultramodernes iPad.«

Er kniff die Augen zusammen und mit seiner Freundlichkeit war es schlagartig vorbei. »Woher hast du darüber Bescheid gewusst?«, fragte er kühl. »Das Ding sah genauso aus wie das handelsübliche Modell.«

»Ich hab gehört, wie du's heute Morgen Jo-grid erzählt hast. Wenn's ein Geheimnis ist, würde ich es an deiner Stelle nicht in die Welt hinausposaunen.«

»Es ist kein Geheimnis – jetzt sowieso nicht mehr, wo alles, was davon noch übrig ist, eine interessante Skulptur aus ramponierter Apple-Technologie ist.«

Er deutete auf einen grauen Klumpen Schrott, der das schicke hellbraune Sideboard verschandelte. Ups.

»Ich würde dir den Schaden ja gern bezahlen, aber das kann ich nicht. So viel Geld habe ich nicht.« Genau genommen hatte ich gar keins, es sei denn, ich klaute welches.

»Du kannst dafür bezahlen, indem du meine Fragen beantwortest.«

Ich trank einen Schluck Kaffee und wägte meine Optionen ab. »Müssen wir das jetzt gleich machen? Ich bin hundemüde und ich rede nicht gern über mich selbst.«

»Darauf wäre ich nie im Leben gekommen.« Ein ironisches Lächeln huschte über sein Gesicht.

»Ja, tut mir leid.« Mattigkeit kroch mir in die Glieder. Ich gähnte und überlegte, wie viel Zeit mir wohl blieb. Der Bruder namens Vic wurde gegen sechs zurückerwartet. Ich könnte zwei Stündchen schlafen, ein paar vage Antworten geben und trotzdem noch vor seiner Rückkehr von hier verschwunden sein. Meine Gabe hätte größere Wirksamkeit, wenn ich nicht dermaßen ausgelaugt wäre, und ich brauchte sie, um an den Schlüssel zu kommen und zu fliehen. »Macht's dir was aus, wenn ich mich für eine Weile hier ausstrecke? Du kannst mir trotzdem noch Fragen stellen.« Und ich würde währenddessen schlafen.

»Tu dir keinen Zwang an.« Er freute sich anscheinend, die Befragung in einer etwas gelockerteren Atmosphäre fortsetzen zu können, vielleicht in der Hoffnung, mir auf diese Weise mehr Antworten zu entlocken.

Ich stellte meinen Kaffeebecher aufs Tablett zurück, dann nahm ich mit Schwung die Beine hoch.

Yves legte sich ein Kissen auf den Schoß. »So lang liegst du aber bequemer.« Er klopfte auf das Kissen.

Das sah echt einladend aus. Ich setzte meine Brille ab und drehte mich andersherum, sodass ich meinen Kopf aufs Kissen legen konnte. »Na dann, Feuer frei!«

Er lachte und das Kissen unter meiner Wange vibrierte. »Das solltest du nicht zu mir sagen. Ich könnte es als Einladung verstehen, meine Kräfte spielen zu lassen. Drei Feuerzwischenfälle binnen zwei Tagen – du bist Gift für meine Selbstbeherrschung.« Er stellte mir keine

Fragen, sondern ließ mich einfach daliegen, seine Hand auf meinem Haar. Er zog ein paar Strähnen unter meinem Schal hervor. Als mir das Geziepe zu viel wurde, streifte ich den Schal ab.

»Besser?« Er fuhr mit den Fingern durch meine Locken.

»Wusstest du schon, dass deine Haare total weich sind?«

Das klang schön.

»Aber du solltest deinen Friseur verklagen.«

Ich lächelte ins Kissen hinein. »Ich sag ihm, dass du mir dazu geraten hast, wenn ich wieder wach bin.«

Kapitel 7

Es war vier Uhr nachmittags, als ich wieder aus den Tiefen des Schlafs auftauchte. Yves hatte sich nicht von der Stelle bewegt. Er saß da, eine Hand auf meiner Schulter, und las ein Buch über den Klimawechsel. Er hielt es aufgeschlagen auf seiner ausgebreiteten Hand, eine furchtbar unbequeme Haltung. Ich lag für einen Moment ganz still da und konnte die Seite sehen, die er so aufmerksam las, ohne zu bemerken, dass ich wach war. Ich mochte seine Hände: die Finger lang und gebräunt, die Handfläche blass und mit ausgeprägten Linien. Es fühlte sich gut an, diese winzigen Details zu beobachten, wie seine Sehnen spannten, als er vorsichtig die Seite umblätterte, so als wollte er mich nicht stören, oder dass er eine Narbe an seinem Handballen hatte. Wenn ich eine Faust machte, könnte er sie bestimmt mit einer Hand umschließen, aber anders als bei Dragon jagte mir der Gedanke, dass er größer und stärker war als ich, keine Angst ein. Ich war mir inzwischen sicher, dass er mir niemals absichtlich wehtun würde.

Ich bewegte meinen Kopf und spürte eine feuchte Stelle auf dem Kissen, auf der Höhe meines Mundes. Ich hatte im Schlaf doch nicht etwa gesabbert, oder? Wie peinlich!

»Und, aufgewacht, Dornröschen?« Yves legte das Buch auf die Glasplatte des Couchtisches.

Ich setzte mich schnell auf und wischte mir mit dem Unterarm über den Mund. »Danke. Das hab ich echt gebraucht.«

Er stand auf und reckte sich, schüttelte die steifen Beine aus. »Magst du noch was trinken? Ein Soda?«

Ich folgte ihm in die spacige Küche, wo es nach Kaffeepulver und einem scharfen Zitronenreiniger roch. Xav tippte auf einer Computertastatur und lächelte mich flüchtig an, dann wandte er sich wieder seiner Aufgabe zu.

»Welche Geschmacksrichtung hat ›Soda‹? Ich kenne das nur als etwas, was man zum Saubermachen oder Backen benutzt.«

»Das ist ein kohlensäurehaltiges Getränk, ums mal in britisches Englisch zu übersetzen.« Er holte eine große Flasche Limo hervor. »Oder magst du lieber Saft?«

»Ja, Orangensaft, wenn du welchen hast.«

»Was zu essen?«

Ich schüttelte den Kopf.

Yves stellte zwei Gläser Saft und eine Packung Kekse auf ein Tablett und führte mich zurück zur Couch. Ich war es gewohnt, meine eigenen Entscheidungen zu treffen, und kam mir reichlich erbärmlich vor, ihm so hinterherzudackeln, aber momentan schien es das Bes-

te, einfach abzuwarten, was er vorhatte. Er machte die Kekspackung auf und bot sie mir an. Und *Peng!* war mein Vorsatz, nach dem Sandwich nicht noch mehr zu essen, dahin – aber es waren Schokokekse und das überstieg meine Selbstbeherrschung. Ich griff zu.

Er sagte noch immer nichts, lehnte sich bloß zurück, nippte an seinem Glas und schaute aus dem Fenster auf die Möwen, die das Hochhaus umkreisten. Sein Schweigen fing an mir auf den Wecker zu gehen. Hatte er seine Meinung über mich geändert, während ich geschlafen hatte? Hatte er beschlossen, jetzt doch die ›harte Tour‹ zu fahren?

»Also … ähm … was willst du wissen?«

»Warum du heute zurückgekommen bist, zum Beispiel. Das wäre doch ein guter Anfang«, sagte er leise. »Du wusstest, dass meine Sachen im Eimer waren, bist mir aber trotzdem gefolgt und hast noch mal versucht, mich zu beklauen. Das ergibt keinen Sinn, denn wie du selbst gesagt hast, warst du ja hinter dem neuen Apple-Teil her.«

Ich schluckte und nickte. Ich würde ihm so viel erzählen müssen, dass seine Neugier befriedigt war, ohne dabei etwas wirklich Bedeutsames preiszugeben. »Ja, kann ich verstehen, dass du das seltsam findest. Die … Sache … ist die, dass ich meinem Fagin nicht erzählt hatte, dass dein iPad in Flammen aufgegangen ist. Das hätte er mir nie im Leben geglaubt und mich bestraft … und … und … mit mir zusammen noch jemand anders, der mir sehr am Herzen liegt.«

  Yves zog misstrauisch die Augenbrauen zusammen.

»Und wer ist das … diese Person, die dir sehr am Herzen liegt?«

Jetzt war er eifersüchtig. Ich fand das merkwürdigerweise beruhigend. »Ein Mann aus meiner Gruppe, der immer nett zu mir gewesen ist. Er wurde vor einiger Zeit bei einem Unfall übel zugerichtet und ich habe ihn gepflegt. Er war derjenige, der meinen Arm verbunden hat.« Ich staubte die Armlehne des Sofas mit der Quaste eines großen weißen Satinkissens ab. »Wegen ihm brauchst du dir keine Sorgen zu machen.«

Er grinste mich an. »Bin ich so durchschaubar? Okay, erzähl mir von deinem Fagin.«

Ich knautschte das Kissen an meiner Brust zusammen. »Er ist kein netter Kerl.«

Yves seufzte. »Das hab ich mir schon gedacht.«

»Er ist sehr mächtig … Man sollte ihn ernst nehmen.« Ich sah, dass Yves es nicht begriff, keiner begriff den Seher, bis sie das Pech hatten, ihm in die Quere zu kommen. »Egal, er war jedenfalls unheimlich scharf drauf, dass ich dich beklaue, hat mir aber nicht wirklich gesagt, was er wollte. Nachdem ich es beim ersten Mal vermasselt hatte, hab ich mir gedacht, ich könnte ihm heute irgendwas anderes bringen, um ihn bei Laune zu halten … einen Reisepass oder eine Brieftasche oder so was. Ich wusste nicht, dass das iPad und das Telefon etwas so Besonderes waren, bis ich gehört habe, wie du's Ingrid und Jo erzählt hast.«

Er rieb sich das Kinn, während er über meine Worte nachdachte.

»Aber warum bist du das Risiko eingegangen, es noch

mal bei mir zu versuchen? Wenn du gedacht hast, dass ich ein ganz gewöhnlicher Tourist bin, hättest du mit deinen Fähigkeiten doch alles Mögliche klauen und dann behaupten können, dass es von mir ist. Wer hätte das rausgekriegt?«

»Ja, diese Idee hatte ich auch kurz, aber der Seher …«

»Wer?«

Verdammt, verdammt, verdammt. Heiße Tränen brannten mir in den Augen. Ich hatte geglaubt, ich könnte dieses Frage-und-Antwort-Spielchen meistern, ohne ins Stolpern zu geraten, und war quasi sofort der Länge nach hingeschlagen. Ich stand auf, nahm meine Wendy-Brille vom Tisch und stopfte sie in meine Tasche.

»Ich kann das nicht, Yves. Tut mir leid. Es werden einfach zu viele Leute dafür büßen müssen und ich hab auch schon so genug Ärger am Hals.« Scheiße, der Seher würde mich umbringen, wenn er herausfand, dass ich mit jemandem, der nicht zur Community gehörte, über ihn gesprochen hatte.

»Setz dich, Phee.«

»Nein, ich muss los. Du musst mich gehen lassen.« Ich schlüpfte an ihm vorbei zur Tür.

»Xav!«, rief Yves.

»Bin schon da.« Sein dämlicher Bruder stand in der Diele und versperrte die Wohnungstür.

Yves hatte sich in der Küchentür aufgebaut. »Du gehst nirgendwohin. Ich dachte, das hättest du kapiert.«

Ich baumelte zwischen ihnen wie jemand, der auf halber Strecke an einer Seilrutsche zum Stehen kommt, pendelte hin und her, ohne Schwung holen zu können.

»Nee, du bist derjenige, der nicht kapiert. Er wird mir wehtun.«

Yves streckte eine Hand nach mir aus. »Phee, ich werde es nicht zulassen, dass dir irgendjemand wehtut.«

Ich stand fluchtbereit am Couchtisch, der Spiegel an der Wand gegenüber zeigte mir, dass ich aussah wie ein durchgeknallter Kobold, mit Haaren, die wirr nach allen Seiten abstanden. Kein Wunder, dass sie mich nicht ernst nahmen. »Du kennst den Seher nicht. Das ist nicht so einfach. Wenn ich dir heute Nachmittag nicht die Wasserflasche geklaut hätte, wäre ich mittlerweile vermutlich schon halb tot – er hat dafür gesorgt, dass ich nichts essen oder trinken kann, bis der Job erledigt ist. Er … er manipuliert einen, macht, dass man ihm gehorcht. Wenn er mich erwischt, könnte er mir befehlen, dich umzubringen … oder … oder … von einer Brücke zu springen … und ich würde es tun.«

Yves zuckte kurz zusammen; jetzt war er sich nicht mehr so sicher, dass er auf alles eine Antwort wusste. Er blickte Hilfe suchend zu seinem Bruder.

»Ich habe Vic gesagt, dass er so schnell wie möglich herkommen soll«, sagte Xav. Sie benutzten Telepathie, um mich außen vor zu lassen.

»Hört auf damit! Was meint ihr denn, wie ich mich fühle, wenn ich weiß, dass ihr hinter meinem Rücken redet!« Ich griff nach einem Stapel Zeitschriften und schleuderte sie Yves wie Frisbeescheiben entgegen.

»Beruhige dich, Phee. Du bist frei von ihm, von diesem Seher-Typ. Du bleibst jetzt bei mir.« Yves wehrte die Wurfgeschosse ab und sprach in beschwichtigendem

Ton auf mich ein, was mich nur noch wütender machte. Das war nicht der passende Moment, um cool und vernünftig zu sein!

»Scheiß drauf! Was ist mit Tony?« Ich warf ein Kissen auf ihn.

Yves fing es auf. »Tony?«

»Mein Freund! Ihn kannst du nicht schützen, oder? Wenn ich nicht bis um neun Uhr zurück bin, wird man ihm etwas Schlimmes antun, und ich habe versprochen – ich habe ihm *versprochen*, dass ich mich an unsere Abmachung halte. Oh Gott, oh Gott.« Mir ging die Kraft aus und ich sackte in die Knie, kauerte mich am Boden zusammen.

»Xav?« Yves eilte zu mir.

»Schon da.« Xav legte mir eine warme Hand auf den Rücken und mich durchströmte ein beruhigendes Gefühl. »Sie ist erschöpft und am Ende, Yves. Wir müssen sehr vorsichtig mit ihr sein; mehr wird sie nicht verkraften. Sie ist dermaßen ausgelaugt, dass sie bei noch mehr Druck zusammenklappen könnte.«

»Ich muss wieder zurück«, flüsterte ich.

»Nein, das musst du nicht.« Yves zog mich an seine Brust und hob mich auf die Füße. »Dein Seher mag stark sein, aber drei Benedicts stecken einen Fagin locker in die Tasche. Du, Phoenix Corrigan, wirst jetzt ins Bett gehen und den Rest uns überlassen. Wenn Vic hier ist, sagst du ihm, wo wir diesen Tony finden können, und wir lassen uns was einfallen, damit ihm nichts passiert.«

»Ich glaube, wir brauchen Sky und Zed«, murmelte Xav.

»Mhm, vielleicht können sie ihren Urlaub ja abbrechen. Mom und Dad sagen wir auch Bescheid.« Yves legte mich auf ein Bett, dann zog er mir die Schuhe aus.

Xav lachte trocken. »Warum trommeln wir nicht die ganze Sippe zusammen – tolle Idee. Wenn du schon mal dabei bist, kannst du ja gleich noch Trace, Will und Uri anrufen.«

»Sie ist mein Seelenspiegel, Xav. Da ist kein Aufwand zu groß.« Er deckte mich zu.

»Ja, ich weiß, Bruderherz. Ich will mich ja auch gar nicht drüber lustig machen. Mom und Dad zu kontaktieren ist eine gute Idee. Wir müssen jetzt noch eine Menge Papierkram erledigen, um sie hier rauszuholen.«

Da hatten wir den Salat: Sie bestimmten über mein Leben, als könnte ich selbst nicht bis drei zählen. Sie behandelten mich wie jemanden, den man gerade in eine geschlossene Anstalt eingewiesen hatte. Als Nächstes würden sie mir mein Essen klein schneiden und mich mit dem Löffel füttern.

Ich warf die Decke zurück. »Ihr begreift es einfach nicht. Sie werden herauskriegen, dass ich bei euch bin. Ich kann nicht hierbleiben. Auf keinen Fall.«

Yves legte mir wieder die Decke über. »Mach dir deswegen keine Sorgen, Phee. Wir passen auf, dass niemand in deine Nähe kommt.«

Sie überhäuften mich mit wohlmeinenden, aber unmöglichen Versprechungen und ließen mir keine andere Wahl. Ich konnte nicht weiter als bis neun Uhr denken.

Ich musste sie paralysieren, aber meine Fluchtchancen standen besser, wenn sie beide glaubten, dass ich kooperierte.

Ich umklammerte seine Hand. »Versprochen?«

»Ja.«

Ich tat, als würde ich mich damit zufriedengeben. »Okay, dann ruhe ich mich jetzt ein bisschen aus.« Ich kuschelte mich unter die Decke und versuchte, wie ein liebes braves Mädchen auszusehen, das keine Fluchtgedanken hegte.

»Danke.« Yves zog die Vorhänge zu, sodass der Raum im Halbdunkel lag. »Vertrau uns, Phee, wir biegen alles wieder gerade.«

Vertrauen? In der Community hatte ich gelernt, niemals irgendjemandem zu vertrauen.

Die beiden Benedict-Jungs verließen den Raum. Ich zählte bis dreihundert, aber sie kamen nicht zurück; sie vertrauten dummerweise darauf, dass ich mich ausruhte. Ich konnte nicht länger warten, denn der geheimnisvolle Vic war bereits im Anmarsch. Er war einer von den Benedicts, dessen Bekanntschaft ich lieber nicht machen wollte. Ich schlüpfte in meine Schuhe, schlich auf Zehenspitzen zur Tür und schob sie vorsichtig auf. Yves und Xav sprachen leise in der Küche miteinander. Perfekt! Ich kroch bis zur Wohnungstür, schaute mich dabei nach allen Seiten um und griff nach ihren Mentalmustern. Ohne die aufwühlenden Gefühle, die meine Nähe in ihm auslösten, war Yves' Mentalmuster jetzt ein Geflecht aus sanften Grau-, Grün- und Blautönen, das aussah wie das zarte Efeu-Ornament einer Marmor-

säule. Sein messerscharfer Verstand beschäftigte sich mit verschiedenen Möglichkeiten, wie er mir einen Pass beschaffen und mich in die USA mitnehmen könnte und was wir nach unserer Ankunft dort tun würden; er hegte nicht den leisesten Zweifel, dass wir unsere Zukunft miteinander verbringen würden. Wenn es doch bloß so wäre. Xavs Mentalmuster war unsteter, ein verrückter Strom von Gedanken und Bildern – Skipisten, Berge, ein hübsches Mädchen im Globe Theatre, alles vor dem Hintergrund eines Regenbogenfensters.

Schön langsam machen, so als würde man sich in eine enge Jeanshose zwängen, Stückchen für Stückchen. Zupacken und … halten.

Mein Nickerchen auf dem Sofa hatte meine Kräfte so gut wie ganz wiederhergestellt. Ohne zu bemerken, dass sie Opfer einer Paralysierungsattacke wurden, erstarrten sie langsam zu Standbildern. Das Risiko, beim Durchsuchen ihrer Tasche das empfindliche Gleichgewicht zu stören, war mir zu groß und ich ging geradewegs zur Tür. Yves hatte sie nicht wieder verriegelt, sodass ich ohne Weiteres nach draußen huschen konnte.

Und … loslassen. Ich löste sanft den Griff um ihre Mentalmuster, wie beim Ausatmen; wenn ich Glück hatte, würden sie die wenigen Sekunden, in denen sie weggetreten waren, gar nicht bemerken.

Mit selbstbewusster Miene marschierte ich in Richtung Aufzug, da ich vermutete, dass die Treppen ganz in der Nähe waren. Sobald beim Öffnen der Tür ohne Schlüssel der Alarm losschlug, würde mein Abgang kein Geheimnis mehr sein, aber ich hoffte, dass ich dann ge-

nug Vorsprung hätte, um sie auf dem Weg nach unten abzuhängen. Mein Plan war, im Hinunterlaufen auf jeder Etage den Aufzug zu rufen, um so dafür zu sorgen, dass die Fahrstuhlkabine eine Ewigkeit brauchen würde, in den zwanzigsten Stock zu kommen. Vielleicht würden sie dann ebenfalls die Treppe nehmen, aber bis dahin wäre ich schon im Betonlabyrinth des Barbican untergetaucht. Ich war mir ziemlich sicher, dass ich hier auf heimatlichem Terrain klar im Vorteil wäre.

Als ich am Aufzug vorbeiging, öffneten sich die Türen mit einem *Pling!*. Ein hochgewachsener Mann trat heraus: schicker Anzug, langes, aber gepflegtes, zum Zopf gebundenes Haar, wache graue Augen. Das musste der dritte Bruder sein. Ich spürte, wie mein Magen Alarm schlug: Ein Hai war aus dem Seetang aufgetaucht und schwamm nun inmitten des Schwarms kleiner Fische. Ich pflanzte mir ein unverbindliches Lächeln ins Gesicht und dankte dem Himmel, dass er keine Ahnung hatte, wie ich aussah.

»Willst du in den Aufzug?«, fragte er höflich und steckte eine Hand zwischen die sich schließenden Türen, die sofort wieder aufglitten.

»Nein, danke«, erwiderte ich vergnügt. »Ich gehe nur zu meinen Freunden.« Ich zeigte den Flur hinunter.

Er nahm die Hand herunter, ließ die Türen zugleiten und steckte sich den Schlüssel in die Gesäßtasche. Ich überlegte für eine kurze verrückte Sekunde, ob ich es wagen sollte, ihn zu paralysieren, aber da ich nicht wusste, wie mächtig er war, konnte ich es nicht riskieren. Ich ließ ihn gehen. Ich lief zielstrebig weiter und warf einen

Blick auf den Eingang zum Treppenhaus. Vic betrat die Wohnung und schloss die Tür hinter sich.

Jetzt oder nie. Ich rannte zurück und stemmte mich zum Öffnen der Brandschutztür gegen die Druckstange, schlüpfte so schnell hindurch, dass der Alarm erst losschlug, als die schwere Tür schon wieder zuknallte. Das Treppenhaus war hässlich, grau und miefte nach Tiefgarage, ganz anders als der luxuriöse, mit Teppichboden belegte Flur. Ein Stockwerk tiefer rannte ich zum Fahrstuhl und drückte auf den Knopf. Mit einem Summen setzte sich die Kabine, mit der Vic gefahren war, in Bewegung. Dann rief ich auch alle anderen Aufzüge per Knopfdruck. Zwei Stockwerke tiefer griff ich zur gleichen Verzögerungstaktik, dann blieb mir keine Zeit mehr. Die Benedicts würden keine Sekunde mit dem Warten auf Fahrstühle vergeuden, sobald sie wüssten, dass ich die Treppe genommen hatte; ich hatte nur einen geringen Vorsprung, bevor sie Jagd auf mich machen würden.

Zwanzig Stockwerke sind eine ziemlich lange Strecke. Ab der elften Etage war ich nicht mehr in der Lage, mich auf die Stufen zu konzentrieren; sie verschwammen zu einem abstrakten Gewirr von Linien – und ich verlor um ein Haar die Balance. Dass ich hörte, wie die Benedicts die Verfolgung aufnahmen, half meiner Konzentration auch nicht gerade auf die Sprünge. Sie riefen nicht nach mir und machten auch kein großes Tamtam, sondern donnerten unaufhaltsam die Treppe hinunter, wie ein Soldatentrupp beim Fitnesstraining. Natürlich war es dabei ziemlich nützlich, dass sie telepathisch kommunizieren konnten.

Phee, hör auf mit dem Irrsinn!

Yves hatte also beschlossen, mich zu kontaktieren. Ich hatte ehrlich gesagt erwartet, dass er das bereits früher tun würde, aber vermutlich waren er und seine Brüder noch mit Überlegungen beschäftigt gewesen, wie sie mir den Weg abschneiden könnten. Ich baute darauf, dass sie nicht bedenken würden, dass ich über die Tiefgarage Bescheid wusste. Während Vic oder wer auch immer in der Lobby im Erdgeschoss warten würde, um mich abzufangen – nachdem sie erfolgreich einen der Fahrstühle gerufen hatten –, würde ich ihnen genau ein Stockwerk darunter durch die Lappen gehen.

Erdgeschoss. Keller. Ich stemmte mich gegen die Druckstange an der Tür und stolperte über die Schwelle in die dunkle, labyrinthartige Tiefgarage. Ich bog scharf links ab und rannte in Richtung Barbican Centre. Mir war klar, dass man mich in einer Menschenmenge viel schwieriger ausmachen könnte als auf einem der leer gefegten Bürgersteige zwischen den von Autos verstopften Straßen. Die Laufgänge zum Kulturzentrum füllten sich mit Leuten, die vor der Abendvorstellung in einem der Restaurants zu Abend essen wollten. Flache, rechteckige Wasserbassins warfen die Spiegelbilder der hoch aufragenden Wolkenkratzer zurück, das Wasser kräuselte sich, als eine Ente über die Oberfläche glitt. Ich mischte mich unter eine große Gruppe deutscher Touristen und verlangsamte meine Schritte. Rennen würde nur Aufmerksamkeit erregen. Mein Atem ging stoßweise und ich versuchte, mich möglichst unauffällig zu benehmen. Ich sah, wie mich eine Dame in einem roten Kleid neu-

gierig musterte, als sie Arm in Arm mit ihrem Mann an mir vorbeischlenderte.

Ich lächelte sie schüchtern an und fächerte mir mit der Hand Luft zu, um mein Gesicht abzukühlen. »Haben Sie mal die Uhrzeit? Ich glaube, ich bin echt spät dran.«

Mit dieser Erklärung für mein Gehetze schaute sie auf ihre Uhr. »Halb sechs.«

»Danke. Ich muss mich wirklich beeilen.« Ich lächelte ihr zum Abschied zu und ging im Laufschritt an den quadratischen Betonkübeln vorbei, die von Sommerblüten überquollen.

Yves hatte mir Feuerblumen geschenkt. Noch nie hatte jemand etwas Derartiges für mich getan.

Phee, sag uns bitte, wo du bist! Wir sind nicht sauer auf dich – wir wollen dir doch nur helfen.

Ich wollte ihm nicht antworten, für den Fall, dass er mich durch einen streunenden Gedanken orten könnte.

Phee, bitte! Mach das nicht!

Das Barbican Centre sah aus wie eine moderne Festung aus braungrauem Beton, dermaßen trostlos, dass ich nicht begriff, wie man einen Architekten so etwas hatte bauen lassen. Die Innenräume waren da schon besser: weite Foyers, in denen man sich gut unter die Leute mischen konnte, diskrete Nischen, in denen man inspizieren konnte, was man aus einer Handtasche gefischt hatte – für Angehörige meines Berufs war es ein Paradies. Ich hörte, wie einer der Besucher sagte, dass die Theater und Konzerthallen hervorragend seien, aber das waren nicht die Orte, die Leute wie ich zu sehen bekamen. Für uns passierte die Action abseits der Bühne.

Phee, gib uns nicht auf, ehe du uns überhaupt eine Chance gegeben hast. Yves Bitten klang immer verzweifelter.

Ich folgte einem Schild zu den Damentoiletten eine Treppe tiefer und verschwand darin. Ein billiger Rückzug, stimmt schon, aber ich bezweifelte, dass sie sich hier so ohne Weiteres Zutritt verschaffen würden. Ich stand am Waschbecken und betrachtete mein Gesicht im Spiegel. Eine verrückt aussehende Vogelscheuche starrte mir entgegen. Ich brauchte dringend eine Generalüberholung, wenn ich vermeiden wollte, dass sich die Köpfe nach mir umdrehten. Ich hatte meine Tasche in der Wohnung der Benedicts liegen lassen und musste nun versuchen, mit Wasser, Seife, Papierhandtüchern und meinen Fingern das Bestmögliche herauszuholen. Ich glättete mein Haar und spritzte mir ein bisschen Wasser ins Gesicht. Dann erinnerte ich mich wieder an meinen Eyelinerstummel und die Tube Lipgloss – ein klarer Vorteil altbackener Klamotten sind die geräumigen, unförmigen Taschen. Mit einem Hauch von Schminke sah ich gleich schon wieder mehr wie ich selbst aus. Dann zog ich mich in eine der Kabinen zurück, wo ich meinen Rock abstreifte und meine Shorts darunter zum Vorschein kamen. Ich knöpfte meine weiße Bluse auf und knotete sie unterhalb der Brust zusammen. Ich fühlte mich wie eine dieser Blitz-Verwandlungskünstlerinnen – tada!, tschüs Wendy, du Weichei, und hallo Phee, du Verführerin. Ich rollte den Rock zusammen und klemmte ihn mir unter den Arm mit dem Plan, mir die nächstbeste Plastiktüte zu krallen, um ihn darin zu verstauen.

Ich warf einen letzten prüfenden Blick in den Spiegel und war mit meiner Wandlung äußerst zufrieden. Zwei ältere Damen kamen herein und runzelten angesichts meines Bauchfrei-Looks missbilligend die Stirn. Jepp, alles richtig gemacht.

Phee, wir wissen, dass du im Barbican Centre bist.

Woher wussten sie das? Oder war das einfach ins Blaue hinein geraten, in der Hoffnung, mich austricksen zu können? Diese Fragen mischten sich unter die Zweifel, die meinen Kopf Karussell fahren ließen. War Davonlaufen das Richtige gewesen? Hatte ich eine andere Wahl gehabt? Meinen Seelenspiegel zu verlassen, auch wenn es nur zu seinem Besten geschah, fühlte sich so an, als würde ich mir einen meiner Arme abschneiden.

Okay, jetzt hör auf mit dem Scheiß und triff dich mit uns. Ich stehe neben dem Geschäft im Erdgeschoss.

Ja, ja, und seine Brüder bewachten die Ausgänge. Ich war nicht von gestern.

Soll ich etwa betteln? Er wurde allmählich sauer – und ich konnte es ihm nicht verdenken. Ich hatte ihn an empfindlicher Stelle getroffen, hatte an seinem Selbstvertrauen in puncto Mädchen gekratzt und das tat mir leid. Er war perfekt, so wie er war, es gab für ihn keinen Grund, dermaßen unsicher zu sein. Aber er durfte nicht mir gehören. *Kannst du uns nicht eine winzige Chance geben?*

Sorry, nee. Nicht in meiner Welt. Seine einzige Chance war, sich von mir fernzuhalten, damit mein Leben seines nicht noch infizieren würde.

Ich blickte zum letzten Mal in den Spiegel. Ich würde

das hinkriegen. Als ich die Damentoilette verließ und auf direktem Weg den Ausgang ansteuerte, schickte ich einen letzten Gruß.

Werde glücklich, Yves.

Riesenfehler. Ich blieb wie angewurzelt stehen. Yves stand unmittelbar gegenüber von den Damentoiletten mit verschränkten Armen da, flankiert von seinen Brüdern. Er hatte mich dazu überlistet, ihn mit meinen Gedanken zu mir zu führen.

Reizend. Mir gefällt der neue Look. Er hörte sich allerdings nicht so an, als würde ihm meine Aufmachung gefallen. Er hörte sich eher so an, als sollte man ihn besser fesseln und ihm eine Beruhigungsspritze verpassen.

Wie hast du mich gefunden?

Einzigartige Energiesignatur, weißt du noch?

Ich überlegte schnell, welche Möglichkeiten ich hatte. Zurück ins Klo gehen und warten, bis sie verschwunden waren? Nee, sie waren mir ja gerade bis hierher gefolgt. Mit ihnen gehen und zulassen, dass der Seher Tony heute Abend etwas antun würde und letztendlich auch den Benedicts, wenn er mich holen käme? Sie paralysieren? Zu viele Leute ringsherum und sie wüssten sich dagegen zur Wehr zu setzen. Die vierte Möglichkeit – einen Aufstand machen. Sie konnten mich nicht aus einem öffentlichen Gebäude verschleppen, wenn ich ordentlich Krach schlug. Obwohl ich es hasste, Aufmerksamkeit auf mich zu ziehen, schien mir das der beste Moment zu sein, mich darin zu üben.

Denk nicht mal dran oder Vic wird diese Sache mit dir tun müssen, warnte mich Yves, der meine Absicht offen-

bar an meinen verstohlenen Blicken ins Foyer abgelesen hatte.

Dann tauchte eine fünfte Möglichkeit auf, eine, mit der keiner von uns gerechnet hatte. Unicorn und Dragon marschierten von hinten an den Benedicts vorbei, noch ehe sie wussten, wie ihnen geschah.

»Phee, da bist du ja!«, sagte Unicorn mit aufgesetzter Freundlichkeit. »Ich dachte schon, wir kämen zu spät fürs Konzert. Komm!« Er hakte sich auf der einen Seite bei mir unter, Dragon auf der anderen.

Jetzt, wo sie da waren, wusste ich nicht, ob mir diese Rettung recht war.

»Wer zum Teufel seid ihr?« Yves war drauf und dran dazwischenzugehen, aber Vic hielt ihn mit einem vielsagenden Blick zurück. Eine Prügelei im Barbican wäre für keinen von uns von Vorteil.

»Wir sind ihre Brüder.« Unicorn drückte meinen Arm, dass es wehtat. »Sie wird euch nicht mehr belästigen. Tut uns leid, wenn ihre flinken Finger euch Ärger gemacht haben. Sie wird dafür bestraft.« Unicorn glaubte, hier würde es um einen Raubzug gehen, der schiefgelaufen war. Na klar, warum sonst sollten mich drei Amerikaner durchs Barbican jagen? Mit einem Ruck zog er den zusammengerollten Rock unter meinem Arm hervor und schüttelte ihn aus. »Sie hat die Sachen nicht bei sich, ihr solltet mal im Damenklo nachsehen. Vermutlich hat sie's dort gebunkert.«

Dragon drehte mir den Arm auf den Rücken. »Sag deinen Freunden Auf Wiedersehen, Phee. Traurigerweise kann sie nicht zum Spielen bleiben.«

Ich sagte nichts.

»Na los, sag's schon!«

»Auf Wiedersehen.« Langsam hatte ich die Nase voll von Männern, die mich herumkommandierten.

Das Goldarmband um Dragons Handgelenk begann vor Hitze zu glühen. »Was zum …!« Er ließ meinen Arm los und riss sich das Armband herunter. Es schmolz auf dem Fliesenboden zu einer flachen Scheibe zusammen.

Yves sah ihn herausfordernd an. »Niemand tut Phee weh.«

Falsch. Das taten sie andauernd. Aber Yves hatte den Fehler gemacht und offenbart, dass er ein Savant war, was dieses Zusammentreffen in eine neue Dimension schleuderte. Dragon schickte einen pfeilscharfen Blick auf die Metall-Glas-Skulptur, die ein Stück hinter den Benedicts oben an der Decke hing. Unter Gerassel lösten sich die Schrauben und das Ding fiel, von Dragons Gedankenkraft gezogen, schräg nach unten.

»Yves!«, kreischte ich.

Die drei Benedicts hechteten zur Seite, als das Kunstwerk zu Boden krachte und sich in einen Haufen Scherben und Draht verwandelte. Den folgenden Tumult – Schreie gellten und Mitarbeiter rannten in heller Aufregung zum Unfallort – nutzten wir, um uns klammheimlich davonzustehlen. Unicorn und Dragon eilten durch den Ausgang nach draußen auf die Straße, noch ehe die Benedicts sich wieder hochgerappelt hatten. Auf Unicorns Rufen hin löste sich ein Taxi aus der Schlange und ließ uns einsteigen. Ich verspürte das Verlangen, wie blöd loszulachen – meine zweite Fahrt in einem Taxi, so

kurz schon nach der ersten. Mannomann, zurzeit ließ ich es echt krachen ohne Ende.

Yves, geht's dir gut? Ich musste einfach Gewissheit haben.

Ja, hab nur ein paar Kratzer abgekriegt. Er klang erleichtert darüber, dass ich mir Sorgen machte. *Und du, Phee, geht's dir gut? Wer sind diese Typen?*

Meine Brüder … wahrscheinlich. Ich kauerte mich in eine Ecke, den Kopf an die Scheibe gelehnt, und das Taxi fuhr los. *Auf Wiedersehen, Yves. Wäre schön gewesen, dich besser kennenzulernen. Tut mir leid, dass es nicht geklappt hat.*

Kapitel 8

Mir brauchte niemand zu sagen, dass ich in ernsten Schwierigkeiten steckte. Dragon und Unicorn erwähnten zwar nichts in Anwesenheit des Taxifahrers, aber sie schäumten vor Wut. Teilweise rührte ihre Reaktion von dem Arenalin, das nach geschlagener Schlacht noch durch ihre Körper strömte, aber ich wusste, dass ich das Ganze auf die Spitze getrieben hatte, als ich die Benedicts gewarnt und so Dragons Angriff vermasselt hatte. Die Mitglieder der Community sollten zusammenhalten; ich jedoch hatte meine gespaltene Loyalität mehr als deutlich gezeigt. Ich konnte nur hoffen, sie würden sich nicht allzu viel dabei denken, dass Yves meinen Namen gekannt und sich für mich stark gemacht hatte. Mich grauste die Vorstellung, was sie tun würden, wenn sie wüssten, dass ich meinen Seelenspiegel gefunden hatte.

Die digitale Uhr vorne am Armaturenbrett zeigte, dass es erst sechs Uhr war, als wir eine Straßenecke entfernt von unserer derzeitigen Behausung aus dem Taxi ausstiegen. Noch so früh? Ich hatte heute dermaßen viel

erlebt, dass es sich anfühlte, als müsste es längst Mitternacht sein. Ich fröstelte in meinen Shorts. Unicorn hatte den Rock bei dem Handgemenge fallen lassen – kein großer modischer Verlust, aber es hatten ein paar Dinge in den Taschen gesteckt, die ich gern noch behalten hätte. Andererseits, der abhandengekommene Rock war mein kleinstes Problem.

Ein Blatt Papier flatterte über den Bürgersteig und wickelte sich um meine Beine. Ich schüttelte es ab. »Gehe ich jetzt in meine Wohnung?«, fragte ich, ohne Hoffnung auf eine Gnadenfrist.

»Machst du Witze?«, spottete Unicorn. Das waren die ersten Worte, die wir sprachen, seit wir aus dem Taxi ausgestiegen waren.

»Oh Phee, Phee.« Dragon packte mich wieder am Arm. »Warum hast du das gemacht?«

Ich fragte mich, was genau er meinte. Dass ich mich hatte erwischen lassen? Dass ich Yves gewarnt hatte? Dass ich an meiner Mission gescheitert war?

»Nach eurem Gespräch gestern Abend hat der Seher gewusst, dass irgendwas im Busch ist. Er hat uns auf dich angesetzt, damit wir dich im Auge behalten, und das war auch gut so.« Er presste vor Wut so fest die Kiefer aufeinander, dass die Sehnen an seinem Hals hervortraten. »Du hast fünf Stunden in der Gesellschaft unseres Feindes verbracht.«

Inwiefern waren die Benedicts unsere Feinde? Für mich war Yves anfangs bloß eine Zielperson von vielen gewesen.

»Da stellt sich uns schon die Frage, was du ihnen so

alles zu erzählen hattest.« Mithilfe seiner Fähigkeit öffnete er die Brandschutztür, ohne darauf zu warten, dass Tony auf ein Klopfen hin aufmachte.

»Ich habe ihnen gar nichts erzählt! Ich bin bei der ersten Gelegenheit getürmt. Sie waren zu dritt, Dragon, falls dir das entgangen sein sollte!«

Köpfe duckten sich schnell hinter die Türen, an denen wir vorbeigingen. Keiner wollte herausgepickt werden, weil er zu neugierig gewesen war.

»Drei Leute, die jetzt über alles Bescheid wissen. Drei Savants. Drei Probleme. Vielleicht sogar noch mehr, sollten sie es weitererzählen.«

»Aber da gibt es nichts zu erzählen!« Ich spürte, dass sich meine Einwände wie Schreie im Weltraum verloren – in der Leere von Dragons Herz gab es nichts, das Töne hätte tragen können. Unicorn war noch schlimmer: Seine Seele war randvoll mit Niedertracht und Grausamkeit. Wenn man ihn zum Gegner hatte, wurde man zur Maus in den Krallen eines rachsüchtigen Straßenkaters.

»Ja, ja, erklär das dem Seher.« Dragon stieß mich die Treppe hinauf.

Wir erreichten das fünfte Stockwerk. Ich verfluchte mich insgeheim für meine Entscheidung. Ich hätte mit Yves mein Glück versuchen sollen; meine Rückkehr hatte Tony nicht gerettet, sondern alles nur noch viel schlimmer gemacht.

Phee, ich kann spüren, dass du beunruhigt bist. Sprich mit mir. Es war Yves, der versuchte, mich wiederzufinden. Seine telepathische Botschaft war schwach, weil er

nicht recht wusste, wohin er sie aussenden sollte. Ich konnte nicht antworten. Manche Telepathiker waren in der Lage, die Gespräche von anderen zu belauschen und sie sogar auszublenden, wenn sie wollten. Eine der Gefährtinnen des Sehers, eine Frau namens Kasia, besaß diese Fähigkeit und sie hielt sich stets in seiner Nähe auf. Das Letzte, was ich wollte, war, dass sich Yves und seine Brüder in einen Kampf stürzten, den sie unmöglich gewinnen konnten.

Unicorn betrat das Zimmer des Sehers, während Dragon und ich draußen warteten. So musste es sich anfühlen, wenn man auf seine Hinrichtung wartete. Ich war von Panik erfüllt, suchte nach Auswegen, wo ich doch genau wusste, dass es kein Entrinnen gab. Yves' Stimme hatte leise gefleht, aber ich hatte ihn ignorieren müssen.

Unicorn kam viel zu schnell zurück und bedeutete mit einem Nicken, dass wir eintreten sollten. Ich war beunruhigt, als fast der ganze Tross des Sehers den Raum verließ, nur ein paar seiner Handlanger und Kasia blieben. Ich warf ihr einen raschen Blick zu, hoffte auf eine Verbündete. Ich hatte mich in den letzten Monaten ein paarmal ganz gut mit ihr unterhalten. Die gefärbte Blondine von Mitte dreißig mit der vorzeitig gealterten Haut einer starken Raucherin war keineswegs unfreundlich, aber sie stand stark unter dem Einfluss des Sehers. Ich fragte mich oft, ob er seine Fähigkeit benutzte, um seinen weiblichen Gefährten grenzenlose Bewunderung für sich ins Hirn zu pflanzen, denn jeder normalen Frau wäre seine Nähe zuwider gewesen. Keiner sprach ein Wort, als wir vor den Thron des Sehers traten. Mir

schlotterten die Knie – und das bemerkten bestimmt alle, da ich kaum aufrecht stehen konnte.

Auf dem Sofa lümmelnd drehte sich der Seher zu mir um, seine kleinen dunklen Augen so grausam und unmenschlich wie das Knopfgesicht einer Voodoopuppe.

Noch immer keine Fragen.

Ich konnte die Anspannung kaum ertragen und mir entfuhr ein leises Wimmern, das ich schnell unterdrückte.

Er reckte einen Finger. Ich wurde in die Luft gehoben und wieder fallen gelassen, landete auf dem Rücken, bevor mich Dragons mentaler Fausthieb in den Magen traf und mir die Luft zum Atmen nahm.

»Du hast uns verraten.«

Ich krümmte mich zusammen, Hände über dem Kopf. »Nein, nein, das hab ich nicht.«

Dragons nächster Angriff schleuderte mich über den Boden gegen die Wand wie ein Squashball. Ein scharfer Schmerz durchfuhr meinen Körper.

»Du hast den Benedicts von uns erzählt und jetzt weiß das Savant-Netzwerk über unsere Zelle Bescheid.«

»Bitte, ich hab nichts gesagt. Ich hab mich davongemacht, sobald ich konnte, aber ich war müde und schwach – ich musste mich erst ausruhen, bevor ich versuchen konnte zu fliehen.«

Meine Erklärungen versickerten wie Regentropfen, die auf gebrochene, trockene Erde fielen. Noch nie war ich in der Community gehört worden, ich war nur ein zweckdienliches Werkzeug. Der Seher wandte sich an Unicorn. »Hatte sie irgendetwas bei sich?«

Unicorn verschränkte die Arme vor der Brust. »Nichts. Als wir zu ihr stießen, war sie gerade dabei, sich im Barbican vor diesen Typen zu verstecken. Wenn sie's geschafft hat, irgendwas zu klauen, dann muss sie's fallen gelassen haben.«

Der Blick des Sehers zuckte wieder zu mir herüber. »Hast du etwas stehlen können?«

»Nein, ich hab's versucht.« Er machte ein finsteres Gesicht. »Ehrlich, aber die Sachen waren gesichert, da war irgendeine Selbstzerstörungsfunktion eingebaut. Es gab ein iPhone und ein iPad, aber beides ist zerstört worden.«

»Das ist Pech.« Der Seher trommelte mit den Fingern gegen seine Wampe. »Für dich.«

Ich krümmte mich noch mehr zusammen.

»Was geht hier eigentlich vor sich, Sir?«, fragte Dragon. »Unicorn und ich haben uns schon gefragt, warum Sie unbedingt wollten, dass sie sich diesen Kerl vorknöpft.«

Der Seher spielte an einem Goldring, der sich um seinen dicken Wurstfinger quetschte. »Vermutlich schadet es nicht, wenn ihr Bescheid wisst. Das Savant-Netzwerk ist vor Kurzem auf mich aufmerksam geworden – und sie sind noch ein paar anderen Savants, Geschäftskontakten von mir, ins Gehege gekommen.«

»Was ist das für ein Netzwerk?« Unicorn sah mich missbilligend an, als ich Anstalten machte, aus dem Blickfeld des Sehers zu robben. Ich blieb reglos liegen.

Der Seher rang ein paar Sekunden lang mit sich, ob er bereit war, dieses Wissen zu teilen; für gewöhnlich behielt er alle Informationen für sich, damit er größtmögliche Macht über uns hatte. Diesmal machte er eine

Ausnahme. »Das ist eine internationale Organisation von Savants, eine locker in Verbindung stehende Gruppe von fehlgeleiteten Dummköpfen, die ihre Begabungen darauf verwenden, der – wie sie es nennen – ›guten Sache‹ zu dienen.«

Unicorn feixte; Dragon lachte, aber für mich war das eine erfreuliche Nachricht. Also gab es auch gute Savants? Die Begabungen wurden nicht nur für zwielichtige Vorhaben benutzt, so wie bei uns? Dieses Wissen machte mir Mut, auch wenn es mir im Moment nicht weiterhalf.

»Sie versuchen, hart vorzugehen gegen die Aktivitäten derjenigen unter uns, die frei sein wollen, ihre Fähigkeiten so einzusetzen, wie es ihnen beliebt. Wenn sie den Behörden zu viele Informationen über unsere Methoden geben können, dann wird sich unser Jagdrevier stark verkleinern und manche von uns würde das sogar in den Ruin treiben.« Der Seher wedelte mit der Hand in meine Richtung. »Phoenix wurde ausgesandt, um die Sachen des Savants zu stehlen, der im Netzwerk für die Kommunikation verantwortlich ist. Aber sie hat mich enttäuscht. Ich habe mich darauf verlassen, dass sie mithilfe ihrer Fähigkeit an die Informationen herankommt, die wir benötigen, um die Bedrohung für unsere Geschäfte abzuwenden.«

»Was für Informationen?«, fragte Unicorn.

»Namen, Adressen, alle möglichen wertvollen Informationen über die, die im Savant-Netzwerk organisiert sind. Das war alles auf dem Computer von diesem Savant und jetzt erzählt sie uns, dass sich seine Sachen in Rauch

aufgelöst haben. Diese Daten waren unsere Trumpfkarte und die ist jetzt futsch.«

Das Savant-Netzwerk? Ich konnte mir denken, was damit gemeint war – eine organisierte Gruppe von Menschen mit besonderen Fähigkeiten –, aber warum wollte er ausgerechnet jetzt etwas darüber erfahren? Ich verstand ja, dass er es als Bedrohung empfand, aber normalerweise war der Seher nur an unserem Diebesgut und dem schnellen Geld interessiert; sich mit dem Savant-Netzwerk anzulegen schien mir ein paar Nummern zu groß zu sein. Für gewöhnlich brach er einfach die Zelte ab und zog weiter, sobald er glaubte, die Behörden hätten Wind von uns gekriegt. Hatte er sein Betätigungsfeld womöglich erweitert und verkaufte jetzt als eine Art Savant-Spion brisante Informationen? Oder war er schon seit jeher in diese Sache verwickelt und ich hatte es einfach nicht mitbekommen? Dass sie in meiner Gegenwart kein Blatt mehr vor den Mund nahmen, war jedenfalls kein gutes Zeichen, so viel stand fest. Das war kein Vertrauensbeweis, wahrscheinlich wussten sie einfach, dass ich bald nicht mehr dazu fähig wäre, mein neu erworbenes Wissen weiterzutragen.

Dragon ragte mit verschränkten Armen über mir auf wie ein Gefängniswärter, bereit zuzutreten, sollte ich es wagen, mich zu rühren. »Es waren drei Typen, die hinter ihr her waren. Gibt's noch mehr von denen?«

Der Seher nickte. »Jede Menge mehr. Diese spezielle Einheit des Netzwerks hat letztes Jahr das Kelly-Imperium in Las Vegas zerschlagen. Soweit wir wissen, gehört sie zum Kern der US-Organisation.«

»Verzeihen Sie, Sir«, sagte Unicorn aalglatt, »aber Sie sagten gerade ›wir‹ und ich bin mir nicht ganz sicher, wen Sie damit meinen.«

Der Seher funkelte ihn an und sein Kopf versank noch tiefer in den Wülsten seines Dreifachkinns. »Das werdet ihr erfahren, wenn ich entscheide, dass ich es euch sagen will, und keine Minute eher.«

Unicorn machte sofort einen Rückzieher. »Natürlich, Sir.«

Der Seher nahm eine Zigarre aus einer Kiste, die auf einem Beistelltisch stand, und zündete die Spitze an. »Ich kann in dir lesen wie in einem Buch, Unicorn. So wie das Einhorn, das Fabelwesen, nach dem ich dich benannt habe, hast du nur ein Horn und damit spießt du alles auf, was sich dir in den Weg stellt. Du willst das Sagen haben und siehst insgeheim auf mich herab.«

»Nein, nein, Sir.« Unicorn wurde blass. »Ich bin nur neugierig.«

Der Seher stieß ein gehässiges Lachen aus, begleitet von einer Rauchwolke. »Dein skrupelloser Machthunger stört mich nicht weiter, mein Sohn, solange du deine Gedanken, mich aus dem Weg zu schaffen, nicht in die Tat umsetzt.«

Er lehnte sich nach vorne und das Sofa quietschte unter seinem Gewicht. »Lass dir eins gesagt sein: Es wird dir nicht gelingen. Ich habe euch so viel Loyalität eingepflanzt, dass jeder Schritt gegen mich einem Selbstmord gleichkäme.«

Natürlich hatte er das getan, was sonst. Wir wussten alle, dass es vergeblich war, ihm entkommen zu wollen.

»Falls jemand von euch irgendwann mal die Macht übernehmen sollte, dann wird das auf meinen ausdrücklichen Wunsch erfolgen. Aber ihr sollt wissen, dass es noch eine andere Welt der Savants gibt, außerhalb meiner Organisation, und dass ich sie euch sehr bald vorstellen werde, allerdings erst dann, wenn ich es für richtig halte. Verstanden?«

Unicorn nickte eingeschüchtert. »Vollkommen, Sir.«

»Und jetzt zu dir, Phoenix.« Er zog an seiner Zigarre.

Mist, er richtete sein Augenmerk wieder auf mich.

»Ich fürchte, du hast uns nicht alles erzählt.« Er zerrte per Gedankenkraft an meinem Geist, aber ich war viel zu verängstigt, um irgendetwas denken zu können.

»Sie hat den ganzen Nachmittag mit ihnen verbracht«, erklärte Unicorn eifrig in dem Versuch, seine infrage gestellte Loyalität auf meine Kosten unter Beweis zu stellen.

Der Seher stieß einen Schwall Rauch aus. »Und du willst uns weismachen, dass du ihnen nichts über uns erzählt hast?«

Dragon zerrte mich vom Boden auf die Knie hoch. »Antworte dem Seher!«

Ich überlegte krampfhaft, welche Belanglosigkeit ich erzählen könnte. »Sie haben mir etwas zu essen gegeben und meine Verbrennungen versorgt, die ich erlitten habe, als die Sachen in Flammen aufgegangen sind.« Ich streckte die gerötete Handfläche aus. »Einer von ihnen ist ein Heiler.«

»Ein Heiler!«, schnaubte der Seher. »Der stellt also keine große Bedrohung dar. Und was ist sonst noch passiert?«

»Er … sie haben mich schlafen lassen. Und dann bin ich abgehauen.«

Unicorn kam mit ausgestreckter Hand auf mich zu. »Sie verschwendet doch nur unsere Zeit. Lasst mich meine Fähigkeit anwenden, um ihre Zunge zu lösen.«

»Nein!«, rief der Seher und Unicorn blieb wie angewurzelt stehen. »Für Phoenix gibt es noch andere Verwendungen. Ihre Jugendlichkeit ist von großem Wert für mich. Ich möchte nicht, dass sie auf diese Weise zum Reden gebracht wird.«

Ich atmete klammheimlich auf – zu früh.

»Schafft Tony her. Ich habe bemerkt, dass sich die beiden nahestehen. Vielleicht wird sie ja reden, um ihren Freund zu retten.«

»Bitte! Es gibt nicht mehr zu erzählen!«

Aber Unicorn war bereits fort.

Der Seher ignorierte mein Betteln und Flehen und schaltete unbeeindruckt den Fernseher an. Ich kauerte mich an die Wand, die Hände über dem Kopf, um das ekelhafte Geräusch auszusperren, mit dem er eine Handvoll Erdnüsse zermalmte. Eine Talentshow plätscherte über den Bildschirm, mitsamt der fabrizierten Spannung, den falschen Emotionen und den ledergesichtigen Juroren, die über diejenigen urteilten, die dumm genug gewesen waren, sich dieser Tortur auszusetzen. Der Seher war eine aufgeblasene Version davon, er beeinflusste die Zukunft von anderen mit nur einem einzigen Wort und im Falle des Scheiterns war seine Strafe nicht der Rausschmiss, sondern Schmerzen und Tod.

Tony schlurfte ins Zimmer, seine dunklen, sorgenvollen Augen huschten zwischen mir und dem Seher hin und her. »Sie haben nach mir verlangt, Sir?«

Der Seher stellte den Fernseher mitten im Auftritt einer Tanztruppe ab. »Ja, Tony. Ich brauche deine Hilfe.«

Tony war von dieser Ankündigung verständlicherweise überrascht. Er lächelte matt. »Natürlich. Was immer Sie wollen. Sie wissen, dass ich Ihnen treu ergeben bin.«

»Phoenix hier fällt es ein bisschen schwer, mit der Sprache rauszurücken und uns zu erzählen, was wir wissen müssen. Wir möchten, dass du sie zur Vernunft bringst.«

Tony hatte keine Ahnung, dass nur mit ihm gespielt wurde. Er wandte sich zu mir, mit einem zittrigen, flehenden Lächeln. »Komm schon, Phee, du weißt, dass du dem Seher gehorchen musst. Du musst ihm alles sagen, was du weißt.«

Ich grub mir die Fingernägel in die Knie. »Das hab ich, Tony, aber er glaubt mir nicht.«

Tony massierte seine verstümmelte Hand mit seiner gesunden. »Verstehe. Dann weiß ich auch nicht, was wir tun können.«

Dann, im Bruchteil einer Sekunde, schlug die Stimmung im Raum ins rote Farbspektrum um. Der Seher schickte Unicorn einen stummen Befehl, woraufhin er Tony im Genick packte.

»Wie alt bist du, Tony?«, fragte der Seher meinen Freund, der in Unicorns Händen zitterte vor Angst.

»Achtundfünfzig, glaube ich, Sir.« Tony warf mir verzweifelte Blicke zu.

»Bitte nicht!«, flüsterte ich.

»Du würdest dein Leben für mich geben?«, fuhr der Seher fort.

»Natürlich«, erwiderte Tony.

»Gut. Dann will ich jetzt zehn Jahre haben.«

Mit einem hungrigen Lächeln schloss Unicorn die Augen und breitete seine Gabe über Tony aus. Ich konnte den dunkelgrauen Schatten sehen, der sich auf sein Opfer legte; Tonys Haar verblasste, wurde schlohweiß, seine Haut bekam mehr Falten und sein Körper krümmte sich, als die Arthritis die Knochen befiel. Oh Gott, oh Gott.

»Phee!«, keuchte Tony entsetzt. »Hilf mir!«

Ich rappelte mich hoch mit der Absicht, die Verbindung gewaltsam zu kappen, aber Dragon schleuderte mich mit einem Fingerschnips wieder zu Boden.

»Sag uns, was wir wissen wollen«, dröhnte der Seher.

Mein Geist brüllte in Rage, ich hatte das Gefühl, in zwei Teile gerissen zu werden. Unicorn brachte Tony um – mir blieb keine andere Wahl.

»Okay, okay, hört bitte auf!«, schrie ich. »Eine Sache kann ich euch noch erzählen. Aber bitte, ich flehe euch an, tut ihm nicht weiter weh!«

Unicorn nahm die Hand hoch. Tony sackte zu Boden, seine Brust hob und senkte sich.

Ich holte tief Luft. »Die Benedicts hatten mich bei sich aufgenommen … weil ich Yves' Seelenspiegel bin.«

Es herrschte Schweigen. Was hatte ich getan?

»Du hast einen Seelenspiegel?«, fragte Dragon ungläubig. Vermutlich hatte er genau wie ich an ihrer Existenz

gezweifelt. Mein ganzer Körper zitterte, als hätte man mich in ein Kühlhaus gesperrt. Ich hatte meine andere Hälfte verraten.

Der Seher wiegte sich leise vor und zurück, dass das Sofa ächzte. »Interessant … das eröffnet ganze neue Möglichkeiten.«

Kasia, von der bis zu dem Moment keiner Notiz genommen hatte, legte eine zierliche Hand mit knallrot lackierten Fingernägeln auf seine Schulter. »Es ist wahr. Ich kann spüren, dass er versucht, sie zu finden. Ich hatte bis eben nicht einordnen können, was da an mein Ohr schlug, aber die Suche ist in vollem Gang.«

Der Seher schaute mich an. »Und hat sie ihm geantwortet?«

Kasia warf mir einen mitleidigen Blick zu. »Nein. Sie blockt ihn ab.«

Der Seher tippte sich mit den Fingerspitzen an seine fleischigen Lippen. »Interessant. Das würde ihre Behauptung stützen, dass sie uns gegenüber loyal ist. Vielleicht habe ich zu hart über sie geurteilt.« Dann bemerkte er Tony, der zu seinen Füßen lag. »Schafft den Mann fort und sorgt dafür, dass man sich um ihn kümmert. Er hat seine Sache gut gemacht.«

Tonys Augen öffneten sich flatternd, als er von zwei Männern des Sehers hochgehoben wurde.

»Es tut mir so leid«, flüsterte ich.

Seine müden Augen schlossen sich wieder, ohne dass er mir vergab.

»Also, Phoenix, erzähl doch mal: Wie ist das so, einen Seelenspiegel zu haben?« Der Seher war offenbar auf-

richtig interessiert. Er klopfte auf das Sofakissen neben sich. »Komm und erzähl Daddy alles darüber.«

Ich wünschte mir, er würde wieder anfangen, mich zu quälen. Aber ich hatte schon längst keine Wahl mehr und setzte mich an den Platz, auf den er gezeigt hatte. »Es ist …«

Furchterregend? Schrecklich? Wundervoll?

»… irgendwie etwas Besonderes.«

»Und würdest du alles für das Wohl deines Seelenspiegels tun?«

Diese Frage war schon sehr viel brenzliger. »Ich … ich vermute. Ich weiß es nicht. Ich habe ihn erst heute Morgen kennengelernt.«

Er strich sich nachdenklich mit einem Finger über die Lippen. »Und, mag er dich?«

Ich stieß ein ersticktes Lachen aus. »Ob er mich mag? Warum sollte er? Ich hab versucht, ihn zu beklauen; ich bin vor ihm weggelaufen. Ich denke, er hat mittlerweile die Nase gestrichen voll von mir.«

Er lehnte sich nach vorne und tätschelte mir die Wange. »Du unterschätzt dich, Phoenix. Du hast das gute Aussehen deiner Mutter und eine interessante Begabung: Er hat dich ganz bestimmt noch nicht abgeschrieben.«

Ich wünschte mir allerdings, dass er genau das tun würde. Mir gefiel nicht, welche Richtung diese Unterhaltung nahm.

»Du hast es dieses Mal zwar nicht geschafft, die verlangte Information zu besorgen, aber ich frage mich, was er wohl alles tun würde, um mit dir zusammen zu sein? Ob er das Savant-Netzwerk opfern würden, wenn er

wüsste, dass das die einzige Möglichkeit ist, seinen Seelenspiegel zu retten? Eine faszinierende Zwickmühle.« Der Seher leckte sich die Lippen, während er über das Ausmaß an menschlichem Elend nachdachte, das sein kleines Experiment, mich als Köder zu benutzen, anrichten könnte.

Ich bezweifelte stark, dass Yves seine Familie und Freunde für mich aufs Spiel setzen würde. Jetzt, da wir uns kennengelernt hatten, war ihm bestimmt klar geworden, dass ich es nicht wert war, trotz unserer Seelenspiegel-Verbindung. Der Legende nach erlangte ein Savant mit seinem Seelenspiegel Vollkommenheit, Zufriedenheit und eine Stärkung seiner Begabung, aber darauf konnte Yves bei mir kaum hoffen; ich war eine wandelnde Katastrophe. Im Dunstkreis des Sehers zu leben war in etwa so, als würde man in unmittelbarer Nähe des defekten Atommeilers in Tschernobyl aufwachsen; ich würde noch jahrelang unter den Folgen der Verseuchung leiden.

Der Seher bot mir Erdnüsse an, aber da er die Schale im Schoß hielt, hätte ich eher noch Skorpione gegessen. »Ich denke, ich werde dich heute Abend mitnehmen«, überlegte er. »Mach dich ausgehfein, meine Liebe. Du und ich werden ein paar Freunde treffen. Sie werden darauf brennen, etwas über unsere interessante Situation zu erfahren.«

»Ausgehfein?« Mir war noch nie zu Ohren gekommen, dass sich der Seher aus seinem armseligen Penthouse herausgewagt hätte, allerdings hatte ich auch nie den Mut gehabt, ihn zu beobachten.

»Ja. Wir gehen ins Waldorf Hotel. Kasia, staffiere sie so aus, dass sie gewaltig Eindruck schindet. Du darfst dafür den Schmuck verwenden.« Er warf ihr einen Schlüssel zu, den er aus seiner Brusttasche gefischt hatte. Kasia fing ihn aus der Luft auf. »Und du musst uns auch begleiten, um für unsere Sicherheit zu sorgen.«

»Darf ich auch etwas aus der Kassette tragen?«, fragte sie hoffnungsvoll und strich zärtlich mit den Fingern über den Schlüssel.

Der Seher seufzte. Er hasste die Vorstellung, dass irgendetwas von seinem Besitz seine Gruft verließ. »Ich schätze, das ist wohl notwendig. Aber meine Tochter bekommt die Diamanten. Du kannst dir die Perlen nehmen.«

Kasia schenkte ihm ein strahlendes Lächeln. »Danke. Komm mit, Phoenix.« Mit gerunzelter Stirn betrachtete sie meine aufgeschürften Knie und die verschlissenen Shorts. »Da steht mir ja noch eine Menge Arbeit bevor.«

Kapitel 9

Zum allerersten Mal in meinem Leben war ich so richtig rausgeputzt, um auszugehen. Hätte ich mich wegen Yves und Tony nicht dermaßen elend gefühlt, hätte mir die Sache vielleicht sogar Spaß gemacht. Kasia und ich hatten eine Riesenauswahl an Kleidern gehabt; in der Wohnung des Sehers gab es Räume, die überquollen von Designerklamotten, Schuhen und Schmuck, allesamt unbenutzt, da er seine Gefährtinnen meist nur mit billigen Imitationen abspeiste. Noch mehr erstaunte mich, dass er sich mit derart viel Plunder umgab, wo er sich locker Besseres hätte leisten können. Ich konnte nur vermuten, dass der Seher ein ausgesprochener Knauser war, der sich damit zufriedengab, Dinge zu besitzen, ohne sie zu genießen. Er war eben ein Mensch, der eher der Gosse anhing als den eleganten Orten der Stadt wie dem West End, wohin wir gerade unterwegs waren.

Eine weiße Stretchlimousine war für den Abend gemietet worden. Was sich der Chauffeur dachte, als er unsere kleine Gesellschaft, bestehend aus dem Seher,

Kasia, Dragon, Unicorn und mir, abholte, ließ er wohlweislich nicht durchblicken. Der Seher trug wie immer seinen weißen Anzug; Unicorn und Dragon hatten einen schwarzen Smoking an; Kasia hatte ein weißes Cocktailkleid mit passendem Bolerojäckchen gefunden, das ihren Perlenschmuck toll in Szene setzte. Allerdings hatte sie es mit der Schminke und dem Haarstyling arg übertrieben und sah am Ende aus wie Marge Simpson. Mir war befohlen worden, ein lila Seidenkleid zu tragen, dessen Schnitt meiner zierlichen Figur schmeichelte. Es war lang genug, um meine zerschundenen Knie zu verdecken, und zeigte viel Dekolleté, sodass die lange Diamantkette um meinen Hals hervorragend zur Geltung kam. Mit einem missbilligenden Zungenschnalzen hatte Kasia meine verhunzte Frisur gekonnt in Form geschnitten und dann mein Haar hochgesteckt, um die zur Kette passenden Tropfenohrringe ins rechte Licht zu rücken. Meine vielen kleinen Ohrringe hatte sie entfernt und durch schlichte Stecker ersetzt, damit ich weniger nach Schmuddelkind und mehr nach Prinzessin aussah. Mit einem Paar zierlicher Silbersandaletten an den Füßen hatte ich das Gefühl, meinem Platz hinten in der Limousine würdig zu sein.

Die engen Straßen des East End wichen langsam den Hochhausblöcken der Innenstadt.

»Wen treffen wir denn heute Abend, Sir?«, fragte Unicorn, darauf bedacht, nach dem Anschiss von vorhin nicht allzu neugierig zu wirken.

»Ein paar Verbündete: Begabte wie wir, die sich dem Savant-Netzwerk widersetzen.« Der Seher fläzte sich

auf der Rückbank, sodass neben ihm nur noch Platz für Kasia blieb. Ich saß ihm gegenüber und er musterte mich von Kopf bis Fuß. »Du siehst sehr elegant aus, Phoenix. Ich bin überaus zufrieden.«

Kasia schwoll angesichts des versteckten Lobs stolz die Brust. »Ich habe mir auch die größte Mühe mit ihr gegeben.«

»Danke«, würgte ich hervor.

»Du wirst bei dem Treffen mit dabei sein, aber ich möchte nicht, dass du etwas sagst, es sei denn, du wirst direkt gefragt.« Er stieß ein keuchendes Husten aus. »Verstanden?«

»Ja, Sir.« Ich strich mit den Fingern über den glatten Stoff meines Kleides, bewunderte, wie weich er war. Ich hatte noch nie etwas dermaßen Schönes berührt.

Der Seher lächelte. »Wie ich sehe, gefallen dir die kleinen Annehmlichkeiten des Lebens. Tu, was ich dir sage, und ich verspreche dir für die Zukunft noch mehr davon.«

Da hatte er aber die Rechnung mit der Falschen gemacht. Zwar gefielen mir hübsche Dinge, aber so leicht ließ ich mich nicht kaufen. Ich wäre in Sack und Asche gegangen, wenn ich ihm hätte entkommen können. »Danke, Sir.«

Der Seher klopfte sich mit seinen madenartigen Fingern auf den Bauch. »Vielleicht solltest du heute Abend ›Daddy‹ zu mir sagen. Das würde einen positiven Eindruck hinterlassen.«

Lieber hätte ich in einer Schlangengrube gebadet.

Unicorn und Dragon tauschten beunruhigte Blicke.

»Aber nur Phoenix«, mahnte der Seher. »Eine Tochter mag sich solche Freiheiten herausnehmen dürfen, aber meine Söhne werden mich weiterhin mit angstvollem Respekt behandeln. Ich will vor diesen Männern nicht das Gesicht verlieren.«

Wen würden wir da bloß treffen, dass selbst der Seher ihnen Ehrfurcht entgegenbrachte? Ich hatte noch nie erlebt, dass er sein Ansehen infrage stellte, allerdings hatte ich auch noch nie erlebt, dass er sich außerhalb der Grenzen unserer Community bewegte. Vielleicht war diese Zusammenkunft für ihn ja so was wie das Jahrestreffen der armseligen Despoten am Rande der UN-Vollversammlung, bei dem sie alle darum wetteiferten, wer von ihnen der größte Menschenrechtsverbrecher war.

Die Limousine fuhr vor dem Hotel vor und ein uniformierter Portier eilte herbei, um die Tür zu öffnen. Dragon stieg als Erster aus und sondierte die Lage, dann half er dem Seher auf den Bürgersteig hinaus. Ich folgte ihnen als Letzte, strich noch mal mein Kleid glatt, bevor ich gleich die vornehme Eingangshalle betreten würde, und konnte dabei nicht einen Moment die Augen von dem Hotel nehmen: Es war wunderschön. Ich war begeistert von dem prunkvollen Gebäude mit seinen sieben Stockwerken und den endlosen Reihen hell erleuchteter Fenster, dem aufmerksamen Personal, das sich um die Bedürfnisse der Gäste sorgte, noch ehe sie ihnen überhaupt in den Sinn gekommen waren, der ruhigen Eleganz des Hauses, ganz das Gegenteil von dem Ort, von dem aus wir gestartet waren. Mit ausdrucksleerer

Miene trat der Portier zur Seite, um die Speckmassen des Sehers hineinzulassen, und doch sah ich, dass kurz Interesse in seinen Augen aufflackerte, als sein Blick auf meine Halskette fiel. Die Diamanten waren erstklassig. Ich hoffte nur, dass ihr ursprünglicher Besitzer heute nicht im Waldorf zu Abend aß.

»Kann ich Ihnen helfen, Sir?«, fragte der Empfangsportier im Foyer.

»Ich habe einen Tisch im Restaurant reserviert, auf den Namen London«, erklärte der Seher knapp.

»Natürlich, Sir. Der Rest Ihrer Gesellschaft ist bereits da.« Der Portier brachte uns zum Restaurant und reichte uns an den Oberkellner weiter. »Mr London.«

Der Kellner führte uns sogleich zu unserem Tisch im separaten Speisezimmer, das im hinteren Teil des Restaurants lag. Wir mussten uns zwischen den Gästen hindurchschlängeln, die an weiß gedeckten Tischen saßen; Kerzen, Blumen sowie Silber- und Glasgeschirr, das alles trug zu der exklusiven Atmosphäre bei. Ich sah ein Pärchen, das in einer Ecke Händchen hielt, der Mann strich mit seinem Daumen zärtlich über die Finger der Frau. Eine Regung, die sich verdächtig nach Kummer anfühlte, trieb mir Tränen in die Augen.

Yves.

Phee, wo bist du?

Ohne es zu wollen, hatte ich mich nach ihm ausgestreckt. Kasia warf mir einen bestürzten Blick zu. Ich schüttelte leise den Kopf und kappte die Verbindung, die ich aufgebaut hatte. Mit einem Nicken nahm sie zur Kenntnis, dass ich meinen Fehltritt korrigiert hatte.

Wir betraten das Speisezimmer, in dem sechs Männer um einen Tisch herum saßen, ihre Bodyguards standen hinter ihnen an der Wand. Sie erhoben sich höflich, um dem Seher die Hand zu schütteln.

»Meine Herren, ich hoffe, ich bin nicht zu spät?«, schnaufte der Seher, nachdem er vom Auto bis hierher gegangen war, ein Marathon für jemanden, der sonst die ganze Zeit auf dem Sofa verbrachte.

Ein rotblonder Mann, der am Kopf der Tafel saß, ergriff das Wort. »Nein, Mr London, wir haben gerade erst die Getränke bestellt. Ich bin New York.«

Der Seher lächelte leicht gequält. Ihm war nicht wohl bei dem Gedanken, dass die anderen vor seiner Ankunft bereits die Möglichkeit gehabt hatten, über ihn zu sprechen. »Schön, Sie endlich kennenzulernen.«

Die anderen murmelten reihum ihre Namen, als er sie begrüßte: Moskau, Beijing, Kuala Lumpur, Sydney, Mexico City. Keine echten Namen, nur Orte.

Der Seher bedeutete Kasia, Dragon und Unicorn mit einem Wink seiner Hand, sich zu den Bodyguards zu stellen, bevor er mich präsentierte: »Meine Tochter Phoenix.«

Mr New York ergriff meine Hand. »Bezaubernd.« Ich spürte, wie seine Gabe über mich hinwegstrich wie eine kühle Brise, während er versuchte, meine Stärke einzuschätzen. Ich sorgte dafür, dass mein Geist vollkommen leer war, da ich nicht wusste, wie seine Fähigkeit wirkte. Andere Savants beherrschen zu können erforderte ein gewisses Maß an Gedankenkontrolle und ich war mir sicher, dass alle Männer in diesem Raum Fähig-

keiten in diesem Bereich besaßen. Verblüfft, aber nicht enttäuscht ließ Mr New York von mir ab und rief mit einem Fingerschnipsen den Kellner heran. »Noch einen Platz für Miss London. Vielleicht hier zwischen ihrem Vater und mir.«

Mr New York hatte sich anscheinend selbst zum Anführer ernannt, was? Ich schaute in die Gesichter der versammelten Männer; niemand erhob Einwände, allerdings wirkten sie auch nicht sonderlich erfreut über diese Sitzordnung. Mr New York beschloss, einen Witz darüber zu machen. »Ich bitte um Verzeihung, meine Herren, dass ich den hübschesten Gast derart mit Beschlag belege. Meine einzige Entschuldigung ist mein Faible für schöne Frauen.«

Zwei Kellner eilten mit einem Gedeck und einem zusätzlichen Stuhl herbei. Erst als ich mich hinsetzte, nahmen auch alle anderen Platz, eine seltsame, altmodische Geste, die mich nicht darüber hinwegtäuschte, dass ihnen meine Anwesenheit im Grunde genommen egal war. Sie zeigten dieses höfliche Benehmen nur, weil wir hier in der Öffentlichkeit waren.

Mr New York gab dem Personal ein Zeichen, dass wir bestellen wollten. Ich starrte auf die umfangreiche Speisekarte, ohne auch nur ein Wort der verschnörkelten Schrift zu verstehen. Hier ließ mich meine lückenhafte Schulbildung auf ganzer Linie im Stich; meine Restauranterfahrungen beschränkten sich auf Fast-Food-Ketten.

»Phoenix, das ist ein hübscher Name.« Mr New York hatte seine Wahl getroffen und klappte hörbar die Speisekarte zu.

»Danke, Sir.«

»Nennen Sie mich bitte Jim.« Er zwinkerte mir zu, dann wanderte sein Blick zu den Diamanten um meinen Hals. »Daddy hütet Sie also wie seinen Augapfel, was? Ich wette, Sie wickeln ihn gnadenlos um den Finger.«

Ich erschauderte bei dem Gedanken, dass der Seher das alles mit anhörte. »Nein, Sir. Mr London lässt sich von uns nicht auf der Nase herumtanzen.«

»Ah, welche Rarität: eine gehorsame Tochter. Sie sollten mal bei uns vorbeikommen und meinen Töchtern das eine oder andere beibringen, vor allem, ihre Ausgaben bei *Bloomingdales* zu beschränken!« Er lachte leise über seinen eigenen Witz. Der Kellner beugte sich über seine Schulter. »Die Wachteleier bitte und danach die geschmorte Lammschulter.«

»Ausgezeichnete Wahl, Sir«, murmelte der Kellner unterwürfig. »Miss?«

Die Wörter tanzten mir vor den Augen, so viele unbekannte Begriffe. »Gibt es ein vegetarisches Gericht?«, flüsterte ich.

Der Blick des Kellners wurde für einen Moment ganz weich. Er wies auf das verschnörkelte ›V‹ hin, unter dem die vegetarischen Speisen aufgeführt waren. Ich bin manchmal so was von dämlich.

»Vegetarisch? Sie gestatten Ihrer Tochter den Verzicht auf Proteine?«, spottete Mr New York. »Ich halte Aktien an Qualitätsrindern in Argentinien; daher fällt es mir schwer, mich von Menschen, die kein Fleisch essen, nicht persönlich angegriffen zu fühlen.«

Der Seher runzelte die Stirn. »Meine Tochter wird das Foie gras und das Angus Steak nehmen.«

Der Kellner wich mir nicht von der Seite und räumte mir tapfer Zeit ein, die Bestellung zu ändern. »Miss?«

»Ich nehme … ich nehme das, was er gesagt hat.« Meine Nägel gruben sich in meine Handflächen und hinterließen kleine halbmondförmige Eindrücke.

»Und möchten Sie Ihr Fleisch durchgebraten?« Seine Stimme war sanft.

»Sie nimmt es medium«, fuhr Mr New York dazwischen. »Wenn wir sie zu Fleisch konvertieren wollen, dann sollte sie es in seiner Bestform kosten – und nicht als ein Stück alten Lederschuh.«

Der Kellner zog sich zurück.

»Also, Mr London, haben Sie die Information, die Sie uns versprochen hatten?«, fragte ein anderer Mann am Tisch, Mr Sydney, wenn ich mich recht erinnerte.

Der Seher trank einen Schluck Wasser aus einem bauchigen Glas. »Nein. Die Sachen sind in Flammen aufgegangen, als mein Agent sie stehlen wollte. Die Geräte waren manipuliert.« Enttäuschung machte sich am Tisch breit.

»Ich verstehe. Irgendwie wäre ich auch enttäuscht gewesen, wenn sich unsere Feinde dermaßen leicht hätten übertölpeln lassen.« Mr New York tauschte Blicke mit Moskau und Beijing. Es war offensichtlich, dass sie keinen Respekt vor ihrem Gastgeber hatten. »Aber dann erklären Sie uns, London, warum Sie überhaupt hier sind? Ich dachte, Sie hätten verstanden, dass diese Daten die Aufnahmegebühr für den Beitritt in unsere Organisation waren.«

Der Seher lehnte sich zurück, der Stuhl ächzte unter seinem Gewicht. »Weil ich etwas Besseres an der Hand habe.«

Bevor noch jemand etwas sagen konnte, waren auch schon die Kellner mit dem ersten Gang da. Ein Teller mit einer blassen rosabraunen Pastete wurde vor mich hingestellt. Zwei hauchdünne Käsescheiben steckten darin wie kleine Flügel. Ich machte keine Anstalten, zu Gabel und Messer zu greifen, weil das Zeug eindeutig vom Tier stammte.

»Ein wundervolles Gericht, Foie gras«, sagte Mr New York im Plauderton, während die Kellner ihre Runde machten und den Männern Wein einschenkten. »Die Gänse werden gestopft, damit die Leber diese samtige Textur erhält.« Mit großem Vergnügen beobachtete er, wie ich angewidert den Teller von mir wegschob.

Der Kellner sprang sofort darauf an. »Miss, schmeckt Ihnen das Horsd'œuvre nicht? Soll ich Ihnen die Spargelcremesuppe bringen?«

»Unsinn«, murmelte der Seher. »Sie findet es ganz köstlich, stimmt's, Phoenix?«

Ich nahm mir schnell eine Gabel voll von meinem Beilagensalat, ehe er mir noch gewaltsam einen Bissen in den Mund schob, so wie man es mit den armen Gänsen gemacht hatte, die für dieses Gericht gestorben waren.

Der Kellner gab sich schließlich geschlagen und zog sich mit seinen Kollegen zurück. Bestimmt hatten sie Anweisungen erhalten, die Herren zwischen den einzelnen Gängen nicht zu stören. Einer der bulligen Body-

guards baute sich an der Tür auf, um sicherzustellen, dass niemand den Raum betrat.

»Mr London, wir brennen darauf, von Ihnen zu hören, was besser sein könnte als besagte Information«, sagte schließlich Mr Beijing, ein großer Chinese mit schmalem Gesicht und kieselharten Augen.

»Das Schicksal hat uns ein Geschenk gemacht; es gibt eine Möglichkeit, das Savant-Netz von innen heraus zu zerstören.« Der Seher spießte eine Jakobsmuschel auf seine Gabel, schmierte Butter auf den weißen Rand und tunkte sie dann in die Soße.

»Sprechen Sie weiter.« Mr New York schwenkte nachdenklich sein Glas Weißwein.

»Ich habe den Seelenspiegel des sechsten Benedict-Sohnes ausfindig gemacht.«

»Ein Seelenspiegel? Das ist ein seltenes Vergnügen. Das würde in der Tat sehr von Nutzen sein. Wer ist es?« Die Augen des Amerikaners sausten kurz in meine Richtung.

Der Seher sagte nichts, sondern schaute mich einfach nur an. Mr New York sah seine Vermutung bestätigt.

»Phoenix? Ihre eigene Tochter?« Mr New York lachte leise. »Also, wenn das kein Volltreffer ist!«

»Diese Ironie – einfach köstlich.« Mr Sydney prostete mir zu.

»Wie ich sagte: Ich habe etwas Besseres an der Hand und hier ist es.« Der Seher genoss diesen Moment des Triumphes und nahm huldvoll die Glückwünsche seiner neuen Verbündeten entgegen. Ich war seine Eintrittskarte in ihre Kreise gewesen.

Mr Moskau beendete mit einem Räuspern die Lobes-

hymnen auf den Seher. »Die Frage ist: Wie wollen wir sie verwenden?« Er musterte mich misstrauisch aus blassgrünen Augen. »Ist sie auch loyal?«

»Alle meine Leute sind loyal«, erwiderte der Seher. »Wenn sie's nicht sind, sterben sie.«

Seine Bemerkung stieß auf murmelnde Zustimmung.

»Was haben Sie mit ihr vor?«, fragte Mr New York, der den Seher zum ersten Mal als seinesgleichen behandelte.

»Ich werde für morgen ein Treffen mit dem Jungen anberaumen – im Geheimen. Um herauszukriegen, wie viel Information er gewillt ist preiszugeben im Gegenzug für ihre Sicherheit.«

Mr New York lächelte skeptisch und tätschelte mir das Handgelenk. »Aber er wird nicht glauben, dass Sie Ihrem eigen Fleisch und Blut etwas antun würden.«

»Ach tatsächlich?«, sagte der Seher mit eisiger Miene. »Zweifeln Sie etwa daran, dass ich dazu in der Lage bin – und mehr noch, dass ich die reibungslose Abwicklung unserer Geschäfte sicherstellen kann? Dragon.« Mein Steakmesser flog in die Luft, dann sauste es pfeilgerade hinab, bohrte sich mit der Spitze in meinen nackten Unterarm und ritzte mir die Haut auf. Langsam bewegte sich die Klinge zu meinem Ellbogen hinauf, hinterließ einen schmerzhaft brennenden Streifen. Ich hütete mich davor, mich zu regen – als Nächstes könnte meine Kehle dran sein –, aber mir schossen unwillkürlich Tränen in die Augen.

Mr New York schlug das Messer beiseite. Es flog in die Ecke und fiel dort zu Boden. »Das reicht, wir haben verstanden, worauf Sie hinauswollen.«

Ich drückte eine Serviette auf die Wunde, beschmierte den blütenweißen Stoff mit Blut. Ich schob meinen Stuhl zurück und stand auf. »Entschuldigen Sie mich.«

Der Seher entließ mich mit einer wegwerfenden Handbewegung. Ich verdeckte die Wunde mit der Serviette und stürmte aus dem Zimmer.

»Alles in Ordnung, Miss?« Der Kellner fing mich an der Tür ab.

»Ja, ja, nur ein kleines Missgeschick.« Mein Herz wummerte und ich sah wahrscheinlich aus wie eine Irre. »Wo sind …?«

Er verstand, was ich fragen wollte. »Hinter dieser Tür da, Miss.«

Ich flüchtete mich auf die schicken Nobeltoiletten. Auf der marmornen Ablage stand ein Weidenkorb mit dicken flauschigen Handtüchern, die Wasserhähne funktionierten automatisch auf einen Wink mit der Hand, in der Ecke stand ein prachtvoller Blumenstrauß und auf einem kleinen Sims waren hochwertige Hygieneartikel aufgereiht: Es war alles dermaßen perfekt, dass ich den verrückten Wunsch verspürte, das Klo nie wieder zu verlassen, um in meine schmuddelige Welt zurückzukehren. Neuerdings schien ich viel Zeit mit derartigen Versteckspielchen zu verbringen. Ich trat ans Becken heran und hielt meine Schnittwunde unter den Wasserstrahl, rieb kurz mit etwas Seife darüber, um sie zu säubern. Es war zwar nur ein oberflächlicher Kratzer, aber es brannte. Der Hauch von Vorfreude, den ich noch vorhin beim Anblick des Hotels empfunden hatte, versickerte zusammen mit dem rot gefärbten Wasser im Ausguss. Ich war

für den Abend zwar aufgehübscht worden, aber ich war trotzdem bloß ein Werkzeug des Sehers, gefertigt, um Yves zu zerstören. Ich konnte den Gedanken nicht ertragen, dass ich dazu benutzt werden würde, ihm wehzutun.

Kasia kam herein und stellte sich neben mich, die Arme vor der Brust verschränkt. Sie blickte mit gerunzelter Stirn auf die Wasserspritzer auf meinem Kleid. »Ich bin geschickt worden, um nach dir zu sehen.«

»Mir geht's gut«, log ich. Ich begegnete nicht ihrem Blick im Spiegel.

»Es bestand keine Notwendigkeit für Dragon, das zu tun.« Kasia nahm mein Handgelenk und untersuchte den Schnitt. »Das verdirbt den ganzen Look. Glaubst du, dass es noch mal anfangen wird zu bluten?«

Ich fragte mich, ob sie sich um mich oder um ihr weißes Kleid sorgte. »Ich glaub nicht.«

»Vermutlich ist es das Beste, die Wunde einfach in Ruhe zu lassen. Ein Verband wäre sehr auffällig.«

»Und er würde den Look verderben«, sagte ich matt.

Sie drückte mir kurz die Hand. »Du musst dem Seher gefällig sein und darfst ihn vor seinen Geschäftspartnern nicht dumm dastehen lassen, das ist wichtig!«

Daran hätte er denken sollen, bevor er Dragon befohlen hatte, vor aller Augen an mir herumzuschnitzen.

»Warum bist du mit ihm zusammen, Kasia?«, sprudelte es plötzlich aus mir heraus. Sie schien im Grunde ihres Herzens ein lieber Mensch zu sein, was um alles in der Welt hatte sie in diesen Kreisen verloren?

  Sie lächelte mich im Spiegel an, mit fiebrig glänzen-

den Augen. »Der Seher ist der wundervollste Mann, den ich kenne. Das wirst du mit der Zeit auch noch begreifen.«

Mir war klar, dass er ihr diese Ansicht eingepflanzt hatte. Sie war bemitleidenswert, weil sie nicht erkannte, dass sie in Wahrheit eine Gefangene war genau wie ich, wenn auch aus anderen Gründen. Hätte ich zwischen beidem wählen müssen, ich hätte mich immer für meine Form der Knechtschaft entschieden. Während ich meinen Arm trocken tupfte, fragte ich mich, ob meine Mutter auch dieses falsche Vertrauen in den Seher gesetzt hatte; meine Erinnerung an sie war zu stark verblasst und ich wusste nicht mehr, was sie wirklich gedacht hatte, aber ich konnte sagen, dass sie nie ein schlechtes Wort über ihn verloren hatte. Sie hatte mir kurz vor ihrem Tod zugeredet, dass ich versuchen sollte, in der Community zu bleiben, und es hatte geklungen, als wäre das meine einzige Option auf ein Zuhause. Und ich hatte auf ihre Worte vertraut. Noch eine falsche Hoffnung, die gesät worden war, diesmal unabsichtlich von jemandem, der mich sehr geliebt hatte. Als ich das verschmutzte Handtuch in den Abfalleimer warf, kam mir der Gedanke, dass sie der einzige Mensch war, der mich je geliebt hatte. Selbst Yves würde nie wahre Liebe für mich empfinden können, denn uns verband vor allem das Schicksal oder die Gene oder irgendwas in der Art. Schon richtig, ich könnte mich in ihn verlieben, in seine sanfte Art, seine Intelligenz und zugegebenermaßen in sein attraktives Aussehen, aber was sollte er schon an mir liebenswert finden?

Kasia wedelte mit der Hand vor meinem Gesicht herum und riss mich aus meinen Gedanken. »Hallo! Erde an Phee.«

»Ja, ich komme.« Ich schaute noch einmal zu dem eleganten Mädchen im Spiegel mit dem entstellenden Kratzer am Arm. Es fühlte sich nicht so an, als ob ich das wäre. Aber andererseits hatte ich keine Ahnung, wie sich mein Ich eigentlich anfühlte.

Kapitel 10

Im Auto hielt ich mich aus der analytischen Nachbetrachtung des Treffens, die der Seher und seine zwei Söhne voller Eifer betrieben, heraus. Sie freuten sich darüber, wie die Sache gelaufen war, und gratulierten unserem Anführer dazu, wie er die anderen auf ganzer Linie ausmanövriert hatte, indem ich von ihm so unerwartet als seine Wunderwaffe präsentiert worden war. Ich blendete ihr Geschwätz aus und dachte stattdessen daran, was für eine Riesenverschwendung das Essen auf meinem Teller gewesen war. Ich hatte nichts angerührt außer dem Beilagensalat, Gemüse und Brot, mit dem mich der Kellner in rauen Mengen versorgt hatte, sodass ich nicht hungrig hatte bleiben müssen. Die Männer hatten entschieden, das Dessert ausfallen zu lassen, und waren direkt zu Kaffee und Brandy übergegangen. Hätte ich sie nicht ohnehin schon aus tiefster Seele verabscheut, wäre spätestens der Verzicht auf meinen Lieblingsgang ein ausreichender Grund dafür gewesen. Immerhin hatte ich es geschafft, zu meinem Latte macchiato ein paar

handgemachte Pralinen zu ergattern, insgesamt war mein erster Besuch in einem Fünf-Sterne-Restaurant eher enttäuschend gewesen.

Mir war klar, dass ich mich mit dermaßen belanglosen Gedanken bloß von dem eigentlichen Knackpunkt des Abends ablenken wollte. Der Seher hatte versprochen, mich als Köder für Yves zu benutzen, und ich hatte keine Eile herauszufinden, was genau er darunter verstand.

Zurück in unserem ›trauten Heim‹, folgte ich dem Seher hoch in den fünften Stock, in der Hoffnung, dass damit der Abend zu Ende sein würde. Pustekuchen.

»Phoenix, ich hab noch ein Wörtchen mit dir zu reden«, hechelte der Seher, oben am Kopf der Treppe angelangt. Er wischte sich mit einem roten Seidentaschentuch den Schweiß von der Stirn.

Sein Tross wartete im Wohnzimmer auf ihn; die versammelten Frauen gerieten angesichts seiner eleganten Erscheinung alle ins Schwärmen. »Meine Damen, bitte gebt uns einen kurzen Moment«, verkündete er und bedeutete ihnen, den Raum zu verlassen.

Als ich ihnen hinterhersah, wie sie ohne zu murren im Gänsemarsch den Raum verließen, ging mir auf, dass er eine Horde von weiblichen Robotern geschaffen hatte, die seine jeweiligen Bedürfnisse befriedigten, genau wie diese … wie hießen die gleich noch mal? Ach ja, die Frauen von Stepford. Es war abscheulich. Der Seher ließ sich an seinen Lieblingsplatz auf dem Sofa sinken. »Ich bin mir sicher, dass du verstanden hast, was wir von dir erwarten.«

Ich zuckte mit den Schultern, schlang mir die Arme um die Taille. »Ich … ich denke schon.«

»Du wirst dich morgen mit deinem Seelenspiegel verabreden. Sag ihm, dass er ohne seine Brüder kommen soll. Er muss allein sein oder es wird dir mächtig leidtun, verstanden?«

Drohungen, Drohungen und noch mehr Drohungen. »Ja, ich hab verstanden. Wo soll ich mich mit ihm treffen?«

Der Seher rieb sich das Kinn. Ich hoffte, das waren die ersten Anzeichen von richtig üblem Zahnweh. »An der Millennium Bridge. So können wir am besten sehen, ob er auch wirklich allein ist.«

Das war eine Fußgängerbrücke, die sich über die Themse spannte und die Tate Modern und die St Paul's Cathedral miteinander verband – ein gut gewählter Ort für ein heimliches Treffen.

»Und was dann?«

»Bring ihn ins Tate. Wir treffen uns dann in der Turbinenhalle.«

»Sie … Sie werden dort sein?« Ich konnte meinen Widerwillen nicht verhehlen.

»Natürlich. Ich habe mit deinem jungen Mann etwas zu regeln.« Er verlagerte sein Gewicht auf die andere Seite und rülpste. »Ach, da fällt mir ein … Er wird von dir verlangen, dass du ihm erzählst, was Sache ist. Du wirst kein Wort darüber verlieren, was du heute Abend gehört hast. Was ihn angeht, trefft ihr euch nur, weil er dein Seelenspiegel ist.«

Ich nickte, was wie Zustimmung aussah, aber ich wusste nicht, was ich sonst tun sollte. Ich war total verwirrt.

Er winkte mich näher zu sich heran und packte meinen Arm mit der Schnittverletztung. *Du wirst ihm nichts von alldem erzählen, was du heute Abend gehört hast.*

Ich schloss kurz die Augen, Übelkeit überkam mich, als er mit seiner Gabe meinen Geist durchdrang und meinen freien Willen in dieser Sache zunichtemachte.

Er ließ mich los. »Braves Mädchen. Und jetzt geh schlafen. Nimm gleich morgen früh Verbindung zu deinem Seelenspiegel auf und lass ihm nicht viel Zeit bis zu eurem Treffen. Wir wollen ihm doch nicht die Gelegenheit geben, irgendwelche Gegenpläne zu schmieden.«

Nein, das wollten wir natürlich nicht, oder?

»Ich werde Kasia anweisen, dass sie überwacht, was du ihm mitteilst. Glaub also nicht, dass du mich hintergehen kannst.«

»Das würde ich nicht wagen«, erwiderte ich wahrheitsgemäß.

»Gute Nacht, Phoenix. Ach, und gib Kasia noch die Diamanten zurück, ja?«

Heilfroh, endlich gehen zu können, drückte ich Kasia den Schmuck in die Hand und machte, dass ich schleunigst von hier wegkam, bevor noch jemand anders irgendwas von mir wollte. Ich hatte nicht vergessen, dass ich Unicorn gestern versprechen musste, als Erstes ihm die Diebesbeute zu zeigen und nicht dem Seher. Das hatte sich ja nun als Riesenpleite herausgestellt, aber ich glaubte nicht eine Sekunde, dass Unicorn seine Pläne, sich einen Vorteil verschaffen zu wollen, fallen gelassen hatte. Er musste bloß einen Weg finden, dabei nicht

die vom Seher gezogene Loyalitätsgrenze zu überschreiten. Zum Glück befahl der Seher Dragon und Unicorn, noch dazubleiben, um mit ihnen zu besprechen, was es morgen zu tun galt, wenn Yves einem Treffen mit mir zustimmte. Ich war zu diesem inneren Zirkel nicht hinzugebeten worden und so blieb mir nichts anderes übrig, als in meine Wohnung zurückzukehren, wo ich mir das Hirn darüber zermarterte, wie ich Yves aus diesem ganzen elenden Schlamassel heraushalten könnte. Ich schlüpfte aus meinem Sonntagsstaat, hängte das Kleid an einen Haken an der Tür und zog meinen Pyjama an. Ich legte mich ins Bett, fand aber keinen Schlaf. Ich stand wieder auf und lief wie eine Laborratte in meinem Zimmer hin und her, bis ich schließlich um drei Uhr morgens erschöpft unter die Bettdecke kroch. Ich machte mir auch Sorgen um Tony, hatte aber zu viel Angst, um nach ihm zu sehen – jeder Kontakt zu meinem Freund hatte für ihn alles nur noch schlimmer gemacht und vermutlich wäre er mir nicht gerade dankbar, wenn ich noch mehr Aufmerksamkeit auf ihn lenkte. War er wirklich um zehn Jahre gealtert oder hatte ich das Ganze noch stoppen können, bevor ihm so viel Lebenszeit genommen worden war? Unicorns Fähigkeit funktionierte nicht in umgekehrter Weise. Bislang hatte noch niemand ein Mittel entdeckt, das einen wieder jung machte, ansonsten hätte der Seher es längst in Flaschen abgefüllt und verkauft; Unicorn konnte bloß den natürlichen Alterungsprozess beschleunigen und sein Opfer zum Greis werden lassen.

Und was würde ich wegen Yves unternehmen? Ich

müsste ein Treffen mit ihm vereinbaren – wenn ich es nicht aus freien Stücken tat, würde mich der Seher dazu zwingen –, aber vielleicht könnte ich ihn ja irgendwie warnen, was in Wahrheit vor sich ging? Natürlich würde man mir die Schuld geben, wenn Yves nicht im Tate auftauchen würde, aber das war allemal besser, als den Seher in seine Nähe zu lassen.

Irgendwann war ich dann doch eingeschlafen, denn als ich erwachte, war bereits der nächste Morgen angebrochen und die paar Vögel, die sich in unsere Gegend trauten, legten sich mächtig ins Zeug, um den neuen Tag zu begrüßen. Ich duschte mich schnell kalt – meine Wohnung verfügte nicht über den Luxus von Heißwasser – und zog mich an, wobei ich jedes einzelne Kleidungsstück als Teil meiner Rüstung betrachtete, die mich vor dem Tag schützen sollte. Shirt – ich musste Yves schützen. Jeanshose – ich musste irgendwie die Strafe überleben, die mir der Seher für meine Unfähigkeit, ihn zufriedenzustellen, auferlegen würde. Schuhe – ich durfte nicht zulassen, dass Tony noch mehr erleiden musste. Endlich war ich so weit, setzte mich im Schneidersitz auf den Boden und streckte mich nach Yves aus. Sieben Uhr dreißig. Wenn ich mich mit ihm in einer Stunde treffen würde, könnten wir uns unter die Pendler mischen, die scharenweise die Brücke überquerten. Vielleicht würde das Dragon und Unicorn die Aufgabe erschweren, uns die ganze Zeit im Auge zu behalten; das hatte der Seher bei der Auswahl des Treffpunktes nicht bedacht.

Yves. Ich bin's.

Phee? Wo zur Hölle steckst du? Er hatte sofort geantwortet, vermutlich hatte er die ganze Zeit auf eine Nachricht von mir gewartet.

Dir auch einen guten Morgen. Ich lächelte, denn ich spürte seine Verärgerung gepaart mit der Erleichterung darüber, dass ich ihn kontaktiert hatte.

Dieser Morgen verspricht nichts Gutes, es sei denn, wir sehen uns.

Bestens, er hatte mir das treffende Stichwort gegeben. *Na okay. Wir treffen uns um acht Uhr dreißig auf der Millennium Bridge. Weißt du, wo das ist?*

Nein, aber das finde ich raus. Sag mir noch schnell, ob's dir gut geht.

Gute Frage. *Lass uns einfach treffen. Dann reden wir.*

Phee!

Und komm allein. Du hältst deine Brüder da raus, sonst kriegst du mich nicht zu sehen.

Ich beendete die Verbindung. Vermutlich hatte er jetzt eine vage Vorstellung, aus welcher Richtung ich ihn kontaktiert hatte, aber ich bezweifelte, dass er die nötigen telepathischen Fähigkeiten besaß, um meine genaue Position zu orten.

Dragon, ich habe getan, was von mir verlangt wurde. Ich kommunizierte mit Mitgliedern der Community nicht gern per Telepathie, es gewährte ihnen zu viel Einblick in meinen Geist, aber ich beschloss, dass es diesmal das kleinere Übel war, da ich mich auf diese Weise auf den Weg machen könnte, ohne Dragon und Unicorn vorher zu sehen.

Wann? Seine Gedanken in meinem Kopf waren wie

Abdrücke von schwerem Gerät, verglichen mit Yves' Schmetterlingstouch.

Acht Uhr dreißig. Ich hab ihm gesagt, dass er allein kommen soll.

Phee, damit bleibt uns aber nicht gerade Zeit, um vor euch da zu sein.

Der Seher hat gesagt, ich solle ihm nicht viel Vorlauf lassen.

Das war aber nicht auch auf uns gemünzt! Und außerdem hat das Tate noch nicht mal offen – hast du daran mal gedacht?

Nein. Aber hey, shit happens. Natürlich sagte ich ihm das so nicht. *Sorry, da hab ich nicht nachgedacht.*

Schon klar, du denkst ja nie nach. Was soll's, jetzt ist es halt so. Wir werden da sein. Der Seher kann ins Tate kommen, wenn es um zehn aufmacht – das gibt ihm mehr Zeit.

Ich gehe jetzt los. Will nicht zu spät kommen.

Wie geht's deinem Arm? Ich hörte das Feixen in seiner Stimme.

Ging schon mal besser.

Denk daran. Du meinst vielleicht, dass du Daddys kleines Mädchen bist, aber das zählt gar nichts.

Er brauchte überhaupt nicht eifersüchtig zu sein; ich machte mir keine Illusionen darüber, welchen Stellenwert ich hatte. *Sei nicht traurig, Dragon, die Diamanten hätten dir sowieso nicht gestanden.*

Ich beendete das Gespräch mit dem leisen Triumphgefühl, dass ich endlich mal das letzte Wort behalten hatte. Dragon konnte mir zwar wehtun, aber aus irgend-

einem Grund machte er mir keine Angst mehr, nicht so wie sein Bruder und der Seher.

Eitelkeit trieb mich noch mal kurz ins Badezimmer, wo ich einen Hauch Lipgloss und ein bisschen Mascara auflegte. Obwohl ich müde aussah, machte ich definitiv mehr her als in meiner Wendy-Aufmachung. Vielleicht würde sich Yves diesmal nicht schämen müssen, mit mir in der Öffentlichkeit gesehen zu werden. Das war ein schöner Gedanke. Ich eilte nach draußen und erwischte gerade noch den Bus Richtung St Paul's Cathedral. Es war nicht weit, dennoch stieg ich ans Oberdeck, um mich auf den Platz ganz vorne zu setzen, wo man das Gefühl hatte, den Bus selbst zu lenken. Ich musste mir die Sitzbank mit einem Schuljungen teilen, der so laut Musik auf seinem Handy hörte, dass ich jede Textzeile verstehen konnte.

Die Aberwitzigkeit von Kopfhörern, die die ganze Umwelt beschallten, brachte mich zum Lachen und ich summte die Songs mit, bis mir der Junge böse Blicke zuwarf. Er konnte froh sein, dass ich ihm sein Handy nicht mitten in einem der Songs gezockt hatte – normalerweise hätte ich so was gebracht, bloß um zu sehen, ob ich damit durchkam; und er hätte wie vom Donner gerührt dagesessen und sich gefragt, was zur Hölle da eigentlich gerade passiert war.

Zugegebenermaßen war es reichlich seltsam, dass ich so gute Laune hatte, obwohl eigentlich alles in meinem Leben düster war. Ich konnte mir das nur als eine Reaktion auf die Tatsache erklären, dass ich in ein paar Minuten Yves wiedersehen würde, meinen Seelenspiegel. Ich

brauchte nicht den Kram anderer Leute zu klauen, um meine Stimmung zu heben, da ich mir ein paar Glücksmomente verschaffen konnte mit der Vorstellung, dass mein Leben ja ganz anders war.

Ich stieg im Schatten der riesigen Kathedrale aus dem Bus aus. Weiße Wände ragten in den engen Straßen in die Höhe, als wären sie aus leicht angeschmutztem Zucker. Von so nahe kann man die Kuppel nicht gut sehen, aber ich wusste, dass sie da über mir war; sie bedeckte die Kathedrale wie eine dieser Servierglocken die Speisenteller, die die Kellner im Waldorf an unseren Tisch gebracht hatten. Ich stellte mir eine Hand vor, die aus dem Himmel hervorkam und sie mit Schwung hochhob, um die Touristen und Gräber im Inneren zu zeigen.

Die Sonne schien auf die Themse, als ich den Peter's Hill hinunterging. Der Verkehrslärm vermengte sich mit dem Geschrei der Jungen, die auf das Gelände einer Schule neben der Fußgängerbrücke strömten. Ich schwamm gegen den Strom der Pendler, die sich, von der Bahnstation südlich vom Fluss kommend, den Hügel stadteinwärts hinaufkämpften. Es war aufregend, mittendrin im Gewühl zu sein, sich für einen kurzen Moment als Teil des pulsierenden Londoner Lebens zu fühlen. Beinah konnte ich mir vormachen, ich würde dazugehören, hätte vielleicht einen Job in einem der Cafés auf der South Bank, ein normales Leben mit Freunden und eine Wohnung irgendwo in einem billigen Vorort. Manche Leute fanden diesen Lebensentwurf vielleicht langweilig, aber für mich war diese Art von Unabhängigkeit eine himmlische Vorstellung.

Ich besaß keine Armbanduhr, darum fragte ich eine gehetzt aussehende Frau, die Richtung Norden eilte; sie war eine der wenigen, die nicht in ihr Handy quatschten. Ohne stehen zu bleiben erklärte sie knapp, dass es acht Uhr fünfzehn sei. Perfekt – ich hatte jede Menge Zeit, mich in Position zu bringen. Auf der Mitte der Brücke wäre vermutlich der beste Platz, da ich nach beiden Richtungen Ausschau halten könnte, ob Ärger im Anzug war. Es war mein Ernst gewesen, dass ich mich sofort verdrücken würde, falls Yves zusammen mit seinen Brüdern aufkreuzte. Ich betrat die Brücke, bestaunte die y-förmigen Pfeiler, die aussahen wie riesige Steinschleudern, und stellte mir vor, wie sich die Hand aus dem Himmel nach dem Servieren der Kathedrale diese Pfeiler schnappte und ein paar Geschosse auf Kent abfeuerte.

Ich schüttelte den Kopf über meine absurden Fantasien und fragte mich, ob es noch andere Leute gab, die sich solche Dinge ausmalten. Würde Yves verstehen, wie ich tickte?

»Phee?«

Ich fiel vor Schreck fast in Ohnmacht, als etwas mich sacht an der Schulter berührte. Ich wirbelte herum – Yves, natürlich. Er war vor mir hergekommen und hatte sich am Fuß der Brücke auf die Lauer gelegt. Bei all dem Pläneschmieden hatte ich total vergessen, dass er in der kurzen Zeit, die ich ihm eingeräumt hatte, seine eigenen Pläne machen würde.

»Yves, du bist gekommen.« Ich drückte mir die Hand auf die wummernde Brust.

»Du hast mir keine große Wahl gelassen.« Er blickte über meine Schulter nach hinten. Das Sonnenlicht zauberte einen goldenen Schimmer auf seine Haut. »Bist du allein?«

Ich nickte. In gewisser Weise entsprach das der Wahrheit. »Und du?«

Sein Gesicht spiegelte seinen Ärger über meine Zweifel an ihm. »Du hast mich doch gebeten, allein zu kommen, also hab ich das auch gemacht. Du solltest lernen, mir zu vertrauen.«

Ich stiefelte los, führte ihn auf die Mitte der Brücke, weg von den Gefahren, die am betriebsamen Brückenaufgang lauerten. Sich dort zu verbergen, war ein Kinderspiel. »Und du solltest argwöhnischer werden. Nicht jeder kann es sich leisten, so vertrauensvoll zu sein.«

Er ging über diese Bemerkung hinweg und stellte sich neben mich.

»Also, was verschafft mir die Ehre dieser Vorladung heute Morgen?«

Ich konnte seinen Sarkasmus gut verstehen: Unsere bisherigen Begegnungen waren nicht sehr vielversprechend gewesen.

»Ich will dich heute nicht beklauen, wenn du das meinst.« Ich vergrub die Hände in meinen Taschen.

»Dann ist dir mittlerweile also klar geworden, dass Seelenspiegel für immer zusammenbleiben müssen?«

Wir hatten den Scheitelpunkt der Brücke erreicht. Ich lehnte mich über das Geländer und starrte hinunter in das schlammig grüne Wasser der Themse. Eine orange Plastiktüte hatte sich an einem der Brückenpfeiler ver-

heddert und lag kräuselig im Wasser wie irgendeine giftige Alge. Yves stand neben mir, doch er schaute mich an und nicht auf das Wasser.

Ich wollte seine Frage nicht beantworten. Ich wollte bloß ein paar gestohlene Minuten lang mit meinem Seelenspiegel dastehen, den Sonnenschein genießen und das leise Glücksgefühl, das ich empfand, wenn ich mit ihm zusammen war. »Weißt du, Yves, du bist wirklich ein sehr liebenswerter Mensch.«

»Warum klingt es immer nach Abschied, wenn du etwas sagst?«

Weil es ein Abschied war. »Soweit ich es beurteilen kann, hast du auch eine tolle Familie. Du wirst deinen Weg machen.«

Er verschränkte die Arme vor der Brust. »Was willst du mir damit eigentlich zu verstehen geben?«

»Ich glaube, wenn du bei mir bleiben würdest, wäre das sehr schlecht für dich.«

Er zuckte lediglich mit den Schultern. »Seelenspiegel können nicht schlecht füreinander sein – sie vervollkommnen sich. Ohneeinander sind wir unvollständig.«

»Die Sache ist nur die, ich bin …«, ich pulte am Farbanstrich des Geländers herum, »bei einem ziemlich üblen Haufen aufgewachsen und ich kann von da nicht weg.«

»Ich hole dich da raus.« Der entschlossene Zug um seinen Mund verriet mir, dass er sich mit weniger nicht zufriedengeben würde.

»Unser Anführer kontrolliert uns.« Ich spürte, wie mir vor Nervosität ein Schauer über den Rücken lief, aber bisher hatte ich keine der vom Seher aufgestellten

Regeln gebrochen; mir war lediglich untersagt worden auszuplaudern, was ich gestern gehört hatte. »Ich hab versucht, dir zu erklären, wie es da ist, was für Sachen passieren, dort, wo ich herkomme. Sie haben meinen Freund … für mich büßen lassen, weil ich mit dir zusammen gesehen worden bin.«

Seine steife Körperhaltung wurde weicher und er schloss die Lücke zwischen uns und legte mir einen Arm um die Schultern. »Tut mir echt leid, Phee. Geht's ihm gut?«

»Ich weiß es nicht.« Selbst in meinen Ohren klang meine Stimme schrecklich dünn. »Und gestern habe ich die neuen … na ja, ich denke, man könnte sagen ›Verbündeten‹ meines Anführers kennengelernt. Ich darf dir nicht erzählen, was besprochen wurde, aber es war nichts Gutes – für dich, meine ich jetzt.« Ein Schmerz wie von einem Schlagbohrer in meinem Kopf warnte mich davor, mehr preiszugeben. Ich holte tief Luft. »Das ist alles, was ich dazu sagen darf.«

»Phee?« Seine Stimme war ganz sanft.

Ich blickte zu ihm hoch, wünschte, ich könnte in seine warmen braunen Augen eintauchen.

Er streichelte mir mit einem Finger über die Wange. »Du brauchst nicht auf uns alle aufzupassen, weißt du? Du machst dir Sorgen um deinen Freund und um mich, wann lässt du mal zu, dass sich jemand um dich kümmert?«

Ich schluckte die aufsteigenden Tränen hinunter. Noch nie hatte mich jemand an erste Stelle gestellt. Damit rechnete ich nicht.

»Und ich glaube, dass du die Sache mit den Seelenspiegeln nicht wirklich begriffen hast.« Seine Finger malten feurig brennende Spuren auf meine übersensible Haut, zeichneten die Linie meines Kiefers nach, berührten die hyperempfindliche Stelle hinter meinem Ohr. »Du kennst zwar die Theorie, aber du hast noch nie die praktische Umsetzung erlebt. Meine Eltern sind Seelenspiegel – und ich habe monatelang meinen Bruder Zed und seinen Seelenspiegel Sky beobachtet. Verzeih mir, aber ich glaube, ich weiß weit mehr über dieses Thema als du.«

»Ach tatsächlich?« Warum klang meine Stimme so heiser?

»Mhm.« Er beugte sich etwas tiefer zu mir herunter. Ich spürte, dass er leicht zitterte, so als würde er halb erwarten, dass ich ihn jeden Moment wegstieß. Ihm war gar nicht klar, dass auch ich mich dieser magnetischen Anziehungskraft nicht entziehen konnte. »Ich sehe schon, du wirst mir erst glauben, wenn ich es dir bewiesen habe.« Er lächelte mich schüchtern an.

»Ist das so?«

»Ja.« Sein Arm glitt bis zu meiner Taille hinunter und er zog mich dichter an sich heran, bis sich unsere Körper berührten. Ich zeigte keine Anzeichen von Gegenwehr und er wurde immer forscher. »Weißt du, ich mochte Wendy ganz gern, trotz ihrer altmodischen Klamotten und ihrer Ignoranz in puncto Geowissenschaften, aber Phee mag ich *richtig* gern: Sie ist schön, entschlossen und fürsorglich. Es war total dumm von mir, dass ich gestern gesagt habe, ich wäre enttäuscht, weil mein Seelenspie-

gel eine Diebin ist. Mir war da einfach nicht klar, dass du tust, was du tust, um zu überleben, und du sollst wissen, dass du mich niemals enttäuschen könntest.« Ich spürte seinen Atem auf meinen Wangen, meine Augenlider schlossen sich wie von selbst, als seine Lippen begannen, meinen Mund mit sanften Küssen zu bedecken.

»Entspann dich, ich werde dich nicht beißen«, flüsterte er und streichelte mein Gesicht.

Ich löste meine krampfhaft zusammengepressten Kiefer und küsste ihn schließlich zurück. Seine Zunge kitzelte meine Lippen, dann schlüpfte sie in meinen Mund. Ich spürte, wir mir die Knie weich wurden; alles, was mich noch vorm Zusammensacken bewahrte, war seine Hand, die mich fest an ihn drückte. Ich konnte die Wärme seiner Handfläche an meiner Wirbelsäule spüren, seine Finger, die behutsam meine angespannten Muskeln massierten und mich aufforderten, ihm zu vertrauen. Noch nie zuvor hatte ich mich dermaßen geborgen gefühlt, dermaßen respektiert. Und ich hatte geglaubt, er wäre unsicher im Umgang mit Mädchen; Junge, Junge, da hatte ich mich aber mächtig getäuscht. Der Kerl hier meisterte auch diese Prüfung mit einer glatten Eins.

Er war derjenige, der den Kuss abbrach. Ich tauchte aus meinem herrlichen Traum auf, meine Stirn an seine gelegt. Ein älterer Passant lächelte uns nachsichtig an und rief mir wieder in Erinnerung, dass wir hier nicht allein waren. »Junge Liebe«, murmelte er und tätschelte den Arm seiner Begleitung. »Weißt du noch, wie sich das angefühlt hat?« Sie spazierten weiter, die Köpfe liebevoll zusammengesteckt. Yves grinste ihnen hinterher, dann

drehte er sich wieder zu mir um, mit einem zufriedenen Lächeln im Gesicht.

»Hast du's jetzt begriffen?«

Ich war mir nicht sicher. Ich war entflammt und konnte das Feuer nicht löschen. Mein Körper strotzte vor neu gewonnener Energie, beinahe so, als wäre ich nach Monaten mit fast leer gelaufener Batterie an die Ladestation angeschlossen worden. Ich fuhr mit meinen Fingern über seinen Mund. »Und ich dachte, du hättest nicht viel Ahnung von Mädchen.«

Er runzelte die Stirn. »Warum? Hab ich was falsch gemacht?«

Ich lachte zittrig. »Nein. Aber dein Bruder hat gesagt …«

»Oh, das hast du also gehört?« Yves lachte und strich mir eine Haarsträhne aus dem Gesicht. »Ich kann von mir zwar nicht behaupten, dass ich so erfahren bin wie er, aber ich hab auch schon das eine oder andere Mädchen geküsst.«

Angefressen von der Vorstellung, dass andere Mädchen dieses Feuerwerk an Küssen genossen hatten, wollte ich mich von ihm losmachen, was ihn anscheinend sehr amüsierte.

»Nicht! Das war doch alles, bevor ich dich kennengelernt hab. Mit dir ist das etwas ganz anderes. Kein Kuss hat mich je so berührt wie deiner. Du weißt schon, du hast mich aus den Socken gehauen!« Er grinste und auch ich konnte nicht anders, als zu lächeln. »Ich hoffe, das war der erste Kuss von vielen. Phee, wir haben keine andere Wahl, als zusammen zu sein; wir müssen nur eine

Möglichkeit finden, die Hindernisse aus dem Weg zu räumen.« Er fluchte leise. »Das kam jetzt falsch rüber. Eigentlich wollte ich sagen, dass ich mit dir zusammen sein möchte – und zwar nicht nur, weil wir Seelenspiegel sind. Ich weiß, dass du glaubst, ich würde auch ohne dich gut klarkommen. Und das war vielleicht noch letzte Woche so, bevor wir uns begegnet sind, aber jetzt nicht mehr. Wenn ich dir auch nur ein klitzekleines bisschen was bedeute, dann gibst du mir die Chance, dir zu helfen.«

»Keiner kann mir helfen.« Aber ich fing an zu hoffen, zu beten, dass ich mich irrte.

»Das stimmt nicht. Lass es mich wenigstens versuchen.«

Kapitel 11

Wir blieben einige Minuten lang so da stehen, eng umschlungen, seine Finger streichelten mein Haar und massierten mir den Nacken. Die Anspannung in meinem Inneren löste sich. Ich konnte ihm nicht widersprechen, weil ich das Gleiche empfand wie er. Mit ihm war ich nicht länger verzweifelt und allein. Wie konnte ich nur mit dem Gedanken spielen, das alles aufzugeben, wenn noch die winzige Chance auf eine gemeinsame Zukunft bestand?

»Fühlst du dich jetzt besser?«, fragte er, als er die Signale empfing, die mein Körper aussandte. Ich war nicht länger drauf und dran, die Flucht zu ergreifen.

»Ja. Viel besser.«

»Sag mir, warum wir hier sind.«

Ich malte mit der Fingerspitze das Muster vorne auf seinem T-Shirt nach. »Ich bin geschickt worden, um dich dranzukriegen. Ich bin ein Köder.«

Er schob mich nicht von sich weg. »Und weiter?«

Der Gedankenvirus des Sehers hinderte mich daran,

ihm zu erzählen, dass ich von dem Savant-Netzwerk wusste. »Mein Anführer will mit dir reden. Er wird in der Tate auf dich warten.« Ich zeigte auf das fabrikähnliche Gebäude auf der Südseite der Brücke. »Er wird nicht allein sein.«

»Weswegen will er mich sprechen?«

»Das kann ich dir nicht sagen.«

»Kannst du nicht oder willst du nicht?«

Er war gerissen. »Ich kann nicht.«

»Was würde passieren, wenn du's mir trotzdem sagst?«

Durfte ich ihm das verraten? Der Seher hatte mir nicht befohlen, über seine Begabung Stillschweigen zu bewahren; ihm war nicht mal der Gedanke gekommen, dass ich Yves davon erzählen wollen würde. »Es würde mir wehtun. Sehr wehtun.«

Yves drückte mir einen Kuss auf den Scheitel. »Okay, ich hab's kapiert. Wir haben schon Bekanntschaft mit Typen wie ihm machen müssen; er infiziert die Gehirne von anderen auf kranke, abscheuliche Weise, wie ein Computervirus. Ich will nicht, dass dir wehgetan wird. Wie viel Zeit bleibt uns?«

»Ungefähr eine Stunde. Die Galerie macht um zehn auf.«

»Hast du schon gefrühstückt?«

Uns stand ein Treffen mit dem Seher bevor und er dachte ans Frühstücken? »Ähm … nein. Aber sollten wir nicht lieber, ich weiß nicht … einen Plan schmieden?«

»Wir können doch beim Essen planen.« Er ging einen Schritt zurück, ohne meine Hand loszulassen, und zog mich mit sich. »Na komm.«

»Was?« Ich stolperte ihm hinterher, unschlüssig, ob ich lachen oder weinen sollte.

»Ich habe meinen Seelenspiegel eine Stunde lang für mich und ich beabsichtige, das Beste daraus zu machen.«

Wir fanden ein kleines Café am Embankment und setzten uns an einen der Metalltische. Rote und weiße Sonnenschirme flappten in der leichten Brise wie bunte Partywimpel. Eine Möwe balancierte oben auf dem Lampenschirm einer Laterne, wie die Herrscherin über alles, was sie mit ihren kieselschwarzen Augen erblickte.

»Was willst du haben?« Yves schlug die laminierte Speisekarte auf. »Kaffee, Kaffee, mehr Kaffee, Tee, Tee und dann noch ein Sorte Tee. Buns. Oh, du musst die Buns nehmen, das klingt so schön englisch.« Er machte ein freudiges Gesicht wie jemand, der gerade das Gewinnlos gezogen hatte.

Ich lächelte und versuchte, meine umherirrenden Gedanken auf die Unterhaltung über Rosinenbrötchen zu lenken. »Okay, ich nehme Tee und ein Bun.«

Er zwinkerte mir zu. »Das nehme ich auch. Gerade wird ein Traum von mir wahr.« Er klatschte die Speisekarte auf den Tisch und beschwerte sie mit der Zuckerschale.

»Du träumst von warmen Buns?«, witzelte ich.

Er nahm meine Hand und küsste meine Knöchel. »Nein, ich träume davon, mit meinem Seelenspiegel allein zu sein, irgendwo im Sonnenschein. Ich hatte keine Ahnung, dass dieser Traum in London in Erfüllung gehen würde, aber egal.«

»Okay, ihr zwei Hübschen, was darf's denn sein?«

Wie eine Ninjakämpferin fiel die mütterlich aussehende Kellnerin über uns her, sodass wir erschrocken zusammenfuhren.

Yves ließ meine Hand los und gab die Bestellung auf.

»Wollt ihr Marmelade dazu?« Sie klopfte mit dem Stift auf ihren Block. »Oder seid ihr schon süß genug?«

Mit einem scheuen Lächeln sagte Yves, dass wir sehr gern Marmelade hätten. Ich fand es niedlich, dass die Bewunderung von Frauen jeglichen Alters ihn so leicht in Verlegenheit brachte.

»Ich mag Amerikaner«, erklärte sie. »Die sind immer so höflich.«

Als sie davoneilte, berührte ich Yves' Wange. »Du wirst ja total rot. Was ist das bloß mit dir und älteren Frauen? Die flirten immer alle mit dir.«

Er legte seine Hand auf meine und presste sie gegen seine Wange. »Machen sie das? Ist mir noch gar nicht aufgefallen. Ich will nur mit einem ganz bestimmten Mädchen flirten.«

Ich grinste. »Noch mal gut die Kurve gekriegt.«

»Da bin ich aber froh, dass ich noch immer weiß, wie's geht.« Yves warf einen Blick auf seine Uhr. »Okay, Phee, du hast eine Stunde Zeit, um mir alles von dir zu erzählen.«

Ich zog meine Hand zurück; ich schämte mich für mein schäbiges Leben. »Was willst du denn wissen?«

»Ich weiß, dass du mir vieles nicht erzählen kannst, aber ich weiß so gut wie gar nichts über dich und es gibt bestimmt das eine oder andere, das du mir anvertrauen könntest, oder? Du bist Vegetarierin. Warum? Du liest

gerne. Hast du einen Lieblingsautor? Was bringt dich zum Lachen? Und zum Weinen? Gefallen dir die alten *Star Wars*-Filme besser als die neueren? Welche Art von Musik hörst du?«

Ich hob die Hand hoch, erleichtert, dass keine der Fragen ans Eingemachte ging. »Okay, okay, schon kapiert. Also gut … ähm … Ich will keine Tiere töten und darum esse ich auch keine. Auch das bringt mich zum Weinen.«

Er nickte. »Okay, das leuchtet mir ein.«

»Ich mag alle möglichen Autoren. Es hat mir nie jemand gesagt, was ich lesen soll; deswegen wirkt meine Leseliste vielleicht ein bisschen wie Kraut und Rüben. Ich leihe mir aus, was mir gerade so in die Hände fällt.«

»Dann erzähl mal, wer dir alles so in die Hände gefallen ist.«

»Isaac Asimov und Jane Austen – in der Bibliothek fängt die Sortierung nun mal mit A an.«

Er tippte sich mit dem Finger ans Kinn, seine Augen glänzten. »Interessant – *Stolz und Vorurteil* im Weltall –, das birgt ungeahnte Möglichkeiten.«

Wir unterbrachen unsere Unterhaltung, als die Kellnerin mit unserer Bestellung an den Tisch kam. Als sie wieder weg war, fuhr ich fort. »Willa Cather, Agatha Christie, George Eliot. So viele, dass es die ganze Stunde dauern würde, sie alle aufzuzählen.«

»Kein Problem für mich.« Er schnitt das Bun auf, nahm etwas Erdbeermarmelade aus einem kleinen Tontopf und verteilte sie auf beiden Hälften. »Beiß mal ab.«

Gehorsam nahm ich einen Bissen von der Brötchenhälfte, die er mir hinhielt.

»Weißt du, es wird mir jede Menge Spaß machen, dich aufzupäppeln. Xav sagt, du wärst ein bisschen unterernährt.« Er biss an derselben Stelle ab, an der ich abgebissen hatte, ohne die Augen von mir abzuwenden. Wie süß, dass er mit mir flirtete – das hatte bisher noch niemand getan.

Ich wechselte das Thema, da mir die Anspielung auf meine Lebensverhältnisse nicht sonderlich behagte. »Hab ich nicht gesehen.«

»Hä? Ich kann dir nicht ganz folgen.«

»*Star Wars*. Lief in keinem der Kinos, in die ich mich eingeschlichen habe.«

Er verdrehte in gespieltem Entsetzen die Augen. »Das müssen wir aber sofort ändern. Bei einer DVD- und Popcorn-Session.« Plötzlich war er ganz verlegen. »Ich bin jetzt aber kein Fan von *Star Wars* oder so …«

Ich kicherte. »Ich glaub dir kein Wort. Ich wette, du gehst zu jedem dieser *Star Wars*-Treffen … in voller Montur.«

»Ich werd mein Laserschwert besser verstecken, bevor du zu mir nach Hause kommst, oder meine Image ist total im Eimer.«

»Zu spät. Was war noch mal deine letzte Frage?«

»Musik.«

»Ach ja. Keine Ahnung. Ich habe nichts, womit ich Musik abspielen könnte.«

Er stellte seine Teetasse ab. »Du hast dir noch keinen MP3-Player oder iPod … ähm … angeschafft?«

»Das Zeug, das ich klaue, behalte ich nicht, außer manchmal ein paar Klamotten. Ist nicht erlaubt.«

Yves streichelte mir den Handrücken, eine Geste, die ausdrücken sollte, dass er verstand, obwohl das sicherlich nicht stimmte. Würde Mr-Tugendhaft-und-Rechtschaffen wirklich verstehen, dass ich stolz darauf war, eine verdammt gute Diebin zu sein?

»Aber ich höre ab und zu die Songs, die sie in den Geschäften dudeln; ich bin also nicht völlig von einem anderen Stern. Und was ist mir dir?«, sagte ich aufgesetzt heiter.

Er rührte in seinem Tee. »Also, dieser Wahnsinnstyp hier ist der Meinung, dass die neuen *Star Wars*-Filme die besten sind. Ich stehe auf ausufernde Special Effects und die Schauspielleistung ist mir ziemlich schnurz. Hab mich nie mit der Prinzessin-Leia-Frisur oder diesen Teddybärviechern anfreunden können, um Gefallen an den ersten drei Teilen zu finden, obwohl ich zugeben muss, dass Harrison Ford echt cool ist.« Er schwang seinen Löffel und zählte dazu die Antworten auf. »Ich esse Fleisch, würde mich aber dir zuliebe gern als Vegetarier probieren, ist sowieso besser für die Umwelt, also sollte ich es so oder so machen. Ich lese fast nur Sachbücher. Mein Lieblingsroman ist *Mein Name ist Ascher Lev* von Chaim Potok.«

»Uah – das klingt ungemein gebildet.« Ich war froh, dass ich ihm nicht meine Vorliebe für Romantikschmöker gestanden hatte.

Er lachte. »Ist ’ne tolle Geschichte – sehr tiefgründig. Aber ich lese auch gern mal einen guten Krimi oder Science-Fiction. Was Musik angeht, da mag ich Klassik, aber mir gefallen auch viele andere Stile.«

»Was denn noch so?«

»R&B zum Beispiel. Du weißt schon, Songs wie *Billionaire* – toller Text und sehr lustig.« Er sang die ersten paar Liedzeilen mit kratziger Stimme.

Ich lächelte.

»Hey, findest du etwa nicht, dass ich einen tollen Leadsänger abgeben würde?«

»Ähm, sorry, dir das so sagen müssen, aber … du hast vielleicht das entsprechende Aussehen, aber du hast nicht die entsprechende Stimme.« Ich tätschelte ihm tröstend die Hand.

»Und *peng*, schon zerplatzen alle meine Star-Träume. Dann muss ich stattdessen wohl doch Umweltwissenschaftler werden.«

Ich kicherte. »Und das ist auf jeden Fall eine Bereicherung für die Welt der Geo-schieß-mich-tot.«

»Und ein Glück für alle anderen, meinst du wohl?«

»Das hast du gesagt.«

Wir lachten zusammen. Unfassbar: Wir hatten nur eine Stunde Zeit, aus unserem normalen Leben herauszutreten, und er hatte es geschafft, sie unvergesslich für mich zu machen. Ich konnte mich kaum noch an all die schrecklichen Sachen erinnern, die wie eine drohende Wolke über mir hingen; ich genoss einfach nur seine Gesellschaft ohne ein Gestern oder ein Morgen, das den Augenblick zunichtemachte.

»Was ist mit deiner Familie?« Ich nippte an meinem Tee.

»Die wirst du schon bald kennenlernen, hoffe ich.« Er verzog das Gesicht, als er von seinem eigenen Getränk

kostete. Der Tee war zugegebenermaßen ein bisschen stark, selbst für mich.

»Du hättest dir besser Kaffee bestellen sollen.«

»Aber wenn man in London ist …«

»Londoner trinken heutzutage auch mal Kaffee. Ist ja nicht so, dass wir den lieben langen Tag nur auf unserer Insel hocken, Fish 'n' Chips futtern, Tee trinken und dabei übers Wetter quatschen.«

»Du bist echt süß.« Er vertilgte das letzte Stück Rosinenbrötchen und machte sich daran, das zweite mit Butter zu bestreichen. »Meine Familie: Ich habe sechs Brüder, wie ich dir bereits erzählt hab. Du hast Nummer drei und fünf kennengelernt.«

»Und gefällt es euch, mit eurer Nummer angeredet zu werden?«

Er blickte hoch, überrascht, dass ich so schnell durchschaut hatte, was er damit hatte sagen wollen.

»Nein, genau genommen finden wir's ätzend, aber so ist es einfacher zu erklären. Ich glaube, wir wollen alle nur wir selbst sein, ohne mit den anderen verglichen zu werden. Das ist normal in großen Familien wie meiner.«

»Verstehe. Für mich könntest du nie etwas anderes als Yves sein – nicht Nummer sechs.«

»Gut zu wissen. Ich wusste doch, dass es einen Grund gab, warum ich dich mochte.« Wir lächelten uns an. »Der Älteste ist Trace. Er arbeitet als Cop in Denver und hat die Begabung, die Herkunft von Dingen zu erspüren, wenn er sie berührt. Er ist ein mordsmäßig guter Fährtenleser und würde nie im Leben schummeln, nicht wie so manch anderer Bruder, den ich in diesem Zusammenhang er-

wähnen könnte. Uriel ist mir am ähnlichsten, schätze ich mal; zumindest sind wir beide die Akademiker in unserer Familie. Er ist ruhig und nachdenklich im Vergleich zu dem Rest. Er studiert als Postgraduierter Forensische Wissenschaft am College und kann Verbindung zur Vergangenheit aufnehmen. Das funktioniert so ähnlich, wie in die Zukunft sehen zu können, nur umgekehrt.«

Ich konnte mir ein abfälliges Schnauben nicht verkneifen. »Das Vergangenheitsding kann ich mir ja noch vorstellen, aber niemand kann *wirklich* die Zukunft vorhersehen. All diejenigen, die mir bisher begegnet sind und behauptet haben, das zu können, waren Schwindler, darunter sogar Savants. Die können das nicht besser als Zigeuner, die auf irgend 'nem Jahrmarkt in einem Wohnwagen hocken und den Leuten aus der Hand lesen.«

Yves bot mir noch einen Bissen an. »Dann sind dir noch nicht meine Mutter und mein jüngster Bruder Zed begegnet. Sie besitzen beide eine präkognitive Wahrnehmung und können Bruchstücke zukünftiger Ereignisse sehen. Außerdem haben sie die geradezu unheimliche Gabe zu wissen, was man denkt.« Er zwinkerte mir zu.

»So wie du.«

»In sehr bescheidenem Maß. Nicht so wie sie. Ich verstehe mich besser auf den Umgang mit Energie.« Er schnipste mit den Fingern und eine Flamme erschien auf seiner Handfläche.

Ich erstickte sie rasch, bevor noch jemand etwas bemerkte. Yves nahm meine Hand in seine und hielt sie fest.

»Will kann Gefahren erspüren, wie mein Vater. Er gehört zu der lässigen, entspannten Sorte, aber wenn's hart auf hart kommt, ist auf ihn immer Verlass.«

In seinem Ton schwang große Zuneigung mit und ich vermutete, dass er für diesen Bruder ein besonderes Faible hatte. »Du hast Glück, dass du so viele zum Gernhaben hast.«

»Ja, das stimmt.« Er streichelte mir versonnen die Hand. »Und ich liebe sie alle, obwohl Zed und Xav echte Nervensägen sein können.«

Ich spürte, dass er es nicht so meinte. Es war offensichtlich, dass er sehr an ihnen hing.

»Sie finden, dass ich kein richtiger Kerl bin, bloß weil ich Wissenschaften lieber mag als Sport und mit Mädchen über Bücher und Weltanschauungen spreche. Und ich halte sie für unterbelichtete Sportskanonen, also kommen wir bestens miteinander klar.«

»Aber ihr würdet füreinander alles tun.«

»Das ist selbstverständlich.« Yves verlangte per Handzeichen nach der Rechnung.

»Nicht da, wo ich herkomme. Familien funktionieren da anders.«

»Du hast noch keine Familie gehabt, Phee, jedenfalls für lange Zeit nicht. Soweit ich weiß, hattest du niemanden.« Sein Gesicht nahm einen entschlossenen Ausdruck an. »Aber das hat sich seit gestern geändert. Jetzt hast du einen großen Clan mit vielen nervigen Brüdern, die auf dich aufpassen – und einer Schwester, nämlich Sky, sie ist der Seelenspiegel meines Bruders. Und wart's nur ab, bis meine Mutter erst mal gehört hat, dass deine Mutter nicht mehr lebt. Sie hat sich immer eine Tochter

gewünscht und ich glaube, du passt perfekt ins Anforderungsprofil. Ehe du weißt, wie dir geschieht, wird sie dich mit zum Shoppen schleppen und diesen ganzen anderen Mädchenkram mit dir machen.«

Ich lächelte traurig. »Das klingt toll.«

»Es wird genial, wirst sehen.« Yves gab der Kellnerin eine Zehnpfundnote und wartete wieder nicht aufs Wechselgeld. Diesmal protestierte ich nicht. »Dann lass uns mal unseren Plan besprechen.«

Wir standen vom Tisch auf und ich hakte mich bei ihm unter. Wir schlenderten langsam den breiten Bürgersteig am Themseufer hinunter, machten einem Skateboardfahrer Platz, der an uns vorbeiwedelte.

»Ist deine Abschirmung stabil?«, fragte ich; mir war leicht übel, jetzt, da wir aufs Tate zuhielten.

»Klaro. Wenn man in einer Familie von Savants lebt, in der einige Gedanken lesen können, lernt man ganz schnell, stabile Abschirmungen zu errichten.«

»Pass bloß auf, dass unser Anführer nicht in deinen Kopf eindringt. Er ist in der Lage, an den Schaltern im Hirn rumzuspielen. Ich weiß nicht mal, was er mir genau eingepflanzt hat, aber ich schätze, er wollte sich davor schützen, dass sich irgendeiner von uns gegen ihn stellt.«

»Okay. Ich sorge dafür, dass er mich nicht drankriegt. Ich kann dir übrigens auch mit deiner Abschirmung helfen, wenn du mich lässt.«

Er klang für meinen Geschmack einen Tick zu sehr von sich selbst überzeugt. Ob ihm überhaupt klar war, dass seine intellektuellen Fähigkeiten in meiner Welt völlig nutzlos waren? Ich schaute zu, wie ein Wasser-

taxi Richtung Greenwich flitzte und eine Spur von weiß schäumendem Kielwasser hinterließ. Der Tumult der Stadt übertönte fast alle anderen Geräusche; ich konnte kaum das Röhren des Bootsmotors hören. »Wie willst du das denn anstellen?«

»Ich könnte meiner Umgebung Energie entziehen und sie dir zuführen, damit du deinen Schild verstärken kannst.«

»Echt? Klingt super. Aber meine Abwehr zerbröckelt jedes Mal, wenn ich ihm gegenüberstehe, in null Komma nichts.«

»Diesmal nicht. Ich habe schon von klein auf lernen müssen, meine Begabung zu kontrollieren, um nicht alles, worüber ich mich ärgerte, einfach in Flammen aufgehen zu lassen. Mittlerweile bin ich also richtig gut darin, auch unter Druck die Beherrschung zu bewahren.«

»Außer wenn ich in der Nähe bin.«

»Tja, na ja, daran arbeite ich noch. Jetzt mach mal halblang – das ist der erste Tag.«

Ich seufzte. »Es wird ihm nicht gefallen, wenn ich ihn abwehre. Mir wär's lieber, du unternimmst heute noch nichts, sonst bestraft er mich dafür, dass ich mich ihm vor aller Augen widersetze.« Ich berührte die Schramme an meinem Arm, rief mir wieder seine Machtdemonstration von gestern in Erinnerung.

Meine Handbewegung machte Yves auf die Schnittwunde aufmerksam. »War er das?«

Ich zuckte mit den Achseln. »Indirekt schon. Ich hab nicht übertrieben, als ich sagte, dass er keine Skrupel hat, uns wehzutun, damit wir ihm gehorchen.«

Yves kämpfte die aufsteigende Wut nieder, indem er tief Luft holte. »Okay. Lass uns die Sache langsam angehen. Wenn der Rest meiner Familie da ist, haben wir ausreichend Verstärkung, um dir bei der Abwehr zu helfen. Heute finden wir erst mal heraus, was er eigentlich will.«

»Es wird dir nicht gefallen.«

Er blieb stehen, schlang beide Arme um mich und legte sein Kinn auf meinen Kopf. »Nein, vermutlich nicht.«

»Also, wir gehen da jetzt rein, du hörst dir an, was er zu sagen hat, und dann verschwindest du wieder.« Mein Gesicht war an seiner Brust vergraben und meine Stimme klang gedämpft.

»Ja, so machen wir's, allerdings mit einer kleinen Korrektur: *Wir* verschwinden.«

»Das wird er nicht gestatten.«

»Das werden wir ja sehen.«

Ich hatte Angst um ihn, meinen süßen, intellektuellen Seelenspiegel. Er hatte ja keine Ahnung, worauf er sich da einließ, und ich musste ihn davor bewahren, seinen Gegner zu unterschätzen. Ich hatte das Gefühl, dass ich meinen bildschönen Leoparden direkt in die Schusslinie der Jäger führte. »Hör mal, wenn es letztendlich auf einen Kampf hinauslaufen sollte, dann geh bitte ohne mich. Mach dir wegen mir keine Sorgen.«

Er machte eine gekränkte Miene, weil ich nicht glaubte, dass er allein mit ihnen fertigwurde. »Phee, versuch nicht, dich zwischen mich und die Gefahr zu stellen. Das werde ich nicht erlauben.«

»Und was willst du jetzt tun? Den Neandertaler rausholen und dir auf die Brust trommeln? Jedem, der mich bedroht, eins mit der Keule überbraten? Ich bin kein kleines Frauchen, das du beschützen musst.«

Sein Gesichtsausdruck versteinerte. »Doch, das bist du. Und ich lasse nicht zu, dass du dich für mich opferst.«

»Ja, nur dass es umgekehrt ist, Mr Macho-Man.« Wir machten uns beide gerade total lächerlich und insgeheim war uns das wohl auch klar. Ich atmete kurz durch, um mich wieder zu beruhigen. »Okay, okay, ich verstehe ja, was du meinst, weil es mir mit dir genauso geht. Lass uns einfach abmachen, dass keiner den Kopf hinhält. Wir teilen uns die Last.«

»Ich habe aber viel breitere Schultern als du.«

»Und wie's klingt, auch noch die größere Klappe dazu. Hör bitte auf mit diesem Wilder-Krieger-Gehabe. Wir können da nur reingehen, wenn wir an einem Strang ziehen.«

Yves tippte mir an die Nase. »Lass mich jetzt die Show schmeißen, okay? Wenn wir beide bestimmen wollen, wo's langgeht, werden wir noch übereinander stolpern und am Ende beide in die Schusslinie geraten.«

Es gefiel mir zwar nicht, aber ich sah ein, dass sein Vorschlag vernünftig war. Ich war im Umgang mit dem Seher oft wie gelähmt vor Angst; Yves würde in dieser Situation einen kühleren Kopf bewahren. »Okay, diesmal bist du der Boss, aber nur wenn du mir versprichst, keine Dummheiten zu machen und dich nicht selbst in Gefahr zu bringen. Wir gehen da rein, hören uns an, was er will, und versuchen dann, gemeinsam zu verschwinden.«

Er umarmte mich für mein widerwilliges Entgegenkommen. »Ja, so machen wir's. Auf den letzten Punkt will ich mich nicht zu sehr versteifen, aber natürlich ist es mein erklärtes Ziel, dich mitzunehmen. Halt du dich da einfach raus und lass mich die Sache machen – mal sehen, inwieweit ich ihm entkommen muss, um dich hier sicher rauszubringen.«

Ich schloss kurz die Augen. »Ich hab ein ganz mieses Gefühl bei der Sache.«

Er küsste mich sacht auf beide Augenlider. »Vertrau mir, Phee, alles wird gut.«

»Du hast nicht zufällig doch deine Brüder hier irgendwo in der Nähe, als eine Art Back-up?«

Er schüttelte den Kopf. »Ich hatte versprochen, dass ich allein kommen würde. Ich hab ihnen noch nicht mal erzählt, wo ich hingehe.«

Schade. Ein Teil von mir wünschte sich, er wäre nicht so furchtbar anständig. »Okay, dann wollen wir mal. Ich soll sicherstellen, dass du alleine kommst, darum ist es vielleicht sogar besser, dass sie keine Ahnung haben, was wir hier treiben.«

»Die Einzigen, die das wissen könnten, sind Mom und Zed, aber sie sind zurzeit in der Luft, auf dem Weg nach London.« Er lächelte mich schief an. »Sollten sie tatsächlich präkognitive Eindrücke empfangen und Teile der Zukunft sehen, hab ich mächtig Ärger am Hals, sobald ihr Flieger gelandet ist.«

Ich drückte ihn fest an mich. »Keine Sorge, ich werde dich vor ihnen beschützen.«

»Okay, das kann ich erlauben.«

Kapitel 12

Wir waren die allerersten Besucher, als sich die Türen der Tate Modern öffneten, und gingen geradewegs in die Turbinenhalle. Der Ausstellungsraum war riesig, höhlenartig, wie der hässliche Hinterhof vom Schloss eines Riesen. Die aktuelle Ausstellung unterstrich die unheimliche Atmosphäre des Ortes: gigantische Metallspinnen kauerten mit auseinandergespreizten Beinen auf dem Beton, wie Eindringlinge aus dem Weltall auf einem B-Movie-Plakat der Fünfzigerjahre. Ein paar der Dinger hingen von der Decke, so als würden sie sich jeden Moment auf unsere Köpfe herablassen, andere huschten über die Wände.

»Entzückend«, bemerkte Yves ironisch.

Wir schlenderten durch den Metallwald von Spinnenleibern, um die Zeit totzuschlagen.

»Was veranlasst einen Künstler dazu, sein Leben mit der Herstellung von diesen Dingern zu verbringen?«, fragte ich mit einem leicht hysterischen Lachen in der Stimme.

»Vielleicht, um Albträume zu exorzieren?«

»Und sie den Betrachtern aufzuhalsen?«

»Phee?«

Wir drehten uns vorsichtig um, als wir Dragon meinen Namen rufen hörten. Er war allein, stand eingerahmt von den Zangen der größten Metallspinne im Raum.

»Ähm … hallo Dragon, das ist Yves.«

Die beiden starrten sich wütend an.

»Wir haben uns ja bereits kennengelernt«, erklärte Yves knapp. »Wollen wir mal hoffen, dass die moderne Kunst heute einen besseren Tag hat.« Er warf einen vielsagenden Blick auf die von der Decke herabhängende Spinne und rief uns allen in Erinnerung, welches Schicksal das Kunstwerk im Barbican erlitten hatte.

Dragon grinste schadenfroh. »Bring mich nicht auf Ideen, Kumpel.«

»Ich glaube, du bist nicht auf meine Anregungen angewiesen, um sinnlose Verwüstung anzurichten.«

Genug Säbelrasseln. »Dragon, ich habe ihn wie verlangt hergebracht. Was passiert jetzt?«

Den Arm lässig um meine Taille gelegt, erinnerte mich Yves mit leichtem Druck gegen meine Seite daran, wer bei dieser kleinen Auseinandersetzung hier das Sagen haben sollte. Aber es war doch wohl logisch, dass ich dazwischenging, wenn er es auf einen Streit mit Dragon anlegte, noch bevor wir überhaupt mit den Verhandlungen begonnen hatten!

»Der Seher ist hier.« Dragon verschränkte die Arme und deutete mit einem Nicken zur Wand hin, die den Hauptbereich der Galerie von der Turbinenhalle trennte.

Zwei Ebenen höher befand sich ein Fenster, der perfekte Aussichtspunkt, um auf uns herunterzuschauen – genau wie der Seher es in der Community machte. Schon klar, dass er sich nicht selbst in die Nähe des Gegners begab; dafür war er viel zu feige, und außerdem wollte er stets, dass wir uns ihm untergeben fühlten.

Yves kräuselte spöttisch die Lippen angesichts des Fleischbergs in weißem Anzug, der auf uns herabschaute. »Ist er das?«

Es war demütigend für mich, dass er diesen Einblick in mein Leben erhielt, so winzig er auch war. »Ja.« Ich konnte Unicorn neben ihm stehen sehen. Kasia lag vermutlich irgendwo in der Nähe auf der Lauer und wachte darüber, dass wir nicht mit jemandem von außerhalb telepathisch in Kontakt traten. Ich hatte vergessen, Yves davor zu warnen.

»Wie wollen wir uns denn unterhalten?«, fragte Yves. »Mit Megafonen?«

Sag ihm, dass ich durch dich sprechen werde.

Ich japste nach Luft, als der Seher mir die Nachricht in meinen Kopf zwängte. »Durch mich. Er benutzt mich dazu.«

Yves streichelte mir voller Mitgefühl über den Rücken. »Okay, dann wollen wir das so schnell wie möglich über die Bühne bringen. Wir können nämlich gern drauf verzichten, dass er sich in deinem Kopf tummelt. Frag ihn, was er will.«

Einzelheiten zu den Mitgliedern des Savant-Netzwerkes.

»Und was will er damit anfangen, auch wenn ich's mir fast denken kann?«

Das ist meine Sache. Dein Seelenspiegel wird sie mir lediglich zukommen lassen. Sag's ihm.

Ich konnte mir nicht vorstellen, dass Yves sich auf so etwas einlassen würde. Das war hoffnungslos.

Yves dachte einen Moment nach. »Und was dann? Erlaubt er dir dann, mit mir zu kommen? Lässt er dich gehen?«

Der Seher lachte über Yves' Unverfrorenheit. *Phoenix bleibt bei ihrem Daddy*. Ich brachte es nicht über mich, diesen Teil an Yves genau so zu übermitteln, und schüttelte stattdessen einfach den Kopf. *Erkläre deinem Seelenspiegel, dass er im Netzwerk bleiben und mich mit allen verlangten Informationen versorgen wird. Er wird für mich spionieren.*

»Und warum sollte ich so was tun?«

Weil Phoenix leiden wird, wenn du's nicht tust.

Auf dieses Stichwort hin riss Dragon per Gedankenkraft eine Miniaturspinne aus ihrer Verankerung an der Wand; sie schoss direkt auf mich zu. Mit schnellem Reflex zog mich Yves nach unten, sodass sie über meinen Kopf hinwegsauste und an die Wand gegenüber prallte, wo sie eine tiefe Delle hinterließ.

»Sie vergessen eines: Sie sind nicht der Einzige, der besondere Fähigkeiten besitzt.« Yves starrte zu dem Seher hinauf und Rauch begann aus seinen Anzugtaschen aufzusteigen. Als seine Brieftasche in Flammen aufging, versuchten er und Unicorn panisch, das Feuer zu löschen.

»Yves, hör auf!«, flüsterte ich.

Widerwillig erstickte er die Flammen. »Ich hatte es eigentlich auf sein Herz abgesehen, aber das war das Ein-

zige, was ich finden konnte, das dem am nächsten kam«, erklärte mir Yves mit einem schelmischen Grinsen.

Dafür würden wir so was von büßen müssen – aber zugegebenermaßen war dieser Anblick etwas, wovon ich den Rest meines mittlerweile vermutlich sehr kurzen Lebens zehren würde.

Sag diesem Ami, dass er besser anfangen soll zu liefern, sonst bist du diejenige, die brennen wird!, schrie der Seher in meinem Kopf mit einer Stimme, die quietschte wie Metall auf Metall.

»Er ist nicht zufrieden«, erläuterte ich Yves.

»Ich möchte wetten, dass er es ein bisschen anders ausgedrückt hat.«

»Ja. Irgendwie schon. Ich soll als Geisel herhalten, um sicherzustellen, dass du auch mitspielst. Genau wie wir es uns schon gedacht hatten.«

»Und du hast mit *dem* da zusammen unter einem Dach gelebt?«, wunderte sich Yves. Sein Abscheu für den Seher war nur allzu offensichtlich. Er würde mich bestimmt total widerlich finden, sobald er herauskriegte, dass der Seher womöglich mein Vater war. Ich hoffte, dass er niemals davon erfahren würde; es gab auch schon so mehr als genug Faktoren, die gegen mich sprachen.

Dragon trat vor und versuchte, mich von Yves wegzuziehen. »Zeit zu gehen.«

Wie nicht anders zu erwarten, ließ mein Seelenspiegel mich nicht los. Mit vor Zorn funkelnden Augen schob Yves mich nach hinten und baute sich vor Dragon auf. »Wenn du sie anfasst, versenge ich jedes einzelne Haar

auf deinem Kopf.« Und das war todsicher kein Bluff, denn die Entschlossenheit stand ihm ins Gesicht geschrieben. »Sie bleibt von jetzt an bei mir.«

»Kannste vergessen. Sie gehört zur Community.«

»Sie gehört zu ihrem Seelenspiegel.«

»Hör mal, Kumpel, bisher hab ich mich ja noch von meiner netten Seite gezeigt. Wir sind zu dritt, du bist allein. Wie willst du also mit ihr zusammen hier rauskommen?«

Yves zuckte mehrfach mit den Schultern. »Bestell deinem Anführer von mir, wenn er die Informationen will, muss er sie mit mir gehen lassen oder der Deal ist geplatzt. Ich vertraue euch nicht. Ihr tut ihr bestimmt etwas an, wenn sie bei euch bleibt. Außerdem ist die ganze Aktion für mich total sinnlos, wenn Phoenix nicht in Sicherheit ist. Was ich tue, tue ich nur für sie.«

»Wie rührend. Ich glaube, ich muss gleich kotzen.« Dragon verdrehte die Augen.

Ich wollte mich einmischen und Yves verbieten, irgendwelche Versprechungen zu machen, die seine Familie oder das Savant-Netzwerk gefährdeten, aber ich erinnerte mich an unsere Vereinbarung, dass er in dieser Angelegenheit das Sagen haben dürfte. Es machte mir höllische Angst, dass er der Sache nicht gewachsen sein könnte, aber ich hatte ihm mein Wort gegeben.

Yves blieb standhaft. »Ich bin mir sicher, dass euer Seher in der Lage ist, Maßnahmen zu ergreifen, die verhindern, dass sie seine Geheimnisse ausplaudert. Ich bin einzig daran interessiert, sie bei mir zu haben. Das ist meine Mindestforderung.«

Dragon übermittelte, was Yves gesagt hatte, und kurz darauf machte der Seher einen Gegenvorschlag.

Sag ihm, er kann dich für achtundvierzig Stunden haben, danach muss er dich und die Information bei mir abliefern.

»Wo sollen wir hinkommen?«

Zum London Eye.

Der Seher hatte mehr Zugeständnisse gemacht als erwartet. Ich gab die Botschaft an Yves weiter. »Bist du damit einverstanden?« Das würde uns Zeit geben, wenigstens dieses Durcheinander zu entwirren.

»Okay, abgemacht.« Er warf einen Blick auf seine Uhr. »Wir kriegen Zeit bis Freitag, 10:30 Uhr.«

Aber Phoenix, du musst noch mal zu mir hochkommen. Ich will dir noch etwas sagen, unter vier Augen.

Jetzt würde es wohl um die Sicherheitsmaßnahmen gehen. »Ich muss zu ihm hoch. Ansonsten wird er mich nicht gehen lassen.«

»Ich komme mit.«

»Nein«, warf Dragon ein. »Wir beide bleiben hier unten.« Dann änderte er seine Strategie; anstatt Yves wegzuschieben, zog er mich mithilfe seiner Fähigkeit von ihm fort. Yves musste mich loslassen, wenn er nicht wollte, dass ich mir wehtat. Ich stolperte, fand aber, kurz bevor ich hinfiel, Halt am Bein einer Spinne. »Los, Phee, geh endlich hoch. Ich passe in der Zwischenzeit auf deinen Seelenspiegel auf.«

Mir schmeckte die Vorstellung, dass die beiden für eine Weile allein wären, ganz und gar nicht. Ich machte mir Sorgen, dass Yves die Beherrschung verlieren und

irgendwas – höchstwahrscheinlich Dragon – anzündeln würde. »Ich beeil mich.«

Ruf mich, wenn du mich brauchst. Yves sah nicht besonders glücklich darüber aus, dass er mich aus seinem Blickfeld lassen musste.

Ich antwortete nicht, aus Angst vor ungebetenen Zuhörern, nickte aber.

Je eher ich es hinter mich brachte, umso besser. Ich rannte die Rolltreppe hinauf bis zu der Ebene, auf der der Seher auf mich wartete. Er hatte die gesamte Fensternische für sich in Beschlag genommen und Unicorn verscheuchte jeden Touristen, der ebenfalls diesen besonderen Ausblick von oben auf die Ausstellung genießen wollte. Sein tadelloser Anzug war ruiniert, auf der Brusttasche des Sakkos prangte jetzt ein schwarzer Brandfleck. Ich unterdrückte das schadenfrohe Grinsen, das meine diebische Freude über diese kleine Blamage zu verraten drohte. Yves hatte es geschafft, den Seher blöd dastehen zu lassen. Ich konnte mich nicht erinnern, dass ihm schon jemals jemand eins ausgewischt hatte.

Der Seher schaute noch immer nach unten zu Yves und Dragon, die einander umkreisten wie zwei Raubkatzen auf dem Sprung.

»Das ist also dein Seelenspiegel. Interessant. Es ist töricht und wagemutig von ihm herzukommen. Das Band zwischen euch ist offenbar wirklich so stark, wie die Legende besagt. Er bringt sich selbst in Gefahr für ein Mädchen, das er erst seit einem Tag kennt.«

Darauf konnte ich nicht viel erwidern.

»Und was meine Sicherheitsmaßnahmen betrifft, ich

weiß, wie sich gewährleisten lässt, dass er Wort hält. Komm her.« Der Seher winkte mich näher an sich heran. Hier an diesem öffentlichen Ort bestand er nicht darauf, dass ich mich hinkniete. Stattdessen nahm er meine Hand in seine beiden Hände. Jeder, der uns sah, hätte ihn für einen hingebungsvollen Vater gehalten, der gemeinsam mit mir die Ausstellung genoss.

Wenn er wortbrüchig wird und mir nicht wie vereinbart die verlangte Information bringt, oder wenn er uns an irgendjemanden aus dem Savant-Netzwerk verrät, wirst du ihn strafen, indem du einem geliebten Menschen von ihm wehtun wirst. Und du wirst nach achtundvierzig Stunden zu uns zurückkehren – nichts wird dich davon abhalten, auch nicht, wenn du um deine Rückkehr kämpfen musst bis zum Tod.

Er ließ meine Hand fallen und tätschelte mein fassungsloses Gesicht. »Guck nicht so entsetzt, Phoenix. Wenn du uns gegenüber loyal wärst, würdest du gerne und ohne jeden Zwang einwilligen, all diese Sachen für uns zu tun. Bist du uns denn treu ergeben oder sollte ich es mir noch mal anders überlegen und dich doch nicht mit ihm gehen lassen?«

Bitte, nein. »Sie können sich auf mich verlassen.«

»Braves Mädchen. Ich erwarte nach deiner Rückkehr einen ausführlichen Bericht. Bringe so viel wie möglich über das Savant-Netzwerk in Erfahrung. Und jetzt schnell, bevor dein Seelenspiegel und Dragon noch Aufmerksamkeit erregen. Wie ich sehe, versammeln sich da

unten gerade ein paar Leute vom Wachschutz, weil sie befürchten, dass es gleich Ärger gibt.«

Er nickte Unicorn zu und ich eilte die Rolltreppen hinunter. Gerade noch rechtzeitig kam ich unten bei Yves an. Dragon holte soeben zum Faustschlag aus, weil Yves ihn beleidigt hatte.

»Okay, das war's dann für heute!«, trällerte ich los und stürzte mich zwischen die beiden Kampfhähne. Ich packte Dragon, zog ihn zu mir heran und nahm ihn mit gespielter Herzlichkeit in die Arme; dann stieß ich ihn von mir fort, sodass er außer Yves' Reichweite war. »Wie schön, dass ihr euch so gut versteht, aber wir müssen jetzt los.« Ich stellte mich auf Zehenspitzen und ging mit meinem Mund ganz dicht an Dragons Ohr heran. »Der Seher sagt, du sollst dich zusammenreißen. Er will keinen Ärger.«

Die Wachleute, die sich am Eingang geschart hatten, entspannten sich merklich, nachdem ich die Situation entschärft hatte. Einer sprach in sein Walkie-Talkie und rief die bereits angeforderte Verstärkung zurück.

Aus Rache umarmte mich Dragon dermaßen fest, dass ich um ein Haar zerquetscht wurde. »Sag deinem hübschen Knaben, dass sich die Sache zwischen uns noch nicht erledigt hat.«

»Bis später.« Ich streckte eine Hand nach Yves aus. »Los, lass uns von hier abhauen.«

Das brauchte ich Yves nicht zweimal zu sagen. Er nahm meine Hand und warf Dragon einen letzten herausfordernden Blick zu. Schlagartig ging es mir hundertmal besser, seine Wärme vertrieb das leise Frösteln,

das mir von meiner Begegnung mit dem Seher noch immer in den Knochen steckte.

»Wie schlimm ist es?«, murmelte er, als wir die Rampe hinauf Richtung Seitenausgang rannten und hinaus in den Sonnenschein traten.

»Schlimm«, gestand ich.

»Kannst du's mir sagen?«

»Ja. Ich glaube sogar, er will, dass du's weißt. Wenn du dich nicht an die Abmachung hältst, werde ich einem geliebten Menschen von dir etwas antun. Und wenn du mich nicht wieder bei ihm ablieferst, werde ich bis zum Tod darum kämpfen zurückzukehren.«

Er fluchte.

Ich erinnerte mich daran, wie ausgesprochen höflich er noch gestern auf meinen wiederholten Versuch, ihn auszurauben, reagiert hatte, und fragte mich, was ich meinem Seelenspiegel da eigentlich antat, dass ich ihn zu dermaßen derben Worten greifen ließ, die so gar nicht seinem Naturell entsprachen. »Ich bin echt ein schlechter Einfluss für dich, was?«

Yves legte mir einen Arm um die Schultern. »Ich habe keine Ahnung, was du bist, Phee, aber ich habe da drinnen gerade ein paarmal rotgesehen. Alle Menschen, mit denen du aufgewachsen bist, verhalten sich wie Monster.«

»Ich bin von Wölfen großgezogen worden, das darfst du nicht vergessen. Rechne also nicht damit, dass ich mich besser als sie verhalte, wenn es hart auf hart kommt.«

Er schüttelte den Kopf. »Nein, du hast mit ihnen nichts gemein.«

Ich hatte alles mit ihnen gemein, vermutlich hatten wir sogar dieselben verkommenen Gene. »Nett von dir, dass du das glaubst, aber sag nicht, dass ich dich nicht gewarnt hätte. Ich bin die Niete in der Seelenspiegel-Tombola.«

»Ich behalte trotzdem mein Los.« Er strich sanft über meinen Oberarm. »Du bist jetzt meine absolute Nummer eins. Uns werden auch keine Monster je wieder auseinanderbringen.«

Wir kamen in Yves' Wohnung an, ohne unsere grundlegenden Probleme gelöst zu haben: Ich würde nicht zulassen, dass er seine Familie und Freunde meinetwegen hinterging; er weigerte sich, darüber zu sprechen, was er als Nächstes tun wollte. Das konnte ich verstehen: Wenn er sofort damit herausrückte, dass er nicht vorhatte, sich an die Abmachung zu halten, würde ich jemandem wehtun müssen – nicht gerade das ideale erste Kennenlernen mit seinen Eltern. Und doch behauptete er beharrlich, dass ich bei seinen Entscheidungen immer an erster Stelle stehen und er mich nie im Stich lassen würde.

»Vertrau mir, Phee. Es wird sich alles finden«, sagte er, als wir mit dem Aufzug nach oben fuhren.

Ich schüttelte leise den Kopf und hielt den Blick starr auf die wechselnde Ziffernanzeige gerichtet.

»Das ist nicht ganz so anstrengend wie die Treppe, hm?«

Ich zuckte zusammen. »Ja. Sorry deswegen. Ich dachte, dass ich unbedingt zurück in die Community müsste.«

»Das haben wir gemerkt.«

»Das war eine schlechte Entscheidung.«

Er lächelte. »Ja, das denke ich auch.«

»Ich hätte einfach von der Bildfläche verschwinden sollen – auf Nimmerwiedersehen. Dann würdest du jetzt nicht in dieser Zwickmühle stecken.«

Yves runzelte die Stirn. »Na, das wäre aber eine *richtig* schlechte Entscheidung gewesen.«

Wir stiegen im zwanzigsten Stock aus und gingen zur Wohnungstür. Yves steckte den Schlüssel ins Schloss, dann schob er die schwere Tür auf, um mich als Erstes eintreten zu lassen. Ein Berg von Gepäck hieß uns in der Diele willkommen.

»Oh-oh!« Yves lächelte mich gequält an.

»Sind sie schon da?«

»Ja. Das war aber echt schnell. Sie müssen gleich in den ersten Flieger gehüpft sein.«

»Wir sind gerade erst angekommen.« Ein großer Mann mittleren Alters trat aus einer Tür, die Arme ausgestreckt. Ich dachte, er würde auf seinen Sohn zugehen, aber stattdessen steuerte er mich an. Ich wollte noch zurückweichen, aber Yves' Hand, die fest auf meiner Schulter lag, hinderte mich daran. Zwei Arme umschlossen mich mit der Kraft der Rocky Mountains. Er roch nach Wald, ein Aftershave mit Tannennadelduft. Yves hatte mir bereits erzählt, dass sein Vater, Saul Benedict, in Colorado geboren und aufgewachsen war. Er hatte das dichte, schwarze Haar seiner Vorfahren, mittlerweile grau gesträhnt, und gebräunte Haut, die davon zeugte, dass er die meiste Zeit des Jahres draußen im Freien verbrachte. Jetzt war auch klar, wem seine Söhne figürlich nach-

schlugen: Saul Benedickt war locker über eins achtzig groß. »Du hast sie gefunden.«

Yves räusperte sich verlegen.

»Ja, Dad, das hab ich.«

»Das sind großartige Neuigkeiten, Yves.«

Kaum hatte Saul mich losgelassen, wuselte eine kleine Frau heran. Sie war etwas kleiner als ich, drückte mich an sich und küsste mich auf die Wange. »Yves, du schlaues Kerlchen!«, rief sie mit rauer Stimme.

»Ich hatte einfach Glück, Mom!«

»Karla, du nimmst dem armen Mädel noch die Luft zum Atmen!«, gluckste Saul.

Karla schob mich sanft von sich weg und schlug ihrem Sohn leicht gegen den Brustkorb. »Aber wo hast du bloß gesteckt, du Schlingel? Deine Brüder waren schon in heller Aufregung – sie hatten keine Ahnung, was sie tun sollten! Zed hat ihnen dann gesagt, es würde dir gut gehen, und das war das Einzige, was sie davon abgehalten hat, die Polizei zu rufen.«

»Hab dich auch lieb, Mom«, sagte Yves und nahm sie als Geste der Entschuldigung in die Arme. »Du wusstest also, dass wir kommen würden?«

Sie machte eine wegwerfende Handbewegung. »Ja, ja, Zed hat gesehen, wie du mit Phoenix trotz aller Scherereien wohlbehalten hier aufgekreuzt bist.«

Diese Familienbande war einerseits rührend, schien jedoch gleichzeitig die reinste Qual zu sein. Ich wollte mich irgendwo verkriechen, um mich vor diesem ungewohnten Schwall an Gefühlen zu schützen.

Ein dritter Benedict trat in die Diele; das musste Zed,

der jüngste, sein, denn er hielt mit einem schüchtern aussehenden Mädchen Händchen, und wie ich bereits wusste, war er bisher der einzige der Brüder, der seinen Seelenspiegel gefunden hatte. »Hey, Einstein, wie ich sehe, hast du nun auch endlich deine Zauberformel gefunden.«

Xav sprang hinter ihm hervor. »Ja, Phee gleich Sky-Zed im Quadrat. An dem Spruch hab ich echt lange getüftelt – wie findet ihr den?«

Das blonde Mädchen stöhnte. »Der war ja richtig schlecht, Xav. Da kriegt man vor lauter Gähnen glatt 'ne Maulsperre.«

»Sky, du bist echt gemein! Keine Ahnung, wie Zed es mit dir aushält.« Xav zog an ihrem langen geflochtenen Zopf.

»Hände weg von meinem Mädchen«, brummte Zed und tat so, als würde er gegen seinen Bruder handgreiflich werden. Sky kicherte.

Yves lachte über das Gerangel seiner Brüder, während ich den beeindruckenden, wuschelhaarigen Zed bestaunte. Als gutes Aussehen verteilt worden war, hatte es jemand bei dieser Familie aber gewaltig krachen lassen: Es war nicht ein einziges hässliches Entlein darunter. Ihre Rangelei endete genauso abrupt, wie sie begonnen hatte, und Zed blickte zu mir herüber, als ob ich eben etwas zu ihm gesagt hätte. Lachend klopfte er Xav auf den Rücken. »Sie fragt sich gerade, ob ich das hässliche Entlein der Familie bin.«

»Tja, irgendwann kommt die Wahrheit immer ans Licht.«

Ich wurde rot. »Stimmt gar nicht!«, flüsterte ich und presste mir beide Hände an die Wangen. Wie konnte Yves bloß in einer Familie leben, in der es Menschen gab, die einem Gedanken aus dem Kopf pflücken konnten?

Sky stieß ihm mit dem Ellenbogen in die Seite. »Halt den Mund, Zed. Du machst sie ganz verlegen. Sie ist schon knallrot im Gesicht.«

»Tut mir leid, Phoenix.« Zed schenkte mir ein bezauberndes Lächeln.

Ich musste meine Meinung über das Mädchen revidieren: Sie war keineswegs schüchtern. Anscheinend hatte sie ihren Freund gut unter Kontrolle und besaß die verstörende Fähigkeit zu wissen, was ich empfand.

Yves zog mich weiter in die Wohnung hinein und ließ meine Hand los, um zuerst Sky und dann Zed zu umarmen, während er sich murmelnd bei ihnen bedankte, dass sie so schnell hergekommen waren. Völlig überfordert stand ich daneben und verschränkte die Hände ineinander.

»Komm mit in die Küche, Phoenix«, sagte Karla mit vergnügter Stimme. »Wir sind gerade beim Frühstücken – oder beim Mittagessen? Meine Körperuhr ist total aus dem Takt.«

Victor wartete am Küchentresen auf mich. Mir ging auf, dass das unser erstes richtiges Kennenlernen war – unsere vorangegangene Begegnung im Barbican verdiente diese Bezeichnung nicht. Er streckte mir eine Hand entgegen.

»Phoenix, ich bin Victor, Yves' großer Bruder. Wie geht's dir?«

»Gut.« Meine Stimme hatte sich zusammen mit meinem Selbstbewusstsein aus dem Staub gemacht. Wo war Yves? Diese Familienprobe war einfach zu viel für mich.

Eine warme Hand legte sich mir hinten auf den Rücken und flößte mir Ruhe ein, bevor ich vollends in Panik ausbrach. »Hi Vic. Tut mir leid, dass ich dir nicht gesagt habe, wo ich hingehe, aber das konnte ich nicht.« Yves hielt dem bohrenden Blick seines älteren Bruders stand.

Victor verstand die Andeutung und nickte. »Okay, schon gut. Aber merk dir für die Zukunft: Einen hinterlegten Zettel mit dem Hinweis, dass du nicht vorhast, dich umbringen zu lassen, würde ich sehr zu schätzen wissen. Und, Yves, wie du weißt, neigst du dazu, dir mehr zuzutrauen, als du allein stemmen kannst. Das nächste Mal hol dir also bitte Verstärkung.«

Xav schlug Yves sanft auf den Kopf. »Rindvieh!«

Und damit waren ihre Beschwerden darüber, dass Yves sie alle in Sorge versetzt hatte, beendet. Schwamm drüber. Ich war mir nicht sicher, ob ich ihm an ihrer Stelle dermaßen leicht hätte verzeihen können.

»Und du hast Phoenix also zurückgekriegt«, verkündete Karla und klatschte vor Freude in die Hände. »Das ist großartig.«

»Ich bin eine Leihgabe«, murmelte ich.

»Ja, mein kleiner Bibliotheksschmöker.« Yves bugsierte mich zu einem der Küchenbarhocker und ich schwang mich auf die Sitzfläche. Dann stellte er sich hinter mich, während der Rest der Familie auf den anderen Hockern Platz nahm. Wir waren mitten in ihr Frühstück geplatzt:

Halb leer getrunkene Kaffeebecher warteten neben Tellern mit gebutterten Toastscheiben.

Ich wollte mich von meiner freundlichen Seite zeigen und das erwartungsvolle Schweigen mit einer höflichen Frage ausfüllen. »Ähm … wie war Ihr Flug?«

»Sehr angenehm. Victor hat so viele nützliche Freunde.« Karla lächelte ihren grüblerischen Sohn an. Sie war vermutlich das einzige weibliche Wesen auf Erden, das sich von seiner finsteren Ausstrahlung nicht einschüchtern ließ. »Wir hatten wundervolle Plätze in der ersten Klasse. Ich habe geschlafen wie ein Baby.«

Saul verdrehte die Augen. »Erst nachdem ich dich davon überzeugt hatte, eine Schlaftablette zu nehmen. Sie hat sich Sorgen um dich gemacht, Yves.«

Kluge Frau.

»Kann ich mir vorstellen.« Yves nahm die volle Kanne aus der Kaffeemaschine und schenkte uns beiden ein.

»Phoenix, erzähl uns, wie ihr euch kennengelernt habt.« Karla sah mich mit leuchtenden braunen Augen an. Mit ihrem langen dunklen Haar, das ihr bis über die Schultern fiel, sah sie viel zu jung aus, um Mutter von sieben erwachsenen Söhnen sein zu können.

Ich verschluckte mich an meinem Kaffee.

Yves sprang mir bei. »Mom, Phee kommt aus schwierigen Verhältnissen. Es fällt ihr nicht leicht, darüber zu sprechen.«

Sie runzelte die Stirn. Ich checkte ihr Mentalmuster und sah, dass sie mich genau inspizierte, wie ein Spürhund, der auf der Suche nach Drogen war.

»Karla.« Sky klopfte mit dem Messer an ihren Kaffee-

becher, um auf sich aufmerksam zu machen. Ihr britischer Akzent unterschied sie deutlich von den anderen. »Du tust es schon wieder.«

Karla schüttelte sich kurz und ihr verschleierter Blick klärte sich. »Ach wirklich? Tut mir leid, aber ich bin wohl müder, als ich dachte. Lasst euch nicht stören.«

»Ich fand das total gruselig, als du's zum ersten Mal bei mir gemacht hast; vielleicht lässt du Phoenix besser vorerst in Ruhe?«

Diese Sky war eine verdammt gute Menschenkennerin. Oder vielleicht wusste sie auch einfach nur, wie es sich anfühlte, ohne Vorwarnung in diese Familie hineingeworfen zu werden. Sie fing meinen Blick auf und nickte mir aufmunternd zu, gab mir ohne Worte zu verstehen, dass ich eine Verbündete hier am Tisch hatte.

»Ich finde, das ist eine hervorragende Idee, Sky«, polterte Saul und sah den Seelenspiegel seines Sohnes liebevoll an. »Wir sind hier, um Yves und Phoenix zu helfen; nicht um Phoenix in Angst und Schrecken zu versetzen.« Er strich seiner Frau in einer zärtlichen Geste über den Arm. »Und ich kann spüren, dass die Bedrohung noch nicht vorüber ist. Stimmt's?«

Yves nickte.

Ich schloss die Augen und hoffte, dass der mir in den Kopf geprägte Befehl nicht in Kraft treten würde. *Halte mich zurück, wenn ich einen von ihnen angreife*, bettelte ich Yves an.

Ich werde mich an meine Abmachung halten, versprach er.

Sauls Augen verengten sich. »Ich empfange da etwas

von dir, Yves. Du gibst dich als Bedrohung für uns zu erkennen. Willst du uns das erklären?«

Nicht wirklich, dachte ich.

»Inwiefern könnte ich ein Bedrohung sein?«, fragte Yves mit Unschuldsmiene.

Saul korrigierte sich. »Mehr ein Risiko.«

Yves zuckte mit den Schultern, doch sein Schweigen bereitete uns allen Unbehagen.

»Also, was ist hier los?«, wollte Zed wissen.

»Das können wir euch nicht sagen. Keiner von uns beiden kann euch da irgendwie weiterhelfen.«

Yves' Äußerung stieß nicht auf Empörung, so wie ich es erwartet hätte, sondern auf weiteres Schweigen. Und dann kam die Familie anscheinend einvernehmlich zu dem Entschluss, die Angelegenheit zu vertagen.

»Na schön«, sagte Xav nach ein paar qualvollen Sekunden. »Dann schmeiß mal den Orangensaft rüber.«

Mit einer lässig wedelnden Handbewegung schickte Zed die Orangensafttüte zu seinem Bruder herüber. »Sag mal, Sky, zeigst du mir deine alten Abhängplätze hier in London?«

Die Benedicts nahmen Yves' Verhalten einfach so hin und wechselten das Thema. Sie waren unglaublich. Ich an ihrer Stelle hätte auf eine Antwort gepocht.

Sie vertrauen mir – na ja, meistens, flüsterte Yves. *Ich wünschte nur, das würdest du auch tun.*

Ich fuhr mir mit den Händen über meine Oberschenkel. *Ich arbeite dran,* räumte ich ein. Aber es wollte mir einfach nicht in den Kopf, wie er sein Versprechen an mich und seine Loyalität ihnen gegenüber miteinander

vereinbaren wollte. Allen anderen in der Küche war klar, dass wir telepathisch miteinander sprachen, aber aus Höflichkeit taten sie so, als würden sie es nicht bemerken. Yves sah sie der Reihe nach liebevoll lächelnd an. »Na gut, dann sollten sich unsere Neuankömmlinge jetzt mal 'ne Mütze voll Schlaf genehmigen.«

Karla streckte eine Hand aus und tätschelte mir den Arm. »Mach für den Rest des Tages mal Pause vom Sorgenhaben, Phoenix. Du bist ja jetzt bei deiner Familie.«

Kapitel 13

Die Ankunft dermaßen vieler Familienmitglieder von Yves machte eine Neuverteilung der Schlafplätze notwendig. Mr und Mrs Benedict belegten Victors Zimmer mit Beschlag; Sky und ich bekamen Yves' Doppelbett und die Jungen teilten sich Xavs Queensizebett und die Sofas im Wohnzimmer. Auf Yves' Vorschlag hin ging ich Sky hinterher, um mich eine Weile auszuruhen. Die Strapazen der letzten zwei Tage hatten ihren Tribut gefordert und außerdem grauste mir bei dem Gedanken, in der Küche zu bleiben und mich zu unterhalten. Falls Yves seinen Brüdern die Wahrheit erzählte, wollte ich es nicht mit anhören. Ich hoffte, dass mich Ahnungslosigkeit davor bewahrte, den Befehl des Sehers auszuführen.

Sky schleuderte ihre Schuhe von den Füßen und legte sich auf die rechte Bettseite. »Herrlich! Ich habe im Flugzeug kaum geschlafen. Wir waren alle viel zu aufgekratzt wegen Yves' Neuigkeiten.«

Ich drückte mich auf der anderen Seite des Bettes herum, ratlos, ob es ihr etwas ausmachen würde, sich mit

mir ein Bett zu teilen, oder ob ich nicht besser auf dem Boden schlafen sollte. »Was hat er euch denn genau erzählt?«

Sky klopfte neben sich auf die Matratze. »Hier ist jede Menge Platz. Warum legst du dich nicht hin?« Langsam band ich meine Schnürsenkel auf, zog meine Schuhe aus und streckte mich der Länge nach aus. Sie lächelte. »Yves hat nicht viel erzählt. Wir wissen, dass er dich bei der Konferenz kennengelernt hat und dass du irgendwie in der Klemme steckst, weil du dich auf eine Gruppe übler Savants eingelassen hast. Er sagte, er bräuchte unsere Hilfe, um dich außer Landes zu schaffen. Saul und Victor werden sich drum kümmern und dir einen Reisepass besorgen. Und er hat gedacht, dass ich mich vielleicht besser in dich einfühlen kann, was deine Herkunft angeht, nicht zuletzt weil ich auch Engländerin bin.«

Das bezweifelte ich. Wie viele Leute stammten schon aus dermaßen verkommenen Verhältnissen wie ich?

Sky ließ sich von meinem beharrlichen Schweigen nicht abschrecken. »Wie alt bist du, Phee? Du musst fast achtzehn sein, wenn du Yves' Seelenspiegel bist.«

»Ach ja?«

»Er hat am 1. Juli Geburtstag. Deinen kennst du nicht?«

Ich starrte an die weiße Zimmerdecke. Keine Risse wie in meinem Zimmer zu Hause. »Da, wo ich herkomme, sind Geburtstage ohne Bedeutung. Ich meine mich daran erinnern zu können, dass meine Mutter jedes Jahr im Sommer viel Aufhebens um mich gemacht hat, aber sie ist schon so lange tot und ich erinnere mich nicht mehr an Details wie den Tag oder so.«

»Ich hab meinen Geburtstag auch nicht gekannt. Meine Eltern und ich hatten den Tag meiner Adoption als Datum gewählt, drum war ich auch ziemlich geschockt, als sich herausstellte, dass ich jünger war, als ich gedacht hatte.«

Eine komische Bemerkung, die mein Interesse weckte. »Wie das?«

»Zed hat am 5. August Geburtstag und infolge der engen Verbindung zweier Seelenspiegel ist meiner im gleichen Zeitraum.« Sie drehte sich auf die Seite und sah mich an. »Aber ich habe den 1. März als Geburtstag beibehalten, weil's mir Spaß macht, Zed damit aufzuziehen, dass er mit einer älteren Frau zusammen ist. Außerdem wüsste ich auch nicht, wie ich meinen Eltern die Änderung meines Geburtstages erklären sollte; die würden das überhaupt nicht verstehen, wenn ich ihnen von der Seelenspiegel-Sache erzählen würde.«

»Sie wissen gar nicht Bescheid?«

»Na ja, ich glaube, sie haben schon mitgekriegt, dass das mit Zed und mir etwas ganz Besonderes ist, aber ich habe ehrlich gesagt keine Ahnung, wie man Nicht-Savants das Ganze am besten verklickert. Ich hab damals nicht gerade vor Freude Luftsprünge gemacht, als mir Zed davon erzählt hat.« Ein Lächeln breitete sich auf ihrem Gesicht aus und ich spürte, dass eine interessante Geschichte hinter dieser Bemerkung steckte.

»Wie hast du dann reagiert?«

»Ich hab ihn mit 'ner vollen Einkaufstüte verkloppt und ihm gesagt, dass er ein Idiot sei.«

  »Autsch.«

»Und wie war's bei dir und Yves? Liebe auf den ersten Blick?«

»Nicht wirklich. Ich habe seine Sachen geklaut und er hat sie in die Luft gehen lassen.«

Ihre hellen Augenbrauen schossen nach oben. »Ach du Schreck! Das klingt ja spannend. Und weiter?«

Ich spürte, dass ich mich ihr öffnen konnte. Als ich für einen Moment ihre mentalen Kaleidoskop-Bilder betrachtete, sah ich, dass auch ihre Gabe tiefe Einblicke in Menschen gewährte, obwohl Sky eher Stimmungen als Gedanken erfassen konnte. Sie besah sich meine Farben, schaute mein Gesicht an, das umgeben war von einem Ring in Blassrosa und Grau, so wie der allererste Hauch von Morgenröte. »Wie sehen Lügen aus?«

Sie kapierte sofort, was ich meinte. »Du kannst sehen, was ich mache?«

Ich nickte.

»Ich kann nicht anders. Wenn ich so viel Zeit mit Savants verbringe, schalten sich meine Gefühlsantennen automatisch ein. Macht's dir was aus?«

Ich zuckte mit den Achseln. »Ich kann Mentalmuster sehen, schätze also mal, dass ich die Letzte bin, die sich beschweren sollte.«

Sie strich sich eine Strähne ihrer langen, welligen Haare aus dem Gesicht. »Gelb.«

»Wie?«

»Lügen. Kannst du auch Lügen erkennen?«

Ich überlegte kurz. »Bin mir nicht sicher. Ich kann sehen, was Leute denken; wenn sie sich der Lüge bewusst sind, dann würden vermutlich widersprüchliche Gedan-

kenbilder sie verraten. Deine Herangehensweise ist da wesentlich zielgerichteter.«

»Ist das deine einzige Fähigkeit – von der du weißt, meine ich?«

»Nein, ich … ähm … kann Gedanken auch erstarren lassen – das fühlt sich dann so an, als würde kurz die Zeit anhalten.«

Sie überlegte. »Cool. Zusammen mit Yves könntest du da vielleicht noch mehr draus machen. Dass sich Seelenspiegel vervollständigen sollen, stimmt übrigens wirklich. Ich entdecke neue Stärken an mir, seit ich mit Zed zusammenarbeite. Meine telekinetischen Fähigkeiten haben sich enorm verbessert – manchmal schlage ich ihn sogar schon, was ihm natürlich gar nicht gefällt.«

»Telekinese hab ich nie ausprobiert. Du meinst also, ich kann vielleicht noch andere Dinge? In der Community …« Ich brach ab aus Sorge, zu viel Information über mich preiszugeben.

Sky blickte mich ernst an. »Rede ruhig weiter. Ich bin deine Freundin.« Sie seufzte, als sie mein ausdrucksleeres Gesicht sah. »Damit meine ich, dass ich niemandem weitersagen werde, was du mir erzählst, auch nicht Yves.«

Ich hatte noch nie eine richtige Freundin gehabt – eine nette Vorstellung. Trotzdem war ich nach unserer kurzen Unterhaltung noch nicht bereit, auf ihr Angebot einzugehen; dafür war ich zu sehr geprägt von den Gesetzen der Gosse. »Wo ich herkomme, konzentrieren wir uns darauf, unsere Kernfähigkeiten zu entwickeln. Selbst Telepathie wird nicht viel benutzt. Der Seher …«

»Wer ist der Seher?« Sie wickelte sich eine Strähne ihrer hellen Haare um den Finger.

»Unser Anführer. Er benutzt am meisten Telepathie – um uns Befehle zu erteilen. Ich würde nicht noch jemand anders in meinem Kopf haben wollen. Ich glaube, so geht es uns allen.«

»Klingt so, als ob du ihn lieber auch nicht in deinem Kopf haben würdest.«

»Jepp, das stimmt.« Ich versuchte, meine Atmung ruhig zu halten. Schon von ihm zu sprechen, brachte mich an den Rand der Panik.

Sie ließ die Haarsträhne los. »Du weißt, dass er dich nur benutzt, oder? Du hast ein Recht auf Privatsphäre. Mit seiner Stimme in deinen Kopf einzudringen ist genauso übel, als wenn er dich gegen deinen Willen einsperren oder dich schlagen würde.«

Ich lachte kurz auf. »Das kommt auch öfters vor.«

Sie streckte den Arm aus und berührte mich am Handrücken. »Ich weiß genau, wie das ist.«

»Woher denn?«, flüsterte ich. Sie war so perfekt – ein zierliches, feengleiches Geschöpf, hinreißend und bildhübsch; neben ihr fühlte ich mich wie der hässliche Kobold, der sein Leben damit zubrachte, im tiefsten Bodensatz der Menschheit zu wühlen.

»Ich bin nicht so, wie du glaubst, weißt du. Ich bin jahrelang verprügelt und dann irgendwann an einem Rastplatz ausgesetzt worden – mit gebrochenen Knochen, Schrammen, das volle Programm. Ich konnte viele Jahre lang nicht sprechen und hatte sogar meinen Namen vergessen.«

»Was …? Wie …?«

»Ja, das stimmt. Meine Eltern haben mich als Erste gerettet und dann hat Zed den Rest erledigt, zusammen mit seiner Familie. Ich hab immer geglaubt, ich hätte es schwer gehabt, aber jetzt sehe ich, dass ich mehr Glück hatte als du. Wie lange bist du schon auf dich allein gestellt?«

Ihr Verständnis löste einen Schwall an Gefühlen aus. Obwohl mein Verstand mir befahl, keine Schwäche zu zeigen, rannen mir Tränen über die Wangen, tropften aufs Kissen. »Fühlt sich wie eine Ewigkeit an. Mom hat ihr Bestes versucht, aber sie stand unter dem Einfluss des Sehers, genau wie ich. Ich kenne kein anderes Leben, Sky. Ich habe wirklich Angst, dass ich für Yves die Falsche bin – ich werde ihm schaden. Ich bin das reinste Gift.«

Sie rüttelte mich an der Schulter, ein sanfter Tadel. »Quatsch. An dir ist nichts verkehrt. Es ist ein Wunder, dass du dich überhaupt noch so viel um andere kümmerst.«

»Aber Yves …«

»Mach dir wegen ihm keine Sorgen. Er ist eine starke Persönlichkeit und kann prima auf sich allein aufpassen, egal, was seine Brüder auch behaupten. Lass dich von seinem intellektuellen Auftreten bloß nicht täuschen; in ihm drin brodelt's.«

Ich dachte an die Auseinandersetzung in der Tate Modern. »Ich glaube, das hab ich schon live erlebt.«

»Vertrau ihm. Er verdient eine Chance. Und auf den Rest der Familie kannst du auch zählen.«

Ich wollte ihr glauben, obwohl ich noch immer Zweifel hegte, und kuschelte mich lächelnd ans Kopfkissen. »Er ist einfach umwerfend, nicht?«

Sky lachte. »Das sind sie alle – Zed am allermeisten, natürlich.« Das fand ich nicht – ich würde meinem Yves jederzeit den Vorzug geben. »Was allerdings ziemlich anstrengend ist, wenn man zur eifersüchtigen Sorte gehört.«

Ich musste mir ein Grinsen verkneifen, erstaunt, dass mir, so kurz nachdem ich geweint hatte, schon wieder nach Lächeln zumute war. Meine Gefühle spielten total verrückt. »Yves wirkt anziehend auf ältere Frauen – die flirten echt alle mit ihm.«

Sky kicherte. »Oje, das hab ich noch gar nicht gewusst. Das darf ich Zed nicht erzählen, sonst zieht er ihn gnadenlos damit auf. Wie geht er damit um?«

»Er wird total verlegen. Das ist so niedlich.«

»Ja, alle meine Freundinnen finden, dass er … na ja, das willst du vermutlich gar nicht hören. Aber sie meinten – also zumindest diejenigen, die das Glück hatten, mit ihm auszugehen –, dass er der perfekte Gentleman ist.«

Ich war mir nicht sicher, ob er sich mir gegenüber auch so verhielt; anscheinend reizte ich ihn immer viel zu sehr, als dass er gelassen bleiben konnte. »Und zieht Zed auch ältere Frauen an?«

Sie lachte schnaubend. »Nee, die wechseln alle die Straßenseite, wenn sie ihn kommen sehen. Er kann ziemlich beängstigend wirken, wenn er nicht drauf achtet. Schon lustig, denn Yves' Fähigkeiten können im Ver-

gleich zu Zeds sehr viel mehr Schaden anrichten. Unter Umständen sind sie sogar todbringend.«

»Stille Wasser sind tief.«

»Ja, scheint so.« Sie gähnte. »Wollen wir jetzt 'ne Runde schlafen?«

Ich nickte. Ich fühlte mich so ruhig und ausgeglichen wie schon seit Tagen nicht mehr. »Okay.«

»Weck mich um vier, falls du vor mir wach wirst. Ich hab meinen Eltern versprochen, sie anzurufen, wenn ich gut angekommen bin.«

Ich beneidete sie um dieses Netzwerk von Leuten, die sich alle um sie sorgten.

»Brauchst du nicht«, sagte sie leise. Sie hatte meine Gefühle scharfsinnig erraten – oder gelesen. »Wir kümmern uns um dich. Du stehst jetzt nicht mehr allein da.«

Das Gleiche hatte Karla mir auch schon zu verstehen gegeben. Das Problem war, dass es mir schwerfiel, von klein auf eingetrichterte Verhaltensweisen abzulegen. Die erste Lektion, die ich in diesem neuen Leben würde lernen müssen, war, einfach zu akzeptieren, dass an ihrer Behauptung, sie würden sich um mich kümmern, etwas Wahres dran sein könnte.

Als ich ein paar Stunden später aufwachte, schlief Sky noch immer, ihre Atemzüge wie ein leises Wispern, die weich geschwungenen Wimpern berührten ihre blasse Haut. Sie sah aus wie eine Märchenprinzessin, die darauf wartete, dass ihr Prinz sie wachküsste. Ich blickte zum Wecker auf dem Nachttisch. Sie hatte noch ein paar Stunden Zeit, bis sie ihre Eltern anrufen konnte, und so

schlüpfte ich aus dem Bett und tappte barfuß aus dem Schlafzimmer.

Ich spähte durch die offene Tür in Xavs Zimmer und sah Zed, der ausgestreckt auf der Matratze lag, die Arme um ein Kissen geschlungen, so als würde er spüren, dass Sky an seiner Seite fehlte. Vermutlich hatte er die Tür angelehnt gelassen, um zu hören, falls es irgendwelche Probleme in unserem Zimmer gab. Auf mich wirkte dieses normale Level an Misstrauen Fremden gegenüber beruhigend. Er konnte sich nicht sicher sein, dass ich seinem Seelenspiegel nichts tun würde, und ich hielt seine Vorsichtsmaßnahmen für angebracht. Ich schlich auf Zehenspitzen in die Küche, wo Yves, Victor und Xav an ihren Laptops saßen und arbeiteten.

»Hi.« Ich blieb in der Tür stehen, unschlüssig, ob ich willkommen war.

»Phee.« Yves sah ehrlich erfreut aus, mich zu sehen. »Hunger?«

Er förderte einen Teller mit Sandwiches zutage, die er für mich geschmiert hatte. »Die sind alle vegetarisch.«

»Danke.« Ich setzte mich auf den Barhocker neben ihm und schaute ganz bewusst nicht auf die Bildschirme. Je weniger ich von irgendwas wusste, desto besser.

Victor klappte sein Laptop mit einem Klicken zu und schlug einen Notizblock auf. »Würde es dir etwas ausmachen, mir beim Essen etwas über deine Eltern zu erzählen, Phoenix?«

Das Sandwich zerfiel in meinem Mund zu Staub. »Warum?«

»Ich will deine Geburtsurkunde ausfindig machen,

damit wir dir einen Reisepass ausstellen lassen können. Ohne dürfte es verdammt schwer werden, dich außer Landes zu kriegen.«

Yves stieß mich an. »Stimmt irgendwas nicht mit dem Sandwich? Ich kann dir ein anderes machen, wenn du willst. Ich glaube, wir haben sogar auf Skys Wunsch hin so ein abartiges Zeug namens ›Marmite‹ auf Lager.«

Ich schluckte. »Nein, das Sandwich ist gut.« Natürlich brauchten sie Reisedokumente für mich, aber wann war ich eigentlich gefragt worden, ob ich das Land verlassen wollte? »Und hör auf, über Marmite zu lästern – das ist die Speise der Götter.«

»Ja, von merkwürdigen britischen Göttern, die Tee trinken?«

»Ja genau.« Ich angelte mir ein paar Chips aus einer Schale, die in der Mitte des Bartisches stand.

»Dann nehm ich alles zurück.«

»Phoenix?«, meldete sich Victor erneut zu Wort. Er spürte, dass ich ihm auswich.

»Nenn mich bitte Phee. Also gut, ich weiß nur so viel: Ich bin in Newcastle geboren. Meine Mutter hieß Sadie Corrigan. Von meinem Vater weiß ich nichts.« Womit ich meinte, dass ich gar nicht davon wissen wollte. Und wenn nun auf der Geburtsurkunde der Seher als Vater angegeben war? Aber andererseits, ich kannte seinen echten Namen nicht und der Seher hätte ganz bestimmt nicht gewollt, dass sein Name auf einem offiziellen Dokument auftauchte. »Sie hat mir immer erzählt, sie hätte meinen Vater im Griechenlandurlaub kennengelernt. Ein Freund von mir erinnert sich an meine Geburt. Al-

lerdings weiß ich nicht, ob ich in einem Krankenhaus geboren worden bin. Das hab ich ihn nicht gefragt.«

Victor nickte mir aufmunternd zu. »Das reicht schon. Wenn es eine Geburtsurkunde gibt, sollten wir sie mit diesen Informationen ausfindig machen. Wir werden die Sache eingrenzen, indem wir uns den Monat rauspicken, in dem Yves auf die Welt kam. Wenn das keine Ergebnisse bringt, gucke ich mir jeweils den Monat davor und danach an. Zum Glück hast du ja einen sehr seltenen Namen.

»Mhm«, machte ich verhalten.

Yves massierte mir den Nacken. »Du hast nicht gefragt, wie unser Plan aussieht.«

Ich zuckte mit den Achseln. »Ist es nicht besser, wenn ich das nicht weiß?«

Xav nahm sich eine Orange aus der Obstschale, warf sie hoch, ließ sie kurz in der Luft stehen und dann den Tisch umkreisen, bevor er sie wieder auffing. »Du gehörst jetzt dazu, Phee. Wir halten alle auf dem Laufenden.«

»Aber das ist gefährlich. Hat Yves euch das nicht erklärt?«

»Gefährlich lecker«, höhnte Xav. »In unserer Familie essen wir böse Savants zum Frühstück.«

Victor gab ihm einen Klaps auf den Hinterkopf. »Hör auf mit dem Quatsch, Xav. Wie soll sie uns ernst nehmen, wenn du so rumkasperst?«

»Mach dich mal locker, Bruder. Phee weiß, dass ich tief in mir drin die Vernunft in Person bin.«

»Ach ja?«, sagte ich.

Er fing an, die Orange zu pellen. »Brauchst gar nicht so skeptisch zu klingen. Das kratzt an meinem Selbstbewusstsein.«

»Ich glaube, dein Selbstbewusstsein würde nicht mal 'nen Kratzer kriegen, wenn dich ein Laster überfährt.«

Yves umarmte mich. »Ich bin froh, dass du über eine dermaßen gute Menschenkenntnis verfügst. Da hast du ihm nämlich gleich das richtige Etikett verpasst.«

»Jepp, das Etikett an den Fuß, rein in den Kühlraum und dann ab unter die Erde.« Xav fasste sich theatralisch an die Brust und ließ sich vom Stuhl fallen. »Von diesem Rufmord werde ich mich nie wieder erholen.«

Mr Benedict tauchte hinter seinem Sohn in der Tür auf. »Xav, zeigst du dich mal wieder von deiner besten Seite? Ich will mal stark hoffen, dass du dich nicht auf Phoenix' Kosten amüsierst.«

Xav rappelte sich in Windeseile hoch und versuchte, ein gekränktes Gesicht zu machen. Der Versuch scheiterte. »Würde ich so was je tun?«

Seine Brüder schnaubten abfällig.

»Okay, okay, vielleicht ein kleines bisschen. Aber du hättest hören sollen, was sie zu mir gesagt hat.«

Mr Benedict schüttelte lächelnd den Kopf. »Nichts, was du nicht verdient hättest.« Er trat einen Schritt nach vorn, um den Becher mit Kaffee entgegenzunehmen, den Victor ihm eingegossen hatte. »Wie geht's dir, Phoenix? Fühlst du dich ein bisschen erfrischt?«

»Ja, danke«, erwiderte ich schüchtern. Für mich war es merkwürdig, einen Vater mit erwachsenen Söhnen zu sehen. Ich verstand ihr Verhältnis nicht wirklich: Alle

respektierten ihn als Autoritätsperson und brachten ihm doch große Zuneigung entgegen. In Sachen Umgang mit Menschen war Mr Benedict das genaue Gegenteil vom Seher.

»Yves, warum gehst du mit Phoenix nicht ein bisschen spazieren? Derweil kümmern wir uns um ihre Papiere. Vergnügt euch. Lernt euch besser kennen.« Mr Benedict lächelte uns fröhlich an. »Ich sag der Konferenzleitung Bescheid, dass sie nicht mehr mit euch zu rechnen brauchen. Notfall in der Familie.«

Yves reagierte prompt auf diesen Vorschlag. »Das ist eine super Idee. Danke, dass du die Sache in die Hand nimmst, Dad.«

Allmählich dämmerte mir, dass Yves vorhatte, seine Familie zurückzulassen, obwohl noch so vieles in der Schwebe war, noch so viele Bedrohungen im Raum standen.

»Aber …«

»Kein Aber, Phee.« Yves zog mich vom Barhocker herunter. »Ich möchte, dass du dich entspannst und ausnahmsweise mal Spaß hast.«

Victor schob die Hände in die Taschen und zog einen weißen Umschlag heraus. »Hier, bitte.«

Yves hob die Augenbrauen.

»Plätze in der ersten Reihe für *Wicked* – soll ein tolles Musical sein. Ich hab sie eigentlich für mich und meine … ähm … Kollegin von Scotland Yard gekauft. Aber so wie's aussieht, werde ich keine Zeit haben hinzugehen.«

»War das etwa diese dunkelhaarige Gazelle von vorhin?«, murmelte Xav.

Victor zuckte mit den Schultern. »C'est la vie.«

»Unser kleiner Bruder macht unser Liebesleben zunichte, damit er sein eigenes auf die Reihe kriegen kann«, klagte Xav mit einem gutmütigen Grinsen. »Zum Glück bin ich nicht der Einzige, der leiden darf.«

Mr Benedict setzte sich auf meinen frei gewordenen Hocker. »Wenn ihr beide euren Seelenspiegel trefft, werden wir uns für euch auch Arme und Beine ausreißen.«

Xav rekelte sich. »Super. Möchte sehen, wie sich Yves ein Bein ausreißt. Das würde mich für alles entlohnen.«

Mr Benedict blinzelte, als würde er etwas hören, was sonst keiner von uns wahrnehmen konnte. »Ich würde mich auf die Socken machen, wenn ich du wäre, Yves. Deine Mutter ist gerade aufgewacht und ich bezweifle, dass sie euch ohne eine weiteres Kreuzverhör einfach so gehen lassen wird.«

Yves verschränkte seine Finger mit meinen. »Die Botschaft ist angekommen. Bis später dann. Und wartet nicht auf uns.«

»Das werden wir auf alle Fälle«, rief Mr Benedict uns hinterher.

Kapitel 14

Im Foyer des Shakespeare Tower blieb Yves stehen und schaute zur Orientierung in den Londoner Stadtplan. Ich klopfte mit dem Fuß auf den Boden, verärgert, dass die Benedicts erst über meine Zukunft entschieden und dann über meinen Kopf hinweg meinen Nachmittag verplant hatten. Dagegen würde ich etwas unternehmen müssen.

»Du brauchst keine Karte.« Ich schob den Stadtplan zur Seite. »Sag mir einfach, wo du hinwillst.«

Er lächelte und steckte den Plan wieder in die Innentasche seiner Jacke. »Hab ich glatt vergessen – ich bin ja mit einer Einheimischen unterwegs.«

»Ja, mehr oder weniger.« Ich zog den Reißverschluss der braunen Kapuzenjacke hoch, die ich mir von Sky geborgt hatte. Sie passte zu dem T-Shirt, das Yves bei unserer ersten Begegnung getragen hatte: Auf dem Rücken prangte der Aufdruck ›Wrickenridge Wildwasser-Rafting‹.

Ich konnte nicht behaupten, dass ich nach London ge-

hörte, so wie er ganz offensichtlich nach Wrickenridge, dieser kleinen Stadt in Colorado, aber ich kannte mich gut aus. Wenigstens hier würde ich sagen, wo's langging.

Er warf einen Blick auf die Tickets. »Okay, dann wollen wir doch mal sehen, wie gut du Bescheid weißt. Zum Apollo Theatre?«

Ich hatte an so manchen Abenden rund um den Bahnhof Victoria Station die Taschen der ankommenden Theaterbesucher geleert. Ich fragte mich, ob ihm eigentlich klar war, wie ich mir meine Ortskenntnisse angeeignet hatte.

Er öffnete die Eingangstür für mich und ließ mich mit einer scherzhaften Verbeugung als Erste hindurchgehen. »Ich dachte mir, dass wir zuerst in Piccadilly einen Happen essen gehen, aber jetzt hast du mich wohl in der Hand.« Irgendwie klang diese Bemerkung ziemlich kokett.

»Ach wirklich?« Ich blieb stehen und wackelte mit meinen Fingern. »Vertraust du mir denn?«

Er umfasste mein Handgelenk und hob meine Hand an seine Lippen, lachend drängte er mich an die Hauswand. »Oh ja.« Sein Mund streifte zärtlich jeden meiner Finger und mir liefen Schauer die Arme hinab und von dort in jeden einzelnen Nerv in meinem Körper.

»Yves …« Er berührte nur meine Fingerspitzen und ich zerfloss förmlich.

»Mhm?« Sein Atem kitzelte auf meiner Haut. Er drehte meine Hand um und liebkoste die Handfläche.

»Solltest du … das da tun?«

»Aber hallo!« Er wanderte von meiner Hand meinen

Arm hinauf und drückte mir einen Kuss aufs Kinn. »Ich kann dich nicht küssen, wenn alle meine Brüder dabei sind, also muss ich es hier machen. Ich sehne mich schon seit Stunden danach, dich zu berühren – dieses Gefühl hat mich fast umgebracht.«

»Mich berühren?« Meine Stimme war bloß noch ein Piepsen.

»Mhm. Du hast die ganze Zeit eine kleine Knitterfalte zwischen den Augenbrauen, wusstest du das?« Sein Daumen fuhr über die Stelle. »Ein sicheres Zeichen, dass du dir wegen irgendwas Sorgen machst. Ich wollte es wegküssen.«

Meine Kehle war wie zugeschnürt. »Als gäb's keine triftigen Gründe für meine Sorgen.«

»Aber nicht jetzt. Nicht hier.« Er bewegte sich weiter hinauf und fand meinen Mund. »Du hast einen Tag frei vom Sorgenmachen.«

Mit seinen Lippen auf meinen konnte ich an nichts anderes mehr denken als an meinen Seelenspiegel, der mich zärtlich umarmte und küsste. Ich wollte nicht darüber nachdenken, was passieren würde, wenn uns die Realität einholte.

Hände wanderten von meinen Schulterblättern nach unten zu meiner Taille.

Ich schob mich ein Stück von ihm weg, um meinen Kopf an seine Brust zu legen. »Das ist der Wahnsinn.«

»Sind meine Küsse dermaßen gut, ja.«

»Nein.«

»Wie?«

Ups, so sollte das natürlich nicht rüberkommen. Er

konnte ja nicht wissen, dass ich das Gefühl gemeint hatte, umarmt zu werden, etwas, was ich so viele Jahre hatte entbehren müssen. »Natürlich sind deine Küsse der Wahnsinn.«

Er vergrub sich schmollend in meinem Haar. »Sag mir, dass ich der beste Küsser bin, den du kennst, und mein lädiertes Selbstbewusstsein erholt sich vielleicht.«

Ich streichelte ihm tröstend über den Rücken. »Das bist du. Du bist der einzige Junge, den ich bisher geküsst habe.«

»Echt? Sind die englischen Jungs blind?« Er zog mich ganz dicht an sich heran.

»Ich glaube nicht. Ich habe bisher nur keine netten kennengelernt und von den üblen hab ich mich ferngehalten. Der Seher lässt Jungs nicht in meine Nähe kommen – jedenfalls keine, die ihm missfallen.«

»Ich könnte also total mies im Küssen sein und du würdest noch nicht mal den Unterschied bemerken?«

»Oh doch, das würde ich, glaub mir. Küsse wie deine müssten verboten werden.«

»Stimmt. Dann lass uns das Gesetz brechen.« Er hob mein Kinn an, um eine weitere Straftat zu begehen.

Schließlich lösten wir uns voneinander, hielten uns locker in den Armen.

»Also, wollen wir den ganzen Tag hier rumstehen?«, fragte ich sein Brustbein.

»Jepp.« Seine Hände zerwühlten mein Haar, bis es nach allen Seiten abstand. »Von mir aus. Wer will schon ein langweiliges preisgekröntes Musical sehen?«

Ich will mal so sagen …

»Ähm … ich?« Ich war noch nie in einem Theater gewesen. Der Gedanke, tatsächlich einen Auftritt live und in Farbe zu sehen, erfüllte mich mit einer gewissen Vorfreude.

Er stöhnte. »Ich auch. Dann komm. Aber die Küsserei ist nur auf später verschoben.«

»Okay. Abgemacht.«

Sobald wir in der U-Bahn saßen, wurden wir vom Strudel des Stadtlebens mitgerissen. Wir stiegen Piccadilly aus und strömten zusammen mit der Menge die Rolltreppe rauf und hinaus auf den Platz mit der kultigen Erosstatue, die umgeben war von mit grellen Leuchtreklamen zugepflasterten Gebäuden. Yves bestand darauf, dass wir kurz anhielten, um dem bogenschießenden Gott unsere Ehre zu erweisen. Wir umkreisten den Sockel, bis wir unmittelbar in der Schusslinie standen. Mit einem Zwinkern in meine Richtung tat Yves so, als wäre er ins Herz getroffen.

»Na los, jetzt du.« Er wartete darauf, dass ich es ihm gleichtat.

Ich blickte nervös über meine Schulter, nicht sonderlich glücklich darüber, dass ich beim romantischen Herumalbern in der Öffentlichkeit gesehen würde. »Ist das so was wie 'n alter Brauch, oder wie?«

Seine Augen glitzerten. »Ab heute schon.«

Rasch schlug ich mir eine Hand an die Brust. »Zufrieden?« Ich fühlte mich total dämlich.

Er verschränkte die Arme. »Nein.«

Wir zogen die Aufmerksamkeit der auf den Stufen sitzenden Touristen auf uns. Ein koreanisches Pärchen hat-

te ein paar Schnappschüsse von Yves gemacht, wie er mit einem vermeintlichen Pfeil in der Brust theatralisch umherschwankte. Sie schienen von meiner jämmerlichen Vorstellung ziemlich enttäuscht zu sein.

»Können wir jetzt endlich gehen?«

»Nicht bis du die Liebespfeil-Nummer überzeugend rübergebracht hast.« Er beugte sich zu mir. »Die Kraft seiner Pfeile ist nichts im Vergleich zu der Kraft, ein Seelenspiegel zu sein.«

Mir ging auf, dass ich erst von hier wegkäme, wenn ich mich komplett zum Affen gemacht hätte, und so legte ich mich mächtig ins Zeug, wirbelte vom Pfeil getroffen herum, torkelte und brach schließlich in Yves' Armen zusammen. Die Zuschauer applaudierten.

»Und jetzt?«

Er legte mir den Arm um die Schultern. »Genial. Besser als ich.« Er zögerte. »Soll ich's vielleicht noch mal machen?«

Ich zog ihn mit mir. »Nein, du Dulli. Lass uns vor der Vorstellung lieber noch was essen.«

»Was soll denn bitte ein Dulli sein?«

»Schlag's im Wörterbuch nach und du findest ein Bild von dir.«

»Autsch.«

Ich grinste, aber insgeheim fragte ich mich, ob er mir mit dem Pfeilrumgealber irgendetwas hatte sagen wollen oder nicht. Ich wusste, dass ich in ihn verknallt war, allerdings ging ich nicht davon aus, dass auch er solche tiefen Gefühle für mich hegte. Mir war klar, dass aufgrund der Seelenspiegel-Verbindung unsere körperliche

Anziehung zueinander stärker ausgeprägt war als bei normalen Pärchen, aber solche vorprogrammierten Instinkte waren nicht mit Liebe gleichzusetzen. Am meisten fürchtete ich, dass er nur so tat, als würde er mich mögen, weil er wusste, dass wir auf Gedeih und Verderb zusammengeschweißt waren, und er einfach zu höflich war, um mich zu verletzen. Ich könnte es nicht ertragen, wenn er seine Gefühle für mich nur vortäuschen würde.

Ich wand mich das ganze Abendessen hindurch in Selbstqualen, bis wir am Theatereingang standen. Mit Erleichterung stellte ich fest, dass Yves und ich, obwohl sich ein paar Leute ziemlich aufgebrezelt hatten, in unseren Freizeitklamotten nicht unangenehm auffielen, auch nicht auf den teuren Plätzen. Der Platzanweiser winkte uns durch und ein anderer Mitarbeiter köderte Yves, dass er einen Fünfer für ein Programmheft voller Werbeanzeigen lockermachte.

»Die sollten dir was dafür bezahlen, dass du das liest«, zischte ich, als wir unsere Plätze einnahmen.

Er verkniff sich einen Kommentar zu meiner Geizhals-Einstellung und beschränkte sich darauf, die Augen zu verdrehen.

»Aber für einen Fünfer kann man eine Menge kaufen.« Ich verschränkte trotzig die Arme und kam mir total minderwertig vor. Ich hatte das Gefühl, einer von diesen Schrottpreisen zu sein, die Kinder beim Büchsenwerfen auf dem Rummel gewinnen und die bereits nach fünf Minuten kaputtgehen, im Gegensatz zu den exklusiven handgefertigten Stücken, die in Hamley's Spielwarenladen verkauft wurden. Ein Mädchen zwei Plätze weiter

hatte ihren Ledermantel abgelegt und darunter kam ein eng anliegendes rotes Etuikleid zum Vorschein, kombiniert mit umwerfenden Nicole-Farhi-Schuhen mit hohen Absätzen. Sie beäugte Yves und warf ihre Haare auf diese verführerische Weise in den Nacken, die ich noch nie ausprobiert hatte und die ich wahrscheinlich auch nie so hinkriegen würde. Ich starrte sie feindselig an, nur halbwegs beruhigt, dass Yves sie noch gar nicht bemerkt hatte, weil er die Besetzungsliste studierte. Ich empfand es als Kränkung, dass sie mich offenbar als so unbedeutend einstufte, mich nicht mal als Konkurrenz anzusehen.

»Ich habe das Buch gelesen und kann mir gar nicht vorstellen, dass man das als Musical umsetzt«, sagte Yves zu mir und blätterte durchs Programmheft.

»Wie?« Ich riss meinen Blick von der Rivalin los. Sie zählte eindeutig zu der Sorte ›Diamant-Barbies‹.

»*Wicked*. Das ist eine Neuerzählung von *Der Zauberer von* Oz aus der Perspektive der bösen Hexe des Westens, eine Art Vorgeschichte sozusagen.«

Und die hatte mein kleines Genie natürlich gelesen, so wie jedes andere bedeutende Buch auf diesem Planeten, kein Zweifel.

»Oh.« Selbst ich mit meiner zerrütteten Kindheit kannte die Geschichte – Dorothy, die gelb gepflasterte Straße und die roten Schuhe. Ich hatte sogar die Originalgeschichten von L. Frank Baum gelesen, dank meiner Angewohnheit, mich in Bibliotheken zu verschanzen. »Gibt's da überhaupt eine andere Seite, die erzählt werden kann?«

Er legte seinen Arm auf die Rückenlehne meines Sitzes und ließ ihn bis auf meine Schultern hinuntergleiten. Ich hob eine Augenbraue, woraufhin er den Kopf zurückwarf und lachte. »Geschickt, oder?«

»Ich würde es nicht gerade geschickt nennen. Versuch's mal mit plump.« Ich zwickte ihn in den Daumen.

Das brachte ihn nur noch mehr zum Lachen. Ich konnte sehen, wie die Diamantpuppe sich grämte. Vermutlich fragte sie sich, warum so ein netter Kerl mit einem dermaßen bissigen Mädchen abhing.

Yves zerwühlte mein Haar. »Frech bist du, das mag ich an dir.«

Mein nächster fieser Kommentar wurde von dem ausgehenden Saallicht zunichtegemacht. Yves drückte mir sanft den Unterarm und lehnte sich zu mir herüber.

»Genieß es einfach«, flüsterte er. »Von jetzt an wird alles gut.«

Die Vorstellung war um zehn zu Ende und wir traten hinaus auf die Straße, als die Dunkelheit gerade den Himmel verschluckte und in den Seitengassen den letzten Rest Licht ausknipste. Auf den Hauptverkehrsstraßen hielten die Neonlichter die Nacht in Schach und ich konnte kaum glauben, wie schnell die Zeit verflogen war. Die Regenbogenfarben der Szenenbilder und Kostüme, Orchestermusik, Schauspieler, nur wenige Meter von mir entfernt: Alles war atemberaubend gewesen. Ich hatte die ganze Zeit auf der äußersten Kante meines Sitzes gesessen, jede Kleinigkeit der Vorstellung in mich aufgesogen. Ich hatte angesichts des Unrechts, das

der bösen Hexe widerfahren war, am liebsten losheulen wollen; sie hatte nie eine Chance gehabt in einer Welt, wo rosige Haut und blondes Haar das Schönheitsideal waren. Wir Proleten kamen gegen die Diamant-Barbies einfach nicht an.

Zum Frustabbau brauchte ich Bewegung und marschierte die Victoria Street hinunter, in Richtung des hell erleuchteten Big Ben; ich war immer noch außer mir, wollte gegen die Ungerechtigkeit des Lebens auf die Barrikaden gehen, genau wie die Hexe es versucht hatte. Yves musste rennen, um mich einzuholen, denn ich war schon vorneweg gelaufen, als er noch stehen geblieben war, um ein paar freundliche Worte mit dem Platzanweiser zu wechseln.

»Phee, warte!« Er bekam mich hinten an der Jacke zu fassen. »Was ist denn los? Ich fand die Show klasse, du nicht?«

»Ja, sie war super. Aber ich bin stinksauer, wie es am Ende ausgegangen ist.«

Er drückte mich an sich. »Das Leben ist ungerecht, sogar in Märchen.«

»Ich will einfach nur hingehen und dem Zauberer eine reinhauen.«

Yves biss sich auf die Lippe, amüsiert über meinen Ärger auf eine fiktionale Figur. »Ich weiß, was du meinst.«

»Grün zu sein und von der Welt missverstanden zu werden ist etwas, was ich gut nachvollziehen kann – also nicht das Grünsein.« Ich könnte und würde es nicht ertragen, wenn Yves mich jetzt auslachte, obwohl ein Teil von mir genau wusste, dass ich mich total albern auf-

führte. »Ich meine, ich weiß, wie's ist, ein Außenseiter zu sein.«

Er nickte und sah tapfer davon ab, sich über meinen Wutanfall lustig zu machen. Er hatte nicht begriffen, dass sich das, was ich auf der Bühne gesehen hatte, mit meinen Selbstzweifeln und Ängsten verflochten hatte wie Efeu, der sich um eine bröckelnde Mauer wand. Wenn er daran zog, indem er spottete, würde womöglich alles über ihm zusammenstürzen.

»Sie hat versucht, das Richtige zu tun, aber das Richtige stellte sich als das Falsche heraus«, fuhr ich fort und dachte prompt an meine eigene Situation. Ich hatte versucht, jemanden, den ich liebte, zu schützen, und dabei eine ganze Familie unschuldiger Fremder in Gefahr gebracht.

Yves hielt mich vor einem kleinen Café an. »Phee, du wirkst ziemlich aufgebracht für jemanden, der eigentlich einen lustigen Abend im Musical verbringen wollte. Ich glaube, du solltest das Ganze nicht so furchtbar ernst nehmen. Wie wär's mit einer Tasse heißer Schokolade zur Beruhigung? Sky sagt, ihr hilft das immer.«

Ich schüttelte seine Hand ab, er ließ mir mit diesem Tamtam, das er um mich machte, und seinen gut gemeinten Ratschlägen keine Luft zum Atmen. Ich wollte keinen Kakao oder mich beruhigen, wenn ich das unbändige Verlangen verspürte, laut zu schreien und einen Stein ins nächstbeste Fenster zu pfeffern. Yves konnte von Glück sprechen, dass weder der Seher noch einer der Savants von gestern Abend in der Nähe waren, oder ich hätte uns beide in den Knast gebracht. »Nein danke.

Ich will mich nicht beruhigen. Ich will …« Mein Atem kam in kurzen schmerzvollen Stößen. »Ich will verstanden werden!«

Yves nahm beide Hände hoch und trat einen Schritt zurück, ein Löwenbändiger, der den ausholenden Tatzen der widerspenstigen Raubkatze auswich. »Okay. Okay. Darf ich dich vielleicht an einem anderen, weniger öffentlichen Ort verstehen?«

»Mir egal, was andere Leute denken.«

»Ja, vielleicht, aber ich würde sehr gern von der Straße runterkommen.«

Wir zogen die neugierigen Blicke der Nachtschwärmer auf uns, die unsere Auseinandersetzung mitverfolgten – eine einseitige Debatte, denn Yves stand einfach nur da und ließ mich Gift und Galle über ihn ausschütten.

Er verzog kurz das Gesicht, ließ sich aber nicht aus der Reserve locken. »Phee, bitte.«

Ich warf einen Arm nach vorne. »Warum lässt du mich das machen? Ich habe dich gerade beschimpft, und statt wie jeder andere Mensch sauer zu werden und mir zu sagen, dass ich eine dumme Kuh bin, stehst du einfach bloß da wie … Nelson Mandela.«

Er fuhr sich einigermaßen verwirrt mit der Hand durchs Haar. »Du willst … dass ich mit dir streite? Ich hab gedacht, du wolltest, dass ich dich verstehe?«

Im Moment konnte er einfach nichts richtig machen. »Was du da machst, ist nicht, mich zu verstehen. Du erträgst mich. Bemitleidest mich. Wie ich das hasse!«

»Okay. Mhm … hör mal, lass uns irgendwo anders darüber reden.«

Ich ballte meine Hände zu Fäusten, verlockt zuzuschlagen, doch ich wusste, dass ich in Wahrheit mich selbst bestrafen wollte.

Yves' Telefon klingelte. Er holte es hervor und ging ran. »Ja, es ist vorbei. Es war … toll. Danke für die Tickets.« Er warf mir einen Blick zu. »Ich glaube, es hat ihr gefallen. Mhm, mhm. Hat er? Okay. Ja, ich hab verstanden. Bis dann.« Er steckte das Telefon wieder in seine Jackentasche.

Ich verschränkte meine Arme und versuchte, mich aus meiner Stimmung herauszureißen, so wie jemand, der seine Füße aus einer klebrigen Teerlache befreien will. »Einer deiner Brüder, der horcht, wie's uns geht?«, fragte ich lässig.

»Äh, ja.« Er sah über seine Schulter hinweg zu dem Café hinter uns. »Ich brauch jetzt was zu trinken. Komm mit, wenn dir danach ist.«

Er trat ein und stellte sich in die Warteschlange an der Kasse an, seine Haltung verriet, dass er angespannt und gestresst war. Seine neue Taktik funktionierte und ich dackelte ihm hinterher. Wo sollte ich sonst auch hin?

»Was willst du?«, fragte er.

»Irgendwas Entkoffeiniertes.« Ich war so schon aufgedreht genug und brauchte nichts, was mich noch weiter pushte.

Er bestellte zwei entkoffeinierte Latte macchiato und schlug vor, dass ich schon mal einen Platz aussuchte. Ich setzte mich an einen Tisch ganz hinten im Laden, in einer dunklen Nische, wo ich schmollen konnte. Himmel, war ich ätzend! Er hatte versucht, mir einen schönen Abend zu bereiten, und ich machte alles mit einem chaotischen emotionalen Sturmlauf zunichte.

Die Bank quietschte, als er sich hinsetzte. Er schob mir das große Glas herüber, ein Friedensangebot.

»Danke.« Ich fuhr mit den Fingern über die warme glatte Oberfläche.

»Ich sollte dich warnen, Zed hat dich weglaufen sehen. Vic hat mich angerufen, um mir zu sagen, dass ich mich nicht wie ein Idiot verhalten soll.«

»Es war nicht deine Schuld.« Ich konnte ihm nicht in die Augen schauen. »Tut mir leid. Ich bin aus der Haut gefahren.«

»Die Show ist nicht real, weißt du.«

Wusch! Meine Wut entzündete sich an diesem Funken. »Natürlich weiß ich das! Ich bin ja nicht blöd!«

»Ich wünschte, wir hätten stattdessen *Das Phantom der Oper* gesehen«, sagte er trübsinnig.

Ruhig Blut, Phee. »Aber obwohl *Wicked* nur eine ausgedachte Geschichte ist, entspricht sie doch der Realität – zumindest meiner. Gute Absichten sind für den Arsch.« Dann stürzte ich mich Hals über Kopf auf die Sache, die mir eigentlich zu schaffen machte. »Du musst es mir sagen: Wirst du deine Familie und das Savant-Netzwerk hintergehen? Ich halte diese Ungewissheit nicht aus!«

Seine Hände krümmten sich um sein Glas, die Fingerkuppen wurden weiß. »Du musst mir vertrauen.«

Er drückte sich noch immer vor einer direkten Antwort. »Ich kann mir einfach nicht vorstellen, dass du das tun wirst. Darum frage ich mich, was übermorgen

passieren wird. Ich will ihnen nicht wehtun. Du kannst mich nicht zurück in eure Wohnung bringen.« Ich zerknüllte das Zuckertütchen und verstreute die braunen Körnchen auf dem Tisch. »Das kannst du ihnen nicht antun. Und mir auch nicht.«

»Wenn du mir nicht vertrauen kannst, dann vertrau wenigstens meiner Familie, dass alle das tun, was sie am besten können.«

Ich stupste die Zuckerkörner mit dem Zeigefinger an. »Und das wäre?«

»Auf sich aufpassen – und auf uns.«

Er schnallte es immer noch nicht. »Aber das ist doch genau ihr wunder Punkt. Sie haben keine Ahnung, dass du eine Schlange mit in ihr Nest gebracht hast. Ich will nicht nach ihnen schnappen und zubeißen, aber genau das wird passieren und das weißt du. Du hast dem Seher gesagt, dass du dich an eure Abmachung halten wirst, aber das kannst du nicht … das ist unmöglich. Ich werde nicht zulassen, dass du sie hintergehst.«

Er nahm einen Schluck von seiner Latte und unterdrückte eine reflexhafte Retourkutsche auf meine Verbalattacke. »Du weißt nicht, was ich tun kann – was meine Familie tun kann.«

Ich holte tief Luft, denn mir wurde klar, dass ich den Moment, an dem ich ihn verlassen musste, nur vor mir hergeschoben hatte. Wenn ich ihn wirklich liebte – und jetzt wusste ich, dass ich es tat –, musste ich ihm die Entscheidung abnehmen.

»Nein, tue ich nicht. Aber ich weiß, was dir diese Männer antun können, wenn sie dich erst mal in die Finger

kriegen. Du meinst, du hast ein Sicherheitsnetz – eine liebende Familie, dein Zuhause in den Staaten –, aber sie sind überall, deine Feinde. Sie werden dir alles wegnehmen, sie reißen der Blume jedes einzelne Blütenblatt aus. Du läufst direkt in eine Falle.«

»Mit offenen Augen.«

»Offen oder zu, scheißegal.« Ich rutschte ans Ende der Sitzbank. »Hör mal, ich weiß, dass du glaubst, irgendeine clevere Lösung in petto zu haben, aber das ist ein Irrtum. Ich bin darauf geeicht worden, deiner Familie wehzutun und dann in die Community zurückzukehren – ich bin die Waffe, die die Bösewichte gegen dich richten. Ihr wolltet über meine Zukunft entscheiden – über meinen Kopf hinweg, wohlgemerkt, glaub nicht, ich hätte das nicht mitgekriegt.« Er sah ein bisschen betreten aus, als ihm aufging, dass ich nicht ganz unrecht hatte, was mir noch mehr Raum gab, meine Rede zu Ende zu bringen. »Ich habe versucht, das Offensichtliche zu ignorieren. Du kannst so viele Pläne machen, wie du willst, aber ich kann nicht bei dir bleiben. Sieh mich an – ich bin eine Diebin, Yves. Und es gefällt mir sogar.« Ich bemerkte, dass er darüber leicht schockiert war. Er hatte sich die ganze Zeit eingeredet, dass ich eher Opfer und nicht Verbrecherin war.

»Aber du hast die Sachen nie für dich behalten – du hast es getan, weil du musstest.«

»Ja, ja, rede dir das nur hübsch weiter ein, mein Schatz. Aber ich bin kein guter Mensch. Mir gefällt die Klauerei, weil es die einzige Sache ist, in der ich verdammt gut bin. In allen anderen bin ich mies, einschließlich Lie-

besbeziehungen.« Ich spürte, wie etwas in mir zerbrach. »Ach, was bringt das Ganze? Es war … toll, dich kennenzulernen. Ich sollte jetzt besser los.«

Ich war gerade zur Tür raus, als er mich einholte.

»Wieder weglaufen? Ich dachte, das hätten wir hinter uns.« Seine Stimme klang schneidend. Verletzt.

»Ja, na ja, vielleicht war ja meine erste Reaktion die richtige gewesen.« Ich marschierte weiter, ging die Straße hinauf, die zum Trafalgar Square führte. Er folgte mir noch immer. Ich schlängelte mich durch die Menschen hindurch, die um die Brunnen herumstanden, überquerte auf Höhe der National Gallery die Straße und bog in The Strand ein. Ich konnte hören, dass er mit mir Schritt hielt, aber er unternahm keinen Versuch, mich anzuhalten.

»Lady, wollen Sie die Speisekarte sehen?« Ein Kellner, der dafür bezahlt wurde, Gäste ins Restaurant zu locken, stellte sich mir in den Weg.

Ich zog den Kopf ein. »Nein, danke.« Und stampfte wieder los. Yves dackelte mir weiter hinterher.

In meinem Versuch, ihn abzuschütteln, sprang ich in den nächstbesten Bus, gerade als sich die Türen schlossen. Er warf seine Schulter in den Spalt und schaffte es noch hinter mir hinein.

»Brauchst du ’nen Fahrschein?«, fragte der Fahrer und klopfte auf den Fahrscheinautomaten.

»Ja bitte.« Ich hatte nicht den blassesten Schimmer, wo der Bus hinfuhr. »Was ist die nächste Haltestelle?«

Er sah mich schief von der Seite an. »Embankment.«

»Ja, das ist gut.« Ich kramte in meiner Tasche nach Kleingeld.

»Nicht notwendig. Sie hat eine Tageskarte.« Yves zeigte die U-Bahn-Karten, die wir vorhin gekauft hatten.

Der Fahrer beschloss, nicht zu fragen, warum ich meinem hilfsbereiten Begleiter einen Mörderblick zuwarf. Er schüttelte den Kopf und fuhr los.

Ich ließ mich auf einen Sitz in der Nähe der hinteren Tür fallen. Yves setzte sich in die Reihe dahinter.

»Das ist so was von dämlich«, murmelte ich vor mich hin.

»Stimmt. Zum Glück fällt's dir auch auf.« Yves streichelte meine Schulter, aber ich stand auf, sodass ich außer Reichweite für ihn war. Der Bus machte einen Schwenk in Richtung Embankment und ich drückte den Halterufknopf. Die Türen zischten auf und ich sprang nach draußen, Yves mir auf den Fersen. Am liebsten hätte ich meinen Frust laut herausgeschrien und rannte im Selbstmördersprint über die stark befahrene Straße auf die andere Seite, die die Themse überblickte. Mit dem alten Obelisken neben mir und dem Bahnhof Waterloo gegenüber war das hier ein trubeliger Uferabschnitt; Restaurantboote wühlten das dunkle Wasser auf, mit ihren hinter Glas sitzenden Gästen sahen sie aus wie durchsichtige Krokodile, die mit ihrer letzten Mahlzeit im Magen – Nachtschwärmer, die nicht bemerkt hatten, dass sie am Stück verschluckt worden waren – träge vorbeischwammen.

Ich ging ganz nach ans Ufer heran und sprang auf die Brüstung.

»Phee, was machst du da?«, rief Yves erschrocken. Endlich hatte er kapiert, dass ich es ernst meinte.

»Ich treffe eine Entscheidung. Wenn du nicht weggehst, springe ich.« Ich lugte über das Geländer. Ich hatte nicht vor, mich umzubringen, war aber auch nicht erpicht auf ein Bad in der schlammigen Brühe da unten. Ich wollte bloß erreichen, dass er mich in Ruhe ließ.

»Komm da runter!«

»Wenn du gehst.«

Leise fluchend blickte Yves zur Seite, dann warf er die Hände hoch. »Okay, du hast gewonnen. Ich gehe. Ich wünsch dir noch ein schönes Leben.« Und dann machte er auf dem Absatz kehrt, stiefelte zur U-Bahn-Station und verschwand darin.

Mein überraschender Sieg schockierte mich. Das war alles gewesen? Er warf dermaßen schnell das Handtuch? Ich hatte bekommen, was ich wollte – keine Frage –, aber er hatte auch keine großen Überredungskünste darauf verwendet, dass ich bei ihm blieb.

Ich kam mir blöd vor, wie ich da oben auf dem Geländer hockte, und hüpfte hinunter. Ich setzte mich auf die Stufen des Obelisken und zog mir die Knie an die Brust.

Warum fühlte sich dieser Sieg so verdammt nach einer Niederlage an?

Kapitel 15

Donner krachte über der Tower Bridge. Sturmwolken zogen auf und es fing an zu regnen. Kein leises, damenhaftes Weinen, sondern ein großes, tränenreiches Heulen vom Himmel; ein Weinen ohne den Gedanken daran, wie man aussah, mit von Rotz triefender Nase, den Mund geöffnet zu einem kummervollen ›O‹. Ich wusste, wie sich das anfühlte. Ich war in wenigen Minuten komplett durchnässt. Als ich aufstand, quatschte das Wasser in meinen Schuhen. Ich schlang mir die Arme um den zitternden Körper und schloss die Augen. Mein Hirn war wie zu Eis erstarrt und ich konnte nicht darüber nachdenken, was ich als Nächstes tun sollte.

Arme umfingen mich und pressten mich an eine heiße nasse Brust. »Wie kannst du nur glauben, dass ich weggehen würde?«, sagte er verbittert.

»Yves.« Die Leere füllte sich mit einem Schlag; Widerworte verwandelten sich in einen Glücksschrei.

»Ich hab dich da sitzen sehen. Du hast echt geglaubt, ich wäre fortgegangen. Du hast nicht mal genug Ver-

trauen in mich gehabt, um ein zweites Mal hinzusehen, was?« Er hatte jede Menge Wut angestaut und ließ jetzt ordentlich Dampf ab. »Und dich da auf die Brüstung zu stellen und mir damit zu drohen, ins Wasser zu springen … ich fass es nicht, dass du so was mit mir abziehst!«

»Es tut …«

»Ich will's gar nicht hören. Jedes Mal, wenn du den Mund aufmachst, sagst du irgendwas Dummes, das mich wütend macht, darum werde ich dich einfach am Reden hindern.« Seine Lippen trafen auf meine in einem heißen, schmerzvollen Kuss, der nach Wut und Verzweiflung schmeckte. Feuerwerkskörper explodierten hinter meinen geschlossenen Augen, Funkenstöße in meiner Magengrube. Er hob den Kopf, um Atem zu holen. »Sag nie wieder, dass wir nicht zusammengehören«, warnte er mich. »Wir haben das hier – und noch so viel mehr. Ich lasse dich das nicht einfach so wegwerfen.«

Bitte, lass es mich nicht wegwerfen, hallte es in meinem Kopf. Ich drückte ihm mein Ohr an die Brust, suchte nach dem tröstlichen Rhythmus seines Herzschlags.

»Ich hab versprochen, dass ich die Sache regeln werde, und du musst mich Wort halten lassen. Du musst ein Mal in deinem Leben Hilfe annehmen und jemandem vertrauen«, flüsterte er mit Nachdruck in der Stimme. »Ich habe die Information, die der Seher verlangt, bereits auf einen USB-Stick gespeichert. Wir gehen übermorgen zusammen zu diesem Treffen. Selbst wenn du jetzt noch weglaufen solltest, müssen wir beide dort sein, das weißt du doch!«

Ich nickte.

»Keiner wird zu Schaden kommen, wenn du dich an meinen Plan hältst. Das verspreche ich dir.«

»Aber sie werden diese Informationen dazu benutzen, euer Netzwerk der Guten zu zerschlagen.«

»Du glaubst, dass das Savant-Netzwerk Angriffen schutzlos ausgeliefert ist. Wir sind keine Neulinge in diesem Spiel, Phee. Wir haben schon seit einer ganzen Weile mit diesen Typen zu tun.«

»Aber der Seher versucht, dich zu einem von ihnen zu machen. Er wird dich dazu bringen, eure Schutzmaßnahmen aufzuweichen.« Er zuckte mit den Achseln. »Wenn sich einer von uns auf der dunklen Seite bewegt, wird das nicht das ganze Netz zunichtemachen. Dafür ist es viel zu groß.«

»Aber ich habe Angst um dich.«

Er fröstelte und rubbelte mir mit der Handfläche über den Rücken, in dem Versuch, von der Tatsache abzulenken, dass er mir keine klare Antwort gab. »Du bist klatschnass.«

»Genau wie du.«

»Lass uns nach Hause gehen.«

Ich rührte mich nicht vom Fleck. »Keiner wird zu Schaden kommen? Wie willst du dieses Quadrat zu einem Kreis machen?«

Er legte einen Finger unter mein Kinn und hob mein Gesicht zu sich hoch, sodass wir uns in die Augen sahen, und wischte mir den Regen von den Wangen. »Dein Seelenspiegel ist ein Genie. Hat Sky dir das nicht erzählt? Ich kriege die Quadratur des Kreises im Schlaf hin.«

Ich seufzte. Er würde und konnte mich nicht in seine

Pläne einweihen, wie er den Verrat an seiner Familie mit seinem aufrechten Charakter in Einklang bringen wollte. Er hatte noch irgendein Ass im Ärmel; ich musste einfach darauf vertrauen, dass es ausreichen würde, uns beide aus diesem Schlamassel herausholen. Und doch konnte ich nicht vergessen, was sein eigener Vater gesagt hatte: Yves' Entscheidung, bei mir zu bleiben, hatte ihn zur Bedrohung werden lassen. Sogar Genies unterlagen Irrtümern – man sehe sich nur an, welchen Friseur sich Einstein ausgesucht hatte. Aber was konnte ich tun? Ich war jetzt in dieser Gondel angeschnallt und fertig zur Achterbahnfahrt. »Okay.«

Er zog eine Augenbraue hoch. »Okay was?«

»Lass uns nach Hause gehen.« Ich wich vor ihm zurück und nieste. »Schnell. Ich friere.« Er schaute zur Straße auf den Strom vorbeifahrender Autos und reckte den Arm in die Höhe.

»Nicht schon wieder ein Taxi!«, stöhnte ich, als ein schwarzes Auto am Bordstein hielt. »Wir haben doch die Tagestickets.«

Yves hielt mir zwei durchweichte Pappkarten hin. »Wir hatten Tagestickets. Und wenn du glaubst, ich fahre mit dir in diesen nassen Klamotten U-Bahn, damit all die Besoffenen Stielaugen kriegen, dann hast du dich getäuscht.«

Oh. Ich verschränkte die Arme vor der Brust. »Guter Einwand. Taxi ist 'ne tolle Idee.«

Frierend, bibbernd, aber durch unser stürmisches Zusammentreffen am Ufer irgendwie geläutert, kauerte ich mich auf die Rückbank, Yves' Arme umschlangen mich

und ich schmiegte mich an seine Brust. Allmählich begann ich zu glauben, dass er mich tatsächlich nie wieder gehen lassen würde, auch nicht, wenn das bedeutete, dass wir gemeinsam in den Abgrund stürzten.

Am nächsten Morgen bestanden Karla und Sky darauf, mit mir Klamotten shoppen zu gehen. Meine nasse Jeans musste eine Runde in der Waschmaschine drehen und keine der Frauen besaß eine Hose, die mir gepasst hätte, weil beide ein Stück kleiner waren als ich. Ich behalf mir mit einer Trainingshose von Sky – nicht gerade eine modische Sternstunde, denn sie endete ein gutes Stück über den Knöcheln. Auf meinen Vorschlag hin machten wir uns auf zu der neuen Shoppingmall in der Nähe der St Paul's Cathedral; den Jungs war eine Teilnahme an dieser Konsumtherapie untersagt worden. Yves hatte mir hundert Pfund zum Ausgeben in die Hand gedrückt und gesagt, ich könne ihm das Geld irgendwann später mal zurückzahlen, allerdings nur mit legalen Mitteln. Er hatte mein Geständnis, dass mir das Stehlen Spaß machte, nicht vergessen und war offenbar noch immer erpicht darauf, mich umzuerziehen. Ich befingerte die Börse mit den knisternden neuen Scheinchen in meiner Umhängetasche, staunend, dass ich so viel Geld bei mir hatte und es ganz für mich allein ausgeben konnte.

Kaum dass wir in die Mall eingetaucht waren, fanden wir auch schon einen Laden, der uns allen gefiel. Ich stöberte in den Regalen mit den preiswerteren Jeans herum, in der Hoffnung, etwas Passendes zu finden. Ich hätte nie im Leben nachgefragt, aber als Yves' Mutter

sah, dass mir ein bestimmtes Modell gefiel, bat sie darum, dass wir die Hose in einer anderen Größe bekamen. Als man die richtige Größe aus dem Lager geholt hatte, schnappte sich Sky eine Bluse von einer Kleiderstange und leistete mir in der Umkleidekabine Gesellschaft.

Ich zwängte mich in die enge graue Jeans, dann trat ich aus der Kabine heraus vor den großen Spiegel. »Was meinst du?«

Sie bewunderte gerade die Bluse, die sie anhatte. »Die habe ich aus reinem Impuls gegriffen, aber ich glaube, ich werde sie kaufen.«

Die Farbe der Bluse stand ihr, ein helles Türkis, das ihre Augen zum Strahlen brachte. »Ja, kauf sie.«

Sie betrachtete meine Auswahl. »Die sieht toll aus. Du bist sehr schlank und sie bringt deine Beine super zur Geltung.«

Ich verrenkte mich leicht, um hinten das Schild lesen zu können. »Weißt du, solche Hosen hab ich noch nie gekauft.«

Sie fing an, die Bluse aufzuknöpfen. »Du hattest noch nie 'ne graue Jeans? Die sind unglaublich praktisch – passen zu fast allem. Ich hab eine zu Hause.«

»Nein, ich meinte, ich hab noch nie was in einem Laden gekauft.«

Sie hielt abrupt in der Bewegung inne. »Wie jetzt – noch nie?«

»Wenn man kein eigenes Geld hat, aber die Fähigkeit besitzt, die Verkäufer zu paralysieren, sodass sie nicht merken, wie man einfach aus dem Laden geht, ohne zu bezahlen … was soll man da anderes machen?« Ich ver-

schwand wieder in der Kabine und knöpfte die Jeans auf, um sie auszuziehen. Durch den Spalt im Vorhang konnte ich Skys geschockten Gesichtsausdruck im Spiegel sehen. »Ich hätte ja schlecht nackt durch die Gegend laufen können.«

»Aber …« Sky schüttelte den Kopf.

»Ja, ich weiß, es ist nicht fair den anderen Kunden gegenüber. Ladendiebe wie ich sind Kroppzeug. Mir ist schon klar, dass es egoistisch ist, wenn alle anderen bezahlen, aber so ist es mir nie vorgekommen. Und der Kick macht echt süchtig.« Jetzt hatte ich sie völlig aus der Fassung gebracht. Vielleicht gab es doch so etwas wie zu viel Ehrlichkeit, wenn man versuchte, eine Freundin zu gewinnen.

»Hoffentlich brauchst du nie wieder zu stehlen. Sorry, Phee, aber das ist eine ziemlich beschissene Lebensweise.«

»Ja, aber die einzige, die mir übrig bleibt.«

»Die dir übrig *blieb*, meinst du wohl.« Sky lächelte. »Ich glaube, von jetzt an musst du dir wegen Geld keine Sorgen mehr machen.«

Ich schlüpfte wieder in die geborgte Trainingshose und trat mit der grauen Jeans über dem Arm aus der Kabine heraus. »Natürlich muss ich mir Sorgen wegen Geld machen. Ich besitze nichts und hab nicht vor, auf Kosten der Benedicts zu leben.«

Sie bückte sich, um ihre Turnschuhe zuzubinden, und warf mir von schräg unten einen Blick zu. »Dann weißt du's noch nicht?«

»Anscheinend nicht.« Ich fuhr mir mit den Händen

durchs Haar in dem Versuch, halbwegs frisiert auszusehen.

»Yves hat Geld wie Heu.«

»Du meinst, die Benedicts haben Geld wie Heu.«

Sie schüttelte den Kopf. »Nein, nur Yves.«

»Wieso das?«

Sky hängte die Bluse wieder auf den Bügel. »Du hast bestimmt schon mitgekriegt, dass er ziemlich clever ist.«

»Ja, das ist nicht zu übersehen.«

»Er hat diese Sicherheitsapp fürs iPhone entwickelt – das war ein Nebenprodukt seiner Arbeit fürs Netzwerk. Die Apple-Leute haben sie gekauft; die App ist echt witzig, sodass es richtig Spaß macht, damit seine Daten zu schützen. Er hat jetzt also ein fettes finanzielles Polster fürs College und außerdem ist er so was wie ein inoffizieller Berater für Apple geworden. Er wollte das Geld mit dem Rest der Familie teilen, aber sie haben alle abgelehnt. Also gehört's nur ihm. Er findet das ganz schlimm. Ich ziehe ihn immer damit auf, dass er beim Geldausgeben aussieht wie ein Hund, der sich nach einer Abkühlung im kalten Teich Wasser aus dem Fell schüttelt.« Sie mimte ein Schaudern. »Brrr, weg mit den Scheinchen.«

»Hm, es gibt schlimmere Probleme.«

Sie lächelte. »Ich weiß. Ich glaube, er ist erleichtert, dass er jetzt jemanden hat, mit dem er das Geld teilen kann. Bereite dich schon mal drauf vor, in Dollarnoten gebadet zu werden. Ich hoffe, jetzt hast du nicht mehr so ein schlechtes Gewissen, eine Jeans auf seine Kosten zu kaufen.«

Ich klemmte die Jeans wieder an den Bügel. »Ich werde es ihm zurückzahlen. Ich bin keine Absahnerin oder wie immer man dazu sagt.«

»Dafür hält dich auch keiner.«

In dem Moment platzte Karla in die Kabine, mit einem Berg Klamotten über dem Arm.

»Ihr Süßen, ich hab hier was für euch. Ich konnte einfach nicht widerstehen.«

Zu meiner Überraschung wurde Sky ganz blass. »Oh nein«, formte sie tonlos mit den Lippen und sah mich an.

»Mein Yves wird dir diese Jeans spendieren, aber ich möchte jeder von euch ein hübsches Kleid kaufen.« Sie presste sich die gefalteten Hände an die Brust. »Ich habe nie Töchter gehabt – jetzt seid ihr meine Mädchen.«

»Ähm … danke«, murmelte ich, peinlich berührt von ihrer Begeisterung, uns an ihren mütterlichen Busen schließen zu wollen.

Sie tätschelte mir die Wange. »Nach sieben Jungs tut ihr beide mir endlich den Gefallen! Zieht sie an, zieht sie an!«

Jetzt betrachtete ich die Klamotten, die sie angeschleppt hatte, etwas genauer. Oh.

Sky lächelte Karla süßlich an. »Warum wartest du nicht draußen, während wir uns umziehen, und lässt dich von dem Ergebnis überraschen?«

Karla machte ein skeptisches Gesicht.

»Und vielleicht findest du ja auch noch was für dich selbst?«, fuhr Sky fort.

Karlas Miene hellte sich auf. »Du hast recht! Ich gehe mal nachsehen, ob sie auch eins in Grün dahaben.« Sie

riss die Vorhänge beiseite und stürmte mitsamt ihrer ganzen energischen Tatkraft zurück in den Verkaufsraum. »Oh Mann«, stöhnte Sky. »Was hat sie denn diesmal ausgesucht?« Sie ließ sich auf den Klamottenhaufen sinken und zog ein rosa Rüschenkleid heraus. »Für dich oder für mich? Was meinst du?« Sie gackerte laut los.

»Wer ... wie?« Ich kratzte mich am Kopf, verwundert, wo Karla etwas dermaßen Scheußliches ausgegraben hatte. Das Teil sah aus wie eine Kreuzung zwischen Brautjungfern- und Partykleid. Für Fünfjährige. »Meinst du, das ist als ironisches Style-Statement zu verstehen?«

Sie runzelte die Stirn. »In der Boutique hier? Na ja. Kombiniert mit Uggs würde es vielleicht funktionieren. Allerdings nicht bei mir. Kate Moss könnte das wahrscheinlich noch tragen, aber ich würde einfach nur wie eine drollige Achtjährige aussehen. Und was Karla angeht ... Sie macht da keine Scherze. Sie möchte am liebsten, dass sich jedes Mädchen wie eine Disneyprinzessin anzieht. Normalerweise gehe ich mit ihr nur shoppen, wenn Mom zu meinem Schutz dabei ist. Sie versteht sich nämlich eins a darauf, Karla von ihren schlimmsten Geschmacksverirrungen wieder abzubringen.«

Vorsichtig schüttelte ich das gleiche Kleid in Blau aus. »Also, was wollen wir machen?«

Sky trat wieder hinter den Vorhang und begann, das rosa Kleid anzuziehen, denn sie hatte mir am Gesicht abgelesen, dass ich diesen Farbton nicht mal in Erwägung ziehen würde. »Na ja, wir können jetzt entweder jemanden, der uns eine Freude machen will, vor den

Kopf stoßen oder wir folgen der Devise Augen zu und durch.«

Ich gab mich geschlagen und zog mein Oberteil aus. »Okay, das kann ich gut.«

Sky fing an zu kichern. »Weißt du was, Phee, ich hab 'ne tolle Idee. Wir behalten die und führen sie unseren Jungs vor, um zu sehen, wie sie reagieren. Wir in Kleidern, die von ihrer Mutter ausgesucht worden sind – das wird sie ordentlich ins Schwitzen bringen. Sie werden sich einen abbrechen bei dem Versuch, niemanden zu kränken.«

»Bist du dir sicher?«

»Ja.«

Wir hatten uns gerade gegenseitig beim Reißverschlusszumachen geholfen, als Karla zurückkehrte, diesmal mit leeren Armen. Sie schlug sich die Hände vor den Mund.

»Oh mein Gott, seht ihr hinreißend aus!«

Wir sahen aus wie zwei Kandidatinnen, die beim Vorsingen für *The Sound of Music* rausgeflogen waren.

»Ich muss sie euch einfach kaufen. Die sind wir für euch gemacht!« Karla schwenkte ihre Kreditkarte wie einen Zauberstab. »Wie schade, dass sie es nicht in Grün haben. Aber na ja, das ist wohl eher was für junge Mädchen. Ich würde darin albern aussehen.«

Und wir nicht?

»Karla, Phee hat gerade gefragt, ob wir sie nicht anlassen können, meine Trainingshose ist ihr nämlich viel zu kurz.« Sky bohrte mir den Ellbogen in die Seite, als ich den Mund öffnete, um zu protestieren.

»Natürlich! Gebt mir einfach die Etiketten und die neue Jeans und ich gehe alles bezahlen. Wir müssen euch auch noch die passenden Schuhe kaufen, bevor wir nach Hause gehen.«

Sie war weg, noch ehe ich ihr das Geld geben konnte, das Yves mir zugesteckt hatte.

Sky fing an, ihre alten Sachen zusammenzulegen. »Gott sei Dank wohnen alle meine Freunde von früher in West London.«

»Ist das nicht ein ziemlich teurer Scherz?« Ich zupfte das Bustieroberteil zurecht.

Sky lächelte. »Nein. Wir würden den Laden hier sowieso nicht ohne irgendeine fragwürdige Klamotte verlassen; auf diese Weise haben wir wenigstens noch ein bisschen Spaß dabei. Außerdem«, sie sah mich mit zusammengekniffenen Augen an, »dieser Disney-Prinzessinnen-Look steht dir.«

Ich warf ihr die Trainingshose an den Kopf.

Als wir uns der Wohnung näherten, hielt Sky mich am Arm zurück und schloss die Augen. »Ich ebne uns nur den Weg«, erklärte sie. »Ich will Zed und Yves allein abpassen.«

Karla schwebte in die Küche, verteilte Küsse an die Benedicts, die dort versammelt waren, und berichtete von unserem Shoppingabenteuer. Sky hatte Zed und Yves per Telepathie ins Wohnzimmer gelockt. Ich konnte ihre Spiegelbilder im Fenster gegenüber der Tür sehen; beide standen neben dem Sofa und fragten sich, was wir vorhatten.

Grinsend fasste Sky mich am Handgelenk. »Und schön ernst bleiben. Damit sie ordentlich ins Schwitzen kommen.«

Und dann gingen wir ins Wohnzimmer.

»Hallo Schatz. Wir hatten wahnsinnig viel Spaß beim Shoppen mit deiner Mutter.« Sky ließ meine Hand los und hauchte Zed einen Kuss auf die Wange. Sie breitete die Arme aus und drehte sich einmal im Kreis herum. »Wie findest du's?«

Ich lächelte Yves scheu an. »Deine Mutter hat darauf bestanden, sie uns zu kaufen. Das ist mein allererstes Kleid.«

Sehr gut. Skys Stimme tauchte kurz in meinem Kopf auf – nicht wie ein Eindringling, sondern wie ein willkommener Gast. *Reib's ihm so richtig schön unter die Nase.*

Ich blickte mit gerunzelter Stirn auf den glänzenden Stoff hinunter. »Ich war mir erst nicht sicher, aber irgendwie fand ich dann, dass es mir ganz gut steht.« Ich präsentierte die neuen blauen Pumps. »Ich wollte … na ja, du weißt schon … hübsch aussehen.«

Yves glotzte. Er tat mir ein klitzekleines bisschen leid. »Ähm … Phee, ich weiß gar nicht, was ich sagen soll.«

Ich setzte ein leicht enttäuschtes Gesicht auf. »Du … du findest, dass ich furchtbar aussehe, stimmt's?« Meine Stimme wurde leicht schrill und klang nach echter Verzweiflung.

Er legte mir seine Hände auf die Schultern. »Nein, du siehst toll aus. Du siehst immer toll aus, ganz egal, was du anhast.«

Zed lachte. »Autsch. Falsche Antwort.«

»Willst du damit sagen, dass ich in dem Kleid so aussehe wie immer?«, fragte ich mit verwunderter Miene.

»Ja … ich meine, nein … das Kleid sieht toll aus an dir. Echt.« Yves funkelte seinen Bruder wütend an, der sich halb totlachte über seine Versuche, höflich zu bleiben. Ich checkte Yves' Mentalmuster – ein wildes Gedankendurcheinander, während er verzweifelt nach den richtigen Worten suchte. Er fand das Kleid total hässlich.

Sky lenkte die Aufmerksamkeit wieder auf sich. »Und Zed, ist das nicht ein Hammeroutfit?«

»Ja, ein echter Hammer, Baby«, erwiderte er mit gespieltem Ernst.

»Gut, weil ich nämlich noch fünf weitere von der Sorte gekauft habe.«

Er hob sie hoch und wirbelte sie im Kreis herum. »Du fieses, kleines Miststück. Wenn du wirklich noch mehr von diesem Textil gewordenen Grauen in deiner Tasche hast, werde ich dich an Weihnachten zur Deko ganz oben an den Baum hängen.«

Sie zog die Nase kraus, ihre Beine baumelten über dem Boden. »Du hast es mir nicht abgekauft?«

Er küsste ihre Stirn. »Nicht eine Sekunde lang. Ich kenne meine Mutter. Und ich kenne dich. Bei Phee hätte ich vielleicht noch Zweifel geltend gemacht.«

Yves sah perplex aus. »Was ist hier los?«

»Die Mädels verarschen dich, Bruder. Gewöhn dich dran.«

»Du meinst, das Ganze ist bloß ein Witz?« Er seufzte erleichtert. »Gott sei Dank.« Er beugte sich dicht zu mir

herunter. »Du siehst aus, als würdest du in eine Konfektschale gehören, mit einem Sonnenschirmchen in der Hand.«

Ich knickste. »Vielen Dank, werter Herr.«

In dem Moment kam Xav ins Zimmer. Als er mich und Sky in den Armen seiner Brüder sah, huschte ein bekümmerter Ausdruck über sein Gesicht, dann lächelte er und zeigte sich wieder in gewohnt guter Laune.

»Ihr seht beide potthässlich aus«, sagte er trocken und machte ein paar Schritte rückwärts. »Entschuldigt die Störung.«

Sky schob sich von Zed fort. »Xav, wegen uns musst du nicht gehen. Wir haben nur ein bisschen rumgealbert.«

»Das ist völlig okay. Ihr könnt weiteralbern.« Er ging zurück in die Küche und schloss die Tür.

»Verdammt«, murmelte sie.

Zed streichelte ihren Arm. »Ihm geht's gut. Yves, was macht der Savant-Pärchen-Finder? Wir müssen noch fünf Brüder unter die Haube bringen.«

»Ich arbeite dran.« Yves ließ mich los. »Hab das Programm fast fertig geschrieben.« Er blickte mich an. »Sag mir bitte, dass du noch was anderes zum Anziehen hast.«

Ich nickte. »Bin gleich wieder da.«

»Das war knapp, Bruderherz, sehr knapp«, hörte ich Zed Yves zuraunen, als ich aus dem Zimmer ging.

Kapitel 16

Eine Stunde später klopfte es diskret an die Tür und Mr Benedict erschien auf der Schwelle meines temporären Schlafzimmers. Nach einer gefühlt jahrzehntelangen heißen Dusche war ich gerade damit beschäftigt, mit Skys Hilfe meine Fußnägel zu lackieren. Sie hatte darauf bestanden, jeden Zeh in einer anderen Farbe anzupinseln, einfach nur so zum Spaß. Wir saßen inmitten unserer Einkäufe, die aus den Tüten herausquollen wie Geschenke bei einem Kindergeburtstag.

»Störe ich gerade?«, fragte er höflich. Ich spürte, dass er als Vater von sieben Jungen mit dieser Art von Zeitvertreib nichts anzufangen wusste.

»Überhaupt nicht. Ist fast trocken.« Es war mir ein bisschen unangenehm, dass er mich mit in die Luft gereckten Regenbogenzehen erwischt hatte, und ihm war es eindeutig peinlich, in unseren Mädchenabend hineinzuplatzen.

Er wich ein Stück zurück. »Phee, komm mal bitte in die Küche, wenn ihr hier fertig seid.«

»Das klingt aber ernst.« Sky warf das Nagellackfläschchen zurück in ihre Schminktasche. »Ich werde besser mitkommen, zur moralischen Unterstützung.«

Mir war sehr viel wohler, dass sie an meiner Seite war, als ich mich in der Küche einfand. Yves, Mr Benedict und Victor saßen um ein Laptop herum versammelt.

»Hey, Phee, alles okay?«, fragte Yves. Seinem feuchten, strähnigen Haar nach zu urteilen, hatte er ebenfalls geduscht.

»Hmm«, erwiderte ich vage. Auf eine konkrete Antwort würde ich mich erst festlegen, wenn ich wüsste, was das Ganze sollte.

Victor blickte hoch, bemerkte die bunten Nägel und grinste. »Wie ich sehe, hat Sky bereits jede Menge Einfluss auf dich, was?«

Ich wackelte mit den Zehen. »Ähm … ja.«

»Guck nicht so ängstlich, Schätzchen.« Mit einem warmen Lächeln winkte mich Mr Benedict näher heran. Dass er mich ganz ungezwungen mit diesem Kosewort ansprach, rührte mich auf seltsame Weise. Er wusste, dass sein Sohn durch mich zu einem Risikofaktor für die Familie geworden war, und doch gab er mir das Gefühl, willkommen zu sein.

»Na ja, ihr hört euch alle so todernst an, was erwartet ihr denn von ihr?« Sky huschte an mir vorbei, um einen Blick auf den Computerbildschirm zu werfen. »Oh, ich verstehe.«

»Was ist los?« Ich versuchte, eine lässige Pose am Küchentresen einzunehmen, rechnete allerdings schon halb damit, jeden Moment hochkant hinausgeworfen zu wer-

den. Hatten sie in Erfahrung gebracht, wer mein Vater war? Vielleicht hielten sie sich deshalb so bedeckt? Yves hatte mich noch nicht einmal richtig angesehen.

»Ich glaube, wir haben dich im Geburtenregister gefunden. Schau selbst.«

Oje, ich hatte also recht. Ich zwang mich dazu, die Entfernung zwischen mir und dem Bildschirm zurückzulegen, an dem Victor die Information aufgerufen hatte – eine vollständige Geburtsurkunde. Der Name meiner Mutter war aufgeführt und das Datum sowie der Ort meiner Geburt – 2. Juli in einem Krankenhaus in Newcastle. In der Zeile für Angaben zum Vater stand ›unbekannt‹.

Yves legte mir einen Arm um die Schultern. »Tut mir leid. Ich hatte gehofft, wir würden mehr über dich herausfinden.«

Erleichterung erfasste mich wie eine Brise, die durch den Herbstwald weht, alle Ängste wurden vom Wind davongetragen. Ich hatte eine Gnadenfrist erhalten. Sie hatten Sorge, dass es mich traurig machte, meinen Vater nicht zu kennen, wo doch das Gegenteil der Fall war. Mein Geheimnis war noch gut gehütet. »Macht nichts. Ist unwichtig.«

Victor sah mich eindringlich an; ich glaube, er wusste, dass ich mit etwas hinterm Berg hielt. »Als unwichtig würde ich das nicht bezeichnen. Damit solltest du in der Lage sein, die Familie deiner Mutter ausfindig zu machen. Wir kennen jetzt nämlich ihr Geburtsdatum. Vielleicht hast du ja noch Großeltern, Tanten und Onkel – wer weiß.« Er klickte auf ›drucken‹.

»Ja, das stimmt.« Allerdings war mir im Moment überhaupt nicht danach, diese Spur weiterzuverfolgen. Ich ließ gerade insgeheim die Korken knallen, dass ich offiziell vaterlos war.

»Das Positive an der Sache ist, dass es so leichter wird, dich außer Landes zu schaffen, weil's keine Familie gibt, die etwas dagegen haben könnte. Ich rede mit meinem Verbindungsmann im Innenministerium, der schuldet mir noch 'nen Gefallen. Mal sehen, ob dabei ein Pass für dich rausspringt. Du bist ja beinahe volljährig, da brauchen sie eigentlich keine Bedenken zu haben. Ich benötige allerdings ein Passbild von dir.«

»Okay. Ich glaube, in der Liverpool Street gibt's einen Laden, wo man welche machen lassen kann.« Ich versuchte, einen geschäftsmäßigen Ton anzuschlagen, fegte diese unsägliche Verwandtschaftssache beiseite.

»Am besten geht ihr gleich da hin«, sagte Victor zu Yves und verstaute die Kopie der Geburtsurkunde in seiner Laptoptasche. »Wenn alle Angelegenheiten hier erledigt sind, wollen wir London möglichst schnell verlassen.«

Es wäre schön, wenn man mich fragen würde, ob ich überhaupt vorhatte mitzugehen. Apropos, da fiel mir etwas ein. Ich blieb an der Tür stehen. »Ach übrigens, die Bösewichte haben die Daten von Yves' Pass. Ich habe eine Kopie von der Seite mit dem Foto gesehen. So konnte ich ihn bei unserer ersten Begegnung identifizieren. Keine Ahnung, wie sie da rangekommen sind. Hat keiner was zu gesagt.«

»Echt?« Victors Aufmerksamkeit war geweckt. »Dann

haben sie einen von sich bei uns eingeschleust. Ich frage mich, ob sie dann auch wissen, wie viele von uns jetzt hier sind? Wir hatten gehofft, sie würden nicht mitkriegen, dass wir Verstärkung angefordert haben.«

»Vielleicht stammt sie aus den Staaten, die Kopie von Yves' Pass, meine ich.« Ich massierte mir die Schläfen; hinter meinem linken Auge machten sich Schmerzen bemerkbar. »Ich habe jemanden aus New York kennengelernt, der von euch wusste.« Ich versuchte, meinem Hirn vorzumachen, dass ich keine Regeln verletzte, sondern bloß erzählte, was ich gesehen, und nicht, was ich gehört hatte. »Da waren noch andere Savants – Moskau, Beijing, Sydney.« Der Seher zahlte es mir mit üblem Kopfweh heim, aber ich musste den Benedicts so viel erzählen, wie ich konnte. Ich ertrug die Vorstellung nicht, sie ins offene Messer rennen zu lassen. Sie mussten schließlich nicht nur den Seher fürchten. »Sie waren zu einer Art Gipfeltreffen zusammengekommen.«

»Phee, halt den Mund.« Yves nahm ein Taschentuch und wischte mir das Gesicht ab. »Du bekommst ja Nasenbluten.«

Victor warf mir einen besorgten Blick zu. »Ich weiß es zu schätzen, was du uns hier anvertraust, Phee, aber wir wissen schon, dass sich zurzeit eine Gruppe verbrecherischer Savants in London aufhält. Genau aus diesem Grund sind wir hier.«

»Ich verstehe.« Das änderte die Lage natürlich. In meiner Vorstellung sah ich das Bild von mir, wie ich zwischen einem Taxiboot und der Themse-Mauer ins Wasser fiel, gefangen im Sog zweier unnachgiebiger Kräfte.

Die Savants waren sich über die Existenz der jeweils anderen Gruppe vollkommen im Klaren; ich war als Einzige so blöd gewesen, das nicht zu bemerken, und nun würde ich zwischen beiden zermalmt werden.

Yves bugsierte mich zu einem Stuhl, damit ich mich hinsetzen und meinen Kopf nach vorne beugen konnte.

»Erzähl ihr nichts weiter, Vic. Damit tust du niemandem einen Gefallen.«

Da war ich mir nicht so sicher. Im Dunkeln zu tappen würde nur dazu führen, dass ich Fehler machte, wie zum Beispiel, dass ich einen Migräneanfall und Nasenbluten in Kauf nahm, um ihnen etwas zu sagen, was sie längst wussten.

Vic drückte mir im Vorbeigehen die Schulter. »Ich glaube, wir können die Fotos auf morgen verschieben. Du solltest dich ausruhen.«

Die Blutung hatte gestoppt, sobald ich aufgehört hatte, die Geheimnisse des Sehers auszuplaudern. »Schon okay. Mir geht's wieder gut.«

»Ich gebe Victor recht.« Mr Benedict hörte sich an, als würde er Gesetz sprechen, ein gütiger Richter, der über seine Familie den Vorsitz führte. »Wir haben dich gerade erst ausfindig gemacht, Phee, und soweit ich Xav verstanden habe, müssen wir auf dich aufpassen. Ich würde dir empfehlen, den Rest des Tages auf dem Sofa zu sitzen und DVDs zu schauen. Ich bin mir sicher, Yves wird dir gerne jeden Wunsch von den Lippen ablesen.« Ich vermutete, dass sie mich vor allem vor Gefahren schützen wollten. Es war ihrer Aufmerksamkeit bestimmt nicht

entgangen, dass ich jedes Mal, wenn ich wegging, versuchte, Reißaus zu nehmen.

Ich setzte mich aufrecht hin, mir war schwummerig, aber ich beschloss mitzuspielen. »Klingt super. Ich glaube, ich hatte noch nie einen Tag frei.«

»Dann geh's ganz ruhig an. Ich sehe euch beide später.« Mr Benedict blieb kurz vor Sky stehen, um ihr einen Abschiedskuss zu geben, eine beiläufige, väterliche Geste. Er zögerte kurz, dann machte er bei mir das Gleiche. »Ich werde Zed zu euch schicken, sobald Xav ihn abgelöst hat.«

Ich lehnte mich bei Yves an. »Wo gehen denn alle hin?«

Er zuckte mit den Achseln. »Vermutlich besser, wenn wir nicht nachfragen.«

Er hatte recht. Die Benedicts hatten sich in Teams aufgeteilt, die alle unterschiedliche Aufgaben erledigten, und eine davon war, mich ›offiziell‹ zu machen. Ich wollte gar nicht erst spekulieren, was die anderen taten. »Und was wollen wir gucken?«

Yves hob mich hoch, ignorierte mein Kreischen und Skys Gegacker und setzte mich auf dem Sofa im Wohnzimmer ab. »Bitte nicht den *Zauberer von* Oz. Ich hab noch immer 'nen seelischen Knacks weg von der Diskussion über die Rechte der grünhäutigen Hexe.«

Ich lächelte beinahe, fühlte mich aber noch immer zu dünnhäutig, um über mein Verhalten vom gestrigen Abend Witze zu machen. Ich war dermaßen emotional aufgeputscht gewesen, dass mir die Erinnerung daran peinlich war.

Sky kam herein und ließ eine DVD in meinen Schoß

fallen. »Hier, bitte, *10 Dinge, die ich an dir hasse* – ein Klassiker. Und, Yves?«

Er nahm die DVD, dann kauerte er sich vor den Player und legte die silberne Scheibe ein. »Jepp?«

»Du wirst uns den Spaß nicht mit irgendwelchen Klugscheißerkommentaren zu der Geschichte der Kinematografie verderben …«

»Ach komm, Sky, als ob ich so was tun würde!«

»Doch, das würdest du. Und du wirst uns auch keinen Vortrag darüber halten, dass der Stoff in puncto Handlung, Charaktere und so weiter *Der Widerspenstigen Zähmung* ähnelt, um uns dann zu erklären, welche Filme alle auf einem Stück von Shakespeare basieren.«

»Du willst also nicht meine Analyse von *Hamlet* und *König der Löwen* hören?«

Sky verschränkte die Arme. »Nein.«

Er seufzte resigniert. »Geht klar, Boss.«

»Aber dafür wirst du uns Mikrowellen-Popcorn machen.«

Yves stand auf und salutierte. Dann beugte er sich über mich und flüsterte: »Sie ist klein, aber gefährlich. Dachte nur, das solltest du wissen, falls du ihre Freundin werden willst.«

»Wir sind bereits Freundinnen«, erklärte Sky bestimmt. »Und du stehst mir voll im Bild.«

»Jawohl, Ma'am.« Yves trollte sich in die Küche.

»Du passt wirklich gut zu ihnen«, bemerkte ich, legte die Füße hoch und zog mir eine Decke über die Beine.

Sky schnaubte laut. »Anfangs hat's gar nicht gepasst.

Sie haben sogar mal 'ne geladene Waffe auf mich gerichtet.«

Niemals! Das konnte ich nicht glauben. »Aber ihr seid wie eine Familie. Für Yves bist du wie seine Schwester.«

Ihre blauen Augen blickten ernst. »Sie sind meine Familie, Phee. Und du gehörst jetzt auch dazu. Es wird ein Weilchen dauern, aber wir werden uns alle dran gewöhnen.«

»Mhm.«

Sie drapierte die Decke über meine Zehen. »Eine Sache hab ich gelernt: Blutsverwandte können echt das Allerletzte sein; es ist die selbst gewählte Familie, die einem ein Zuhause gibt und bei der man Menschen findet, die man liebt.« Noch bevor ich etwas darauf erwidern konnte, warf sie den Kopf in den Nacken, reckte die Arme und lachte dabei über sich selbst. »Tja, so weise und noch so jung! Ich halt jetzt besser die Klappe. Drück mal auf Play und los geht das Vergnügen.«

Danach verging der Tag wie im Flug. Ich freundete mich mit der Tatsache an, dass Yves und Sky Babysitter bei mir spielten, während die anderen Familienmitglieder kamen und gingen. Zed leistete uns am Abend für längere Zeit Gesellschaft. Er spielte mit Yves Karten, während Sky und ich einen Schnulzenklassiker anschauten. Das halbe Spiel verbrachten sie mit Rumstreiten; Yves behauptete, Zed würde schummeln, indem er seine Zukunftswahrnehmung benutze, und Zed erklärte, das sei bloß fair, wenn sein Bruder ein »verdammt geniales« Computerhirn hätte. Es war nicht klar, wer am Ende gewann – ich glaube keiner, denn irgendwann landeten sie raufend am Boden und die Karten flogen durch die Gegend.

Yves kam nach der Rangelei zu mir – erhitzt und zerzaust.

»Hast du dir wehgetan?«, fragte ich.

Er quetschte sich zwischen mich und die Armlehne des Sofas, sodass ich schließlich halb auf seinem Schoß saß. »Nein. Aber Zed ist … Ach, er ist so ein Weichei.«

Zed warf ein Kissen auf ihn, das Yves mit einer coolen telekinetischen Parade abwehrte; es fiel aus der Luft zu Boden wie eine abgeschossene Taube.

»Hey, Jungs, jetzt spielt wieder lieb miteinander«, schimpfte Sky scherzhaft. »Phee, du siehst irgendwie fassungslos aus.«

»Benimmt man sich so, wenn man eine Familie ist?«, fragte ich sie.

»Ziemlich oft sogar«, bestätigte sie. »Sorry.«

»Nein, nein, es gefällt mir.«

»Dir gefällt es, dass mein großer Bruder mich hier gerade zum Krüppel geschlagen hat?« Zed humpelte zu einem Sessel. »Er ist ein brutaler Kerl.«

Dieser Protest, vorgebracht von einem Jungen, der aussah, als könnte er das Gewicht eines Mini Coopers stemmen, ohne dabei ins Schwitzen zu geraten, wirkte nicht besonders überzeugend.

Yves ließ einen Schauer von Funken über Zeds Kopf niedergehen, der sie wegschlug wie einen lästigen Moskitoschwarm. »Hör auf damit, Superhirn, oder ich erzähl Phee von deinen anderen Ehefrauen.«

»Äh … was?« Ich lachte.

Yves stöhnte.

Zed grinste, denn er wusste, dass er einen erstklassigen Weg gefunden hatte, seinen Bruder in Verlegenheit zu bringen. »Oh ja, Yves war mindestens schon dreimal verheiratet, jedes Mal mit einem zuckersüßen kleinen Mädchen.«

»Im Kindergarten«, brummte Yves.

»Jepp. Er war einfach unwiderstehlich. Sie haben ihn unter sich aufgeteilt: Mary-Jo durfte montags seine Braut sein, Cheryl am Mittwoch und Monica am Freitag.«

»Dafür wirst du so was von büßen«, murmelte Yves.

»Und was war mit Dienstag und Donnerstag?«

»An diesen Tagen hat Mom ihn zu Hause behalten. Ich meine, sie musste bei unserem Loverboy ab und zu für eine Ruhepause sorgen, richtig?«

Sky hockte sich auf die Armlehne von Zeds Sessel. »Uh, diese Geschichte hat mir gefallen. Und was ist mit dir?«

Zed grinste. »Ich durfte nicht mit anderen spielen, weil ich zu gemein und rabaukig war. Yves ist schon immer der Gentleman in der Familie gewesen, der perfekte Bräutigam-Kandidat für die unter Sechsjährigen. Vermutlich hat Mom noch irgendwo Fotos, die sie für den Tag seiner wirklichen Hochzeit aufgehoben hat, also sei gewarnt, Phee.«

Ich lächelte beklommen. Witze zu machen war okay, aber so, wie Zed daherredete, klang es, als sei die Heirat von Yves und mir eine ausgemachte Sache – und das war irgendwie immer noch ein komischer Gedanke. »Da muss er sich keine Sorgen machen. Einen Bigamisten kann ich sowieso nicht heiraten, richtig?«

»Nee, nee, er ist ein freier Mann.« Zed merkte nicht,

dass sein Gequatsche Befangenheit zwischen Yves und mir auslöste. »Die Scheidungen waren brutal – Tränen, kaputt geschlagene Spielzeuge – und das war nur Yves' Seite. Ich glaube aber, dass sie mittlerweile drüber hinweg und gute Freunde sind. War Mary-Jo nicht dieses Jahr deine Forschungspartnerin?«

»Ja, und sie geht nach Princeton. Zusammen mit ihrem Freund.« Yves stand auf – das Signal zum Themawechsel. »Phee, willst du was essen?«

»Ja, gern.«

»Ich mache für uns alle Pasta, wie hört sich das an?«

»Super. Ich bin dein Hilfskoch.«

Er nahm meine Hand und lotste mich in die Küche. »Du kannst helfen, indem du dich hier auf einen Hocker setzt und mir Gesellschaft leistest. Und bitte versprich mir, dass du dir niemals wieder eine dieser dämlichen Geschichten von meinem Bruder anhörst.« Er legte seine Stirn in Falten. »Von meinen Brüdern«, ergänzte er.

»Keine Ahnung, ob ich dir das versprechen kann.«

»Wie gemein!« Er zog eine tiefe Pfanne aus einem Schrank und stellte sie auf den Herd.

Yves hatte beim Kochen irgendwie eine wahnsinnig sexy Ausstrahlung, diese kleinen Konzentrationsfältchen auf seiner Stirn, während er den Angriff auf unsere Geschmacksknospen plante. Yves schmiss nicht nur einfach eine Ladung Spaghetti ins Wasser, so wie ich es gemacht hätte; er bereitete die Tomatensauce frisch zu, schnippelte und hackte, zerdrückte und quirlte mit einer solchen Aufmerksamkeit, wie er sie vermutlich auch bei seinen wissenschaftlichen Experimenten aufwandte. Er

kochte, als würde er eine ganz neue Rezeptur kreieren, testete den Geschmack, bat mich, die Würzung zu beurteilen, alles mit fachmännischem Blick für genau die richtige Mischung. Ich durfte den Parmesan hobeln, aber ansonsten war die Küche ausschließlich sein Reich. Und als es ans Anrichten ging, schöpfte er nicht einfach bloß eine Kelle Sauce über die Nudeln; nein, er garnierte das Essen mit Käselocken und Basilikumblättchen.

»Das Abendessen steht bereit«, sagte er mit gespielter Förmlichkeit, das Geschirrhandtuch über dem Arm wie ein Oberkellner.

Zed und Sky kamen zu uns an den Küchentresen.

»Wow, ich liebe es, wenn Yves kocht!«, schwärmte Sky.

Ich musste ihr zustimmen: Es war das beste selbst gekochte Essen, von dem ich je gekostet hatte.

»Verräterin.« Zed goss uns allen eisgekühltes Wasser ein.

»Kannst du kochen so wie er?«, fragte ich.

»Ja.«

»Nein«, sagten Yves und Sky im Chor.

»Richtige Männer kochen nicht. Richtige Männer grillen.« Zed grinste, wissend, dass sein Argument unhaltbar war. »Mein Bruder ist dermaßen metrosexuell – dieses ganze möchtegern-moderne Getue. Ich mache mir allmählich Sorgen um ihn.«

»Du solltest dir lieber Sorgen um dich selbst machen«, spöttelte Sky. »In unserem Haushalt wird die Arbeit später mal fifty-fifty geteilt. Und da ich mich weigere, von verkohlter Pizza zu leben, werde ich dich zu einem Kochkurs anmelden, sobald wir wieder zu Hause sind.

Es gibt keine Küsse mehr, bis du mir eine anständige Mahlzeit gekocht hast.«

Yves gluckste. »Die Rache ist mein.«

Zed machte für eine Sekunde ein ängstliches Gesicht, dann lächelte er. »Das hältst du sowieso nicht durch.« Er zog Sky näher an sich heran und drückte ihr einen Kuss auf die Lippen. »Hier. Hab ich doch gesagt.«

»Die Keine-Küsse-mehr-Regel tritt erst zu Hause in Kraft … wenn ich einen Kurs für dich gefunden habe«, sagte Sky gönnerhaft. »Lesen Sie das Kleingedruckte.«

Zed verschränkte die Arme und schob seinen leeren Teller zurück. »Das hält sie nicht durch.«

»Wir werden ja sehen.«

»Herausforderung angenommen, werte Dame.« Zed machte eine tiefe Verbeugung.

Wie ich sie da so zusammen sah, beschlich mich das Gefühl, dass Sky womöglich doch nicht so willensstark war, wie sie glaubte. Andererseits machte es ihr vermutlich auch nichts aus zu verlieren.

Victor kam spätabends nach Hause, lange, nachdem der Großteil der Familie bereits zu Bett gegangen war. Ich hörte seine Stimme in der Küche, als ich im Bad stand, und fragte mich, ob ihm die Beschaffung meines Reisepasses Probleme bereitete oder ob er herausgefunden hatte, was Yves hinter ihrem Rücken so trieb. Sein Ton klang jedenfalls verärgert, so als wäre irgendetwas Unerfreuliches passiert. Normalerweise hätte ich mich beim Klang erhobener Stimmen möglichst schnell verdrückt, aber sein Streitpartner war Yves. Ich knipste

 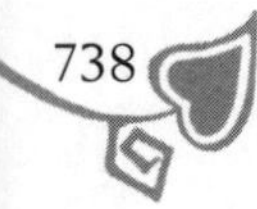

das Licht aus und wartete, bis der Belüfter aufhörte zu brummen. Als alles ruhig war, schlich ich hinaus auf den Flur, um zu lauschen. Ich musste es tun, denn meine Ahnungslosigkeit hatte mir bisher nichts Gutes beschert und außerdem traute ich Victor nicht wirklich. Als Gesetzeshüter musste er mich verachten, auch wenn es ihm bisher gelungen war, das gut zu verbergen.

Victor stand mit dem Rücken zur Tür und wedelte mit einem Papierbündel vorm Gesicht seines jüngeren Bruders herum. »Kapier das doch, Yves, ich leite diese Operation. Dein Job war es, Eisberge oder weiß der Teufel was zu studieren. Ich kann dem Scotland Yard nicht erzählen, dass meine eigene Familie hinter meinem Rücken agiert – ich habe hart daran gearbeitet, um diese Partnerschaft aufzubauen, und mit ihrer Hilfe stehen wir kurz davor, diesen Ring von Savants zu zerschlagen.«

»Ja, ich weiß. Aber seit ich Phee getroffen hab, ist eben alles anders.« Yves war offenbar stinksauer, denn er ließ die Kerze auf dem Tisch in Sekundenschnelle herunterbrennen, mit einer dreißig Zentimeter hohen Flamme, so als müsste er irgendetwas mit seinen erhitzten Emotionen tun. Allmählich begriff ich, dass er mit seiner Art von Fähigkeit immer vor der Wahl stand: Entweder blieb er gelassen und cool oder er musste ein Ventil für seine Gefühle finden. Ansonsten würde vermutlich jemand verletzt.

Victor schritt unruhig im Raum auf und ab. »Sie ist nur ein kleiner Teil des Ganzen. Ich verstehe ja, dass du sie retten willst – natürlich ist sie für dich absolut vorrangig –, aber es steht einfach zu viel auf dem Spiel und das

weißt du. Wir müssen bei dieser Operation genau nach Plan vorgehen. Ich kann nicht zulassen, dass irgendein Amateur sein eigenes Ding macht. Das ist der sichere Weg, dass einer von uns dabei umkommt.«

»Ich bringe niemanden in Gefahr.«

»Bullshit. Du bringst dich selbst in Gefahr – und das lasse ich nicht zu. Meinetwegen kannst du vor den anderen weiter den Geheimniskrämer spielen, aber ich muss wissen, was du vorhast. Dad hat dich gewarnt – du machst womöglich alles zunichte, zerstörst die monatelange Arbeit von Ermittlern überall auf der Welt. Ich kann die Sache nicht durchziehen, wenn wir uns gegenseitig im Weg stehen. Jetzt red schon, verdammt noch mal!«

Ich wusste, dass ich besser in mein Zimmer gehen sollte; womöglich würde mir etwas zu Ohren kommen, was ich dem Seher morgen auf keinen Fall würde verraten wollen, aber die Neugierde war stärker. Die Kerze war mittlerweile nur noch eine heiße Wachslache. Yves ließ jetzt einen Feuerkreis auf seiner Handfläche rotieren. »Ich kann nicht.«

»Mensch, Yves, kapierst du's nicht? Es geht hier nicht um deinen Seelenspiegel – es geht hier um dich und deine arrogante Haltung, dass du, ein Junge von siebzehn Jahren, dich für schlauer hältst als alle anderen. Blick den Tatsachen ins Gesicht, Brüderchen: Das bist du nicht.«

Yves starrte mit trotziger Miene ins Leere.

»Hörst du mir eigentlich zu oder muss ich dich erst daran erinnern, was Zed und Sky letzten Herbst passiert ist? Du hattest uns damals versichert, dass niemand den Sicherheitskordon durchbrechen könne, dass deine

getroffenen Maßnahmen ohnegleichen seien, und doch hatten sich zwei von Kellys Handlagern Zutritt verschafft und die beiden unter Beschuss genommen.«

»Ich dachte, du wolltest mich nicht daran erinnern.« Der Feuerball in seiner Hand verlosch. »Und seitdem habe ich Verbesserungen vorgenommen. Jetzt kommt niemand mehr da durch.«

»Hör dir doch nur mal selbst zu – du tust es schon wieder. Du bist schlau, keine Frage, aber du vergisst, dass andere Leute auch nicht auf den Kopf gefallen sind. Sie sind womöglich schlauer als du.«

Yves verschränkte die Arme vor der Brust. »Unser Zuhause ist sicher. Phee ist bei mir in guten Händen.«

»Du stellst dich also auf ihre Seite und nicht auf die deiner Familie?«

»Es geht hier nicht um Seiten. Und sie gehört jetzt auch zur Familie.«

Victor schlug mit dem Papierbündel auf den Küchentresen; er war sauer auf Yves und auf sich selbst. »Vielleicht.« Yves funkelte ihn an. »Okay, ich hab's ja gewusst. Sie treibt einen Keil zwischen uns.«

Yves sprang vom Barhocker und baute sich in Kämpferpose auf. »Tut sie nicht. Und ich will von dir mit keinem Wort hören, dass sie schuld an der Situation ist. Ich allein trage die Verantwortung für meine Entscheidungen. Ich kann die Sache erfolgreich durchziehen, wenn du schön dein Ding machst und mich bei meinem bleiben lässt.«

»Du meinst also, ich soll darauf vertrauen, dass du gerissen *und* intelligent bist?«

»Ich denke schon.«

»Yves, du machst mich fertig. Ich sehe dich an und versuche mir einzureden, dass du weißt, was du da tust, aber tief in mir drin glaube ich, dass du genauso blöd bist wie jeder andere junge Mann, wenn ein Mädchen ins Spiel kommt.« Er seufzte frustriert. »Ich will nicht mit dir streiten. Ich will dir helfen. Von allen meinen Brüdern bist du derjenige, den ich am wenigsten in solche Sachen verwickelt sehen will.«

»Warum?«

»Du bist zu nett. Du siehst nicht das Schlechte in den Menschen und gibst ihnen einen zu großen Vertrauensvorschuss.«

Yves schüttelte den Kopf. »Ich hoffe, du sprichst nicht von Phee, denn wenn doch, wirst du bald feststellen müssen, wie unangenehm ich werden kann.«

Victor hatte anscheinend erkannt, dass es aussichtslos war, Yves weiter zu bedrängen. »Die gehören ihr.« Victor ließ das Papierbündel auf den Küchentresen fallen. »Du weißt hoffentlich, dass sie dir nicht die ganze Wahrheit sagt.«

Yves zuckte mit den Schultern und blätterte in den Seiten.

»Ich könnte sie mit meiner Gabe dazu bringen, alle Karten auf den Tisch zu legen.«

»Nein«, erwiderte Yves knapp und mit Nachdruck.

»Nein? Willst du's denn nicht mal in Betracht ziehen?«

»Ihr ist in den letzten Jahren einfach von zu vielen Leuten übel mitgespielt worden, Vic. Wenn wir uns jetzt auch noch einreihen bei denjenigen, die sie für ihre ei-

genen Zwecke benutzen, werden wir sie für immer verlieren. Sie hat uns so viel erzählt, wie sie konnte. Du hast es heute doch selbst gesehen – sie hat Nasenbluten und Kopfweh in Kauf genommen, um uns zu warnen.«

Victor zog sich das Sakko aus und lockerte seine Krawatte. »Ich stelle ihre guten Absichten ja auch gar nicht infrage, aber meine Antennen sagen mir, dass sie uns noch eine Menge verschweigt – Dinge, mit denen sie herausrücken könnte, wenn sie wollte. Dinge, die sie dermaßen belasten, dass sie sie verleugnet.«

»Und? Dann ist das ihre persönliche Angelegenheit und geht uns nichts an.«

»Ist das so?«

Yves' Blick wanderte zu dem dunklen Flur. Hatte ich mich verraten? Richtig, die einzigartige Energiesignatur: Ich hatte total vergessen, dass er ein verdammter Spürhund war.

»Du schläfst noch nicht?«, fragte er lässig. Jetzt hatte er noch einen Grund, sauer zu sein: Ich hatte ihn belauscht.

Widerwillig trat ich hinaus ans Licht. Es war zwecklos zu leugnen, dass ich lange Ohren gemacht hatte. »Ich konnte nicht schlafen. Ich hab eure Diskussion einfach zu spannend gefunden. Ich meine, immerhin ging es dabei doch um mich, richtig?«

»Ja, das stimmt.« Victor setzte sich hin, vielleicht um weniger bedrohlich zu wirken, da er mich sonst überragte, aber mir entging nicht der »Hab-ich's-dir-nicht-gesagt«-Blick, den er Yves zuwarf, um zu untermauern, dass ich seiner Ansicht nach nicht ganz koscher war. »Tut

mir leid, dass du das mit angehört hast, aber ich musste meinen Standpunkt klarmachen.«

»Das ist okay. Ich sage Yves schon die ganze Zeit, dass er wegen mir bloß keinen von euch gefährden soll. Das bin ich nicht wert.«

»Ich habe nicht gesagt, dass du nicht genauso wichtig bist wie jeder andere von uns, Phoenix«, lenkte Victor ein. »Es gibt schlichtweg mehr zu bedenken als die Frage, was wir jetzt mit dir machen.«

Im Grunde machte das keinen Unterschied; es war alles eine Frage der Prioritäten und ich stand für ihn nicht an erster Stelle. »Ich verstehe das, ehrlich.«

Yves schien von uns beiden gleichermaßen irritiert zu sein: von mir, weil ich mich selbst so gering schätzte, und von Victor, weil er dermaßen beharrlich auf den hohen Stellenwert seiner Operation drang.

»Okay, Victor, morgen hast du uns vom Hals. Du wirst tun, was du tun musst, und wir machen eine Sightseeing-Tour.« Yves schob mir den Papierstapel herüber. »Unterschreib das, Phee.« Er bemerkte meinen argwöhnischen Blick und seufzte. »Das ist nur ein Reisepassantrag, mehr nicht.«

Morgen fand unser Treffen mit dem Seher statt. Wollte er seinem Bruder davon etwa nicht erzählen? »Aber Yves …«

»Jetzt nicht, Phee; gerade bin ich ziemlich sauer und hab keine Lust auf einen weiteren Streit. Unterschreib einfach diese verdammten Papiere.«

Ich hatte nicht wegen der Papiere protestieren wollen und das wusste er. Mit zusammengekniffenen Lip-

pen setzte ich meine Unterschrift in das entsprechende Kästchen. Wie seltsam – das war das erste Mal, dass ich etwas unterschrieb. Meine Unterschrift sah krakelig und kindlich aus; ich wünschte, ich hätte vorher ein bisschen üben können.

»Phoenix, denke bitte nicht, dass es mir egal ist, was mit dir passiert.« Victor schob die Dokumente zurück in seine Ledertasche. »Ich muss nur gerade sehr viel auf einmal unter einen Hut bringen. Wenn du meinen Bruder davon überzeugen könntest, mich ins Vertrauen zu ziehen, würde das die ganze Sache enorm erleichtern.«

Ich nickte, wissend, dass ich bei Yves nichts ausrichten würde. »Klar doch, ich arbeite dran. Ähm … gute Nacht.«

»Ja, träum was Schönes«, sagte Victor.

Das bezweifelte ich stark. Ich bereitete mich auf eine unruhige Nacht vor, in der ich mich hin- und herwälzen würde. Ich war voller Angst, was Yves für morgen geplant hatte. Genau wie sein Bruder gesagt hatte: Yves war zwar superintelligent, aber war er auch gerissen? Das war nicht ein- und dasselbe, aber Yves neigte dazu, von sich zu glauben, er wäre schlauer als alle anderen. Ich würde mir einen eigenen Plan zurechtlegen müssen, während Yves und Victor mit ihren Plänen beschäftigt waren.

Kapitel 17

Unsere Verabredung am London Eye war viel zu schnell herangerückt. Trotz der ganzen Anspannung waren die vergangenen achtundvierzig Stunden eine Oase in der Wüste meines Lebens gewesen und ich hatte kein Verlangen danach, mich wieder der Karawane des Sehers ins Nirgendwo anzuschließen; aber was blieb mir anderes übrig? Während des Frühstücks spürte ich, wie der vom Seher in mein Hirn eingepflanzte Zwang, zum Treffen zu erscheinen, mich antrieb wie ein Elektroschocker. Jedes Mal, wenn ich über Alternativen nachdachte, gab es in meinem Hirn einen Kurzschluss und ich fand mich an der Tür wieder, auf dem Weg nach draußen. Nur Yves kannte den Grund für mein sonderbares Verhalten; die anderen Benedicts waren alle viel zu taktvoll, um etwas dazu zu sagen, aber bestimmt dachten sie, dass ich der unhöflichste Gast war, den sie je beherbergt hatten – und dazu noch einer, der fies zu Yves war.

»Jetzt beruhige dich mal wieder, Phee«, raunte Yves mir zu, als ich nach einem erneuten gescheiterten Vor-

stoß Richtung Tür meinen Kopf an seine Brust legte. »Alles wird gut.«

Ich glaubte ihm einfach nicht. In der Nacht war ich zu dem Schluss gekommen, dass der einzige Erfolg versprechende Plan war, Yves daran zu hindern, dem Seher irgendwelche Informationen auszuhändigen. Ich konnte weder Dragon noch Unicorn oder – Gott bewahre! – den Seher angreifen, aber Yves wäre völlig überrumpelt, wenn ich mich gegen ihn stellen würde. Ich würde ihm bei erstbester Gelegenheit das Material abknöpfen, ohne dass es jemand mitkriegte.

Da waren wir also, genau dort, wo wir hatten sein sollen: 10:15 Uhr an einem böigen Morgen in der Warteschlange des London Eye. Kleine weiße Wellenkämme bildeten sich auf dem Fluss, dort, wo der Wind gegen die Strömung anblies, Möwen mühten sich, in der Luft gleitend ihre Position zu halten. Ich musste mit meinem Vorhaben warten, bis wir dem Seher gegenüberstanden; ich wollte vermeiden, dass Yves das Treffen womöglich abblies, falls er noch vorher bemerken würde, was ich getan hatte.

Wir hatten keine Ahnung, wie sich der Seher den Ablauf dieses Rendezvous vorstellte, und so taten wir das Naheliegende und kauften Karten für eine Fahrt mit dem überdimensionierten Riesenrad, das Aussicht bot auf Westminster, Big Ben und den Westminster Palace. Wir näherten uns gerade dem Anfang der Schlange, als Dragon und Unicorn plötzlich neben uns auftauchten.

»Wie schön, dass ihr's geschafft habt.« Dragon schenk-

te uns ein Zahnpastalächeln. »Wir haben eine Privatgondel für unsere kleine Feier reserviert.«

Sie zogen uns aus der Schlange heraus und führten uns hinüber zum VIP-Eingang. Ich hielt Abstand zu Unicorn.

Lass dich nicht von ihm berühren, warnte ich Yves. *Er ist ein Lebenszeitdieb.*

Alles in Ordnung, Schatz. Meine Abschirmung ist aktiv.

Sorge einfach dafür, dass sie voll aufgedreht ist, du Wahnsinnstyp.

Sie lotsten uns an den Sicherheitsleuten vorbei und dann kamen wir zum Seher, der bereits in einer durchsichtigen Gondel saß. Die Türen schlossen sich hinter uns und die Gondel fing an, sich langsam in Bewegung zu setzen.

»Hervorragend. Es freut mich zu sehen, dass ihr pünktlich seid. Andererseits hätte Phoenix schon dafür gesorgt, stimmt's, meine Liebe?« Die gehässige Stimme des Sehers kroch an mir hoch wie ein Heer von Ameisen, die ihre Beute in wenigen Minuten bedecken und auffressen konnten.

Ich murmelte etwas und rückte näher an Yves heran, fuhr mit der Hand über die Gesäßtasche seiner Jeans, in der Hoffnung, er würde das als Geste der Zuneigung verstehen und nicht bemerken, dass ich ihn in Wahrheit abtastete. Eine volle Umdrehung des London Eye dauerte dreißig Minuten und es gab keinen Fluchtweg für uns, keine Chance auf Hilfe, bis wir wieder unten ankämen. Jetzt verstand ich, warum der Seher diesen öffentlichen Ort als Treffpunkt gewählt hatte. Er hatte dafür sorgen wollen, dass wir außer Reichweite für die anderen Bene-

dicts waren; hier gab es kein Herankommen an uns, wir waren isoliert wie Fische in einem Aquarium. Und doch, für mich war das gut; vermutlich könnte ich sie alle paralysieren, wenn ich es nur klug anstellte. Aber wo hatte Yves den Memory Stick hingetan?

Der Seher winkte uns näher heran. Dragon und Unicorn wichen uns nicht von der Seite, als wir vor ihn hintraten.

»Wir haben uns noch gar nicht richtig kennengelernt, Mr Benedict.« Der Seher tätschelte sich unwillkürlich die Stelle an der Brust, die Yves in Brand gesetzt hatte. Sein neues weißes Sakko wies kein Brandloch auf, aber offenbar wirkte der Vorfall noch immer bei ihm nach.

Yves streichelte mir mit seinen Fingern beruhigend über den Oberarm. »Nein, ich hatte noch nicht das Vergnügen.«

»Ich weiß eine Menge über Sie. Sie sind ja ein richtiger Wunderknabe, nach dem, war mir so zu Ohren gekommen ist.« Die Gondel schwebte aus der stählernen Stützkonstruktion des Riesenrads heraus und es eröffnete sich der freie Blick nach allen Seiten. Wir ließen die Dinge, die uns am Boden verankerten, zurück und segelten ohne nennenswerten Schutz ins Leere. Mir war ein bisschen übel, obwohl mir Höhe normalerweise nichts ausmachte. Also lag es wohl an unserer Gesellschaft.

»Meine amerikanischen Kollegen haben Sie mit besonderem Interesse beobachtet, seit Ihre Erfindungsgabe in der Öffentlichkeit bekannt wurde. Und jetzt erfahre ich, dass Sie der Seelenspiegel meiner Tochter sind. Faszinierend!«

Nein, sag das nicht!, schrie es in meinem Kopf, aber ich blieb mucksmäuschenstill, war wie vom Donner gerührt. Ich war nicht auf die Idee gekommen, dass der Seher unsere Beziehung zur Sprache bringen würde. Andererseits, welchen Grund sollte er haben, das nicht zu tun?

Die einzige Reaktion, die Yves zeigte, war, dass er seinen Griff um meinen Arm verstärkte. »Dann verstehen Sie ja, was Phee mir bedeutet«, sagte er ruhig. »Und ich nehme an, dass Sie als ihr Vater nur das Beste für sie wollen, genau wie ich.«

Wann hattest du eigentlich vor, mir das zu sagen?, fragte Yves mich telepathisch.

Nie. Ich schämte mich zu sehr, um ihm in die Augen zu sehen. *Und er ist nicht mein Vater. Ich weigere mich, das zu glauben.*

Der Seher lächelte. »Allerdings vermute ich, dass wir sehr verschiedener Auffassung sind, was in Phees Interesse ist. Du musst eins verstehen, Yves … ich darf dich doch Yves nennen?«

Yves nickte zögerlich.

»Phoenix gehört einer sehr eng verbundenen Gemeinschaft an. Ihrer Familie. Wir können nicht zulassen, dass Außenstehende dieses Gefüge einfach so auseinanderreißen. Auch keine Seelenspiegel.«

Als ob ihn das kümmern würde!

»Aber das Band zwischen Seelenspiegeln ist etwas ganz Besonderes«, sagte Yves. »Das müssen Sie doch wissen.«

Der Seher lächelte schmierig. »So erzählt man sich, ja. Dann wollen wir doch mal sehen, was sie dir wert ist. Hast du die Information dabei?«

Wir näherten uns mit Karacho dem entscheidenden Augenblick; ich musste prompt reagieren. Noch nie zuvor hatte ich den Mumm aufgebracht, den Seher zu paralysieren, und meine Dreistigkeit machte mir Angst. Ich streckte mich aus und schnappte mir schnell die Mentalmuster von Yves, Dragon und Unicorn. Ganz auf die Konfliktsituation konzentriert, verschwendeten sie keinen Gedanken an mich und waren total überrumpelt von meinem Angriff durch die Hintertür. Und jetzt der Seher. Seinen Geist zu berühren war, als würde man in Jauche eintauchen – zäh, stinkend und widerlich. Ich bekam ihn nicht zu fassen; sein Geist entglitt mir wie ein zappelnder Fisch.

Der Seher lachte boshaft. *Lass sie los, Phoenix. Was hast du denn damit bezwecken wollen?*

Es gab keine Begründung, die er akzeptiert hätte. Ich ließ los. Die drei fingen wieder an, sich zu bewegen, nicht ahnend, dass ich sie paralysiert hatte.

Ich werde über eine angemessene Strafe nachdenken, meine Liebe. Freu dich schon mal drauf. Er würde nicht offenbaren, was ich getan hatte.

Und dann war es zu spät. Leicht zögernd holte Yves den Memory Stick an der Schlüsselkette hervor; ließ ihn verlockend von seinem Zeigefinger baumeln wie ein Hypnosependel. »Hier ist alles drauf. Was krieg ich dafür?«

Er bediente sich einer Sprache, die der Seher bestens verstand. »Ihre Gesundheit und ihre Glückseligkeit – für den Moment.«

Auf dieser selbstmörderischen Fahrt über den Niagara,

die Yves unbedingt mit mir hatte machen wollen, waren wir am Rand des Abgrunds angelangt; wenn Yves die Informationen aushändigte, würde es kein Zurück mehr geben. Erpressung hat nie ein Ende – war Yves sich dessen etwa nicht bewusst? Es lohnte sich einfach nicht, ein paar Tage, in denen es mir richtig gut gehen würde, mit der Sicherheit seiner Familie zu bezahlen. Er musste wieder Vernunft annehmen, bevor es zu spät wäre.

»Yves, vergiss es!« Ich versuchte ihm den Stick aus der Hand zu reißen, mit der Absicht, ihn kaputt zu machen. Er reckte ihn höher in die Luft, sodass ich nicht mehr heranlangte.

»Halt dich da raus, Phee.« Er schob mich auf Armeslänge von sich fort.

Unicorn sah mich an, als ob ich die letzte Made wäre. Es war überraschend für mich, dass ich anscheinend noch einen Hauch Loyalität der Community gegenüber empfand, ansonsten wäre mir egal gewesen, was er von mir hielt. »Hm, sie ist also doch nicht ganz so loyal. Hatte mich schon gewundert.«

Yves stellte sich zwischen uns. »Sie ist mir gegenüber loyal. So ist das nun mal bei Seelenspiegeln. Ihr ist nur noch nicht ganz klar, dass sich das Blatt gewendet hat. Ich habe beschlossen überzulaufen.«

Der Seher betrachtete mit gespieltem Interesse Big Ben in der Ferne, während er das ungewöhnliche Wort auskostete, das man heutzutage nicht mehr oft zu hören bekam. »Überlaufen?« Sein Gesichtsausdruck erinnerte mich an eine Kröte, die gerade eine besonders saftige Schmeißfliege verschluckte.

»Ja. Hier geht es nicht länger um Phee, Mr Seher, obwohl sie zugegebenermaßen der Auslöser war. Nachdem ich sie kennengelernt habe, ist mir klar geworden, dass Sie mir mehr bieten können als das Savant-Netzwerk.« Yves hatte ein dreistes, selbstgefälliges Grinsen aufgesetzt – ein Ausdruck, der mehr Arroganz als Verstand verriet. »Wissen Sie, jemand mit meiner Intelligenz bleibt weit unter seinen Verdienstmöglichkeiten, wenn er für die Guten arbeitet.«

Wir machten anscheinend alle skeptische Gesichter, denn er setzte zu einer weiteren Erklärung an. »Hören Sie, das wird Sie vermutlich nicht interessieren, aber meine Familie sitzt mir schon seit geraumer Zeit ständig im Nacken, engt mich ein und hackt auf meinen Fehlern rum. Die Begegnung mit Phee war für mich der sprichwörtliche Tritt in den Hintern, endlich etwas dagegen zu tun.« Er drehte den Memory Stick zwischen den Fingern. »Das hier soll mein Eintrittsgeld sein. Und Sie geben mir Phee.« Er erwähnte mich nur wie am Rande.

Der Seher starrte Yves an, versuchte, seine Abschirmung zu durchbrechen und zu überprüfen, ob Yves die Wahrheit sagte. Yves log doch bestimmt, oder? Ich scannte Yves' Mentallandschaft und fand nur den festen Vorsatz vor, hier und jetzt eine Vereinbarung zu treffen. Ich bezweifelte, dass der Seher mehr erkennen konnte als ich.

Nach einiger Zeit warf der Seher den Kopf in den Nacken und lachte. »Netter Versuch, Benedict. Um ein Haar hätten wir es dir abgekauft. Aber ich kann einfach

nicht glauben, dass der Musterknabe des Netzwerkes so mir nichts, dir nichts seine Familie verrät.«

»Stellen Sie mich auf die Probe.« Yves warf den Stick zu Unicorn, der davon überrascht wurde. »Du hast doch bestimmt ein Laptop mit dabei?«

Unicorn nickte und holte einen kleinen Computer aus einer Aktentasche. Er schob den Stick in die USB-Buchse und wartete darauf, dass die Daten auf dem Monitor erschienen. Verwirrt und verzweifelt über diese plötzliche Wendung, tigerte ich in der Gondel auf und ab, ohne von den anderen aus den Augen gelassen zu werden. Irgendwie war es mir gelungen, dass sich alle gegen mich verbündet hatten. Vier gegen einen – wie hatte es so weit kommen können?

»Sieht gut aus«, bestätigte Unicorn. »Eine Auflistung der Savants nach Wohnort und Begabungen. Ein paar der Namen sagen mir auch was. Die sind aus Großbritannien.«

Yves spähte hinüber zum Bildschirm. »Aber nicht einfach vom Stick auf den Rechner kopieren.«

Unicorn schnaubte verächtlich und machte klar, dass er nicht vorhatte, sich daran zu halten. »Ich lasse gerade den Virus-Check durchlaufen.«

Yves zuckte mit den Schultern. »Dein Pech.«

Der Seher strich sich nachdenklich übers Kinn. »Du bist also bestechlich, Yves, verstehe. Ich hatte gedacht, du würdest uns falsche Informationen liefern, aber wenn auch alle anderen Namen wasserdicht sind, dann habe ich mich zugegebenermaßen in dir getäuscht.«

»Sie unterstellen mir viel zu noble Motive, Mr Seher.

Es ist im Grunde ganz einfach. Ich will reich werden und ich will mein Mädchen haben: Und Sie können mir zu beidem verhelfen. Was braucht ein Mann sonst noch zu seinem Glück? Ich bin siebzehn – fast achtzehn – da wird es allmählich Zeit, den Babysitter in die Wüste zu schicken, oder meinen Sie nicht?«

»Du verstehst sicherlich, dass ich dir auf Grundlage von dem da«, der Seher machte eine Handbewegung in Richtung Bildschirm, auf dem Unicorn gerade die Namen durchscrollte, »noch nicht hundertprozentig vertrauen kann. Ich werde mich mit meinen Geschäftspartnern beraten und sie werden dich vermutlich kennenlernen wollen. Kriegst du das hin, ohne dass deine Familie davon erfährt? Du bist uns vor allem eine wertvolle Informationsquelle; wir würden also nicht wollen, dass deine Leute deine Loyalität infrage stellen.«

»Geht klar. Meine Familie würde mir so was gar nicht zutrauen. Selbst wenn sie mich jetzt in dieser Gondel stehen sehen könnten, würden sie eine harmlose Erklärung dafür finden.«

Yves, nein! Ich hämmerte gegen seine Mentalbarrieren; er sperrte mich aus seinem Kopf aus, genau wie ich es mit ihm bei unserer ersten Begegnung getan hatte. Ich hatte keine Ahnung, was er da eigentlich trieb.

Der Seher nickte. »Ja, deine Anstandsfassade ist ziemlich überzeugend, ich kann nachvollziehen, dass sie darauf reinfallen. Wir werden jetzt diese Informationen meinen Kollegen zeigen, sie überprüfen und dir dann eine Nachricht zukommen lassen, wo wir uns treffen.«

»Okay. Und was ist mit Phee?« Yves sah mich nicht an;

er hatte die Frage einfach so in den Raum geworfen, als ob ich ein Hund wäre, dessen Futterversorgung sichergestellt werden müsste, bevor er in Urlaub ging.

Der Seher schüttelte den Kopf. »Sie hat heute ihre Illoyalität unter Beweis gestellt, sodass ich sie dir nicht mehr ausleihen kann. Es gab da einen kleinen Vorfall, um den ich mich kümmern muss. Sie kommt mit uns nach Hause.«

»Dann komme ich mit. Wissen Sie, diese Seelenspiegel-Sache ist schon seltsam; wir sind so programmiert, dass wir immer mit unserem Partner zusammenbleiben wollen, selbst wenn er eine Niete ist.«

Dragon kicherte gehässig.

Der Seher runzelte die Stirn und wägte die Risiken ab. »Du kriegst das hin, ohne das Misstrauen deiner Leute zu erwecken?«

Yves zuckte mit den Schultern. »Ich brauche ihnen nur zu erzählen, dass ich mit Phee ein bisschen Tourist spielen will. Meine Eltern glauben voll an dieses Seelenspiegel-Ding und denken vermutlich, dass ich Phee einfach ein paar Tage für mich allein haben will. Wahrscheinlich sind sie sogar ganz froh, mich mal los zu sein. Reicht das?«

»Das sollte genügen.«

Unsere Gondel näherte sich allmählich wieder ihrem Ausgangspunkt. Der Seher überlegte; ihm blieben nur noch wenige Minuten, um den Handel unter Dach und Fach zu bringen, und er war noch immer unschlüssig, was für ihn dabei herausspringen würde.

»Ich brauche mehr Gewissheit, wenn du mit uns kommen willst. Ich ziehe es nämlich vor, dass meine Aktivitäten im Verborgenen bleiben.«

»Logisch. Nur verständlich.« Yves reckte sich, so als würde ihn die Situation nicht im Geringsten beunruhigen, und zeigte dabei kurz den Hüftbund seiner Boxershort unter der tief sitzenden Jeans.

Der vor Zorn funkelnde Blick des Sehers verriet, dass ihm die pfauenhafte Zurschaustellung dieses jugendlichen Körpers neben seiner eigenen fetten Truthahngestalt gewaltig missfiel. »Deine Abschirmung ist stark, Yves. Ich glaube, dir eine Sicherheitsvorkehrung ins Hirn zu pflanzen würde nicht viel bringen, jedenfalls kein für mich befriedigendes Ergebnis. Ich werde also noch mal auf Phoenix zurückgreifen, da sie ganz offensichtlich dein Hauptbeweggrund ist, selbst wenn sie eine … wie hattest du gleich gesagt … ach ja … eine Niete ist!«

Yves würdigte mich keines Blickes. »Nein, das ist nicht nötig. Sie können das Ding ruhig mir einsetzen.«

Der Seher tippte sich mit gekrümmten Fingern an die Lippen. »Nein. Ich vertraue dir nicht noch nicht. Ich kenne Phoenix' Geist, er reagiert sehr empfänglich auf mich und bei ihr wird's funktionieren. Diese Angelegenheit ist einfach zu bedeutsam, um irgendwelche Experimente zu wagen, noch dazu mit einem Savant, der, wie ich spüren kann, seine Kräfte voll aktiviert hat. Phoenix, komm her.«

Ich klammerte mich an den Haltegriff am anderen Ende der Gondel, zitternd vor Wut. Wie konnte Yves mich nur dermaßen erniedrigen? Ich war fassungslos. »Ihr seid irre, und zwar alle. Yves, hör sofort auf damit!

Ich will nicht, dass du mit mir mitkommst, kapierst du das nicht? Verschwinde einfach!«

Dragon hob mich von hinten hoch, sodass mein Rücken an seiner Brust lag, und schleifte mich zum Seher hinüber. Yves tat nichts, um ihn aufzuhalten, er stand bloß da, mit verschränkten Armen.

»Ab und zu kriegt sie solche hysterischen Anfälle.« Mein verdammter Seelenspiegel entschuldigte sich für mich? Ich trat um mich, in der Hoffnung, ihn zwischen die Beine zu treffen, aber mein Fuß ging daneben. »Phee, reg dich ab. Keiner wird dir wehtun. Es ist eine reine Vorsichtsmaßnahme.« Er wandte sich an den Seher. »Was wollten Sie jetzt mit ihr machen?«

»Ich wollte ihr eingeben, dass sie dich töten soll, falls du einem Außenstehenden verrätst, wo wir leben, aber so, wie's aussieht, wird sie das ohnehin tun, sobald Dragon sie loslässt.«

Alle lachten über mich. Dass der Seher meinen Protest dermaßen amüsant fand, ließ mich sofort damit aufhören. Ich erschlaffte und ließ den Kopf hängen.

»Keiner hat gesagt, dass eine Seelenspiegel-Beziehung eine einfache Kiste ist. Ich habe sie aber bestimmt bald gezähmt«, sagte Yves selbstgefällig und tätschelte mir den Hintern.

Ich sagte ihm, was er mit sich selbst machen könnte – etwas, was anatomisch unmöglich war. Die Männer lachten über meine Reaktion, sogar Yves. Das war dermaßen untypisch für den sensiblen Jungen der vergangenen Tage; ich verstand einfach nicht, was er da tat. Er schauspielerte, schon klar, aber warum? Und falls er

mich doch tatsächlich wie seinen Besitz behandeln wollte, würde er bald im Eunuchenchor singen können.

»Ich überlasse es gern dir, ihr Disziplin einzubläuen«, feixte der Seher. »Ich habe immer einen starken Partner für sie gesucht, aber anscheinend hat das Schicksal bereits dich auserwählt. Du bist jetzt dafür verantwortlich, dass sie nicht aus der Reihe tanzt und dass dein Teil der Abmachung erfüllt wird, verstanden?«

»Ja, das ist selbstverständlich.«

»Und ich vermute mal, wenn ihr etwas zustoßen würde, dann wäre das schlimmer für dich als alles, was ich dir antun könnte?«

Yves nickte widerwillig. »Ich schätze mal, ja.«

Der Seher streckte seine Hand aus und packte mich am Handgelenk. *Phoenix, wenn dein Seelenspiegel mich, ein Mitglied der Community oder unseren Aufenthaltsort verrät, wirst du ihn in die Wüste schicken.*

Bist du jetzt glücklich?, knurrte ich Yves an.

Er schüttelte den Kopf wie eine Kindergärtnerin, die den Tobsuchtsanfall einer Dreijährigen mit ansah.

Den Rest der Fahrt verbrachten wir feindselig in gegenüberliegenden Ecken. Dragon und Unicorn bewachten den Computer; der Seher blieb im vorderen Bereich und betrachtete die Landschaft, als gehörte ihm Westminster; Yves lehnte am Geländer in der Mitte der Gondel; und ich, tja, ich hatte mich in die hinterste Ecke verkrümelt, gekränkt und verwirrt von dem Kurs, den er da eingeschlagen hatte. Er hatte gesagt, er würde mich nicht im Stich lassen, und bisher hatte er sich an die Abmachung mit dem Seher gehalten, aber er hatte auch ge-

sagt, er würde seiner Familien keinen Schaden zufügen. Wie konnte er dieses Versprechen noch halten, wenn er solche brisanten Informationen weitergab? Und was hatte dieses widerliche Macho-Gehabe gesollt?

Die Türen glitten mit einem leisen Zischen auf.

»Hat Ihnen die Rundfahrt gefallen?«, fragte eine Mitarbeiterin und versuchte, mir einen Kundenfragebogen in die Hand zu drücken.

»Wie ein Stoß ins Auge mit einem spitzen Stock.« Ich marschierte an ihr vorbei und ignorierte das Stück Papier, das sie mir hinhielt.

Yves blieb stehen, um die empörte Frau zu besänftigen. »Höhenangst«, erklärte er. »Meine Freundin hat für einen Moment da oben die Nerven verloren.«

Nein, hatte ich nicht. Er war derjenige, der die Nerven verloren hatte, und jetzt hockten wir beide in der Falle des Sehers, von der ich ihn hatte fernhalten wollen, seit sich unsere Wege zum ersten Mal gekreuzt hatten.

Kapitel 18

Als wir endlich allein in meiner kleinen Wohnung waren, während inzwischen die Informationen über das Savant-Netzwerk ausgewertet wurden, standen Yves und ich befangen herum, die ganze Breite des Raumes zwischen uns.

Ich verschränkte die Arme und versuchte, vor Wut nicht laut zu heulen. »Ich kann nicht fassen, dass du dich verkauft hast!«

Yves wendete seinen Blick von mir ab und betrachtete den Raum. »Nett hier.«

»Ha, ha!«

Ihm musste aufgefallen sein, dass es weder Fotos noch sonstigen Dekokram gab. Alles, was ich hatte, war ein Kissen, ein Schlafsack, ein Handtuch und eine große Reisetasche mit meinem übrigen Zeug. Ein Paar Ersatzschuhe lagen unter dem Bett. Der Boden war mit abgewetztem braunem Linoleum bedeckt, eine alte Quiltdecke diente als Vorhang. Wenigstens roch es sauber in meinem Zimmer, nicht so wie in einigen anderen Woh-

nungen. Ich hatte alles geputzt und geschrubbt, bevor ich meine Sachen ausgepackt hatte.

»Da komme ich mir gleich ganz schäbig vor: Du hast in der Wohnung, in der du schon eine Weile lebst, weniger Sachen als ich in meinem Koffer, den ich für einen einwöchigen Aufenthalt mitgebracht habe.« Yves nahm meine Haarbürste in die Hand und legte sie wieder aufs Fensterbrett.

»Yves, bitte …« Wie konnten wir hier Small Talk machen, wenn er so etwas Furchtbares getan hatte? Ich brauchte eine Erklärung von ihm oder ich würde durchdrehen.

Er breitete seine Arme aus als Aufforderung, zu ihm zu kommen. Ich blieb auf meiner Seite des Raumes. Vielleicht wäre es einfacher, ihm zu überlassen, mich da durchzumanövrieren, so als wäre ich ein Kind in einem Autositz auf der Rückbank, während er am Steuer sitzt und fährt, aber das ich konnte ich nicht. Das entsprach mir einfach nicht.

Er ließ seine Arme sinken. »Okay. Hör mal, tut mir leid, wie ich dich vorhin behandelt habe. Ich hab gemerkt, dass es dem Seher nicht passt, wenn jemand seine eigene Meinung vertritt. Ich habe gedacht, wenn er bemerkt, dass du jetzt mir gegenüber loyal bist, ist das für ihn kein Problem, solange ich in seinem Team spiele.«

»Und spielst du in seinem Team?«

Yves zuckte mit den Schultern. »Sieht so aus. Momentan. Aber in Wahrheit gibt es nur ein Team für mich: du und ich.«

»Aber was … wie bist du?« Ich fuhr mir mit den Fin-

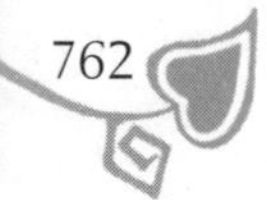

gern durchs Haar. »Du bist nicht im Ernst übergelaufen, oder?«

»Doch, das bin ich.« Er setzte sich auf die Kante meines Bettes.

»Nein, das bist du nicht.«

»Ich hatte keine andere Wahl. Anders kann ich dich nicht schützen.«

»Das ergibt überhaupt keinen Sinn. Auf der dunklen Seite zu stehen ist in etwa so erstrebenswert, wie eine Hirnamputation machen zu lassen.«

Yves besaß die Stirn zu lachen. »Ein gutes Bild. Komm und leg dich mit mir hin. Es gibt nichts, was wir beide jetzt tun könnten, bis der Seher uns zu sich ruft.«

»Kapierst du's denn nicht? Ich will mich nicht weiter auf dich einlassen, wenn du so bist wie sie.« Das war die schlimmste Beleidigung, die ich mir vorstellen konnte. »Und … und … außerdem kauf ich's dir auch nicht ab. Du lügst mich an.«

Er schleuderte seine Schuhe von den Füßen und streckte sich auf dem Bett aus. »Ehrenwort, ich lüge nicht.«

»Aber das ist ja noch schlimmer!«

»Du vergisst den entscheidenden Punkt, Phee!«

»Ach ja?«

»Ich habe dich nur um eine einzige Sache gebeten. Weißt du noch, was das war?«

»Dir … dir zu vertrauen.«

»Genau. Also komm jetzt hier rüber zu mir.«

War er gut oder böse? Ich wusste nicht, ob er log oder einfach nur ein paar fatale Entscheidungen getroffen hatte, aber was auch immer zutraf, der Anblick, wie er da

so ausgestreckt auf meinem Bett lag, verpasste mir auf jeden Fall weiche Knie. Er hatte seine Brille abgesetzt und sein Gesicht sah irgendwie verletzlicher aus. Wenn ich ihm jetzt eine Abfuhr erteilte, würde ich irgendwas unwiderruflich kaputt machen, so viel war mir klar.

»Okay. Eine kleine Mini-Umarmung.« Ich schlüpfte aus meinen Schuhen und gesellte mich zu ihm, kuschelte mich an seine Seite. Er schob seinen Arm unter meinen Nacken und zog mich dicht an sich heran. Ich legte meine Hand auf seine Brust. »Du hast mir auf den Hintern gehauen.«

Er veränderte seine Position, um das geschundene Körperteil zu streicheln. »Ja, tut mir leid, aber ich musste meinen Standpunkt deutlich machen.«

»Mir gegenüber oder ihnen?«

»Wäre ›beiden‹ die falsche Antwort?«

Ich bohrte ihm einen Finger in den Bauch.

»Hey, gib nicht mir die Schuld! Ich habe mich einfach benommen wie meine Brüder, wenn sie so richtig den Macho raushängen lassen. Sie sind ausgezeichnete Lehrer.«

»Dann hast du also nur so getan als ob?«

»Phee, komm schon: Kennst du mich echt so schlecht? Gehöre ich zu der Sorte von Jungs, die ihr Mädel wie eine dumme Tussi behandeln?«

»Keine Ahnung. Gehörst du zu dieser Sorte?«

Als Rache kitzelte er mich an den Rippen. »Nur wenn sie wie jetzt dummes Zeug labert.«

Ich konterte mit einem Knuff. »Nein, ich glaube, normalerweise würdest du so was nicht tun, allerdings ver-

hältst du dich gerade auch nicht normal. Das verwirrt mich ein bisschen.«

»Ich weiß, Schatz.«

»Meinst du wirklich, dass alles wieder gut wird?«

»Ja, das tue ich.«

»Bist du dir hundertprozentig sicher?«

Er verzog das Gesicht. »Hm, so weit würde ich nicht gehen. Wenn ich ehrlich bin, würde ich sagen fifty-fifty. Dad hatte recht, dass ich ein höllisches Risiko eingehe. Ich verlasse mich gerade darauf, dass ziemlich viele Leute ihren Job richtig gut machen, und dabei kann richtig viel schiefgehen.«

Das klang nicht gut. »Trifft das auch auf mich zu?«

»An der Stelle ist Vertrauen gefragt.«

»Ich werde dir nicht auf die dunkle Seite folgen, wenn du dahin übergetreten sein solltest.«

»Schätzchen, da bist du doch schon längst. Bei der ganzen Sache geht's ja gerade darum, dich da rauszuholen.«

Mir drängte sich das Bild eines Feuerwehrmanns auf, der in ein brennendes Gebäude ging, um ein Opfer zu bergen, nur um in den Flammen zu sterben.

»Und wie willst du das machen?«

Er fuhr sacht mit einem Finger über meine Wange. »Ich stehe jetzt auf der Seite des Verbrechens, schon vergessen? Ich werde dich stehlen, natürlich.«

»Ach ja?«

»Mhm. Aber davor werde ich mir noch einen Kuss stehlen.« Er stützte sich auf einen Ellenbogen auf und unsere Lippen berührten sich sanft. Er ließ sich Zeit und wir beide entspannten uns merklich, genossen diesen in-

timen Moment. Es war geradezu überwältigend, so dazuliegen, mit ineinander verschlungenen Beinen, sein breiter Brustkorb an meinem, sodass ich mich von seiner Wärme vollkommen umhüllt fühlte.

Er machte sich von mir los und lächelte mich an. »Du kannst echt die Zeit anhalten, oder?«

»Ich hab meine Fähigkeit nicht bei dir angewandt, Ehrenwort.« Ich hatte nicht die Absicht, ihm von meinem fehlgeschlagenen Paralysierungsversuch von vorhin zu erzählen.

»Ich weiß; ich meinte auch eher die Wirkung, die du auf mich hast. Dich zu küssen ist meine Lieblingsbeschäftigung geworden.«

»Ich liebe dich, Yves«, sagte ich, bevor ich mir selbst einen Maulkorb verpassen konnte. Zu spät – jetzt war es raus. »Ich meine, ich erwarte nicht von dir, dass du mir dasselbe sagst oder so.« Idiotin! »Ähm … tut mir leid.«

Seine Augen glänzten. »Nein, entschuldige dich nicht. Mir tut es nur leid, dass du es als Erste gesagt hast. Ich habe auf den richtigen Moment gewartet, um's dir zu sagen.«

Ich versuchte, von ihm abzurücken. Das behauptete er jetzt doch nur, weil er einfach unheilbar höflich war. »Ehrlich, das ist nicht nötig.«

Er ließ mich nicht entkommen. »Und ob. Du tust mir gut. Ich glaube, unser Schöpfer hat sich diese Seelenspiegel-Sache sehr clever ausgedacht, denn er stellt uns nicht denjenigen zur Seite, den wir uns wünschen, sondern denjenigen, den wir brauchen.«

Über die einigermaßen überraschende Neuigkeit, dass

dieser Wissenschaftsfreak an Gott glaubte, ging ich einfach hinweg; das zu tun hatte ich mir schon als Kind verboten. Das Leben war mir immer zu sehr wie ein grausamer Scherz vorgekommen, als dass ein gütiger Schöpfer da ins Bild gepasst hätte. »Und wen hattest du dir gewünscht?«

Er legte sich wieder neben mir hin. »Ich hab immer gedacht, dass ich jemanden will, der so ist wie ich. Meine Kriterien waren ziemlich oberflächlich: ein Collegemädel, Sorte amerikanische Ballkönigin, das Tennis und Bücher mag.«

»Bei den Büchern kann ich punkten, aber Tennis?«, schnaubte ich.

»Aber ich spiele rabiat gut. Ich muss es dir mal beibringen.« Seine Finger fuhren sanft die geschwungenen Linien meiner Taille und Hüfte nach. »Obwohl ich dich warnen muss: Zed sieht es als ein weiteres Zeichen meiner mangelnden Männlichkeit an.«

»Warum das?«

»Weil die Spieler Weiß tragen, keinen Helm brauchen und ihre Gegner nicht zu Boden schmeißen.«

»Verstehe. Sehr verdächtig. Und was hast du jetzt herausgefunden bezüglich der erforderlichen Qualitäten deines Seelenspiegels, wenn sie denn nicht Miss Ballkönigin ist?«

Er wurde für einen Moment ganz still, sodass mir schon der Gedanke kam, er habe seine Meinung doch noch mal geändert. Ich konnte dieses perfekte Mädchen vor meinem geistigen Auge sehen – sie würde ausschauen wie Jo-grid; wohlduftend, eine Erscheinung wie diese

supergepflegten Frauen in den Werbeanzeigen für Parfüm, die gesund und strahlend über eine mit Blumen übersäte Wiese hüpften. Wenn ich einer Werbeanzeige entstiegen wäre, dann der vom Weihnachtsspendenaufruf für Obdachlose.

»Yves?« Ich tippte ihn an die Brust, weil ich noch immer auf eine Antwort wartete.

Er lächelte. »Demut – genau das brauche ich – jemand, der meine vermeintliche Intelligenz herausfordert. Jemand, der meine Selbstbeherrschung auf die Probe stellt. Ich habe immer gedacht, ich wollte möglichst ruhig und besonnen durchs Leben gehen; jetzt ist mir klar, dass ich diese Leidenschaft brauche, weil ich mich sonst nie richtig lebendig fühlen werde. Ich glaube – und ich hasse, das zuzugeben –, dass ich auf dem besten Weg war, ein angepasster Langweiler zu werden. Ich hätte noch vor meinem dreißigsten Geburtstag Cordsakkos getragen, wenn du nicht gekommen wärst.

Bei der Vorstellung musste ich lächeln. Ein Cordsakko wäre gar nicht so übel, solange er nichts weiter darunter tragen würde und mir die ehrenvolle Aufgabe zukäme, es aufzuknöpfen. »Aber ich spiele nicht in deiner Liga, Yves. Ich habe nie eine Schule besucht.«

»Du bist auf deine eigene Weise clever.«

»Ich habe gigantische Wissenslücken. Ich bin wie Schweizer Käse.«

»Und wenn schon, du kannst dich bei einer Meinungsverschiedenheit trotzdem gegen mich behaupten; ich bin es gewohnt, dass die Leute sofort klein beigeben, weil sie glauben, dass ich mehr weiß als sie.«

»Und vermutlich stimmt das sogar.«

»Nicht wirklich. Das Lernen fällt mir leicht. Ich kenne mich mit Fakten und Zahlen aus, aber nicht mit dem wahren Leben. Nicht so wie du.«

Ein gewisser Stolz erfüllte mich; er glaubte, dass ich mehr vom Leben wusste als er.

»Und du besitzt all jene Eigenschaften, die ich schon mal genannt habe. Du bist fürsorglich, beschützend, entschlossen, dich erst um andere zu kümmern, bevor du an dich selbst denkst. Deine Selbstlosigkeit erfüllt mich mit Ehrfurcht und jetzt, da ich die Leute kennengelernt habe, mit denen du lebst, noch umso mehr. Du bist ein viel besserer Mensch, als ich es bin.«

»Quatsch.«

Er legte meine Hand auf seine, sodass unsere Handflächen beide auf seinem Herz ruhten. »Ich mein's ernst.«

»Ich bin eine Diebin. Und mir hat's gefallen.«

»Das wäre ich auch geworden, wenn ich in dieses Leben hineingeboren worden wäre. Und außerdem kann ich nachvollziehen, was das für ein Kick ist, wenn man etwas besonders gut kann. Mir gibt es den Kick, eine Formel zu knacken, dir gibt es den Kick, ungeschoren davonzukommen. Warum finden wir nicht zusammen eine Sache, die uns die gleiche Art von Kick gibt, ohne diesen Das-ist-gegen-das-Gesetz-und-wird-dich-ins-Gefängnis-bringen-Teil?

Ihn küssen wäre eine solche Sache und doch musste ich ihm seine Illusionen zerstören. Meine Verfehlungen sprudelten nur so aus mir heraus, noch ehe ich es mir recht überlegt hatte. »Wegen mir wurde meinem Freund

etwas Schlimmes angetan. Unicorn hat ihm zehn Jahre seines Lebens genommen, bloß weil ich nicht reden wollte.«

Er massierte mir besänftigend den Nacken. »Nicht dein Fehler. Gib demjenigen die Schuld, der das getan hat. Ich würde deinen Freund gern kennenlernen. Wie war gleich noch mal sein Name?«

»Tony.« Ich malte mit einem Finger einen Kreis auf seine Brust. »Ihn kannst du gern kennenlernen. Aber er ist der Einzige. Von den anderen halte dich fern.«

»Okay. Wir können ihn ja nachher suchen gehen, sobald du meinst, dass es sicher ist.«

»Hier ist nichts jemals sicher.«

»Dann eben weniger gefährlich.«

»Ja, das trifft's schon eher.«

»Nur eine Sache noch, Phee.«

»Hmm?«

»Wenn ich ein oder zwei Bauern opfere, damit du in Sicherheit bist, will ich nicht, dass du meine Königin wegwirfst.«

Dass er das Ganze wie ein Schachspiel beschrieb, machte mich nicht gerade glücklich, denn es ging hier um so viel mehr als einen Gratulationshändedruck für den Sieger. »Weißt du, wie sich das für mich anfühlt, Yves?« Er schüttelte den Kopf. »Als würde ich mit verbundenen Augen über eine Seilbrücke gehen. Ich weiß nicht, ob du unter mir ein Sicherheitsnetz gespannt hast oder ob da ein Fluss ist, in dem sich Krokodile tummeln.«

Er küsste mich auf die Stirn. »Ich liebe deine Denkweise. Du hast solch ein unglaublich bildhaftes Verständnis,

das ist viel spannender als meine nüchterne Art, das Leben zu betrachten.«

Er war einer Antwort geschickt ausgewichen.

»Und, was ist es jetzt da unten? Ein Netz oder Krokos?«

»Was denkst du denn?«

»Ich denke, dass du denkst, dass da ein Netz ist, doch womöglich übersiehst du die großen Löcher darin. Haben nicht beide, dein Vater und Victor, dich gewarnt?«

Er rieb mir die Arme. »Siehst du, ich hab ja immer gesagt, du bist clever.«

»Genau genommen erwartest du von mir, dass ich blind in die Sache reingehe – wobei es durchaus möglich ist, dass derjenige, der mich führen soll, die Gefahren selbst nicht sieht. Ich werde es erst wissen, wenn es zu spät ist.«

Er dachte kurz darüber nach. »So in etwa. Andererseits solltest du in Betracht ziehen, dass die anderen ebenfalls blind sind – zumindest bestimmten Dingen gegenüber.«

»Das hoffe ich.«

»Das weiß ich.«

Zerzaust und barfuß saßen wir im Schneidersitz auf dem Bett und hatten gerade unser Picknick mit meinem kleinen Vorrat an Keksen und Wasser beendet, als der Seher uns rufen ließ. Es war mittlerweile später Nachmittag und ich hatte damit gerechnet, dass einer meiner Halbbrüder uns holen kommen würde, aber stattdessen stand Kasia an der Tür. Sie lächelte uns beide an.

»Das ist also dein Freund, Phoenix?« Sie musterte ihn anerkennend von Kopf bis Fuß.

Yves blickte mich fragend an.

»Das ist Kasia, Yves. Sie ist die Telepathie-Expertin des Sehers.« Ich hoffte, dass meine Warnung bei ihm angekommen war.

»Schön, Sie kennenzulernen«, sagte Yves höflich, stand auf und streckte ihr seine Hand entgegen.

Kasia nahm sie nur flüchtig. »Ich habe seit einigen Tagen deiner Stimme gelauscht; wie nett, dich jetzt in Fleisch und Blut kennenzulernen, Yves. Ihr werdet erwartet. Folgt mir.«

Ich schlüpfte in meine Schuhe und fuhr mir kurz mit der Bürste durchs Haar. Yves steckte sein Hemd in die Hose und setzte seine Brille auf. Wir waren bereit.

»Vertrau mir«, flüsterte er mir zu, als wir die sichere Wohnung verließen.

Auf dem Weg zur Wohnung des Sehers konnte ich beobachten, wie Yves sich veränderte. Er straffte die Schultern, sein Gang wurde eher ein Schreiten und er ging einen Tick schneller als ich, sodass ich ihm hinterherlaufen musste. Er trat als Erster durch die Tür.

»Yves, mein lieber Junge, ich entschuldige mich für mein vorheriges Misstrauen.« Der Seher erhob sich nicht, aber er forderte ihn mit einer Geste auf, neben ihm auf dem Sofa Platz zu nehmen. Unicorn und Dragon funkelten meinen Seelenspiegel aus ihrer Ecke bei dem großen Fernseher finster an. »Deine Informationen haben die Überprüfung in jeglicher Hinsicht bestanden. Meine Kollegen waren hocherfreut über die Details, die ich ihnen zukommen lassen konnte.«

»Sie haben die Informationen bereits weitergeleitet?«

Yves runzelte die Stirn. »Aber ich habe Ihnen doch gesagt, dass Sie die Daten nicht von meinem Memory Stick herunterladen sollen.«

Der Seher machte eine wegwerfende Handbewegung. »Deine Daten sind für uns nicht von Nutzen, wenn wir sie nicht verbreiten dürfen, richtig? Dank deiner Hilfe kann das Savant-Netzwerk Stück für Stück zerschlagen werden. Langsam natürlich. Wir wollen nicht, dass sie Verdacht schöpfen, woher die Informationen stammen. Und deiner Familie wird kein Haar gekrümmt – das versteht sich von selbst.«

Weil der Seher die Benedicts brauchte, damit sie ihn weiter unwissentlich mit Informationen versorgten. Ich gab mich nicht der Illusion hin, dass sein Zugeständnis humanitäre Gründe hatte. Noch mehr erschütterte mich aber die Erkenntnis, dass Yves im Tausch für mich wirkliche Informationen preisgegeben hatte; er hatte genau das getan, was er angekündigt hatte: seine Familie und Freunde betrogen. Ich spürte den Schmerz wie einen Schlag in den Magen. Irgendwie hatte ich auf ein Wunder gehofft. Ich konnte den Gedanken nicht ertragen, dass seine Zuneigung zu mir seine Brüder und Sky zu Bauern machte, die er bereitwillig opferte.

Yves schnipste mit den Fingern. »Hey, Phee, komm hier rüber zu mir.«

»Wie?« Ich stemmte meine Hände in die Hüften und funkelte ihn an. Damit übertrieb er seine Rolle aber gewaltig.

»Du denkst zu viel nach. Mr Seher hat gesagt, ich bin mit im Boot, also schieb deinen Hintern hierher, wo ich

ihn sehen kann.« Er beugte sich zu dem Seher vor. »Sie hat noch immer nicht geschnallt, wie der Hase läuft … die Dinge ändern sich einfach zu schnell für ihr winziges Hirn. Ich muss wie ein Schießhund auf sie aufpassen.«

Einerseits wollte ich ihm meine Faust in sein aufgeblasenes Ego rammen, andererseits lieferte er sich mir total aus. Ich war die einzige Vertrauensperson, die er noch hatte, wenn er das Band zu allen anderen zerschnitt. Als Ausdruck meiner Empörung stolzierte ich zum Sofa hinüber und nahm dort Platz, so weit von ihm entfernt wie nur möglich. Das ließ er mir nicht durchgehen. Er schlang einen Arm um meine Taille, zog mich auf seine Knie und legte mir besitzergreifend seine Hand auf den Bauch. Der Seher hatte alles genau beobachtet und betrachtete uns mit einem widerlich anerkennenden Lächeln.

Dann bedeutete er einer seiner Gefährtinnen, den Champagner-Cocktail zu servieren. Er bot Yves ein Glas an, mir aber nicht. Ich hatte bei dieser Unterhaltung nicht mehr zu melden als ein Sofakissen. »Nun, mein Sohn, als Nächstes steht für dich heute Abend das Kennenlernen meiner Kollegen an. Sie wollen uns einen Vorschlag unterbreiten.«

»Was für einen Vorschlag? Worum geht's?«, fragte Yves. Ich erschauderte, als der Seher ihn ›mein Sohn‹ nannte, und Yves übte als stummes Warnzeichen leichten Druck auf meine Taille aus. Kein Mensch sagte ›mein Sohn‹ – höchstens aus Scherz –, es sei denn, um etwas von besonderer Tragweite anzukündigen.

»Um Geschäftsperspektiven für uns. Mr New York

wird dafür plädieren, dass du in seine Organisation wechselst, da du die meiste Zeit in den Staaten verbringen wirst, aber ich werde darauf drängen, dass du unter meinen Fittichen bleibst, schließlich bist du der Seelenspiegel meiner Tochter. Du gehörst ja jetzt zur Familie.«

Sie würden sich also um die interne Informationsquelle streiten? Alles, was einen Keil zwischen sie trieb, war erfreulich. Ich dachte an ›Jim‹ New York und war mir sicher, dass er solch einen Leckerbissen nicht kampflos hergeben würde.

»Und du wirst regelmäßig zurückkommen, um sie zu besuchen, nicht?«, fuhr der Seher fort und nippte an seinem Getränk. »Um zu sehen, was sie hier so treibt.«

Yves reckte sich ausgiebig, sodass mir so gut wie kein Platz mehr auf seinem Schoß blieb. »Ich höre mir gern an, was Sie heute Abend alle zu sagen haben, aber eins will ich klarstellen: Es kommt nicht infrage, dass ich Phee hier zurücklasse. Stimmt's, Phee?«

Was wollte er jetzt hören? Ja, Sir; nein, Sir; Zickezacke Hühnerkacke? Ich konnte das alles kaum noch ertragen und stand kurz davor auszuflippen.

»Das ist richtig, Yves; ich bleibe bei dir.«

»Sehen Sie.« Yves lächelte den Seher an, so als wollte er sagen: ›Was will man machen?‹ Das kleine Frauchen konnte nun mal nicht ohne ihn leben.

»Das klären wir später.« Der Seher würde seine Trumpfkarte nicht so ohne Weiteres hergeben. Ihm war bestimmt klar, dass seine Macht über uns enorm geschwächt wäre, sobald Yves mich von hier fortgeholt hätte. »Jetzt müssen wir erst mal übers Geschäft reden.

Phoenix, du gehst jetzt und machst dich für das Treffen zurecht, in der Zwischenzeit besprechen dein Seelenspiegel und ich die Bedingungen.«

Ich zeigte ihm in Gedanken den Stinkefinger und stand auf. »Darf ich wieder etwas aus dem Garderobenfundus der Community auswählen?«

»Natürlich. Und suche auch einen Abendanzug für Yves aus, wenn du schon einmal dabei bist. Es gibt da ein weißes Dinnerjackett – das dürfte okay sein.«

Aus den Augenwinkeln sah ich, wie Dragon und Unicorn Blicke tauschten. Noch nie war es irgendeinem männlichen Community-Mitglied gestattet worden, die Farbe zu tragen, die dem Seher vorbehalten war.

»Gut. Bis später.«

Yves tätschelte mich kurz und tat so, als hätte er mich bereits wieder vergessen, noch bevor ich den Raum verlassen hatte. Ich verspürte das Verlangen, ihm hinter dem Rücken des Sehers die Zunge herauszustrecken, durfte aber nicht riskieren, dass irgendjemand meine Aufsässigkeit bemerkte, wo Yves sich doch so abstrampelte, den Eindruck des Macho-Kotzbrockens zu erwecken. Aber mal im Ernst, er sollte bloß nicht auf falsche Ideen kommen; für meinen Geschmack kostete er das Ganze nämlich viel zu sehr aus.

Kapitel 19

Ich versuchte, mich beim Durchstöbern des Warenlagers des Sehers auf andere Gedanken zu bringen. Neben manchen Kleidern hätten Karlas Boutique-Beutestücke einen geradezu schlichten Eindruck gemacht. Dermaßen viele Glitzersteinchen und Pailletten hatte ich bislang nur an den Fummeln von Travestiekünstlern gesehen. Schließlich fand ich ein Kleid, mit dem ich leben konnte – ein apricotfarbenes Chiffonteil mit Satinunterrock. Es war ein klassisches Neckholder-Kleid im Empirestil, das weich an mir herunterfloss bis knapp übers Knie. Ich betrachtete mich im Spiegel und befand, dass mir die Farbe schmeichelte und dass die von mir gewählten Kitten-Heels-Schuhe meine Beine gut zur Geltung brachten. Als Accessoire suchte ich mir wieder eine Diamantkette aus – diese war allerdings zierlicher, mit blütenförmigen Steinen, sodass es aussah, als hätte ich eine unbezahlbare Gänseblümchenkette um den Hals.

Für Yves fand ich ein weißes Dinnerjackett mit schwarzer Hose, designt von Paul Smith – oder zumindest eine

erstklassige Kopie davon; im Warenlager des Sehers war alles möglich. Ich kannte Yves' genaue Größe nicht, darum hielt ich mir die Sachen an und versuchte mich zu erinnern, wo sich im Verhältnis zu meinem Körper seine Taille befand.

»Steht dir gar nicht, finde ich.«

Ich ließ die Hose auf den Läufer fallen. Unicorn war klammheimlich hinter mir ins Zimmer geschlüpft und beobachtete mich mit angewidertem Blick im Spiegel. Er kniff sich in den Rücken seiner markanten Nase, in dem Versuch, seine Wut zu beherrschen.

»Ach, ich weiß nicht. Ich finde, das Dinnerjackett ist das i-Tüpfelchen meines Looks.« Ich hielt die Jacke auf dem gepolsterten Bügel hoch, damit er sie besser sehen konnte. »Bisher war Weiß ja eigentlich nicht meine Farbe, aber jetzt … hm, na ja, vielleicht hab ich meine Meinung geändert.«

Er bewegte sich langsam auf mich zu, nahm mir die Jacke aus der Hand und hängte sie wieder an die Kleiderstange hinter mir. »Bloß weil du mit dem neuesten Spielzeug des Sehers zusammen bist, wirst du sicher nicht in seine Fußstapfen treten, wenn er sich irgendwann mal zur Ruhe setzt.«

Als ob ich Teil dieses erbärmlichen Königreichs sein wollte! »Das ist nicht mein Ziel, Unicorn, sondern deins.« Ich hob die Hose auf und legte sie über die Rückenlehne eines Stuhls. »Ich will einfach nur glücklich sein und irgendwo angstfrei leben können.«

Unicorn machte einen Schritt auf mich zu und hob die Kette an meinem Hals hoch. »Solch einen Ort gibt es

nirgends für uns, Phee, nicht mit unseren Begabungen.« Er ließ die Kette wieder fallen. »Für den Rest der Welt sind wir Freaks und entweder leitest du den Zirkus oder du tanzt nach der Pfeife des Zirkusdirektors.«

»Ich glaube, du irrst dich«, sagte ich leise und wich nicht vor ihm zurück, so wie er es vermutlich erwartet hatte. »Es gibt Savants, die ein normales Leben führen. Es muss nicht so sein wie hier.«

Seine Lippen kräuselten sich verächtlich. »Sagt wer? Dein kostbarer Seelenspiegel? Sieh ihn dir doch nur mal an: Er hat ohne lange zu fackeln seine Familie verhökert. Wenigstens stehen wir hier in der Community loyal zueinander. Ich spucke auf ihn und sein ach so normales Leben, wenn so was dabei rauskommt.«

Mir fiel nichts ein, was ich dagegenhalten konnte – nicht ohne dabei meine Hoffnung zu offenbaren, dass Yves trotz allem eine Möglichkeit finden würde, dem Savant-Netzwerk nicht zu schaden. Es war befremdlich, dass Unicorn tatsächlich an die Community glaubte und er ihr auf seine eigene Art die Treue hielt. Aber wenn ich mich in ihn hineinversetzte, konnte ich ihn in gewisser Hinsicht verstehen: Die Community war die einzige Familie, die wir je kennengelernt hatten; woran sollte er sich sonst festhalten? Ich hatte vor lauter gewohnheitsmäßiger Angst vor ihm glatt vergessen, dass auch er nur ein Teenager und Opfer des Sehers war; bloß ging er mit der Situation ganz anders um als ich.

Ich rieb mir die Arme, um das Frösteln zu vertreiben, das mich plötzlich erfasst hatte. »Trotzdem, du kannst nicht bestreiten, dass der Seher recht angetan ist von

Yves. Vielleicht macht es mir das Leben hier ein bisschen leichter, wenn er meinen Seelenspiegel wertschätzt.«

Unicorn bohrte mir seinen Zeigefinger in die Brust, um seinen Worten Nachdruck zu verleihen. »Du wirst nicht meinen Platz einnehmen, Phoenix. Ich habe unserem Vater zu viel von meinem Leben geopfert, um das zuzulassen. Ich habe mir meine Stellung über Jahre hinweg mühsam erarbeitet; ich werde nicht einfach zusehen, wie irgend so eine dürre Schlampe daherkommt und sich einfach alles unter den Nagel reißt.«

Ich schob seine Hand weg. »Das ist nicht meine Entscheidung, richtig? Wenn der Seher Yves an seiner Seite haben will, dann ist das seine Sache.«

»Dafür vertraut der Seher ihm nicht genug. Und er weiß genau, was für ein Waschlappen du bist – unzuverlässig, wenn es hart auf hart kommt. Er wird Dragon und mich noch immer für die Drecksarbeit brauchen.«

»Dann hast du vor uns ja nichts zu befürchten.«

Unicorn trat noch dichter an mich heran und packte mich an den Schultern, grub mir seine Finger ins Fleisch, dass seine Nägel kleine halbmondförmige Eindrücke hinterließen. »Sorge dafür, dass das so bleibt. Falls mir dein Seelenspiegel in die Quere kommt, werde ich ihn vorzeitig ins Grab bringen. Er wird dabei natürlich hundert Jahre alt werden – allerdings ist das eine Sache von zehn Minuten. Und ich werde jede einzelne davon auskosten und dann laut lachen, wenn du dem runzligen, zahnlosen Tattergreis einen Abschiedskuss gibst.«

»Ich hasse dich«, wisperte ich und sah hinunter auf

die Zehenkappen seiner schwarzen Stiefel, die er direkt neben die Spitzen meiner zierlichen Schuhe gepflanzt hatte. Ich wollte nicht, dass er den Schrecken in meinen Augen sah bei dem Gedanken, dass er seine Fähigkeit bei Yves anwenden könnte.

Wir hörten Schritte draußen auf dem Gang. Er presste meinen Kopf gewaltsam an seine Schulter – die Verhöhnung einer geschwisterlichen Umarmung. »Ich bin froh, dass du so empfindest, Phee. Jetzt wissen wir jedenfalls genau, wo wir stehen, richtig?«

Ich sagte nichts.

»Richtig?« Er riss an meinen Haaren.

»Ja«, stöhnte ich.

»Phee, alles klar bei dir?« Yves war hereingekommen und hatte noch das Ende unserer Unterhaltung mitgekriegt.

Unicorn schob mich mit einem warnenden Blick von sich fort. »Ja, ihr geht's gut. Wir hatten nur einen kleinen Plausch unter Geschwistern, stimmt's, Schwesterherz?«

Ich nickte und rieb mir den Hinterkopf.

»Dann lasse ich euch beide jetzt mal allein, damit ihr euch in Ruhe fertig machen könnt. Wir brechen in fünfzehn Minuten auf – das war es, was ich dir eigentlich hatte sagen wollen, Phee.« Er rempelte Yves im Vorbeigehen leicht an, mit einem fetten Grinsen im Gesicht.

»Was war hier los?« Yves starrte Unicorn wütend hinterher.

»Das Übliche. Bedrohung, Bestrafung, Einschüchterung.« Ich massierte mir die Schultern, versuchte, meine Gefühle wieder unter Kontrolle zu bringen. Ich konn-

te nicht zulassen, dass Unicorn mich in ein zitterndes Nervenbündel verwandelte; das war ihm in der Vergangenheit schon viel zu oft gelungen und ich musste es schaffen, ihm die Stirn zu bieten. »Versprich mir einfach, dass du dich von ihm fernhältst. Er ist ungeheuer mächtig.«

»Klar doch. Ich sehe uns nicht Thanksgiving im Kreis deiner Familie verbringen, Schatz.« Yves zog sich sein Oberteil aus und nahm das Hemd, das ich für ihn zurechtgelegt hatte, vom Bügel.

»Wenn das überhaupt wirklich meine Familie ist. Ich hoffe noch immer, dass meine Mutter einen heimlichen Geliebten hatte.« Ich reichte ihm die Hose. »Ich bin mir nicht sicher, ob die passt.«

»Dreh dich um, es sei denn, du willst einen Blick auf meine Boxershorts riskieren«, frotzelte er.

Ich lächelte matt und fing an, in einer Kiste mit Krawatten nach einer weißen Fliege für ihn zu kramen.

»Hab ich dir eigentlich schon gesagt, wie hübsch du aussiehst? Ich mag diese Farbe an dir.«

»Danke.«

»Und die Kette ist wie für dich gemacht.« Er versuchte mich aufzumuntern und es funktionierte; es war wie ein bisschen Sonnenschein nach Unicorns Eiseskälte.

Ich drehte mich wieder zu ihm um und hielt ihm die Fliege hin. »Ein Jammer, dass der ganze Schmuck geklaut ist, was?«

»Stimmt. Aber vielleicht lasse ich dir genau solch eine Kette anfertigen, wenn wir in den USA sind.«

»Sky hat erwähnt, dass du stinkreich bist.«

Er zuckte mit den Schultern. »Peinlich, aber wahr. Wenigstens müssen wir uns keine Sorgen machen, wie wir deine College-Gebühren bezahlen wollen. Ich leih dir was.«

Ich schloss meine Augen, während dieser verlockende Traum zwischen uns schwebte. Ich hatte meine Zweifel, ob ich ihn wirklich begleiten würde, bislang noch nicht zur Sprache gebracht, weil ich schlichtweg nicht daran glaubte, dass dieses Ereignis tatsächlich eintreten würde. »Ich könnte aufs College gehen. Aber ich habe gar nicht die notwendige Qualifikation dafür.«

Er hob mein Haar hoch und küsste mich auf den Nacken. »Du könntest mit intensivem Nachhilfeunterricht von einem äußerst fähigen Lehrer deinen Highschool-Abschluss machen.« Er gab mir noch einen Kuss auf mein nacktes Schulterblatt. »Und das wäre sogar umsonst, weil er nur Küsse verlangt als Bezahlung.« Er streifte mit seinen Lippen über meine andere Schulter.

»Ich vermute mal, der Lehrer, den du meinst, ist an die fünfzig, übergewichtig und kämmt sich seine verbliebenen Haare über die Glatze? Hmm, ja, das klingt vielversprechend.«

»Ha, ha.« Er bestrafte mich für meine freche Bemerkung und küsste mich auf die Wange. »Er ist fast achtzehn und hat die Highschool in allen Fächern mit eins abgeschlossen.«

»Klingt nach Streber. Bin mir nicht sicher, ob ich den küssen will.«

»Ach ja. Ich weiß aber mit Sicherheit, dass du es liebst, diesen aufstrebenden Wissenschaftler zu küssen. Ihm

gefällt diese Bezeichnung übrigens besser als Streber – klingt viel attraktiver.«

»Aber er muss doch selbst das College besuchen. Er hat gar keine Zeit, jemanden zu unterrichten, der nie eine Schule besucht hat.« Ich schlang meine Arme um ihn herum. Yves schaffte es, das letzte bisschen zitternde Angst, das mir nach dem Zusammentreffen mit meinem sogenannten Bruder noch immer in den Knochen steckte, vollständig zu vertreiben.

»Es wird ihm ein großes Vergnügen sein. Und er wird auch eine Schule für dich finden – in seiner Nähe –, sodass du, während er damit beschäftigt ist, Geo-Dingsbums zu studieren, wie das Fach von nun an offiziell heißt, auch dein eigenes Leben hast.«

»Hm, klingt zu schön, um wahr zu sein.«

»Dann lehn dich einfach zurück und schau dabei zu, wie ich es Wirklichkeit werden lasse.«

Allerdings gab's da noch die Winzigkeit, dass er das Savant-Netzwerk verraten hatte und uns ein Treffen mit den verbrecherischen Komplizen des Sehers bevorstand. »Yves …«

Er legte mir einen Finger an die Lippen. »Pst. Nicht jetzt. Vertrauen, weißt du noch?«

Er verlangte mehr von mir als jemals irgendjemand zuvor. Ich schenkte einem anderen Menschen nicht so leicht mein Vertrauen. Aber das hier war Yves. Ich nickte und schluckte, probierte ein strahlendes Lächeln. »Okay, mein Hübscher, dann wollen wir den Haufen mal mit unserer nochchalanten Ausstrahlung von den Hockern reißen.«

»*Nonchalante* Ausstrahlung? Uärgh.«

»Na ja, im Moment bin ich nicht so wortgewandt wie sonst.«

»Weißt du, ich hab mir gedacht, du solltest im College Literatur als Hauptfach belegen. Was meinst du?«

»Jahrelang nichts weiter tun als Bücher lesen? Wo kann ich mich für diesen Kurs einschreiben?«

Er drückte mich an sich und atmete tief ein. »Merk dir, wo wir stehen geblieben sind. Jetzt müssen wir erst mal in die Höhle des Löwen.«

Ich hatte damit gerechnet, dass wir uns wie bei unserem letzten Treffen mit den ausländischen Partnern des Sehers bei einem förmlichen Abendessen den geschäftlichen Dingen zuwenden würden, doch anscheinend waren die Informationen, die sie von Yves erhalten hatten, ein Grund zum Feiern für sie und so starteten wir den Abend in einem privaten Jazzclub in Soho. Die Abordnung der Community bestand aus dem Seher, Dragon, Unicorn sowie Yves und mir. Kasia war zwar nirgends in Sicht, aber das hieß nicht, dass sie nicht irgendwo in der Nähe postiert war, um das Treffen zu überwachen. Vermutlich hatten alle Savants in Spitzenpositionen einen eigenen Kommunikationsexperten.

Unser Taxi setzte uns in der Frith Street ab, gegenüber der schwarzen Eingangstür und dem beleuchteten Innenraum des *The Knowledge*. Das einstige Wohnhaus aus dem achtzehnten Jahrhundert war komplett entkernt und bis zum Keller ausgeschachtet worden, sodass ein höhlenartiger Raum entstanden war, in dem sich eine

Bühne erhob und viele kleine Tische für die Zuschauer standen. Nur die Reihen von Sprossenfenstern im ersten und zweiten Stock zeugten noch davon, dass es sich um ein historisches Gebäude handelte. Die vielen modisch gekleideten Gäste, die hier ein und aus gingen, bestätigten den Eindruck, dass dieses Lokal einer von Londons hippsten Läden war.

Der Seher bürstete einen imaginären Fussel von seinem weißen Revers. »Das ist dir zu Ehren«, sagte er zu Yves mit einem flüchtigen Grinsen.

»Ich bin beeindruckt.« Yves betrachtete die lebhafte Straße voller Bars und Clubs. »Ich wollte schon immer mal ins *The Knowledge* – jeder Jazzfan hat es bei einem Londonbesuch ganz oben auf seiner Liste stehen. Woher wussten Sie, dass ich Musik liebe?«

Der Seher stiefelte los. »Du wärst überrascht, was wir im Laufe der Jahre alles über dich in Erfahrung gebracht haben, Yves. Du lebst laut meinen amerikanischen Kollegen zwar recht zurückgezogen, trotzdem lässt sich vor interessierten Dritten nicht alles verbergen.« Er verharrte kurz auf der Schwelle. »Aber das weißt du ja, denn ihr habt uns ebenfalls observiert, stimmt's?«

Yves drückte meine Hand. »Ein paar von uns haben das vermutlich getan. Ich allerdings nicht. Ich habe in den letzten vier Jahren die Highschool besucht und war fleißig am Lernen. Keine Zeit fürs Spionieren.«

»Du bist ausgesprochen clever, wie wir alle wissen.« Der Seher forderte uns mit einer ungeduldigen Handbewegung auf, ihm zu folgen. »Mir steht jede Menge Muskelkraft zur Verfügung, aber ich brauche dringend

mehr Hirnschmalz für meine Operationen; du bist also eine willkommene Ergänzung und ich glaube, du wirst feststellen, dass es viel mehr Entfaltungsmöglichkeiten für deine Fähigkeiten gibt, wenn sie nicht durch die idiotischen Wertvorstellungen des Savant-Netzwerks beschränkt werden.«

Wie zum Beispiel von Anstand und Moral.

Hinter ihm standen Unicorn und Dragon und starrten mich wütend an, aber jetzt mal ehrlich – es war doch nicht meine Schuld, dass der Seher sie nur als nützliche Muskelpakete ansah.

Die wehmütigen Klänge eines Saxofons drifteten aus dem Zuschauerraum herüber. Der Seher trat ein und wir folgten dicht hinter ihm, wie ein Umhang, der ihm um die Füße glitt. Der Raum war rappelvoll, aber die Savants hatten die besten Plätze reservieren lassen, direkt vorne an der Bühne. Sie waren alle versammelt – die Repräsentanten der gefährlichsten Verbrechersyndikate der Welt, und zwar in gleicher Konstellation wie im Hotel. Auf jedem Tisch stand eine kleine Kerze in einem roten Kerzenhalter; in dem Schummerlicht sahen die Flammen für mich aus wie dämonische Augen, die über die Tischränder hinweg böse zu uns hinspähten. Mich überkam das plötzliche Verlangen, auf dem Absatz kehrtzumachen und loszurennen – um mein Leben zu rennen. Yves verstärkte seinen Griff, denn er spürte mein Zögern.

»Alles wird gut«, flüsterte er.

Wir traten in den Raum ein, genau in dem Moment, als die letzten Noten von ›Cry Me a River‹ erklangen und

das Publikum anfing, Beifall zu klatschen. Der Seher lächelte; ihm gefiel, dass es zufällig so aussah, als würden die Leute ihm applaudieren. ›Jim‹ New York erhob sich und winkte uns zu sich herüber. Ich konnte die anderen Mitglieder der Anführergruppe sehen, Moskau, Beijing, Sydney und alle anderen, die ganz in der Nähe saßen.

Es ging hier nicht um einen unterhaltsamen Abend, sondern darum, dass man uns präsentieren wollte. Der Seher erbrachte den Beweis, dass er einen Benedict gezähmt hatte.

Jim schüttelte dem Seher die Hand, dann klopfte er Yves auf die Schulter. »Schön, Sie kennenzulernen. Ich bin New York. Hab schon viel von Ihnen gehört, natürlich; hätte nur nicht geglaubt, dass ich diesen Tag noch mal erleben würde.« Er entdeckte mich hinter Yves. »Andererseits, wenn ich eine Frau wie Ihre beschützen müsste, würde ich meinen Lebensentwurf vermutlich auch neu überdenken.« Er hakte mich unter und zog mich an den Tisch ins Licht, tat so, als wären wir gute alte Freunde. »Sie sehen bezaubernd aus, Miss London. Nehmen Sie bitte Platz.«

Es gab nur vier Stühle am Tisch, sodass Unicorn und Dragon sich drängeln mussten, um noch einen Platz in unserer Nähe zu bekommen. Ein Kellner erschien mit einer Flasche Champagner und schenkte uns allen ein. Ich tat so, als würde ich in den Toast mit einfallen, rührte mein Getränk aber nicht an. Yves hielt die ganze Zeit meine Hand, im Verborgenen unter dem Tisch, und gab mir so den dringend benötigten Rückhalt, während er unbefangen mit Jim über Baseball plauderte. Von mir

wurde nichts weiter verlangt, als schmückendes Beiwerk zu sein, und so nahm ich den Raum genau in Augenschein, spähte Fluchtrouten aus für den Fall, dass wir einen schnellen Abgang machen müssten. Erst als ich den nächsten Notausgang entdeckt hatte, richtete ich mein Augenmerk auf die Musiker. Meine Finger umklammerten krampfhaft Yves' Hand. Das Saxofon wurde von einer kleinen Blondine gespielt. Die kräftig geschminkten Augen, das schwarze Brillengestell und der vampirrote Lippenstift konnten nicht darüber hinwegtäuschen, dass es sich bei ihr in Wahrheit um meine Zimmergenossin der vergangenen Tage handelte. Sky. Halb hoffend, halb bangend sah ich mich suchend nach Zed um, da ich vermutete, dass er seinen Seelenspiegel in einer solchen Situation nicht alleinlassen würde. Schließlich erkannte ich ihn in dem vollbärtigen Drummer mit Blumenhemd und – ja, wirklich – Sandalen und Socken. Ich biss mir auf die Zunge, um den absurden Drang zu unterdrücken, angesichts dermaßen selbstlosen Modeverzichts laut loszuprusten.

Aber was hatte das alles zu bedeuten? Wenn sie hier waren, dann waren die anderen Benedicts auch nicht weit. Und entweder wussten sie von Yves' Verrat oder er hatte die ganze Zeit über ein falsches Spiel getrieben und war klammheimlich gegen den Seher vorgegangen. Ich schloss die Augen, mir schwirrte der Kopf. Sollte das der Fall sein, dann wäre ich gezwungen, jemandem, den er liebte, zu schaden. Ich konnte nicht … würde nicht … es sei denn … Mir ging auf, dass der Seher mir nicht untersagt hatte, seinen Befehl gegen mich selbst zu richten.

Yves liebte mich – das hatte er mir vor wenigen Stunden gesagt. Eher würde ich mir selbst etwas antun, bevor ich einem seiner Familienangehörigen auch nur ein Haar krümmte.

»Alles okay, meine Liebe?« Der Seher heuchelte Besorgnis, als er meinen gequälten Gesichtsausdruck sah, aber ich merkte, dass mein Verhalten ihn in Alarmbereitschaft versetzte. Ich rief mich wieder zur Ordnung. Ich wusste nicht mit Sicherheit, was die Benedicts hierhergeführt hatte. Yves hatte geschworen, seiner Familie nichts zu verraten, um nicht den Gedankenvirus zu aktivieren, den der Seher mir eingepflanzt hatte. Vielleicht hatten sie noch andere Informationsquellen, von denen ich nichts wusste. Kein Grund also, wegen ein paar Verdachtsmomenten jetzt die Nerven zu verlieren.

»Ähm … ja, danke. Ich habe nur gerade über das Lied nachgedacht. Es erinnert mich immer an den Tod meiner Mutter.«

Jim hatte meine Äußerung gehört und schüttelte den Kopf. »Oh, das können wir aber nicht erlauben – keine trübsinnigen Gedanken heute Abend. Wir bitten die Band einfach, ein Lied zu spielen, das Ihnen gefällt. Welches darf's denn sein?«

Ich überlegte schnell, durchforstete mein Hirn nach einem geeigneten Song. »Wie wäre es mit ›I Put a Spell on You‹?« Ich hatte es vor Kurzem als Musikuntermalung in einem Café gehört und der Titel war bei mir hängen geblieben, weil er mir im Zusammenhang mit den Gaben der Savants so passend erschien.

  Jim schnippte mit den Fingern und wies den Kellner

an, unseren Wunsch weiterzugeben. Die Musiker unterbrachen kurz ihre Vorbereitungen für die nächste Nummer und berieten sich. Dann schickten sie eine Nachricht backstage, während der Pianist – ich erkannte ihn nicht – ein Medley verschiedener Songs spielte. Hinter einem Vorhang im rückwärtigen Teil des Clubs kam eine kurvige Dame mittleren Alters in einem engen roten Kleid und Seidenturban hervor und trat ans Mikrofon. Hätte ich mir doch bloß ein Instrumentalstück gewünscht; so allerdings hatte ich mit meiner Wahl Yves' Mom Karla ins Rampenlicht gezerrt. Sie war beinah nicht wiederzuerkennen, dank der getönten Brille und dem divamäßigen Glitzerfummel. Aber Junge, Junge – konnte die singen! Niemand wäre je auf die Idee gekommen, dass Victor sie hier eingeschleust hatte, denn sie klang wie ein Profi, sang mit tiefer, sinnlicher Stimme. Ich war mir nicht mal sicher, ob Yves bemerkt hatte, dass er von seiner Familie umringt war, da seine ungeteilte Aufmerksamkeit unseren Gastgebern zu gelten schien. Aber er musste doch die Stimme seiner eigenen Mutter erkannt haben? Wenn ja, ließ er sich nichts anmerken.

»Ähm ... Yves ...«, flüsterte ich. Ich wollte, dass er mir in die Augen sah, um mich ihm ohne Worte mitteilen zu können.

Er lächelte mich spröde an und sein Gesicht strahlte nichts von seiner gewohnten Offenheit aus. »Jetzt nicht, Schatz.«

Das war keine Antwort. Ich wusste immer noch nicht, ob *er* wusste. Ich ließ es erst mal dabei bewenden und lauschte für ein paar Minuten ihrem angereg-

ten Gespräch. Jim versuchte, Yves abzuwerben und in seine Organisation zu holen, sprach in verschleiernden Worten über den Drogenring, den er mit anderen Mitgliedern der verbrecherischen Savant-Vereinigung aufgebaut hatte. Ich spürte, wie dem Seher allmählich der Kamm schwoll, weil man ihn einfach so ausbooten wollte.

»London ist ein gigantischer Markt«, fuhr er plötzlich dazwischen. »Mein Plan ist, dass Yves uns dabei hilft, eine Route in die Hauptstadt auf die Beine zu stellen. Seine Computerkenntnisse werden uns bei der Umgehung der Zollkontrollen unschätzbare Dienste leisten.«

Jim machte eine wegwerfende Handbewegung. »Diese Idioten? Wir haben äußerst fähige Kuriere, die es an jedem vorbeischaffen.«

»Aber um wie vieles verlässlicher wäre ein Computerprogramm, das alle Lieferungen, die unter unserem Namen laufen, freigeben würde? Wenn die Waren als kontrolliert deklariert würden, bräuchten wir keine Kuriere mehr.« Der Seher nippte an seinem Champagner und rümpfte die Nase. »Ein bisschen zu trocken für meinen Geschmack.« Er rief mit einer Handbewegung den Kellner heran und bestellte einen anderen Jahrgang – keine sonderlich beeindruckende Machtdemonstration, die zeigen sollte, dass nun wieder er am Zug war. »Was meinst du, Yves?«

Yves machte ein Gesicht, als wollte er lieber nicht im Zentrum der Aufmerksamkeit stehen. »Beide Vorgehensweisen haben Vorteile«, erwiderte er diplomatisch. »Man kann sich nicht immer auf die Technik verlassen. Unter

Umständen kommen die Behörden auf die Idee, bei den Lieferungen Stichproben vorzunehmen. Und die Kuriere können noch immer an den Spürhunden scheitern.«

Jim lachte düster. »Diese verdammten Köter. Wir haben noch niemanden gefunden, der sie dazu bringen kann, ihre Nase in anderer Leute Sachen zu stecken – Gedankenkraft wirkt nur auf Menschen.«

Der Blick des Sehers huschte zu mir herüber. »Was ist mit dir, Phoenix? Kannst du Tiere manipulieren?« Er wandte sich wieder an Jim. »Mein kleines Mädchen hier kann nämlich genialerweise das Gehirn für ein paar Sekunden lahmlegen.«

Jim erhob sein Glas und prostete mir zu.

»Gibt keinen Grund, warum es bei Hunden nicht funktionieren sollte. Was meinen Sie?«

»Äh … ich hab's noch nie ausprobiert.« Mir war übel – schlimm genug, dass ich eine Diebin war, aber jetzt plante der Seher, mich als eine Art Drogenkurier zu benutzen. »Das müsste ich mir noch mal durch den Kopf gehen lassen. Entschuldigen Sie mich bitte. Ich gehe mich eben mal frisch machen.« Ich musste versuchen herauszufinden, was hier vor sich ging, um gewappnet zu sein für das, was als Nächstes passieren würde. Er hielt meine Hand fest, wollte mich nur widerwillig gehen lassen, aber ich machte mich mit einem Ruck frei. »Bin gleich wieder da.«

Ich ging in Richtung Toilette, wohl wissend, dass Unicorn von seinem Tisch aufgestanden war und mir folgte. Ich hielt die Augen nach weiteren Benedicts offen, die uns möglicherweise beschatteten, doch ich konnte

niemanden entdecken. Ich lächelte Unicorn säuerlich an und betrat die Damentoilette, starrte für volle fünf Minuten reglos in den Spiegel, in der Hoffnung, dass entweder Sky oder Karla den Wink verstanden hätten und herkommen würden, um mir zu erklären, was hier los war. Außerdem wollte ich die Chance nutzen, für Yves eine Lanze zu brechen – für den Fall, dass er sie um meinetwillen hintergangen hatte – und von dem Plan zu erfahren, den sie verfolgten, denn den gab es mit Sicherheit. Sie hatten keine Gelegenheit gehabt, uns einzuweihen, da wir seit Yves' Ankunft in der Community überwacht worden waren. Wenn dermaßen viele Beteiligte im Dunkeln tappten, ohne die Pläne der anderen zu kennen, liefen wir Gefahr, dass alles in einem Riesenschlamassel endete.

Aber niemand kam.

Kapitel 20

Unicorn stand noch immer auf Posten, als ich nach draußen tretend mir das Haar richtete, so als hätte ich mich die ganze Zeit mit meinem Aussehen beschäftigt; etwas, was er als klassisches Benehmen von einem Mädchen erwarten würde. So, wie er sich mit verschränkten Armen vor den Klos aufgebaut hatte, war es kein Wunder, dass ich da drinnen allein geblieben war. Ich verkniff mir die Bemerkung über Spanner, die vor Damenklos herumlungerten, und marschierte zurück an meinen Tisch. Karla hatte die Bühne inzwischen verlassen und die Band spielte irgendeine Melodie, die ich nicht kannte. Sky war wieder am Saxofon, die Augen auf den Drummer gerichtet, während sie sich im Takt hin und her wiegte. Ich hatte keine Ahnung, wie sie es hinkriegten, dass die Musik dermaßen locker und leicht klang, wo doch alles auf eine Katastrophe zusteuerte.

»Alles okay?«, murmelte Yves.

»Mhm.« Ich war bis aufs Äußerste angespannt. Nein!, wollte ich schreien: Merkst du denn nicht, dass deine

Familie hier im Club ist, während wir umringt sind von einem Haufen gnadenloser Killer, die mit dem Leid anderer Leute schnelles Geld machen wollen? »Alles bestens, danke.«

Yves strich über meinen Arm und schenkte mir ein beruhigendes Lächeln. Diese Geste von ihm war etwas voreilig gewesen. Noch ehe ich wusste, wie mir geschah, nahm das Unglück seinen Lauf. Ein Mann am Nebentisch warf einen prüfenden Blick auf sein Handy, dann kam er zu Jim herüber. Er beugte sich zu ihm und flüsterte etwas in sein Ohr.

New Yorks Augenbrauen schossen nach oben. »Sind Sie sicher?«

Der Mann nickte und zeigte ihm eine Textnachricht auf seinem Handy.

Yves tippte mir ans Handgelenk, eine Warnung, doch wovor, das wusste ich nicht. Sei bereit, schien er mir sagen zu wollen.

Jim wandte sich Yves zu. »Tja, Benedict, so wie's aussieht, haben wir ein paar Schwierigkeiten mit den Informationen, die Sie uns gegeben haben.«

Yves schwenkte den Champagner in seinem Glas. »Was für Schwierigkeiten? Wenn Sie sich an meine Worte gehalten haben, sollte es keine Probleme geben.«

»Und was waren Ihre Worte?« Jim fasste in die Innentasche seines Sakkos – einen schrecklichen Moment lang glaubte ich schon, er würde eine Pistole zücken, doch stattdessen holte er einen BlackBerry hervor.

»Ich habe Ihnen gesagt, Sie sollen keine Kopien des Originals machen.«

»Dafür ist es jetzt zu spät: Die Daten wurden an uns alle weitergegeben. Und wissen Sie was? Irgendwie haben sich seit dem letzen Aufruf des Dokuments ein paar der enthaltenen Namen verändert.«

Yves nickte, als wäre das alles zu erwarten gewesen.

»Laut Ihren Informationen sind jetzt Donald Duck und Micky Maus führende Mitglieder des Savant-Netzwerks.« Jims Stimme klang nicht im Geringsten belustigt. »Und irgendwie haben diese Namen die eigentlichen Kontakte ersetzt, die ich heute Nachmittag markiert hatte.«

Yves zuckte mit den Schultern. »Haben Sie sich die Liste denn ausgedruckt?«

Jim lockerte seine Fliege, vor lauter Verärgerung traten die Sehnen an seinem Hals hervor. »Nein, natürlich nicht. Aber das wissen Sie doch, stimmt's? Sie haben die Datei mit einer Sperre versehen, sodass wir das Dokument nur am Bildschirm lesen konnten.«

Yves schob sein Glas beiseite. »Ich kann für Sie die Einstellungen ändern, kein Thema. Dafür müssen nur die Zugangsberechtigungen angepasst werden.«

Mir fiel auf, dass überall um uns herum andere Savants geflüsterte Botschaften oder SMS erhielten.

»Tolstoi! Rasputin!«, schnaubte Mr Moskau und warf sein Smartphone auf den Tisch. Seine Handlanger scharten sich sofort um ihn, ihre Hände tief in den Taschen verborgen oder seitlich unter die Jacken geschoben, wo sie nach ihren Pistolen fühlten. »Das ist eine Beleidigung!«

»Sehr lustig. Crocodile Dundee und Kylie Minogue!«

Mr Sydney stieß seinen Stuhl zurück und packte Yves unsanft am Genick. »Was läuft hier, Freundchen?«

Mir schlug das Herz in der Kehle und ich sah, dass der Tumult im vorderen Bereich des Clubs die Aufmerksamkeit anderer Gäste erregte, und die, die klug waren, standen auf und gingen. Das Servicepersonal brachte sich in Position, bereit, bei Handgreiflichkeiten dazwischenzugehen – aber Kellner wie sie hatte ich noch nie erlebt, so wachsam und vollkommen unbeeindruckt von der bedrohlichen Situation vor der Bühne. Ohne irgendwelche Anzeichen von Yves' älterem Bruder zu sehen, beschlich mich allmählich der Verdacht, dass wir von Victors Polizeifreunden umgeben waren. Auch die Band hatte Notiz von dem Vorfall genommen und verstummte, als sich die Savants um unseren Tisch drängten.

Yves mimte den Lässigen. »Das ist kein Spiel«, sprach er laut in die Stille hinein. »Ich habe Sie davor gewarnt, die Dateien vom Memory Stick herunterzuziehen. Sobald sie von meinem Stick heruntergeladen werden, setzt sich der Selbstzerstörungsprozess in Gang.« Yves schüttelte Sydneys Hand ab und trat vom Tisch zurück, sodass ich direkt hinter ihm stand. »Hören Sie, Sie erwarten doch wohl nicht von mir, dass ich sensible Daten einfach so herumliegen lasse als Einladung, bei Wikileaks gepostet zu werden, oder? Ich hab gedacht, Sie hätten wesentlich bessere Sicherheitsstandards.« Seine Stimme triefte vor Verachtung über ihr technisches Know-how. »Die Dateien werden Schritt für Schritt zerstört, sobald sie von dem ursprünglichen Datenträger entfernt werden, natürlich in einer kultursensiblen Vor-

gehensweise, da ich möchte, dass der Rezipient merkt, was geschieht. Ich versuche keinesfalls, mein Tun zu verschleiern.«

Jim stieß Yves zurück auf seinen Stuhl. »Okay, nach dieser äußerst amüsanten Präsentation Ihrer technischen Zauberkünste können Sie uns die Information also noch mal zuschicken? Ohne die zeitprogrammierte Datenzerstörung?«

»Na sicher. Ich brauche dazu nur fünf Minuten an einem Computer, der etwas taugt.« Yves blickte mit Unschuldsmiene in die Runde, so als würde er erwarten, dass ein solches Gerät, hier mitten im Nachtclub, jeden Moment vor ihm auftauchen würde.

Aber der Seher war nicht erfreut, dass sein Schützling sie in aller Öffentlichkeit so überrumpelte. Er kaufte Yves die Geschichte nicht ab. »Phoenix, stell dich da drüben hin, neben deine Brüder.«

»Was? Wieso?« Ich hasste es, im Mittelpunkt zu stehen, spürte, wie sich das Augenmerk der Savants auf mich legte.

Yves zeigte erste Anzeichen, dass sein Selbstbewusstsein zu bröckeln begann. »Sie bleibt hier.«

»Sie geht.« Der Seher bedeutete Dragon, mich aus der Ansammlung herauszunehmen. »Ich glaube, Sie können sich besser konzentrieren, wenn Sie wissen, dass Phoenix in der Obhut ihrer Familie ist.« Er bedachte Yves mit einem trockenen Lächeln. »Ich beginne mich zu fragen, ob Sie vielleicht noch weitere Überraschungen für uns in petto haben, Mr Benedict. Denken Sie daran, dass Phoenix einen Auftrag ausführen muss, falls Sie uns hinter-

gangen haben, also überlegen Sie genau, bevor Sie antworten.«

»Ich habe nichts getan. Ich habe Sie davor gewarnt, die Dateien vom Datenträger zu kopieren. An den jetzigen Folgen sind Sie selbst schuld.«

»Aber es muss Ihnen doch klar gewesen sein, dass die Daten für uns nur von Nutzen sind, wenn wir sie weiterverbreiten können.«

»Aber Sie haben mich nie darum gebeten, diese Funktion freizuschalten, oder?«

Oh mein Gott – jetzt ging mir ein Licht auf! Meine Zweifel lösten sich in Luft auf wie Nebel beim ersten Sonnenstrahl. Yves war seiner Familie gegenüber loyal geblieben und hatte sein Versprechen an mich gehalten, indem er anderen überlassen hatte, die Entscheidung zu treffen, die zur Datenzerstörung geführt hatte. Sie hatten sich sozusagen selbst verraten. Meine Erleichterung war unbeschreiblich.

Dragon merkte, dass das Gespräch eine unliebsame Richtung nahm, und drehte mir den Arm auf den Rücken, um mich daran zu hindern, etwas Unüberlegtes zu tun. Verzweifelt schaute ich, was Victors Leute machten, doch sie blieben auf Abstand. Ich fragte mich, ob sie den ganzen Laden womöglich verwanzt hatten; vielleicht hofften sie darauf, dass die Savants sich selbst noch weiter belasten würden. New York hatte doch bereits über Drogenlieferungen gesprochen; reichte das nicht? Oder vielleicht warteten sie auch auf irgendein Zeichen von Yves. Komm schon, Victor, drängte ich stumm, bereite der Sache ein Ende, bevor Yves noch verletzt wird.

Jim betrachtete Yves mit verwirrter Miene. »Wo liegen eigentlich Ihre Loyalitäten, Mr Benedict?«

Der Seher winkte Unicorn näher zu sich heran. »Ich denke, das wissen wir – bei seinem Seelenspiegel.«

Jim legte seine Hände um Yves' Hals, drückte ihn gewaltsam gegen die Rückenlehne. »Mich würde allerdings interessieren, was er sonst noch mit diesem Memory Stick gemacht hat. Ich frage mich, ob er ihn nicht vielleicht mit mehr als einem Virus infiziert hat; womöglich haben wir damit unsere Systeme komplett verseucht. Ausgesprochen dumm von uns, dass wir so etwas in unserer Euphorie über die erhaltenen Informationen nicht in Betracht gezogen haben.«

»Da gebe ich Ihnen recht. Ich fürchte, da haben wir alle ein wenig den Kopf verloren.« Der reumütige Ton des Sehers ließ mich erschaudern. »Unicorn, ruf Mr Benedict doch bitte in Erinnerung, was er riskiert, wenn er ein doppeltes Spiel mit uns treibt.«

Unicorn streifte einen Lederhandschuh ab und dehnte seine Finger. »Wie viel soll ich wegnehmen?«

»Ein Jahr oder zwei sollten genügen.«

Yves kämpfte gegen Jims Würgegriff an. »Was haben Sie vor?«

Ich gab Dragon einen Stoß. »Fass mich ja nicht an!«

Der Seher richtete seine blassblauen Augen auf mich. »Du bist ihm doch völlig egal, meine Liebe. Ob das Band zu seinem Gegenstück zerreißt, wenn man einen Seelenspiegel altern lässt? Immerhin seid ihr der Legende nach durch die Geburt miteinander verbunden.«

»Nein! Bitte!«, schrie ich und versuchte in Panik, mich

Dragons Griff zu entwinden, während Unicorn auf mich zukam. Die Ereignisse waren außer Kontrolle geraten und hatten sich in einen Albtraum verwandelt: Unicorn schien es kaum abwarten zu können, seine neueste Aufgabe in Angriff zu nehmen – wie sehr musste er mich hassen.

»Bitte nicht!«

Yves schrie laut nach Victor, schlug Jims Hände weg und versuchte, durch die Menge hindurch zu mir zu gelangen, aber die anderen Savants hielten ihn zurück. Verzweifelt griff ich nach Unicorns Mentalmustern und es gelang mir, ihn für wenige Sekunden zu paralysieren, aber er wusste, wie meine Fähigkeit wirkte, und wehrte sie ab, noch bevor ich sie voll ausschöpfen konnte. Dragon erlag meinem Angriff nur für einen kurzen Augenblick, bevor er ihn einfach abschüttelte.

»Blöd von dir – jetzt hast du uns sauer gemacht«, knurrte er und zog mich in Unicorns Richtung. »Zwei Jahre werden nicht reichen.«

In dem Moment ging der Tisch neben uns in Flammen auf; die roten Kerzen spuckten Feuer und Wachs wie Miniaturvulkane. Dragon fluchte und geriet ins Taumeln, kugelte mir dabei um ein Haar den Arm aus. Die Sirene des Feueralarms plärrte los und die Sprinkleranlage ging an. Leute rannten schreiend in unsere Richtung bei dem plötzlichen Anblick von Pistolen; Kellner und ebenso Gäste entpuppten sich als Polizeikräfte. Wurfgeschosse zischten über unseren Köpfen hinweg, abgefeuert von den Bodyguards der Savants.

Dragon warf sich unter den Tisch und riss mich mit.

»Polizei! Polizei!« Schreie aus allen Richtungen. »Waffen runter. Hände hoch, sodass wir sie sehen können.«

»Phee!«, brüllte Yves über den Tumult hinweg. »Wo bist du?«

»Yves!«, kreischte ich.

Dragon schlug mir eine Hand vor den Mund. Unicorn kam zu uns herübergerobbt.

Yves!

»Wir nehmen sie mit?«, fragte Dragon knapp.

Durch einen Wald von Beinen hindurch sahen wir die weiße Gestalt des Sehers und auch die anderen Savants, alle umstellt von bewaffneten Polizisten. Keiner legte Hand an sie; bestimmt hatte man sie über die besonderen Fähigkeiten dieser Männer informiert. Die Gegenwehr war zum Erliegen gekommen; drei Stühle und mehrere Gläser hingen über unseren Köpfen in der Luft, drehten sich langsam im Kreis wie Gesteinsbrocken in einem Asteroidenfeld. Inmitten der Polizisten stand Mr Benedict Händchen haltend mit seiner Frau, die Augen geschlossen, voll konzentriert und so merkwürdig still, während um sie herum große Verwirrung herrschte. Ich tauchte kurz in ihre Mentalmuster ein und sah, dass das Ehepaar eine Art Schutzwall aufrechterhielt, der die Savant-Gruppe umschloss und die Wurfgeschosse abhielt. Ein Mann, Sydney, glaube ich, brach zusammen – einen Pfeil im Nacken. Ein Stuhl fiel im selben Moment aus der Luft zu Boden, dem mentalen Zugriff des Mannes entrissen. Die Polizei setzte Narkosepistolen ein – super! Ich spürte einen Anflug von Hoffnung.

»Zeit abzuhauen!« Unicorn fuhr in seinen Handschuh.

»Ich glaube, wir benötigen drastischere Maßnahmen als meine Alterungskraft, damit sie kooperieren. Ich habe keine Lust, aus den Latschen zu kippen und in einem Hochsicherheitsgefängnis wieder zu mir zu kommen.«

Dragon zog eine Pistole aus einem Halfter unter seiner Jacke und stieß mir den Lauf von unten ans Kinn.

»*Yves!*«, rief ich verzweifelt.

Wo bist du?

Der Tisch, der uns vorübergehend Deckung verschafft hatte, hob sich vom Boden in die Luft und kippte Richtung Bühne. Aus dem Augenwinkel sah ich Sky, die, hinter dem Klavier kauernd, das Möbelstück mit dem Finger dirigierte wie eine Kapellmeisterin. Hinter ihr hatte Zed sich in Position gebracht und warf per Telekinese in weitem Bogen eine Champagnerflasche auf Dragon, aber Unicorn sah das noch früh genug und zog seinen Bruder zur Seite. Mit einem Ruck aus dem Handgelenk ließ Dragon die Flasche zerbersten und der Inhalt bespritzte die hinter dem Tresen verschanzten Polizisten. Er verschwendete keine Zeit und schleifte mich zum Ausgang.

»Nehmen Sie die Waffen herunter!«, befahl der leitende Beamte, als er uns außerhalb der Absperrung entdeckte.

Unicorn öffnete mit einem Tritt den Notausgang. »Wenn Sie uns folgen, stirbt sie.«

Dragon stieß die Polizisten, die die Hintertür bewachten, mit einer Kraftwelle aus dem Weg. Sie wurden gegen die Wand geschleudert und glitten daran herunter wie Marionetten mit zerschnittenen Schnüren.

Leg sie lahm!, flehte Yves voller Verzweiflung. Ich konnte spüren, wie er versuchte, den Ring von Polizisten zu durchbrechen, aber sie hatten Anweisungen, alle festzuhalten – ohne Ausnahme.

Ich hab's versucht, es funktioniert nicht. Sie wehren es zu schnell wieder ab.

Und dann standen wir in einer hässlichen Seitengasse auf der Rückseite des Clubs – nichts außer Abfalltonnen und vom Wind verwehtem Verpackungsmüll. Die Polizei – falls sie überhaupt da war – war nirgends zu sehen.

»Auto«, sagte Dragon lapidar.

»Ja. Gib sie mir. Du besorgst eins.« Unicorn drückte mir seine Waffe an die Schläfe, während Dragon seine herunternahm und mich losließ. Dann marschierte er zum Straßenrand, im Visier einen schwarzen BMW, der seine Mitfahrer gerade vor einem Restaurant abgesetzt hatte. Als der Fahrer Gas gab, machte Dragon einen Schritt auf die Straße und nahm seine Hände hoch. Es war, als ob das Auto gegen eine unsichtbare Ziegelmauer prallte. Ich konnte die Anstrengung in Dragons Gesicht sehen, als er den motorstarken Wagen zum Stillstand brachte. Dann richtete er einen Finger auf den Fahrer.

»Raus!«

Das ließ sich der Fahrer nicht zweimal sagen; ängstlich krabbelte er nach draußen, die Autotür blieb weit offen stehen.

Dragon öffnete die Hintertür und ich wurde unsanft hineinbugsiert. Unicorn fiel quasi auf mich drauf, die Pistole zwischen uns eingeklemmt, und für einen quä-

lenden Augenblick dachte ich, sie könnte womöglich versehentlich losgehen.

»Das sind sie! Das Auto!« Ich konnte Stimmen hören – darunter auch Victors.

»Los!«, schnauzte Unicorn.

Dragon im Fahrersitz drückte aufs Gaspedal und schoss mit quietschenden Reifen davon. Als er um die Ecke bog, stieß er einen Triumphschrei aus.

»Das war ja ein verdammtes Kinderspiel!«, lachte er.

Unicorn setzte sich aufrecht hin, in der Gewissheit, dass niemand das Auto unter Beschuss nehmen würde, solange ich drinsaß. »Ja, krass. Wir haben gerade ein gutes Gespann abgegeben.«

Dragon bog trotz roter Ampel scharf links ab; ein Doppeldecker-Bus musste ausweichen und krachte bei dem Manöver in einen Zaun. Dragon johlte vor Schadenfreude. »Wohin?«

»Zurück zur Community.« Unicorn riss den Saum meines Rockes in Streifen und fesselte mich damit an Händen und Füßen. »Ich schlage vor, wir nehmen uns, was wir brauchen, sagen den anderen, sie sollen verschwinden, und machen in vier Tagen ein neues Treffen aus – wenn sich die Lage beruhigt hat.«

Das Auto geriet kurz ins Schlingern. »Wie? Wir übernehmen die Macht?«

Unicorn massierte sich die Schläfen. »Natürlich nicht. Wir bleiben loyal. Das müssen wir – das müssen wir sogar ganz bestimmt. Aber während seiner Abwesenheit will der Seher seine Angelegenheiten doch sicher in guten Händen wissen.«

Dragon verstand sofort, worauf er hinauswollte. »Ja, und falls er für längere Zeit nicht mehr auf freien Fuß kommen sollte, weiß er wenigstens, dass wir ihn in Ehren halten, indem wir so leben, wie er gelebt hat, und ihn bei seiner Rückkehr als Held feiern werden.

»Ja, so was in der Richtung.«

»Armer alter Dad.« Dragon kicherte und seine Heiterkeit steckte seinen Bruder an. »Im Knast wird's ihm gar nicht gefallen. Keine schicken Frauen, die ihn verwöhnen.«

»Sie werden ihn in eine Einzelzelle stecken … aber vermutlich haben sie keine, die groß genug für ihn ist.«

»Wart's ab, ich würde ihm glatt zutrauen, dass er's schafft, durch seine … na, nennen wir's mal Überzeugungskraft, ganz schnell wieder freizukommen. Wir sollten ihm also besser einen Anwalt besorgen, um unseren guten Willen zu zeigen.« Dragons Vorschlag brachte beide auf den Boden der Tatsachen zurück.

»Du hast recht. Er muss sehen, dass wir alles in unserer Macht Stehende getan haben – und davon auch überzeugt sein.«

Sirenen kreischten hinter uns auf. Dragon schaute in den Rückspiegel und nahm einen Abzweig, der Richtung Fluss führte, fort von unserem eigentlichen Ziel. Er fuhr über die Tower Bridge und versuchte, die Verfolger in den kleinen Straßen von Bermondsey abzuschütteln.

Wo bist du? Yves war verzweifelt.

Auf der Südseite vom Fluss. Wir sind auf dem Weg zur Community. Aber du darfst den anderen nicht verraten, wo das ist, weißt du noch? Ich will nicht das Band zwischen

mir und meinem Seelenspiegel zerstören; da bin ich lieber eine Geisel.

Phee …

Versprich es!

Ja, okay. Ich werde mir was überlegen. Bleib am Leben.

»Ich glaube, wir sollten das Auto loswerden.« Dragon verlangsamte das Tempo auf Höhe einer Rockerkneipe, vor der zwei Typen in Lederkluft an ihren Motorrädern lehnten.

»Kannst du die kaltmachen?«, fragte Unicorn und knebelte mich dabei mit dem dritten Stoffstreifen.

»Nicht notwendig. Lass uns mal sehen, ob sie tauschen.« Er hielt abrupt an und sprang aus dem Wagen.

»Hey, Jungs, Interesse an 'nem nagelneuen BMW? Der ist geklaut, hat aber mächtig was unter der Haube.«

Die Rocker sahen sich ungläubig an.

»Im Tausch dafür wollen wir heute Abend eure Bikes fahren.«

Unicorn zog mich aus dem Auto heraus, die Pistole in den Falten meines Rocks verborgen.

»Was macht ihr 'n mit der?«, fragte der größere der beiden Männer. Ihm konnte nicht entgangen sein, dass ich todsicher nicht freiwillig hier war.

Unicorn seufzte. »Rocker mit Gewissen, wer hätte das gedacht?« Er bohrte den Pistolenlauf in meine Rippen. »Deine Entscheidung, Phee. Entweder paralysierst du sie oder wir bringen sie um.«

Ich nickte als Zeichen, dass ich verstanden hatte. Ich drang in den Geist der beiden Männer ein und brachte für sie die Zeit zum Stehen. Dragon schubste sie ein-

fach zur Seite und schwang sich auf eins der Motorräder. Ein Hubschrauber kreiste über unseren Köpfen, der Strahl seines Suchscheinwerfers tanzte über die Dächer der Häuser.

»Beeilung, gleich haben sie das Auto entdeckt.« Dragon startete das Motorrad.

»Was machen wir mit ihr?« Unicorn hielt mich mit einem schmerzhaften Klammergriff um meinen Oberarm aufrecht.

»Entweder entsorgen wir sie oder wir benutzen sie als Pfand.«

Unicorn überlegte schnell und traf eine Entscheidung. »Vermutlich hat sie ihnen sowieso schon gesagt, wo wir hinwollen. Sie könnte uns als Geisel noch nützlich sein, bis wir unser Zeug aus der Community geholt haben.« Er trennte meine Fußfesseln durch und zog sich meine zusammengebundenen Arme über den Kopf, sodass ich an seinem Hals hing, dann bugsierte er uns zusammen aufs Motorrad. Er jagte den Motor hoch. »Los geht's.«

Die Motorräder rasten davon und zurück blieben die beiden früheren Besitzer, die mit schlaffen Gliedern neben den offenen Türen des BMW am Boden lagen.

Kapitel 21

Es gab keine Anzeichen von irgendwelchen Verfolgern, als wir wieder in der Siedlung ankamen. Alles wirkte merkwürdig normal, da bisher noch nicht durchgesickert war, dass man den Seher festgenommen hatte. Dragon schlug mit einem Hammer gegen das rostige Klettergerüst auf dem Spielplatz – unsere rudimentäre Alarmanlage.

»Alle rauskommen!«, rief er und überall im Gebäude öffneten sich die Türen und es wurden Köpfe herausgestreckt. »Schaut in drei Tagen an gewohnter Stelle nach, um eure Anweisungen zu erhalten.« Das bedeutete, dass ein kleiner Aushang im Fenster eines Kiosks in der Mile End Road kleben würde; eine Postkarte, auf der die Dienste einer Reinigungsfirma angeboten wurden, mit einer nicht funktionierenden Mobilfunknummer und einer Adresse, auf diese Weise erfuhren wir, wohin wir nach Räumung eines alten Verstecks hingehen sollten.

Die Community-Mitglieder waren gut gedrillt. Ich

konnte im ganzen Haus das Knallen der Türen hören, als sie ihre bereits fertig gepackten Taschen nahmen und zum Ausgang liefen; und dabei die normalerweise verschlossenen Tore gähnend offen ließen. Tony lugte aus seinem Kellerraum hervor und zog schnell den Kopf zurück, als er meine Brüder bemerkte. Dann fiel mir auf, dass es nach Rauch stank.

»Das Gebäude brennt!« Dragon suchte mit den Augen das Dach ab. »Da oben.« Er zeigte zum First.

Unicorn befreite seinen Hals von der Schlinge, die meine zusammengebundenen Arme bildeten, und ließ mich auf die Füße fallen. Ich kauerte mich zu Boden, mit rasenden Schulterschmerzen aufgrund der verrenkten Armhaltung, mit der ich die letzten zwanzig Minuten, in denen wir wie die Irren durch die Nebenstraßen der Stadt gejagt waren, dagesessen hatte. Mich fror, obwohl es eine laue Sommernacht war. Vielleicht würden sie mich hier zurücklassen. Das wäre schön.

Aber Pustekuchen. Meine Brüder hatten offenbar telepathisch miteinander besprochen, was sie als Nächstes tun wollten, denn plötzlich warf Dragon mich über seine Schulter und dann rannten sie zusammen ins Gebäude hinein und die Treppe hinauf.

»Meinst du, dass sich bereits jemand an dem Zeug vergriffen hat?«, keuchte Dragon.

»Nee, das würden sie sich nicht trauen.« Unicorn drängelte sich an einer Gruppe von Gespielinnen des Sehers vorbei, die mit klappernden Absätzen die Stufen hinunterrannten.

»Was ist denn los?«, fragte eine von ihnen und fasste

ihn am Ärmel. »Da oben brennt es. Kannst du da nichts gegen machen?«

Er riss sich los. »Später. Mach, dass du rauskommst.« Der Ton seiner Stimme warnte sie davor, weitere Fragen zu stellen, und so machten sie uns gehorsam Platz und setzten dann ihren Weg über die Treppe fort. Ich sah, dass mir ein paar besorgte Blicke zugeworfen wurden, wie ich da so von Dragons Schulter baumelte, aber niemand mischte sich ein. So etwas taten wir in der Community nicht.

Im fünften Stock angekommen, zog Unicorn einen Schlüsselbund hervor. »Was meinst du? Nur den Kleinkram?«

Dragon stellte mich ab wie einen lästigen Koffer und rang, an die Wand gelehnt, nach Atem. »Ja, keine Zeit für den Rest. Der Schmuck und das Geld sollten reichen, um irgendwo was Neues aufzuziehen.«

Phee, pass auf! Ich räuchere euch aus. Yves konnte offenbar nicht sehen, dass ich hier oben festgehalten wurde.

Ich bin gefangen. Oberstes Stockwerk. In der Wohnung des Sehers gab es eine Flammenexplosion. Das Feuer vom Dach hatte jetzt das oberste Stockwerk erfasst.

»Was zum …!«, schrie Dragon.

»Da steckt ihr Typ dahinter – er ist hier.« Unicorn öffnete die Tür mit einem kraftvollen Tritt und gab eine Wolke schwarzer Dämpfe frei. »Er fackelt das Haus ab, vom Dach bis zum Keller.«

Sag ihnen, sie sollen da nicht reingehen. Das ist Buschfeuer – schnell und hungrig.

Mit meinen gefesselten Händen riss ich mir den Knebel aus dem Mund. »Ihr dürft da nicht rein!«, rief ich und krallte mich hinten in Dragons Jacke, als er sich zu einem wilden Sturmlauf auf den Geldschrank bereit machte. »Das ist kein normaler Brand – das Feuer ist schon außer Kontrolle geraten.«

Dragon schubste mich weg. »Das hat dein Seelenspiegel getan, nicht? Er ist scharf auf das Geld.«

»Aber er wird's nicht kriegen.« Unicorn zog sich das Hemd aus und warf es seinem Bruder zu.

Dragon presste sich den Stoff ans Gesicht und stürzte ohne Zögern in den brennenden Raum, verschwand im Rauch.

»Ihr habt doch beide den Verstand verloren! Lasst uns von hier verschwinden, solange wir's noch können!« Ich unternahm einen Versuch, an Unicorn vorbei zur Treppe zu gelangen, ehe das Feuer vor mir da wäre.

»Du gehst nirgendwohin.« Unicorn zog seine Pistole. »Dein Seelenspiegel hat uns alles versaut. Dich kriegt er nicht auch noch.«

Dragon kam wieder herausgewankt, in den Händen den Geldschrank aus dem Warenlager; seine Haut war rot verbrannt. »Töte die Schlampe«, sagte er kurz und bündig. Ich schlug den einzigen Weg ein, der mir noch offen stand, und rannte in Richtung meines alten Zimmers ganz am Ende des Gangs. Ein Schuss fiel, das Einschlagloch einer Kugel war in der Wand neben meinem Kopf zu sehen. Eine Rauchschwade schob sich zwischen uns und verbarg mich halb. Noch ein Schuss und ich spürte, wie meine Beine unter mir nachgaben.

Ein weißer Schmerz. Ein glühender Speer in meinem Bein.

»Die ist erledigt. Gehen wir«, sagte Dragon unter heftigem Husten.

Ich kam mit dem Gesicht nach unten auf dem Beton zum Liegen; meine gefesselten Hände unbequem unter mir eingeklemmt. Ich hatte eine Kugel in den Oberschenkel bekommen. Unicorn hatte recht behalten. Ich würde nirgendwohin gehen.

Ich musste vorübergehend das Bewusstsein verloren haben. Raue Hände ohrfeigten mich.

»Phee, du musst aufwachen.« Es war nicht Yves, wie ich gehofft hatte, aber Tony, der über mich gebeugt dahockte; sein neuerdings schlohweißes Haar hing ihm tief in die Stirn. Wir lagen an einer vom Feuer unberührten Stelle, der Rauch schien sich von uns wegzukräuseln, als hätte er den Befehl, uns in Ruhe zu lassen.

»Tony?«

»Ja, *dashur*. Wir stecken mächtig in der Klemme. Das Treppenhaus steht in Flammen.«

»Was machst du hier oben?«

»Hab gesehen, wie sie dich hier hochgeschleppt haben, und dachte mir, ich geh mal hinterher.« Er löste die Fesseln um meine Handgelenke und half mir beim Aufsetzen. Er benutzte denselben Stoffstreifen zum Verbinden meiner Wunde, woraufhin dieser sich sofort rot färbte. Ich verlor eine Menge Blut. Ein Schmerz fuhr durch mich hindurch, wie Glasspitzen, die mir ins Fleisch gehämmert wurden.

Phee, wo bist du? Yves suchte immer noch nach mir.

Noch immer im obersten Stock.

Er fluchte. *Das wusste ich nicht. Du bist auf einmal verstummt.*

Ich bin ohnmächtig geworden. Ich sitze ausweglos in der Falle, Yves. Tony ist bei mir.

Eigentlich war es so gedacht, dass deine Brüder bei Ausbruch des Feuers aus dem Gebäude rausrennen und nicht hinein!

So würden normale Leute reagieren. Und zu denen zählen sie nicht. Was meinte dein Bruder gleich noch mal dazu, dass du dich immer für so schlau hältst und glaubst, alles zu wissen?

Während ich mit Yves sprach, hatte Tony nach einem Fluchtweg gesucht.

»Es gibt einen Weg nach unten – das Regenrohr.« Tony lehnte sich über das Laubenganggeländer. »Sieht stabil aus.«

»Worauf wartest du noch?« Ich unternahm keinerlei Anstrengungen, mich zu bewegen. Ausgeschlossen, dass ich in der Lage wäre, mit einer Kugel im Bein da nach unten zu klettern.

Tony zögerte. »Du hättest auf mich hören und abhauen sollen, Phee.«

»Ja, vielleicht hätte ich das tun sollen. Aber dann hätte ich nicht meinen Seelenspiegel gefunden, richtig?«

»Ich hoffe, dass er's wert war.« Er tätschelte mir unbeholfen die Schulter, dann zerrte er mir die Kette vom Hals und steckte sie in seine Tasche. »Tut mir leid, *dashur*.«

»Ja, mir auch.«

Er schwang sich auf das Geländer. »Vielleicht kommt ja bald die Feuerwehr.«

Tränen sammelten sich in meinen Augen. »Ja, vielleicht.« *Tony kommt jetzt runter,* sagte ich zu Yves. *Hilf ihm, wenn du kannst.*

Der drahtige albanische Dieb hatte seine Verkrüppelungen kompensiert, indem er die Muskulatur der intakten Körperhälfte trainiert hatte, und das kam ihm jetzt zugute. Er hielt sich mit nur einer Hand fest, so wie ein Affe, und schlang seinen Gürtel um das Rohr, dann rückte er aus meinem Sichtfeld heraus. Ich musste sehen, ob er sicher unten landen würde. Ich zog mich an der Wand hoch und beobachtete, wie sein Kopf verschwand.

Phee, hier unten! Yves hatte mich erspäht. Ich sah, dass er in der Mitte des Spielplatzes stand, eine einsame Gestalt vor dem brennenden Gebäude. *Und du als Nächste.*

Er erwartete von mir, dass ich es Tony gleichtat.

Ich kann nicht. Ich bin verletzt. Bin ins Bein getroffen worden. Das besagte Körperteil zitterte. Ich lehnte mich schwer gegen die Wand und überlegte nebenbei, was mir wohl zuerst den Rest geben würde – der Blutverlust oder der Rauch. Meine Gleichgültigkeit war ein Zeichen dafür, dass ich schon halb weggetreten war. Der Gedanke, wieder das Bewusstsein zu verlieren, war sehr verlockend.

Dann komme ich eben hoch zu dir.

Auf keinen Fall. Ist Tony unten?

Yves schaute sich um. *Ja. Er rennt gerade weg. Willst du, dass ich ihn aufhalte?*

Nein, lass ihn gehen. Und denk du nicht mal im Traum daran, hier nach oben zu kommen. Du wirst es nicht schaffen, mich über das Rohr hier rauszubringen, und am Ende sterben wir noch alle beide.

Aber ich habe das Feuer angezündet; das ist meine Schuld.

Er machte sich innerlich fertig wegen etwas, was jetzt nicht mehr zu ändern war. Es wäre ein guter Plan gewesen, wenn er funktioniert und uns alle aus dem Gebäude getrieben hätte.

Es ist nicht deine Schuld, dass meine Brüder Psychos sind.

Ich kann nicht einfach nur hier so rumstehen und zuschauen! Irgendwas muss ich doch tun können!

Und dann war er plötzlich nicht mehr allein: Seine Familie kam zum Spielplatz gerannt, durch das offene Tor, das zur Straße hinausging. Mich überkam eine Riesenwelle der Erleichterung. Sie würden ihn auf jeden Fall davon abhalten, eine Dummheit zu begehen. Sie scharten sich um ihn, überschütteten ihn mit Umarmungen. Ich sank gegen die Brüstung, glücklich darüber, dass das, was ich als Letztes sehen würde, Yves wäre, umgeben von den Menschen, die er liebte.

Du wirst jetzt nicht aufgeben, Phee!, befahl Yves mir. *Wir holen dich da raus.*

Ich liebe dich.

Keine Gefühlsduselei, bitte. Das war Xav, der sich in unser Gespräch einschaltete. *Du musst dich jetzt an die äußerste Ecke stellen.*

Wir werden dich runterschweben lassen, Phoenix. Die Stimme von Mr Benedict wirkte ungemein beruhigend.

Ich rieb mir die Augen. Mir begann die Sicht zu verschwimmen. Ich konnte die Benedicts und Sky sehen; sie standen im Kreis um Yves herum, die Arme jeweils um die Schultern des Nachbarn gelegt.

Wach auf, Phee, wir haben einen Plan. Skys sanfte Stimme berührte hauchzart meinen Geist. *Zed wird die telekinetischen Kräfte von uns allen vereinen. Das sollte dann reichen, um dich von oben runterzuholen.*

Zieh dich aufs Geländer rauf, Liebling. Wir brauchen deine Hilfe, um dir helfen zu können. Yves' Stimme war wieder voller Zuversicht.

Wie kann ich euch helfen?

Du wirst springen.

Ha, ha.

Nein, im Ernst.

Habt ihr das schon mal gemacht?

Ja, mit Früchten. Das war wieder Xav.

Wie kommt's, dass ich jetzt kein Stück beruhigter bin?

Klettre jetzt auf die Brüstung, Phoenix. Das war Victor, der seine ganze Überzeugungskraft aufbot.

Sag deinen Brüdern, sie sollen den Quatsch lassen. Ich hatte die Nase voll von Männern, die mir Vorschriften machen wollten. *Wenn, dann mache ich das freiwillig oder gar nicht.*

Das Heulen eines Martinshorns weckte neue Hoffnung in mir. Vielleicht wartete ich einfach auf die Feuerwehrleiter?

Phee, du hast keine Zeit mehr. Mit Feuer kenne ich mich aus und das hier kommt dich jeden Moment holen. Ich halte zwar den Rauch zurück, aber einmal losgelassen, kann

selbst ich die Flammen nicht mehr stoppen. Yves verlor allmählich die Geduld; wenn ich jetzt nichts unternähme, würde er sicher irgendwas Dämliches tun.

Okay, okay. Ich biss die Zähne zusammen und zog mich hinauf auf die Brüstung. Ein scharfer Schmerz fuhr mir durch den Körper. Schwarze Punkte tanzten mir vor Augen – waren das Ascheflocken oder lag's am Schwindel? Keine Ahnung.

Wir fangen dich auf, Schätzchen, flüsterte Karla, die Hand vor den Mund geschlagen, um einen Schrei zu unterdrücken.

Oh Gott. Oh Gott. Würde ich mich wirklich gleich vom Geländer werfen und darauf vertrauen, dass sie wussten, was sie taten? Ich zweifelte nicht daran, dass sie ihr Bestes versuchen würden, aber was, wenn sie scheiterten?

Ich ließ meine Beine über die Brüstung baumeln, ignorierte meine Höllenschmerzen. *Wegen dieser Früchte, Xav. Habt ihr sie eigentlich immer aufgefangen?*

Jedes Mal, versprach er, ausnahmsweise mal todernst.

Ich stieß mich ab.

Und stürzte rasant zu Boden.

Yves!

Dann änderte sich im Fallen mein Kurs. Ich spürte, wie ich vom Gebäude weggetrieben wurde. Aber ich hatte noch viel zu viel Tempo drauf!

Halt dich fest!, warnte Yves.

Woran denn!, kreischte ich.

Ich schoss nach vorne, direkt in seine Arme. Er schlug der Länge nach hin, bremste meinen Sturz ab, als ich auf ihm landete.

»An mir!«, keuchte er außer Atem.

Ich konnte Xav lachen hören. »Es hat geklappt! Es hat echt geklappt! Unfassbar!«

»Ich lasse dich nie wieder los«, schwor ich, bevor ich zum zweiten Mal das Bewusstsein verlor.

Kapitel 22

Ich wachte in einem Krankenhausbett auf und glaubte in meiner Verwirrung, ich hätte eine Wassermelone als Bein – eine schmerzende, dick geschwollene.

»Ich fühle mich ganz furchtbar«, sagte ich leise zu niemand Bestimmtem.

»Du siehst aber nicht furchtbar aus – im Gegenteil, du siehst grandios aus.«

Ich öffnete meine Augenlider einen Spaltbreit und sah Yves an meinem Bett sitzen; er hielt meine Hand, die auf einer weißen Zudecke ruhte. Sonnenlicht fiel durch das Fenster hinter ihm ins Zimmer und brachte die weißen Laken zum Leuchten. Ich konnte das Gebrumm des Verkehrs draußen hören, Stimmen auf dem Flur vorm Zimmer, aber hier im Raum war es friedlich. Bunte Ballons, festgemacht an Stühlen und Fenstergriffen, schwebten im Raum – die Symbole der Freude, die die Benedicts über meine Rettung empfanden, hatten sich unübersehbar in dem sterilen Krankenhauszimmer breitgemacht.

»Warum glaube ich dir nicht?«

»Das solltest du aber, denn es stimmt. Du bist am Leben und mein dämliches Feuer hat dir nichts antun können, und das ist für mich das Grandiose daran.«

»Du gibst dich aber leicht zufrieden.« Ich fuhr mir mit der Zunge über die trockenen Lippen. Er griff nach einem Becher, in dem ein Strohhalm steckte, und hielt ihn mir so hin, dass ich einen Schluck trinken konnte. Ich besah prüfend meinen Körper und stellte fest, dass ich einen Tropf an der linken Hand hatte und einen dicken Verband um den rechten Oberschenkel. »Die Kugel?«

»Ist raus. Du wirst dich wieder vollständig erholen. Xav hat versprochen, sein Bestes zu geben, was die Narbenbildung angeht, aber ich fürchte, es wird auf jeden Fall was zurückbleiben.« Er starrte finster zu Boden. »Tut mir leid wegen dem Feuer, Phee. Das ist jetzt das zweite Mal, dass ich dir so was angetan habe.« Yves, mein Schatz: Er war offenbar ernsthaft besorgt, dass ich ihm Vorwürfe machen würde.

»Hör auf. Du kannst dir nicht die Schuld geben an etwas, von dem du gedacht hast, dass es funktionieren würde. Meine Brüder sind einfach komplett wahnsinnig und total unberechenbar.«

Er drückte leicht meine Hand. »Ich … ähm … habe, was deine Brüder angeht, schlechte Neuigkeiten für dich.«

Mir stockte das Herz. »Was für schlechte Neuigkeiten?«

»Wir glauben nicht, dass sie es noch rechtzeitig rausgeschafft haben. Die Feuerwehr hat zwei Leichen im Treppenhaus gefunden.«

»Ich … verstehe.«

»Sie möchten gerne deine DNA testen, weil … na ja, die beiden sind nicht mehr zu identifizieren. Und da du ihre nächste Verwandte bist, hat Victor sich gefragt, ob du vielleicht …«

»Ja, klar.« Ich atmete tief ein, unschlüssig, was ich empfinden sollte. Sie hatten mich dem Tod überlassen und doch konnte ich mich nicht darüber freuen, dass sie selbst dem Feuer zum Opfer gefallen waren. Niemand hatte es verdient, auf diese Weise zu sterben. »Richte Vic aus, dass ich den Test mache.« Ich hatte keine Lust, weiter darüber nachzudenken, und außerdem gab es noch vieles, was ich wissen wollte. »Und was ist sonst noch so passiert? Erzähl mal!«

Yves ließ meine Hand los und strich mit seinen Fingerspitzen sacht über meine Wange. »Wir haben die Anführer festgenommen. Die meisten sitzen in Auslieferungshaft, da ihre Verbrechen im Ausland begangen wurden, aber den Seher erwartet eine Anklage wegen mehrfachen Raubes und Mordes.«

Ich schloss meine Augen. »Das ist gut. Aber wie …?«

»Weißt du noch, dieses Programm, das ich auf dem Memory Stick installiert hatte? Es beinhaltete unter anderem auch die Funktion, Datensätze an Dritte weiterzuleiten. In dem Moment, als sie dumm genug waren, die Daten – gegen meine ausdrückliche Weisung, wohlgemerkt – vom Stick auf ihre Rechner zu ziehen, hat mein digitaler Spürhund sich darangemacht, anhand von ausgewählten Stichwörtern bestimmte Dateien herauszufiltern. Ermittlungsbehörden überall auf der Welt er-

hielten plötzlich höchst belastendes Material über illegale Schiffslieferungen und noch vieles mehr. Der Seher hatte sich online mit dem Verschwinden eines Mannes namens Mitch Bannister gebrüstet; kennst du ihn?«

Ich erinnerte mich daran, dass Tony mir erzählte hatte, der Seher habe Mitch den Befehl erteilt, sich selbst zu töten. »Ja, ich glaube, er ist im Wald begraben.«

»Das ist eine Leiche von vielen, die sie ausbuddeln müssen, fürchte ich. Über die Jahre hinweg gab es offenbar noch unzählige andere. Und wir kennen jetzt den richtigen Namen des Sehers. Willst du wissen, wie er heißt?«

Ich nickte.

»Kevin Smith. Langweiliger geht's kaum noch, oder? Kein Wunder, dass er sich einen neuen Namen zugelegt hatte.«

Es half ein bisschen zu wissen, dass der Seher genauso gewöhnlich war wie der Rest von uns, so wie wenn man unter dem Bett nachsieht und feststellt, dass da gar keine Monster lauern. Aber er hatte trotzdem seine unwiderruflichen Spuren in meinem Kopf hinterlassen.

»Und wie hat uns deine Familie eigentlich beide Male gefunden, im Club und in der Community?«

»Ich hatte ihnen nichts verraten, keine Sorge. Weißt du noch, wie ich gesagt habe, ich müsste mich jetzt drauf verlassen, dass sie ihren Job richtig gut machen?«

»Ja.«

»Genau wie erhofft, hatte Zed vorhergesehen, dass wir in den Club gehen würden beziehungsweise dass du dort sein würdest. Mich kann er normalerweise nicht sehen; bei der eigenen Familie ist das schwierig. Aber

zum Glück waren sie davon ausgegangen, dass ich bei dir sein würde. Sie hatten keine Ahnung, weshalb wir da waren, aber für Victor war das Treffen Grund genug für einen Polizeieinsatz. Die amerikanischen und britischen Ermittlungsbehörden hatten die Savant-Gruppe schon seit geraumer Zeit im Visier und so mussten sie nur noch ihre bereits gefassten Pläne in die Tat umsetzen, samt Narkosepistolen und allem. Das größte Problem war, so kurzfristig Musiker aufzutreiben – wir konnten nicht riskieren, echte Künstler solch einer brenzligen Situation auszusetzen –, und deshalb sind meine Familie und noch ein paar Freunde in die Bresche gesprungen.«

»Sie waren fantastisch. Niemand wäre auf den Gedanken gekommen, dass sie keine professionellen Musiker sind. Deine Mutter und Sky … einfach nur ›wow!‹.«

Er lächelte. »Ja, sie waren echt gut, was? Dad und Zed sind natürlich halb durchgedreht vor Sorge, weil die beiden in vorderster Reihe positioniert waren, aber zum Glück ist nichts weiter passiert.«

»Wusste deine Familie, dass du sie nicht verraten hattest?«

Yves zuckte mit den Schultern. »Sie hätten nie an mir gezweifelt.«

»So wie ich.« Es fiel mir nicht leicht, das zuzugeben.

»Ach komm schon, Phee. Sei nicht so hart gegen dich selbst. Du hast dich meinetwegen von diesem Geländer gestürzt. Wenn's drauf ankommt, vertraust du mir also.« Yves lehnte sich in seinen Stuhl zurück und legte seine Beine hoch, am Fußende des Krankenbettes. »Ich habe dich ganz bewusst nicht eingeweiht; du brauchst dir also

nichts vorzuwerfen. Ich wollte nicht, dass der Seher dir das Geheimnis entlockt.«

Ich selbst war auch kein Unschuldsengel: Ich hatte ihm immer noch nicht erzählt, dass ich im London Eye versucht hatte, ihm den Stick abzunehmen. So oder so kam ich mir ziemlich dämlich vor, dass ich nicht von selbst drauf gekommen war, was er im Schilde geführt hatte, aber darüber könnte ich mich noch später wundern. »Und was war an der Siedlung, wie konnte deine Familie da rechtzeitig aufkreuzen, wenn du ihnen nicht gesagt hattest, wo sie hinsollten?«

»Da haben ihnen die Ermittlungsakten weitergeholfen. Als ich deine Nachricht bekommen hatte, bin ich ins erstbeste Taxi gesprungen und hab die anderen einfach so sitzen lassen. Victor wusste, wo sich die Schaltzentrale des Sehers befand – und dann hat er eins und eins zusammenzählen können, dass deine Brüder dorthin zurückkehren würden, um das Geld wegzuschaffen. Er hat verdammt gute Instinkte, was Kriminelle angeht.«

Schweigend dachte ich darüber nach, was Yves mir soeben erzählt hatte. Keins der Gebote des Sehers war verletzt worden; ich musste nichts tun, um uns zu bestrafen. Wir hatten unwahrscheinliches Glück gehabt; wir hatten die Mentalfallen des Sehers umkurvt wie Slalomläufer bei den Olympischen Spielen, die die Fähnchen berühren, aber nicht über den Haufen fahren.

»Müde?« Yves streckte die Hand aus und strich mir das Haar aus dem Gesicht.

»Nein, bloß … ich kann bloß noch nicht ganz glauben, dass jetzt alles vorbei ist. Aber das ist es doch, oder?«

»Fast.« Seine Augen funkelten schelmisch. »Ich habe ein Geschenk für dich – und eine Frage, aber wir sollten besser damit warten, bis du wieder bei Kräften bist.«

Ich stöhnte. »Das kannst du nicht bringen – mit einem Geschenk vor meiner Nase rumwedeln und es dann einfach wieder wegnehmen!«

Er lachte – ein herrliches, perlendes Geräusch. »Du hast recht. Da hast du's.« Er legte mir etwas auf den Bauch: ein kleines rotes Buch.

Ich schlug es auf. »Mein Pass!«

»Du bist jetzt offiziell gemacht.«

»Wo hast du denn das Foto her?« Die Aufnahme zeigte mich so, wie ich im Club ausgesehen hatte, inklusive der diamantenen Gänseblümchenkette.

»Im Jazzclub hingen überall Kameras. Ich hab dann bloß noch einen Screenshot von dir mit Grabesmiene machen müssen, hab ihn ein bisschen mit Photoshop aufgepeppt und – voilà. Die Briten haben sich förmlich überschlagen, um den Pass so schnell wie möglich auszustellen; wie's scheint, zählen wir neuerdings zu ihren absoluten Lieblingsamerikanern.«

Ich warf einen Blick aus dem Fenster. Das alles zu organisieren, hatte bestimmt einige Zeit in Anspruch genommen. Offenbar war ich länger ohne Bewusstsein gewesen, als ich gedacht hatte.

»Welchen Tag haben wir heute?«

»Du warst gestern fast den ganzen Tag lang weggetreten – mit der OP und dem Ganzen danach. Du bist ein paarmal kurz zu dir gekommen, aber ich bezweifle, dass du dich daran erinnerst.«

So lange? Meine Brüder waren bereits fast zwei Tage tot und die Asche vom Feuer war bestimmt schon kalt. Hatten alle anderen es noch rechtzeitig nach draußen geschafft? Ja, Yves hätte mir nicht verschwiegen, wenn es noch weitere Opfer gegeben hätte. Es hatte bloß diejenigen erwischt, die so dumm gewesen waren, in das brennende Gebäude zu rennen. Aber ohne den Seher, Dragon oder Unicorn war die Community am Ende und die Mitglieder hatten sich in alle Winde zerstreut.

Wir würden uns nie wieder neu formieren – sofern es der Justiz gelang, jemanden dauerhaft wegzusperren, der so manipulativ war wie der Seher. Aber das war ein Zukunftsproblem; für den Moment waren alle frei. Vermutlich hatte Tony die Diamantkette schon zu Geld gemacht und irgendwo ein neues Leben begonnen, außer Reichweite der Behörden. Auch mir stand ein Neuanfang bevor.

»Und was war das für eine Frage, die du an mich hattest?«

Yves beugte sich über mich und küsste mich sanft. »Das muss jetzt wirklich noch warten. Du hast strikte Anweisungen vom Arzt, dich auszuruhen. Und ich geh jetzt mal zu den anderen, um ihnen zu sagen, dass du wieder wach bist. Außerdem wird sie's freuen zu hören, dass du nicht sauer bist auf uns wegen der Wahnsinnsnummer, die wir mit dir abgezogen haben.«

»Nee, ich bin nicht sauer. Ich halte euch alle nur für total verrückt.«

»Damit könntest du recht haben.«

Ich wollte nicht, dass er schon ging. »Aber ich kann

mich viel besser ausruhen, wenn du mir jetzt gleich deine Frage stellst. Ich hasse es nämlich zu warten.«

»Okay, aber denk dran: Du wolltest es so.« Dann, zu meinem großen Entsetzen, ging er auf ein Knie nieder, direkt neben meinem Bett. »Willst du mich heiraten, Phee?«

»Was?«

»Ich weiß, das geht jetzt alles ein bisschen holterdiepolter, aber es würde unsere Einreise in die Staaten enorm erleichtern, wenn du als meine Frau ein Einwanderungsvisum hättest.«

Ich griff mir an die Brust, mein Herz hämmerte wie verrückt. »Verflixt, du verstehst dich auf Überraschungen.« Ich stieß ein ersticktes Lachen aus. Erst jetzt war in meinem Hirn angekommen, was er da gerade eben gesagt hatte. »Du willst mich heiraten, damit ich ein Visum bekomme?«

Er warf mir einen beleidigten Blick zu. »Nein! Das ist nur ein schöner Nebeneffekt, der mich erst auf die Idee gebracht hat. Ich möchte dich heiraten, weil ich dich liebe – so einfach.«

»Aber wir sind doch beide erst knapp achtzehn Jahre alt. Da ist man noch nicht reif genug für die Ehe.«

»Du willst mich also nicht heiraten?«

»Das hat nichts mit dir zu tun.« Oh Mist, er sah tief gekränkt aus. »Ich bin einfach nicht die Sorte von Mädchen, die heiratet.«

Er verschränkte seine Arme vor der Brust. »Warum nicht? Es ist von Rechts wegen erlaubt und würde uns in den USA einen Haufen Probleme ersparen.«

»Oh, Yves.« Ich biss mir auf die Lippen. Wem versuchte ich eigentlich etwas vorzumachen? Wir hatten bereits durch unser Handeln der vergangenen Tage entschieden, für immer zusammenzubleiben. Eine Heirat war also mehr als sinnvoll und ich war bestimmt nicht so dumm, den Menschen abzuweisen, den ich mehr liebte als das Leben selbst.

Außer …

»Wie viele Mädchen an der Highschool sind verheiratet?«

Er zuckte mit den Schultern. »Nicht viele … wenn überhaupt. Aber du bist ja ohnehin schon was Besonderes, warum also nicht?« Er kam dicht an mich heran. »Es könnte doch einfach unser kleines sündiges Geheimnis bleiben. Wir sind beide gut darin, mit Dingen hinterm Berg zu halten, wenn's sein muss.«

Mir gefiel diese Vorstellung: Ich würde mit meinem vermeintlich skandalösen Background an die Schule kommen und wäre in Wahrheit eine anständige, verheiratete Frau. »Okay.«

Er machte ein verblüfftes Gesicht. »Okay was?«

»Ja, Yves Benedict, ich werde dich heiraten.«

Er sprang von seinem Stuhl hoch und legte sich vorsichtig und mit Rücksicht auf meine Verletzungen neben mich aufs Bett. »Das, Phoenix Corrigan, hat mir den Tag gerettet.« Er gab mir einen sanften Kuss, um die Sache zu besiegeln.

Jemand räusperte sich hinter uns. »Ei, ei, was sehen denn meine entzündeten Augen da.«

Ich linste über Yves' Schulter hinweg und sah seine

ganze Familie nebst Sky in der Tür stehen. Es war Mr Benedict, der den Spruch gemacht hatte, aber sein Gesicht sah nicht verärgert aus.

Zed legte einen Arm um Sky. »Siehste, hab dir doch gesagt, dass sie sich wieder berappelt.«

Xav zerrte Yves von mir herunter und drückte mir die Schwesternklingel in die Hand. »Die wirst du brauchen für den Fall, dass mein Bruder, der kleine Hosenscheißer, dich noch mal belästigt. Drück einfach auf den Knopf und schon kommen die Schwestern angewetzt. Eine von denen sieht aus wie ein Profiringer, die macht kurzen Prozess mit ihm.«

Yves knuffte Xav in die Seite. »Ich belästige sie nicht. Ich werde sie heiraten.«

Karla quietschte vor Freude, während Xav und Zed stöhnten.

»Du hast das ›h‹-Wort gesagt«, keuchte Victor mit matter Stimme. »Unsere Mutter wird jetzt nicht mehr zu bremsen sein.« Er trat zu mir ans Bett. »Phoenix, es tut mir sehr, sehr leid für dich, was sie dir von jetzt an alles antun wird.« Er beugte sich ganz dicht zu mir herunter und flüsterte: »Sie meint es nur gut.«

Zu spät erkannte Yves seinen taktischen Fehler. »Nur eine kleine Zeremonie – morgen. Damit Phee so schnell wie möglich mit uns zurückreisen kann.«

»Aber dann ist die Zeit zu knapp, um Trace, Uriel und Will hierher zu holen!«, jammerte Karla mit einem Gesichtsausdruck, als hätte Yves soeben ihr Lieblingshündchen erschossen.

»Phee wird für eine ganze Weile noch nicht in der kör-

perlichen Verfassung sein, ein rauschendes Fest zu feiern, Mom.« Yves versuchte verzweifelt, die Kurve zu kriegen, aber wir wussten alle, dass es aussichtslos war. »Sag du's meiner Mutter, Phee.«

Ich grinste; aus dieser Diskussion würde ich mich mal hübsch heraushalten. »Ich bin mir sicher, dass deine Mom weiß, was am besten ist, Yves.«

Karla strahlte mich an, dann wandte sie sich mit tadelnd erhobenem Finger an ihren Sohn. »Ich wusste doch, dass mir das Mädchen gefällt, Yves. Behandle sie ja anständig oder du kriegst es mit mir zu tun!«

Ich konnte das Gähnen nicht unterdrücken, obwohl ich im Moment dermaßen glücklich war wie noch nie in meinem Leben. Ich kämpfte gegen die Müdigkeit und die dumpfen Schmerzen in meinem Bein. Das Mutterradar von Karla empfing die Signale und sie reagierte prompt.

»Raus, raus, raus, los. Raus mit euch allen!«, sagte sie mit Nachdruck. »Phoenix braucht ihre Ruhe, wenn sie schon bald eine Braut sein soll.« Sie strahlte mich an. »Ach, und so jung! Im selben Alter hat mich euer Vater auch vor den Altar geführt.«

Saul machte bei der Erinnerung daran ein leicht verlegenes Gesicht.

Xav lachte. »Hast sie glatt aus der Wiege gestohlen!«, neckte er seinen Vater.

Karla drückte ihrem Mann einen Kuss auf den Mund. »Wir haben uns gegenseitig gestohlen. Und jetzt alle Mann hier raus.«

Gehorsam trotteten die Benedicts im Gänsemarsch

aus dem Zimmer. Yves machte ein Gesicht, als wollte er lieber dableiben, aber seine Mutter hakte sich bei ihm unter und zog ihn hinaus auf den Flur, wo sie ihre Diskussion außer Hörweite fortsetzten. Ich schlief mit einem Lächeln auf den Lippen ein.

Kapitel 23

Karla hatte sich zu einer kleinen standesamtlichen Zeremonie in London breitschlagen lassen, damit die Anforderungen für mein Einwanderungsvisum erfüllt waren; allerdings nur unter der Voraussetzung, dass Yves und ich einen Monat später eine große Trauung in der Kirche von Wrickenridge, Colorado, vornehmen würden. Das ausschlaggebende Argument – geradezu genial von mir ausgeklügelt, wie Yves zugeben musste – war, dass keine Braut gern vor den Traualtar humpeln wollte. Sky sollte meine Brautjungfer sein und Xav der Trauzeuge von Yves und die anderen Brüder würden in der Kirche als Platzanweiser fungieren.

Mir war das kleine Städtchen in den Rockies, in dem die Benedicts lebten, auf Anhieb sympathisch und ich verliebte mich bereits fünf Minuten nach unserer Ankunft in die Landschaft und die Bewohner dort. Obwohl wir juristisch betrachtet bereits verheiratet waren, bestand Karla darauf, dass Yves und ich getrennt wohnten, bis wir ›richtig‹ verheiratet wären; aus diesem Grund

quartierte ich mich für ein paar Wochen bei Sky und ihren Eltern, Sally und Simon, ein. Insbesondere Sally brachte mir große Neugier entgegen, wohl aus dem Gefühl heraus, dass meine englische Herkunft, nett ausgedrückt, unkonventionell war, doch irgendwie konnte Sky sie davon abhalten, zu viele Fragen zu stellen. Ich glaube, ihr Rezept lautete Ablenkung: Jedes Mal, wenn Sally zu einem Verhör ansetzte, bat Sky sie um ihre Meinung hinsichtlich des Brautkleides oder des Blumenschmucks. Ich würde lernen müssen, wie man mit Müttern zurechtkam, jetzt, da ich eine stattliche Anzahl angeheirateter Familienangehöriger hinzubekäme, die meinen krassen Mangel an Verwandten kompensierte.

Während dieser kleinen Ruhepause zwischen den Ereignissen in London und unserer Hochzeit fand ich allmählich heraus, dass noch mehr hinter dem Seelenspiegeltum steckte, als die Geschichten meiner Mutter hatten hoffen lassen. Auch wenn wir nicht im selben Haus wohnten, waren wir durch unsere telepathische Verbindung immer zusammen. Was nicht heißen soll, dass wir die ganze Zeit miteinander quatschten; wir waren uns bloß des anderen bewusst, so wie mentales Händchenhalten. Die Achse meiner Welt hatte sich verschoben, die Pole hatten sich vertauscht, denn jetzt fühlte ich mich nie einsam. Und im Zusammenspiel wurden unsere Kräfte immer stärker, genau wie Sky es mit sich und Zed beschrieben hatte. Ich konnte meine Mentalparalysierung als eine Art Feuerblockade benutzen, sodass Yves keine Angst mehr zu haben brauchte, dass er die Beherrschung verlor (wozu ich ihn noch allzu oft

brachte, fürchte ich – die alte Phoenix hatte sich durch ein neues Leben nicht rundum gebessert). Wir fühlten uns erst dann vollständig, wenn wir zusammen waren.

Am Abend vor unserem großen Tag kam Sky ins Gästezimmer und teilte mir mit, dass Besuch für mich da sei. Ich bürstete mir schnell die Haare und ging, fast ohne zu humpeln, die Treppe hinunter. Im Wohnzimmer warteten alle sieben Benedict-Brüder auf mich. Sie boten einen eindrucksvollen Anblick, einschließlich der drei, die ich erst vor Kurzem kennengelernt hatte: Trace, der stämmige Cop aus Denver, dessen ruppiges Aussehen gemildert wurde durch seine intelligenten, braunen Augen; Uriel, der nachdenkliche, intuitive Akademiker mit der hellbraunen Haarmähne; Will, der lässig entspannte Kumpeltyp und ewige Frauenschwarm. Ich blickte zu Yves, verwundert, weshalb sie mit diesem Großaufgebot hier angerückt waren.

»Dachtest du etwa, ich hätte kalte Füße gekriegt?«, witzelte ich.

Yves zog mich auf den Stuhl neben sich. »Zu spät, Mrs Benedict, wir sind bereits verheiratet.«

»Bloß formell, laut deiner Mutter. Warum seid ihr also hier? Nicht, dass ich mich nicht freue, euch alle zu sehen«, fügte ich rasch hinzu, um meine versammelten Schwager nicht vor den Kopf zu stoßen.

Victor räusperte sich. »Wir haben gute und schlechte Neuigkeiten. Welche willst du zuerst hören?«

Mein Puls schoss in die Höhe. »Immer die schlechte Neuigkeit zuerst. Jetzt erzähl mir nicht, der Pfarrer hat Windpocken gekriegt.«

Victor lächelte verhalten und schüttelte den Kopf. Er warf Trace einen Blick zu, doch der ältere Bruder bedeutete ihm mit einem Nicken, dass er mir die Nachricht überbringen sollte.

»Die beiden Männer, bekannt als Unicorn und Dragon …?«

»Ja, meine Brüder. Sie sind im Feuer umgekommen, richtig?«

Yves streichelte mir über den Oberschenkel, er dachte nicht gern daran zurück. Ich wusste, dass er sich für ihren Tod immer noch ein Stück weit verantwortlich fühlte.

»Sie waren nicht deine Brüder. Der DNA-Test ist negativ; eine Verwandtschaft kann mit Sicherheit ausgeschlossen werden.«

Ich riss staunend den Mund auf.

»Die beiden waren auch keine Brüder. Das hat uns neugierig gemacht und wir haben eine Probe von Kevin Smith, bekannt als der Seher, analysieren lassen. Er ist von keinem von euch der Vater. Genau genommen gehen wir aufgrund bestimmter untersuchter Parameter davon aus, dass er zeugungsunfähig ist, allerdings hat auch ein Krimineller ein Recht auf medizinischen Datenschutz, darum darf ich keine näheren Angaben dazu machen.

»Was willst du damit sagen …? Seine vielen Frauen …?«

»Tja. Ich glaube, wir können davon ausgehen, dass sie nur Dekoration waren. Ihm gefiel die Vorstellung, der Vater ihrer Kinder zu sein, und dabei hat er sich selbst in die eigene Tasche gelogen.«

Ich schlang mir die Arme um den Körper, vollkommen

durcheinander. Ich hatte mich gerade erst mit meinem miesen Stammbaum abgefunden und jetzt war plötzlich wieder alles anders. »Er war nicht mein Vater?«

»Nein.«

»Wer dann?«

»Das hat nur deine Mutter gewusst.«

»Ein Mann in Griechenland, hat sie immer gesagt.«

Trace stand auf und musterte mich eingehend. »Ja, das kann ich mir gut vorstellen. Du hast einen südländischen Einschlag – dunkle Haare, olivfarbener Teint, mittelgroß, der mediterrane Typ.«

»Mhm, ja, könnte hinkommen. Sie hat mich also nicht belogen.« Ich drehte mich zu Yves um, lächelte unter Tränen. »Ich hab die ganze Zeit geglaubt, sie hätte gelogen.«

Er wischte eine Träne fort, die mir die Wange herabrann. »Für mich war es ohnehin nie wichtig, wer dein Vater ist, Phee.«

Trace setzte sich wieder auf seinen Stuhl. »Vermutlich wunderst du dich, warum wir alle gekommen sind, um dir die Neuigkeiten zu überbringen.«

Eigentlich nicht, aber jetzt, wo er es sagte – er hatte recht. Es war schon ein bisschen seltsam, solch einen privaten Moment mit so vielen zu teilen. »Weil ihr neugierig seid?«

Er lachte, ein tiefes Grollen in seiner breiten Brust. »Ja, das auch. Aber uns ist beim Abendessen aufgefallen, dass du keinen Vater hast.«

»Ähm … ja, darüber haben wir doch gerade gesprochen, oder?«

»Niemand, der dich zum Traualtar führt.«

Ah! Jetzt hatte ich kapiert.

»Also haben wir uns gedacht, wir lassen dir die freie Auswahl, wenn du möchtest. Für jeden von uns wäre es eine große Ehre, diese Aufgabe zu übernehmen.«

Yves grinste seine Brüder an; er platzte fast vor Stolz auf sie.

Sky hüpfte, auf Zeds Schoß sitzend, aufgeregt auf und ab. »Das ist so süß von euch Jungs! Aber wie soll sie denn da eine Wahl treffen?«

Das fragte ich mich auch. Trace, Victor, Uriel, Will …

Xav schüttelte den Kopf. »Ich bin raus aus der Nummer, fürchte ich. Ich bin schon froh, wenn ich diese Ring-Sache richtig hinkriege.«

Xav also nicht. Blieben noch fünf weitere tolle Jungs, die sich alle darum rissen, mich morgen am Arm zum Altar zu führen.

»Dad wollte sich auch anbieten«, bemerkte Uriel. »Aber wir haben ihm gesagt, dass wir das unter uns ausmachen. Er muss vor allem Mom davon abhalten, die ganze Zeit zu heulen.«

»Schwierigste Aufgabe überhaupt«, murmelte Will.

Ich drehte mich zu Yves um. »Dürfte ich dir vielleicht etwas wegnehmen?«

Kleine Lachfältchen bildeten sich um seine Augen. »Ist mir ein Vergnügen. Was ist es diesmal – Handy, Portemonnaie, aber nicht der Ring, oder?« Er betastete seine Tasche.

Ich bohrte ihm einen Finger in die Rippen. »Nein, natürlich nicht. Ich will dir alle deine Platzanweiser weg-

nehmen. Ich will fünf Ersatzväter, die mich zum Altar führen, als Ausgleich dafür, dass ich meinen ständig verliere.«

Zed klatschte Sky ab. »Siehste, hab dir doch gesagt, dass die Hochzeit irgendwie schräg aussah, als ich sie mir gestern vor Augen gerufen habe.«

Aus Freude über meine Entscheidung küsste Yves mich so lange, bis ich keine Luft mehr bekam. »Nimm sie dir, bitte. Sie würden mich umbringen, wenn ich was dagegen hätte.«

Und so kam es, dass man sich bis heute von unserer Hochzeit in Wrickenridge erzählt: wie der Pfarrer vor Schreck zusammenfuhr, als fünf raue Stimmen auf seine Frage antworteten, wer diese Frau diesem Mann zur Ehe übergeben wolle; von den Hochzeitsfotos, auf denen die Seite der Braut im Vergleich zu der des Bräutigams in beachtlicher Überzahl vertreten war, und das, obwohl sie eine Waise ist, von den höchst seltsamen Dingen, die beim Hochzeitsempfang mit dem Obst passierten.

Und doch kennen sie das eigentlich skandalöse Geheimnis nicht: dass die Braut und der Bräutigam beide geschickte Diebe sind. Ich habe mir auf diesem Gebiet schon lange einen Ruf gemacht, auch wenn ich inzwischen nur noch für die gerechte Sache zum Langfinger werde. Yves hatte sich jetzt auch seine Sporen als Weltklassedieb verdient, erklärte er mir im Auto auf der Heimfahrt vom Hochzeitsempfang, da er mich einigen der übelsten Verbrechern der Welt entwendet hatte und nicht beabsichtigte, mich jemals wieder herzugeben.

Calling Crystal

Für meine Schwester Jane,
die mit mir durch Venedig gepaddelt ist.

Kapitel 1

Denver, Colorado

Der Abend, an dem sich mein Leben veränderte, begann damit, dass ich ein absolut unübertreffliches Dessert verspeiste: Himbeer-Käsekuchen mit dunkler Schokoladensoße. Meine Schwester und ich waren gerade erst aus Italien nach Amerika zurückgekehrt und hatten beide mit einem ziemlich heftigen Jetlag zu kämpfen; aus Erfahrung wussten wir allerdings, dass wir das Zubettgehen so lange wie möglich hinauszögern sollten, damit sich unser Biorhythmus schnell wieder einpendelte. Und so waren wir in ein Restaurant gegangen, anstatt in unsere Kissen zu sinken, was mir bedeutend lieber gewesen wäre. Aber wenn wir unseren Schlaf schon dem guten Zweck opfern mussten, dann hatten wir uns wenigstens eine süße Belohnung verdient. Und ich war nicht enttäuscht worden.

Diamond saß über ihren Teller gebeugt und kostete nur löffelchenweise von ihrem Nachtisch; ihr Appetit ging gegen null.

»Hast du dir schon überlegt, was du morgen machen

willst, während ich auf dieser Konferenz bin?«, fragte Diamond. »Du könntest dich hinten reinsetzen, aber ich bezweifle, dass dich das Thema ›Savant-Verbrechen: Umgehensweise mit den Tätern‹ auch nur ansatzweise fesseln wird.«

Sie kannte mich echt in- und auswendig. Ich konnte wirklich darauf verzichten, einem Haufen begabter Menschen mit grandioser extrasensorischer Wahrnehmung dabei zuzuhören, was für Cracks sie darin waren, die Probleme der Welt zu lösen. Allein der Gedanke daran brachte mich zum Gähnen, sodass mich tatsächliche Vorträge über Dinge, von denen ich so gut wie keine Ahnung hatte, vermutlich schlagartig ins Koma versetzen würden.

»Ich glaube, das schenke ich mir lieber.«

»Sie werden es dir sicher nicht übel nehmen.« Diamond hatte sich von meinem Gähnen anstecken lassen, hielt sich aber im Gegensatz zu mir eine Serviette vor den Mund.

»Wer sind denn ›sie‹?«

»Das hab ich dir doch erzählt.«

Wollte sie wirklich die Hälfte ihres Desserts stehen lassen? Ich beäugte hoffnungsvoll ihren Teller und drehte meine Gabel zwischen den Fingern. »Ach echt? Sorry, da hatte ich wohl auf Durchzug geschaltet. Du kennst mich doch.«

Diamond seufzte. Sie hatte es aufgegeben, mich dazu kriegen zu wollen, dass ich mich mit Dingen beschäftigte, die ich ihrer Ansicht nach wissen müsste; sie hatte eingesehen, dass ich ein Dickkopf war und nur

dann zuhörte, wenn es mir in den Kram passte. Als kleine Schwester bin ich eine echte Herausforderung.

»Dann erzähl ich es dir besser noch mal, denn du wirst unter Garantie einige der Leute von der Konferenz auf der Abendveranstaltung treffen.« Wie immer klang ihre Stimme unglaublich geduldig, als sie mit mir sprach. »Das Ganze ist von einer einflussreichen amerikanischen Savant-Familie organisiert worden, den Benedicts; mehrere von ihnen arbeiten in der Verbrechensbekämpfung.«

»Und diese einflussreiche Familie hat die international anerkannte Schlichterin Diamond Brook angefleht, als Stargast bei ihrer Veranstaltung eine Rede zu halten.« Ich grinste sie an. »Sie haben Glück, dich zu kriegen.«

»Hör auf, Crystal. So ist das nicht.« Süß, wie mein Loblied auf ihre herausragenden Fähigkeiten sie in Verlegenheit brachte. »Es gibt keine Stars im Savant-Netzwerk; wir arbeiten alle Hand in Hand.«

Ja, klar doch. Vergesst, was sie gesagt hat; wir wussten alle, dass sie etwas ganz Besonderes war. Im Gegensatz zu mir. Ich war bei diesen Spritztouren quasi nur ihr Kofferkuli, der Roadie der Diamond-Tour.

»Keine Ahnung, was ich machen werde. Vielleicht gehe ich ein bisschen shoppen.« Ich kratzte die letzten Reste von meinem Dessertteller und hinterließ mit den Zinken der Gabel kunstvoll geschwungene Linien in der Soße. »Ich brauche eine neue Jeans und Denver scheint mir ein guter Ort für Schnäppchen zu sein; hier ist alles viel billiger als zu Hause. Wenigstens das Shoppen hab ich drauf.«

Auf mein unanständiges Vorhaben reagierte Diamond mit diesem gewissen Gesichtsausdruck, bei dem ihre seelenvollen braunen Augen voller Sorge sind. Und prompt ließ sie auch schon den schwesterlichen Fürsorgeappell vom Stapel; sie konnte einfach nicht anders, auch wenn wir beide vor Müdigkeit schon halb von unseren Stühlen rutschten.

»Crystal, ich hatte gehofft, du würdest die nächsten Tage vielleicht nutzen, um dir Gedanken über deine Zukunft zu machen, weißt du. Ich habe ein paar College-Broschüren mitgenommen, denn du solltest dein Examen wiederholen. Sie liegen im Koffer in unserem Hotel.«

Ich zuckte mit den Schultern. Ich hatte keine Lust, zu unserem Hotel zurückzukehren, nicht solange ich mir noch den schokoladigen Nachgeschmack auf der Zunge zergehen ließ.

»Oder wenn du das nicht willst, sollten wir vielleicht mal über eine Ausbildung nachdenken? Du hast dich doch schon immer für Design und Mode interessiert. Wir könnten Signora Carriera fragen, ob sie Hilfe beim Karneval braucht. Es wäre bestimmt spannend zu sehen, wie man in so kurzer Zeit dermaßen viele verschiedene Kostüme anfertigt, oder? Ich weiß zum Beispiel, dass sie zurzeit alle Hände voll zu tun hat, da sie außerdem noch die Outfits für einen großen Hollywoodfilm macht, der nächsten Monat in Venedig gedreht wird.«

Das klang zugegebenermaßen interessant, aber schon war der vergnügte Kellner wieder da und schenkte uns

mit einer übertriebenen Geste Kaffee nach. Vielleicht war er ein Schauspieler, der zwischen zwei Engagements ›pausierte‹. Ich hingegen war mit meinen neunzehn Jahren in Sachen eigener Karriere noch nicht mal aus dem Startblock herausgekommen.

»Wie war das Essen, meine Damen?«, fragte er, die Augen auf meine Schwester gerichtet, in der Hoffnung auf ein kleines Fitzchen Lob. Ganz offensichtlich hatte er sich bereits in Diamond verliebt, so wie die meisten Y-Chromosom-Träger es taten.

»Es war wunderbar, danke.« Sie schenkte ihm ein warmes Lächeln und ihr kinnlanges Haar schwang leicht hin und her, als sie aufblickte. Diamond hatte die elegante Frisur und die edlen Gesichtszüge einer Kleopatra – die Ähnlichkeit mit der Pharaonin kam nicht von ungefähr, denn unsere Mutter war Ägypterin. Dad war ein britischer Diplomat gewesen, der nach Kairo versetzt wurde, wo er sich in Mama verliebte und sie heiratete. Wir waren eine richtige Multikulti-Familie – Diamond und ich lebten jetzt in Venedig, mehr oder weniger in der Mitte zwischen unserem saftig grünen Heimatland Großbritannien und den staubigen Nilufern. Ich hatte keine sehr ausgeprägte nationale Identität. Italien war eher so etwas wie mein Adoptivland. Vielleicht war dieses Gefühl des Entwurzeltseins ein weiterer Grund für meine Unzufriedenheit mit mir selbst?

Der Kellner erinnerte sich schließlich daran, sich auch nach meiner Meinung zu erkundigen. »Und wie hat Ihnen das Dessert geschmeckt?«, fragte er höflich.

»Das war klasse.« Ich lächelte ihn an, aber sein Augenmerk lag längst wieder auf meiner Schwester. Sichtlich zufrieden trat er den Rückzug an. Mich nahm er wohl nur am Rande wahr, doch das konnte ich ihm nicht verübeln: Ich hatte die eher markanten Pharaonen-Merkmale mitbekommen, eine große Nase und kräftige Augenbrauen, aber nichts von der Eleganz, und zu allem Übel hatte ich auch noch die Löwenmähne der Familie meines Vaters geerbt. Vererbung war bei Savants meist eine komplizierte Sache – wir waren da keine Ausnahme.

Dad hatte eine venezianische Mutter gehabt, mit der typischen Haarpracht vieler Norditaliener: ein Wust von Locken, in dem sich alle möglichen Farbnuancen finden, von Schmutzigbraun bis sonnengebleichtes Blond. Das kann man manchmal auch auf den Gemälden alter Meister sehen, allerdings habe ich keine madonnenhaft weichen Wellen, sondern eine wilde Flut krauser Ringel. In Gegenwart meiner Schwester fühle ich mich immer wie eine zottige Löwin neben einer geschmeidigen, seidig glänzenden Miezekatze.

Der Touristenmagnet, das *Hard Rock Café,* füllte sich mit Studenten und Reisenden, der Lärmpegel stieg und mit den zahlreichen Bestellungen wurde unser Kellner mal hierhin mal dorthin gescheucht. Mein Blick wurde von einem Glaskasten angezogen, in dem vorgeblich eine original Michael-Jackson-Uniformjacke hing; ich musste angesichts meines Spiegelbilds grinsen, das optisch verzerrt so aussah, als hätte

ich so gut wie keinen Hals. Ich gähnte noch einmal. Worüber hatten wir eben gleich gesprochen? Ach richtig.

»Du willst wirklich, dass ich für Signora Carriera arbeite? Das wäre der reinste Sklavenjob.« Ich kannte die Kostümschneiderin, die in Venedig in der Wohnung unter uns wohnte, ziemlich gut, da ich oft mit ihrem Hund Gassi ging, wenn sie beschäftigt war. Sie war eine ganz angenehme Nachbarin, wäre aber bestimmt eine extrem anspruchsvolle Chefin. Es grauste mir bei dem bloßen Gedanken, wie sie über meine Zeit verfügen würde.

Diamond schob ihr Dessert beiseite. »Ich hasse es, mit anzusehen, wie du dein Leben vergeudest.«

»Ich hasse Vergeudung auch. Schieb mir mal deinen Teller rüber. Dieser Käsekuchen ist v. A.«

»Wie?«

»Vom Allerfeinsten.«

Meine Schwester seufzte und verkniff sich die Bemerkung, dass ich mit meinen schlappen ein Meter achtzig auf mein Gewicht achten sollte. Nicht dass ich fett war, aber – wie sagte sie doch gleich immer? –, ach ja, ich war eine *Amazone* verglichen mit meinen Schwestern, die alle Durchschnittskonfektionsgröße trugen. Mir war das schnuppe. Wem hätte ich schon gefallen wollen? Mich fragten nie irgendwelche Jungs, ob ich mit ihnen ausgehen wollte, weil ich sie alle überragte und sie Angst vor den Spötteleien hatten. »Riesenbaby« war noch der netteste Name, den ich auf dem Internat, das ich in England besucht hatte, ertragen musste.

»Crystal, glaub nicht, dass ich dich nicht verstehe. Es war entsetzlich, dass du Dad mitten im Abschlussjahr verloren hast«, fuhr Diamond sanft fort.

Ich kratzte eine weitere Gabelspitze voll Dessert zusammen und trotzte dem aufwallenden Schmerz, den ihre Bemerkung in mir auslöste. Entsetzlich umschrieb nicht mal im Ansatz, welche emotionalen Höllenqualen ich durchlebt hatte. Er war mein einziger Bewunderer in der Familie gewesen und hatte mir immer beigestanden, wenn ich zu meinem Nachteil mit meinen sechs älteren Geschwistern verglichen worden war. Er hatte meine Körpergröße liebenswert gefunden und mich sein »kleines Mädchen« genannt, obwohl ich die kahlen Stellen inmitten der Locken auf seinem Kopf sehen konnte, wenn wir nebeneinanderstanden. Kein Wunder, dass ich meine Abschlussprüfungen in den Sand gesetzt hatte. Sein Tod hatte den besten Teil von mir mit sich genommen.

Diamond berührte mich sacht am Handrücken, versuchte, mich zu trösten, doch mein Kummer war unerreichbar für solche Gesten. »Mama hat mich gebeten, auf dich aufzupassen. Sie würde nicht wollen, dass ich dich auf der Stelle treten lasse. Sie würde wollen, dass du etwas anstrebst, was du wirklich machen möchtest.«

»Diamond, netter Versuch. Wir wissen beide, dass Mama vom Großziehen ihrer anderen sechs Kinder viel zu ausgelaugt ist, um sich wegen mir noch groß Sorgen zu machen.« Diamond war die sechstjüngste unserer siebenköpfigen Geschwisterschar und ich war

zehn Jahre nach ihr auf die Welt gekommen, zur großen Überraschung aller, vor allem meiner Mutter, die geglaubt hatte, jenseits des gebärfähigen Alters zu sein. »Sie ist eine begeisterte Oma. Wie viele sind's mittlerweile?«

»Zwölf insgesamt: Topaz hat sechs, Steel zwei, Silver eins und Opal drei.«

»Zum Glück hast wenigstens du noch den Durchblick; ich bin echt eine lausige Tante. Zwölf süße Enkelkinder zum Verwöhnen, ohne dass sie die Verantwortung tragen muss – Mama wird wegen mir also wohl kaum schlaflose Nächte haben.«

Diamond, die ewige Schlichterin, schüttelte den Kopf. Sie reckte den Finger in die Höhe und prompt brachte uns der Kellner die Rechnung. »Mama macht sich sehr wohl Sorgen um dich, aber sie ist gesundheitlich ziemlich angeschlagen. Seit Dads Tod.«

»Aha, deshalb ist sie also auch zu Topaz in die Einliegerwohnung ohne zweites Zimmer gezogen, was?« *Hör dir doch nur mal selbst zu, Crystal.* Ich klang so verbittert. Das musste ein Ende haben. Meine Misere war nicht Diamonds Schuld. Mit Dads Tod hatte Mama nicht nur ihren Ehemann, sondern auch ihren Seelenspiegel verloren, so nannten wir Savants unseren Lebenspartner. Ich verstand die ganze Sache zwar nicht wirklich, weil ich selbst keinen hatte, aber ich wusste vom Verstand her, dass das für einen Savant dem eigenen Tod gleichkam. Als Dad gestorben war, hatte sich alles um Mamas Trauer gedreht; Diamond war damals die Einzige gewesen, die versucht hatte, mich aufzu-

fangen, als ich meine Schullaufbahn mit einem Haufen Fünfer und nicht der geringsten Zukunftsperspektive beendet hatte. »Tut mir leid. Ich bin müde. Du hast ja recht: Ich werde über deine Idee mit dem Kostümschneidern nachdenken. Ich glaube, ich pack das nicht, mein Examen zu wiederholen.«

»Gut. Du hast echt so viel Potenzial; ich will doch nur, dass du erst mal eine Richtung für dich findest.« Diamond lächelte mich auf ihre besondere Weise an. Sie hatte eine unglaubliche Begabung dafür, gebeutelten Seelen Trost zu spenden, und jetzt, da ich mit ihren besänftigenden Kräften in Berührung gekommen war, fühlte ich mich gleich viel besser. Ihre Fähigkeit war sehr gefragt in der Gemeinschaft der Savants und sie wurde oft gebeten, zwischen zerstrittenen Lagern zu schlichten. Wir Savants sind Menschen, die mit einer besonderen Beigabe geboren worden sind; manche können die Zukunft vorhersehen, andere haben die Fähigkeit, mittels Gedankenkraft Dinge zu bewegen oder sich telepathisch zu unterhalten. Es kann allerdings jede Menge Konflikte geben, wenn dermaßen viele begabte Leute auf einen Haufen zusammenkommen – wie eine Schar von Operndiven im Teatro la Fenice, die alle darum wetteifern, im Rampenlicht zu stehen. Diamond hatte die beste Begabung in unserer Familie. Es war ziemlich cool, dabei zuzusehen, wie sie einen aggressiven Wortführer von einem zähnefletschenden Kampfhund in ein schwanzwedelndes Schoßhündchen verwandelte. Alle meine Geschwister hatten in einem gewissen Maß eine besondere Begabung. Nur ich nicht.

Ich entspreche dem, was in der Welt von Harry Potter als ›Squib‹ bezeichnet wird. Um nicht zu sagen, ich bin ein Totalreinfall. Da ich als siebtes Kind zur Welt gekommen bin, hatten alle erwartet, ich würde die absolute Savant-Granate werden. Stattdessen bekamen sie ein Mädchen, das dir sagen kann, wo du deine Schlüssel verbummelt hast. Ja, genau – ich sehe Kram, zu dem du in Beziehung stehst, wie irgendwelchen die Erde umkreisenden Weltraummüll, und kann, falls nötig, die ungefähre Richtung angeben, wo du etwas Verlorengegangenes finden kannst. Telepathisch kommunizieren tue ich nicht, denn sobald ich Verbindung zu anderen Savants aufnehme, ist es so, als würde ich in einen Haufen kaputter Satelliten reinrauschen, und dann werde ich aus der mentalen Umlaufbahn geschleudert. Mit anderen Worten: Ich bin ziemlich unnütz, denn meine Begabung taugt nur zum Partygag oder als Hilfe für die Vergesslichen. Trotzdem macht meine Familie gern und oft Gebrauch von mir.

So zum Bespiel gestern. Topaz rief mich an, als wir am Flughafen waren, allerdings nicht, um mit mir zu quatschen. »Crystal, Felicity hat ihren Mantel irgendwo in der Schule liegen lassen. Bist du so lieb und sagst mir, wo er ist?« Meine Schwester war die Mutter des schusseligsten Mädchens auf der ganzen weiten Welt.

Meine Gabe funktioniert auch noch auf eine gewisse Entfernung, in diesem Fall auf zehn Meilen, da wir gerade in Heathrow waren und umsteigen mussten. Ich schloss die Augen und lavierte mich zwischen all dem

Kram hindurch, der in Felicitys Geist herumwirbelte und … »Er ist hinter den Zeichentisch gerutscht.«

»Was in aller Welt macht er denn da? Na egal. Danke, Schätzchen. Bis bald.«

So verlaufen die Gespräche, die ich mit meinen Brüdern und Schwestern führe, immer. Ich bin die Ratgebertante in Sachen Alltagstohuwabohu.

Meine Begabung ist eher Last als Segen. Was insofern besonders ätzend ist, weil das Dasein als Savant sowieso schon einen dicken fetten Haken hat: Es ist die Bestimmung von uns allen, unser Gegenstück zu finden, das uns vervollständigt, unseren Seelenspiegel. Unser ganzes Leben suchen wir nach diesem anderen Menschen, aber es besteht nur eine geringe Chance, dass wir ihn treffen, denn er könnte überall sein. Das muss man sich mal reinziehen – wenn dein Partner stirbt, bleibst du für immer allein und am Boden zerstört zurück, so wie es Mama mit dem Tod von Dad ergangen ist. Ich hatte Geschichten von Seelenspiegeln gehört, die sich erst im hohen Alter kennengelernt hatten. Und dann spricht man vielleicht noch nicht mal dieselbe Sprache. Meine Brüder und Schwestern teilten unterschiedliche Schicksale: Steel hatte Glück gehabt und im Alter von 25 Jahren mithilfe einer auf Savants spezialisierten Partnerbörse seinen japanischen Seelenspiegel kennengelernt. Sein Zwilling, meine Schwester Silver, hatte auf ihren nicht gewartet und bereits eine turbulente Scheidung hinter sich. Topaz war mit ihrem Mann glücklich; aber wir wissen alle, dass er nicht der Richtige ist, auch wenn er ein klasse

Typ ist. Opal hat ihren Seelenspiegel in Johannesburg gefunden und lebt jetzt dort. Und unser jüngster Bruder, Peter, steckte in der gleichen Situation wie Diamond und ich: Er wartete.

Ich hegte für mich nicht allzu viel Hoffnung: Falls mein Gegenstück existierte, wäre er entweder wahnsinnig begabt, um meine Unzulänglichkeiten auszubügeln, und ich wäre dann zu einem Leben in seinem Schatten verdammt, oder er würde zu meiner mickrigen Begabung passen und eine solche Lusche sein, dass wir uns vermutlich gar nicht erkennen würden. Telepathie konnte ich nicht ohne schlimme Nebenwirkungen benutzen; und Savants können nur feststellen, ob sie zueinander passen, wenn sie sich im Geist treffen. Manchmal war es echt ätzend, ich zu sein. Da ich mir meiner Defizite bewusst war, versuchte ich, die Gesellschaft anderer Savants möglichst zu meiden, vielleicht wäre also eine Karriere als Kostümschneiderin gar keine schlechte Sache für mich?

Diamond bezahlte die Rechnung und wir suchten unsere Sachen zusammen. Als wir in die kühle Herbstluft hinaustraten, brauchten wir einen kurzen Moment, um uns in der fremden Umgebung zu orientieren.

»Hier riecht es ganz anders als in Venedig.« Diamond spähte zwischen den Hochhäusern zum sternenübersäten Himmel hinauf.

»Ja, weil es dort immer feucht ist oder nach Kanalisation stinkt. Wenn wir weiterhin da leben, werden sich bei uns noch Kiemen und Schwimmhäute bilden.« Ich hakte mich bei ihr unter und lotste sie in Richtung

Hotel. Es war nur wenige Blocks entfernt und ich fand mich zurecht, indem ich erspürte, wo sich mein Koffer befand. Was für ein seltsames Gefühl, in den Schluchten zwischen den hoch aufragenden Gebäuden mit den anonymen Glasfronten zu spazieren, wo wir Straßen mit verschnörkelten, verschrobenen und bröckelnden Bauten gewohnt waren.

Diamond hinterfragte nicht, in welche Richtung wir marschierten, denn sie wusste, dass ich die Instinkte einer Brieftaube hatte. »Und woher weißt du, dass ich nicht schon längst Schwimmhäute zwischen den Zehen habe? Ich lebe ja schon länger als du in der Wohnung unserer Großmutter.«

Ich kicherte. »Nonna hatte welche, ich schwöre. Als waschechte Venezianerin war sie bestimmt zur Hälfte Meerjungfrau.«

»Na ja, man kann nicht weiter vom Meer entfernt sein als hier in Denver.« Diamond geriet kurz ins Taumeln, halb benommen vor Erschöpfung. »Das ist echt komisch, aber irgendwie fühle ich mich hier so zu Hause, als hätte ein Teil von mir immer darauf gewartet herzukommen.«

»Diamond!« Mein Alarm schlug einen Moment zu spät an. Drei Männer traten zwischen zwei verrammelten Läden in die dunkle Gasse hinein und schnitten uns den Weg ab. Ich sah dunkle Kapuzenpullis, vermummte Gesichter, ein gezücktes Messer. Einer griff nach dem Riemen von Diamonds Schultertasche und schnitt ihn durch. Unvernünftigerweise versuchte sie, die Tasche festzuhalten, und wurde herumgeschleu-

dert, als er wie wild daran riss. Ich wollte ihr zu Hilfe eilen, doch die anderen beiden Männer stürzten sich auf mich; wir landeten alle im Rinnstein, ich auf meinem Hintern, während sie sich meine Handtasche schnappten. Der eine hieb mir beim Aufrappeln seinen Ellenbogen in den Magen; der andere stieß meinen Kopf gegen die Bordsteinkante.

Danach nahm ich alles wie durch einen Schleier wahr. Stampfende Füße. Ein Geräusch, das sich anhörte wie der Schrei einer wütenden Bestie.

»Polizei!« Das Klicken einer Waffe, die entsichert wurde. »Weg von ihr!«

Flüche und dann das Geräusch von weichen Turnschuhsohlen, die sich schnell entfernten. Ich lag auf dem Rücken, halb auf dem Bürgersteig, halb auf der Straße, und hatte Sternchen vor den Augen.

Der Mann, der uns zu Hilfe gekommen war, eilte zu meiner Schwester hinüber. Sie saß auf dem Boden, die Tasche an die Brust gepresst. Ich kam auf die Knie hoch, mit brummendem Schädel, und hievte mich auf die Bordsteinkante, bevor mich das nächstbeste Auto überfahren würde.

»Alles in Ordnung, Ma'am?« Unser Retter saß vor ihr in der Hocke.

»Ja, ja, danke. Hab mich nur ein bisschen erschrocken.« In Diamonds Augen standen Tränen und sie zitterte – das hätte in jedem männlichen Wesen den Beschützerinstinkt geweckt.

Er streckte ihr die Hand entgegen, um ihr aufzuhelfen. Ich glaube, mich bemerkte er noch nicht einmal,

da ich mich im Dunkel zwischen zwei Straßenlaternen befand, während sie mitten im Lichtkegel saß. Als sich ihre Hände berührten, hörte ich, wie beide scharf Luft einsogen. Sie schossen blitzschnell in die Höhe.

»Mein Gott, du bist es! Ich kann dich in meinem Geist hören!« Diamond starrte zu ihrem Retter hinauf, als wären Heiligabend und ihr Geburtstag auf einmal. Rasch nutzte ich meine Begabung und sah aus meiner Savant-Perspektive ihren ganzen herumwirbelnden Weltraummüll, der von ihm angezogen wurde wie Eisenspäne von einem Magneten.

»Ja, ich bin's wirklich.« Dann, ohne ein weiteres Wort zu wechseln, schloss er sie in die Arme und gab ihr einen Kuss.

Wow. Ich wusste nicht, ob ich Beifall klatschen oder lachen sollte. Es war, als würde ich eine total kitschige Liebesschmonzette sehen – Liebe auf den ersten Blick –, eine stürmische Umarmung wie auf diesem berühmten Foto, das zeigt, wie ein Matrose eine Krankenschwester auf dem Times Square küsst.

Neidisch? Und wie!

Schließlich lösten sie sich voneinander.

»Wer bist du?« Endlich setzte bei meiner Schwester wieder der Verstand ein und sie bemerkte, dass sie noch nicht mal seinen Namen kannte.

»Trace Benedict. Und du?«

»Diamond Brook.«

Er nahm ihr Gesicht in seine Hände, als würde er den kostbarsten Gegenstand der ganzen Welt berühren. »Den Namen kenne ich. Du bist wegen unserer

Konferenz hier. Ich freue mich, dich kennenzulernen, Diamond.«

»Ich freue mich auch, Trace Benedict.« Ihr Blick wanderte zu seinem Mund.

O nein, nicht schon wieder!

Er beugte sich zu ihr hinunter und sagte seinem Seelenspiegel diesmal mit einem sanften, behutsamen Kuss Hallo. Ich wagte es nicht, mich zu rühren. So selbstsüchtig war ich nicht, dass ich ihr den wundervollsten Moment ihres Lebens mit Gejammer versauen würde, bloß weil ich eine Gehirnerschütterung hatte und vollgesifft war mit irgendwelchem Ekelzeug von der Straße. Ich schnipste ein Stück Fast-Food-Verpackung von meinem Bein weg. Igitt. Diamond würde sich wieder an mich erinnern. Irgendwann.

»Ich fasse es nicht, dass du einfach so in mein Leben gestolpert bist. Ich habe dermaßen lange darauf gewartet.« Trace fuhr mit einem Finger über ihren Wangenknochen, berührte ihren hübschen Mund. »Als ich deinen Namen auf unserer Gästeliste gelesen und dann bemerkt habe, dass wir im gleichen Alter sind, habe ich zugegebenermaßen kurz gehofft, dass …«

»Wir hoffen beim Zusammentreffen mit einem anderen Savant doch immer darauf, dass er sich als unser Seelenspiegel entpuppt, oder nicht?« Diamond lächelte ihn schüchtern an.

»Mir sind so viele Mädchen vorgestellt worden, die wegen des passenden Geburtsdatums infrage gekommen wären; Gott sei Dank stellt sich jetzt heraus, dass *du* die Richtige bist.«

Ich seufzte und massierte mir die Schläfen. Der Text, den sie da gerade abspulten, war zwar nicht sonderlich originell, an meinen Kopfschmerzen traf sie allerdings keine Schuld.

»Nie im Leben hatte ich damit gerechnet, meinen Seelenspiegel zu finden, als ich meine Teilnahme an der Konferenz zugesagt hatte.« Meine Schwester war dermaßen niedlich – glückselig und schüchtern zugleich.

Er bückte sich, um ihre Tasche aufzuheben, und gab sie ihr zurück. »Du bist die Schlichterin, stimmt's?«

»Ja. Ich führe eine kleine Beraterfirma in Venedig.«

»Venedig in Italien?«

»Gibt es noch ein anderes Venedig?« Sie betrachtete ihn mit zärtlichem Spott.

»In Amerika? Ja, klar doch. Es gibt vermutlich noch sieben oder acht.« Er küsste sie sacht, war schon so vertraut mit ihr und konnte nicht die Hände von ihr lassen. »Ich arbeite für die Denver Polizei. Ich frage mich, wie wir das alles unter einen Hut kriegen wollen.«

Herrje, das ging aber fix. Sie hatten sich gerade erst getroffen und fünf Minuten später war er bereits dabei, mit ihr zusammenzuziehen.

»Meinen Job kann ich ohne Weiteres von überall auf der Welt ausüben; es ist bloß, dass ich Crystal …« Schlagartig fiel ihr wieder ein, dass ich existierte. Sie schob ihn von sich weg. »Crystal, oh mein Gott, Crystal, geht's dir gut?«

Ich winkte ihr matt zu. »Alles bestens. Macht ihr

beiden ruhig mal weiter. Ich will diesen romantischen Moment nicht verderben.«

Diamond eilte zu mir. »Bist du verletzt? Ich kann nicht fassen, dass ich dich hier einfach habe sitzen lassen. Trace, bitte.«

Mir war schon längst aufgegangen, dass es mein zukünftiger Schwager einfach draufhatte. Er brauchte nicht erst die Aufforderung meiner Schwester, um mir zu helfen; auf ihn gestützt humpelte ich zum nächsten Hauseingang. Er hatte eine Taschenlampe an seiner Schlüsselkette und leuchtete mir ins Gesicht.

Ich blinzelte und legte mir schützend eine Hand über die Augen.

»Beule am Kopf, aber die Pupillen reagieren. Wir sollten sie vorsichtshalber besser ins Krankenhaus bringen.«

Panik durchfuhr mich wie ein Stromstoß. »Mir geht's gut. Echt. Ich will nicht ins Krankenhaus.« Das letzte Mal war ich an meinem achtzehnten Geburtstag dort gewesen. Dad hatte mich zur Feier des Tages zum Abendessen ausgeführt, aber dann hatte er, noch bevor wir unsere Bestellung aufgeben konnten, einen Herzanfall bekommen. Ich verbrachte den restlichen Abend meines Ehrentages im Krankenhaus und musste dann meiner Mutter und dem Rest der Familie beibringen, dass er gestorben war. Allein der Gedanke daran löste in mir dieses hässliche Gefühl aus, als würde ich durch ein Gullyloch ins Bodenlose fallen.

Zum Glück wusste Diamond nur allzu gut, dass ich keinen Fuß in ein Krankenhaus setzen würde. »Sie mag Krankenhäuser nicht. Vielleicht könnten wir einen Arzt rufen, der sie sich ansieht?«

Trace zog sein Handy hervor. »Ich kenne noch jemand Besseren. Ich rufe meinen Bruder an. Kein medizinisches Gerät weit und breit kann sie so gründlich durchchecken wie mein Bruder.«

Kapitel 2

Wir schafften es ins Hotel zurück, wo mein humpelnder Auftritt am Arm eines Polizisten für leichte Irritation sorgte. Trace trug zwar keine Uniform, war den Hotelangestellten aber bestens bekannt, da er derjenige gewesen war, der diesen Veranstaltungsort für die Konferenz gebucht hatte.

»Jim, könnten Sie bitte meinen Bruder, sobald er hier eintrifft, zum Zimmer der beiden jungen Damen raufschicken?«, fragte Trace den Portier.

»Jawohl, Sir.« Der beleibte Portier starrte mich durch seine dicken Brillengläser an. »Geht es den Damen gut?«

»Sie hatten gerade ein Zusammentreffen mit ein paar weniger angenehmen Zeitgenossen. Ich werde noch einen Bericht abgeben, aber zum Glück ist ja nichts gestohlen worden.«

»Na ja, sie haben meine Clutch geklaut«, nuschelte ich. Natürlich war ihm als Retter in der Not diese Kleinigkeit entgangen. »Da war nicht viel drin, außer meinem Bibliotheksausweis und hundert Dollar.«

Mit einem Mal ließ Trace mir gegenüber voll den Cop raushängen. »Noch irgendwelche anderen Ausweispapiere? Führerschein?«

Ich schnaubte verächtlich. »Wir leben in Venedig, da sind die Straßen voll Wasser. Viel Spaß beim Autofahren!«

»Pass?«

»Im Zimmersafe.«

Er nickte zufrieden. »Dann wird dir das Geld zurückerstattet. Und wegen dem Bibliotheksausweis tut's mir leid. Ich finde es furchtbar, dass meine Stadt dich auf diese Weise willkommen geheißen hat. Normalerweise ist das hier ein ganz fantastischer Ort.«

Der Aufzug erschien und wir glitten sanft hinauf in den zehnten Stock. Die einzigen Bauten in meiner Stadt, die so hoch aufragten wie das Hotel hier, waren Glockentürme, und die meisten davon neigten sich aufgrund der Absenkung des Lagunenbodens in einem schwerkrafttrotzenden Winkel. Das Zimmer war ultramodern eingerichtet – weiße Möbel, Flatscreens, schickes Badezimmer mit Rohrleitungen, die nicht ächzten und tropften, während einen die Power-Dusche mit einem Schwall sauber brauste. Der Ausblick aus dem Zimmer war ebenfalls beeindruckend: Lichtfäden spannen sich durch die Stadt, bevor sie von der völligen Dunkelheit der zehn oder mehr Meilen entfernten Rockies verschluckt wurden.

Die Landschaft hier war vertikal – Berge, ansteigende Straßen, Skihänge; da, wo ich herkam, bewegte man sich in der Waagerechten – Lagunen, tief liegende In-

seln, Wattland. Ich verdrückte mich ins Badezimmer und wusch mir den Straßendreck von Gesicht und Händen. Danach streifte ich die stinkenden Klamotten ab und schlüpfte mit einem wohligen Schauer in den flauschigen Bademantel. Mein verdrecktes Zeug stopfte ich in einen Beutel; darum würde sich die Hotelwäscherei kümmern. Jetzt fühlte ich mich einigermaßen wiederhergestellt und humpelte zurück ins Schlafzimmer. Diamond und Trace war meine Abwesenheit nicht weiter aufgefallen; sie starrten einander an und unterhielten sich per Telepathie, vollkommen ergriffen von dem Wunder, dass sie ihren Seelenspiegel getroffen hatten. Ich verspürte einen leisen Stich im Herzen; ich war ein kleines bisschen neidisch, aber vor allem auch glücklich für die beiden.

Diamond blickte hoch. »Geht's besser, Crystal?«

»Ja, mir geht's gut.« Ich streckte mich ächzend auf dem Bett aus. Das Wummern in meinem Kopf wurde um ein Zigfaches lauter und Übelkeit überkam mich. »Vielleicht doch nicht ganz so gut.«

»Wir sollten besser aufhören, Telepathie zu benutzen, Trace; davon wird Crystal schlecht. Sie spürt die Gedankenwellen, auch wenn sie nicht hören kann, was wir sagen.« Diamond holte einen kalten Waschlappen aus dem Badezimmer. »Mir gefällt nicht, wie blass sie ist. Vielleicht sollten wir sie doch in ein Krankenhaus bringen.«

Ich wedelte mit den Händen in ihre Richtung. »Hey, ich bin noch immer anwesend, weißt du. Keine Krankenhäuser.«

Trace stand hinter Diamond und legte ihr einen Arm um die Schultern, so als wäre das bereits sein angestammter Platz an ihrer Seite. »Mein Bruder ist ein Heiler. Er wird uns schon sagen, wenn wir sie in die Notaufnahme bringen müssen.«

Ein lautes Klopfen an der Tür unterbrach ihre Überlegungen.

»Das ist er wahrscheinlich schon.« Trace machte die Tür auf und ließ ihn herein. »Hey Xav, danke, dass du so schnell gekommen bist.«

»Na ja, du weißt ja, bei Hausbesuchen verlange ich das Doppelte.« Ein großer, dunkelhaariger Junge trat ins Zimmer und ließ seine Augen durch den Raum schweifen, um sich einen Überblick über die Situation zu verschaffen. Ich musterte ihn – ewig lange Beine in Denimstoff, ein T-Shirt mit Wolfskopf und eine dunkelgraue, offen stehende Cabanjake. Trace war ungefähr so groß wie ich, aber sein Bruder überragte ihn ein gutes Stück. Während Trace breite Schultern und markante Gesichtszüge hatte, war dieser Bruder hier schlank und dynamisch, ein Athlet, seinen Bewegungen nach zu urteilen. Seine Haare waren lässig verstrubbelt, so wie ich es bei Surfern gesehen hatte – eben dieser ›Hab-grad-die-Welle-geritten-und-mach-jetzt-Party‹-Look. Er gehörte zu der Sorte von Jungen, die dermaßen attraktiv waren, dass es ihnen schon nicht mehr gut bekam, und sein Ego war zweifellos seit dem Kindergarten von weiblichen Wesen mit ständigen Schmeicheleien gefüttert worden. Sein Geld ging garantiert für einen Haufen Klamotten drauf, es sei denn, die Lä-

den bettelten ihn an, Werbung für sie zu laufen … Hm, wahrscheinlich traf das den Nagel auf den Kopf.

»Das ist mein kleiner Bruder Xavier, genannt Xav«, sagte Trace, als er Diamond die Hand schüttelte. »Xav, ich hab ein paar umwerfende Neuigkeiten: Darf ich dir meinen Seelenspiegel vorstellen?«

Als Xav Diamond ansah, tat er so, als würde er zurückprallen. Er griff sich theatralisch an die Brust. »Genial. Trace, du bist so ein verdammter Glückspilz …« Er gab Diamond einen altmodischen Handkuss, so wie ich es zum letzten Mal von einem echten Grafen gesehen hatte, aber bei Xav war es eine halb selbstironische, halb spöttische Geste. »Erfreulicherweise kann ich dir versichern, dass du bei bester Gesundheit bist, Diamond. Alles im grünen Bereich.« Offenbar führte er seine Diagnosen per Berührung durch. »Bis auf die Kleinigkeit, dass du jetzt mit diesem Loser zusammen bist, natürlich.« Er stieß Trace mit dem Ellbogen in die Seite, völlig aus dem Häuschen darüber, dass sein Bruder das große Los gezogen hatte. »Aber dagegen habe ich kein Heilmittel.«

»Ich brauche auch keins, Xavier.« Diamond lächelte ihn an.

Er verzog das Gesicht. »Habe ich was falsch gemacht? Nur unsere Mutter nennt mich so und dann weiß ich, dass sich Ärger anbahnt.«

»Xav.« Diamond war bereits hin und weg von ihm. »Nicht ich hab mir den Kopf angestoßen, sondern meine Schwester.« Diamond deutete aufs Bett, wo ich lag. Ich wackelte zum Gruß schlaff mit den Fingern

und fürchtete insgeheim, dass ich mich gleich bis auf die Knochen blamieren und ihm auf seine trendigen Boots kotzen würde.

»Ach ja, Crystal.« Er zwinkerte seinem Bruder zu. »Mir ist ihr Name auf der Liste aufgefallen. Mein Alter, stimmt's? Wie geht's dir, meine Liebe?«

»Mir geht's gut.« Ich stand auf; meine mir anerzogene britische Zurückhaltung verlangte, dass ich vor fremden Jungs keine Schwäche zeigte.

Xav torkelte theatralisch hin und her als Ausdruck seiner Überraschung. »Uah, du bist aber ein stattliches Mädchen. Ich meine, ein *großes* Mädchen. Ich wette, du hattest nie Probleme, ins Basketballteam deiner Schule zu kommen?«

Wie viele Kränkungen steckten in den drei Sätzen? Ich fang mal an zu zählen.

»Ich hab nie Basketball gespielt.« Ich zog den Bademantel fester. »Ich möchte lieber nicht untersucht werden, wenn's recht ist. Mit mir ist alles in Ordnung. Ich muss mich heute Nacht nur richtig ausschlafen. Meine Schwester hat überreagiert.« Ausgeschlossen, dass ich mich von diesem taktlosen Möchtegern-Doktor anfassen lassen würde.

Ich spürte, wie die Mauer, die ich in meinem Kopf gegen telepathische Übergriffe errichtet hatte, leicht vibrierte. Ich drückte mit den Fingern gegen meine Schläfen. »Hör auf damit.«

»Du bist mir ja vielleicht eine kratzbürstige Patientin.« Xav stemmte die Hände in die Hüften und grinste mich an. »Du willst dir von mir nicht helfen lassen.«

Diamond bugsierte mich in den nächsten Stuhl. »Crystal benutzt keine Telepathie.«

»Sie ist kein Savant?« Xav wirkte enttäuscht.

»Nicht wirklich«, murmelte ich.

»Sie hat eine Begabung, aber die verträgt sich nicht mit Telepathie. Kannst du sie auch so untersuchen?«

»Ich will nicht, dass er mir zu nahe kommt.« Bittere Galle stieg mir in die Kehle; ich war am Rande der Verzweiflung und scherte mich nicht länger um meine Manieren. »Aus dem Weg!« Ich drängelte mich zwischen den beiden hindurch, flitzte ins Bad und knallte die Tür hinter mir zu, um mich im hohen Bogen zu übergeben.

»Hm, mein Superhelden-Spinnensinn verrät mir, dass ihr gerade schlecht geworden ist«, sagte Xav.

Die nächsten paar Tage liefen nicht besser für mich. Die Konferenzteilnehmer nahmen die Neuigkeit, dass einer der Organisatoren seinen Seelenspiegel unter den Gästen gefunden hatte, mit schon an Peinlichkeit grenzender Begeisterung auf. Das Ganze artete in eine regelrechte Party aus, sodass die wirklich wichtigen Dinge dabei wahrscheinlich liegen blieben. Diejenigen aus Traces Familie, die nicht an der Konferenz teilnahmen, eilten nach Denver, um Diamond kennenzulernen. Sie schlug ein wie eine Bombe – was mich nicht sonderlich verwunderte. Sie war hübsch, lieb, begabt – sie war die Traumschwiegertochter für einen viel geliebten Sohn. Seine zierliche Mutter Karla drückte sie so fest an sich, als wäre sie die letzte Rettungsweste auf

einem sinkenden Schiff; sein beeindruckender indianischer Vater Saul umarmte sie mit väterlicher Geste, sein Stolz und seine Freude waren für jeden offensichtlich. Wenn er lächelte, bildete sich um seine dunklen Augen ein Kranz von Fältchen; es war einer der glücklichsten Gesichtsausdrücke, die ich je gesehen hatte, und ein Kontrast zu seiner sonst so ruhigen Ausstrahlung.

Bitte nicht falsch verstehen, ich freute mich aufrichtig für Diamond. Abgesehen von dem ätzenden Heiler-Bruder waren Trace und seine Familie toll und rissen sich ein Bein aus, um nett zu uns zu sein. Besonders die Seelenspiegel der beiden jüngeren Benedict-Brüder gaben sich alle Mühe, damit ich mich willkommen fühlte, während sich die Eltern mehr auf Diamond konzentrierten. Beide Mädchen stammten ursprünglich aus England, und da ich die meiste Zeit meines Lebens in einem Internat in Cheltenham eingesessen … äh, Verzeihung … gelebt hatte, gab es da schon mal einen gemeinsamen Nenner. Sky war mit dem Hünen und jüngsten Bruder der Benedict-Bande zusammen – Zed, ein furchterregend aussehender Kerl, allerdings nur, solange seine zierliche blonde Freundin nicht in der Nähe war. Neben ihr sah er beinah handzahm aus. Sie waren in ihrem letzten Highschool-Jahr. Das andere Mädchen, Phoenix, war aufgrund ihrer schwierigen Vergangenheit sehr viel zerbrechlicher, und doch war sie bereits mit Benedict-Sohn Nummer sechs, dem Intelligenzbolzen Yves, verheiratet. Sie erzählte mir, sie sei jetzt glücklicher als je zuvor. Meiner Meinung

nach waren die beiden mit ihren knapp achtzehn Jahren viel zu jung, um verheiratet zu sein, aber das schien sie nicht zu stören. Sie sagte bloß, dass es unumgänglich gewesen wäre und sie es wundervoll fände.

Es machte Spaß, mit Sky und Phoenix shoppen zu gehen, und die Benedict-Jungs waren (mit einer Ausnahme) total süß zu mir. Das Problem war nur, dass ich mich so … na ja … überflüssig fühlte. Es war offensichtlich, dass Diamond in Gedanken bereits ihr Leben zusammen mit Trace plante; die Ersatzmutter für eine erwachsene Schwester zu spielen passte da einfach nicht recht ins Bild. Niemals wäre sie dermaßen gemein, auch nur anzudeuten, dass sie mich nicht bei sich haben wollte, aber ich war keine Idiotin. Ich wusste, dass es die Sache einfacher machen würde, wenn ich für mich selbst die Verantwortung übernahm und das Feld räumte. Seit Monaten ließ ich die Entscheidungen über meine Zukunft in der Schwebe; jetzt war es an der Zeit, sich der Sache zu stellen.

Also tat ich für sie, was ich konnte. Ich hielt mich im Hintergrund und erklärte, mir würde noch immer der Überfall in den Knochen stecken. So hatte ich einen Grund, das Datum meines Flugtickets zu ändern. Sie hatte bereits gesagt, dass sie noch in Colorado bleiben wolle, um die Familie von Trace besser kennenzulernen.

»Crystal, du musst nicht zurück nach Venedig, weißt du.« Diamond hockte auf der Kante ihres Bettes und spielte mit dem Armreifen, den Trace ihr am Abend zuvor geschenkt hatte: ein teures Stück mit modern

geschliffenen Edelsteinen der Sorte, nach der sie benannt worden war.

Doch, musste ich. »Ist schon okay. Ich habe eine Menge Sachen zu erledigen.«

Sie schlang sich die Arme um die Knie. »Wir haben beschlossen, in Venedig zu heiraten, damit alle aus unserer Familie dabei sein können.«

Die Heirat hatte von Anfang an festgestanden: Beide, Diamond und Trace, waren eher konservativ eingestellt und uns hatte man als gläubige Katholiken erzogen. Ich war froh, dass dieses schreckliche Ereignis bei uns stattfinden würde, da, wo unsere Wurzeln lagen. Zumindest würde mir das in den nächsten Monaten meine Existenzberechtigung sichern.

»Okay, soll ich die Sache in die Hand nehmen? Wann möchtet ihr euch denn trauen lassen?«

Sie errötete bezaubernd. »Trace möchte nicht warten. Wir hatten an kurz vor Weihnachten gedacht, damit wir über die Feiertage in Flitterwochen gehen können.«

»Dann haben wir ja nur ein paar Wochen Zeit. Ich sollte wohl besser gleich loslegen.«

Diamand räusperte sich; ihre Befangenheit war ungewöhnlich, da sie selten um Worte verlegen war. »Du brauchst nichts weiter zu machen, Crystal. Mama wird sich um alles kümmern – sie liebt Hochzeiten und es wird ihr guttun, mit den Vorbereitungen beschäftigt zu sein. Sie hat bereits die Kirche und die Räumlichkeiten für die Feier reserviert. Topaz kümmert sich ums Catering. Silver und Manatsu übernehmen die Brautjungfern und die Brautjungen.«

»Brautjungfern und Brautjungen?«

»Ja, alle zwölf Nichten und Neffen – im Alter von fünfzehn Jahren bis zu fünfzehn Monaten. Das wird der reinste Albtraum.« Diamond lächelte bei der Vorstellung daran.

»Verstehe.« Mir ging auf, dass ich gedacht hatte, sie würde *mich* bitten, eine der Brautjungfern zu sein, oder dass sie mich wenigstens bei der Kleiderauswahl um Rat fragen würde, da sie immer behauptete, ich hätte ein tolles Gespür für Styling und Design. Aber ich konnte nachvollziehen, dass sie mich nicht dabeihaben wollte – das Riesenbaby unter all den zarten Gewächsen.

»Ich hoffe, das macht dir nichts aus; es schien die einfachere Variante zu sein, den Eltern die Organisation zu überlassen, als dich zu bemühen. Die Zeit ist echt knapp. Und ich hab gedacht, dass du sowieso genug mit Signora Carriera zu tun haben wirst, wenn alles nach Plan läuft.«

»Ja, natürlich.« Ich klappte energisch den Kofferdeckel hinunter und zog den Reißverschluss zu.

Ich war nicht gut darin, meine Gefühle zu verbergen, und Diamond hatte eine Gabe dafür, Spannungen zu erspüren; ich würde nicht damit durchkommen, so zu tun, als ließe es mich kalt, außen vor zu sein. Sie sah mich mit schreckgeweiteten Augen an. »O nein, ich hab einen Fehler gemacht, stimmt's? Ich habe meine Gedanken auf dich projiziert, aber das war falsch. Du hättest dich gefreut, wenn ich dich um Hilfe gebeten hätte, oder? Und ich hab gedacht, du würdest nichts

mit dieser ganzen Hochzeitssache zu tun haben wollen. Ich wollte dich mit der Sache einfach nur verschonen.«

Ja, rede dir das mal bloß hübsch selbst ein, Diamond. Vielleicht hattest du das ja in dem liebenswerten Teil deines Hirns gedacht, aber selbst du hast eine dunkle Seite, die verhindern wollte, dass deine Schwester, die wandelnde Katastrophe, deinen großen Tag versaut. Und das ist nur menschlich. »Nein, nein, ist schon okay. Das ist deine Hochzeit – du machst es so, wie du's willst.«

Aber Diamond versuchte jetzt, ihren Schnitzer wieder auszubügeln. »Ich habe Manatsu zwar schon gefragt, aber sie ist bestimmt froh über Hilfe. Wir lassen die Kleider in London anfertigen, weil da Topaz mit ihrer Familie lebt – das erschien uns am praktischsten –, aber sie kann dir ja die Entwürfe schicken. Ich würde gerne hören, wie du sie findest.«

Zu spät. »Diamond, jetzt mach nicht so einen Wind. Du hast ja recht, ich werde alle Hände voll zu tun haben, wenn ich den Job bekomme. So wie ich die Signora kenne, können wir vermutlich von Glück sprechen, wenn sie mir für den Tag deiner Hochzeit freigibt.«

Im Moment wäre es mir lieber, nicht hingehen zu müssen.

»Ich weiß was! Ich brauche jemanden, der meinen Junggesellinnenabschied organisiert. Ich habe doch Karla, Sky und Phoenix eingeladen, schon ein paar Tage vor der Trauung anzureisen, um mit ihnen in Venedig einen draufzumachen. Wer könnte besser als du dafür sorgen, dass es ein Riesenspaß wird?«

Genau genommen gab es haufenweise Leute, die für diese Aufgabe besser geeignet waren als ich.

»Ich weiß nicht so recht, Diamond. Was ist denn mit deinen italienischen Freundinnen – würden die das nicht machen?«

Aber Diamond ließ sich nicht beirren. Sie hatte beschlossen, mir diese Aufgabe zuzuteilen, und musste sich jetzt noch selbst davon überzeugen, dass ich die richtige Wahl war. »Es würde mir viel bedeuten, wenn du das für mich tust.«

Ich bin ungefähr so eisern wie ein Marshmallow. Emotionale Erpressung funktioniert bei mir immer. »Na gut. Okay. Mach mir aber bloß keine Vorwürfe, wenn's am Ende in die Hose geht, so wie alles, was ich anpacke.«

Diamond umarmte mich. »Das wird es nicht.«

Aber ich glaubte ihren Worten nicht mehr. Das ganze Gerede von wegen meines Talents für Mode war offenbar alles nur heiße Luft, wenn es um etwas ging, was ihr wirklich am Herzen lag. Ich verstand jetzt, warum Hochzeiten das reinste Minenfeld waren; ich fühlte mich vor den Kopf gestoßen, obwohl das alles doch eigentlich gar nichts mit mir zu tun hatte. Sie konnte und sollte an *ihrem* Tag tun und lassen, was sie wollte. »Wir sehen uns dann in ungefähr einem Monat?«

»Ja. Du kannst übrigens in der Wohnung bleiben, solange du willst.«

»Danke. Ich mache mich besser mal auf den Weg. Müsste das Taxi nicht eigentlich schon seit fünf Minuten da sein?«

»Na ja, Trace hat darauf bestanden, dass dich einer aus seiner Familie zum Flughafen fährt.«

O nein. Ich wusste, was jetzt gleich kommen würde. Und da hatte ich geglaubt, dass ich den Tiefpunkt des Tages bereits erreicht hatte. »Und wer genau?«

»Xav. Er hängt als Einziger gerade so ein bisschen in der Luft.« Sie gab mir einen Stups. »Siehst du, ihr habt viel gemeinsam. Hast du ihn dir eigentlich mal genauer angesehen … Du weißt schon.«

Ich schnaubte verächtlich. »Ich glaube nicht, dass du es so gemeint hast, wie's gerade rübergekommen ist.«

Diamond lachte. »Na ja. Trace stammt aus einer Familie mit unerhört gut aussehenden Brüdern. Und Xav ist genau im richtigen Alter.«

»Komm schon, Diamond, wir sprechen hier von mir. Ich bin eine Niete als Savant und Xav ist ein begabter Heiler. Und wie hoch ist bitte die Wahrscheinlichkeit, dass zwei Söhne aus ein und derselben Familie die Richtigen sind?«

Sie strich mir das Haar hinter die Ohren. »Ich weiß. Ich bin halt Optimistin.«

»Du hast es bei Trace von Anfang an gefühlt, stimmt's?«

Sie nickte.

»Ich kann aber mit Gewissheit sagen, das einzige Gefühl, was mich bei Xav überkommt, ist heftige Abneigung. Feuer und Wasser. Heiß und kalt.«

»Tut mir leid. Ich kann eben einfach nicht anders. Ich möchte doch bloß, dass du so glücklich bist wie ich.«

»Aber das wäre todsicher nicht der Fall, wenn ich

durch eine Laune des Schicksals an Xav Benedict gekettet würde.«

Diamond begleitete mich hinunter in die Lobby, um mir Auf Wiedersehen zu sagen. Erst war mein Chauffeur nirgends zu sehen, aber dann entdeckte ich ihn, auf einen Stuhl am Empfangstresen gefläzt, den Kopf zurückgelegt, die Augen geschlossen. Jepp, Xav war ganz Herr der Lage und hatte erkannt, dass Eile geboten war, um rechtzeitig zum Check-in zu kommen – er war eingepennt.

Diamond rüttelte ihn sanft an der Schulter. Er konnte von Glück sprechen, dass sie mich begleitet hatte; wäre es an mir gewesen, ihn zu wecken, hätte ich mir einen Eiswürfel von der Bar besorgt und ihn hinten in sein Shirt gestopft. Laut meiner Schwester habe ich einen eigenartigen Sinn für Humor.

»Wa… ach, ihr seid das.« Xav stand auf und reckte sich, präsentierte seine langen Gliedmaßen und rollte die Schultern. »Sorry, ich hab mir die Nacht um die Ohren geschlagen.«

Ich ließ meinen Koffer neben seinen Zehen zu Boden fallen und freute mich insgeheim, als er schnell den Fuß wegzog. »Führst du aber ein aufregendes Leben.« Ich hörte mich wie die Oberzicke an, aber ich konnte einfach nicht anders; mein gutes Benehmen kam mir in seiner Gegenwart einfach jedes Mal schlagartig abhanden.

Er grinste mich an, amüsiert über meine Garstigkeit. »Ich hatte Nachtschicht im Krankenhaus.«

Diamond rief mich mit einem Ellenbogenstoß in die Seite zur Ordnung. »Er arbeitet dort ehrenamtlich, weil er vorhat, Medizin zu studieren.«

Das Einzige, was mir an Xav gefallen hatte, war die Tatsache, dass er genauso nutzlos schien wie ich; diese Illusion war nun dahin. »Oh. Tut mir leid. Das ist toll.«

»Ist schon okay, Schätzchen. Freut mich, dass ich dich foppen konnte. Ich muss ja meinen Ruf wahren. Ist das hier alles?« Er betrachtete meinen bescheidenen Koffer. »Um wie viel Uhr geht der Flug noch mal?«

Diamond teilte ihm schnell die Abflugzeit mit, da mir schon wieder eine patzige Antwort auf der Zunge lag.

»Dann sollten wir jetzt besser aufbrechen. Bis später, Diamond. Ich werde dafür sorgen, dass deine kleine Schwester ihren Flieger rechtzeitig erwischt.« Er marschierte nach draußen zu seinem Auto, mein Koffer auf den Schultern wie ein nepalesischer Gepäckträger, der den Everest besteigt.

Ich gab meiner Schwester rasch einen Kuss und eilte ihm nach. Ausnahmsweise hatte mal jemand längere Beine als ich und ich musste joggen, um hinterherzukommen. Er schmiss meinen Koffer hinten in den Jeep rein und hielt mir dann die Beifahrertür auf.

»Steig ein, meine Schöne.«

Ich runzelte die Stirn über seine ach so dämlichen Bezeichnungen für mich. Er nannte scherzhafterweise alle Frauen entweder Schätzchen, Süße oder Zuckerpuppe, aber bisher hatte er noch keine mit ›meine Schöne‹ betitelt. Mir gefiel es nicht, dass er auf meine

Kosten Witze machte, aber ich hatte keine Idee, wie ich es ihm mit gleicher Münze heimzahlen könnte.

Ich stieg ein und legte mir meine nächste Bemerkung zurecht, während er auf dem Fahrersitz Platz nahm. »Du willst also Arzt werden?«

»Hey, sag bloß, wir wollen ein normales Gespräch führen?« Er schob den Schalthebel in Fahrstellung ›D‹. »Jepp, falls ich es mir leisten kann. Ich versuche, mir das Geld fürs College zusammenzusparen.« Er fädelte sich in den Straßenverkehr ein und folgte den Schildern zum Flughafen.

Dann sollte er vielleicht mal auf die hochpreisigen Modeartikel verzichten. »Aber ich hab gedacht, deine Familie ist reich.«

»Nein, sind wir nicht. Nur Wunderknabe Yves hat Kohle, aber davon rührt keiner von uns einen Cent an, obwohl er immer wieder versucht, uns was unterzujubeln. Tut mir leid, dich enttäuschen zu müssen, aber wir sind ganz normal werktätige Leute. Mom und Dad arbeiten im Winter als Skilehrer und im Sommer führen sie eine Wildwasser-Rafting-Schule. Dad betreibt außerdem den Skilift. Ich wäre der erste Arzt in der Familie.«

Kurz sah ich vor meinem inneren Auge, wie er durch die Station schwebte, mit einer Schar bewundernder Krankenschwestern am weißen Kittelzipfel. »Ich hab keine Ahnung, wie das hier ist, aber in Europa muss man als Arzt ziemlich aufpassen, wie man seine Patienten anspricht. Hast du schon mal was von ›political correctness‹ gehört?«

Er grinste. »Davon gehört schon, aber meiner Mei-

nung nach ist das nur ein Schickimicki-Wort für Höflichkeit.«

»Es mag dich überraschen, aber Frauen werden gern gleichberechtigt behandelt. Wenn du eine Patientin als ›Zuckerpuppe‹ bezeichnest, wirst du mit ziemlich großer Wahrscheinlichkeit erleben, dass sie dir eine klebt«, ich legte eine kurze Pause ein, »und dich dann anzeigt.«

Er johlte. »Keine Sorge: Ich kenne meine Grenzen. Ich werde die Männer einfach auch mit ›Zuckerpuppe‹ ansprechen, damit mir keiner Missachtung der Gleichberechtigung vorwerfen kann. Aber danke, dass du dir meinetwegen Gedanken machst, meine Schöne.«

»Hör bitte auf, mich so zu nennen.« Ich verschränkte die Arme vor der Brust.

»Gut.« Er trommelte gegen das Lenkrad und spähte kurz zu mir herüber, bevor er wieder auf den Verkehr achtete. »Hey, meine Schö… mein hoch verehrtes und absolut gleichberechtigtes Zuckerpüppchen, was habe ich eigentlich getan, dass du dermaßen genervt bist von mir? Jedes Mal, wenn ich mit dir spreche, wirst du fuchtig wie eine Katze. Ich rechne jeden Moment damit, dass du deine Krallen ausfährst und mich in Stücke reißt. Du weißt schon, wie bei Androkles.«

Andro- wer? »Ich mag's einfach nicht, wenn Leute so tun, als ob ich etwas wäre, was ich ganz eindeutig nicht bin.«

»Hä?« Er sah aufrichtig verwirrt aus. »Ich kann dir nicht ganz folgen.«

»Das ist ja wohl nicht schwierig. Wenn man so aus-

sieht wie ich, ist jede Bemerkung über das Erscheinungsbild entweder eine Kränkung oder eine Lüge.«

Er besaß die Frechheit zu lachen. »Was?«

»Na schön, ich bin groß: Komm damit klar! Ich möchte nach meinem Wesen beurteilt werden, nicht danach, was Leute sehen.«

»Aha, du gehörst also zu diesen intellektuellen Mädchen, die für ihren Scharfsinn und nicht für ihre Schönheit bewundert werden wollen? Hab gehört, Europa ist voll von der Sorte.« Er summte eine kleine Melodie und setzte an, einen Laster zu überholen.

»Ich bin nicht intellektuell«, murmelte ich.

»Komisch, die Mädchen hierzulande freuen sich über solche Komplimente. Ich mag es, wenn ich Leuten … und damit meine ich Mädchen, denn ich stehe nicht drauf, meine Geschlechtsgenossen zu bezirzen … ein gutes Selbstwertgefühl geben kann. Auf innere und äußere Werte bezogen.« Er zwinkerte mir zu, sodass mir das Blut in die Wangen schoss.

»Bei mir brauchst du das aber nicht zu machen.«

Er seufzte übertrieben. »Du bist echt 'ne komplizierte Braut.«

»Braut!«

Er lachte. »Ich wusste, dass du nach diesem Köder schnappen würdest! Das war so was von klar. Eins musst du wissen, Schätzchen – Plagegeist ist mein zweiter Name.«

»Ach echt? Und wusstest du, dass meiner ›Bestrafe-rin-derjenigen-die-Mädchen-mit-Braut-betiteln‹ ist?«

»Nee. Ist aber ein ziemlicher Zungenbrecher, was?«

»Schreib ihn dir hinter die Ohren, Mr Benedict.«

»Was immer du verlangst, Miss Brook.«

Er schaltete das Radio ein, um die Stille auszufüllen. ›Hey Soul Sister‹ dröhnte es markerschütternd, bevor er leiser stellte. Er gehörte zu den Menschen, die beim Fahren laut mitsangen und im Takt aufs Lenkrad schlugen. Ich mochte diesen Song, aber von jetzt an würde ich ihn nie wieder hören können, ohne dabei daran denken zu müssen, wie er den Refrain mitgrölte.

Endlich verkündeten die Schilder, dass wir den Flughafen erreicht hatten. Statt mich einfach draußen vorm Gate abzusetzen, fuhr er die Rampe zum Kurzzeitparkplatz hinauf. Als er den Motor ausschaltete, verstummte das Radio.

»Ähm, übrigens … Ich hab Trace versprechen müssen, dir noch eine Frage zu stellen, bevor du aussteigst.« Er rieb sich verlegen den Nacken, plötzlich gar nicht wie er selbst, so als hätte sich eine Wolke über seine Sonne geschoben.

»Worum geht's? Soll ich irgendwas in Venedig für Trace erledigen? Ich helfe gerne, echt, auch wenn ich vielleicht den Eindruck erwecke, ein …«

Er hob eine Augenbraue, höchst interessiert daran, welche Richtung ich hier gerade einschlug. »Ja? Auch wenn du vielleicht den Eindruck erweckst, ein …?«

»Ein Brummbär zu sein?«

Xav fing schallend an zu lachen. »Das hast du gesagt. Jepp, wenn du einer der sieben Zwerge wärst, dann Brummbär.«

»Und wer bist du dann bitte? Seppel?«

»Bingo. Der Typ ist mein Vorbild. Aber nein, darum geht es eigentlich gar nicht. Trace hat einfach diesen Spleen, dass ich jeden Savant, der das richtige Geburtsdatum hat, abchecken soll, ob es mein Seelenspiegel ist, selbst wenn es, ähm, völlig absurd erscheint.«

»Ja, Diamond tickt genauso. Aber sieh mich an, Xav, und sag mir, was deiner Meinung nach zwischen uns abgeht. Ich habe deinen Bruder und meine Schwester gesehen – Peng! – die hatten sofort einen Draht zueinander, einfach so.« Ich betrachtete eingehend meine Fingernägel; ich hatte mir im Hotel eine französische Maniküre machen lassen und konnte jetzt so tun, als würde ich meine weiß lackierten Nagelspitzen bewundern. »Bei uns tut sich nichts in der Art.«

Er lächelte schief. »Ich bin froh, dass du's gesagt hast. Und nein. Du und ich … wir sind nicht auf derselben Wellenlänge, schätze ich.«

»Du bist eine DVD mit Regionalcode 1 und ich bin 2.«

»Ja, genau. Aber könnten wir's trotzdem einfach tun, damit ich sagen kann, dass wir's probiert haben?«

»Was tun?« Ich quietschte, als mir alle möglichen Bilder von leidenschaftlichen Küssen im Auto in den Kopf schossen.

Xav lachte leise; ein tiefer, volltönender Klang, der mich irgendwie an lieblichen Rotwein erinnerte. »Crystal Brook, du solltest dich schämen, Mädchen! Wir sind hier auf einem öffentlichen Parkplatz. Ich meinte, ob ich mal per Telepathie mit dir sprechen kann?«

»Wenn du willst, dass ich dein Auto vollkotze, nur zu.«

»So schlimm?«

»Ja, ich mach keine Witze. Ich muss mich richtig heftig übergeben, wenn ich es mit meiner Familie ausprobiere. Das klingt total blöd, aber ich bin eben eine Niete als Savant und anscheinend hat's für diese Fähigkeit bei mir nicht ganz gereicht.« Ich zuckte mit den Achseln, ratlos, wie ich etwas erklären sollte, was ich selbst nicht verstand.

»Wie wäre es, wenn ich es nur ein ganz kleines bisschen probiere? Du kannst mich wegschalten, sobald dir übel wird. Abgemacht?«

Ich blickte prüfend auf meine Armbanduhr. »Ich bin mir nicht sicher, ob ich noch genügend Zeit habe.«

»Hast du deine Boardkarte ausgedruckt?«

Ich nickte.

»Dann hast du noch Zeit.« Er würde mich nicht so einfach davonkommen lassen.

»Okay. Aber nur ganz kurz. Und bitte lach nicht über mich, wenn mir schlecht wird.«

Er nahm die Hände hoch. »Würde ich denn so was tun?«

»Ja, das würdest du.« Ich erinnerte mich noch gut an seine Witzeleien, als ich meine Gehirnerschütterung hatte. Ich war dermaßen verärgert darüber gewesen, dass ich ihn aus unserem Hotelzimmer gejagt und darauf bestanden hatte, meine Kopfschmerzen nur durch Schlafen und ohne irgendwelche medizinischen Maßnahmen zu bekämpfen.

»Rufmörder.« Er hielt mir seine ausgestreckte Hand hin. »Ich werde nicht lachen. Großes Indianerehrenwort.«

Ich holte tief Luft und legte meine Fingerspitzen in seine Handfläche. Ich schloss meine Augen und spürte, wie sich sein Wesen meinen Arm hinaufstahl wie die Wärme aus einem Ofen an einem kalten Tag. Zunächst tat es nicht weh, aber sobald er ansetzte, mit meinem Geist in Verbindung zu treten, fing mein Hirn an, sich zu wehren, und mir drehte sich der Magen um, als würde ich in einer Achterbahn sitzen.

»Ich kann nicht!« Ich riss meine Hand weg und presste sie mir auf den Mund; vor Wut stiegen mir Tränen in die Augen. Ich hatte es ja gewusst. Diese mentalen Kunststückchen, die den anderen so leichtfielen, überforderten mich einfach. Ich war als Savant ein Reinfall auf ganzer Linie und brauchte mich gar nicht weiter als eine von ihnen zu betrachten.

»Atme einfach tief durch. Das geht gleich vorbei.« Xavs Stimme klang kein bisschen spöttisch. Er berührte mich nicht mehr, aber seine Stimme war tröstlich und half mir, mich wieder zu beruhigen.

Wir saßen für ein paar Minuten schweigend da, bis ich mich wieder im Griff hatte.

»Mir geht's gut.« Ich blinzelte die Tränen weg, innerlich war ich noch immer am Zittern. »Und glaubst du mir jetzt?«

»Ich hab nie gedacht, dass du lügen würdest. Ich hab nur… Hör mal Crystal, du weißt, welche Gabe ich habe?«

Ich nickte.

»Sie hilft mir, gewisse Dinge zu erkennen. Ich habe

gespürt, dass in deinem Mentalbereich irgendwas nicht stimmt, aber mehr kann ich dazu nicht sagen, es sei denn, ich dringe tiefer ein.« Er deutete auf meinen Kopf.

Sofort tastete ich nach dem Türgriff. »Es ist okay, wirklich, Xav. Ich hab dafür jetzt keine Zeit.«

Er sprang auf seiner Seite hinaus und hielt mir die Autotür auf, noch bevor ich meine im Gurt verhedderte Handtasche befreit hatte. »Ich will dich nicht verärgern, aber du musst etwas dagegen tun. Geh zu Hause zum Arzt, zu einem, der etwas von Savants versteht, wenn du nicht willst, dass ich dich anfasse.« Er war ein bisschen sauer, aber ich wollte nun mal ganz einfach nicht, dass irgendjemand an mir herumpfuschte. Basta.

»Ja, ja, das mache ich. Ich geh zum Arzt. Danke.« Ich zog den verlängerbaren Griff meines Koffers heraus und manövrierte das schwere Ding rollend hinter mir her übers Pflaster.

»Tschüs, Crystal.«

Ich warf einen Blick zurück, er lehnte an seinem Auto und sah mich mit einem höchst seltsamen Gesichtsausdruck an. Xav und ernst – nein, das kam mir einfach nicht richtig vor. Jetzt bekam ich es wirklich mit der Angst zu tun.

»Tschüs. Danke fürs Bringen.«

»Kein Problem. Pass auf dich auf.«

Ich rannte zum Terminal und wünschte, mein Koffer würde nicht dermaßen viel Radau machen, während er hinter mir her schlingerte. Ich war mir nicht sicher,

warum ich so panisch war … Wahrscheinlich floh ich vor meiner Angst, er könnte herausgefunden haben, dass ich tatsächlich kein Savant war. Ich hatte schon immer geglaubt, bei mir läge irgendeine Art von Fehlbildung vor, eine Anomalie. War die Wahrheit irgendwo in meinem Hirn zu finden?

Als ich in der Schlange zur Gepäckaufgabe stand, schickte er mir eine SMS.

Hey Löwe, lass mich wissen, was der Arzt gesagt hat. Androkles.

Das war jetzt das zweite Mal, dass er diesen Androkles erwähnte. Ich googelte schnell den Namen und las die Geschichte des römischen Sklaven, der einen Dorn aus der verletzten Pranke eines Löwen entfernt. Jetzt wusste ich, wie meine Antwort lauten musste.

Grrr.

Kapitel 3

Rio d'Incurabili, Dorsoduro, Venedig

Ich betrat das Haus durch das schmale Tor auf der Kanalseite und stellte meine Einkaufstaschen auf dem kleinen Mosaik-Beistelltisch ab.

»Hey, mein Hübscher.« Ich ging in die Hocke und kraulte Nonnas alten Kater Barozzi unter dem Kinn. Dieser faule rote Feldherr der Katzenwelt hatte den Sockel unter der Tischplatte als seinen Gefechtsposten auserkoren, von dem aus er den Beagle von Signora Carriera bedrohlich anfauchte und abschätzig zu den Vögeln hochstarrte, die schon längst spitzgekriegt hatten, dass er viel zu träge war, um sie zu jagen. Ich konnte Rocco in der Parterrewohnung bellen hören. Die Signora hatte mich früh in den Feierabend geschickt (was bei ihr hieß: noch bei Tageslicht), um für sie mit ihm Gassi zu gehen. Ich kramte meine Schlüssel hervor. »Sei gewarnt, Barozzi, zehn Sekunden, dann wird Rocco von der Leine gelassen.«

Barozzi schloss die Augen. Er war zu Recht vollkommen unbeeindruckt: Roccos Vorstellung von einem

scharfen Hund war, eine Salve hysterischen Gebells rauszulassen. Beim leisesten Anzeichen der Gegenwehr seitens der Katze floh er sofort Schutz suchend zu mir. Die Hunde in Venedig sind aufgrund der Wohnraumsituation meistens eher klein, aber die Katzen werden groß und dick, denn die Stadt ist ein Paradies für Mäuse und es gibt keine Autos; die natürliche Ordnung ist hier auf den Kopf gestellt.

Ich öffnete die schweren Schlösser an der Wohnungstür unserer Nachbarin und ließ den Beagle heraus, damit er schon mal eine Runde im Garten herumschnüffeln konnte, während ich die außen am Gebäude befindliche Treppe zu unserer Wohnung im zweiten Stock hinaufstieg. Je höher man kommt, desto neuer wird Venedig: Signora Carrieras Wohnung war spätes Mittelalter, schwere Holzbalken und düstere Räume. Unsere Wohnung hatte man später hinzugefügt und war erst ein paar Hundert Jahre alt, mit hohen Decken und viel Licht. Als ich die Einkäufe auf den Küchentresen stellte, blickte ich aus dem Fenster hinaus in unseren kleinen Innenhof mit seinen vollgehängten Wäscheleinen, dem winzigen Patio und den vielen Pflanzenkübeln an der hohen Mauer und dann weiter zum Canale della Giudecca, dem breiten Streifen Wasser, der die Lagunenstadt Venedig von ihren vorgelagerten Inseln trennte. Die Sonne ging hinter den Brücken und Dächern des gegenüberliegenden Vororts Giudecca unter und nahezu waagerechte Lichtstrahlen in Apricot fielen auf die blassen Küchenwände und erinnerten mich daran, dass mir nicht mehr

viel Zeit blieb, wenn ich Rocco noch im Hellen ausführen wollte.

Ich wechselte meine Klamotten und zog schwarze Laufshorts und ein weißes T-Shirt an, meine schicken Pumps, die ich zur Arbeit trug, tauschte ich gegen ein Paar Turnschuhe. Xavs Warnung von letzter Woche, dass ich einen Arzt aufsuchen solle, hatte mich dazu bewogen, mehr auf meine Fitness zu achten und mit dem Laufen zu beginnen. Sehr zu meiner eigenen Überraschung machte es mir Spaß. Und es gab mir eine gute Ausrede, nicht zum Arzt zu gehen. Ohne Diamond, die mir im Nacken saß, würde ich nie auch nur einen Fuß in ein Krankenhaus oder eine Arztpraxis setzen. Beim Jogging fühlte ich mich gut, warum sollte mir also irgendetwas fehlen?

Ich hatte Glück, dass ich in einer der wenigen Straßen Venedigs wohnte, wo man auf gerader Strecke joggen konnte. Der breite Gehwegstreifen, genannt die Zattere, der entlang des Kanalufers verlief, gab eine ordentliche Laufbahn ab und war nicht so überfüllt von Touristen. Ich knuddelte meine Haare mit einem Zopfgummi zusammen und wärmte mich erst mal mit ein paar Dehnübungen auf, versuchte, die Leere in der Wohnung zu ignorieren.

Ich hatte noch nie zuvor allein gewohnt, erst seit ich aus Denver zurückgekehrt war. Ich hatte im Internat immer andere Mädchen oder Lehrer um mich gehabt und danach war ich bei Diamond eingezogen. Es kam mir so vor, als würde ich bloß spielen, erwachsen zu sein und mein eigenes Leben zu führen, doch dann er-

tappte ich mich dabei, wie ich die Telefonrechnung bezahlte oder den Kühlschrank füllte, alles Dinge, die normalerweise Erwachsene taten. Ich war auf ihre Seite hinübergerutscht, während ich mich innerlich noch wie ein Teenager fühlte. Und wenn ich meine Chefin so richtig gründlich satt hatte, konnte ich noch nicht mal einen anständigen Trotzanfall hinlegen, denn es war niemand da, der zusammenfuhr, wenn ich mit der Tür knallte oder eine Schimpftirade losließ. Also hatte ich angefangen, mit Tieren zu reden. Aber wenigstens erwartete ich nicht, dass sie mir antworteten. Ich mochte zwar allmählich exzentrisch werden, geisteskrank war ich jedoch nicht.

»Komm, Rocco. Los geht's!« Ich hüpfte die Stufen hinunter und meine Laune hellte sich schlagartig auf angesichts seiner bedingungslosen Freude, die er mit flatternden toffeefarbenen Ohren und hochgereckter weißer Schnauze zum Ausdruck brachte. Wir rannten entgegen dem Uhrzeigersinn um die Spitze von Dorsoduro herum und hielten auf das Wahrzeichen der Stadt zu, den Glockenturm auf dem Markusplatz. Er ragte über den Dächern auf wie eine viereckige Rakete auf einer sehr kunstvollen Startplattform. Man muss sich das Zentrum von Venedig ein bisschen so vorstellen wie ein Yin-und-Yang-Zeichen. Der berühmte Markusplatz und der Dogenpalast liegen in dem großen schwarzen Bereich der Yang-Seite; ich lebe in der äußersten Spitze des weißen Yin-Teils. Die geschwungene Linie in der Mitte ist der Canale Grande, der die beiden Hälften teilt. Es gibt in etwa gleicher Entfer-

nung voneinander drei Brücken, mit der berühmten Rialto-Brücke in der Mitte, die beide Seiten miteinander verbinden.

Wenn man sich auskennt (und es ist eine Tatsache, dass sich Ortsfremde auch mit einem Stadtplan in unserem Straßenlabyrinth verirren), kann man in zwanzig Minuten beinahe alle berühmten Plätze erlaufen oder man springt in einen Wasserbus, genannt Vaporetto, und ist in zehn Minuten dort.

Ich brauchte nicht lange, um das Ende der Zattere zu erreichen. Ich setzte mich auf die Stufen der Kirche Santa Maria della Salute und knuddelte Rocco kurz durch. Mir gegenüber war die Spitze vom Markusturm zu sehen, vergoldet von der untergehenden Sonne. Der Abend legte sich auf die Lagune, ein atemberaubendes Spektakel, was sich den Touristen da oben bot. Ich fragte mich, ob irgendeiner von ihnen sein Fernglas auf mich gerichtet hielt. Ich winkte – nur für alle Fälle.

Vielleicht sollte ich noch mal überdenken, ob ich nicht doch allmählich den Verstand verlor?

Selbst wenn man hier lebt, ist es schwierig, Venedig unvoreingenommen zu betrachten. Die Stadt ist dermaßen oft von Schriftstellern, Künstlern und Filmemachern beschrieben worden, dass sie mittlerweile einem wunderschönen handgemachten Boot gleicht, das in der adriatischen Lagune im Wasser liegt und mit einer dicken Schicht Seepocken überzogen ist. Von Zeit zu Zeit muss man es aus dem Wasser hieven und alle Ablagerungen bis auf die Planken abkratzen, um seine wahre Schönheit wieder zum Vorschein zu bringen.

Doch für mich ist dieser Ort perfekt, auch wenn er vermutlich aufgrund des steigenden Meeresspiegels infolge globaler Erderwärmung das Ende des Jahrhunderts nicht miterleben wird: sonnige Plätze, krächzende Papageien in den Fenstern, enge, verwinkelte Gassen, verborgene Winkel; Scharen von Arbeitern, Künstlern und Studenten, die die Stadt zusammenhalten wie die Glieder einer Kette; Touristenströme, die jeden Tag an- und abschwellen. Venedig ist ein unkomfortabler Wohnort – teuer und isoliert – also haben wir alle einen triftigen Grund, hier sein zu wollen. Meiner war meine Familie; die glücklichen Erinnerungen an Nonna, aber auch der Wunsch, an einem einzigartigen Ort zu leben, der meine Vorstellungskraft beflügelte. Diamond empfand es genauso, obwohl wir nie richtig darüber gesprochen hatten. Wir beide liebten Venedig einfach – ein Gefühl, das ich noch nie für eine andere Stadt empfunden hatte.

Ein privates Schnellboot näherte sich der Salute-Anlegestelle, das weiße Kielwasser vom Sonnenuntergang in Rosa getaucht. Ich beobachtete, wie der stämmige Bootsführer in einer schicken dunkelblauen Uniform einer ganz in Schwarz gekleideten kleinen Frau ans Ufer half. Ich erkannte sie natürlich, jeder, der ein paar Jahre in Venedig wohnte, kannte sie. Contessa Nicoletta gehörte eine der kleinen Inseln nahe des Lido, die lange, schmale Nehrung zwischen Venedig und der Adria. Die Lagune war voll von solchen Enklaven, einige waren in früheren Zeiten isolierte Hospitäler gewesen, andere klösterliche Gemeinschaften. Die Insel, auf der

die Contessa lebte, war nicht weit von hier entfernt, in der Nähe von Elton Johns Haus und dem exklusiven Hotel, wo die Stars zu den im September stattfindenden Filmfestspielen abstiegen. Man munkelte, diese Insel sei ein kleiner Juwel, perfekt gelegen, um in die Stadt zu kommen, und doch war die Contessa in ihrem großen Haus dort vollkommen ungestört. Nur sehr alte italienische Familien oder Rockstars besaßen solch ein Anwesen. Man konnte von den Stufen der Kirche aus nur einen Blick auf das Dach und die umgebenden Bäume erhaschen; es blieb ein Geheimnis und war für mich so verlockend geworden wie der hinter einer Mauer verschlossene Garten für Mary Lennox in *Der geheime Garten*.

Die alte Dame kannte mich auch – oder zumindest pflegte sie freundschaftlichen Umgang mit Diamond und hatte mich deshalb am Rande wahrgenommen –, denn Contessa Nicoletta war ebenfalls ein Savant. Auf den Arm ihres Bootsführers gestützt wackelte sie auf die Kirche zu, um die Messe zu besuchen. Rocco fing an zu bellen und lenkte die Aufmerksamkeit in meine Richtung. Ich stand auf (man saß nicht, wenn eine italienische Adlige sich dazu herabließ, einen zu grüßen). Erst tätschelte die Contessa Rocco den Rücken, dann wandte sie sich mir zu. »Crystal Brook, richtig? Wie geht es dir, meine Liebe?«, fragte sie mich auf Italienisch. Der Bootsführer blieb stehen, damit sie sich mit mir unterhalten konnte, seine Augen waren hinter den verspiegelten Gläsern seiner Sonnenbrille verborgen. Er musste ein Ausbund an Geduld sein, um mit den vie-

len Zwischenstopps der Contessa klarzukommen. Sie hatte wahnsinnig viele Bekannte in dieser Stadt und er hatte sich für solche Momente eine ausdruckslose Miene antrainiert.

»Mir geht es gut, danke. Ich arbeite jetzt für Signora Carriera.«

»Ach ja, ich habe gehört, sie hat einen großen Auftrag von dieser Filmfirma bekommen. Wie aufregend!«

Bislang war die Aufregung allerdings von dem geradezu gigantischen Arbeitspensum gedämpft worden, das mit dem Anfertigen der Kostüme einherging. Ich hatte noch nicht mal den Hauch von Hollywood-Glamour zu sehen bekommen. »Und wie geht es Ihnen, Contessa Nicoletta?«

»Sempre in gamba.« Ein lustiger Satz, der sich ungefähr mit ›noch immer auf Draht‹ übersetzen ließ. Als sie lächelte, wurde ihr scharf geschnittenes Gesicht von Falten überzogen, ihre blassen blauen Augen glänzten. Ihre Züge erinnerten mich an Maria Callas, die Operndiva: eine kräftige Nase, noch immer dunkle Augenbrauen und die Haltung einer Königin, auch wenn ihr Körper leicht gebeugt war. »Und was gibt es Neues von deiner zauberhaften Schwester? Ich dachte, sie wäre längst zurück aus Amerika.«

»Nein, sie ist noch dort geblieben. Haben Sie es noch nicht gehört? Sie hat ihren Seelenspiegel gefunden.«

»Oh Himmel!« Die Contessa klatschte in die Hände, bedrohlich schwankend. Ich war froh, dass der Bootsführer sie noch immer untergehakt hatte. »Oh, ich freue mich für sie! Wer ist denn der Glückliche?«

»Sein Name ist Trace Benedict. Er gehört einer Familie von Savants an, die in Colorado lebt. Anscheinend sind sie in Polizeikreisen sehr geachtet. Haben Sie schon mal von ihnen gehört?«

Der Gesichtsausdruck der alten Dame war einen Moment wie versteinert, während sie in ihrem bereits leicht lückenhaften Gedächtnis nach der entsprechenden Information kramte. Dann hellte sich ihre Miene auf. »Ah ja, ich habe von ihnen gehört. Wie … interessant. Ich kann nicht sagen, ob sie gut genug sind für Diamond – ich bin mir allerdings nicht sicher, ob das irgendjemand ist.«

»Ich weiß, was Sie meinen, aber er passt wirklich hervorragend zu ihr.«

Die Glocken fingen an, zur Messe zu läuten. Die Contessa drückte den Arm des Bootsführers, um ihm zu signalisieren, dass sie bereit war, die Kirche zu betreten.

»Richte ihr bitte meine besten Wünsche aus, Crystal. Wir sehen uns, wenn ich mein Kostüm abhole.« Ihr Karnevalsfest war berühmt und lockte aus aller Welt Vertreter der High Society an. »Das heißt, wenn mich Signora Carriera dieses Jahr noch in ihrem Kalender unterbringen kann.«

Ich lächelte und versicherte ihr, dass das kein Problem sein würde. Niemand wäre so dämlich, sie zu brüskieren, auch dann nicht, wenn eine Filmcrew in der Stadt war. Regisseure kamen und gingen; Contessa Nicoletta war für die Ewigkeit.

Rocco und ich joggten zurück zu unserem Haus. Als

wir schließlich hineingingen, war Signora Carriera auch schon da. Mir sank der Mut, als ich die Stoffberge sah, die sie mitgebracht hatte. Arbeit mit nach Hause zu nehmen war eine üble Angewohnheit von ihr, und da ich nur einen Stock über ihr wohnte, ging sie einfach davon aus, dass ich bereitwillig half. Rocco kannte solche Ängste nicht: Er hüpfte freudig auf sein Frauchen zu, sprang ihr um die Beine und leckte ihr die Finger. Die Signora, eine gertenschlanke Frau mit blonden Strähnchen in den Haaren, verstand sich hervorragend darauf, die Tatsache zu verschleiern, dass sie bereits Anfang sechzig war. Sie schüttelte schwungvoll ein Stück herrlichen Samtstoffs aus, dass die an einer strassbesetzten Kette hängende Brille gegen ihre Brust schlug.

»Wie war dein Spaziergang?«, fragte sie. Ich vermutete einfach, dass sie mich meinte, obwohl ihre Aufmerksamkeit mehr Rocco galt.

»Gut, danke. Wir haben Contessa Nicoletta auf dem Weg zur Kirche getroffen. Sie sagte, dass sie sich bald melden würde, um ihr Kostüm in Auftrag zu geben.«

Signora Carriera strich sich leicht fahrig durchs Haar. »Eijeijei, wie sollen wir das nur schaffen?« Ihre Lippen verzogen sich zu einem leisen Lächeln, als sie daran dachte, was am Ende für sie dabei rausspringen würde. »Aber wir kriegen das schon hin. Möchtest du mit mir zu Abend essen? Ich erwarte ein paar besondere Gäste, also habe ich ein bisschen getrickst und Lasagne aus dem Restaurant gegenüber mitgebracht.«

Mir gefiel die Vorstellung, jemand anderes zum Re-

den zu haben als die Katze. »Ja, gerne. Wer kommt denn?«

»Der Regisseur des Films und seine Kostümbildnerin. Sie haben angerufen, kurz nachdem du weg warst.« Sie schnitt bei einem Unterrock aus Goldlamé einen heraushängenden Faden ab.

Ich dachte an die letzten paar Kostüme, die ich noch ordentlich vernähen musste. »Aber wir sind doch noch gar nicht fertig!«

Sie zuckte mit den Achseln, als würde sie ›Was soll man machen?‹ sagen. »Ich weiß, aber sie wollen sich ansehen, was wir bisher zustande gebracht haben. Sie wissen, dass wir erst am Samstag liefern können. Sonntag fangen sie mit dem Drehen an, es bleibt also nicht viel Zeit für Änderungen, falls ihnen irgendwas nicht gefallen sollte.«

Ich bedauerte bereits, ihre Einladung angenommen zu haben. Falls Änderungen nötig wären, war ja wohl klar, wer das machen dürfte, während sich die Signora weiter um ihre Kundschaft kümmerte.

»Für mehr habe ich jetzt keine Zeit«, sagte Signora Carriera und legte ihre kleine Schere beiseite. »Warum gehst du nicht nach oben und ziehst dich um – das violette Wickelkleid wäre gut, finde ich.« Die Signora musterte mich mit professionellem Blick. »Ja, das bringt deinen Typ am besten zur Geltung. Dramatisch, so wie deine Erscheinung.«

Ich stieß ein ersticktes Lachen aus. »Ich habe einen Typ, den ich zur Geltung bringen kann?«

»Ach hör schon auf, Crystal!«, sagte sie knapp. »Ich

weiß nicht, wie du immer darauf kommst, du seist hässlich.«

Indem ich in den Spiegel schaue, dachte ich.

»Das ist vollkommen lächerlich! Du zählst zu den Mädchen, die ein Gesicht haben, das Eindruck macht und nicht bloß hübsch ist. Hunderte von Frauen sind hübsch, nur wenige sind überwältigend.«

Mir klappte die Kinnlade runter. Andererseits, eine Rinderherde konnte auch überwältigend sein.

Jetzt, da sie mit diesem Thema erst mal begonnen hatte, war Signora Carriera nicht mehr zu bremsen. »Sieh dir doch nur mal die Topmodel-Agenturen an, sie interessieren sich nicht für Mädchen, die die Allgemeinheit als schön bezeichnet; sie wählen Gesichter aus, die im Gedächtnis bleiben, Frauen, die die Kleider tragen und nicht von ihnen getragen werden. Und zu dieser Sorte, *bella*, gehörst du.«

Also, wow. Einfach nur wow. Nach den letzten paar beschissenen Wochen fühlte ich mich plötzlich hundert Meter groß – im positiven Sinn. »Danke. Ich geh mich mal umziehen.«

Und mit dem verheißungsvollen Duft der Lasagne in der Nase nahm ich mir Zeit, mich fürs Abendessen anzukleiden. Immerhin würde ich zwei Gäste kennenlernen, die mit den mondänsten Leuten der Welt verkehrten. Ich wollte weder Venedig noch mich blamieren. Ich betrachtete das Gesicht im Spiegel, als ich Mascara auftrug, versuchte, das zu sehen, was Signora Carriera beschrieben hatte.

Dramatisch? Hm. Ich sah noch immer so aus wie

ich, dunkle Brauen, komische Augenfarbe, unbändige Haare. Aber wenn ich einfach vorgab, so hübsch zu sein, wie die Signora behauptete, vielleicht würde ich dann anfangen, die Person zu sein, die sie sah, statt derer, die ich sah? Einen Versuch war es wert. Ich legte eine Halskette an, die ich aus Muranoglasperlen selbst gemacht hatte – in knalligen Farben, aufgefädelt auf Silberdraht –, und ein Paar von Nonnas geerbten Ohrringen. Tada: Ich war fertig. Ich konnte noch immer keine Schönheit erkennen, als ich in den Spiegel blickte, aber ich sah etwas, das im Gedächtnis haften bleiben würde.

Der Regisseur, James Murphy, stellte sich als ein freundlicher Ire heraus, der zurzeit etwas dünnhäutig war, da die Verantwortung für ein millionenschweres Projekt auf seinen Schultern lag. Er war kein Hüne, wie ich bemerkte, als ich ihm die Hand schüttelte, aber er machte seine mangelnde Größe mit Körperumfang wett. Er trug einen Rolli unter seinem Sakko und Jeans – die kalifornische Version eines Anzugs von Männern der Chefetage. Die Kostümbildnerin Lily George war überraschend jung für ihre Position, in ihren späten Zwanzigern, würde ich sagen. Sie war eine ungewöhnliche, feenhafte Erscheinung – feines blondes Haar, blasse Haut, Kleidergröße zero –, aber mit einer heiseren Stimme und einem rauen Lachen. Ich mochte sie auf Anhieb.

Mr Murphy saß auf Signora Carrieras uraltem Sofa und drehte sein Glas mit dem *Vino-santo*-Aperitif zwi-

schen den Fingern. Man konnte es sich auf diesem möbelgewordenen Folterinstrument unmöglich bequem machen, aber ich bezweifelte, dass die Signora jemals die Zeit fand, sich darauf niederzulassen, um das selbst herauszufinden. »Wenn wir noch ein Momentchen vor dem Essen haben, könnten wir Ihre Kostüme sehen? Sie wissen ja, welche Bilder ich erschaffen will: der launenhafte Abend des Karnevals, eine Zeit, in der Liebende und Meuchelmörder auf den Straßen unterwegs sind.« Er unterstrich seine Visionen mit ausgreifenden Gesten und drohte, uns alle mit seinem Getränk vollzuplempern. »Ich möchte, dass unser Held, der in seinen typischen schwarzen Anzug gekleidet ist, umrahmt wird von den ausgefallenen, in Edelsteinfarben gehaltenen Kostümen der Festgäste. Sie müssen all das sein, was er nicht ist: außer Rand und Band, bunt und laut.«

Der Film war der dritte Teil eines erfolgreichen Agententhrillers, eine moderne, bitterböse Version des James Bond mit einer Hauptfigur, die sich häufiger auf der dunklen Seite bewegte als auf der der Guten. Die Rolle war der Durchbruch für den Schauspieler Steve Hughes gewesen, der, hellhaarig und gut aussehend, mit einem eindringlichen Blick in die Kamera zugleich verführen und erschrecken konnte und seine weiblichen Fans in höchste Verzückung versetzte.

Oh, hab ich das etwa nicht erwähnt? Ich bin ein großer Fan von ihm.

Signora Carriera nickte und stand auf. »Ja, wir haben noch Zeit, Ihnen ein paar Stücke zu zeigen. Crystal wird Ihnen die Kostüme vorführen.«

Ich stellte meine Cola hin. »Ach ja?«

Lily George erhob sich von ihrem Sitzplatz auf dem Fenstersims. »Toll. Mir gefallen die, die Sie bereits geliefert haben, sehr. Tut mir leid, dass wir jetzt noch weitere sehen wollen, aber James war dermaßen hin und weg, als er gesehen hat, was Sie da zustande gebracht haben – das hat die Szene gleich noch opulenter gemacht.«

»Was, *moi*? Hin und weg? Gewiss nicht.« James grinste.

»Zeigen Sie mir, wie man die Kostüme richtig anzieht, dann kann mein Team am Sonntag den Komparsen beim Ankleiden helfen.«

Wir gingen in das Gästezimmer, in dem die Signora die Sachen bereitgelegt hatte. Die Kostüme basierten auf dem typischen Damenkleid des neunzehnten Jahrhunderts beziehungsweise auf der Männerstiefelhose mit Jacke, kombiniert mit einem Domino-Kapuzenumhang, einer Maske und einem Hut. Es war die Maske, die das Kostüm ausmachte, und hier kam das ganze Können der Signora zur Geltung, denn sie war eine Meisterin des Stilbruchs und kreierte moderne Versionen traditioneller Muster, griff urbane Themen wie Graffiti oder technische Motive auf, um das Altmodische in etwas spektakulär Neues zu verwandeln. Aber als Erstes musste ich in die Robe geschnürt werden, was mit einer furchterregenden Fülle an Miederwaren und Unterröcken einherging, um die richtige Silhouette zu erzeugen. Das Kleid – mit Gold bestickter Satin in Rot und Weiß – passte mir wie angegossen.

Lily bat mich, dass ich mich auf die andere Seite des Raums stellte. »Ja, ja, ausgezeichnet. James möchte, dass die Komparsen am Set lange Schatten werfen – das wird ein erstklassiger Effekt. Sie sollen Steve überragen, überlebensgroß.« Ich war enttäuscht, als ich von Lily erfuhr, dass mein Lieblingsschauspieler nur knapp 1,78 Meter groß war. Offenbar waren viele Hauptdarsteller eher klein, weil sich das für die Kamera besser machte. »Setz die Kapuze auf. Sogar noch besser. Welche Maske?«

Signora Carriera wählte eine blutrote aus, die eine Art Stoffkollage der Worte ›Tod, Sünde, Gefahr, Leidenschaft‹ war. Sie bildeten ein seidiges Gespinst, das zwei Drittel meines Gesichts bedeckte.

Lily streichelte es mit einer Fingerspitze. »Oh, ich möchte auch so eine. Die könnte ich an einem schlechten Tag bei der Arbeit tragen. Das würde den Mädels in meinem Atelier das Fürchten lehren. Komm, wir zeigen's James!«

In der nächsten halben Stunde wurde ich hin und her gedreht und herumgeschoben, während sie die Möglichkeiten von jedem einzelnen Kostüm ausloteten. Ich wurde sogar gebeten, das Herrencape und die männliche Maske anzulegen, nur der Wirkung wegen. Alle Kostüme wurden für gut befunden und die drei überboten sich gegenseitig mit kreativen Ideen, was man mit den Outfits noch alles anstellen könnte. Ich traute mich nicht, etwas zu sagen, war aber ebenso begeistert bei der Sache und dachte daran, wie sehr ich das Schulfach Textiles Gestalten geliebt hatte, bei dem

ich Formen und Silhouetten aus Stoffen zaubern konnte, natürlich in einer ganz anderen Liga als die Signora.

Bei einem fantastischen Abendessen mit Jakobsmuscheln als Vorspeise gefolgt von Lasagne und grünem Salat, sprach James einen Toast auf seine Gastgeberin aus. »Sie haben meine Erwartungen übertroffen, Signora. Sie haben Ihre Entwürfe eins zu eins umgesetzt, aber dann noch eine Extraprise Magie hinzugefügt. Es wird ein umwerfendes cineastisches Erlebnis werden.«

»*Grazie tante*. Ohne meine Assistentin wäre mir das allerdings nicht gelungen.« Sie deutete wohlwollend in meine Richtung.

Lily tippte mir ans Handgelenk. »Crystal, du musst am Sonntag dabei sein, als eine der Komparsen. Du musst nicht mehr tun, als du heute Abend getan hast. Du hast sensationell ausgesehen. Es juckt mir in den Fingern, dich richtig auszustaffieren. Meinst du nicht auch, James?«

Der BlackBerry des Regisseurs brummte. Er warf einen Blick nach unten und checkte seine Nachrichten. »Sie sah toll aus. Ja, sei mit dabei, Crystal. Es wird dir Spaß machen. Man muss zwar viel rumstehen und warten, aber so ist das halt beim Film. Ich fürchte, ich muss es kurz machen. Steves Helikopter ist gerade gelandet und er will mit mir reden – Probleme mit der Presse wegen irgendwelcher Gerüchte. Vielen Dank fürs Essen, Signora: Es ist gleich etwas ganz anderes, wenn man während eines Drehs Einheimische trifft. Diese Filmweltblase trübt manchmal die unverstellte Sicht auf einen Ort.«

Signora Carriera brachte ihn zur Tür. Lily machte keine Anstalten aufzubrechen, sie nippte an ihrem Wein, lehnte sich mit einem zufriedenen Lächeln zurück und wirkte dabei ein bisschen wie Barozzi, der Kater, nach einer ausgiebigen Mahlzeit.

»Er ist nett«, sagte ich und schenkte mir Wasser nach.

»Ja, James ist ein sehr liebenswerter Mann.« Lily spielte gedankenverloren mit einer ihrer Haarlocken. »Zurzeit ist er ziemlich angespannt, weil an diesem Projekt so viel Geld hängt, aber das lässt er nie an seinem Team aus. Es macht mir großen Spaß, für ihn zu arbeiten.« Ihr in sich gekehrter Blick klärte sich und ihre Augen blitzten schelmisch. »Deine Signora ist echt unglaublich.«

Ich lächelte. »Auf jeden Fall ist sie unglaublich diszipliniert.«

»Und eine Künstlerin, wenn es um Kleider geht. Ich könnte eine Menge von ihr lernen.«

»Bist du aus diesem Grund noch hier – um ihr alle Geheimnisse zu entlocken?«

Lily lachte. »Klar doch. Wenn Näherinnen aufeinandertreffen, dann lassen sie sich nicht die Gelegenheit entgehen, sich mit jemandem übers Kleidermachen auszutauschen, der wirklich Ahnung hat. Aber du interessierst mich genauso, Crystal. Ich hatte nicht damit gerechnet, jemanden wie dich in einem Schneideratelier in Venedig zu treffen.«

Ich zuckte mit den Achseln. »Ich bin nur zu einem Viertel Italienerin. Ich bin in England zur Schule gegangen, dort leben meine Mutter und eine meiner

Schwestern. Der Rest von uns ist über die ganze Welt verstreut.«

»Ich habe aber nicht von deiner Nationalität gesprochen. Ich meinte jemanden mit deinem Aussehen. Hat dich schon mal ein Modelscout angesprochen? Du hast die richtige Größe und das gewisse Etwas an deinem Gesicht schreit förmlich danach, fotografiert zu werden.« Mit Daumen und Zeigefingern formte Lily einen Rahmen, durch den sie mich betrachtete.

»Oh, ähm, tja also, nein. Sie sind erst die zweite Person, die so etwas sagt … die andere war die Signora vorhin. Scheint der Tag meiner Entdeckung zu sein.« Ich kicherte über diesen Witz. »Lustig, denn ich hab immer gedacht, dass ich im Vergleich zu anderen Mädchen ein bisschen … na ja … seltsam aussehe.«

»Tust du auch.«

Um ein Haar hätte ich den Schluck Wasser in meinem Mund im hohen Bogen wieder ausgespuckt. Ich schluckte und brachte ein gequältes »Na vielen Dank« heraus.

»Nein, das ist mein Ernst. Du hast ein ungewöhnliches Gesicht, aber deine Augen … Wie würdest du die Farbe bezeichnen?«

»Hellbraun?«

»Nein.« Sie schüttelte den Kopf. »Sie fallen wirklich auf – mit Goldsprengseln und einem Hauch von Haselnuss und Grün. Du bist wie ein Chamäleon; wie du auf Fotos rüberkommst, hängt total davon ab, welche Farbnuance du trägst.«

Unsere Gastgeberin kehrte zurück und schwebte an uns vorbei in die Küche. »Und hat noch jemand Platz für ein Eis?«

»Ja, ich bitte«, erwiderte Lily. »Ich habe Crystal gerade gesagt, dass sie über eine Modelkarriere nachdenken sollte.«

Aus der Küche hörte man, wie eine Tiefkühltruhe geöffnet wurde. Die Signora kam mit einer Packung hausgemachter Eiscreme zurück, die sie in dem kleinen Laden gleich um die Ecke gekauft hatte. »Ich sage dem Mädchen ja auch schon, dass sie das Aussehen dafür hat, aber sie will mir einfach nicht glauben.«

Ich half beim Herausräumen der Dessertschalen, wunderschönes antikes Geschirr mit einem goldenen Blattmotiv am Rand. »Allmählich fangen Sie an, mich zu überzeugen«, sagte ich, »aber ich habe immer gedacht, mein Gesicht wäre zu breit.«

»Genau das ist ja der Knackpunkt«, sagte Lily. »Denk doch nur mal an Julia Roberts oder Anne Hathaway – die haben beide einen Mund in der Größe eines Flugzeugträgers, aber ihrer Karriere hat's nicht geschadet.«

Lily nahm eine große Portion Eiscreme entgegen und ich fuhr mir mit der Fingerspitze verschämt über die Lippen. Flugzeugträger? »Ich kenne ein paar Leute in der Modelbranche. Wenn du Interesse hast, lass ein paar Porträtbilder von dir machen und ich schicke sie rum. Oder besser gesagt: Ich bestehe darauf. Ich bitte einen der Fotografen am Set, das zwischendurch und umsonst zu machen. Ich habe so eine gewisse Vorahnung, was dich angeht, und ich will dann damit ange-

ben können, dass *ich* dich entdeckt habe, wenn du erst mal reich und berühmt bist.«

Die Signora zog einen Flunsch. »*Ich* habe sie entdeckt.«

Die beiden Frauen lächelten mich erwartungsvoll an.

Was sollte ich darauf erwidern? »Ähm, danke.«

»James hat ja bereits erwähnt, dass man am Set viel rumstehen und warten muss; jetzt wissen wir, was du mit deiner Zeit anfangen kannst, oder?« Lily bohrte ihren Löffel in die cremige Masse. »Fabelhaftes Eis, Maria.«

Ich half noch beim Aufräumen, und als ich meine eigene Wohnungstür aufschloss, war es fast Mitternacht. Ich war geradezu lächerlich glücklich und tanzte mit Barozzi einen kleinen Walzer in der Küche, doch er schien alles andere als begeistert. Zappelnd wand er sich aus meinen Armen und verschwand durchs Fenster nach draußen. Seitdem Xav mir den Floh ins Ohr gesetzt hatte, dass etwas mit mir nicht stimmte, hatte ich das Gefühl gehabt, keine Zukunft zu haben, zumindest nicht als Savant. Lily und die Signora hatten mir heute die Augen geöffnet, dass ich nicht notwendigerweise denselben Weg einschlagen musste wie der Rest meiner Familie; die Mehrheit der Bevölkerung lebte ein glückliches erfülltes Leben in einer normalen Welt ohne besondere Begabungen. Ich könnte mir einen Namen machen und meine mangelnden Savant-Fähigkeiten würden nicht länger ins Gewicht fallen. Alles, was

ich tun musste, war, ein paar Türen aufzustoßen, die man mir zeigte. Vielleicht würde sich am Ende ja herausstellen, dass Modeln gar nicht mein Ding war, aber es war trotzdem erst mal ein Anfang.

Ich wollte gerade meine Nachttischlampe ausknipsen, als mir mein Telefon mit einem kurzen Aufleuchten anzeigte, dass ich eine Nachricht von Diamond erhalten hatte.

Komme morgen an. Wenn du Zeit hast, bereite bitte zwei Gästebetten vor. Liebe Grüße, D.

Zwei? Trace plus eins. Ich vermutete, dass Androkles mit von der Partie war, um herauszufinden, warum ihm der Löwe keinen Tatzen-Bericht erstattet hatte. Verdammt. Und dabei war das so ein guter Tag gewesen!

Ich hinterließ Diamond einen Zettel auf dem Küchentresen, auf dem stand, dass ich bis spätabends bei der Arbeit wäre. Als Signora Carriera am Nachmittag andeutete, dass Rocco ein kleiner Spaziergang guttäte, ergriff ich nicht wie normalerweise die Gelegenheit beim Schopf, sondern klebte eifrig weiter Pailletten auf die letzte Maske, die noch für den Film fertiggestellt werden musste. Die Signora hakte nicht weiter nach, denn sie war damit beschäftigt, Contessa Nicoletta die Kostümideen für den anstehenden Karneval zu zeigen. Die alte Dame war wie angekündigt ins Geschäft gekommen; ihr ständiger Begleiter, der Bootsführer, wartete draußen auf der Straße wie ein Türsteher vor einem angesagten Nachtclub. Die beiden Venezianerinnen palaverten wie zwei alte Hexen am Zauber-

kessel und hatten sichtlich Spaß dabei. Abwechselnd machten sie Vorschläge zu Motiven, Farbnuancen und den verschiedenen Entwürfen, die Signora Carriera für die Gäste der Contessa angefertigt hatte.

Meine Telefon klingelte. »Hey Crystal, ich bin zu Hause!« Diamonds Stimme drang knisternd an mein Ohr.

»Diamond! Guten Flug gehabt?« Ich schnipste mir eine Paillette vom Fingernagel, aber sie blieb an einem anderen Finger hängen. Ich trat ans Fenster, das nach hinten hinausging und die kleine Brücke und den schmalen Kanal überblickte.

»Ja, es hat alles super geklappt. Ich habe Trace mitgebracht. Er hat beschlossen, seinen Junggesellenabschied hier zu feiern, da ich mir die Seelenspiegel seiner Brüder für meinen gekrallte habe. Sie fliegen alle nächste Woche hierher. Sein Chef war toll – er hat ihm einen ganzen Monat freigegeben – unglaublich, oder?«

Die Denver Polizei wusste sicher genau, welche Vorteile es mit sich brachte, wenn einer ihrer Topleute mit einer erstklassigen Schlichterin verheiratet war. »Das freut mich für euch.«

»Nur noch zwei Wochen bis zum großen Ereignis! Wir wollten die Partys nächsten Freitag schmeißen. Spricht was dagegen?«

»Eigentlich nicht. Was willst du denn an deinem Junggesellinnenabschied machen?«

Es entstand eine kurze Pause. »Ich dachte, du nimmst das für mich in die Hand.« Diamond klang ein bisschen bestürzt darüber, dass ich noch keine Vorbereitungen

getroffen hatte. Hätte ich das schon tun sollen? Ich hatte erst kurz vorher einen Tisch buchen wollen.

»Natürlich, das mach ich ja auch; wir hatten hier nur wahnsinnig viel zu tun. Aber ich habe schon ein paar Ideen.« Beziehungsweise würde ich dafür sorgen, dass ich ein paar Ideen hätte, bis ich zu Hause ankam.

»Hmpf.« Ich konnte Diamond förmlich denken hören, was für eine gute Entscheidung es doch gewesen war, dass sie mir keine wirklich wichtigen Hochzeitsvorkehrungen überlassen hatte. Ich hatte sie nicht enttäuschen wollen, aber wieder einmal stellte ich unter Beweis, dass ich in meiner Familie der Leistungsträger die absolute Platzverschwendung war. Mein schöner Traum von Erfolg und neuen Chancen drohte zu platzen, bevor er überhaupt begonnen hatte. Wem wollte ich eigentlich etwas vormachen? Ich konnte noch nicht mal eine Party für meine wunderschöne Schwester organisieren, ohne es zu vermasseln.

»Na ja, falls du Hilfe brauchen solltest, frag einfach Xav.« Diamond konnte den Groll in ihrer Stimme nicht verhehlen. »Er ist mitgekommen, um den Junggesellenabschied von Trace zu organisieren, und sprüht nur so vor tollen Ideen. Er hat mir im Flugzeug ein paar Sachen verraten – Sektempfang auf einem Boot, Kasinobesuch, Wasserski auf dem Canale Grande.«

»Ach, tatsächlich?« Herrje, ich hatte mehr so in Richtung Essengehen gedacht, mit anschließendem Clubbesuch, bei dem wir diese beknackten Junggesellinnenabschiedsoutfits tragen würden. Da müsste ich wohl noch 'ne Schippe draufpacken.

»Er müsste eigentlich jeden Moment bei dir eintrudeln. Ich habe ihn mit Rocco losgeschickt – dieser Hund muss echt öfter raus. Du hättest mal den Radau hören sollen, als wir ins Haus gekommen sind. Na egal, ich habe Xav einen Stadtplan und die Hundeleine in die Hand gedrückt, also müssten sie etwa in einer halben Stunde bei dir sein, solange sie sich nur ein- oder zweimal verlaufen.«

Xav machte sich kurz nach seiner Ankunft gleich auf die Socken, um mich zu sehen? »Was will er denn hier?«

»Oh, er hat gesagt, er wollte mal sehen, wo du arbeitest. Trace und ich kochen was zum Abendbrot. Wir sehen uns. Hab dich lieb.«

»Hab dich auch lieb.«

Ich steckte mein Handy in meine Tasche und bemerkte, dass mich die beiden Signoras neugierig beobachteten. »Diamond ist zurück«, erklärte ich.

»Das haben wir mitbekommen. Und du organisierst ihren Jungfernabschied, ja?«, fragte Contessa Nicoletta.

»Junggesellinnenabschied«, korrigierte Signora Carriera.

Ich nickte zerknirscht.

Die alte Dame schnalzte beim Anblick meines Gesichtsausdrucks mit der Zunge. »Mach dir keine Sorgen, Crystal, ich werde dir helfen. Wir werden dafür sorgen, dass sie einen unvergesslichen Abend hat. Etwas Besseres als die Wasserski-Unternehmung, die dieser Xav Benedict arrangiert. Versprochen.«

Das hatte sie gehört? »Etwas Besseres als das?«

»Oh ja. Diese Amerikaner kennen sich zwar mit Action aus, aber nur wir Venezianer verstehen etwas von wahrer Finesse.« Sie tippte sich an die Nase. »Deine Schwester wird hingerissen sein.

»Danke. Sie sind meine Rettung!«

Meine Chefin war sichtlich überrascht, dass wir in einer solch engen Beziehung zur Contessa Nicoletta standen. »Ich wusste ja gar nicht, dass Sie Diamond so gut kennen, Contessa.«

»Och, es gibt da gewisse Bande.« Die alte Dame machte eine wedelnde Handbewegung. Sie meinte das Savant-Netzwerk, aber Signora Carriera würde sicher daraus schließen, dass wir entfernte Verwandte waren.

Die alte Dame hob ihre schwere schwarze Handtasche hoch, Vintage Chanel, wenn mich nicht alles täuschte. »Ich werde mich Anfang nächster Woche mit meinen Vorschlägen bei dir melden. Es ist schon viel zu lange her, dass ich in meinem Haus eine Party gegeben habe.«

Ihr Haus! Wow und Doppel-Wow! Ha, Xav Benedict: Du hast zwar Wassersport geboten, aber ich erhöhe den Einsatz mit einer Einladung aufs exklusivste Anwesen von ganz Venedig!

Ich strahlte sie an. »*Grazie mille,* das ist furchtbar nett von Ihnen. Ich weiß, dass Diamond vor Freude außer sich sein wird.«

Die Contessa warf sich ihren Schal um die Schultern. »Nur für Damen, versteht sich. Maria, ich hoffe, Sie kommen auch.«

Signora Carriera warf mir einen zögernden Blick zu.

»Ich weiß nicht. Die jungen Mädchen wollen doch so eine alte Schachtel wie mich bestimmt nicht dabeihaben.«

»Unsinn. Wer sonst soll uns denn mit Kostümen ausstatten?«

Kostüme auch noch? Diamond würde tot umfallen, wenn sie das erfuhr. Hastig brachte ich die Sache unter Dach und Fach. »Natürlich müssen Sie auch kommen – meine Schwester würde nicht im Traum daran denken, eine Party ohne Sie zu feiern. Und außerdem wird auch die Mutter ihres Verlobten da sein. Ich bin mir sicher, dass Karla Sie sehr gern kennenlernen möchte.«

Meine Chefin lächelte, aufrichtig erfreut über die Einladung. »Dann komme ich sehr gern.«

Contessa Nicoletta hatte die Tür erreicht. Ich eilte hinüber, um sie für sie zu öffnen. Sie verharrte kurz auf der Schwelle, um die im Schaufenster ausgestellten Masken zu bewundern. »Meisterhaft«, seufzte sie anerkennend. »Ich finde es wundervoll, wenn Menschen ihre von Gott gegebene Begabung nutzen. Auf Wiedersehen, Crystal.« Sie schlurfte am Arm ihres Begleiters davon, passierte eine der kleinen buckligen Brücken, die sich über den Kanal spannten.

»Hey, mein total gleichberechtigtes Zuckerpüppchen! Wir haben dich gefunden.«

Ich drehte mich um. »Hallo Xav.«

Kapitel 4

»Hast du mich vermisst?« Xav ließ sich von Rocco über die Schwelle ins Ladeninnere ziehen.

»Ja, ungefähr so, wie ich Zahnschmerzen vermisse.«

Er grinste, ließ den Hund von der Leine und fing an, durch die zum Verkauf angebotenen Masken zu stöbern. Überall, wo man in diesem Laden hinsah, begegnete man dem ausdruckslosen Starren einer Karnevalsmaske – mit Federn, Strass oder Pailletten geschmückt. Sie hatten für mich nichts von ihrer gruseligen Ausstrahlung verloren, obwohl ich schon seit mehreren Wochen hier arbeitete.

Xav nahm eine Maske mit einem großen gebogenen Schnabel zur Hand – das Pestarzt-Motiv. »Was meinst du?« Seine braunen Augen blitzten durch die Sehschlitze.

»Enorme Verbesserung.«

Er reichte mir eine Maske aus Spitze mit Strass und Perlenumrandung. »Setz die mal auf.«

»Kann ich nicht. Ich arbeite hier, schon vergessen?«

»Uh, du bist echt eine Spielverderberin.«

Ich hielt mir die Maske vor die Augen. »Zufrieden?«

Er zog meine Hand mit der Maske kurz weg, dann schob er sie mir wieder vors Gesicht, den Kopf auf die Seite gelegt wie ein Experte, der ein Gemälde begutachtet. »Nee, das Original gefällt mir besser.«

War das ein Kompliment? Meine negative Haltung ihm gegenüber fing an, leicht zu bröckeln.

»Mit der Maske wirkst du viel zu feenhaft, dabei bist du Crystal, der Löwe, der mich mit ein paar scharfen Worten in Stücke reißen kann. Rr-rarrr.« Er tat so, als wäre seine Hand eine Tatze, und schlug mit gebogenen Klauen durch die Luft.

Ich legte die Maske zurück in den Korb, aus dem er sie genommen hatte. »Vielen Dank, der Herr.«

Er stupste mich mit seinem Schnabel an die Stirn. »Gern geschehen.«

Roccos Ankunft lockte Signora Carriera aus ihrem Atelier hervor.

»Ah, Sie müssen jemand aus Diamonds neuer Familie sein!«, rief sie auf Italienisch aus. Sie streckte ihm eine Hand hin und wechselte zu Englisch. »Schön, Sie kennenzulernen.«

Xav nahm schnell die Maske herunter und beugte sich vor, um ihren Handrücken zu küssen. »Ich bin Xavier Benedict – oder Xav, wenn Sie mögen. Sie müssen Signora Carriera sein; Diamond hat uns so viel von Ihnen erzählt.«

Meine Chefin schmolz angesichts seines freundlichen Lächelns förmlich dahin. War ich denn die Ein-

zige, die es zum Würgen fand, wenn Xav den Charmeur raushängen ließ? »Wie reizend von ihr! Und vielen Dank, dass Sie Rocco hergebracht haben. Ich hoffe, er hat sich gut benommen?«

»Na ja. Er war nicht gerade ein Gentleman und ist ausnahmslos allen Hundedamen hinterhergerannt.« Er beugte sich näher an sie heran. »Ich fürchte, er ist ein ziemlicher Schlawiner und Herzensbrecher.«

Rocco legte den Kopf schief und schaute Xav mit Unschuldsaugen an. Sogar der Hund war hin und weg von ihm.

Die Signora stieß ein helles, fröhliches Lachen aus, wie ich es höchst selten von ihr hörte, und tätschelte dem Beagle den Kopf. »Du Teufelskerlchen.«

Die Ladenglocke über der Eingangstür bimmelte los. Lily George rauschte herein, in einem auffälligen Patchwork-Mantel. »Ich hoffe, Sie sind so weit, Maria!«, rief sie. »Ich brauche diese letzten Masken, um sie der Maskenbildnerin zu zeigen.« Sie verstummte, als sie sah, dass wir Kundschaft hatten. Ich nahm Xav die Pestarzt-Maske aus der Hand und legte sie vorsichtig zurück.

»Ja, ich habe alle in Kartons verpackt.« Signora Carriera langte unter den Tresen, um den Auftrag hervorzuholen. Xav zwinkerte mir zu und schlenderte auf die andere Seite des Ladens, um sich die Umhänge auf der Kleiderstange mit den Kostümen anzusehen. »Ich habe noch ein paar im Atelier, die nicht ganz fertig sind. Geben Sie mir einen kurzen Moment, Lily.«

Ohne unseren Besucher aus den Augen zu lassen,

pirschte sich Lily an mich heran. »Crystal, warum hast du mir nicht erzählt, dass du bei deiner Arbeit hier solche wahnsinnig attraktiven Italiener kennenlernst? Den da würde ich glatt mit nach Hause nehmen, mit 'ner Schleife drum rum.«

Ich errötete und räusperte mich. »Ähm … Lily …«

Xav drehte sich um und blickte uns mit erhobenen Augenbrauen an.

Lily umfasste meinen Arm. »Jetzt sag mir nicht, dass er Englisch versteht. Töte mich, Crystal!«

Xav lachte. »Nein, das wäre wirklich ein Jammer.«

»Oh mein Gott, und er ist Amerikaner! Ich schäme mich zu Tode! Crystal, hol einen Umhang und wirf ihn mir über den Kopf. Ich muss mich verstecken.«

Ich schüttelte sie kurz an den Schultern. »Keine Sorge, das ist bloß Xav. Mein Schwester heiratet seinen Bruder in zwei Wochen. Xav, das ist Lily George; sie ist die Kostümbildnerin des neuen Steve-Hughes-Film, der diese Woche in Venedig gedreht wird.«

»Schön, dich kennenzulernen«, sagte Xav.

»Ebenso«, erwiderte Lily und legte die Hände an ihre hochroten Wangen. »Beachte mich einfach gar nicht: Ich werde leider immer knallrot wie eine Tomate, auch wenn's gar keinen Grund zum Schämen gibt. Ich habe immer gehofft, das legt sich mit dem Alter.« Sie fächelte sich mit den Händen Luft ins Gesicht.

Signora Carriera erschien mit verschiedenen Kartons, die sie für Lily vorbereitet hatte, und stellte sie auf den Tresen. »Ich denke, das sind jetzt alle, Lily. Wollen Sie noch mal einen Blick darauf werfen?«

»Ja, kurz.« Lily ging die Kartons durch und gab einen anerkennenden Laut von sich. Xav stand hinter ihr, um einen Blick zu erhaschen. Sie hielt sich eine der Masken vors Gesicht. »Fabelhaft!«

Meinte sie jetzt die Maske oder Xav?

Lily legte die Maske zurück in den Karton. »Xav, weißt du was? Du könntest Crystal am Sonntag begleiten, wenn du Lust hast. Wir brauchen noch ein paar große Komparsen und du würdest sicher gut reinpassen.«

Eigentlich hatte der Film *mein* besonderes Erlebnis sein sollen, weshalb ich selbstsüchtig darauf hoffte, dass Xav das Angebot ausschlagen würde. Aber nein.

Er rieb sich die Hände. »Hey, ich bin erst seit ein paar Stunden in Italien und spiele schon in einem Film mit – hier gefällt's mir.« Die letzte Bemerkung richtete er an Signora Carriera, die sich sichtlich geschmeichelt fühlte.

»Das interpretiere ich jetzt als ein Ja?« Lily schob die Kartons in eine der großen Einkaufstaschen unseres Ladens, bedruckt mit Karnevalsmasken. »Crystal weiß, wo's ist. Aber es ist frühes Aufstehen angesagt. Um sechs müsst ihr in der Maske sein.«

Xav war schneller als ich an der Tür und hielt sie für Lily auf. »Klar, wir sind da.«

»Vielen Dank, Maria. Und euch zwei sehe ich am Sonntag.« Lily fegte hinaus, die Tasche schaukelte munter an ihrer Hand hin und her.

Rocco kam aus dem Atelier gehoppelt, verheddert in ein langes Stück Goldborte. Signora Carriera schnalzte mit der Zunge und befreite ihn.

»Es ist höchste Zeit, dass dieser Hund etwas zu fressen bekommt«, sagte sie auf Italienisch. »Würdest du ihn für mich nach Hause bringen und füttern, Crystal? Ich werde besser nachsehen, was für eine Unordnung er da drinnen veranstaltet hat, bevor ich das Geschäft zuschließe.«

»Natürlich, Signora. Komm, Xav. Wir gehen.« Ich holte meinen Mantel und befestigte die Leine an Roccos Halsband.

»Gute Nacht, Signora!«, rief Xav, als wir den Laden verließen.

»*Arrivederci*, Xav!« Die Tür fiel hinter uns ins Schloss und die Fensterläden klappten zu.

»Das ist ja ein Wahnsinnsort zum Arbeiten.« Xav schlug die vollkommen falsche Richtung ein. Rocco und ich marschierten ohne ihn los, doch dann bemerkte er schließlich, dass wir nicht bei ihm waren.

»Ich bin mir sicher, wir sind von da gekommen«, sagte er, als er uns eingeholt hatte, und wies auf die andere Seite der Brücke.

»Ja, mag sein, aber das ist nicht der schnellste Weg nach Hause. Folge mir.«

Meine Begabung hatte sich in den ersten paar Monaten in Venedig als recht nützlich erwiesen, denn das Straßennetz war äußerst verwirrend. Und trotzdem war ich bei den vielen unerwarteten Sackgassen oder den Straßen, die an einem Kanal endeten und einen daran hinderten, den eingeschlagenen Weg fortzusetzen, ziemlich aufgeschmissen gewesen; nur entsprechende Ortskenntnisse hatten dieses Problem lösen

können. Viele Straßen hier sind so schmal, dass man im Gänsemarsch gehen muss, aber in den Stadtplänen sind sie als Hauptstraßen markiert. Verständlicherweise zögerten die Touristen, eine Gasse entlangzugehen, die in jeder anderen Stadt in einem Hinterhof und am Müllplatz geendet hätte. Es freute mich insgeheim, Xav zu zeigen, wie gut ich mich auskannte, indem wir uns durch die Straßen schlängelten, ohne uns auch nur ein Mal zu verlaufen. Als wir zur Accademia-Brücke kamen – die am südlichsten gelegene der drei Brücken, welche den Canale Grande überspannen –, blieben wir am Scheitelpunkt stehen, um die Aussicht zu bewundern. Obwohl ich schon über ein Jahr in Venedig lebte, hielt ich hier immer an, um mir ins Gedächtnis zu rufen, in was für einer unglaublichen Stadt ich zu Hause war.

»Diese Stadt ist extrem.« Xav lehnte sich über die Brüstung und beobachtete, wie die Gondeln mit einer japanischen Touristengruppe unter der Brücke hindurchfuhren. Ich stand neben ihm. Ich liebte diesen Ausblick auf die Kirche Santa Maria della Salute, die mein tägliches Joggingziel war. Sie thronte da am Ende des Canale Grande wie ein dickes fettes Fragezeichen. Während Venedig überwiegend horizontal ausgerichtet war, mit den langgestreckten, flachen Inseln und den sich windenden Flussläufen, wurde diese Aussicht von der Vertikalen bestimmt: aufragende Paläste, die sich direkt aus dem jadegrünen Wasser erhoben, die rot-weiß gestreiften Anlegepfähle, die man in den Lagunenschlamm getrieben hatte. Ich dachte schon lange, dass dieser

Blick ein gutes Basismotiv für ein abstraktes Stoffmuster abgeben würde – nur ein Hauch venezianischer Farben und Linien. Ich sollte mal einen Entwurf zeichnen und ihn der Signora zeigen.

»Was hat eigentlich der Arzt gesagt?« Xav trommelte unruhig auf der Brüstung herum.

»Ich war nicht da.« Ich zog Rocco von einer am Boden liegenden Eiscremetüte weg und ging in Richtung Brückenende. »Mir fehlt nichts.«

»Weißt du, meine Schöne, du lässt einen Jungen zu drastischen Mitteln greifen.«

Diesmal überhörte ich den Kosenamen einfach; Lily und die Signora hatten diesbezüglich einen Sinneswandel bei mir bewirkt. »Was willst du denn machen? Es ist *mein* Körper.«

»Ich könnte es deiner Schwester erzählen.«

»Und was ist mit der ärztlichen Schweigepflicht? Du hast vielleicht den Spinnensinn, wie du's nennst, aber damit einher geht auch eine große Verantwortung – ich hab *Spiderman* gesehen.«

»Rocco, fass! Jemand muss sie zur Vernunft bringen.«

Der Beagle blickte zu Xav hoch, verwundert, seinen Namen zu hören.

»Halte ihn raus aus der Sache. Das ist nicht fair.«

»Ich meine mich erinnern zu können, dass mir jemand vor seiner Abreise aus Denver versprochen hat, einen Arzt aufzusuchen.«

»Na ja, ich hab meine Meinung eben geändert. Lass gut sein.«

»Darf ich dich dann wenigstens mal genauer anschauen?« Er machte einen Schritt auf mich zu, doch ich duckte mich unter seiner ausgestreckten Hand weg.

»Und? Findest du auch, dass Steve Hughes einer der tollsten Schauspieler überhaupt ist? Ich bin ja ein Riesenfan von ihm und hoffe, dass wir ihn treffen werden.«

»Netter Versuch, aber einfach das Thema zu wechseln funktioniert bei mir nicht. Wenn's um die Gesundheit von jemandem geht, kenne ich keine Gnade.« Er grinste, doch ich war nicht im Geringsten in Stimmung für seine Sorte von Charme. »Ich bin kein kleines Kind mehr; das ist mein Leben und ich treffe meine eigenen Entscheidungen.«

»Weil das dich ja auch so super weiterbringt.«

Es fühlte sich an, als hätte er mir einen Tritt in die Kniekehlen verpasst. Xav hatte mich schon oft aufgezogen, aber noch nie war er gemein geworden. Ich sah weg, bevor er mitkriegte, dass er mich gekränkt hatte. »Ich wiederhole: Es ist mein Leben, und wenn ich es versauen will, ist das meine Sache.«

Er seufzte, streckte die Hand nach mir aus, dann ließ er den Arm sinken, als er sah, wie ich von ihm abrückte. »Tut mir leid, das hätte ich nicht sagen sollen … aber du treibst mich noch in den Wahnsinn.«

»Es ist also meine Schuld, dass du dich aufführst wie ein Kotzbrocken? Na ja, ich versteh schon. In den Augen der fantastischen Benedict-Familie ist mein kleines mickriges Leben hier unzulänglich – und meine eigene Familie sieht's genauso, wo wir schon mal dabei sind.

Im Grunde verachtet ihr mich doch alle, weil ich nicht so ein Überflieger bin wie ihr.«

»Nein!«

»Ja!«, gab ich in genau dem gleichen Ton zurück. »Du wünschst dir vielleicht, dass du's nicht gesagt hättest, aber wenigstens weiß ich jetzt, was du wirklich denkst unter all diesem verbalen Charmelack, mit dem du jeden einsprühst, den du triffst.«

»Crystal, ich meinte doch nur, dass du nicht gut genug auf dich aufpasst.«

Ich legte einen Zahn zu und ließ ihn hinter mir herdackeln, bis er mich eingeholt hatte.

»Es tut mir sehr leid.«

»Halt die Klappe, Xav. Ich will nicht mit dir reden.«

»Zuckerpuppe …«

»Ich bin nicht deine Zuckerpuppe, deine Schöne, dein irgendwas! Ich bin noch nicht mal ein richtiger Savant, also mach, dass du aus meinem Leben verschwindest.«

Er nahm beide Hände hoch. »Okay, okay. Die Nachricht ist angekommen. Sorry, dass ich mir Sorgen mache.«

Ich schob die Hoftür auf. »Komm, Rocco, jetzt gibt's Fresschen für dich.«

Sogar Diamond, die total auf ihren Seelenspiegel fixiert war, spürte die angespannte Stimmung zwischen Xav und mir. Sie und Trace hielten mit Mühe beim Abendessen die Unterhaltung in Gang, doch es war klar, dass sich alle total unwohl fühlten. Ich hatte mich so sehr

gefreut, sie zu sehen, aber die Art, wie sie Trace quer über den Tisch ansah und Blicke sprechen ließ, machte mehr als deutlich, dass sie nicht länger zu mir gehörte, wenn sie es denn je getan hatte.

»Wie ist denn dein neuer Job so, Crystal?«, fragte mich Trace freundlich, nachdem er uns ein bisschen von seinen Ermittlungen erzählt hatte.

»Es läuft gut, danke.« Ich wickelte Spaghetti auf meiner Gabel auf. Mit dieser Antwort kam der arme Mann nicht groß weiter. Meine gute Kinderstube ließ mich etwas ausführlicher werden. »Wir hatten alle Hände voll zu tun mit den Kostümen für einen Kinofilm.«

»Das klingt ja spannend.«

»Ja, das war's auch.«

Wieder breitete sich Schweigen aus. Ich spürte, wie Xav auf der anderen Seite schäumte. »Crystal verheimlicht etwas.«

Ich warf ihm einen zornigen Blick zu. Er würde mich doch wohl nicht verraten, oder?

»Man hat sie gebeten, als Komparsin mitzumachen – mich übrigens auch.«

»Oh Crystal, das ist ja toll!« Diamond reagierte mit schon peinlichem Eifer auf diese Neuigkeit.

»Es handelt sich nur um eine sehr kurze Szene – ein paar Sekunden lang, wenn überhaupt. Für ein bisschen Lokalkolorit.« Ich zuckte mit den Achseln. »Vermutlich landet es am Ende im Mülleimer des Cutters.«

»Ist bestimmt trotzdem eine tolle Erfahrung. Und ist doch letztlich auch egal, was sie mit dem Material machen.«

»Schätze schon.« Ich überlegte, ob ich die Modelsache zur Sprache bringen sollte. »Da gibt's übrigens diese Kostümbildnerin, die mich irgendwie interessant zu finden scheint.«

Xav nahm sich noch mehr von dem Parmesankäse. »Und ich dachte, sie hätte sich in *mich* verknallt.«

»Wie süß.« Ich schnitt ihm eine Grimasse. Er zahlte es mir mit gleicher Münze heim – wir benahmen uns, als wären wir im Kindergarten.

»Xav«, sagte Trace leise.

Ich war nicht auf Telepathie angewiesen, um zu hören, wie er dachte: ›Sie hat angefangen.‹

»Na ja, wie ich bereits sagte, bevor ich unterbrochen worden bin … Lily, das ist die Kostümbildnerin, findet mich ganz fotogen. Ein Freund von ihr wird am Set ein paar Bilder von mir machen, die ich dann an Modelagenturen verschicken kann.«

Diamond sah Trace mit gerunzelter Stirn an. Hatte ich was Falsches gesagt?

»Ehrlich. Sie meinte, ich hätte ein Gesicht mit Wiedererkennungswert. Sie war überzeugt davon, dass ich richtig Karriere machen könnte … berühmt werden und so.«

»Oje.« Diamond schob ihren Teller von sich weg.

»Was? Du glaubst nicht, dass ich das Zeug dazu habe?«

»Nein, nein, ganz und gar nicht. Ich glaube viel eher, dass sie recht hat, das ist ja das Problem.«

»Du hast Angst, ich könnte Erfolg haben? Das ergibt überhaupt keinen Sinn. Du liegst mir doch ständig in

den Ohren, dass ich etwas aus mir machen soll – bitte schön: Das ist es jetzt also.«

Xav mischte sich ein. »Darum geht's doch gar nicht, Zuckerpuppe – sorry, *Crystal*. Es ist die *Art* von Erfolg, die du anstrebst.«

»Was meinst du damit?« Ich musterte ihre Gesichter – sie alle wussten etwas, was ich nicht wusste. Keine Ahnung, was das sein konnte.

»Wir Savants können nicht berühmt werden – jedenfalls nicht im üblichen Sinn«, erklärte Trace. »Wir haben zu viele Feinde und außerdem würden uns die Leute benutzen, wenn sie von unseren Begabungen erfahren.«

»Aber ich will doch nicht dafür berühmt werden, dass ich ein Savant bin.«

»Das verstehen wir schon, aber letztlich läuft es darauf hinaus. Wenn du in der Öffentlichkeit stehst, fangen die Leute an zu wühlen und stellen viele Fragen. Von niemandem weiß man so viel wie von einem Promi. Wenn sie rausfinden, was mit dir los ist, wirst du zur Zielscheibe. Im Moment kann dir nichts passieren, weil dich niemand kennt.«

»Sorry, Crystal, aber du solltest diese Maske am Sonntag auf keinen Fall herunternehmen.« Xav zog die Spaghettischüssel zu sich heran und nahm sich einen Nachschlag.

Diamond, die spürte, dass ich jeden Moment ausflippen würde, hob eine Hand, um ihn zum Schweigen zu bringen. Zu spät.

»Ich glaub das einfach nicht!« Ich schob meinen Stuhl

zurück und schlug mit der Hand auf den Tisch. »Endlich finde ich etwas, was ich machen könnte, jemanden, der glaubt, dass ich eine Zukunft habe – und ihr sagt mir, ich soll das Ganze vergessen? Na klar, für euch mit euren grandiosen Begabungen ist das ja auch einfach, aber was habe ich denn schon vorzuweisen? Nichts!« Mein Kopf fing an zu wummern und mir verschwamm die Sicht. »Es ist ein offenes Geheimnis, dass ich für die Savant-Welt total nutzlos bin, warum also sollte ich mich verdammt noch mal davon abhalten lassen?«

»Du bist nicht die Einzige, die Opfer bringen muss, Crystal.« Trace redete mit mir wie mit einem bockigen Kind. »Xav hier musste eine vielversprechende Skikarriere sausen lassen.«

»Ja, aber er hat etwas, wofür sich der Verzicht gelohnt hat – seine heilenden Kräfte. Ich will das – ich will dieses neue Leben. Und wenn das bedeutet, dass ich der Welt der Savants den Rücken zukehren muss, dann mach ich das halt.«

»Aber deine Familie ist ein Teil dieser Welt. Das hast du dir nicht gut überlegt.«

Ich verschränkte die Arme, versuchte, den Kloß in meiner Kehle hinunterzuschlucken. »Ich bin nicht diejenige, die sagt, entweder oder.«

»Crystal, bitte.« Diamond legte die Stirn auf ihren Handrücken. »Es tut mir leid, aber ich kann mich damit gerade nicht beschäftigen – ich hab den Kopf voll von der Hochzeit und allem anderen, was da so dranhängt. Kann das nicht warten? Wir reden drüber, wenn die Hochzeit vorbei ist, ja?«

»Wer weiß, vielleicht hast du auch gar nicht das Zeug dazu. Ist doch Quatsch, den Familienfrieden mit der Planierraupe plattzumachen für etwas, was vielleicht nie passieren wird. In der Modelbranche ist die Konkurrenz riesig.« Das war ein Schlichtungsversuch à la Xav; er sollte das auf jeden Fall Diamond überlassen.

»Danke für eure Unterstützung, Leute. Echt Mann, ich bin überwältigt.« Ich trug meinen Teller zum Küchentresen hinüber und kratzte die Essensreste in den Abfalleimer. »Ich glaube, ich gehe mal ein bisschen frische Luft schnappen. Ich seid vermutlich noch platt vom Flug und wollt zeitig ins Bett gehen. Ich muss morgen ganz früh raus, wir sehen uns dann also irgendwann.«

Ich sorgte dafür, dass die Tür mit einem lauten Knall hinter mir zufiel. Einen Vorteil hatte es, dass ich mir die Wohnung jetzt wieder mit jemandem teilte – ich konnte meine Wutausbrüche wirkungsvoll in Szene setzen.

Ich ging nicht weit. Ich setzte mich an der Vaporetto-Haltestelle nahe unserer Wohnung auf die Kante des Holzstegs, den wir bei Hochwasser benutzten. Im Spätherbst und Winter mussten wir oft durch Pfützen waten, weil das Wasser die Stadt zweimal am Tag überschwemmte. Es gab ein Signalsystem bei Hochwasser oder *acqua alta,* wie wir es nannten, aber gerade herrschte keine Flut und der Steg war leer. Ein Straßenverkäufer warf für eine Touristengruppe, die auf dem Weg ins Restaurant war, kleine Leuchtstäbe in die

Höhe; für einen kurzen Moment hingen sie in der Luft, bevor sie wieder zu Boden fielen – ein winziges Feuerwerk. Von der Adria wehte eine leichte Brise herüber und trug den Geruch von Diesel und Salzwasser mit sich. An der Anlegeplattform herrschte ein reges Kommen und Gehen von Booten. In meiner Vorstellung waren sie die Nadeln, die die Stadtränder zusammenhefteten. Venedig ist ein guter Ort, um irgendwo alleine zu verweilen; es passiert immer irgendwas und niemand wundert sich, warum man stehen bleibt und einfach nur schaut. Es ist eine Stadt, die es gewohnt ist, auf dem Präsentierteller zu sitzen.

Ich ließ das Gespräch vom Abendbrottisch Revue passieren. Ich war noch immer gekränkt und mein Hirn fabrizierte alle möglichen megatheatralischen Retourkutschen, angefangen bei meiner Weigerung, an der Hochzeit teilzunehmen, bis hin zu dem Entschluss, nie wieder mit meiner Familie zu sprechen. Aber der vernünftige Teil von mir wusste, dass diese Gedanken so etwas wie diese garstigen Mails waren, die man im Eifer des Gefechts rausschickte und später dann bereute. Niemand wollte mir schaden, sie betrachteten die Dinge einfach aus einem anderen Blickwinkel und glaubten zu wissen, was das Beste für mich war. Ich benahm mich wie ein Teenager, und auch wenn ich das im Grunde genommen noch war, besaß ich nicht mehr das Vorrecht, meinen Launen freien Lauf lassen zu können. Man erwartete mehr von mir – *ich* erwartete mehr von mir.

Aber das bedeutete nicht, dass sie im Recht waren.

Es stimmte, wenn ich sagte, dass meine Zukunft anders als ihre aussah. In der Savant-Welt gab es für mich keine attraktiven Optionen, deshalb würde ich meinen eigenen Weg einschlagen müssen. Und wenn dieser im Widerspruch zum Savant-Leben stand, dann … tja, dann musste ich mir überlegen, wie sich beides vereinbaren ließ. Möglichkeiten wie diese eröffneten sich einem nicht jeden Tag und sie warteten sicher nicht so lange, bis die Hochzeit meiner Schwester vorüber war. Ich stand auf, ruhiger jetzt, da ich eine Entscheidung getroffen hatte. Diamond, Trace und Xav wären total dagegen, aber ich würde diese Fotos machen lassen und dann weitersehen.

Kapitel 5

In dem Bewusstsein, dass die Dinge zwischen uns nicht gerade zum Besten standen, versuchte Xav in den folgenden zwei Tagen, nett zu mir zu sein. Doch ich machte es ihm nicht leicht, indem ich einfach verschwand – entweder ging ich zur Arbeit oder Joggen. Trotzdem war ich gerührt, als er einen kleinen Strauß Veilchen in meinem Schlafzimmer hinterließ, für den ihm irgendein ausgebuffter Straßenhändler zweifellos viel zu viel Geld abgeknöpft hatte. Und doch, die Geste zählte, auch wenn er es nur tat, damit ich seinem Bruder nicht die Hochzeit verdarb, indem ich mich bis zum Tag des großen Ereignisses mit ihm zankte.

Das erste Mal, dass wir wieder Zeit miteinander verbrachten, war Sonntag früh, als ich im Morgengrauen in sein Zimmer ging, um ihn um fünf Uhr zu wecken. Bei dieser Gelegenheit stellte ich fest, dass er zu den Leuten zählte, die sich mit dem Aufstehen schwertaten, und da ich mir so etwas schon gedachte hatte, drückte ich ihm einen kalten Waschlappen ins Gesicht.

»Hrrmph!« Er schleuderte den Waschlappen in eine Zimmerecke und vergrub seinen Kopf unter dem Kissen. Normalerweise hätte ich versucht, die gebräunten Arme und seinen Waschbrettbauch zu ignorieren, aber hey, ich habe Hormone im Blut wie jedes andere Mädchen auch. Es gibt Dinge im Leben, die äußerst sehenswert sind.

»Raus aus den Federn, Zuckerpuppe. Hollywood wartet.«

Seine Antwort war ein Grunzen.

»Na gut, dann gehe ich eben allein. Wie schade, ich habe dir eine Tasse Kaffee gemacht – dann werde ich die eben auch trinken müssen.«

»Es gibt Kaffee?« Ein Gesicht tauchte unter dem Kissen auf.

Ich stellte den Becher auf dem Nachttisch ab – meine Art von Friedensangebot, denn mir war aufgegangen, dass zu einem Streit immer zwei gehörten. »Denk aber bloß nicht, dass ich mir das jetzt zur Gewohnheit mache.«

Ich ging in mein eigenes Schlafzimmer zurück, um mich fertig anzuziehen. Lily hatte mir bereits eingeschärft, kein Make-up aufzulegen und meine Haare nicht groß zu frisieren, also ließ ich sie offen. Das bedeutete natürlich, dass sie sich kreuz und quer in alle Richtungen kräuselten, als hätte ich in eine Steckdose gefasst. Mein Traum vom Modelsein erschien absurder als je zuvor.

Xav hatte sich seine Klamotten übergeworfen, als ich in die Küche zurückkehrte. Warum bloß sehen

Jungs zerwühlt immer dermaßen sexy aus, während wir im Vergleich dazu ein Bild abgeben, als wären wir rückwärts durch eine Hecke gekrochen? »Danke für den Kaffee. Ohne Koffein komm ich echt gar nicht in die Gänge.«

»Ich auch nicht.«

Er schlug sich die Hände an die Brust. »Wichtige Eilmeldung: Wir haben etwas gemeinsam!«

»Ja, ja, fette Schlagzeile. Hast du einen Mantel dabei?«

Er griff sich seine Jacke. »Ja, Mama.«

»Gummistiefel?«

»Wie? Äh, nein, hab ich nicht mit. Denn ich hab ja fürs sonnige Italien und nicht fürs verregnete England gepackt.«

»Diamond hätte dich vorwarnen sollen. Du wirst sie brauchen.« Ich steckte meine eigenen Füße in meine Lieblingsgummistiefel mit den Polka-Dots.

Er hielt das für einen Witz. »Muss das sein?« Er zeigte auf meine Stiefel.

»Ja, das muss sein.«

»Na dann los, du Fashion-Desaster.«

Als wir aus dem Haus traten, war ich diejenige, die gut lachen hatte. Es herrschte Hochwasser und die Straße draußen vor unserem Hof war überschwemmt. Seine hippen Stiefel würden das nicht überleben.

»Huckepack?«

Er blickte finster auf die Schuhspitzen seiner Timberlands. »Als ob du mich tragen könntest, meine Schöne.«

»Ich werd's einfach mal versuchen – nur bis zur Brücke. Ab da müsste es eigentlich überall Holzstege geben.«

»Erzähl das bloß nicht meinen Brüdern.« Er stellte sich auf einen Gartenstuhl und ich lud mir sein Gewicht auf. Zugegebenermaßen war er ziemlich schwer und ich torkelte ein paar Schritte hin und her, bevor ich wieder ins Gleichgewicht kam. Wir schafften es, das kurze Stück hinter uns zu bringen, ohne ins Wasser zu plumpsen. Ich setzte ihn neben der Brücke auf trockenem Boden ab.

Zum Dank salutierte er schwungvoll. »Wie viel macht das?«

»Was, die Bergung? Die hier ging aufs Haus. Beim nächsten Mal müssen die Timberlands dran glauben.«

Wir kamen trockenen Fußes durch die Straßen und überquerten den Canale Grande auf der Accademia-Brücke.

»Wo gehen wir hin?« Xav war erst jetzt richtig wach.

»Es wird auf dem Markusplatz gedreht. Ich glaube aber, dass sie so richtig erst heute Nachmittag loslegen werden, wenn's anfängt zu dämmern. Wir müssen schon jetzt da sein, damit sie den Set aufbauen können.«

»Du meinst, ich hätte noch weiterschlafen können?«

»Wenn du Steve Hughes bist, liegst du jetzt vermutlich noch im Bett. Wir Komparsen kommen als Erste dran, damit die Stars nicht so lange warten müssen. Lily meinte schon, dass es ein bisschen langweilig werden könnte.« Insgeheim hoffte ich, Xav würde auf dem Absatz kehrtmachen. »Du kannst es dir auch noch anders überlegen – das würde dir keiner übel nehmen.«

»Ausgeschlossen. Wenn du's hinkriegst, stundenlang einfach nur rumzustehen, dann schaff ich das auch. Dann können wir uns wenigstens ein bisschen unterhalten.«

»Mhm.« Ich wollte unsere kleine Feuerpause nicht stören, indem ich erwähnte, dass ich die Wartezeit mit Lilys Fotografenfreund verbringen würde.

Die Filmcrew hatte die eine Ecke des Platzes mit ihren Garderoben- und Schminkzelten in Beschlag genommen. Wir meldeten uns bei dem Regieassistenten und stellten uns dann in eine Warteschlange. Xav und ich warfen einen Blick auf unsere Mitkomparsen und fingen schallend an zu lachen. Es war abgefahren, inmitten dermaßen vieler anderer großer Menschen zu stehen, so als hätte sich die Welt plötzlich geteilt in uns Normalos und die Munchkins, die uns beim Ankleiden halfen. Und ich war noch nicht mal das größte Mädchen; ein anderes war mindestens 1,85 Meter.

Xav wurde in dem Zelt zum Umkleidebereich der Männer geführt, und da er kein Italienisch sprach, wurde er von den vor Ort angeheuerten Visagistinnen wie ein Kind dahin gezogen und geschoben, wo sie ihn haben wollten. Sie genossen es sichtlich, dass ein dermaßen gut aussehender Junge ihnen hilflos ausgeliefert war, und Xav guckte ziemlich belämmert aus der Wäsche.

»Tun Sie mir nicht weh!«, hörte ich ihn betteln, als man ihn in einen Stuhl bugsierte, der vor einem Spiegel stand.

Dem Kichern, das seine Bemerkung hervorrief, ent-

nahm ich, dass die Damen mehr Englisch verstanden, als sie erkennen ließen.

Als ich an der Reihe war, erklärte mir die Visagistin, dass nur wenig Make-up aufgetragen würde, da der Großteil meines Gesichts unter einer Maske verborgen bliebe. Die Betonung lag auf blutroten Lippen und Glitzer für die Augenlider.

»Aber Lily hat mich gebeten, dir eine Sonderbehandlung zukommen zu lassen, weil ja noch Fotos von dir gemacht werden sollen, richtig?« Marina, meine Visagistin, trug mit einem Pinsel Rouge auf meine Wangen auf. »Nicht zu viel Farbe, nur so viel, dass deine Gesichtszüge hervorgehoben werden.« Sie trat einen Schritt zurück und war zufrieden mit dem Ergebnis. »Mhm, Lily hat recht: Du hast was. Geh nach der Kostümprobe zu Paolo, dem Hairstylisten – er weiß genau, was du brauchst.«

Xav traf ich kurze Zeit später in einer anderen Nische wieder, wo wir mit Kostümen ausgestattet wurden. Wir erhielten zwei zusammenpassende Outfits: er eine dunkle, goldfarbene Jacke und Kniehosen mit purpurroter Weste sowie einen Umhang, ich ein purpurrotes Kleid mit Goldakzenten, dazu ein Cape. Man drückte mir die Maske in die Hand, die ich bereits kannte – das Wortgeflecht aus roter Seide; Xav bekam eine eher schlichte goldene Halbmaske, die ihm das Aussehen eines hochkarätigen Einbrechers gab.

Als Letztes war das Hairstyling dran. Da wir beide langes Haar hatten, blieb es uns erspart, eine Perücke tragen zu müssen. Xavs Haare wurden einfach mit

einem Band zurückgebunden, wohingegen mir eine komplizierte Hochsteckfrisur verpasst werden sollte.

»Du hast wundervolle Haare, Crystal!«, rief Paolo aus und kämmte mit den Fingern durch meine Locken. »Dieses Volumen, diese Struktur. Für das, was ich vorhabe, werden wir noch nicht mal ein Haarpolster benötigen.«

Er drehte mein Haar hoch und steckte es mit unzähligen kleinen Nadeln fest. Dann zupfte er an den Seiten ein paar Strähnchen heraus und drapierte eine lange Locke so, dass sie an meinem Nacken herunter in meinen Ausschnitt fiel. Am Ende sprenkelte er ein bisschen Goldstaub über das Ganze, sodass mein Haar und meine Haut leicht glitzerten. Mit der Maske vor dem Gesicht sah ich aus wie ein exotisches Geschöpf.

Ich trat hinter dem Vorhang hervor und entdeckte Xav, der am Kaffeeausschank auf mich wartete. Als ich ihn so lässig mit den anderen Jungs dastehen sah, den Umhang locker um die Schultern gelegt, fing mein Herz an, einen Tick schneller zu schlagen. Im Vergleich dazu waren moderne Klamotten einfach wahnsinnig öde. In seinem Outfit sah er schon unverschämt gut aus – Mr Darcy als Mantel-und-Degen-Bandit –, aber ich hätte mir eher die Zehennägel ausgerissen, als ihm das zu sagen.

»Und?« Ich drehte mich einmal im Kreis und fand Gefallen an dem mehrlagigen Unterrock, der mir um die Beine wirbelte.

Die italienischen Komparsen überhäuften mich erwartungsgemäß mit Komplimenten, überschwängli-

chem Lob und Beteuerungen ihrer ewigen Ergebenheit, alles mit diesem leisen Augenzwinkern professioneller Aufreißer. Italienische Männer werden von klein auf dazu erzogen, Frauen zu schmeicheln. Xav sah sie mit gerunzelter Stirn an; er konnte zwar nicht verstehen, was sie sagten, erfasste aber den Tenor.

»Xav? Wie lautet dein Urteil?« Ich tippte an seine Maske. »Die habe ich zum größten Teil selbst gemacht.«

»Ja, die ist klasse.« Er blickte über meinen Kopf hinweg.

»Und was ist mit mir?«

Er zwang sich dazu, mich wieder anzusehen. »Zuckerpuppe, du siehst einfach zum Anbeißen aus, aber das weißt du garantiert selbst. Sei vorsichtig: Ich will nicht zu deiner Rettung eilen müssen, wenn du von deinen Bewunderern überrannt wirst. Ich traue diesen Kerlen nicht.«

»Hey Xav, wir sind anständige Jungs!«, protestierte ein Typ namens Giovanni. »Wir graben deine Herzdame schon nicht an.« Er zwinkerte mir zu und wechselte wieder ins Italienische. »Zumindest nicht, solange er hinschaut!«

Ich lachte. »Ich bin nicht seine Herzdame, Giovanni. Er ist …« Was war Xav eigentlich genau? »Er gehört zur Familie.«

Giovanni wackelte mit den Augenbrauen. »Ah, noch schlimmer. Wir müssen sehr, sehr vorsichtig sein. Nachher fordert er uns noch heraus, weil wir dich in deiner Ehre gekränkt haben.«

Xav hatte den Wortwechsel nicht verstanden. »Was hat er gesagt?«

»Er treibt dieses ganze Achtzehntes-Jahrhundert-Kostüm-Ding auf die Spitze und stellt sich bereits auf ein Duell ein, weil er mit mir flirtet.« Ich grinste Giovanni an. »Pistolen oder Degen?«

Lily kam von hinten an mich heran und tippte mir auf die Schulter. Anscheinend hatte sie einen Teil der Unterhaltung mitbekommen, denn sie lächelte. »Sorry, Leute, keine Duelle. Das gestatten unsere Sicherheitsbestimmungen nicht. Ihr seht alle fabelhaft aus. Jungs, wenn ihr jetzt vielleicht zum Lichtregisseur rübergehen könntet, er möchte seine Einstellungen testen.« Xav, Giovanni und die anderen trotteten gehorsam zum Set hinüber, der in den Arkaden, die den Markusplatz umgaben, aufgebaut worden war.

»Crystal, komm mit. Joe hat seine Kamera bereit und eine halbe Stunde Zeit.«

Der Fototermin mit Joe machte mir Riesenspaß. Als Fotograf der Produktion war es seine Aufgabe, den Dreh für die Website und die DVD-Extras zu dokumentieren, aber da Steve Hughes noch nicht am Set war, konnte Joe fotografieren, worauf er Lust hatte. Er war Schotte und hatte ein wettergegerbtes Gesicht, das einem Hochlandschäfer, der ständig die Augen gegen den Nordwind zusammenkneifen muss, alle Ehre gemacht hätte; er war hoch konzentriert bei der Arbeit. Ich spürte, dass ich für ihn eher zu etwas Abstraktem wurde – Linien, Schatten und Lichtakzente im Zusammenspiel mit den Gondeln und Palazzi im Hinter-

grund. Wenn ich über Stoffmuster nachdachte, tat ich dasselbe; ich blendete die Details im Vordergrund aus und betrachtete das Bild als Ganzes.

Nachdem er ein paar Aufnahmen gemacht hatte, warf Joe einen Blick auf seine Uhr. »Sorry Crystal, für mehr hab ich heute leider keine Zeit. Steve Hughes kommt so gegen elf. Du warst sehr geduldig mit mir – ein echtes Naturtalent. Ich bin mir sicher, dass ein paar tolle Schüsse dabei waren.«

»Danke Joe, dass du dir die Zeit genommen hast.«

»War mir ein Vergnügen, ehrlich. Wenn sich die Gelegenheit noch mal ergibt, würde ich gern weiter mit dir arbeiten. Vielleicht könnten wir dann ein paar Aufnahmen in deinen normalen Klamotten machen – wäre ein guter Kontrast zu dem dramatischen Look, den du jetzt hast.«

»Wenn du glaubst, dass du's einrichten kannst, gerne!«

Er schüttelte mir die Hand. »Also, ich rufe dich an, sobald ich etwas Luft habe.« Er wechselte das Objektiv an seiner Kamera und schaute dabei immer wieder zum Kanal hinüber, ob sich das Boot mit Steve Hughes bereits näherte.

»Wohin geht's danach?« Ich beschloss, mich noch eine Weile bei Joe herumzudrücken, in der Hoffnung, einen Blick auf mein Idol erhaschen zu können.

»In die Alpen. Bei der nächsten Location wird eine große Actionszene gedreht, mit Hubschraubern und allen möglichen Stunts.«

»Wow.«

»Ja, im Film ist das immer aufregend anzusehen, aber

der Aufbau dieser Sets ist eine Höllenschinderei. Da muss jede Kleinigkeit perfekt sitzen.« Joe lächelte, als er meinen Gesichtsausdruck bemerkte. »Wie du vermutlich schon mitgekriegt hast: Filme zu machen besteht zu 99 Prozent aus Langeweile und zu einem Prozent aus Action. Wir sind der Gnade der Kamera- und Lichtleuchte ausgeliefert, vom Regisseur mal ganz zu schweigen.« Das Dröhnen eines Motors ließ ihn aufmerken. »Ah, da ist Steve. Jetzt kommt Bewegung in die Sache.«

Ich wich Joe nicht von der Seite und beobachtete, wie das weiße Motorboot am Anleger festmachte. Zunächst konnte ich Steve nicht sehen, doch dann ging mir auf, dass er das Boot selbst gesteuert hatte. Ein sehr berühmter blonder Haarschopf kam zum Vorschein, als er dem Bootsführer die Skippermütze zurückgab. Wie cool war das denn! Er sprang auf den Steg und winkte der kleinen Schar Fans zu, die sich am Rand des abgesperrten Bereichs zusammendrängten. Er marschierte auf uns zu, in Richtung Kostümzelt.

»Hey Joe, wie läuft's?«, fragte Steve den Fotografen, als er vorbeirauschte.

»Gut, Steve, gut.« Joe hörte nicht auf, Bilder zu schießen, während er antwortete.

»Wow, das ist ja ein Hammerkostüm!« Steve hatte mich bemerkt – kein Wunder, denn ich war ein sehr auffälliges Stoff-Etwas in Rot und Gold inmitten von Leuten in normalen Klamotten. »Tragen alle Komparsen so was?«

Ich bekam einen trockenen Mund, als mir klar wurde, dass er mit mir sprach. »Äh …«

»Steve, das ist Crystal.« Joe warf sich zwischen uns und stahl mir so meinen großen Moment. »Sie hat beim Anfertigen der Kostüme geholfen.«

»Das ist toll. Und du siehst toll aus, Schätzchen.« Steves Aufmerksamkeit ging bereits wieder auf Wanderschaft. »Wo ist James?«

Eine Regieassistentin fasste ihn am Arm und führte ihn fort, während sie ihm erklärte, welche Szene gleich gedreht werden sollte.

Joe grinste, als er mein verdattertes Gesicht sah. »Vergiss nicht zu atmen, Crystal. Am Ende verliere ich noch meinen Job, weil ich deine Korsettschnüre durchschneiden muss.«

Ich knetete meine Hände. »Er ist … umwerfend.«

Joe steckte seine Kamera zurück in die Schutzhülle. »Ja, für einen Schauspieler ist er wirklich ganz nett. Erinnert sich immer an die Namen, das spricht sehr für ihn.«

Wie in Trance ging ich zu dem Zelt, in dem der Wartebereich für die Komparsen war und in dem ein Tisch mit Snacks und Getränken stand, von dem wir uns bedienen durften. Xav stürzte sich auf mich, als ich eintrat.

»Wo warst du?«, fragte er. »Ich hab schon Angst gehabt, dass du's dir mit dieser Sache hier anders überlegt hast.«

»Nein, nein, nichts dergleichen: Ich habe gerade Steve Hughes kennengelernt.«

Eine andere Komparsin hatte meine Bemerkung gehört: »Oh du Glückliche! Wie ist er denn so?«

Ich tat so, als würden mir die Sinne schwinden. »Er ist atemberaubend.«

Xavs machte ein missmutiges Gesicht. »Ich habe gehört, dass er sehr klein ist.«

»Er ist durchschnittlich groß, aber das spielt gar keine Rolle; er ist einfach perfekt.« Ich setzte mich auf eine Bank, ganz vorsichtig wegen meines Kostüms. »Beachte mich nicht weiter … Ich will nur noch kurz in diesem Moment schwelgen.« Ich machte eine wegscheuchende Bewegung in Xavs Richtung. Er stampfte zur anderen Seite des Zelts hinüber, wo ein paar Komparsen gerade Karten spielten. Er war doch nicht etwa eifersüchtig, oder? Und wenn, dann würde ihm das nur guttun, denn normalerweise war *er* derjenige, für den die Mädchen schwärmten.

Die Dreharbeiten begannen am späten Nachmittag mit der einsetzenden Dämmerung. Der Regisseur trommelte die Komparsen für ein kurzes Briefing zusammen.

»Okay, meine Damen und Herren.« Ein Übersetzer übertrug seine Worte vom Englischen ins Italienische. »Es ist Karneval. Stellen Sie sich bitte Folgendes vor: Sie haben die ganze Nacht lang ausgelassen gefeiert und jetzt ist es kurz vorm Morgengrauen, die dunkelste und unheimlichste Zeit, wenn die Emotionen auf dem Höhepunkt sind. Sie sind weniger Individuen als vielmehr Symbole dafür, was der Karneval für Venedig bedeutet. Ich werde Sie in Gruppen aufteilen. Grün und Schwarz – das Pärchen hier –, Sie sind die Wut. Ich möchte, dass Sie sich da drüben neben die Säule stellen und so tun, als hätten Sie einen Riesen-

streit. Wedeln Sie wie wild mit den Armen und machen Sie drohende Gesten – Sie sind Italiener, also brauche ich Ihnen nicht zu erklären, wie expressive Körpersprache aussieht.«

Die italienischen Komparsen lachten.

»Die Männer mit den schwarzen Umhängen und den Pestarztmasken – Sie streifen ruhelos umher, auf der Suche nach Beute, wie eine Gang, die auf Ärger aus ist. Wo Sie auftauchen, gibt's ordentlich Trouble. Die Mädels in Silber und Blau – ihr setzt euch auf die Stühle und Bänke da drüben, denn ihr wollt die Aufmerksamkeit der Kerle erregen. Ihr seid die Verführung. Die Dame in Weiß – Sie sind die Einsamkeit. Ich möchte, dass Sie umhergehen, mit tragischer Miene, so als würden Sie sich jeden Moment von der Brücke werfen. Rot und Gold – Sie sind das Liebespaar. Ich will, dass Sie auf den Stufen stehen und Zärtlichkeiten austauschen, okay?«

Wie bitte?! Ich blickte zu Xav hinüber. Er machte ein genauso entsetztes Gesicht wie ich.

»Rot und Gold – o, das bist ja du, Crystal.« Der Ton in James' Stimme wurde weicher, weniger geschäftsmäßig. »Das kriegst du doch hin, oder?«

Hinter mir erhob sich Gemurmel; offenbar waren die anderen Komparsen beeindruckt, dass ich mit dem Regisseur auf Du und Du war. Zum jetzigen Zeitpunkt gab es nur noch eine mögliche Antwort.

»Ja klar, kein Problem.«

»Super.« James sah uns alle begeistert an. »Achten Sie darauf, was Sie zueinander sagen. Also bitte keine dum-

men Witze, keine Gespräche, was es zum Abendbrot geben soll. Denken Sie sich eine Geschichte für Ihre Figur aus und bleiben Sie dabei, bis ich ›Schnitt‹ sage.«

Ich stupste Xav mit der Schulter an. »Geht das okay für dich? Das ist jetzt ein bisschen mehr, als ich erwartet hatte. Lily sagte, wir müssten nur rumstehen und gut aussehen.«

Nach dem ersten Schock hatte Xav sein gewohntes Selbstbewusstsein schnell wiedergefunden. »Klar. Wie du gesagt hast: kein Problem. Ich hab ein gutes Vorstellungsvermögen.«

Wir gingen für den Probedurchlauf an unsere Plätze. Der Star war noch nicht mal am Set und uns war klar, dass wir die Szene ein paarmal wiederholen müssten, bis alles perfekt für seinen Auftritt wäre. Xav und ich stellten uns auf die Stufen und nahmen unsere Position ein, während James von seinem Platz hinter den Kameras Regieanweisungen gab. Ich ertappte mich bei dem Gedanken, dass mir das alles mit jedem anderen als Xav viel mehr Spaß machen würde. Mit Giovanni oder einem der anderen Jungs hätte es mir nichts ausgemacht; wir hätten drüber lachen können und eine Riesenshow hingelegt. In Xavs Armen konnte ich einfach nicht die gleiche Unbeschwertheit empfinden.

Er legte seinen Kopf an meinen. »Du kennst die Theorie des Mulitversums?«

Trockeneisdampf waberte durchs Set und erzeugte dämmrigen Nebel.

»Nein, was besagt die denn?« Hatten wir jemals zuvor dermaßen dicht beieinandergestanden?

»Dass unser Universum nur eines von vielen ist, in denen alle Eventualitäten der Welt verwirklicht sind.«

Ich runzelte die Stirn. »Und was hat das alles mit unserer Situation hier zu tun?«

Er veränderte seine Position, sodass sein Arm leicht angewinkelt auf meinem Rücken lag, und beugte sich zu mir herunter. »Ich habe mir einfach vorgestellt, dass es irgendwo ein Universum gibt, in dem wir zwei ein Liebespaar sind. Dann wäre das hier Realität und keine Schauspielerei.« Sein Mund bewegte sich ganz dicht an meinen heran.

Ich leckte mir über die Lippen, spürte die Wärme seiner Haut auf meinen Wangen, obwohl er mein Gesicht gar nicht berührte.

»Und Schnitt!« James sprang von seinem Stuhl auf und überprüfte noch einmal das Licht für die Generalprobe.

Ich löste mich von Xav, unsicher, wie ich nach dieser Umarmung, die sich wie ein freier Fall angefühlt hatte, wieder landen sollte. »Wenn diese Theorie stimmt, dann gibt es irgendwo auch ein Universum, in dem du rote Pickel hast und ich grüne Haut.«

»Das ist richtig.« Er betrachtete mich mit zusammengekniffenen Augen und tat so, als suchte er nach dem besten Ausschnitt für ein Foto von mir. »Ja, Grün würde dir prima stehen.«

Steve kam mit seiner Schar von Assistenten an den Set und sein Auftritt zog die Augen aller Komparsen auf sich. Die Mädchen wurden alle munter, ihre Stimmen lauter, die Gestik weiblicher; die Typen sahen sich

an, zuckten mit den Achseln und fragten sich zweifelsohne, was er hatte, das sie nicht hatten. Ich hätte es ihnen sagen können: Charisma. Es gab nur noch einen anderen am Set, der das besaß, und der stand neben mir.

»Wie läuft's, James?«, fragte Steve mit ruhiger Stimme und klopfte dem Regisseur auf die Schulter.

»Wir haben alles für dich vorbereitet. Ich möchte, dass du von diesem Säulenbogen kommend durch die Karnevalsmenge gehst. Und dabei trägst du das hier.« James nahm eine offene Flasche Champagner vom Requisitentisch und reichte sie ihm. »Denk dran, deine Figur ist an einem absoluten Tiefpunkt angelangt, sie ist voller Selbstzweifel. Die Komparsen hier stellen die Veräußerlichung deiner inneren Dämonen dar.«

Ich fasste Xav am Arm und flüsterte: »Und darum sind diese Filme auch so großartig – ein Hauch von magischem Realismus in einem ansonsten düsteren Plot. Ist das nicht toll, die Entstehung live miterleben zu dürfen?«

Xav zuckte mit den Achseln. »Mir gefallen die Filme eigentlich nur deshalb, weil da jede Menge Zeug in die Luft gejagt wird.«

Ich knuffte ihn leicht in den Magen. »O Mann, Jungs!«

Er tippte mir an die Nase; vermutlich hätte er mir lieber die Haare verstrubbelt, wagte das aber nicht wegen meiner aufwendigen Frisur. »O Mann, Mädchen!«

»Okay, meine Damen und Herren, diesmal machen wir einen Take. Steve, bist du so weit?«

Der Star gab ihm von seiner Position am Ende der Kolonnade ein Daumen-hoch-Zeichen.

»Einsatz Nebel … und Action!«

Xav drückte mich an sich und lächelte in mein zu ihm hochgewandtes Gesicht, seine Finger fuhren sanft über den Rand der Maske. Sein Gesicht spiegelte etwas, was ich noch nie zuvor an ihm gesehen hatte, etwas unglaublich Zärtliches. Ich bemerkte, wie ich in seinen dunklen Augen versank, und nahm keine Notiz von Steve Hughes, der gerade eben an uns vorbeigerauscht war.

Steve wer?

»Schnitt!« James kauerte zusammen mit seinem Star vor dem Monitor, sie hatten die Köpfe zusammengesteckt und diskutierten über die Szene. »Schön, meine Damen und Herren, die Männer in Schwarz – Sie erscheinen bitte ein paar Sekunden früher. Gerade haben Sie sich noch in Steves Weg befunden und ich möchte, dass Sie weg sind, bevor er den zweiten Säulengang erreicht. Frau in Weiß – ausgezeichnet, genau so weitermachen. Liebespaar – das war süß, aber ich will Leidenschaft. Küss das Mädchen, um Himmels willen. Mensch, du hast da eine bildschöne Frau im Arm und ich habe dir die perfekte Ausrede geliefert, sie küssen zu dürfen. Worauf wartest du also noch?« Die Komparsen lachten, als Xav ihm mit belämmertem Gesicht zuwinkte als Zeichen, dass er kapiert hatte. »Dann alles noch mal von Anfang an. Auf eure Positionen!«

Mein Herz hämmerte wie wild; ich konnte es hören

und befürchtete, Xav ebenso. Hätte ich doch bloß daran gedacht, nach meiner letzten Tasse Kaffee ein Minzbonbon zu lutschen. Ich hatte plötzlich das Gefühl, nur aus ungelenken Gliedmaßen und einem Flugzeugträger-Mund zu bestehen; ich war mir sicher, dass ich diesen Moment der Intimität total vermasseln würde, indem ich mit seiner Nase zusammenstieß oder im falschen Augenblick einen Kicheranfall bekäme.

Anscheinend spürte Xav meine Anspannung. »Hey, das kriegen wir schon hin.« Er strich mir sanft über den Rücken. »Das ist doch nur geschauspielert. Und er hat recht. Du siehst fantastisch aus. Eine Prinzessin. Schon seit Tagen will ich dich küssen.«

Bevor ich etwas erwidern konnte, brüllte der Regisseur: »Und Action!«

Ich schwor mir, Xav diesmal zu widerstehen und auf Steve Hughes zu achten, wenn er an uns vorbeikäme, aber dann berührte Xavs Mund meine Lippen und alle Vorsätze waren dahin. Sein Kuss war unglaublich weich und zärtlich. Ein Kribbeln lief von meinen Lippen den Rücken hinab, strahlte in jede Faser meines Körpers aus. Eine Hand stützte meinen Kopf, sodass er sich genau in der richtigen Position befand, um den Kuss zu vertiefen; forschende Lippen, die über die Wölbung meines Kinns strichen und seitlich an meinem Hals entlang. Ich schwebte derart auf Wolke sieben, dass ich nicht mal hörte, wie James »Schnitt!« rief. Xav hob den Kopf; ich machte einen Schritt rückwärts und stellte fest, dass wir umringt waren von ein paar höchst amüsiert dreinblickenden Technikern.

James räusperte sich. »Okay, Leute. Ich freue mich, dass sich ein paar von euch meine Anweisungen echt zu Herzen genommen haben. Gut gemacht, Liebespaar, das kam sehr … ähm … überzeugend rüber. Und jetzt das Ganze noch mal von oben.«

Ich legte eine Hand auf Xavs Arm. Er zitterte und ich fühlte mich auch ziemlich wacklig auf den Beinen. Mir fiel ein Stein vom Herzen, dass ich nicht als Einzige aus dem Konzept gebracht worden war: Es wäre wahnsinnig peinlich gewesen, wenn er diesen Moment mit einem Achselzucken abgetan hätte.

»Das war …« Ich brach mitten im Satz ab, mir fehlten die Worte.

»Das war der unglaublichste Kuss, den ich je erlebt habe.« Er berührte mein Schlüsselbein mit einer Fingerspitze und spielte mit der herausgelösten Haarlocke herum. »Danke.«

Ich blickte auf meine Hand hinunter. »Das war mein allererster Kuss. Mein erster richtiger, meine ich.« Allmählich wurde ich traurig, dass alles nur geschauspielert gewesen war.

Xav seufzte. »Bei solchen Küssen wünschte ich, das hier wäre das Universum, in dem du mein Seelenspiegel bist.« Er legte seine Stirn an meine.

»Mir geht's genauso«, hauchte ich, als seine Lippen auf meine trafen.

Kapitel 6

Wie schaffte man es, im Umgang mit jemandem wieder zur Normalität zurückzukehren, wenn man noch immer vom wundervollsten Kuss aller Zeiten total von der Rolle war? Für die Szene waren zehn Takes nötig gewesen und keine der Umarmungen hatte sich wie Routine angefühlt. Am Ende war ich ein einziges Wrack und ich glaube, Xav ging es nicht viel besser. Natürlich wussten wir, dass wir beide irgendwo auf der Welt einen Seelenspiegel hatten; ich hatte erwartet, derartig intensive Emotionen bloß mit meinem Gegenstück zu erleben. Es war zutiefst verstörend festzustellen, dass ich solche Gefühle auch für Xav empfand. Es war mehr als bloße körperliche Anziehung; ich hatte begonnen, die Person unter der charmanten Schale zu mögen. Obwohl wir uns die meiste Zeit auf die Nerven gingen, hatte er sich, was die ganze Situation betraf, total korrekt verhalten. Er hätte mich aufziehen können, aber als ihm klar wurde, dass die Anziehung auf Gegenseitigkeit beruhte, hatte er sich nicht dar-

über lustig gemacht oder so getan, als wäre es einerlei, was der einfache Weg aus einer heiklen Situation gewesen wäre. Nein, er begegnete mir mit Respekt und betrachtete das Erlebnis mit großem Staunen.

Und dann, als wir in den frühen Morgenstunden nach Hause gingen, wurde mir plötzlich klar, dass ich mich ein bisschen in ihn verknallt hatte.

Die Straßen, die in Venedig so selten mal zur Ruhe kamen, waren still. Ein paar Fischerboote kehrten von ihrer nächtlichen Fangfahrt in der Lagune zurück und fuhren den Giudecca-Kanal hinunter; die Motoren brummten gegen das leise Klatschen der Wellen an. Bald schon würden sie ihren Fang beim Fischmarkt an der Rialto-Brücke abladen – dann kämen die Köche, um frische Fische zu kaufen und sich um das Obst und Gemüse zu streiten; die Stadt würde den Schlaf abschütteln und sich wieder an die Arbeit machen, aber im Moment gehörte sie uns und den Katzen, die durch die Gassen streiften. Nachts sahen die Straßen unweigerlich düster aus, ein Ort für Meuchelmörder und Geister; die Gegenwart verschmolz mit der Vergangenheit; die Kanäle flüsterten mit greisen Stimmen von gebrochenen Versprechen; uralte Kümmernisse lauerten in den Schatten.

Xav nahm meine Hand. Er schwang unsere Arme vor und zurück und summte leise dazu. Seine ausgelassene Stimmung hielt die bösen Geister fern, so als würden wir uns in unserer eigenen Blase des Glücks fortbewegen.

»Weißt du, Crystal, vielleicht sollten wir noch mal

die Frage aufgreifen, ob es zwischen uns beiden eine besondere Verbindung gibt oder nicht. Das haben wir nie richtig ergründet, oder?«

Milde gestimmt vom Mondlicht und der friedvollen Atmosphäre ging ich nicht wie sonst gleich zum Gegenangriff über. »Das habe ich dir doch schon in Denver zu erklären versucht. Ich kann mich nicht telepathisch austauschen.«

»Aber du hast eine Begabung?«

»Eine geringfügige. Ich finde Sachen, die Leute verloren haben, Sachen, die ihnen gehören.«

»So wie Trace?«

Ich schüttelte den Kopf. »Nicht so ausgefeilt. Er kann jeden beliebigen Gegenstand ausfindig machen, den eine Person angefasst hat. Ich kann nur finden, was dir gehört, zum Beispiel deine Schlüssel oder dein Lieblingsplüschtier.«

Er drückte meine Hand. »Ich weiß nicht, warum du das als geringfügige Begabung bezeichnest, da draußen gibt es Millionen von Leuten, die das toll fänden. Eltern würden vor dir auf die Knie sinken und dir dafür danken, dass du die Schmusedecke ihres Kindes wiedergefunden hast.«

Bei dieser Vorstellung musste ich lächeln. »Ja, ich weiß. Meine Geschwister finden es manchmal auch ganz nützlich. Allerdings sind sie noch nie vor mir auf die Knie gesunken.«

»Na ja, sie nehmen es mittlerweile als selbstverständlich hin. Also, warum hast du Angst vor Telepathie?«

»Du glaubst, dass ich Angst habe?«

»Na was denn sonst?«

Vielleicht hatte er sogar recht. »Es hat sich nur immer ganz furchtbar angefühlt. Wie ein Vogelschlag beim Flugzeug – mein Gehirn ist das Triebwerk und all die Dinge, die die Leute umgeben, sind der Vogelschwarm. Ich komme nur einigermaßen klar, wenn ich meinen eigenen Kurs durch den Geist von Leuten festlege, aber sobald sie mit mir in Verbindung treten wollen, bin ich total überfordert und stürze ab.« Wir blieben auf der Mitte der Accademia-Brücke stehen. Wer würde nicht anhalten, wenn der Mond das tintenschwarze Wasser des Canale Grande versilbert? »Ich glaube, ich habe Angst davor herauszufinden, dass ich kein richtiger Savant bin wie ihr alle.« Nun war es raus.

»Was bist du dann?« Er drehte sich zu mir um und sah mich an.

Ich war dankbar, dass er sich über meine Ängste nicht lustig machte. »Keine Ahnung. Vielleicht so was wie eine Unterart? Hast du jemals einen anderen Savant getroffen, der nicht per Telepathie kommunizieren kann?«

»Nein, aber das heißt ja nicht, dass es solche Savants nicht gibt. Ich wünschte, du würdest mir erlauben, dich mal genauer unter die Lupe zu nehmen. Vielleicht könnte ich herausfinden, warum dir Telepathie dermaßen schwerfällt.«

Das letzte Mal, als er diesen Vorschlag gemacht hatte, war ich in Panik ausgebrochen und weggerannt. Jetzt, da ich mich wesentlich ruhiger und Xav sehr viel

näher fühlte, hatte ich keine Angst mehr vor ihm; die Möglichkeit herauszufinden, was mit mir nicht stimmte, war, was mir Angst machte.

Er legte mir seine Arme um die Taille und ich lehnte mich an seine Brust. Nachdem wir stundenlang für die Kameras so dagestanden hatten, fühlte es sich nicht mehr fremd an. Es war beinah so, als gäbe es einen für mich reservierten Parkplatz an seinem Herzen. Bei diesem Gedanken musste ich lächeln.

»Ich weiß nicht, was wir füreinander sind, Crystal, aber ich weiß, dass ich wenigstens ein Freund sein will. Du kannst mir vertrauen, dass ich gut auf dich aufpasse. Falls etwas nicht stimmen sollte, wär's dann nicht besser, das von mir zu erfahren als von irgendeinem Fremden?«

Ich nickte. »Ja, du hast recht.«

Er lachte leise in sich hinein. »Kann ich das bitte schriftlich haben? Du glaubst, dass ich mit etwas recht habe?«

»Nein, kannst du nicht, weil du's mir ewig aufs Butterbrot schmieren würdest.« Er roch dermaßen gut: ein Hauch Aftershave, die Lotion, die sie benutzt hatten, um uns abzuschminken, und etwas, was ganz typisch Xav war. Ich sollte dringend aufhören, an seiner Haut zu schnüffeln, die die offen stehende Knopfleiste entblößte.

»Du darfst mich genauer anschauen, aber nicht jetzt.«

»Nicht jetzt«, stimmte er zu. »Es ist sicher schon vier Uhr morgens. Heute ganz bestimmt nicht mehr.«

Ich zwang mich dazu, mich von ihm zu lösen. »Viel-

leicht sollten wir damit bis nach der Hochzeit warten? Falls etwas Schlechtes hinsichtlich meiner Savant-Gabe herauskommt, möchte ich es noch nicht wissen, und falls es etwas Gutes ist, dann reicht's auch noch, wenn ich es später erfahre.«

Zu meiner Überraschung willigte er ein. »Ja, ich würde mir dafür auch lieber die Unterstützung meiner Familie holen. Mit Zeds Hilfe können wir unsere Fähigkeiten bündeln und dich so richtig gründlich untersuchen. Mein älterer Bruder Victor ist sehr kompetent in Sachen Gedankenmanipulation und könnte herausfinden, ob sich irgendwann mal jemand an deinem Geist zu schaffen gemacht hat.«

Ich hatte nicht eingewilligt, meine Defizite vor seiner ganzen Familie offenzulegen. »Aber Xav, ich kenne sie doch gar nicht. Ich will sie nicht alle mit dabeihaben.«

»Ich habe ja auch nicht an alle gedacht – nur an Zed und Victor. Als siebter Sohn hat Zed von jeder unserer Gaben ein bisschen etwas mitbekommen und kann uns so bei gemeinsamen Ermittlungen in Einklang bringen. Er ist eine Nervensäge, aber eine äußerst nützliche.« Seiner Stimme war anzuhören, dass er es in Wahrheit nicht so meinte – Xav stand seinen Brüdern sehr viel näher als ich meiner Familie. »Beiden, Sky und Phoenix, hatte man schlimme Dinge in die Köpfe eingepflanzt, als sie meine Brüder kennenlernten. Das war anfangs ziemlich hart, doch zum Glück konnten sie es wieder in Ordnung bringen. In der Savant-Welt ist es leider nichts Ungewöhnliches, dass einige von

uns Opfer derartigen Missbrauchs werden; es gibt viele Savants, die Böses tun, und Gedankenmanipulation ist dabei ein gängiges Mittel.«

»Aber ich weiß sicher, dass ich nie von jemandem manipuliert worden bin. Ich bin schon immer so gewesen. Sky und Phoenix haben mir erzählt, dass sie ein paar üblen Leuten in die Hände gefallen sind; ich hatte ein behütetes Leben – Schule, Familie. Mir ist nie was passiert.«

»Dann werden wir auch nichts dergleichen finden. Ich will ja nur auf Nummer sicher gehen.«

»Okay. Aber ich kann nichts versprechen. Ich muss Zed und Victor erst noch mal treffen, bevor ich entscheide, ob ich sie in meinen Geist hineinlasse oder nicht.«

»Bitte, Crystal.«

Ich hob eine Hand hoch. »Hör auf, Xavier Benedict. Ich habe heute Nacht schon genug Zugeständnisse gemacht.«

»Xavier Benedict! Da bin ich anscheinend wirklich übers Ziel hinausgeschossen, wenn du mich bei meinem vollen Namen nennst.« Er vollführte mit mir eine schwungvolle Walzerdrehung auf dem Campo di Santa Agnese, dem kleinen Platz in der Nähe unseres Hauses, auf dem einige der wenigen Bäume unseres Stadtteils standen. »Verpasst du mir jetzt auch noch eine Ohrfeige?«

»Bring mich nicht in Versuchung.«

Er hob mich auf eine Bank und führte mich an seiner Hand bis ans andere Ende, wo er sich kurz ver-

neigte, als ich herunterstieg. »Kann Madam Ihrem untertänigen Diener diese Dreistigkeit jemals verzeihen?«

»Ich sehe, dass die Klamotten des achtzehnten Jahrhunderts auf dein Benehmen abgefärbt haben.« Ich rieb mit den Knöcheln über seinen Schädel. »Du Knallkopf.«

»Für Sie bitte Sir Knallkopf, Mylady.«

Als wir die Brücke in der Nähe von unserem Haus erreichten, bemerkten wir beide im selben Moment, dass wieder Hochwasser war.

Ich hob meinen Fuß hoch und zeigte auf meine Gummistiefel. »Noch mal huckepack?«

»Nein, das lässt mein Stolz nicht zu.« Er setzte sich hin und zog seine Timberlands aus. Er warf sie mir in die Arme. »Hier, halt mal. Was immer du auch tust, lass sie bloß nicht fallen.« Und dann, bevor ich auch nur ahnte, was er vorhatte, hob er mich hoch und watete ins wadentiefe Wasser.

»Xav! Ich habe Gummistiefel an – das ist doch nicht nötig.«

Er drückte mich fester an sich. »Und wie das nötig ist, Mylady. Haben Sie denn nicht das ›Handbuch des galanten Gentlemans‹ gelesen?«

Ich schüttelte den Kopf und kicherte, als er prustend mit den Zehen ins eiskalte Wasser eintauchte.

»Auf Seite achtundzwanzig steht unmissverständlich, dass ein Gentleman seine gesellschaftliche Stellung verliert, wenn er sich mehr als einmal von einer Dame huckepack tragen lässt. Er muss seine Zehen opfern, damit sie trockenen Fußes bleibt.«

»Und was ist mit seinen Timberlands?« Ich ließ die Boots an den Schnürsenkeln über dem Wasser baumeln.

»Die nicht.« Grinsend setzte er mich an unserem Tor ab. »Ich glaube, die nehme ich lieber wieder an mich.«

Die Tauzeit in unserer Beziehung setzte sich in der darauffolgenden Woche fort. Es gab zwar immer noch einen Haufen Arbeit im Atelier, doch blieb ich nicht länger als nötig von zu Hause weg und Xav ging sogar ein paarmal mit mir zusammen joggen. Er war wesentlich besser in Form als ich und fand meine kleine Runde entlang der Zattere geradezu harmlos; schließlich war er in den Bergen groß geworden, mit endlos langen Waldpfaden als Laufstrecke. Doch seine Bemerkungen waren frotzelnd und nicht hämisch, deshalb konnten Rocco und ich großzügig darüber hinweghören. Die kurzen Beine des Hundes lieferten mir die passende Ausrede, wenn ich eine Pause einlegen musste, und Xav spielte netterweise mit.

Erbitterte Konkurrenten waren wir nur, wenn es um die Organisation der Junggesellen- beziehungsweise des Junggesellinnenabschieds ging. Nach meinem wackligen Start hatte ich mich ordentlich in die Sache verbissen und mächtig die Ärmel hochgekrempelt. Keiner von uns beiden plauderte irgendwelche Einzelheiten aus, aber hin und wieder ließen wir kleine Bemerkungen fallen, um bei dem anderen die Angst zu schüren, dass seine Party übertroffen würde.

»Diamond, bitte denk dran, dass du dir ein wirklich

besonderes Kleid für Freitag besorgst – Topdesigner, topteuer. Mir egal, wenn wir deswegen auf der Hochzeit von Papptellern essen müssen, aber du darfst mich nicht enttäuschen«, erklärte ich meiner Schwester Montagabend beim Abendbrot und sorgte dafür, dass die Benedict-Brüder auch jedes Wort gehört hatten.

Xav hob eine Augenbraue. »Du hast doch nicht etwa meine Idee mit dem Kasinobesuch geklaut, oder? Ich hätte dir anfangs einfach nicht so viel verraten dürfen.«

Ich machte eine wegwerfende Handbewegung. »Kasino? Vergiss es: Das ist viel zu abgedroschen und, wenn ich das so sagen darf, viel zu gewöhnlich. Jeder Touri dackelt da hin.«

Xav prustete vor Schreck in sein Weinglas.

Trace nahm Diamonds Hand und strich mit seinem Daumen über ihren Handrücken. »Mhm, Schatz, wo gehst du hin, dass ein Banküberfall nötig ist, um dein Outfit zu finanzieren? Und vergiss nicht: Ich bin Polizist! Alles, was du sagst, kann vor Gericht gegen dich verwendet werden.«

Sie lachte. »Keine Sorge, Liebling, ich werde nichts Illegales tun …«

Er grinste.

»Nein, das erledigen schon Sky, Phoenix und meine Mutter für mich.«

Trace stöhnte. »Sag so was nicht mal im Spaß, Diamond. Die drei würden ein unschlagbares Team abgeben: Mom sieht in die Zukunft, Sky ist mittlerweile verdammt geschickt darin, Gegenstände mittels Gedankenkraft zu bewegen, und Phoenix kann die Zeit

anhalten. Zusammen könnten sie in Fort Knox einbrechen und keiner würde ihnen auf die Schliche kommen.«

Ich müsste die Mädels bei unserem nächsten Zusammentreffen unbedingt noch mehr über ihre Begabungen ausquetschen; das alles klang sehr faszinierend. »Schon okay, Trace, du solltest aber allmählich wissen, dass Diamond ein florierendes kleines Unternehmen hat. Sie braucht also keinen Blitzeinbruch zu machen, um ihre Klamotten bezahlen zu können. Wohingegen ich, deine verarmte, für einen Hungerlohn arbeitende Schwägerin in spe, durchaus zu verzweifelten Maßnahmen greifen könnte …«

Ich konnte an seinem Gesicht ablesen, dass Trace nicht recht wusste, ob ich Witze machte oder nicht. Der Kerl verbrachte einfach zu viel Zeit in der Gesellschaft von Verbrechern. »Ich erinnere mich noch gut an meine Zeit als Berufseinsteiger, Crystal. Wenn du irgendetwas brauchst, lass uns das bitte wissen.« Er warf Diamond einen Blick zu und sie lächelte ihn liebevoll an.

»Ruhig Blut, Officer, Crystal ist sehr viel findiger, als du vermutest.« Diamond tätschelte ihm die Wange.

Ach, sie waren echt so süß miteinander. »Jepp, ich arbeite in einem Kostümatelier; ich werde also mein eigenes Outfit nähen und nicht das Schaufenster der nächsten Versace-Boutique mit einem Stein einschmeißen.«

Xav nahm seinem Bruder die Salatschüssel aus der Hand. »Wo die Mädchen gerade bei der Kleiderfrage

sind, Trace, ich muss deine Maße wissen für den Anzug und das sonstige Zubehör, das du benötigen wirst.« Xav träufelte Olivenöl auf seine Salatblätter. »Lola hat extra betont, dass alle Sachen gut sitzen müssen.«

»Lola?«, quiekte Diamond. Ich wollte sie warnen, nicht nach dem Köder zu schnappen, den Xav ihr vor die Nase hielt, aber es war zu spät.

Xav fügte ein bisschen Parmesan und Salz hinzu. »Misstrauisch, Diamond? Das solltest du auch sein. Ist schließlich eine Junggesellenparty, die ich organisiere, und kein Schulausflug. Ich denke, dass sich Traces Erwartungen voll und ganz erfüllen werden. Lola ist also entweder eine Wasserskilehrerin oder eine Bauchtänzerin – das überlasse ich ganz deiner Vorstellungskraft.«

Ich sah Diamond an und verdrehte die Augen. »Vielleicht ist sie ja beides. Ich meine, vermutlich würden die Jungs wirklich darauf abfahren. Keine Sorge, Di, Luigi und sein Team werden uns Mädels nicht enttäuschen.« Luigi war der kleine bebrillte Koch von Contessa Nicoletta, mit dem ich das Menü für Freitag besprochen hatte, aber das wussten die Benedicts nicht. »Er hat uns eine pikante Überraschung versprochen.«

»Ähm … Crystal.« Diamond warf mir einen besorgten Blick zu. Gab es hier im Raum denn wirklich niemanden, der meinen Humor verstand? »Du bist bei der Sache doch hoffentlich nicht übers Ziel hinausgeschossen, oder? Ich meine, ich war auf Maries Junggesellinnenabschied – und die Grenzen des guten Ge-

schmacks waren mit den männlichen Strippern weit überschritten.«

Ich setzte eine Unschuldsmiene auf. »Oh nein, natürlich nicht. Luigi und Co. sind der Inbegriff von geschmacklicher Vollkommenheit … so köstlich.«

Diamond riss die Augenbrauen hoch, bis sie sah, dass ich zwinkerte. Sie lehnte sich in ihren Stuhl zurück. »Großartig. Der Freitag kann kommen!«

Trace und Xav tauschten einen langen Blick. Beide wussten, dass Diamond niemals eine Horde italienischer Chippendales anheuern würde, aber mir trauten sie nicht so recht. Oh, ich hatte einen Mordsspaß bei der Sache.

Ich lehnte mich vertraulich zu meiner Schwester hinüber. »Ich habe Luigi gesagt, dass es schon etwas deftiger sein darf, du verstehst, was ich meine? Er soll's scharf machen, aber nicht zu scharf.«

»Oje!« Diamond wedelte sich mit der Serviette Luft zu.

Xav musterte mich argwöhnisch. Vielleicht hatte ich mit der Kochmetapher ja ein bisschen übertrieben. Er stieß mich unter dem Tisch mit dem Fuß an.

»Was?«, formte ich tonlos mit dem Mund, als Trace und Diamond wieder flüsternd einen auf Turteltäubchen machten. Aus Rücksicht auf mich benutzten sie keine Telepathie, wenn ich dabei war.

»Scharf, aber nicht zu scharf? Zuckerpuppe, das passt gar nicht zu dir.«

»Ich denke da auch eher an meine Schwester«, erklärte ich geziert.

»Gut, denn ich habe dich geküsst und ich kann dir sagen, dass du das weibliche Pendent zu rotem Chili bist.«

Ich errötete. »Pst!«

»Warum denn? Wurde doch alles von der Kamera für die Nachwelt festgehalten.« Sein Blick wanderte zu meinem Mund.

»Hör auf!« Ich befürchtete, dass Diamond etwas mitkriegen würde. Mit ihrem Schwager rumzumachen war nicht unbedingt das Schlauste, was ich tun konnte, um den zukünftigen Familienfrieden zu sichern.

Er zuckte mit den Achseln. »Ich kann nun mal nicht aus meiner Haut. Vielleicht sollte ich Lola anrufen, dass es noch eine kleine Planänderung für Freitag gibt. Sieht so aus, als bräuchte ich ein bisschen Ablenkung, damit ich nicht der Versuchung erliege.«

O *ja, bitte!*, rief mein aufsässiges Hirn, obwohl es genau wusste, dass es mich in Teufels Küche bringen würde. Ich konzentrierte mich darauf, zerknirscht zu sein, dass für ihn eine bauchtanzende Wasserskilehrerin als Ablenkung überhaupt in Betracht kam.

»Schön, ruf Lola an«, sagte ich ohne eine Spur von Humor. »Aber denk dran, Zuckerpuppe: Deine Party mag halbwegs unterhaltsam werden, meine wird unvergesslich!«

Am Mittwoch wurde Diamond zu einem Notfalleinsatz nach Rom gerufen, um dort zwischen zwei verfeindeten Mitgliedern einer Savant-Familie zu schlichten. Beide Seiten hatten bereits Klage eingereicht und die Stimmung war gefährlich aufgeheizt. Trace und

Xav begleiteten sie auf ihrer Reise. Das war mir nur recht, denn Lily tauchte im Laden auf und machte mir einen Vorschlag, den – das war mir klar – niemand gutgeheißen hätte.

»Crystal, kannst du mir einen großen Gefallen tun?«, fragte Lily, als sie durch die Tür gerauscht kam. In ihrer Kombi aus knallrotem Pulli und Rock und mit Silberblitzsteckern in den Ohren, schlug sie mit gefühlten tausend Volt in meinen ruhigen Nähnachmittag ein.

»Na ja, kommt drauf an, um was es geht.« Ich legte meine Handarbeit beiseite. »Ich lese immer erst das Kleingedruckte, bevor ich etwas unterschreibe.«

»Kluges Mädchen.« Lily lehnte sich über den Tresen. »Aber das hier wird dir gefallen. Genau genommen bin ich diejenige, die *dir* einen Gefallen tut.«

Sie nahm das Kleid, das ich gerade gesäumt hatte – blaue, handbestickte Seide. »Hübsch.«

»Für den Junggesellinnenabschied meiner Schwester am Freitag.«

»Mhm. Es wird fantastisch aussehen. Aber eins nach dem anderen: Was machst du heute Abend?«

Ich erwartete die anderen erst irgendwann ganz spät zurück. »Keine Ahnung, aber bestimmt hat Signora Carriera noch jede Menge Arbeit für mich.«

»Dann werde ich sie bitten, dich heute früher gehen zu lassen. Es wartet eine Mission auf dich.«

»Das klingt vielversprechend.«

»Steve Hughes – du erinnerst dich: atemberaubend gut aussehender Schauspieler mit einem dicken fetten Bankkonto.«

Ich grinste. »Ja, könnte sein, dass ich ihn schon mal gesehen hab.«

»Also, er geht heute Abend mit James und mir zu einer Ausstellungseröffnung. Sein Agent meint, es würde seinem Image guttun, wenn er sich bei kulturellen Veranstaltungen blicken lässt. Er bekommt gerade wegen einer zerrütteten Beziehung ziemlich viel schlechte Presse und muss dagegenhalten.«

»James und du?«

Sie machte eine wegwerfende Handbewegung. »Wir sind bloß Freunde. Hast du denn noch nicht gehört, dass er einen Lebensgefährten in Los Angeles hat?«

»Oh, sorry.«

»Zurück zu Steve. Seiner Kurzzeitfreundin hat er letzte Woche den Laufpass gegeben … wegen irgendeiner Story, die sie an die Zeitung verkauft hat.«

»Was für eine Ratte!«

»Ganz genau. Und jetzt braucht Steve für heute Abend ein hübsches junges Ding am Arm, um aller Welt zu zeigen, dass er mit der Sache abgeschlossen hat und über sie hinweg ist. Es muss aber jemand sein, dem er vertraut.«

Wollte sie etwa darauf hinaus, worauf ich dachte, dass sie hinauswollte? »Hübsch hab ich nicht im Angebot.«

»Schlechte Wortwahl: Ich meinte natürlich umwerfend und ganz und gar außergewöhnlich. Es könnte doch keinen besseren Start für deine Modelkarriere geben, als wenn dein Name mit Steve Hughes in Verbindung gebracht würde, oder? Dein Gesicht wird in

allen Klatschspalten von hier bis nach Seattle zu sehen sein.«

»Steve will mit mir zusammen dorthin gehen?« Merkwürdigerweise überkamen mich gemischte Gefühle – teils überschwängliche Freude, teils blankes Entsetzen.

»Äh … genau genommen weiß er nicht, dass ich dich als seine Begleitung ausgesucht habe.« Lily legte eine Hand auf meinen Arm. »Aber knüpf bitte keine romantischen Vorstellungen daran – das ist im Grunde nichts weiter als ein Fototermin. Er wird sich nicht in dich verlieben und dich in seinen Hollywood-Palast entführen, also schraub deine Erwartungen runter.«

Dabei wollte ich von ihm nirgendwohin entführt werden; es gab nämlich nur einen Mann, der mich auf ›Für-immer-und-ewig‹ hoffen ließ – und dessen Name fing nicht mit ›S‹ an.

»Das weiß ich doch, Lily, aber es ist schon ein ziemlicher Dämpfer, dass ich nur ein Name von vielen auf deiner Liste bin, die du zu diesem Zweck durchgehst.«

Lily lachte. »Wenn's dich tröstet: Du standest an erster Stelle. Kommst du jetzt mit?«

Hm, was war die bessere Wahl für den heutigen Abend: mir die Augen beim Annähen von Pailletten zu verderben oder mit den Stars auf Tuchfühlung zu gehen? »Ich müsste das nur noch mal mit meiner Privatsekretärin gegenchecken, dann Taylor Lautner vertrösten und Robert Pattinson auf nächste Woche verschieben, aber so wie's aussieht, könnte ich's einrichten.«

»Danke. Ich regle das jetzt noch mit der Signora und dann ziehen wir uns was Hübsches an.«

Ich blickte an meiner Jeans-Pulli-Kombi herunter. »Du meinst, so kann ich nicht gehen?«

»Wart's ab, Crystal Brook. Für dich habe ich mir etwas ganz Besonderes ausgedacht.«

Kapitel 7

»So kann ich in keinem Fall unter die Leute gehen!«, zischte ich Lily zu, als wir vor dem Fenice auf Steve und James warteten. Der von weißen Säulen getragene Eingang ragte über uns auf wie das Tor zum Olymp, er wurde bewacht von einem aus Holz geschnitzten Phoenix, der, mit neuem Blattgold versehen, über der Treppe hing. Die Organisatoren der Kunstausstellung des heutigen Abends hatten die Exponate in dem prächtigen Foyer des Opernhauses in Szene gesetzt, und wie ich sah, vermischten sich dort bereits die bunten Abendroben der Frauen mit den schwarzen Anzügen der Männer. Kellner in weißen Westen schwebten zwischen den Grüppchen der Kunstliebhaber hindurch und boten köstliche Häppchen und Gläser mit Champagner an. Das hier waren die Götter auf dem internationalen gesellschaftlichen Parkett; ich war ein bedeutungsloses menschliches Subjekt und wir alle wussten, was geschah, wenn sich die Sterblichen mit den Göttern anlegten. Ich zupfte den Saum meines

Kleids ein Stück nach unten – es reichte bis zur Mitte des Oberschenkels und ich war es nicht gewohnt, dermaßen viel Bein zu zeigen. »Ich bin für das Publikum dort nicht richtig angezogen.«

Lily warf einen Blick auf die Gäste und rümpfte die Nase. »Nicht ein Fünkchen Modegespür dabei. Diese Kleider hängen schon seit Jahren in ihren Schränken. Klassisch, klassisch, klassisch, gähn, gähn, gähn. Du, meine Liebe, trägst ein Key-Piece aus Julien Macdonalds neuester Kollektion.«

»Ich trage kein Key-was-auch-immer, weil ich nicht wirklich viel Stoff anhabe.« Der Saum endete, noch bevor er richtig begonnen hatte. Der V-Ausschnitt vorne und hinten bedeutete, dass auch für das Oberteil nicht viel Material zum Einsatz gekommen war. Das einzige verhüllende Stück Stoff war die Schleppe, die vom Rücken weich zu Boden fiel und das Kleid als Abendgarderobe kennzeichnete.

»Du siehst wunderschön aus. Weißt du, allein die Stickerei kostet mehr als ein Familienwagen der Mittelklasse.«

»Oh Gott, Lily: Halte mich ja vom Rotwein fern!«

»Sei einfach vorsichtig. Julien hat mir das Kleid sehr gern ausgeliehen, denn er weiß, dass er morgen in der Zeitung ein paar hübsche Fotos davon finden wird. Aber ich habe ihm versprochen, dass er es genau so zurückbekommt, wie er es mir gegeben hat.«

»Das alles ist keine besonders gute Idee.« Hätte sich Lily nicht an meinem Arm festgehalten, hätte ich die Schleppe zusammengerafft und Reißaus genommen –

den goldenen Stiletto-Boots zum Trotz – eine Cinderella, die sich vor dem Ball drückte.

Meine kleine Panikattacke amüsierte Lily, aber sie machte nicht den Fehler, mich loszulassen. »Du kannst es dir jetzt nicht mehr anders überlegen. Denk doch bloß an die schlechte Presse, die Steve bekommt, wenn er versetzt wird.«

»Wie soll das bitte irgendwer mitkriegen?«

Lily verdrehte angesichts meiner Naivität die Augen. »Weil sie einen Tipp gekriegt haben, dass sie ihn vor die Linse kriegen können, wenn er gegen zehn Uhr mit seinem Date die Party verlässt. Diese Sachen laufen nicht spontan ab, weißt du.«

Zwei Männer traten auf die Straße hinaus, die gegenüber dem Opernhaus an der Kirche entlangführte. Einer war klein und dick, der andere mittelgroß und schlank: Unsere Dates waren da. Steves stämmiger Bodyguard folgte dicht hinter ihnen.

»Beeilung! Steve wird sich nicht lange hier draußen aufhalten wollen für den Fall, dass irgendwelche Reporter früher aufkreuzen. Schnappschüsse sehen nie gut aus.«

Lily hakte mich fest unter und wir folgten dem Regisseur und seinem Star durch die Glastür ins Foyer. Garderobieren waren sofort zur Stelle, um uns die Mäntel und Überwürfe abzunehmen. Erst da entspannte sich Steve merklich und begrüßte uns.

»Hey Lily, du siehst umwerfend aus!« Er küsste die Kostümbildnerin rechts und links auf die Wange.

 Ich musste mir einen lauten Jubelschrei verkneifen:

Ich war im selben Raum wie mein Held. Ich war SEIN DATE!

James umarmte uns beide. »Hallo Crystal. Und, bist du auf das hier vorbereitet?«

Ich lächelte ihn schwach an.

Lily klaubte einen losen Faden von Steves Revers. »Mir gefällt das Sakko, Steve. Tom Ford?«

»Ja. Das ist eins meiner Lieblingsstücke.« Steve wandte sich mir zu.

Tief durchatmen, Crystal. Blamier dich bloß nicht!

»Hi, du musst Crystal sein. Vielen Dank, dass du bei diesem Zirkus heute Abend mitspielst.« Er beugte sich vor und küsste mich wie Lily zweimal auf die Wangen. »Tolles Kleid!«

»Danke!«, piepste ich.

Er sah mich verständnisvoll an. Vermutlich benahm sich jedes normale Mädchen in seiner Gegenwart leicht merkwürdig, deshalb erlebte er es wohl nicht zum ersten Mal, dass jemand vor ihm stand und zum Vollidioten mutierte.

»Folgendes, Crystal: Der ganze Auftritt hier findet zu Ehren eines Freundes von mir statt. Wir schlürfen ein bisschen Champagner, sagen ein paar Leutchen Hallo, unterstützen die Kunstsache, dann trennen sich unsere Wege wieder.« Er rieb sich kurz die Hände. »Ich habe noch eine lange Pokernacht mit den Jungs aus der Crew im Hotel vor mir, drum will ich in ungefähr einer Stunde hier wieder los. Ist das in Ordnung für dich, Crystal?«

Nicht gerade schmeichelhaft, aber ich hatte nicht

erwartet, den ganzen Abend lang in den Genuss seiner ungeteilten Aufmerksamkeit zu kommen.

»Kein Problem.«

»Super. Dann rein ins Getümmel.« Er bot mir seinen Arm an und ich hakte mich bei ihm unter. Hoffentlich merkte er nicht, wie ich auf meinen Zehnzentimeterstöckeln herumeierte. Zum Glück schien ihn die Tatsache, dass ich ihn weit überragte, in keinster Weise zu stören. »Also, erzähl mir was von dir. Lily meinte, du warst eine der Komparsen?« Im Vorbeigehen warf er einen prüfenden Blick in den Wandspiegel.

»Ja.«

»Und, willst du Schauspielerin werden?«

Das lag mir so was von fern, dass ich unwillkürlich loslachte. »Auf keinen Fall!«

Er grinste mich kurz an und ich verschluckte beim Anblick seiner kobaltblauen Augen um ein Haar meine Zunge. Sein Leinwandcharisma kam im echten Leben noch viel besser rüber. »Du gefällst mir. Möchtegernschauspielerinnen sind echt ätzend und mir begegnen einfach viel zu viele von der Sorte. Was machst du?«

»Ich schneidere Karnevalskostüme – so wie die Masken und Gewänder, die wir beim Dreh anhatten. Das ist eine alte Tradition in Venedig.«

»Hey, na das ist doch mal echt interessant.« Er tätschelte mir leicht gönnerhaft den Handrücken – gut gemacht, ihr einfachen Leutchen. »Ich glaube, ich bin noch nie in meinem Leben mit jemandem ausgegangen, der mit den Händen arbeitet. Ein Date mit einer Handwerkerin zu haben zeigt doch mal, dass ich über-

raschend viel Tiefgang besitze, oder?« Mit einem Augenzwinkern versuchte er, seiner Bemerkung die selbstgefällige Spitze zu nehmen, aber vermutlich hatte er es genau so gemeint. Er führte mich mitten in die Menge hinein, alle Köpfe drehten sich zu ihm um: Sonnenblumen, die sich nach der Sonne reckten. Ohne zu zeigen, dass er die Reaktionen ringsum bemerkt hatte, lotste mich Steve geradewegs zu dem Künstler, dessen Werk wir hier bewundern sollten. Ich hatte noch keinen Moment Zeit gefunden, um zu gucken, was hier überhaupt ausgestellt wurde. Als wir uns durch die Menge schoben, streifte ich im Vorübergehen die Skulptur eines verzweifelt wirkenden Clowns und erhaschte aus dem Augenwinkel eine lädiert aussehende Ballerina auf einer mit Farbe bespritzten Leinwand; offensichtlich hatte die Ausstellung ein theaterbezogenes Thema.

Steve streckte seine Hand einem kleinen Mann entgegen, der ganz in Pfauenblau gekleidet war. »Hey Sebastian, was für eine großartige Schau!« Nicht dass ich bisher viel davon zu sehen bekommen hätte.

»Oh Steve, du bist tatsächlich gekommen!« Der Künstler fuchtelte fahrig herum und schüttete sich Champagner über die Finger, als er sein Glas in die andere Hand wechselte, um Steve zu begrüßen. Ich wich einen Schritt zurück, wachsam auf mein Kleid achtend. »Ach, wie reizend von dir!«

»Das hätte ich mir nicht entgehen lassen wollen. Darf ich dir meine Freundin hier vorstellen – Crystal … ähm … Crystal.« Die Schamröte stieg mir ins Gesicht. Steve kannte meinen Nachnamen nicht oder

hatte ihn vergessen. »Sie ist eine venezianische Modedesignerin.«

Ich war *wer* bitte?

Sebastian Perry (so war sein Name, wie ich dank der Broschüre, die ein anderer Gast in den Händen hielt, herausgefunden hatte) küsste mich auf die Wange, als wären wir gute alte Freunde. »Crystal, wie schön, dich kennenzulernen. Für welches Label arbeitest du?«

Ich konnte nicht einfach vorgeben, jemand zu sein, der ich nicht war, auch wenn das Steves übliche Vorgehensweise sein mochte. »Ich glaube, da haben Sie was falsch verstanden, Mr Perry. Ich arbeite für eine venezianische Kostümschneiderin – Karnevalskostüme.«

»*Mr* Perry!«, kicherte der Künstler. »Deine Manieren sind wirklich anbetungswürdig, Schätzchen, aber bitte nenn mich Sebastian oder ich fühle mich wie ein Hundertjähriger.« Seine gekünstelte Nervosität schien kurz wie weggeblasen und er zwinkerte Steve kokett zu. »Ich verstehe, warum du dir sie ausgesucht hast – sie ist ein Schnuckelchen.« Das war das erste (und vermutlich letzte) Mal, dass mich jemand, der einen halben Kopf kleiner war, als ›Schnuckelchen‹ bezeichnete; er war mir auf der Stelle sympathisch. »Crystal, ich brenne darauf, mehr über deine Arbeit zu erfahren. Traditionelle kostümbildnerische Fähigkeiten wie das Anfertigen von Masken finde ich unheimlich inspirierend.« Er ließ eine Hand vorschnellen und deutete mit dem Finger auf eine Leinwand, die, so sah es aus der Entfernung aus, einen Haufen massakrierter Karnevalsteilnehmer zeigte.

Doch Steve zog mich schon am Arm weiter. »Bis später, Sebastian. Ich werde mal ein paar Käufer für dich an Land ziehen.«

»Mach das, Süßer, und ich werde auf immer und ewig in deiner Schuld stehen.«

Ich warf einen Blick zurück und sah, dass der Künstler sich zur Belustigung seiner Anhängerschaft scherzhaft an die Brust griff. Ich wusste, wie er sich fühlte: Steve war der Inbegriff des Actionhelden und versetzte jeden, den er traf, in helle Aufregung.

»Woher kennst du Sebastian?«, fragte ich und nahm das Glas Mineralwasser entgegen, das sich Steve von einem Tablett geschnappt hatte.

Steves Blick schweifte durch den Raum. »Ach, ich bin ihm bei einer Veranstaltung wie dieser hier begegnet – hab ein paar seiner Bilder gekauft, weil mein Finanzberater sagte, ihr Wert würde steigen.«

Das, was ich hier sah, traf nicht gerade meinen Geschmack. In jedem Fall war mir der Künstler sympathischer als sein Werk. »Wo hast du sie hingehängt?« Ich konnte mir nur schwer eines dieser albtraumhaften Gemälde an den Wänden meiner kleinen Wohnung vorstellen. Ich hatte erst vor Kurzem das Twilight-Poster heruntergenommen und war jetzt bei Monet angelangt.

»Ach, die liegen irgendwo in einem Tresor. Ich habe zurzeit kein richtiges Zuhause – nur ein gemietetes Haus mit ein paar Angestellten, die den Laden am Laufen halten. Ich arbeite die meiste Zeit. Mein persönlicher Assistent ist mittlerweile Experte darin, meine Koffer zu packen. »Hey Mary, lang ist's her!« Und weg

war er zur zweiten Small-Talk-Runde des Abends: Wie sich herausstellte, war diese Dame Reporterin der *New York Times*. Ich verfolgte die Steve-Show aus der Entfernung und stellte fest, dass mir dieser Platz ziemlich vertraut vorkam. War es nicht immer ganz ähnlich gewesen, wenn ich mit Diamond in Savant-Kreisen verkehrt hatte? Die Vorstellung, mir einen eigenen Namen zu machen, erschien mir immer verlockender. Ich fände es tausendmal besser, diejenige zu sein, bei der die Leute für ein Gespräch Schlange standen, als bloß das Anhängsel, das Steves Image für den Abend aufpolierte. Dabei war er noch nicht mal ein unangenehmer Begleiter – im Gegenteil –, aber jetzt, da ich meine verklärte Schwärmerei überwunden hatte, ging mir auf, dass er sich weder für mich noch für irgendetwas anderes als seine Karriere interessierte. Aber warum sollte er das auch tun? Dieser ganze Abend fiel unter die Kategorie ›eine Hand wäscht die andere‹.

Ich ließ meinen Gedanken freien Lauf. Zwar war ich im Moment nicht mehr als eine Trittbrettfahrerin, aber ich hatte auch eine gewisse Macht; wenn ich zickig draufkäme, könnte ich seinen kleinen Publicity-Coup hier voll vor die Wand fahren lassen. Ich malte mir aus, wie ich mich an den nächsten Journalisten wandte und sagte: »Hi, ich bin Crystal. Wussten Sie schon, dass Steve gern Welpen quält und im Alter von zehn Jahren die Wüstenmaus seiner Schwester durchs Klo gespült hat?« Das wäre zwar erlogen, aber er hätte die ganze nächste Woche damit zu tun, sich von den Vorwürfen reinzuwaschen.

Und ich hätte eine Klage am Hals.

Na ja, ich wollte ja nicht wirklich so etwas Blödes behaupten; ich genoss nur das Gefühl, am Rande des Abgrunds zu tanzen. Xav hätte mich verstanden. Nie wieder könnte ich in einem Klatschblatt das Foto eines Promis mit ›Freundin‹ am Arm ansehen, ohne mich zu fragen, ob sie wohl gerade überlegte, eine Kamikaze-Nummer abzuziehen, nur um als Person wahrgenommen zu werden.

Während sich Steve mit dem Bürgermeister unterhielt, warf er einen Blick auf seine Uhr – eine von diesen schicken Teilen, die mehrere Tausend Euro kosteten. Mein goldfarbenes Armband kostete zwanzig; ich fragte mich, ob die Leute hier den Unterschied bemerkten. Vermutlich waren sie von Kindermädchen erzogen worden, die ihnen solche Sachen beigebracht hatten, noch bevor sie das Alphabet konnten. Steve stieß einen Seufzer aus und legte mir einen Arm um die Schultern.

»Tut mir leid, Mr Buccari, Crystal wird noch auf einer anderen Party erwartet und ich hatte versprochen, sie dort pünktlich abzuliefern.«

Der Bürgermeister sagte irgendetwas Schmeichelhaftes über schöne Frauen, die heiß begehrt waren.

»Ich weiß – ich hab alle Hände voll zu tun, die anderen Kerle auf Abstand zu halten.« Steve küsste meinen Handrücken; es hatte sich gerade so angehört, als ob wir ein Paar wären.

Der Bürgermeister sah mich kurz von der Seite an. »Aber ich bitte Sie – Sie sind Steve Hughes. Ihnen wird

doch wohl niemand Ihr Mädchen ausspannen. Und falls doch, sehe ich für den Rest von uns dunkelschwarz!« Das kleine Grüppchen, das den Bürgermeister umringte, lachte anerkennend über diesen Spruch.

Ich spielte meine Rolle, hing an Steves Arm und schaute ihn bewundernd an. Und ich bewunderte ihn tatsächlich noch ein bisschen, aber nur sein Leinwand-Ich und nicht den Mann, der neben mir stand. Was sagte das über mich aus? War hier irgendjemand oberflächlich?

Wir gingen zur Garderobe zurück. Steves Gesicht wurde ernst, als er mich von Kopf bis Fuß musterte.

»Keinen Mantel und du solltest deinen Lipgloss auffrischen.«

»Wie?«

»Für die Pressemeute, Süße. Deshalb bist du doch mitgekommen, oder?«

Irgendwie schon, ja, aber ich hatte mittlerweile mehr als nur kalte Füße – Eiszapfen sozusagen. Hatte ich mir die Sache auch wirklich gut überlegt? Nein, ich hatte mich von Lily dazu drängen lassen, war einem Traum nachgejagt, von dem ich nicht wusste, ob ich wirklich wollte, dass er in Erfüllung ging.

»Keinen Mantel? Ich werde mich zu Tode frieren.«

»Das dauert doch nur 'ne Minute. Mein Assistent bringt ihn dir dann.« Er winkte einem jungen Mann zu, der auf einem Stuhl am Eingang wartete. Sein Assistent war gleichzeitig sein Bodyguard. »John, hol bitte den Mantel von Miss Crystal.«

»Mein Name ist Brook. Crystal Brook.«

Steve war zu beschäftigt, den Sitz seiner Frisur zu prüfen, um mir zuzuhören, aber sein Bodyguard hatte alles mitbekommen.

»Ich passe gut auf Ihren Mantel auf, Miss Brook«, sagte er mit einem freundlichen Lächeln.

»Danke, John.« Ich beugte mich zu ihm hinüber in dem Gefühl, einen Verbündeten zu haben. »Macht er so was öfter?«

»Ständig, Miss. Man gewöhnt sich dran.«

Ich lachte und schüttelte den Kopf. »Ich werde mir bestimmt kein zweites Mal den Hintern abfrieren für ein bisschen Publicity. Ich tue das heute nur Lily zuliebe.«

Der Bodyguard lächelte erneut, aber ich merkte, dass er mir kein Wort glaubte. Vermutlich klang ich in den Ohren der publicity-hungrigen Welt von Los Angeles wie ein Säufer, der versprach, abstinent zu werden.

»Bist du so weit?«, fragte Steve, als ich meinen Lipgloss wieder in meiner kleinen Clutch verschwinden ließ.

»Kann losgehen.«

»Die Reporter werden deinen Namen wissen wollen. Ich vermute, dass Lily ihn an meinen Presseagenten weitergegeben hat?«

Ach ja? Ich hatte keine Ahnung, wie diese Dinge gehandhabt wurden. »Ich denke mal schon.«

Steve legte mir einen Arm um die Schultern. »Ich werde dich jetzt da durchschleusen. Lächle und versuche so auszusehen, als ob wir gute Freunde wären, okay?«

Ein weiterer Auftritt in seinem Schauspielerleben – es war echt traurig.

»Verstanden.«

Wir traten aus der Ruhe des Garderobenbereichs hinaus und tauchten direkt ein ins Blitzlichtgewitter.

»Hey Steve, wie geht's mit dem Dreh voran?«

»Großartig, danke, Leute«, erwiderte Steve.

»Crystal, Crystal, schau mal hierher, Schätzchen!«

Völlig überrascht drehte ich den Kopf in Richtung der Stimme. Sie wussten bereits, wer ich war. Vermutlich machte ich ein Gesicht wie ein Kaninchen im Scheinwerferlicht.

Lächle, du hohle Nuss, ermahnte ich mich selbst.

Die Reporter fielen über uns her. Mein Name hallte von allen Seiten wider wie eine hin und her schießende Flipperkugel. Jetzt war ich froh, dass Steves Arm schützend um meine Schultern lag.

»Lasst dem Mädchen doch noch Luft zum Atmen!«, witzelte er.

»Steve, wie hat Jillian auf Ihre neue Beziehung reagiert?«, rief ein Reporter.

Steve zuckte mit den Achseln. »Warum fragen Sie sie nicht selbst? Hört mal, Leute, Crystal und ich müssen noch weiter.«

»Crystal, was ist dran an den Gerüchten, dass Sie als Seite-3-Mädchen Karriere machen wollen?«

Wie bitte?

»Sind Sie wirklich erst fünfzehn?«

Ach du Scheiße.

»Ignoriere sie einfach«, flüsterte mir Steve zu, wäh-

rend er meinen Arm fester umfasste. »Die wollen einfach sehen, ob sie auf eine Skandalstory stoßen. John, merk dir, wer diese idiotischen Fragen gestellt hat, und streiche sie von unserer Liste.«

Und dann trat jemand im Gedränge auf meine Schleppe und ich spürte, wie sich ein Riss auftat …

»John! Mantel!«, flehte ich und presste mir die linke Hand auf den Hintern.

Steve blieb nicht stehen. »Geh weiter – wir haben es fast geschafft.«

Ich hatte die Nase voll von diesem dämlichen Spiel. Wut ließ meine Heldenverehrung wie eine Seifenblase zerplatzen – Plopp! »Steve Hughes, wenn du nicht willst, dass morgen alle Welt meine Unterwäsche am Zeitungskiosk bewundern kann, bleibst du jetzt bitte stehen!« Ich duckte mich unter seinem Arm hindurch und griff nach dem Mantel, den John eilig herbeigeholt hatte – zumindest er erhielt gute Aussicht auf meine Problemzone. Ich schwang mir den Mantel über die Schultern, wobei ich dafür sorgte, dass er ein paar der aufdringlichsten Reporter ins Gesicht traf. »So. Jetzt können wir gehen.«

Ich stampfte davon, mit hoch erhobenem Kopf. Steve brauchte eine Zehntelsekunde, bis er begriff, dass ich mich in Bewegung gesetzt hatte. Er holte mich im Laufschritt ein, packte mich am Arm und drehte mich zu sich herum.

»Du warst großartig, Schatz«, sagte er laut und pflanzte mir einen Kuss auf die Lippen. Er schmiegte sich an mein Ohr. »Jetzt müssen sie entscheiden, ob sie

das oder deinen vortrefflichen Hintern auf die erste Seite bringen.«

In seinen Armen fiel die Spannung von mir ab. Das war keine schlecht getimte Anmache, sondern er versuchte, mir zu helfen.

»Danke«, flüsterte ich.

»Nicht der Rede wert.« Er zupfte meinen Mantel hinten zurecht. »Aber du brauchst dir keine Sorgen zu machen – beides sind wahnsinnig reizende Motive.«

Um halb elf kehrte ich in die Geborgenheit meines Schlafzimmers zurück und hörte eine Stunde später Xav, Diamond und Trace nach Hause kommen. Ich hatte Lily mein Kleidermalheur umgehend gebeichtet, aber sie hatte gemeint, das sei egal, solange man das Kleid erwähnen würde, das mir halb vom Leib gefetzt worden war. Sie war der Meinung, dass viele den Vorfall sexy finden würden und der Designer so bestimmt ein paar seiner Couture-Stücke verkaufen könnte.

Ich hatte mich bei der Sache alles andere als sexy gefühlt – mehr wie ein Stück Fleisch, auf das sich eine Horde hungriger Löwen stürzt. Wenn ich über magische Kräfte verfügen würde, hätte ich mit einem Wink meines Zauberstabs schon längst alle digitalen Aufnahmen von mir gelöscht. Ich wusste allerdings, dass es dafür längst zu spät war und die Bilder bereits auf allen Kanälen verbreitet wurden. Ich hatte im Netz gesucht – bisher nichts, aber es würde nicht mehr lange dauern. Ich tröstete mich, indem ich mir ein paar Klamottenmissgeschicke der Reichen und Schönen ansah – dar-

unter einige, die weitaus peinlicher waren als das von mir.

Diamond streckte den Kopf durch die Tür. Ich saß im Schlafanzug in mein Bett gekuschelt. »Hi Crystal.«

Ich klappte den Laptop zu. »Wie war dein Tag?«

»Oh, es ist alles gut gelaufen, danke. Eintracht und Friede sind wiederhergestellt.«

Trace tauchte neben ihr auf. »Sie war umwerfend – ich liebe es, ihr bei der Arbeit zuzusehen.«

»Ja, Di ist ein kleines Wunder.« Ich bedachte sie mit einem gekünstelten Lächeln, doch sie bemerkten nichts.

»Hey Zuckerpuppe.« Xavs Kopf tauchte in der Tür auf. Sollte das jetzt eine Pyjamaparty werden, oder was?

»Hi. Und, hat Rom dir gefallen?«

»Es war fantastisch – ich hätte noch eine Woche dableiben können. Wie war dein Tag?«

»Ähm …« Ich hatte ein Date mit einem superhotten Filmstar und möglicherweise sind dabei Fotos entstanden, auf denen man Dinge sieht, die sonst im Verborgenen bleiben. Himmel, hoffentlich nicht! »Gut, danke.«

»Super. Wir sehen uns morgen beim Frühstück.«

Nicht, wenn ich vorher noch die Flatter machen konnte. Vielleicht käme ich ja mit einem blauen Auge davon, wenn ich den Router kurzschließen und danach alle Zeitungen im Umkreis von einem Kilometer aufkaufen würde? »Ja. Schlaft schön.«

Die Tür schloss sich. Oh mein Gott, was hatte ich da bloß getan?

Kapitel 8

Der neue Morgen wartete leider nicht mit tröstlichen Erkenntnissen auf, und so stahl ich mich leise aus der Wohnung, ließ das Frühstück und die Joggingrunde sausen und verkroch mich zum Arbeiten ins Atelier.

»Wie war denn deine Verabredung gestern Abend?«, fragte Signora Carriera, als sie Rechnungen und Zahlungseingänge überprüfte.

»Mhm«, machte ich, ohne die Nadeln aus dem Mund zu nehmen.

»So gut, ja?« Sie lächelte. »Ich mag diese Ausstellungseröffnungen nicht – ich finde es besser, sich die Arbeiten später in Ruhe anzusehen, wenn es nicht ganz so voll ist. Und wie war dein Begleiter? Bestimmt hat er sich etwas Besonderes einfallen lassen!«

Ich klaubte mir die Nadeln aus dem Mund. »Er war reizend, aber ich hab nicht mal ein schwach blinkendes Pünktchen auf seinem Radar hinterlassen, wenn Sie wissen, was ich meine.«

Die Signora kicherte verständnisvoll. »Ich hoffe, es

sind trotzdem ein paar schöne Fotos dabei rausgekommen, das war doch der Sinn der Sache, oder?«

Wirklich? Da war ich mir nicht mehr so sicher. Jetzt, da ich mir noch mal alles durch den Kopf gehen ließ, fand ich meine Beweggründe mehr als fraglich. Ich hatte nicht gründlich genug darüber nachgedacht, was es bedeutete, ein Model zu sein, mit dem ganzen Gepose und allem, was dazugehörte, geschweige denn, ob ich bereit war, den Preis des Ruhms zu zahlen. Fand ich es letzten Endes nicht viel befriedigender, etwas mit meinen eigenen Händen zu erschaffen, als nur ein Objekt zu sein, das ein anderer Künstler nach seinen Vorstellungen formte? Ich hatte beweisen wollen, dass ich mehr war als Diamonds hässliche kleine Schwester, aber darauf konnte man nicht ein ganzes Leben aufbauen.

Schlussfolgerung: Ich hatte gewaltigen Mist gebaut. Es war toll gewesen, sich zum ersten Mal im Leben schön und nicht als Freak zu fühlen, aber das reichte nicht für eine Karriere. Vermutlich wussten viele Leute in meinem Alter noch nicht so genau, was sie mit ihrer Zukunft anfangen wollten, und probierten sich deshalb erst einmal aus; dummerweise hatte *ich* das vor den Augen der Öffentlichkeit getan. Tja, vermutlich sollte ich es einfach als Erfahrung verbuchen, die tollen Fotos von Joe als Erinnerung für meine Enkel aufbewahren und darauf hoffen, dass die Zeitungen im Altpapier landeten, bevor meine liebe Familie mich darin entdeckte. Und dann sollte ich endlich meine Ambitionen bezüglich Textildesign weiterverfolgen.

Wiederholung des Examens und Collegebesuch – darüber sollte ich jetzt nachdenken.

Aber falls ich doch weltberühmt würde, könnte ich erst die neue Kate Moss werden und dann noch Design studieren.

Was sollte das denn nun wieder? Mit mir war es ein ewiges Hin und Her. Ich konnte einfach nicht an einer Entscheidung festhalten: modeln – ja, modeln – nein. Warum bloß wusste ich nicht, was ich wollte?

Die Ladentür wurde aufgerissen.

»Crystal!«

Verdammt, verdammt, verdammt – das war Xav. Ich zog den Kopf ein. Signora Carriera, die beim Klingeln der Ladenglocke aufgestanden war, hob eine Augenbraue.

»Das ist doch dein Freund, oder?«

»Na ja, nicht wirklich.«

»Crystal, ich weiß, dass du hier bist«, brüllte Xav.

Die Signora warf einen Blick auf ihre Armbanduhr. »Warum machst du jetzt nicht Mittagspause? Klingt so, als ob er irgendwas auf dem Herzen hätte.«

»Aber wir haben doch so viel zu tun.« Bitte, lass uns viel zu tun haben.

»Crystal.« Die Signora blickte mich mit enttäuschter Miene an. »Wenn er dir eine Szene machen will, wär's mir lieber, wenn das nicht in meinem Laden geschieht. Ich muss ans Geschäft denken.«

Seufzend stand ich auf. Diese Bitte konnte ich ihr nicht abschlagen. Womöglich wäre die Signora sehr bald schon mein einziger Freund in Venedig.

Ich rauschte in den Ladenraum. »Hallo Xav.«

Er pfefferte eine Zeitung auf den Tresen, mit aufgeschlagener Klatschseite. »Was zum Teufel soll das?« Er stieß den Finger auf ein Foto, das zeigte, wie Steve mich küsste. Mein Mantel war aufgesprungen und darunter konnte man wunderbar die Kreation von Julien MacDonald erkennen. Der Riss war nicht zu sehen. Puh: Sie hatten sich also auf den Kuss und nicht auf das Kleidermalheur gestürzt. Vielleicht hatte ich mich auch gerade noch rechtzeitig mit dem Mantel bedecken können?

»Ach das. Gefällt dir das Kleid? Kostet eine hübsche Stange Geld, sagt Lily.«

»Scheiß auf das Kleid. Lies mal, was da steht.«

Es fehlte nicht mehr viel und sein Finger hätte ein Loch in den Zeitungsartikel gebohrt. Ich hatte ihn noch nie dermaßen außer sich vor Wut erlebt; sonst nahm er alles mit Humor und sorgte dafür, dass die Dinge nicht eskalierten. Mit bangem Herzen las ich die Worte, die ihn so aufbrachten:

Steve Hughes und seine neue Freundin, Model Crystal Brook (19), können die Hände einfach nicht voneinander lassen. Hat Mr Cool Guy endlich die große Liebe gefunden? Wie aus dem näheren Umfeld des Schauspielers zu erfahren war, haben sich die beiden in Venedig bei den Dreharbeiten zu seinem neuesten Film kennengelernt.

»Ha, ha!« Mein Lachen war erbärmlich. »Das zeigt doch mal wieder, dass man nichts glauben kann, was in der Zeitung steht.«

»Bist du das?« Xav verschränkte die Arme vor der Brust und starrte mich mit Mörderblick an.

»Ähm, ja.«

»Bist du Steve Hughes' Freundin?«

»Ich war sein Date – für eine Stunde. Lily hatte das arrangiert, damit er eine Begleitung hat.«

»Was noch Bekloppteres hätte dir wohl nicht einfallen können!«

Signora Carriera hatte beschlossen, dass wir ihrem Geschäft schon genug geschadet hatten. »Ach, Xav, schön, dich zu sehen.« Er brachte ein Nicken zustande. »Ich habe Crystal gerade eben den Vorschlag gemacht, dass ihr beiden doch zum Mittagessen gehen könntet.« Sie öffnete uns die Tür. »Raus mit euch.«

Ich ging voran, Xav folgte dicht hinter mir wie ein Gefängniswärter, der sicherstellen wollte, dass der Sträfling nicht Reißaus nahm. Gar keine schlechte Idee, denn ich könnte ihn ohne Weiteres im Straßengewirr abhängen. Sein Schweigen sprach Bände. Allmählich wurde ich auch ein bisschen sauer: Woher nahm er sich das Recht, anmarschiert zu kommen und mich wegen eines blöden Fotos zur Schnecke zu machen? Soweit ich wusste, war das ein freies Land und ich hatte nichts Illegales getan. Mit einer gehörigen Portion Wut im Bauch fühlte ich mich besser gewappnet, ihm beim Mittagessen gegenüberzusitzen.

Nachdem wir beide ein Schinken-Käse-Sandwich ausgewählt hatten, setzten wir uns an einen Bistrotisch in der Ecke der kleinen Snackbar; die einzigen anderen Kunden waren ein paar Gondolieri in gestreiften Shirts, die gerade Pause machten. Ich nahm einen Schluck von meiner Limo.

»Ich kann nicht glauben, dass du so dämlich warst!«, zischte er.

Ich stellte mein Glas ab. »Ich bin mit Steve zu einer Kunstausstellung gegangen, nichts weiter. Ende. Der. Geschichte. Den Moralapostel kannst du also ruhig stecken lassen.«

»Das ist nicht das Ende der Geschichte. Diese Bilder gehen um die ganze Welt, Crystal – ich habe dir erst eins gezeigt.«

Ich schluckte. Ich hoffte – bitte, bitte –, dass der Mantel den Riss verhüllt hatte.

»Du hast echt keine Ahnung, warum ich so sauer bin, stimmt's?« Er riss sein Sandwich in zwei Hälften und biss hinein.

Ich vermutete, dass der Grund dafür vielleicht irgendeine merkwürdige Form von Eifersucht war. Wir hatten uns fast während des gesamten Drehs geküsst und jetzt war ein Foto aufgetaucht, das mich in den Armen eines anderen Mannes zeigte; vielleicht hatte er sich vor den Kopf gestoßen gefühlt. Aber das war doch noch lange kein Grund für einen solchen Auftritt.

»Nicht wirklich. Ich werde mich nicht noch mal mit ihm treffen, wenn du das befürchtest. Ich habe Lily nur einen Gefallen getan.«

»Hast du eigentlich eine Ahnung, wie viele Feinde deine Schwester hat und meine Familie auch?«

Das waren jetzt ganz neue Töne. »Nein, ich hätte gedacht, meine Schwester hat gar keine Feinde. Jeder mag Diamond.«

»Nein, nicht jeder, glaub mir. In Savant-Kreisen ist

bekannt, dass sie genau wie meine Familie auf der Seite der Guten steht. Und es gibt jede Menge Savants da draußen, die uns liebend gern loswerden würden, da wir sie davon abhalten, sich ungestört die Taschen mit Geld zu füllen.«

»Und was hat das mit mir zu tun?«

»Wir haben doch neulich versucht, es dir zu erklären. Zu unserem eigenen Schutz müssen wir möglichst im Hintergrund agieren. Wir zeigen uns nicht unter Nennung von Namen und Aufenthaltsort in den Zeitungen aller Welt, damit auch jeder, der etwas gegen uns hat, uns gleich finden kann.

Ich zuckte mit den Achseln. »Ja und, ich bin einfach nicht dermaßen bedeutend. Wen kümmert's, was ich mache?«

»Du kapierst es einfach nicht, was?«

»Diesen Oberlehrerton kannst du dir sparen. Nein, ich verstehe nicht, welche furchtbare Sünde ich begangen haben soll, indem ich abends auf einer Ausstellung war.« Ich schob mein Sandwich zur Seite. Ausgeschlossen, dass ich heute noch etwas runterbekommen würde. Eine reizvolle Alternative dazu erschien mir die Vorstellung, ihm das Sandwich in den Schlund zu stopfen. Warum bloß war die Beziehung zwischen Xav und mir so … explosiv?

»Im Sommer ist es uns dank Phoenix und Yves gelungen, eine internationale Bande krimineller Savants dingfest zu machen. Das war ein Riesencoup, den wir in London landen konnten, wo sie zusammengekommen waren, um ihre Kartellstrukturen neu zu organi-

sieren. Sie sitzen jetzt in ihren Heimatländern im Gefängnis und warten dort auf ihren Prozess.«

»Das habt ihr aber fein gemacht.« Ich wünschte, es hätte nicht ganz so sarkastisch geklungen; ich bewunderte sie ja wirklich für ihr Tun, aber das einzugestehen fiel mir eben schwer, wenn ich das Gefühl hatte, von oben herab behandelt zu werden.

»Kannst du dir vorstellen, wie sich ihre Leute darüber freuen würden, wenn sie uns das heimzahlen könnten?«

»Deinem unheilschwangeren Orakelton nach zu urteilen lautet die richtige Antwort auf deine Frage wohl ›sehr‹.«

»Trace und Diamond müssen ihre Ehe offiziell registrieren lassen, damit sie rechtsgültig ist. Du kannst dich drauf verlassen, dass jeder Savant, der noch eine Rechnung mit ihr offen hat, versuchen wird, so viel wie möglich über sie und ihre wunden Punkte in Erfahrung zu bringen. Und dann – halleluja – ziehen sie das große Los, weil sich Diamonds beknackte kleine Schwester überall in den Zeitungen präsentiert, zusammen mit der Information, wo genau sie zu finden ist. Da hättest du deiner Schwester ebenso gut ein Fadenkreuz auf die Stirn malen können. Je mehr öffentliches Interesse du mit dieser Modelsache erregst, desto schlimmer wird es.«

Ich stand auf. Diese Unterhaltung war zwecklos. Er war wild entschlossen, mich für die Handlungen anderer verantwortlich zu machen. Er hatte mich noch nicht mal gefragt, ob ich überhaupt daran dachte, mit dem Modeln weiterzumachen; er ging einfach davon

aus. Dabei hätten mir ein guter Rat und ein bisschen Anteilnahme sehr geholfen, wo ich doch dermaßen durch den Wind war.

»Danke fürs Zuhören, Xav. Weißt du, es ist wirklich toll, wie du versuchst, dich in mich hineinzuversetzen. Ich meine, du musst nicht glauben, dass mir gestern tierisch die Muffe gegangen ist, als sich diese Reportermeute auf mich gestürzt hat. Und wie schön, dass du nicht von mir verlangst, mein Leben so zu gestalten, dass es deiner Familie möglichst wenig Unannehmlichkeiten bereitet.« Ich warf ein paar Euromünzen auf den Tisch. »Ich muss jetzt wieder zurück.«

Xav stand auf. »Crystal, wir sind noch nicht fertig.«

Ich warf ihm einen letzten langen Blick zu und verfluchte insgeheim, dass ich mich dermaßen zu ihm hingezogen fühlte, wenn er in meiner Nähe war. Meine Gefühle für ihn manövrierten mich in eine ausweglose Situation.

»Ich glaube aber schon.«

In den darauffolgenden Tagen fühlte ich mich zu Hause wie ein Außenseiter, wie ein Kind, das in die Ecke gestellt worden war, weil es den ungeschriebenen Kodex der Savants gebrochen hatte. Auch meine Familie war von meinem Pressedebüt alles andere als begeistert. Meine Schwestern, einschließlich der Braut in spe, nannten mich unverantwortlich und warfen mir vor, ich würde die Hochzeit und ihrer aller Sicherheit aufs Spiel setzen. Meine Mutter hatte mich zum ersten Mal seit einer Ewigkeit angerufen, um mir den Marsch

zu blasen. Hauptsächlich beklagte sie den Schaden, den der gute Familienruf durch mich genommen hatte; anscheinend hatte die Brook-Familie in Savant-Kreisen bislang stets als äußert diskret gegolten. Wenigstens meine Brüder Steel und Peter machten sich Sorgen, dass mich dieser Mann, der deutlich älter war als ich, womöglich nur ausnutzen wollte; ihre Standpauke machte mir nichts aus, denn im Grunde waren sie auf meiner Seite und scherten sich nicht weiter um die öffentliche Aufmerksamkeit, die ich erregt hatte. Gewiss, ich hatte ein paarmal Reportern ausweichen müssen, die vor dem Geschäft herumgelungert hatten in der Hoffnung, mich ein weiteres Mal zusammen mit meinem angeblichen Freund ablichten zu können; aber als Profis wussten sie, wie der Hase lief, und als Steve sich nicht blicken ließ, beschlossen sie, als Nächstes eine Story über unsere »turbulente Trennung« zu bringen. Dafür gaben sie sich auch mit ein paar Fotos zufrieden, auf denen ich mein Gesicht hinter einer Sonnenbrille verbarg oder mich im Vorbeigehen hinter hochgehaltenen Einkaufstüten versteckte.

Die allgemeine Stimmung war nicht gerade die beste für einen ausgelassenen Junggesellinnenabschied. Contessa Nicoletta war unglaublich großzügig gewesen: Sie hatte eine erstklassige Band engagiert, damit wir nach dem Essen tanzen konnten, und ihr Koch war eindeutig ein Genie. Er hatte mir ein paar Kostproben in den Laden gebracht, die mir förmlich auf der Zunge zergingen. Der venezianische Haarschmuck und die filigranen Halbmasken, die Signora Carriera und ich

entworfen hatten, waren auch schon fertig. Die Idee war gewesen, eine exklusive Version der üblichen Kostüme von Junggesellinnenabschieden zu kreieren, also statt Kurzbrautschleier, rosa Tiaras und Elfenflügeln, mit denen man zuweilen die feiernden Mädchen vor der Hochzeit durch die Straßen ziehen sah, hatten wir Fantasiekostüme mit strassbesetzten Engelsmasken, Glasschmuck und für Diamond eine spezielle Krone mit einem Wasserfall aus Seide erschaffen. In Kombination mit den Abendkleidern würden wir bestimmt atemberaubend aussehen und wunderbar in die Umgebung der erlesensten Insel der Lagune passen.

Die Gäste aus Übersee waren inzwischen eingetroffen. Wir hatten ganz in der Nähe unserer Wohnung das Hotel Calcina gebucht, mit Blick aufs Wasser, da wir nicht genug Platz hatten, um alle Leute bei uns unterzubringen. Ich war erleichtert, als Xav und Trace zu ihren Brüdern ins Hotel zogen und Sky das Gästezimmer überließen. Traces Mutter Karla und Phoenix wohnten mit ihren Männern im Hotel, verbrachten aber die meiste Zeit des Tages bei uns, da die Jungs noch eifrig an ihrem Partyprogramm bastelten. Unsere älteren Schwestern und unsere Mutter konnten aufgrund von schulischen und großmütterlichen Verpflichtungen nicht an der Party teilnehmen, würden aber ein paar Tage vor der Hochzeit anreisen. Und so setzten sich die Partygäste hauptsächlich aus Diamonds italienischen Freundinnen zusammen – und davon gab es reichlich. Sie war schon immer sehr beliebt gewesen.

»Okay.« Ich legte meinen Planungsordner vor Sky und Phoenix auf den Tisch. Karla und Diamond waren zu einem Einkaufsbummel aufgebrochen, doch die beiden Mädchen hatten seltsamerweise lieber hierbleiben wollen, leise vor sich hin murmelnd, dass sie kein Risiko eingehen wollten, wo sie doch schon zwei so tolle Kleider im Koffer hatten. »Würdet ihr mir dabei helfen, heute Abend alle in Position zu bringen?«

»Klar.« Sky gähnte und rieb sich die Augen. Sie war noch immer im Schlafanzug und ihre blonden Locken standen ihr in alle Richtungen vom Kopf ab. Süße siebzehn – sie war einfach zum Anbeißen. Jedes Mal, wenn ich Zed und sie zusammen sah, spürte ich, dass er genau wusste, was für ein Glückspilz er war. »Willst du uns denn gar nicht den neuesten Klatsch erzählen, jetzt, wo die anderen weg sind?«

Ich blätterte in dem Ablaufplan für heute Abend. »Klatsch?«

Phoenix lachte – ein befremdlich raues Lachen für ein Mädchen, das aussah wie eine hübsche kleine Elfe; die langen dunklen Haare zum Undercut geschnitten. Sie war mit dem geistigen Überflieger des Benedict-Clans verheiratet, den sie als ihren Clark Kent bezeichnete. Ich wusste genau, was sie meinte: Jedes Mädchen mit ein bisschen Geschmack fand Clark Kent weitaus attraktiver als den Unterhosen tragenden Superman, in den er sich verwandelte; Yves ließ den Musterschüler verflucht sexy aussehen: »Du brauchst gar nicht zu versuchen, der Frage auszuweichen, Crystal. Wir reden von *der* Story – du und Steve Hughes.«

»Falls ihr mich deshalb fertigmachen wollt, stellt euch gefälligst hinten an.«

Phoenix schnaubte verächtlich. »Fertigmachen? Das soll ja wohl ein Witz sein?«

»Du machst *mich* fertig«, warf Sky ein. »Ich kann's nämlich nicht fassen, dass jemand, den ich kenne, mit dem heißesten Filmstar des Universums ausgegangen ist!«

Es tat dermaßen gut, dass sie mich weder verurteilten noch niedermachten, dass mir ein bisschen nach Weinen zumute war.

»In Wahrheit ist er gar nicht so heiß«, nuschelte ich und angelte mir ein Taschentuch.

»Oh Mann, deine Farben sehen ganz traurig aus«, sagte Sky und nahm mich in die Arme. »Was war denn los, Crystal? Was hat Steve gemacht?«

Ich probierte ein Lachen, aber es blieb mir im Hals stecken wie eine Gräte. »Mit Steve hat das nichts zu tun. Er war eigentlich ganz okay, vielleicht ein bisschen zu selbstverliebt. Aber wer kann ihm das verübeln? Ich meine, er ist megaberühmt und ich bin … na ja, ich bin ich.«

Phoenix schenkte mir Kaffee nach. »Dann hat dir wohl einer von uns so zugesetzt?«

»Nicht einer – alle.«

Phoenix' Blick verschleierte sich. Sie drang mithilfe ihrer Fähigkeit in meine Gedanken ein, um mehr über die Ereignisse der letzten Tage zu erfahren. Noch einen Schritt weiter und sie hätte nach meinen Mentalmustern greifen und mich paralysieren können, was so an-

mutete, als würde die Zeit stillstehen, aber das war jetzt gar nicht ihre Absicht. »Xavier Benedict, du bist ein Idiot!«

Sky kniff die Augen zusammen. »Was hat sich der Scherzbold denn jetzt schon wieder geleistet?«

Ich räusperte mich. »Ich glaube, zu dem Zeitpunkt war er nicht zu Scherzen aufgelegt. Er hat mich zusammengestaucht, weil ich die Familie in Gefahr gebracht habe.«

»Häh? Ich verstehe ja, dass deine Familie meint, dazu ein paar Takte sagen zu müssen, aber Xav? Ihr steht ja in keinem engen Verhältnis zueinander – er ist ein Bruder deines Noch-nicht-Schwagers.«

Ich zerbröselte mein Croissant. »Na ja, er und ich … ach, das ist kompliziert.«

Skys Miene hellte sich auf und sie grinste schelmisch. »Kompliziert? Phoenix und ich mögen es kompliziert.«

»Wir haben uns den ganzen letzten Sonntag geküsst …«

»Was!«, kreischte Sky.

»Nein, nein, nein, nicht so; für die Kameras … als Komparsen in dem Steve-Hughes-Film.«

»Ah, doch ein etwas engeres Verhältnis, also.« Phoenix lächelte mich an.

Beichtstunde. »Es war irgendwie etwas ganz Besonderes, aber gleichzeitig total seltsam. Wir haben uns gewissermaßen angefreundet und er hat mir diese Steve-Hughes-Geschichte total krummgenommen.«

»Jetzt ist alles klar.« Sky verschränkte ihre Arme vor

der Brust und tauschte Blicke mit Phoenix. »Xav gefällt es nicht, sein Mädchen in den Armen eines Mannes zu sehen, der ihn in den Schatten stellt.«

»Oh, Steve stellt Xav nicht in den Schatten; erstens hat er nicht Xavs Sinn für Humor …«

»Ach, tatsächlich?« Phoenix konnte sich kaum noch das Lachen verkneifen. »Xav ist besser als ein Schauspieler der Spitzenklasse? Weiß er eigentlich, dass du so denkst? Vielleicht würde er dann wieder runterkommen und aufhören, sich wegen ein paar blöder Fotos wie ein Vollpfosten aufzuführen.«

»Du glaubst … er ist eifersüchtig?«

»Verdammt noch mal, ja, Zuckerpuppe.« Sie ahmte Xavs Tonfall nach und ich musste lächeln.

»Aber wir sind … ihr wisst schon … keine Seelenspiegel oder so. Ich bin nicht in der Lage, telepathisch zu kommunizieren, also kann ich das Thema sowieso ein für alle Mal vergessen.«

»Oh Crystal, das ist ja schrecklich.« Sky machte ein bestürztes Gesicht. »Uns war klar, dass du Telepathie unangenehm findest, darum verzichten wir auch drauf, wenn du dabei bist, aber ich hatte keine Ahnung, dass es so schlimm ist.«

»Ich fürchte, ja. Als Savant bin ich ’ne Niete.«

Phoenix riss wütend die Augen auf. »Du bist keine Niete, Crystal Brook! Sag so was nie wieder!«

»Okay, okay«, lachte ich und nahm beschwichtigend die Hände hoch. »Die Botschaft ist angekommen. Aber ich laufe trotzdem nur auf Sparflamme. Xav glaubt, dass mit mir was nicht stimmt. Er möchte nach der

Hochzeit versuchen, Genaueres herauszufinden – falls er dann überhaupt noch mit mir spricht.«

Skys Stimmung hob sich, als sie das hörte. »Auf eine Sache ist Verlass: Selbst wenn er stinksauer auf dich sein sollte, er wird dir auf jeden Fall helfen wollen. Ihm steht das Wort ›Heiler‹ förmlich auf die Stirn geschrieben.«

»Wow, dann kann ich mich ja schon mal drauf freuen …«

Phoenix nahm mir meine Listen aus der Hand.

»Dann wollen wir uns mal an die Arbeit machen. Was sollen wir tun?«

Kapitel 9

»Crystal, ich möchte mich bei dir entschuldigen, dass ich jemals daran gezweifelt habe, dass du einen fantastischen Junggesellinnenabschied auf die Beine stellen kannst.« Diamond stand auf dem Balkon, der Contessa Nicolettas Garten überblickte. Schlanke, hochgewachsene Zypressen säumten zu beiden Seiten den Weg, ein Ehrenspalier für die letzten Gäste, die gerade am Anleger festmachten; ihr Lachen schallte zu uns herauf, während wir darauf warteten, sie in Empfang zu nehmen. Meine Schwester sah bildschön aus in dem silbernen Abendkleid und mit unserem kleinen Brautkrönchen auf dem Kopf. Ich selbst hatte mir ein schulterfreies blaues Seidenkleid genäht und fühlte mich darin auch ganz besonders – obwohl ich ein bisschen fröstelte.

Merke: Für die nächste Party im Winter kreiere ein Kleidungsstück mit Ärmeln.

»Mit der Unterstützung der Contessa war's ein Kinderspiel. Welche Art von Begabung hat sie eigentlich? Ich weiß echt nur sehr wenig über sie.«

Diamond nestelte an ihrem Armband, in dessen Edelsteinen sich der Widerschein der Fackeln spiegelte, die rechts und links vom Eingang in einer Halterung steckten. Die züngelnden Flammen unterstrichen den maroden Charme des bröckligen Steingebäudes. Alle Häuser in Venedig stehen vor dem Zerfall; das liegt am Meeresklima. Für Hausbesitzer wie unsere Gastgeberin war es immer ein Wettlauf gegen die Zeit, was schneller kam: die Instandsetzung oder der Zusammenbruch.

»Ich weiß, dass sie eine mächtige Telepathin ist, aber ich habe den Eindruck, dass sie ihre Begabung mittlerweile nicht mehr oft benutzt. Sie hat einen Sohn, ich glaube, er ist auch ein Savant, und Enkelkinder. Sie behauptet, sie ist zu alt, um noch mitzumischen und dass sie das lieber der jüngeren Generation überlässt. Sie hat mir einmal erzählt, dass sie einfach nur noch ihre Position in der venezianischen Gesellschaft genießen will, doch dafür muss sie nicht ihre Begabung bemühen, sondern kluge Investitionen tätigen, was bei der derzeitigen Wirtschaftslage eine Vollzeitbeschäftigung ist.«

Mir gefiel Contessa Nicolettas Lebensauffassung. Ich würde sie später fragen, was ich tun könnte, wenn auch ich in puncto Savant-Mächte nicht ›mitmischen‹ wollte. Ihre Erfahrung, dass man seine Savant-Gaben nicht einsetzen musste, selbst wenn man welche besaß, könnte für meine spezielle Situation sehr hilfreich sein.

»Hey Diamond, das ist einfach … unglaublich!«, rief Anna, eine von Diamonds engsten Freundinnen. Sie

hastete die Stufen herauf und schloss meine Schwester fest in die Arme. »Herzlichen Glückwunsch!«

»Danke, aber das ist alles Crystals Werk«, sagte Diamond.

Anna küsste mich auf die Wangen. »Ich wünschte, ich hätte eine kleine Schwester wie dich. Meine befindet sich noch immer im Larvenstadium.«

Ich reichte Anna ihre Maske und das Haarteil. »Hier, für dich.«

»Mann, das ist großartig! Das wird die beste Party aller Zeiten!« Sie eilte fort ins Foyer, um ihren Kostümschmuck anzulegen.

Alle Gäste waren total begeistert von den ungewöhnlichen Party-Accessoires. Signora Carriera hielt sich im Hintergrund und ließ mich das ganze Lob einheimsen, aber ich beobachtete, wie sie unsere handgefertigten Stücke mit zufriedenem Kennerblick beäugte. Meine Chefin glänzte in einem bodenlangen smaragdgrünen Kleid mit passender Jacke. Sie hatte sich bereits mit der Bräutigammutter, Karla, angefreundet, die wundervoll aussah in ihrem roten, vielleicht einen Tick zu üppig gerüschten Flamenco-Kleid, das an ihre südländische Herkunft erinnerte. Skys blaues Kleid war eine Nuance dunkler als meins und Phoenix trug ein feuriges Orange, das toll zu ihrem hellen Teint und dem dunklen Haar passte.

Ich klopfte mir selbst auf die Schulter: Nach einer schwierigen Woche versprach wenigstens der Junggesellinnenabschied ein voller Erfolg zu werden.

Ein Gong ertönte im Foyer.

»Das Dinner ist serviert«, verkündete der Butler.

Diamond seufzte. »Oh Mann, ich wünschte, ich hätte auch so einen, der die Mahlzeiten ankündigt. Er lässt es so bedeutend klingen.«

»Na, das ist auch was Bedeutendes! Du hast noch nicht Luigi, den Koch, kennengelernt.«

»Du meinst doch nicht etwa Luigi, der's scharf macht, aber nicht zu scharf?«

»Genau den.« Ich lächelte bei dem Gedanken an unser albernes Herumgeflachse von vor ein paar Tagen. Ich wünschte, ich könnte diese Leichtigkeit zwischen Xav und mir wiederherstellen, aber dafür war zu viel kaputtgegangen. »Ich frage mich, wie's wohl den Jungs mit der exotischen Lola so ergeht.«

Diamond fasste mich am Arm, um mich ins Haus zu ziehen. »Viel Glück für sie. Das hier können sie nicht toppen.«

Der Abend verlief genau so, wie ich es erhofft hatte. Das Essen war erstklassig. Was immer Contessa Nicoletta diesem Mann auch zahlte, damit er ihr die Küche schmiss, er war jeden Penny wert. Die Band war auch überraschend gut. Ich hatte geglaubt, die Contessa würde eher eine Kombo mit betulichem Standardrepertoire engagieren, aber sie hatte Diamond richtig eingeschätzt und Musiker angeheuert, die ein Arrangement moderner Pop- und Jazzmusik brachten. Die Band lag genau richtig mit ihren Hits, die wir alle mitsingen konnten und zu denen wir übermütig tanzten, ohne Jungs in der Nähe, die uns beim Rumkaspern

zuschauten. Ich genoss das alles in vollen Zügen; seit meinem Umzug nach Venedig, bei dem ich meine alten Freunde zurückgelassen hatte, war mir glatt entfallen, was für ein Spaß das war, mit den Mädels einen draufzumachen.

Es schien kaum Zeit vergangen zu sein, als das Motorboot um Mitternacht festmachte und anfing, die Gäste hinüber nach Venedig zu schippern. Wir verließen die Insel in umgekehrter Reihenfolge unseres Kommens: italienische Freunde zuerst, Familie als Letztes.

Signora Carriera umarmte mich herzlich, bevor sie für die zweite Überfahrt an Bord ging. »Das hast du ausgezeichnet gemacht, Crystal. Du kannst stolz auf dich sein.«

»Danke.«

»Wir sehen uns am Montag, spätestens.« Sie konnte es sich einfach nicht verkneifen, mich an die Arbeit zu erinnern, aber im Moment war mir das egal. Mittlerweile freute ich mich stets auf die kreative Atmosphäre ihres kleinen Ladens. Zu sehen, dass die Dinge, die wir hergestellt hatten, dermaßen fantastisch an den Mädels ausschauten, war wahnsinnig befriedigend.

Contessa Nicoletta lud die restlichen Familiengäste in ihr privates Wohnzimmer ein, während wir auf die Rückkehr des Shuttleboots warteten. Ihr Butler servierte uns Getränke und wir machten es uns auf ihren antiken Sitzmöbeln bequem – allerdings nicht zu sehr. Aus Angst, einen ihrer zierlichen Stühle zu zerbrechen, schlenderte ich zum Piano, um mir die Sammlung von Familienfotos anzuschauen. Wie Diamond es

gesagt hatte, hatte die Contessa einen Sohn. Es gab jede Menge Fotos von ihm, die ihn mit seiner Familie oder bei den verschiedensten Aktivitäten zeigten: segeln, Ski fahren, in einem Dinnerjacket draußen vorm Opernhaus; eine ziemliche Sportskanone, obwohl er bestimmt schon fünfzig war.

Die Contessa stellte sich zu mir ans Piano, ihre blau geaderte Hand umfasste den Knauf ihres Gehstocks.

»Erkennst du ihn?«, fragte sie.

»Nein, aber ich vermute, das ist Ihr Sohn.«

»Ja, Alfonso. Er ist der Graf von Monte Baldo.«

»Lebt er in Venedig?«

Sie schniefte kurz. »Früher ja.«

»Oh, wo ist er denn jetzt?« Ich überlegte, ob sie traurig darüber war, dass ihr einziges Kind sie im Alter allein gelassen hatte.

»Er sitzt im Gefängnis.«

O-ha! »Tut mir leid.«

»Das ist nicht deine Schuld, Crystal.« Sie ließ ihre wachen Adleraugen über die Köpfe im Raum hinwegschweifen, als würde sie den Verantwortlichen suchen. »Er hatte einfach nur Pech.«

Ich fand es höchst aufschlussreich, dass sie nicht gesagt hatte, er sei unschuldig, doch es wäre der Gipfel an schlechtem Benehmen, wenn ich ihre großzügige Gastfreundlichkeit mit bohrenden Fragen erwidern würde. Es gab ja immer noch Google, um mehr über ihren Sohn in Erfahrung zu bringen. Ein Graf von Monte Baldo, der wegen einer Straftat ins Gefängnis musste, war sicher nicht unbemerkt geblieben, egal, wo sich der

Vorfall ereignet hatte. Ich hielt es jedenfalls für taktvoller, das Thema zu wechseln.

»Contessa Nicoletta, ich wollte Sie schon die ganze Zeit etwas fragen: Wie sind Sie zurechtgekommen, ohne Ihre Begabung zu benutzen?«

»Wie meinst du das?« Die alte Dame rückte den Fotorahmen, den ich ein kleines Stück von der Stelle bewegt hatte, wieder zurecht.

»Na ja, meine Begabung ist absolut lächerlich und ich bin nicht in der Lage, telepathisch zu kommunizieren.«

»Ach nicht?« Sie musterte kurz mein Gesicht. »Könnte problematisch werden.«

»Oh, das ist es bereits. Mir wird speiübel, sobald ich es probiere. Diamond hat erzählt, dass Sie, auch ohne Ihre Savant-Fähigkeiten zu benutzen, prima durchs Leben kommen. Ich habe mich gefragt, ob Sie vielleicht einen Rat für mich haben, denn wie es aussieht, sitzen wir beide im selben Boot, ich allerdings nicht freiwillig.«

Ich bereute meine Worte sofort. Die Contessa kniff die Lippen zusammen und in ihren Augen spiegelte sich etwas, was aussah wie Abscheu. Schlagartig fühlte ich mich mehrere Hundert Jahre zurückversetzt und wusste auf einmal genau, was in einem Bauern vorgegangen war, der den Zorn der Gräfin erregt hatte.

»Wir sitzen nicht im selben Boot, Crystal. Diamond hat unrecht. Ich benutze meine Fähigkeiten ständig – aber das wirst du noch herausfinden. Die Leute vergessen bloß, dass ich diese Fähigkeiten besitze – das ist der Unterschied.«

Mir war ihr Verhalten ein bisschen unheimlich. Ich beschloss, wieder zu meiner Schwester zurückzugehen. »Tut mir leid, wenn ich Ihnen zu nahe getreten bin, Contessa. Das erklärt natürlich alles.«

Ihre klauenartige Hand umfasste meinen Oberarm. »Geh nicht. Der beste Teil kommt gleich noch. Das willst du dir auf keinen Fall entgehen lassen.«

»Was passiert hier?« Ich blickte auf und sah, dass sich der Diener und der Butler an den Türen postiert hatten.

»Mein Sohn ist dank der Benedicts in London festgenommen worden. Ein Graf von Monte Baldo in einem italienischen Gefängnis – das ist nicht hinnehmbar! Diamond hat mir zur perfekten Rache verholfen.«

Mehr brauchte ich nicht zu hören.

»Diamond!«, schrie ich und riss mich von der alten Dame los. »Hau ab!«

»Dafür ist es zu spät.« Die Contessa gab dem Diener ein Zeichen, dass dieser mich festhielt.

»Crystal, was ist denn los?« Diamond wollte zu mir kommen, aber der Butler stellte sich ihr in den Weg und schubste sie zurück auf ihren Stuhl. Diese beiläufige Geste der Gewalt wirkte wie ein Schock nach diesem eleganten Abend.

Die Contessa zeigte mit ihrem Gehstock auf Diamond, Sky, Phoenix und Karla. »Mein Preis steht fest. Ihre Seelenspiegel für die Freiheit meines Sohnes. Wir haben vier von ihnen in unserer Gewalt. Die Benedicts werden alles dafür geben, um sie zurückzubekommen.«

»Die Frau ist wahnsinnig!«, stotterte Karla. »Phoenix,

Sky, tut doch etwas!« Sie schloss die Augen, um einen telepathischen Notruf an ihren Mann abzusetzen.

»Zu spät!«, erklärte Contessa Nicoletta. »Viel zu spät.« Sie legte sich die Hände an die Schläfen und ich spürte die Kraftwelle, die von ihr ausgehend den Raum überspülte. Ich ging auf die Knie nieder: Sie führte eine Art telepathischen Angriff aus, drängte sich gegen unseren Geist wie eine Flutwelle. Die Contessa packte den Haarknoten an meinem Hinterkopf und zog mich zu sich herum.

»Als ich jünger war, Kind, habe ich mich selbst die Eliminiererin genannt. Du wirst dich nicht mehr daran erinnern, warum.«

Dunkelheit.

Kapitel 10

Ich erwachte, als mir eine Welle aufs Gesicht schwappte. Dummerweise nahm ich einen Schluck davon, rollte seitwärts auf meine Knie und spuckte Meerwasser, Kies und Muschelreste aus.

Himmel, war mir kalt!

Ich rieb mir die nackten Arme und schlang sie mir um den Körper.

Wo war ich? Oder um's genau zu sagen: Wie war ich hierhergekommen?

Ich öffnete meine brennenden Augen und sah einen schlammigen Strand, der sich vor mir erstreckte, und dahinter niedrige Dünen mit rötlichem Seegras, einen kahlen bleigrauen Himmel. Meine einzige Gesellschaft waren Seevögel. Eine riesige Möwe pickte ein paar Meter weiter an einer leeren Krabbenschale und ließ sich nicht stören von der Fremden im blauen Abendkleid, die in ihr Revier vorgedrungen war. Ich roch wirklich seltsam – fischig, und das lag sicher nicht am Parfüm, das ich gestern Abend aufgelegt hatte.

Diamonds Party. Bruchstückhaft kehrte die Erinnerung zurück. Mach schon, Gehirn, komm in die Gänge! Ich hatte natürlich gewusst, dass es bei den Partys vor der Hochzeit ziemlich wild zugehen konnte, mit viel zu viel Alkohol und einem Bräutigam, der sich auf dem Markusplatz nackt an eine Säule gefesselt wiederfand oder ohne Rückflugticket im Flieger nach Rom, aber das hier ergab überhaupt keinen Sinn. Ich konnte mich nicht daran erinnern, etwas Alkoholisches getrunken zu haben – ich war viel zu beschäftigt damit gewesen, für einen reibungslosen Ablauf zu sorgen. Diamond war ganz sicher nicht die Sorte von Schwester, die zum Spaß meine Drinks mit Alkohol gepimpt hatte, um mich dann allein an einem Strand zurückzulassen.

Ich blickte mich suchend nach irgendwelchen Anhaltspunkten um. Ich wusste, dass die Nacht in Venedig begonnen hatte. Und das Meer vor mir sah auch aus wie die Adria. Vielleicht hatte ich mich gar nicht so weit entfernt? Vielleicht befand ich mich ja auf einer der Barriereinseln, war an einem verlassenen Teil des Lidos gestrandet?

Aber auf dem Lido wohnten viele Menschen. Es gab dort sogar Straßen, Autos und einen Busservice. Ich konnte keine Gebäude sehen, geschweige denn eine Haltestelle.

Okay, jetzt bekam ich es mit der Angst zu tun. Das hier kam mir nicht vor wie ein aus dem Ruder gelaufener Junggesellinnenabschiedsscherz. Das hier fühlte sich an, als hätte ich Schiffbruch erlitten. War das Mo-

torboot auf dem Nachhauseweg von der Insel der Contessa gesunken? War ich die einzige Überlebende?

Als ich jünger war, Kind, habe ich mich selbst die Eliminiererin genannt. Du wirst dich nicht mehr daran erinnern, warum.

Oh mein Gott, ich erinnerte mich doch noch! Die Contessa war vollkommen durchgedreht, um Rache für ihren Sohn zu üben. Diese kleine Frau hatte den größten Telepathie-Coup gelandet, den ich je miterlebt hatte. Wir waren alle k.o. gegangen.

Aber mein Gedächtnis war nicht eliminiert worden – bloß betäubt –, vermutlich weil ich mich gewohnheitsmäßig massiv gegen Telepathie abgeschirmt hatte. Ich wusste genau, wer ich war, aber nicht, warum ich hier lag oder wo ich mich genau befand.

Ich beschloss, mich in Bewegung zu setzen – entweder das oder ich würde mich in einen Eiszapfen verwandeln. Ich krabbelte die Düne hinauf und der Saum meines Seidenkleids blieb an einem Stück metallenen Strandguts hängen. Es fiel mir schwer auszublenden, wie furchtbar kalt mir war.

Ganz oben auf der Düne bot sich ein guter Aussichtspunkt und ich sah, dass die Insel winzig war – ein Paradies für Wildvögel und mehr nicht. Auf der einen Seite erstreckten sich die ausgedehnten Wattflächen der Lagune in Richtung Festland. Auf der anderen Seite sah ich nichts außer dem Meer und der Silhouette eines Tankers, der zur nahe gelegenen Erdölraffinerie unterwegs war. Am Ende der Lagune konnte ich die Stadt Venedig als einen Fleck im Wasser ausmachen. Aus

irgendeinem Grund hatte man mich im Nordwesten ausgesetzt, mitten im salzigen Marschland, dort, wohin sich nur Jäger und Fischer verirrten. Früher oder später würde jemand hier aufkreuzen, aber ich konnte nicht warten, bis mich ein Tagesausflügler rettete. Vielleicht rannte den anderen ja bereits die Zeit davon.

Warum war ich überhaupt ausgesetzt worden? Das Erste, was ich tun würde, wäre doch, nach Hause zurückzukehren und Alarm zu schlagen.

Und da fiel es mir wie Schuppen von den Augen, dass die Gräfin genau darauf spekulierte. Das hier war eine Geiselnahme und ich war sozusagen der Brief mit der Lösegeldforderung. Man hatte mich weit genug von zu Hause weggeschafft, damit es mehrere Stunden dauern würde, bis ich zurückkehrte und der Contessa genug Zeit bliebe, ihre Gefangenen woanders hinzubringen. Als Geisel hatte ich keinen Wert, da ich keinen Seelenspiegel besaß; ich war verzichtbar gewesen. Vermutlich war es ihr sogar egal, ob ich es vor dem Erfrierungstod noch nach Hause schaffte oder nicht. Und ich hatte ihr auch noch auf die Nase gebunden, dass ich nicht telepathisch kommunizieren und so keinen Alarm auslösen konnte; sie hatte mein Vertrauen schamlos ausgenutzt.

Wut stieg in mir auf und mein adrenalingepeitschtes Blut schickte eine willkommene Wärme in meine Finger und Zehen. Ich würde mich nicht tatenlos ihren Plänen beugen. Sie hatte Zeit gewinnen wollen und die würde ich ihr nicht geben. Ich würde die Benedicts alarmieren, selbst wenn das bedeutete, dass

ich mir hier am Strand die Seele aus dem Leib reihern müsste.

Ich tauchte in meinen Geist ein. Ich hatte echt keine Ahnung, wie Telepathie funktionierte, und erst recht nicht über eine solche Distanz hinweg. Ich wusste allerdings, wie ich die Sendungsrichtung bestimmen konnte, was bestimmt nützlich war.

Finde mein Zuhause, sagte ich meinem Gehirn.

Aber in meinem Kopf war diesmal alles anders als beim letzten Mal. Dieser ganze Kram – Gedanken, Habseligkeiten, irgendwelches Zeugs – wirbelte nicht mehr in einer Wolke umher, sondern schoss pfeilartig in eine Richtung. Irgendwie hatte die Attacke der Contessa die Abschirmung in meinem Geist durchschlagen und ihn völlig neu angeordnet. Ohne dass mir übel wurde, konnte ich der angezeigten Richtung folgen, so als würde ich eine gut markierte Piste hinuntersausen. Ich wusste nur nicht, was da am Ende auf mich wartete.

Hallo?

Was zum …? Uah! Bist du das, Zuckerpuppe?

Xav! Oh mein Gott, Xav!

Was machst du denn da? Dir wird doch schlecht, wenn du per Telepathie mit mir sprichst! Dann folgte ein Schwall von Kraftausdrücken, die nicht deutlich übertragen wurden. *Du bist mein Seelenspiegel, stimmt's? Ich wusste, dass du's bist*. Ich konnte den Jubelausbruch am anderen Ende erspüren, die überschäumende Freude. *Na dann, Zuckerpuppe: Mach, dass du herkommst, denn wir beide müssen jetzt ohne Ende knutschen, knuddeln und Pläne schmieden.*

Ich konnte seine Freude im Moment nicht teilen – dieses Gefühlsknäuel musste ich vorerst ins Regal stellen, um es mir dann später genauer anzusehen. Xav – mein Seelenspiegel. Mein Hirn konnte das gerade nicht verarbeiten. Zu durchgefroren – zu geschockt.

Sei mal bitte kurz still, Xav. Hör mir einfach nur zu. Ich will dir etwas Wichtiges sagen.

Er lachte. Ein telepathisches Lachen ist wunderschön; wie ein zartes Klingeln. Das hatte ich nicht gewusst. *Ach Mensch, meine Schöne, wir werden so viel Spaß haben. Das bringst echt nur du, mir auf diese Entdeckung hin erst mal den Mund zu verbieten.*

Nein, ich mein's ernst. Das ist ein Notfall.

Ich merkte, wie seine Stimmung sofort umschlug. Verschwunden war der frotzelnde Junge; am anderen Ende der Verbindung war jetzt jemand, auf den ich mich hundertprozentig verlassen konnte. *Was ist passiert? Geht's euch allen gut? Brauchst du mich? Die Jungs und ich, wir haben uns schon gewundert, warum ihr noch nicht zurück seid.*

Ach, eigentlich müsste ich jetzt lang und breit ausholen, aber die Kurzversion lautet: Contessa Nicoletta ist die Mutter von jemandem, den ihr in London dingfest gemacht habt.

Mr Rom? Ich kenne nicht alle Namen der Kerle, die wir geschnappt haben, aber es war ein Italiener dabei.

Am Ende des Abends hat sie sich plötzlich in eine Art Racheengel verwandelt – total durchgeknallt. Sie hat die anderen als Geisel genommen – Diamond, deine Mutter, Sky und Phoenix.

Was?!

Sie will die Freilassung ihres Sohnes erpressen.

Aber du bist nicht bei ihnen? Wo steckst du? Bist du in Sicherheit?

Mir geht's gut, aber ich weiß nicht genau, wo ich bin. Höchstwahrscheinlich sitze ich auf einer Insel in der Nähe von Torcello fest – das ist der wilde Teil der Lagune.

Ein kleines Motorboot kam in mein Blickfeld und hielt auf mich zu. Das schäumende Kielwasser hinterließ eine weiße Spur im schlammigen Wasser. *Ich kann ein Fischerboot sehen, das sich dem Ufer nähert. Ich schau mal, ob ich auf mich aufmerksam machen kann.*

Falls das nicht klappt, schicke ich dir ein Boot, allerdings wärst du schneller wieder hier, wenn sie dich mitnehmen würden. Ich sage den anderen Bescheid. Victor und Trace wissen bestimmt, was zu tun ist. Komm bitte sofort zurück.

Jawohl, Sir.

Crystal, du und ich … das sind tolle Neuigkeiten, richtig tolle Neuigkeiten!

Obwohl wir uns ständig zoffen?

Vor allem, weil wir uns ständig zoffen.

Der Bootsführer war genauso überrascht wie ich, dass ich auf dieser Insel gestrandet war. Er zog seine wasserdichte Jacke aus und legte sie mir galant um die Schultern.

»Wie sind Sie hierhergekommen?«, fragte er. Der Hobbyfischer war ein Banker aus Mailand, der mit einem derartigen Vorfall während seines kleinen An-

gelausflugs nicht gerechnet hatte. Er setzte mir seine Strickmütze auf und zog sie mir über die kalten Ohren.

»Ich war Gast bei einer Party, die aus dem Ruder gelaufen ist.«

Er schnalzte mit der Zunge und schüttelte den Kopf. »Ich habe eine Tochter in Ihrem Alter.« Er legte den Rückwärtsgang ein und setzte zurück. Beim Sprechen gestikulierte er mit den Händen wie ein Dirigent, der vor einem Orchester stand. »Ich warne sie ständig, dass sie aufpassen soll, mit wem sie sich abgibt. Junge Leute können manchmal wirklich dumm sein und schnell in schlechte Gesellschaft geraten!«

Gern hätte ich ihn darauf hingewiesen, dass die ›schlechte Gesellschaft‹, in der ich mich befunden hatte, eine über Achtzigjährige war, aber diese Erklärung hätte wohl zu weit geführt. Ich wollte nur, dass er mich so schnell wie möglich nach Hause brachte.

»Tut mir leid, dass Sie wegen mir jetzt einen dermaßen großen Umweg machen müssen.«

»Kein Problem. Passiert ja nicht alle Tage, dass ich eine Meerjungfrau aus der Lagune fische.«

Mein freundlicher Retter setzte mich am Anleger in der Nähe unserer Wohnung ab.

»Da hat Sie jemand anscheinend schon vermisst«, sagte er und deutete auf Xav, der mit einer Decke in der Hand an der Rampe zum Ufer wartete. »Hey, junger Mann, sehen Sie zu, dass Sie in Zukunft besser auf sie aufpassen: Sie hätte sich da draußen den Tod holen können!«

»Das ist nicht seine Schuld«, murmelte ich peinlich berührt, dass er Xav Vorwürfe machte. Zum Glück hatte er italienisch gesprochen. »Das war ein Junggesellinnenabschied.«

»Hmpf. Also, was ist bloß aus den jungen Mädchen heutzutage geworden! In meiner Jugend hätte es so was nicht gegeben.« Er warf Xav ein Seil zu und er fing es auf und machte das Boot am Pier fest. »Aufpassen beim Aussteigen, Meerjungfrau.«

Xav streckte sich nach mir aus und zog mich hoch in seine Arme. Er drückte mich dermaßen fest an sich, dass ich kaum noch Luft hatte, um meinem guten Samariter ein ersticktes ›Danke‹ zuzuhauchen.

»Vielen Dank, Sir, dass Sie Crystal zurückgebracht haben.« Xav reichte dem Hobbyfischer die Hand. »Wir würden gern für Ihre Umstände aufkommen – wenigstens für die zusätzlichen Benzinkosten.«

Mein Retter verstand zwar Englisch, lehnte das Angebot aber ab. »Nicht notwendig. Hier ist meine Karte, falls Sie noch irgendwelche Fragen an mich haben sollten. Jemand muss für diese Sache zur Rechenschaft gezogen werden. Sie da draußen zurückzulassen, und das auch noch ohne Jacke, war nicht nur fahrlässig, sondern kriminell.«

Xav steckte die Visitenkarte ein. »Da haben Sie recht. Ich werde dafür sorgen, dass die Verantwortlichen nicht ungeschoren davonkommen.«

Der Hobbyfischer machte die Leinen los und fuhr wieder davon.

»Oje, Xav, wie konnte das alles nur dermaßen schief-

gehen?«, fragte ich. »Das ist meine Schuld, stimmt's? Ich habe die Party organisiert. Aber ich hatte doch keine Ahnung, was sie betrifft.«

»Du bist nicht für jeden bösen Savant verantwortlich, Schatz. Von dem, was du erzählst hast, hatte sie das Ganze doch von dem Moment an geplant, als sie hörte, dass Diamond meinen Bruder heiratet. Das war nichts, was man hätte verheimlichen können.«

Xav wickelte die Decke fester um mich herum, dann hob er mich hoch und trug mich in seinen Armen, so wie er es schon einmal getan hatte.

»Das lässt du dir langsam zur Gewohnheit werden.« Allerdings war es eine, die ich ihm nicht ausreden würde.

Er trug mich bis zu unserem Gartentor. »Was war noch mal der aktuelle Preis für Rettungsaktionen? Ich meine mich erinnern zu können, dass du mich mal für die gleiche Dienstleistung zur Kasse bitten wolltest.«

»Ich zahle jeden Preis, sag mir einfach, dass ihr die anderen gefunden habt.«

»Ich fürchte nicht, aber dass wir dich wiederhaben, ist schon mal viel wert. Mein Vater, Trace und Victor haben die Behörden eingeschaltet, wir brauchen allerdings jemanden, der Italienisch spricht.«

»Ich werde mich sofort darum kümmern.«

»Nein, du wirst dich jetzt erst mal aufwärmen und etwas essen und trinken. Yves ist in der Küche und bereitet ein Frühstück vor.«

»Die Mühe hätte er sich nicht machen müssen.«

»Du tust ihm einen Gefallen damit. Wir halten ihn

mit allen möglichen Sachen beschäftigt, das lenkt ihn ab. Er ist krank vor Sorge um Phoenix. Zed geht vor lauter Panik, dass Sky etwas zugestoßen sein könnte, schon die Wände hoch. Wenn du den beiden irgendwie die Angst davor nehmen könntest, dass die alte Hexe ihren Seelenspiegeln körperliche Gewalt antut, wäre das enorm hilfreich.«

»Ich glaube nicht, dass man ihnen wehtun wird. Sie sind Geiseln, also ist es doch in Contessa Nicolettas Sinne, dass sie am Leben und unversehrt bleiben.«

Xav stieß das Tor mit einem Fußtritt auf und stieg die Treppe hinauf. Die Benedict-Männer warteten im Wohnzimmer auf mich und mussten sich sichtlich zusammenreißen, mich nicht gleich mit Fragen zu bestürmen. So wie es aussah, hatte Xav aber eine klare Ansage gemacht und bestimmt, dass ich erst mal ankommen und mich aufwärmen sollte. Die Jungs waren schon eine eindrucksvolle Truppe: Alle hatten sie die dunklen Haare ihrer Eltern und die Größe des Vaters geerbt. Und doch waren sie keineswegs Kopien voneinander, dafür unterschieden sie sich charakterlich zu stark – der stille, tiefgründige Uriel; er war der Zweitälteste und der einzige Wissenschaftler in der Familie, der locker-flockige Will und der schnell aufbrausende Zed, der drauf und dran war, sich mit Xav anzulegen. Aber Xav blieb standhaft und so hatte ich kurz Zeit, mich umzuziehen. Zehn Minuten später saß ich, eingemummt in eine Decke, auf dem Sofa, schlürfte heißen Kakao und berichtete Victor, der fürs FBI arbeitete, was auf der Party geschehen war.

»Jeden Moment wird die italienische Polizei hier eintreffen, Crystal.« Victor schlug eine Seite in seinem Notizblock um. »Es wird schwierig sein, sie von unserer Geschichte zu überzeugen, denn die Contessa genießt hier hohes Ansehen. Ich denke, sie werden glauben, dass wir die Situation falsch verstanden haben und die Frauen nur zu einem kleinen Überraschungstrip aufgebrochen sind.«

»Davon muss man wohl ausgehen.«

»Sie haben bereits Signora Carriera befragt und alles, was sie ihnen sagen konnte, war, dass ihr ein schönes Fest hattet und am Ende alle ihrer Wege gegangen sind.«

»Ja, genau so hat es für sie ja auch ausgesehen. Die Contessa hat dafür gesorgt, dass möglichst viele Zeugen einen ganz normalen Abend erlebt haben. Ich würde das Ganze auch nicht glauben, wenn ich nicht selbst dabei gewesen wäre.«

Yves holte sein Laptop hervor. »Es muss doch irgendetwas geben, was ich tun kann! Können wir ihr Boot orten? Mit ein bisschen Zeit könnte ich ein Programm entwickeln, das dazu in der Lage ist. Vielleicht gelingt es mir, einen der militärischen Überwachungssatelliten anzuzapfen, die sich gestern Abend über uns in der Umlaufbahn befunden haben.«

Will, der mittlere Sohn, der die Statur eines Rugbyspielers, aber ein ruhiges, besonnenes Wesen hatte, blies dieser Idee gleich das Licht aus. »Um dann vom Pentagon erwischt zu werden? Da hast du dir ja was vorgenommen, Brüderchen. Phoenix wird bestimmt

nicht die besten Jahre ihres Lebens damit verschwenden wollen, dich im Gefängnis zu besuchen.«

»Ich würde mich nicht erwischen lassen.« Yves entzündete die Flamme erneut.

»Meine Begabung sagt mir, dass das für dich momentan zu gefährlich wäre. Gib's doch zu, Yves: Du kannst keinen klaren Gedanken fassen, solange Phoenix in Gefahr schwebt, also ist das wohl kaum die richtige Zeit, dich an etwas zu versuchen, für das du in Bestform sein musst.«

»Und wenn sie mich braucht, Will?« Yves' Gesichtsausdruck verriet, welche Höllenqualen er gerade litt.

»Natürlich braucht sie dich, du Idiot.« Will knuffte seinen Bruder leicht. »Aber du musst einen kühlen Kopf bewahren.«

Zed knüllte mit einer Hand eine Zeitung zusammen. »Ich halte das nicht aus. Warum gehen wir nicht rüber zur Contessa und regeln die Sache gleich an Ort und Stelle?«

Saul legte seinem jüngsten Sohn eine Hand auf die Schulter. »Ich weiß, was du meinst, Zed, aber ihr die Tür einzutreten wird nichts nützen, wenn Sky sich da gar nicht aufhält. Sie ist dort nicht, oder, Victor?«

Victor war der ernsthafteste der sieben Brüder, mit schulterlangem, zum Zopf zurückgebundenem Haar, grauen Augen und einem messerscharfen Verstand. Er konnte Gedanken manipulieren, stand aber glücklicherweise auf der Seite der Guten. »Nein. Die Polizei hat gesagt, es würde sich niemand auf dem Anwesen aufhalten, außer der Haushälterin. Das ist ja das Ver-

dächtige an der Sache: So kurz nach einer großen Party ist die Contessa verschwunden und hat alle ihre Angestellten mitgenommen – und davon können wir ausgehen, unsere Mädchen auch.«

Xav zwängte sich hinter mich aufs Sofa und ich lehnte mich mit dem Rücken an ihn. »Ich glaube, dass wir hier etwas Wesentliches übersehen. Wir haben eine Waffe, die die Contessa unterschätzt.«

»Welche Waffe?«, fragte Zed.

»Meinen Seelenspiegel.« Seine Worte entlockten den anderen ein kleines Lächeln, trotz ihrer sorgenvollen Gedanken. »Crystal hat ihre Begabung immer kleingeredet, aber sie kann Sachen finden, zu denen man eine Verbindung hat.«

»Sachen, Xav, nicht Menschen«, korrigierte ich.

»Bist du dir da sicher? Ich habe doch diese telepathische Verbindung, die du zu mir aufgebaut hattest, zu spüren bekommen – die war unheimlich stark. Du benutzt Telepathie nicht wie andere Leute, Zuckerpuppe.«

»Nicht?« Keine Ahnung, schließlich war das mein erster Versuch gewesen, telepathisch zu kommunizieren.

»Nein, du hast deine ganze eigene Herangehensweise. Es überrascht mich nicht, dass dir unsere Kommunikationsweise Probleme bereitet, denn deine Art, Telepathie zu benutzen, basiert auf den Dingen, die uns alle verbinden – Freundschaft, Spaßhaben und … ähm, Liebe.«

Ich lief rot an. Das hatte er also gespürt. Eigentlich

war jetzt nicht unbedingt der Zeitpunkt, um mir einzugestehen, dass ich noch viel verliebter in ihn war, als ich hatte durchblicken lassen.

Uriel setzte sich auf den Stuhl neben mich. Er war vom Typ her nicht ganz so dunkel wie seine Brüder: haselnussbraune Augen und braune, mit rotblonden Strähnen durchzogene Haare. »Das ist total faszinierend, Crystal. Ich hätte nicht gedacht, dass es verschiedene Wege gibt, Telepathie zu benutzen, aber warum eigentlich nicht? Klingt so, als würdest du etwas Ähnliches machen wie ich. Ich kann Dinge anhand ihrer Beziehung zu Menschen und Orten in die Vergangenheit zurückverfolgen – ich sehe flüchtige Bilder, wo sie sich zu bestimmten Zeitpunkten befunden haben. Und nehme das Echo der damit verbundenen Gefühle wahr. Was du machst, ist mehr auf das Hier und Jetzt fokussiert und erscheint mir sehr viel nützlicher.«

Daran hegte ich zwar erhebliche Zweifel, aber es war trotzdem süß, dass er das zu mir sagte.

»Wenn ich's richtig verstanden habe, heißt das also, du kannst Diamond orten, weil du emotional mit ihr verlinkt bist?« Uriel blickte zu Trace hinüber, der an der Schwelle zur Küche auf und ab tigerte.

Ich biss mir auf die Lippen. Konnte ich das? Ich hatte es noch nie ausprobiert. »Ich denke, das könnte klappen, wenn ich eine ungefähre Vorstellung hätte, wo ich mit dem Suchen anfangen soll. Allerdings habe ich trotzdem noch das Problem, dass ich von den zig Verbindungen, die zwischen uns allen bestehen, aus der mentalen Umlaufbahn geschleudert werde. Ich

kriege simple Sachen hin, wie verlegte Schlüssel zu finden; das ist unkompliziert, weil die Leute meistens eine ungefähre Vorstellung haben, wo sie die Dinger liegen gelassen haben. Aber es gibt so viele Möglichkeiten, wo Diamond jetzt sein könnte, das wird echt schwierig.«

Xav massierte mir sanft die Schultern. »Ich glaube, du brauchst dafür etwas Stärkeres als euer geschwisterliches Band. Ich hatte eher daran gedacht, dass du der Seelenspiegel-Verbindung von Trace zu Diamond folgen könntest oder der von unserem Dad zu unserer Mom. Du hast unserer Verbindung ja auch problemlos folgen können, oder?«

»Ja.«

Xav gab mir einen Kuss auf den Scheitel.

Yves stellte das Laptop zur Seite und ging vor mir in die Hocke. »Dann kannst du also auch meine Verbindung zu Phoenix verfolgen.«

Zed lehnte sich von hinten übers Sofa. »Und was ist mit Sky und mir?«

Mit einem besorgniserregenden Stöhnen ließ sich Mr Benedict in einen der Sessel fallen. »Oh mein Gott.« Ihm standen Tränen in den Augen, ein ungewohnter Anblick bei diesem für gewöhnlich so beherrschten Mann.

Trace eilte zu seinem Vater hinüber. Xav schob mich ein Stück von sich herunter und erhob sich halb, um, falls erforderlich, seine Heilerbegabung zur Anwendung zu bringen. Wir alle befürchteten, dass Saul Benedict aus Kummer über das Verschwinden seiner Frau

jeden Moment zusammenbrechen würde. Er nahm eine Hand hoch.

»Bitte. Mir geht's gut, Jungs, keine Sorge.« Er kniff sich in den Nasenrücken, um die Tränen zurückzuhalten. »Ihr habt ja keine Ahnung, *wie* gut es mir geht.« Er lehnte sich zurück, Hände auf den Knien. »Crystal, mein Schatz, du bist ein Seelensucher.«

Xav machte es sich wieder hinter mir bequem.

»Ein was?«, fragte ich.

»Das ist deine Begabung. Sie kommt so selten vor, dass ich nur einen einzigen anderen Savant kenne, der sie besitzt, und zwar ist das der Mann, der meine Karla für mich gefunden hat. Alle hundert Jahre werden höchstens ein oder zwei Seelensucher geboren. Warum ist deine Fähigkeit bisher noch niemandem aufgefallen?«

Ich zuckte mit den Achseln, aber es gelang mir nicht wirklich, meine Fassungslosigkeit mit Nonchalance zu überspielen. »Vermutlich habe ich dafür einfach nicht die richtigen Anzeichen erkennen lassen, bis ich dann letzte Nacht dazu gezwungen war.«

»Aber du kommst aus einer Savant-Familie. Sie hätten deine Gabe erkennen müssen, damit du denjenigen von uns ohne Seelenspiegel bei der Suche nach ihrem Gegenstück helfen kannst. Ihre Ignoranz deiner Begabung gegenüber grenzt ja schon an ein Verbrechen!«

Victor klappte die Kinnlade runter – zum ersten Mal sah ich den abgeklärtesten der Benedict-Brüder total verdattert. »Du meinst, sie kann meinen Seelenspiegel finden? Und den von Will und Uriel?«

»Ja, das kann sie. Aber jetzt kann sie erst mal die Mädchen für uns finden, und damit rechnet die Contessa nicht.«

Mir schwirrte der Kopf. An ein und demselben Tag auf meinen Seelenspiegel zu treffen und zu erfahren, dass ich eine einzigartige Gabe besaß, war zu viel für mich. Aber ich hatte noch mein ganzes Leben lang Zeit, damit klarzukommen; jetzt mussten wir uns auf die Rettung der anderen konzentrieren.

»Probieren wir's doch einfach mal. Wie kann ich es anstellen?« Ich blickte zu Xav hoch. »Beschreib noch mal genau, wie es sich anfühlt, mit mir in Verbindung zu treten, und inwieweit es sich von normaler Telepathie unterscheidet.«

Xav streichelte meine Wange. »Es war unglaublich. Ich konnte spüren, wie du in mein Bewusstsein eingedrungen bist, dermaßen elegant, dass es die reinste Freude war. Normalerweise fühlt sich Telepathie wie eine sachte Berührung an der Schulter an, so als wolle jemand auf sich aufmerksam machen – es ist quasi ein mentales Telefonat. Doch du warst eher so was wie ein Flugzeug im Landeanflug. Ich konnte dich ein paar Sekunden vorm Aufsetzen sehen – vermutlich hätte ich dich da noch abblocken können, aber warum hätte ich das tun sollen? Ich brauchte die Verbindung zwischen uns noch nicht mal aufrechtzuerhalten. Das hast alles du gemacht.«

Ich schüttelte den Kopf. »Ich habe gar nichts gemacht. Ich bin nur dem gefolgt, was sowieso schon zwischen uns bestand.«

»Umso besser. Es hat also nicht wehgetan?«

»Nein, seltsamerweise ist es mir wie das Natürlichste auf der Welt vorgekommen.«

»Okay. Dann musst du versuchen, diese Vorgehensweise auf die anderen zu übertragen. Dad, irgendwelche Vorschläge?«

»Mr Benedict, wie hat der Seelensucher Ihnen geholfen?«, fragte ich.

»Nenn mich bitte beim Vornamen. Wir sind doch eine Familie.« Saul streckte sich aus und nahm meine Hand in seine, strich mit seinem rauen Daumen über meinen Handrücken. »Der Sucher war ein sehr alter Mann, der das schon lange praktizierte und seine Methode über die Jahre perfektioniert hatte. Ich war damals ja noch grün hinter den Ohren, weshalb er mich nicht in seine Geheimnisse eingeweiht hatte. Ich weiß lediglich, dass er irgendwie in meinen Geist eingedrungen war und dann die Verbindung von mir zu Karla herstellte und ihr folgte. Du musst bedenken, dass ich Karla zu diesem Zeitpunkt noch gar nicht kannte, er musste mich also auf sie ausrichten und dann meine Mentalverbindung zu ihr hinlenken.«

»Okay. Hm, das klingt mir nach ›Seelensucher für Fortgeschrittene‹. Aber eure Verbindungen stehen ja alle schon, vielleicht brauche ich also nur in euren Geist einzudringen und mich daran entlangzuhangeln.«

»Ich habe eine Idee!« Zed quetschte sich zu uns aufs Sofa. Noch ein paar mehr Benedicts um mich herum und ich würde mich wie die Salamischeibe im Sandwich fühlen. »Ich bündele ja immer die Begabungen

meiner Brüder, wenn wir an etwas Wichtigem arbeiten. Du bist bereits mit Xav verbunden, stimmt's?«

»Und wie!«, bestätigte Xav.

»Dann versuchen wir einfach, Crystal zu dem Benedict-Familienverbund hinzuzufügen. Mithilfe von Vics Kenntnissen vom menschlichen Geist, Uriels Erfahrung, Fährten in der Zeit zurückzuverfolgen, Traces Erfahrung, Fährten über Distanzen zurückzuverfolgen, Yves allgemeiner genialer Auffassungsgabe sowie Dads und Wills Begabung, Gefahren erspüren zu können, sollten wir in der Lage sein, Crystal zu helfen, sich zurechtzufinden. Eine Art Crashkurs für Seelensucher.«

»Ohne dabei einen Crash zu verursachen«, fügte Xav hinzu.

»Das wollen wir mal hoffen«, sagte Zed und sah zum ersten Mal seit der Nachricht von der Entführung wieder etwas zuversichtlicher aus.

»Na und falls doch, versteht sich unser Xav hier ja darauf, Beulen und Zipperlein zu kurieren. Was das angeht, sind wir also schon mal auf der sicheren Seite.«

Ich wollte es versuchen, natürlich, aber das hieß nicht, dass ich mir nicht trotzdem Sorgen machte. »Was werden sie denn zu sehen kriegen, wenn ich alle an meiner Verbindung zu dir teilhaben lasse?«, fragte ich Xav.

»Wir sind sehr gut erzogen – wir werden nicht schmulen«, versprach Zed, die Hand aufs Herz gelegt und mit einem Funkeln im Blick, das mich ganz und gar nicht beruhigte.

»Keine Sorge, mein Schatz, ich werde jeden in Grund

und Boden stampfen, der seine Nase in unsere Angelegenheiten steckt, okay?« Xav schubste seinen Bruder von der Sofakante herunter.

»Ich werde nichts Derartiges tun«, schwor Yves, »und Zed wird sich benehmen.«

»Natürlich wird er das.« Bei Saul klang das wie eine offizielle Verlautbarung, die keinen weiteren Zweifel zuließ. »Es steht zu viel auf dem Spiel, um herumzualbern, und das weiß Zed.«

»Was ist denn bitte passiert, dass auf einmal *ich* derjenige bin, an dem alle was zu motzen haben? Früher ist das doch immer Xav gewesen.«

Xav feixte. »Ja, aber ich bin jetzt mit einem Seelensucher zusammen – Zeit, mir Respekt entgegenzubringen, Jungs.«

Aller Scherzerei zum Trotz machten sich die Benedicts sogleich an die Arbeit. Trace hatte die Stühle in einem Kreis aufgestellt, sodass wir uns alle an den Händen fassen konnten. Uriel hatte die Vorhänge zugezogen und Will die Katze vor die Tür gesetzt.

»Bist du so weit, Schatz?« Xav nahm auf der einen Seite Zeds Hand, auf der anderen die seines Vaters. Dass ich auf seinem Schoß saß, sollte als Verbindung zu mir ausreichen.

Ich schluckte mühsam. Ich wollte sie auf keinen Fall enttäuschen. »Dann mal los!«

Kapitel 11

Dermaßen vielen Leuten Zugang zu meinem Geist zu gestatten erinnerte mich daran, wie ich mich zum ersten Mal in der Öffentlichkeit im Bikini gezeigt hatte. Ich hatte Angst, dass alle die Teile ansehen würden, die ich versteckt halten wollte, doch dann wurde mir klar, dass niemand ein großes Ding daraus machte und ich mich einfach der bevorstehenden Aufgabe widmen sollte. Das Gefühl war unglaublich: Ich konnte die verschiedenen Wesenszüge der Benedict-Jungs ringsherum spüren, aber am deutlichsten fühlte ich Xavs Gegenwart. Er konzentrierte sich ganz und gar darauf, mich zu unterstützen; es war, als würde er mich wieder in seinen Armen tragen, aber diesmal in Gedanken. Warum hatte ich diese Facette an ihm erst erkannt, als es bereits beinah zu spät war? Ich hatte zwar von Anfang an gemerkt, dass er fürsorglich war, aber ich hatte mehr Zeit darauf verwendet, mit ihm zu streiten, als ihm die Möglichkeit zu geben, sich von seiner besten Seite zu zeigen.

Weil Streiten Spaß macht, flüsterte er in meinem Kopf. *Denk doch nur mal an die vielen Versöhnungsküsse hinterher.*

Xav, tadelte sein Vater, *konzentrier dich gefälligst!*

Jetzt sei nicht so streng mit dem armen Kerl. Er hat sie doch gerade erst gefunden, sagte Will.

Das sagst du doch bloß, damit sie deinen Seelenspiegel als Erstes aufspürt, konterte Uriel. *Ich berufe mich aber auf das Privileg des Ältesten.*

Jungs! Das war wieder Saul.

Ich versuche herauszubekommen, wie ich sie vor all den Dingen, die in euren Köpfen herumwirbeln, am besten schützen kann, erklärte Xav. *Sie benutzt Telepathie nicht so wie wir.*

In dem Moment ging mir auf, dass mir meine bekannte Übelkeit nur deshalb erspart blieb, weil sich Xav in meinem Mentalraum befand und ich alle Gespräche durch seinen Filter hörte.

Ja, Schatz, das bin ich: dein Kraftfeld. Er ließ ein Bild vom Raumschiff Enterprise entstehen, wie es mit voll aktivierten Abwehrschilden durch einen Asteroidengürtel pflügte.

Ich hoffe nur, die Maschinen halten stand, wenn wir einer Seelenspiegelverbindung folgen. Bei wem wollen wir's versuchen? Ich wusste, dass sich alle darum rissen, Erster zu sein. *Ich kenne Diamond am besten, klar, aber sie ist von allen die kürzeste Zeit ein Seelenspiegel. Sollen wir's mit deinen Eltern probieren?*

Die Verbindung zwischen Seelenspiegeln ist immer stark, ganz gleich, wie lange sie schon besteht, sagte Saul.

Da du mehr oder weniger weißt, wie deine Schwester denkt, solltest du es mit ihr versuchen.

Trace? Xav rief seinen ältesten Bruder herbei.

Bin so weit. Und das war er wirklich: geladen und entsichert, so als würde er jeden Moment eine Razzia durchführen.

Es war mir ein bisschen peinlich, was ich gleich tun würde, und anscheinend spürten das alle.

Alles in Ordnung, Crystal. Es gibt da zwischen Diamond und mir nichts, was du nicht wissen dürftest, versicherte mir Trace.

Okay. Ich werde mich an deine Gefühle für sie ranhängen – die kann ich am deutlichsten spüren. Ich berührte seinen Geist mit Xavs Hilfe. Und dann war er da: der Strom von Gedanken und Emotionen, alle ausgerichtet auf seinen Seelenspiegel. Ich wollte mir das alles gar nicht so genau anschauen; alles, was ich brauchte, war die ungefähre Richtung, aber ich konnte nicht anders, als einen Blick auf ihr Geturtel, ihre Scherze, die privaten Augenblicke und gemeinsamen Sorgen zu werfen. Auch ich spielte eine Rolle: Diamond hatte mit Trace viel über mich gesprochen. Ups. Sieh nicht zu genau hin, ermahnte ich mich selbst. Denn der Lauscher an der Wand hört seine eig'ne Schand.

Crystal, du musst dich konzentrieren. Du kommst vom Kurs ab. Das war Zed, der mein Vorwärtskommen überwachte, während er alle Begabungen gebündelt hielt.

Tut mir leid. Uriel, Trace, irgendeinen Tipp, wie ich am besten vorgehen soll?

Denke nicht, dass die Spur verblasst, sobald sie weiter

entfernt von dir ist, sagte Uriel. *Da spielt dir deine Vorstellung bloß einen Streich. Distanzen sind für Mentalpfade total bedeutungslos. Die Spur ist da.*

Ich suche mir Punkte der Gewissheit als Stütze – wie Brückenpfeiler –, um sicherzugehen, dass der Pfad nicht über mir zusammenbricht, fügte Trace hinzu. *Man muss fühlen und darf nicht versuchen zu sehen.*

Guter Tipp. Ich versuchte, der Spur zu folgen, aber sie war nicht so eindeutig wie bei Xav. Ich spürte, dass sie wie ein loser Faden im Wind flatterte. *Das fühlt sich nicht richtig an.*

Was glaubst du denn, wo du dich befindest?

Ich zog mich ein Stück zurück. Berge. Kälte. West-Nord-West. Die Anstrengung machte mich schwindlig; die Spur verblasste.

Das reicht, Leute, verkündete Xav. *Sie muss sich ausruhen.*

Zed löste die telepathische Verbindung behutsam auf. Xav verließ meinen Geist als Letzter und ich kam, von seinen Armen umfangen, zur Ruhe.

»Tut mir leid. Ich hab den Bogen noch nicht so gut raus.« Ich fühlte mich schrecklich, dass ich ihnen noch keine vollständige Antwort geben konnte, sondern nur Fragmente.

Trace hatte den Kopf in den Händen vergraben. »Ist nicht deine Schuld, Crystal. Ich habe gespürt, was du gesehen hast. Mit Diamond stimmt ernsthaft etwas nicht. Sie ist, na ja, sie ist einfach nicht mehr da.«

»Oh mein Gott, willst du damit etwa sagen, sie ist tot?« Panik überkam mich. Ich war davon ausgegangen,

dass es sich hier um eine Geiselnahme handelte, aber wenn die Contessa nun tatsächlich den Verstand verloren und alle getötet hatte?

Trace schüttelte den Kopf. »Ich glaube, nein, das würde ich wissen.« Er ballte seine Hände zu Fäusten und streckte sie wieder, sichtlich bemüht, seine Gefühle unter Kontrolle zu halten. »Ich meinte, dass es da einen blinden Fleck gibt. Als wäre ein Schalter ausgedreht.«

»Das ist unmöglich«, erklärte Zed. »Nichts kann eine Seelenspiegel-Verbindung außer Kraft setzen.«

»Sicher?« Traces Augen waren von Schmerz erfüllt.

Mir kam eine hässliche Idee. »Die Contessa hat sich selbst die Eliminiererin genannt. Ich hatte gedacht, sie würde davon sprechen, dass sie Erinnerungen auslöschen kann, aber wenn sie nun etwas ganz anderes gemeint hat?«

Saul zitterte am ganzen Körper. Er sah furchtbar gealtert aus. »Wenn sie unseren Seelenspiegeln etwas angetan hat, werden wir sie trotzdem finden, auch wenn sie uns nicht mehr kennen sollten. Sobald wir sie zurückhaben, werde ich einen Weg finden, um den Schaden wiedergutzumachen, das schwöre ich. Diese Frau wird mir nicht meine Seele rauben.«

»Wir schaffen das, Dad«, versprach Will. »Mom wird nicht zulassen, dass ein böses altes Weib wie die Contessa dreißig Jahre Ehe zerstört.«

Yves erhob sich und zog die Vorhänge auf. »Dank Crystal haben wir eine Chance. Ihre Richtungsangaben reichen aus, um mit der Suche zu beginnen. Ich werde

mir gleich mal eine Karte der Gegend ansehen, die sie geortet hat.« Er fuhr sein Laptop hoch und rief ein mit vielen Ortsbezeichnungen versehenes Satellitenbild auf. »Crystal, das hier habe ich von deinem Geist empfangen. Kannst du's irgendwie eingrenzen?«

Ich ging neben ihm in die Hocke und betrachtete das Bild der Dolomiten, der alpine Teil Norditaliens.

»Ich glaube ja.« Ich tippte auf die Gegend rund um den Gardasee. »Und um darauf zu kommen, brauche ich nicht mal spezielle mentale Fähigkeiten.«

Xav zerzauste mir das Haar. »Clever. Monte Baldo. Natürlich hat sie sich in die Gegend ihrer Ahnen zurückgezogen. Wie hätte sie sonst auch geheim halten können, was sie getan hat, wenn sie nicht umgeben wäre von Leuten, die ihr loyal ergeben sind? Darauf hätten wir selbst kommen können.«

»Das wären wir letztlich auch«, sagte ich. »Aber wir standen eben erst mal alle zu sehr unter Schock.«

Victor saß bereits an seinem Computer und loggte sich in die internationale Datenbank der Strafverfolgungsbehörden ein. »Dem Kerl, den wir in London geschnappt haben, gehört laut Ermittlungsakte eine Villa in den Bergen.« Er lud ein Foto hoch. »Verdammt, das Teil sieht uneinnehmbar aus.« Die Villa glich mehr einer Burg, die zur Verteidigung auf einer Bergklippe errichtet worden war, umgeben von Befestigungsmauern mit messerscharfen Zinnen; ein schönes Postkartenmotiv, hätte sie nicht gerade als Gefängnis gedient. »Irgendwelche Vorschläge?«

»Es gibt im Grunde nur eine einzige Möglichkeit für

uns«, sagte Saul. »Wir fahren ans Haupttor und verlangen, dass man uns unsere Seelenspiegel herausgibt. Das mag zwar alles mittelalterlich aussehen, aber wir befinden uns im modernen Italien. Sie kann sie nicht einfach unter Verschluss halten, wenn sie sich wirklich dort aufhalten sollten.«

»Ich bin mir ziemlich sicher, dass das der Ort ist, den ich gespürt habe.« Mir liefen Schauer über den Rücken – das Kastell war irgendwie von grausamer Schönheit, wie ein Adler, der auf einem Felsen hockt.

»Worauf warten wir dann?«, fragte Zed, bereits auf halbem Weg zur Tür. »Los geht's! Wir wollen unsere Mädchen retten.«

Ganz so einfach war es natürlich nicht. Trace und Victor kümmerten sich sofort darum, zwei Wagen zu mieten, die für bergiges Gelände geeignet waren. Da wir nicht wussten, in welcher Verfassung die Mädels wären, beschlossen wir, unser Lager in der Nähe des Anwesens aufzuschlagen, statt sofort die lange Rückfahrt nach Venedig anzutreten. Zed und Yves fanden online ein großes Haus in der Nähe der Villa der Contessa. Zum Glück war die Ferienzeit vorüber und die Skisaison hatte noch nicht begonnen, sodass das Haus in einer Stadt am östlichen Ufer des Gardasees in der Nähe von Monte Baldo noch frei war. Unser Plan war, die Mädchen zu holen und für eine Nacht dorthin zu bringen, damit sie sich erst einmal erholen konnten.

Victor und Uriel boten sich als Chauffeure an. Sie waren neben Will die Einzigen, die keinen Seelenspiegel hatten, der in Gefahr schwebte, und wären von

allen Brüdern beim Fahren am wenigsten mit den Gedanken woanders. Will wurde zum Navigator ernannt mit mir als GPS-Signal, um das Kastell zu orten. Wir gingen zwar davon aus, dass wir recht hatten, was das Anwesen der Contessa betraf, aber es war dennoch möglich, dass ich voreilige Schlüsse gezogen und mit dem Aufenthaltsort der Mädels danebengelegen hatte. Mein Job war es, auf der Rückbank des ersten Autos zu sitzen, mit Xav zur Unterstützung, und mich so gut es ging an Traces Verbindung entlangzuhangeln. Uriel folgte mit Yves, Zed und Saul als Beifahrer.

Als wir die Autos abgeholt und über die Brücke aufs Festland übergesetzt hatten, waren Xav und ich so ziemlich auf uns allein gestellt. Trace hielt Telefonkontakt zu seinen Verbindungsleuten bei den internationalen Strafverfolgungsbehörden. Ich konnte hören, wie er seine Beziehungen spielen ließ und sich auf alle Gefallen berief, die er noch irgendwo gut hatte. Ich hatte angeboten, mit den Italienern zu sprechen, aber er erwiderte, das hätte noch Zeit, bis wir am Gardasee wären. Will und Victor mussten auf die Straße achten.

Xav hatte seinen Arm um mich gelegt und ich lehnte meinen Kopf an seine Schulter. Ich genoss diesen kurzen Moment der Entspannung. »Alles okay bei dir? Du machst dir bestimmt Sorgen um deine Mutter?«

Er spielte mit einer Haarlocke, die sich aus meinem eilig zusammengebundenen Pferdeschwanz gelöst hatte. »Ich bin gefühlsmäßig ziemlich durch den Wind. Einerseits mache ich mir Sorgen um Mom und die anderen, andererseits vollführe ich innerlich ein Freudentänz-

chen, weil ich dich gefunden habe. Ich bin total hin- und hergerissen und weiß nicht, was ich zuerst fühlen soll.«

Ich lächelte. Ja, genauso fühlte es sich an. »Ihr gebt ein gutes Team ab, du und deine Brüder, und dein Vater auch. Ich glaube, die Contessa wird ihr blaues Wunder erleben, wenn ihr erst mal bei ihr auf der Matte steht.«

Er küsste meine Hand, dann drückte er sie sich an die Wange. »Danke. Es hilft, dass du an uns glaubst. Und vergiss nicht, wer unsere Geheimwaffe ist.«

Ich wandte meinen Kopf und blickte ihm direkt ins Gesicht. »Glaubst du, dass dein Vater recht hat – mit mir, meine ich?«

»Na, glaubst du es denn?«

»Ich denke schon … Na ja, vielleicht. Ich hab bloß Angst, dass ich als Seelensucher genauso eine Lusche bin wie auf allen anderen Gebieten.«

»Zuckerpuppe, ich warne dich.« Er wackelte mit den Fingern in der Luft.

»Was?«, quietschte ich und versuchte, der drohenden Kitzelattacke zu entkommen.

»Ich werde zu drastischen Mitteln greifen, wenn du dich in meinem Beisein selbst schlechtmachst. Dir wurde vor Kurzem erklärt, dass du ein ganz seltenes, einzigartiges Geschenk an uns Savants bist, und jetzt meinst du, dass du nicht gut genug seist?«

»Aber …«

»Kein Aber. Wann wachst du endlich auf und erkennst, dass du nicht das hässliche Entlein bist, sondern der schöne Schwan?«

»Oh!«

Noch bevor ich sentimental werden konnte, attackierte er mit seinen Fingern meine Rippen.

»Nein!«, kreischte ich, krümmte mich zusammen und schlug seine Hände weg.

Trace zog die Stirn in Falten und legte die Hand über sein Telefon, um mein Quieken zu dämpfen.

»Sag es: Ich bin ein Schwan.«

»Du bist ein Schwan!«, japste ich und fing wieder an zu kichern.

»Gestehe!«

»Okay, okay, ich bin ein Schwan. Wir sind beide Schwäne. Alle sind Schwäne. Wenn's dich glücklich macht: Wir sind ein Schwarm Schwäne.«

»Genug Radau dafür macht ihr jedenfalls, so viel steht mal fest«, knurrte Trace, doch ich wusste, dass er nicht wirklich sauer war. Ihm war die Ablenkung vermutlich sehr willkommen.

Es war spät am Nachmittag, als wir die Bergstraße zum Kastell erreichten. Dafür, dass die Route lediglich zu einem Nationalpark führte, gab es auf der Straße nach Monte Baldo jede Menge frischer Fahrzeugspuren.

»Meinst du, die Contessa bereitet sich auf eine Belagerung vor?«, fragte Xav, nur halb im Scherz.

Ich entdeckte ein Schild, das an einer Gabelung an einem Baum hing; ein Weg führte zur Villa, der andere hinauf zum Schneefeld. »Ich glaube, das hat mit ihr gar nichts zu tun. Ich vermute mal, Hollywood ist gerade vor Ort. Weißt du noch, was sie am Set gesagt haben? Diese Woche drehen sie in den italienischen Alpen.

Tja, und genau da befinden wir uns gerade. Sie waren einfach schneller als wir.«

»So wie's aussieht, sind sie aber nicht in unsere Richtung gefahren.« Victor setzte den Blinker und bog in die enge Straße ein, die sich um die Bergklippe wand; die breiten Reifenspuren von schweren Fahrzeugen führten jedoch weiter den Berg hinauf.

»Nein, die sind irgendwo da oben. Wenn ich mich recht erinnere, wollten sie Ski- und Helikopterszenen drehen.« Mich tröstete der Gedanke, dass sich in unmittelbarer Nähe zu uns potenzielle Verbündete befanden. Sie würden sich auf unsere Seite stellen, falls wir die Unterstützung der italienischen Behörden bräuchten oder uns mit der Entführungsgeschichte an die örtliche Polizei wenden müssten.

Die Dunkelheit hatte eingesetzt, als wir endlich das große Eingangstor erreichten. Sobald sich unsere Wagen näherten, sprangen die Sicherheitslampen an. Nirgends waren Wachschutzleute zu sehen, nur eine Gegensprechanlage.

Victor trommelte mit den Fingern aufs Lenkrad. »Wir marschieren jetzt also einfach dahin und klingeln?«

»Sieht ganz so aus.« Trace stieg aus dem Wagen. »Bleibt ihr mal alle im Auto. Ich mach das. Wir sollten ihnen nicht zu viele Ziele präsentieren.«

»Glaubt er im Ernst, dass jemand aufs Geratewohl auf ihn schießen wird?«, flüsterte ich Xav zu.

Xav zuckte mit den Achseln, sein Körper war angespannt, als würde Strom hindurchfließen.

»Ist es okay, dass er das macht, Will?«, fragte ich.

»Nicht wirklich okay, aber die Bedrohung ist eher eine allgemeine. Sie richtet sich nicht direkt gegen Trace.«

Wir guckten schweigend zu, wie Trace einen Knopf an der Gegensprechanlage drückte.

»*Si?*«, knisterte eine Stimme am anderen Ende.

»Mein Name ist Trace Benedict. Sprechen Sie Englisch?«

»*No.*«

Trace fluchte leise. »Okay. Einen Moment. Crystal?«

Ich war bereits dabei auszusteigen, Xav folgte unmittelbar hinter mir. Ich drückte auf die ›Sprechen‹-Taste.

»Hallo«, sagte ich auf Italienisch, »ich möchte bitte gern mit der Contessa sprechen.«

»Sie empfängt keine Besucher. Bitte gehen Sie: Das ist ein Privatgrundstück.«

»Ich fürchte, das kann ich nicht; wissen Sie, Sie haben meine Schwester da drinnen und … und ich muss dringend mit ihr sprechen – ein Notfall in der Familie.« Stimmte doch, oder etwa nicht?

Es trat eine kurze Pause ein. Die Kamera an der Spitze eines nahe stehenden Mastes schwenkte zu uns herum. »Ich werde ein Schneemobil schicken, das Sie abholt. Sie dürfen eintreten.«

»Sag Ihnen, dass du nicht allein kommst!«, zischte Xav.

»Meine Freunde lassen mich nicht ohne Begleitung hineingehen.«

»Sie und noch jemand anders. Der ältere Mann – keiner von den jungen.«

Die Übertragung wurde beendet.

»Das gefällt mir ganz und gar nicht«, sagte Trace, als sein Vater aus dem Wagen sprang. »Wir können ihr in keinem Fall zwei weitere Geiseln da reinschicken.«

»Sie hatte doch schon die Chance, mich gefangen zu nehmen. Ich glaube nicht, dass sie weitere Geiseln will, sondern Boten.«

Saul legte mir eine Hand auf die Schulter. »Ist das für dich in Ordnung, Crystal?«

»Natürlich ist das nicht für sie in Ordnung.« Xav war auf dem besten Weg, sich in Rage zu reden. Diese Wendung hatte er nicht erahnt und er konnte es nicht einfach so hinnehmen, dass ich mich ohne ihn in Gefahr begeben würde. »Du erwartest von mir, dass ich sie einfach in die Höhle des Löwen marschieren lasse?«

»Xav!«, warnte ich mit leiser Stimme.

»Was?« Er sah mich mit wuterfülltem Blick an.

»Ich bin für sie nicht von Interesse, weil ich kein Seelenspiegel bin, weißt du noch?«

Er war stinksauer, denn meine Sicherheit stand für ihn an erster Stelle. Als er langsam von mir zurückwich, gab er sich alle Mühe, nicht so auszusehen, als wollte er uns alle jeden Moment erwürgen. »Ich möchte jetzt am liebsten irgendwas kaputt treten!«

Das Brummen zweier Schneemobile war zu hören, noch ehe wir die Fahrzeuge auf uns zugleiten sahen.

»Bleibt in den Autos«, befahl Saul. »Ich halte zu euch Kontakt, soweit das möglich ist. Würde mich allerdings

nicht wundern, wenn sie sich irgendeiner Art von Telepathie-Dämpfer bedient.«

»Vielleicht kann ich ja mit meiner Art von Telepathie da durchdringen? Xav behauptet doch immer, die wäre so einzigartig.« Ich starrte besorgt auf Xavs Rücken; er zerstampfte gerade eine festgefrorene Fahrrinne.

Dann drehte er sich zu mir um. »Nicht, wenn du dich damit verrätst.«

»Natürlich nicht. Ich bin vorsichtig.«

»Da reinzugehen nenne ich nicht gerade vorsichtig!«

»Xav!« Saul verlor allmählich die Beherrschung, etwas, was nicht oft geschah.

»Was?«, blaffte Xav.

»Sieh mich an, Xav.« Mein Seelenspiegel hob den Kopf und begegnete dem festen Blick seines Vaters. »Ich werde auf sie aufpassen und dafür Sorge tragen, dass ihr kein Haar gekrümmt wird – oder deiner Mutter oder Diamond, Phoenix oder Sky. Das schwöre ich bei meinem Leben.«

»Das kannst du nicht versprechen«, sagte Xav leise.

»Eines kann ich aber sagen: Falls irgendwas schiefgehen sollte, hast du, Yves, meine Erlaubnis, dieses Tor hier in die Luft zu sprengen, damit ihr alle zu unserer Rettung eilen könnt. Aber für den Moment wollen wir erst mal versuchen, unsere Seelenspiegel mit Überzeugungskraft zu befreien. Das ist der sicherste Weg.«

Zed fluchte, während Yves verhalten nickte. Trace umarmte mich fest.

»Pass auf dich auf, kleine Schwester«, murmelte er.

»Diamond würde nicht gefallen, dass ich dich das tun lasse.«

Die zwei Schneemobile glitten in unser Sichtfeld und kamen mit einer halben Drehung in Blickrichtung Haus zum Stehen. Die Fahrer stiegen nicht ab und sagten kein Wort; ihre Gesichter hinter den Visieren der Helme verborgen. Sie hätten genauso gut Außerirdische sein können. Mit einem leisen Summen öffnete sich einer der Torflügel einen Spalt, gerade weit genug, dass man hintereinander hindurchschlüpfen konnte. Die Contessa wollte kein Risiko eingehen – keine große Überraschung, da sie bestimmt wusste, dass die Benedicts mit einer geballten Ladung von Fähigkeiten aufwarten konnten. Vor allem Victor war ihr mit Sicherheit nicht sonderlich willkommen.

»Okay, Leute, wir sehen uns gleich wieder«, sagte ich mit gezwungener Fröhlichkeit. Ich zwängte mich hinter Saul durch den Spalt. Sobald ich hindurch war, schloss sich das Tor wieder. Xav versuchte, mich nicht anzusehen, warf mir aber kurz einen gequälten Blick zu.

Saul taxierte die beiden Männer auf den Schneemobilen. »Du gehst mit dem da mit, Crystal.« Er schob mich auf den kräftigeren der beiden Fahrer zu.

Ich war überrascht. Ich hätte gedacht, er würde mich zu dem anderen schicken.

»Normalerweise geht von Hirnschmalz mehr Gefahr aus als von Muskelkraft«, flüsterte er und half mir auf den Sitz hinter dem schweigsamen Schneemobilpiloten. »Von dem, was ich so erspüre, ist dein Fahrer eher harmlos.«

Zögerlich hielt ich mich an der Taille des Fahrers fest. Er wartete nicht, bis Saul auf das andere Schneemobil gestiegen war, sondern düste in einem Affenzahn los zum Kastell.

Das Schneemobil machte zu viel Krach, als dass ich Fragen hätte stellen können, und so versuchte ich, mir den Weg einzuprägen, für den Fall, dass ich ihn allein zurückfinden müsste. Die Strecke war mit Pfosten markiert, rechts und links von uns erstreckten sich Nadelwälder. Hinter der nächsten Biegung gelangten wir zu den Gärten, verborgen unter ihrem winterlichen Mantel, dennoch konnte ich eine große Terrasse, Hecken und Statuen ausmachen.

Und über allem ragte das Kastell auf, eine dunkle Silhouette gegen den Himmel, die Zinnen kratzten an den Sternen, als wären sie neidisch auf ihre Unabhängkeit von einer erdgebundenen Existenz. Ich war aus meinem Alltagsleben in ein Märchen hineingestolpert: In dieser Umgebung wirkte die Vorstellung, dass wir vernünftig über die Freilassung der Mädchen sprechen könnten, fast albern – so als würde man versuchen, einen Werwolf davon abzubringen, über einen herzufallen.

Der Motor verstummte. Ich schwang mich vom Sitz herunter und der Fahrer brauste wortlos wieder davon, lenkte das Schneemobil um das Gebäude herum, wo sich vermutlich der Fuhrpark der Contessa befand. Ich stand an einem großen Wendekreis, aber nirgends war ein Auto zu sehen. Einen Augenblick später erschien Saul mit seinem Chauffeur, merklich erleich-

tert, als er mich sah. Er stieg ab und eilte zu mir, fasste mich am Arm, bevor jemand zwischen uns kommen konnte.

»Und was jetzt?«, fragte ich.

Es gab keinen erkennbaren Eingang zum Kastell. Ein langer Torbogen durchbrach das Mauerwerk, aber keiner von uns wollte hineingehen – mit dem Fallgatter darin sah es aus wie ein geöffnetes Drachenmaul.

Dann tauchte ein Mann in dem Durchlass auf, in der Hand eine Taschenlampe.

»Ich vermute mal, hier kommt die Antwort auf deine Frage«, seufzte Saul. Er umschloss fest meine Hand und ging voran.

»Den kenne ich – das ist der Butler aus dem Haus der Contessa in Venedig.«

»Wenn die Herrschaften mir bitte folgen wollen«, sagte der Butler.

»Das ist kein Höflichkeitsbesuch«, erwiderte Saul knapp. »Ich denke, Sie wissen, warum wir hier sind, und Sie sollten in Erwägung ziehen, dass auch Ihnen strafrechtliche Konsequenzen drohen, wenn Sie unsere Frauen gegen ihren Willen hier festhalten.«

»Sehr wohl, Sir. Hier entlang.«

Oh ja, er war gut, dieser Butler. Er hatte bestimmt stundenlang alte Filme angeschaut, um diesen unterwürfigen und doch überheblichen Ton draufzukriegen.

Unsere Schritte hallten in dem Durchlass wider. Er führte uns in einen Innenhof und dann auf die andere Seite, wo eine Tür offen stand. Ich hörte von drinnen Gelächter und Stimmen.

»Sieht aus, als hätte die Contessa Besuch. Was bedeutet das für uns?«, fragte ich.

»Mögliche Zeugen. Wenn jemand dabei ist, der nicht auf ihrer Gehaltsliste steht, könnte das zu unserem Vorteil sein.« Saul blieb an der Türschwelle stehen. »Okay, Crystal, ich werde es mal mit Telepathie probieren. Ich weiß, dass dir davon übel wird, also, ähm, tut mir leid.«

»Das macht nichts.« Ich rückte ein Stück von ihm ab und errichtete meine Abschirmung. »Ich werde ein Störfeld für den Butler aufbauen.« Ich trat über die Schwelle und kam in eine holzgetäfelte Halle, die mit Jagdtrophäen und Schwertern dekoriert war – wie unoriginell. »Hey James, wo kann ich meine Jacke hinhängen?«, rief ich respektlos. Interessehalber versuchte ich, in den Geist des Butlers einzudringen. Ich wollte sehen, ob ich spüren konnte, zu welchen Dingen er in Beziehung stand – und war zutiefst schockiert. In seinem Hirn schwirrte es, aber nicht in willkürlichen Bahnen, wie bei den meisten Menschen; es war, als stiege man in ein Karussell ein, alles rotierte in einem ordentlichen Kreis: seine Pflichten, seine Loyalität gegenüber der Contessa und die Bande zu seiner Familie. Es war … wie soll man sagen … beinahe robotermäßig akkurat. Ich kappte rasch die Verbindung; er sollte den Übergriff auf keinen Fall bemerken.

»Madam, Sie können Ihre Jacke hierlassen«, sagte der Butler und hielt mir eine Hand entgegen. Ich zuckte mit den Schultern und reichte ihm meine Jacke. Seine Miene zeigte keinerlei Regung – kein Lächeln, kein Schimmer von Leben.

Saul kam herein. Ich hob eine Augenbraue, aber er schüttelte nur den Kopf. Okay, keine normale Telepathie möglich. Ich tippte mir an die Brust, um zu fragen, ob er wollte, dass ich es probierte. Er schüttelte erneut den Kopf.

»Das heben wir uns lieber noch auf«, sagte er mit leiser Stimme, »für später, falls nötig.«

»Darf ich Ihnen den Mantel abnehmen, Sir?«, fragte der Butler.

»Ja, warum eigentlich nicht?«, antwortete Saul und gab ihm seinen Mantel. Als mir der Butler den Rücken zudrehte, tippte ich mir an die Schläfe, deutete auf ihn und verzog das Gesicht.

»Hm. Interessant. Eliminiererin?«, fragte Saul leise.

»Gut möglich. Das ist total unnatürlich. Anscheinend kann sie den Geist so anordnen, wie es ihr in den Kram passt.«

»Das würde zumindest einiges erklären.«

»Hier entlang.« Roboter James hielt auf eine prachtvolle Flügeltür aus Holz zu. Er drückte sie auf und dahinter eröffnete sich ein wunderschöner altmodischer Salon mit einem riesigen Kamin, in dem ein Feuer brannte, sowie rosenfarbenen Stühlen und Sesseln. Doch nichts von alldem konnte unsere Aufmerksamkeit fesseln, denn in dem Zimmer waren alle Menschen versammelt, die wir gesucht hatten.

»Di! Oh mein Gott, geht's dir gut?«, rief ich laut und stürzte zu meiner Schwester hinüber. Sie nippte an einem Glas Champagner, anscheinend vollkommen unbeeindruckt davon, dass sie entführt worden war. Ich

kannte an ihr weder das altmodische Kleid, das sie trug, noch den Ausdruck auf ihrem Gesicht.

»Tut mir leid, kennen wir uns?« Diamond stellte ihr Glas ab, stand auf und reichte mir zur Begrüßung die Hand. »Oje, Ihr Name ist mir leider entfallen. Gut möglich, dass ich ein winziges Schlückchen zu viel hatte.« Sie blickte mit gespielt zerknirschter Miene auf ihr Glas.

»Diamond – ich bin's, Crystal. Deine Schwester.«

»Seien Sie nicht albern: Ich bin die Jüngste in meiner Familie. Mama und Dad waren zu alt, um noch weitere Kinder zu bekommen. Allerdings würde Dad nie zugeben, dass Mama für irgendwas zu alt ist: Er vergöttert sie. Und das in ihrem Alter – ganz reizend.« Sie griff wieder nach ihrem Glas und nippte daran; ihre Hand zitterte, als würde ihr Körper etwas wissen, was ihr Hirn nicht begriff.

»Aber Dad ist doch …« Ich ließ den Satz unvollendet in der Luft hängen; es war zwecklos. Ihre mentale Uhr war neu eingestellt worden und ganz offensichtlich wusste sie weder, dass unser Vater tot war, noch, dass ich überhaupt existierte. Als ich in ihren Geist spähte, war da einfach nur Leere. Alles, was irgendwie mit ihrer Liebesbeziehung zu Trace in Verbindung stand, war ausgelöscht worden – das traf auch auf mich zu, da ich die Romanze von Anfang an mitbekommen hatte. Die Erinnerungen an mich hatte man isoliert, so wie Atommüll, den man tief in Beton vergrub, damit alle anderen Gedächtnisbilder nicht verseucht wurden. Sie war nicht die Einzige, die so inhaltslos war.

Phoenix und Sky blickten mich mit höflichem Interesse an; Karla starrte ins Kaminfeuer, ohne zu bemerken, dass ihr Ehemann ins Zimmer getreten war. Er stiefelte zu ihr hinüber und zog sie aus ihrem Sessel hoch.

»Karla, hör sofort auf damit!« Er ging mit seinem Gesicht ganz dicht an ihres heran. »Hör mir zu – finde mich in deinem Geist – in deinem Herzen! Ich bin's, Saul!«

»Du lieber Himmel, was macht er da?«, rief Diamond aus, ließ mich stehen und eilte zu dem Paar am Kamin. »Sind Sie verrückt? Lassen Sie sie in Ruhe!«

»Saul? Saul wer?«, fragte Karla mit trübem Blick. Sie sah aus, als würde sie unter Drogen stehen – ich wünschte, dass es so einfach wäre, aber dem Zustand ihrer Mentallandschaft nach hatte man bei ihr ähnlich massiv eliminiert wie beim Butler. Und weil Karla den Großteil ihres Lebens mit ihrem Seelenspiegel verbrachte hatte, war jetzt nur noch erschreckend wenig übrig.

Die kleine dunkel gekleidete Gestalt, die auf der anderen Seite des Kamins in einem Ohrensessel saß, stand auf. »Na, wie gefällt Ihnen meine Rache, Benedict?«, fragte sie schadenfroh.

Saul ließ Karlas Arm los und drückte sie sanft in den Sessel zurück. Er hatte mit dermaßen heftigen Emotionen zu kämpfen, dass er nicht in der Lage war zu antworten.

»Wie Sie sehen können, ist jeder Seelenspiegel … nun, wie soll ich sagen … verloren«, fuhr die Contessa fort.

»Nichts ist so stark wie die Verbindung zwischen zwei Seelenspiegeln«, sagte Saul mit leiser Stimme. »Nichts.«

»Außer mir.« Die Contessa richtete ihr Augenmerk auf mich. »Ah, Crystal, du bist sehr viel schneller zurück, als ich dachte. Ich bin erstaunt, dich heute Abend hier zu sehen. Ich hatte nicht erwartet, dass du so bald herauskriegen würdest, wo ich alle hingebracht habe. Meinen Glückwunsch. Ich habe dich unterschätzt. Dein Mangel an Begabung hat mich glauben gemacht, dir mangele es auch an Intelligenz.«

»Warum haben Sie meiner Schwester das angetan?« Ich schluckte gegen den Kloß in meiner Kehle an. »Was hat sie, was habe ich verbrochen?«

»Nichts – und es ist bedauerlich, dass du in diese Sache involviert worden bist. Weißt du, Liebes, um die Seelenspiegel-Verbindung zu löschen, muss man so tief eindringen, dass alles andere in Mitleidenschaft gezogen wird. Es ist so gut wie nichts mehr übrig in ihren hübschen Köpfen. Sie leiden nicht, sie sind lediglich …« Mit einer flatternden Bewegung ihrer knorrigen Hand suchte sie nach dem treffenden Wort: »… leer.«

Ich weigerte mich, das einfach hinzunehmen, aber als Erstes mussten wir die Seelenspiegel von hier fortschaffen. »Dann ist Ihr Rachezug damit ja wohl beendet. Können wir sie mit nach Hause nehmen?«

Sie legte den Kopf leicht schräg, so als hätte sie Probleme mit dem Hören. »Du vergisst meinen Sohn. Ich möchte, dass man ihn mir bringt – dann könnt ihr sie alle zurückhaben.«

»Und wenn wir das tun, werden Sie ihre Hirne dann wiederherstellen?«, fragte ich.

»Ich würde lügen, wenn ich behaupte, dass ich das könnte. Nein, ich fand es nur fair, den Benedicts dauerhaft etwas wegzunehmen, denn sie haben meine Familie entehrt. Es ist einfach ein zu großer öffentlicher Schaden entstanden.«

Saul hielt Karla eine Hand hin. »Wenn das so ist, gehen wir, Karla. Die Jungs warten draußen am Tor auf dich.«

»Jungs?« Karla zitterte und wich vor der ausgestreckten Hand zurück.

»Deine Söhne. Unsere Söhne. Sie warten auf Sky, Phoenix – und auf dich. Wir gehen jetzt. Yves und Zed brauchen dich.«

»Was für merkwürdige Namen.« Phoenix kam lächelnd auf ihn zu. »Sie sind komisch. Warum weinen Sie?« Sie wischte ihm die Tränen von den Wangen und hielt ihm ein Taschentuch hin. »Keine Sorge, Mr … ähm. ’tschuldigung, wie war gleich noch Ihr Name? Egal, uns geht es sehr gut. Sie brauchen nicht zu weinen.«

Die Contessa blickte lächelnd auf ihre Gäste. »Möchte irgendjemand von euch mit Mr Benedict und diesem Mädchen hier mitgehen?«

Die vier schauten uns an, als wären wir irgendwelche Ausstellungsstücke im Museum, die sie nur mittelmäßig interessant fanden.

»Warum sollten wir das tun wollen?«, fragte Diamond.

Der Butler erschien in der Tür, flankiert von zwei Bodyguards, fast so, als hätte er gehört, wie Saul insge-

heim seine Chancen abwog, mit Karla über der Schulter Reißaus zu nehmen.

Die Contessa machte eine wedelnde Handbewegung in Richtung Ausgang. »Haben Sie vielen Dank für Ihren Besuch. Sie werden mich sicherlich kontaktieren, wegen meines Sohnes, meine ich?«

Saul gab keine Antwort. Er machte auf dem Absatz kehrt und marschierte geradewegs hinaus, pflügte eine Schneise zwischen die drei Männer an der Tür. »Komm, Crystal, hier bleiben wir keine Minute länger. Fahren Sie zur Hölle, Contessa«, stieß Saul hasserfüllt hervor.

Für einen sanftmütigen Mann wie ihn, waren das erstaunlich kraftvolle Worte. Ich hätte es nicht besser ausdrücken können.

Kapitel 12

Die Fahrt zu unserem Quartier im Badeort Malcesine verbrachten wir schweigend. Saul hatte seinen Söhnen die niederschmetternde Nachricht in knappen Sätzen übermittelt und ihnen eingeschärft, ja nichts zu unternehmen, da uns die Contessa zweifelsohne voller Genugtuung beobachtete.

Daraufhin explodierte prompt die Überwachungskamera. Ich glaubte erst, dass Zed das getan hätte, dann aber sah ich Yves' grimmiges Grinsen. Wir hatten beschlossen, abzufahren und weitere Pläne außer Sicht- und Hörweite zu schmieden.

Ich hatte ganz vergessen, wie schön der Gardasee war: Wasser von einem tiefen Schieferblau, metallisch graue Berghänge, die sich von der Küste erhoben, kleine Städte, die sich, umgeben von Zypressen, ans Ufer schmiegten. Ich war letzten Sommer einmal hier gewesen; jetzt kräuselte ein eisiger Wind das Wasser und die Luft war kristallklar.

 »Was tun wir als Erstes? Polizei?«, fragte ich, als wir

draußen vor unserer Villa geparkt hatten, ein blassgelbes zweigeschossiges Haus mit einer Dachterrasse. Wein rankte sich um den Erker, Blätter klammerten sich dem frischen Wind trotzend am Fruchtholz fest.

Saul blies sich in die kalten Finger. »Alles Behördliche dauert doch immer länger, als man es für möglich hält. Ich bin *nicht* geneigt, diesen Weg einzuschlagen.« Diese förmliche Ausdrucksweise klang aus seinem Mund eindeutig wie eine Drohung. Nein, er war *geneigt*, Blut fließen zu lassen.

Victor starrte den Berghang hinauf, wo wir gerade noch die schwarze Silhouette des kleinen Kastells auf dem Fels ausmachen konnten. Aus der Entfernung sah es so harmlos aus. »Wir brauchen … ich weiß nicht … einen Hubschrauber oder irgendwas, um dort eindringen zu können. Ich habe so etwas noch nie gemacht. Vielleicht können wir das Tor aufsprengen und mit den Autos reinfahren, allerdings wäre es ein Leichtes, uns den Rückweg zu versperren. Trace?«

»Aus der Luft ist die beste aller miesen Optionen«, stimmte Trace zu.

»Ich muss die Mädels irgendwie in Schlaf versetzen, damit wir sie heraustragen können«, sagte Victor. »Klingt so, als würden sie nicht freiwillig mitkommen.«

»Ich fürchte nicht«, bestätigte ich.

»Dann müssen wir auf eigene Faust da rein. Lasst uns einen Piloten anheuern, denn ich werde sicher nicht warten, bis wir eine offizielle Genehmigung haben«, erklärte Zed.

»Ja, aber wo sollen wir denn den Hubschrauberpilo-

ten herkriegen, der so einen Stunt zustande bringt und mal ganz spontan auf diesem taschentuchgroßen Stück Felsen landet?«, fragte Will.

Stunt? »Also, Jungs, ich wüsste woher.«

Xav sah mich mit aufgerissenen Augen an. »Wenn du eine Lösung weißt, werden wir dir bis ans Ende deiner Tage ergebene Diener sein.«

»Ich werde dich dran erinnern. Das Filmteam. Wir haben gesehen, dass sie in den Bergen das Setting der Actionszenen für den neuen Steve-Hughes-Film aufgebaut haben. Der Fotograf vom Set hat mir erzählt, dass sie auch Stunts mit Helikoptern machen. Ich kenne den Regisseur ein bisschen …«

»Und laut der internationalen Presse ist Steve ja auch dein Lover«, knurrte Xav.

»Na ja, eher ein Freund. Ich kann euch mit ihnen bekannt machen und dann sehen wir weiter.«

»Kein Problem«, sagte Victor. »Ich kann ja sehr überzeugend sein, wenn nötig.«

Meine erste Anlaufstelle war Lily, da ich ihre Handynummer hatte. Sie freute sich sehr, von mir zu hören. »Oh ja, komm unbedingt vorbei, Crystal. Ich langweile mich hier zu Tode und es ist arschkalt!«

»Könnte ich vielleicht auch noch jemanden mitbringen?«

»Klar doch. Wer ist es denn?«

»Erinnerst du dich noch an Xav?«

»Natürlich – der schnucklige Amerikaner.«

Xav, der seinen Kopf an meine Schulter gelehnt hatte und zuhörte, hob eine Augenbraue.

»Na ja, er ist jetzt sozusagen mein Freund.«

Xav schüttelte den Kopf, zeigte auf sein Herz, dann auf meines und verhakte seine Finger ineinander.

Um ein Haar entging mir, was Lily als Nächstes sagte. »Ach Mensch, halt bloß die Klappe – ich bin total neidisch!«

»Seine Brüder und sein Vater aus den Staaten sind gerade hier. Sie würden sich gern mal anschauen, was du so machst.«

»Hier unten passiert zurzeit nicht so viel. Die Action tobt oben auf den Skipisten. Vielleicht kann ich uns für morgen Access-Pässe besorgen. Wie viele seid ihr denn?«

»Acht.«

»Acht!«

»Geht das in Ordnung?«

»Na klar, nach diesem fantastischen Dreh in Venedig schuldet mir James einen Gefallen – oder acht.«

»Ich komme gleich noch auf einen Sprung bei dir vorbei. Ich muss dir was erzählen.«

Lilys Hotel war nur ein paar Querstraßen von unserem Quartier entfernt, deshalb war ich in null Komma nichts bei ihr. Lilys Arbeit war so weit getan und sie wartete jetzt darauf, dass der Dreh endlich anfing. Sie freute sich, mich zu sehen, war allerdings ein wenig überrascht, als ich mit dem ganzen Benedict-Clan im Schlepptau bei ihr auf der Matte stand.

»Wow, wo hast du diese Typen her?« Sie stieß mich mit dem Ellenbogen an. »Sind die alle schon vergeben?«

»Die drei nicht.« Ich zeigte auf Victor, Uriel und Will. Um sie nicht zu verschrecken, tat ich so, als wäre das hier bloß ein Freundschaftsbesuch, und stieg auf ihr Geschäker ein.

Sie seufzte. »Ein Jammer, dass ich zu alt für sie bin.« Ihren Worten zum Trotz bemerkte ich, dass sie sich beim Erfragen der Getränkewünsche einen Tick länger bei Uriel aufhielt.

»Wo genau wird denn gedreht, Lily?«, fragte Xav.

»Oben am Monte Baldo gibt es ein Naturschutzgebiet – mit großartigen Pisten, die schon richtig zugeschneit sind. Das ist allerdings ein kleines Stück zu fahren. Wenn ihr euch das anschauen wollt, braucht ihr schon einen Geländewagen.«

»Keine Sorge, Miss George, wir haben bereits welche gemietet«, sagte Saul. »Wir leben in den Rockies, da kennen wir uns gut aus mit solchen Straßenbedingungen. Wir waren heute Morgen schon oben, das ging ohne Probleme.«

»Super. Sie filmen gerade eine Szene, in der ein Stuntman für Steve aus einem Hubschrauber springt und auf Skiern die Piste runterbrettert. Dabei schießt er rechts und links Bösewichte über den Haufen.«

»Wie viele Hubschrauber gibt es denn?«, fragte Victor.

»Ich glaube drei – einen für den Stunt und zwei für die Kameras. Wir haben Glück mit dem Wetter. Wenn's sehr windig wäre, könnten sie nicht in die Luft.«

Es klopfte an der Tür.

»Herein!«, rief Lily.

Steve Hughes trat ein und ich spürte, wie Xav neben mir stocksteif wurde. »Hey Lily, willst du mit mir was trinken gehen? Oh, du hast Besuch. Ich wollte nicht stören.« Er knipste sein 100-Watt-Filmstar-Lächeln an, vollkommen ungerührt, dass er sich inmitten einer Gruppe von Männern befand, die ihn alle weit überragten. Er entdeckte mich im Hintergrund. »Hi, du bist doch Crystal, stimmt's? Wie geht's dir, Schätzchen?« Er senkte seine Stimme und ihr warmer Klang ließ mich sofort an Walnusssirup denken.

Ich hätte nicht gedacht, dass er sich an meinen Namen erinnerte. »Danke, gut, Steve. Laut *Gossip-Magazin* leide ich nur ein bisschen an Liebeskummer.«

Steve kapierte meinen Witz nicht. »Du hast schon verstanden, dass es nur ein Date war, oder?« Er blickte verstohlen zur Tür, spielte offenbar mit dem Gedanken, es Lily zu überlassen, das emotionale Chaos in Ordnung zu bringen.

»Und ich kleines dummes Ding hab glatt gedacht, ein Abend mit dir würde unweigerlich eine große Hollywoodhochzeit und Hunderte von Babys zur Folge haben.«

Er runzelte die Stirn. Die Hunderte von Babys waren eigentlich ein überdeutlicher Wink mit dem Zaunpfahl gewesen. »Das ist nicht dein Ernst?«

Armer, humorloser Mega-Star. »Nee, natürlich nicht, Steve. Ich möchte dir meinen Freund vorstellen, meinen *wirklichen* Freund, meine ich. Das ist Xav. Die anderen sind seine Brüder und das ist sein Vater. Sie kommen aus Colorado.«

Xav reichte ihm nicht die Hand. Stattdessen legte er mir besitzergreifend den Arm um die Schultern. »Nett, Sie kennenzulernen.« Sein Ton ließ eher auf das Gegenteil schließen – es sei denn mit Kennenlernen war ein Duell bei Sonnenuntergang gemeint.

Steve sah jetzt zu Tode erschrocken aus; er hatte etwas voreilige Schlüsse gezogen, warum ich mit meinem Freund und seiner gesamten Familie hier aufgekreuzt war. »Ich hab sie nicht angerührt, weißt du. Das, was in den Zeitungen steht – alles Gerüchte.«

»Aber Sie haben sie geküsst.« Xav fixierte ihn mit bohrendem Dolchblick.

»Weil ihr Kleid einen Riss hatte – und den wollten wir nicht als Aufmacher auf der ersten Seite sehen. Ich habe ihr einen Gefallen getan.«

Diesmal knurrte Xav tatsächlich.

Steve merkte, dass seine Worte fast beleidigend geklungen hatten, und ruderte schnell zurück. »Ich meine, ich fand es natürlich auch sehr schön. Aber ich werde sie nicht noch mal küssen. Nie wieder«, fügte er schnell hinzu.

»Lass den armen Kerl doch endlich vom Haken, Xav«, sagte Will. »Schon okay, Mr Hughes, wir sind nicht wegen des Kuss-Vorfalls hier.«

»Nicht?« Steve schien ein riesiger Stein vom Herzen zu fallen.

»Nein. Wir haben ein ernsthaftes Problem.« Victor schob sich nach vorne, geschmeidig wie ein Eisläufer. »Victor Benedict. Ich arbeite fürs FBI.«

Steve schüttelte ihm die Hand. »Da befinden Sie

sich aber ein bisschen außerhalb Ihres Zuständigkeitsbereiches, oder?«

Es beeindruckte mich, dass Steve nicht sofort von Victor eingeschüchtert war; ich hätte mir wahrscheinlich in die Hosen gemacht.

»Ich bin in privater Funktion hier. Das sind wir alle. Die Geschichte ist ziemlich unglaublich, sogar fürs Kino, also machen Sie sich auf etwas gefasst.« Victor blickte bei dieser Bemerkung auch Lily an. »Ich werde Sie in ein Geheimnis einweihen, weil wir Ihre Hilfe brauchen.« Dann umriss er in knappen Worten, was seit der Begegnung von Diamond und Trace passiert war. Mir fiel auf, dass er nicht seine manipulativen Kräfte einsetzte, sondern versuchte, sie mit der ungeschminkten Wahrheit zu überzeugen. Vermutlich verstieß es auch gegen die Menschenrechte, jemandem den eigenen Willen aufzuzwingen. Und genau darum zählte Victor zu den Guten und nicht wie die Contessa zu den Bösen. Sie hätte nicht eine Sekunde gezögert, ihre Macht zu missbrauchen.

Als Victor fertig war, setzte sich Steve schwer seufzend aufs Sofa. »Tut mir leid, Leute, aber das alles klingt einfach zu abgefahren. Soll das vielleicht irgendein Scherz sein?« Er warf einen Blick über die Schulter, so als erwarte er, dass jeden Moment das Team der Versteckten Kamera hervorspringen würde. »Oder wollt ihr auf diese Weise mein Interesse für ein neues Filmprojekt wecken?«

Saul setzte sich neben ihn, sein weises Gesicht wirkte beruhigend nach dieser Dosis unfassbarer Neuig-

keiten. »Wir könnten es nicht ernster meinen, Mr Hughes. Nicht alles im Leben dreht sich ums Filmemachen.«

»Dann versuchen Sie mal, in meiner Welt zu leben.« Steve lachte selbstironisch.

Lily verschränkte die Arme. »Okay, ihr habt uns da gerade eine unglaubliche Geschichte aufgetischt, aber ich nehme mal an, mit der Existenz von Savants verhält es sich nicht so wie mit der Religion: Wir müssen es nicht einfach nur glauben. Warum beweist ihr es uns nicht? Dann können wir entscheiden, ob wir euch helfen.«

Victor blinzelte kurz, dann lächelte er. »Ich mag deine Freundin, Crystal. Sie ist eine Frau, der man nichts vormachen kann. Okay, wer will als Erstes?«

Yves trat vor, mit erhobener Hand.

»Gute Idee. Aber richte nicht mehr Schaden an, als wir bezahlen können.« Victor ging ein paar Schritte zurück.

»Oh, an so was hatte ich jetzt gar nicht gedacht.« Yves legte die hohlen Hände aneinander und schloss die Augen. Als er sie wieder öffnete, rotierte ein Feuerball in seinen Handflächen.

»Was zum …!«, rief Steve aus und hechtete über die Rückenlehne des Sofas.

»Crystal!«, kreischte Lily.

Ich tätschelte ihr den Arm. »Das ist cool, Lily. Sieh einfach hin.«

»Das ist nicht cool. Das ist ein abgefahren großer Feuerball!«

Das stimmte. Trotzdem liebte ich es, Yves zuzusehen. Ich hatte seine Kräfte noch nie in Aktion gesehen. Er lächelte Lily an, seine dunklen Augen funkelten verschmitzt. Der Feuerball nahm die Form einer Blume an – eine zarte, schlanke mit einer trompetenförmigen Blüte, aus der kleine Funken schlugen; eine Feuerlilie.

»Für dich«, sagte er und hielt sie ihr hin.

»Du hast mich überzeugt – du hast mich restlos überzeugt!« Lily suchte Schutz hinter meinem Rücken.

Yves lachte und ließ das Feuer ausgehen. Alles, was übrig blieb, war ein schwacher Rauchgeruch in der Luft wie von einer erloschenen Wunderkerze.

Steve schüttelte den Kopf. »Wie hast du das gemacht? Einen derartigen Special Effect habe ich noch nie gesehen.«

»Das ist kein Special Effect.« Zed trat einen Schritt vor. »Das ist die Kraft des Geistes, die natürliche Energien steuert.« Die Obstschale erhob sich vom Tisch und fing an, sich wie eine fliegende Untertasse zu drehen. Zed lenkte sie direkt auf Steve. Die Orange und Banane schwebten heraus und umkreisten die Schale wie Planeten die Sonne.

Steve starrte gebannt hin in dem Versuch herauszukriegen, wie dieser Trick funktionierte.

»Es ist kein Trick«, bestätigte Saul. »Stell die Schale wieder hin, Zed.«

Zed war anzusehen, dass er Steve das Obst liebend gern um die Ohren klatschen wollte, bis er uns endlich glaubte. Er war getrieben von dem Wunsch, Sky

schnellstmöglich zu retten, aber wir mussten die Sache Schritt für Schritt angehen. Wir brauchten einen Hubschrauber und unsere Chancen, einen zu kriegen, standen am besten, wenn wir Steve auf unsere Seite bekämen. Sein Wort würde beim Filmteam mehr Gewicht haben als das von irgendjemand anders. Die Schale ließ sich wieder auf dem Tisch nieder und die Früchte plumpsten sacht nacheinander hinein.

Steve hob die Schale an und stellte sie wieder hin. »Keine Drähte. Wow. Okay, jetzt glaube ich euch. Ihr habt echt hammermäßige Fähigkeiten.«

»Sie verstehen sicher, dass wir damit nicht groß hausieren gehen. Das wäre so, als würden Sie Ihre Telefonnummer in der Zeitung abdrucken lassen, sodass jeder Fan Sie Tag und Nacht anrufen kann«, sagte Victor.

»Ja, ja, das verstehe ich nur allzu gut. Diese alte Hexe hält also eure Mädchen in einer Festung gefangen, sie hat sie auf irgendeine schräge Weise hypnotisiert und ihr braucht jetzt einen Hubschrauber?«

»Ja, ganz genau.«

Steve blickte Lily an. »Bin ich eigentlich noch ganz dicht? Ich denke echt darüber nach, diesen Spinnern hier zu helfen.«

»Ich glaube ihnen auch, Steve.« Lily rieb sich die Hände. »Und ich bin ebenfalls der Meinung, dass wir ihnen helfen sollten.«

»Wir wären euch sehr dankbar.« Vor Freude über diese Wendung drückte ich Xavs Hand. Er erwiderte die Geste. »Wir können keine Zeit damit verschwenden, den offiziellen Behördenweg zu gehen.«

Steve musterte mich. »Und du, Crystal? Welche Fähigkeiten besitzt du?«

»Ich … ähm … finde Dinge.«

Er sah nicht sonderlich beeindruckt aus. Ich glaube, er hätte lieber damit angeben wollen, dass er – wenn auch nur für kurze Zeit – mit jemandem verbandelt gewesen war, der Sachen in die Luft jagen oder sie umherfliegen lassen konnte.

»Und dein Freund?«

»Ich heile.«

»Nützlich. Ich würde gerne mehr über diese Savant-Sache erfahren. Klingt, als wär's ziemlich praktisch, wenn man euch auf seiner Seite hat.«

»Aber jetzt brauchen wir erst mal Sie auf unserer Seite«, rief Victor ihm ins Gedächtnis. »Hubschrauber?«

Steve holte sein Handy aus der Jackentasche. »Geritzt.«

»Können Sie den Piloten überreden?«

»Das wird kein Problem sein.«

Victor stand auf. »Ich könnte behilflich sein, falls sich irgendwelche Hindernisse auftun.«

»Wird nicht passieren. Wissen Sie, Ihr Pilot steht bereits vor Ihnen. Ich habe den Flugschein und fünf Jahre Flugpraxis.« Er zwinkerte mir zu. »Irgendwann hat's mir gereicht, den Actionhelden immer nur zu spielen.«

Eine Banane schnellte aus der Schale heraus und ging auf Kollisionskurs mit Steves Hinterkopf.

»Xav!«, mahnte Will.

Die Banane machte einen Salto und landete in Xavs Hand, als wäre sie eine Pistole.

»Der Kerl geht mir mächtig auf den Keks«, raunte er mir zu.

Ich riss ihm die Banane aus der Hand, pellte sie ab und stopfte das eine Ende Xav in den Mund. »Aber im Moment ist er unser neuer bester Freund, deshalb schön brav mitspielen.«

»Also, wie lautet der Plan?« Steve stand über die Karte gebeugt, die Victor zutage gefördert hatte.

»Wir haben nicht mehr an Information als das, was Crystal und Dad heute gesehen haben«, räumte Victor ein. »Die Contessa hat unsere Mädchen in ihrer Gewalt, aber sie sind nicht eingesperrt und sie sind sich auch nicht darüber bewusst, dass sie Gefangene sind.«

»Der Plan lautet also reingehen, die Mädchen einkassieren und wieder abhauen«, sagte Steve, während er die Karte studierte.

»Ja, aber die Festung ist sehr schwer zugänglich.«

»Das sehe ich. Wie nah soll ich mit dem Hubschrauber ran? Der Lärm wird uns sowieso verraten.«

Will tippte auf die Karte. »Ich glaube, was das angeht, tun uns die Filmarbeiten Ihrer Crew einen Riesengefallen. Die Wachleute der Contessa dürften es mittlerweile gewohnt sein, dass Hubschrauber, die zum Set gehören, für die Stuntaufnahmen über dem Anwesen rumschwirren. Vermutlich werden sie glauben, dass wir dazugehören. Sie werden sich also nichts weiter dabei denken, solange wir nicht direkt vor ihrer Haustür landen.«

Steve nickte. »Ist vielleicht 'ne gute Idee, ein paar

Probedurchläufe zu machen, bei denen ich den Filmstar raushängen lasse. Wenn sie gucken, winke ich ihnen zu und flieg dann weiter. Womöglich sind sie genervt, aber mehr als ein Beschwerdeanruf beim Aufnahmeleiter wird wohl nicht passieren.«

Saul rieb sich nachdenklich das Kinn. Ich sah ihm an, dass er mithilfe seiner Begabung versuchte zu erspüren, wie groß die Gefahr für Steve bei dieser Aktion wäre. »Das ist eine ausgezeichnete Idee, Mr Hughes. Wo befindet sich Ihr Hubschrauber?«

»Am Set. Den besteige ich erst morgen für die Nahaufnahmen. In der Szene sitze ich an den Hebeln, dann überlasse ich sie Jesse, meinem Co-Star, und springe zur Tür raus. Ich mache alles selbst – bis auf den Sprung.«

»Und was dann?«, fragte Xav. Irgendetwas an Steves Schilderung hatte sein Interesse geweckt.

»Dann düse ich auf Skiern den Hang hinunter und bekämpfe dabei die Bösen. Das machen aber die Stuntmänner. Die Szenen werden nächste Woche gedreht.«

»Dad …«, setzte Xav an.

»Nein, Xav.« Saul schüttelte den Kopf. »Zu gefährlich.«

Alle Benedicts schienen zu wissen, was Xav dachte, bloß ich hatte keinen blassen Schimmer. »Worum geht's?«

»Das Problem ist, selbst wenn wir es schaffen, aufs Grundstück zu gelangen, müssen wir noch immer irgendwie ins Kastell reinkommen.« Xav deutete auf das

Satellitenbild. »Seht ihr den niedlichen kleinen Abhang da: Er zieht sich runter bis zum Felsen.«

»Was? Meinst du etwa den Garten?«

»Im Sommer, ja; aber jetzt ist es bloß ein schneebedeckter Hang gespickt mit Hindernissen – Statuen, Bäumen, Teichen –, der … na ja, der eben einfach endet.«

»Ja, an einem Abgrund! Da runterzuspringen wäre Selbstmord.«

»Ich hab jede Menge Zeit zu bremsen, bevor ich unten ankomme. Ich kann mich ja in diesem Gebüsch verstecken und später zu euch stoßen, um euch zu helfen.«

»Wenn du dann noch am Leben sein solltest.« Zed klopfte seinem Bruder wohlmeinend an den Kopf.

»Warum um alles in der Welt würdest du das tun wollen?«, fragte ich entgeistert.

»Er spielt den Lockvogel. Wenn er die Aufmerksamkeit der Wachleute auf sich zieht, kann sich der Rest von uns zur Hintertür reinschleichen.«

»Vorausgesetzt, die Hütte hat überhaupt eine Hintertür«, wandte Steve ein. Ich musste ihm beipflichten: Danach sah es nicht gerade aus.

»Das wird sie, denn wir machen uns eine: ein Seil, das in einer dunklen Ecke über die Befestigungsmauer geworfen wird.« Trace zeigte auf die Nordostwand.

Es kam nicht infrage, dass Xav den Köder für ein paar schwer bewaffnete Wachleute abgeben würde. »Fällt uns nicht noch etwas anderes zur Ablenkung ein? Eine kleine Explosion?« Ich blickte fragend zu Yves.

»Das könnte ich schon machen, aber ich will nicht riskieren, unsere Mädels zu verletzen. Wir kennen nicht ihren genauen Aufenthaltsort im Kastell und es lässt sich nicht abschätzen, wie sie in solch einer Situation reagieren würden, so benommen, wie sie sind. Und außerdem würde die Contessa dann sofort wissen, dass wir zurückgekommen sind, um die Mädchen zu befreien.«

Xav kraulte mir das Haar. »Mach dir keine Sorgen, Süße, ich bin auf Skiern schnell wie der Blitz. Sie haben nicht die leiseste Chance, mich zu kriegen.«

»Schneller als 'ne Kugel? Das glaube ich kaum.«

»Ich werde ihnen gar nicht die Gelegenheit geben, auf mich zu feuern. Außerdem hatte ich die Idee, mich ihnen als blöder Armleuchter zu präsentieren, der ihnen vor der Nase rumhampelt … ein besoffener Kumpel von unserem Filmstar hier, der als Mutprobe in ihrem Garten Ski fährt. Ich hoffe mal, dass sie mich einfach nur verkloppen und nicht erschießen wollen.«

»Für die Rolle des Idioten bist du jedenfalls wie geschaffen, wenn ich mir ansehe, wie du dich die ganze Zeit aufführst«, knurrte Victor.

»Ja, das könnte klappen«, pflichtete Steve bei, der mittlerweile richtig auf den Geschmack gekommen war. »Wenn ich über das Haus hinwegfliege, könntest du dich aus dem Heli raushängen und laut rumgrölen – du weißt schon, wie ich's meine. Und ich kann wie besoffen fliegen, kein Problem.« Er sah meinen Gesichtsausdruck. »*Wie* besoffen. Nur so als ob, Schätzchen. Ich trinke nie was, wenn ich fliege.«

»Und während ihr Tausendsassa das alles macht, was hat der Rest von uns zu tun?«, fragte Lily.

»Steve wartet auf unser Signal, dass wir die Mädchen haben, und landet im Wendekreis. Dann fliegt er mit den Mädchen zum Set«, sagte Trace, »während wir zu unseren Autos zurückkehren. Ein sauberer Abgang ist das Allerwichtigste. Wir brauchen ein paar Fahrer, am besten zwei Autos, die mit laufenden Motoren oben am Set warten, da, wo die Helikopter stehen. Wir müssen fix sein und das Gebiet schnell verlassen, denn ich bezweifle, dass die Polizei unser unbefugtes Eindringen gutheißen wird. Und ich möchte nicht die Nacht damit verbringen, ihnen alles zu erklären.«

»Ich fahre. Das kann ich machen.« Lily rieb sich die Oberarme. Sie war schon jetzt ein Nervenbündel.

»Bist du dir sicher? Ich meine, du kannst auch hierbleiben und dich aus der ganzen Sache raushalten.«

»Ich möchte gern helfen. Ich glaube, es wäre schlimmer, rumzusitzen und darauf zu warten, irgendwann die Sirenen zu hören Außerdem muss jemand vom Filmteam dabei sein, falls unsere Sicherheitsleute wegen euch Fragen stellen.«

»Danke. Das wäre echt klasse.«

»Ich werde bei Lily bleiben«, verkündetete Saul, nicht ohne Bedauern in der Stimme. »Ich glaube, meine Zeit als Kletterer ist vorbei, und ich weiß, dass ihr alles tut, um eure Mutter für mich in Sicherheit zu bringen.«

Ich kuschelte mich an Xav, während sie wie wild Pläne schmiedeten, und fühlte mich mehr als nur ein bisschen überflüssig.

»Das ist der helle Wahnsinn«, flüsterte ich. »Ich seid alle komplett durchgeknallt. Ihr klingt, als würdet ihr einen von Steves Filmen planen und keine Rettungsaktion im wirklichen Leben. Ich will nicht, dass du das machst.«

Er schwieg für einen Moment; offenbar überlegte er, was er darauf am besten erwidern konnte, ohne dass wir uns in die Haare gerieten.

»Machst du dir Sorgen um mich?«

»Natürlich! Um euch alle.«

»Du hast es doch gerade selbst gesagt: Das ist das wirkliche Leben, kein Actionfilm. Die Wachleute der Contessa werden nicht gleich anfangen rumzuballern, nur weil man sie ein bisschen provoziert. Sie werden sauer sein, mich vielleicht jagen, aber ich bin ein sauguter Skifahrer: Ich werde weg sein, noch ehe sie in ihre Bindung gestiegen sind. Und was das Team anbetrifft, das ins Haus eindringt: Falls sie geschnappt werden, ist es viel wahrscheinlicher, dass man sie festnimmt, als dass man ihnen etwas antut.«

»Aber die Contessa verfügt über unglaubliche Kräfte. Was sollte sie daran hindern, sie gegen euch einzusetzen?«

»Darauf werden wir vorbereitet sein. Wir werden unsere Mentalabschirmung die ganze Zeit aufrechterhalten. Dazu hattet ihr Mädels ja keine Chance.«

»Ich schon – ich glaube, deshalb ist mit mir nichts Schlimmeres passiert. Sie hat mich zwar überrumpelt, konnte aber nicht in meinen Geist eindringen. Meine Abschirmung ist immer aktiviert – eine wichtige Über-

lebensstrategie, wenn man in einer Savant-Familie lebt, die Telepathie benutzt, man selbst aber nicht dran teilnehmen kann.«

»Und dafür bin ich total dankbar.« Er beugte seinen Kopf zu mir herunter, legte ihn in die Wölbung zwischen Hals und Schulter und sog den Duft meiner Haut und meines Haares ein.

»Was soll ich denn machen, während ihr alle ins Kastell einsteigt? Ich kann nicht Auto fahren, ich kann nicht Ski fahren …«

»Ich vermute mal, du würdest in keinem Fall einfach nur hierbleiben?«

»Richtig erkannt.«

»Okay, dachte ich mir schon.«

»Ich möchte in deiner Nähe sein.«

»Du könntest Steve im Hubschrauber Gesellschaft leisten. Trace, Zed und Yves werden ihre Mädels rausholen; Uriel wird Mom tragen; wir brauchen Will und Victor zur Rückendeckung. Dann könntest du unsere Verbindungsperson sein – ich würde dir telepathische Nachrichten zukommen lassen, sodass ihr Bescheid wisst, wie wir vorankommen.«

Das klang gut und es bedeutete, dass ich nah genug am Geschehen dran wäre, um zu helfen, falls sie in Schwierigkeiten gerieten. »Okay, mit diesem Plan kann ich leben.«

»Hey Leute, Crystal wird im Heli mitfliegen und Steve auf dem Laufenden halten.«

Saul machte ein zweifelndes Gesicht, aber alle anderen stimmten dem Plan sofort zu.

»Haben wir noch irgendwas vergessen?«, fragte Yves abschließend.

»Wahrscheinlich«, sagte Zed, aber es schien ihm nichts weiter auszumachen. Seine Verzweiflung war dermaßen groß, dass ihm das Gerede über die vielen Kleinigkeiten mächtig auf die Nerven ging. »Schluss jetzt mit dem Gequatsche. Los geht's!«

Kapitel 13

Ich entschied, zusammen mit Steve und Lily im Auto den Berg hinaufzufahren, was natürlich bedeutete, dass Xav auch mit von der Partie war. Es war schon spät. Die Temperaturen waren unter null gefallen und ich war dankbar für die Daunenjacke, die Lily für mich aus ihrem Kleiderschrank hervorgekramt hatte. Sie hatte mich so ausstaffiert, dass man mich für Steves glamouröse Nebendarstellerin halten könnte, falls jemand den Hubschrauber durch ein Fernglas beobachten sollte.

»Bleibt die Crew eigentlich die ganze Nacht am Set?« Ich fragte mich, wie vielen Leuten wir wohl über den Weg laufen würden.

»Ein paar sind in der Nähe in einem kleinen Schloss untergebracht«, erklärte Steve, »aber die meisten fahren abends nach Malcesine runter. Nur die Sicherheitsleute bleiben hier. Das ganze Equipment kann man nicht unbewacht lassen.« Er lenkte den Wagen geschickt über die vereisten Straßen, was mein Vertrauen

stärkte, dass er auch ein passabler Pilot war. Auf eine sonderbare Weise schien er es förmlich zu genießen, etwas ganz Reales zu tun, statt Heldentaten auf der Leinwand zu begehen. Der Tannenwald zu beiden Seiten wirkte unheimlich und einsam – die dichten Schatten unter den Ästen erstickten alles Leben. Ein kleines Stück weiter oben lag Schnee, der sich weiß schimmernd dem Dämmerlicht widersetzte.

»Also, erzählt mal ein bisschen von dieser Savant-Welt – wie viele von euch gibt es?«, fragte Steve.

»Mehr als Sie glauben.« Xav übernahm das Reden. »Wir bleiben weitgehend unter uns, denn wir verfügen über Fähigkeiten, an denen viele Leute interessiert wären.«

»Ja, wie du und deine Heilbegabung – du könntest ein Vermögen damit machen.«

Xav versteifte sich merklich; er reagierte wie eine Katze, die man gegen den Strich streichelte. »Vermutlich, aber um Geld geht es nicht – oder es sollte zumindest nicht darum gehen. Wir halten uns bedeckt, weil der Bedarf zu groß ist und es zu wenige von uns Heilern gibt. Ich kann nicht allen helfen, darum handle ich in meinem unmittelbaren Umfeld, statt mich in dem vergeblichen Unterfangen zu verzetteln, die ganze Welt kurieren zu wollen.«

Die Blicke von Steve und Xav trafen sich im Rückspiegel. »Weißt du, je mehr ich höre, desto mehr klingt es nach meinem eigenen Leben. Meine Position verleiht mir Macht und ich muss aufpassen, wie ich sie benutze. Ich kann mich nicht für jeden guten Zweck

einsetzen, sonst hätte ich keine Zeit mehr für ein eigenes Leben. Klingt knallhart, aber man muss einen guten Mittelweg finden.«

Lily blickte auf die Karte. »Die nächste links, Steve.«

»Ja, ich weiß. Ich bin den Weg schon ein paarmal gefahren.«

»Trotzdem hätte ich nichts dagegen, eine Begabung wie deine zu besitzen, Xav«, sagte Lily. »Es muss sich toll anfühlen, tatsächlich etwas bewirken zu können, Leben zu retten und Krebs zu heilen.«

»Ich bin nicht sicher, ob ich das wirklich hinkriegen würde – das Heilen kostet enorm viel Energie und eine Krankheit wie Krebs ist der reinste Energiefresser.« Xav war düster gestimmt, denn genau wie die anderen konnte auch er nicht aufhören, sich um Karla, Diamond, Sky und Phoenix zu sorgen. »Aber eigentlich ist es nicht richtig, die Welt in Savants und Nicht-Savants einzuteilen. Du hast nämlich auch eine Begabung – du erschaffst Dinge. Das ist auf seine Weise genauso wertvoll.«

Lily drehte sich auf ihrem Sitz um und grinste ihn an. »Oh danke. Ich wusste doch, dass ich dich mag.«

»Es gibt leider viele Savants, die glauben, aufgrund ihrer Fähigkeiten würden gängige Regeln und Werte für sie nicht gelten, wie zum Bespiel, dass man zwischen Richtig und Falsch unterscheidet. Das ist wirklich besorgniserregend.«

»Du meinst wie eure Contessa?«

»Genau – sie und ihr Sohn und die anderen Typen, die wir in London festgenommen haben. Sie haben ein

Bündnis geschlossen, um die Welt unter sich aufzuteilen, so als hätten sie das Recht dazu. Ich bin sehr stolz darauf, dass wir sie aufhalten konnten.«

»Ich hoffe bloß, eure Ladys müssen das jetzt nicht ausbaden«, bemerkte Steve.

Das Rettungsteam bog an der Weggabelung ab. Sie würden das Auto irgendwo verstecken und über den Zaun auf das Gelände eindringen, und zwar an einer Stelle, wo die wenigsten Wachposten standen. Wir anderen fuhren weiter zum Hubschrauberlandeplatz – die Produktionsfirma hatte für die Autos und Helis einen großen Parkplatz angemietet, der normalerweise für Wochenendskiläufer gedacht war. Gut, dass wir Steve und Lily dabeihatten, da die Sicherheitsmänner zu so später Stunde nur widerwillig jemanden in ihr Territorium lassen wollten.

»Hey Leute, wie geht's?«, sagte Steve fröhlich.

»Alles ruhig, Mr Hughes«, erklärte der Wachhabende verhalten.

»Ich bin nur hergekommen, um mit meinen Freunden eine kleine Runde mit dem Hubschrauber zu drehen. Ich muss vor dem Start aber noch ein paar Checks durchführen. Lasst euch also durch uns nicht von der Arbeit abhalten.«

»Davon hat man mir aber nichts gesagt, Sir.« Der Wachmann warf einen Blick auf seinen Ablaufplan.

»Das ist nicht offiziell. Und es ist *mein* Hubschrauber.« Steve hörte auf zu lächeln und erinnerte den Mann ohne große Worte daran, wer hier der Megastar war.

Der Wachmann gab klein bei. »Okay, Mr Hughes. Der Heli ist vorhin von den Technikern noch mit Enteisungsspray behandelt worden, aber seien Sie trotzdem vorsichtig.«

»Genau das habe ich vor.«

Als die Absperrpfosten aus dem Weg waren, fuhren wir an den parkenden Autos vorbei zum Helikopterlandefeld und stellten das Fahrzeug dort ab.

»Sie haben Ihren eigenen Hubschrauber aus den Staaten mitgebracht?«, fragte Xav.

Steve rieb sich die Hände warm; durch die offen stehende Autotür zog kalte Luft herein. »Nein. Ich habe ihn gemietet, damit ich problemlos überall hinkomme. Aber keine Sorge: Das ist das gleiche Modell, das ich zu Hause auch fliege.« Er marschierte auf den kleinsten der drei Hubschrauber zu, eine schwarze Gazelle laut Schriftzug auf dem Heck. Dem weltberühmten Kinostar zu Ehren hatte die Leihfirma dem Heli einen neuen Anstrich verpasst: ›Steve‹ prangte in großen Lettern auf dem Rumpf. Hm, sehr dezent.

»Das ist jetzt nicht wahr, oder?«, murmelte Xav. »Da kann ich nicht mithalten.«

Ich schmiegte mich dicht an ihn. Er war so schön warm. »Das würde ich dir auch nicht raten. Steve lebt in einer Welt mit fiktionalen Helden – der Mann meiner Träume soll ein bisschen bodenständiger sein.«

»Da fällt mir ein Stein vom Herzen. Komm, ich glaube, er ist so weit.«

Wir stiegen aus dem Auto und gingen zu den anderen hinüber, die neben der Gazelle standen. Ich konnte

spüren, dass sie telepathisch kommunizierten, und hielt deshalb ein Stück Abstand.

»Okay«, sagte Saul. »Die Jungs haben den Zaun überwunden und schleichen sich jetzt auf die Rückseite des Gebäudes. Ich bin nicht sicher, wie weit das Abwehrfeld reicht, aber sie befinden sich noch außerhalb davon.« Er verstummte und lauschte den hin und her fliegenden Stimmen. »Steve, Victor hat mir grünes Licht gegeben. Schwirren Sie ein paarmal ums Dach herum, dann setzen Sie Xav ab, und zwar so, dass er von der Tür aus gut zu sehen ist. Währenddessen klettern die Jungs die hintere Hauswand hinauf. Xav, du bleibst die ganze Zeit in Kontakt, damit du weißt, wann du das Ablenkungsmanöver beenden kannst. Yves wird die Alarmanlage und die Überwachungskameras kurzschließen, um noch mehr Verwirrung zu stiften. Steve, Sie kreisen über dem Anwesen und warten darauf, dass Crystal Ihnen das Signal zur Landung gibt. Wenn alles gut läuft, dann sind die Jungs mit unseren Mädchen wieder raus, bevor die Contessa gemerkt hat, was los ist.«

»Verstanden.« Steve rieb sich die Hände. »Mir wären ein paar Probedurchgänge zwar lieber, aber falls was nicht nach Plan läuft, werden wir eben einfach improvisieren müssen.«

»Ich fürchte, da haben Sie recht. Die telepathische Verbindung funktioniert womöglich nicht, wenn die Contessa wieder eine Barriere errichtet. In diesem Fall ist es unbedingt notwendig, dass Sie die Mädchen in Sicherheit bringen. Einverstanden?«

Steve nickte.

»Kinderspiel«, sagte Xav.

»Xav, du bist derjenige, der weitgehend auf sich allein gestellt sein wird«, erklärte Saul. »Will lässt dir ausrichten, dass du zusehen sollst, mit deinem Hintern ja rechtzeitig am Fahrzeug zu sein. Er will dich nicht suchen gehen müssen.«

»Sag meinem großen Bruder, dass er sich wegen mir keine Sorgen zu machen braucht.«

Aber es war offensichtlich, dass Will und Saul wegen Xavs Part beunruhigt waren, und da sie beide über die Fähigkeit verfügten, Gefahr zu erspüren, stimmte mich das alles andere als zuversichtlich.

»Xavier, du hast mir mehr graue Haare bereitet als alle meine anderen Söhne zusammen.« Saul runzelte die Stirn, dann korrigierte er sich. »Fairerweise muss ich sagen, du und Zed. Sieh einfach zu, dass heute Abend nicht noch weitere hinzukommen.«

Xav umarmte seinen Vater. »Ich werde mein Bestes tun.«

»Dann kann die Show ja losgehen.« Steve kletterte ins Cockpit.

Saul half mir auf den Rücksitz. »Passt alle gut auf euch auf. Karla würde mir niemals verzeihen, wenn bei dem Versuch, sie zu retten, einem von euch etwas zustößt.«

Xav legte mir einen Arm um die Schultern und wir schauten zusammen von der Rückbank aus zu, wie unser Pilot den Hubschrauber startklar machte. Es war nur ein kleiner Helikopter, aber wenn man ein bisschen

zusammenrückte, passten fünf Leute hinein. Ohne den Schnee am Boden als Orientierungshilfe wäre diese Mission zum Scheitern verurteilt gewesen, denn er funktionierte beinah so gut wie Landungslichter. Wir waren uns alle voll im Klaren darüber, dass Steve eine Menge riskierte, um uns zu helfen.

Für einen selbstverliebten Filmgott ist er gar nicht mal übel, oder?, fragte ich Xav. Wir mussten meine Form von Telepathie benutzen, mit der ich noch immer so unsicher umging wie ein Kind, das auf seinem ersten Fahrrad ohne Stützräder herumeiert; aber das Motorengebumm war sogar im schallgedämpften Cockpit dermaßen laut, dass eine normale Unterhaltung unmöglich war.

Ich höre dich ganz deutlich, Zuckerpuppe. Mann, das ist aber eine echt leistungsstarke Verbindung, die du da aufgebaut hast. Vielleicht solltest du sie etwas abschwächen.

Sorry.

Das braucht dir nicht leidzutun. Mit etwas Glück durchschlägt sie alle Barrieren, die die alte Hexe errichtet. Und was deinen Filmstar angeht: Er ist halbwegs erträglich, solange er die Finger von dir lässt, räumte Xav ein.

Er hat mich nur ein einziges Mal geküsst und das war ganz anders als mit dir.

Freut mich zu hören. Er schwieg kurz. *Mit mir war's besser, oder?*

Ich musste ihn einfach ein bisschen auf die Schippe nehmen, um die angespannte Atmosphäre aufzulockern. *Es war anders, so viel steht fest.*

Besser anders oder schlechter anders? Sein Arm schlang sich fester um meine Taille, ein Warnzeichen an mich, meine Worte ja vorsichtig zu wählen.

Ich schmiegte mich an ihn. *Sein Kuss war nett.*

Nett? Xav drehte das Wort in seinem Kopf hin und her. *Das klingt ja nicht gerade beeindruckend.*

Oh, ich fand's schon beeindruckend, dass er versucht hat, mich vor der Pressemeute zu beschützen.

Und?

Und was? Ich gab die perfekte Unschuld vom Lande.

Wie war er im Vergleich zu mir?, knurrte er.

Er hat mir eine leichte Gänsehaut verpasst, zugegeben … aber du hast mich komplett aus den Socken gehauen.

Er küsste mich zwischen die Augenbrauen. *Gut. Vergiss das bloß nicht, Crystal Brook. Und ich kann's noch viel besser, versprochen.*

Das wette ich. Ein Jammer, dass gerade nicht der richtige Zeitpunkt ist, das herauszufinden.

Ja, aber sobald alle in Sicherheit sind, haben wir beide noch eine offene Rechnung zu begleichen.

Sieht ganz danach aus. Ich war mir nicht sicher, wie ich mich in dieser Beziehung verhalten sollte. Mir war klar, dass wir füreinander bestimmt waren, aber das bedeutete nicht, dass ich wie Diamond so mir nichts, dir nichts ganz cool mit dieser ganzen Seelenspiegel-Sache umgehen konnte.

Xav spürte, dass ich ein bisschen Bestätigung brauchte; er spähte zu Steve hinüber, aber der war zu sehr mit Fliegen beschäftigt, um auf uns zu achten. *Ich*

leiste schon mal eine kleine Anzahlung. Er beugte sich zu mir hinunter und küsste mich; warme, weiche Lippen auf meinem Mund. Ich erwiderte seinen Kuss, versuchte auf diese Art zu sagen, was ich noch nicht offen ausgesprochen hatte: dass ich ihn liebte und halb verrückt war vor Angst wegen dem, was er vorhatte. Er streichelte mir sanft über den Rücken, eine magische Berührung, die meine ganze Anspannung löste. Seine Hand wanderte nach oben und legte sich fest in meinen Nacken, er zog mich noch dichter an sich und ich überließ ihm gern das Kommando. Dieser Junge küsste wie ein Weltmeister und ich war mehr als willens, mir von ihm auf die Sprünge helfen zu lassen. Für ein paar Sekunden machte ich mir Sorgen, dass er mir meine Unbeholfenheit anmerken würde, doch dann schob ich alle Bedenken beiseite und genoss den Kuss. Das hier war kein Test, sondern ein Bekenntnis, was wir füreinander empfanden.

Er löste sich von mir. *Alles wird gut. Ich komme zu dir zurück, egal, was heute Abend passiert.*

Ich nehme dich beim Wort. Und sei gewarnt: Ich werde dich umbringen, falls dir irgendwas zustößt.

Großartig. Was für eine aufbauende Reaktion meines charmanten Seelenspiegels. Bin ich nicht ein Glückspilz?

»Hey, ihr Turteltäubchen, es interessiert euch vielleicht, dass wir jetzt das Kastell anfliegen«, plärrte Steve übers Mikro in unsere Kopfhörer; es schien ihn in keinster Weise zu stören, nicht im Fokus der Aufmerksamkeit zu stehen. Vermutlich war das mal eine nette Abwechslung für ihn. »Das wird ein tiefer Anflug. Ihr

solltet euch also jetzt tarnen, damit man euch nicht erkennt.«

Ich setzte Skimütze und Sonnenbrille auf. Xav hatte bereits seine Skiausrüstung an. Er setzte Helm und Brille auf, ein bisschen umständlich, da er mit einer Hand den Kopfhörer ans Ohr halten musste, um weiter mit Steve sprechen zu können.

Xav besah sich das Gelände rund ums Kastell, verglich es mit den Satellitenbildern, die wir uns angeschaut hatten. »Das da ist eine gute Stelle, um loszulegen.« Er zeigte auf eine Terrasse draußen vor dem Erdgeschossfenster des Kastells – dahinter befand sich das Wohnzimmer, in dem wir Diamond und die anderen gesehen hatten. »Wie tief können Sie runtergehen?«

»Bis kurz über den Boden. Es ist relativ windstill, also muss ich nicht mit den Elementen kämpfen.«

»Ich werde zuerst die Ski rauswerfen und dann hinterherspringen. Es kann einen kleinen Moment dauern, bis ich sie angeschnallt habe; können Sie mir so lange mit dem Heli Deckung geben?«

»Wird gemacht.«

Bitte, bitte, sei vorsichtig!, bettelte ich.

Na klar pass ich auf. Ich will doch wieder zu dir zurück.

»Wir fliegen jetzt noch mal ganz dicht ran!«, rief Steve. »Und ja, Houston, wir haben ihre Aufmerksamkeit. Alle bereit machen für die Szene ›hirnloser Filmstar‹.«

Wir schauten aus dem Seitenfenster und johlten und winkten dem Wachmann zu, der aus dem Durch-

lass gekommen war, um zu sehen, was es mit dem Lärm da oben am Himmel auf sich hatte. »Schnapp dir den Champagner, Schätzchen. Der liegt hinter meinem Sitz.«

»Champagner?« Ich fand eine Flasche in der Kiste zu meinen Füßen.

Er grinste. »Ich bin Steve Hughes. Muss meinem Ruf doch gerecht werden. Fliege niemals ohne einen Dom Perignon auf Eis. Öffne mal das Heckfenster und beschieß ihn mit dem Korken. Danach wird er keine Zweifel mehr haben, dass wir ein Haufen Vollidioten sind.«

Es war ein seltsamer Moment, um festzustellen, dass ich noch nie in meinem Leben eine Champagnerflasche geöffnet hatte, aber das würde ich jetzt schnell lernen müssen – Steve hatte alle Hände voll zu tun und Xav bereitete sich auf seinen Sprung vor.

»Reicht das als Ablenkungsmanöver für dich, Xav?«, fragte Steve.

»Das ist perfekt. Ich springe auf der anderen Seite raus.«

Steve flog einmal im Kreis und ging dann mit dem Hubschrauber immer tiefer, so als wollte er auf der Terrasse aufsetzen. Der Wachmann rannte ins Haus zurück und tauchte kurz darauf mit Verstärkung im Garten auf.

Steve winkte dem Empfangskomitee zu, indem er den Hubschrauber hin- und herschwanken ließ, so als wäre der Pilot betrunken.

»Mag jemand 'nen Schluck Champagner?«

Ich pfriemelte die kleine Metallkappe von der Flaschenöffnung und war überrascht, als der Korken nicht gleich herausploppte.

Du musst ihn drehen, sagte Xav, leicht amüsiert angesichts meines stümperhaften Vorgehens.

Gesagt, getan und schon schoss der Korken zum Fenster hinaus, gefolgt von einer Schaumfontäne. Die Wachleute griffen nach ihren Waffen, doch dann sahen sie den Champagner, der sich in die schneebedeckten Blumenbeete ergoss, und fingen an zu fluchen.

Ein Luftzug von hinten sagte mir, dass Xav den Absprung gewagt hatte. Ich beugte mich über Steves Schulter. »Er ist weg.« Ich ließ es so aussehen, als würde ich Steve einen Kuss auf die Wange geben.

Steve nickte und zog den Helikopter steil nach oben. Wir umrundeten das Kastell und sahen Xav, der in seine Bindung gestiegen war und sich gerade wieder aufrichtete.

»Oh nein!« Der Lärm des Hubschraubers übertönte mein ängstliches Stöhnen – Xav vollführte ein kleines Tänzchen auf der Terrasse; eine Aufforderung zum Fangt-mich-doch-ihr-Deppen-Spiel. Er rief den Wachmännern etwas zu, dann stieß er sich ab und schoss mit einem großen Satz über die Terrasse hinweg.

Trace?

Crystal? Wow, das ist aber eine starke Verbindung, die du da aufgebaut hast. Ich konnte spüren, wie sich Trace die Schläfen massierte.

Sorry, ich hab jetzt keine Zeit, das auszupegeln. Xav ist weg. Sag Yves, dass er loslegen kann.

Wird gemacht.

Steve umkreiste noch einmal das Kastell. Gemeinsam beobachteten wir, wie die kleine schwarze Gestalt von Xav die Gartenhänge hinabwedelte. Zwei der Wachmänner waren verschwunden und kamen kurz darauf mit Schneemobilen zurück. Sie düsten los und nahmen die Verfolgung auf. Die anderen schauten zu, während der Roboter-Butler in ein Funkgerät sprach.

»Der Junge ist ein wahrer Teufelskerl auf Skiern!«, rief Steve.

Allerdings! Es war, als würde man einer Klinge dabei zusehen, wie sie durch weiße Seide schnitt. Xav schlängelte sich zwischen einer Statuenallee hindurch, überwand eine Treppe im Sprung und kam tief geduckt auf, um in Schussfahrt einen von Hecken gesäumten Weg hinabzusausen.

»Ich hoffe, er weiß, dass er Gesellschaft hat«, sagte Steve. Bestens vertraut mit dem Gelände schlugen die Schneemobilfahrer einen am Rande der Gärten verlaufenden Weg ein, der keine der Hindernisse aufwies, mit denen sich Xav herumschlagen musste, und brausten auf kürzestem Weg ans Ende der Strecke.

Teufelskerl auf Skiern, kannst du mich hören? Hier spricht fliegende Zuckerpuppe.

Ja, ich höre dich.

Da sind zwei Schneemonster, die dich am Gartenpavillon erwarten.

Hab verstanden. Was machen die anderen?

Ich wechselte den Mentalkanal und aktivierte die Ver-

bindung zu Trace. Diesmal war sie ein bisschen undeutlicher, aber sie funktionierte noch. Wie sich herausstellte, konnte sich meine Form von Telepathie tatsächlich gegen den Dämpfer der Contessa durchsetzen. *Wo seid ihr, Jungs?*

Sky wehrt sich gegen Victors Versuche, sie in Schlaf zu versetzen. Sie ist zwar klein, kämpft aber wie ein Tiger. Zed versucht, sie einzufangen. Mom, Diamond und Phoenix schlummern bereits. Warte – jetzt hat Victor es geschafft. Wir kommen zum Haupteingang.

Ich tippte Steve auf die Schulter und gab ihm per Handzeichen zu verstehen, dass er landen sollte. Plötzlich rauschte Trace wieder in die Leitung. *Will wurde getroffen! Er ist verletzt. Die Contessa hat in der Eingangshalle auf uns geschossen – mit so einem uralten Revolver. Bringt diesen Helikopter runter.*

Ich konnte sehen, wie sich die Wachleute zum Haus umdrehten – sie hatten die Schüsse gehört. Unsere Rettungsaktion drohte furchtbar danebenzugehen.

Xav, Will ist verletzt. Ich sah, wie Xav kurz stockte, dann fuhr er weiter im Slalom hangabwärts. Im Hubschrauber gab es nicht ausreichend Sitzplätze, wenn wir auch noch einen Verletzten transportieren mussten. Ich würde aussteigen müssen. »Steve, wir haben einen Verletzten mit Schusswunde und vermutlich feuert diese Wahnsinnige vom Kastell aus auf uns.«

»Wie schlimm ist die Verletzung?«

»Keine Ahnung. Wo ist das nächste Krankenhaus?«

»Auf der anderen Seite des Sees.«

Also meilenweit weg – zudem gab es für uns da

noch die Erschwernis in Gestalt einer Fuhre hirngewaschener Seelenspiegel und einer Horde auf uns zustürmender Wachmänner. »Wir brauchen Xav.« Das konnte doch alles nicht wahr sein! *Xav, du musst zum Helikopter zurückkommen. Du musst dich irgendwie mit hier reinquetschen, damit du deinen Bruder behandeln kannst.*

Wird gemacht. Ich hatte keine Ahnung, wie er vom Fuß des Hügels zu uns nach oben kommen wollte, aber er klang wild entschlossen.

Ihr solltet diesen Vogel jetzt besser landen, denn wir kommen raus. Das war Trace.

Mir schwirrte der Kopf von den vielen verschiedenen Stimmen und Forderungen. »Jetzt, Steve!«

Steve kam mit der Gazelle in der Mitte des Wendekreises auf und stellte den Motor ab.

Was ist mit der Contessa?, fragte ich Trace.

Entwaffnet. Zed hat seine Fähigkeit eingesetzt, um ihr die Waffe aus der Hand zu reißen. Wir kommen.

Ich öffnete die Helikoptertür, als ich sie unter dem Torbogen herauskommen sah. Uriel trug seine Mutter über der Schulter, Trace hatte Diamond, Yves Phoenix und Zed folgte ihnen mit Sky. Das Schlusslicht bildete Victor, der Will beim Gehen stützte.

»Ich kann sie nicht alle mitnehmen.« Steve war zu dem gleichen Schluss gekommen wie ich.

»Die Mädchen kommen auf die Sitze, Will und Xav auf den Boden. Ich gehe mit den Jungs mit.« Ich war es nicht gewohnt, das Kommando zu übernehmen, aber jemand musste Entscheidungen treffen. Ich sprang aus dem Hubschrauber. »Xav ist auf dem Weg hierher.«

Trace verfrachtete Diamond auf meinen Sitzplatz und seine Mutter daneben. Sobald sie angeschnallt waren, kümmerten sich Yves und Zed um ihre Seelenspiegel und Trace legte Will einen provisorischen Schulterverband an, um die Blutung zu stoppen.

»Leg ihn auf den Boden«, schlug ich vor.

»Wir kriegen Gesellschaft«, rief Steve und deutete auf den Butler und seine Männer. Sie kamen vom Torbogen her in unsere Richtung gerannt.

Zed warf seinen Arm nach vorn und das uralte Fallgatter fing an zu ächzen und zu rattern. Yves legte Zed eine Hand auf die Schulter und unterstützte ihn in seinem Bemühen. Langsam senkte sich das Gatter herunter, blieb aber in der Mitte stehen, sodass die Männer problemlos durchkamen. Uriel nahm zwei Nymphenstatuen ins Visier, die vor der Mauer Wache hielten, und boxte mit den Fäusten in die Luft; die Statuen kippten auf den Butler wie zwei in Ohnmacht fallende Fans von Steve.

Victor knüllte eine Decke zusammen und schob sie Will unter den Kopf, dann sprang er aus dem Hubschrauber. »Wo ist Xav, wenn man ihn braucht?«

»Ich muss mit diesem Baby hier mal langsam in die Luft gehen«, warnte Steve. »Falls sie beschließen, ihre Knarren auf uns zu richten, will ich nicht, dass eine Kugel im Tank landet.«

Sie taten gerade so, als würde Xav sich extra Zeit lassen. »Er ist schon unterwegs«, schnauzte ich. *Xav, wo bist du?*

Kurz stand mir das Bild fliegender Fäuste vor Augen.

Er hatte einen der Männer vom Schneemobil gestoßen – und zwar den, der wie ein Bulle gebaut und vorhin mein Chauffeur gewesen war. *Bin – gleich – bei euch.* Mithilfe seines Skis fegte er auch den zweiten Mann vom Schneemobil, sprang in den Sitz und brauste los in unsere Richtung, ließ beide Fahrer in einer Wolke aufwirbelnden Schnees hinter sich. *Zwei sind mir auf den Fersen – du musst meine Brüder warnen.*

»Xav kommt, aber er ist nicht allein. Er hat sich ein Schneemobil geschnappt und jetzt jagen ihn zwei Kerle auf dem anderen.« Wir konnten röhrende Motoren hören.

»Crystal, geh da drüben in Deckung!«, befahl Trace und zeigte zu den Bäumen, die entlang der Auffahrt standen.

Wohl wissend verkniff ich mir in Anbetracht der Lage jeglichen Protest und rannte zu den Tannen hinüber. Die fünf Benedict-Brüder hockten sich im Kreis um den Hubschrauber herum, bereit, ihn nach allen Seiten zu verteidigen. Wump! Die laute Explosion hinter einem der Fenster im Kastell ließ mich erahnen, dass Yves gerade einen der Wachleute davon abgehalten hatte, aus einem höher gelegenen Stockwerk auf uns zu schießen. Ich spürte die Druckwelle und hechtete mit einem Satz hinter den nächsten Baum. Ich schaute zum Kastell hinüber und sah, wie in einem der Fenster Flammen an den Vorhängen leckten. Hoffentlich würde das ein paar der Dienstboten davon abhalten, uns zu folgen.

Ein Schneemobil kam angeschossen und blieb im Wendekreis stehen. Xav sprang aus dem Fahrersitz und rannte zum Helikopter. Victor tauschte die Plätze mit ihm und schnappte sich das Schneemobil. Xav warf sich in den Heli hinein und Steve hob im selben Moment ab, als sich die Tür schloss. Ich atmete erleichtert auf. Er war in Sicherheit, genau wie Will und die anderen im Hubschrauber. Jetzt musste nur noch der Rest von uns heil wieder hier rauskommen.

Kapitel 14

Der leichten Übelkeit nach, mit der ich zu kämpfen hatte, tauschten die Brüder wie verrückt telepathische Botschaften aus. Ich kauerte mich zusammen, den Kopf zwischen den Knien. Jetzt war nicht der richtige Zeitpunkt, um zu schwächeln. Zed und Yves gingen neben mir in die Hocke.

»Bist du verletzt?«, fragte Zed, eine Hand auf meinem Rücken.

»Nein.« Ich holte tief Luft. »Telepathie. Aber ich komm schon klar.«

»Kommuniziere mit uns auf deine Art und den Rest reduzieren wir auf ein Mindestmaß«, schlug Yves vor. Ihre Aufmerksamkeit wurde wieder auf den Wendekreis gelenkt. Victor stellte sich mit seinem Schneemobil den beiden Männern entgegen, die Xavs Verfolgung aufgenommen hatten. »Um Himmels willen … Was macht er denn da?«

Zed grinste boshaft. »Ich glaube, unser großer Bruder ist ein bisschen verärgert.«

»Oje – alle Mann in Deckung!«

Die Luft summte vor Energie.

»Was ist hier los?«, fragte ich. Ich konnte es spüren – mir sträubten sich die Nackenhaare –, aber ich wusste, dass ich diesem Etwas nicht im Weg stand, was immer es auch war.

»Unser Vic schiebt einen mentalen Schneepflug vor sich her«, sagte Zed. »Diese Typen werden gleich ihr blaues Wunder erleben.«

Yves, der für gewöhnlich sehr sanft aussah, machte ein boshaft erfreutes Gesicht – Rache für Phoenix. »Mit Victor sollte man es sich nicht verscherzen.«

Ich konnte den Aufprall spüren, als das Schneemobil mit den zwei Männern mit voller Wucht gegen Victors Mentalbarriere knallte. Der Fahrer nahm schnell die Hände hoch, um sein Gesicht zu schützen, kippte nach hinten und riss dabei seinen Sozius mit. Das Schneemobil wurde herumgeschleudert und krachte an einen Steinsockel, auf dem eine Sonnenuhr stand.

Yves zog mich hoch. »Das ist unser Signal; wir müssen uns in Bewegung setzen.« Er ging voran und hinter mir folgte Zed, der uns Rückendeckung gab.

Wo gehen wir hin?, fragte ich Yves, indem ich mich selbst mittels der blassen Spur unserer neu entwickelten Freundschaft in seinen Kopf hineinprojizierte.

Er stutzte. *Wow, das ist abgefahren.*

Okay, bei mir sieht Telepathie nun mal ein bisschen anders aus. Komm drüber hinweg.

Sorry. Ich sah nicht, wie er grinste, aber ich spürte es. *Über den Zaun rüber und dann zurück zum Auto. Die*

Polizei wird jeden Moment hier eintreffen, um die arme alte Contessa vor diesen amerikanischen Kriminellen zu beschützen.

Sie hat auf euch geschossen!

Notwehr.

Sie hat unsere Leute als Geiseln genommen!

Und sie waren total happy dort. Es trat eine Pause ein. *Du kannst doch etwas für sie tun, oder? Du bist ein Seelensucher, Crystal – du kannst sie finden, wenn sie die Verbindung zu uns verloren haben, richtig?*

Ich duckte mich unter einem tief hängenden Ast hindurch und hielt mit ihm Schritt. *Die Wahrheit? Ich habe keine Ahnung, aber ich werd's auf jeden Fall probieren.*

Zed und ich … Aus lauter Verzweiflung, Phoenix zurückzubekommen, war Yves kurz davor, mich zu beknien, aber er wusste, dass er das Unmögliche verlangte, und ich spürte, wie er es sich anders überlegte. *Wir verstehen das. Du musst dir keine Vorwürfe machen, wenn es nicht klappt. Nichts von all dem hier ist deine Schuld.*

Das erweckte in mir nur noch mehr Ehrgeiz, es zu schaffen.

Es muss einen Weg geben – und ich werde nicht aufgeben, bis ich ihn gefunden habe.

Wir kamen an die Begrenzungsmauer: hoch und Furcht einflößend sah sie aus, als hätten die geschundenen Leibeigenen des Grafen von Monte Baldo die Steine vor Jahrhunderten aufeinandergeschichtet.

Äh, Yves.

Was ist los?

Du hast mich ja nie beim Sportunterricht in der Schule gesehen …

»Zed, die Zuckerpuppe hier braucht 'nen kleinen Schubser.«

»Zuckerpuppe?« Ich würde Xav den Hals umdrehen.

»Tut mir leid. Xav redet immer nur von dir, da ist es schwierig, seine Stimme aus meinem Kopf auszublenden.«

Wie aufs Stichwort zischte Xavs Nachricht einem Meteor gleich in meinen Kopf.

Wo zur Hölle steckst du, Zuckerpuppe? Du hättest doch eigentlich im Helikopter sitzen sollen.

Vor lauter Empörung war seine Stimme dermaßen laut, dass ich erschrocken stolperte.

»Alles okay, Crystal?«, fragte Zed und fasste mich am Arm.

»Xav ist nicht gerade zufrieden mit mir.«

»Sag ihm, er soll sich da raushalten. Wir retten uns selbst.« Zed ruckte an dem Seil, das sie über die Mauer geworfen hatten, um zu prüfen, ob es noch immer fest war.

Zähl mal die Sitzplätze, Xav. Es gab nur die Möglichkeit Will und du oder ich. Wie geht's ihm?

Ich behandle ihn gerade. Wir benutzen Steves Wohnwagen-Garderobe als unsere Notaufnahme. Die Kugel hat ihn an der rechten Schulter erwischt, ziemlich weit oben.

Konzentriere du dich ganz auf Wills Behandlung. Ich werde schon bald hier raus sein.

Uriel, Victor und Trace traten zwischen den Bäumen

hervor, sie hatten eine andere Richtung genommen, als wir es getan hatten. Jetzt, da wir alle wieder vereint waren, hangelte sich Zed am Seil hoch und verschwand dann außer Sicht. Gleich würde es die Blamage meines Lebens geben; ich war für sie alle ein Klotz am Bein.

»Du bist als Nächstes dran«, sagte Trace, der sich zweifelsohne fragte, warum ich das Seil anstarrte, als wäre es eine sich windende Schlange.

Ich sprang, hievte mich ein paar Meter hoch, spürte, wie meine Arme nachgaben, und plumpste wieder zurück auf den Boden. Ich probierte es noch einmal und diesmal krachte ich bloß an die Mauer wie ein dilettantischer Glöckner, der von seinem Seil in die Höhe gezogen worden war.

»Tut mir echt leid, aber ich kann das nicht. Ich hab nie eine Karriere als Actionheldin angestrebt, die Kraft in meinem Oberkörper reicht gerade mal zum Anheben einer Kaffeetasse.«

Trace kletterte am Seil hoch, so behände wie ein Affe. »Vic, binde ihr das Seil um.«

Netterweise verkniffen sie sich jegliche Spötteleien, als ich wie ein Sack Kartoffeln nach oben gehievt wurde. Tränen der Wut über meine eigene Unfähigkeit brannten in meinen Augen, aber ich war dermaßen sauer auf mich selbst, dass ich mir nicht zugestand zu weinen. Stattdessen wischte ich sie fort.

»Tut mir leid«, murmelte ich oben angekommen.

»Schon okay, Crystal.« Trace machte das Seil ab und warf es nach unten zu seinen Brüdern. »Kommst du von hier allein klar?«

Mit Unbehagen blickte ich in die Tiefe. Zum Glück hatte sich reichlich Schnee an der Mauer aufgetürmt, sodass es eine weiche Landung würde.

»Klar doch, eigentlich bin ich ein Ninja. Wollte euch nur nicht in Verlegenheit bringen.« Unbeholfen setzte ich mich auf die Kante, packte das Seil, das zur anderen Seite nach unten führte, und ließ mich halb fallend, halb kletternd hinab. Ich landete mit einem Poklatscher im Schnee. Zed half mir auf und schloss mich in die Arme.

»Ninja, was?«

»Das hast du gehört?«

»Das haben wir alle gehört. Das muss ich Xav erzählen.«

»Ich bringe dich um, wenn du ihm erzählst, wie sehr ich euch alle enttäuscht habe.«

»Du hast uns nicht enttäuscht, Crystal. Du schlägst dich sehr gut.«

Seine Brüder kamen elegant neben uns am Boden auf – jede Landung kam einem Tadel gleich für all die Sportstunden, vor denen ich mich gedrückt hatte. Wir standen jetzt zu sechst draußen vor dem Anwesen und allmählich wich meine Angst.

»Dad sagt, Will kommt wieder auf die Beine«, berichtete Trace. »Lily fährt ihn mit dem Auto ins Krankenhaus, Xav begleitet sie und Dad bringt gemeinsam mit Steve die Mädchen in die Villa. Wir sollen sie dort treffen.«

Das Auto stand gleich am Ende des Wegs geparkt, versteckt hinter wild wucherndem Brombeergestrüpp.

Wir stiegen alle ein, wobei ich mich quasi auf Traces Schoß quetschen musste. Uriel legte den Rückwärtsgang ein und fuhr zurück auf die Straße.

»Phee schien es doch ganz gut zu gehen, oder?«, fragte Yves seine Brüder.

»Ja, alle waren in guter Verfassung – zumindest oberflächlich«, bestätigte Uriel.

»Sky ist eine echte Kämpfernatur«, fügte Victor bewundernd hinzu. »Sie wollte sich mir partout nicht fügen und einschlafen.«

»Vermutlich hat sie deine Farben gesehen – sie hat gewusst, dass es eine Lüge war, als du ihr gesagt hast, du wolltest nur mal prüfen, ob sie Fieber habe.« Zed klopfte nervös mit den Knöcheln gegen die Scheibe, voller Ungeduld, Sky endlich zurückzubekommen.

Victor zuckte mit den Schultern. »Dieser Schlafbefehl funktioniert einfach am besten, wenn ich demjenigen dabei an die Stirn fasse.«

»Hat mich überrascht, dass du bei Mom damit durchgekommen bist«, sagte Uriel. »Sie ist nicht mehr drauf reingefallen, seit du zehn warst.«

»Ja, aber sie hat sich nicht mehr dran erinnert. Sie hat keinen von uns erkannt.«

Darauf wollte niemand etwas sagen.

Die Straße beschrieb eine Rechtskurve und ein Stück weiter vorne kam die kleine Kreuzung in Sicht. Ein Polizeiauto stand quer auf der Fahrbahn und versperrte uns den Weg, das rotierende Blaulicht erhellte die umstehenden Tannen.

»Irgendwelche Vorschläge?«, fragte Uriel leichthin. »Vic?«

Victor schüttelte den Kopf. »Ich kann ihre Gedanken nicht manipulieren, dafür sind es zu viele – außerdem wär das nicht in Ordnung. Sie tun lediglich ihren Job.«

»Dann halten wir also an und reden ganz höflich mit ihnen.« Uriel drosselte das Tempo. »Sachen, die wir nicht erwähnen sollten:

unsere Mädchen, Steve und Lily sowie alles, was mit dem Kastell zu tun hat. Wir unternehmen nur eine kleine Spritztour im Mondschein.«

Ein Polizist stand auf der Mitte der Straße und hob seine Hand. Uriel ließ das Fenster herunter, als er neben ihm heranfuhr.

»Gibt's ein Problem, Officer?«

Ja, es gab in der Tat ein Problem, erklärte der Mann in Schnellfeueritalienisch, während ich übersetzte und seine Kollegen das Auto umzingelten. Wir sollten gefälligst alle aussteigen und uns als festgenommen betrachten. Nein, er war nicht beeindruckt von Victors und Traces Polizeiausweisen: Das hier war Italien und nicht Amerika. Nein, es war uns nicht gestattet, miteinander zu sprechen. Und die einzige Person, die wir anrufen durften, war unser Anwalt.

Dann wusste er also nichts von unseren telepathischen Fähigkeiten.

Die Anschuldigungen? Einbruch in das Kastell der Contessa. Tätlicher Angriff auf ihr Personal. Brandstiftung.

In einer Reihe am Auto stehend wurden wir abge-

tastet: Keine Waffen, noch nicht mal ein Streichholz wurde entdeckt. Nacheinander wurden die Brüder in Handschellen gelegt und dann ins Polizeifahrzeug verfrachtet. Ich blieb auf der Straße stehen. Den Benedicts war anzumerken, dass sie alles andere als glücklich darüber waren, mich mit italienischen Polizisten alleine zu lassen.

»Und was ist mit mir?«, fragte ich den Einsatzleiter, dem man ansah, dass er es satthatte, sich mit außer Rand und Band geratenen Touristen herumzuschlagen, auf deren Konto die meisten der begangenen Straftaten in der Stadt gingen.

»Sie, Signorina? Sie sind nicht festgenommen.« Per Handzeichen befahl er, die Türen des Vans zu schließen. »Die Contessa hat nichts davon gesagt, dass eine junge Frau am Einbruch beteiligt gewesen war.«

Es wäre extrem dämlich, wenn ich mit weiteren Erklärungen am Ende noch meine eigene Verhaftung herbeiführen würde. »Wo bringen Sie sie hin?«

»Meine Polizeiwache ist nicht groß genug für so viele Leute. Vermutlich werden sie also morgen früh nach Verona überstellt. Sie können morgen ab acht Uhr anrufen, außerdem möchte ich, dass Sie vorbeikommen und eine Aussage machen. Dann wird man Ihnen auch sagen, wo Ihre Freunde hingebracht worden sind.« Er marschierte los zu seinem Wagen und ließ mich mit unserem Auto stehen.

»Aber, Signor, ich kann nicht Auto fahren!«

Seinem gequälten Gesichtsausdruck nach schien er zu erwägen, mich einfach hier sitzen zu lassen. »Officer

Fari wird Sie zur Wache fahren und das Auto dort parken. Sie können morgen jemanden schicken, um es abzuholen.«

Ich spürte, wie Yves an meinen Geist anklopfte. Anscheinend hatte er herausgekriegt, wie er den Mentalpfad, den ich errichtet hatte, in umgekehrter Richtung benutzen konnte.

Mir geht's gut, beruhigte ich ihn. *Einer der Polizisten fährt mich nach Malcesine. Kümmer du dich mal lieber um dich selbst.*

Ich werde Dad informieren, was passiert ist. Und du sagst Xav Bescheid, okay?

Okay. Das war keine Unterhaltung, auf die ich mich freute.

Sag ihm, er soll bloß keine Dummheiten machen, damit er am Ende nicht auch noch festgenommen wird. Er muss bei Will bleiben.

Aus dem Funkgerät des Officers drang schwallartig ein lautes Knistern. Ich hörte die Nachricht trotz des Rauschens heraus. *Dafür ist es wohl schon zu spät. Die Contessa wusste, dass sie ins Krankenhaus fahren würden. Xav wurde von dort bereits abgeholt. Lily und Will sind unter Bewachung gestellt und im Krankenhaus geblieben.*

Yves fluchte. *Irgendwas Neues von Dad?*

Er wurde mit keinem Wort erwähnt – Steve übrigens auch nicht. Wenn ein Hollywoodstar unter Verdacht stünde, würde das doch in null Komma nichts über alle Kanäle gehen. Ich glaube, die Contessa hat einfach kein Interesse an ihm – genauso wenig wie an mir.

Vermutlich sollten wir dankbar dafür sein. Wir sehen dich, sobald wir die Kaution gestellt haben. Gib dein Bestes bei den Mädels.

»Sind Sie so weit, Signorina?« Officer Fari, ein Mann Anfang zwanzig, der mehr um Freundlichkeit bemüht war als sein Boss, bemerkte meinen entgeisterten Gesichtsausdruck.

Ich fuhr mir mit der Hand über die Stirn. »Tut mir leid. Ich stehe leicht neben mir.«

Er nickte. »Dann wollen wir Sie jetzt mal schnell nach Hause bringen.«

Ich kletterte auf den Beifahrersitz, während er den Wagen startete. Wir fuhren langsam los und folgten dem Polizeifahrzeug.

»Was haben Sie hier draußen gemacht, Signorina?«, fragte der Officer. Gemeint war natürlich, warum so ein nettes Mädchen wie ich sich mit fünf zwielichtigen Typen abgab.

»Wir haben uns nur ein bisschen die Gegend angeschaut. Einer der Jungs ist mein zukünftiger Schwager.« *Xav, geht's dir gut?*

Nein. Ich durfte nicht bei Will bleiben. Wie's aussieht, wurde ich wegen tätlichen Angriffs auf die Wachmänner der Contessa verhaftet. Sie bringen mich zu meinen Brüdern. Und wie steht's mit dir?

Ich wurde nicht festgenommen – noch nicht. Ein Polizist fährt mich jetzt nach Malcesine, wo ich deinen Vater treffe. Yves ist zuversichtlich, dass ihr auf Kaution freikommt, aber ich bin mir da nicht so sicher. Die Contessa hat hier in der Gegend ungeheuer viel Einfluss.

Kennst du ein paar gute Anwälte?

Darum werde ich mich kümmern.

Am meisten würde es helfen, wenn du unsere Mädels wieder zurückholst. Dann könnten sie bezeugen, dass sie entführt worden sind.

Mit einem Mal fühlte ich mich furchtbar ausgelaugt. Würde dieser grässliche Tag denn nie zu Ende gehen?

Nicht nur *grässlich. Du hast mich gefunden, weißt du nicht mehr?*

Ja, und du wanderst jetzt in den Knast. Gut gemacht, Seelenspiegel.

Ich hab dich auch lieb.

Inwiefern war das von mir eben eine Liebeserklärung?

Ach, nicht? Ich spürte, dass sich Xav trotz der angespannten Situation köstlich amüsierte. *Du kannst nicht verbergen, dass du dir Sorgen machst, was mit mir passiert.*

Natürlich tue ich das!

Siehst du. Hab dich auch lieb.

Okay, na schön, du hast recht, ich hab dich lieb, du ätzender Plagegeist, der mir versprochen hat, dass er zurückkommen würde. Denk an meine Warnung: Ich bringe dich um, falls du's nicht tust.

Ich freu mich schon drauf!

Ich habe nicht vor, die besten Jahre meines Lebens mit Knastbesuchen zu verschwenden.

Crystal, kein Gefängnis der Welt kann die Benedicts aufhalten, wenn wir uns zusammentun.

Und ich will auch nicht mein Leben lang auf der Flucht sein.

Ach komm! Du, ich, eine abgeschiedene tropische Insel … Was gibt's daran auszusetzen? Er projizierte ein Bild von uns beiden in meinen Kopf hinein, er mit Hawaii-Shorts und ich in einem Bambusröckchen mit einer strategisch platzierten Blumengirlande um den Hals. Ich spürte, wir mir die Hitze in die Wangen schoss.

Xav!

Was denn?, fragte er einen Tick zu unschuldig.

Du bringst mich in Verlegenheit, du Dödel.

Was kann ich für deine Vorstellungskraft, Schatz?

Ich schickte ihm ein Bild von mir, komplett bekleidet, wie ich ihn mit einem Tritt in den Hintern in einen Gebirgsteich schubste.

Ja, das würde mir auch gefallen.

Der Junge war einfach … wie hatte mein alter Lehrer immer gesagt? Unverbesserlich.

Besten Dank, werte Maid. Ich nehme das als Kompliment entgegen.

»Sind Sie sicher, dass es Ihnen gut geht, Signorina?«, fragte der Officer, verwundert über mein Schweigen.

»Ja, alles gut. Ich bin nur ein bisschen traurig.« *Ich muss aufhören, Xav. Der Fahrer wird allmählich misstrauisch.*

Wir sprechen uns bald wieder. Over and out.

»Machen Sie sich keine Sorgen. Wenn Ihre Freunde nichts Unrechtes getan haben, sind sie schon bald wieder frei«, erklärte Officer Fari vergnügt. »Ich glaube nicht, dass mein Chef scharf darauf ist, so viele amerikanische Touristen in Gewahrsam zu behalten. Das

würde sich schlecht auf den Tourismus auswirken und in Anbetracht der derzeitigen Finanzlage wird die Gemeindeverwaltung das sicher vermeiden wollen.«

Er war ein freundlicher Mann, dieser Officer. »Danke. Ich hoffe einfach auf das Beste.«

»Sollten diese Männer allerdings schuldig sein, rate ich Ihnen, sich von ihnen fernzuhalten.« Er fuhr auf den Polizeiparkplatz. »Es ist nicht empfehlenswert, sich mit der Contessa auf einen Rechtsstreit einzulassen. Ihr Cousin ist der hiesige Oberstaatsanwalt.«

Mit dieser ernüchternden Neuigkeit eilte ich in die Villa zurück, in der wir bisher so wenig Zeit verbracht hatten. Überall brannte Licht. Offenbar waren Saul und Steve schon eingetroffen, hoffentlich zusammen mit den Mädchen. Ich klingelte an der Haustür. Saul öffnete, zog mich einfach nur an sich und umarmte mich auf wundervoll tröstliche Weise.

In dem Moment wurde mir bewusst, wie sehr ich meinen Vater vermisste, aber eine Umarmung von Saul war nicht der schlechteste Ersatz.

Kapitel 15

»Ist alles okay hier?«, fragte ich und kämpfte dabei mit meinen Emotionen wie ein Spaziergänger an einem windigen Tag mit seinem Regenschirm. Ich konnte nicht zulassen, dass sich meine Emotionen – bildlich gesprochen – auf links drehten. Nicht jetzt.

»Den Umständen entsprechend gut. Komm rein.« Ich zog Jacke und Stiefel aus und betrat das Wohnzimmer. Karla, Diamond, Sky und Phoenix saßen in einem Grüppchen zusammen und Steve drückte sich an der Zimmertür herum, für den Fall, dass sie Reißaus nehmen wollten. Ich fragte mich, was in seinem Kopf vorgehen mochte. Sein Leben als Filmstar war fraglos ziemlich ereignisreich, aber ich ging jede Wette ein, dass er noch nie zuvor solch eine Nacht erlebt hatte.

»Crystal ist wieder da«, sagte Saul mit aufgesetzter Fröhlichkeit.

Diamonds Augen richteten sich auf mich; ein Blick, der mich frösteln ließ. »Ich glaube, wir haben uns heute Nachmittag kennengelernt?«

Ich nickte. Es tat weh, ihre Ablehnung zu spüren, aber ich wusste, dass sie nichts dafürkonnte.

Karla stand auf und schob sich vor die anderen drei Frauen, Mutter Bär, die ihre Jungen in Schutz nahm. »Ich habe keine Ahnung, was Sie hier vorhaben, Mr Bennett …«

Sauls Wangenmuskeln spannten sich an, das einzige Anzeichen für seinen inneren Schmerz. »Karla, ich bin Mr Benedict. Du bist Mrs Benedict. Du bist meine Frau.«

Sie machte eine wedelnde Handbewegung. »Keine Ahnung, auf welchem Planeten Sie leben, Mr Benedict, aber ich verlange, dass Sie uns auf der Stelle gehen lassen. Wir haben solch ein schönes Wochenende mit unserer Freundin, der Contessa, verbracht. Ich verstehe einfach nicht, was in Sie gefahren ist, uns schlafend von dort wegzubringen! Ich werde Sie anzeigen!«

Mithilfe meiner Fähigkeit sah ich nach, was mit ihrer Seelenspiegel-Verbindung passiert war. Ihr Geist bot ein ähnliches Bild wie der des Butlers; alles, was sie als Person auszeichnete, raste im Kreis wie ein wild gewordenes Karussell. Ich konnte dieses Rundherum nicht durchdringen, kam nicht nah genug heran, um zu erkennen, ob in der Mitte noch ihr Kern übrig war.

»Mr Benedict.« Diamond trat einen Schritt nach vorn. Ich spürte, dass sie ihre schlichtende Begabung auf uns anwandte. »Ich bin mir nicht sicher, was Sie dazu veranlasst hat, so zu handeln, wie Sie gehandelt haben, aber bestimmt sehen Sie doch, dass das falsch war? Wir würden es sehr zu schätzen wissen, wenn Sie einfach die Tür freigeben und uns gehen lassen.«

Ich ließ mich in einen Sessel fallen, kämpfte gegen das Gefühl der Verzweiflung an. Verglichen mit den Fähigkeiten der Contessa war meine Begabung eine Fliege, die gegen Godzilla antrat. »Wohin willst du denn gehen, Di? Die Contessa ist für dich doch nicht von Bedeutung. Ich bin deine Schwester. Wir wohnen zusammen. In Venedig, erinnerst du dich? Willst du in unsere Wohnung zurück?«

Diamond blickte mich an, als wäre ich ein Puzzle, das sie nicht zusammenfügen konnte. »Wie bitte? Eine Wohnung? In Venedig? Ich weiß, dass ich von meiner Großmutter eine Wohnung geerbt habe, aber an Sie erinnere ich mich nicht.«

»Ja, unsere Nonna.« Irgendetwas blieb an den Überresten ihres Geistes haften. »Und was ist mit Mama? Silver, Steel, Topaz, Peter und Opal? Deine Nichten drehen schon halb durch vor Aufregung, weil sie kommendes Wochenende bei der Hochzeit von dir und Trace deine Brautjungfern sein sollen. Wenn du mir nicht glaubst, ruf Misty an.«

»Misty?«

»Deine Nichte. Sie ist fünfzehn und sie würde dich nicht anlügen, denn aufgrund ihrer Begabung muss sie immer die Wahrheit sagen.«

»Ich erinnere mich an Misty, aber sie ist noch ein Baby. Und außerdem ist es ausgeschlossen, dass ich heirate. Ich habe keine Ahnung, wovon Sie da reden. Aufhören! Aufhören!« Diamond presste sich die Hände auf die Ohren und setzte sich auf die Couch.

Steve legte mir tröstend eine Hand auf die Schulter.

»Es hat keinen Zweck, Crystal: Sie können sich an nichts mehr erinnern, was die Menschen in ihrem Leben betrifft, zumindest an nichts aus den letzten Jahren. Saul redet mit ihnen, seit sie wieder aufgewacht sind – und die einzige Reaktion, die er bekam, war die da.« Er deutete auf die Frauen, die alle mit verschränkten Armen dasaßen. Ich versetzte mich in sie hinein und wusste, warum sie sich so verhielten: Sie waren an einem fremden Ort zu sich gekommen, umgeben von Fremden. Im Moment kannten sie nur einander.

Aber ihre Fähigkeiten waren noch intakt. Sie stellten eine Schwachstelle in ihrer Rüstung dar, die wir für uns nutzen konnten.

»Okay, lassen wir's auf einen Versuch ankommen.« Mit frischer Energie griff ich zu meiner neuen Taktik. »Sky, du kannst anhand meiner Farben eine Lüge erkennen, stimmt's?«

Sky nickte, ihre blauen Augen voller Argwohn. Gut so, Mädchen, dachte ich. Ich will nicht, dass du mir traust; ich will, dass du *dir* traust.

»Schau dir alles an, was ich sage. Phoenix, du kannst meine Gedanken einsehen?«

Phoenix warf Sky einen verstohlenen Blick zu. »Das stimmt. Woher weißt du das?«

»Wir haben uns schon mal unterhalten, aber diese Erinnerung ist bei dir verschüttet. Ist jetzt auch nicht so wichtig. Schau dir einfach an, was ich sage, ohne diese Sache mit dem Zeitanhalten zu machen. Okay?«

Phoenix nickte knapp.

»Gut, dann mal los. Die Contessa hat euren Geist

manipuliert.« Ich dachte an das katastrophale Ende der Junggesellinnenparty. »Ist das, was ich sage, wahr?«

Sky biss sich auf die Lippe. »Du glaubst daran.«

Das würde genügen. »Diamond ist meine Schwester.« Ich dachte an die vielen gemeinsam verbrachten Jahre, daran, wie sie mit mir gespielt hatte, als ich noch ein kleines Mädchen war, die glamouröse große Schwester; an unsere jüngste Vergangenheit, in der wir zusammen in einer Wohnung gelebt hatten. »Phee, habe ich recht?«

»Ja, ich kann sehen, dass sie Teil deiner Vergangenheit ist.« Phoenix verschränkte die Arme vor der Brust, legte nachdenklich die Stirn in Falten.

Sky nahm Diamonds Hand. »Sie ist deine Schwester. Sie lügt nicht.«

Okay. Das war der einfache Teil. »Weißt du, was ein Seelenspiegel ist?«

»Natürlich«, sagte Diamond. »Wir sind alle Savants.« In ihrem Blick lag ein gewisses schmerzliches Verlangen danach, sich an mich zu erinnern, während sie versuchte, die Barrieren in ihrem Geist einzureißen.

»Ich bin auch einer. Genau wie Saul.«

»Und Mr Hughes hier?« Karla deutete auf Steve. »Ich vermute, er ist auch ein Savant?«

»Nein.« Nur ein Superstar. »Er ist … unser Freund.«

Steve hob die Hand. »Ma'am, ich kenne diese Leute noch nicht lange, aber ich kann Ihnen versichern, dass es gute Menschen sind. Bitte vertrauen Sie ihnen. Diese alte Hexe da oben auf dem Berg hat in Ihren Köpfen rumgepfuscht.«

»Danke, Steve. Bitte versucht, mir ganz genau zuzuhören. Ihr seid gefangen genommen worden, weil ihr die Seelenspiegel der Benedict-Männer seid. Die Contessa wollte Rache, denn ihr wart beteiligt an der Verhaftung ihres Sohnes in London Anfang des Jahres.«

Aus Skys Gesicht wich alle Farbe. »Sie sagt die Wahrheit – es stimmt jedes Wort.«

»Karla, dein Seelenspiegel befindet sich hier im Raum.« Saul ging vor seiner Frau auf die Knie und nahm ihre Hand. »Ich bin hier.« Er drückte ihre Handflächen an seine Brust. »Seit dem Tag, an dem wir uns getroffen haben, schlägt mein Herz nur für dich.«

Irgendwo in Karlas Innerem gab es einen Knacks: Von einer Sekunde auf die andere fiel ihre steife Haltung wie ein Kartenhaus in sich zusammen. Sie streckte eine Hand aus, um ihn zu berühren, und fragte mit trauriger Stimme: »Warum kann ich mich dann nicht an dich erinnern?«

Saul standen Tränen in den Augen. »Weil deine Erinnerungen gestohlen worden sind.« Er küsste ihre Handflächen. »Wir werden versuchen, es rückgängig zu machen, aber ich schwöre dir, Karla, selbst wenn uns das nicht gelingen sollte, erschaffen wir neue. Wir fangen noch mal von vorne an. Ich kann ohne meine Seele nicht leben.«

Sky rollte sich auf dem Sofa neben Diamond zusammen. »Und welcher ist meiner?« Ihre Stimme schien von einem Ort voller Angst tief in ihrem Inneren zu kommen.

»Zed. Er hat dich aus dem Kastell getragen.« Ich

musste mich für sie ganz einfach ausdrücken. »Er ist umwerfend und liebt dich abgöttisch.«

»Und was ist mit mir?«, fragte Phoenix. Ihre Stimme klang gereizt. Gut.

»Dein Seelenspiegel ist Yves. Wenn du ihn wiedertriffst, wirst du dich sofort aufs Neue in ihn verlieben, glaube mir. Ihr seid verheiratet.«

»Ich bin was? Aber ich bin doch höchstens achtzehn!«

»Mein Sohn war sehr überzeugend«, sagte Saul stolz.

»Und ich?« Diamond streckte mir eine Hand hin. »Crystal war der Name, stimmt's?«

Ich wusste, dass sie sich nicht an mich erinnerte, sondern nur überprüfen wollte, ob sie sich meinen Namen richtig gemerkt hatte. »Ja, Di. Du bist meine große Schwester – du kümmerst dich seit Dads Tod um mich.«

Sie schloss die Augen. »Ich erinnere mich an ihn. Die Contessa hat mir das nicht genommen, aber ich erinnere mich nicht daran, dass er gestorben ist.« Eine Träne kullerte ihr über die Wange. Ich hätte die Contessa umbringen können dafür, dass sie Diamond noch mal diesen Schmerz zufügte!

»Du erinnerst dich an alles, was vor seinem Tod war, vermutlich weil diese Erinnerungen nichts mit Trace zu tun haben, deinem Seelenspiegel. Ich nehme an, sie hat alles gelöscht, was mit deiner Hochzeit am nächsten Samstag zu tun hat, einschließlich meiner Person, denn ich war dabei, als Trace und du euch kennengelernt habt.«

»Aber wie soll das gehen, dass ich heirate?« Ihre Frage verlangte nicht nach einer Antwort. Ja, es schien im Augenblick tatsächlich unmöglich. Die Mädchen mochten zwar unsere Wahrheit akzeptiert haben, aber keine von ihnen war deshalb wieder die Alte. Die Flamme war gelöscht worden und zurück blieb eine ausgehöhlte Kerze.

»Was machen wir jetzt?«, fragte Sky und ich war erleichtert, dass sich die Frage an alle im Raum richtete.

Saul stand auf. »Einer unserer Söhne liegt im Krankenhaus, Karla, die anderen sind im Gefängnis. Wir können Will nicht allein lassen. Er war stabil, als Lily ihn ins Krankenhaus gefahren hat, aber mir ist der Gedanke unerträglich, dass er dort ganz allein liegt, ohne dass irgendwelche Familienangehörigen bei ihm sind.«

»Mein Sohn liegt im Krankenhaus?« Karla erschauderte.

»Will. Dein Viertgeborener. Die Contessa hat ihn angeschossen.«

Karla sprang von ihrem Stuhl hoch. »Saul Benedict, was machen wir noch hier, wenn er uns braucht?«

Saul lächelte. »Jetzt klingst du wie meine Karla. Steve, Crystal, könnt ihr hier bei den anderen bleiben?«

»Wir kümmern uns um sie«, versprach Steve. Er warf einen Blick auf seine Armbanduhr. Zwei Uhr am Morgen. »Ich glaube, wir sollten jetzt ein bisschen schlafen und morgen so früh wie möglich aufs Polizeirevier gehen. Ich bin mir sicher, dass die Filmfirma den einen oder anderen guten Anwalt kennt.«

»Filmfirma?«, fragte Diamond.

»Steve ist ein Filmschauspieler«, erklärte ich. »Steve Hughes.«

»Nein!« Phoenix machte vor Staunen große Augen. »Ich kenne Sie – ich habe Ihre Filme gesehen. Sie sind großartig. Gott, das tut so gut, sich mal an etwas Normales zu erinnern.«

Er salutierte für sie. »Freut mich, dass ich helfen konnte.«

»Ist nur ziemlich überraschend, dass Sie hier sind … und Sie sind kleiner, als ich gedacht hab.«

»Ich glaube, du hörst jetzt besser auf, Phoenix«, warnte ich sie. »Steve war heute unser Held des Abends und ich würde ungern als Dank dafür sein Ego zertrampeln.«

Dass die Umstände ihrer Rettung offenbar noch außergewöhnlicher gewesen waren, als sie sich je hätte träumen lassen, hatte Karla kurzzeitig aus dem Konzept gebracht; jetzt aber kam sie zurück auf das Wesentliche. »Mr Benedict … Saul. Du hast ein Auto und kennst den Weg?«

Saul klopfte sich auf die Tasche. »Ja, Schatz.«

»Dann lass uns gehen. Diamond, du passt für mich auf die Mädchen auf.«

Meine Schwester nickte. »Mach ich.«

Steve holte sein Handy hervor. »Ich schreibe Lily noch eine SMS, damit sie weiß, dass ihr im Anmarsch seid. Sie sagte, Will sei noch im OP, würde aber bald herauskommen. Die Ärzte sind überrascht, dass die Wunde dermaßen schnell zu heilen beginnt.«

»Das haben wir Xav zu verdanken«, erklärte Saul, während er seiner Frau in den Mantel half. »Dein Fünftgeborener ist ein Heiler. Er ist Crystals Seelenspiegel.«

»Ein Heiler? Wie wundervoll.«

Die sich schließende Tür dämpfte ihre Unterhaltung.

»Ich muss sagen, das ist die seltsamste Nacht meines Lebens.« Steve nahm mich in die Arme; im Verlauf dieses Abenteuers waren wir irgendwann von Zufallsbekannten zu Freunden geworden. »Soll ich hierbleiben oder zurück in mein Hotel gehen?«

»Ich glaube, wir schaffen das jetzt. Kannst du morgen um 7:30 Uhr wieder hier sein?«

Steve zog eine Grimasse. »Das wird James sicher nicht gefallen, aber hey, was soll's! Welchen Vorteil sollte es sonst haben, ich zu sein, wenn man nicht mal ab und zu die Dreharbeiten über den Haufen werfen kann. Ich werde Lily bitten, dass sie es ihm verklickert.«

Plötzlich kam mir ein Gedankenblitz. Steve war zwar kein Savant, aber sein Gehirn funktionierte auch nicht groß anders als unsere; jedenfalls schenkte er der kleinen blonden Kostümbildnerin ziemlich viel Aufmerksamkeit.

»Du solltest sie fragen, ob sie mit dir ausgeht, weißt du.«

»Wen?« Er versuchte, eine Unschuldsmiene aufzusetzen.

»Lily. Sie ist deine beste Freundin, nicht wahr?«

»Ich … ich denke schon.«

Ich tippte mir an die Schläfe. »Ich habe so eine Gabe und die sagt mir, dass sie die Richtige für dich ist.«

Steve blickte mich an, als hätte ich ihm eine Holzlatte über den Schädel gezogen. »Woher willst du das wissen?«

»Wie mein Freund es ausdrücken würde: Das sagt mir mein ganz besonderer Spinnensinn.« *Xav, ich wünschte, das könntest du miterleben.*

Was denn, Crystal? Ich erhaschte das Bild einer Zelle mit einem harten Bett darin. Die Jungs waren für die Nacht eingesperrt worden.

Ich bin am Verkuppeln. Steve und Lily.

Ja … ja, das passt. Mir ist alles recht, um meinen Rivalen loszuwerden. Wie geht's den Mädchen?

Sie sind zwar wieder auf unserer Seite, aber ihre Erinnerungen sind noch nicht wiederhergestellt.

Gut gemacht.

»Crystal.« Steve schnipste vor meinem Gesicht mit den Fingern. »Ich rede mit dir.«

»Sorry. Ich kann mich nur telepathisch unterhalten, wenn ich mich aus dem Hier und Jetzt ausklinke. Du und Lily – das liegt doch auf der Hand. Du bist bisher nur noch nicht drauf gekommen, weil dein Leben von deinem PR-Agenten bestimmt wird und Lily zu real ist.« Mir fiel wieder ein, was er zu mir gesagt hatte – dass er gern Menschen traf, die etwas mit ihren Händen erschufen; diese Bemerkung bekam nun eine ganz neue Bedeutung. »Sie poliert vielleicht nicht gerade dein Image auf, aber so wie ich das sehe, braucht dein Image auch keine Politur.«

Er grinste mich verlegen an. »Crystal, wenn du nicht schon in festen Händen wärst, dann würdest du Gefahr laufen, auch auf meiner Liste zu landen.«

»Ja, aber ich stehe weit hinter Lily. Sie wird dir guttun und dein Ego in Schach halten.«

Er zog den Reißverschluss seiner Jacke zu. »Ich werde drüber nachdenken.«

»Du hast ja nur Schiss, dass sie dich abblitzen lässt.«

»Nein!« Er seufzte. »Stimmt. Sie kennt mich halt gut, weißt du.«

»Ein Leben mit Tussis, die dich anschmachten, oder eins mit einer richtigen Frau, die den ganzen Rummel durchschaut? Mehr brauche ich wohl nicht zu sagen, Wertester.«

»Ja, ja, du bist äußerst scharfsinnig. Ich hoffe nur, Xav weiß sich gegen dich zu wehren.«

»Er bietet mir ordentlich Paroli, das kannst du mir glauben.«

Steve nickte den anderen im Zimmer zum Abschied kurz zu, dann machte er sich auf zu seinem Hotel.

Die Mädchen schauten mich mit fragenden Gesichtern an.

»Bist du schon immer so gewesen?«, fragte Diamond.

»Wie denn?«

»Kommandiert meine kleine Schwester etwa Filmstars herum und gibt ihnen freche Antworten?«

Das hatte ich tatsächlich gemacht, was? »Erst seit heute.«

Ich zeigte den dreien, wo sie schlafen konnten, bezweifelte aber, dass irgendeine von uns heute Nacht

ein Auge zutun würde. Ich konnte Skys leises Schluchzen aus dem Nachbarzimmer hören und Phoenix' besänftigendes Murmeln. Diamond versuchte, stark zu sein, aber ich spürte, wie sie in dem Bett neben mir litt.

»Ich kriege das wieder hin, Di. Versprochen«, flüsterte ich.

»Crystal, ich kann mich zwar noch nicht wieder erinnern, aber du musst wissen, dass du die beste Schwester bist, die man nur haben kann. Danke, dass du mich gerettet hast.«

Ich sog das Kompliment förmlich auf. »Ich werde immer für dich da sein, wenn du mich brauchst.«

Kapitel 16

Am nächsten Morgen begleiteten Steve und ich Diamond, Sky und Phoenix zum Polizeirevier, damit wir eine Aussage machen konnten. Keine von ihnen hatte die Omasachen anbehalten wollen, die ihnen die Contessa gegeben hatte. Sie trugen von Lily geborgte Pullis und T-Shirts und wirkten gedrückt, während sie versuchten, die Überbleibsel ihrer Erinnerung zusammenzusetzen.

»Das ist fast so, als wollte man ein ganzes Tuch aus Spinngewebe machen«, gestand Diamond, als wir den anderen auf dem sonnenbeschienenen Weg entlang des Sees folgten. Ein kühler Wind kräuselte das graublaue Wasser; die pastellfarben gestrichenen Häuser am Ufer bildeten einen fröhlichen Kontrast zu dem kalten Nass. »Es lösen sich ständig die Fäden und große Löcher klaffen dort, wo … keine Ahnung …«, sie seufzte, »irgendwas sein sollte.«

»Trace sendet dir liebe Grüße.« Xav und ich hatten an diesem Morgen ein langes Gespräch geführt. Seine

Brüder brannten darauf, mich als Sprachrohr zu benutzen, aber er hatte verlangt, dass sie mich nicht mit zu vielen Botschaften belasteten. In erster Linie ging es für sie jetzt darum, auf Kaution freizukommen, damit sie versuchen konnten, den Mädchen von Angesicht zu Angesicht mit ihren Erinnerungen auf die Sprünge zu helfen.

»Das ist süß von ihm. Aber wenn ich mich nun nie wieder an ihn erinnern kann?«

»Dann werdet ihr von vorne anfangen müssen, so wie Saul es zu Karla gesagt hat.« Wenigstens eine von uns musste dem Gefühl der Panik trotzen, das sich bei diesem Szenario einstellte.

»Aber wie soll ich denn mit ihm zusammenleben, wenn die Seelenspiegel-Verbindung nur einseitig besteht? Das ist so, als wollte man trotz amputiertem Bein laufen wollen.«

»Die Menschen kommen mit den unglaublichsten Dingen zurecht, Di. Du packst das.«

Das Polizeirevier war in einem knallgelben Gebäude untergebracht, das mehr wie eine Grundschule als wie das örtliche Hauptquartier von Gesetz und Ordnung aussah. Nur das unscheinbare Schild ›Carabinieri‹ am schwarzen Eingangstor gab einen Hinweis auf die eigentliche Funktion des Hauses. Einen Filmstar dabeizuhaben war für uns in jedem Fall von Vorteil: Ohne an der Anmeldung warten zu müssen, wurden wir gleich ins Vernehmungszimmer geführt. Inzwischen lagen die Vermisstenanzeigen aus Venedig vor und die Angaben fügten sich in das Bild der

Befreiungsaktion. Sehr hilfreich war auch, dass Diamond detailliert berichten konnte, welche unschöne Wendung ihr Junggesellinnenabschied genommen hatte; allerdings stützte sie sich dabei auf Erzählungen von mir, da ihr eigenes Erinnerungsvermögen noch nicht auf der Höhe war. Sie konnte keine Hinweise darauf geben, wer hinter der Entführung gesteckt hatte, und erklärte lediglich, dass die Contessa sowohl in Venedig als auch am Gardasee mit dabei gewesen war. Ferner machte Diamond deutlich, dass sie keinerlei Interesse an einem Aufenthalt im Kastell gehabt hätte, da sie sich zu Hause noch um die vielen Vorbereitungen für ihre anstehende Hochzeit kümmern wollte.

»Sie wurden also gegen Ihren Willen dort festgehalten?«, fragte der Beamte. Es war derselbe Mann, der am Abend zuvor die Benedict-Brüder festgenommen hatte: Inspektor Carminati laut Namenschild an der Tür.

Diamond runzelte die Stirn. »Schwer zu sagen, was genau passiert ist. Ich glaube, uns ist irgendetwas verabreicht worden, um uns gefügig zu machen.«

»Eine Droge?«

»Vielleicht.« Diese Darstellung schien am plausibelsten, um zu erklären, warum sie und die anderen in den Augen der zahlreichen Zeugen wie zufriedene Gäste der Contessa gewirkt hatten.

»Dann sollten wir einen Bluttest machen lassen.« Der Beamte notierte sich etwas. »Falls überhaupt noch irgendwelche Spuren in Ihrem Körper vorhanden sein

sollten. Mr Hughes, welche Rolle spielen Sie bei dem Ganzen?«

»Ich habe nur meinen Freunden hier geholfen, die Damen aus dem Kastell zu befreien.« Steve verschränkte die Arme und zeigte nicht den leisesten Anflug von Reue über seine Beteiligung an der Aktion.

»Warum haben Sie sich nicht an uns gewandt, damit wir eingreifen?«

Das war die Eine-Million-Frage, oder? Vieles an der Sache ergab keinen Sinn, solange wir den Savant–Faktor verheimlichten, aber den wollten wir nur vor den Senior Officers der internationalen Strafverfolgungsbehörde offenlegen, denn sie waren unter strengen Geheimhaltungsauflagen von unserer Existenz in Kenntnis gesetzt worden. Leider saßen die meisten von ihnen in Rom und hatten nur wenig Einfluss im Norden.

Steve zuckte mit den Schultern. »Es war einfach der schnellste Weg, um die Situation zu klären.«

»Die Contessa hat sich nicht beschwert, dass Sie mit Ihrem Helikopter auf ihr Grundstück eingedrungen sind, darum werde ich auch kein Verfahren gegen Sie einleiten. Aber lassen Sie sich eins gesagt sein, Mr Hughes: In Italien mögen wir keine Bürgerwehren, die das Gesetz selbst in die Hand nehmen. Das hier ist nicht einer Ihrer Filme.«

Steve zeigte sich höchst unbeeindruckt. »Nein, das hier ist noch viel abgefahrener. Sie müssen diese alte Schachtel einsperren – die Frau hat nicht mehr alle Tassen im Schrank.«

Ich beschloss, diese Bemerkung nicht zu übersetzen. »Er sagt, dass er Ihre Haltung gut verstehen kann und Ihnen danken möchte.«

Der Beamte verstand anscheinend mehr Englisch, als er hatte durchblicken lassen, denn auf meine sehr freie Übersetzung von Steves Worten reagierte er mit verächtlichem Schnauben. »Wäre der Bürgermeister nicht dermaßen beeindruckt davon, dass in seiner Gemeinde ein Film gedreht wird, würde ich keine Sekunde zögern, Ihren Freund hier seine Koffer packen zu lassen, Promi hin oder her.«

Ich lächelte ihn hilflos an, so als wollte ich sagen: ›Was kann ein einfaches Mädchen wie ich schon tun, um einen Weltstar wie ihn in die Schranken zu weisen?‹

»Es steckt jedenfalls mehr hinter dieser Sache, als ich überblicke, so viel steht fest.« Der Polizist stieß seine Papiere auf Kante. »Wie dem auch sei, mehr kann ich ohnehin nicht für Sie tun, da Ihre Freunde bereits auf dem Weg nach Verona sind, wo sie verhört werden und die Freilassung auf Kaution beantragen können. Falls diese bewilligt wird, könnten sie heute Abend schon wieder auf freiem Fuß sein.«

»Und was ist mit Will Benedict?«

»Der Mann im Krankenhaus?«

Ich nickte.

»Er gilt ebenfalls als verhaftet, aber die Sachlage ist hier komplizierter, weil gegen ihn schwere Körperverletzung begangen worden ist. Die Untersuchung dazu läuft gerade. Ich würde vorschlagen, dass man

seinen Namen in den Kautionsantrag mit aufnehmen sollte.«

»Was ist mit der Beschuldigung wegen Entführung und Freiheitsberaubung?«

»Eins nach dem anderen, Signorina. Wir brauchen Beweise, die diese Vorwürfe untermauern. Bisher liegen uns nur Zeugenaussagen vor, nach denen Ihre Schwester und deren Freundinnen Gäste im Haus der Contessa waren und sich aus freien Stücken dort aufhielten. Weitaus fragwürdiger erscheint die gewaltvolle Abreise der Frauen, bei der sie von Angehörigen geschultert und fortgeschleppt wurden.«

»Aber das ergibt doch gar keinen Sinn, sehen Sie das nicht? Meine Schwester und ihre Freundinnen kennen die Contessa nur flüchtig – warum also sollten sie bei ihr bleiben und ihrer eigenen Familie die kalte Schulter zeigen wollen? Sie hat mich auf einer Insel in der Lagune ausgesetzt, Herrgott noch mal! Es war reines Glück, dass ich mir keine Unterkühlung geholt habe.«

Seine harten Gesichtszüge wurden für einen Moment ganz weich. »Haben Sie einen Zeugen dafür?«

Ich erinnerte mich an den Banker aus Mailand. »Ja! Seine Visitenkarte liegt in unserer Wohnung in Venedig. Es handelt sich um einen sehr respektablen Zeugen. Er hat gesagt, wir sollen ihn kontaktieren, falls wir noch Fragen an ihn hätten.«

»Dann sollten Sie das schleunigst tun. Allerdings in Venedig. Die Contessa ist bereits dorthin zurückgekehrt, da ihr Kastell vom Feuer stark beschädigt worden ist. Wenn ein Verbrechen gegen Sie verübt wurde,

dann hat es ja wohl dort stattgefunden. Es ist also ziemlich zwecklos, die Sache hier auf meinem Revier weiterverfolgen zu wollen.«

Mit solch einem Ratschlag von ihm hatte ich nicht gerechnet. »Sie glauben mir also? Ich dachte, Sie stehen auf ihrer Seite?«

Inspector Carminati erhob sich und gab damit das Zeichen, dass die Befragung zu Ende war. »Ich mag zwar nur ein Polizist in einem unbedeutenden Winkel dieses Landes sein, aber ich bin kein Idiot, Signorina Brook. Auch ich lese Zeitung. Wenn die Benedicts wirklich an der Operation beteiligt waren, die zur Verhaftung des Grafen von Monte Baldo geführt hat, dann kann ich mir vorstellen, dass seine Mutter womöglich auf Rache sinnt. Hier in der Gegend ist der Graf bekannt wie ein bunter Hund – er hat schon immer zu den Typen gehört, die Ärger machen. Es überrascht mich nicht, dass er irgendwann hinter Schloss und Riegel gelandet ist.«

»Sie werden also …«

Er hob eine Hand hoch und unterbrach mich. »Was immer auch meine persönliche Ansicht sein mag, wir müssen uns an das Gesetz halten. Nach derzeitiger Beweislage haben einzig und allein die Benedicts Straftaten begangen. Ich schlage also vor, Sie halten sich ran und beweisen, dass Ihre Freunde triftige Gründe für ihr Vorgehen hatten.«

Wir verließen das Büro und trafen auf Lily und James Murphy, die an der Anmeldung auf uns warteten.

»Herr im Himmel, Steve, worauf hast du dich da eingelassen?« Der Regisseur schäumte. »Die versammelte Presse wartet da draußen. Es genügt nur der Hauch eines Gerüchts, dass Steve Hughes auf einem Polizeirevier ist, und schon kommen sie in Scharen. Ganz davon zu schweigen, dass du meinen Drehplan über den Haufen geworfen hast.«

»Reg dich ab, James«, sagte Lily und tätschelte ihm die Brust, um ihn daran zu erinnern, dass zu viel Aufregung nicht gut war für sein Herz. »Alles in Ordnung, Steve?«

Der Schauspieler breitete die Arme aus. »Ich muss dringend gedrückt werden.«

Leicht errötend tat Lily, worum Steve sie gebeten hatte. Wenigstens diese Sache war gestern Abend geklärt worden.

»W… Was?« James schüttelte den Kopf, als sich die beiden küssten. »Ich frag ja schon gar nicht.«

»Crystal muss mit ihrer Familie nach Venedig zurück.« Steve kramte seine Sonnenbrille hervor, um sich für die wartenden Kameras zu wappnen. »Können wir Ihnen einen Fahrer zur Verfügung stellen?«

»Ja, aber du bleibst hier, oder?«, fragte James argwöhnisch.

»Erst mal ja. Ich glaube, im Moment könnte ich nichts weiter für sie tun, als ihnen unerwünschte öffentliche Aufmerksamkeit zu bescheren. Ist das für dich in Ordnung, Crystal?«

»Mehr als das. Du warst großartig. Ein wahrer Held.«

»Schön zu wissen, dass es tatsächlich in mir steckt«, sagte Steve mit einem selbstironischen Grinsen.

Lily schlang ihre Arme um seine Taille und drückte ihn an sich. »Ich bin stolz auf dich.«

»Wir nehmen den Hinterausgang.« James traf schnell ein paar Vorkehrungen per Handy. »Mein Fahrer wird Crystal und ihre Familie nach Hause bringen.« Der arme James hatte es eilig, mich loszuwerden, da ich eindeutig ein Störfaktor war. »Und du, mein lieber Filmstar, wirst deinen Hintern jetzt den Berg da raufbewegen und diesen Stunt drehen, bevor das Wetter umschlägt.«

Steve schob seine Hand in Lilys Potasche und sie verstaute ihre Hand in seiner. »Danke, James. Und das alles tut mir echt leid. Lily und ich werden es dir auf dem Weg nach oben erklären – aber ich warne dich: Du wirst kein Wort glauben.«

Der Regisseur stöhnte. »Sag mir einfach nur, dass mich kein kostspieliger Gerichtsprozess erwartet.«

»Ich hoffe nicht.«

»Gibt's jemanden, den ich dafür erschießen kann?«

»Das wäre um ein Haar schon passiert – und die Sache ist nicht lustig.«

James wackelte mahnend mit dem Finger. »Crystal, sag mir noch mal, warum ich dich je in die Nähe meines Films gelassen habe?« Er war nicht wirklich sauer auf mich, bloß entnervt wegen der Situation, in die ich ihn mit hineingezogen hatte.

»Weil ich groß gewachsen bin, Mr Murphy.«

»Schreib dir's hinter dir Ohren, Murphy«, murmelte

er vor sich hin, als er uns vor sich durch den Hintereingang scheuchte. »Nie mit Kindern, Tieren oder groß gewachsenen Mädchen arbeiten!«

Rio d'Incurabili, Dorsoduro, Venedig

Das Hochzeitskleid war während unserer Abwesenheit geliefert worden. Signora Carriera hatte es für Diamond entgegengenommen und in ihr Zimmer gehängt, sodass es das Erste war, was meine Schwester sah, als sie nach Hause kam.

»Oh mein Gott.« Sie setzte sich auf die Bettkante und starrte das Kleid an. »Das kann ich nicht anziehen.«

»Es ist bildschön, Di. Gib dir ein paar Tage Zeit. Die Hochzeit ist erst am Samstag und bis dahin haben wir's vielleicht ja schon geschafft, dass du wieder die Alte bist.« Andächtig strich ich über den Oberrock aus Spitze: Das Kleid war fabelhaft. Ich wollte, dass Diamond sich wundervoll fühlte, wenn sie es trug, und nicht diese verzweifelte, leere Person war, die keine Erinnerungen mehr an die wichtigsten Menschen in ihrem Leben hatte.

»Würdest du für mich Mama und die anderen anrufen? Ich wüsste nicht, was ich sagen sollte.« Sie räusperte sich. »Ich meine, ich kenne sie im Grunde alle ja gar nicht, was?«

»Ja, das mache ich.« Ich verzog mich mit dem Telefon raus in den Garten. Mama beizubringen, dass ihr Prachtmädchen dermaßen viele Erinnerungen verloren hatte, war das schwierigste Gespräch, das ich je hatte führen müssen. Unsere Mutter kam prompt zu

dem voreiligen Schluss, dass alles meine Schuld sei, da ich die Party organisiert hatte. Ich glaube, sie begriff gar nicht die Tragweite dessen, was mit ihrer Tochter passiert war, sondern betrachtete das Ganze vielmehr als eine Fortsetzung meines schändlichen Verhaltens, das mich zusammen mit Steve in die Zeitungen gebracht hatte. Ich war es dermaßen gewohnt, das schwarze Schaf der Familie zu sein, dass es einen kurzen Moment dauerte, bis mir einfiel, dass mich diesmal keine Schuld traf.

»Moment mal, Mama, das kannst du so nicht sagen.« Ich unterbrach ihren Vortrag darüber, wie ich das Leben meiner Schwester ruinierte. »Diamond gibt mir nicht die Schuld und ich bin todsicher nicht verantwortlich für das Handeln der Contessa!«

»Aber was ist denn jetzt mit der Hochzeit?«

Meine Mutter konnte erstaunlich dickfellig sein, vermutlich war das auch der Grund, warum sie sich nie Gedanken über die mögliche Dimension meiner Begabung gemacht hatte. »Die Hochzeit ist nicht weiter wichtig. Es geht um Diamond und die anderen.«

»Ich werde sofort nach Venedig kommen. Ich werde … ich werde Topaz beauftragen, dass sie mir ein Flugticket besorgt.«

Im Moment wäre mir eine weitere Person in der Wohnung einfach zu viel, zumal Mama sehr wahrscheinlich mehr Belastung als Hilfe sein und ständig nur im Weg stehen würde. Mir war nicht wirklich klar gewesen, wie viel Fürsorge sie seit Dads Tod brauchte, meine Geschwister waren da aufmerksamer gewesen.

»Bitte, komm jetzt noch nicht. Wir kriegen das alles auf die Reihe.«

»Aber Diamond braucht mich!«

Betrübt dachte ich daran, wie oft ich letztes Jahr eine Mutter gebraucht hätte, aber das war nie ein Thema gewesen. »Diamond braucht vor allem nicht noch mehr Aufregung. Sie kann sich nicht richtig an uns erinnern und deine Anwesenheit hier könnte für sie unter Umständen zu schmerzvoll sein.«

»Du rufst mich jeden Tag an und erstattest mir Bericht, wie's ihr geht?«

»Natürlich. Wenn sie dazu in der Lage ist, wird sie dich auch selbst anrufen.«

»Ich reise am Dienstag an, komme, was wolle.«

»Gut. Wir werden dir ein Zimmer reservieren. Ich hoffe, dass sich bis dahin alles wieder eingerenkt hat.«

»Aber wer wird es denn wieder einrenken?«

»Ich.«

Schweigen. »Verstehe.«

»Du sollest mehr Vertrauen in mich setzen: Ich bin ein Seelensucher, Mama.«

»Ein was?«

»Seelensucher.«

»Nein. Das kann nicht sein. Die sind doch wie … ein Sechser im Lotto.«

Mir kam diese Bibelstelle aus dem Lukasevangelium in den Sinn, in der gesagt wird, dass kein Prophet je in seiner Heimat anerkannt würde. Für meine Familie würde meine Andersartigkeit stets eine herbe Enttäuschung bleiben. »Warum fragst du nicht eher, warum

meine Brüder und Schwestern es nie bemerkt haben? Warum es dir nie aufgefallen ist?« Ich holte tief Luft und rief mir ins Gedächtnis, dass Verbitterung etwas Hässliches und Nutzloses war. »Na egal, jedenfalls ist es ein großes Glück, dass ich einer bin, denn so stehen die Chancen sehr gut, dass ich ihre Seelenspiegel-Verbindungen wiederherstellen kann.«

»Oh Crystal.«

»Mach dir keine Sorgen, Mama: Ich bin an der Sache dran. Ich muss jetzt auflegen.«

»Ich hoffe, du hast Erfolg.« Sie schniefte. »Ich liebe dich, weißt du.«

»Ja, na ja.«

»Das tue ich wirklich.« Ihre Stimme klang fest und entschlossen. »Du bist immer das Lieblingskind deines Vaters gewesen, sein kleines Mädchen, und ich hatte stets das Gefühl, das bei deinen Geschwistern wettmachen zu müssen, indem ich ihnen mehr Aufmerksamkeit schenkte. Aber das heißt nicht, dass ich dich weniger lieb hatte als sie.«

»Wirklich?« Meine Frage war ernst gemeint. Ich hatte immer bezweifelt, dass ich ihr am Herzen lag.

»Ich bin dir anscheinend keine gute Mutter gewesen, was? Das tut mir schrecklich leid.«

Das war keine Sache, die man mit einem Telefongespräch aus der Welt schaffen konnte. »Hör mal, wir reden darüber, wenn du hier bist. Oh, übrigens, ich habe ebenfalls meinen Seelenspiegel gefunden. Xav Benedict, der jüngere Bruder von Trace.«

»Was!«

Mit diesem Paukenschlag beendete ich das Telefonat. Ich würde jetzt erst mal abwarten, bis sich ihre hysterische Begeisterung gelegt hätte, bevor ich sie erneut anrief. Ich schaltete das Telefon aus. Mama würde eine Weile lang damit beschäftigt sein, die Neuigkeit weiterzuverbreiten, aber ich ging jede Wette ein, dass meine Geschwister noch mal alles aus erster Hand hören wollten, und das konnte ich für die nächsten Stunden einfach nicht gebrauchen.

Das Gartentor schlug zu. Hinter dem Baum hervorspähend sah ich sechs Besucher anmarschieren, die mir mehr als willkommen waren.

»Hey Xav, hierher!«

Xav rannte auf mich zu und sprang mit einem Satz über Barozzis Tisch, der ihm im Weg stand.

»Ich bin so froh, dich zu sehen!« Er riss mich in die Arme und hob mich dabei ein Stück vom Boden hoch.

»Ich weiß nicht so recht – wirklich?«

»Natürlich.«

»Au, du brichst mir gleich 'ne Rippe, wenn du mich noch doller drückst, du Dödel.«

Er setzte mich wieder ab. »Was soll Dödel eigentlich immer heißen?«

»Das bedeutet Blödmann bei uns, ist aber nett gemeint.«

»Na toll.«

»Ist es okay, wenn wir reingehen?«, rief Trace.

»Ja, alles in Ordnung.« Na ja, das stimmte zwar nicht ganz, aber wir wussten alle, was ich meinte. »Ich glaube, sie schmieren sich gerade ein paar Brote. Geh's

langsam an, hörst du? Sie sind noch nicht …« Ich ließ die Hand in der Luft kreisen auf der Suche nach den passenden Worten.

»Auf der richtigen Wellenlänge?«, schlug Yves vor und starrte mit schier unerträglich sehnsuchtsvollem Blick zum Fenster im oberen Stockwerk.

»So was in der Richtung, ja.«

Xav hatte mich die ganze Zeit angesehen. »Wir kommen gleich nach.«

»Okay. Ich mach schon mal Kaffee.« Yves ging als Erster ins Haus, die anderen folgten ihm.

Sobald wir den Garten für uns hatten, fing ich an, mit Xav zu balgen, und brachte ihn zu Boden.

»Du …«, piks, »hast versprochen …«, nochmal piks, »dass du zurückkommen würdest …«, leichter Klaps gegen die Brust.

Xav ließ mich auf sich draufsitzen und warf die Arme auseinander. »Und hier bin ich.«

»Aber erst nach einer Nacht im Gefängnis. Seid ihr problemlos auf Kaution raus?«

»Ja, das haben wir Yves zu verdanken. Das erste Mal, dass keiner von uns was dagegen hatte, sein Sparschwein zu plündern.«

»Und wenn ihr diese Möglichkeit nun nicht gehabt hättet?« Ich ertrug es kaum, über das Was-wäre-wenn nachzudenken.

»Dann hätte ich drauf gehofft, dass du uns mit deinen Ninja-Kräften da rausboxt.«

»Ich bringe deine Brüder um. Ich habe sie extra gebeten, dir nichts davon zu erzählen.«

»Zuckerpuppe, sie konnten nicht anders. In solch einer Zelle bleibt einem nicht viel außer Reden. Sie meinten, du hättest dich gut geschlagen.«

»Ich hab voll versagt, aber wir haben's trotzdem da rausgeschafft.«

»Dad lässt allen ausrichten, dass Will gute Fortschritte macht. Anscheinend sind die Ärzte ganz beeindruckt von seiner Genesung – fast so, als hätte ihn ein Wunderheiler berührt.« Xav grinste selbstgefällig und ich verpasste ihm einen Knuff. »Autsch! Ich ergebe mich. Sie hoffen, dass er in ein Krankenhaus hier in der Nähe verlegt werden kann. Dad klärt das gerade alles ab. Darf ich jetzt aufstehen?«

Ich setzte mich in die Hocke und tat so, als würde ich darüber nachdenken. »Ich weiß nicht, Androkles. Ich habe dich gerade genau da, wo ich dich haben will: in meinen Klauen.«

»Ah, das ist mein Mädchen! Komm her und gib mir 'nen Kuss.« Er winkte mich näher und zeigte auf seinen Mund.

Ich beugte mich zu ihm hinunter und mein Haar streifte sein Gesicht und seinen Hals. Ganz sacht tupfte ich ihm einen schmetterlingsleichten Kuss auf die Lippen. Er fuhr rasch in die Höhe, zog mich an sich heran und vertiefte den Kuss. Wäre ich eine Löwin gewesen, hätte ich angefangen zu schnurren.

»Tut mir leid, dass du Angst hattest wegen mir«, flüsterte er; mein Kopf lag an seiner Schulter.

»Keine riskanten Skifahrten mehr und nie wieder Ringkämpfe mit Bodyguards.«

»Ich werde versuchen, so etwas zukünftig zu vermeiden.«

Ich schnupperte. »Du riechst nach billigen Zigaretten, mein lieber Seelenspiegel.«

»Meine Bleibe gestern Nacht war nicht besonders prickelnd, um ehrlich zu sein. Lass uns reingehen, damit ich mich umziehen kann.«

Kapitel 17

Die Stille in der Wohnung war beklemmend. Sky saß neben Zed und ließ ihn ihre Hand halten, aber ihrerseits fehlte dieser Geste jegliche Zuneigung. Yves zeigte Phoenix etwas am Computer und dabei wirkten die beiden wie zwei höfliche Fremde, die sich zufällig in der Stadtbibliothek begegnet waren. Trace und Diamond saßen am Küchentisch und gingen die Liste der Hochzeitsgäste durch, die ihr Kommen zugesagt hatten; es brach mir das Herz zu hören, wie er sie an ihre Freunde und Familienangehörigen erinnerte und sie ihm flüsternd antwortete. Uriel und Victor standen am Spülbecken, Schulter an Schulter, zwei Brüder, die Rückhalt suchten angesichts der schrecklichen Erkenntnis, dass das Glück ihrer Familie auf Messers Schneide stand.

Uriels Miene hellte sich auf, als er mich sah. Es fühlte sich gut an, jemandes Lichtblick zu sein.

»Hey Crystal, alles okay?«

»Ja, danke. Was meinst du, Victor?« Ich deutete auf

die Mädchen. »Du weißt mehr über den Geist als ich. Ich verstehe einfach nicht, was mit ihnen passiert ist.«

Victor rieb sich das stopplige Kinn. Alle Brüder sahen nach der strapaziösen Nacht hinter Gittern aus wie Penner. »Sky hat mich vorhin in ihren Geist blicken lassen; ich habe das vor einiger Zeit schon mal gemacht und kenne mich ganz gut darin aus. Sie hatte früher Gedächtnislücken aufgrund eines Kindheitstraumas, aber das, was man ihr jetzt angetan hat, ist damit nicht zu vergleichen. Ich komme nicht mehr an ihr wahres Ich heran.«

»Erzähl weiter!«

»Es ist eher so, als wäre sie eine verschlossene Schatulle. Und ich weiß nicht, ob wir sehr viel Inhalt vorfinden würden, wenn wir den Deckel anheben könnten.«

»Wenn ich doch nur wüsste, was die Contessa genau getan hat. Dann könnte ich es womöglich rückgängig machen.«

»An was erinnerst du dich denn alles?«

»Für mich hatte sich ihre Attacke angefühlt, als würde ich von einem Laster überfahren werden.«

»So wie mein Mentalpflug, den ich im Kastell eingesetzt hatte?«

»Nein, nicht ganz. Deinen Angriff habe ich wahrnehmen können; da war ein Geräusch, ein Summen. Bei ihr war es aber mehr wie ein Schlag von hinten gegen den Kopf – unerwartet, betäubend.«

Uriel zog sich mit Schwung auf den Küchentresen hoch. »Sie ist eine Spinne.«

»Was meinst du damit?«, fragte Xav.

»Spinnen betäuben ihre Beute, dann wickeln sie sie ein …«

»… bevor sie sie aussaugen«, endete Xav. Er warf einen Blick zu den Mädchen hinüber. »Oh mein Gott, sagt mir bitte, dass sie keine leeren … Hüllen sind, auch wenn's sich so anfühlt. Von diesem Schlag würden sich meine Brüder niemals wieder erholen – und Dad auch nicht. Und ganz zu schweigen von den Mädchen selbst – was sie empfinden würden, wenn sie's wüssten.«

»Sie wissen es«, sagte ich leise und dachte an Skys Schluchzen von gestern Nacht.

Victor umfasste meinen Arm. »Das gibt mir sogar Hoffnung, Crystal. Ich würde mir größere Sorgen machen, wenn sie keine Ahnung hätten, was ihnen fehlt. Das Gehirn besitzt eine erstaunliche Regenerationsfähigkeit. Sieh dir nur mal Schlaganfallpatienten an oder Leute, die Kopfverletzungen erlitten haben. Vielleicht befindet sich ja doch etwas in der verschlossenen Box.«

Xav legte mir einen Arm um die Schultern. »Na, jetzt wollen wir mal nicht übertreiben. Okay, die Contessa ist eine Spinne, aber das heißt nicht, dass sie auch alle Spinneneigenschaften besitzt. Ich meine, ich hab nicht gesehen, dass sie Netze gesponnen hat, ihr etwa? Dieses armselige Spinnenweib – wir werden sie zerquetschen wie 'ne Kakerlake.«

Ich tätschelte seinen Handrücken. »Schön wär's.«

»Ja, das können wir. Wir haben dich – unsere Spinnenvernichterin. Wir haben unsere Mädchen hier bei

uns und sie sind wieder auf unserer Seite. Ach kommt schon, die Benedict-Frauen werden einer armen Irren doch nicht kampflos das Feld überlassen.«

Yves blickte plötzlich auf. »Hey Leute, das müsst ihr euch angucken.« Er hatte einen Nachrichtensender eingeschaltet. »Wir haben's in die Topnews geschafft.«

Wir drängten uns um den Bildschirm. Ein italienischer Reporter interviewte mit mitfühlender Miene die Contessa, während sie gemütlich in ihrem antiken Lehnstuhl saß. Sie war ganz in Schwarz gekleidet und sah überzeugend gebrechlich aus, ein armes altes Mütterchen, das tief erschüttert war von dem Überfall auf ihr Heim durch ein paar junge Rüpel. Ich hatte noch nie in meinem Leben jemanden so sehr gehasst wie sie in diesem Augenblick.

»Was erzählt sie da, Crystal?«, fragte Yves.

Ich hörte eine Weile zu. »Sie erzählt ihre Version der Geschichte, wie ihr Familiensitz von einer Horde amerikanischer Proleten überfallen wurde, die etwas dagegen hatten, dass sie gesellschaftlichen Umgang mit deren Lebensgefährtinnen pflegte. Implizit gemeint ist, dass ihr alle fremdenfeindlich und gegen die Werte der alten Welt eingestellt seid. Die blöde Kuh deutet außerdem an, dass Victor und Trace ihre Polizeikontakte dazu benutzt hätten, sie zu schikanieren, bloß weil ihr Sohn in eine verwickelte finanzielle Transaktion mit hineingezogen und dann aufgrund falscher Anschuldigen verhaftet worden sei. Sie stellt das Ganze als eine Intrige dar, durch die ihre vornehme Familie entehrt werden soll.«

»Und unser Motiv?«, blaffte Victor.

»Na ja, ihr habt eine hohe Kaution hinterlegen können. Sie behauptet jetzt, ihr hättet aus eurer Polizeiarbeit illegal Profit geschlagen, und fordert, dass ihr suspendiert oder gefeuert werdet.«

»Kommt in irgendeiner Weise das Savant-Thema zur Sprache?«, fragte Trace.

Ich hörte weiter zu. Der Reporter forderte quasi, dass man Trace und Victor teerte, federte und hängte.

»Nein … nein. Ich denke, das würde Fragen hinsichtlich ihrer eigenen Fähigkeiten aufwerfen und damit stünde sie nicht mehr als wehrloses Opfer da, sondern als jemand, der nur allzu gut in der Lage ist, sich selbst zu verteidigen.«

Trace wandte sich ab. »Wir haben jahrelang hinter den Kulissen agiert und jetzt sind wir wegen einer einzigen Nacht groß in den Nachrichten. Diese Sache wird alles kaputt machen.«

»Und genau das hat sie gewollt«, fuhr Victor dazwischen.

»Es reicht ihr nicht, unsere Seelenspiegel-Verbindung zu kappen, sie will uns entehren, so wie ihr Sohn entehrt worden ist.«

»Wenn man sie an die Spitze des verbrecherischen Savant-Kartells gesetzt hätte, wären sie uns in London nicht so leicht ins Netz gegangen, so viel ist mal klar«, sagte Uriel.

»Mir egal, ob ich meinen Job verliere. Aber dich werde ich nicht verlieren, Diamond.« Trace streckte sich nach ihr aus.

Meine Schwester drückte ihm mitfühlend die Hand.

»Ich bin da anderer Ansicht. Mir macht's schon was aus, gefeuert zu werden.« Victor klappte sein Handy auf und überlegte, wen er am besten anrufen sollte. »Ich finde, es ist an der Zeit, in die Offensive zu gehen. Als Erstes müssen wir eine Zeugenaussage deines mailändischen Bankers einholen, Crystal. Ich will, dass jedes noch so winzige Detail festgehalten wird, damit wir unsere Version der Ereignisse dagegenstellen können.«

Xav stieß urplötzlich einen Jubelschrei aus.

»Himmel, erschrick mich doch nicht so!«, sagte Yves und griff sich an die Brust.

»Ich hatte gerade nur eine teuflische Idee.«

»Die mag ich am liebsten«, bemerkte Zed. Sky schenkte ihm ein klitzekleines Lächeln.

»Die alte Hexe rechnet damit, dass ihr Bekanntheitsgrad in Italien für sie von Vorteil ist – wir sind die Fremden. Sie kann alles Mögliche über uns erzählen, weil keiner weiß, wer oder was wir sind; wir haben uns zu erfolgreich immer im Hintergrund gehalten.«

»Und was soll daran jetzt teuflisch sein, Bruderherz?«

»Sie hat nicht berücksichtigt, dass wir einen der bekanntesten Namen der Welt auf unserer Seite haben – Steve Hughes, Crystals Freund, der heldenhaft herbeieilen wird, um die Schwester seines Mädchens zu retten.«

»Ich dachte, ich wäre *dein* Mädchen?«, brummte ich.

»Das bist du auch, mein Schatz, aber wir sprechen hier von der erfindungsreichen PR-Welt – und genau

dorthin hat die Contessa diese Schlacht verlegt. Wie wäre es, wenn du deinen Hollywood-Tausendsassa anrufst und ihn bittest, ein paar internationalen Medienvertretern ein Interview zu geben? Wenn er erst mal mit seiner Armada anrückt, kann die Contessa ein für alle Mal die Segel streichen.«

»Meinst du, das würde er machen?«, fragte Phoenix und massierte sich dabei energisch die Schläfen. Ich spürte, dass sie ihr Hirn marterte, damit es endlich ein paar Erinnerungen ausspuckte. Yves nahm ihre Hand und küsste ihre Knöchel, bevor sie sich noch ernsthaft wehtat.

Ich nickte. »Ja, da bin ich mir sicher. Und ich denke, auch er könnte von der Sache profitieren. Mit dieser Story wäre die Presse für eine Weile von seiner neuen Beziehung mit Lily abgelenkt; denn die Reporter hätten ein paar Wochen lang erst mal genug Stoff zum Schreiben.«

»Aber dann müsstet ihr vielleicht ein Interview geben«, sagte Trace vorsichtig. »Wärt ihr dazu bereit, Diamond? Crystal?«

»Ich tue alles, was getan werden muss«, sagte Diamond entschlossen. »Aber ich brauche eure Hilfe.«

Wenn Diamond so mutig war, die Sache durchzuziehen, obwohl sie wusste, dass nur ein Bruchteil ihres Gehirns richtig funktionierte, wie hätte ich da Nein sagen können?

»Klar doch. Ich bin dabei.«

»Super.« Xav rieb sich die Hände. »Dann wollen wir mal ein bisschen rumtelefonieren.«

Karla und Saul hatten Will bei seiner Verlegung in ein venezianisches Krankenhaus begleitet; als sie wieder zurück waren, lief die Story bereits auf allen Kanälen. Auch die Verhaftung von Graf Monte Baldo wurde als Hintergrundbericht gezeigt. Die BBC war auf Bildmaterial der Operation in London gestoßen und hatte diese an andere Medienvertreter weitergegeben. Die Version der Contessa, dass ihr Sohn unschuldig sei, wurde jetzt von dem Polizeifoto eines durchgeknallt aussehenden, teiggesichtigen Mannes ins Wanken gebracht. Daneben blendete man die Aufnahmen der sechs Benedict-Brüder ein, die auf dem Revier in Verona gemacht worden waren.

»Hey, du siehst aus wie ein Serienmörder, Vic«, spottete Zed. Für Menschen, die das Licht der Öffentlichkeit bisher immer gescheut hatten, kamen sie mit ihrem neu erworbenen Ruhm erstaunlich gut zurecht. Ich fand, dass sie alle umwerfend aussahen, besonders Xav. Es würde mich nicht überraschen, wenn sie eimerweise Fanpost von Fernsehzuschauern bekämen.

Dann zeigten sie das Interview mit Steve, das vor malerischer Kulisse oben auf dem Berg stattfand, mit seinem Helikopter im Hintergrund.

»Ja, ich bin meiner Freundin zu Hilfe geeilt. Natürlich. Ihre Schwester liegt mir sehr am Herzen.«

»Und was sagen Sie zu der Behauptung der Contessa, dass Diamond Brook und deren Freundinnen lediglich ihre Gäste waren?«, fragte der Reporter.

Steve schnaubte verächtlich. »Also diese Dame ist schon ein bisschen merkwürdig. Ich meine, mal unter

uns: Wenn Sie eine Party schmeißen, knipsen Sie dann der versammelten Gesellschaft die Lichter aus, setzen einen Gast bei Affenkälte auf einer Insel aus und halten den Rest gewaltsam von der Familie fern? Also ich für meinen Teil verschicke lieber ein paar Einladungen und sorge dafür, dass alle Spaß haben.«

Der Reporter straffte die Brust, zweifelsohne in der Hoffnung, bei Steves nächster Privatsause auf der Gästeliste zu stehen. »Oh, das glaub ich Ihnen gern.«

»Jetzt mal im Ernst, vielleicht ist die Contessa einfach nur einsam; aber für mich hört sich das Ganze sehr nach der Aktion einer schwer gestörten Persönlichkeit an. Ihr Sohn sitzt im Gefängnis; sie sieht eine Gelegenheit, sich zu rächen, und schießt übers Ziel hinaus.«

»Warum haben Sie nicht die Polizei eingeschaltet, wenn es sich um eine Geiselnahme handelte?« Der Reporter ließ sich also doch nicht so leicht einwickeln.

Steve belohnte uns alle mit seinem fantastischen Lächeln. »Warum hätten wir warten sollen, wenn der Helikopter doch bereitstand und wir uns selbst drum kümmern konnten? Wir hatten lediglich vorgehabt, an ihre Tür zu klopfen und die Damen mit nach Hause zu nehmen.«

Na klar doch.

»Es war die Contessa, die die Situation zum Eskalieren gebracht hat. Sie hat einen meiner Freunde angeschossen. Keiner von uns war bewaffnet.«

Dann wurde ein Reporter eingeblendet, der draußen vor Wills Krankenhaus stand und seinen Zustand als

auf dem Weg der Besserung beschrieb. Das würde eine hübsche Sympathiewelle zu unseren Gunsten lostreten.

Zum Schluss brachten sie das Interview, das Diamond und ich am Nachmittag vor unserer Wohnung gegeben hatten. Diamond sah blass, aber entschlossen aus; ich gab mich so glamourös, wie es mir möglich war, und legte mich mächtig ins Zeug, um dem Image von Steves Modelfreundin gerecht zu werden. Diamond umriss kurz, was passiert war, genau so, wie sie es bereits der Polizei geschildert hatte. Ich untermauerte das Ganze, indem ich ausführlich erzählte, wie ich in der Lagune gestrandet war, mit nichts als einem dünnen Abendkleidchen am Leib. Der Presse gefiel dieses kleine Detail und ich musste sogar Schnitt und Farbe des Modells beschreiben.

»Handelt so etwa jemand, der voll zurechnungsfähig ist?«, fragte ich.

Der Reporter entschied, den Beitrag mit dieser Frage enden zu lassen, um sich im Anschluss in Spekulationen hinsichtlich Steves und meiner nicht existierenden Romanze zu ergehen.

Promi-Power ist doch wirklich etwas Feines.

Xav, der neben mir auf dem Sofa saß, küsste mich auf den Nacken. »Das hast du echt super gemacht. Daran sollst du ersticken, Contessa.«

»Ich hoffe bloß, dass sie das nicht zu noch Schlimmerem inspiriert.«

Victor stand auf. »Ich gehe Will besuchen. Kommt jemand mit?«

Zu meiner Überraschung meldete sich Diamond. »Wenn er mein Schwager wird, dann sollte ich ihn wohl auch mal richtig kennenlernen.«

Trace lächelte traurig und gesellte sich zu ihr an die Tür. »Ich komme auch mit.«

Als sie weg waren, beschloss der Rest von uns, früh zu Bett zu gehen. Ich rechnete damit, auf der Stelle einzuschlafen, doch stattdessen wälzte ich mich auf meinem Kissen hin und her, während meine Gedanken wie ein Formel-1-Geschoss um unser Dilemma kreisten.

Unsere öffentlichkeitswirksame Schlacht mit der Contessa erinnerte mich an die Geschichte der zwei italienischen Renaissance-Städte, die sich im Schutz ihrer Festungsmauern gegenseitig Beleidigungen zuwarfen. Nichts von alledem trug dazu bei, dem zerstörten Dorf in ihrer Mitte zu helfen; auf uns übertragen waren die Häuserruinen die Mentalregionen, in denen die Contessa mit ihrer bösartigen Gabe gewütet hatte. Ich hatte versprochen, den Schaden zu beheben, aber solange ich nicht wusste, was Contessa Nicoletta getan hatte, fehlte mir der Ansatzpunkt, um zu beginnen.

Vielleicht könnte ich versuchen, um die Information zu feilschen? Ich dachte an ihren Sohn: Würde er uns etwas über die Kräfte seiner Mutter verraten, wenn im Gegenzug ein paar Haftvergünstigungen für ihn dabei heraussprangen?

Aber Xav hatte mir erzählt, dass sein Fall zurzeit noch vor Gericht verhandelt wurde. Bis zu seiner Ur-

teilsverkündung wäre er sicher nicht an einem Handel mit uns interessiert.

Und wie sah's mit der Contessa selbst aus? Was würde sie im Tausch für Informationen haben wollen?

Einen Seelenspiegel? Wenn nicht für sich selbst, dann vielleicht für ihren Sohn, den sie liebte, oder für ihre Enkel? Diese eine Sache, die ich zu bieten hatte, konnte kein Savant ausschlagen. Ich hatte einen Trumpf in der Hand.

Ich warf die Bettdecke zur Seite, schlüpfte in Jogginghose und Pulli und schlich aus meinem Schlafzimmer. Xav würde mich umbringen, wenn er wüsste, was ich vorhatte. Ich ging ein enormes Risiko ein, aber ich könnte mir selbst nicht mehr ins Gesicht sehen, wenn ich die Mädchen und ihre Seelenspiegel hängen lassen würde; nicht, solange ich noch etwas tun konnte.

Auf meinem Weg zur Wohnungstür stolperte ich um ein Haar über Barozzi und plumpste aufs Sofa.

»Willst du noch ausgehen?«, fragte Phoenix. Sie saß am Fenster und schaute dem Licht- und Schattenspiel des Mondes an der Gartenmauer zu.

»Du hast mich zu Tode erschreckt!«, flüsterte ich und erhob mich wieder vom Sofa. »Ich lasse nur kurz die Katze raus. Warte nicht auf mich.«

Dass Phoenix' meiner Erklärung so wenig misstraute, zeigte, wie wenig sie sie selbst war.

»Okay.«

Ich verharrte kurz an der Tür. »Phee, warum bist du hier und nicht bei Yves im Hotel?«

Sie zuckte schief mit den Schultern. »Es hat sich einfach nicht richtig angefühlt.«

Das gab bei mir den Ausschlag. Ich konnte den Gedanken nicht ertragen, wie sehr es Yves schmerzen musste, allein in seinem Hotelzimmer zu sitzen, ohne seine Frau. »Du kannst gern so lange hierbleiben, wie du willst, Phee.« Ich stieg in meine Gummistiefel. »Wir sehen uns morgen früh.«

Am Anlegeplatz an der Accademia-Brücke fand ich einen Gondoliere, der gerade seine Schicht beenden wollte; ein stämmiger Mann mit einem pausbackigen Gesicht wie ein erschöpfter Posaunenengel, der gerade zusammenpackte. Für die Fahrt nach Hause räumte er seine Sachen aus der glänzenden Gondel in ein gammliges kleines Motorboot.

»Wie viel, damit Sie mich auf die Insel von Contessa Nicoletta bringen?«, fragte ich.

»Hundert Euro«, sagte er lässig und stand dabei am Heck seines schaukelnden Bootes wie ein Reiter auf einem ungezäumten, galoppierenden Pferd.

Ich schnaubte verächtlich. »Genau, und ich bin von vorgestern. Hören Sie, ich bin keine Touristin und Sie fahren jetzt vermutlich nach Hause zur Giudecca, also ist das kein großer Umweg.«

Er musterte mich von Kopf bis Fuß. Ich sah nicht im Entferntesten so aus wie am Nachmittag, als ich vor die Kameras getreten war, denn ich trug meine bequemsten Schlabberklamotten. »Warum wollen Sie so spät da noch hin?«

»Eine außerplanmäßige Personalversammlung. Sie

haben doch bestimmt die Gerüchte gehört, dass die Contessa in Schwierigkeiten stecken soll.«

Er grinste. »Ja. Wirklich komisch, die Alte, hab sie nie gemocht. Klingt so, als würde sie ganz schön im Schlamassel sitzen. Was arbeiten Sie denn bei ihr?«

»Ich helfe in der Küche.« Ich überkreuzte die Finger hinter meinem Rücken.

»Na schön, Signorina, steigen Sie ein. Ich setze Sie für zwanzig Euro an den Wassertreppen ab. Nach Hause zurück müssen Sie dann aber alleine kommen, okay?«

»Gut.« Das hieß, wenn sie mich überhaupt je wieder nach Hause ließe. Doch im Moment konnte ich mir nicht den Kopf über das ›Nachher‹ zerbrechen.

Nach zweimaligem Ziehen am Starterseil schipperte mein in die Jahre gekommener Posaunenengel mit mir über das kabbelige Wasser des Canale della Giudecca.

»Soll ich für Sie singen?«, fragte er vorwitzig.

»Da zahle ich nichts für.« Ich legte meinen Kopf auf die Knie. Ich zitterte nervös, wollte es mir aber nicht anmerken lassen, um keinen Verdacht zu erregen.

»Für Sie ist es umsonst.« Er stimmte ziemlich schief ein Potpourri italienischer Opernarien an. Die Boote und Anlegestellen der Gondolieri wurden für gewöhnlich innerhalb der Familie vererbt; es war ein Jammer, dass er nicht auch eine Prise Musikalität mitbekommen hatte.

Ich überlegte, wann mich das letzte Mal ein singender Mann irgendwohin chauffiert hatte. Das war mit Xav gewesen, als er mich zum Flughafen gebracht

hatte. Ich schickte ein Stoßgebet aus, dass ich nicht unsere Seelenspiegel-Verbindung aufs Spiel setzte, indem ich diesen Abstecher in die Höhle des Löwen wagte. Aber andererseits, sprach ich mir selbst Mut zu, war ich auch eine Löwin; ich ging nicht ohne den Schutz meiner eigenen Kräfte da hinein. Das alte Alphaweibchen würde erleben, wie ihre Vorrangstellung durch das neue Weibchen des Savant-Rudels bedroht würde.

Kapitel 18

Ich stand auf den Stufen und schaute dem Gondoliere hinterher, wie er nach Hause fuhr, vermutlich zu einer Schar pausbackiger Söhne, die Arien übten, um eines Tages das Geschäft ihres Vaters zu übernehmen. Wenn mein eigenes Leben doch auch nur so vorhersehbar wäre! Ich drückte auf den Knopf der Gegensprechanlage.

Keine Antwort.

Es war spät, bestimmt schon Mitternacht. Endete mein großes Abenteuer etwa damit, dass ich bis zum Morgen hier auf den Stufen sitzen würde? Ich besah mir die Mauer. Nach meinem verpatzten Ninja-Auftritt von gestern würde ich sicher nicht den Versuch wagen, dort hinaufzuklettern. Ich läutete noch mal und beließ meinen Finger auf dem Klingelknopf.

Die Anlage knackte. »Ja?«

»Hallo? Können Sie bitte der Contessa sagen, dass Crystal Brook sie gern sprechen möchte.«

Es folgte eine kurze Pause, dann summte das Tor auf.

»Come into my parlour, said the spider to the fly«, murmelte ich leise das alte Gedicht vor mich hin, das mir ungünstigerweise gerade jetzt durch den Kopf spukte. »Halte dich lieber an das Löwenbild, Brook … das gibt dir ein Gefühl von Stärke.«

Der Garten war verlassen. Die dunklen Silhouetten der zueinander versetzt angelegten Buchsbäume muteten an wie ein Schachbrett; die blassgrauen Schatten der Statuen sahen aus wie Figuren, die in der Mitte der Partie, gespielt von Riesen, einfach stehen gelassen worden waren. Ohne die Wärme der Fackeln, die an Diamonds Party gebrannt hatten, war die Insel ein unheimlicher Ort. Ich empfand kurz einen Anflug von Mitleid für den Grafen, der in dieser seltsamen Atmosphäre hatte groß werden müssen. Kein Wunder, dass aus ihm nichts geworden war.

Der Butler öffnete mir die Tür. Falls sich noch andere Hausangestellte in der Villa befanden, bekam ich sie zumindest nicht zu Gesicht. »Darf ich Ihnen den Mantel abnehmen?«

»Danke.« Ich stand mit den Händen in den Hosentaschen da und hatte das Gefühl, in diesem eleganten Raum total fehl am Platz zu sein.

»Ich werde der Contessa ausrichten, dass Sie hier sind«, ließ der Butler verlauten und schlurfte davon.

Ich schlenderte quer durch den Raum und besah mir eine mit Blattgold verzierte Uhr, die auf einem marmornen Beistelltisch stand.

Crystal? Wo bist du?

Ich machte erschrocken einen Satz, als Xavs verär-

gerte Stimme durch meinen Kopf schoss wie eine Rakete. *Ich schnappe nur ein bisschen frische Luft.*

Ja, das hab ich mitgekriegt. Phee hat Yves Bescheid gesagt und er hat mich geweckt. Wo genau steckst du?

Oh Xav, du wirst bestimmt sauer auf mich sein. Ich ließ ihn einen Blick auf meine Umgebung erhaschen.

Schweigen.

Xav?

Ja, ich bin noch da. Warum hast du das getan, Crystal?

Ich muss etwas unternehmen, um die Mädchen zu retten. Ich habe einen Plan.

Den du mir nicht mitteilen wolltest?

Nein, weil er mich davon abgehalten hätte. *So war's nicht.*

Mach dir nichts vor. Genau so war's!

Er hatte recht. Ich wäre umgekehrt auch total ausgeflippt, hätte er mich zu Hause zurückgelassen und sich allein in Gefahr begeben.

Oh Gott, tut mir leid.

›Tut mir leid‹ reißt es nicht raus. Und ich hab noch gedacht, wie gut es doch zwischen uns läuft – dass wir ein Team wären.

Das sind wir doch auch …! Ich konnte die Vorstellung, dass ich ihn verletzt hatte, kaum ertragen.

Das ist Bullshit, Crystal. Du willst hier die Heldin sein und setzt dabei die Hälfte meiner Seele aufs Spiel, ohne mich vielleicht mal zu fragen, was ich darüber denke. Das ist für mich kein Team.

Der Butler kehrte zurück und ließ sich seine Verwun-

derung über mein tränenüberströmtes Gesicht nicht anmerken. »Die Contessa wird Sie jetzt empfangen.«

Ich nickte und wischte mir mit dem Ärmel über die Wangen. *Ich muss Schluss machen, Xav. Ich muss mich auf das konzentrieren, was ich ihr sagen will.*

Jetzt war Xav verzweifelt. *Bitte, tu das nicht. Kehr um. Verschwinde von dort. Ich komme dich holen.*

Es ist zu spät. Ich bin jetzt hier.

Wut brachte unsere Verbindung zum Vibrieren, so wie bei einem Erdstoß.

Schön. Dann mach halt unser gemeinsames Leben mit deinem idiotischen Plan kaputt! Aber denk bloß nicht, dass ich hier rumsitzen und darauf warten werde, dass du zurückkommst. Vielleicht habe ich ja meine eigenen Pläne, die ich nicht mit dir teilen möchte, wie zum Beispiel, keine Ahnung, dass ich mich in ein Haifischbecken werfen werde.

Ich liebe dich, Xav.

Untersteh dich, das zu sagen! Du liebst mich nicht – nicht, wenn du mir das antun kannst. Er kappte abrupt unsere Verbindung und ließ mich zurück, so tief getroffen und verletzt, dass ich kaum atmen konnte.

»Crystal, ich muss gestehen, ich bin in hohem Maße überrascht, dich hier zu sehen.« Die Gräfin saß am Kamin, die Füße auf einen Hocker hochgelegt. Ich hatte nicht das Gefühl, in diesem Augenblick der Konfrontation mit ihr gewachsen zu sein, aber ich musste die Sache jetzt durchziehen.

»Haben Sie sonst noch einen Wunsch, Mylady?«, fragte der Butler.

»Nein, im Moment nicht, Alberto. Aber bleiben Sie in der Nähe.«

Er verneigte sich kurz und schlüpfte aus dem Zimmer.

Ich biss mir auf die Innenseite der Wangen und zwang mich dazu, meine Aufmerksamkeit auf die Frau vor mir zu richten und nicht auf den wütenden Seelenspiegel am anderen Ende der Mentalleitung. »Contessa. Danke, dass Sie mich empfangen.«

Sie winkte mich zu einem Stuhl herüber, der ihr gegenüberstand. Ich setzte mich. Sie musterte mein Gesicht. »Eine interessante Taktik. Hierherzukommen. Was auch immer du damit bezwecken willst.«

»Ich möchte Ihnen einen Handel vorschlagen.«

Sie faltete ihre Hände im Schoß. »Was hast du mir denn anzubieten? Ich hätte gedacht, es ist klar, dass wir diese Sache bis aufs Blut ausfechten werden, sozusagen. Ein interessanter Schachzug, mit diesem Schauspieler an die Öffentlichkeit zu gehen. Damit hatte ich nicht gerechnet. Aber genauso wenig hatte ich damit gerechnet, dass du hier aufkreuzt mit einem Friedensangebot, wie du's wohl bezeichnen würdest, hab ich recht?«

»Ja.«

»Hm. Möchtest du etwas trinken?« Sie nahm eine kleine Glocke vom Beistelltisch.

»Nein, danke.«

Sie ließ ihre Hand sinken. »Na schön, dann reden wir eben übers Geschäftliche.«

 Ich holte tief Luft. »Ich bin ein Seelensucher. Ich

biete Ihnen an, den Seelenspiegel Ihres Sohnes sowie die Ihrer Enkel ausfindig zu machen – unter der Voraussetzung, dass Sie mir sagen, was Sie mit meiner Schwester und den anderen Mädchen angestellt haben.«

Abgesehen davon, dass sich in ihren dunklen Augen für einen Moment leise Überraschung spiegelte, zeigte sie auf meine Worte keine Reaktion. Stattdessen legte sie ihre Fingerspitzen aneinander und schwieg.

Was sollte ich noch sagen? »Es ist mir klar, dass Sie dieses Spiel spielen, um es uns heimzuzahlen: Die Benedicts sollen die gleiche Schande und den gleichen Verlust erfahren wie Sie. Aber wenn ich Ihnen nun einen Preis anbiete, der Sie dafür entschädigt, dass Sie den Benedicts *nicht* die Seelenspiegel wegnehmen? Wenn nun Ihre Familie dafür ihre Seelenspiegel bekäme?«

Ich wartete.

»Du bist wirklich sehr viel interessanter, als ich zuerst dachte«, überlegte die Contessa. »In ein paar Jahren, wenn die Erfahrung dich mürbe gemacht hat, könntest du sogar eine würdige Gegnerin sein.«

Nicht die Antwort, mit der ich gerechnet hatte. »Ich verstehe nicht, was Sie meinen.«

»Nein, das kannst du wohl auch nicht. Es gibt noch so vieles, was du nicht begreifst. Du stehst am Rande deiner Begabung wie ein Kind am Ufer mit den Zehen im Wasser und schaust über das Meer.«

»Aber Sie wollen doch bestimmt, dass Ihr Sohn und Ihre Enkel glücklich werden?« Auch wenn Sie eine bösartige alte Schabracke sind, lautete der Subtext.

Sie strich sich mit ihren knotigen Fingern über den Handrücken. »Und du meinst also, sie wären glücklich mit ihrem Gegenstück?«

»Ja.« Ich wünschte, das Wort hätte mehr nach einer Feststellung als nach einer Frage geklungen.

Sie drehte sich auf ihrem Stuhl um zu dem Porträt eines gut aussehenden Mannes, das neben dem Kamin hing. Er hatte die markanten Züge und das glatt zurückgegelte Haar eines umschwärmten Leinwandhelden aus den Fünfzigern. »Ich hatte einen Seelenspiegel. Meinen Mann. Er ist gestorben.«

»Oh, das tut mir leid.«

»Nein, tut es nicht.« Zum ersten Mal zeigte sie wahre Gefühle; sie knetete den Kopf ihres Gehstocks und pochte mit seiner Spitze auf den Boden. »Du hast keine Ahnung, wie das ist – den besten Teil von sich selbst zu verlieren. Es ist viel besser, dieses Glück nie zu erfahren, als für den Rest des Lebens mit diesem Verlust zurechtkommen zu müssen.«

»Wenn Sie wissen, wie schmerzvoll das ist, warum tun Sie es dann meiner Familie an?« Ich konnte nicht verstehen, warum ein Mensch andere mit den gleichen Schmerzen quälen wollte, die er selbst erleiden musste.

»Ach, die Frauen leiden nicht.« Sie fuhr verächtlich mit der Hand durch die Luft. »Ich habe die Verbindungen zu ihren Partnern beschnitten, habe sie weggeräumt, wenn du so willst, damit sie keinen Schaden mehr anrichten können. Nur die Männer leiden – das ist meine Rache.«

»Aber sehen Sie denn nicht, dass die Mädchen so nur ein halbes Leben leben?«

»Du hast ja keine Ahnung«, sie spie mir die Worte entgegen, »was ein Leben, das angefüllt ist mit dem verzehrenden Verlangen nach etwas, was man nicht haben kann, mit einem macht.«

Ich konnte es mir denken: Es brachte verbitterte Seelen hervor, so wie die, die mir gegenübersaß.

»Aber sollten die Mädchen diese Entscheidung nicht selbst treffen, und nicht Sie?«

»Unsinn. Als Seelensucher trifft man diese Entscheidung doch ständig für die anderen. Warum glaubst du eigentlich, dass du ihnen damit etwas Gutes tun wirst?«

Die Erkenntnis traf mich wie ein Keulenschlag. »Wie? Wollen Sie damit etwa sagen, dass Sie auch ein Seelensucher sind?« Das würde einiges erklären.

»Natürlich. Wir Seelensucher sind die Einzigen, die die Macht besitzen, die Seelenspiegel-Verbindung zu manipulieren. Ich dachte, das wüsstest du?«

Sie gab mir das Gefühl, furchtbar einfältig zu sein. »Ich bin ein Neuling auf diesem Gebiet. Ich weiß noch nicht sehr viel darüber.«

»Da hast du Glück. Du konntest mit deiner Gabe noch keinen Schaden anrichten; es ist noch nicht zu spät für eine Umkehr.«

»Aber ich möchte Menschen glücklich machen, möchte helfen, dass sie sich vollständig fühlen.« Ich erinnerte mich an das Gefühl, das ich empfand, wenn ich mit Xav zusammen war – selbst mit ihm zu strei-

ten war, wie einen Film in HD anzuschauen, verglichen mit den stumpfen Gefühlen in Schwarz-weiß, die ich für andere Jungen empfunden hatte. Ich könnte und würde ihn niemals aufgeben.

»Was wirst du tun, wenn ein Savant, der sich Hilfe suchend an dich wendet, keinen Seelenspiegel mehr hat – wegen Krankheit, Unfall oder Krieg? Das ist kein theoretisches Gedankenspiel; genau das wird passieren.«

»Ich weiß es nicht.«

»Oder wenn der gefundene Seelenspiegel aufgrund der Verhältnisse, in denen er groß geworden ist, vollkommen zerstört ist oder wenn er womöglich an einer Geisteskrankheit leidet und dadurch ein Zusammenleben mit ihm unmöglich, ja sogar gefährlich ist? Würdest du solche Paare ein Leben lang aneinander binden?«

»Ich … ich bin nicht sicher. Aber ist es an mir zu entscheiden, was ein Savant aus der Entdeckung seines Seelenspiegels macht?«

»Wenn du die Tür aufstößt, bist du auch dafür verantwortlich, was hindurchkommt. Hast du den Mut, dich dieser Sache zu stellen? Du glaubst, du würdest Träume wahr werden lassen; aber vielleicht beschwörst du auch nur einen Albtraum herauf.«

Sie kratzte unermüdlich an meiner Überzeugung, dass meine Gabe ein Segen war; ich hatte noch nie viel Selbstvertrauen besessen und sie hatte diesen Schwachpunkt erkannt. Über ihre Fragen nachzudenken war sicher lohnenswert, aber nicht jetzt; ich konnte mich

nicht mit hypothetischen Schmerzen auseinandersetzen, wenn das Leid nicht weit von hier in diesem Augenblick real war. Mir ging auf, dass sie versuchte, mich von dem eigentlichen Grund meines Kommens abzubringen; ich musste den Spieß irgendwie umdrehen.

»Ich weiß nicht, was ich dann tun werde, Contessa, aber Sie können nicht leugnen, dass ich den Mut aufgebracht habe, herzukommen und mich Ihnen zu stellen. Ich glaube, an Mut fehlt es mir also nicht.«

Sie nickte. »Das lässt mich für dich hoffen.«

Ich dachte an meine Eltern; mein Vater war tot und doch hatte ich meine Mutter noch nie lamentieren hören, dass sie ihn lieber nie getroffen hätte. »Aber bitte, geben Sie mir eine ehrliche Antwort: Haben Sie überhaupt keine schönen Erinnerungen an die gemeinsame Zeit mit Ihrem Seelenspiegel? War es das nicht wert, ihn kennengelernt zu haben, auch wenn Sie nicht lange zusammen sein konnten?«

Ihre Augen wurden hart. »Wie kannst du es wagen, so beiläufig von Giuseppe zu sprechen? Du verstehst gar nichts!« Sie schlug sich mit der Faust an die Brust. »Du hast keine Vorstellung, was ich durchgemacht habe, als er ermordet wurde.«

Eine Welle des Mitleids überkam mich. Sie hatte das Schlimmste erleben müssen. Tod durch Krankheit war eine Sache, aber Mord … Kein Wunder, dass sie dermaßen verbittert war.

»Ich glaube«, sagte ich vorsichtig. »Ich glaube, dass Sie mir damals viel ähnlicher waren, als Sie sich eingestehen. Wenn Sie reden, dann höre ich aus Ihren Wor-

ten heraus, dass Sie mal jemand mit viel Hoffnung waren – nichts als Illusionen, würden Sie heute wohl sagen. Sie haben ihn geliebt, davon bin ich überzeugt. Und so wie ich Sie einschätze, haben Sie ihn sicherlich gerächt.«

Sie lächelte; ein verkniffener Gesichtsausdruck. »Du hast doch Alberto und meine Hausangestellten gesehen?«

Ich nickte.

»Das sind die Söhne und Verwandten Minottis – des Mannes, der meinen Giuseppe umgebracht hat. Zuerst habe ich mich natürlich seiner selbst entledigt. Wir dachten, er wäre unser Freund, aber er hat uns aufs Schlimmste verraten. Crystal, du weißt ja gar nicht, wie schrecklich die Dinge bei einem Streit zwischen Savants aus dem Ruder laufen können.«

Doch, das wusste ich: Schließlich hatte sich Diamond die Vereitelung solcher Eskalationen zur Lebensaufgabe gemacht.

»Mein törichter Ehemann und Minotti konkurrierten um die Vormachtstellung in Norditalien; es ging um geschäftliche Dinge … als ob das so wichtig gewesen wäre! Ich warnte sie, aber sie führten ihren dummen Kampf fort. Minotti verlor seinen Einfluss und so pfuschte er an den Bremsen von Giuseppes Wagen herum – er hatte noch nicht mal den Mumm, ihn von Mann zu Mann herauszufordern.«

»Das ist ja entsetzlich.« Ich brauchte keine extrasensorische Wahrnehmung, um zu wissen, dass die Geschichte ein hässliches Ende nehmen würde.

»Das war es. Mein Seelenspiegel stürzte auf der Straße nach Garda über eine Klippe – sein Körper wurde zerschmettert und zerquetscht –, zurück blieb ich mit einem vaterlosen Kind und dem verständlichen Verlangen nach Rache. Ich schwor mir, dass mein Sohn niemals diesen Schmerz fühlen sollte, den ich damals fühlte. Und ich fand eine neue Verwendung für meine Seelensucher-Fähigkeit; ich stellte fest, dass ich Erinnerungen und Gedanken auslöschen und neu ordnen konnte, wodurch emotionale Verbindungen zerstört wurden. Niemand hat davon gewusst, weil sich im Nachhinein keiner mehr daran erinnern konnte, was ich getan hatte. Bis du dahergekommen bist.«

Ich musste es einfach loswerden, auch wenn es Sie verärgern würde: Die Parallelen drängten sich mir unübersehbar auf. »Und so haben Sie am Hirn Ihres Sohnes rumgepfuscht wie Albertos Vater an den Bremsen des Autos Ihres Mannes. Und bei Ihrem Butler und den anderen Hausangestellten haben Sie das Gleiche gemacht. Und das soll richtig sein?«

»Nein!«, kreischte sie und stieß die Spitze ihres Gehstocks auf den Boden. »Das kann man nicht vergleichen. Ich habe sie vor ernsthaftem Schaden bewahrt.«

»Sie haben sie nicht leben lassen.«

»Was fällt dir ein, du dummes kleines Mädchen, platzt einfach hier herein und behauptest, du wüsstest es besser!«

Meine innere Alarmglocke schrillte, als ich spürte, dass sie einen Angriff vorbereitete.

»Das tue ich gar nicht. Ich bin der Überzeugung, dass *Sie* es besser wissen. Sie sind wie dieser Minotti geworden, dieser Mensch, den sie dermaßen hassen, weil er Ihnen den Seelenspiegel genommen hat.«

»Untersteh dich!«

»Ihr Sohn hat Verbrechen begangen, und als die Benedicts halfen, ihn dingfest zu machen, haben Sie ihre Seelenspiegel-Beziehungen einfach über die Klippe gestoßen.«

»Nein, das ist ganz und gar nicht das Gleiche.«

»Und was die … die Sklavenhaltung von Alberto und den anderen angeht, wie wollen Sie das rechtfertigen? Es war der Vater und nicht der Sohn, der Ihren Mann getötet hat. Sie hindern sie daran zu leben, bloß weil Ihr eigenes Leben an jenem Tag gestorben ist. Sie handeln wie ein Neidhammel – wenn ich es nicht haben kann, soll es auch niemand sonst haben!«

Ihre Mentalattacke traf meinen Kopf, doch meine Abschirmung war aktiviert und sie hielt stand. Genau darum war ich hergekommen: Wenn sie sich nicht auf meinen Handel einließ – und danach sah es aus –, würde ich eben herausfinden müssen, wie sie ihre Kräfte gegen ihre Feinde einsetzte. Es war die Hölle, denn es fühlte sich an, als würde ich ohne Gehörschutz unmittelbar neben einer auf voller Kraft laufenden Düsenjetturbine stehen. Ich versuchte, tief durchzuatmen. Bestimmt würde sie das nicht ewig so aufrechterhalten können.

Schweiß lief mir den Rücken hinunter. Ich schloss meine Augen. Ich spürte, wie sie probierte, meine Ver-

bindung zu Xav zu fassen zu kriegen und an sich zu reißen, aber ihre mentalen Enterhaken fanden an meinen Abwehrmauern keinen Halt und rutschten ab. So ging sie also vor: Sie setzte die Seelensucher-Fähigkeit in umgekehrter Weise ein; statt der Verbindung zu folgen, holte sie diese ein wie eine Spinnerin den Faden, sodass er nicht verwoben werden konnte.

Genug jetzt. Ich hatte meine Antwort bekommen.

Xav, ich brauche dich.

Crystal, was zum Teufel ist da los?

Er konnte die Angriffe auf mich spüren, aber ich hatte keine Möglichkeit, ihm zu zeigen, woher sie kamen, da ich mich voll auf meine Abwehr konzentrieren musste.

Gott sei Dank, du bist noch da!

Für dich immer, du scheußlicher … Er verkniff sich eine Menge wenig schmeichelhafter Titulierungen und entschied sich schließlich für meine Lieblingsbeleidigung … *Dödel.*

Tief in meinem Herzen hatte ich gewusst, dass er mich nicht wie angedroht verlassen würde; das hatte er aus der Wut heraus gesagt und ich stand jetzt knietief in seiner Schuld. *Ich brauche deine Hilfe. Die Contessa probiert, an unsere Verbindung heranzukommen.*

Verdammt noch mal, Crystal!

Ich werde meine Schutzschilde runterfahren und ihre Attacke umkehren, aber du musst mir helfen. Sie darf in keinem Fall unsere Verbindung einholen.

Ich versteh nicht, was du meinst.

Ich hab keine Zeit für Erklärungen – das ist so 'ne See-

lensuchersache. Du musst sie erschrecken, damit sie loslässt. Tu etwas Überraschendes.

Du meinst, ich soll Gewalt anwenden? Ich erhaschte einen Blick in seine Gedanken, in denen die Schlusskampfszenen von Harry gegen Voldemort und Spiderman gegen den Grünen Kobold abliefen.

Nein. Sie ist viel zu stark; ein Kraftduell kann ich nicht gewinnen.

Was dann?

Ich spürte, wie meine Abschirmung anfing zu zittern. Ich hatte mörderische Kopfschmerzen. *Kann ich diese Entscheidung dir überlassen, Xav?*

Crystal, du hast Schmerzen.

Darum kannst du dich auch später kümmern. Los, komm jetzt. Auf drei.

Du gibst mir ja nicht gerade viel Zeit, was?

Eins …

Crystal!

Zwei … drei!

Ich ließ meine Schutzschilde fallen und vertraute darauf, dass Xav seinen Part erfüllen und ihr unsere Verbindung aus den Klauen reißen würde. Ich drang geradewegs in ihren Geist ein. Ihre Abschirmung war kaum der Rede wert; sie war dermaßen auf den Angriff konzentriert, dass sie ihre Abwehr vergessen hatte. Mit einem Teil meines Bewusstseins sah ich Xav, der im Slalom an unserer Verbindung herunterfuhr, er im Kermit-Kostüm und ich als Miss Piggy. Höchst eigenwillig zwar, aber dem erstaunten Gesichtsausdruck der Contessa nach zu urteilen sehr wirkungsvoll. Ich überwand

ihre Barrieren und sah das heillose Durcheinander in ihrem Geist, wie eine Leiterplatte, deren Schaltung von Stümpern zusammengebastelt worden war. Der Kummer hatte sie kaputt gemacht. Aber für Mitleid war jetzt keine Zeit.

Schlaf!, befahl ich ihr und rief mir ins Gedächtnis, wie Victor bei den Mädchen vorgegangen war. Die Contessa sträubte sich, wurde aber immer schlaffer. Viktor hatte außerdem gesagt, dass Berührungen den Befehl verstärkten. Ich ging dicht an sie heran und legte ihr meine Hand an die Stirn. *Schlaf!*

Ihre Lider fielen zu und ihr Kinn sank auf die Brust. Ihre Mentalpräsenz verschwand aus dem Raum und zurück blieben nur Xav und ich.

Hey, Kermit!

Ist wirklich alles okay mit dir? Zuckerpuppe, du hast mir Todesangst eingejagt – ich glaube fast, dafür könnte ich dich hassen.

Nein, könntest du nicht. Ich fühlte mich erschöpft, aber sehr erleichtert. *Du kannst mit mir schimpfen, wenn wir uns wiedersehen. Und ja, alles okay mit mir. Ich komme jetzt nach Hause, allerdings brauche ich eine Mitfahrgelegenheit.*

Läuft das hier etwa auf eine Bergung hinaus? Für eine Bergung verlange ich nämlich gesalzene Preise.

Ein Lächeln stahl sich auf mein Gesicht, als ich an unser erstes Flirt-Gespräch zurückdachte. *Ich werde auf Heller und Pfennig bezahlen, versprochen. Kannst du mich von der Insel der Contessa abholen kommen?*

Mal sehen, was ich tun kann.

Ich warte an der Wassertreppe. Aber bevor ich hier den Abgang mache, muss ich noch etwas erledigen.

Hoffentlich nichts Gefährliches.

Nein, ich glaube nicht. Wir sehen uns in 'ner Viertelstunde.

Ich werde da sein.

Ich stand auf. Die Contessa schlief, ihr Atem ging flach. Sie sah so klein und zerbrechlich aus, dass ich keinen Hass mehr für sie empfinden konnte. Was wäre, wenn mir das Gleiche widerfahren würde wie ihr? Ich konnte bloß hoffen, dass ich nicht dermaßen verbittert würde; aber ich betrachtete sie jetzt als ein menschliches Wesen und nicht mehr als Monster. Wenn ich den Schaden, den sie bei den Mädchen angerichtet hatte, wiedergutmachen könnte, würde ich ihr vermutlich sogar verzeihen, denn immerhin waren es ihre übelwollenden Absichten gewesen, die mich dazu gezwungen hatten, Xav zu finden.

Ich läutete mit der Glocke. Alberto erschien auf der Stelle.

»Signorina?« Er warf einen konsternierten Blick auf seine Herrin. »Ist etwas nicht in Ordnung?«

»Nein, nein, die Contessa schläft nur.« Ich musterte ihn. Er hatte den gleichen Beinah-aber-doch-nicht-ganz-da-Ausdruck, den ich auf Diamonds Gesicht gesehen hatte. Ich hatte das für das geschulte Auftreten eines Butlers gehalten, aber jetzt wusste ich, dass es ihm aufgezwungen worden war. Der arme Mann war schon dermaßen lange ein Opfer, dass ich mich fragte, ob der Versuch, ihn wiederherzustellen, nicht Schlim-

meres zur Folge hatte, als wenn ich alles beim Alten beließe. Die Contessa hatte mich gewarnt, dass ich genau diese Art von Entscheidungen treffen müsste, wenn ich meine Fähigkeit benutzte, aber ich weigerte mich, den Schwanz einzuziehen, bloß weil ich Angst davor hatte, Fehler zu machen. Ich fragte mich stattdessen, was *ich* wollen würde, wenn ich an seiner Stelle wäre.

Ich würde wollen, dass mich jemand befreite.

»Entschuldigen Sie einen Moment, Alberto.« Ich schloss meine Augen und streckte mich nach seinem Geist aus. Ich bekam dieses Karussell der tipptopp aufgeräumten Gefühle zu sehen, das sich drehte und drehte und niemals irgendwo ankam. Jetzt konnte ich erkennen, wie sie es angestellt hatte: Sie hatte ein Modell entworfen, das aussah wie das Leben, aber nicht das Leben war. Aber dabei war ihr ein Fehler unterlaufen: Schmerz und Leid, Sehnsucht und Kummer waren unvermeidbar, denn sie waren die untrennbare Kehrseite der positiven Gefühle. Ich war momentan noch nicht in der Lage, ihm zu helfen – vermutlich würde ich nur noch mehr Schaden anrichten, wenn ich versuchte, ihn wiederherzustellen, bevor ich meine eigenen Fähigkeiten besser verstand.

»Signorina?« Alberto wurde nervös, wie ich ihn so schweigend betrachtete.

»Alberto, sind Sie ein Savant?«

»Signorina?«

»Und es gibt noch andere Savants unter den Hausangestellten – vielleicht Ihre Verwandten?«

Er hob eine Augenbraue. Ich fasste das als ein Ja auf.

»Ich wäre Ihnen sehr dankbar, wenn Sie übermorgen ein Treffen mit mir und dem Hauspersonal arrangieren könnten.«

»Wozu?«

»Ich habe etwas gegen diese … diese Leere, die Sie in sich tragen.«

»Leere?« Der Butler war verständlicherweise verwundert darüber, dass unser Gespräch derart persönlich wurde.

»Sie sind … ähm … manipuliert worden. Von der Contessa. Wenn Sie angestrengt genug darüber nachdenken, wird Ihnen aufgehen, dass Sie das tief in Ihrem Inneren schon längst wissen.« Er runzelte die Stirn wie ein Kind, das eine Matheaufgabe lösen sollte, die weit über seinem Wissensniveau lag. »Ich verlange nicht, dass Sie mir glauben, geben Sie mir einfach nur eine Chance, Ihnen zu helfen. Sehen Sie, ich bin ein Seelensucher. Oh, und sagen Sie der Contessa nicht, dass ich zurückkomme.«

»Ich weiß nicht, was Sie meinen.«

Armer Kerl. »Können Sie mich wenigstens hereinlassen, wenn ich wiederkomme? Ich werde nichts gegen Ihren Willen unternehmen und ich werde auch nur kommen, wenn ich der Meinung bin, dieses … Problem lösen zu können.«

Er nickte zaghaft.

»Okay. Dürfte ich jetzt meinen Mantel haben?«

Diesmal hellte sich seine Miene auf. Zurückgewor-

fen auf die vertrauten Butlerpflichten fühlte er sich bedeutend wohler. Er übergab mir meine Jacke. »Gute Nacht, Signorina.«

»Gute Nacht, Alberto. Wir sehen uns bald wieder – hoffentlich.«

Kapitel 19

Xav hatte mit Sicherheit tief in die Tasche greifen müssen, damit der Fahrer des Wassertaxis mich zu dieser vorgerückten Stunde noch abholen kam. Mein Seelenspiegel war sehr wortkarg, als ich durch das Tor trat; er hob mich nur von den Wasserstufen herunter und setzte mich neben sich auf der gepolsterten Sitzbank ab.

»Zur Zattere, bitte«, sagte Xav.

Der Bootsführer merkte, dass wir es eilig hatten, brachte den Motor auf Touren und brauste mit Vollgas los.

»Bist du noch immer sauer auf mich?« Ich kuschelte mich an Xav.

»Ja.«

»Ich bin ein kleines bisschen impulsiv.«

»Hab ich mitgekriegt.«

»Das bist du aber auch.«

»Äh … entschuldige mal, aber ich bin nicht allein abgedampft, um mich mit unserem Feind anzulegen.«

»Oh, hat irgendwer Lust, aus 'nem Helikopter zu springen und sich 'ne Verfolgungsjagd auf Skiern zu liefern?«

»Mhm!« Er legte mir einen Arm um die Schultern. »Aber du wusstest wenigstens, was ich vorhatte.«

Ich schlug mit meinem Kopf sacht an seine Brust. »Ja, und das tut mir auch total leid – dass ich dir nicht Bescheid gesagt habe. Aber als ich gesehen habe, wie sehr alle leiden, musste ich einfach etwas unternehmen.« Ich zog die Augenbrauen zusammen. »Ich habe mich nicht von der Vernunft leiten lassen, eher von meinen Instinkten.«

Er seufzte. »Und hattest du den richtigen Riecher?«

Ein riesiges weißes Kreuzfahrtschiff kam in Sicht, das von den Anlegern ganz am anderen Ende von Dorsoduro abgelegt hatte – eine Lichterkette wie Weihnachtsdekoration, mit winzig kleinen Gesichtern hinter den Fenstern, die zu der Stadt hinüberstarrten, der sie gerade einen Kurzbesuch abgestattet hatten. Das Schiff schien viel zu gewaltig für die mittelalterliche Landschaft, an der es vorbeizog.

»Ich glaube, ich hatte den richtigen Riecher. Ich weiß jetzt, womit ich es zu tun habe und warum.« Ich berichtete ihm von der speziellen Gabe der Contessa.

»Noch ein Seelensucher?«, fragte Xav, als unser Boot im Kielwasser des Kreuzfahrtschiffes ins Schaukeln geriet.

»Ich glaube nicht, dass sie sich groß mit Suchen beschäftigt hat, eher mit Verstecken.«

»Und sie hat das auch mit anderen gemacht? Nicht

nur mit unseren Mädchen, sondern auch mit ihrer eigenen Familie und den Hausangestellten?«

»Ja. Sie ist total verrückt. Sie treibt schon seit Jahren ihr Unwesen und hat ihr Gift heimlich unter den Savants verspritzt. Einerseits behauptet sie, dass sie das tut, um andere zu schützen und ihnen den Verlustschmerz zu ersparen, wie zum Beispiel ihrem Sohn, aber andererseits benutzt sie ihre Fähigkeit ganz eindeutig als Mittel, um zu bestrafen. Das ist kein ausgeklügelter Masterplan, eher das unberechenbare Tun eines Menschen, der tief verletzt ist.«

»Du bist aber sehr nachsichtig.«

»Ja, na ja, ich habe einen Blick in ihren Geist erhaschen können. Dort herrscht das totale Chaos – Liebe ist mit Hass verbunden, Güte mit Grausamkeit.«

Xav lächelte zu mir herunter, eine Strähne seines Haars fiel ihm in die Stirn und streifte meine Wange. »Du bist ein furchtbar liebes Mädchen – wenn du gerade mal keine Nervensäge und total unmöglich bist.«

»Und du bist eine furchtbare Nervensäge – wenn du gerade mal nicht total lieb zu mir bist.«

»Wenn das so ist, passen wir ja gut zusammen.«

Das Wassertaxi steuerte einen Anleger an. Der Bootsführer warf das Landungsseil wie ein Lasso um einen Poller und zog uns ans Ufer. »Bitte sehr, die Herrschaften, die Zattere.«

Ich hüpfte an Land. »Wissen die anderen, dass ich weg war?«

»Natürlich.« Xav holte seine Brieftasche hervor und zählte das Fahrgeld ab. »Du glaubst doch nicht im

Ernst, dass ich unserem Seelensucher hinterherstürmen kann, ohne dass Will und Dad spitzkriegen, dass etwas nicht in Ordnung ist; und ohne dass Zed beängstigende Bilderfetzen empfängt, wie du mit der Contessa zusammensitzt.«

»Ups.«

»Du bist jetzt Teil der Benedict-Familie, ob's dir gefällt oder nicht. Mach dich schon mal auf ein Leben gefasst, in dem es immer meine Brüder, meinen Dad und – sobald sie wieder ganz die Alte ist – meine Mom geben wird, die dir alle gehörig den Kopf waschen, wenn du dich irgendeiner Gefahr aussetzt.« Er gab dem Bootsführer ein Trinkgeld und sprang zu mir auf den Steg.

»Oh, aber ich habe doch jetzt diesen großen starken Seelenspiegel, der mich beschützt.«

»Schatz, du kannst dich nicht hinter mir verstecken – du bist eine Riesin.«

»Lass einem Mädchen doch bitte ein paar Illusionen.«

»Komm schon. Dann wollen wir uns mal das Donnerwetter anhören.«

Aber als wir im Hotel angekommen Victor und Saul über unsere sichere Rückkehr informierten, bewahrte mich Xav sogar vor dem Allerschlimmsten, indem er erklärte, dass es schon zu spät sei, um mir eine ordentliche Standpauke zu halten. Er würde ihnen berichten, was passiert war, wenn sie mich zu Bett gehen ließen.

»Morgen ist wieder ein anstrengender Tag. Sie hat heute Nacht schon genug durchgemacht.«

»Du versprichst uns, das Haus nicht mehr auf eigene Faust zu verlassen?«, fragte Saul, die Hände auf meinen Schultern, um seinen Worten mehr Gewicht zu verleihen.

Es fühlte sich großartig an, wieder von einem Vater geschimpft zu werden; am liebsten hätte ich ihn ganz fest an mich gedrückt, doch stattdessen setzte ich eine zerknirschte Miene auf. »Ehrenwort!«

»Dann geh jetzt schlafen.«

Ich war ein bisschen verlegen und konnte ihm nicht richtig in die Augen schauen. »Ich werde versuchen, das, was geschehen ist, rückgängig zu machen. Ich glaube, ich weiß jetzt auch wie.«

»Tatsächlich?« Er konnte den leisen Anflug von Hoffnung in seiner Stimme nicht verbergen.

»Na ja, vielleicht. Ich kann leider nicht meine Hand dafür ins Feuer legen, dass es klappen wird.«

»Natürlich nicht, Liebes. Bis morgen dann.«

Xav begleitete mich die wenigen Meter bis nach Hause und gab mir an unserem Tor einen Gutenachtkuss.

»Ich hoffe inständig, dass ich das hinkriege«, flüsterte ich.

»Ich habe Vertrauen in dich, Crystal. Versuch mal, auch welches in dich selbst zu haben.«

»Die Contessa hat gesagt, ich würde schwierige Entscheidungen treffen müssen und dass ich womöglich mehr Schaden als Gutes bewirken würde.«

»Vermutlich hat sie recht, aber nichts zu tun, ist ja auch eine Art von Entscheidung.«

»Ja, das denke ich auch. Sie hat versucht, die Leute am Leben zu hindern, und das ist noch schlimmer.«

Xav wuschelte mir durch die Haare. »Geh jetzt schlafen. Wir kümmern uns morgen darum.«

»Kann ich jetzt ›ich liebe dich‹ sagen, ohne dass du mir den Kopf abreißt?«

»Hm, klingt nach einer guten Idee.« Er nahm meinen Kopf in die Hände und tat so, als würde er ruckartig daran ziehen.

Ich schob ihn von mir fort. »Kannst du denn nie mal ernst sein?«

»Äh.« Er gab vor zu überlegen. »Nein. Und du?«

Ich lachte. »Nicht oft.«

»Ich liebe dich, Crystal.«

»Dito, Xav.« Ich ließ das Tor hinter mir zufallen und wärmte mich auf dem Weg zum meinem Schlafzimmer am Nachhall unserer Worte.

Es herrschte eine hoffnungsvolle Stimmung, als ich am nächsten Morgen aus einem traumlosen Schlaf erwachte. Alle hatten sich im Wohnzimmer und in der Küche versammelt und gaben sich große Mühe so zu tun, als würden sie nicht auf mich warten.

Als ich von meinem Schlafzimmer ins Badezimmer tappte, sah ich mit leisem Entsetzen, dass auch Steve und Lily gekommen waren.

Gedankliche Notiz: immer den Disney-Schlafanzug

ausziehen, bevor man einem Weltstar und einer hippen Kostümbildnerin gegenübertritt.

»Hey Leute, einen kleinen Moment, ja?«, krächzte ich. Ich schloss die Tür ab und betrachtete mich im Spiegel. Jepp, genauso schlimm hatte ich es mir vorgestellt: Auf der einen Seite standen meine Haare hoch und auf der anderen klebte ein Vogelnest. Ich machte mich schnell an die Schadensbegrenzung, dann huschte ich zurück in mein Zimmer, um meine bequemsten Klamotten anzuziehen. Ich hatte mir den von Xav geborgten Pulli übergeworfen, was einer morgendlichen Umarmung schon ziemlich nahe kam.

»Okay, ich krieg das schon hin.« Ich sah aus dem Fenster. Das Leben da draußen ging ganz normal weiter: Rocco jagte Vögel, Barozzi schaute ihm von seinem Gefechtsposten aus zwischen halb geöffneten Lidern dabei zu. Ich dachte an Signora Carriera, die sich im Loyalitätskonflikt befunden hatte, nachdem unsere Version der Geschichte publik gemacht worden war. Nach einem Gespräch mit Diamond hatte sie sich jedoch auf unsere Seite geschlagen. Sie kannte meine Schwester einfach zu gut, sodass ihr klar war, dass irgendetwas nicht stimmte. Netterweise hatte sie mir bis nach der Hochzeit freigegeben, um die Familienkrise zu bewältigen. Sie stellte sich immer mehr als eine gute Freundin heraus; ich hätte nie gedacht, mal einen richtigen Kumpel zu haben, der der älteren Generation angehörte. Andererseits hätte ich mir auch in meinen kühnsten Träumen nicht vorstellen können, mal Steve Hughes zu meinen Freunden zu zählen.

»Komm schon, Crystal, hör auf, Zeit zu schinden.« Ich zwang mich dazu, mein Schlafzimmer zu verlassen. Es lastete dermaßen viel Hoffnung auf meinen Schultern, dass ich mich wie eine Milchmagd fühlte, die ein zu schweres Joch trug. Ich würde bestimmt etwas verschütten.

»Morgen, alle zusammen.«

Xav drückte mir einen Kaffeebecher in die Hand und küsste mich auf die Wange.

»Dir auch einen guten Morgen.«

»Will, du bist ja hier!« Ich eilte zu Xavs Bruder, der ausgestreckt auf der Couch lag.

»Wie's aussieht, eine Wunderheilung.« Will berührte den Verband an seiner Brust. »Ich konnte einfach kein Krankenhausbett mehr blockieren, wo ich doch nur ein bisschen Ruhe und die fürsorgliche Pflege meiner Brüder brauche.«

Xav verneigte sich. »Das ist meine Spezialität.«

»Ich bin so froh, dass es dir wieder besser geht.« Ich tätschelte seinen unverletzten Arm.

»Hey, mit dir als mein Seelensucher wird es mir bald besser als besser gehen. Ich hatte da an himmelhoch jauchzend gedacht.«

Uriel trat an die Rückenlehne des Sofas heran. »Er hat nur Sorge, dass du dich als Erstes um mich kümmerst und ihn ans Ende der Schlange stellst.«

»Ich mache mir viel mehr Sorgen wegen Vic«, grinste Will, »dass er dich eingeschüchtert hat, damit du seinen Seelenspiegel zuerst findest. Du weißt schon, mit diesem ›Gleich-fress-ich-dich-roh‹-Blick.«

»Den beherrscht er in der Tat eins a«, stimmte ich zu.

Uriel beugte sich tiefer zu uns hinunter. »Weil er keine leere Drohung darstellt. Ich kann nur hoffen, dass sein Seelenspiegel eine durch nichts zu erschütternde Lady ist.«

»Ich wette, das Schicksal hält für ihn ein richtiges Sensibelchen bereit, sodass er seine weiche Seite entdecken und sich die knallharten Blicke für diejenigen aufsparen muss, die ihr zu nahe treten.« Xav rieb sich die Hände. »Ich freu mich jetzt schon drauf.«

Ich ging auf die andere Seite des Raums, um Steve und Lily Hallo zu sagen.

»Machst du gerade Pause vom Dreh?«, fragte ich Steve.

»Meine Szenen waren gestern dran. Die Stuntjungs erledigen den Rest. Lily hat mich überredet herzukommen, für den Fall, dass ihr noch Hilfe braucht.«

Lily zwickte ihn ins Ohr. »Lügner! Du hast mir befohlen, die Koffer zu packen, kaum dass die Kamera aus war.« Sie lächelte mich an. »Er ist seinen Freunden gegenüber sehr loyal.«

Ich freute mich sehr für sie. »Das ist nicht zu übersehen.«

Stieg unserem Mr Cool Guy da etwa vor Verlegenheit die Röte in die Wangen? Steve räusperte sich. »Es … äh … tut mir leid, euch sagen zu müssen, dass ich auch die Pressemeute mit hergebracht habe. Zurzeit paddeln sie vor eurem Tor herum. Wusstet ihr eigentlich, dass da draußen alles unter Wasser steht?«

»Das passiert ab und zu.« Xav und ich grinsten uns an, dann schloss ich Lily in die Arme und zog sie ein Stück beiseite. »Ist alles, du weißt schon, *okay*?«

Sie lächelte. »Komischerweise ja. Ich nehme mal an, es ist dir zu verdanken, dass er endlich den Mut aufgebracht hat, mich um ein Date zu bitten.«

»Du hast doch seit Jahren in der Warteschleife gehangen … Gib's zu: Ich habe das Flugzeug lediglich zum Landen gebracht.«

Steve verdrehte die Augen. »Danke, Crystal. Sie musste wirklich unbedingt wissen, was für ein Feigling ich bin.«

»Genug gequatscht.« Xav fasste mich an den Schultern und bugsierte mich auf einen Stuhl, vor dem ein Korb mit frischen Backwaren stand. »Iss!«

»Was soll das denn werden? Machst du jetzt einen auf Herr und Gebieter?«, frotzelte ich.

»Nein, ich mäste dich bloß für den Ofen.« Er mopste sich einen Bissen von meinem Croissant.

Ich dämpfte meine Stimme. »Genauso fühlt es sich an.«

»Du wirst deine Sache gut machen. Du bist unser Seelensucher. Sieh doch mal, was du für Steve und Lily getan hast.«

»Komischer Gedanke, dass ich mein erstes Erfolgserlebnis bei Menschen hatte, die keine Savants sind.«

»Mir wird langsam klar, dass wir viel zu viel Aufhebens um diese Unterscheidung machen.«

»Du hast zu Lily gesagt, dass jeder eine Gabe hat.«

»Das stimmt. Eine dermaßen bemerkenswerte Kos-

tümbildnerin zu sein steht einer Savant-Begabung in nichts nach. Vielleicht sollten wir mal darüber nachdenken, diese Schranken in unseren Köpfen einzureißen.«

»Aha, ich habe mich also mit einem echten Demokraten eingelassen, was?«

»Sieht so aus. Aber ich bin mir eben sicher, dass wir alle etwas Besonderes sind – und das ist nicht bloß Gelaber. Sieh dir doch mal Lily an: Sie ist Steves ganzes Glück, oder?«

Sie waren dermaßen süß zusammen – Steve hatte nichts von dieser spröden Star-Aura, wenn sie in seiner Nähe war. »Ja, das ist sie.«

»Genau wie du meines bist.«

»Ah, nicht doch!« Ich machte einen Witz draus, aber wir wussten, dass das auf uns beide zutraf.

Uns war nicht entgangen, dass man uns erwartungsvoll von der Seite beäugte. Ich hatte meinen Kaffee getrunken, gefrühstückt, rumphilosophiert, geflirtet, jetzt hatte ich wirklich keine weiteren Ausreden mehr.

»Okay, dann wollen wir mal.« Ich bürstete mir die Krümel ab. »Ich möchte euch bitten, dass ihr euch im Kreis hinsetzt. Ich werde jetzt anfangen, wenn's recht ist.«

»Was willst du machen, Crystal?«, fragte Victor.

»Gestern Abend habe ich mich von der Contessa angreifen lassen, um herauszufinden, wie ihre Begabung funktioniert.« Sauls und Wills grimmigem Gesichtsausdruck entnahm ich, dass sie nicht sehr erfreut wa-

ren über meinen wagemutigen Alleingang. »Sie besitzt die gleiche Fähigkeit wie ich, aber sie kehrt sie um. Sie holt die Verbindungen ein und kappt sie, statt ihnen zu folgen. Dann räumt sie sie weg, so hat sie es selbst bezeichnet, was diese unnatürliche Ordnung im Geist ihrer Opfer erklärt. Im Prinzip schottet sie sie von der realen Welt ab.«

»Sprich weiter.« Victor setzte sich mir gegenüber auf einen Stuhl. Die Seelenspiegel saßen nebeneinander auf dem Fußboden oder teilten sich einen Armsessel.

»Das ist nur eine Vermutung von mir, aber ich glaube, ich muss die Enden der Verbindung lose machen. Der Seelenspiegel muss dann wieder an sein Gegenstück anknüpfen, darum müssen auch alle dabei sein. Trace, ich werde das als Erstes bei Diamond versuchen. Bist du bereit?«

Mein Schwager in spe nickte.

»Und Xav, dich brauche ich auch, weil es eventuell ziemlich chaotisch wird. Ich bin mir nicht sicher, ob ich nicht eher noch größeren Schaden anrichten werde.« Mir hallten noch die Warnungen der Contessa in den Ohren, dass meine Gabe auch Nachteiliges bewirken könne, und ich hatte Sorge, dass die Mädchen womöglich ihr Einverständnis gaben, ohne irgendwas von dem hier zu begreifen. »Di, hast du verstanden? Willst du das immer noch durchziehen?«

Meine Schwester blickte mich an. »Ja. Ich werde nicht in diesem Zustand bleiben. Das ertrage ich nicht.«

Damit war alles gesagt.

»Zed, kannst du uns wieder zusammenführen, so wie du's schon mal gemacht hast?«

»Klar doch.« Es würde eine enorme Anstrengung für ihn bedeuten, seine ganze Familie zu stützen. »Xav, du musst es mich alleine machen lassen, sobald wir drin sind. Ich kann dann nicht von dir beschirmt sein.«

Er nahm meine Hand. »Es wird dir wehtun.«

Ja, das war der Part, den ich am liebsten ausgeblendet hätte. Ich zuckte mit den Achseln. »Das Leben tut nun mal weh. Das ist genau das, was die Contessa nicht kapiert.«

»Wie können *wir* denn helfen?«, fragte Lily.

»Haltet euch für alle Fälle bereit. Und sorgt dafür, dass wir nicht gestört werden.« Ich zog meine Mundwinkel hoch und probierte ein Lächeln. Wir hatten wegen der Pressemeute bereits das Telefon und die Türklingel abgeklemmt. »Macht Tee.«

»Ich kann großartigen Tee kochen«, erklärte Steve bereitwillig. »Lily, komm, wir gehen in die Küche.«

»Jetzt bist du dran, Zed.«

Ich setzte mich wieder auf Xavs Schoß, mein liebster Platz auf der ganzen Welt. Er drückte mir einen Kuss auf den Scheitel.

»Es wird alles gut gehen«, flüsterte er mir zu, doch es hörte sich mehr nach einem Befehl als nach tiefer Überzeugung an.

»Kinderspiel«, raunte ich ihm zu, so wie er es erst vor zwei Tagen zu mir gesagt hatte.

In den Familienverbund einzutauchen war diesmal einfacher, weil ich wusste, was mich erwartete. Unter

Xavs Schutzschild stehend konnte ich sehen und hören, was vor sich ging, ohne dass mich ihre telepathische Kommunikation halb ausknockte. Mir kam plötzlich der Gedanke, dass ich mit Xavs Hilfe in der Lage sein sollte, mich an normaler Savant-Telepathie zu beteiligen – solange er da war, um mich zu schützen. Aber jetzt war nicht der richtige Moment für Experimente. *Okay, ich werde unter deinem Schirm hervortreten, wenn ich nah genug an Diamond dran bin.*

Xav strich mir über den Oberarm als Zeichen, dass er verstanden hatte.

Und … jetzt!

Das altbekannte, Übelkeit erregende Gefühl, mit Mentalgerümpel bombardiert zu werden, überkam mich, sobald ich Xavs Schutzzone verließ. Ich versuchte, auf das Karussell aufzuspringen, das in Diamonds Kopf rotierte, wurde aber wieder abgeworfen und fortgeschleudert. Schwindel – Übelkeit – das würde nicht funktionieren. Xav würde mich einfangen und wieder unter seinen Schirm stellen müssen.

Na super. Das lief ja richtig Bombe.

Uriel berührte meinen Geist. *Denk dran, dein Geist ist stärker, als du glaubst. Du hast die Illusion eines Karussells erschaffen, um zu verstehen, was hier passiert, aber es existiert nicht wirklich.*

Trace stand neben mir. *Um dieses Kreisen zu stoppen, musst du daran glauben, dass es in dir steckt, dieses Karussell anhalten zu können.*

Das war genau der Knackpunkt, richtig? Ich hatte immer damit zu kämpfen gehabt, dass ich mich wert-

los fühlte. Daran konnten auch die letzten paar Tage, in denen für mich alles auf den Kopf gestellt worden war, so schnell nichts ändern. Die Vorstellung, dass ich einen Schaden wiedergutmachen könnte, den ein deutlich älterer und weit erfahrenerer Savant angerichtet hatte, war lachhaft. Aber es genügte nicht, mich an dem Glauben festzuhalten, den andere in mich setzten; ich musste an mich selbst glauben.

Xav spürte meine Entschlossenheit. *Fertig?*

Ich nickte und ließ los. Das Karussell war meine Vorstellung und es stand mir frei, diese zu ändern. Okay, ich würde sie also in etwas Vertrautes umändern. Weltraumschrott – als das hatte ich es jahrelang betrachtet –, und diesmal war ich eine Rakete, die nach oben zischte, um mitten hineinzuplatzen. Ich trat in Diamonds Windschatten, spürte das Bombardement ihrer angstvollen Gedanken.

Es tat weh. Als würde man durch scharfkantige Trümmer fliegen. Der Schmerz zischte durch meinen Körper, meine Nerven brannten.

Du musst aufhören. Das war Xav.

Nein, ich schaff das.

Ich hatte das Gefühl, als würde ich beim Wiedereintritt in Diamonds Atmosphäre verglühen. Xav legte mir eine Hand in den Nacken und versuchte, mich mittels seiner Gabe abzukühlen. Es half ein bisschen, gerade ausreichend, dass sich mein Geist so weit klärte, um mit meiner Aufgabe fortfahren zu können.

Crystal, weißt du wirklich, was du da tust?, fragte mich Saul. Er wollte sich eigentlich raushalten, aber

ich spürte, dass es ihm genauso schwerfiel wie Xav, zuzulassen, dass ich mich in Gefahr begab.

Ich habe da so eine Ahnung. Es war an der Zeit, ihr nachzugehen. Die Contessa hatte vom Wegräumen gesprochen und ich würde jetzt wieder ein Durcheinander anrichten. Ich packte Diamonds Bewusstseinsverlauf und zog, bewegte mich in Traces Richtung. Es war, als würde man einen Meteoritenschauer festhalten wollen.

Das reicht jetzt!, drängte Trace.

Deine Körpertemperatur ist viel zu hoch!, warnte Xav.

Ich zerrte mit all meiner Kraft an der Verbindung und riss sie aus der von Contessa Nicoletta fabrizierten Kreisbahn heraus, darauf vertrauend, dass Trace sie auffing, und wandte mich sofort Karla zu. Diesmal gab es kein Zögern; ich tauchte direkt ein, schnappte mir eine Handvoll ihres Seins und warf es Saul zu.

Du hast Nasenbluten. Xavs Ton klang dringlich. *Du musst aufhören.*

Noch nicht.

Phoenix war als Nächste an der Reihe. Sie versuchte, mir zu helfen. Ich spürte, wie sie nach Erinnerungen an Yves suchte, damit ich sie ergreifen konnte – Momente der jüngsten Vergangenheit, als er sie nach dem Trauma beruhigt und getröstet hatte. Sie benutzte ihre Fähigkeit, um sie in der Zeit stillstehen zu lassen, damit ich sie inmitten des Strudels von Dingen in ihrem Geist besser erkennen konnte.

Ja, das ist gut!, ermunterte ich sie. Diesmal war es leichter, einen Faden zu erwischen. Yves beobachtete

jeden meiner Schritte und wartete nur darauf einzuschreiten.

Crystal, du musst aufhören! Komm zurück und mach später weiter. Xav war jetzt richtig bestürzt. Ich konnte spüren, wie er mir die Nase mit einem Taschentuch abwischte und meine Augenwinkel betupfte.

Bitte. Zeds Flehen unterbrach Xavs Betteln. Er war so geduldig gewesen, hatte den anderen geholfen und den Verbund zusammengehalten. Ich konnte jetzt nicht einfach aufhören.

Sky ist die Nächste!

Sie hatte bei Phoenix mitbekommen, dass es hilfreich war, die Begabung einzusetzen, und versuchte – so weit es ging –, ihr im Kreis rasendes Material abzubremsen. Ich sah, wie die schwache Verbindung zu Zed umherflatterte, grell leuchtend, um meine Aufmerksamkeit zu erregen; das Ende hatte sich bereits gelöst und schien nur darauf zu warten, dass ich es mir schnappte. Ich griff zu und drehte ab, denn ich spürte, wie die Energie meines imaginären Raketenantriebs nachließ. Ich war mir nicht sicher, ob ich genug getan hatte. Falls die Verbindung verloren ginge und sich wieder verhedderte, stand zu befürchten, dass ich Sky womöglich noch mehr schaden würde.

Ich bin hier. Ich hab's. Zed hatte es irgendwie geschafft, an meine Seite zu kommen, und nahm mir das Ende aus der Hand. Ich spürte, wie ein Kraftstoß durch die Verbindung pulste. Die Schaltung war repariert; ihre Beziehung stand wieder voll unter Strom.

Ich komme rein, sagte ich zu Xav. Aber das tat ich

nicht. Ich konnte nichts dagegen machen und driftete ab. Ohne Energie befand ich mich im freien Fall und raste unaufhaltsam in die Schwärze.

Xav!

Hab dich! Ich lass dich nicht los!

Mir ging auf, dass ich nicht allein war im Mentalweltraum; er war die ganze Zeit da gewesen und lotste mich nach Hause.

Kapitel 20

Wie lautet gleich noch mal der Satz, den sie immer im Fernsehen benutzen? Zur Nachahmung nicht empfohlen. Das ging mir durch den Kopf, als ich wieder zu Bewusstsein kam. Ich lag in meinem Bett und dem tief einfallenden Licht da draußen nach zu urteilen war ich einige Stunden weg gewesen.

»Xav?«

»Er ist … unterwegs.« Diamond saß an meiner Seite; sie strich mir das Haar aus dem Gesicht. »Hier.«

Sie reichte mir einen feuchten Waschlappen.

»Wie? Wozu?«

»Du hast es etwas übertrieben. Hast ziemlich aus der Nase und den Augen geblutet.«

»Igitt.« Ich wischte die letzten Spuren ab.

»Xav sagt, ansonsten geht's dir gut. Er hat dir Ruhe verordnet.«

»Aber hiergeblieben ist er nicht?« Schwer vorstellbar, dass er eine kleine Besichtigungstour machte, während ich bewusstlos im Bett lag.

»Er meinte, dass er ein bisschen runterkommen muss. Er war stinksauer auf uns alle, dass wir's so weit haben kommen lassen.«

»Das war ganz allein meine Entscheidung.«

Diamond beugte sich zu mir herunter und flüsterte: »Soll er seine Wut doch getrost an seinen Brüdern auslassen. Ich an deiner Stelle hätte nichts dagegen.«

Ich lächelte. »Vielleicht hast du da recht.« Plötzlich fiel mir etwas auf, was ich sofort nach dem Aufwachen hätte bemerken müssen. »Hey, du bist wieder du!«

»Ja, ich bin wieder da!«

»So richtig? Die Verbindung – deine Erinnerungen?«

Diamond seufzte glücklich. »Ja, ganz richtig. Und die anderen auch. Ich hatte zwar kurze Zeit rasende Kopfschmerzen, aber Xav und ein paar Tabletten haben das schnell wieder hingekriegt. Zum Glück hatte die Contessa nichts vernichtet, sondern nur so tief vergraben, dass ich schon gedacht hatte, es nie wieder zurückzubekommen.« Sie drückte mir die Hand. »Aber dank dir haben wir's geschafft. Ich weiß nicht, wie wir …«

»Aufhören, Schluss!«, sagte ich energisch. »Ich möchte keinen Dank. Ich möchte, dass du glücklich bist. Dass du eine tolle Hochzeit hast.«

»Das werden wir. Ich weiß, dass das jetzt etwas kurzfristig ist … und auch ein bisschen unkonventionell, aber ich habe mich gefragt, ob du … Würdest du unsere Trauzeugin sein??«

»Echt? Ich? Darf ich dann auch die Ringe verbummeln?«

Sie lachte. »Klar doch, denn von allen Leuten, die ich kenne, wärst du in der Lage, sie wiederzufinden.«

Es klopfte an der Tür. Diamond blickte auf. »Ja?«

»Ist sie wach?« Karla steckte den Kopf zur Tür herein.

»Ja, das bin ich.«

Xavs Mutter wuselte herein, mit Saul dicht auf den Fersen, so als wollte er sie nicht für eine Sekunde aus den Augen lassen. Wie weggeblasen war diese entsetzliche Leere; zurück war das kleine Energiebündel, das die Mutter der Benedict-Jungs war.

»Du einzigartiges, fabelhaftes Mädchen!« Karla küsste mich auf die Stirn. »Wir sind dir so, so dankbar – ich finde gar nicht die Worte, um auszudrücken, wie sehr. Aber …«, sie zog die Stirn in Falten und stemmte die Hände in die Hüften, »… solltest du dich jemals wieder derart in Gefahr bringen, Crystal, werde ich sehr böse werden. Xav ist nicht als Einziger sauer auf die Jungs, weil sie zugelassen haben, dass du das für uns tust.«

Ich lächelte und genoss die Standpauke. Sie strengte sich jedenfalls ungemein an, nicht zu zeigen, wie stolz sie auf mich war. »Ja, Karla.«

»Mhm! Dieser törichte Mann hier hätte es besser wissen müssen.« Sie blickte Saul an und in ihren leuchtenden Augen spiegelte sich eine jahrzehntelange Liebe.

Saul nahm ihre Hand. »Es tut uns sehr leid, mein Schatz. Keiner von uns wollte Crystal in Gefahr bringen.«

»Aber bei euch ist alles wieder beim Alten?«, fragte ich.

»Nicht ganz.«

»Oh?« Hatte ich vielleicht doch den falschen Eindruck bekommen? Saul grinste mich schelmisch an. »Bei uns ist es besser als wieder beim Alten. Nachdem unser gemeinsames Band um ein Haar verloren gegangen wäre, ist uns klar geworden, dass wir große Glückspilze sind, einander zu haben. Und aus diesem Grund habe ich beschlossen, dass es Zeit wird für die zweiten Flitterwochen. Wenn die Hochzeit vorbei ist, bleiben wir noch eine Weile in Venedig. Aber ich verrate nicht, in welchem Hotel wir absteigen werden – das behalten wir für uns.« Er küsste die Fingerknöchel seiner Frau. »Wir zwei alten Turteltäubchen, endlich allein!«

Karla rümpfte die Nase. »Ich steige in keine Gondel ein, Saul Benedict.« Ganz offensichtlich war das bereits eine laufende Debatte. »Diese Dinger sind furchtbar.«

Saul tippte seiner Frau ans trotzig gereckte Kinn. »Mrs Benedict, das wirst du sogar ganz sicher. Immerhin hast du geschworen, mir zu gehorchen.«

»Das war vor dreißig Jahren! Bevor die Trauungsformel in der Moderne angekommen war.«

»Na ja, ich für meinen Teil werde dich aber darauf festnageln. Eine Gondel für zwei, im Mondschein, mit Champagner und Rosen.«

Auf diese Weise das Eheversprechen des Gehorsams einzuhalten klang doch gar nicht mal so übel.

»Ach, was soll's. Wenn du solch ein Gewese darum machst, dann meinetwegen. Aber nur dieses eine Mal.«

Der ausgiebige Schlummer hatte mich weitgehend wiederhergestellt und so stand ich auf, als Saul und Karla gingen. Die Wohnung war richtig ruhig im Vergleich zum Morgen: Steve und Lily waren in ihr Hotel zurückgekehrt und hatten die meisten Reporter mitgenommen. Yves, Phoenix, Saul und Karla waren wieder im Calcina. Zed und Sky hatten es sich auf dem Sofa gemütlich gemacht und quatschten mit Will. Sky saß bei Zed auf dem Schoß, als würde nichts auf der Welt sie so schnell wieder trennen können. Victor und Uriel spielten Karten am Küchentisch. Trace sah niedlich aus, wie er in Schürze dastand und das Gemüse mit chirurgischer Präzision klein hackte.

»Weißt du, der Imbiss gegenüber hat tolle Lasagne zum Mitnehmen«, sagte ich, als ich die Küche betrat.

»Und das sagt sie mir jetzt«, seufzte Trace.

Diamond drängelte sich an mir vorbei. »Ach, hör nicht auf sie. Wir machen Nonnas Rezept. Selbst gekocht schmeckt am besten.«

Ich ging dicht von hinten an sie heran und formte mit den Lippen das Wort ›Lügner‹.

Trace unterdrückte ein Lachen. »Du sagst es, Schatz.«

Diamond küsste ihn auf die Wange.

Als ich mich zu den anderen umdrehte, spürte ich, dass sie mich jeden Moment mit überschwänglichem Dank überschütten würden, und nahm ihnen gleich

den Wind aus den Segeln. »Weiß irgendwer, wo Xav hin ist?«

Uriel nahm den Stich auf, den er gerade gewonnen hatte. »Er wollte ein bisschen seine Ruhe haben, hat er gesagt. Soll ich ihn mal fragen?«

Ich zog mir Jacke und Stiefel an. »Nicht nötig.« Ich tippte mir an die Stirn. »Hier drinnen sitzt ein Peilsender.«

»Bist du schon wieder so fit, dass du rausgehen kannst?«, fragte Will. »Du hast ziemlich übel ausgesehen, als du gestern aus den Latschen gekippt bist.«

Vermutlich hatte ich wie ein Wesen aus einem Horrorstreifen ausgesehen. »Mir geht's bestens.«

»Du hast es echt übertrieben. So was solltest du nie wieder tun.«

»Sagt der Junge, der angeschossen worden ist.«

Will lachte. »Ich weiß jetzt, warum das Schicksal Xav und dich zusammengebracht hat. Ihr werdet euch in Grund und Boden frotzeln.«

Victor warf sein Kartenblatt hin. »Vielleicht werden wir anderen dann endlich ein bisschen geschont.«

»Es sei denn, sie machen gemeinsame Sache gegen uns«, gab Sky zu bedenken und ihre Augen blitzten dabei wie eh und je.

Die Benedict-Brüder stöhnten laut.

»Okay, ich bin dann mal weg.«

»Abendessen gibt's um sieben. Mama kommt morgen, denk dran«, rief Diamond.

Wie es aussah, war bis auf Weiteres heute der letzte Tag, an dem es mir möglich sein würde, die Sache mit

Xav geradezubiegen. »Ich komme wieder, also bis später.«

Ich fand Xav auf den Stufen des Markusplatzes vor – an genau der gleichen Stelle, wo wir unsere Filmszene gedreht hatten. Mein Herz schlug in meiner Brust Purzelbäume, als ich ihn dort vor dem Hintergrund des Glockenturms inmitten des überschwemmten Platzes sah. Die Gebäude spiegelten sich im Hochwasser wider; Xav saß mit gesenktem Kopf in Gedanken verloren da. Ich setzte mich neben ihn.

»Hey«, sagte ich leise.

»Hey.« Er sah auf, mit warmem Blick, aber ohne zu lächeln.

»Alles okay?«

»Ich … versuche einfach nur, mit dem klarzukommen, was da passiert ist. Du hast einfach nicht aufgehört.«

»Ich weiß.«

»Ich habe geglaubt, dir würde jeden Moment eine Ader im Kopf platzen oder so was.«

»Mir geht's gut.«

»Ja, jetzt. Ich musste ein paar Blutgefäße flicken, weißt du?«

Autsch. Ich fasste mir an die Stirn. »Das hab ich nicht gewusst. Danke.«

Eine Touristengruppe lief hinter uns vorbei; der Fremdenführer schwenkte einen Stab hin und her, an dessen Ende ein roter Stofffetzen flatterte.

»Ich hab hier gesessen und mir überlegt, dass du mich

in die Position von jemandem bringst, der mit einem im Krieg kämpfenden Soldaten zusammen ist. Ich hasse es, dich in die Schlacht ziehen zu lassen, aber ich weiß, dass du gehen musst.«

Ich war erleichtert, dass er mir nicht wirklich Vorwürfe machte.

»Danke. Diese Gabe … Es wird nicht immer so laufen.«

Er schnaufte resigniert.

»Ich lerne gerade alle Kniffe und Tricks. Ich werde versuchen, das nächste Mal besser auf mich zu achten.«

»Es wird also ein nächstes Mal geben?«

Ich schabte mit dem Fuß über die Stufe. »Ja, na ja, ich habe dem Butler Alberto versprochen, dass ich zurückkommen und versuchen würde, ihm und seinen Leuten zu helfen.«

»Wann?«

»Morgen.«

»Oh Mann, Crystal, ich bin mir nicht sicher, ob meine Pumpe das mitmacht.«

»Willst du, dass ich mein Versprechen breche?«

»Nein. Das ist ja das Ätzende: Ich stehe hundertprozentig hinter dir. Aber es gefällt mir eben nicht.«

Das war okay. Ich lehnte mich an ihn an. »Mein Ratschlag? Stell dich einfach nicht hinter mich.«

»Guter Tipp. Was nicht heißen soll, dass der Ausblick von dort nicht vortrefflich wäre.«

Ich grinste. »Stell dich einfach neben mich. Anscheinend brauche ich dich nämlich, um mich zusammenzuflicken.«

»Wie ich sehe, werde ich alle Hände voll zu tun haben, vor allem, weil du dazu neigst, vorzustürmen und dich in jede Menge Ärger zu stürzen.«

Ich nahm eine Hand von seinem Knie herunter und legte sie auf meine. »Du hast den Job!«

Wir saßen eine Weile da und genossen den Sonnenuntergang, der die uralten Steine in ein zartes Pink tauchte. Venedig war eine magische Stadt, so kunstvoll wie der ausgefeilte Mechanismus einer alten verschnörkelten Uhr, veraltet, aber noch immer am Ticken. Bis die Zeit für sie abgelaufen war, zumindest.

»Was meinst du, wie viele Liebespaare haben hier schon gesessen?«, fragte er und deutete auf den Platz mit seinen tief liegenden Eingängen zur Basilika, dem Dogenpalast und den langen Reihen wartender Gondeln, die in der Lagune auf und ab wippten.

»Zu viele. Wir laufen Gefahr, zum Klischee zu verkommen.«

»Macht mir nichts aus; und dir?«

»Kein Stück.«

Er hielt meine Hand; presste seine warme Handfläche an meine kalte Haut.

»Deine Brüder haben Schiss, dass wir uns zusammentun und sie zum Ziel unserer gemeinsamen Spötteleien machen könnten.«

»Klingt nach ’nem guten Plan.«

»Aber ich kenne dich, Xav Benedict.«

Er hob eine Augenbraue. »Bin ich so leicht zu durchschauen?«

»Für deinen Seelenspiegel schon. In deiner Familie hast du dir die Rolle des Witzbolds zu eigen gemacht, aber so kurios, wie es auch klingen mag …«

Er lächelte. »Soll das etwa heißen, ich wäre kurios?«

»Wer weiß? Egal, was ich sagen wollte – so kurios, wie es auch klingen mag, in Wahrheit bist du einer der tiefgründigsten Menschen, die ich kenne, und mit Abstand der mitfühlendste. Du setzt deinen Humor ein wie Diamond ihre Schlichtungsfähigkeit, nämlich um zu lindern, und wenn möglich, um zu heilen.«

Der Schalk in seinen Augen verschwand und dafür trat ein beinah schmerzlicher Ausdruck von Verwundbarkeit in sein Gesicht. »Ja, vielleicht mache ich das wirklich. Ich hab da noch nicht so viel drüber nachgedacht. Ich mache es einfach.«

»Aber manchmal geht's auch daneben … wenn du mit deinen Witzen übers Ziel hinausschießt.«

»Du meinst also, ich bin doch nicht vollkommen?« Er klang mehr erleichtert als beleidigt.

»Richtig. Weißt du, bei all den Witzeleien erkennen die Leute oft nicht, dass du genauso verletzlich bist wie jemand, der ein ernsteres Wesen hat. Es wird für dich nicht leicht werden, mein Seelenspiegel zu sein, was?«

Er drückte meine Hand. »In gewisser Hinsicht ist es die leichteste Sache der Welt, die mir so natürlich erscheint wie atmen, allerdings kann ich nicht behaupten, dass ich gern dabei zusehe, wenn du leidest.«

»Ich weiß. Aber unsere Verbindung fühlt sich einfach nur richtig an, oder? Ich brauche dich, um die Per-

son sein zu können, die ich sein soll, um meine Fähigkeit voll ausschöpfen zu können.«

»Stets zu Ihren Diensten.«

»Aber du sollst nicht das Gefühl bekommen, bloß ein Teil meines Gefolges zu sein. So habe ich mich nämlich immer gefühlt, wenn ich mit Diamond auf Reisen war. Wir müssen dafür sorgen, dass es die ›Xav-und-Crystal‹-Show ist und nicht nur meine.«

Er stieß mich leicht mit der Schulter an. »Süß von dir, dass du dir deshalb den Kopf zerbrichst, aber glaubst du im Ernst, dass mein Ego so leicht zu erschüttern ist?«

Jetzt, wo ich genauer drüber nachdachte … »Äh, nein.«

»Zuckerpuppe, es wird mir eine Freude sein, das Rampenlicht für dich anzuschalten, aber wundere dich nicht, wenn ich dann selbst für ein Tänzchen auf die Bühne komme.«

Er stand auf und zog mich von den Stufen hoch.

»Und jetzt Schluss mit der Grübelei. Für mich ist die Sache jetzt erst mal geklärt. Zeit, nach Hause zu gehen.«

»Trace kocht. Nonnas Lasagne.«

»Wow. Das müssen wir uns ansehen.«

»Er hat ihre kleine Schürze um und alles.«

Xav beschleunigte seine Schritte. »Hast du ’ne Kamera dabei?«

Am nächsten Tag landete meine Familie in Venedig. Ich hatte sie seit der Beerdigung meines Vater nicht

mehr alle auf einem Haufen gesehen und schon vergessen, wie überwältigend sie sein konnten, wenn sie nicht gerade von Trauer ergriffen waren. Peter, mein Lieblingsbruder, ein Herzensbrecher mit kurz geschorenen kastanienbraunen Haaren und großen grünen Augen, umarmte mich stürmisch und wirbelte mich einmal im Kreis herum, als er die Passkontrolle am Flughafen passiert hatte. Er musterte Xav und kam zu dem Schluss, dass er ein guter Kerl sein müsse, da ich so glücklich aussah, und reichte ihm die Hand. In dem Moment war mir klar, dass sich die beiden prima verstehen würden. Meine anderen Geschwister waren viel zu sehr damit beschäftigt, ihre Kinder zu bändigen, um Xav auf den Prüfstand zu stellen … Topaz war schon drauf und dran, ein Loblied auf ihn zu singen, weil er ihren widerspenstigen Jüngsten mit lustigen Grimassen dazu brachte, in ein Wassertaxi einzusteigen.

»Da hast du dir einen von den Guten geangelt«, sagte sie. »Wir freuen uns so für dich.«

Misty, meine schwer geprüfte älteste Nichte, hatte man dazu verdonnert, auf die beiden mittleren Geschwister aufzupassen. Als sich unsere Blicke trafen, rollte sie genervt mit den Augen angesichts ihrer Zwillingsschwestern, die bereits an Xav hingen wie zwei kleine Äffchen. Topaz' Mann Mark fing die letzten beiden ihrer sechs Sprösslinge ein und pferchte sie hinter uns auf die Sitzbank. Er lächelte mich an, aber ich spürte, dass es zwischen meiner Schwester und ihm Spannungen gab. Topaz und Mark waren keine Seelen-

spiegel; also könnte mich meine Schwester darum bitten herauszufinden, wer ihr eigentliches Gegenstück war. Ich war mir nicht sicher, was ich tun würde, wenn sie mich danach fragte.

»Alles in Ordnung?«, sagte ich.

»Wir haben darüber gesprochen«, erwiderte Topaz, die sofort wusste, worauf ich hinauswolllte, »und wir haben beschlossen, dass wir's nicht wissen wollen. Ich liebe Mark und er liebt mich. Es ist vielleicht nicht die Art von Liebe, die Berge versetzen kann, aber wir sind ein gutes Team und die Kinder brauchen uns.« Sie tätschelte mir das Knie. »Wir sind glücklich.«

»Xav meint, dass wir alle besondere Fähigkeiten besitzen. Mark ist vielleicht kein Savant, aber er hat seine ganz eigenen Stärken, oder?«

»Ja, er ist der liebenswerteste Mann, den ich kenne, und sehr witzig. Er bringt mich immer zum Lachen.«

»Dann wäre es wohl auch total falsch gewesen, auf deinen Seelenspiegel zu warten.«

Sie nickte. »Ganz genau. Was kann wundervoller sein, als sechs gemeinsame Kinder zu haben? Man kann sich auf ganz verschiedene Weisen vollständig fühlen, egal, was dir die Romantiker erzählen.«

»Da bin froh.« Und das war ich auch. Mich hatte davor gegraust, dass sie mich fragen würde, wer ihr Seelenspiegel sei; dass ich womöglich eine gut funktionierende Ehe zerstört hätte.

Meine Familie war wild entschlossen, die verlorene Zeit wieder aufzuholen und mich in den Mittelpunkt zu stellen mit meiner neu entdeckten Fähigkeit und

meinem neu gefundenen Seelenspiegel, aber ich bestand darauf, dass dieser Moment allein Diamond und Trace gehörte. Ganz davon abgesehen, dass sich mit einem Haufen aufgekratzter unter Zehnjährigen kaum die Gelegenheit ergab für eine offene Aussprache darüber, was wir als Familie alles falsch gemacht hatten.

Karla und Saul hatten angeboten, sich um die Neuankömmlinge zu kümmern – nett von ihnen, da ich noch das winzige Problem hatte, die Hausangestellten der Contessa wiederherstellen zu müssen. Diamond hatte darauf bestanden, mich zu begleiten; ihre Begabung könnte helfen, im Haus herrschende Feindseligkeiten abzubauen. Trace und Xav weigerten sich, uns alleine gehen zu lassen, und so stand am Ende ein ansehnliches Grüppchen vor der Eingangstür zum Haus der Contessa.

Alberto kam und ließ uns ein. »Wenn Sie mir bitte folgen wollen. Wir waren uns nicht sicher, ob Sie zurückkommen würden.«

»Ich hab's versprochen und hier bin ich.«

Zum ersten Mal sah ich das Innere des Hauses bei Tageslicht. Es sah maroder aus, als ich erwartet hatte: Die Fensterrahmen hatten einen Anstrich bitter nötig und quer über die Wände zogen sich lange Risse – das passende Bild für die Bewohnerin.

»Wie geht es der Contessa?«

»Nicht gut, Signorina. Sie hat sich hingelegt und möchte nicht gestört werden.«

Ich gab diese Information an Xav weiter. »Meinst du, ich habe ihr bei unserem Mentalgerangel wehgetan?«

Xav verkniff sich anzumerken, dass sie diejenige gewesen war, die mich angegriffen hatte und nun selbst schuld sei an ihrer Situation. »Ich werde mal einen Blick darauf werfen, wenn sie es zulässt.«

Das Personal hatte sich in der geräumigen Küche des Hauses versammelt, sechs Männer, von Alberto bis zu dem Bootsführer. Sie waren entweder Brüder oder Cousins und alle mit dem ursprünglichen Feind, Minotti, verwandt. Es dauerte eine Weile, bis ich die Hintergründe meines Kommens erklärt hatte. Zum Glück fielen die Reaktionen aufgrund ihres gedämpften Mentalzustandes sehr verhalten aus; keiner nahm wütend Reißaus oder stürmte nach oben in das Schlafzimmer der Contessa, um Rache zu nehmen. Vielmehr herrschte das Gefühl von trauriger Ratlosigkeit vor, warum jemand ihnen über solch einen langen Zeitraum hinweg so etwas antun wollte.

Jetzt, da ich wusste, wie ich die Mentaldämpfer aufheben konnte, bat ich die Hausangestellten, ihre Fähigkeiten einzusetzen. So halfen sie mir, ihre wahren Persönlichkeiten aus der strikten Sortierung der Contessa herauszulösen. Das war Neuland für mich, da mir keiner der Seelenspiegel zur Seite stehen würde.

Alberto, ihr erwählter Wortführer, hatte sich vor die Männer gestellt. »Wissen Sie, was uns da erwartet?«

Ich schüttelte den Kopf. »Vermutlich wird es ziemlich beängstigend werden. Sie sind es gewohnt, auf eine bestimmte Denkweise beschränkt zu sein. Ich werde nichts unternehmen, wenn Sie es bevorzugen, so zu bleiben, wie Sie sind.«

»Das will keiner von uns. Wir haben darüber gesprochen und gehen das Risiko ein.«

»Okay, dann wollen wir's mal versuchen.«

Es war einfacher als gedacht. Die Contessa hatte äußert brutal vorgehen müssen, um die Seelenspiegel-Verbindung von Diamond, Karla, Phoenix und Sky auszureißen; bei diesen Männern hatte sie ihre Fähigkeit nur leicht dosiert angewandt und hervortretende Verbindungen säuberlich zurückgeschlagen und akkurat gestutzt wie die Buchsbäume in ihrem Garten. Xav brauchte mich noch nicht einmal von Kopfschmerzen zu befreien, nachdem ich mit dem ersten Angestellten fertig war.

»Wie fühlen Sie sich?«, fragte ich. Der Erkenntnisprozess setzte nicht so plötzlich ein wie bei den Seelenspiegeln; vielmehr war es ein schrittweises Erwachen.

Alberto saß kerzengerade auf einem Stuhl neben dem alten Herd. »Ich fühle mich verwirrt.« Er runzelte die Stirn wie jemand, dem gerade ein übler Geruch in die Nase gestiegen war. »Ich bin wütend.«

Diamond trat vor und ließ ihre Gabe wirken.

»Sie alle haben einer alten traurigen Dame viele Jahre lang treu gedient. Darauf können Sie mit Stolz zurückblicken, auch wenn Ihnen dieses Dasein unfairerweise aufgezwungen worden ist. Aber jetzt können Sie ein neues Leben wählen.«

»Sollte sie nicht dafür bezahlen, was sie uns angetan hat?«, fragte der Bootsführer.

»Signor, ich glaube, dass die Contessa mit dem Tod

ihres Seelenspiegels bereits einen sehr hohen Preis gezahlt hat«, entgegnete Diamond. »Wozu sollte Rache gut sein, außer dass eine Familienfehde fortgeführt wird, die niemals hätte beginnen sollen.«

Der Mann blickte Diamond nachdenklich an, dann nickte er. »Ja, Sie haben recht!« Er rieb sich die Handgelenke, als wäre er gerade von Fesseln befreit worden. »Aber ich schulde ihr auch nichts. Ich gehe jetzt. Kommt jemand mit?«

In Anbetracht der mehrstimmigen Antwort würde sich die Contessa wohl bald ganz neues Hauspersonal suchen müssen. Nur Alberto wirkt unschlüssig. Meiner Meinung nach war es nicht richtig, dass er sich für jemanden verantwortlich fühlte, der sein Leben dermaßen lange beschnitten hatte.

»Machen Sie schon«, drängte ich ihn. »Ich werde dafür sorgen, dass sich jemand um sie kümmert. Sie hat noch immer Freunde in der Stadt – der Pfarrer ihrer Gemeinde wird alles in die Wege leiten, wenn ich ihn darum bitte.«

»Was wollen Sie ihm denn erzählen, Signorina? Er wird nicht glauben, dass sie ist, was sie ist.« Mit Freude beobachtete ich, wie Alberto der Schalk aus den Augen blitzte; sein wahres Ich kam allmählich wieder auf die Beine.

»Sie hatten natürlich einen Streit wegen Ihres Lohns und aus Solidarität haben alle gleichzeitig gekündigt. Das wird niemand weiter hinterfragen.«

»Danke. Für alles.« Er hielt einen Moment inne. »Und wenn ich Sie darum bitten würde, unsere See-

lenspiegel zu finden, würden Sie das tun? Selbst nach dem, was wir Ihrer Familie angetan haben?«

Ich vermutete, das war erst der Anfang von vielen Anfragen dieser Art. »Natürlich. Und Sie haben nichts getan, wofür Sie sich entschuldigen müssten, schließlich waren Sie für Ihr Handeln nicht verantwortlich. Also, Sie wissen, wo Sie mich finden können.« Das war das wenigste, was ich für die Menschen tun konnte, die wohl am schlimmsten unter dem Wahnsinn der Contessa gelitten hatten.

Xav nahm meine Hand. »Komm, lass uns mal nach der Contessa sehen. Ich brauche dich zum Übersetzen.«

Wir fanden sie im Bett vor; sie saß aufrecht da und starrte mit leerem Blick aus dem Fenster. Es war ein Himmelbett mit staubigem Stoffbehang. Die Vorhänge waren aus verblasster roter Seide. Ihre Augen huschten zur Tür, als wir eintraten, dann wanderte ihr Blick zurück zu der Aussicht auf den Glockenturm vom Markusplatz.

»Ach, du bist es. Bist du gekommen, um mich um Hilfe anzubetteln?«

Ich folgte ihrer Blickrichtung. Auf dem mit einem Spitzendeckchen versehenen Tischchen am Fenster standen Fotos von ihr und ihrem Mann in glücklicheren Tagen. Sie hielt ein Medaillon in der Hand, dessen Goldkette bis auf die Bettdecke fiel. Ich war mir sicher, dass der Anhänger eine weitere Erinnerung an ihren Mann enthielt.

»Ja, ich bin's. Das hier ist Xav Benedict – Sie haben sich noch nicht richtig kennengelernt.« Ich spähte in

den Wasserkrug an ihrem Bett. »Brauchen Sie irgendwas?«

»Ich werde dir nicht helfen. Ich werde nicht rückgängig machen, was ich getan habe. Das kann ich nicht …«

»Ich hätte auch nicht gedacht, dass Sie das tun würden. Aber ich habe es selbst geschafft.«

»Tatsächlich?« Sie sah mich fragend an.

»Es war nicht ganz einfach.«

»Ich habe gedacht, das sei unmöglich.«

»Nein, das war's nicht. Ich habe auch Ihre Hausangestellten wiederhergestellt.«

Sie sank in die Kissen zurück, ihr Gesicht zeichnete sich grau gegen den weißen Stoff ab. »Vielleicht war es an der Zeit. Sollte ich mich jetzt darauf gefasst machen, in meinem Bett ermordet zu werden?«

»Es war allerhöchste Zeit. Und nein, sie sind nicht auf Rache aus.« Ich goss ihr ein Glas Wasser ein. »Sie hätten das niemals tun dürfen.«

Xav trat an ihr Bett heran. Sie zuckte zusammen, als würde sie einen Schlag erwarten.

Er hielt ihr eine Hand hin. »Darf ich?«

»Xav ist ein Heiler. Er wird Ihnen nicht wehtun.«

Sie schob ihre Hand ein Stück an ihn heran, was er als Erlaubnis betrachtete. Er schloss die Augen und untersuchte sie mithilfe seiner Begabung.

»Ihnen fehlt im Grunde nichts, wenn man Ihr Alter bedenkt. Ich glaube, Sie sind einfach nur müde, Contessa«, sagte er.

»Ja, ich bin müde.« Sie zog ihre Hand weg. »Des Lebens müde.«

Müde und einsam, dachte ich. »Soll ich Ihnen jemanden vorbeischicken?«

»Da gibt es niemanden, den du mir schicken könntest. Mein Sohn sitzt im Gefängnis.«

»Und seine Familie?«

»Der liegt nichts an mir. Denen liegt nur etwas daran, mein Geld zu erben.«

»Ich werde den Pfarrer fragen, ob er Sie besuchen kommt.«

Sie nickte. »Ja, bitte Pater Niccolo herzukommen.«

Mehr konnten wir nicht tun. So wie sie klang, hatte sie keine Hoffnung mehr, aber das hatte sie sich selbst eingebrockt.

Xav folgte mir aus dem Zimmer. »Schon komisch, dass unsere Konfrontation damit endet, dass sie mir leidtut.«

»Mir auch. Vielleicht könnte ich ja einen Besuch bei ihrem Sohn arrangieren. Um mit ihm zu reden und ihn wiederherzustellen?«

Xav hieb gegen das Geländer. »Du willst dich also wieder mal einmischen?«

»Ja, anscheinend kann ich nicht anders.«

»Das verstehe ich schon. Aber ich glaube, es wäre besser, wenn sie ihren Sohn selbst wiederherstellen würde. Das wäre irgendwie … heilsamer.«

»Du hast recht.« Xav hatte eine großartige Intuition. »Ich werde ihr diesen Vorschlag machen, sobald sie sich wieder etwas gerappelt hat, und ihr erklären, wie sie vorgehen muss.«

Wir gingen zu den anderen, die bereits in unserem

Wassertaxi warteten, und schlossen das alte Tor hinter uns. Mir war mehr als bewusst, dass mich zu Hause eine Wohnung voller Verwandte erwartete, während ich eine alte traurige Frau zurückließ, die nichts als ihre Verbitterung hatte. Jeder Mensch hatte auch eine hässliche Seite und ich hätte nicht behaupten können, dass ich nicht wie sie geworden wäre, wenn ich das Gleiche erlebt hätte. Ich schwor mir, von jetzt an mehr zu schätzen zu wissen, wie viel Glück ich doch hatte, und Xav nicht als selbstverständlich hinzunehmen.

Und da gab es eine Person, bei der ich mich dafür entschuldigen musste, dass ich sie als selbstverständlich betrachtet hatte. Sie wartete auf mich, als ich nach Hause kam, mit dem jüngsten Enkelkind auf den Knien. Sie sah mich nicht gleich und so stand ich einen Moment da, freute mich über die Tatsache, dass sie noch da war, hier bei uns, und ihre tiefe Trauer beiseiteschob, um Teil dieser Familie zu sein. Sie hatte sehr viel bessere Entscheidungen getroffen als die Contessa.

»Hallo Mama. Wie geht's dir?«, fragte ich und küsste sie sacht auf die Wange. Sie hatte ihr dunkles Haar hinter die Ohren geschoben und an ihren Ohrläppchen glitzerten die Diamantstecker, die ihr unser Vater zu ihrem letzten Hochzeitstag geschenkt hatte.

»Oh, alles ist ganz wundervoll, danke. Deine Freunde hier sind so nett – und die Familie von Trace ist einfach hinreißend!«

Sie fing an, mit Baby Robin hoppe, hoppe, Reiter zu spielen, um den kleinen Kerl vom Quengeln abzulenken.

Tränen brannten mir in den Augen. »Dad wäre so stolz auf dich, wenn er dich jetzt sehen könnte.«

»Oh Schatz, wie lieb von dir!« Meine Mama strahlte mich an. Sie wusste, was ich damit hatte ausdrücken wollen.

»Jetzt, wo ich Xav gefunden habe, kann ich dich verstehen. Tut mir leid, dass ich in der Vergangenheit so … so wütend auf dich war.«

Sie drückte Robin an ihre Schulter und tätschelte ihm rhythmisch den Rücken. »Was dich betrifft habe ich meine schlechte Phase zur falschen Zeit durchlebt, das ist mir jetzt klar. Ich wünschte, es wäre anders gekommen – dass Charles jetzt hier sein könnte, um zu sehen, was aus seinen wundervollen Kindern geworden ist. Karla hat mir erzählt, was du alles geleistet hast, darum möchte ich nicht viel mehr sagen als: ›Ich habe dich lieb.‹«

»Ja, das reicht völlig. Ich freue mich, nicht mehr die Familienniete zu sein.«

Sie lachte. »O Schätzchen, wart's ab. Egal, wie alt wir werden, wir hören nie auf damit, Fehler zu machen. Ich weiß, wovon ich spreche.«

»Hab dich lieb, Mama.« Ich umarmte sie, das Baby und die ganze Welt.

Sie drückte mich fest an sich. »Und ich dich, mein kleines Mädchen.«

Der Tag der Hochzeit war gekommen und alle Männer waren aus der Wohnung verbannt worden, während sich die Braut fertig machte. Lily half ihr unter Auf-

sicht von Karla und meiner Mutter beim Ankleiden, so hatten Sky, Phoenix und ich einen gemeinsamen ruhigen Moment in der Küche. Ich blätterte durch die Post und sortierte die Glückwunschkarten an Diamond und Trace heraus. Wir hatten bereits ein Hochzeitsgeschenk erhalten: die Nachricht, dass die Contessa die Klage gegen die Benedicts fallen gelassen hatte.

Ich öffnete einen Umschlag, der an mich adressiert war – dickes, cremefarbenes Papier mit einem Poststempel aus New York. Mir fiel die Kinnlade herunter.

»Was ist los?«, fragte Phoenix.

Ich reichte ihr den Brief. Sky stellte sich hinter sie und las mit.

»Oh mein Gott, die Elite-Model-Agentur will dich!« Sky kicherte aufgeregt. »Wow. Drei Wochen in der Karibik für ein Sommermoden-Shooting.«

»Sie haben die Gerüchte über mich und Steve für bare Münze genommen. Ihnen scheint nicht klar zu sein, dass ich null Erfahrung habe.«

Phoenix gab mir den Brief zurück. »Was willst du jetzt machen?«

Ich strich mit den Fingern über das Briefpapier. Es stand für einen Traum, dem ich mich kurz hingegeben hatte, aber die Antwort lag auf der Hand.

»Ich kriege Pickel, hasse Diäten und kann nicht auf High Heels laufen.« Ich pfefferte den Brief beiseite, um später ein höfliches Antwortschreiben aufzusetzen.

»Also?« Phoenix grinste zufrieden über meine Entscheidung.

»Die Welt kann auf ein weiteres Model verzichten, aber nicht auf einen Seelensucher. Und ich habe mir überlegt, dass ich da hinziehen will, wo Xav Medizin studieren wird. Vielleicht belege ich bei dieser Gelegenheit ja auch ein paar Kurse in Modedesign. Ich kreiere Kleider lieber, als dass ich sie trage.«

»Dann hoffe ich, dass er sich für Colorado entscheidet!«, sagte Sky.

»Nee, nee, Kalifornien.« Bei der Vorstellung, in den Rockies zu studieren, winkte Phoenix ab. »San Francisco ist der allerbeste Ort zum Leben.«

Ich räumte die Post weg. »Und wenn er nach Im-Nirgendwo-Stadt, Idaho, zieht, ist mir das egal, um ehrlich zu sein.«

»Ah, das ist so süß.«

Ich überlegte kurz. »Andererseits, vielleicht ist es mir doch nicht so egal – also das mit der Im-Nirgendwo-Stadt, meine ich jetzt.«

Sky lachte. »Crystal, wenn ich mir Xavs Klamotten so ansehe, glaubst du im Ernst, dass er da hinziehen würde?«

»Nein. Ich denke da eher an London oder Manhattan«, sagte Phoenix und grinste. »Lustigerweise hat Yves mir erzählt, dass Xav seine Pläne auf Eis gelegt hat, weil er erst mal hören will, was du machen möchtest.«

Sky schlang sich die Arme um die Knie. »Ach, ihr beiden seid einfach so ein süßes Paar! Ich bin echt froh, dass du sein Seelenspiegel bist. Es ist kein großes Geheimnis, dass alle in der Benedict-Familie eine leise

Schwäche für Xav haben, weil er … na, weil er eben Xav ist.«

Ich grinste. Ja, Xav war Xav, einzigartig und genau der Richtige für mich.

Kapitel 21

Diamond war eine strahlende Braut in weißer Spitze, Trace ein schneidiger Bräutigam im Frack; Victor, der Trauzeuge, imposant im grauen Anzug und die Brautjungfern und -jungen sahen in Gelb und Weiß auf trügerische Weise aus wie kleine Engel.

Xav, der meine Gedanken mit angehört hatte, während wir dabei zusahen, wie das frisch vermählte Paar den Gang hinunterschritt, lehnte sich zu mir herüber.

»Du hast vergessen zu erwähnen, dass auch die Trauzeugin nicht unbedingt übel aussieht; zumindest nicht in diesem cremefarbenen Kleid. Selbst entworfen?«

Ich nickte. »Und du bist auch einigermaßen vorzeigbar in deinem Anzug.«

»Wo du recht hast, hast du recht, Zuckerpuppe. Wollen wir gehen?«

Ich legte meine Hand auf seinen Arm und dann schlossen wir zu den Eltern auf. Ich konnte nicht

widerstehen, meine Neugierde zu befriedigen, und streckte mich kurz nach Uriel aus – keine umfassende Betrachtung, nur so viel, um eine Ahnung zu kriegen.

»Interessant, Südafrika«, murmelte ich.

Mit einem Lächeln sah Xav den verblüfften Gesichtsausdruck seines Bruders, als er die leise Berührung meiner Gabe spürte. »Ach wirklich?«

Ich richtete mein Augenmerk auf Will. »Ich nehme … Tulpenfelder wahr. Windmühlen mit Mäusen darin. Wir sollten ihm ein Flugticket nach Amsterdam besorgen.«

»Und was ist mit Vic?«, fragte Xav.

»Hm.« Der dritte Bruder hatte viele Abwehrschilde um seinen Geist errichtet, aber nichtsdestotrotz konnte ich einen kurzen Blick erhaschen. »Na, damit hätte ich jetzt nicht gerechnet.«

Vics stählerner Blick schoss in unsere Richtung.

»Was denn?«, drängte Xav.

Ich biss mir auf die Lippe. »Sollte nicht er es als Erster erfahren?«

»Hey Zuckerpuppe, wir stecken da gemeinsam drin.«

»Okay. Gefängnis. Afghanistan.«

Xav stolperte über seine eigenen Füße. »Ich biete freiwillig an, dass du ihm das sagst.«

»Wie war das gleich noch mal mit dem ›wir stecken da gemeinsam drin‹?«

»Aber wir sprechen hier von Vic!«

»Feigling.«

»Okay, ich sag's ihm – irgendwann mal.«

»Aber vergiss nicht zu erwähnen, dass sie unschuldig ist und seine Hilfe braucht.«

»Das kannst du alles wahrnehmen?« Xav zog mich aus der Schlange von Leuten heraus, die alle darauf warteten, sich vom Fotografen aufstellen zu lassen. Diese Sache dauerte immer Stunden. Steves Fans standen in geballten Massen hinter den Absperrungen, die von der Polizei errichtet worden waren. Steve und Lily achteten gar nicht darauf – das war ihr normaler Alltag – und schwatzten vergnügt mit Yves und Phoenix, während sie auf ihren Fotoeinsatz warteten. Xav und ich fanden unter dem Vordach der Kirche ein ruhiges Fleckchen, mit einer Schar Engel, die sich auf der Wand neben uns tummelten und aufs Geratewohl eine Leiter zum Himmel hinaufstiegen.

Ich zuckte mit den Schultern. »Das mit Vics Seelenspiegel ist nur so eine Eingebung. Ihre Energie ist sehr … gütig – und mutig.«

»Mir gefallen deine Eingebungen.«

»Ach, mir kommt da übrigens noch eine: Phee hat mir erzählt, dass du dein Medizinstudium für mich auf Eis legen willst?«

Er nickte. »Ich werde tun, was erforderlich ist.«

»Aber ich will, dass du an deinem ursprünglichen Plan festhältst. Wo du hingehst, da geh ich auch hin.«

»Bist du dir da sicher?«

»Hundertprozentig.«

Er verstand die Anspielung auf unser Gespräch, das wir auf dem Markusplatz geführt hatten. »Ist das etwa alles Teil der Crystal-und-Xav-Show?«

»Xav-und-Crystal-Show, meinst du.«

»Ja, die auch.«

Er drückte mir sanft die Schultern. »Was würdest du zu New York sagen?«

Insgeheim musste ich lachen. Phoenix hatte goldrichtig gelegen. »Ich würde sagen: auf geht's …«

»Danke.« Er küsste mich dermaßen zärtlich, dass es sich anfühlte, als würde sich meine Seele entfalten wie die Blätter einer Rose.

»Hey Leute, hört auf rumzuknutschen!«, rief Zed. »Der Fotograf wartet!«

Widerwillig lösten wir uns voneinander und blickten in die nachsichtig lächelnden Gesichter unserer Familienangehörigen. Buntes Konfetti wirbelte durch die Luft und wurde über unsere Köpfe hinfortgeweht, hinüber zu den einsamen Inseln in der Lagune.

»Wir kommen gleich!«, rief Xav. Er senkte die Stimme. »Nur noch dieser eine Kuss.«